复旦经典

简明美国文学史

杨仁敬 著

复旦大學出版社

前言 Preface

　　三年前，复旦大学出版社约我为非英语专业的大学生们写一本美国文学史，我答应了。由于杂事缠身，写写停停，停停又写写，拖到今天才辍笔，总算完成了一件心愿。书名定为《简明美国文学史》，想作为一本美国文学史的入门教材，帮助非英语专业的大学生们了解美国文学的发展史，即从殖民地时期到新世纪初期后工业化时代的发展概貌，不同时期主要流派、作家及其代表作，进一步充实美国文学和文化知识。

　　美国文学史不长，发展比较快，今天它在国际上影响巨大。中美文化交往日益频繁，我国国际地位迅速提高，话语权与日俱增。培养具有国际视野的高级人才是当前高校一项重要任务。学习和掌握美国文学和文化知识成为教学计划的一个重要内容。上海许多高校这个举措是及时的、必要的，值得推崇。

　　针对主要读者对象，本书在撰写中采取了一些措施，力争使美国文学史深入浅出、简洁明了、好懂好记、方便实用。

　　首先，本书注重语境、文本和理论相结合，从文本出发，联系语境，夹叙夹议，深入评析。在"绪论"中分别介绍了美国文学史七个历史时期的特色，主要流派、作家和作品；重点评述了殖民地时期美国文学的三个方面：印第安人口头文学和民间故事、欧洲探险者到美洲的探险日记和航海记录以及早期到北美殖民地的英国官员和牧师的散文和游记，让读者有个初步的轮廓。但在正文中这个部分则从略。全书主要包括六个部分，从富兰克林这第一位美国作家开始。这么做符合国内外许多普及版的《美国文学史》的惯例。每个时期都有个"时代浏览",将时代背景与作家和作品联系起来,以便更好地了解产生文学作品的历史条件和社会意义。各个时期分别评介了最重要的诗人、小说家、戏剧家和散文家。一些重要作家未列专节评析,只在绪论中加以简介。至于文学批评理论,现在已发展成美国文学史的一部分,考虑到它对初学者来说比较深奥,英文原著不好懂,只好暂时割爱,仅在绪论中作一般介绍,未列入专章讨论;

其次,每个美国作家选择一部代表作重点加以评析,并分别从"故事和人物盘点"、"风格和语言聚焦"和"意义和影响总览"三个方面来解读代表作,帮助读者深刻理解代表作的主题思想、艺术风格和社会意义,为阅读作家的其他作品创造条件。这么做有助于改变以往面面俱到,抓不住重点的缺陷,尽可能在有限的时间内集中精力,围绕重点搞深搞透,了解一个作家的难点和特点,收效会好一些;

其三,每部代表作都有"名段点击",选录作品原著的精彩片断。但它不同于一般美国文学选读选用完整的一章半章或一整节,而是择取与作品主题思想、语言风格或人物性格密切相关的几个小段。一方面,这可帮助读者学习原著的英文,体验不同作家的语言风格;另一方面也可加深对原著主题和风格的理解,提高鉴赏和评析能力。不过,小说的名段好选,剧本的选段就不容易。限于篇幅,仅能选一幕中的人物对话的一部分,有时不得不略去场景和人物活动的叙述。长诗的选段也颇费周折,难度较大。有趣的是:有的英文名著纸质版难以寻觅,有的竟找遍了国内四五所大学的图书馆方得一册,有的只好采用电子版。最后还有一本无处可找,只好忍痛舍去。

其四,每个作家都有"其他重要作品链接"和"著作获奖信息",力求点面结合,为读者们提供更多的信息,方便他们进一步扩大阅读范围。每部重要作品附有中英文书名对照和出版时间。书后有中英文索引,便于读者们及时查阅。

以上是本书体例上的一些特点。这本书是我写的第三本美国文学史。以前我写过《20世纪美国文学史》和《美国文学简史》,相比之下,这次比较不好写。它与前两本有密切联系,但大都是另起炉灶,按照新的体例和视野重新张罗,希望能对非英语专业的同学们更有帮助。效果如何?尚待读者们检验和评说。

本书近一半是我2012年去美国探望子女时写的。2012年7月中旬,女

前言

儿杨凌雁博士和女婿杨晓宇博士热情邀我和老伴许宝瑞去探望他们。我俩住进他俩购置不久的别墅。门口绿草如茵,屋后绿树成林。环境幽雅,蝉声阵阵。我在二楼书房写作,不时从楼下传来外甥女传宇和传雁弹奏的钢琴声,令我心情开朗,挥笔自如。女儿女婿无微不至地关照左右,为我增购参考书,使我写书进展顺利。后来,我俩移师华盛顿儿子杨钟宁博士和儿媳李选文博士处,备受他俩亲切关照。孙女杨怡婷已入马里兰大学深造,孙子杨益鑫正念高中,二人经常问寒问暖,十分亲切,使我如期完成写作计划,10月初回国时捎回二十多万字初稿。因此,我要向他们深表谢意。

回国后,经过半年多的努力,终于完全脱稿。首先,我要深深地感谢复旦大学出版社的耐心和支持。其次,要谢谢我的几位弟子的鼎力协助:陈世丹博士、刘玉博士、蔡春露博士、肖飚博士和张淑芬博士;还有我系的戴鸿斌博士、张文同学等。他们不辞劳苦帮我借阅和复印资料,以解燃眉之急,谨向他们致谢。外文学院党政领导张龙海教授等人经常给予关心,令人感激。

撰写中,我曾参阅一些国内外相关论著,获益良多,特向各位作者表示感谢。由于篇幅限制,恕未能一一罗列。

古人云:"人生要当学,安宴不彻警。古来唯深地,相待及修绠。"学习美国文学史,贵在坚持。要善于抓紧时间,刻苦学习,及早打好基础。注意抓住重点,兼顾一般,点面结合,善于思考,加深理解,耐心积累,不断提高鉴赏和评析能力。

美国文学流派纷呈,风格多姿多彩,犹如一个百花争妍的大花园,令人应接不暇。我衷心地希望本书能给非英语专业的同学们提供正能量,帮助他们愉快地走进美国文学的大花园,掌握丰富的文化和语言知识,扩大国际视野,在实现伟大的中国梦事业中发出更多的光与热!

成书匆匆,挂一漏万,我热诚地期待老师们和同学们不吝赐教,以便再版时斧正。

于厦大西村书屋

2014年3月

目 录

前言 \ 1
绪论 \ 1

第一部分　独立战争前后时期
(1720—1820)

第一章　时代浏览 \ 24
第二章　散文家们的悄然崛起 \ 31
　　第一节　本杰明·富兰克林与他的《自传》 \ 31
　　第二节　托马斯·杰弗逊与《独立宣言》 \ 39

第二部分　南北战争前时期
(1820—1865)

第一章　时代浏览 \ 46
第二章　锐意开拓的浪漫主义小说家们 \ 51
　　第一节　华盛顿·欧文与《瑞普·凡·温克尔》 \ 51
　　第二节　詹姆斯·库柏与《最后一个莫希干人》 \ 57
　　第三节　纳珊尼尔·霍桑与《红字》 \ 64
　　第四节　赫尔曼·梅尔维尔与《白鲸》 \ 71
第三章　呼唤独立的浪漫主义散文家们 \ 79
　　第一节　拉尔夫·瓦尔多·爱默生与《论自然》 \ 79
　　第二节　亨利·大卫·梭罗与《沃尔登》 \ 87

第四章 豪放吟唱的浪漫主义诗人们 \ 94
  第一节 埃德加·爱伦·坡与《乌鸦》 \ 94
  第二节 亨利·华·朗费罗与《海华沙之歌》 \ 102
  第三节 大诗人瓦尔特·惠特曼与《草叶集》 \ 112
第五章 悄然兴起的废奴文学和黑人自传 \ 122
  第一节 理查德·希尔德列思与《白奴》 \ 123
  第二节 斯托夫人与《汤姆叔叔的小屋》 \ 127
  第三节 弗列德里克·道格拉斯与他的自传 \ 134

第三部分 南北战争后至一次大战前时期 (1865—1914)

第一章 时代浏览 \ 140
第二章 名家辈出的现实主义小说家们 \ 146
  第一节 马克·吐温与《哈克贝利·费恩历险记》 \ 146
  第二节 威廉·豪威尔斯与《赛拉斯·拉法姆发家记》 \ 156
  第三节 亨利·詹姆斯与《贵妇人的画像》 \ 163
  第四节 欧·亨利与《麦琪的礼物》 \ 173
第三章 愤世嫉俗的揭丑派记者和作家们 \ 181
  第一节 揭丑派登场聚焦 \ 181
  第二节 厄普顿·辛克莱与《屠场》 \ 183
第四章 别开生面的自然主义小说家们 \ 191
  第一节 斯蒂芬·克莱恩与《红色英勇勋章》 \ 191
  第二节 弗兰克·诺里斯与《章鱼》 \ 196
  第三节 西奥多·德莱塞与《美国的悲剧》 \ 204
  第四节 杰克·伦敦与《马丁·伊登》 \ 214
第五章 脱颖而出的女小说家们 \ 222
  第一节 凯特·肖宾与《觉醒》 \ 222

第二节　伊迪丝·华顿与《纯真的年代》\ 228

　　　第三节　威拉·凯瑟与《我的安东尼娅》\ 234

第六章　现代主义诗歌的兴起 \ 241

　　　第一节　艾米莉·狄更生和她的短诗 \ 241

　　　第二节　意象派诗歌兴衰扫描 \ 251

第四部分　两次世界大战之间时期 (1914—1945)

第一章　时代浏览 \ 256

第二章　大放异彩的现实主义作家们 \ 260

　　　第一节　辛克莱·路易斯与《巴比特》\ 260

　　　第二节　欧尼斯特·海明威与《老人与海》\ 266

　　　第三节　菲兹杰拉德与《了不起的盖茨比》\ 274

　　　第四节　约翰·斯坦贝克与《愤怒的葡萄》\ 280

　　　第五节　赛珍珠与《大地》\ 287

第三章　大胆试验的现代主义小说家们 \ 296

　　　第一节　格特鲁德·斯坦因与《艾丽丝·B·托克拉斯自传》\ 296

　　　第二节　舍伍德·安德森与《小城畸人》\ 304

　　　第三节　多斯·帕索斯与《美国》三部曲 \ 310

　　　第四节　纳珊尼尔·韦斯特与《孤心小姐》\ 320

第四章　揭竿而起的左翼作家们 \ 327

　　　第一节　麦克尔·高尔德与《没有钱的犹太人》\ 327

　　　第二节　欧斯金·考德威尔与《烟草路》\ 334

第五章　异军突起的南方小说家们 \ 341

　　　第一节　威廉·福克纳与《喧嚣与骚动》\ 341

　　　第二节　卡森·麦卡勒斯与《伤心咖啡店之歌》\ 351

　　　第三节　玛格丽特·米切尔与《飘》\ 357

第六章　匠心独运的现代派诗人们 \ 364
　　第一节　罗伯特·弗罗斯特与他的短诗 \ 364
　　第二节　埃兹拉·庞德与《诗章》 \ 374
　　第三节　托·斯·艾略特与《荒原》 \ 382
　　第四节　威廉·卡洛斯·威廉斯与《佩特森》 \ 392
　　第五节　华莱士·史蒂文斯与《星期天的早晨》 \ 401
第七章　哈莱姆文艺复兴与新黑人作家的崛起 \ 410
　　第一节　哈莱姆文艺复兴与黑人作家兰斯顿·休斯和左拉·尼尔·赫斯顿 \ 410
　　第二节　理查德·赖特与《土生子》 \ 415
第八章　大展新姿的现代戏剧家们 \ 422
　　第一节　尤金·奥尼尔与《进入黑夜的漫长旅程》 \ 422
　　第二节　克利福德·奥德茨与《等待老左》 \ 432

第五部分　二次大战后至越南战争前时期（1945—1964）

第一章　时代浏览 \ 446
第二章　一枝独秀的犹太小说家们 \ 453
　　第一节　伯纳德·马拉默德与《店员》 \ 453
　　第二节　索尔·贝娄与《洪堡的礼物》 \ 459
　　第三节　艾萨克·巴什维斯·辛格与《卢布林的魔术师》 \ 468
第三章　独占鳌头的黑人小说家们 \ 477
　　第一节　拉尔夫·艾立森与《看不见的人》 \ 477
　　第二节　詹姆斯·鲍德温与《向苍天呼吁》 \ 482
第四章　大声呐喊的"垮掉的一代" \ 489
　　第一节　杰洛姆·大卫·塞林格与《麦田里的守望者》 \ 489
　　第二节　杰克·凯鲁亚克与《在路上》 \ 495

第五章　闪亮登场的黑色幽默小说家们 \ 502
　　第一节　约瑟夫·海勒与《第二十二条军规》 \ 502
　　第二节　柯特·冯尼格特与《五号屠场》 \ 509
　　第三节　约翰·巴思与《烟草商》 \ 515
　　第四节　弗拉迪米尔·纳博科夫与《洛丽塔》 \ 523

第六章　流派纷呈的诗人们 \ 533
　　第一节　查尔斯·奥尔森与《马克西莫斯诗抄》 \ 533
　　第二节　艾伦·金斯堡与《嚎叫》 \ 541
　　第三节　罗伯特·洛厄尔与《人生研究》 \ 548

第七章　日益繁荣的当代美国戏剧 \ 556
　　第一节　田纳西·威廉斯与《欲望号电车》 \ 556
　　第二节　阿瑟·米勒与《推销员之死》 \ 567
　　第三节　爱德华·阿尔比与《谁害怕弗吉尼亚·伍尔夫?》 \ 578
　　第四节　百老汇、外百老汇和外外百老汇戏剧的兴起 \ 590

第六部分　越南战争后至新世纪初时期 (1965—2008)

第一章　时代浏览 \ 596

第二章　风格迥异的后现代派小说家们 \ 603
　　第一节　托马斯·品钦与《万有引力之虹》 \ 603
　　第二节　威廉·加迪斯与《小大亨》 \ 609
　　第三节　威廉·加斯与他的元小说 \ 616
　　第四节　唐纳德·巴塞尔姆与《白雪公主》 \ 624

第三章　追求创新的新现实主义作家们 \ 633
　　第一节　约翰·厄普代克与"兔子"四部曲 \ 633
　　第二节　乔伊斯·卡洛尔·欧茨与《他们》 \ 643

第四章 与时俱进的犹太作家们 \ 653
  第一节 菲利普·罗思与《美国牧歌》 \ 653
  第二节 诺曼·梅勒与《奥斯瓦尔德的故事》 \ 663
  第三节 罗纳德·苏克尼克与《向下进入》 \ 672
  第四节 辛西娅·欧芝克与《披巾》 \ 682

第五章 再创辉煌的黑人女作家们 \ 690
  第一节 托妮·莫里森与《所罗门之歌》 \ 690
  第二节 艾丽丝·沃克与《紫色》 \ 700
  第三节 玛雅·安吉洛与《我知道笼中鸟为何歌唱》 \ 711

第六章 孤军奋起的印第安作家们 \ 721
  第一节 史科特·莫马戴与《黎明之屋》 \ 721
  第二节 列斯丽·西尔科与《仪式》 \ 727
  第三节 路易斯·厄尔德里奇与《爱药》 \ 734

第七章 突破困境的华裔女作家们 \ 741
  第一节 汤亭亭与《女勇士》 \ 741
  第二节 谭恩美与《喜福会》 \ 748

第八章 新姿重现的后现代派小说家们 \ 756
  第一节 埃·劳·多克托罗与《比利·巴思格特》 \ 756
  第二节 唐·德里罗与《白色噪音》 \ 764
  第三节 罗伯特·库弗与《公众的怒火》 \ 773

第九章 薪火相传的"X一代作家群" \ 782
  第一节 威廉·伏尔曼与《欧洲中心》 \ 782
  第二节 理查德·鲍威尔斯与《回声制造者》 \ 790
  第三节 道格拉斯·考普兰与《X一代》 \ 797

第十章 追求变革的后现代派诗人们 \ 805
  第一节 威廉·斯·默温和詹姆斯·迪基的短诗 \ 805
  第二节 罗伯特·布莱和詹姆斯·赖特的深层意象诗 \ 812

后记 \ 818

人名译名表 \ 820

绪 论　Foreword

美国文学历史不长,但今天影响深远。从1781年建国至今,美国仅两百多年历史。从1620年"五月花号"抵达科德角到现在,也不到五百年。在当年欧洲人眼中,美国是个"新大陆",又是个多元文化的移民国家。它拥有欧亚文化的色彩。19世纪末以来,美国文学发展迅速,逐渐形成自己的民族特色。1930年至20世纪末,美国先后有十位作家荣获诺贝尔文学奖。他们是辛克莱·路易斯(1930)、尤金·奥尼尔(1936)、赛珍珠(1938)、T·S·艾略特(1948)、威廉·福克纳(1950)、欧尼斯特·海明威(1954)、约翰·斯坦贝克(1962)、索尔·贝娄(1976)、艾萨克·B·辛格(1978)和托妮·莫里森(1993)。美国作家们成了世界文学中一支年轻而强大的生力军,对当代各国文学产生的影响越来越大,不可忽视。

美国文学先于美国存在。美国立国较晚。美国文学早在独立革命前已经出现。严格地说,早期的"America"是指美洲,包括北美和南美,特别是北美。欧洲人习惯称它为"新大陆"。美国文学指的是美利坚合众国创造的文学。建国前的殖民地时期文学成了它的重要组成部分。

"America"名称是怎么来的呢?它与美洲的探险史息息相关。据史料记载,美洲是意大利航海家哥伦布发现的。1492年10月12日哥伦布发现了美洲新大陆,但他误以为到了元朝忽必烈的中国。后来,他又三次航行到美洲,总以为他到了亚洲。另一位发现美洲的是意大利人亚美利戈·维斯普齐(Amerigo Vespucci)。1501年他乘挂着葡萄牙国旗的船到了巴西。后来,他写了《新大陆》(1503)。出版后,它比哥伦布的回忆录流传更广。不久,德国地理学家马丁·华尔斯莫勒读到《新大陆》。1507年他制作新版世界地图时，便将新大陆用它的发现者的名字 Amerigo 命名为 America(美洲)，作为欧洲、亚洲和非洲以外的世界第四个洲。尽管人们对美洲新大陆的发现者究竟是谁一直争论不休，但欧洲人感到称其为"美洲"也不坏。这个名称就慢慢地通用了。许多欧洲人移民去新大陆，希望在那里重建自己生活的新天地。

按照学界的看法，美国文学史大致可分为七个时期：殖民地时期、独立战争前后时期、南北战争时期、南北战争后至一次大战前时期、两次大战之间时期、二次大战后至越南战争前时期以及越南战争后至新世纪初时期。每个时期都具有自己的特色，涌现一批优秀的作家和作品，展示了美国随着政治和经济的变革，思想和文化的发展脉络。

欧洲移民们给新大陆带来了清教主义。它从17世纪至20世纪影响美国文学达三百多年，成了美国人的思想传统。它使人们具有理想主义和乐观情绪、勤奋务实的精神和关注社会的平等和进步以及通俗朴实的写作风格。欧洲的启蒙主义、浪漫主义、现实主义、自然主义和现代主义在不同的时期传入美国，促进了美国文学的不断发展和繁荣。美国作家们善于结合本国的社会生活，形成自己独特的风格。除了清教主义以外，美国的思想文化传统还包含杰弗逊的民主思想、新英格兰的超验主义和"美国梦"的个人主义等。但清教主义的影响最长久、最广泛、最深远。

下面将把各个时期的文学发展状况和特色作个简要的评介：

第一，殖民地时期(1620—1700)：北美出现原住民印第安人口头文学和民间故事、欧洲探险者到北美的探险日记和航海记录以及早期到北美殖民地的英国官员和牧师的散文和游记。这三者成了殖民地时期的美国文学。

印第安人口头文学是美国文学的开端。印第安人"Indian"(Ios Indios)这个词并不妥切。航海家哥伦布1492年10月在美洲巴哈马群岛发现土著人，称他们"Indians"。他一直误认他发现的新大陆是亚洲。后来，学界将错就错，称美洲，特别是北美的原住民为印第安人。现在，这些人自称为"美国印第安人"，有的学者叫他们"美国土著人"。

在欧洲人到达美洲以前，印第安人在北美已居住了数百年。他们有五百多种不同部族和语言，有自己的印第安文化，但没有书面文学。他们是土生土长的原住民，跟欧洲基督文化有些联系。西班牙占领墨西哥时，中部印第安人的玛雅文化走向衰落。英国人、法国人和荷兰人占领北美洲后,土著文化保存好些。欧洲人大批移居北美时,土著人大约有一千多万人。今天,他们的后代在美国和北美地区的估计有两百万人,仍在使用的语言有两百种左右。不少人学会了英语。

印第安文学丰富多彩,体裁多种多样,如圣歌、神话、童话、抒情曲、幽默轶事、谜语、格言、史诗和历史故事等。这些文学的形式往往来自口头表演,在族群的节日或个人婚丧喜事时表演给观众看和听,而不是给他们读的。表演时,他们常常边讲边唱,配上手势和话音的高低和脸部表情来吸引听众,很受听众欢迎。

从内容上说,印第安口头文学有三个主题:一个是关于世界的起源,如人类是怎么产生的?生活是什么?怎么理解生活?所有部族都有他们祖先最早开天辟地的故事,如美国北部伊洛科伊族人的《开天的故事》、西南部彼玛族人的《世界开创的故事》等。这些故事相当普及,几乎家喻户晓。另一个是有关骗子的故事。骗子们往往住在边缘地带。他们有时变成动物如土狼、樫鸟、乌鸦、白兔和貂。他们聪明又大胆,故意违反社会习俗,有时贪色又贪吃,又善玩点子谋私利,有时变成小丑,让人开心幽默。

第三个是历史故事。各部族常常记下本族发生过的历史大事,围绕一些人物为中心将史实与想象和宗教信仰结合起来形成朗朗上口的歌或诗,广为流传。

印第安人的口头文学成了美国文学的宝贵遗产。他们许多语言丰富了美国英语,如 canoe(独木舟)、tobacco(烟草)、pototo(马铃薯)、moccasin(软鹿皮鞋)、tomahawk(战斧)、totem(图腾)、moose(麋)和 raccoon(浣熊)等数百个单词。随着研究的深化,印第安人口头文学将有更多的发现和崭新的评价。

探险者的日记和航海记录包括航海家哥伦布赴美洲的四次航行留下的宝贵文献。他的书信体《日记》(1493)叙述了第一次航海的全过程,如实地描写了船员们怕鬼的恐惧情绪和思想波动,吸引了无数欧洲读者。第二次航海备忘录、第三次和第四次航海后,他给国王的两封信和一封给西班牙宫廷贵夫人的信,细谈了他的内心苦恼和忧虑。这些文献都收入西茨尔·简编译的《哥伦布四次航海文献选》(1930—1933)。

另一位探险家是西班牙的巴托罗姆·德·拉·卡萨。1502年,他随新总督去美洲西班牙属地工作。起先,他加入对当地土人的剥削。后来,他成了一名牧师,发现剥削违背了上帝的教诲,便呼吁庄园主废除奴隶制。他搞社会调查,写成《印第安人史》,影响很大。回国后,他到处宣传废奴制,效果显著。1542年查尔斯五世国王签署《关于西印度新法律》禁止任何人将当地土著人变成奴隶。卡萨成为最早的废奴主义者。

还有两位英国探险家托马斯·哈里钦特和约翰·史密斯船长。他们的作品记录了英国在北美最早的两个殖民地和印第安人的状况,引起欧洲读者的极大兴趣。托马斯是个牛津大学毕业生,两次远航美洲,途中详细做了笔记。后来,他写了《关于新发现的弗吉尼亚真实而简要的报告》(1588),出版后很快被译成拉丁文、法文和德文。它成了英国人亲身经历的美洲新大陆见闻的宝贵文献。

约翰·史密斯是个传奇式人物。他于1607年到达美洲詹姆斯顿,建立第二个英国殖民地。他曾任管委会主席,相当于总督。第二年,他到各地视察,了解各土族的情况。他抽空写他出行见闻,先后出版《弗吉尼亚所发生的事件和事故笔记》(1608)、《弗吉尼亚地图和介绍》(1612)和《弗吉尼亚、新英格兰和桑姆默群岛通史》(1624)以及好几本关于新英格兰的书。他的著作富有浪漫色彩。他用英国人的目光看待美洲新大陆的一草一木,看待众多印第安人的习俗和品格,令欧洲读者倍感新鲜有趣。

早期抵达北美殖民地的英国官员和牧师成了殖民地时期的重要作家。他们的作品涉及社会的方方面面,宗教色彩浓烈,有些强调平等和民主,反对种族偏见,批评宗教权威;有些则劝人从善,待人友好,倡导清教主义;还有些反抗清教主义,维护妇女权益,同情印第安人的遭遇等等。这一切都深刻地揭示:殖民地并不平静。随着殖民地的拓展,各种社会矛盾、宗教矛盾、殖民者与印第安人之间的矛盾、欧洲移民间的矛盾纷纷暴露,令人关注。

在殖民地英国官员和牧师作家们中大致可分为清教主义作家和反清教主义作家。前者成了社会主流,人数较多,主要有威廉·布列福德、约翰·温斯罗普、柯顿·马瑟、安娜·布雷兹特里特、爱德华·泰勒等;后者人数较少,受到殖民统治者压制,主要作家有罗杰·威廉斯、安娜·哈特钦森和玛丽·罗兰森。他们倡导民主和平等,受到民众的欢迎。

威廉·布列福德是清教主义内部分离教派重要成员。他亲历1620年"五月花号"航海到科德角,并建立了种植园。他帮助制订了《五月花契约》。第二年他被选为总督,连任三十多年。他提出自治和宗教自由原则,受到英国政府重视。他写过《普利茅斯种植园史》(1620—1647)。可惜他生前未能出版,直到1865年才问世。他对上帝倾诉自己的内心活动,自省和自悔,主张信仰自由,相互尊重,具有朴素的民主思想。他成了新英格兰清教徒的典范和新大陆第一位清教徒文学家。

约翰·温思罗普曾任波士顿殖民地总督近二十年。他不同意与牧师分享权力,缺乏民主倾向。他对反对清教主义的女作家哈特钦森等人很反感,对印第安人也很敌视,处处为英国议会干涉殖民地事务辩护。他的著作《新英格兰史:1636年至1649年》(1825—1826)共三卷,全是他亲身见闻的日记。内容非常丰富生动,文笔流畅,简洁易懂,洋溢着浓烈的宗教气息。

柯顿·马瑟的著作很多,影响甚广。他是个温思罗普的忠实信徒。他曾获哈佛大学硕士学位,毕业后当了一辈子牧师,写了四百五十部书,内容涉及新英格兰的林林总总,其中最著名的是《基督在美洲的丕绩》(1702)。全书贯串了清教主义思想。他还写了劝导清教徒弃恶从善的散文。他是最出名的清教圣人和在英国最有名的一个美洲人。

安娜·布雷兹特里特是第一位出版诗集的美洲作家和第一位新英格兰女诗人。她的诗集《美洲最近出现的第十个缪斯》(1650)曾成了伦敦的畅销书。她在诗中歌颂上帝,赞美圣城,反映她对天国的向往。有时她也责备自己贪恋世俗生活,批评自己的反叛心理。她还写过一些情真意切的抒情诗,引起读者的共鸣。

爱德华·泰勒是新英格兰第一批作家和殖民地时期最著名的诗人。他毕业于哈佛大学,后任乡村牧师和医生达五十八年之久。他的主要诗作有两部:一部是诗剧《上帝的决心》,描述上帝的伟大和恩惠,兼评各种犯罪和赎罪;另一部是《受领圣餐前的自省录》,包括二百一十七首长短不同的诗作。他常引用《圣经》,联想自己,宣扬加尔文教义,具有英国玄学派诗歌的特点。

1630年后至1700年前,殖民地牧师作家中涌现一些反清教主义代表人物,主要是威廉斯、哈特钦森和罗兰森。

罗杰·威廉斯是英国一个裁缝的儿子,上过剑桥大学。后来,为了摆脱英国国教,追求宗教自由,他到了波士顿。他曾在宾州创建一个殖民地并成了总督。他写了好几本书:《美洲语言纲要》(1643)、《迫害的教理》(1644)、《基督化培养不了基督徒》(1645)和《受雇佣的牧师决不是基督的人》(1652)等。威廉斯知识丰富,见解独特,同情劳动人民,热爱印第安人,批评白人殖民者的种族偏见。他主张政教分离,信教自由,教徒与非教徒一律平等。他的民主思想传播很广。他曾被殖民地当局视为危险人物。

安娜·哈特钦森追求宗教自由和捍卫妇女权利。她是个家庭妇女,丈夫是个商人。她常邀朋友们在家讨论宗教问题。她批评大部分牧师误导民众,挑战清教主义。1637年殖民者当局将她告上法庭。她毫不畏惧,自己写诗,引用《圣经》,大胆为自己申辩。后经后人收集出版,取名《唯信仰论的争论》。她的言行促进了民主思想的发展。

玛丽·罗兰森在1676年菲力普王之战中被印第安部落俘虏,关了11周后被赎回。她将狱中的遭遇写成《玛丽·罗兰森被俘和遣返的故事》(1682)。出版后,此书引起社会轰动。她出人意料地成了一位出名的女作家。回忆录文字简洁,叙述动人,见证了白人殖民主义者对印第安人的迫害和掠夺。她的故事成了珍贵的历史文献。

第二,独立战争前后时期(1700—1820):1776年北美十三个英属殖民地宣布脱离英国,成立美利坚合众国,向全世界发表了《独立宣言》,揭开了独立战争的序幕。历时五年的独立战争取得了胜利。1781年正式建立以华盛顿为总统的联邦政府。美国进入了启蒙主义的新时代。杰弗逊和富兰克林等人起草的《独立宣言》成了人类历史上第一个人权宣言,谱写了人类历史发展的新篇章。

著名文学评论家范·威克·布鲁克斯在《美国的成年》(America's Coming of Age, 1915)里指出:"乔纳森·爱德华兹和本杰明·富兰克林,他们一起代表了18世纪。"这两个人都是清教徒,社会影响比较大,但性格很不同。爱德华兹具有清教徒的虔诚,笃信上帝;富兰克林代表清教徒的务实,通过自我奋斗改变自己,改造社会。两人的性格特点相结合,便成了美国建国前后的时代精神。

乔纳森·爱德华兹出身于宗教世家。父亲和祖父都是牧师。外祖父也是个名牧师。二十岁时,乔纳森获耶鲁大学硕士学位。1729年,祖父去世,他接班任教区唯一的牧师。他在第一篇祈祷文《忏悔作品中对上帝的盛赞》中抨击新英格兰地区的道德弊病。他意识到宗教的沉闷气氛,将启蒙主义引入布道。1740年至1742年,他和英国牧师乔治·怀特菲尔德在北美各殖民地点燃"大觉醒运动"之火,一起到处布道演讲。他的著作《发怒的上帝手中的罪人》(1740)成了布道主要内容。他的布道激发了人们的宗教热情,恢复上帝和教堂的权威,也遭到民众的反对。不久,他被解除了教职。后来他写了许多论著,如《意志的自由》(1754)、《伟大的基督教教义的原罪说辩》(1758)和《关于上帝创造世界的目的》(1765)等。他吸收牛顿和洛克的新思维,修正了加尔文教义,改变了僵化的教条,既保持清教主义上帝的荣耀,又指出人的行动应负的责任。他意识到随着启蒙时代的来临,他已力不从心。他不自觉地接受了新认识论,将人世间的一切都放在思考的范围内,从自身的体验和发现来认识上帝。这些现代意识使他成了19世纪爱默生和梭罗超验主义的先行者。他清楚地感到"大觉醒"与启蒙主义的冲突。中世纪式的布道文已不再受民众的欢迎了。

启蒙主义哺育了杰弗逊、富兰克林等革命青年,催生了轰动世界的《独立宣言》。人们受牛顿、霍布斯和洛克"自然神教"的影响,不那么迷信上帝的恩惠了。他们更关注的是社会的进步,普通人生活的改善和人们之间的相互关照。《独立宣言》无情地揭露英国殖民主义者的罪恶,宣告了殖民地人民独立、自由和平等的权利。独立革命的胜利给民众带来了希望和力量。

建国后,民众对文学和文化有了新的需求。独立革命前后,散文发展迅速。杰弗逊的论文《英属美洲权利概述》(1774)抨击英国国会对北美英属殖民地的控制,最早倡导美国独立。富兰克林自学成才,知识渊博。他的《富兰克林自传》(1771—1788)在他去世后出版,还有《穷理查德历书》(1732)在北美殖民地几乎家喻户晓。他将启蒙主义与自己的勤奋拼搏相结合,写出自己成长和成才的经历,激励无数读者自力更生,改善自己的条件,也为社会做贡献。他的《自传》成了几代美国人的生活指南,也为19世纪后半叶"美国梦"的形成鸣锣开道。

还有一位出色的思想家和理论家托马斯·潘恩。他一生坎坷,晚年又穷极潦倒,去世后遗骨流失英国。他的政治小册子《常识》(1776)、《美国的危机》(1776—1783)和《理性的时代》(1794—1795)在华盛顿率兵攻打英军时和独立前后发挥了很好的宣传鼓动作用。他巧妙地用自然神教的观点,揭露基督教神学家的迷人神话。他尖锐地指出,没有理性的作用,《圣经》对人如同对马一样是不可思议的。他的《人的权利》(1791—1792)则指出:欧洲现行的君主政体是万恶之源,造成社会贫困和民众失业,引发人民的革命。它的论述切中时弊,深受欧美公众的欢迎。

散文的兴盛促进了小说和诗歌的发展。它们逐渐取代了原先的祈祷文、日记和游记。查尔斯·布罗克丹·布朗成了小说界的新秀。他写了四部长篇小说《韦兰德》(1798)、《奥尔蒙德》(1799)、《埃德加·亨特利》(1799)和《亚瑟·默尔文》(共两卷,1799—1800)。他成了第一位将英国哥特式小说美国化的作家。他大量采用美国本土素材,通过丰富的想象,形成自己的风格。他的小说多数以书信体形式出现,结构参差不齐,有的松散些,语言生动,描写细致,气氛浓烈。他特别善于营造哥特式气氛,有时刀光剑影,非常恐怖。人物对话不够口语化,描述有时太华丽,令人迷惑。但他的小说给处于起步阶段的美国文学带来新的活力。他成为美国第一位职业小说家。可惜由于当时社会体制还不健全,稿酬菲薄,难以为继。他被迫弃文从商,以维持家庭生活。后来穷困潦倒,不幸早逝,年仅四十岁。

诗歌方面出现了菲利普·弗瑞诺和菲丽丝·威特利。弗瑞诺曾积极参加独立战争,讴歌美国独立革命。他的政治讽刺诗和自然抒情诗都很受民众欢迎。他的《纪念英勇的美国人》、《印第安人墓地》、《夜之屋》或《飓风》、《海上航行》等,风格朴实自然,口语化,比喻丰富,具有浪漫色彩。他一生大起大落,吃过大苦,受过重用,但晚景凄凉,怀才不遇。他是美国诗歌的奠基人、浪漫主义诗歌的先驱者,被称为杰出的"美国独立革命的诗人"。

菲丽丝·威特利是美国第一位黑人女诗人。她出身非洲,七岁时被带到波士顿。一个发财的裁缝约翰·威特利花钱买了她陪伴妻子。她本来无名无姓,就用载她到北美殖民地那条船的船名给她命名,加上买主的姓,成了"菲丽丝·威特利"。菲丽丝聪明好学,读了《圣经》和弥尔顿和蒲柏等英国名诗人的诗,后来开始写诗。她的诗大部分是短诗,讲究韵律,形式上较自由,内容丰富多彩,如《致华盛顿总司令阁下》歌颂伟大的总司令华盛顿由女神指引,必然胜利。在《热爱自由》里,她抨击奴隶制,断言在上帝面前人人平等。她参加过独立战争和废奴斗争。她笃信上帝,又为奴隶的自由大声疾呼。她是美国诗坛第一位黑人女诗人。她开创了美国黑人文学的先河。她从没像今天这么深受美国学界和读者们的重视。

除了女诗人菲丽丝·威特利以外,建国后涌现的女作家还有朱迪思·沙君特·默雷、苏珊娜·罗森和莎拉·文华思·摩顿。默雷曾以男性笔名"康斯坦西亚"发表作品,劝导美国女性要有独立思想。她的代表作《拾麦穗的人》(1789)是一套综合性的三卷文集,包括两个剧本、颂词和多篇散文。大部分散文是作者以"维基柳先生"的笔名在《波士顿杂志》发表过的。她大胆评论美国的内外政策,主张信教自由,男女平等。她自称是个"拾麦穗的人",在一次丰收之后,收集田里零散的麦穗。最后,她坦承"维基柳先生"就是自己,由于担心报刊不能正确对待女性的作品,所以才改用男性的名字。

苏珊娜·罗森也是美国早年第一批职业作家之一。她的长篇小说《夏洛蒂神庙》(1791)成了美国文学史上第一部驰名的畅销书。她成功地塑造了夏洛蒂女性形象,将往日旧式的寓意剧与新的心理现实相结合,获得意外的成功。

莎拉·文华思·摩顿是一位新英格兰的女诗人。她的长诗《魁比》(1790)和《火炬山》(1797)及其续集《社会的美德》(1799)成了建国初期独特的美国作品。她既写印第安人的故事,又写了许多为独立而战的革命英雄,充满爱国精神。诗中提及各殖民地战斗英雄的名字,祝福他们夺取最后的胜利,促进全世界的自由和平等。

第三,南北战争前后时期(1820—1865):国内战争前,欧洲浪漫主义思潮传入美国,促进了小说、诗歌和散文的全方位发展。与英国关系密切的华盛顿·欧文首先以《见闻札记》(1819—1820)获得了英美读者们的好评。书中最有名的两个短篇小说《瑞普·凡·温克尔》和《睡谷传记》以美国为背景,描写了普通美国人建国后的心态变化,亦真亦幻,诙谐幽默,令人叫绝。他的作品面向生活,展现善良的人性,从日常生活细节揭示人们对生活的热爱和期盼,改变了以往清教主义浓厚的说教色彩。他成了第一位获得国际声誉的美国小说家。

同样地,参考英国作家司各脱历史小说的詹姆斯·范·库柏写了长篇小说《间谍》(1821)后好评如潮。小说以美国独立战争为背景,歌颂哈维·伯奇忠于国家,一心为民的高尚品格,国内外反响热烈。随后,库柏精心创作了"皮袜子五部曲":《开拓者》(1823)、《最后一个莫希干人》(1826)、《草原》

(1827)、《探路人》(1840)和《逐鹿者》(1841)。小说通过绰号"皮袜子"或"鹰眼"的主人公纳梯·班波的非凡经历,展现了从18世纪末至19世纪初长达六十年西部荒野边地的复杂生活图景。五部曲中《最后的莫希干人》最出名。英国著名作家 D·H·劳伦斯称赞"皮袜子五部曲"反映了美国民族诞生和成长的经历,意义极不平常。库柏成了美国文学的奠基人之一。他享有"美国的司各脱"之美称。他是第一位描写美洲殖民地历史的历史小说家、第一位刻画印第安人形象的小说家,也是第一位创作系列长篇小说的美国作家。他为19世纪美国浪漫主义小说的发展铺平了道路。

纳珊尼尔·霍桑和他的挚友赫尔曼·梅尔维尔分别以长篇小说《红字》和《白鲸》促进了美国小说的繁荣。霍桑的《红字》通过一个平常的爱情故事揭露新英格兰清教主义对青年妇女海丝特的迫害。表面上,作者似乎在提醒人们不要像女主人公海丝特那样,背离清教主义的戒律而受惩罚,实际上他盛赞了海丝特不畏社会压力,顽强生存的勇气。霍桑是个讲故事的能手。他的短篇小说或"心理传奇"相当精彩。他为美国短篇小说的发展作出了宝贵的贡献。

梅尔维尔不像霍桑那么幸运。他的声誉大起大落,直到他去世三十年后才有公论。他的《白鲸》充满象征和神秘色彩。主人公亚哈船长是个复杂的人物。他是个撒旦式的"英雄",不接受上帝安排的现状。他自称一切行为都按照魔鬼的旨意,而非天父之命。他一条腿被白鲸咬断以后,发誓要追杀白鲸,报仇雪恨。复仇使他丧失了理智和人性,变成一个偏执狂,最后与白鲸同归于尽。梅尔维尔走在时代的前列。他在洋溢着乐观情绪的年代,描写了划时代的悲剧,预见到19世纪末美国"镀金时代"的失望情绪。他不愧是个伟大的浪漫主义作家。

1836年诗人拉尔夫·瓦尔多·爱默生匿名发表《论自然》,在文化思想界引起轰动。这成了他倡导的超验主义宣言。他勇敢地挑战加尔文教的机械命定论和唯一神教的理性和逻辑教义,明确地提出新大陆需要精神独立,创建自己的民族文学和文化。他在书中质问:"为什么我们不能有一种凭直觉而不是依靠传统的诗歌和哲学?"他强调美国有"新的土地、新的人、新的思想","我们要求有自己的工作、自己的法规和自己的宗教"。言外之意,美国人必须走自己的路。在《美国学者》里,他明确指出:"我们依靠别人的日子,我们对外国知识的漫长学徒期已经结束。我们周围的千万民众不能靠外国宴席上的残羹来喂养。……要唱出自己的歌。"爱默生和梭罗等人倡导超验主义理论,抨击加尔文教的愚昧,赞颂人的智慧和力量,提倡发扬个性,开拓自己的未来。它是民主主义思想在哲学上的表现,反映了资本主义自由发展的时代精神,推动了浪漫主义文学的进一步发展。

梭罗的《沃尔登》以他在沃尔登湖畔小屋独居的经历,实践超验主义思想,倡导回归自然,返璞归真,热爱自然,享受自然,同时要重视精神,注重修身养性。他认为精神重于物质。道德是唯一不败的投资。真正的财富在于精神的充实和完善。他批评世人一味追求金钱和财富,忽视精神上的自我修养,那将是虚度人生,失去生活的真意。他强调"简朴,简朴,再简朴!"他及时痛斥了拜金主义歪风,为"美国梦"的出现打下思想基础。

女作家玛格丽特·富勒也是爱默生超验主义俱乐部的重要成员。她是个自学成才的散文家。她当过《日晷》杂志的编辑和记者,写过许多书评和诗歌。她的专著《19世纪的女性》(1845)从超验主义的视角,评析大量性歧视的社会原因及其恶果,提出积极的改进方法。她认为美国妇女要自信,确立自力更生和独立自主的原则,破除旧传统的束缚,为人类的自由和尊严贡献自己的力量。这部论著成了美国人写的第一部成熟的女权主义力作。

埃德加·爱伦·坡的诗《乌鸦》等和推理小说《毛格街血案》等,亨利·威·朗费罗的诗《海华莎之歌》都具有浓烈的浪漫主义情调。

《草叶集》(1855)的问世标志着美国浪漫主义运动达到高潮。爱默生欢呼伟大的美国诗人终于诞生了。他,就是自学成才,刻苦打拼的大诗人瓦尔特·惠特曼。他家境清寒,印刷工人出身。早年他自办小报宣传民主思想,后来写诗。他的诗作汇入连续九版的《草叶集》(1855—1892)。诗集描述了一个欣欣向荣的新世界,揭示一个历史时代里美国人的勇敢探索的性格、乐观向上的思想倾向和多姿多彩的社会生活。诗人纵情歌唱祖国的大好河山、日新月异的城市和劳动人民的友谊和平凡劳动,怀念被刺杀的林肯总统以及展现对美好未来的乐观憧憬。《草叶集》反映了美国新兴资产阶级的自由和民主理想。这部划时代的杰作唱出了时代的最强音。惠特曼将超验主义与浪漫主义相结合,开创了美国自由诗的新时代。他被称为美国人民的伟大的民主歌手。美国文学史出现了第一次文艺复兴,谱写了崭新的一章。

第四,南北战争后至一次大战前时期(1865—1914):南北战争催生了影响巨大的废奴文学和黑人文学,推动了北方的胜利和南方黑奴的解放。理查德·希尔德列思的《白奴》(1836)、比策·斯托夫人的《汤姆叔叔的小屋》(1852)和弗列德里克·道格拉斯的自传三部曲,尤其是其中第一部《弗列德里克·道格拉斯生平的自述》(1845)在南北各州产生了广泛的影响。它们以大量真实而生动的细节描写反映了南方奴隶们,特别是黑奴的悲惨命运,感人至深,发人深思。这为现实主义文学的产生铺平了道路。惠特曼的去世标志着浪漫主义文学时代的结束。美国文学迅速走进一个现实主义和自然主义文学发展的新时代。

首先是小说家马克·吐温、威廉·豪威尔斯、亨利·詹姆斯和欧·亨利的出现。马克·吐温被誉为"美国文学中的林肯"。他的长篇小说《哈克贝利·费恩历险记》(1884)开创了美国文学的一代新风,成了世界文学宝库中一部精品。豪威尔斯最先指出"金钱成了时代的史诗","当个百万富翁成了美国人的理想。"他掌握时代精神,在代表作《赛拉斯·拉法姆发家记》(1885)里揭示了发财狂的镀金时代商业富豪们的道德腐败。他在文学创作和小说理论上都有重大建树。他成了美国现实主义文学的奠基人。詹姆斯进一步系统地阐述小说理论,提倡心理现实主义。他的长篇小说反映了天真的美国人与欧洲人的复杂性格冲突,展现新时代小说的国际主题。他的代表作《贵妇人的画像》(1881)生动地描写了女主人公伊莎贝拉的心理历程,揭示她在欧洲各地与几个青年的感情纠葛和道德冲突。詹姆斯开创了20世纪美国心理小说的新方向。

欧·亨利写了许多以城市生活为题材的短篇小说。他将报刊小说程式化,强调情节变化,注重小说的故事性,结局十分巧妙,令人意外。他的代表作《麦琪的礼物》(1906)歌颂真情,呼唤真情,感人肺腑,给人莫大的慰藉。它成了历久不衰的名篇,为各国读者所传诵。欧·亨利被誉为"美国短篇小说之父"。实际上,他是个多样化通俗小说的奠基人。他的独特风格使他与法国的莫泊桑和俄国的契诃夫并列为世界三大短篇小说家。

其次是美国乡土文学的迅速崛起,占据了《哈泼斯月刊》和《大西洋月刊》等大型杂志的副刊版面,风行全国。布列特·哈特的《咆哮营地的幸运儿》和《扑克滩的流浪儿》,1870年结集出版,轰动了全国。爱德华·艾格斯顿的代表作《呼泽的小学校长》(1871)用印第安纳州呼泽方言写成,乡土气息很浓。主人公拉尔夫校长坚持在山区小学任教,与坏人作斗争,以爱心感化学生。哈姆林·加兰也是个乡土文学干将,与上述两位齐名。他的《大路》(1891)成了第一部反映19世纪后期美国中西部生活的杰作。这些乡土文学作品成了美国现实主义文学的重要分支。

历时十年的揭丑派运动使文学走向生活,现实主义色彩更加浓烈,更贴近民众的感受。1902年,波士顿《竞技场》杂志首先揭露市、州和联邦政府的腐败以及私人企业牟取暴利的丑闻。紧接着各地大小报刊纷纷响应,从新闻界开始扩展至文学界、学术界、政界和商界,遍及全国各个角落。"报刊文学"由纪实走向暴露,一些记者成了作家,涌现了许多有影响的作家如林肯·斯蒂芬斯、大卫·菲力普斯和厄普顿·辛克莱,特别是辛克莱的长篇小说《屠场》(1906)问世后立即登上畅销书榜,激起全国读者的强烈反应,甚至惊动了白宫里的罗斯福总统。揭丑派运动有力地推动了现实主义文学的繁荣。

与此同时,法国自然主义文学思潮传入美国,找到了美国作家中的同路人。但他们并不完全模仿欧洲小说家。在强大的现实主义潮流面前,他们往往将现实主义与自然主义相结合,从艺术形式到主题思想都体现自己的独特风格。斯蒂芬·克莱恩的《红色英勇勋章》(1894)将战争写成控制一切的环境,逼使人丧失了自由和个性。这个主宰世界的魔鬼像一台套住士兵的机器,使他们动弹不得,只好接受命运的摆布。弗兰克·诺里斯将法国作家左拉作为自己的宗师,自称"少年左拉"。他的长篇小说《麦克提格》(1899)和《章鱼》(1901)揭示了社会环境和遗传因素造成人的毁灭。他成了第一个名符其实的美国自然主义作家。

西奥多·德莱塞以长篇小说《嘉莉妹妹》(1900)反映了时代的急剧变化造成贫富悬殊,民众走投无路的困境。随后的《美国的悲剧》(1925)深刻地揭示了城市工业化造成青年人自我毁灭的惨剧。德莱塞被称为一次大战前最优秀的自然主义代表作家。

杰克·伦敦是个自学成才的小说家。他的作品《深渊中的人们》(1903)和《白牙》(1906)都展示了人们为生存所体现的毅力和勇气,也流露了作者"弱肉强食"的自然主义思想。

不仅如此,这个时期还涌现一批优秀的女作家和一群新锐的黑人作家。

他们成了美国文学亮丽的风景线。

　　女作家们中，萨拉·奥恩·朱厄特是个继承斯托夫人的新英格兰小说传统的乡土文学代表。她的代表作《尖枞树之乡》(1896)以缅因州海港小镇丹聂特为背景写了许多人们淳朴而温馨的生活，富有浓烈的地方色彩。凯特·肖宾的《觉醒》(1899)则描写一个已婚青年妇女从心理到性欲的觉醒，体现了女主人公艾德娜追求妇女自由和平等的时代精神，流露了女权主义的现代意识。伊迪丝·华顿的代表作《纯真的年代》(1920)深刻地揭示了纽约"金字塔"里妇女的不幸命运，抨击金钱至上的社会环境对青年的毒害和困扰。威拉·凯瑟是开发中西部边地新题材的杰出的先驱者。她的小说《啊，拓荒者！》(1913)和《我的安东尼娅》(1918)描写了西部大草原移民艰苦创业的故事。她塑造了女强人亚历珊德拉和安东尼娅的动人形象。她们不仅是美国西部边土历史的创造者，而且是大草原精神文明建设的主力军。南方女小说家艾伦·格拉斯哥自学成才，勤奋笔耕，成了一位扬名欧美的女作家。她的小说《弗吉尼亚》(1913)和《荒芜的土地》(1925)描绘了南方妇女的不幸命运，倡导妇女通过自身的努力改变悲剧性结局。女主人公多琳达后来成了一位南方新女性。

　　19世纪末，一群黑人作家迅速登上美国文坛，引起人们的注目。布克·T·华盛顿是个黑人领袖和社会改革家，发表过不少作品。他的自传《从奴隶制起家》(1901)回顾了他成功地进行斗争，改善了自己的处境。保尔·劳伦斯·丹巴是从菲丽丝·威特利以来最著名的黑人专业诗人。他既写诗，又写长短篇小说。他写的诗有五百多首，内容丰富多彩，有的歌颂黑人和黑人英雄，有的揭露南方三K党徒烧杀无辜的黑人等。他善于借鉴黑人民间歌谣，语言简朴，风格独特，很受欢迎。查尔斯·切斯纳特是第一位成功的黑人小说家。他擅长写黑人混血儿的悲剧。他的代表作《传统的精华》(1901)揭露经常发生的种族歧视的罪行，提出黑人的身份问题。他成为黑人现实主义文学的开路先锋。

　　威·爱·伯·杜波伊斯是个优秀的黑人小说家、诗人和"泛非"黑人运动的领袖。他是中国人民的老朋友。他的自传《黎明的尘埃》(1940)以个人的经历揭示白人与黑人冲突的复杂性。他的长篇小说《黑色的火焰》三部曲：《曼沙特的苦难历程》(1957)、《曼沙特办学》(1959)和《有色的世界》(1961)是一部现实主义史诗式的巨著。它以主人公曼纽尔·曼沙特一家从重建时期至1954年的种种不幸遭遇,描绘近百年来美国黑人的苦难和抗争,反映他们在资本主义工业化冲击下的觉醒,表露他们对未来的憧憬和希望。小说还欢呼新中国的成立,谴责美国侵略朝鲜的战争,期盼黑人的解放和全人类进步事业的发展,争取美好的明天早日来临。

诗歌方面正酝酿着新变化。女诗人艾米莉·狄更生成了意象派诗人的先驱者。她一生写了一千七百七十五首诗,生前仅发表了七首。她的诗可分为大自然、爱情、死亡和人生四个方面。她强调"为美而死"和"为真而死"。她的创作所追求的是真善美。她善于将具体意象与抽象的思想相结合,用凝炼的形式来表达。意象新颖,字字珠玑,富幽默感。尽管她生前默默无闻,但20世纪初被重新发现,成为20世纪现代派诗歌的先驱者。

狄更生的诗艺影响了诗人庞德。1908年他赶往伦敦,与英国诗人弗林特、奥丁顿和哲学家休姆共同发起意象派诗歌运动。后来,女诗人艾米·洛厄尔将意象主义引入美国诗坛,加上芝加哥女诗人哈丽特·门罗主编的《诗刊》经常刊登意象派诗歌,推动了美国现代主义新诗的发展。意象主义运动跨越了一次大战,直到1917年才鸣金收场。它对许多美国诗人产生了巨大的影响。

此外,本国题材的戏剧陆续出现,但为数不多。主要剧作家有:布隆森·霍华德、詹姆斯·赫恩、威廉·莫迪、大卫·伯拉斯科、乔治·贝克和克莱德·菲茨等。文学批评开始引起学界的重视。1900年前后,美国逐步形成一个建构文学理论的运动。以威廉·布朗纳尔、欧文·白壁德和保尔·摩尔为代表的新人文主义派与以兰多尔夫·布尔纳、范·威·布鲁克斯和亨利·路易斯·门肯为代表的"文学激进派"就美国文学传统问题进行了激烈的论争。尽管双方没能达成共识,但构建文学批评理论的问题受到广泛关注。

第五,两次大战之间时期(1914—1945):一次大战后,英美列强取得了胜利,但战后欧洲出现了精神上的"荒原时代"。1898年德国哲学家尼采宣称"上帝死了"。一次大战后改变了欧美传统的价值观。明天怎么样?没人能回答。标志着欧洲古代文明的雅典、罗马、伦敦和巴黎都衰落了。人们感到困惑。美国出现了"迷惘的一代"作家们,他们的主要代表海明威、安德森、菲兹杰拉德和多斯·帕索斯纷纷走上文坛。他们分别前往作为世界现代主义思潮中心的巴黎,吸取法国先锋派的创新技巧。寄居巴黎的女作家斯坦因经常举办文艺沙龙,与西班牙画家毕加索、法国画家弗里斯和海明威等人一起探讨文艺的革新之路。她大胆地运用先锋派手法创作了小说《三人传》(1909)和散文诗集《软纽扣》(1914)等,开创了美国现代主义小说的先河。

20年代出现了第二次文艺复兴。许多传世名篇陆续问世,如安德森的《小城畸人》(1919)和《鸡蛋的胜利》(1921)、辛克莱·路易斯的《大街》(1920)和《巴比特》(1922)、菲兹杰拉德的《了不起的盖斯比》(1925)、德莱塞的《美国的悲剧》(1925)、海明威的《太阳照常升起》(1926)和《永别了,武器》(1929)、福克纳的《喧嚣与骚动》(1929)和沃尔夫的《天使望家乡》(1929)等。长篇小说空前大丰收。

20年代的哈莱姆黑人文艺复兴运动进一步繁荣了美国黑人文学。一批朝气蓬勃的黑人诗人和小说家迅速崛起,如黑人诗人休斯、麦凯和卡伦,黑人小说家托马、赫斯顿和邦当,尤其是理查德·赖特。休斯的《疲倦的布鲁士》(1926)、麦凯的短诗《如果我们必须死》(1922)、赫斯顿的小说《他们的眼睛盯着上帝》(1937)和赖特的《土生子》(1940)等对后来的黑人文学影响很大,同时在美国文学史上留下闪光的一页。

1929年11月,纽约华尔街银行接连倒闭,美国进入经济大萧条时期。罗斯福总统紧急实行新政,缓和社会矛盾,拯救陷入危机的经济。许多作家深入基层或贫民窟,接触社会实践,现实主义文学进一步走向繁荣。

1930年辛克莱·路易斯成为第一位荣获诺贝尔文学奖的美国作家。它标志着美国文学成为公认的独立的民族文学,意义重大。舍伍德·安德森汲取弗洛伊德心理学,在作品里描述商品大潮冲击下各种人物的畸形心态。继《小城畸人》后,他又陆续推出新作品,成了美国现代系列小说的鼻祖。多斯·帕索斯的《美国》三部曲,包括《北纬四十二度》(1930)、《一九一九年》(1932)和《赚大钱》(1936)揭示了美国从1900年至1929年三十年日益衰落的社会生活:政治上的分裂、经济上的粘合和感情上的创伤。三部曲运用现代派艺术手法,展现了极其广阔的生活画面。它在美国文学史上是前所未有的。英年早逝的纳珊尼尔·韦斯特像多斯·帕索斯一样,将现代派小说艺术在《孤心小姐》和《蝗虫日》中发挥得淋漓尽致。他成了后来黑色幽默作家的开路先锋。

左翼文学应运而生。约翰·里德、麦克尔·高尔德、欧斯金·考德威尔和詹姆斯·法雷尔等在工人运动中脱颖而出,登上文坛。他们有的当过工人或记者,同情十月革命;有的是犹太移民,熟悉他们贫民窟的不幸遭遇。有的了解南方佃农的困境,强烈反对种族歧视。有的参与左翼政治活动,在小说中揭露资本主义社会对青年一代的误导和毒害,具有深刻的现实意义。

1938年,女作家赛珍珠以描写中国农民王龙眷恋土地的长篇小说《大地》荣获了诺贝尔文学奖。这使西方读者对中国文化和中国人民有了更多的理解和重视。1939年斯坦贝克的长篇小说《愤怒的葡萄》与读者见面。它描写30年代俄克拉荷马"尘埃盆"的佃农乔德一家十二人和牧师吉姆向加州逃荒、长途跋涉的故事,反映佃农们在逆境中的不屈不挠精神。南方作家威廉·福克纳用意识流手法创作了史诗般的约克纳帕托法系列长篇小说十多部,加上几位女作家如凯瑟琳·安妮·波特的《开花的紫荆树》(1930)、卡森·麦卡勒斯的《心灵是个孤独猎手》(1940)和尤多拉·韦尔蒂的《绿窗帘》(1941)等以及玛格丽特·米切尔的长篇小说《飘》(1936)都使南方文学魅力四射,雄居一隅,为世人所瞩目。

现代主义诗歌空前繁荣。五大诗人众星拱照。罗伯特·弗罗斯特反映新英格大地生活的《诗集总汇》(1930)、埃兹拉·庞德的长诗《诗章》(1925—1948)、托·斯·艾略特的长诗《荒原》(1922)、威廉·卡洛斯·威廉斯的长诗《佩特森》(1946—1958)和华莱士·史蒂文斯的《星期天的早晨》(1923)各领风骚,备受欢迎,形成不同的诗风,将美国现代主义诗歌推向世界。

1936年尤金·奥尼尔荣获诺贝尔文学奖。美国戏剧结束了徘徊几十年的局面,逐渐赶上世界戏剧水平。左翼剧作家克利福德·奥德茨的《等待老左》(1935)、马克斯韦尔·安德森的《冬景》(1935)、罗伯特·舍伍德的喜剧《白痴作乐》(1936);南方剧作家丽莲·赫尔曼的《小狐狸》(1939);表演主义剧作家桑顿·怀尔德的《小城风光》(1938)和威廉·萨洛扬的独幕剧《千载难逢》(1939)等等都使30年代美国大花园里盛开着万紫千红的戏剧之花。

文学批评空前繁荣。左翼文学批评又称马克思主义批评是美国大萧条时期的产物。严重的经济危机使民众更接近马克思主义。左翼报刊《工人日报》、《新群众》和《党派评论》等推动了马克思主义的传播。主要批评家有梅克斯·伊斯特曼、V·F·卡尔弗顿和格兰维尔·希克斯。文化历史批评与左翼文学批评有一定联系。他们注重不同历史时期的经济、思想和文化特征。主要代表是弗农·帕灵顿和威尔逊。帕灵顿的代表作《美国思想主流》(共三卷,1927—1930)影响极大。艾德蒙·威尔逊主要论著有《三重思想家》(1938,1948)和《伤与弓》(1941)。他是一位最有影响的美国文学批评家。

新批评派从30年代至50年代,在美国文坛称雄三十多年,成为美国文学批评史上一支最重要的力量。它发源于20年代的英国,30年代在美国形成一个重要流派,40年代至50年代主宰美国文坛。60年代至今由盛而衰,但在大学里仍有影响。它最初的代表人物是英国的艾略特、瑞哈兹、燕卜孙和美国的兰色姆和塔特。后来美国原南方《逃亡者》杂志主编兰色姆和他的三个学生艾伦·塔特、克林思·布鲁克斯和罗伯特·潘·华伦最活跃。新批评派从注重实践日益形成强大的理论体系,在50年代达到鼎盛时期,影响涉及小说、诗歌和戏剧创作、研究、欣赏和教学等方方面面。

第六,二次大战后至越南战争前时期(1945—1965):二次大战后,美国进入重建时期,工农业生产逐步恢复正常,科技开始起步,文学和文化保持发展势头。主流文学仍引人注目。福克纳和海明威分别于1950年和1954年荣获诺贝尔文学奖。梅勒的长篇小说《裸者与死者》和琼斯的《从这里到永远》令人回想起二战中的腥风血雨,久久难忘。南方文学界涌现了新作家弗兰纳莉·奥孔纳、威廉·斯泰伦和沃克·珀西,继续繁荣的态势。科技的发展促进了科幻小说的大崛起。阿西莫夫、海恩莱恩、巴勒斯、勒·奎恩、拉斯和吉卜森将机器人、宇宙空间和电脑世界写入小说,吸引了无数读者,尤其是青少年读者。

50年代麦卡锡主义的"忠诚调查"引起了民众的不满和抗议。"垮掉的一代"应运而生。凯鲁亚克的小说《在路上》(1957)、金斯堡的诗歌《嚎叫》(1956)表露了青年一代对社会压抑的反抗。塞林格的小说《麦田里的守望者》(1951)则揭露了青少年对僵化的学校教育体制的愤怒和逃避,受到社会各界,特别是家长们的关注。

犹太文学一枝独秀,成了文坛的新亮点。马拉默德的《魔桶》(1958)、罗思的《再见,哥伦布》(1959)曾分别荣获美国国家图书奖。索尔·贝娄的《洪堡的礼物》(1975)和辛格的《萨莎》(1978)分别荣获诺贝尔文学奖。犹太文学一跃成为美国文学的重头戏,令美国文学界意外惊喜。

黑人文学面貌焕然一新。艾立森和鲍德温名列前茅。艾立森的《看不见的人》(1952)严肃地提出黑人的身份问题。一个无名无姓的黑人青年老实苦干,周围的人却看不见他。小说题材新颖,风格独特。1965年美国《图书周刊》将它评为二次大战后美国最佳小说。鲍德温的《向苍天呼吁》(1953)描写了大萧条时期纽约哈莱姆教区信徒们一天的生活,反映了格莱姆斯一家黑人两代人的冲突和痛苦,艺术性很高,深受读者好评。

60年代是美国的多事之秋。社会矛盾日益尖锐,民权运动、妇女运动、黑人运动此起彼伏。社会走向动荡,民众心情不安。苏克尼克、索尔·贝娄等人著文批评60年代"文学的枯竭",美国小说走进了死胡同。嬉皮士运动催生了反文化潮流,大众文化有了新进展。作家们苦思冥想,大胆实践,力图走出困境。

1961年,约瑟夫·海勒的《第二十二条军规》揭开了美国后现代派小说的序幕。紧接着,柯特·冯尼格特、约翰·巴思和弗拉迪米尔·纳博科夫分别以新颖的力作壮大了后现代派小说家队伍。他们的黑色幽默小说使美国文学摆脱了困境,闯出了新路子,继续往前发展。这具有划时代的里程碑意义。

诗坛流派纷呈,多姿多彩。黑山派诗人奥尔森、垮掉派诗人金斯堡、自白派诗人洛厄尔、纽约派诗人奥哈拉和黑人女诗人布鲁克斯等都有新诗篇问世。各领风骚,色彩斑斓,给美国诗坛大为增辉。

戏剧界也不甘示弱。威廉斯、米勒和阿尔比三大剧作家鼎立,具有国际影响。大众化戏剧蓬勃发展。百老汇、外百老汇和外外百老汇戏剧以及黑人戏剧十分活跃,有效地促进了美国戏剧的普及和繁荣。

新批评由盛而衰。芝加哥学派和纽约批评家们对它提出批评,特别是1957年,弗莱的神话原型批评指出新批评形式主义的狭隘性,使它日渐失势。随后,普莱和米勒的现象学批评和桑塔格和哈桑的存在主义批评一度非常活跃,占据了批评界半壁江山。新批评并未完全消失。它在大学里仍有市场,只是社会影响大大地减弱了。

第七,越南战争爆发后至新世纪初时期(1964—2008):越南战争后,美国社会逐渐走向相对稳定,经济持续发展。80年代末,后现代派小说的发展达到高潮。托马斯·品钦、威廉·加迪斯、威廉·加斯、唐纳德·巴塞尔姆和约翰·霍克斯相继进入读者的视线。他们的小说成了具有黑色幽默的元小说,分别荣获普利策奖、美国国家图书奖和美国书评界奖三大文学奖。埃·劳·

多克托罗、唐·德里罗和罗伯特·库弗等人也迅速崛起,加入后现代派作家行列。他们的作品丰富和发展了后现代派小说艺术,成了美国文坛一大亮点。到了90年代初,后现代主义作为一个哲学思潮已过去。但"X一代作家群"的异军突起,又增加了后现代派作家的活力。伏尔曼的《欧洲中心》(2005)和鲍威尔的《回声制造者》(2006)分别夺得2005年和2006年美国国家图书奖。还有大卫·福斯特·华莱士和道格拉斯·考普兰等。他们成了品钦和德里罗老一代的接班人,标志着"后品钦"时代的到来。

约翰·厄普代克的兔子系列小说和乔伊斯·卡洛尔·欧茨的《他们》(1969)等小说被称为新现实主义小说,深受读者们喜爱。女作家邹恩·狄第恩的"新新闻主义小说"《民主》(1984)等很受青睐。安·贝蒂和波比·安·梅森的小说则具有强烈的女性主义意识。

美国少数族裔文学的新突破成了这个时期另一大特色。1993年黑人女作家托妮·莫里森荣获诺贝尔文学奖,轰动了美国国内外,有力地推动了美国黑人文学的新繁荣。黑人女作家艾丽丝·沃克、玛雅·安吉洛、丽塔·达夫和黑人作家伊斯梅尔·里德不断有新作问世。还有20多位黑人青年女作家活跃在全国各个角落。

特别引人注目的是印第安文学和华裔文学零的突破。印第安作家史科特·莫马戴、詹姆斯·韦尔奇、列斯丽·西尔科和路易斯·厄尔德里奇走进美国文艺殿堂,吸引了学者和读者的目光。厄尔德里奇以其小说《圆屋》夺得了2012年美国国家图书奖,令人刮目相看。华裔作家汤亭亭和谭恩美分别以《女勇士》(1976)和《喜福会》(1989)打破了华裔文学多年的停滞局面,荣登美国文坛,深受学界的重视。

诚然,犹太文学仍在发展。苏克尼克一直处在小说试验的前列。他的长篇小说《向下进入》(1987)曾获美国国家图书奖。他的《成功》(1969)和《出走》(1973)等作品从小说的形式到语言作了多种试验。他的创新给读者们带来无比的震惊和快乐。辛西娅·欧芝克则将犹太文化传统与女权主义相结合,突出犹太性,语言平易。她的《披巾》(1989)、《信任》(1966)等将犹太文学带进了新时代。

美国诗坛又迎来一批名诗人。威廉·斯·默恩、詹姆斯·迪基、罗伯特·布莱和詹姆斯·赖特从超现实主义走向后现代主义。新形式主义诗人阿尔弗雷德·柯恩和杰特鲁德·施纳肯伯格占据诗坛一隅,拥有自己的粉丝。以查尔斯·伯恩斯坦为代表的语言派诗人也有大量读者,但受到主流诗刊和名诗人的冷落。少数族裔诗歌也有许多新作与读者见面。

戏剧逐步走向多元化。剧作家贝丝·汉莱、温迪·华瑟斯坦和玛莎·诺曼倾向于新现实主义,关注妇女的命运,生活气息浓烈。有的采用南方方言,对话富有诗意,女权主义色彩明显。主流剧作家萨姆·谢巴德和戴维·梅麦特则吸取电影技巧,运用古典悲剧和荒诞剧的手法,揭示美国金钱社会造成人们的道德堕落,为美国戏剧作出了巨大贡献。

文学批评也呈现多元化趋势。女权主义的新发展最为突出。贝蒂·弗里顿、凯特·米列特、艾伦·莫尔、伊莱恩·肖华尔特和加雅特里·斯皮瓦克等人的论著丰富了女权主义理论,产生了广泛的社会影响。乔纳森·卡勒和雅克·德里达将结构主义传入美国,很快找到同路人。耶鲁大学学派的保尔·德曼、希利斯·米勒和哈罗德·布鲁姆主持美国批评界多年,培养了不少高徒。詹姆逊的《后现代主义或晚期资本主义的文化逻辑》(1991)和爱德华·赛义德的《东方主义》(1978)等专著受到学界的重视。詹姆逊是西方马克思主义批评派的代表。他从经济基础与上层建筑的关系论述了西方资本主义发展三个阶段的不同特征及其相适应的文学和文化形态,指出后现代主义正是其第三阶段跨国资本主义的文学和文化形态。萨义德则系统地阐述了后殖民主义产生的背景、特色及其表现形式。此外,80年代末兴起的新历史主义批评和生态文学批评日益兴旺,显示了前所未有的活力。文学批评与文学创作的关系更密切了。

今天,两百多年过去了。历经多少风雨的磨练,美国文学成长了,发展了,出现了多种流派争妍斗艳的局面。小说发展最快,诗歌和戏剧紧紧跟上,尤其是戏剧,原先落后了一截,上世纪30年代以来奋起直追,效果显著。文学批评起步较晚,后来迎头赶上欧洲,倒过来影响欧洲。2001年震惊世界的"九一一"事件催生了"后九一一文学"。它成了新世纪前十年美国文学的一大特色。反恐成了各国读者共同关注的一个文学的新主题。美国文学更受重视了。今后,美国主流文学和少数族裔文学仍将继续往前走。总的趋势是多元化、民族化和综合化。美国文学将在挑战和竞争中迈上新世纪的发展大道。

第一部分
独立战争前后时期
(1720—1820)

第一章 时代浏览

重要史实实录

1620 年　12 月英国 102 名清教徒乘"五月花号"到达马萨诸塞州的普利茅斯,建立了殖民地;

1688 年　英国发生"光荣革命";

1700 年　前后,北美东部海岸英国殖民地连片扩大,人口增加至近四十万人。纽约和费城日渐崛起,出现新的欧洲移民潮;

1727 年　乔治二世继任英国国王,直至 1760 年;

1730 年至 1740 年　出现大觉醒时期,各殖民地之间交流活跃,牧师到处布道,相互沟通,联合与英国对抗;

1760 年　乔治三世继任英国国王;

1756 年至 1763 年　七年战争,英国打败了法国和西班牙联军。英国从法国人手中夺取了加拿大和密西西比河流域,从西班牙手中夺得佛罗里达。英国强化了对十三个殖民地的控制;

1765 年　英国颁布了印花税法,对北美殖民地所有报纸、书册、执照、商业文件、法律证件和各种印刷品,包括毕业文凭都要贴印花税。这个税法严重损害了殖民地人民的经济权益和文化生活,因此遭到殖民地人民的坚决抵制。同年 10 月,九个殖民地的代表在纽约召开反印花税大会。会议决定捣毁各地税务所,抵制英国货,改造各州议会,为独立革命做好准备;

1770 年　3 月,英国士兵在波士顿开枪杀害无辜群众,铸成"波士顿惨案";

1773 年　12 月,亚当斯率领五十名装扮成印第安人的自由战士登上波

士顿码头的运茶船,将价值一点五万英镑的三百四十三箱英国茶叶倒入海中。以上被称为"波士顿倾茶事件";

1774 年　英国议会通过五项强制法令,命令关闭波士顿港,禁止人民集会等;

1774 年　9月第一届大陆会议在费城举行。十二个殖民地的五十一名代表出席。会议向英王提出了一些改良的要求,遭到英王的拒绝。

1775 年　英军在康科德和莱辛顿与游行抗议的群众严重对峙,局势紧张;

1775 年　5月10日第二届大陆会议召开。会议决定组建志愿军,发行纸币,向外国购置武器,正式对英国宣战。会议还决定将波士顿附近的民兵组成"美国大陆军",任命华盛顿为总司令;

1776 年　6月7日大陆会议选出杰弗逊、亚当斯和富兰克林组成独立宣言起草小组;通过弗吉尼亚代表团的提案:美洲十三个英国殖民地脱离英国,成立独立的美利坚合众国。7月4日,大陆会议正式通过了《独立宣言》,轰动了全世界。这一天后来成了美国的国庆节。

1775 年　6月,华盛顿率大陆军围攻波士顿,后挥军南下,一直打到新泽西,沿途许多民众自愿参军对英军作战,英军拼命抵抗;

1778 年　2月美法签订联合条约。法国和西班牙对美提供秘密贷款,以购买武器和军需品。法国还同意派舰队和六千精兵支援华盛顿;

1779 年　西班牙参加美法联军,抗击英军;

1782 年　10月,美国独自与英国议和,签订巴黎和约。翌年,双方交换文本,英国正式承认美国独立。历时八年的独立战争胜利结束。

1787 年　5月联邦宪政会议在费城召开,商议起草新宪法。同年9月美国宪法正式通过;

1789 年　4月30日,乔治·华盛顿在临时首都纽约市正式宣誓就任总统,直到1797年。

1789 年　法国大革命爆发;

1790 年　费城改为临时首都;政府颁布了版权法;

1796 年　约翰·亚当斯当选美国总统;

1800 年　哥伦比亚特区华盛顿市正式成为美利坚合众国首都。

1801年至1809年　杰弗逊任美国总统；

1803年　从法国购买圣路易斯安那，版图翻了一番；

1812年　麦迪逊总统对英宣战；

1814年　英军入侵美国，攻占华盛顿，火烧白宫和国会。后来，双方签订停火协议；

1816年　詹姆斯·门罗继任美国总统；

1820年　国会通过《密苏里妥协案》，保持蓄奴州与自由州的平衡。

1763年，北美洲的十三个殖民地主要属英国管辖。总督由英国委派，跟随英国传统习俗。许多地方采用英国地名命名。英国征服了法属加拿大后，加紧海外扩张。英国在全世界拥有最多的殖民地。它加紧对北美殖民地的控制和掠夺，激起了殖民地人民的不满和反抗。1765年英国颁布的印花税成了双方冲突的导火线。英国士兵竟向示威抗议的群众开枪，造成严重对立。第一届大陆会议有人对英国抱有幻想，提出改良要求，遭到英王拒绝后才清醒过来。第二届大陆会议，确立联合建立一个独立国家的共同目标，并准备与英军开战。《独立宣言》发布后轰动了全世界，拉开了独立战争的序幕。

历时八年的独立战争又称美国革命，获得了决定性的胜利。它成为人类史上反对殖民主义的第一次解放战争。《独立宣言》成了马克思所说的伟大的"第一部人权宣言"。它为法国大革命颁布的《人权宣言》提供了范本。这是北美殖民地人民抗议英国将印花税强加于他们的顽强斗争的结果，也是十年来十三个殖民地政治经济发展的不可避免的结局。

建国后，美国制定了宪法，采取了各种措施加强联邦政府的权力，促进经济繁荣和社会稳定，进一步加强十三个州之间的关系，并设法扩大边界，寻找西部的出海口，版图有了很大的扩展。政府收支有了节余。对英法态度谨慎，避免冲突。后来与英国矛盾激化，麦迪逊总统匆忙对英宣战，造成惨重的后果。

独立战争胜利后，美国人希望建立一种伟大的新文学，实现文学和文化上的独立。不过文学创作不同于打仗。它需要生活经验的长期积累。美国要实现这个目标，至少需要五十年或更长的时间。战后不久，有名的文学作品不多，仅有些优秀的政治小册子。读者群远没有形成。美国人深知过分依赖英国文学的倾向难以消除。以前一些名作家大都出生于英国,在英国受过教育。英国的思维方式难于改变。所以,他们写作时总难摆脱旧框框。18世纪以来,英国作家艾迪生、斯梯尔和诗人蒲柏仍然是美国青年作家模仿的对象。这必然影响有自己特色的美国文学作品的出现。

不仅如此,独立后,美国作家们面临着"三无"的困境:无出版商、无读者群、版权无法律保护。搞文学创作,困难重重,经济收入没有保障。同时,作家队伍也有些变动。许多有才华的人去从事行政管理、法律和外交工作。这些职业名利双收,年薪有保障,还有其他的实惠。因此,作家成了人们畏惧的行业。像纽约的荷兰人后裔群、康涅狄格的诗人群和哈特福德的才子们才有雅兴去从事文学创作。小说家查尔斯·布朗是第一个想靠写作为生的美国作家。他写过几部有趣的哥特式传奇,可惜收益难以维系生活,终于穷困潦倒,英年早逝。富兰克林情况不一样。他家境清寒,但自办印刷厂印自己的作品,自己上街推销。成名后,他又参加社会活动,从事慈善公益事业和政治外交工作,成了一位跨学科的作家,具有广泛的国际影响。

缺少读者群成了美国文学发展的另一个问题。英国宗主国统治时对民众灌输崇英思想,读者群人数有限,又过分崇拜欧洲的名作家,对美国自己的作家兴趣不大。当然,美国作家不多,作品也少,内容又缺乏特色,喜欢英国作家及其作品是很自然的,难怪读者有自己的选择。新闻报刊略为好些。作品登了,会给稿酬。但他们需要的是轻松的短诗、短小精悍的杂文或引人入胜的试验性作品。这些可满足大多数读者的要求。至于长篇小说,他们则婉言谢绝。

殖民地时代,美国作家的作品常遭盗版,拿不到一分钱稿酬。如库柏的处女作《间谍》问世后,一个月内被四家印刷厂商盗版,不但拿不到稿酬,而且白白受气,影响健康。其实,这是美国出版商赚钱的好办法。他们经常盗版英国的畅销书,认为宗主国没收费是应该的。所以,他们不愿给美国作家付稿酬。有的在伦敦找个代理商盗印小说,然后送回美国装订,很快就在美国市场出售。盗版给作家造成巨大的经济损失。英国作家司各特和狄更斯的作品在美国被大量盗版,但英国出版商已付过他们稿酬,损失少一点,而贫困的美国作家就受不了。

1790年,美国政府正式颁布了诺亚·韦斯特起草的版权法。这位辞书专家在版权法里明确只保护美国作家的版权,默许盗版英国作家的作品。这种民族主义情绪对美国出版商和作家都有利,很受欢迎,后来一直没有修改。但美国作家们并未出版大量新作。不过,大量廉价的外国盗版书倒丰富了人民的文化生活,帮他们增长知识,接受欧洲的新思想。这在新国家成立后的前五十年是很有意义的。

最突出的表现是欧洲启蒙主义在美国的传播。它影响了许多美国青年,促进了独立战争的胜利。它帮助他们形成美国的民族意识、独立自由的思想,完成建立美利坚合众国的历史任务。它造就了美国许多新型的人物,使他们关注社会民生,反对外来压迫,改革宗教,改善政府管理,努力建立合理的政治体制,走向和平和繁荣的未来。与英国相比,美国的启蒙主义运动晚了半个世纪,但它产生了划时代的影响。苏格兰的常识哲学也传入北美,受到牧师和作家们的欢迎。

启蒙主义运动始于17世纪的英国,后来扩展到法国和欧洲其他国家。18世纪上半叶,启蒙主义传入美国。最有影响的是英国科学家牛顿(1642—1727)、哲学家托马斯·霍布斯(1588—1679)和约翰·洛克(1632—1704)。这几位新科学家和哲学家常常被称为"自然神教"。他们从宇宙的结构来观察人与社会,而不是用《圣经》来看待人的存在,改变了17世纪盛行的认识论。牛顿认为宇宙可看成是由理性的公式或人类可认识的不变的规律构成的机械实体。它是见证上帝恩惠的和谐的体制。人类有能力发现和运用所有的"自然规律"。

这个理性主义观点启导人们相信科学,相信进步,修正以前的认识论。以前,北美殖民地总被加尔文主义所笼罩着。人们总以为人世间的一切早已由上帝安排好了。一个人的命运如何,完全取决于上帝的恩惠。牛顿的认识论开始改变人们对自己和对世界的认识。霍布斯和洛克反对中世纪繁琐学派的直观哲学和新柏拉图主义,特别是反对人类由上帝事先选定的假设。霍布斯以心理学为基础,认为由于人们的恐惧,需要相互保护,组成社会群体,使国家拥有绝对权力。洛克感到人的本性是不同的。每个人出生时像一块白板,后来刻上生活的烙印,才出现种种复杂的意识。

牛顿、霍布斯和洛克的"自然神教"有力地冲击了17世纪北美殖民地的认识论。原先影响很大的牧师布列福德和温思罗普都认为:每个自然现象和每个人的行动都是一种上帝的旨意。他们劝人戒恶从善,将希望寄托于来生

和上帝。如今,人们更感兴趣的是人类自己的本性,而不是虚无的神学。许多人常常引用英国诗人蒲柏著名的诗句来激励自己:

了解你自己吧!别想去细察上帝,

人类应该研究的是人。

这两句诗反映了洛克的观点。他说:"我们在地球上的任务不是了解一切事物,而是了解那些有关我们行动的事情"。他指出,我们了解得越多,同情我们男女同胞的就越多,我们社会的精神生活就越丰富。

英国启蒙主义深深地影响了美国独立革命运动的思想家杰弗逊、富兰克林和汉密尔顿。他们面对北美殖民地的政治社会问题,大胆地提出反对殖民主义压迫,争取民族独立的主张,最后形成震撼世界的《独立宣言》。他们不再相信上帝给予的恩惠,更关注民众的进步,倡导关心别人,相互关照,努力改造社会。富兰克林将这种思想贯串他的力作《富兰克林自传》,提倡通过刻苦奋斗改善自我,改变社会。这本书深受读者欢迎,历久不衰。杰弗逊是洛克的忠实信徒,改造社会的雄心始终未变。汉密尔顿则是不折不扣的霍布斯主义者。他们三人共同合作,起草了《独立宣言》,在揭露英国殖民主义的罪恶,争取美国独立的斗争中立下了不朽的功勋。

与此同时,启蒙主义也触动了一些北美殖民地的宗教家或神学家。爱德华兹将牛顿的自然神论和洛克关于知识来自经验的观点纳入他的神学理论,力图改变清教主义僵化的教条,推动了"大觉醒运动",从而奠定了美国理性唯心主义基础。它为诗人爱默生等人超验主义的形成铺平了道路。

建国后,启蒙主义对美国文学的影响陆续显露出来。人们迫切要求改善生活条件,丰富文化生活。经济发展带来一些新变化。清教主义笼罩着的新英格兰地区以前总想建个"上帝之城",现在转向世俗生活,关注民生的改善,拟建设"人之城"。以前在各殖民地流行的布道文、祈祷文、日记、札记和故事逐渐消失了,代之而起的是一些诗歌、散文、小说和戏剧。辞书家诺亚·韦斯特最先提出美国要建立自己独特的语言体系,政治是这样,语言也是这样。他主张美国人要讲美国英语,使他们增强民族自豪感。有些青年作家表示要为创建民族文学出力,要克服当下"缺乏美国素材"的困难,写出好作品,克服英国人对美国作品的歧视。长篇小说陆续起步,但受清教主义思想的限制,进展缓慢。清教徒们认为小说是"说谎的艺术",全是作家编造的谎言;同时,小说总是离不开爱情故事,宣扬感伤主义,有些性描写很不健康。因此,英国哥特小说一直备受美国读者们欢迎,对美国作家的影响也比较大。戏剧是清教徒们最讨厌的,长期停滞不前。后来,英国剧团定期到北美各地演出,打动了观众们的心。情况有些好转。北美渐渐有了自己的剧作。散文一直受欢迎。杰弗逊、潘恩、富兰克林和汉密尔顿的政论性散文,对美国独立革命推动极大,影响深远。他们倡导的自由平等思想成了美国人民的宝贵精神财富,哺育了一代又一代的美国青年,深深地影响了他们的生活和创作。

第二章 散文家们的悄然崛起

第一节 本杰明·富兰克林与他的《自传》

1. 生平透视

　　本杰明·富兰克林(Benjamin Franklin, 1706—1790)是美国一位自学成才的杰出作家、政治家、外交家和科学家,1706年1月17日生于波士顿一个肥皂杂货商家里。父亲是个英国移民,母亲是个土族人的教师。在十五个兄弟姐妹中,他排行第十。八岁时,他入读文法学校,天资聪颖,成绩突出。两年后因家庭经济困难交不起学费,他只好停学帮父亲做肥皂生意。他不喜欢这个行业,想去航海,他父亲不同意,后来决定让他去哥哥办的印刷厂当学徒。他经常与书商和书店职工交往,十分开心。他从小爱读书,一直将积存的全部零花钱用在买书上。他广泛浏览各种名著,如班扬的《天路历程》、普鲁泰克的《英雄传》、笛福的《论计划》和马太博士的《论行善》以及洛克的哲学著作、英国的《观察家》评论等。1720年,他哥哥创办了《新英格兰报》。他匿名试写了几篇短文,受到好评,深受鼓舞。

　　1723年,富兰克林有一次与哥哥发生争执,便离开印刷厂,独自去费城闯荡。1727年,他和几个朋友成立"密社",经常一起探讨政治、哲学和道德等问题。这个社团持续了四十多年,社会影响很大。他进入凯默印刷厂工作,受派去伦敦购买印刷设备,1726年他返回费城。四年后,他自己办个印刷厂。他生活简朴,勤奋工作,还清了欠债。同时,他继续写文章自己出版,还推小车上街推销。1729年,他收购了《宾夕法尼亚报》(1729—1766),自任出版人兼编辑,经常发表自己的文章,受到越来越多读者的欢迎,声誉日渐扩大。

1730年,他创办了一个图书馆,促进全市各地区形成读书新风尚。1733年,他刊登了新作《穷理查德历书》,名声大振,广受好评。他的事业兴旺发达。他广交朋友,关注民生,不断为社会做好事。同年,他开始自学法语,后来又学会了西班牙语、意大利语和拉丁语。

1736年,富兰克林当选宾州议会秘书,开始步入政界。他任期达十五年,直到1751年。随后,他又成为州议会议员。任职期间,他创办了多项公共福利事业,如一家市立医院、一个消防队、一所青年教育学院(后来升格为宾夕法尼亚大学)、成立美国哲学学会,改善费城马路的交通、街道的照明和卫生工作等,深受市民们的好评。

1748年,富兰克林对科学试验兴趣大增,经过反复努力,发明了富兰克林火炉,既可取暖,又可节省燃料,还有远近两用眼镜和实用的避雷针等,引起了科技界的重视。英国皇家学会吸收他入会,并授予他金质奖章。好几家英国著名大学授予他博士学位。美国几所大学也授予他荣誉硕士学位。

1757年至1762年,富兰克林曾代表宾夕法尼亚出使伦敦,为土地税问题向英国政府顽强申辩,维护宾州的合法权益。两年后,他又出使伦敦,为废除殖民地的印花税据理抗争。他在伦敦一直待了十个春秋。英国政府的顽固态度使他意识到一场战争即将来临。他返回费城后,组建护城的民兵队伍,建立炮台,筹备粮草。他被选为大陆会议的代表,并成为《独立宣言》三人起草小组的成员之一,与杰弗逊等人起草了著名的《独立宣言》。1758年他创办了第一所黑人学校;1775年他发起成立第一个废奴协会,后来当选为该协会主席。他大力推动消灭蓄奴制。1776年,他又去巴黎向法国寻求军事和财政援助,受到法国民众的热烈欢迎。

独立战争后期,富兰克林当选为外交代表之一,赴伦敦与英国谈判。1778年,他代表刚成立不久的美利坚合众国出使巴黎,跟法国签订了联盟条约。1783年11月,他又成为美国新政府三人委员会成员之一,再度赴巴黎,与英国签订了和平条约,结束了历时八年的独立战争。英国正式承认北美十三个州独立创建的美利坚合众国。

返国后,1785年7月富兰克林当选宾夕法尼亚议会议长。他已80高龄,仍受到民众的爱戴。1787年,他被选为制宪会议的代表,推动了第一部美国宪法的通过。他为美利坚合众国的建立和巩固作出了不可磨灭的贡献。

1790年4月17日,富兰克林在费城与世长辞。各界人士两万多人参加了这位传奇式巨人的追悼会,表达对他深切的怀念和崇敬。

2. 代表作扫描

富兰克林是个自学成才的多产作家。在不平凡的一生中,他刻苦自学,锐意进取,写了许多脍炙人口的文章。他兴趣广泛,涉猎甚广。他的文集多达四十多卷。他成了一位出色的散文家。他的散文包括政论文、经济述评、讽刺小品、报刊随笔、科研心得和休闲短文等。他十分关注当时的社会现实,追求民族独立、民主和自由,关心青年一代的成长、成才和发家致富之路。因此,他的文章拥有大量读者,具有深远的社会影响。特别是他的《穷理查德历书》(1733—1758)激励青年读者自力更生,艰苦拼搏,做个有益社会的人。这本书在当时的北美殖民地几乎家喻户晓,每家一册。到了十九世纪初,欧美各国已有近百个版本,直到今天,它仍深受读者们的欢迎。他的《自传》(*Benjamin Franklin: Autobiography*)则吸引了欧美一代又一代读者们,成了富兰克林最有影响的代表作,至今魅力不减当年,备受青睐。苏格兰哲学家大卫·休谟称他是"美国第一位伟大的作家"。

1) 故事和人物盘点:

富兰克林的《自传》包括正传、正传续编、续传和补编四个部分。1771年,作者动笔时已经六十五岁了。他在英国作客度假时欣然命笔,分四次写成。第一部分是他写给儿子威廉的,原先并不打算出版。后来,他的朋友读了手稿后认为它对青年读者很有帮助,建议他出版并续写下去。他接受了。但全书只涵盖他的前半生,所以他自己从来不称它为"自传",只说是他一部"回忆录"。第二部分"是为公众写的"。他心里挺明确。第三部分写于1788年费城家中,以读史短评开始,至赴英国请愿为止。第四部分是他抵达伦敦后开始写的《不辱使命》。每个部分他都写得很认真。他想以自己前半生的经验和教训来启导后人。全书有个统一的结构,文字朴实流畅,富有幽默感。他曾从头到尾仔细作了修订。可是,1790年他一病不起,直到去世时仍未完稿。他更辉煌的后半生没能写出来。所写的前半生中间有些中断。如1757年至1759年仅有些随意评述。1818年美国版的《富兰克林自传》问世前,英国、法国和德国已先出版了。完整的英文版直到1867年才与读者见面。

《自传》第一部分写于1771年英国距伦敦五十英里的特崴福德村（Twyford village）阿萨夫教堂主教家中。作者想告诉他儿子有关他们祖上的奇闻轶事。其时，他儿子已是英国任命的新泽西总督，恰好与他同在英国。作者写信的目的有两个：一是告诉儿子他们家族的衍变和发展；二是传授他从穷困的家庭发家致富的"立身之道"，供他子孙后代仿效，从而迈上成功之路。

关于家族中的轶事，富兰克林从他一位伯父那里得到一些笔记，知道他们家族在诺桑普顿郡的爱克顿教区至少住了三百年，一直以打铁为业。家中的长子都是学打铁的。他的祖父有四个儿子。老二约翰成了染匠。富兰克林的大伯父托马斯继承父业，成了铁匠。他勤奋好学，成了教区大绅士帕尔梅的秘书，还推动了当地的公益事业，相当有名望，这开创了他家族的光荣传统。

接着，富兰克林谈到他家族原先全信英国国教，后来他父亲约塞亚皈依了非国教。为了追求信教自由，1682年他父亲带了妻子和三个孩子移民到新英格兰。定居后，他妻子又生了四个孩子，他的继室生了十个，共十七个。富兰克林是他的继室生的。他的几位哥哥都去不同的行业当学徒。他父亲发现他早慧，八岁时送他去文法学校念书，想将来送他去为教会服务。

随后，富兰克林谈到自己青少年时期的不平凡经历。从少年印刷工、与哥哥失和、独闯费城、伦敦印刷工生涯到重返费城与凯默合作，后来自立门户、办报成功、创办读书会，最后结婚成家，计划建立公共图书馆，推动社区形成读书的新风尚。

第二部分正传续编是作者为在巴黎收到朋友艾贝尔·詹姆斯和本杰明·沃恩的信而写的。前者是个费城的富商，后者是个同情美国革命的英国驻巴黎的外交官。两人都是作者的朋友。他们不约而同地劝作者将写好的《自传》公开发表，并且继续写下去。詹姆斯强调说："当你的作品出版时（我想不能不出版），引导青年像您青年时期一样勤劳和节俭，这对于那些青年来说，是何等的幸事！"沃恩则指出"更重要的是你的一生所给予的陶冶未来伟人的机会，并连同你那陶冶个人品性的道德艺术，常常有助于社会和家庭两方面的幸福。"富兰克林接受了他们二人的建议，"为了公众"，将传记续写下去。因美国革命爆发，他的写作曾中断一段时间。

接着，作者从公共图书馆的建立，谈到读书是他唯一的兴趣，并在"道德圆满计划"里提出了一个人成功必备的十三种美德：节制、沉默、秩序、决断、俭朴、勤劳、诚恳、正直、中庸、清洁、宁静、贞洁和谦逊。他结合自己的经历，细说了如何将这些美德应用于日常生活。他认为"每次只抓住一条去实行。当我已掌握这一条，然后再进而实行另一条。"他的十三种美德就是按这个观点排列的。他严格要求自己，每周列表考查自己。他原先的德行只有十二项，后来一位朋友亲切地批评他谈话中流露了骄傲情绪，所以他又补充了"谦逊"。这个部分成了全书最精彩的篇章，深受美国读者们的欢迎。

第三部分续传1788年写于费城家中，写得长些，包括作者的政治观、宗教信仰、编报心得、苦学外语、壮大读书社、事业成功、开办学校、关心市政建设、科学发明以及出使英国等等，反映了作者的印刷业和办报纸日益兴旺。他赚了大钱后考虑如何办公益事业，促进费城地区文化和科学的发展。他的善举受到赞赏，人们推选他去英国请愿。

第四部补编于1790年作者到达伦敦后开始写。只写了"不辱使命"，作者就病倒了，后来就去世了，来不及写完自传。他为解决"印花税"问题，出色地完成了第一次外交使命。

富兰克林是书中的传主。他面对自己已成人的儿子讲述了家族轶事，提及多位亲属，对他的大伯父托马斯赞赏有加，引以为荣。对他学染织出身的三伯父本杰明留下两大本手写的书稿反复细读。富兰克林的名字就是他三伯父起的。他还教过他独创的速记法。他也是一位了不起的政治家，后来移居美洲。这些祖先的业绩令富兰克林引以为豪。

在作者艰苦打拼的青少年时期，他提到他哥哥对他的帮助，后来兄弟失和，各自东西。他提到哥哥脾气暴躁，也检讨自己那时不懂规矩，惹人生气。他还谈到与科林斯、劳尔夫和凯默等人的交往与合作，感谢众多朋友对他的关照和支持。他也描述了最初独自去费城闯荡的艰辛以及初恋失败后又获美满婚姻的幸福。他从前半生的不辞劳苦的拼搏中揭示了个人成才和成功的经验和教训，体现了他博大精深的思想和自力更生，奋发上进的精神。

2）风格和语言聚焦：

富兰克林的《自传》风格朴实平易，流畅耐读。作者从早年经历入手，面对自己的儿子侃侃而谈，像拉家常一样，细说自己的家族史和发家史，深入浅出，实事求是。它充分展示了富兰克林的优美散文风格。全书洋溢着浓烈的生活气息。它开创了美国传记文学的先河。

　　与当时流行的一些劝人从善的书不同,富兰克林并不自我吹嘘,炫耀自己的成功;也不高谈阔论,大搞宗教说教,而是以平等待人的态度与读者聊天,显得格外亲切又诚恳,拉近了与读者的距离。他从"人如何生活?"的大处着眼,结合自己走入社会后遇到的困难和挫折,畅谈自己的体验和感触,实实在在,毫不夸张或虚饰。虽然他也感谢上帝让他找到了"入世之道",但更多的是面向生活实际,和盘托出自己的遭遇和应对的策略。他从具体事例谈到道德修养,切合实际,令人相信。他不像以前殖民地作家和其他同代人那样,盲目地说教,逃避现实,蒙骗读者。他提出的十三种美德是他克服困难,获得成功的经验之谈,也是他梦寐以求的理想。他详细说明了实践这些信条的过程,坦率地揭示自己的缺点,表露了改正后的喜悦。这种夹叙夹议、有血有肉的叙事策略令人感到亲切可信,百读不厌。

　　富兰克林爱用许多充满哲理的格言和箴言,比如"让祖父辈享受他们的荣光,我们要创造自己的"、"勤劳是得到财富和名声的方法"、"没有一种品德能像正直和忠厚那样使一个穷人致富"、"无知并不可耻,可耻的是不肯学习"、"勤奋增学识,谨慎能致富,胆大有官当,行善上天堂"、"最大的愚蠢就是过分炫耀自己的聪明"等等,真是妙语如珠,令人回味无穷。他有些格言和箴言具有朴素的辩证思想,如"博览,但勿乱读"、"原谅恶便是伤害善"等。他对文学语言十分执着,七十岁时还细读《旁观者》,进行对照模仿,发现自己用词的不足。其实,他早已是个艺术语言的大师了。

　　3) 意义和影响总览:

　　富兰克林的《自传》是一部影响了美国几代人的生活教科书,具有极其广泛的历史价值和现实意义。今天,两百多年过去了,它仍然魅力四射,激励人们奋发上进。它不但为19世纪末"美国梦"的形成创造了条件,而且成了当今美国青年个人奋斗和成功的行动指南,鼓舞他们勤奋拼搏,认真读书,努力改变自己的处境,为国家和社会作出贡献。

　　富兰克林认为出身不能决定一个人的命运。出身贫穷,并不可耻,出身高贵,对于快乐、美德或伟大并不必要。他强调指出:"一个有相当才能的人可以造成巨大的变化,在人世间干出伟大的事业。"言外之意,只要勤勉和俭朴,每个人都可以成才,为社会作贡献。这种自由、民主和平等的信念就是资产阶级启蒙主义思想。它勇敢地挑战了"上帝主宰一切"的旧思想,冲破了许多旧框框的束缚,使许多下层出身的人发愤图强、励志打拼,在美洲新大陆靠自己的扎实努力发家致富,荣获成功。《自传》改变了无数美国人的命运。贫苦出身的富兰克林的成功之路就是美国人活生生的榜样。哲学家康德称他像是"从天上偷窃火种的第二个普罗米修斯"。

富兰克林在书中提出了十三种美德。这既是他理想的道德修养,也是他努力实践的信条和获得成功的保证。这些美德是在清教主义倡导的勤勉、俭朴和谨慎的基础上发展起来的。一方面,富兰克林不脱离清教主义传统;另一方面,他又不受它束缚,而是汲取英国启蒙主义思想,理性地看待生活,看待自我,面对现实社会,面对生活,强调人的潜力、能力和活力可以改变自己,改变世界。他认为"不劳不作,无所收获","在这个世界上,人能得救,不是靠信仰,而是靠没有信仰。"十三种美德是他在生活实践中得来的感受。他在自传中细谈了各种美德之间的关系、他严格对照的经过以及接受朋友的建议,增加"谦逊"一种美德的必要性。他不迷信宗教信条,强调在社会实践中修身养性,身体力行,自我反省,力争达到尽善尽美的境界,持之以恒,决不放松。

富兰克林最关注的是人。他喜欢与别人交往。他竭力观察、理解和认识周围的一切。他特别喜欢与有学识的人交谈。他乐于帮助别人,对帮助过他的人十分感激。有时,他与朋友发生争论,他总是从自己方面找原因。初入政坛时,有人反对他,他巧妙地耐心说服,与人和解,而不是简单地去报复他。他善于协调不同意见,促进公益事业的发展。他总是慷慨为社会捐款。四十二岁时,他赚大钱富了,便兴资办学,创建图书馆,改善马路照明,宣传爱读书的新思想。在他看来,一个人打拼发了财后,不能只顾自己享受,要关心社会,关心别人,为公益事业出力。这是他对人类道德和理性的最好诠释,也为美国发了财的慈善家开了先例。有人称他为"现代文明之父"。

富兰克林是一位美国历史上杰出的政治家、外交家、文学家和科学家。他为美国民族的独立、自由和平等贡献了毕生的精力。富兰克林的《自传》成了历久不衰的美国人民的精神读本。它为美国的精神文明建设,尤其是"美国梦"的形成奠定了扎实的基础。

4) 文本名段点击①:

A. 作者回忆自己艰辛的少年生活:

... At ten years old I was taken home to assist my father in his business, which was that of a tallow-chandler and soapboiler; a business he was not bred to, but had assumed on his arrival in New England, and on finding his dying trade would not maintain his family, being in little request. Accordingly, I was employed in cutting wick for the candles, filling the dipping mold and the molds for cast candles, attending the shop, going of errands, etc.

I disliked the trade, and had a strong inclination for the sea, but my father declared against it; however, living near the water, I was much in and about it, learnt early to swim well, and to manage boats; and when in a boat or canoe with other boys, I was commonly allowed to govern, especially in any case of difficulty; and upon other occasions I was generally a leader among the boys, and sometimes led them into scrapes, of which I will mention one instance, as it shows an early projecting public spirit, tho' not then justly conducted. (p.23)

B. 作者刻苦自学多种外语获得成功:

I had begun in 1733 to study languages; I soon made myself so much a master of the French as to be able to read the books with ease. I then undertook the Italian. An acquaintance, who was also learning it, us'd often to tempt me to play chess with him. Finding this took up too much of the time I had to spare for study, I at length refus'd to play any more, unless on this condition, that the victor in every game should have a right to impose a task, either in parts of the grammar to be got by heart, or in translations, etc., which tasks the vanquish'd was to perform upon honour, before our next meeting. As we play'd pretty equally, we thus beat one another into that language. I afterwards with a little painstaking, acquir'd as much of the Spanish as to read their books also. (p.101)

3. 其他重要作品链接

A. 散文专集:

《穷理查德历书》(*Poor Richard's Almanac*, 1733—1758)

---

① 下列引文选自 Benjamin Franklin, *The Autobiography and Other Writings*, A Signet Classic from New American Library, 1961。

B. 散文选：

《蜉蝣》(The Ephemera, 1778)

《棋德》(The Morals of Chess, 1779)

《口哨》(The Whistle, 1779)

《富兰克林与痛风病的对话》(The Dialogue Between Franklin and the Gout, 1780)

C. 讽刺小品：

《普鲁斯国王法令》(Edict by the King of Prussia, 1773)

《大帝国可能变小的规则》(Rules by Which a Great Empire May Be Reduced to a Small One, 1773)

第二节　托马斯·杰弗逊与《独立宣言》

1. 生平透视

托马斯·杰弗逊(Thomas Jefferson, 1743—1826)生于弗吉尼亚萨德威尔一个望族之家。1767年至1774年，他曾在威廉和玛丽学院学习法律。毕业后，他继承家业，成了南方种植园主兼任律师。1769年，他当选弗吉尼亚议会议员。1774年，他发表了论文《英属美洲权利概述》，公开抨击英国国会无权为美洲英属殖民地制定法律，最早提出美国独立的思想，因此他一举成名，受到社会各界的关注。不久，他被选为弗吉尼亚的代表，出席费城第二届大陆会议。他受大会委托，与富兰克林等三人一起负责起草《独立宣言》。他成了主要执笔者。

1779年至1781年，杰弗逊当选弗吉尼亚总督。1783年至1785年，他任大陆会议的代表，曾提出废奴案，未能获得通过。1785年，他受命出使法国并游历欧洲。1789年，华盛顿当上总统，任命他为第一任国务卿(1789年至1793年)，后来他因与财政部长汉密尔顿意见不和而辞职。1783年，英军入侵弗吉尼亚时,他毅然辞去总督职务,准备退出公众生活。他抽空写了《弗吉尼亚笔记》,回答了一位法国外交官的问卷,系统地阐明他对奴隶制、小农经济、自然科学、艺术、教育和学术研究的观点,充分地体现了他在美国启蒙时期的理想和打算,反映了他的高度爱国热情和民族自豪感,意义重大。同年,他又出席了大陆会议,主持分组委员会讨论和平条约,并提出改革金融制度的计划。

1797年,约翰·亚当斯当选总统,杰弗逊成了副总统,任期四年。1801年至1809年,他任美国第三任总统,采取了许多民主措施,并扩大美国的地理版图。他禁止政府为他祝寿,不许在美元纸币上印他的头像,反对官员特殊化。他收购了路易斯安那州,指派路易斯和克拉克去西部探险等,使地理版图增加了近一倍。他创建了民主党,签订了禁运条约,避免卷入法俄战争。1809年,他退休回家。他的继任人麦迪逊总统是他的好友,经常征求他的意见。他自己继续在哲学、科学和建筑学方面开展研究。1819年,他创办了弗吉尼亚大学。他毕生爱收藏图书。1812年,国会图书馆毁于大火。他闻讯后将他的数万册图书捐赠出来,弥补了国会图书馆的惨重损失。

1813年,通过不断交流和沟通,杰弗逊终于与亚当斯达成了谅解,结束了两人长期的不和与疏远。两人来往的大量信件汇编成《亚当斯—杰弗逊通信集》,多次再版,受到后人的欢迎。

1826年7月4日,杰弗逊逝世于弗吉尼亚的家乡蒙蒂雪罗。他的墓碑上刻着:"这里安葬着托马斯·杰弗逊,美国《独立宣言》的起草人、弗吉尼亚宗教自由法的制定者、弗吉尼亚大学的创办人"。这些铭文是他生前为自己撰写的,恰如其分地总结了他毕生对政治独立、自由平等和科学文化的追求,反映了他终身的杰出贡献。他留给美国人民的文化遗产《杰弗逊文集》达六十卷。

2. 代表作扫描

像富兰克林一样,杰弗逊是个杰出的散文家。他的散文以政论文为主,充满政治激情和强烈的论辩性,洋溢着追求民族独立、自由和平等的崇高理想。与富兰克林不同的是杰弗逊出身望族,受过良好的高等教育,精通法律。他最早提出美国独立的观点,表达了美洲殖民地人民反对英国殖民统治的愿望。因此,他受第二届大陆会议的委托,负责起草《独立宣言》。这部划时代的宣言成了美国独立革命的纲领性文献,也理所当然地成了杰弗逊的代表作。

1) 主要思想观点盘点：

《独立宣言》(The Declaration of Independence)于 1776 年 7 月 4 日在第二次大陆会议上由代表美洲十三个殖民地的五十六人签名一致通过。他们庄严宣告：脱离大英帝国，建立美利坚合众国。

《独立宣言》由三大部分组成：一)阐述政治原则，即民主与自由的哲学；二)列举英王乔治三世对美国的罪状；三)郑重地宣布了建国。它首先明确指出：一个民族有权摆脱另一个民族的政治束缚。"所有的人生来平等是不言而喻的真理"。生存、自由和幸福是天赋的人权，任何人不可侵犯。任何形式的政府如果破坏了这些权益，人民就有权改变它或废除它，成立新政府。这不仅是人民的权利，也是人民的责任。

接着，《独立宣言》回顾了漫长的历史，罗列了英国国王极端专制独裁的二十条罪状，揭露英王政治上、经济上、宗教上和文化上对美洲殖民地的不公正和肆意掠夺的恶劣行径，特别指出殖民地人民多次发出正义的呼声，要求改变或废除一些不合理的规定，英国政府一直置若罔闻，我行我素，令殖民地人民到了忍无可忍的地步。

因此，第二届大陆会议完全有权以殖民地人民的名义宣布成立独立和自由的国家美利坚合众国，并断绝与大英帝国的一切政治关系。美利坚合众国享有关于战争、和平、结盟和财政等一切独立国家的主权。

作为主要起草人，杰弗逊站在殖民地人民的立场，鲜明地抨击英国殖民者对美洲殖民地的专横和掠夺，提出了民族独立的严正要求，向全世界宣告美利坚合众国的诞生。因此，《独立宣言》一发表，不但获得了十三个州人民的热烈拥护，而且受到世界各国人民的支持。《独立宣言》震撼了全球，成了人类历史上一个伟大的转折点。

2) 风格和语言聚焦：

《独立宣言》是一篇向殖民主义宣战、宣布独立建国的战斗檄文，也是一篇美国文学史上独树一帜的优秀散文。它被誉为欧美经典性的政论文典范。它的风格朴实，语言简练，说理有力，逻辑性强，充满饱满的政治激情，很有说服力。

《独立宣言》开篇单刀直入，明确指出：在人类历史的进程中，一个民族有必要解除另一个相关民族对它的政治束缚。这是自然之神和自然规律赋予他们的使命,也是人类对他们的真诚敬重,要求他们宣布独立的种种原因。

接着,《独立宣言》进一步指出:所有的人生来都是平等的。造物主赋予他们同样的权利:生存、自由和追求幸福。政府的权力来自人民。如果政府不能保障人民的权利,人民有权改换它或废除它,建立以这些原则为基础的新政府,以最大程度地保障人民的安全和幸福。如果政府专制独裁,人民就有权推翻它,这也是他们的义务。北美殖民地人民忍受这些痛苦太久了,现在有必要改变政府的旧体制。《独立宣言》说理简单明确,没有多少形容词,语句简短有力,观点鲜明,字字铿锵,掷地有声。

随后,《独立宣言》采用俳句的形式概括地揭露大英帝国在任国王对美洲殖民地人民犯下二十条罪状的事实,并指出他想达到的奴役、压迫和剥削殖民地人民的目的。

最后,《独立宣言》强调指出:面对这些不公正的压迫,殖民地人民多次请愿毫无结果。反复请愿得到的是反复的伤害。他们曾多次向英国同胞提出警告,呼吁正义和血缘关系,但他们总是充耳不闻。因此,作为美利坚合众国的代表,他们在大陆会议上代表这些殖民地人民,庄严地宣布独立和自由,完全断绝与大英帝国的一切关系,拥有一个独立国家的所有权利。

《独立宣言》结构严密,文字通俗易懂,长短句结合,层层加深,说理透彻,义正词严,论据充分,笔锋犀利,观点鲜明,真是大快人心,锐不可当。它在美国文学史上写下了光辉灿烂的一页。

3) 意义和影响总览:

《独立宣言》具有伟大的历史意义和理论价值。它无情地揭露老牌殖民主义国家大英帝国掠夺和压迫美洲殖民地人民的罪状,提出了"革命有理"、"独立有理"的明确宣言,诚如马克思所说的,它是人类的"第一个人权宣言"[①],"最先推动了十八世纪的欧洲革命",它不但为美国的独立战争鸣锣开道,而且"开创了资产阶级革命胜利的新纪元"。

《独立宣言》不仅反对一个民族压迫另一个民族的殖民主义,而且强调生存、自由和追求幸福是天赋的人权,任何人不可侵犯。任何形式的政府,如果破坏了这些权益,人民就有权改变它或废除它,成立新政府。这不仅是人民

---

① 《马克思恩格斯全集》第16卷,第20页,人民出版社。

的权利,也是人民的责任。《独立宣言》明确了一个国家的政府必须确保人民权益的原则,奠定了现代国家的政府必须为人民谋福祉的原则。它成了追求自由、平等和友谊的法国《人权宣言》的思想基础,推动了法国资产阶级大革命,也激励许多弱小民族反对殖民主义和推翻封建王朝统治的斗争。

因此,《独立宣言》具有划时代的世界意义,在推动人类历史发展上起了巨大的进步作用。杰弗逊不但为美利坚合众国的成立、巩固和发展立下了汗马功劳,而且为人类的进步事业作了突出的贡献。

4) 文本名段点击①:

A. 宣言根据"所有的人生来都是平等的"原则,指出人民有权决定政府:

When, in the course of human events, it becomes necessary for one people to dissolve the political bands which have connected them with another, and to assume among the powers of the earth the separate and equal station to which the laws of nature and of nature's God entitle them, a decent respect to the opinions of mankind requires that they should declare the causes which impel them to the separation.

We hold these truths to be self evident: that all men are created equal; that they are endowed by their Creator with *certain* [inherent and] inalienable rights; that among these are life, liberty, and the pursuit of happiness; that to secure these rights, governments are instituted among men, deriving their just powers from the consent of the governed; that whenever any form of government becomes destructive of these ends, it is the right of the people to alter or to abolish it, and to institute new government, laying its foundation on such principles, and organizing its powers in such form, as to them shall seem most likely to effect their safety and happiness. (p.160)

B. 宣言罗列了英国殖民者的罪状:

He has incited treasonable insurrections of our fellow citizens, with the allurements of forfeiture and confiscation of our property.

He has waged cruel war against human nature itself, violating its most sacred rights of life and liberty in the persons of a distant people who never offended him, captivating and carrying them into slavery in another hemisphere, or to incur miserable

---

① 下列引文转引自 Cleanth Brooks、R.W.B.Lewis、Robert Penn Warren 合编的 *American Literature: The Makers and the Making*. vol. I. St. Martin's Press, 1973。

death in their transportation hither. This piratical warfare, the opprobrium of *infidel* powers, is the warfare of the *Christian* king of Great Britain. (p.161)

C. 宣言最后宣布脱离英国，独立建国，实行独立自主的政策①：

We therefore the representatives of the United States of America in General Congress assembled, do in the name, and by the authority of the good people of these [states reject and renounce all allegiance and subjection to the kings of Great Britain and all others who may hereafter claim by, through or under them; we utterly dissolve all political connection which may heretofore have subsisted between us and the people or parliament of Great Britain: and finally we do assert and declare these colonies to be free and independent states,] and that as free and independent states, they have full power to levy war, conclude peace, contract alliances, establish commerce, and to do all other acts and things which independent states may of right do. (p.161)

3. 其他重要作品链接

A. 政论文：

《英属美洲权利概述》(*A Summary View of the Rights of British America*, 1774)

《弗吉尼亚笔记》(*Notes on the State of Virginia*, 1784)

---

① 这是杰弗逊起草的原文，大陆会议通过时曾作了修改。

第二部分

南北战争前时期
（1820—1865）

第一章 时代浏览

重要史实实录

1823年　门罗总统发表《门罗宣言》,将拉丁美洲列入美国势力范围;

1829年　杰克逊当选总统,推行城市工商业发展,暂时缓和蓄奴制的矛盾;

1831年　新英格兰废奴协会成立;

1833年　美国废奴协会成立;

1840年　废奴主义者成立自由党;

1846年　美国与墨西哥爆发战争,1848年结束。战后美国占领俄勒冈,将它变为一个州;

1848年　加利福尼亚州发现金矿;

1849年　出现加州淘金热;

1850年　国会通过奴隶逃亡法。根据此法,奴隶主可在自由州抓捕逃跑的奴隶;美国人口增至两千三百万,赶上英国,其中黑人奴隶占三百二十万,分布在南方;

1851年　政府号召:"年轻人,到西部去!"掀起开发西部的热潮;

1852年　斯托夫人《汤姆叔叔的小屋》问世,促进了废奴运动;

1854年　南方极端分子想推翻《密苏里协议》,提出密西西比河流域各州和新墨西哥州应为蓄奴州,引起北方的强烈反对;共和党成立,主张新成立的州不得成为蓄奴州;

1860年　林肯当选总统(任期至1865年);

1861年　2月,南方十一个州成立南方联盟,推举杰斐逊·戴维斯为临时总统,建都里士满,与北方分庭抗礼。4月21日出兵攻打萨姆特堡。次日,林肯总统宣布派兵镇压南方叛乱。南北战争终于打响；

  1861年至1863年 李将军率南方联盟军奋战，初期曾打过几次胜仗；

  1862年 9月22日林肯发布《解放宣言》，公开宣布南北战争的原因是蓄奴与解放奴隶的斗争。南方叛乱各州的黑人奴隶为自由人；1863年元旦生效；

  1864年 格兰特将军率北方联邦军迅速扭转战局，长驱直入，包围南方联盟军；

  1865年 4月林肯当选第二任总统；李将军率部向北方联邦军投降，历时四年的国内战争宣告结束；北方胜利不到一周，4月14日晚林肯总统在华盛顿福特剧场看戏时遇刺身亡。他的副总统安德鲁·约翰逊继任总统。他宣布将努力完成林肯总统未竟的事业。凯旋声中全国陷入极大的悲痛；国会通过宪法第十三条修正案，宣布所有奴隶获得自由，不给奴隶主任何补偿。

  独立战争胜利后，美国废奴运动有了进展。1808年，国会废除了与非洲的奴隶交易。此后，教友派继续坚持废奴活动。他们的抗议比较温和，收效不大。北方废奴主义者发动自由土地运动扩展到未建州的西部地区，声势越来越大。奴隶制问题成了南北方争议的焦点。

  1850年美国人口增至2 300万，其中南方黑人奴隶占320万。可见，奴隶制问题的严重性。它极大地阻碍了南方社会经济的发展。但是，1800年后，随着轧棉机和棉花新品种的出现，种棉业十分赚钱，甘蔗和烟草经济效益极高。这三大支柱产业的发展需要大量劳动力。南方人坚持认为奴隶制是他们的社会基础，比什么都重要。况且南方奴隶制已有两百年历史。大约一半以上的奴隶成了种植园干活的主力。南方政客们千方百计为奴隶制辩护，掩盖奴隶制的野蛮与残酷，否认奴隶制破坏了最基本的人权，激起了北方反对蓄奴制人们的不满和愤怒。

  30年代初兴起的废奴运动要求立即取消蓄奴制。1831年1月，马萨诸塞州青年劳埃德·加里森在他主编的《解放者》杂志上呼吁马上解放奴隶，刻不容缓！并说：此事决不退让！但也有人主张采用合法的和平手段，逐步解决奴隶的自由问题。后来，青年奴隶道格拉斯逃亡到波士顿，加入加里森的废奴活动。他以亲身经历到处控诉奴隶制的罪恶，并写文章在他创办的报纸《北方星》(The Noth Star)上鼓动废奴，声势很大。南方黑奴逃往北方或进入加拿大的人数日益增加。30年代,北方建立许多秘密通道,号称"地下铁路",帮助南方黑奴出逃。到了40年代,各州的废奴协会增至两千多个,会员二十多万人。1833年美国废奴协会成立后,短短几年发展极快。当然,南方人大部分冷眼旁观或不敢参加。1846年美国对墨西哥战争后,增加了两个州。让它们成为蓄奴州还是自由州?南方与北方又出现尖锐的分歧。

　　1848年加利福尼亚发现了金矿。第二年有八千多人去加州淘金。1850年国会通过妥协法案,明确加州是个禁止奴隶买卖的自由州,其他不作明确规定。同年,通过了逃亡奴隶法令,规定奴隶主可到自由州抓捕逃亡的奴隶。这又激怒了北方人民。他们强烈反对。许多人继续帮助逃亡的南方奴隶。1836年,白人作家理查德·希尔德列思发表了小说《白奴》,1845年,黑人道格拉斯出版了《弗列德里克·道格拉斯生平的自述》,1852年比策·斯托夫人出版了《汤姆叔叔的小屋》,引起了社会的轰动。尤其是《汤姆叔叔的小屋》第一年卖了三十万册,推动废奴运动更加深入人心。

　　1860年林肯当选总统。他主张废除蓄奴制,反对国会分裂。南方不甘心总统竞选的失败,公然走上分裂道路。1861年2月,南方各州成立南方联盟,通过邦联宪法,解散美利坚合众国,选举杰弗逊·戴维斯为临时总统,建都里士满。同年3月4日,林肯就任总统时呼吁恢复联邦,不承认分裂。但南方各州置若罔闻。双方进入战争状态。4月12日,南方军首先向查尔斯顿市萨姆特堡的联邦军队开火,揭开了国内战争的序幕。

　　开战初期,双方争夺十分激烈。南方军打了几次胜仗。英法曾想承认南方政权,后来推迟了,也不给予经济援助,令南方邦联很失望。

　　1862年9月22日,林肯发布了《解放宣言》。欢迎所有黑人参加联邦军队,宣布各州起义的黑人一律获得自由。《解放宣言》从1863年元旦正式生效。它犹如黑奴解放的号角,响彻了美国大地。许多黑人踊跃参军,打仗很勇敢,不怕苦累和牺牲,从弗吉尼亚一直打到密西西比河一带。同年七月,双方在葛底斯堡决战三天,成了内战最大的战役。双方投入数万重兵。联邦军终于战胜李将军指挥的南方精兵。11月19日,林肯总统在葛底斯堡公墓发表了演讲,他说,"我们在这里庄严宣布,这些死者决不会白白牺牲。这个国家在上帝的指引下,一定会获得新生,出现一个人民的政府、由人民产生的政府和为人民谋福祉的政府。它一定不会从地球上消失。"

1865年4月9日,联邦军数万人包围了李将军率领的南方军,逼使他们在弗吉尼亚州阿波麦托克斯投降。其他地方仍有零星战斗,但内战宣告结束。南方的独立梦被粉碎。

1865年林肯就任第二任总统。可惜4月14日晚,他和妻子在华盛顿的福特剧院看戏时,在总统包厢突然遭南方特务、弗吉尼亚演员约翰·布思开枪刺杀,第二天凌晨不治身亡。这距南北战争的胜利还不足一周。全国沉浸在无比悲痛中。副总统安德鲁·约翰逊继任总统。他宣布将继承林肯的遗愿,完成战后的重建计划。同年12月,国会通过美国宪法第十三条修正案,正式废除奴隶制。林肯的遗愿终于实现。全国一片欢腾。

内战后北方的胜利进一步促进了资本主义城乡工业化的发展,也使独立革命后出现的民主主义思想广泛传播。民族文学开始闪亮起步。浪漫主义运动应运而生。它比英国晚了近二十年,但对美国文学的繁荣是一大促进。英国湖畔派诗人华兹华斯的《抒情歌谣集》、司各特的历史小说和卡莱尔历史观陆续传入美国,受到文艺界人士的青睐。内战后,人们对南北方真正统一的美国充满了理想和希望。浪漫主义运动自然与表达民族的理想和乐观精神相结合,孕育着"美国文艺复兴"的希望之光。这一点与欧洲的浪漫主义不同。很快地,美国文坛涌现了多位本土作家,如欧文、库柏、爱默生、梭罗、霍桑、梅尔维尔和大诗人惠特曼等。他们成了美国民族文学杰出的先驱者。

美国浪漫主义运动以超验主义为思想基础。它的领头人是诗人爱默生。1836年爱默生邀请一些志同道合的同行朋友在康科德村聚会,探讨"神学与哲学的问题"。人们称它为"超验主义俱乐部"。康科德离波士顿32公里,四周是安静而清爽的森林,离波士顿的高校和书店不算远。那里是第一个农村艺术家殖民地,又曾是美国独立革命打响第一枪的地方,令人记忆犹新。爱默生等人出版季刊《日晷》,宣传社会改革和文学创新,强调不能老是吃欧洲人的残羹剩饭,要敢于创建自己的民族文学。他们没有统一的纲领,许多人主张废除蓄奴制,提倡人人平等。他们一致强调个人的灵感和意志的作用,人与自然的统一,夸大激进的个人主义。如坡小说中的亚瑟·皮姆、梅尔维尔小说《白鲸》中的亚哈船长,在追求自我发现中敢于面对危险和毁灭。在超验主义作家们看来,要同时发现真正的文学形式、内容和民族的声音,必须面对巨大的社会压力。超验主义者们勇于向旧传统提出挑战,为美国民族文学的产生和发展鸣锣开道。

超验主义运动是一场思想解放运动。它是对18世纪理性主义的反拨,也是19世纪人文主义思想的宣示。超验主义作家们是加尔文教内部的革新派。他们看到:加尔文教的"命定论"和"人性恶"观点对人们思想的束缚,自然神教机械论对人们的精神压抑,已大大地落后于社会的变化和经济的发展,非改变不可,便提出了超验主义。他们认为人可以超越感觉和理性认识真理。因此,他们强调精神和超灵,强调自我、自助和自悔,强调回归自然。人要重视灵魂的自我完善、自我教诲和自我修养,学会热爱自然,享受自然和保护自然。人不能沉迷于物质生活,相反的,生活要俭朴、简朴、自助。精神的修养更重要,离开了精神,生活就失去了意义。爱默生和梭罗等人留给后人许多精辟的论述,至今仍熠熠生辉。

总的来说,超验主义作家们一方面公开抨击和嘲讽社会现实的不公正、政府的对外扩张和对内政策的偏颇,同情黑奴的不幸遭遇,宣扬自由平等和无政府主义思想;另一方面他们突出个人意志,夸大灵魂的作用。所以,尽管他们鼓励人的创造性,讴歌人的智慧和力量,将人从神的枷锁下解放出来,他们无限夸大了个人主义的作用。超验主义一出现时就暴露了这种唯心主义的局限性。

但是,19世纪美国浪漫主义作家们的贡献是很大的。他们讴歌战后新合众国的飞快发展和日新月异的变化,赞颂人民的智慧和创新,敢于面对困难和挫折,努力开拓新生活。他们的作品内容丰富,形式多样,推动了美国文学向前发展。经过50多年好多作家的共同努力,到了大诗人惠特曼时代,浪漫主义文学达到了巅峰。他的《草叶集》充分体现了科学与民主的思想,深刻地反映了时代精神。惠特曼成了站在时代最前列的伟大歌手。《草叶集》成为享誉全球的传世名篇。

惠特曼去世后标志着浪漫主义运动的结束。南北战争催生了废奴文学和黑人文学。《汤姆叔叔的小屋》开了先河。它以大量真实的细节描写反映了南方黑人的悲惨命运,感人肺腑,发人深思。它为美国现实主义文学的产生创造了条件。从此,美国文学走进了一个现实主义和自然主义文学蓬勃发展的新阶段。

第二章 锐意开拓的浪漫主义小说家们

第一节 华盛顿·欧文与《瑞普·凡·温克尔》

1. 生平透视

华盛顿·欧文(Washington Irving, 1783—1859)是第一位饮誉欧洲的美国小说家,1783年4月8日即美国独立战争胜利后几天生于纽约一个富裕的商人家里。兄弟姐妹八人,他排行最小。受两个哥哥威廉和彼得的影响,他从小喜爱文学。1789年,其父迫他中途辍学入法律事务所工作。1804年,他离开事务所赴欧洲考察三年,获得大量写作素材。许多民间故事和历史传奇令他十分感动。

1806年,欧文返回故乡,与哥哥合办《大杂烩》杂志,并抽空写了一系列讽刺纽约社会弊病的杂文。1809年,他第一部作品《纽约外史》问世,受到欢迎。不幸的是他的未婚妻玛蒂尔特突然去世,令他伤心不已,发誓终身不娶。

随后六年,欧文暂停写作,与他兄弟从商,同时也参加《文选杂志》的编辑工作。1815年,其父派他去英国利物浦接办一家五金商行,他勉强维持了商行两年,1818年终于倒闭。他清还了债务后滞留英国,到风景优美的乡村各地去考察。此后,在英国作家司各特的鼓励下,他花了两年时间,在英国乡村写出了《见闻札记》,并以"杰弗利·克拉庸"的笔名在英国出版。没料到此书问世后,欧文一举成名,在英法两国深受赞赏。不久,他与著名诗人拜伦、司各特和莫尔成了好友。1822年,另一部浪漫主义随笔《布雷斯布里奇田庄》问世,虽不如《见闻札记》重要,仍受到好评。

1822年至1823年,欧文去德国旅行,继续寻找小说素材。他在德累斯顿过了冬天,爱上一个英国姑娘艾米丽,但她没接受他的求婚。欧文转往巴黎待了一年才返回英国。他出版了《一个旅行者的故事》(1824),各界反应不一,几乎令欧文失去再写作的兴趣。他又去法国寄居两年,中断写作,清闲会友。1826年至1829年,他出任美国驻西班牙大使馆外交随员,居住在马德里文献学家奥比迪亚·里茨家中,抽空根据西班牙学者的论著,撰写了《哥伦布的航海和生活史》(1828),随后又出版了《格兰纳达征服史》(1829)和《阿尔罕伯拉》(1832)两部游记故事。他重现了西班牙古代摩尔人的美丽传说,记下了他访问摩尔人住地的难忘时刻。

1829年,欧文出任驻伦敦美国使馆的一等秘书,为期三年。在此期间,他曾获牛津大学荣誉博士学位,并获英国皇家学会勋章。1832年,他离职返回阔别17年的纽约市,受到数万民众的热烈欢迎。他成了第一位享有国际声誉的美国作家。

接着,欧文到刚开发不久的西部边界访问,写成了《草原之旅》(1835),作为三卷集的《彩色杂绘》的一部分。他还出了两本书,一本是与他侄儿皮艾尔·欧文合著的《阿斯托里亚》(1836),另一本是《邦纳维尔队长历险记》(1837)。还有一本记述西行的《西部日记》,由于藏于密室多年,1944年才与读者见面。

西行归来后,欧文移居哈德逊河畔的阳光边庄园,继续从事写作和会见文人墨客。他曾谢绝被提名为纽约市市长和去联邦海军部任职的邀请,放弃《征服墨西哥》的写作计划。1842年,他再次出任美国驻西班牙公使。两年后,他离职去伦敦待了一年,然后返回阳光边庄园。在他侄女和许多朋友陪伴下,他度过了最后十三年。他不顾年老体弱,又写了《奥利弗·哥尔德斯密斯传》(1840)、《哈德孙事略》(1849)和见闻杂记集《华尔夫特散记》(1855)、《穆罕默德和他的继承者》(1849—1850)、五卷集的《华盛顿传》(1855—1859)。

1859年11月28日,在完成《华盛顿传》巨著后,欧文病逝于坦莱镇家中,终年76岁。为了纪念欧文对美国文学的贡献,1969年开始出版《欧文全集》。

2. 代表作扫描

《见闻札记》(*The Sketch Book*)是华盛顿·欧文在欧洲旅游期间写的短篇小说、游记和散文集,1819年至1820年在美国报刊上连载,1820年在英国出版单行本。出版后好评如潮,深受诗人拜伦和小说家司各特的称赞,成了誉满欧美的一部名著。

《见闻札记》共有34篇(含作者自述)。包括两大部分:欧文在英国的游记,如《威斯敏斯特大教堂》、《圣诞节宴会》、《艾冯河畔的斯特拉特福》、《约翰牛》和《公共马车》等。另一部分是六篇以美国为背景创作的作品,其中《瑞普·凡·温克尔》("Rip Van Winkle")和《睡谷的传说》("The Legend of Sleepy Hollow")是最著名的,受到欧美广大读者的喜爱。短篇小说《瑞普·凡·温克尔》成了欧文的代表作。

1) 故事和人物盘点:

《瑞普·凡·温克尔》是欧文以德国民间传说为素材,结合纽约地区荷兰移民生活的时代和美国独立战争前后的变化加工创作而成的。瑞普·凡·温克尔是荷兰人殖民统治末期纽约州乡下一个普通的农民。他为人忠厚老实,助人为乐,但很怕老婆。一天,他回家迟了,深怕老婆骂他,干脆背着猎枪,带上猎狗"狼",登上哈德逊河畔的卡兹吉尔山打猎去。他在山上遇到一个白胡子矮老头背着一桶酒蹒跚而行,便替他把那桶酒背到山顶。那里有一群怪人在玩九柱游戏。他们面容古怪,身穿马甲,腰挂长刀,为首的头戴一顶插羽毛的高帽,脚着高跟鞋和红袜子……。瑞普招呼他们喝酒,自己也偷偷喝了几口,不久就迷糊地睡着了。

瑞普睡醒时,太阳已高高升起。那玩游戏的怪人们都不见了。他的狗也不见了,他的猎枪锈得变了样。他无可奈何,只好辨认路子回到村里。可抬头一看,一切都变了。他好不容易找到自己的家,只见屋顶塌了下来,大门倒了,窗子破了。他只好到他以前常去的小旅店。可谁也不认识他。他也不认识周围的人们。一些人在发传单,发表演说,说什么"共和"啊,"联邦"啊,他一个词也听不懂。旅店招牌上荷兰国王乔治的画像也换成了身着军装的华盛顿将军。经过好久的惊奇和诧异,有个老婆子认出了他:原来是失踪了二十年的温克尔!他儿子已长大成人,女儿已结婚生小孩,可站在瑞普面前,他一点也认不出来!

小说成功地塑造了普通农民瑞普的形象,显得朴实可爱,栩栩如生,令人难忘。故事带有民间传说的色彩,情节并不复杂,但想象奇特,叙述流畅,充满幽默、诙谐和讽刺,饱含象征意义,发人深思。

2) 风格和语言聚焦:

《瑞普·凡·温克尔》将德国民间传说与美国独立前后的情况相结合,反映了北美大陆民众早年善良勤劳的品德,描绘了美国农民的生动形象,揭示了美国独立战争给当地殖民社会造成的影响。艺术形式比较新颖,受到文艺界的广泛重视。

欧文寄居英国17年,对英国文学和英国乡村的美丽景色情有独钟。他的艺术风格深受18世纪初英国散文家爱狄生、斯梯尔和小说家哥尔德斯密斯的影响,注重简洁、平易、流畅。夸张的想象与朴实的叙述融为一体,具有浪漫主义色彩。瑞普一睡二十年,醒来后发现从山顶到家乡,从小旅店到家里,一切都变得面目全非了。换了人间,也换了天地,可惜村民的生活并没多大改善。小说从一个侧面揭示了原荷兰殖民统治下纽约地区村民对独立战争的迅速取胜缺乏充分的认识和思想准备以及胜利后的期盼。小说文字通俗易懂,故事娓娓动听,令人爱不释手,成了一篇脍炙人口的名篇。

3) 意义和影响总览:

《瑞普·凡·温克尔》的成功对后来的美国文学产生了深远的影响。首先是它塑造了瑞普等普通农民形象,吸引了广大草根读者对文学的兴趣。它改变了以前一些文学作品着力描写牧师、贵族和殖民者的倾向,展示了劳动人民勤劳朴实、乐于助人的优秀品质,与当时的殖民者和资产者的唯利是图,尔虞我诈成了鲜明的对照。这充分体现了欧文对当时美国社会的深入观察和朴实的社会理想。

其次,小说巧妙地借用德国的民间传说来表现美国当时的社会生活,开启了学习英法德艺术手法"为我所用"的范例。它打破了对欧洲文化的简单模仿和依赖,为形成美国自己的文学风格打下了基础。

再次,小说将英国爱狄生、斯梯尔和哥尔德斯密斯的文风与美国现实生活的描述结合起来,形成通俗易懂,平易流畅的欧文式的散文风格,促进美国文学走向民众,关注民众,使文学深入发展。

4) 文本名段点击①:

A. 瑞普·凡·温克尔和蔼可亲的形象和怕老婆的性格:

Certain it is, that he was a great favorite among all the good wives of the village,

---

① 下列引文见 Cleanth Brooks 等编著的 American Literature: The Makers and the Making, vol. I, St. Matin's Press, 1973。

who, as usual, with the amiable sex, took his part in all family squabbles; and never failed, whenever they talked those matters over in their evening gossipings, to lay all the blame on Dame Van Winkle. The children of the village, too, would shout with joy whenever he approached. He assisted at their sports, made their playthings, taught them to fly kites and shoot marbles, and told them long stories of ghosts, witches, and Indians. Whenever he went dodging about the village, he was surrounded by a troop of them, hanging on his skirts, clambering on his back, and playing a thousand tricks on him with impunity; and not a dog would bark at him throughout the neighborhood.

... He would never refuse to assist a neighbor even in the roughest toil, and was a foremost man at all country frolics for husking Indian corn, or building stonefences; the women of the village, too, used to employ him to run their errands, and to do such little odd jobs as their less obliging husbands would not do for them. In a word Rip was ready to attend to anybody's business but his own; but as to doing family duty, and keeping his farm in order, he found it impossible.

... If left to himself, he would have whistled life away in perfect contentment; but his wife kept continually dinning in his ears about his idleness, his carelessness, and the ruin he was bringing on his family. Morning, noon, and night, her tongue was incessantly going, and everything he said or did was sure to produce a torrent of household eloquence. Rip had but one way of replying to all lectures of the kind, and that, by frequent use, had grown into a habit. He shrugged his shoulders, shook his head, cast up his eyes, but said nothing.

Rip's sole domestic adherent was his dog Wolf, who was as much hen-pecked as his master; for Dame Van Winkle regarded them as companions in idleness, and even looked upon Wolf with an evil eye, as the cause of his master's going so often astray. (p.247)

B. 瑞普·凡·温克尔沉睡二十年后回家乡见到自己的女儿：

"And your father's name?"

"Ah, poor man, Rip Van Winkle was his name, but it's twenty years since he went away from home with his gun, and never has been heard of since—his dog came home without him; but whether he shot himself, or was carried away by the Indians, nobody can tell. I was then but a little girl."

Rip had but one question more to ask; but he put it with a faltering voice:

"Where's your mother?"

"Oh, she too had died but a short time since; she broke a blood-vessel in a fit of passion at a New-England peddler."

There was a drop of comfort, at least, in this intelligence. The honest man could contain himself no longer. He caught his daughter and her child in his arms. "I am your father!" cried he— "Young Rip Van Winkle once—old Rip Van Winkle now! —Does nobody know poor Rip Van Winkle?"

All stood amazed, until an old woman, tottering out from among the crowd, put her hand to her brow, and peering under it in his face for a moment, exclaimed, "Sure enough! it is Rip Van Winkle—it is himself! Welcome home again, old neighbor—Why, where have you been these twenty long years?" (p.250)

3. 其他重要作品链接

A. 历史传记小说：

《纽约外史》(*A History of New York from the Beginning of the World to the End of the Dutch Dynasty*, 1809, revised 1848)

B. 小说、散文和随笔集：

《见闻札记》(*The Sketch Book*, 1819—1820)

《布雷斯布里奇田庄》(*Bracebridge Hall*, 1822)

《一个旅行家的故事》(*Tales of a Traveller*, 1824)

《华尔夫特杂记》(*Chronicles of Wolfert's Roost and Other Papers*, 1855)

C. 游记故事集：

《格兰纳达征服史》(*The Chronicle of the Conquest of Granada*, 1829)

《阿尔罕伯拉》(*The Alhambra*, 1932)

《草原之旅》(*A Tour on the Prairies*, 属于《彩色杂绘》*The Crayon Miscellany*, 三卷集, 1835)

《邦纳维尔队长历险记》(*The Adventures of Captain Bonneville*, 1837)

《西部日记》(*Western Journals*, 1944)

D. 传记：

《奥利弗·哥尔德斯密斯传》(*Oliver Goldsmith*, 1840)

《哈得孙事略》(*A Book of the Hudson*, 1849)

《穆罕默德和他的继承者》(*Mahomet and His Successors*, 2 vols, 1849—1850)

《华盛顿传》(*Life of George Washington*, 5 vols, 1855—1859)

第二节　詹姆斯·库柏与《最后一个莫希干人》

1. 生平透视

詹姆斯·芬尼莫尔·库柏(James Fenimore Cooper, 1789—1851)是一位杰出的美国文学的奠基人。1789年9月15日,他生于新泽西州伯灵顿一个富裕的殖民者家中。父亲是个法官和国会议员。他在家里十三个子女中排行第十二。1790年,举家迁往纽约州奥本尼附近的奥茨高湖畔。其父威廉建立一个颇有规模的库柏镇。库柏在当地奥本尼受教育,中学毕业后升入耶鲁大学,1806年他未毕业就离校去商船上当水手。1808年,他成了海军军官学校学员。1811年退役后结婚成家。1814年移居库柏镇,独自研习各类社会问题,积累知识。1817年又搬家至斯卡斯第尔农场。

三十岁时,库柏突然向家人宣布:要立志当个小说家。他妻子对此表示怀疑。库柏坚持努力写作,1820年完成一部以英国上流社会为题材的第一部小说《戒备》。他掏钱自费出版,但很不成功。他从中吸取了教训,认为应该写自己熟悉的美国人的生活,表现美国的风土人情。第二年,他写出了反映美国独立战争的长篇小说《间谍》,获得了成功。1823年,第三部反映边疆生活的长篇小说《开拓者》又出版了。同年还有一部以航海生活为题材的小说《舵手》问世。库柏终于奠定了小说家的声誉。

随后,库柏从农庄移居纽约市,发起成立了"面包和乳酪俱乐部",汇集诗人和小说家三十五人,日益在文坛上发挥重要影响。1826年,库柏又重新续写"皮袜子故事集",接连出版了《最后一个莫希干人》(1826)和《草原》(1827)。

1826年至1833年七年之间,库柏先后访问了英国和意大利等地,并曾任美国驻法国里昂领事。这期间,他又挤时间写了三本海上冒险的长篇小说《红色的海盗》(1828)、《悲哀的希望》(1829)和《水妖》(1830)。还有记录欧洲见闻的"三部曲":《刺客》(1831)、《教士》(1832)和《刽子手》(1833)。此前,他还写了《美国人的见解》,有力地驳斥了英国人对美国社会生活的讽刺和指斥,体现了他的爱国主义立场。

从欧洲回国以后,库柏看到美国社会的腐败,思想十分苦闷。一方面,他支持父亲保守的联邦派立场,反对杰弗逊倡导的民主改革;另一方面又厌恶社会上勾心斗角,追求金钱和财富的恶习以及滥用权力、道德沉沦等等。库柏暂时放下创作的笔,写些针对时弊的政论文和散文,如《致同胞们一封信》(1834)、讽刺小说《蒙尼金斯》(1835)、四卷本的《欧洲拾零》(1837—1838)、《美国民主人士》(1838)、《归途》(1838)和《家园重建》(1838)。库柏对社会腐败的讽刺和批评受到一些人的攻击,甚至惹起了官司。后来,库柏虽然胜诉了,仍感到很苦闷。

1838年,库柏返回库柏镇。他的女儿苏珊陪伴他并为他打字,使他十分开心。他继续坚持写作,出版了《美国海军史》(1839),又完成了"皮袜子故事集"的《探路人》(1840)和《逐鹿者》(1841)。他在隐居中安度晚年,潜心创作,最后十年又有多部作品问世,如:《两个舰队司令》(1842)、《飞啊,飞》(1842)、早年海上生活回忆录《聂德·梅尔兹》(1843)、自传性小说《在水上和在岸上》(1844)、短篇小说集《手帕》、乌托邦社会寓言《火山口》(1848)等。最重要的是三部曲《小页手稿》,包括《沙滩斯陀》(1845)、《戴手铐的人》(1845)和《红皮人》(1846)以及他最后一部小说《时间之路》(1850)。

1851年9月14日,库柏病逝于库柏镇家中,终年六十二岁。他一生的创作大大地扩展了美国文学在欧洲的影响。

2. 代表作扫描

库柏是个多产作家,在一生20多年的创作生涯中写了十六部长篇小说。其中最突出的是"皮袜子故事集"。它包括五部长篇小说。按创作年代的顺序是:《开拓者》(1823)、《最后一个莫希干人》(1826)、《草原》(1827)、《探路人》(1840)和《逐鹿者》(1841)。从故事情节的发展来说,它们的顺序应该是:《逐

第二章
锐意开拓的浪漫主义小说家们

鹿者》、《最后一个莫希干人》、《探路人》、《开拓者》和《草原》。"皮袜子"是贯穿五部小说的主人公纳梯·班波的外号。因为他长年都穿着鹿皮制成的护腿,所以人们这么称呼他。有趣的是这位"英雄"在五部小说中有不同的称呼。在《逐鹿者》中,他叫"班波或打猎人";在《最后一个莫希干人》里,他被称为"鹰眼";在《探路人》里,他成了"帕斯菲尼特";《开拓者》中,他名叫"纳梯"或"皮袜子"。在《草原》里又变成"用陷阱捕兽者"。不管名称有多少变化,班波从青年至老年以至最后九十高龄时去世,他的勇敢而坚强的性格一直贯穿了五部小说。他的一生成了"皮袜子故事集"的核心。小说一开始就描写他在纽约州未开发的森林中与印第安人友好相处,过着快乐的打猎生活;后来叙述他的冒险经历;他不适应新兴城市纽约的生活,又返回林中去狩猎,最后他在西部大草原结束了漫游的生活,在他的好友印第安人中间平静地谢世。

在五部小说中,《最后一个莫希干人》(The Last of the Mohicans)是最有意义的,因而被看成库柏的代表作。

1) 故事和人物盘点:

《最后一个莫希干人》是"皮袜子故事集"的第二部。故事发生在1757年即18世纪50和60年代,美洲英法殖民主义者之间七年战争的第三年。英军司令威廉·亨利被法军围困在乔治湖畔的要塞里。他两个女儿科拉和艾丽丝正从外地赶回城堡与她们的父亲会合。陪同她们赶路的是艾丽丝的未婚夫、音乐教师大卫·戈马特和老佣人邓肯·海沃德以及印第安人马格勒。马格勒背叛了英国人,成了法国人的密探。他想将印第安易洛魁族出卖给法国人。"鹰眼"班波揭穿了他的阴谋。可是,法国人对莫希干族人大开杀戒,全部族仅逃脱两人:酋长秦加茨固及其儿子恩卡斯。后来,密探马格勒得到易洛族人的帮助,抓到了科拉和艾丽丝。他逼科拉嫁给他,遭到严词拒绝。幸好这时老佣人海沃德赶到救出她们,并弄到一张通行证前往蒙罗要塞。他们动身时又被印第安人围攻,姐妹二人又被捕。"鹰眼"班波及时赶到,弄清她俩被关押的地点后,先化装进入休伦人营地救了艾丽丝,然后赶往特拉华州野营地时,科拉已被马格勒枪杀,"鹰眼"无比愤怒,对准马格勒开枪,马格勒慌乱中摔下悬崖而死。艾丽丝和其他人平安返回英军营地。"鹰眼"继续西行,过着林中的漫游生活。

纳梯·班波是库柏塑造的小说主人公。他是个作者理想化的人物。他出身清贫，没有文化，但为人正直，仗义执言，除邪驱恶，义不容辞，赴汤蹈火，勇猛顽强。他热爱森林，热爱大自然，与印第安各族人民成了忠诚的朋友。这体现了库柏反对种族歧视，平等对待印第安人的正确态度。但他也有偏颇之处，如将班波写成殖民主义者谦卑的仆人，又将印第安人写成虔诚的基督徒。更令人不解的是，他将忠于英国殖民主义者或忠于法国殖民主义者作为区别善恶的标准。这在一定程度上削弱了班波形象的影响力。

2) 风格和语言聚焦：

《最后一个莫希干人》生动地描述了 18 世纪 50 和 60 年代英法殖民主义者之间在美洲争夺殖民地的斗争，揭示了早期美国边疆开发的复杂矛盾。这部小说是"皮袜子故事集"的核心。它集中体现了库柏的艺术风格。库柏在民间传说的基础上精心进行艺术加工，成功地创作了系列小说《皮袜子故事集》。他成了系列小说的开创者，他在小说里描述了许多冒险情节，充满了各种各样的戏剧性事件、自然景色和少数民族习俗的生动描写和浪漫气息。这一切都受到欧美广大读者的欢迎。20 世纪中期，他的作品又激起人们的兴趣。学界认为除了上述艺术特色以外，库柏还善于展示和营造个人与社会，定居者与荒野，法律与自然权利之间的各种不同矛盾和紧张气氛。这是很不容易的。它体现了库柏对社会生活的深入观察和渊博的科学知识。

3) 意义和影响总览：

詹姆斯·库柏是继欧文之后享有国际声誉的美国小说家。他在长篇小说方面开拓创新，享受了六个第一：第一个系列小说作家，如《皮袜子故事集》；第一个历史小说作家，如《间谍》；第一个海洋小说作家，如《舵手》；第一个边疆小说作家如《开拓者》；第一个政治讽刺小说家，如《蒙纳丁斯》和第一个自传性小说家，如《在水上和在岸上》。他对美国文学的贡献是多方面的。生前和去世后不久，他的《皮袜子故事集》在欧美声誉很高，尤其是《开拓者》和后面几部班波的故事，受到著名作家托尔斯泰和巴尔扎克的赞赏。但后来一度变成学校里的学生读物。直到 20 世纪 20 年代，美国批评家们才将库柏当成第一位伟大的社会批评家。文学趣味的改变使库柏作为文学艺术家受到广泛的好评。但美国学生们对库柏的关注是因为，他一直维护民主，反对英国贵族专制。不过，他有些观点明显过时了，他跟不上他同胞的思想变化。

尽管如此,美国读者们总会以一种早已有的感觉阅读他的作品,或观看他的作品改编的影片,记起"纳梯·班波"的名字。

4) 文本名段点击①:

A. 印第安人、莫希干族的大酋长秦加茨固在谈论他的祖先和他儿子恩卡斯——最后一个莫希干人。

"Graves bring solemn feelings over the mind," returned the scout, a good deal touched at the calm suffering of his companion; "and they often aid a man in his good intentions, though, for myself, I expect to leave my own bones unburied, to bleach in the woods, or to be torn asunder by the wolves. But where are to be found those of your race who came to their kin in the Delaware country, so many summers since?"

"Where are the blossoms of those summers! —fallen, one by one: so all of my family departed, each in his turn, to the land of spirits. I am on the hill-top, and must go down into the valley; and when Uncas follows in my footsteps, there will no longer be any of the blood of the Sagamores, for my boy is the last of the Mohicans."

"Uncas is here!" said another voice, in the same soft, guttural tones, near his elbow; "who speaks to Uncas?"

The white man loosened his knife in its leathern sheath, and made an involuntary movement of the hand towards his rifle, at this sudden interruption, but the Indian sat composed, and without turning his head at the unexpected sounds. (p.33)

B. 众人赞扬年轻的恩卡斯发现了新线索:

"Heaven protect us from such an error!" exclaimed Duncan. "Let us retrace our steps, and examine as we go, with keener eyes. Has Uncas no counsel to offer in such a strait?"

The young Mohican cast a glance at his father, but maintaining his quiet and reserved mien, he continued silent. Chingachgook had caught the look, and motioning with his hand, he bade him speak. The moment this permission was accorded, the countenance of Uncas changed from its grave composure to a gleam of intelligence and joy. Bounding forward like a deer, he sprang up the side of a little acclivity, a few rods

---

① 下面引文选自 James Fenmore Cooper. *The Last of the Mohicans*, Penguin Books, 1986。

in advance, and stood, exultingly, over a spot of fresh earth, that looked as though it had been recently upturned by the passage of some heavy animal. The eyes of the whole party followed the unexpected movement, and read their success in the air of triumph that the youth assumed.

"Tis the trail!" exclaimed the scout, advancing to the spot; "the lad is quick of sight and keen of wit, for his years."

"Tis extraordinary, that he should have withheld his knowledge so long," muttered Duncan, at his elbow. (p.213)

C. 恩卡斯牺牲后,他父亲秦加茨固和莫希干族武士们进行悲伤的悼念:

But sad and melancholy as this groupe may easily be imagined, it was far less touching than another, that occupied the opposite space of the same area. Seated, as in life, with his form and limbs arranged in grave and decent composure, Uncas appeared, arrayed in the most gorgeous ornaments that the wealth of the tribe could furnish. Rich plumes nodded above his head; wampum, gorgets, bracelets, and medals, adorned his person in profusion; though his dull eye, and vacant lineaments, too strongly contradicted the idle tale of pride they would convey.

Directly in front of the corpse, Chingachgook was placed, without arms, paint, or adornment of any sort, except the bright blue blazonry of his race, that was indelibly impressed on his naked bosom. During the long period that the tribe had been thus collected, the Mohican warrior had kept a steady, anxious, look on the cold and senseless countenance of his son. So riveted and intense had been that gaze, and so changeless his attitude, that a stranger might not have told the living from the dead, but for the occasional gleamings of a troubled spirit, that shot athwart the dark visage of one, and the deathlike calm that had for ever settled on the lineaments of the other. (pp.340-341)

3. 其他重要作品链接

A. 长篇小说:

《戒备》(*Precaution*, 1820)

《间谍》(*The Spy: A Tale of the neutral ground*, 1821)

《开拓者》(*The Pioneers*, 1823)

《舵手》(The Pilot: A Tale of the sea, 1824)

《草原》(The Prairie, 1827)

《红色的海盗》(The Red Rover, 1828)

《悲伤的希望》(The Wept of Wish Ton-Wish, 1829)

《水妖》(The Water-Witch, 1830)

《探路人》(The Pathfinder, 1840)

《逐鹿者》(The Deerslayer, 1841)

《两个舰队司令》(The Two Admirals, 1842)

《聂德·梅尔兹》(Ned Meyers, 1843)

《在水上和在岸上》(Afloat and Ashore, 1844)

《小页手稿》三部曲(Satanstoe; or, The Littlepage Manuscripts, 1845)

《火山口》(The Crater, 1847)

《戴手铐的人》(The Chainbearer, 1845)

《红皮人》(The Redskins, 1846)

《时间之路》(The Ways of the Hour, 1850)

B. 浪漫传奇：

欧洲生活三部曲

《刺客》(The Bravo, 1831)

《教士》(The Heidenmaues, 1832)

《刽子手》(The Headsman, 1835)

《手帕》(Le Mouchoir: An Autobiographical Romance, 1843)

C. 政论文：

《给同胞们的一封信》(A Letter to His Countrymen, 1834)

《欧洲拾零》(Gleanings in Europe, 1837—1838)

《美国民主人士》(The American Democrat, 1838)

《归途》(Homeward Bound: or, The Chase, 1838)

《重建家园》(Home as Found, 1838)

E. 历史专著：

《美国海军史》(The History of the Navy of the United States of America, 1839)

第三节 纳珊尼尔·霍桑与《红字》

1. 生平透视

纳珊尼尔·霍桑(Nathaniel Hawthorne, 1804—1864)是十九世纪美国影响最大的浪漫主义小说家,生于马萨诸塞州萨拉姆镇一个出名的清教徒家庭。父亲纳珊尼尔·哈桑是个商船船长。霍桑四岁时,其父因病突然去世于英属圭亚那。他随母亲和一个姐姐、一个妹妹寄居外祖父家中。他从小爱读诗歌和浪漫故事。后来又跟母亲移居缅因州乡村。在舅父资助下,他升入波多恩学院学习。曾任美国总统的皮尔斯和诗人朗费罗是他的同班同学。1825年大学毕业后,他回到萨拉姆家中,开始试写历史故事、寓言传奇,评述新英格兰殖民地的道德冲突和当地的社会习俗。

1828年,霍桑用笔名自费出版了小说《范肖》。它的主人公很像当时的作者。小说没能受到社会的关注,但引起出版商古德里奇的兴趣。他在他主编的《标志》刊物上发表了霍桑多篇作品,1842年重版了霍桑第一部短篇小说集《重讲一遍的故事》(1837年初版)。其中有《欢乐山的五月柱》、《教长的黑面纱》、《恩地科特与红十字架》、《大红宝石》、《希金伯沙姆的灾难》、《白发勇士》等。在这些作品中,霍桑描绘了他熟悉的文化根源清教主义造成的戏剧性效果,承认清教主义当时已经衰落。随后,他到《标志》任编辑,并为儿童写些有趣的故事,如《祖父的椅子》(1840—1841)和《自由树》等,他的小说家声誉逐渐传开了。

1839年和1840年,霍桑到波士顿海关任职。他在那里结识了诗人爱默生和作家梭罗并参加了他们的超验主义者活动。1842年,他与超验主义派的追随者索菲娅·皮博迪结婚。婚后生活幸福,但感到布鲁克农场生活乏味又厌烦。他在康科德买房安居,过了三年平静的生活,继续写小说,剖析清教徒的心理变化。1846年出版了第二部短篇小说集《古屋青苔》,其中包括《好小子布朗》、《走向天国之路》、《美丽的艺术家》和《拉帕茨尼的女儿》等名篇。

1846年至1849年,霍桑在老家萨拉姆港口当了三年检察官。他暂时放下写作,引起朋友们的议论。1849年行政领导换人,他被辞退回家,便埋头写作。1850年他出版了长篇小说《红字》,受到一片赞扬。1851年他发表了第二部长篇小说《带七个尖角阁的房子》,1852年第三部长篇小说《福谷传奇》与读者见面。他转向当代的社会生活和布鲁克斯农庄的经历。同年,他还推出了另一部短篇小说集《雪的形象和其他重讲一遍的故事》,其中含《雪的形象》和《人面巨石》等名篇。后来他又出版了《奇书》(1851)和儿童读物《乱树林的故事》(1853)。

这段时间里,霍桑一度住在伯克郡,与小说家梅尔维尔成了友好邻居,十分愉快。1852年,霍桑为大学同学皮尔斯写了竞选总统用的传记。皮尔斯当选后任命霍桑为美国驻英国利物浦的领事。第二年,霍桑动身赴任。这使他增加了见识,扩大了视野。他游览了欧洲各地,记了一本日记。1857年离任后,他又去意大利等地待了两年。回国后,他仍定居康科德,继续潜心创作。1860年出版了以意大利为背景的浪漫传奇《玉石雕像》。1863年发表了他对英国社会的感想、散文集《我们的老家》。

在他最后日子里,霍桑创作力衰退,只能继续给《大西洋评论》写点文章。他女儿的早逝给他造成心理上极大的打击。他临终前曾想写一部以英国为背景的巨著,结果力不从心,只留下四部片断:《斯帕蒂姆米厄斯·菲尔敦》(1872)、《多利弗传记》(1876)、《格里姆肖博士的秘密》(1883)和《祖先的脚步》(1883)。

1864年5月19日,霍桑在陪皮尔斯访问新罕布什尔州普利茅斯时突然去世。他的遗体安葬在康科德的"睡谷公墓"。诗人爱默生、朗费罗、霍尔姆斯、洛厄尔和女作家阿尔科特等人参加了葬礼,送别这位不平凡的小说家。

2. 代表作扫描

霍桑一生中共创作出版了四部长篇小说和三部短篇小说集,其中最突出的是长篇小说《红字》(The Scarlet Letter)。无论从思想价值上,还是从艺术风格上来看,它都是霍桑最优秀的代表作。同时,它也是19世纪美国浪漫主义小说中的佼佼者。一百六十多年过去了，它至今仍受到各国读者的欢迎，魅力如初，历久不衰。它成了一部民众喜爱的经典之作。

1) 故事和人物盘点：

《红字》的故事发生在17世纪中叶的波士顿。清教主义气氛浓烈。一个英国学究老头罗杰送他年轻美丽的妻子海丝特·白兰去波士顿安家。他在海上失踪，杳无音讯。两年后，他到了波士顿，发现海丝特手里抱着一个私生女，给上了手铐站在刑台上示众。她拒绝说出情夫的名字，被迫在胸口挂上一个红色的A字，意指"通奸"（Adultery），作为受惩罚的罪名。罗杰故意隐瞒身份，假装是个医生，决意找出奸夫。海丝特是个坚强的女性。她与身体畸形多病的罗杰·齐宁沃斯没有感情，精神很痛苦。后来，她爱上英俊的青年牧师亚瑟·狄梅斯代尔。两人真诚相爱，秘密同居。不久，海丝特怀孕，私情暴露，以通奸罪被关进监狱，在狱中生下女儿珍珠。按当时教规，犯通奸罪的女人要当街示众。只有交待奸夫的姓名后才能赦免，否则必受重罚。因此，海丝特被押出监狱，抱着女儿到广场的刑台上受审示众。她在刑台上沉着应对，拒绝说出奸夫的姓名。主持审问的正是她的情夫、牧师狄梅斯代尔！他内心也很痛苦，但没有勇气公开承认。海丝特的坚强不屈令他十分震惊。他"喘了一口气"，庆幸自己没有败露。

海丝特受到了惩罚，终身必须穿一件绣有红色"A"字的外衣。她顽强地忍受着一切，带着女儿珍珠住在波士顿郊外一座茅屋里。她靠自己的手艺缝绣手套、领带和衣服，维持母女两人的生活。她渐渐地受到邻居的尊重和同情。

在罗杰的反复试探和折磨下，狄梅斯代尔身心受挫，渐渐有了醒悟。他鼓足勇气与海丝特母女在小河边会面，第一次吻了珠儿。他们曾商议逃往英国的计划，但他没有同意。他选择了公开坦白！在即将升任主教前夕，他在一次宗教大典上当众宣布：他，就是海丝特的情夫！珠儿的父亲！他将胸衣扯开，露出一个猩红色的"A"字。他在自己爱人的身旁，让女儿亲吻了他，最后倒在海丝特怀里去世了。他以在胜利的耻辱中死在人民面前，感到自豪和自慰。

几年后，珠儿嫁到欧洲去，生活幸福。海丝特曾去关照她并帮助不幸的人们。最后，她返回波士顿，在先前住过的茅屋里去世。

《红字》里塑造了四个人物:海丝特·白兰、女儿珍珠、丈夫罗杰·齐宁沃斯、情人狄梅斯代尔牧师。女主人公海丝特是全书的核心。她是个坚强不屈、忠贞不渝的妇女,在当时新英格兰教权、政权、夫权的多种压迫下顽强抗争、自力更生,最终获得邻居的同情和支持。一方面,她是个邪恶势力的受害者,另一方面,她又是个敢于挑战宗教和政权的女英雄。在她身上体现了当时新英格兰妇女的美德和人性,寄托着霍桑对她的同情和期盼。她不愧是个早期美国文学中生动的女性形象。

狄梅斯代尔牧师是个充满矛盾的人物。他与海丝特热恋过,真诚地爱她,但私情暴露后,他受教规的束缚而胆怯了,不敢公开站出来承认,反而充当了海丝特的审问者。这充分揭示了宗教的虚伪!后来,在海丝特坚强态度的影响下,他内心的痛苦一直难以平息,加上罗杰的不断折磨,他终于醒悟,亲情回归,最后成了一名殉道者,平静地死在海丝特怀里。

罗杰·齐宁沃斯是个卑鄙的小人。他娶了美丽的海丝特,既不爱她,又不许她另找新欢。当他到达波士顿时知道了海丝特与青年牧师的私情后,便千方百计折磨他俩,挖空心思进行报复,给他俩增加了更多的痛苦。他是个邪恶势力的代表,道德沦丧,人性泯灭,身心丑恶。他的言行举止令读者十分厌恶。

珍珠是海丝特与狄梅斯代尔的爱情结晶。她生于监狱,伴随其母受尽教会的侮辱。但她是个不可缺少的可爱形象。她是母亲生活的最大动力和希望,也是伴随她母亲度过最黑暗日子的力量。当时人们厌恶"A"字(Adutery,通奸),珠儿把她母亲绣有"A"字的衣服当成世界上最美丽、最珍贵的衣服。如果有一天她妈忘了穿,她就嚷着请她穿上。其实,"A"字还有"天使"(Angel)、"能干"(Ability)和"可敬"(Adoration)的意思。通过珠儿的嘴,霍桑倾注了他对女主人公的同情。天真的珠儿从小受到母亲"罪恶"的牵连,暴露了当时教会对民众统治的凶残,更加激起读者对海丝特母女的同情。珠儿的形象给小说增添了不少光彩。

2) 风格和语言聚焦:

霍桑的长短篇小说都写得很出色。他在《红字》中和短篇小说里善于以细致的观察和丰富的想象展示历史的题材,刻画生动的人物形象,形成浪漫主义的艺术风格。他将传奇与小说融为一体,使长短篇小说具有神奇的艺术魅力。《红字》成了美国19世纪中叶浪漫主义文学的新成就。

《红字》包括两大部分共24章。每部分都有一章将故事推向高潮。有几章"刑台景"格外精彩。霍桑重视人物的刻画，尤其是细致的心理描写，使人物的行动显得合情合理。如对海丝特、狄梅斯代尔和罗格三人的描绘栩栩如生，各人性格特点突出，善恶分明，给读者留下深刻的印象。而对珠儿，虽着墨不多，寥寥几笔，她对母亲绣"A"字衣服的热爱衬托了作者对女主人公的肯定。珠儿代表着未来，未来人们将重新认识海丝特。这是历史的必然。

不仅如此，霍桑还运用浪漫主义的想象，真实生动的细节描写，巧妙地营造了感情冲突的浓烈气氛，将故事情节推向高潮。如海丝特在刑台的三次露面，第一次她抱着婴儿出场备受质问，坚持不吐露真相；第二次又携幼女出场，面对丈夫叱喝，岿然不动；第三次她抱着幼女与狄梅斯代尔三人同台，台上台下浪漫气氛高涨，牧师的坦白引起了轰动。他们三人的公开团聚令人震撼，出人意外。本来这是个圆满的大团圆结局却突然变成生离死别的悲剧下场。多么催人泪下！多么有力的无声抗议！一个真诚相依的家庭遭到了破坏！一个有权享受常人之乐的青年牧师被教会扼杀了！作者将浪漫主义想象和真实的细节描写相结合，显示了多么深刻而凝重的人道主义思想和雄浑的艺术魅力。

霍桑还运用多种象征手法来表现人物的性格和多舛的命运。如用监狱代表死亡的威胁，以蔷薇花象征善和美。可爱的珠儿有时像一道光，有时如一只鸟，有时似一朵花。珠儿成了海丝特和狄梅斯代尔牧师他俩真诚相爱的结晶，也是他俩苦难中最大的安慰。

在海丝特、狄梅斯代尔和罗杰三人的冲突中，霍桑运用朴实的语言描述了他们之间的感情冲突。海丝特与情人牧师面对面时，默默无言，形同陌路，私下里情意绵绵，憧憬无限；公开面对时双目传情，无法表白，后来生离死别，眼泪汪汪。海丝特与老丈夫对峙时，仇恨交加，怒目相视；罗杰时而狰狞发笑，笑里藏刀，时而怒发冲冠，发誓报复到底。两人的感情交锋像无形的双剑飞来舞去，不可妥协。作者写得层次分明，上下衔接，十分严密。这种高超的语言艺术几乎达到了炉火纯青的地步，令读者赞叹不已。

3) 意义和影响总览：

《红字》通过海丝特与狄梅斯代尔两人的爱情悲剧揭露了17世纪中叶新

英格兰地区宗教对人们精神和道德的摧残,抨击了清教徒中上层分子和行政官员的伪善和残忍。海丝特在婚姻上遇到不幸,内心十分痛苦,社会和宗教都不许她选择自己的生路,脱离苦海。当她与青年牧师相爱而生下珠儿时,竟遭到极大的惩罚和侮辱,那是何等黑暗的社会!妇女根本没有自由选择爱情和婚姻的权利,但海丝特并不屈服。她以极大的坚韧顶住了压力。在青年牧师当众公开坦白,在她怀里去世后,她又以自己的艰苦劳动继续活下去。她终于改变了邻居的偏见,受到他们的同情和支持,将珠儿抚养长大成人。表面上,小说写了一个被侮辱被损害的女主人公,提醒人们"罪"对当事者的影响和后果,劝导人们不要违反清教主义的法规戒律而受重罚。实质上,作者塑造了一个新英格兰地区敢于反潮流的坚强的新女性。她具有早期女权主义思想的特征。《红字》小说的思想价值和艺术成就是无法估量的。

因此,1850年小说《红字》问世以来,一直受到欧美几代读者的肯定,成了一部优秀的古典文学名著。1851年它被译成德文,第二年出现了法文译本。随后又被译成多种语言,并多次被改编为歌剧、话剧、音乐剧和电视剧以及电影,深受观众好评。

4) 文本名段点击①:

A. 海丝特被罚胸前带着红色的"A"字:

On the breast of her gown, in fine red cloth, surrounded with an elaborate embroidery and fantastic flourishes of gold thread, appeared the letter A. It was so artistically done, and with so much fertility and gorgeous luxuriance of fancy, that it had all the effect of a last and fitting decoration to the apparel which she wore; and which was of a splendor in accordance with the taste of the age, but greatly beyond what was allowed by the sumptuary regulations of the colony. (p.55)

B. 珠儿对妈妈胸前的 A 字特别喜爱:

As the last touch to her mermaid's garb, Pearl took some eel-grass, and imitated, as best she could, on her own bosom, the decoration with which she was so familiar on her mother's. A letter, — the letter A, — but freshly green, instead of scarlet! The

---

① 下列引文选自 Nathaniel Hawthorne, *The Scarlet Letter*: *A Romance*, Everyman's Library, 1996.

child bent her chin upon her breast, and contemplated this device with strange interest; even as if the one only thing for which she had been sent into the world was to make out its hidden import.

'I wonder if mother will ask me what it means!' thought Pearl.

Just then, she heard her mother's voice, and, flitting along as lightly as one of the little sea-birds, appeared before Hester Prynne, dancing, laughing, and pointing her finger to the ornament upon her bosom.

'My little Pearl,' said Hester, after a moment's silence, 'the green letter, and on thy childish bosom, has no purport. But dost thou know, my child, what this letter means which thy mother is doomed to wear?'

'Yes, mother,' said the child. 'It is the great letter A. Thou hast taught it me in the horn-book.' (p.184)

C. 青年牧师狄梅斯代尔在公众面前承认自己是珠儿的父亲后死在海丝特怀里:

With a convulsive motion he① tore away the ministerial band from before his breast. It was revealed! But it were irreverent to describe that revelation. For an instant the gaze of the horror-stricken multitude was concentred on the ghastly miracle; while the minister stood with a flush of triumph in his face, as one who, in the crisis of acutest pain, had won a victory. Then, down he sank upon the scaffold! Hester partly raised him, and supported his head against her bosom. Old Roger Chillingworth knelt down beside him, with a blank, dull countenance, out of which the life seemed to have departed. (p.265)

3. 其他重要作品链接

A. 长篇小说:

《带七个尖角阁的房子》(*The House of the Seven Gables*, 1851)

《福谷传奇》(*The Blithedale Romance*, 1852)

《玉石雕像》(*The Marble Faun*, 1860)

---

① 指小说男主人公阿瑟·狄梅斯代尔牧师(Arthur Dimmesdale)。

B. 短篇小说集：

《重讲一遍的故事》(Twice-Told Tales, 1837)

《古屋青苔》(Mosses from an Old Manse, 1846)

《雪的形象及其他重讲一遍的故事》(The Snow-Image, and Other Twice-Told Tales, 1851)

C. 散文集：

《我们的老家》(Our Old Home, 1863)

第四节　赫尔曼·梅尔维尔与《白鲸》

1. 生平透视

赫尔曼·梅尔维尔(Herman Melville, 1819—1891)是一位走在时代前面的小说家。1819年8月1日，他生于纽约市闹市区一个出口商家庭。12岁时，他父亲商业破产，举家迁往奥本尼。两年后，父亲去世，家境破落，他只好停学去打工。他曾当过银行职员、他叔父农场的农工和他大哥兽皮厂的助理。1837年兽皮厂倒闭，他离职去学校学习了几个月。1839年，他作为一名水手，随一艘邮轮"圣劳伦斯"号从纽约开往英国利物浦。这次航行使他爱上了大海。返航后，他到纽约州北部任小学教员。1841年1月，他登上捕鲸船"阿卡斯奈特号"去南太平洋捕鲸。18个月的航行为他后来的小说《白鲸》打下了基础。

捕鲸船的繁重劳动和船长的严厉管教使梅尔维尔感到厌倦。1842年6月，他逃离了捕鲸船，到了马克萨斯群岛，待了一个月。他在山林中逃避野人的追杀。9月，他逃到巴丕特。他在塔希蒂当了一阵子农工，研习小岛的生活。不久，他登上一艘捕鲸船到了夏威夷。1843年9月他在那里加入美国海军，登上"合众国号"军舰。1844年10月，他随舰返回波士顿，不久退役上岸。

回家后，梅尔维尔开始将他海上冒险经历写成小说，并进入纽约和波士顿的文学圈子。1846年,第一部小说《泰比》同时在纽约和伦敦分别出版。1847年,第二部小说《奥穆》问世。接着又陆续发表了《玛第》(1849)、《雷德伯恩》(1849)和《白夹克》(1850)。这五部小说使他获得了小说家的声誉。

1849年,梅尔维尔去英国安排出版事宜,并顺道访问了巴黎。回国后第二年,他和妻子移居马萨诸塞州中部的"箭头"农场。那里成了他随后居住13年的家。他家离霍桑家不远,两人很快成了知己。1851年,《白鲸》问世,作者将他的杰作献给好友霍桑。1852年发表了《皮埃尔》,几乎与霍桑的《福谷传奇》同时与读者见面。两部小说反映了类似的主题:理想主义者企图在地球上寻找天堂之理想的破灭。

没料到,《白鲸》出版后,批评多于赞扬,幸好霍桑写了一封长信给予肯定,梅尔维尔感到欣慰。但《皮埃尔》受到更严厉的抨击。小说对传统观念的攻击,使读者们疏远了。他们更喜欢他早期奇特的浪漫传奇。1853年,他的出版商遭遇了大火,烧毁了他作品的模版和未出售的书,损失巨大。梅尔维尔信心受损,但他仍想探索宇宙的奥秘,将创作的兴趣从海洋经历转向美国历史,出版了历史小说《伊斯里尔·波特》(1855)。他又把发表于《哈泼斯》等杂志上的短篇小说汇编成《广场故事》(1856)出版。这是他短篇小说的最佳成就。不久,他又推出了《骗子》(1857),那成了他临终前问世的最后一部长篇小说。

1856年和1857年,梅尔维尔赴欧洲旅行,以恢复日渐衰弱的身体。回国后1863年,他将多年经营的农场卖给他兄弟,迁居纽约。三年后,他得到了一个小官位,担任纽约海关室外检察员,为期达19年之久。他业余坚持写作,主要是写诗。1866年,第一部诗集《战争的外表和局部》出版。后来问世的又有长诗《克拉莱尔》(1876)、诗集《约翰·马尔和其他水手们》(1888)和《泰莫林》(1891)。最后这些诗是以作者去希腊和意大利旅行为基础创作的。《克拉莱尔》、《约翰·马尔》和《泰莫林》是私人资助出版的,发行量很少。还有80首短诗是在1924年出版他的全集时第一次收入的。

1891年9月28日,梅尔维尔在纽约病故,享年72岁。他去世时默默无闻,没人关注。直到1920年学界重新发现了他,掀起一股研究的热潮。先前对他的忽视得到了纠正,他的作品陆续再版。他在美国文学史上的地位获得确认:他不仅是一个杰出的海洋小说家,而且是一位掌握了现实主义叙事和多种抒情手法的伟大文体家和敏锐的社会评论家。

2. 代表作扫描

《莫比·迪克》或称《白鲸》(Moby Dick; or, The Whale)，是梅尔维尔毕生最优秀的代表作。它凝聚作者多年的心血。他不仅以自己丰富的捕鲸经历为基础，而且从公共图书馆借阅了许多有关捕鲸的参考书，深入钻研，反复构思，夜以继日地写作，半年内完成了初稿四五十万字，又用了半年多时间认真修订定稿，同时虚心征求霍桑的意见。小说气势磅礴，情节惊险，结构严谨，人物性格奇特，海上斗争复杂，描述生动细腻，还包含了大量捕鲸的专业知识、鲸的种类和用途、捕鲸的方法和要领等等。它不仅是一部杰出的海洋小说，而且是一部"捕鲸百科全书"。

1) 故事和人物盘点：

《白鲸》描写一次捕鲸航行中人与自然冲突的象征性故事。无家可归的青年伊斯梅尔到捕鲸中心新贝德福德港想上条船出海捕鲸。他在客栈里碰到黑人鱼叉手魁魁格。两人成了朋友，一起去南塔克特签约上了"皮戈德号"捕鲸船。该船圣诞节启航。船长亚哈有四十年捕鲸经验，上次出海时，一条白色抹香鲸咬掉了他一条腿。那条鲸名叫"莫比·迪克"。亚哈发誓要捕到它或杀死它，哪怕追到天涯海角。

在亚哈的镇定指挥下，"皮戈德号"乘风破浪，穿过大西洋，进入印度洋，来到太平洋。途中，他们勇斗大批鲨鱼，捕杀许多鲸鱼。魁魁格表现十分出色。但亚哈并不满足于这些收获。他一心想追捕莫比·迪克，一定要杀死它，报仇雪恨！在海上每遇到一条捕鲸船，亚哈总要问问见过白鲸没有。有个一条手臂被白鲸咬断的英国船长劝他放弃追捕的念头，亚哈拒不接受。他在桅杆上挂着一枚西班牙金币，准备奖励第一个发现白鲸的人。

"皮戈德号"几乎走遍了全世界。作者穿插介绍了鲸鱼的习性、与鲸鱼相关的文艺和科学的历史和捕鲸业的状况。鲸鱼总是在追捕中给逮住的。但暴风雨、闪电、巨浪时有发生。罗盘被冲走，水手失踪给亚哈造成极大困难。他坚持破浪前进。几天后，他首先见到海浪中的白鲸，亲自驾小艇追赶，结果小艇被撞碎，他落水被救上船，马上下令继续往前追捕。第二天，白鲸真被击中了，但它猛烈挣扎，撞沉了前去捕它的小艇。费德拉不幸落水失踪。第三天,白鲸已奄奄一息,它的脊背露出水面时,只见费德拉的尸体被夹在绳索和鱼叉之间。亚哈冲上的小艇又被白鲸撞碎,斯达巴克赶快开大船去救他。只见白鲸拼死朝大船撞去,顿时大船破裂下沉。这时,鱼叉上两根绳子缠着亚哈的脖子,只见白鲸猛然一拉,亚哈被活活地绞死了。"皮戈德号"往下沉,一切都结束了。伊斯梅尔也随着下沉,突然有个东西把他托起。附近一艘捕鲸船"拉茨尔号"救他上船。他成了"皮戈德号"的唯一幸存者。后来,他告诉人们海上所发生的一切。

《白鲸》生动地描绘了亚哈船长与白鲸莫比·迪克之间的殊死斗争,最后二者同归于尽。故事充满了神秘色彩。小说出版时曾引起争议:亚哈和白鲸各代表了什么?值得深思。

亚哈船长是个神秘而古怪的人物。他有四十年捕鲸经验,因被白鲸咬断一条腿,发誓要报仇雪恨,紧追不舍。他不怕浪高风急,逼使全船的人跟着他拼命。他刚愎自用,顽强固执,有些偏执狂,为复仇不顾一切地追捕白鲸,最后葬身海底,与白鲸同归于尽。如果白鲸是罪恶的化身,亚哈便是一个可歌可泣的英雄;如果白鲸是大自然的象征,亚哈与大自然为敌,最后被撞得头破血流也是顺理成章的。

白鲸代表什么呢?有人说,莫比·迪克是一种灵魂的寄托,是神的化身,力量的象征。也有人说白鲸象征大自然的威力。莫比·迪克的确威力无比,在亚哈穷追不舍情况下,它毫不畏惧,仍顽强抗争,甚至身受重伤后仍作最后挣扎,绞死亚哈!在亚哈看来,白鲸是世界上一切邪恶势力的化身,也是一切所有令人迷惑和痛苦的异端邪说的表现!白鲸就是作为基督教面具的上帝。亚哈跟它血战到底就是与上帝对着干。他与白鲸同归于尽,他心甘情愿,虽死犹荣。作者并不完全等同于亚哈。他还想与上帝和解,希望有个充满友谊、理解和和谐的社会。

2) 风格和语言聚焦:

《白鲸》是梅尔维尔以自己的捕鲸经历为基础构思成篇的。他又吸取了许多捕鲸的知识融汇而成,形成了作者独特的艺术风格。

小说结构严谨,气势宏大,背景广阔,横跨大西洋至太平洋,涉及多种险恶的环境,多次出现惊险情节。大海有时风平浪静,令人心旷神怡;有时狂风暴雨,惊涛骇浪,使人胆战心惊。小说生动地描写了大海的变化无常,大自然的美景和变幻,从一个侧面刻画了捕鲸人的顽强精神和心理变化,给小说大为增色,令读者无比神往。

大量生动、细腻而真实的细节描写,使海上追逐的冒险事件真实可信,使人物不同的性格栩栩如生。主人公亚哈船长迟迟没有出场露面,增加了故事的神秘气氛。白鲸含有许多象征意义,说明作者对当时新出现的社会问题迷惑不解。小说中有许多精彩的戏剧情节和志气高昂的内心独白,富有诗意。作者巧妙地将浪漫传奇、冒险故事与海上生活密切结合起来,使小说情节安排十分严密,故事娓娓动听,令人读不释手。

小说精彩的描写中蕴涵着深刻的哲理,令学界和读者不断探索而不得其解。亚哈船长受伤在先,发誓报仇在后。他与莫比·迪克势不两立。他穷追不舍,最后打伤白鲸。白鲸在死亡之前绞死亚哈,双方同归于尽。结局是:船毁、人亡、鱼死!一切都完蛋了。没有胜利者,胜者无所得。这充分反映了梅尔维尔对19世纪中叶美国资本主义发展造成的众多社会矛盾的哲学思考,影响深远。

最后,小说语言多样化是另一大特色。《白鲸》里既有朴实的叙述,又有抒情的描写。小说将文学语言与科技语言有机地结合起来,有时还用了下层民众的口语,更好地展示人物的性格。有些情节带有民间传说的色彩,引入小说的大众文化因素,使叙事语言更加平易通俗。诚然,有关捕鲸知识的介绍多了些,有些太专业了,有些让人费解。

3) 意义和影响总览:

《白鲸》是一部南北战争前问世的浪漫主义小说,具有伟大的现实意义。它反映了19世纪初美国北方资本主义有了发展,捕鲸业陆续起步,但捕鲸技术还不发达,捕鲸手们海上常常发生不幸遭遇。小说开篇不久,作者便写到在新贝德福德港附近有座公墓,那里埋着许多被大海吞没的捕鲸手。有些捕鲸手在惊涛骇浪中死里逃生,在捕鲸船上苦苦干了几十年,仍然清贫如洗,难以维持一家生计。而资本家发现鲸鱼用处多多,利润丰厚,便不顾一切地驱使水手们出海,以捞取更多的暴利。许多无家可归的人,像伊斯梅尔,迫于生活,不得不与老板签约,走进那危险的行业。一旦海上水手出了事,老板就推得一干二净。水手们只好白白送死。这些不公正的待遇,一般人也许司空见惯,不以为然。但对于当过水手的梅尔维尔来说,则是一个重要的社会问题。

他以独特的视角和亲身的经历,大胆地揭露这个社会问题,引起人们的广泛关注,具有特殊的意义。

梅尔维尔在《白鲸》中塑造了亚哈船长的复杂形象。他是个撒旦式的"英雄",不接受上帝安排的命运。作为一个捕鲸船船长,他迎战暴风雨,出没于惊涛骇浪里,威风凛凛,不可一世,大有所向无敌之势。他自称一切行为都遵照魔鬼的旨意,不从"天父之命"。在他一条腿被白鲸咬断以后,他发誓要走遍好望角、合恩角以及地狱的火炕去追杀白鲸。复仇使他失去了理智,丧失了人性,变成一个目空一切的偏执狂。他不怕神明,不怕魔鬼,将自己等同于上帝。最后与白鲸同归于尽。同时,亚哈又是个美国独立革命后新时代的美国公民。他曾痛感海上生活四十年的孤独和痛苦,想到自己驼背弯腰,风烛残年时也曾痛哭流涕,流露对上帝的不满。作者对亚哈有赞扬,也有批评,但赞扬为主。他通过以实玛利的叙述,肯定亚哈是个史诗式的英雄,同时又指出他是个以自我为中心的偏执狂和"疯狂的魔鬼"。由此可见,梅尔维尔刻意塑造了一个反叛上帝的形象亚哈,同时在他身上体现了作者的内心矛盾。《白鲸》出版时,梅尔维尔年仅三十二岁,已经是个愤世嫉俗的人了。他认为上帝要对一切社会弊病负责。显然,他的思想超越了他的时代。这是难能可贵的。

不仅如此,小说结局也是耐人寻味的。冲突双方亚哈船长和莫比·迪克白鲸最后同归于尽,任何一方都不获胜。这也许是梅尔维尔对解决社会矛盾和冲突的看法:双方各让一步,以和为贵,不要弄得两败俱伤。这反映了作者良好的愿望,但现实中是不可能实现的。这是资本主义自身规律所决定的。不竞争、不冲突是不可能的。当然,有时可缓和些,或相互妥协,但很难根本解决。

梅尔维尔在小说中给读者的暗示,动机是善良的,用意是真诚的,"它像羔羊一样洁白无疵。"他的建议不能说是解决资本主义社会矛盾的灵丹妙药,却影响了许多美国作家。海明威就是其中之一。据说,梅尔维尔是他最喜爱的一个美国作家。海明威早期出版的短篇小说集《胜者无所得》(1933)就受了梅尔维尔的影响。不过,海明威后来经历了西班牙内战后,认识上有了很大的变化,坚决支持反法西斯斗争,并真诚地希望正义的人们取胜。

4) 文本名段点击①：

A. 捕鲸之乡留下许多葬身大海的水手们的墓碑：

... Whether any of the relatives of the seamen whose names appeared there were now among the congregation, I knew not; but so many are the unrecorded accidents in the fishery, and so plainly did several women present wear the countenance if not the trappings of some unceasing grief, that I feel sure that here before me were assembled those, in whose unhealing hearts the sight of those bleak tablets sympathetically caused the old wounds to bleed afresh.

Oh! ye whose dead lie buried beneath the green grass; who standing among flowers can say—here, *here* lies my beloved; ye know not the desolation that broods in bosoms like these. What bitter blanks in those black-bordered marbles which cover no ashes! What despair in those immovable inscriptions! What deadly voids and unbidden infidelities in the lines that seem to gnaw upon all Faith, and refuse resurrections to the beings who have placelessly perished without a grave. As well might those tablets stand in the cave of Elephanta② as here. (p.56)

B. 法勒船长向刚上船的新水手以实玛利介绍亚哈船长：

... He's a queer man, Captain Ahab—so some think—but a good one. Oh, thou'lt like him well enough; no fear, no fear. He's a grand, ungodly, god-like man, Captain Ahab; doesn't speak much; but, when he does speak, then you may well listen. Mark ye, be forewarned; Ahab's above the common; Ahab's been in colleges, as well as 'mong the cannibals; been used to deeper wonders than the waves; fixed his fiery lance in mightier, stranger foes than whales. His lance! aye, the keenest and the surest that, out of all our isle! Oh! he ain't Captain Bildad; no, and he ain't Captain Peleg; *he's Ahab*, boy; and Ahab of old, thou knowest, was a crowned king!'

'And a very vile one. When that wicked king was slain, the dogs, did they not lick his blood?' (p.100)

C. 作者笔下神奇的白鲸：

Forced into familiarity, then, with such prodigies as these; and knowing that after

---

① 下列引文选自 Herman Melville, *Moby-Dick*, Everyman's Library, 1988。
② 象岛：位于印度孟买近郊，岛上有个大石窟和六个小石窟。

repeated, intrepid assaults, the White Whale had escaped alive; it cannot be much matter of surprise that some whalemen should go still further in their superstitions; declaring Moby Dick not only ubiquitous, but immortal (for immortality is but ubiquity in time); that though groves of spears should be planted in his flanks, he would still swim away unharmed; or if indeed he should ever be made to spout thick blood, such a sight would be but a ghastly deception; for again in unensanguined billows hundreds of leagues away, his unsullied jet would once more be seen. (p.202)

3. 其他重要作品链接

A. 中长篇小说：

《泰比》(*Typee*, 1846)

《奥莫》(*Omoo*, 1847)

《玛第》(*Mardi*, 1849)

《雷德伯恩》(*Redburn*, 1849)

《白夹克》(*White-Jacket*, 1850)

《皮埃尔》(*Pierre*, 1852)

《伊斯里尔·波特》(*Israel Potter*, 1855)

《骗子》(*The Confidence Man*, 1857)

《比利·巴德》(*Billy Budd*, 1924)

B. 短篇小说集：

《广场故事》(*Piazza Tales*, 1856)

C. 诗歌：

《战争的外表和局部》(*Battle Pieces and Aspects of the War*, 1866)

《克拉莱尔》(*Clarel*, 1876)

《约翰·马尔及其他水手们》(*John Marr and Other Sailers*, 1888)

《泰莫林》(*Timoleon*, 1891)

第三章
呼唤独立的浪漫主义散文家们

第一节 拉尔夫·瓦尔多·爱默生与《论自然》

1. 生平透视

拉尔夫·瓦尔多·爱默生(Ralph Waldo Emerson, 1803—1882)是19世纪倡导建立独立的美国文学和文化的杰出散文家和诗人,1803年5月25日生于波士顿郊外康科德。父亲原是清教徒家庭一员,后成为一个唯一神教牧师。其父早逝后,他由母亲和一位姑妈养大。他从小爱读书,十四岁升入哈佛大学。1821年毕业后,他接管了他哥哥办的青年女子学校,任教两年多。接着到哈佛大学神学院深造。他曾任波士顿唯一神教第二教堂牧师,承袭他父亲的职业。1832年,他质疑该教圣餐的意义,加上身体不好去佛罗里达疗养,便辞去牧师职务。1829年,他结婚成家。1831年,妻子不幸去世。

1832年,爱默生去欧洲旅行。这成了他生命中的转折点。他在伦敦会见了湖畔派诗人柯勒律治、华兹华斯和思想家卡莱尔等,受到他们超验主义思想的影响。回国后,他移居康科德镇老家。他未能找到固定职业;一面在家潜心看书学习,浏览柏拉图、蒙田等名家专著、印度哲学和中国的孔孟思想;一面应邀到各地做学术报告,如《历史的哲学》和《人类的文化》等。这为他后来的散文写作打下扎实的基础。

1836年,爱默生隐名匿姓发表了《论自然》,轰动了文化思想界,被誉为"超验主义宣言"。他在书中大胆地挑战当时盛行的加尔文教机械命定论和唯一神教的理性和逻辑教义。他大声质问:"为什么我们不能有一种凭直觉,而不是依靠传统的诗歌和哲学?"他强调:美国有"新的土地、新的人民、新的思想","我们要求有自己的工作、自己的法规和自己的宗教"。这实际上是宣告美洲新大陆的精神独立,美国人必须走自己的新路。这包含了他最重要的哲学思想。

1835年,爱默生再次结婚并定居于康科德。他和梭罗、奥尔科特、富勒、霍桑等三十多人经常聚会,讨论文学、哲学、神学和社会生活等问题。新英格兰正统教派将超验主义思想当作反对宗教的一大罪状,贬称他们为"超验主义俱乐部"。但俱乐部的影响日益扩大,爱默生等人创办专刊《日晷》(他一度出任主编),努力宣传他们的新思想。他们抨击物质主义和拜金主义的时弊,强调精神至上和个人道德的自我完善,批判唯一神教刻板的理性主义。他们的新思想逐渐为民众所接受。"超验主义"终于失去了原先的贬义,发展成一场思想解放运动,为19世纪美国浪漫主义文学的发展奠定了理论基础。

随后,爱默生继续勤奋写作,不断完善他的各项主张。他的散文作品《论自然》、《论自助》、《论超灵》、《论美国学者》、《神学院献词》等后来汇编成《论文集》第一卷(1841),《论文集》第二卷(1844)出版三十年后,他又应邀去哈佛大学做报告。他成了一位出色的演说家,足迹遍及美国中西部各地。据不完全统计,1833年至1881年,他共讲了一千五百多场,在美国二十二个州和加拿大产生了深远的影响。

1847年,爱默生出版了《诗集》。1847年至1848年,爱默生第二次访问了英国和法国,到处受到热烈的欢迎。他重温了与卡莱尔的友谊,结交了欧洲思想家和作家中许多新朋友。回国后,他又潜心写散文、诗歌、日记和札记等。他的著作销路很好,深受读者的喜爱。晚年,他仍坚持废除奴隶制,但很少参加社会活动,对社会时弊的批判也减弱了。最后十年,他缺乏新的建树。

1882年4月27日,爱默生病逝于老家康科德镇,享年八十岁。去世后,他儿子爱德华·爱默生为他编辑出版了《爱默生全集》(1903—1904)。20世纪70年代新版《爱默生全集》又与读者见面,受到学界的重视。

2. 代表作扫描

爱默生是个杰出的散文家、思想家和诗人。作为超验主义运动的主帅,他的散文作品影响特别深远。主要有《论自然》(*On Nature*)(1836)、《论超灵》(1841)、《论自助》、《美国学者》(1837)、《神学院献辞》(1838)、《论文集》(一卷,1841)和《论文集》(二卷,1844),在美国国内外奠定了作家的声誉。1847年他的《诗集》出版,后又出了《五月天及其他》(1867)。

在散文作品中,最突出的是《论自然》。它成了爱默生的代表作,其中体现了他的超验主义哲学思想,也是他影响最大的散文杰作。

1) 主要思想和论点盘点:

《论自然》于1836年匿名发表,1849年以《论自然、致辞和演讲》为题重印。它是爱默生以他早年演说为基础的第一部阐述超验主义主要原则的专著。全文由序言和八个短章组成。序言明确地指出:"我们的时代是倒退的。"为什么?作者认为人们是通过前几代人的思想和经验的第二手资料来观察上帝和观察自然的。他大声质问道:"为什么不该与宇宙分享一种创新的关系?"他反对因循守旧,要求以全新的目光审视上帝和自然界。

在八个短章里,作者探讨了热爱自然界的人内心与外向的相互自我调整、自然界对人类的用途、唯心主义的自然界哲学观、物质世界的精神因素以及人的灵魂的扩展潜力等。"商品"、"美感"、"语言"和"修行"四章里阐述了自然界对人类的四大用途:(1)提供生存的物质条件、商品和用品;(2)以它的自然美的形式给人类美的享受,这对人类来说是崇高的精神因素和知识真理;(3)给人类心灵传递超验的意蕴和象征性以及语言;(4)为人类揭示自然法则,在教导人们理解中发挥自然环境的作用。人的灵魂扩展潜力可以变成与自然环境直接的及时的接触。

"唯心主义"一章深入阐述唯心主义自然观,提倡人们用直觉体验自然界内无处不在的上帝。在"精神"一章里,作者强调指出:精神是万物之本,无处不在,贯穿了自然界的方方面面。精神即超灵。它存在于宇宙万物之内,它不是上帝,而是人的灵魂。"展望"一章则强调人要修身养性,返璞归真,自我完善。

上述这些观点在爱默生其他论著里如《论自助》、《神学院献辞》、《论超灵》等有了进一步的发挥。他反复强调个人就是一切。一切自然规律都在你心中。所以,人只要靠自己努力,潜心修养,发挥自己的个性,便可自我完善。人是世界的主人。"世界为你而存在"。最关键的是人的心灵。因此,重视心灵,相信自己,不断自我完善,世界就改观了。

2) 风格和语言聚焦:

爱默生对美国文学的贡献主要是散文。他的散文《论自然》等等往往是在演说的基础上写就的。因此,它常常从内容的需要出发,考虑读者的需要,用简洁有力的语言,加上形象化的比喻来说明复杂的哲理,充满雄辩的说服力,形成了独特的"爱默生式"风格。

作为超验主义的杰出思想家,爱默生知识渊博,阅历丰富。他善于在命题散文里从大处着眼,从小处着手,联系日常生活中常见的问题来阐述他的哲学观点。《论自然》本来是个抽象的哲学命题,涉及人与自然、人与上帝、精神与物质等多重关系,但作者从商品、美感、语言和修行四个方面说明了自然界对人类的四大用途;又从精神即超灵的评析中指出超灵不是上帝,而是人的灵魂。所以,人是世界的主人。相信自己,注重心灵的自我完善,就可以改变世界。这种由具体到抽象的分析深入浅出,容易让读者听懂而加以接受。

不仅如此,爱默生在散文里与他的演说一样,十分注重与他的读者互动。他常常采用修辞中"设问"的技巧,促进读者的思考。比如在《论自然》的序言里,他说,"为什么不能有一种凭直觉,而不是依靠传统的诗歌和哲学?为什么不能有一种不是按照他们的历史传统,而直接启示我们的宗教呢?……这里有新的土地、新的人、新的思想。我们要求有自己的作品、自己的法律和自己的宗教。"这个反问一下子把读者的心抓住了。《美国的学者》里也有尖锐的"设问":

"……这个时代染上哈姆莱特的忧郁——思想的黯淡阴谋,令他憔悴。"

至于这么糟吗?有洞察力绝不是值得很怜悯的事。难道我们宁可当盲人吗?难道我们害怕自己看得太远,超过大自然与上帝,并把真理穷尽一空?

爱默生是个散文家,又是个诗人。他在散文里常爱用形象化的比喻来加深读者的印象。比如:他说,"我不愿使自己隔绝于这个充满着行动的世界;不愿把一棵橡树移植到花盆里,让它在那里挨饿枯萎;也不愿意偏重某种自己特有的才能……"他又说,"生活就像一座采石场,我们从中采集砖瓦石料,用在今天的建筑里。"这些比喻通俗生动,令人耳目一新。

有时,爱默生采用对比的手法,使他的观点更加鲜明生动,通俗易懂。如他在《超验主义者》的演说中简洁地说明了唯心主义与唯物主义的区别。他明确地指出"超验主义"实际上是唯心主义。"人类作为思想者,始终分裂为两个派别:唯物主义者与唯心主义者。前一派人以经验为基础,后一派则注重意识。前一派人依据感官的体验来进行思考,后一派人却领悟到感官并非最终的依赖物,并提出:感官虽然向我们提供事物的再现形式,但它无法说明原由。"在谈及书籍的作用时,作者正确地指出,"书籍使用得当时,它是最好的东西。将它滥用时,则变成最坏的东西。"他认为正确的读书方法是"严格地让书服务于读者"。"'思想着的人'绝不应该受制于他的工具"。"会读书的人应该是个发明家"。这些朴实的叙述具有朴素的辩证思想。

在语言方面,爱默生强调"生活是我们的字典。……惟一的目的是要从各方面掌握语言,用它来描绘和反映我们的见解。"他主张采用民众日常生活中的语言,反对华丽的雕琢和华而不实的词藻。他散文中的语言十分精炼、简洁和生动,有不少精句成了名闻遐迩的格言流传至今,如"自然之美正是人类心灵之美"。"没有行动,思想永远不能变成真理"。"伟大的灵魂不仅思想上坚定不移,而且敢于面对生活"。"一个人如果能看穿这个世界的虚饰外表,他就能拥有世界"和"人所以吃饭,不是因为他会吃,而是因为他能工作。"以及"自我信赖包含着所有的美德"等等。这一切都增加了爱默生散文风格的艺术魅力,受到了一代又一代读者的欢迎。

3) 意义和影响总览:

《论自然》被誉为美国超验主义的宣言。它是资产阶级民主主义思想在哲学上的表现。它反映了时代精神,促进了人们的思想解放,推动了19世纪美国浪漫主义文学运动的发展,为资本主义自由发展提供了理论基础。因此,它具有重要的现实意义和巨大的社会效应。

诚如爱默生在《超验主义者》中所说的,超验主义的"新观念"并不新颖,而是把旧思想注入了新时代的模子。它不是爱默生的新发明,而是来自1842年德国的康德哲学的一种唯心主义。当时,欧洲浪漫主义传入新英格兰不久,康德的《纯理性批判》和卡莱尔的《再补的裁缝》很受欢迎,当地的教会和神职人员视康德等人为异端,将超验主义当为一大罪状,责难爱默生等人。爱默生不畏压力,与超验主义俱乐部的三十位同仁一起办杂志,开会研讨,努力宣传超验主义,逐渐扩大了影响,形成了一场声势浩大的思想解放运动,为"美国文艺复兴"鸣锣开道。

爱默生巧妙地借用了康德等人的语言,结合以富兰克林为代表的清教主义传统,批判了加尔文教的愚昧和唯一神教的理性和逻辑教义,赞美人的智慧和力量,提倡发扬个性,开创自己的未来。他否定了加尔文教的"命定论",否定了对上帝的膜拜,将希望寄托于普通民众。爱默生等人都是笃信宗教的学者和作家,但他们反对宗教的束缚,强调靠直觉可以掌握真理。他们为美国思想界刮起了一阵新风。

《论自然》曾经被看成新英格兰超验主义的"《圣经》"。它集中体现了爱默生的超验主义思想。此后,他通过多次演说和其他著作不断完善他的思想体系,成了超验主义思想运动的主帅。他的新思想和新观念吸引了梭罗、霍桑、阿尔科特等成名作家,对他们的文学创作影响深远,也受到广大读者的青睐。

《论自然》揭示了爱默生新颖的自然观。他认为"自然界就是思想的化身,又转化为思想……每一种存在物都时刻在教育着人们,因为一切存在形式都注入了智慧。"他又说,"道德法则安居于自然界的中心,光芒四射。"在爱默生看来,自然界不仅为人类揭示了物质规律,而且启导了道德真理。言外之意,不必靠神的启示,不必依赖教会的权威,靠人的直觉就能了解自然,掌握真理。他认为"人就是一切,自然界的全部法则就在你自身"。因此,人类必须也有可能认识自然界,与它建立亲密的关系。

爱默生强调道德修养对一个人的重要性。他主张修身养性,返璞归真,追求健康的精神和自然的美德。这是他对当时盛行的拜金主义的批判。他目睹社会的扭曲和道德的沦丧,特别是商业道德的败坏、基督教的衰落和人际关系的冷漠。他清醒地看到了美国社会发展中的精神危机,力图改变一股强烈的歪风,使美国回归健康向上的民族精神。由此可见,爱默生的自然观是针对时弊,切中现实中的要害的。它不是逃避现实的空论,而是一篇痛批不择手段谋私利的社会潮流的檄文。

作为一位杰出的诗人,爱默生将他的自然观应用于文学理论。他竭力主张建立独立的美国文学和文化。他反复强调:"我们要用自己的脚走路,我们要用自己的操作,我们要说出自己的心里话。"他在《美国学者》里明确地指出:"我们依靠别人的日子,我们师从外国知识的漫长的学徒期即将结束。我们周围千万民众绝不能老是靠外国宴席上的残羹剩菜来喂养。这里发生的事件,这里的所作所为,要给予歌颂。它们要唱出自己的歌。谁能怀疑我们的诗歌复兴?"他庄严地宣称:美国诗歌将进入一个新时代。

在《论诗人》里,爱默生进一步论述了诗人的气质和作用、美国文学的现状以及诗歌内容与形式的关系,提出了许多精辟的见解。他认为诗人是天才的预言家、美的体现者和人类的代表。诗人应站在高山之巅,洞察宇宙的奥秘和人生的真谛。诗人的出现应受到社会的关注。他期盼真正诗人的出现,但他失望了。他感到"我们美国至今还没出现天才。"但他充满信心,因为"美国在我们眼里是一首诗。"他相信伟大的诗篇不久将出现。他说,"啊,诗人,别怀疑,要坚持。它在我心里,一定会走出来。"

果然,伟大的诗人惠特曼走出来了。当他的诗集《草叶集》1855年问世时,爱默生写了一封长信大加推崇。爱默生和欧洲浪漫主义诗人一样,主张诗歌的内容和形式有机地统一,内容先于形式。一首诗不是由格律,而是由主题构成的。大自然是诗人和艺术家取之不尽的源泉。诗人要用象征性语言,特别是要学习人民的日常生活中的语言。他的诗就是他诗论的实践,大都采用自由诗形式,短小精悍,立意清新,言简意赅,富有哲理。

爱默生处于美国19世纪动荡的年代,物欲横流,社会变态,道德危机重重。作为杰出的散文家、思想家和诗人,他站在时代的前沿,不怕清教主义的束缚,大胆倡导自己的主张,成了新英格兰超验主义运动的主要代表,有力地推动了美国浪漫主义文学的繁荣。到了20世纪,他的声誉有些减弱。有人认为他对生活过分乐观;也有人感到他反对权威和相信自己成了以自我为中心的极端个人主义,给社会带来负面影响。这也许是历史的局限性。不过,他的超验主义反映了时代精神,促进了美国第一次文艺复兴的到来,在美国文学史上留下了灿烂的一页。

4) 文本名段点击①:
A. 爱默生主张与宇宙直接对话,不要再依赖过去的老一套:

Why should not we also enjoy an original relation to the universe? Why should not we have a poetry and philosophy of insight and not of tradition, and a religion by revelation to us, and not the history of theirs? Embosomed for a season in nature, whose floods of life stream around and through us, and invite us, by the powers they supply,

---

① 下列引文选自 Ralph Waldo Emerson, *Essays*, edited by Carl Bode in Collaboration with Malcolm Cowley, Penguin Books, 1981。

to action proportioned to nature, why should we grope among the dry bones of the past, or put the living generation into masquerade out of its faded wardrobe? The sun shines to-day also. There is more wool and flax in the fields. There are new lands, new men, new thoughts. Let us demand our own works and laws and worship. (p.1)

  B. 爱默生认为自然美是不灭的。艺术旨在创造美：

Nothing divine dies. All good is eternally reproductive. The beauty of nature reforms itself in the mind, and not for barren contemplation, but for new creation.

All men are in some degree impressed by the face of the world; some men even to delight. This love of beauty is Taste. Others have the same love in such excess, that, not content with admiring, they seem to embody it in new forms. The creation of beauty is Art. (p.18)

  C. 爱默生认为新时代已到来，青年一代在崛起，美国人不能再吃外国的残菜剩饭了。①

Our day of dependence, our long apprenticeship to the learning of other lands, draws to a close. The millions that around us are rushing into life, cannot always be fed on the sere remains of foreign harvests. Events, actions arise, that must be sung, that will sing themselves. Who can doubt that poetry will revive and lead in a new age, as the star in the constellation Harp, which now flames in our zenith, astronomers announce, shall one day be the pole-star for a thousand years? (p.51)

  D. 爱默生相信美国学者任重道远，不会再崇拜欧洲，会有自己的新思想：

The world is nothing, the man is all; in yourself is the law of all nature, and you know not yet how a globule of sap ascends; in yourself slumbers the whole of Reason; it is for you to know all; it is for you to dare all. Mr. President and Gentlemen, this confidence in the unsearched might of man belongs, by all motives, by all prophecy, by all preparation, to the American Scholar. We have listened too long to the courtly muses of Europe. (p.70)

3. 其他重要作品链接

  A. 散文：

《美国学者》(*The American Scholar*, 1837)

---

 ① C 和 D 引文选自 "*The Amencan Scholar*"。同上书。

《论文集》(一)(*Essays*, vol. Ⅰ, 1841)

《论文集》(二)(*Essays*, vol. Ⅱ, 1844)

《代表人物》(*Representative Men*, 1850)

B. 诗歌：

《诗集》(*Poems*, 1847)

《五·一及其他》(*May-Day and Other Pieces*, 1867)

C. 其他：

《札记和杂记》(*The Journals and Miscellaneous Notebooks*, 16 vols., 1960—1982)

第二节　亨利·大卫·梭罗与《沃尔登》

1. 生平透视

亨利·大卫·梭罗(Henry David Thoreau, 1817—1862)是19世纪美国优秀的散文家和思想家，1817年7月12日生于马萨诸塞州康科德镇。父亲忙于做小生意，出售自制的铅笔，经济不太宽裕。母亲呵护他成长。十六岁时，他考入哈佛大学。在毕业以前，他读到爱默生刚发表的《论自然》，对超验主义很感兴趣。1837年大学毕业后，他回老家帮父亲干活，后与哥哥约翰一起在中学任教。1842年，哥哥突然去世，他十分悲伤，重病不起。1843年去纽约市斯第腾岛教书，想加入纽约文艺界，没有成功，便返回故乡。爱默生恰好移居康科德镇，梭罗有幸结识了他，尊他为师，到他家帮工，潜心阅读他的藏书并加入"超验主义俱乐部"。后来，他积极为《日晷》写稿并协助爱默生做编辑工作。他勤奋学习，工作踏实，深受爱默生的赏识。

1845年3月，梭罗在离康科德镇两英里的沃尔登湖畔自己动手建个茅屋。那是爱默生的土地。他乐于支持他这么做。同年7月4日美国国庆节时，梭罗建好入住。他在小茅屋里独住了两年两个月又两天，感到特别满意。

他生活在大自然怀抱里,自己种豆谷,除草施肥,快乐无比。他常去湖里划船、游泳和钓鱼,还喂养野鸟,欣赏四周的湖光山色,抽空记下当地各种花卉的品名和特色。他还与附近的渔民、木匠、工人等不同阶层的人聊天,然后独处反思,结合阅读古典文学和哲学名著,每天记日记,写下自己各种感受和体会。

1847年9月,梭罗开心地返回康科德老家。他已完成了《河上一周记》(1849)和《沃尔登或林中生活》。1854年,《沃尔登》经反复润饰后正式出版。他的其他作品有:《远足》(1863)、《缅因州的森林》(1864)、《科德角》(1865)和《扬基佬在加拿大》(1866)等。他还在报刊上发表过一些诗歌和散文。

《沃尔登》问世后,梭罗逐渐关注日益严重的社会问题,对奴隶制和向西拓展的尖锐问题表明自己的严正立场。他写了《论公民的不服从》,反对美国侵略墨西哥的战争,结果被捕入狱,在狱中待了一夜。另两篇论文《马萨诸塞州的奴隶制》和《为布朗上尉请命》明确地反对奴隶制,谴责政府当局无理地处死黑人起义领袖约翰·布朗。他还在家中保护过逃避白人迫害的黑奴。1860年后,他又写了散文《野果》、《播种》和《秋色》等。为了维持生计,他四处奔波,不幸染上肺病。他仍不辞劳苦,忙于校订自己的书稿,准备出版。

1862年5月6日,梭罗因病平静地离开了人世,年仅四十五岁,英年早逝,留下许多未完成的书稿。

2. 代表作扫描

像爱默生一样,梭罗是个杰出的散文家。他追随爱默生,成了超验主义俱乐部一位优秀的成员。他以自己的散文,尤其是《沃尔登》实践和发挥了爱默生的自然观,集中反映了他的超验主义思想。《沃尔登》(*Walden, or Life in the Woods*)成了学界公认的梭罗的代表作。

1) 主要思想和论点盘点:

《沃尔登或林中生活》全书由十九章组成。从夏天开始至秋冬,又由严冬至春天。主人公是梭罗自己。主要内容涉及大自然和人。梭罗以他在沃尔登湖畔小屋独居的经历,在日常生活中实践超验主义思想,倡导回归自然,返璞归真,热爱自然和享受自然。他认为美国人从出生之日起便自掘坟墓。现代文明催人堕落,社会道德日益沦丧,人们生活在浑噩当中,他想把他们唤醒,开始新的生活。

在第一章"论经济"里,梭罗批评他的同胞"住在地上,忘了天堂",人们只关注衣食住,忘了精神素养。"造屋实际上是为自己建监狱或坟墓"。他认为真正的财富是精神上的富有。人不能单纯地为衣食住而生活,要重视精神,注意修身养性。他主张生活要"简朴,简朴,再简朴!"人们不能只知积财致富,终日疲于奔命,虚度人生。那是一种自我奴役、没有原则的生活。

在第三章"我居住过的地方,我生活的目的"里,梭罗感慨许多人不注重精神,建议牧师周日布道时不说废话,叫人们注重修身养性。他认为"只有伟大而崇高的事情才是永恒的、绝对的、实在的;小小的忧虑和快乐仅仅是现实的幻影而已。"

在第九章"村庄"里,梭罗谈到曾从沃尔登到小镇上走走看看,听听人们的议论,观察他们的行动,感到他们全是鼠目寸光的人,完全被社会异化了。

在第十二章"高级法则"里,梭罗感慨人们已失去或将失去人与兽之间的一点宝贵的区别,沦为金钱的奴隶,沉湎于名利梦中。如行尸走肉,白白活了一辈子。他认为人性由两部分组成,即高等的或精神的一面与低级的或兽性的一面。人应当发展精神的一面,消除兽性的一面。纯洁是人成熟的象征。他相信人的神性可压倒兽性。诚如孟子所言,失去德性的"妄人"无异于兽性。所以,德是唯一稳操胜券的投资,人人都不能忽视。

梭罗在书里自始至终细说做人的道理,启导人们要认真地活着,真正地做人,使生活具有真正的意义。尽管他对周围的社会现实很不满意,他一直坚信:人的天性是纯洁的,只要肯努力,便可完善自己的精神境界。他认为人体内含热能和神圣的种子,虽然人可能堕落,但也可与大地死而复生一样,再长出永恒的绿叶!他对人类的未来充满信心。

《沃尔登》是梭罗一生中一段不平凡的林中生活的真实纪录,也是他自力更生,生活简朴的生动写照。那些充满哲理的处世为人之道一直是后人有益的启迪。

2) 风格和语言聚焦:

梭罗的散文简练有力,个性鲜明,洋溢着政论性的激情和诗意的抒情色彩,朴实清新,具有浓郁的生活气息。这是他独特的散文风格,在19世纪的美国文坛影响深远。

《沃尔登》反映了梭罗身居林中茅屋,放眼社会现实的简朴生活。他善于用普通的事物来阐述深奥的哲理,对普通人沉迷于追求发财致富坦率地提出批评,指责他们已失去或即将失去人与兽之间的一点宝贵的区别。他直截了当地抨击美国现代文明不仅没有提高人的思想,反而加速了人的堕落,社会道德江河日下,人从出生之日起便开始为自己挖掘坟墓。这些评论表面上看来似乎有点夸张,实际上是符合事实的。作者对于物欲横流、金钱至上的时弊深恶痛绝,所以大声疾呼,劝导人们重视精神,修身养性,洁身自爱,真正地做人,过有意义的生活。他反对蓄奴制,反对墨西哥战争,认为政府的专制或无能到了令人难以容忍时可以造反。他的评论有时十分尖刻,不留情面,态度鲜明,用意真诚。他对未来抱着乐观的态度,深信人们一定会变好。

梭罗在散文里常常运用对比的手法将道理讲清楚。比如:善与恶的斗争、人性中神性与兽性的转化、物质与精神等等,他都耐心地进行辩证的评析,强调人的神性可以压倒兽性。真正的富有是精神上的富有,诚如孔子所言:"不义而富且贵,于我如浮云。"他主张物质生活要"简朴、简朴、再简朴!"他还以自己林中生活为例,列出他节俭的开销和简单的家具和用品,说明他拥有的财产不多,但身处大自然,浏览古今名著,自得其乐,心旷神怡,无比兴奋和安慰。他以自己的切身的经历和感受来论证他的观点,大大增强了对读者的说服力。

不仅如此,梭罗在《沃尔登》等散文里常常借用比喻来叙述和评析,增加了行文的生动性。他会写诗,所以他的散文富有抒情美,将抽象的议论融入生动而具体的比喻中,令人耳目一新。比如,他写景时特别形象化:"沃尔登湖是最美、最具风情的景色外观。它又是大地的眼睛。"湖边的树木成了它的睫毛。他喜爱林中生活,冬天里他像一只草地鼠那么舒适地过冬。他讨厌作为现代文明象征的火车,称它是一只凶残的铁马,在全镇都能听到它的嘶鸣。它又如同一只特洛伊马,啃光了沃尔登湖周围的树木。他还把散布谣言,蛊惑民心的权贵们称为"最粗糙的磨坊",他们在家里制造各种流言蜚语,再装进精妙的漏斗里,从街头巷尾传播出去。这些形象化的比喻往往充满讽刺和幽默,使他的散文熠熠生辉,令人爱不释手。

梭罗对语言精心雕琢,遣词造句,格外谨慎。他思路清晰,表述流畅。虽然爱用长句,但前后连贯,浓淡适宜,长短句错落有致,生动自然,通俗易懂。《沃尔登》里妙语如珠,言简意深,耐人寻味。像爱默生的散文一样,梭罗有不少精辟的语句成了人们喜闻乐见的格言,历经风雨魅力如初。

总之,梭罗的散文风格独特。他善于兼收并蓄,博采众长,又富有个性。他落笔谨慎,思考周密,爱用长句,奔放不羁,语多警句,哲理性强,比喻丰富,幽默和讽刺巧妙结合,寓意深刻,令人回味无穷。

3) 意义和影响总览:

与爱默生不同,梭罗生前受到同行和朋友的误解和非难,缺少知己,遭遇不幸。《沃尔登》问世后,反应不佳。有人指责它"否定文明",误导读者。八年里,此书售出不足两千册。但梭罗并不气馁,更不屈服。随着时间的推移,美国学界和广大读者们终于认识到《沃尔登》的重要价值和重大的现实意义。

事实上,《沃尔登》并不是一个隐士独居生活的记录,而是梭罗痛击当时时弊的一篇战斗的檄文。南北战争后,美国统一了,资本主义经济开始大发展。许多财团争先开发西部,破坏了自然资源;政府向外扩张。国内物欲横流,疯狂追求发财致富。梭罗敏锐地意识到,发财狂造成了严重的精神危机。大多数人在赚钱的潮流冲击下变成一架没有思想、没有道德的机器。他及时而大胆地抨击这种不健康的社会歪风,提出注重精神修养的主张。因此,它具有特别重要的意义。《沃尔登》成了美国文化发展史上一个划时代的里程碑。它不仅促进了19世纪美国浪漫主义文学的发展,而且为"美国梦"的形成打下了思想基础。

像爱默生和惠特曼一样,梭罗独居沃尔登湖畔小屋,博览群书,沉思自然、社会和人生等重大问题,提出了自己的见解。一方面,他接受爱默生超验主义思想,强调修身养性、返璞归真,完善自我;另一方面,他十分重视印度佛教和中国孔孟之道。他在《日晷》杂志上曾设立《伦理经典》专栏,刊登了21条孔子语录。在《沃尔登》书里,他多次引用了孔孟有关修身养性的语录加以佐证。虽然他与孔孟二人的道德观并不完全一致,但梭罗对他们是很敬重的。作为一个思想家,他视野开阔,博采众长,勤奋钻研,联系现实,苦苦思索。他既精通古希腊和拉丁的经典著作和欧洲康德等人的哲学,又研读印度教经籍《薄伽梵歌》和孔子的《论语》、《孟子》等名著,成了一位学贯东西、远见卓识的不平凡的散文家和艺术家。

《沃尔登》的影响遍及美国国内外。多位现代美国诗人和爱尔兰诗人叶芝作品里都有梭罗思想的烙印。不仅文艺界,而且政治界也有梭罗的影响。他的"和平抵抗"鼓舞了美国黑人民权运动领袖马丁·路德·金为黑人的正当权利而不懈拼搏,也曾激励印度圣雄甘地为印度独立进行顽强的斗争。今天,梭罗的自然观受到生态文学批评家们的赞扬。他的自助思想、不服从国内非正义法律的政治主张以及和平抵抗的斗争策略经受了时间的考验,受到欧美各国人民的欢迎。他那犀利的文风、诗意的语言、鲜明的是非观和直言不讳的态度以及乐观自信的精神仍然令人感到亲切可贵。他的重要历史作用已写入了美国文学史。

4) 文本名段点击①:

A. 梭罗简介自己去沃尔登湖畔林中生活的经过:

WHEN I WROTE the following pages, or rather the bulk of them, I lived alone, in the woods, a mile from any neighbor, in a house which I had built myself, on the shore of Walden Pond, in Concord, Massachusetts, and earned my living by the labor of my hands only. I lived there two years and two months. At present I am a sojourner in civilized life again. (p.1)

B. 梭罗抨击黑奴制:

I sometimes wonder that we can be so frivolous, I may almost say, as to attend to the gross but somewhat foreign form of servitude called Negro Slavery, there are so many keen and subtle masters that enslave both North and South. It is hard to have a Southern overseer; it is worse to have a Northern one; but worst of all when you are the slave-driver of yourself. (p.6)

C. 梭罗不讲究物质生活,强调自由思考,不受束缚:

I desire to speak impartially on this point, and as one not interested in the success or failure of the present economical and social arrangements. I was more independent than any farmer in Concord, for I was not anchored to a house or farm, but could follow the bent of my genius, which is a very crooked one, every moment. Beside being better off than they already, if my house had been burned or my crops had failed, I should have been nearly as well off as before. (p.63)

D. 梭罗重视修身养性,认为道德是永不损失的投资:

Our whole life is startlingly moral. There is never an instant's truce between virtue

---

① 引文选自 Henry David Thoreau, *Walden*, Boston: Ticknor and Fields, 1854, 中央编译出版社影印本, 2008。

and vice. Goodness is the only investment that never fails. In the music of the harp which trembles round the world it is the insisting on this which thrills us. (p.259)

E. 梭罗认为不论多么贫困，要热爱你的生活，你可从中找到快乐：

However mean your life is, meet it and live it; do not shun it and call it hard names. It is not so bad as you are. It looks poorest when you are richest. The fault-finder will find faults even in paradise. Love your life, poor as it is. You may perhaps have some pleasant, thrilling, glorious hours, even in a poorhouse. (p.382)

3. 其他重要作品链接

A. 散文

《河上一周记》(*A Week on the Concord and Merrimack Rivers*, 1849)

《缅因州的森林》(*The Maine Woods*, 1864)

《科德角》(*Cape Cod*, 1865)

B. 论文

《论公民的不服从》(*Civil Disobedience*, 1849)

《没有原则的生活》(*Life Without Principle*, 1863)

《马萨诸塞州的奴隶制》(*Slavery in Massachusetts*, 1854)

《为布朗上尉请命》(*A Plea for Captain John Brown*, 1859)

第四章 豪放吟唱的浪漫主义诗人们

第一节 埃德加·爱伦·坡与《乌鸦》

1. 生平透视

埃德加·爱伦·坡(Edga Allen Poe, 1809—1849)是美国著名的沉郁诗人和侦探小说的奠基人,1809年1月19日生于波士顿。父亲原学法律,后改当演员。由于酗酒,入不敷出,他便弃家出走,后死于纽约。母亲是个名演员。坡三岁时她不幸去世,年仅二十四岁。坡兄妹三人,长兄因病早逝。妹妹有智障。坡两岁多时由其母女友富商约翰·爱伦的夫人收养,坡改姓爱伦,长大后恢复原姓。1815年,他六岁时随养父母去伦敦读书,成绩优秀。1826年回国后,他升入弗吉尼亚大学,不幸赌博成性,债台高筑,与养父断绝来往,迁居波士顿。他试写诗歌。1827年,模仿拜伦早期诗作的第一部诗集《帖木儿及其他》出版,销路很不好。同年,他只好去参军,在西点军校待了几个月被开除。他去纽约找出路。1834年,他养父不幸去世。他没能继承遗产。此前,在友人资助下,他分别出了第二本和第三本诗集,创作日益成熟。

1835年,坡去里奇蒙任《南方文学信使报》编辑,但收入不多,又染上酗酒,不久被老板解雇。1836年5月,他与表妹举行婚礼,生活安定些。他试写一些书评,靠卖文为生,生活清寒。1838年,坡举家迁往费城,继续写诗和短篇小说,以维持生计。第二年,他找到稳定的工作,担任《伯顿绅士杂志》两主编之一,撰写了他最好的诗,出版了两卷恐怖小说《荒诞奇异的故事集》,进入他创作的黄金时代。1840年5月,他因酗酒被老板解雇,后到《格拉姆杂志》任编辑。他写的音乐性的性感小诗流传很广,《钟》更受欢迎。他的推理小说

《毛格街血案》成了美国侦探小说的鼻祖。接着，他又发表了《大漩涡底余生记》和《红死魔的面具》等小说，引起了无数读者的关注。

1844年，坡到纽约，为报刊写稿。1845年，他的诗《乌鸦》刊于《美国评论》，立即吸引文艺界的注目，名扬全国。坡深受鼓舞，想接办销路不好的《百老汇杂志》，但1846年该杂志倒闭了，坡十分失望，加上酗酒，家境非常穷困，难以应付日常生活。1847年元月，他爱妻患病，没钱就医，坡眼巴巴地看着她死去，身心交瘁，卧病一年不起，依然贪杯。他的创作生涯几乎已近尾声。

1848年，坡曾向一位富孀和马州一位夫人求婚未成，滋生自杀的意念。第二年，他去里奇蒙巧遇少年时的恋人。她答应嫁给他。后来，他回纽约筹办婚事，途经巴尔的摩时又去酗酒，醉倒在马路旁不省人事，后被送往医院抢救，待了四天后于10月7日去世，年仅四十岁。过了二十多年，直到1875年人们才在巴尔的摩市西敏士教堂公墓举行他的遗骨安葬仪式，让他与爱妻、岳母和祖父长眠在一起。

2. 代表作扫描

埃德加·爱伦·坡一生坎坷，英年早逝，但留下许多宝贵的文化遗产。他是个独特的诗人。他的诗作共五十首，其中如《尤拉路姆》、《致海伦》、《献给母亲》、《安娜贝尔·李》、《梦中梦》、《种》和《乌鸦》等都很受欢迎。《乌鸦》成了他诗歌的代表作。

坡又是个杰出的短篇小说家。他的心理小说和推理小说两类都很有特色。前者又称想象小说，共有六七十篇，如《鄂榭府崩溃记》、《人群中的人》和《黑猫》等。后者有六七篇，如《毛格街血案》、《窃信案》、《金甲虫》和《玛丽·罗格特秘案》等。其中《毛格街血案》最出名。它成了坡的小说代表作，开创了美国侦探小说的先河。

坡也是一位出色的文论家。他的《诗歌原理》和《创作哲学》系统地阐述了他的诗歌理论和美学原则，对欧美文学界，尤其是法国象征主义诗人影响深远。

1)《乌鸦》的内容、风格和语言盘点：

坡的名诗《乌鸦》(*The Raven*)1845年1月29日第一次刊于纽约的《晚镜报》，立即引起轰动，备受各界称赞。这首诗描写一个暴风雪的冬夜，一只乌鸦飞到一个灯光微弱的窗台上,想闯入屋里。只见屋里有个青年为情人的死亡悲伤。他看到乌鸦时非常吃惊,问它姓啥名啥,乌鸦只回答:"永不再会!"这使那青年更加悲伤地怀念失去的亲人。全诗情意缠绵,基调沉郁,令人反思不已。比如,诗人写亡妻丽诺在梦幻中出现的情景:

深深地探视那茫茫的黑暗,我久久地站着,又惊又疑

困惑地做梦,做着凡人都不敢做的梦

但那无声又在延续,寂静也无消失的迹象,

唯有一个名字在响着,那细声呼喊的"丽诺"!

我细声叫她,一个回声悄悄地传来这个词"丽诺"!

唯有这个词,别的都没有了。

我转身走进室内,心中整个灵魂在燃烧……

全诗共一百零八行,共十八节,每节六行。篇幅不算长,但诗人花了四年才完稿。坡在《创作哲学》一文中说明了这首诗的创作过程。他有意挑选乌鸦这种不祥之鸟来表达自己"最大的悲痛和绝望"。表面上看来,诗人在悼念逝去的爱人丽诺,实际上表现了一种普遍发生的悲伤情绪。丽诺是谁?不得而知,也许是诗人虚构的。乌鸦对诗人的反复提问只回答同样的一句话:"永不再会!"这太令人失望了。

坡对写诗有一套自己的主张。他认为"诗是最崇高的文学形式。它的创作目的是表现美,激发读者美的感受,而非表现真理"。他感到主张诗表述"道德意识"或"责任感"都是"异端说教"。诗歌美的效应是使人的灵魂激动而变得高尚。他爱写死亡,爱写梦幻,写他精神崩溃的过程。他强调,诗的基调是"沉郁"。在《创作哲学》里,他又说,"我扪心自问:在所有沉郁的话题里,按照人类一般的理解,什么是沉郁的?明显的答案是死亡"。他指出,"这最沉郁的话题什么是最有诗意的?……它跟美人的关系最密切:死亡,一个美女之死无疑是世界上最有诗意的话题"。对坡来说,人生犹如一场悲剧。生命被征服了,死神主宰了一切。人死了比活着好,只有到梦中寻找安慰。这种颓废伤感之情与他的坎坷经历息息相关。坡幼年失父丧母,孤苦伶仃,不足三岁时亲眼见到美丽的母亲口吐鲜血,含恨归天。坡去世前两年,眼睁睁望着爱妻无钱治病悄然死去。他悲痛欲绝,五脏俱裂,一年卧床不起,濒临自杀边缘。

《乌鸦》全诗结构严谨,格律工整,音韵讲究,富音乐性。坡采用头韵、行间韵和叠句等艺术手法,使这首诗成了英美诗中格律最工整的精品之一。坡被誉为欧美"纯诗歌"的先驱者。

2) 小说故事、人物、风格和语言聚焦:

作为风格独特的小说家,坡写了六七十篇心理小说和六七篇推理小说,都深受读者喜爱。跟他的诗歌一样,心理小说的主要题材是神经错乱、梦幻和死亡。小说主人公是一些精神病患者,不是现实中鲜活的正常人。他们往往在发疯的状态下干出丧失理智的事情,造成恐怖的后果。坡擅长描写一些南方贵族自我反省的无意识或下意识活动,揭示他们内心深处的感情起伏,实际上也反映了他们精神自我崩溃的过程。

小说中这些主要人物大都身份不明,无名无姓,身心反常,游离于民众之外。他们大都是坡本人和他已故的母亲或妻子的化身。他们酗酒、吸毒,甚至自残或残害别人,与社会格格不入。有的到处流浪,找不到栖身之地;有的为亡妻悲伤,痛不欲生。他们感到人世如地狱,备受煎熬。有的堕落成杀人犯,有的自我毁灭,了结一生。坡的小说世界展现了一个充满恐怖和罪恶的变态社会。他笔下的怪人忧郁寡欢,既不工作,又没有社交,终日躲在阴森森的城堡里。他们的密室见不到阳光,却有华丽的地毯、古老的藏书、奇特的艺术品和乐器以及东方珍宝。《鄂榭府崩溃记》("The Fall of the House of Usher")描写一对孪生兄妹的悲惨遭遇。哥哥劳德利克·鄂榭是故事叙述者"我"的同学和莫逆交。妹妹玛德琳体弱多病,郁郁寡欢。兄妹住在荒野一栋满目苍凉的古屋里。"我"应邀前去探访,只见哥哥神情怪诞,悲观失望,感到自己"快死了";妹妹久病不愈,令他憔悴。突然当天夜里妹妹死了。哥哥将她放在地窖中停尸十四天。一天深夜,她意外地出现在她哥哥的卧屋里复活了。她倒在他身上,把他吓死了。末了,那幽深而乌黑的山池淹没了崩溃的鄂榭府。《黑猫》("The Black Cat")则写了一个已婚的青年"我",有一天酗酒后丧失理智,竟用小刀挖掉自己的宠物黑猫一只眼珠,后来又无故残忍地吊死了它。结果,他床上的帐子当晚起火,将全屋烧成灰烬。后来,他利令智昏,又砍死了妻子,将她的尸体切碎砌进地窖的墙里,最后被警察侦破抓进监牢。作者想通过这个可悲的故事揭示人的天生罪恶会导致自我毁灭。

《毛格街血案》("The Murders in the Rue Morgue")是坡最有名的推理小

说。他在这部小说及其续篇《玛丽·罗格特秘案》("The Mystery of Marie Rogêt")里塑造了一个智勇双全的侦探杜宾。他是个巴黎默默无闻、喜欢深夜独处的法国少爷。他爱读书,善思考,富有想象力,相信直观感觉,重视每个细节,如楼梯上传来的争吵声、被害人尸体的微小变化等。他深入毛格街一对母女被杀的案发现场,细察少女尸体被塞进烟囱的变化,推断凶手逃走的方法,认定凶手从床头上那扇窗口逃脱。他研读了多位证人的证词和警方的误判,抓住证词中的特殊点,合理地推论,判断凶手的杀人动机,从而准确又及时地破案。原来作案的凶手是个法国水手一只潜逃的猩猩。坡的设计周密,小说结构严谨,推理科学,判断准确。在杜宾身边常常安排一个助手。此人其貌不扬,但聪明过人,往往为破案起了重要作用。坡往往参与其中,或发发议论,与杜宾沟通;或引用报刊报道,找出警方办案的破绽,以衬托杜宾的光辉形象。他这种艺术构思巧妙自然,悬念丛生,深受好评。后来,英国著名侦探小说家柯南·道尔也采用此法,效果非常好。杜宾在坡的其他小说里多次出现,成了许多读者喜爱的人物。

3) 意义和影响总览:

与其他同代成名作家不同,埃德加·爱伦·坡的声誉曾大起大落。他生前没有受到文艺界的重视,去世后一段很长的时间内,一直成为最有争议的作家。超验主义诗人爱默生称他为"打油诗人",对他评价不高。波士顿诗人威蒂埃、朗费罗等不表态。大诗人惠特曼勉强地承认他的才华,但有所保留。大作家马克·吐温则批评他的文风极差,认为"他的散文不值一读"。直到20世纪初,现代诗人艾米·洛厄尔提出坡是个像惠特曼一样的伟大诗人,学界才有了转变。1909年坡一百周年诞辰纪念时,坡受到了热情的对待。到了50年代,诗人艾略特和塔特明确地肯定了坡的文学地位。60年代至今,美国学界和广大读者都认同坡的作品的重要价值。

事实上,坡早在法国就受吹捧出了名。法国三大象征主义诗人波德莱尔、马拉梅和瓦莱里对坡特别青睐,评价很高。波德莱尔将坡的作品译成法文,格外赞赏坡对人物精神病态的描绘和探索,为欧美文学打开了心理描写的新天地。马拉梅则酷爱坡的诗论,并将他的诗精心译介给法国读者。瓦莱里喜欢坡的美学原则。此后,法国人出版了第一部详尽评价坡的专著。他们的观点促进了美国学界改变了对坡的认识,并肯定坡对美国文学的重大贡献。

第四章
豪放吟唱的浪漫主义诗人们

作为一个以诗人自诩的作家,坡对诗歌创作要求严格,精心构思,巧妙表达,而且有自己独特的创作理念和原则。他认为宇宙是一首圣诗,一种诗意盎然的艺术作品,是上帝精巧的构想,而地球则是个堕落的世界,物欲横流,美感尽失。周围的一切诱使人走向堕落。人的心灵和意识受到严重的腐蚀。因此,人只有遁入梦境才能消除污染,享受上帝惠赐的天堂美。他爱诗,重视诗的内容和形式并作了不懈的探索。他认为诗是最崇高的文学形式,篇幅要小,让读者一次读完,有个完美的印象。写诗的目的是表现美,激发读者美的感受,净化灵魂。诗的基调是"沉郁"。人最沉郁的事是死,特别是心爱的美女之死,那是最有诗意的。所以,坡的诗大多以梦或夜晚为背景,描绘死神的降临,诗人灵魂的凋零和对亡魂的悼念。他的诗梦幻色彩浓烈。在诗人眼中,人生是个悲剧,唯有走进梦境,才能摆脱尘世意识的束缚,自由地表达自己的喜怒哀乐之情,追寻心灵的慰藉。与惠特曼和爱默生试用自由诗不同,坡讲究诗的格律,追求优美的音韵,喜欢采用八步抑扬格,使他的诗具有音乐性。他称诗是"美的节奏创作",音乐是人类灵魂欣赏天堂美的重要手段。音乐应与诗相结合。音乐中的音律、节奏和韵律是诗中不可或缺的元素。因此,他的诗音乐感很强。这成了他诗作的特色,也成了他对美国诗创作的一大贡献。

作为一位风格奇特的小说家,坡的心理小说和推理小说跟他的诗一样,是他美学思想的生动体现。他善于以精神病患者为小说的主人公,刻画他们在无意识或下意识下的自我折磨或自我毁灭,面对地狱般的世界疯狂地挣扎,干出了荒唐而恐怖的事。他往往描绘这些人物的孤独和失落,揭示他们理智的丧失,沉湎于幻想而走向死亡。他的小说与他的诗一样,故事总发生在梦中。坡往往将梦写得细致入微,写出了人物入梦的不同阶段及其心理变化,有的离奇古怪,有的不伦不类,有的优美动人,也有的令人毛骨悚然,胆战心惊。死亡成了他小说的主题。他写了各种各样的死,比如:复仇者将"朋友"骗入墓窖活活地闷死;丈夫用斧头把妻子砸死;凶手杀人分尸藏于地板下突然发臭;恶汉杀了爱妻埋尸又挖出尸体;甚至还有人吃人的怪例,令人震惊不已。坡对受害者尸体刻意细致描述,使人胆战心惊,不知所措。这种对死亡和尸体的详尽描绘使小说充满了哥特式的恐怖气氛。坡的小说世界成了一个恐怖和罪恶的变态社会。故事的恐怖反映了作者内心的混乱。它深刻地揭露了现实社会犹如地狱一样的恐怖和黑暗。

坡的推理小说不仅描写了社会黑暗的一面,而且塑造了维护社会正义的一面。他笔下的杜宾形象就是一个冷静思考、疾恶如仇的好侦探。他不辞劳苦地走进案发现场,为破案呕心沥血,仔细观察,合理推断,帮助警方破案,为被害人讨回公道。这个正面形象是坡的自我理想的化身。他从小聪颖过人,爱表现自己超人的智慧。他把杜宾写成料事如神的业余侦探,又借助一个朋友的叙述体现杜宾超人的智慧和能力,再从警方的误判和无能来彰显杜宾的崇高形象。杜宾寄托了坡的正面理想。坡成了美国侦探小说的开山鼻祖。他的侦探小说模式一百四十多年来成为各国侦探小说家竞相模仿的对象,推动了现代侦探小说的发展。

坡又是个具有独特见解的文论家。他的文学观受过英国湖畔派诗人柯勒律治的影响。他的诗学和小说创作美学都是他从自己创作实践中总结出来的。他写过不少书评,用词尖刻,曾引起一些人的不满。他的诗论颇受重视。他接受英国诗人丁尼逊的影响。他对诗的内容与形式都有严格的要求,深受法国象征主义诗人的赞赏。他的短篇小说继承了美国作家 C.B.布朗的传统,又有自己的创新。他擅长心理小说和侦探小说,构思巧妙,结构严密,充满阴森恐怖的气氛。他的侦探小说独树一帜,往往先和盘托出案情,接着罗列警方和人们的各种不同见解和揣测,最后写业余侦探怎样凭直觉进入推理判断,使全案水落石出,令人叫绝。他的侦探小说已形成独特的模式,广为流传,但思想深度不够,视野欠宽广。他没写过中长篇小说。不过,他的短篇小说非常引人入胜,至今仍受各国读者喜爱。

今天,美国学界终于达成共识:坡对美国文学作出了巨大贡献。他在美国文学史上占有一席之地。

4) 文本名段点击[①]:

A. 诗人因恋人或爱妻去世悲伤成梦,忽闻一只乌鸦来敲门:

ONCE upon a midnight dreary, while I pondered, weak and weary,

Over many a quaint and curious volume of forgotten lore—

While I nodded, nearly napping, suddenly there came a tapping,

---

[①] 下列《乌鸦》引文选自 *The Complete Tales and Poems of Edgar Allen Poe*, The Modern Library, Random House, INC., 1938。

As of some one gently rapping, rapping at my chamber door.
"'Tis some visitor," I muttered, "tapping at my chamber door—
$\qquad$ Only this and nothing more."

Ah, distinctly I remember it was in the bleak December,
And each separate dying ember wrought its ghost upon the floor.
Eagerly I wished the morrow; —vainly I had sought to borrow
From my books surcease of sorrow—sorrow for the lost Lenore—
For the rare and radiant maiden whom the angels name Lenore—
$\qquad$ Nameless here for evermore.

(p.943)

B. 一只乌鸦停在房门上,将诗人的幻觉逗成微笑,仅重复一个字眼,勾起诗人无限的哀伤和怀恋：

"Prophet!" said I, "thing of evil! —prophet still, if bird or devil!
By that heaven that bends above us—by that God we both adore—
Tell this soul with sorrow laden if, within the distant Aidenn,
It shall clasp a sainted maiden whom the angels name Lenore—
Clasp a rare and radiant maiden whom the angels name Lenore."
$\qquad$ Quoth the Raven, "Nevermore."

"Be that word our sign of parting, bird or fiend!" I shrieked, upstarting—
"Get thee back into the tempest and the Night's Plutonian shore!
Leave no black plume as a token of that lie thy soul hath spoken!
Leave my loneliness unbroken! —quit the bust above my door!
Take thy beak from out my heart, and take thy form from off my door!"
$\qquad$ Quoth the Raven, "Nevermore."

(p.945)

3. 其他重要作品链接

A. 诗歌：

《埃德加·爱伦·坡诗集》(*Poems by Edgar A. Poe*, 1831)

《乌鸦及其他诗》(*The Raven and Other Poems*, 1845)

B. 短篇小说：

《荒诞奇异的故事集》(*Tales of the Grotesque and Arabesque*, 1840)

《故事集》(*Tales*, 1845)

C. 文学评论：

《创作哲学》("The Philosophy of Composition", 1846)

《诗歌原理》("The Poetic Principle", 1848—1849)

第二节　亨利·华·朗费罗与《海华沙之歌》

1. 生平透视

亨利·华·朗费罗(Henry Wadsworth Longfellow, 1807—1882)是一位享有国际声誉的诗人,1807年2月27日生于缅因州波特兰市一个殖民地家庭。他先入读私立学校,后转入波多恩学院。1825年,他与霍桑同时毕业。1826年至1829年,他被学院派往欧洲学习法语和西班牙语,先后游历了法国、英国、德国、西班牙和意大利。1829年至1835年,他返国后任波多恩学院现代语言教授兼图书馆馆长,后到哈佛大学任法语和西班牙语教授。1835年他又赴欧洲访学一年,此间他妻子不幸病故。回国后,他返回哈佛执教,接连教了十八年。他曾编写和出版了多种语言教材,又编译《欧洲诗人与诗》,还出版了回忆小说家欧文其人其作的《出海记》(1833—1834)和半自传体的浪漫传奇《海帕里恩》(1839)。之后,他开始写诗,《人生礼赞》、《夜晚的赞歌》和《夜之声》深受读者欢迎。1841年,《歌谣及其他》出版。翌年,另一部诗集《论奴隶制的诗》表达了他反对奴隶制的呼声。他正式确立了诗人的地位,在坎布里奇有一定社会影响。

1843年,朗费罗与在海外结识的弗朗西丝结婚。岳父是个轧棉厂的老板,送一座别墅"克莱格公馆"给他俩当结婚礼物。婚后,他生活安定和谐,继续在课余坚持写作,又发表长诗《伊凡吉琳》(1847)、诗集《海边与炉边》(1849)、描绘中世纪德国的戏剧诗《金色的传说》(1851)和歌颂印第安人优秀传统的《海华沙之歌》(1855)。

1854年,朗费罗辞去哈佛大学的教职,专门从事创作。随后,他发表了《迈尔斯·史坦迪什求婚记》(1858),在波士顿和伦敦一天卖了一万五千多本!此书明显受意大利作家薄伽丘《十日谈》的影响。1861年他爱妻不幸死于一场意外的大火。他悲痛欲绝,难以控制,几乎中断了写作。1863年,他恢复了心态,出版了《路边客店的故事》。为了寻求慰藉,他转向翻译但丁的《神曲》。晚年,他生活平静。他的别墅成了美国民众走访的圣地和外国宾客光临的名邸。1868年至1869年,他出访欧洲,到牛津大学和剑桥大学接受荣誉学位,并受到维多利亚女王的接见。1882年,美国学界为他隆重庆祝七十五周年诞辰。过了不久,同年3月24日,他在坎布里奇市逝世。为了纪念他的文学成就,英国学界在伦敦威斯敏斯特大教堂"诗人角"矗立他的半身雕像。他成了与英国文化名人并列于那里的唯一的美国诗人。

2. 代表作扫描

作为一个新英格兰诗人,朗费罗一生作品不少。他写过抒情短诗、歌谣、十四行诗和叙事长诗。他的短诗《人生礼赞》、《夜颂》、《天使的足迹》和《奴役篇》十分脍炙人口,常常入选美国各类诗选和教科书。

在三部著名的长诗《伊凡吉琳》、《海华沙之歌》和《迈尔士·史坦迪什求婚记》中,最受欢迎的是《海华沙之歌》。《伊凡吉琳》描写女主人公伊凡吉琳的坚贞爱情和不幸遭遇。她是个英属殖民地的乡村护士。她与同村的男青年加布里尔·拉宙恩尼斯正在谈婚论嫁。法国与印第安人打仗时,英国殖民者突然用暴力将阿卡迪恩村的居民赶到更安全的英属殖民地。加布里尔和他父亲巴索尔逃往路易斯安那。伊凡吉琳到处寻找他们。她先找到巴索尔,跟他继续寻找男友,并独自去密歇根森林里找。经过多年的努力仍无收获,她未老先衰了,只好移居费城。在一次瘟疫流行时,她碰巧在她工作过的一家医院认出她的男友加布里尔。他已变成一个垂死的老人了。他的去世令她悲伤至极而死。最后,两人合葬于天主教公墓,永远不再分离。诗中生活气息浓烈,洋溢着生离死别的感伤和浪漫色彩,催人泪下。诗人无情地抨击破坏平民幸福生活的殖民主义者,真诚地颂扬忠于爱情的一对年轻人。

《迈尔士·史坦迪什求婚记》是按照朴茨茅思早期一个历史故事写就的。主人公迈尔士·史坦迪什是个当地的头目。他请他的好友约翰·阿尔顿代他去向一位姑娘普丽斯茜拉求婚。阿尔顿盛情难却,便捎信给那姑娘。姑娘却回答:"约翰,你为什么不为你自己求婚呢?"斯坦迪什求婚未果,愤然去参军打仗,也未曾与阿尔顿道别。不久传来他牺牲的消息。阿尔顿与普丽斯茜拉朝夕相处,感情甚笃,准备成亲。不久,斯坦迪什回来参加他们的婚礼。原先的消息是假的。他请他俩原谅他当初不辞而别。后来三人成了好朋友。全诗仍用六音步,但学界认为它不如《伊凡吉琳》。

与上述两部长诗相比,《海华沙之歌》在内容上和形式上都更高一筹。它取材于印第安人的美丽传说,描绘了主人公海华沙、一位民族英雄的光辉一生。他不畏艰险和劳累,孜孜不倦地为印第安人民谋福祉。小说生动地展示了印第安人的习俗和才智以及他们前进的足迹。

因此,《海华沙之歌》成了学界公认的朗费罗最优秀的代表作,已被译成二十多种语言。

1) 故事和人物盘点:

《海华沙之歌》(*The Song of Hiawatha*)由二十二章组成。诗人根据印第安人的传说塑造了一个英雄形象海华沙,描写他从童年到青年的成长过程以及他为印第安人民贡献一生,最后离去的故事。长诗主人公海华沙是个神的传人,半神半人,犹如古希腊罗马神话中的赫拉克勒斯和珀尔修斯。他是由月亮神的女儿、他的外祖母科米斯带大的,原先住在苏必里尔湖南岸。他从小聪明过人,勤奋好学,掌握了许多鸟类和动物的语言,懂得不少野兽的秘密和捕捉它们的窍门。他得到一副鹿皮制成的魔手套"明吉卡文",可轻易击碎岩石;他还有一双也用鹿皮做成的魔靴,可一跨一英里远。他父亲是西风莫杰基威斯,母亲是美丽的温诺娜。母亲早逝,令他悲伤。他感到父亲对母亲无情无义,他要为母亲报仇。他与父亲厮打,最后以妥协结束。他接受父亲的提议,赶回家乡,成了他部族人的文明传播者和保护者。他曾绝食七天七夜,为各族人民的利益祈祷。后来,他打败谷神蒙达敏,将他埋葬后从他墓地里长出了金黄色的玉米。他造了一条桦木独木舟,去大海洋捕捉鱼王纳玛,不幸被纳玛将独木舟连他和武士们一起吞下肚里。他拼命反击,刺杀了纳玛,并被一群勇猛的海鸥救出鱼王的黑口。他射杀了大毒蛇凯纳比克,挺进黑水洋,在啄木鸟"麻麻"的提示下,用三支弓箭射中了传播热病和死亡的魔术家珠羽,将其一切财产和战利品分给人民。随后,他娶了达科他一位造箭工匠的女儿敏勒哈哈。他上门求婚,带着温柔美丽的未婚妻回老家举行婚礼。婚宴隆重,高朋满座,欢歌笑舞,气氛热烈。这场喜事使奥基威与达科他两个民族结束多年混战,消除旧恨,恢复和平,友好交往。婚后,海华沙成了他部族人的统治者。他关心民众生活,让男女老少共享太平生活,自由地打猎捕鱼,安心地干活。他的朋友音乐家齐比亚波斯天真任性,遭罪恶的鬼神伤害。海华沙教人们用草药解毒治病。大笨蛋帕普克基威斯聚众通宵赌博,赢了一大批青年和老年人的财产。他为非作歹,欺压百姓。海华沙带了一帮猎人追捕他,杀了他并将他藏在深水里。一群愤怒的侏儒狠心杀害了海华沙另一个朋友、大力士夸辛德。人们怀念着他。祸不单行。部族内部出现了饥饿和热病。海华沙妻子病了。他坐在她床边七天七夜,无言地悲伤。她不幸去世,安葬于雪地里。一群金色蜜蜂来临了。一条大船载来一百个白人战士。海华沙劝他的部族人欢迎他们带来的新宗教,听从他们的金玉良言。接着,他向外祖母和所有武士辞行,乘独木舟前往西北风基威丁岛当国王。

叙事长诗主人公海华沙是个印第安人传说中的民族英雄。他热爱人民,神通广大,具有超人的智慧和本领。他惩恶扬善,教会部族人种粮食和捕鱼,清理河道,引水灌溉,改造自然,战胜疾病,传播文明。他受到人民的爱戴和敬重,从一个骁勇的小伙子变成了他们的领袖和保卫者。他跟他们一同劳动,一同歌唱,与大自然顽强拼搏。为了部族人民的和平幸福生活,他不惜一切努力贡献自己最大的力量。在他的身上闪烁着许多印第安人的美德。他是个印第安人的杰出代表。

2) 风格和语言聚焦:

《海华沙之歌》是一部描述印第安人生活的史诗。它具有鲜明的民族特色和地方色彩,洋溢着浓烈的生活气息,展现了广阔而生动的生活画面。诗人以印第安传说为基础,巧妙地融合了许多传奇和故事,使神话与现实结合成一个整体,焕发出强烈的艺术魅力。

长诗主人公海华沙是个半人半神的英雄好汉。他有一副魔手套和一双魔鞋,可以逢山开路,驰骋万里,但他与劳动人民一起生活,同干活,同歌唱,一直与他们心连心。长诗展示了围绕主人公的多层次社会生活,有猎人的捕猎活动,有渔民的垂钓;有善与恶之争,也有疾病和痛苦的折磨;有童年的欢乐,中年的打拼,也有老年的奋力坚持工作。诗中还有活泼的舞蹈和美妙的歌曲,洋溢着催人向上的乐观主义精神。

《海华沙之歌》是一部叙事长诗,却充满着优美的抒情描写。无边的大海、蔚蓝的天空、翠绿的草原、幽静的峡谷和原始的森林,都成了主人公海华沙施展才华的美妙天地。在"序诗"里,诗人用寥寥几笔勾勒了长诗的背景:

　　诗行里处处散发着森林的芳香,
　　闪烁着草原上的露珠,
　　帐篷里飘动着缕缕炊烟,
　　汹涌着大江大河,奔腾向前,
　　日日夜夜奏着响亮的声音,
　　一旦发出狂吼就震撼天地,
　　像那山间惊雷齐鸣。①

像这种诗情画意的描述,在长诗中随处可见。诗人往往采用拟人化的艺术手法,将一些自然景物写得栩栩如生,如东西南北风,犹如四位风神:东风瓦本"长得年轻美丽,给人们带来温煦的清晨,用银白色的箭将黑暗逐出山头谷底";麦基凯威斯在天上做了风神们的父亲,自己掌管西风;南风夏温达西从烟斗喷出的一口烟,"使空气中荡漾柔曼的梦意,河上泛起阵阵涟漪,绿草抚平山峰的崎岖";北风卡比波诺卡凶狠粗暴,他的住地"到处是陡峭的冰岩,终年积雪如山",他的呼啸如鬼哭神嚎……有正义感的海鸥和啄木鸟则在海华沙困难时给予救助。这些生动的描绘使四位风神和海鸥以及啄木鸟具有与人的不同性格,扮演了不同角色,让美丽的神话更美丽。

在韵律方面,诗人参考了芬兰民族史诗《卡列瓦拉》,采用了流畅的新韵律,即四音步扬抑格,没有脚韵。每个诗行分成四音步,每音步由一个重音和一个轻音组成。这引起许多后人的模仿。长诗语言通俗易懂,简洁生动,偶尔在叠句里用些印第安词,意在增加民族色彩。有时运用排比、对仗和设问等修辞手法,使叙述角度多样化,让故事更精彩动人。

---

① 笔者试译。

3) 意义和影响总览：

《海华沙之歌》是美国文学史上第一部描述印第安人生活的长诗，意义不同凡响。朗费罗客观公正地描写印第安人的风土人情、自然风光、社会历史和文化风貌，展现了少数部族的优秀传统和朴实的美德，赞扬了他们的崇高民族品格和勤劳勇敢的优秀品质，描绘了他们对未来理想的执着追求。这对一个美国主流作家来说是很难能可贵的。

长诗首先塑造了海华沙这个印第安人民族英雄的光辉形象，集中体现了印第安人的优秀品质和勇敢精神。诗人细致地描述了英雄的诞生和成长，展示他历尽千辛万苦，惩恶扬善，为民除害，促进人民安居乐业。他是个半人半神，爱憎分明，为民除害。他曾打败谷神蒙达敏，教他的部族人学会种粮食。后来，他追杀了鱼王纳玛，射杀了大毒蛇凯纳比克和传播疾病的珠羽，将其一切财产分给人民。大笨蛋帕普克基威斯利用赌博骗取了许多人的财产，他带人追杀了他。他也有七情六欲，正义感强烈。他曾为母亲打抱不平，找父亲报仇；他找异族弓匠女儿为妻，促进部族和解；当妻子病危时，他守在她床前七天七夜，悲伤欲绝；他的好友音乐家齐比亚波斯和大力士夸辛德遭恶鬼陷害后，他格外伤心。他教民众用草药解毒治病保平安。他的善行得到人民的夸奖。人人爱戴他。连海鸥和啄木鸟也助他一臂之力。海华沙体现了印第安人的理想和希望。他成了印第安人的民族英雄。这在美国文学史上是很罕见的。

其次，长诗反映了印第安各部族人民结束了多年混战后回归正常的火热生活。他们热爱和平，热爱生活，团结友爱，尊老爱幼，勤奋工作，能歌善舞，乐观向上，向往未来。印第安人是北美洲的原住民，一支主要的少数族裔。他们往往被白人看成原始的落后部族，凶残野蛮，没有人性。其实，这不是愚昧的误解就是别有用心的诽谤。印第安人曾经善待欧洲去美洲的一批批移民，结果遭到殖民者的残酷镇压和掠夺，死伤不计其数，后来被赶往"保留区"。《海华沙之歌》还原了印第安人的真实面目。诗中包含了许多动人的传说和优美的自然景色描写，具有浓烈的浪漫和感伤情调。它寄托着诗人对印第安人的同情和赞颂。

诚然，印第安人的社会并不是没有矛盾的乌托邦。部族与部族之间、部族内部都存在着矛盾与斗争，有的是相当尖锐的你死我活的斗争，甚至一些妖魔鬼怪也想破坏部族人的和平幸福生活。海华沙面对恶势力总是挺身而出，勇敢追杀,保护民众不受祸害,带领他们"浩浩荡荡地前进"。他们"对美好的未来怀着渴望和祈求,会为它努力奋斗!"长诗如实地反映了社会的客观规律。

不过,由于朗费罗不大熟悉印第安人的生活和遭遇,长诗的描述缺乏深度。长诗最后两章"白人的足迹"和"海华沙的离去"里,诗人劝导印第安人欢迎白人光临并接受他们的基督教,暗示白人会给他们带来文明。朗费罗忽略了白人无情迫害印第安人的历史,流露了"美国神话"的消极影响。

朗费罗身处美国独立后欣欣向荣的时代。他站在时代的前列,高举点燃的火把,照亮黑暗的国土,建立一座诗歌的灯塔,呼唤枯萎的灵魂。在《人生礼赞》(1838)里,他认为人生值得探索,只有不畏惊险,不怕失败的人,才能领悟它的神奇;唯有坚持不懈的努力,才能使生命灿烂生辉。他对生活充满信心,具有顽强进取,乐观开拓的精神。他强调人生是真切而实在的,不是一场梦幻。因此,应该抓住今日,立刻行动,不要把希望寄托于未来,"让每个明天都比今天前进一步。"最后,他希望青年人"不断地进取,不断地追求!"他的话语发自肺腑,情真意切,深受许多读者的欢迎。

朗费罗的许多短诗也相当出色,如由七首短诗组成的《奴役篇》。它们凝聚了诗人抨击蓄奴制的最强音,曾在当时引起各界公众的共鸣。其中有首《奴隶的梦》写一个非洲部落的国王沦为奴隶的感慨。他躺在田间咒骂奴隶制,向苍天呼唤自由。另一首短诗《警告》则公开预言:被压迫的黑奴总有一天会"举起右臂,把这个国家制度的基柱动摇!"诗人明确地表达对受奴役的黑人们的深切同情和关怀。

有的批评家认为朗费罗的地位是他的时代和环境造就的。如果说欧文代表美国民族文学形成的第一阶段,库柏为第二阶段,霍桑成了第三阶段,那么朗费罗就是第四阶段,而且是个新奇的阶段。四位领军人物都选用了美国题材。朗费罗在《海华沙之歌》中选用了印第安人生活的题材,那是最有美国特色的。它同时形成了感伤主题的传统。①他的声誉不仅局限于美国,在欧洲各国影响也很大,尤其是一次大战以前。

朗费罗善于借用欧洲民间故事和印第安传说进行精心的艺术加工,成了

---

① Cleanth Brooks 等人编著 *American Literature*:*The Makers and the Making*, St. Martin's Press, 1973, p.587。

读者爱不释手的名篇。他往往借鉴德国或英国民歌的格式或韵律,结合通俗简洁的英语,写成新鲜优雅的美国故事,将复杂的历史演绎成娓娓动听的田园诗,让故事走进千家万户,成了平民百姓的家中炉边美谈。他巧妙地将感伤、痛苦和幽默熔于一炉,展示以家庭为中心的族群社会生活。尽管他受欧洲文化束缚,创新不够,视野窄小,一次大战后,他的声誉有所降低,近些年来有明显好转。他对美国诗歌的重要贡献又受到肯定。他在美国文学史上的地位是不可动摇的。

4) 文本名段点击[①]:

A. 神的传人海华沙在奇特的环境里诞生了:

And Nokomis warned her often,

Saying oft, and oft repeating,

"O, beware of Mudjekeewis,

Of the West-Wind, Mudjekeewis;

Listen not to what he tells you;

Lie not down upon the meadow,

Stoop not down among the lilies,

Lest the West-Wind come and harm you!"

But she heeded not the warning,

Heeded not those words of wisdom,

And the West-Wind came at evening,

Walking lightly o'er the prairie,

Whispering to the leaves and blossoms,

Bending low the flowers and grasses,

Found the beautiful Wenonah,

Lying there among the lilies,

Wooed her with his words of sweetness,

Wooed her with his soft caresses,

Till she bore a son in sorrow,

[①] 下列引文选自 George Perkins and Barbara Perkins, ed., *The American Tradition in Literature* (*8th edition*), McGraw-Hill, INC., 1994。

Bore a son of love and sorrow.

    Thus was born my Hiawatha,

Thus was born the child of wonder;

But the daughter of Nokomis,

Hiawatha's gentle mother,

In her anguish died deserted

By the West-Wind, false and faithless,

By the heartless Mudjekeewis. (p.357-358)

    B. 海华沙造了一条桦木独木舟到大海里捕捉鱼王纳玛,不幸被纳玛吞下肚里,他英勇反击,刺杀了纳玛,后被一群海鸥救出鱼王的黑口:

    And again the sturgeon, Nahma,

Gasped and quivered in the water,

Then was still, and drifted landward

Till he grated on the pebbles,

Till the listening Hiawatha

Heard him grate upon the margin,

Felt him strand upon the pebbles,

Knew that Nahma, King of Fishes,

Lay there dead upon the margin.

    Then he heard a clang and flapping,

As of many wings assembling,

Heard a screaming and confusion,

As of birds of prey contending,

Saw a gleam of light above him,

Shining through the ribs of Nahma,

Saw the glittering eyes of sea-gulls,

Of Kayoshk, the sea-gulls, peering,

Gazing at him through the opening,

Heard them saying to each other,

"'T is our brother, Hiawatha!"

And he shouted from below them,
Cried exulting from the caverns:
"O ye sea-gulls! O my brothers!
I have slain the sturgeon, Nahma;
Make the rifts a little larger,
With your claws the openings widen,
Set me free from this dark prison,
And henceforward and forever
Men shall speak of your achievements,
Calling you Kayoshk, the sea-gulls,
Yes, Kayoshk, the Noble Scratchers!"
　　And the wild and clamorous sea-gulls
Toiled with beak and claws together,
Made the rifts and openings wider
In the mighty ribs of Nahma,
And from peril and from prison,
From the body of the sturgeon,
From the peril of the water,
They released my Hiawatha.
　　He was standing near his wigwam,
On the margin of the water,
And he called to old Nokomis,
Called and beckoned to Nokomis,
Pointed to the sturgeon, Nahma,
Lying lifeless on the pebbles,
With the sea-gulls feeding on him.
　　"I have slain the Mishe -Nahma,
Slain the King of Fishes!" said he;
"Look! the sea-gulls feed upon him,
Yes, my friends Kayoshk, the sea-gulls;
Drive them not away, Nokomis,

They have saved me from great peril

In the body of the sturgeon.... (pp.378-379)

3. 其他重要作品链接

A. 叙事长诗：

《伊凡吉琳》(Evangeline: A Tale of Acadie, 1847)

《迈尔士·史坦迪什求婚记》(The Courtship of Miles Standish and Other Poems, 1858)

B. 短诗集：

《夜之声》(Voices of the Night, 1839)

《歌谣及其他》(Ballads and Other Poems, 1841)

《论奴隶制的诗》(Poems on Slavery, 1842)

《海边与炉边》(The Seaside and the Fireside, 1850)

《金色的传说》(The Golden Legend, 1851)

C. 回忆录及其他：

《出海记》(Outre-Mer: A Pilgrimage beyond the Sea, 1835)

《海帕里恩》(Hyperion: A Romance, 1839)

《路边客店的故事》(Tales of a Wayside Inn, 1863)

第三节　大诗人瓦尔特·惠特曼与《草叶集》

1. 生平透视

瓦尔特·惠特曼(Walt Whitman, 1819—1892)是个蜚声国际诗坛的伟大的美国民主诗人。1819 年 5 月 31 日,他生于纽约长岛汉廷顿附近的西山村一个贫民家庭。父亲是个农民和木匠,没法让他继续求学。小学没毕业他就辍学打杂工。他从小爱读诗歌和小说,跟父母信仰教友派。十六岁时,他当了印刷厂排字工,业余坚持自学。1838 年,他自办小报,宣传民主思想,不断练习写作。后来,他去《新世界》周报任职,开始在《民主评论》发表诗歌和通俗小说。1842年,他到纽约《晨风报》当编辑,写了许多倡导民主的文章,遭老板解聘。1846年,他改任《鹰报》编辑,继续经常发表文章揭露政府的腐败,提倡社会改革,支持民众反对蓄奴制,赞成自由土地运动。他拥护墨西哥战争,扩展美国领土。1848年,他脱离民主党,加入自由土地党,成了该党《自由人报》的主编,积极宣传"自由土地、自由言论、自由劳动和自由人"的主张。他被誉为"激进的民主派政治家",渐渐地有点名气。

1848年成了惠特曼一生的重要转折。他应邀到新奥尔良当《新月》杂志编辑。不久,他从那里出发,沿密西西比河而上,途经圣路易斯和大湖区,再回到纽约布鲁克林。沿途他看到了祖国的壮丽江山,到处欣欣向荣,接触了各种各样的人物,真是大开眼界,感触良多。回到纽约后,他便坐下来写诗。1855年春天,《草叶集》第一版脱稿,共十二首诗,数量不多,七月份正式出版,其中《自我之歌》引起文坛轰动。爱默生立即给作者发来贺信,称《草叶集》是"美国以前从未见过的具有非凡才识和智慧的作品"。但波士顿等地多位诗人不吭声。诗集销路不好,评论也不多,受到文坛的冷落。

不过,惠特曼并不灰心。他自己写书评,匿名刊登,并设法发表了爱默生的贺信。1855年12月,爱默生登门看他;第二年秋天,梭罗到纽约会见他。惠特曼深受鼓舞,继续写诗并兼任编辑。1856年,第二版《草叶集》问世,增加了《日落篇》等二十一篇新作,达到三十三首诗,附上爱默生的贺信和惠特曼的复信。他在信中对爱默生表示,他将坚持用朴实平易的语言写诗。他兼任《时代》编辑,但收入不多,生活困难,居室简陋,仍坚持创作了一百二十多首新诗,包括《芦苇集》、《亚当的子孙》和《从永久摇动的摇篮里》等名篇,由波士顿一家出版社1860年出版了第三版《草叶集》。诗集包括一百二十二首新诗,长达456页。生活情况有所改善。惠特曼曾去波士顿与爱默生细谈了两个多小时。但梭罗、朗费罗和洛厄尔等人不想与他交往。1867年,《草叶集》第四版增补了《桴鼓集》,描绘诗人1862年至1865年内战时在华盛顿志愿照料受伤的北方战士,以及他的民主、自由和人道主义思想。其中那首《当紫丁香最近在庭院中开放的时候》最受欢迎。

1868年初,《惠特曼诗选》在英国问世,受到英国文艺界的关注。但惠特曼生活仍很困苦。他不顾一切困难继续写作。1871年出版第五版《草叶集》。

他的诗开始获得英美文学界的承认和接受。美国出现了"惠特曼热"。1873年,惠特曼患病半身不遂,到新泽西州坎登市他弟弟家养病。第二年,他被司法部辞退,只好靠给报刊写稿维持生计。这是他一生中最困苦的时期。但他从不退缩,继续坚持写诗。

1876年是美国独立百年纪念。第六版《草叶集》与读者见面。它包括上下两卷,又称作者版或百年纪念版。1881年,第七版《草叶集》由波士顿有名的奥斯古德公司出版,收入二十首新作。由于当地检察院禁止诗集发行,使发行量意外地增加。惠特曼第一次收到版税。1882年问世的第八版《草叶集》出了一个袖珍本,其中收入《古稀之沙》作为后记。1892年,诗人亲自修订的第九版《草叶集》出版了。这个"临终版"包括《老年的回声》、《再见,我的幻想》和《旅程回眸》等新作和原先诗作共近四百首。惠特曼终于为自己的诗歌生涯画上完满的句号。

1892年3月26日,惠特曼在坎登市小屋里与世长辞,享年七十二岁。他已成为美国学界公认的大诗人了。1902年,十卷本的《惠特曼全集》公开发行。惠特曼的诗成了美国人民珍贵的一份文化遗产。

2. 代表作扫描

惠特曼是个自学成才的诗人。他年轻时家境清寒,很早就停学去打工。他从小爱好文学,坚持业余自学,从印刷厂工人变成杂志编辑,并试写诗歌,汇成了《草叶集》。

从1855年春第一版《草叶集》到1892年初第九版《草叶集》,惠特曼在诗歌生涯中作了艰苦的探索,从十二首增加至近四百首,汇集了他毕生心血的结晶,形成了美国文学史上一部划时代的杰作。它生动地展现了一个欣欣向荣的新世界、多姿多彩的社会生活和人们乐观向上的精神,展示了美国新兴资产阶级自由和民主的理想,受到广大读者的热烈欢迎。

因此,《草叶集》(Leaves of Grass)从思想内容上和艺术技巧上来看都是上乘之作。它成了惠特曼唯一最优秀的代表作。

1) 主要内容和思想观点盘点:

《草叶集》的内容十分丰富,涉及政治、经济、历史、社会、文化和自然的方方面面。诗人在前言中指出:"美国各州本身就是一首最伟大的诗篇"。他是个伟大的民主歌手,纵情歌唱祖国的崇山峻岭、大海河川和崭新的城市以及劳动人民平凡的劳动和真挚的友谊,展现了对美好未来的乐观憧憬。它是一部名副其实的现代史诗,又是一部19世纪美国多色调的编年史。也是诗人个人思想发展的历史纪录。写诗时,诗人已三十六岁①,正值盛年。《草叶集》是他超验主义思想变化的生动写照。

诗集为什么取名《草叶集》呢?惠特曼认为"在美利坚大地,到处都有草。草是最普通、最有生命力的东西。""哪里有土,哪里有水,哪里就长着草。"它"在宽广的地方和狭窄的地方都一样发芽,在黑人和白人中间都一样地生长……",一片草叶不亚于一个星球的运转。显然,草叶是诗人自己的形象,也是新兴的美国的象征。它代表着各行各业无数辛勤劳动的美国人民。因此,"草叶"寓意深刻,形象简明,《草叶集》寄托着诗人的理想和愿望,意义极其深远。

《自我之歌》("Song of Myself")是第一版《草叶集》的开卷之作。它是诗人写得最早、最有代表性的长诗之一。它体现了惠特曼最高的诗歌创作成就。全诗共五十二节,一千三百四十六行。内容繁杂丰富,涉及反蓄奴制、自由、平等、性爱、劳动、灵魂和生死等林林总总,贯串了诗人超验主义思想的发展变化。语言模糊难懂,有时出现梦景,灵魂出窍,"超灵"隐现,令人捉摸不定,思绪万千。

《自我之歌》开头这样写道:

> 我赞美我自己,我歌唱我自己,
> 我拥有的,你将拥有,
> 属于我的每个原子同样属于你。
> 我请我的灵魂跟我一起闲逛,
> 我俯身悠闲地注视一片夏天的草叶。
>
> 我的舌头,我血液每个原子,都是这土地和空气形成的,
> 是生于此地的父母生的,他们的父母及其父母也是如此。

---

① 诗人在《自我之歌》中认为他是三十七岁,经Cleanth Brooks考证,1855年惠特曼是三十六岁。

我现年三十七岁了,身体完美健康,
　希望继续不停地歌唱,直到死去。

诗中的"自我"指诗人自己,但又不局限他本人。"自我"代表美国国内战争前新国家"主人"的理想形象。诗人以"自我"的形象,讴歌普通劳动人民的伟大和勤奋,讴歌劳动者与大自然的和谐相处,也讴歌人体和精神的美。《自我之歌》还歌颂大自然的雄伟和壮丽,赞美美国的大好河山。这种乐观精神与爱国主义相结合,成了全诗的基调。不过,诗人将"自我"描绘成超越一切的人类的共同感情,忽略了好人与坏人、种植园主与奴隶的区别,有点美中不足了。

《草叶集》另一个重要内容是歌颂劳动,颂扬劳动人民的平凡而优秀的品德。第一版里的《我听见美国在歌唱》和《斧头之歌》精彩地描述了各行各业许多普通劳动者,如车工、泥瓦匠、木匠、船长、水手、伐木者和农夫。他们响亮地唱着快乐的歌,诗人听了特别兴奋和激动。他赞扬普通工人农民以闪亮的斧头开山劈水,伐木盖屋,修桥筑路,加快新城市建设。他们是美国土地的开拓者、新世界的建设者。他们的歌声表达了美国的声音。他们已成为国家发展的主力军。诗人的心与他们紧密地连在一起。

第四版《草叶集》收入了《桴鼓集》和《林肯总统纪念集》,深刻地表达了诗人对废除农奴制和林肯总统遇刺的鲜明态度。他一直以战斗的姿态抨击蓄奴制,同情黑奴的悲惨命运。在《自我之歌》第十节,他曾讲述自己不畏艰险收留一位逃亡的黑奴,亲自为他敷药治病,让他待了一周后才去北方。在《我歌唱带电的肉体》里,诗人无情地批判白人靠买卖黑奴发横财,不顾黑奴的死活,深深地为黑奴鸣不平,希望他们早日解放,重见天日,过上平常人的自由生活。

《敷伤者》反映了惠特曼内战爆发后主动去华盛顿照料伤兵,为他们捐款的不平凡经历。他去医院六百多次,照顾的伤兵达一万人。他日以继夜地工作,不辞劳苦地陪伴他们,后来自己过度劳累,患了中风瘫痪。

《林肯总统纪念集》包括四首长诗。惠特曼抒发了对内战胜利后不久,林肯总统被刺杀的悲愤心情。其中有两首最出名,即《啊,船长!我的船长哟!》和《当紫丁香最近在庭园中开放的时候》,在读者们中广为传诵,历久不衰:

　　啊,船长!我的船长!我们可怕的行程已结束,

我们的船渡过了一个个难关,我们追求的目标已达到;
港口就在前面,钟声在响着,人们在欢呼
望着庄严而威武的航船,平稳地前进,
但心啊!心啊!心啊!
鲜红的血在滴着
我的船长躺在甲板上
他停止了呼吸,全身冰凉。

诗中没有提到林肯总统的名字,但读者一读就明白了。诗人将林肯比作船长,驾驶着美国这条航船,经历了南北战争大风大浪的洗礼,胜利抵达目的地。当人们欢呼胜利时,船长却倒在甲板上停止了呼吸。这是令人何等悲痛?

在另一首怀念林肯的诗里,惠特曼将林肯总统不幸去世,比喻为"那硕大的星星在西方的夜空陨落了"。诗人通过紫丁香、星星和水鸟等等意象,联系自己因领袖突然离世带来的无比痛苦、超越死亡和黑夜的景象,展望永恒的未来。他深刻地表达了无数民众的悲痛和怀念。此诗成了脍炙人口的传世名篇。

惠特曼后期的诗篇展示他的思想更加成熟。他仍十分关注美国的民主,同时看到在日新月异发展中出现的社会问题,如物质条件改善了,有些人忽视了信仰和道德,美国梦日益淡化,社会弊病和恶习更加显露,引起民众的不满。惠特曼一方面赞扬现代文明的新成就,一方面抨击贪婪自私和损人利己的时弊。他对未来充满信心。他的视野拓宽了,不仅看到美国的过去、现在和将来,还将目光移向印度和欧洲等地,希望有朝一日实现世界大同。他强调四海一家亲,反对专制、侵略和邪恶,期盼各国人民能享受自由和民主的新生活。

2) 风格和语言聚焦:

《草叶集》共出了九版,从1855年至1892年历时三十多年,汇集了惠特曼一生创作的诗篇。这在美国文学史上是不多见的。

《草叶集》不同于传统的英美诗歌。艺术上独树一帜。它将浪漫主义与超验主义相结合,反映了美国南北战争前后的社会变革,开创了美国诗歌的新时代。诗集的艺术风格是独特的。惠特曼不步坡的后尘,讲究诗的韵律格式,也不赞成同代人朗费罗模仿英国诗的格律。他采用了不受韵律限制的自由诗形式,以短句为单位,形成抑扬顿挫的自然节奏,并采用平行或重叠诗行,加上倒装、重复、双声、叠韵等修辞手法,增加诗行中间的节奏感,使整首诗显得奔放豪爽而富有音乐感。

惠特曼是来自民间的伟大诗人。他从劳动人民日常生活口语中汲取了不少语汇和外来语,创造了独特的"波涛滚滚"的自由体无韵诗,提高了诗的表现力,受到广大读者的青睐,为20世纪美国自由诗的发展铺平了道路。

惠特曼在《草叶集》"前言"里支持爱默生《论诗人》中提出的观点,认为美国诗人不能模仿欧洲尤其是英国诗歌的格式,甘心接受旧传统的束缚。伟大的诗歌产生于伟大的时代,美国诗人要敢于创新,走自己的路,形成自己独特的风格。"前言"成了他诗歌创新的宣言书。一方面,他肯定英语具有丰富的表现力,能很好地展现美国的新生活;另一方面他感到时代不同了,诗的形式也应该不同,用自己的语言唱出自己民族的歌。因此,《草叶集》在内容上脱离了常见的写爱情、婚姻、自然和战争的英语诗歌传统,在形式上则用无韵体的自由诗取代了传统的五音步抑扬格的格律。他善于采用具体的意象,委婉地表达深刻的思想。他的《草叶集》将自己的诗比喻为"草叶"十分准确生动,内涵丰富,意义深远。他的每首诗像一棵草,每行诗像一片叶,长在美国广阔的天地,不怕风雨,不畏踩踏,茁壮成长,遍地翠绿,犹如当时蒸蒸日上的美国。真是令人回味无穷。

3) 意义和影响总览:

惠特曼是美国人民伟大的民主歌手。《草叶集》唱出了时代的最强音,揭开了美国诗歌创作的新一页,为20世纪自由诗的发展鸣锣开道,在欧美诗坛产生了巨大的影响。

作为惠特曼的代表作,《草叶集》洋溢着浪漫主义与现实主义相结合的诗情画意,闪烁着爱国主义的光芒。诗人站在时代的前列,用"自我"的形象代表新国家主人的形象,纵情歌唱各阶层的劳动人民和大自然的无限魅力。他说,"我的语言是现代人的一个词'全体',""我是属于各种肤色、各个阶层的,是属于各个等级和宗教的。"他没有种族偏见,热爱全体美国人民。他将年轻的共和国当作"全部民主的形象"和"民主的大地"。因此,美国成了他引亢高歌的民主和自由的化身。这符合当时的时代特征。南北战争前后,美国正处于上升时期,资产阶级民主和自由具有一定进步的历史作用。惠特曼歌颂民

第四章
豪放吟唱的浪漫主义诗人们

主和自由具有积极意义。

当时,废除蓄奴制是政治斗争的焦点。在这个问题上,惠特曼立场鲜明,态度坚决。不但在诗作里,而且在行动上同情和保护过逃亡的黑奴。当宣布解放黑奴宣言的林肯总统被刺杀后,诗人与全国人民一样感到无比愤怒,深切地怀念林肯总统。他总是与人民同呼吸,共患难。后期他清醒地看到了日益显露的社会弊病,便无情地加以抨击。他主张男女平等、种族平等,反对种族歧视和性别歧视,劝导人们为善最乐,共同创建美好的未来。诗人总是乐观地看待生活,相信未来会更美好。他的诗歌生动地表达了人民的理想和希望。

在诗艺上,惠特曼大胆推陈出新,独创了无韵体的自由诗形式,为美国现代诗歌的发展作出了杰出的贡献。

不仅如此,惠特曼对世界各国新诗带来了深远的影响。惠特曼与中国结下了一代又一代的情缘。他在《草叶集》多个篇章里赞颂燦烂的中国悠久的文化,欢迎中国人到美国来。他的民主思想和豪迈的诗风几乎为历代中国作家所关注。早在1919年五四运动后不久,惠特曼就被介绍到中国来,受到众多作家和学者的推崇和赞扬。我国著名的诗人郭沫若、闻一多、艾青、何其芳、肖三、徐迟、蔡其矫等人都受过他的启迪,写出了精彩的诗篇。郭沫若曾说:"惠特曼,惠特曼,太平洋一样的惠特曼啊!"感慨惠特曼的诗像太平洋一样深邃,它成了各国诗人取之不尽的诗歌营养。

的确,惠特曼的诗歌十分丰富多彩,它不仅哺育了艾略特、庞德和桑德堡等杰出的英美诗人,而且造就了许多国家的现代诗人。《草叶集》成了美国诗史上一座丰碑,在世界诗坛上光芒四射。惠特曼成为一位享誉全球的世界文化名人。

4) 文本名段点击[①]:

A. 诗人回答小孩的问题:草是什么?

A child said *What is the grass*? fetching it to me with full hands;

How could I answer the child? I do not know what it is any more than he.

I guess it must be the flag of my dispostion, out of hopeful green stuff woven.

Or I guess it is the handkerchief of the Lord,

[①] 下列引文选自 Cleanth Brooks 等三人编著的 *American Literature*:*The Makers and the Making*, St. Martin's Press, 1973。

A second gift and remembrancer designedly dropt,

Bearing the owner's name someway in the corners, that we may see and remark, and say *Whose*?

Or I guess the grass is itself a child, the produced babe of the vegetation. (p.950)

B. 诗人的自我介绍和自我定位：

I am the poet of the Body and I am the poet of the Soul,

The pleasures of heaven are with me and the pains of hell are with me,

The first I graft and increase upon myself, the latter I translate into a new tongue.

I am the poet of the woman the same as the man,

And I say it is as great to be a woman as to be a man,

And I say there is nothing greater than the mother of men.

I chant the chant of dilation or pride,

We have had ducking and deprecating about enough,

I show that size is only development. (p.958)

C. 诗人对人生充满信心：

O span of youth! ever-push'd elasticity!

O manhood, balanced, florid and full.

My lovers suffocate me,

Crowding my lips, thick in the pores of my skin,

Jostling me through streets and public halls, coming naked to me at night,

Crying by day *Ahoy*! from the rocks of the river, swinging and chirping over my head,

Calling my name from flower-beds, vines, tangled underbrush,

Lighting on every moment of my life,

Bussing my body with soft balsamic busses,

Noiselessly passing handfuls out of their hearts and giving them to be mine.

Old age superbly rising! O welcome, ineffable grace of dying days!

(p.976)

D. 诗人乐于为别人指路，但各人的路要自己走：

I know I have the best of time and space, and was never measured and never will be measured.

I tramp a perpetual journey, (come listen all!)

My signs are a rain-proof coat, good shoes, and a staff cut from the woods,

No friend of mine takes his ease in my chair,

I have no chair, no church, no philosophy,

I lead no man to a dinner-table, library, exchange,

But each man and each woman of you I lead upon a knoll,

My left hand hooking you round the waist,

My right hand pointing to landscapes of continents and the public road.

Not I, nor any one else can travel that road for you,

You must travel it for yourself.

（pp.976-977）

3. 其他重要作品链接

A. 诗集

《桴鼓集及其他》(*Drum-Taps and Seguel*, 1865)

《十一月的树枝》(*November Boughs*, 1888)

《再见！我的想象！》(*Good-Bye, My Fancy*, 1891)

B. 散文

《民主的远景》(*Democratic Vistas*, 1871)

《印度行》(*Passage to India*, 1871)

第五章 Chapter 5
悄然兴起的废奴文学和黑人自传

废奴文学出现于南北战争前。它为南北战争废除奴隶制起了推波助澜的作用,并成为美国19世纪现实主义文学的开路先锋。

18世纪末叶,富兰克林率先发起和组织了美国第一个废奴协会。随后,左翼进步势力一直在努力宣传废除奴隶制。北方各自由州特别加强了对蓄奴州的宣传。废奴文学应运而生。它产生于19世纪30年代。50年代达到鼎盛时期。它的主要内容是:揭露奴隶制的黑暗和奴隶主的罪行,鼓动奴隶起来反抗。它反映了时代的进步潮流,受到许多读者的欢迎。

废奴文学包括进步的白人作家和黑人作家的作品。早期以诗歌为主。著名诗人爱默生、朗费罗、洛厄尔和威蒂尔都写过一些废奴诗歌。后来涌现了两部影响深远的长篇小说,即理查德·希尔德列思的《白奴》(1836)和比策·斯托夫人的《汤姆叔叔的小屋》(1852),以及弗列德里克·道格拉斯的自传三部曲,特别是其中的第一部《弗列德里克·道格拉斯生平的自述》(1845)。这些作品都在北方和南方各地产生了很大的影响。

美国黑人文学起步较晚。独立革命以前,波士顿的黑人女诗人菲丽丝·威特利名扬各地。1760年波士顿出现了第一部奴隶叙事《黑人哈姆蒙非凡的遭遇和意外的获救》。后来又有《黑人默特叙事》(1784)和《黑人伊魁诺的有趣叙事》(1789)等。这些叙事基本上是奴隶们亲身经历的实录。往后也有个别是虚构的,如马蒂·格里菲斯的《一个女奴的自述》(1845)。这些作品揭露了奴隶制的残酷和无情,支持废奴运动,促进社会改革。19世纪出现了黑人作家弗兰克·威伯的长篇小说《加利一家和他们的朋友们》(1857)和黑人诗人乔治·霍顿的诗集《自由的希望》(1829)和《赤裸裸的天才》(1866)。1853年,黑奴领袖威廉·布朗的长篇小说《克洛特,或总统的女儿》以第三任总统杰弗逊与他黑人女管家生的混血女儿的传说为题材,描写了克洛特长大后被送往奴隶市场拍卖的悲惨经历,最后被迫跳进波托马克河自杀。它是第一部由黑人奴隶写的揭露奴隶制罪恶的长篇小说,具有鲜明的进步倾向。自由黑人马丁·德兰尼的长篇小说《布莱克,或美国的茅屋》则号召受压迫的黑人奴隶快快起来反抗,拿起枪杆子对付万恶的奴隶主,为自由而战。这些作品生动地表达了奴隶的正义呼声,成了美国早期黑人文学的宝贵遗产。此外,黑人民间文学如黑奴的悲歌、圣歌、民歌和民间传说也大量涌现。这些来自非洲的古老文化成了美国黑人文学的源泉。

第一节 理查德·希尔德列思与《白奴》

1. 生平透视

理查德·希尔德列思(Richard Hildreth, 1807—1865)生于马萨诸塞州狄尔弗特,曾入读哈佛大学。1830年大学毕业后,他在波士顿当了三年律师,接触了大量案件。后任职于《波士顿每日邮报》,有机会接触和了解社会的方方面面。在编辑之余,他抽空写作并出版了长篇小说《奴隶,或阿琪·莫尔的回忆》(1836),一炮打响,深受欢迎。1852年时,作者加以修订再版,改名《白奴》,成了废奴文学的第一部杰作。

希尔德列思学识渊博,涉猎很广,如哲学、社会科学和社会学等,曾出版了《银行和纸币史》(1840)和《美国史》(六卷本,1849—1854),《政治原理》(1853)和《美国的专制政治》(1854)等,成了一位闻名全国的经济学家和历史学家。林肯当总统时,他曾受命驻欧洲的外交官,熟识欧洲各国的文化、生活习俗等。1865年7月11日因病逝世于意大利名城佛罗伦萨市。

2. 代表作扫描

《白奴》是希尔德列思唯一的长篇小说,因此,它理所当然地成了他的代表作。

1) 故事和人物盘点：

《白奴》的背景在美国南方弗吉尼亚州。时间：19世纪上半叶。主人公阿琪·莫尔的父亲是个春菌种植园主查尔斯·莫尔上校。母亲是个混血黑奴。他成了一个私生子。他身上有黑人血统，虽然皮肤是白色的，仍然是个奴隶，即白皮肤的奴隶。莫尔上校的老婆刚生下第二个儿子詹姆斯，阿琪受命去服侍他。两人相处融洽，逐渐长大。十七岁时，阿琪不幸丧母。临终前，其母告诉他：莫尔上校是他的生父。阿琪知道后对莫尔十分仇恨。不久，詹姆斯病故，莫尔命令阿琪给他大儿子威廉做奴仆。威廉不同于温顺的詹姆斯，生性凶残，经常随意毒打阿琪。后来，有个女奴卡茜随威廉的姐姐从学校放假回家，阿琪对她一见钟情。两人情投意合，准备成亲。莫尔上校见到美丽的卡茜，顿起淫心。阿琪与卡茜相约半夜逃出种植园，在荒野流浪。他们不幸被一个白人出卖告密，被莫尔上校抓回种植园，毒打了一顿后送往奴隶市场拍卖。阿琪两次换了买主，与卡茜各处一方。后来在一次祈祷会上见到卡茜，分外高兴。原来卡茜也给卖过几次。不久，他俩的儿子出生了。但好景不长。阿琪又给卖给另一个种植园主卡特尔将军。他幸运地碰上有反抗意识的黑奴汤姆。汤姆帮他逃走，到了自由州的纽约州。后来又被奴隶主发现抓回，他仍再次溜走，逃到遥远的英国。他在那里学做买卖发了财。他成了1812年战争中英国武装民船的船长。过了二十年，阿琪回美国寻找爱妻和儿子。卡茜还在奴隶市场上等候拍卖。在好心人的帮助下，他们一家三人终于幸福团圆。

小说主人公阿琪·莫尔是个美国南方奴隶的形象。他是个私生子，深受其父莫尔上校和同父异母哥哥威廉的欺压。起先，他逆来顺受，感到詹姆斯对他不错，得过且过。母亲的临终遗言使他猛醒，意识到自己的不平等遭遇，后来受汤姆的启导，他才大胆地参加起义队伍，反抗种植园主的欺压，最后获得了自由。

小说还塑造了一位反对奴隶制的黑奴汤姆。他较早认识到奴隶制的丑恶本质，无私地帮阿琪追求自由。最后，他被种植园主抓捕并活活地烧死。但他的自我牺牲精神永远激励黑奴们起来反抗，争取解放。小说称他是"一位伟大的战士"。他"站在为自由而斗争的战士最前列，让残暴的统治者发抖。"这是美国废奴小说中第一个可贵的黑奴形象。

2) **风格和语言聚焦：**

《白奴》生动地描绘了一个南方黑奴私生子的悲惨遭遇，揭露了独立战争前美国南方奴隶制的罪恶本质。小说中充满大量真实动人的细节描写，形象地展现了人物的性格特征，尤其是主人公阿琪与卡茜的具体磨难，写出了一对黑奴夫妇命运坎坷的血泪史。它的风格是现实主义的，具有一定的艺术魅力。

在朴实的叙述中，小说交织着美国南方山川的景色描写。故事的情节富有悬念，阿琪的逃跑、被抓回，又逃跑的过程写得惊险环生，扣人心弦。许多简洁的对话使小说人物富有生活气息。诚然，由于作者缺乏自身的生活体验，人物形象还不够丰满。

小说的语言平白易懂，对话中夹杂一些南方黑人的口语，比较通俗。因此，小说问世后流传很广，非常大众化，几乎与斯托夫人的《汤姆叔叔的小屋》同样受欢迎。

3) **意义和影响总览：**

《白奴》是一位美国白人作家写的第一部废奴小说，意义重大。作者理查德·希尔德列思不仅是个小说家，而且是位历史学家和经济学家。他研究过美国南方的社会，对独立战争前的南方奴隶制有深刻的了解。《白奴》也许是他多年研究的副产品。它成了他唯一的长篇小说。

希尔德列思站在民主主义的立场，在小说中严肃地提出黑奴的遭遇及其社会地位问题。这是当时美国南方最突出的社会问题，也是随后不久南北战争所要解决的核心问题。1862年，林肯总统发布了《解放黑奴宣言》，震撼了美利坚大地。可见，《白奴》的作者站在时代的前列，敏锐地抓住了时代的矛盾，形象地反映了南方尖锐的社会问题，在一定程度上为南北战争的胜利作了有益的宣传，也为南方的奴隶制敲响了丧钟。小说被译成多种文字，传遍世界各国，影响深远。

《白奴》通过主人公阿琪·莫尔的悲惨遭遇揭露了南方黑奴的不幸生活和奴隶主的凶残和贪婪。当时，北方已开始发展经济，南方依然落后愚昧，黑奴像牲畜一样被放在市场上买卖，过着猪狗不如的生活，丧失了人权和话语权，无端忍受奴隶主的欺压和虐待，如敢于反抗，必被处死。那简直是人间的活地狱。小说展现了栩栩如生的画面，充满了许多真实的细节描写，反映了作者对黑奴苦难的同情和对于他们反抗的支持。

《白奴》如实地反映了黑奴初期的反抗只是消极地逃跑,也写了汤姆敢于揭竿而起,勇敢抗争,但最后被捕牺牲了。这说明黑奴的真正自由和解放是一场你死我活的斗争,决不是口头上说说而已。后来的南北战争证实了这一点。小说结尾写到阿琪逃往英国发财后回国解救妻儿,缺乏典型意义。这在某种意义上削弱了小说的批判力度。

不过,《白奴》对于蓄奴制的抨击是十分尖锐中肯的。它特别批评那些头发花白的政客"没有良心、没有信仰和信念","只知道拜倒在金钱的威力之下"。他们是"可怜的懦夫","注定只能在无可救药的盲目状态中生活和死去!"他们的过错和罪恶使整个国家蒙受耻辱,对奴隶主卑躬屈节,造成白奴比黑奴多了好几倍。这种奴役状态非改变不可!

作者并不绝望。他寄希望于青年一代。他尖锐地提出:"美国人是否能使自己的国家像他们革命先辈和独立奠基人所理想的那样,变成一个以自由和人权为基础的真正的民主国家?还是让一小撮毫无良心和道德的奴隶主掌握大权?"他鼓励青年朋友们掌握自己的命运,"鼓起勇气,粉碎你们的镣铐吧!不能再迟延了。"几百万个被压迫的人正等待他们去解放!他满怀信心地坚信,他的子孙一定会等到自由而光明的那一天。这充分体现了希尔德列思民主主义和爱国主义的鲜明立场。

4) 文本名段点击①:

A. 阿琪简介自己的身世:

From my mother I inherited some imperceptible portion of African blood, and with it, the base and cursed condition of a slave. But though born a slave, I inherited all my father's proud spirit, sensitive feelings, and ardent temperament; and as regards natural endowments, whether of mind or body, I am bold to assert, that he had more reason to be proud of me than of either of his legitimate and acknowledged sons. (p.5)

B. 阿琪感慨与卡茜生下的孩子也成了黑奴!

This very child, this very tender babe, may be torn from my arms, and sold to-

---

① 下列引文选自 Richard Hildreth. *The White Slave*, Forgotten Books 2012, originally published 1852.

morrow into the hands of a stranger, and I shall have no right to interfere. Or if not so; if some compassion be yielded to his infancy, and if he be not snatched from his father's embraces and his mother's bosom while he is yet all unconscious of his misery, yet what a sad, wretched, desolate fate awaits him! Shut out from every chance or hope of anything which it is worth one's while to live for; —bred up a slave!

A slave! —That single word, what volumes it does speak! It speaks of chains, of whips and tortures, compulsive labour, hunger and fatigues, and all the miseries our wretched bodies suffer. It speaks of haughty power, and insolent commands; of insatiate avarice; of pampered pride and purse-proud luxury; and of the cold indifference and scornful unconcern with which the oppressor looks down upon his victims. (p.120)

C. 作者抨击当权政客对白奴不闻不问，呼吁青年们起来反抗：

Love and mercy, did I say? There hardly needs that; a decent self-respect, a regard for yourselves only, might suffice.

The whip flourishes also over your heads. The white slaves in America are far more numerous than the black ones; not white slaves such as I was, pronounced so by the law, but white slaves such as you are, made such by a base hereditary servility, which, methinks, it is time to shake off.

The question is raised, and can be blinked no longer: shall America be what the fathers and founders of her independence wished and hoped—a free democracy, based upon the foundation of human rights, or shall she degenerate into a miserable republic of Algerines, domineered over by a little self-constituted autocracy of slaveholding lynchers and blackguards, utterly disregardful of all law, except their own will and pleasure? (p.302)

第二节　斯托夫人与《汤姆叔叔的小屋》

1. 生平透视

斯托夫人(Mrs Stowe, 1811—1896)原名全称是哈里尔特·伊丽莎白·

比策·斯托(Harriet Elizabeth Beecher Stowe)1811年6月14日生于康涅狄格州利茨菲尔德小镇一个著名的加尔文教牧师家庭，从小在加尔文教的熏陶下长大。她一直体弱多病，沉默寡言，爱读司各特的浪漫小说。学生时代，她思想激进，倾向民主主义。1832年，她随父母移居俄亥俄州辛辛那提，任女子中学教员，业余试写小说。1834年，第一部小说《杰出的故事：新英格兰地区速写》问世。过了两年，她嫁给她父亲神学院教授卡尔文·斯托，婚后生了七个子女，一个夭折。一家生活清寒。她十分辛苦，但她仍不忘写作，1843年出版了《五月花》，仍是一部包括15个短篇小说的描写新英格兰地区生活的小说集。两部小说都不曾引起社会的关注，反应平平。

1850年初，斯托夫人陪丈夫访问缅因州，见到人们在热议废奴问题，深受感动，便想起早年看过肯塔基州黑奴们的生活情景。肯塔基是个蓄奴州，就在俄亥俄河对面。斯托夫人一家曾救过一些逃亡的黑奴，但更多的黑奴在受苦。她决心写一本小说为他们伸张正义。1852年，《汤姆叔叔的小屋》终于问世，立即受到广泛的好评，引起了全国轰动。

小说传到南方，遭到奴隶主们及其御用文人的攻击和诬蔑。1853年，斯托夫人专门出版了一本书《〈汤姆叔叔的小屋〉答疑》，以大量的法律条文、法庭记录、报纸报道和私人信件的事实证明了小说所描写的内容是真实可靠的。作者的严正立场得到全国各界人士的大力支持。小说的影响更扩大了。1859年，黑奴约翰·布朗发起了奴隶起义，成了南北战争的前奏。1861年南北战争摧毁了南方的奴隶制。《汤姆叔叔的小屋》起了很大的宣传作用。有一次，林肯总统接见斯托夫人，称她"这位小妇人发动了一场大战争"。

1853年，斯托夫人访问了英国，到处受到热烈的欢迎。她留下深刻的印象，挥笔写了《外国的愉快回忆》(1854)。不久，为了促进反对奴隶制斗争，她又写了第二部长篇小说《德雷德：阴暗大沼泽地的故事》(1856)，小说以黑人领袖南特·吐纳为原型的黑奴逃亡者反抗奴隶主的起义为基础进行艺术加工而成。这部小说的社会效应比不上《汤姆叔叔的小屋》，艺术上也较逊色，但它提出了黑人武装反抗以争取自由的问题，体现了作者对美国黑人命运的强烈关注。

斯托夫人第二次访问英国时，受到女王维多利亚的嘉奖，十分高兴。回国后，她又连续写了多部描写新英格兰地区生活的历史小说，如《牧师的求婚》(1859)、《奥尔岛的珍珠》(1861)、《古镇的人们》(1869)和《山姆·劳森的旧城炉边故事》(1872)以及以她童年生活为基础的《波甘纳克的人们》(1878)和《宗教诗集》等。她还写了一些散文,如为女权申辩的《我的妻子和我》(1871)及其续编《我们和我们的邻居》(1875)。南北战争后,她曾移居佛罗里达州,平静地安度晚年。1896年7月1日,她在康州首府哈特福德市病逝,享年八十五岁。

2. 代表作扫描

斯托夫人二十四岁时出了第一部长篇小说《杰出的故事》,三十三岁时又发表了第二部长篇小说《五月花》,但未受到社会的关注。1852年,她出版了《汤姆叔叔的小屋》(Uncle Tom's Cabin; or, Life among the Lowly),轰动了全国,好评如潮。小说先于1851年和1852年在《民族时代》杂志上连载,1852年出了单行本。第一年发行量达三十万余册,成了美国最畅销的小说。它的社会影响相当深远。

因此,斯托夫人一跃成为一位名扬全国的小说家。《汤姆叔叔的小屋》被公认为她最出色的代表作。

1) 故事和人物盘点:

《汤姆叔叔的小屋》有个副标题:"下层人们的生活"。它生动地描写南北战争前肯塔基州一个黑奴汤姆的辛酸经历。主人公汤姆是南方庄园主谢尔比家的黑奴。他笃信基督教,为人正直忠厚,谢尔比提升他为家务总管。但不久谢尔比家陷入经济困境,就准备将汤姆等黑奴卖掉抵债。谢尔比太太的女佣伊丽扎知道后连夜带儿子哈利逃走,途中偶遇丈夫乔治·哈里斯,一家三人冒险越过冰封的俄亥俄河逃往加拿大,获得了自由。可是,汤姆忠于主人,不愿逃走。结果汤姆离妻别子,被卖给奴隶贩子海利。在南下密西西比河途中,汤姆救了落水的小女孩伊娃。伊娃的父亲圣·克列尔很感激,便出钱买下他当仆人。他在克列尔家过了两年平静的生活。有一次圣·克列尔去替人家劝架被杀死,汤姆又给卖给西蒙·列格里庄园主。此人凶狠、野蛮又酗酒,经常肆意鞭打汤姆。两个女仆凯茜和爱玛想乘机出逃,列格里恼羞成怒,逼汤姆说出她们躲藏的地方,遭到汤姆严词拒绝。最后,他将汤姆活活鞭打至死。谢尔比的儿子乔治赶到时,汤姆已奄奄一息。乔治很气愤,发誓要献身于废奴事业。

小说主人公汤姆是个真实而复杂的人物形象。他安分守己,唯命是从,笃信基督教,迷信命运,富于幻想,不敢抗争,这是一方面。另一方面,他善良正直,乐于助人,落水救人,尤其是同情黑奴的苦难,支持他们出逃奔向自由,最后为保护同伴,严守秘密,挨毒打至死不屈,催人泪下,令人无比同情。这是符合当时南方黑奴的历史情况的。他是个作者成功塑造的黑奴形象。不过,长期以来,汤姆往往被当成充满幻想的软弱无能的黑奴形象的代名词,影响了作品的社会价值。

其实,小说还塑造了多个人物形象,揭示了各人的性格特征。乔治·哈里斯就是其中突出的一个。他通过斗争得到了自由,最后决心去非洲,建设一个自由平等的社会。他的前半生相当活跃,后半生的描写比较不足,形象不够丰满。伊丽扎也是个敢于抗争,追求自由,不怕风险的顽强女性。

此外,小说对庄园主谢尔比、奴隶贩子海利和庄园主列格里的刻画也很有特色,深刻地表现了他们虚伪、自私、凶狠和残暴的面目。个个形象生动,性格鲜明,具有不俗的艺术魅力。

2) 风格和语言聚焦:

《汤姆叔叔的小屋》是作者深入考察肯塔基种植园里黑奴的生活后写就的,完全以现实生活为基础。它的艺术风格是现实主义的。它在19世纪中叶浪漫主义盛行期间独树一帜,为随后不久涌现的现实主义文学揭开了序幕。

小说以大量真实的细节描写揭露南方庄园主对黑奴肉体上和精神上的双重压迫和欺诈。作者生动地刻画了主人公汤姆、伊莱扎等黑奴的复杂性格和悲惨命运以及他们对自由的向往和期盼。细节丰富,描述细致,许多地方字字血泪,声声控诉,写下了黑奴辛酸的血泪史。

小说对于南方奴隶主的描绘也惟妙惟肖,鞭辟入里,讽刺嘲笑入木三分。谢尔比道貌岸然,绅士气派,生活奢侈,贪婪自私,表面上提拔汤姆当家庭总管,实际上将他当商品,经济破产时卖掉汤姆抵债,一副奴隶主嘴脸,不亚于其他人;另一个奴隶主圣克莱思想颓废,追求享乐,靠欺压奴隶生活;种植园主李格则残忍可恶,私设刑堂,任意折磨和鞭打黑奴,不让他们吃饱。黑奴生活艰辛,工作条件恶劣,像牲畜一样被卖来卖去,连他们的婴儿也无法幸免。奴隶主们甚至开设"养育场",将黑人婴儿养大后高价拍卖,逼得有的父母跳河自杀,而汤姆为了保护两个女黑奴出逃,知情不说,竟被活活打死。这些活生生的事实构成了一幅南方奴隶主的百丑图,给人们展现了奴隶制的可恶、可恨和可鄙,以及它必然覆灭的历史规律。

小说的故事丰富、深刻,感人至深。情节设计精心独特。但有的篇章结构不够紧凑,语言欠自然。伊莱扎的形象不够突出。小说的宗教色彩太浓。结尾缺乏力度。写乔治·谢尔比接汤姆尸体回家安葬有点不够真实。

3) 意义和影响总览：

作为美国白人小说家写的第二部废奴小说《汤姆叔叔的小屋》具有重大的历史价值、现实意义和艺术魅力。

《汤姆叔叔的小屋》比《白奴》更集中更深刻地揭露了南方奴隶制压迫黑奴的黑幕,提出了一个尖锐的社会问题:南方奴隶制还要继续多久?它以血淋淋的事实将这个问题摆在北方和南方所有人面前,引起广大读者的反思和质疑。因此,它实际上为南北战争和废除奴隶制做了行之有效的舆论准备,使千千万万民众看清南方奴隶制的丑恶和非废除不可,积极投入废除奴隶制的斗争。

斯托夫人在小说的原序里申明:那些黑人奴隶"来自异国他乡。他们的祖先生活在热带的热日下。他们带来了并传给他们的后代一种与专断横行的盎格鲁一撒克逊人完全不同的民族性。因此,长期以来一直受到后者的误解和鄙视。"这些话明确地阐明了小说的重要意义。小说出版前,斯托夫人受过她父亲神学院废奴教育的影响,去缅因州访问时又受到人们热议废奴问题的激励,使她想起早年访问肯塔基种植园黑奴生活的情况,便欣然命笔写出这部不朽的巨著。她支持废奴主义,认为南方黑奴的存在是美国的耻辱。她的小说切中时弊,令她当时的二千三百万同胞猛省,直面南方四百万黑奴生存的迫切问题,在南北方各地引起了轰动。

小说以大量事实有力地控诉了美国南方白人种植园主对奴隶的双重压迫。在肉体上,他们将黑奴作为牲畜一样的商品,随意买卖,肆意谩骂、虐待和鞭打,甚至私设刑堂,任意处置,使农奴过着暗无天日的牛马生活;在精神上,他们百般摧残他们的自信心,强迫他们信教,以达到两个目的:禁止他们识字学文化,让他们永远处于愚昧落后状态;同时用宗教来麻痹他们的精神,使他们变成白人奴隶主的驯服工具,长期老老实实当奴隶。小说主人公汤姆对每个主人都唯命是从,就是他长期受宗教毒害的结果。他被毒打而死前还以为主人的凶残是"以德报怨"。

事实上,这是与斯托夫人的思想分不开的。一方面,她是个可贵的废奴主义者;另一方面,她又是位虔诚的基督教徒。她曾公开宣称《汤姆叔叔的小屋》是上帝自己写的一本基督教的书。她的一双手是上帝借用的工具。她想揭示上帝对南方奴隶制破坏黑奴的爱情、家庭和人性基本法则的愤怒,以影射奴隶制的非正义性和废奴的迫切性和合法性。南方社会宗教色彩比北方浓,这么做也许可扩大小说的社会影响。但斯托夫人出身一个威望很高的加尔文教牧师家庭,六个兄弟中五个继承了父业成了牧师。家庭的宗教影响对她是根深蒂固的。她并不很熟悉黑奴的悲惨生活。她从民主主义立场出发同情他们的遭遇,对奴隶主的罪恶表示愤怒。这是很可贵的。后来,她对黑奴贩卖有了进一步了解和认识,逐渐成为一个坚定的废奴作家。

值得指出:《汤姆叔叔的小屋》不仅塑造了逆来顺受,迷信命运的主人公汤姆,而且刻画了敢于抗争和追求自由的女奴伊莱扎。小说深刻地揭示了南方黑奴中两种思想和两种命运的结局,客观地反映了黑人奴隶从唯命是从,甘受摆布到逃离魔掌以至以抗争求自由的过程。这给后人十分深刻的启迪。可惜,伊莱扎和乔治的故事后来没多大发展,形象不够丰满。尽管如此,它仍是一部杰出的废奴小说,在美国文学史上留下闪光的一页。

4) 文本名段点击[①]:

A. *汤姆的奴隶主谢尔比假仁假义地谈论汤姆*:

"If anybody had ever said to me that I should sell Tom down south to one of those rascally traders, I should have said, 'Is thy servant a dog, that he should do this thing?' And now it must come, for aught I see. And Eliza's child, too! I know that I shall have some fuss with wife about that; and, for that matter, about Tom, too. So much for being in debt, — heigho! The fellow sees his advantage, and means to push it." (p.13)

B. *奴隶市场上货栈里等待被拍卖的黑人女奴的惨状*:

While this scene was going on in the men's sleeping-room, the reader may be curi-

---

① 引文选自 Harriet Beecher Stowe, *Uncle Tom's Cabin*, The Modern Library, 1996。

ous to take a peep at the corresponding apartment allotted to the women. Stretched out in various attitudes over the floor, he may see numberless sleeping forms of every shade of complexion, from the purest ebony to white, and of all years, from childhood to old age, lying now asleep. Here is a fine bright girl, of ten years, whose mother was sold out yesterday, and who to-night cried herself to sleep when nobody was looking at her. Here, a worn old Negress, whose thin arms and callous fingers tell of hard toil, waiting to be sold to-morrow, as a cast-off article, for what can be got for her; and some forty or fifty others, with heads variously enveloped in blankets or articles of clothing, lie stretched around them. (pp.467-468)

C. 汤姆拒绝说出两位女黑奴逃跑的下落,惨遭毒打,生命垂危,黑奴们悄悄地去探望他:

Tom had been lying two days since the fatal night; not suffering, for every nerve of suffering was blunted and destroyed. He lay, for the most part, in a quiet stupor; for the laws of a powerful and well-knit frame would not at once release the imprisoned spirit. By stealth, there had been there, in the darkness of the night, poor desolated creatures, who stole from their scanty hours' rest, that they might repay to him some of those ministrations of love in which he had always been so abundant. Truly, those poor disciples had little to give, —only the cup of cold water; but it was given with full hearts. (p.592)

3. 其他重要作品链接

A. 长篇小说:

《杰出的故事:一个新英格兰地区的速写》(*Prize Tale*: *A New England Sketch*, 1834)

《五月花》(*The Mayflower*, 1843)

《德雷德:阴暗大沼泽地的故事》(*Dred*: *A Tale of the Great Dismal Swamp*, 1856)

《教长的求婚》(*The Minister's Wooing*, 1859)

《奥尔岛的珍珠》(*The Pearl of Orr's Island*: *A Story of the Coast of Maine*, 1861)

《古镇上的人们》(Oldtown Folks, 1869)
《波甘纳克的人们》(Poganuc People: Their Loves and Lives, 1878)
B. 其他：
《〈汤姆叔叔的小屋〉答疑》(A Key to Uncle Tom's Cabin, 1853)
《外国的愉快回忆》(Sunny Memories of Foreign Londs, 1854)
《我的妻子和我》(My Wife and I, 1871)
《我们和我们的邻居》(We and Our Neighbors, 1875)
《宗教诗集》(Religious Poems, 1867)

第三节　弗列德里克·道格拉斯与他的自传

1. 生平透视

　　弗列德里克·道格拉斯(Frederic Douglass, 1817—1895)生于马里兰州一个奴隶家庭。他是个哈丽特·贝利女奴与一个白人的私生子,曾用过弗列德里克·阿格斯特·华盛顿·贝利的姓名。年幼时母亲不辞而别,后由外祖父母养大。后来,他成了劳埃德种植园的黑奴,受尽折磨。1836年,他逃往马萨诸塞州,改名弗列德里克·道格拉斯。先打工维持生计。后被当地废奴协会请去当讲师,到处演讲。他常常现身说法,将他身上挨打的伤疤给听众看,含泪诉说他受南方种植园主折磨的经过,激起听众的同情和关注。此后,他专门为废奴协会到处做宣传,效果很不错,大大地扩大了废奴运动的影响。

　　1845年,道格拉斯出版了第一部自传《弗列德里克·道格拉斯生平的自述》,立即在国内外各界引起极大的震动。他从此暴露了身份。为了防止奴隶主的追捕,便去英国和爱尔兰躲了几年。1847年,他回国后赎回了自由身,创办了《北方星报》(The North Star),后改为《道格拉斯报》,宣传废奴主张,呼吁给黑奴自由。南北战争期间,他在马萨诸塞州组建了两个黑人师团,他两个儿子首批当兵,随林肯总统到处征战。后来,他成了林肯总统的黑人问题顾问。战后，他在政界积极参加重建工作。1871年任多明戈委员会秘书。1877年至1881年任哥伦比亚特区执法官。1889年至1891年出任驻海地公使。他的声望日益扩大。

道格拉斯在繁忙而紧张的生活中又写了两部自传：《我的奴役和我的自由》(1855，1891修订)和《弗列德里克·道格拉斯的生平和时代》(1881，1892再版)。晚年，道格拉斯住在华盛顿，埋头修改自己的作品。1895年2月20日病逝，享年七十八岁。

2. 代表作扫描

道格拉斯的三部自传中，第一部最有名。《弗列德里克·道格拉斯生平的自述》(以下简称《自述》)(Narrative of the Life of Frederic Douglas, an American Slave, Written by Himself)影响相当广泛，对美国废奴运动产生了巨大的推动作用，为南北战争的胜利做了很好的舆论准备，在美国文学史上发挥了独特的作用。

因此，《自述》成了道格拉斯的杰出代表作。它独特的社会影响和历史作用一直受到学界的一致称赞。

1) 故事和人物盘点：

《自述》是道格拉斯作为一个南方种植园黑奴悲惨生活的真实记录，也是他顽强抗争，追求自由和解放的总结。主人公就是道格拉斯自己。他这部自传详细记述了他一个普通黑奴的苦难。他从小当牛做马，从事繁重的体力劳动，又吃不饱穿不暖，过着牛马不如的生活。他失去人身自由，经常受罚挨打，备受折磨几乎死去。他走投无路，好几次本能地反抗，结果受到更加严重的报复。后来，他终于逃出虎口，到了北方自由州马萨诸塞州，呼吸着自由的空气。

传主道格拉斯从一个遭受迫害的南方黑人奴隶到逃往北方成了一个废奴运动的宣传鼓动者，到亲自投身于南北战争，参与摧毁南方奴隶制，最后成了一位闻名全国的政府高官。他成了"美国梦"一个成功的范例，在美国个人历史上是第一个，因此，他给人们提供了许多有益的借鉴。这也是美国读者敬重他的原因。

2) 风格和语言聚焦：

《自述》的内容真实生动，风格独特，几乎是道格拉斯到处演讲词的汇编。

它本身就是一个南方黑人奴隶的血泪史，充满了大量真实的细节和人物的具体行为，字里行间洋溢着作者的爱与恨。朴实的描述往往很形象化，催人泪下，感人至深。这种写实风格是不多见的。它既为黑人文学，也为美国现实主义文学的发展创造了条件。

《自述》的语言口语化，通俗易懂，铿锵有力，富有鼓动性。它常常由没有文化的黑人念给白人废奴主义者听，作为一种大众化的宣传品，在南北战争前到处传播，几乎家喻户晓。《自述》内容生动而富有文学性。它成了美国文学史上第一批优秀的黑人文学散文体裁，对20世纪美国黑人作家赖特、鲍德恩、艾立森和莫里森产生了有力的影响。

3) 意义和影响总览：

道格拉斯的《自述》是19世纪美国许多黑人自传中最好的、也是流传最广的一部自传。它与当时出现的许多黑奴自传不同。那时写自传的黑奴较多，但内容差别不大，大都写奴隶生活的艰苦、种植园主的欺压、监工的凶狠和白人奴隶主强暴女黑奴等，给读者提供了一幅自然而真实的南方黑奴生活惨照。

但是，《自述》大大地突破了这个范围。它不是孤立地描述道格拉斯的个人遭遇，而是将它与南北战争前后美国政治、经济、社会和宗教的变化联系起来，内容更加深刻。同时，它不是消极地反映受苦受难的惨状，而是展示自己的思想转变过程，怎样从安于现状、忍受欺压到自我觉醒，愤然抗争，逃离狼窝，获得了自由。这对读者更有教育意义。

不仅如此，《自述》还刻画了一些重要人物形象，如黑人奴隶起义领袖约翰·布朗。它描写布朗的行动和著作如何催人奋进，给予黑奴巨大的精神力量。

因此，《自述》问世后在北方和南方读者中引起了强烈的反响。它在废奴运动中发挥了很大的宣传鼓动作用。

不过，道格拉斯早年对个别奴隶主抱有幻想。逃到北方后，他曾一度怀疑布朗组织奴隶武装反抗奴隶主的主张。南北战争胜利后，道格拉斯受到林肯总统的重用，当上了高官，思想滑向保守。他以为战后，奴隶问题已不存在，多方为政府的政策辩护。这就令人遗憾了。尽管如此，他的《自述》在美国文学史上的地位还是不可动摇的。

第五章
悄然兴起的废奴文学和黑人自传

4) 文本名段点击①：

A. 道格拉斯出生后不久,便与母亲分离。长大了,他搞不清到底自己几岁：

... The white children could tell their ages. I could not tell why I ought to be deprived of the same privilege. I was not allowed to make any inquiries of my master concerning it. He deemed all such inquiries on the part of a slave improper and impertinent, and evidence of a restless spirit. The nearest estimate I can give makes me now between twenty-seven and twenty-eight years of age. I come to this, from hearing my master say, some time during 1835, I was about seventeen years old.

My mother was named Harriet Bailey. She was the daughter of Isaac and Betsey Bailey, both colored, and quite dark. My mother was of a darker complexion than either my grandmother or grandfather.

My father was a white man. He was admitted to be such by all I ever heard speak of my parentage. The opinion was also whispered that my master was my father; but of the correctness of this opinion, I know nothing; the means of knowing was withheld from me. My mother and I were separated when I was but an infant—before I knew her as my mother. It is a common custom, in the part of Maryland from which I ran away, to part children from their mothers at a very early age. Frequently, before the child has reached its twelfth month, its mother is taken from it, and hired out on some farm a considerable distance off, and the child is placed under the care of an old woman, too old for field labor. For what this separation is done, I do not know, unless it be to hinder the development of the child's affection toward its mother, and to blunt and destroy the natural affection of the mother for the child. This is the inevitable result. (p.2040)

B. 道格拉斯作为一个小黑奴,经常挨饿受冻,衣不蔽体,吃的是猪狗食：

I was seldom whipped by my old master, and suffered little from any thing else than hunger and cold. I suffered much from hunger, but much more from cold. In hottest summer and coldest winter, I was kept almost naked—no shoes, no stockings, no jacket, no trousers, nothing on but a coarse tow linen shirt, reaching only to my knees.

---

① 下列引文选自：*The Norton Anthology of American Literature*, (sixth edition) vol. B, W.W.Norton & Company, 2003。

I had no bed. I must have perished with cold, but that, the coldest nights, I used to steal a bag which was used for carrying corn to the mill. I would crawl into this bag, and there sleep on the cold, damp, clay floor, with my head in and feet out. My feet have been so cracked with the frost, that the pen with which I am writing might be laid in the gashes.

We were not regularly allowanced. Our food was coarse corn meal boiled. This was called *mush*. It was put into a large wooden tray or trough, and set down upon the ground. The children were then called, like so many pigs, and like so many pigs they would come and devour the mush; some with oyster-shells, others with pieces of shingle, some with naked hands, and none with spoons. He that ate fastest got most; he that was strongest secured the best place; and few left the trough satisfied. (p.2051)

C. 逃到纽约后，道格拉斯获得了自由，十分高兴。他积极参加废奴集会，用自己亲身经历揭露奴隶制的罪恶：

I had not long been a reader of the "Liberator," before I got a pretty correct idea of the principles, measures and spirit of the anti-slavery reform. I took right hold of the cause. I could do but little; but what I could, I did with a joyful heart, and never felt happier than when in an anti-slavery meeting. I seldom had much to say at the meetings, because what I wanted to say was said so much better by others. But, while attending an anti-slavery convention at Nantucket, on the 11th of August, 1841, I felt strongly moved to speak, and was at the same time much urged to do so by Mr. William C. Coffin, a gentleman who had heard me speak in the colored people's meeting at New Bedford. It was a severe cross, and I took it up reluctantly. The truth was. I felt myself a slave, and the idea of speaking to white people weighed me down. I spoke but a few moments, when I felt a degree of freedom, and said what I desired with considerable ease. From that time until now, I have been engaged in pleading the cause of my brethren—with what success, and with what devotion, I leave those acquainted with my labors to decide. (p.2092)

3. 其他重要作品链接

《我的奴役与我的自由》(*My Bondage and My Freedom*, 1855)

《弗列德里克·道格拉斯的生平和时代》(*Life and Times of Frederick Douglass, Whitten by Himself* 1881)

第三部分

南北战争后至一次大战前时期
（1865—1914）

第一章 时代浏览

重要史实实录

1863—1864 年　国会通过建立私人银行体制的法案,开始发行纸币和政府债券,促进了银行业和对外贸易的发展。北方出现了许多控制金融、工业和矿产的百万富翁;

1869 年　横贯东西的新铁路网建成通车,大大地促进物资交流,加快商业的发展;

1870 年　发现了麦萨比铁矿,至 1890 年,美国钢产量超过英国,跃居世界第一;

1872 年　洛克菲勒石油托拉斯建立;

1875 年　国会通过《民权法》,禁止在所有公共场所、戏院、法院和交通工具搞种族歧视;卡耐基钢铁大托拉斯成立;

1877 年　发生铁路工人大罢工;

1886 年　爆发海伊骚乱;

1892 年　出现橡胶、牛肉、联合收割机托拉斯、摩根财团和 AT&T 公司等;到 1904 年全国已有三百一十九个各种行业的托拉斯;

1894 年　发生多次钢铁工人大罢工;

1898 年　美国西班牙战争;同年 12 月签订巴黎条约,战争结束。古巴宣布独立。西班牙割让波多黎各和关岛给美国,并将菲律宾卖给美国;

1902 年至 1912 年　揭丑派运动席卷全国;

1908 年　诗人庞德去伦敦与英国作家们发起意象派诗歌运动,揭开了美国现代派诗歌的序幕;

第一章
时代浏览

1914年 斯坦因的长篇小说《软纽扣》问世,标志着美国现代派小说的诞生。

南北战争以北方的彻底胜利告终,为工业资本主义的大发展开辟了道路。它标志着旧时代的结束和新时代的开始。

内战前,许多美国人关注的是人权问题,尤其是废除蓄奴制。内战后南方失败,蓄奴制瓦解了,全国统一了。美国人更关注的是个人发展和社会进步。年轻的共和国充满乐观主义情绪,人们对国家寄予厚望。经济的快速发展使人们重新明确自己的理想,努力实现新的愿景。

这成了一个投机发财的时代。美国与欧洲的交往增多了。英国查尔斯·达尔文的《物种的起源》(1859)和哲学家赫伯特·斯宾塞的"适者生存"的理论传入美国,影响深远。许多人不择手段参与自由竞争,牟取暴利。社会上很快出现贫富两极分化。内战前,南北分歧,市场不统一,生意受限制,全国百万富翁不足一百人。到了1875年,增至一千多人。发财梦成了人们的共同理想,诚如小说家豪威尔斯在作品中说的:"内战时期过去了,民族繁荣的伟大时代来临了。巨大的财富开始堆积如山。另一种不同于内战中的英雄开始引起我们创作时的注意。我认为:无疑地,如今当个百万富翁是美国人的理想。"商人逐渐成了小说中的主人公,而"发财梦"则成了人们所追求的"美国梦"的同义词。

马克·吐温和查尔斯·华纳合著的《镀金时代》(1837)成了19世纪最后二十五年的简称。随着工业化和城市化的进展,这个"镀金时代"比以前的社会进步多了。南方黑奴政治上解放了,来自中南欧和亚洲的移民增加了,工厂和企业补充了大量廉价的劳动力,矿产开发、电讯网和铁路建设加快了。但各种社会问题日益暴露。印第安人更加贫困,许多城市出现贫民窟,工人罢工不断发生。农场主发动平民主义运动,政党分肥更合法化,劳资矛盾和城乡矛盾加深了。一些财团通过竞争,形成垄断集团,涌现了石油大王洛克菲勒、铁路大王弗斯克等百万富翁。大商人成了共和党和民主党争夺的主要对象。权与钱的交易,商界与政界的勾结成为美国政治的新特色。

为了满足经济发展对人才的需求,1865年以后,许多美国青年去德国留学。德国的哲学吸引了他们的兴趣。黑格尔、康德和马克思的理论和思想方法使他们扩大了视野,回国后逐渐成为各大学的学术骨干或政府部门的栋梁,在全国学术界和文化界影响很大。其中,最出名的是教育家杜威(1859—1952)。他没去德国留学,但深受黑格尔唯心论的影响。他提出实用主义哲学。他强调哲学家要关心全社会生活条件的改善,关注民众教育。他注重实际功效,符合资产者在自由竞争中谋求最大实利的需要,因此,非常受中产者的欢迎。

与此同时,宗教界的神学理论也出现了相应的变化。与先前不同的是:一些知名的大学校长、牧师和哲学家提倡"财富的福音"。他们指出:财富是神圣的标志。根据上帝的旨意,政府的职责是保护私人财富。财富和贫穷都是上帝的指令。前者是有道德的人的标志,后者是不道德的人的体现。所以,帮助穷人要仔细考虑。这种矛盾的说法显然是维护有钱人的利益,在现实中出现了怪现象:如1892年,卡内基钢铁公司一方面在匹兹堡残酷地镇压罢工运动的工人们;另一方面则捐款在各大城市建立卡耐基图书馆,供市民丰富文化生活。

总之,哲学家和神学家都想顺应时势,力图证明:自由竞争是合法的,政府应给予大力支持,让民众享受内战后重建时期带来的好处。不过,经济是发展了,自由竞争使少数人富了,多数人穷了。劳资矛盾日益尖锐。从1877年至1894年,每年平均发生大大小小的罢工运动达五千次。劳资冲突成了青年作家关注的新题材。城市化进程冲击了各地大小农场主。他们从"理想的市民"变成人们不屑一顾的"乡下佬"和"土包子"。他们仍然过着小康生活,却没有社会地位,连城里的流浪汉也瞧不起他们。他们结成平民党,反对铁路财团和其他工业垄断集团的欺压和吞食,参与各项政治斗争。1896年平民党并入民主党,成了政界一大势力。

内战后的十年,最突出的变化是:商业成了全国权力和尊严的主要象征。自由竞争产生了一批掌控国家经济命脉的富豪和巨头。商人变成"镀金时代"社会生活中的"新英雄"。新的社会秩序给美国文学提出了新问题。它要求文学表现新时代的人和事。商人成了经济迅速发展的中心,也成了美国文学的中心。描写商人成了新的创作题材。商人频频出现在许多社科著作和小说里。长篇小说一枝独秀,成了美国文学史上的新景观。

不过,捷足先登于文坛的是通俗小说,特别是女作家的言情小说,如苏珊·华纳的《广阔的世界》(1850)和玛丽·坎明斯的《点灯人》(1854)。当时，大多数读者是新兴的中产阶级的家庭主妇们。这些描写孤儿不幸遭遇的小说往往令她们感动得眼泪汪汪，成为她们茶余饭后的消遣品。女作家写的通俗小说，很快得到女读者群的欢迎和接受。这是19世纪有趣的文学现象，令人回味。女作家卡洛林·亨顿、玛丽·福尔姆斯和奥古斯塔·威尔逊成为最受读者热捧的人物。玛丽共写了三十九部感伤家庭小说，卖了两百多万册，的确为长篇小说的流行开创了广阔的新市场。

1860年，出版商比德尔发行价廉物美的"一毛钱小说"，畅销全国各地，增加了大量读者。不久，许多描写个人冒险成败的通俗小说陆续出版。哈佛大学教授查尔斯·诺顿劝说比德尔出版了"莎士比亚戏剧通俗本"，借助"一毛钱小说"的东风推销严肃文学的经典名作，收效不错。知识界努力促进各地图书馆收藏欧洲文学名著，进一步扩大社会影响。到了80年代，许多中小学开设古典文学课，学生们接触文学的机会多了。一些有影响的全国性杂志如《哈泼斯月刊》和《大西洋月刊》，纷纷聘请成名作家当主编，经常刊载小说和诗歌，发行量迅速增加，同时又激发了青年作家的创作热情。小说家豪威尔斯担任《大西洋月刊》主编后，介绍了许多欧洲名作家，并扶持了不少青年作家，促进了现实主义小说的发展和繁荣。

报纸杂志为美国文学的传播发挥了重大作用。许多名著都是先刊于杂志上，再出单行本的，比如马克·吐温的《哈克贝利·费恩历险记》、詹姆斯的《波士顿人》和豪威尔斯的《赛拉斯·拉法姆发家记》等都是这样的。报纸杂志还常常请青年作家当记者，让他们有基本的年薪收入，搞创作有保障，又能深入生活。德莱塞、诺里斯、克莱恩和海明威等作家都当过多年记者，从新闻工作走进文艺殿堂。

报纸杂志是靠商业广告生存的。工商业的发展催生了广告的热潮。许多商户靠广告推销产品和开发市场。有的报刊追求广告效应，靠小说吸引读者。但商业化倾向让一些低级趣味的通俗读物大行其道。有抱负的青年作家们联合起来，组成志同道合的俱乐部，发展严肃文学。

1899年美国文学艺术院正式成立。这是文学界的一件大喜事。1904年又建立美国文学艺术科学院，进一步从体制上巩固了严肃文学的地位。严肃文学逐渐成了主流文学，与不断发展的通俗文学互相竞争，并行开展。在大众媒介的推动下,欧洲名作家易卜生、肖伯纳、马拉美和本国的埃德加·爱伦·坡的作品陆续再版。当时的作家马克·吐温、豪威尔斯、詹姆斯和诺顿等人倍受尊重。美国文学迈上发展的新台阶。

这时,来自欧洲的现实主义和自然主义两股新风进一步推动了美国文学向前发展。19世纪,现实主义在欧洲硕果累累。英国涌现了马克思所赞扬的"英国小说家光辉的一派":狄更斯、萨克雷、乔治·艾略特、特罗洛普和哈代等杰出的现实主义作家。在法国有巴尔扎克,在俄罗斯有托尔斯泰、屠格涅夫、契诃夫和陀思妥耶夫斯基等。法国哲学家孔德主张摆脱神学的束缚,对各种社会问题采取科学的态度。批评家泰纳将孔德的实证主义理论引入文艺批评,提出文学从本质上来说是观察和分析人与社会的主要方法。小说是社会的科学实验室,可以观察各种复杂的社会因素。他强调"种族、环境和时代"是文学创作的三要素。泰纳的观点后来成了美国现实主义的理论基础。

与此同时,以法国作家左拉为代表的自然主义也受到美国作家的重视。左拉认为社会像个生物的有机体。人的生物本能支配他的社会行为。小说家应收集事实,做个"人与人的情欲的审问官"。他的长篇小说《卢贡玛卡一家人的自然史和社会史》和《萌芽》,开拓新的小说题材,描绘社会最底层的人们的生活,加深读者对苦难人的同情,同时,他重视采用平民百姓日常的口语,保持浓烈的生活气息,又丰富了文学语言。

作为欧洲资本主义工业化的产物,现实主义和自然主义文学思潮在美国文艺界找到了同路人。但美国作家们往往将它们与本国的风土人情相结合,形成自己独特的风格,而不是简单的移植和模仿。自然主义在法国盛行于1870年至1890年,在美国则迟了二十年左右,从1890年延续至二次大战后。况且,一些美国作家往往在小说里将现实主义与自然主义相交融,从主题思想到艺术风格与欧洲的同类作品差别较大。

到了20世纪,现代主义对自然主义提出挑战,逐渐成为欧美文艺界的新潮流。有些美国作家常常在小说里将现实主义与现代主义交织在一起。1902年至1912年,美国爆发了揭丑派运动。社会各阶层对工业化带来的官商腐败十分愤怒和不满。新闻媒体和知名作家揭露了许多触目惊心的社会丑闻,形成了要求社会改革的强大压力,触动了政府的上层人物,有力地推动了美国现实主义文学的发展,为20年代伟大的"第二次文艺复兴"鸣锣开道。

第一章
时代浏览

20世纪初,法国巴黎出现了现代主义文学思潮。先锋派艺术吸引了不少英美青年作家。女作家斯坦因1902年到达巴黎,接受现代主义熏陶。她博采众长,大胆实践,创作了别开生面的现代派小说,影响了安德森、多斯·帕索斯和海明威等人。斯坦因成了美国现代派小说的奠基人。在诗歌方面,1908年,诗人庞德到伦敦与英国哲学家休谟和作家弗林特共同倡导意象派诗歌运动,后来由女诗人艾米·洛厄尔引入美国诗坛。它揭开了美国现代派诗歌的序幕。有趣的是,斯坦因在巴黎,庞德在伦敦与英法作家和西班牙画家毕加索一起走进了现代主义文艺的新时代。

第二章 名家辈出的现实主义小说家们 Chapter 2

第一节 马克·吐温与《哈克贝利·费恩历险记》

1. 生平透视

马克·吐温(Mark Twain, 1835—1910)原名萨缪尔·朗霍恩·克列门斯(Samuel Langhorne Clements), 1835年11月30日生于密苏里州佛罗里达镇一个小村庄。父亲当过小法官,做过生意,1847年突然病逝。家庭经济滑坡,马克·吐温只好辍学去打工,曾做过印刷所的学徒和几个地方的排字工人。1856年去新奥尔良想往南美做生意。后在密西西比河船上与领港相识,改变了主意,决定拜他为师。一年半后他成了一名熟练的领港,对大河和航行很感兴趣。1861年4月,内战爆发后,航运停顿。马克·吐温一度被南方军收编,后伺机逃脱,与他哥哥奥里恩一起去内华达州。他想经商或开矿,都没成功。1862年他当上该州弗吉尼亚市《国土企业报》记者,开始用马克·吐温的笔名发表文章。"马克·吐温"是水手们常说的行话,即"十二英尺"之意,"水够深了,轮船可顺利通过"。他继承西部边疆文学传统,作为一个幽默记者经常写文章。"马克·吐温"的名字就逐渐传开了。1864年,他到了旧金山结识了幽默小说家哈特和沃德。他们鼓励他大胆创作。1865年他发表了第一个短篇小说《卡拉维拉斯县出名的跳蛙》,大受欢迎。他到东部演讲,名声大振。1867年出了短篇小说集《卡拉维拉斯著名的跳蛙及其他》。随后,他被派往地中海和欧洲各地采访,写了四十至五十篇报道和通讯,汇成《傻瓜出国旅行记》出版(1869)。他的幽默描述使他很快成为一个主要的幽默记者和作家。

1870年,马克·吐温娶了商家女儿兰顿小姐。两人移居康州哈特福德。

他继续潜心创作，发表了许多受欢迎的佳作，如《竞选州长》(1870)、《高尔斯密士的朋友再度出洋》和《艰苦岁月》(1872)。他个人真实的冒险经历，加上幽默和夸张以及他精选的口语，吸引了无数读者。1873年，他与华纳合作出版了第一部长篇小说《镀金时代》讽刺了内战后国内表面上的繁荣，成了当时时代的代名词。1875年，他应他的好友，《大西洋月刊》主编豪威尔斯的邀请，在该刊刊登了七篇早年在密西西比河上当领港的生活故事，后来汇成《密西西比河上的往事》结集出版。1883年，作者加以修订，改名为《密西西比河上的生活》再版。这是一部描述作者青年时代自传体的作品，展现了美国19世纪60至80年代的社会生活。1876年，长篇小说《汤姆·索亚历险记》问世，又受到热烈欢迎。

1882年，讽刺小说《王子与贫儿》出版。它嘲讽了16世纪英国封建君主的无知和专横，具有童话般的奇异彩色，内容丰富而深刻。1885年，《哈克贝利·费恩历险记》发表。它是《汤姆·索亚历险记》的姐妹篇。鲜明的主题思想和独特的艺术风格使它成了马克·吐温的代表作，也成为19世纪美国批判现实主义文学的巅峰之作。

随后几年，马克·吐温热衷于出版事业，与人合办了韦伯斯特出版公司。1889年，在经济危机的冲击下，它破产了。马克·吐温背了一大笔债，加上妻子病情加重，两个女儿一死一病，他的精神压力太大了。马克·吐温从困难中振作起来，第三次出国旅游，到了非洲、亚洲和澳洲等地，到处演讲并收集写作素材。收获不少，如散文集《赤道旅行记》(1897)、中篇小说《败坏了赫德莱堡的人》(1899)等。此前，他还推出了几本力作，如借古喻今的讽刺小说《亚瑟王宫中的康涅狄格美国佬》(1889)、《傻瓜威尔逊》(1894)、短篇小说集《百万英镑及其他新作》(1893)、《汤姆·索亚在国外》(1894)和描写法国民族女英雄贞德的传记《贞德传》(1896)等。1898年，他还清了债务，但忧郁的心情日益加重。

1900年10月，马克·吐温返回美国，受到各界人士的热烈欢迎。他感受良多。他告诉记者，他过去曾是一个"狂热的帝国主义者，现在已成为一个反帝国主义者"。他在国外的见闻使他明白帝国主义势力怎样掠夺殖民地的财富，欺压当地人民。随后，他写了许多反帝和反战的政论文，影响深远。其中最著名的有：《写给黑暗中的人们》(1901)、《为芬斯顿将军申辩》、《战争祈祷》

(1905)、《沙皇的独白》(1905)和《利奥波德维尔国王的独白——为刚果的统治辩护》(1905)等。他深深地同情中国人民的反帝斗争,尤其是义和团反帝爱国运动。他公开声明"我是义和团"。

1906年,马克·吐温开始给秘书A·B·品恩口授《自传》。他幽默地在《自传·序》中说:"在这本自传里,我将牢记,我正是从坟墓中向世人说话的。"他继续发表《人是什么?》(1906),完成了《神秘的来客》(1924年他去世后出版)。他仍广泛旅行,就时政问题到处讲演,还写了《基督教科学》(1907)和《莎士比亚死了吗?》(1909)等。但妻子的病故和两个女儿的早逝加深了他的悲观情绪。尽管如此,他政论文中的讽刺仍相当尖锐。他对殖民地人民反帝斗争的支持是一贯的。

1910年4月21日,马克·吐温因心脏病在康州莱丁附近的斯托姆菲尔德家中与世长辞,终年七十五岁。他去世后留下许多未发表的手稿,现保存于加州大学伯克莱分校图书馆,让人们浏览这些被遗忘了几十年的大师之作,重新给予适当的评价。

2. 代表作扫描

作为伟大的美国批判现实主义文学大师,马克·吐温一生创作了许多优秀的长篇、中篇和短篇小说。其中最突出的是长篇小说《哈克贝利·费恩历险记》(The Adventures of Huckerberry Finn)。它与《汤姆·索亚历险记》是姐妹作。两部小说以生动的画面反映了南北战争前美国南方社会庸俗、保守、沉闷和落后的社会现实,形象地表达了许多勇于追求自由和平等,敢于冒险和抗争的新一代青少年的愿望和理想。两部巨著都成了脍炙人口的经典名著。

不过,相比之下,《哈克贝利·费恩历险记》在主题思想上更深刻,在艺术风格上更完美,因此,它被公认为马克·吐温的优秀代表作。一百多年来,它经历了时代风风雨雨的考验,影响了一代又一代美国作家,受到世界各国读者的赞赏和喜爱。

1) 故事和人物盘点:

《哈克贝利·费恩历险记》故事朴实生动,富有童话色彩。主人公哈克(简称,下同)是个白人的孩子,没有机会上学,但他聪明伶俐,他父亲是个恶

第二章
名家辈出的现实主义小说家们

棍,经常毒打他,向他要钱。哈克逗弄他,不给他钱。他把钱交给法官撒切尔代管。他父亲绑架他,将他关在一个孤独的小屋里。他得不到家庭的温暖,成了道格拉斯寡妇和她妹妹华生的义子。由她们关照和保护他。一天,哈克乘他父亲醉酒发病时,划一条木筏逃到杰克逊小岛。在那里,他意外地遇到从华生小姐家逃出来的黑奴吉姆。吉姆大吃一惊,以为撞上了鬼。哈克耐心说服他,他才放心。他是听说主人要卖掉他刚逃出来的。不久,两人成了好朋友,一起乘木筏沿河而下。经历了几次冒险后,他们的木筏被一条汽船撞沉了。两人落水失散了。哈克游上岸,被格兰格福德家收留。但格家与雪佛森家发生争斗流血事件。哈克只好溜走。后来,他找到了吉姆。两人又上了木筏往前漂流。他们撞上冒充"国王"和"公爵"的两个骗子。那"国王"演说时像个改过自新的海盗。他俩的戏剧性表演最后露出了马脚。哈克遇到某法院开庭,自愿当了一个被亚肯色州的某贵族杀害的无辜的醉汉的证人。他的正义凛然令一帮匪徒胆战心惊。还有些恶棍听说彼特·威尔克斯去世,冒充他的兄弟要继承遗产。哈克代表威氏三个女儿出面干预,直到威氏三个真兄弟到达后,恶棍的阴谋就不攻自破了。随后,他发现吉姆被"国王"卖给菲尔帕斯太太·汤姆·索亚姨妈萨丽。在菲家农场,他假冒汤姆,想救吉姆。汤姆到达农场时,他戴上面具装成他弟弟席德,并搞了一个奇特的救吉姆的计划。没料到,汤姆突然被开枪打伤,奴隶又被抓。当汤姆恢复健康时,他向大家透露:华生小姐已去世。她在遗嘱里写明让吉姆自由。这出"营救"的戏是出于冒险的需要。又传来消息,哈克的父亲也死了,哈克的存款没被取走。哈克重新与姨妈萨丽团聚。

《哈克贝利·费恩历险记》主人公哈克是马克·吐温成功塑造的一个人物形象。他年仅十三至十四岁。虽没机会受教育,他聪明天真,顽强正直,勇敢机智,富有冒险精神。他厌恶父亲的酗酒和野蛮以及道格拉斯老寡妇的说教,逃离家门寻求自由。途中,他遇到不少风险,都能冷静对待。木筏被汽船撞翻,他落水后奋勇游上岸,一点也不怕;他见到坏人,勇于跟他们斗争,甚至出庭当证人,揭穿恶棍冒险骗财的阴谋,受到民众的赞扬。

特别值得指出的是,哈克对黑奴吉姆的保护和关照。当他在小岛上见到吉姆时,吉姆将主人要卖他迫使他逃跑的事全告诉他,请他不对别人说。他答应了,后来有些动摇,想写信去告发吉姆。经过反复思考,他感到吉姆是个大好人，怎能再叫他受苦？于是，他下决心保护吉姆，将写的告发信撕了。"好吧，下地狱就下地狱吧！"当时美国南方还是蓄奴制，政府规定，知道黑奴逃跑不报的人，要受处罚。哈克深知这一点。他的决定说明他不怕政府的惩罚死保吉姆，充分反映了他反对种族主义，同情黑人奴隶的高尚品德。这正是马克·吐温民主主义思想的流露。

小说写了老黑奴吉姆。他不像其他小说里的黑人奴隶那么逆来顺受、卑躬屈膝，死气沉沉。他是个敢于追求自由，反抗奴役的新黑人。他待白人热情友好，乐于助人。他与哈克成了知己。两人患难相处，形同手足。他处处关怀哈克，令他十分感动。虽然他有时流露了一些迷信思想，这也是不足为奇的。他的清新可爱的形象正是马克·吐温心目中对黑人奴隶认识的体现。这里再一次反映了马克·吐温反对种族歧视、主张各民族平等相处的良好愿望和正确主张。

2) 风格和语言聚焦：

《哈克贝利·费恩历险记》充分展示了马克·吐温完美的现实主义风格。它不但集中体现了作者多方面的艺术才华，而且集19世纪之前美国现实主义风格之大成。它成了一部承前启后的划时代的经典巨著。诚如著名诗人T·S·艾略特所说的，这部小说开创了美、英两国文坛的一代新风。

首先，小说塑造了富有新思想的人物形象。正如前面所述，小说主人公哈克贝利·费恩虽然是个没文化的年轻人，但他向往自由，追求新的生活。他不安于现状，不怕困难，逃离沉闷的家庭，去探索神秘的大千世界。在冒险经历中，他与吉姆友好相处，发现社会并不完美，处处都可见到欺诈、伪装、抢劫甚至谋财害命。损人利己的事层出不穷。他终于认识了社会，勇敢机智地与恶人作斗争。他与吉姆成了忘年交，不惜对抗政府的种族歧视规定，保护吉姆。他是个光明磊落、疾恶如仇的新青年。在他身上充分体现了南北战争前美国青年一代的新思想和新品德。

小说中的吉姆是个三十岁左右的黑奴。他听说主人要卖掉他，偷偷地逃亡，追求自由和解放。他纯朴善良，处处关照哈克，犹如他的父亲，令他感到他"实在太好了"。吉姆的经历使哈克明白社会的复杂和人性的差异，增强了哈克道德上的勇气，使他懂得了许多做人的道理。虽然逃跑是消极的反抗，但它反映了吉姆的觉醒，他对自己被奴役状态的不满和对自由的向往和追寻。吉姆形象的成功反映了马克·吐温对当时废奴文学现实主义传统的新发展。

其次，小说中有大量生动、真实的细节描写，使人物形象显得真实、丰满。作者将哈克写得惟妙惟肖，真实可信，尤其他对吉姆态度的变化。一方面，他答应为吉姆保密，让他说出逃跑真相；另一方面，他内心一度很矛盾，想写信去告发他。他受过白人优越论的影响，这么做是不奇怪的。后来，他想到吉姆对他那么好，怎能再伤害他？就把写了几行字的信纸揉掉，"下地狱就下地狱吧！"这个细节真实生动，反映了哈克思想斗争的胜利，最后选择了正确的做法。哈克在与坏人斗争中有时冒充汤姆，有时戴上假面具，有时大胆出庭作证，揭穿恶棍的真面目，为受害者申辩。许多真实的细节完全符合青少年的心态，用得恰如其分，趣味横生，闪烁着现实主义光芒。

再次，小说充满了幽默、讽刺和象征的色彩。小说描写了两个骗子冒充"国王"和"公爵"，还当众夸夸其谈，发表演说，其实丑态百出，犹如改过自新的犯人。作者故意让他们二人自我出丑，十分可笑，讽刺入木三分。

小说写了哈克和吉姆乘小木筏沿密西西比河自由漂流。小木筏象征着青少年纯真的世界。作者说，"在一只小木筏上，你最想要什么？对于每个人来说，是自己满意，对别人公正和仁慈。"木筏如果沉没了，特别的社会也跟着沉没了。马克·吐温对小木筏寄托着和谐社会的理想，但它给汽船撞翻了。他的理想难以实现。但大河是永恒的。他寄希望于大河。它那么宽广无边，那么奔腾不息，像生活一直往前一样。小木筏给我们留下思考的广阔空间。

最后，小说语言的口语化和多样化很有特色。马克·吐温在小说的"说明"中明确地告诉读者：书里用了许多种方言土话，如密苏里州的黑人土话、边远林区最地道的方言、普通的"派克县"方言等等。书中主要人物缺乏正规教育，加上哈克和吉姆走过不少地区，这些方言土语反映了当时社会生活的真实风貌。作者将中西部下层人民的日常口语进行了巧妙的艺术加工，使美国文学语言焕然一新，生机勃勃。他开创的文学语言口语化的新风格影响了美国一代又一代作家。马克·吐温成了后来许多作家的学习榜样。

3) 意义和影响总览：

马克·吐温选用一个天真的少年哈克作为小说的叙述者。他用孩子的目光来观察一切,用孩子的语言来表达一切,获得了意外的成功。他站在民主主义的立场,描写了哈克和吉姆追求自由,伸张正义,跟坏人坏事作斗争的故事。他细腻地展示了哈克善于思考,权衡利弊,认真对待见到的一人一事。用哈克的内心独白体现他从纯真幼稚走向成熟的过程。他在关键时刻正确决定保护吉姆,反对政府歧视黑人的种族主义规定。这是很有意义的。

小说问世后,曾遭到政府当局的查禁。这恰好说明小说巨大的艺术魅力和社会影响。马克·吐温通过哈克的冒险经历揭示了当时重要的社会问题:对青少年个性的压制和剥夺黑人奴隶的自由。作者描写白人和黑人青少年对自由的向往和追求,提出了对当时现存社会的怀疑,支持青年一代追求自由和平等,改变不合理的现状,勇敢地消除社会罪恶势力,建立一个和谐的民族平等的社会。尽管小说有个大团圆的结局:哈克靠姨妈的关怀获得了家庭的温暖,吉姆由于华生小姐的宽宏大量得到了自由,这反映了作者想用人道主义的幻想来实现他所期望的自由和平等。但他在南北战争前就提出了南方黑奴问题,白人孩子的家庭暴力问题和宗教训戒的强制问题是非常难得的。马克·吐温站在时代的前列,敏锐地揭露了重要的社会问题,显示了他小说巨大的现实主义批判力度。诗人艾略特称赞哈克贝利·费恩的形象可以跟世界经典名著中的奥德修斯、哈姆雷特、浮士德、堂·吉诃德和唐璜等形象相媲美。《哈克贝利·费恩历险记》成了世界文学宝库中一部脍炙人口的不朽之作。

马克·吐温出身寒门,早年辍学,刻苦磨炼,勤奋笔耕,成为流芳百世的小说家。诚如他的好友豪威尔斯所指出的,他是唯一的、无可比拟的"我们文学中的林肯"。他以平凡的美国人作为小说的主人公,描绘他们生活中的不幸和内心冲突,表达了他们的不满、忧虑和希望,赞颂他们对自由的追求。他精心提炼了中西部口语的节奏和比喻,首次将它们引入小说,开创了美国文学语言的一代新风。他深入生活敏锐观察,吸取中西部人民的幽默,成了出类拔萃的幽默大师。他的作品具有鲜明民族特色的风格,受到一代又一代美国作家的喜爱。正如海明威所说的:"全部现代美国文学作品来自马克·吐温写的《哈克贝利·费恩历险记》这本书。"马克·吐温是美国大地抚育的第一位伟大的文学巨匠。他以自己光辉的形象屹立于世界文学之林。

4) 文本名段点击①：

A. 哈克在假国王和假公爵两个骗子的追问下诉说自己的身世和吉姆的来历：

They asked us considerable many questions; wanted to know what we covered up the raft that way for, and laid by in the daytime instead of running—was Jim a runaway nigger? Says I—

"Goodness sakes, would a runaway nigger run *south*?"

No, they allowed he wouldn't. I had to account for things some way, so I says:

"My folks was living in Pike County, in Missouri, where I was born, and they all died off but me and pa and my brother Ike. Pa, he 'lowed he'd break up and go down and live with Uncle Ben, who's got a little one-horse place on the river, forty-four mile below Orleans. Pa was pretty poor, and had some debts; so when he'd squared up there warn't nothing left but sixteen dollars and our nigger, Jim. That warn't enough to take us fourteen hundred mile, deck passage nor no other way. Well, when the river rose, pa had a streak of luck one day; he ketched this piece of a raft; so we reckoned we'd go down to Orleans on it. Pa's luck didn't hold out; a steamboat run over the forrard corner of the raft, one night, and we all went overboard and dove under the wheel; Jim and me come up, all right, but pa was drunk, and Ike was only four years old, so they never come up no more. Well, for the next day or two we had considerable trouble, because people was always coming out in skiffs and trying to take Jim away from me, saying they believed he was a runaway nigger. We don't run day-times no more, now; nights they don't bother us." (p.305)

B. 哈克和吉姆的木筏失而复得，两人逃脱了骗子的纠缠，在小木筏上感到非常自由和舒心：

It was just dark, now. I never went near the house, but struck through the woods and made for the swamp. Jim warn't on his island, so I tramped off in a hurry for the crick, and crowded through the willows, red-hot to jump aboard and get out of that aw-

---

① 下列引文选自 Nina Baym 主编的 *The Norton Anthology of American Literature* (sixth edition), vol C, W.W. Norton & Company, 2003。

ful country—the raft was gone! My souls, but I was scared! I couldn't get my breath for most a minute. Then I raised a yell. A voice not twenty-five foot from me, says—

"Good lan'! is dat you, honey? Doan' make no noise."

It was Jim's voice—nothing ever sounded so good before. I run along the bank a piece and got aboard, and Jim he grabbed me and hugged me, he was so glad to see me. He says—

"Laws bless you, chile, I'uz right down sho' you's dead agin. Jack's been heah, he say he reck'n you's ben shot, kase you didn' come home no mo'; so I's jes' dis minute a startin' de raf' down towards de mouf er de crick, so's to be all ready for to shove out en leave soon as Jack comes agin en tells me for certain you *is* dead. Lawsy, I's mighty glad to git you back agin, honey."

I says—

"All right—that's mighty good; they won't find me, and they'll think I've been killed, and floated down the river—there's something up there that'll help them to think so—so don't you lose no time, Jim, but just shove off for the big water as fast as ever you can."

I never felt easy till the raft was two mile below there and out in the middle of the Mississippi. Then we hung up our signal lantern, and judged that we was free and safe once more. I hadn't had a bite to eat since yesterday; so Jim he got out some corn-dodgers and buttermilk, and pork and cabbage, and greens—there ain't nothing in the world so good, when it's cooked right—and whilst I eat my supper we talked, and had a good time. I was powerful glad to get away from the feuds, and so was Jim to get away from the swamp. We said there warn't no home like a raft, after all. Other places do seem so cramped up and smothery, but a raft don't. You feel mighty free and easy and comfortable on a raft. (p.299)

C. 末了,老黑奴吉姆终于获得自由。哈克和汤姆各得其所,冒险经历宣告结束:

The first time I catched Tom, private, I asked him what was his idea, time of the evasion?—what it was he'd planned to do if the evasion worked all right and he managed to set a nigger free that was already free before? And he said, what he had planned in his head, from the start, if we got Jim out all safe, was for us to run him down the river, on the raft, and have adventures plumb to the mouth of the river, and then tell him about his being free, and take him back up home on a steamboat, in style, and pay him for his lost time, and write word ahead and get out all the niggers around, and have them waltz him into town with a torchlight procession and a brass band, and then he would be a hero, and so would we. But I reckoned it was about as well the way it was.

We had Jim out of the chains in no time, and when Aunt Polly and Uncle Silas and Aunt Sally found out how good he helped the doctor nurse Tom, they made a heap of fuss over him, and fixed him up prime, and give him all he wanted to eat, and a good time, and nothing to do. And we had him up to the sickroom; and had a high talk; and Tom give Jim forty dollars for being prisoner for us so patient, and doing it up so good, and Jim was pleased most to death, and busted out ...(p.406)

3. 其他重要作品链接

A. 长篇小说：

《镀金时代》,与华纳合著(*The Gilded Age*, 1873)

《汤姆·索亚历险记》(*The Adventures of Tom Sawyer*, 1876)

《王子与贫儿》(*The Prince and the Pauper*, 1882)

《傻瓜威尔逊》(*The Tragedy of Pudd'nhead Wilson*, 1894)

《亚瑟王宫中的康涅狄格美国佬》(*A Conneticut Yankee in King Arthur's Court*, 1889)

B. 中篇小说：

《败坏了赫德莱堡的人》(*The Man That Corrupted Hadleyburg*, 1900)

C. 短篇小说集：

《卡拉维拉斯县出名的跳蛙及其他》(*The Celebrated Jumping Frog of Calaveras County and Other Sketches*, 1867)

《神秘的旅伴》(*The Mysterious Stranger*, 1916)

D. 传记和自传：

《艰苦岁月》(*Roughing It*, 1872)

《密西西比河上的生活》(*Life on the Mississippi*, 1883)

《自传》(*Autobiography*, 1924)

E. 游记：

《傻瓜出国旅行记》(*The Innocents Abroad*, 1869)

《赤道漫游》(*Following the Equator*, 1897)

《汤姆·索亚在国外》(*Tom Sawyer Abroad*, 1894)

第二节　威廉·豪威尔斯与《赛拉斯·拉法姆发家记》

1. 生平透视

威廉·狄恩·豪威尔斯(William Dean Howells, 1837—1920)是美国现实主义小说的奠基人,1837年3月1日生于俄亥俄州马丁县富利村。九岁开始在父亲的印刷厂干活。家庭经济不太好,他没上过正规学校,母亲鼓励他自学成才。他从小爱读英国文学名著,自学了德语和西班牙语。1851年,他到《俄亥俄日报》工作,业余练习写诗。1859年出了诗集《两位友人的诗》。1860年,他的《林肯传》在竞赛中胜出,获奖到新英格兰免费旅行。他在那里见到成名作家霍桑和爱默生,十分开心。

1861年,林肯竞选总统获得成功,豪威尔斯受命为驻意大利威尼斯领事,为期四年。他潜心研究了意大利的语言和文学,业余写了许多书信体游记,如《威尼斯生活》(1866)和《意大利之行》(1867),在美国东部地区文学界出了名。回国后,他应聘为《大西洋月刊》助理编辑,后升任编辑和主编,干了十年。他写了大量评论文章,一方面介绍了许多欧洲的名作家,特别推荐托尔斯泰,不喜欢左拉和哈代等,另一方面大力推荐本国青年作家,尤其是马克·吐温、亨利·詹姆斯、弗兰克·诺里斯、赫姆林·加兰、斯托夫人和克莱恩等,促进了文学界对外交流和青年作家的成长,为文坛的繁荣作出了特别的贡献。

不仅如此,豪威尔斯仍潜心小说创作,70年代硕果累累,如描写中产阶级生活的《他俩的结婚旅行》(1872)和《偶尔相识》(1873)等七部长篇小说。这些作品情节较简单,但充满动人的冒险经历,反应平平。

80年代迎来豪威尔斯的创作黄金时代。1882年问世的长篇小说《现代婚姻》(1882)很受欢迎。三年后,他另一部长篇小说《赛拉斯·拉法姆发家记》(1885)增强了他的小说家声誉,成了他最优秀的代表作。陆续出版的还有《小阳春》(1886)、《牧师的职责》(1887)、《安妮·基尔伯恩》(1889)和《时来运转》(1890)等。1888年,他告别了居住二十三年的波士顿,移居新崛起的大都市纽约。《时来运转》恰好揭示了纽约社会生活的挑战,成了他最好的小说之一,1894年,豪威尔斯又推出《来自奥尼特鲁里亚的旅客》。1907年出版了续集《穿过针眼》。在这两部小说里,作者倡导公民投票选出"基督教社会主义"的政府,以缓和和解决社会矛盾和冲突,带有说教和空想色彩。

1886年,豪威尔斯应邀担任《哈泼斯月刊》杂志研究所研究员,至1891年辞职为止,为期五年。他在文学创作和理论上作了深入研究,奠定了现实主义理论基础。1891年他在发表的《批评与小说》书中指出:现实主义忠实于生活,目的在于表现生活的一般性,而不是特殊性。作家的创作,意在表现美国社会生活的普遍特点,尤其是民众在自然状态下的心态,而不是照相式地再现生活。他在担任《大西洋月刊》十五年期间和在一些演讲中多次提倡现实主义,反对当时流行的浪漫主义,强调不该再描写异常的巧合和悲惨的结局,而应该真实地反映平凡的实际生活。他还公开抨击描写虚情假意的感伤主义,认为长篇小说以讲生活中男女的语言和真人真事为基础,忠实于特定的时间和地点,作者的观点要客观公正,故事要有戏剧性。他的讲演稿《小说创作与小说阅读》(1899)更加系统地阐述了他对现实主义的理解和主张。他最推崇俄罗斯现实主义大师托尔斯泰,并赞成意大利作家的话:"忠于生活是小说的崇高任务。"不仅如此,他还十分重视作家与读者的关系,认为小说家既是作家,又是读者。他的任务是让读者从他真实的描写来了解现实社会。小说家与读者双方都负有庄重的责任。不过,豪威尔斯强调小说要注重描写生活中好的一面,宣扬美国的乐观主义信念。后来,冷酷的现实使他逐渐转向批判现实主义。他坚持美国现实主义文学一定要增进人们之间的相互理解,加强兄弟情谊,共同追求最高形式的美——真理。豪威尔斯这些精辟的文学主张和美学思想对美国新一代作家影响深远,大大地推动了现实主义文学的发展。

晚年,豪威尔斯仍坚持写作,先后出版了自传体作品:《新叶厂》(1913)和

《在我的年轻时代》(1916)。他曾任美国文学艺术院首任院长多年。1915年,该院授予他金质奖章,表彰他小说创作上的突出贡献。

1920年5月11日,豪威尔斯在纽约病逝,终年八十三岁。他的创作生涯达七十年,留给后人的作品超过了一百部,为美国现实主义文学的发展立下汗马功劳。

2. 代表作扫描

豪威尔斯一生创作了35部长篇小说,大量短篇小说和30多部剧本,反映了美国19世纪社会的方方面面,涉及男女爱情、婚姻、家庭、宗教、商业、劳资、政治、道德等问题,展现了生动的现实生活画面,其中不乏精彩之作。

在这些优秀作品中影响最大的是长篇小说《赛拉斯·拉法姆发家记》(*The Rise of Silas Lapham*)。它的主题思想深刻,涵盖了现实社会的多种问题;艺术风格独特,现实主义色彩浓烈,因此,它被公认为豪威尔斯的代表作。

1) 故事和人物盘点:

《赛拉斯·拉法姆发家记》以19世纪中期的波士顿为背景,讲述了一个油漆商白手起家,发家致富,后来又发生大火彻底破产的故事。小说主人公赛拉斯·拉法姆,原是南北战争时一个上校,退役后在佛蒙特州经营小农场。后来,他办个油漆厂,与妻子省吃俭用,苦心经营,生意发展很快,增开了几家分公司,日益发家致富。他迁家至波士顿,开始兴建豪宅,催促他妻子帕莉丝、两个女儿潘勒罗帕和伊琳娜融入上流社会。潘勒罗帕与富家子弟汤姆·考利相爱,但因门不当户不对,进展不顺利,伊琳娜又产生了误解。在汤姆家族的一次宴会上,赛拉斯喝醉了酒,胡吹了自己的发财经。同时,他投机没成功,面临破产。一场意外的大火毁了他施工中的豪宅。他以前的股东罗杰斯逼他将无用的选矿厂卖给一家英国辛迪加,这也许是他唯一摆脱困境的希望。但他拒绝了这笔交易。他不愿损害对方的利益。最后,他走投无路破产了。他带着妻女返回佛蒙特老家种地。他的社会地位一落千丈,但道德上升华了。最后,潘勒罗帕嫁给了汤姆。两人远走墨西哥,以逃避家族之间不平等造成的恶劣环境。

小说主人公赛拉斯·拉法姆是个矛盾的人物。一方面他靠自己自力更生,白手起家,发家致富,另一方面,他面临破产时不愿嫁祸于人,信守商业道德,宁愿自己破产回老家种田。这显然是不够真实的。作者在小说中揭露了婚姻与金钱的关系,上流社会虚伪的道德标准和以追求金钱和财富的社会倾向。这些都是当时社会现实的真实写照。不过,作者想以"道德"和"良心"来解决当时资本主义经济发展过程中的激烈竞争问题,那是不可能办到的。唯利是图是资本主义制度本身所决定的。至于在具体经营业务中重合同守信用,那也是获取利润所必须的。因此,赛拉斯的形象寄托着作者的主观愿望。他的愿望是好的,但永远不可能实现。

2) 风格和语言聚焦:

豪威尔斯是个名副其实的多产作家。他善于博采众长,自成一格。他在文学创作和文艺理论上都有很高的造诣。他崇尚现实主义,并从理论上阐明了他的理解和主张。他认为现实主义来源于生活,不仅是科学的,而且是民主的。艺术要为道德服务。应该强调艺术的教育作用优先于娱乐作用。实际上,豪威尔斯首先提出了伦理批评。他还强调描述美国生活的真实性首先是表现其生活经历快乐的一面,以激励人们奋发向上。后来,冷酷的现实使他清醒了许多。他慢慢地转向批判现实主义。

豪威尔斯在小说中塑造了生动的人物形象。主人公赛拉斯·拉法姆不安心当个小农场主,一心一意想靠办厂发家致富,移居名城波士顿,挤进上层社会。这正是19世纪中叶中产阶级的写照。小说通过许多真实生动的细节描写揭示了赛拉斯的心态。如赛拉斯在考利家族宴会上的醉后失言,反映了当时上流社会一切都以金钱和财富为基础,包括婚姻、友情和交际。而在赛拉斯面临破产前夕,合伙人罗杰斯又对他软硬兼施,逼他就范,使他陷入极大的精神危机,内心十分痛苦。最后,他拒绝了那笔交易,守住了道德底线,自己破产回老家种地。豪威尔斯十分崇拜托尔斯泰,重视人物形象的塑造和细节的真实描写,使他的小说深受广大读者的欢迎。

小说文笔优美,语言生动,妙语如珠。豪威尔斯才华横溢,博览群书,强调面向普通人,表现普通人的生活,所用小说语言通俗易懂,简洁生动,常有精彩的格言式的妙语,如"金钱成了时代的史诗",高度概括了美国镀金时代的商业化特征。这些妙语言简意赅,深受读者们欢迎。

3) 意义和影响总览:

豪威尔斯一生刻苦笔耕,创作生涯长达近七十年,先后写了一百余部作品,包括三十五部小说和三十一部戏剧、几部诗集、十一部游记和四部文论集等。《赛拉斯·拉法姆发家记》是他小说中的佼佼者。小说通过主人公赛拉斯从发财到破产的惨痛经历,反映了美国南北战争后资本主义竞争的侧影,揭示了竞争带来的道德危机和心理困境,作者还提出了解决经济破产的方法。小说具有重要的现实意义和美学价值。它在美国文学史上占有重要的地位。

  作为一位杰出的现实主义作家,豪威尔斯在同代作家中第一个意识到时代的变化。他在《作为商人的文化》中谈到资本主义工业化对文学界的冲击和作家的应对策略。他抓住了时代精神,敏锐地看出"金钱成了时代的史诗",金钱主宰了一切,全国的淘金热隐藏着道德危机。他的远见卓识,影响了许多青年作家。他担任美国文学艺术科学院首任院长达十三年,又曾任《大西洋月刊》和《哈泼斯月刊》编辑多年,花了大量精力介绍许多欧洲名作家托尔斯泰、屠格涅夫和易卜生等人,拓展了美国读者的视野。同时,他热情扶持一批有才华的青年作家,如女作家朱厄特、华顿和狄更生等。他竭力推荐同代人马克·吐温和亨利·詹姆斯。他们之间四十多年的友谊亲密如初:1910年,马克·吐温去世时,他立即写了《我的马克·吐温》,对亡友一片深情,无限怀念。

  不过,豪威尔斯后期作品有些逊色,小说的批评力度不足,思想深度不够,与读者产生了一些距离。20世纪初,他的"绅士现实主义"受到一些青年作家和评论家的责难。他们批评他有意回避性和犯罪的重大社会问题,忽视劳资矛盾,美化资本家。所以,他的声誉有些下降。他成了个过时的人物,"死去的偶像"。到了30年代,他的声誉又逐渐恢复。他的现实主义理论和实践,特别是他面向普通社会生活,表现普通人的遭遇的创作思想、严密的艺术结构和优美有力的语言风格得到了充分的肯定。尽管小说存在一些缺陷,《赛拉斯·拉法姆发家记》仍是一部优秀的小说,在美国文学史上占有生动的一页。

  4)文本名段点击[①]:

  A. 赛拉斯·拉法姆向记者介绍自己的经历:

  ... I was born in the State of Vermont, pretty well up under the Canada line—so

---

 ① 下列引文选自 William Dean Howells, *The Rise of Silas Lapham*, Viking Penguin Inc., 1983。

well up, in fact, that I came very near being an adoptive citizen; for I was bound to be an American of *some* sort, from the word Go! That was about—well, let me see! — pretty near sixty years ago: this is '75, and that was '20. Well, say I'm fifty-five years old; and I've *lived* 'em, too; not an hour of waste time about *me*, anywheres! I was born on a farm, and — (p.4)

"Mother," he added gently, "died that winter, and I staid on with father. I buried him in the spring; and then I came down to a little place called Lumberville, and picked up what jobs I could get. I worked round at the saw-mills, and I was ostler awhile at the hotel—I always *did* like a good horse. Well, I *wa'n't* exactly a college graduate, and I went to school odd times. I got to driving the stage after while, and by and by I *bought* the stage and run the business myself. Then I hired the tavern-stand, and—well, to make a long story short, then I got married. Yes," said Lapham, with pride, "I married the school-teacher. We did pretty well with the hotel, and my wife she was always at me to paint up. Well, I put it off, and *put* it off, as a man will, till one day I give in, and says I, 'Well, *let's* paint up. Why, Pert,' —m'wife's name's Persis, —'I've got a whole paintmine out on the farm . . . (p.9)

B. 一场大火使拉法姆倾家荡产：

The morning papers brought the report of the fire, and the conjectured loss. The reporters somehow had found out the fact that the loss fell entirely upon Lapham; they lighted up the hackneyed character of their statements with the picturesque interest of the coincidence that the policy had expired only the week before; heaven knows how they knew it. They said that nothing remained of the building but the walls; and Lapham, on his way to business, walked up past the smoke-stained shell. The windows looked like the eye-sockets of a skull down upon the blackened and trampled snow of the street; the pavement was a sheet of ice, and the water from the engines had frozen, like streams of tears, down the face of the house, and hung in icy tags from the window-sills and copings.

He gathered himself up as well as he could, and went on to his office. . . . (p.315)

C. 破产后的拉法姆过着清贫的生活，但他并不后悔：

. . . He was rather shabby and slovenly in dress, and he had fallen unkempt, after the country fashion, as to his hair and beard and boots. The house was plain, and was furnished with the simpler movables out of the house in Nankeen Square. There were certainly all the necessaries, but no luxuries, unless the statues of Prayer and Faith might be so considered. The Laphams now burned kerosene, of course, and they had no furnace in the winter; these were the only hardships the Colonel complained of; but he said that as soon as the company got to paying dividends again, —he was evidently proud of the outlays that for the present prevented this, —he should put in steam-heat and naphtha-gas. He spoke freely of his failure, and with a confidence that seemed inspired by his former trust in Sewell, whom, indeed, he treated like an intimate friend, rather than an acquaintance of two or three meetings. (pp.363-364)

3. 其他重要作品链接

A. 长篇小说：

《他俩的结婚旅行》(*Their Wedding Journey*, 1872)

《偶尔相识》(*A Chance Acquaintance*, 1873)

《现代婚姻》(*A Modern Instance*, 1882)

《小阳春》(*Indian Summer*, 1886)

《牧师的职责》(*The Minister's Charge*, 1887)

《安妮·基尔伯恩》(*Annie Kilburn*, 1889)

《时来运转》(*A Hazard of New Fortune*, 1890)

《仁慈的品格》(*The Quality of Mercy*, 1892)

《意外的世界》(*The World of Chance*, 1893)

《来自奥尔特鲁里亚的旅客》(*A Traveler from Altruria*, 1894)

《穿过针眼》(*Through the Eye of the Needle*, 1907)

《革木神》(*The Leatherwood God*, 1916)

B. 游记：

《威尼斯生活》(*Venetian Life*, 1866)

《意大利之行》(*Italian Journey*, 1867)

C. 文论集：

《批评与小说》(*Criticism and Fiction*, 1891)

《我的文学情感》(*My Literary Passions*, 1895)

《文学与生活》(Literature and Life, 1902)

D. 传记：

《新叶厂》(New Leaf Mills, 1913)

《在我的年轻时代》(Years of My Youth, 1916)

第三节　亨利·詹姆斯与《贵妇人的画像》

1. 生平透视

　　亨利·詹姆斯(Henry James, 1843—1916)是个提倡心理现实主义的美国小说家，1915年加入英国籍。他的名字同时出现在美国和英国的文学史上。1843年4月15日，他生于纽约市一个富裕人家。父亲是个有名的哲学家和神学家。哥哥威廉·詹姆斯是著名的美国第一位心理学家，首创意识流理论。亨利在纽约市曼哈顿区度过了童年，十二岁时跟父母去了欧洲，在日内瓦和波恩等地上中学。1862年至1864年，他入哈佛大学念法律时，认识了豪威尔斯，两人成了终身好友。他开始在《大西洋月刊》、《国家》和《北美评论》等报刊上发表小说和评论。1864年，第一个短篇小说《伊罗的悲剧》问世，没什么社会反响。1869年，他独自去欧洲各国游历，决定暂住英国。他陆续发表了一些短篇小说，出了短篇小说集《感伤的旅行》(1875)、《跨大西洋见闻录》(1875)和旅游小说集《罗得里克·哈德孙》(1875)。1875年至1876年，他在巴黎待了近两年，认识了法国著名作家福楼拜、莫泊桑、左拉、俄国小说家屠格涅夫和美国诗人史蒂文斯等。他为《纽约论坛》写了许多文学通讯。1876年底，他又访问伦敦，他感到那里是他的精神故乡，就在那里住下了。第二年，他发表了长篇小说《美国人》。1879年，《黛丝·米勒》问世，深受好评，奠定了国际声誉。同年，他推出了小说《欧洲人》，影响进一步扩大。1881年，《贵妇人的画像》与读者见面，增强了他的小说家地位。小说描写纯真的美国姑娘、主人公伊莎贝拉在欧洲各地与几个求婚者密切交往中的心理矛盾与道德冲突的故事。

詹姆斯认真探讨伦敦和巴黎艺术工作室和舞台的特色,对戏剧产生了兴趣,试写了七部剧本,仅发表了两部,不太成功。他仍继续写小说,一方面探索新题材,如女权主义、社会改革和政治阴谋问题,另一方面汲取一些自然主义艺术手法。但他不同于左拉和诺里斯,他思想较保守。虽然也批评贵族的自私和虚伪,他对下层民众带有偏见,嘲讽民主运动。他发表的主要作品有:《波士顿人》(1886)、《卡萨玛西玛公主》(1886)和《悲惨的缪斯》(1890)等。

跨世纪之初,詹姆斯继续潜心写小说。他越写越精细,人物的心理描写尤为深刻。他的创作迈入巅峰时期,接连推出三部长篇小说《鸽翼》(1902)、《专使》(1903)和《金碗》(1904)。《专使》特别受美英读者的欢迎。詹姆斯越来越注重小说人物的内心刻画,重视人物之间的道德冲突,但对社会事件的关心减少了。《鸽翼》和《金碗》批评欧洲贵族的没落和沉沦,赞扬美国人纯真和诚实的美德。《专使》则倒过来,称赞欧洲人重友情,有教养,抨击美国人庸俗无聊,追求金钱和财富,沉迷于物质享受。

不仅如此,詹姆斯十分关注英美文坛的动态。他在多部长篇小说的"序"里都发表了自己对一些文学创作问题的看法。后来这些"序"汇集成《小说的艺术》,1884年出版,影响极其深远。晚年,他还写了三部自传:《童年及其他》(1913)、《作为儿子和兄弟》(1914)和《中年》(1917)。他终身未婚,将一生精力全部献给文学事业。

1911年,哈佛大学授予詹姆斯名誉文学博士学位,表彰他在小说创作的理论和实践上的突出贡献。翌年,牛津大学授予他名誉文学博士称号。1915年他对美国政府在第一次大战中采取中立态度强烈不满,愤然宣布加入英国籍。第二年初,英国政府授予他最高文职勋章。同年2月28日,詹姆斯在伦敦病逝。

2. 代表作扫描

亨利·詹姆斯终身未婚,毕生献身文学事业,著作甚丰,包括大量的长、中、短篇小说和文学评论、散文以及自传等。他生前亲自编辑的全集达26卷,分别于1907年至1917年出版。

第二章
名家辈出的现实主义小说家们

在詹姆斯的长篇小说中,比较受欢迎的有:《贵妇人的画像》、《美国人》、《欧洲人》、《卡萨玛西玛公主》、《悲剧的缪斯》、《波音敦的珍品》、《鸽翼》、《专使》和《金碗》。这些作品具有两大特色:一是国际题材:描写美国人与欧洲人的复杂关系和道德冲突;二是心理现实主义:着重描述人物的内心世界和心理变化。

詹姆斯小说的两大特色集中体现在他的《贵妇人的画像》(*The Portrait of a Lady*)里,因此,它成了詹姆斯最突出的代表作。

1) 故事和人物盘点:

《贵妇人的画像》描写女主人公、美国姑娘伊莎贝尔·阿策在欧洲的坎坷经历。她20岁刚出头,聪明美丽,身无分文,陪舅妈杜切特夫人到了英国。夫人是旅居国外的美国银行家杜切特的妻子。伊莎贝尔吸引了老杜切特、他那多病的儿子拉尔夫和华伯顿勋爵以及他们有钱的邻居们的注目。华伯顿勋爵向她求婚,她断然拒绝。她的勇气和独立精神得到老杜切特的赞赏。有个求婚者卡斯帕·古德沃从美国赶到伦敦,再次向她求婚。伊莎贝尔叫他两年后等候她的答复。拉尔夫也爱上她。他要求他父亲杜切特将她当为遗产继承人。老杜切特同意了。过了一段时间,杜切特去世了,伊莎贝尔继承了遗产,发了财,成了一位贵妇人。

不久,伊莎贝尔陪杜切特夫人去意大利游览,见到了端庄的侨居国外的墨尔太太。她介绍伊莎贝尔认识了吉尔伯特·奥斯曼,一个美国鳏夫和艺术爱好者。伊莎贝尔被他的情调所迷惑,看不出他看上她的钱财,就不顾朋友的劝告和卡斯帕的抗议,决定嫁给他。第二年,她终于发觉她丈夫艺术素养肤浅,道德修养不深,但不想跟他离婚。她喜欢和同情奥斯曼纤弱的女儿潘茜。华伯顿勋爵对伊莎贝尔旧情未灭,常常登门拜访,看上潘茜并想娶她。墨尔太太积极从中撮合,与奥斯曼催伊莎贝尔促成其事。但潘茜表示不想嫁给勋爵,伊莎贝尔只好不逼她。没料到,这引起奥斯曼的不满,竟指责她与华伯顿私通。

这时,伦敦传来不好的消息:拉尔夫快死了,伊莎贝尔奔回伦敦探望他。她发现墨尔太太就是潘茜的母亲,她不可能再回意大利了。她在拉尔夫病床旁安慰他,卡斯帕也赶回来看拉尔夫。伊莎贝尔承认卡斯帕是她的真爱。然而,出于对潘茜的责任和良心,她还是拒绝了卡斯帕,返回她不幸的家中。

女主人公伊莎贝尔是个年轻的美国姑娘。她漂亮聪明而自信。起先,她生活贫困,后来意外得到杜切特的遗产,走进了上流社会。她事事有主见,敢于谢绝英国贵族的求婚。但她过分自信,凭表面上观察便落入鳏夫奥斯曼的怀抱。婚后第二年,她发现丈夫的艺术素养和道德水准都不高,但她自以为是,不敢承认自己的判断失误,更不敢与他分手。她爱丈夫与前妻生的小女儿潘茜。当墨尔太太和奥斯曼逼她说服潘茜嫁给华伯顿勋爵时,她尊重和支持潘茜的选择,结果遭到她丈夫的诬陷。尽管如此,她仍不悔悟。她重视友情。拉尔夫病危时,她赶往伦敦探视。在那里又见到以前的求婚者卡斯帕。她感到卡斯帕是真正爱她的人,但她又不敢离开虚伪无情的丈夫奥斯曼。最后,她只好再次谢绝卡斯帕,返回自己的家庭,继续不幸的生活。她的委曲求全,原谅丈夫,勉强维持没有感情的婚姻,反映19世纪后期美国年轻美丽的姑娘与欧洲异国青年的性格冲突和内心矛盾,也流露了詹姆斯的保守的婚姻观。

2) 风格和语言聚焦:

《贵妇人的画像》描写了一个美国姑娘伊莎贝尔在英国和意大利等地的经历,书中除了主人公伊莎贝尔以外,有好几个美国人如奥斯曼、卡斯帕、杜切特夫妇以及英国贵族华伯顿等。背景在伦敦、巴黎和佛罗伦萨等地。这是詹姆斯多次去过的地方。以欧洲为背景成了作者多部小说的一大特色。

詹姆斯的小说风格通常被称为心理现实主义。他重视小说的艺术结构、叙事角度和语言风格等。早期,他受狄更斯、霍桑和巴尔扎克的影响,重视对社会生活的细致观察和表现重要的社会矛盾。他特别关注现实中的问题在人物身上引起的种种反应。后期,他对小说艺术的探索更加深入,人物的心理描写更加细致入微,颇为突出,形成了自己独特的风格。

《贵妇人的画像》生动地描写了女主人公伊莎贝尔到欧洲各地的心理历程。她是个纯真的少女,缺乏生活经验,经济又贫困,到达伦敦后,她对周围的人感到好奇,对豪华的上层贵族的饮食起居有点向往又惊讶。面对多位求婚者的献媚和引诱,她冷静对待,心里权衡利弊,比较方方面面的得失,考虑怎么应对。她认为独立自主是最重要的。她有勇气拒绝华伯顿勋爵的求婚,惊动了左邻右舍。奥斯曼的言行又引起她不眠的反思。卡斯特的求婚被她搁在一边。她内心不断地权衡他们性格上和道德上的优缺点。结婚后,她发现了奥斯曼的真面目,又产生了激烈的内心冲突:离婚,还是不离婚?她内心极其矛盾。最后自尊心和责任感使他拒绝了离婚。随后,华伯顿与潘茜婚姻未成,她丈夫反诬她与华伯顿有染,这使她心情起伏,彻夜难眠。最后,她到伦敦看望病重的拉尔夫时,知道墨尔夫人就是潘茜的母亲、奥斯曼的前妻,她又怀疑奥斯曼的道德品质。面对着旧情人卡斯帕的殷勤,她又感慨万千,深受触动。可是最后出于良心,她又回到奥斯曼身边。小说细致地揭示了伊莎贝尔与几个男人的感情纠葛和内心矛盾,真实地展现了她复杂的内心世界。

小说中运用了大量对话来刻画人物的性格。有些对话富有戏剧性。与马克·吐温爱用民众口语不同,詹姆斯常用晦涩难懂的长句和新鲜的副词和形容词,堆砌各种比喻,有点学究气。有些对话过分雕琢,不太自然;有时含糊不清,令人费解。所以,他在世时,爱读他的作品的美国读者并不很多。后期,他移居英国后,有人怪他脱离了美国社会生活,失去了一大批美国读者。尽管如此,他的心理现实主义对后来的美国作家仍产生了深远的影响。

3) 意义和影响总览:

《贵妇人的画像》生动地描写了天真的美国姑娘与旅居国外的美国人和欧洲人的复杂关系和内心冲突,展现了"国际主题",题材新鲜,风格独特,心理刻画细腻,为20世纪美国现实主义文学的发展打下了基础。

19世纪中后期,美国的工业化和城市化快速发展,与欧洲的关系更密切了。有钱人喜欢到伦敦和巴黎等地旅游,欣赏古老的欧洲文化;没钱的人想去欧洲闯荡,碰碰运气。年轻人向往欧洲,不但想去看一看,而且更想寻找发展的机会。这是当时的一种时尚。

亨利·詹姆斯抓住了这个时代特点,通过妙龄姑娘伊莎贝尔在欧洲的不平凡经历,表现了这种时尚,具有深刻的社会意义。

首先,小说揭示了女主人公伊莎贝尔在爱情和婚姻方面独立自主的态度,对个人终身大事自己作主,不让别人插嘴。她天生美丽动人,聪明伶俐,人见人爱。她随舅母杜切特夫人到伦敦时,虽然身无分文,仍自尊自信。表哥拉尔夫、舅父杜切特、还有卡斯帕、英国勋爵华伯顿都很喜欢她。有钱有势的贵族华伯顿对她一见钟情,向她求婚。她婉言谢绝了,令亲友大吃一惊。大家十分钦佩她的勇气和胆量。她选择的标准是文化情调和道德品格,而不是金钱和地位。可惜她社会阅历不足,后来选择嫁给奥斯曼,没能看透其伪装爱好艺术,实是看上她的家产的真面目,婚后才发现受骗上当,但为时已晚。出于自尊心和爱面子，她只好忍受了。潘茜是个更年轻的一代。华伯顿勋爵向她紧追不舍，她父亲奥斯曼和生母墨尔太太又对她施加压力，还逼着伊莎贝尔去说服她，但她还是拒绝了华伯顿勋爵。她像伊莎贝尔一样，坚持自己婚姻自己作主，不怕威胁和引诱。伊莎贝尔和潘茜这种独立自主的精神，反映了19世纪后期美国新一代女性的觉醒和进步。有人认为这是詹姆斯受早期女权主义思想的影响。其实，小说影响了许多美国读者，尤其是女青年读者们，促进了女权主义思想的传播。

其次，小说揭露了奥斯曼在欧洲混迹于上流社会骗钱骗色的丑恶嘴脸。他也是个美国人，在伦敦和巴黎进出上流社会，但找不到发财的机会。他一见到获得杜切特遗产的伊莎贝尔就穷追不舍。天天西装革履，打扮成温文尔雅的贵族暴发户模样，大谈艺术爱好，要尽一切手段博得她的欢心，骗取了婚姻。婚后不久，他露出了马脚，逼着伊莎贝尔不得离婚。在华伯顿勋爵看上他女儿潘茜时，他欣赏勋爵的名利和地位，不顾女儿的意愿，与墨尔太太逼女儿就范，并催促伊莎贝尔去劝说女儿。当伊莎贝尔知道潘茜的态度后不愿去逼她嫁给华伯顿时，奥斯曼凶相毕露，反诬伊莎贝尔与华伯顿私通。这一切充分说明，欧洲和美国一样都存在像奥斯曼之流一伙的社会渣滓。他们表面上衣冠楚楚，微笑动人，实际上卑鄙自私，一有机会就将魔掌伸向年轻的一代。多么值得警惕和反思！

此外，小说还写了英国勋爵华伯顿凭自己显赫的地位到处勾引青春美丽的姑娘。他自以为是，自作多情，一见到漂亮的少女就厚颜无耻地求婚，结果遭到伊莎贝尔和潘茜的拒绝。他是个没落贵族的代表，以为有了金钱和地位就会有美女和爱情。他大错特错了。他到处碰壁是必然的。尽管他得到了奥斯曼等人的垂青和支持，他终究被新一代女性抛弃了。詹姆斯在小说中对奥斯曼和华伯顿的嘲讽反映了他对社会现实的细致观察，字里行间夹杂着他的爱与恨。

不过，小说画面虽然广阔，涉及重大的社会事件却很少。女主人公伊莎贝尔婚后思想走向保守。她发觉奥斯曼并非她的理想伴侣，真正爱她的是卡斯帕，但她没有勇气离婚。以往的独立自主精神已荡然无存。凭良心，讲责任抹去了她离开奥斯曼的勇气。这种不合理的结局反映了詹姆斯的矛盾心情。

詹姆斯是个多才多艺的多产作家。他既是个优秀的小说家，又是个出色

第二章
名家辈出的现实主义小说家们

的文学评论家。他提出了比较完整而精辟的小说创作理论。他的《小说的艺术》(1884)是他多部长篇小说"序"的汇编。他在书中系统地阐述了生活与艺术、小说与社会、小说的价值与作家的思想、小说的美感与启示作用的关系等问题。他最先提出的一些文学批评的术语,如"叙述角度"、"全知观点"、"可信叙述者"等,成了当代叙事学话语的组成部分,经历了一百多年历史的检验而流传至今。此外,他在促进美国与欧洲文化交流上也做了大量工作。在好友豪威尔斯的支持下,他写了许多文章,介绍欧洲名作家巴尔扎克、托尔斯泰、屠格涅夫、乔治·艾略特和特罗洛普等作家,给美国青年作家提供了有益的启迪。

对詹姆斯的评价,曾有过大起大落。美国人与欧洲人对他的看法截然不同。欧洲人,更准确地说是欧洲读者们,认为他是个跨越国界的文学大师,影响深远。美国读者则感到他的风格与人们喜爱的马克·吐温的文学传统背道而驰。他那晦涩难懂的语言风格和堆砌的比喻,让许多美国读者搞不懂。所以,他曾被冷落了一阵子。豪威尔斯坚持替他辩护,肯定他的巨大贡献。两次世界大战之间,詹姆斯又受到学界重视,认为他的小说艺术在许多方面是很精细又自觉的,但他后期对生活的观察偏离了当时最常见的现实问题。他在所选择的题材上写得很出色。他在美国小说史上的影响是巨大的。他是个心理现实主义的开路先锋和一种异常复杂的散文风格的大师。

4) 文本名段点击①:

A. 女主人公伊莎贝尔从美国到伦敦,看到她舅舅的豪宅,感到她的生活将发生变化:

England was a revelation to her, and she found herself as entertained as a child at a pantomime. In her infantine excursions to Europe she had seen only the Continent, and seen it from the nursery window; Paris, not London, was her father's Mecca. The impressions of that time, moreover, had become faint and remote, and the old-world quality in everything that she now saw had all the charm of strangeness. Her uncle's house

---

① 下列引文选自 Henry James, *The Portrait of a Lady*, A signet Classic, Penguin Group, 1995。

seemed a picture made real; no refinement of the agreeable was lost upon Isabel; the rich perfection of Gardencourt at once revealed a world and gratified a need. The large, low rooms, with brown ceilings and dusky corners, the dep embrasures and curious casements, the quiet light on dark, polished panels, the deep greenness outside, that seemed always peeping in, the sense of well-ordered privacy, in the centre of a "property" —a place where sounds were felicitously accidental, where the tread was muffled by the earth itself, and in the thick mild air all shrillness dropped out of conversation— these things were much to the taste of our young lady, whose taste played a considerable part in her emotions. She formed a fast friendship with her uncle, and often sat by his chair when he had had it moved out to the lawn. He passed hours in the open air, sitting placidly with folded hands, like a good old man who had done his work and received his wages, and was trying to grow used to weeks and months made up only of off-days. Isabel amused him more than she suspected—the effect she produced upon people was often different from what she supposed—and he frequently gave himself the pleasure of making her chatter. (pp.50-51)

B. 伊莎贝尔两周内拒绝了华伯顿勋爵和卡斯帕两人向她求婚,坚持自己自由选择的权利:

SHE was not praying; she was trembling—trembling all over. She was an excitable creature, and now she was much excited; but she wished to resist her excitement, and the attitude of prayer, which she kept for some time, seemed to help her to be still. She was extremely glad Caspar Goodwood was gone; there was something exhilarating in having got rid of him. As Isabel became conscious of this feeling she bowed her head a little lower; the feeling was there, throbbing in her heart; it was a part of her emotion; but it was a thing to be ashamed of—it was profane and out of place. It was not for some ten minutes that she rose from her knees, and when she came back to the sitting-room she was still trembling a little. Her agitation had two causes; part of it was to be accounted for by her long discussion with Mr. Goodwood, but it might be feared that the rest was simply the enjoyment she found in the exercise of her power. She sat down in the same chair again, and took up her book, but without going through the form of opening the volume. She leaned back, with that low, soft, aspiring murmur with which she often expressed her gladness in accidents of which the brighter side was not superficially obvious, and gave herself up to the satisfaction of having refused two ardent suitors within a fortnight. That love of liberty of which she had given Caspar Goodwood so bold a sketch was as yet almost exclusively theoretic; she had not been able to indulge it on a large scale. But it seemed to her that she had done something; she had tasted of the delight, if not of battle, at least of victory; she had done what she preferred. (p.152)

C. 伊莎贝尔嫁给奥斯曼后,发现他的真面目很可恶,犹如花丛中一条毒蛇:

... He had told her that he loved the conventional; but there was a sense in which this seemed a noble declaration. In that sense, the love of harmony, and order, and decency, and all the stately offices of life, she went with him freely, and his warning had contained nothing ominous. But when, as the months elapsed, she followed him further and he led her into the mansion of his own habitation, then, then she had seen where she really was. She could live it over again, the incredulous terror with which she had taken the measure of her dwelling. Between those four walls she had lived ever since; they were to surround her for the rest of her life. It was the house of darkness, the house of dumbness, the house of suffocation. Osmond's beautiful mind gave it neither light nor air; Osmond's beautiful mind, indeed, seemed to peep down from a small high window and mock at her. Of course it was not physical suffering; for physical suffering there might have been a remedy. She could come and go; she had her liberty; her husband was perfectly polite. He took himself so seriously; it was something appalling. Under all his culture, his cleverness, his amenity, under his good nature, his facility, his knowledge of life, his egotism lay hidden like a serpent in a bank of flowers. She had taken him seriously, but she had not taken him so seriously as that. How could she—especially when she knew him better? She was to think of him as he thought of himself—as the first gentleman in Europe. So it was that she had thought of him at first, and that indeed was the reason she had married him. But when she began to see what it implied, she drew back; there was more in the bond than she had meant to put her name to. It implied a sovereign contempt for every one but some three or four very exalted people whom he envied, and for everything in the world but half a dozen ideas of his own. That was very well; she would have gone with him even there, a long distance; for he pointed out to her so much of the baseness and shabbiness of life, opened her eyes so wide to the stupidity, the depravity, the ignorance of mankind, that she had been properly impressed with the infinite vulgarity of things, and of the virtue of keeping one's self unspotted by it. (pp.395-396)

3. 其他重要作品链接

A. 长篇小说:

《罗得里克·哈得孙》(*Roderick Hudson*, 1876)

《美国人》(*The Americans*, 1877)

《欧洲人》(*The Europeans*, 1878)

《黛丝·米勒》(*Daisy Miller: A Study*, 1879)

《华盛顿广场》(*Washington Square*, 1881)

《波士顿人》(*The Bostonians*, 1886)

《卡萨玛斯玛公主》(*The Princess Casamassima*, 1886)

《悲剧的缪斯》(*The Tragic Muse*, 1890)

《波音顿的珍品》(*The Spoils of Poynton*, 1897)

《鸽翼》(*The Wings of the Dove*, 1902)

《专使》(*The Ambassadors*, 1903)

《金碗》(*The Golden Bowl*, 1904)

B. 短篇小说集:

《真东西及其他故事》(*The Real Thing and Other Tales*, 1893)

《两种魔术》(*Two Magics*, 1898)

《拧螺丝》(*The Turn of the Screw*, 1898)

《死人的祭坛》(*The Altar of the Dead*, 1909)

《较好的谷物》(*The Finer Grain*, 1910)

C. 文论集:

《小说的艺术》(*The Art of the Novel*, 1884)

《观感与评论》(*Views and Reviews*, 1908)

D. 自传:

《童年及其他》(*A Small Boy and Others*, 1913)

《作为儿子和兄弟》(*Notes of a Son and Brother*, 1914)

《中年》(*The Middle Years*, 1917)

第四节　欧·亨利与《麦琪的礼物》

1. 生平透视

欧·亨利(O.Henry, 1862—1910),原名叫威廉·西德尼·波特(William Sidney Porter),1862年9月11日生于北卡罗来纳州格林斯堡镇一个医生家里。三岁时母亲去世,不久,父亲也辞世。他成了孤儿,靠姑母养大,从小爱读小说。十五岁时当过药店学徒。1882年,他去得克萨斯州当过牧童和土地局制图员,业余试写小说。1877年,他与女友艾斯蒂私奔结婚,第二年有了个女儿。1891年,他去奥斯丁"第一国家银行"当出纳员。后辞职不干,到休斯敦自办《滚石》幽默周刊,后亏本停办。1895年,他成了休斯敦《邮报》专栏作家,写了约六十篇幽默小品。1896年,银行控告他贪污公款,他逃往洪都拉斯等地,待了半年左右。1897年1月,妻子病危,他赶回奥斯丁探望。妻子去世后,同年2月,他被判五年徒刑,送往俄亥俄州哥伦布市监狱。后因服刑表现好,获减刑至三年。

1899年,在狱中的波特非常思念女儿,想给她买个圣诞礼物,但他没有钱,便想起写篇小说,随便从一本法国药典上借用了该书作者欧·亨利的名字,将稿件寄给《麦克柳尔》杂志。没料到,该刊在1899年圣诞前夕发表了。他果然收到稿费,给女儿买了圣诞礼物。因此,波特一发不可收地写了十四篇,继续用欧·亨利的笔名,分别寄往各家杂志刊登。入狱时的犯人波特,1901年出狱时成了受读者喜爱的小说家欧·亨利。

出狱后,欧·亨利先去匹兹堡,后到纽约居住,专心写作,每月发表两篇小说。这时他的收入较稳定,生活好多了。不久,他开始酗酒,但仍抓紧写小说。1902年,他刊发了《命运之路》等二十五篇小说。名声大振,经济富足。

1904年至1907年,他进入创作的黄金时代,共写了一百五十多篇短篇小说,成了名闻全国的作家。各地报刊争相向他约稿,甚至派人到他家坐等取稿。《麦琪的礼物》问世后在全国引起了轰动。1904年,政治寓言长篇小说《白菜与国王》出版后颇受欢迎。欧·亨利生活简朴,深居简出少交朋友,常常游走于街头小店铺和失业工人之间,寻找纽约市民的生活素材。他认真构思,刻苦创作,陆续出版了十二部短篇小说集:《四百万》(1906)、《修剪过的灯》(1907)、《城市之声》(1908)、《西部的心》(1907)、《温文尔雅的贪污者》(1908)、《命运之路》(1909)、《选择》和《仅是公事》(1910)等。欧·亨利的名字传遍了欧美各国。

1907年,欧·亨利与萨拉·克里曼结婚,增添了生活的激情。但他酗酒习惯未改,健康日益恶化,创作热情衰退。他不幸染上肝硬化,1910年6月5日因病在纽约逝世,年仅四十岁,英年早逝,令同仁们十分痛惜。

去世后,欧·亨利的遗作又陆续出版了四部短篇小说集:《七七八八》(1911)、《滚石》(1913)、《流浪儿》(1917)和《附言》(1920)等。它们仍很受读者欢迎。

2. 代表作扫描

欧·亨利出身穷苦,从小缺乏正规教育,但他天资聪颖,勤奋读书,刻苦写作,自学成才,一生写了273篇短篇小说(有人说如果包括早期失散的作品达300多篇)。小说的背景在美国各地,也在中美洲和南美洲,但题材大都主要描述纽约市平民百姓的日常生活,表现平常人的辛酸困境,刻画普通人在平凡事中的可爱形象和美好心灵,体现他们那种克己待人,乐于助人的高尚品格和自我牺牲的精神。

在欧·亨利十几部短篇小说集中有许多深受读者欢迎的作品。其中,最突出的是《四百万》。它包括了脍炙人口的《麦琪的礼物》、《警察与赞美诗》、《爱的牺牲》和《带家具出租的房间》等二十五篇短篇小说。有些已成为世界短篇小说的杰作。

因此,我们权当《四百万》作为欧·亨利的代表作,特选其中的《麦琪的礼物》为代表,从中剖析他短篇小说的艺术风格、主题思想和社会意义。

1) 故事和人物盘点:

《麦琪的礼物》(*The Gift of the Magi*)是欧·亨利的典型代表作。故事情节并不复杂,但十分感人肺腑。小说男女主人公吉姆和戴拉是一对纽约的穷夫妻,租住在市里一幢普通的公寓里,家中清贫如洗,仅有两件值钱的东西:吉姆一只金表,那是他家祖传的唯一传家宝,还有的是戴拉的秀发,那是一个漂亮姑娘不可缺少的。可是,眼看一年一度的圣诞节快到了,夫妻彼此该给对方送什么礼物呢?两人心里暗作打算,但都默不作声。结果,吉姆悄悄地卖掉金表,为妻子买了一把梳子。他妻子默默地将秀发卖掉,给丈夫配了一条表链。回家时,两人相对无语,金表和秀发都没了。夫妻热烈地拥抱,沉浸在无言的幸福中。

《警察与赞美诗》(The Cop and the Anthem)描写了流浪汉苏贝家庭贫困交加,难以度日,眼看冬天快到了,他无处安身,饥寒交迫,一天都熬不过去。他左思右想,以为到监狱去最保险,他故意迷惑警察,混进了监狱。春天来了,他决心悔过自新了。他在教堂门口听赞美诗,警察则把他当为小偷,不分青红皂白将他抓进了监狱,令他哭笑不得……

《带家具的出租房间》(The Furnished Room)则写了一对穷夫妻双双自杀的悲剧。纽约一家低廉的出租屋常常闹鬼。一个漂亮的姑娘身无分文,对自己当歌唱家的前途感到失望,便在那间屋里自杀了。一个星期以后,他以前的情人租住了那间屋子。他老是闻到他女朋友常穿的深绿色衣服的味道,可是始终见不到她的影子。最后,他也自杀了。

此外,在其他短篇小说集里也不乏读者喜爱的好作品,如《最后一片叶子》(The Last Leaf)。小说写了一个清贫的老画家贝尔门为了挽救一个患肺炎的女画家琼珊,特地连夜画了一片叶子贴在落叶的一棵树的树枝上,让她看到那窗外最后一片叶子,激起活下去的信心。结果,女画家琼珊转危为安,不久就康复了。老画家当晚受了风寒,患了急性肺炎在医院里去世了。

上述四个短篇小说中的人物都是一些清贫的平民百姓。欧·亨利如实地描写了他们在日常生活中的困境和不幸遭遇。他并不刻意塑造什么典型的人物形象,而是用生动的细节,表现他们的真实生活经历和感受:有的知难而进,不失生活的信心;有的感到绝望,以自杀告终;有的牺牲了自己,拯救了别人……

2) 风格和语言聚焦:

欧·亨利的短篇小说具有独特的艺术风格。这使他与法国的莫泊桑和俄国的契诃夫并列,被称为世界三大风格迥异的短篇小说家。

欧·亨利善于将报刊小说程式化,注重小说的故事性,主题变化多,结局十分巧妙,往往出人意外。这种精心设计的结局成了他艺术风格的一大特色,被称为"波特式转折"。像《麦琪的礼物》中那对穷夫妻互相送给对方的礼物是令人意想不到的。他小说的结局是多种多样的:有的虽苦犹甜,带有喜剧性;有的辛酸可笑,如《警察与赞美诗》;有的铸成自杀的悲剧,惨不忍睹,如《带家具的出租房间》;也有的为救别人而自我牺牲,如《最后一片叶子》等。

欧·亨利善于采用明快的白描手法来描写社会底层小人物的命运。他在朴实的叙述中穿插了夸张和讽刺。情节依靠偶然事件。有时夸张到荒谬的地步,令人不可思议,但并不违反生活的真实。小说的讽刺非常尖锐而深刻,往往入木三分,交织着滑稽可笑的幽默和反讽。《警察与赞美诗》里主人公苏贝想去监狱待三个月,以避寒冬,便去偷雨伞,砸商店玻璃,白吃白喝耍流氓,后来果然给抓进去了。表面上,这写得很夸张,其实十分合情合理。一个流浪汉走投无路的惨状历历在目!苏贝的无赖令人发笑,但发笑之余人们不能不流下同情的眼泪。

欧·亨利往往用许多真实的细节来表现小说主人公的喜怒哀乐。这些主人公以普通小人物为主,包括店员、职工、警察、牧师、演员、画家、音乐家、小贩、老板、水手和侍者以及小偷、骗子、强盗和流浪汉等。他的小说里也写了一些上层人物,如富豪、政客、将军、法官、律师和农场主等,揭示了他们发迹和发财的真实过程,冷嘲热讽,深刻有力。欧·亨利以高超的现实主义手法,构建了一个反映美国社会的艺术世界,任人驰骋,反复思考,认识现实社会的真面目。这些栩栩如生的人物形象中有许多已成为世界文学中优秀的艺术典型。

小说的语言通俗、简洁、平易、生动,富有表现力。生活气息浓烈。故事娓娓动听,结局令人始料不及。但情节变化不够多样化。尽管如此,欧·亨利的短篇小说还是深受各国读者欢迎的。虽历经百年有余,它们仍然魅力如初。

3) 意义和影响总览:

欧·亨利在《四百万》的"序"中说,"不必作更多的解释,仅仅从'四百万'纽约人这个角度来说,可以断言,他们才是真正值得注意的人物。"他认为"四百万"市民是纽约的社会基础,不是"四百个"大富翁。因此,他十分关注这些小人物,表现他们的苦难和感受,揭示了社会的贫富悬殊和不公正弊端。这充分说明了他小说创作的指导思想,也反映了他作品的社会意义。

首先,欧·亨利以简洁、明快的笔法描绘了纽约小人物的穷困生活。吉姆辛苦工作,竟买不起一把梳子,不得不卖掉金表去换;画家贝尔门耍了40年画笔,仍穷苦潦倒;一位美丽姑娘对当歌唱家的前途绝望而自杀,他的男友抑不住对她的怀恋,也以自杀告终;流浪汉苏贝为了逃避寒冬,"主动作案"仍进不了监狱,后来他在教堂门口听赞美诗却成了"犯罪"。……这就是纽约大都会下层人民的真实生活画面。作者有力地抨击了社会的黑暗,表露了对小人物的深切同情。

其次,小说歌颂了人间真诚的爱情、亲情和友情,有力地回击了当时盛行的拜金主义思潮。面对社会的无情和生活的不幸,欧·亨利并没有失去对未来的信心。他在多部短篇小说里呼唤人间的真情,讴歌助人为乐、牺牲自己的无私精神。《麦琪的礼物》里穷夫妻吉姆和戴拉相互交换了圣诞礼物。吉姆的传家宝金表和戴拉的秀发都没了,表带和梳子也用不上了。但他俩紧紧地相拥,热泪盈眶。生活虽苦,但两人心心相印,其乐无穷。他俩情真意切,感人肺腑。真情是金钱买不到的。它给人安慰、力量和幸福。这对当时物欲横流的年代是个有力的批判。欧·亨利呼唤真情回归,歌颂纯真的爱情,引起无数读者的共鸣。小说的艺术魅力至今历久不衰。

不仅如此,欧·亨利还赞颂助人为乐、自我牺牲的高贵品德。《最后一片叶子》里,老画家贝尔门为了冒雨救青年女画家琼珊,不幸得病去世了。老画家的美好心灵令读者感动不已。这种自我牺牲精神正是一个损人利己的西方社会所缺少的。在欧·亨利看来,当平民百姓遇到灾难无法应对时,相互出手帮助,关照别人,牺牲自我,也许是个权宜之计。作者给人们留下了有益的启迪。

其三,欧·亨利在一些短篇小说里也揭露了纽约富翁们的巧取豪夺和贪婪自私。《黄雀在后》将金融家与骗子和强盗三人混在一起,深刻地揭示金融家没有去抢去骗,却是更狡猾、更隐蔽的骗子和强盗,用尽一切手段损人利己,诈骗财富。《我们选择的道路》则明确地指出资本家与强盗是一丘之貉。他们乔装打扮,微笑待人,道貌岸然,巧取豪夺,不择手段。他们本质上与强盗没有两样。这样描述是很深刻的。这些小说闪烁着现实主义的光芒。

欧·亨利小说的题材丰富,主题鲜明,背景从美国中部到南部,涉及天南地北,以纽约市为主。他熟识下层平民的生活,善于描写反常的生活环境和社会变迁对平民的冲击,显示了作者高超而朴实的艺术技巧,特别是令人想不到的结局往往给人们带来笑声。他曾被誉为"美国短篇小说之父",更准确地说,他是个多样化通俗小说的奠基人。他在世时誉满全国,但从上世纪40年代至60年代,有些受冷落,随后声誉又上升了。他的小说所宣扬的爱心和真情给人巨大的精神力量,引起了人们的共鸣。他展示的高尚的精神境界和美好心灵,加上令人赏心悦目的故事,令各国读者无比向往。他的小说超越了时空的界限,成了美国文学和世界文学宝库中闪光的珍品。

4) 文本名段点击①:

A. 圣诞节快到了,纽约一对贫困的夫妻冥思苦想该送给对方什么礼物好:

ONE DOLLAR AND EIGHTY-SEVEN CENTS. That was all. And sixty cents of it was in pennies. Pennies saved one and two at a time by bulldozing the grocer and the vegetable man and the butcher until one's cheeks burned with the silent imputation of parsimony that such close dealing implied. Three times Della counted it. One dollar and eighty-seven cents. And the next day would be Christmas.

There was clearly nothing to do but flop down on the shabby little couch and howl. So Della did it. Which instigates the moral reflection that life is made up of sobs, sniffles, and smiles, with sniffles predominating.

While the mistress of the home is gradually subsiding from the first stage to the second, take a look at the home. A furnished flat at $8 per week. It did not exactly beggar description, but it certainly had that word on the lookout for the mendicancy squad. (p.1)

B. 家里清贫如洗,仅有两件宝贝:丈夫一只祖传的金表和妻子一头秀发:

Now, there were two possessions of the James Dillingham Youngs in which they both took a mighty pride. One was Jim's gold watch that had been his father's and his grand father's. The other was Della's hair. Had the Queen of Sheba lived in the flat

---

① 下列引文选自 *The Best Short Stories of O. Henry*, The Modern Library, 1994。

across the airshaft, Della would have let her hair hang out the window some day to dry just to depreciate Her Majesty's jewels and gifts. Had King Solomon been the janitor, with all his treasures piled up in the basement, Jim would have pulled out his watch every time he passed, just to see him pluck at his beard from envy. (pp.2-3)

  C. 妻子卖掉秀发给丈夫买了一条表带,丈夫卖掉金表买给妻子一把好梳子。但两件宝贝都不在了。两人相拥无语,热泪盈眶:

  For there lay The Combs—the set of combs, side and back, that Della had worshipped for long in a Broadway window. Beautiful combs, pure tortoise shell, with jewelled rims—just the shade to wear in the beautiful vanished hair. They were expensive combs, she knew, and her heart had simply craved and yearned over them without the least hope of possession. And now, they were hers, but the tresses that should have adorned the coveted adornments were gone.

  But she hugged them to her bosom, and at length she was able to look up with dim eyes and a smile and say: "My hair grows so fast, Jim!"

  And then Della leaped up like a little singed cat and cried, "Oh, oh!"

  Jim had not yet seen his beautiful present. She held it out to him eagerly upon her open palm. The dull precious metal seemed to flash with a reflection of her bright and ardent spirit.

  "Isn't it a dandy, Jim? I hunted all over town to find it. You'll have to look at the time a hundred times a day now. Give me your watch. I want to see how it looks on it."

  Instead of obeying, Jim tumbled down on the couch and put his hands under the back of his head and smiled.

  "Dell," said he, "let's put our Christmas presents away and keep 'em a while. They're too nice to use just at present. I sold the watch to get the money to buy your combs. And now suppose you put the chops on." (pp.5-7)

3. 其他重要作品链接

  A. 长篇小说:

《白菜与国王》(*Cabbages and Kings*, 1904)

  B. 短篇小说集:

《四百万》(*The Four Million*, 1906)

《西部的心》(*Heart of the West*, 1907)

《修剪过的灯》(*The Trimmed Lamp*, 1907)

《温文尔雅的贪污者》(*The Gentle Grafter*, 1908)

《城市之声》(*The Voice of the City*, 1908)

《选择》(*Options*, 1909)

《命运之路》(*Roads of Destiny*, 1909)

《旋转木马》(*Whirligigs*, 1910)

《仅是公事》(*Strictly Business*, 1910)

《七七八八》(*Sixes and Sevens*, 1911)

《滚石》(*Rolling Stones*, 1913)

《流浪儿》(*Waifs and Strays*, 1917)

《附言》(*Postscripts*, 1920)

第三章 愤世嫉俗的揭丑派记者和作家们

第一节 揭丑派登场聚焦

1. 揭丑派运动透视

"揭丑派"(Muckrakers)一词出自17世纪英国小说家约翰·班扬的长篇小说《天路历程》(1678)。他是小说中一个只顾低头看路,看不到自己头上的皇冠的人物。1906年,西奥多·罗斯福总统引用小说里的故事,批评揭丑派记者们以偏概全,看不到社会的光明的一面。后来,他读了辛克莱的小说《屠场》,不得不承认芝加哥屠宰场恶劣的卫生条件令人无法容忍。他改变了态度,请辛克莱到白宫面叙,肯定他小说揭丑的重要意义。揭丑派运动(the Muckraking Movement)受到罗斯福总统的肯定,在社会各界引起轰动效应。

揭丑派运动始于1902年,历经四年波及全国各个角落。1902年,波士顿《竞技场》杂志首先揭露私人企业牟取暴利和市、州和联邦政府官员的腐败,拉开了揭丑派运动的序幕。紧接着四年内,各地报刊纷纷响应,形成了全国性的热潮。

揭丑派究竟是些什么人?他们的宗旨是什么?1908年,辛克莱在《独立》报上作了公开回答。他说:揭丑派开始时并没有统一的理论纲领。他们只是发现了商界和政界的黑内幕,抓住那些丑闻不放,然后加以综合和分析,将事实公之于报端。从个人来说,揭丑派都是一些心地善良、生活简朴的人。他们中有玄学家、伦理学家、诗人、记者、小说家和宗教界人士。他们成为揭丑者,并不是他们钟爱社会腐败,而是他们对社会腐败深恶痛绝。他们的确是"世界的先驱者"……但他们会让广大民众相信:他们是为了国家和民族做好事,真心维护民众的权益。

1911年,揭丑派运动达到了高潮。许多报刊揭露了政界和商界腐败的大量事实,形成了强大的舆论压力和社会呼声,获得各阶层民众的大力支持,终于迫使政府相继作出一些调整,公开处理一些民愤极大的腐败案件,大快人心。

不久,老罗斯福任期届满,他的时代结束了。1914年第一次世界大战爆发,揭丑派运动终于消失。一些重要人物纷纷改行转向,有的去经商,有的去写回忆录,也有的沦为职业政客。

2. 意义和影响总览

揭丑派运动从新闻界开始,逐步扩展到文学界以及学术界、政界和商界,形成一场全国性的反腐运动,涉及范围很广,深受民众的支持和欢迎,意义重大。

首先,它开创了美国新闻史上的新一页。它发扬美国民主主义优秀传统,充分发挥报刊的威力和社会舆论的监督作用,无情地抨击政界和商界的腐败丑闻,抒发了民众的正义呼声。尽管他们只能促使政府采取一些改良措施,缓解社会矛盾,但运动触及了各种丑恶,引起了各界人士的共同关注。

其次,它促进了美国现实主义文学的发展。一方面,一些记者后来成了作家。影响很广的报刊文学由纪实走向暴露,进一步贴近了生活,贴近了民众;另一方面,它推动了职业作家大胆面对现实问题,深入生活,关心民众的苦衷。因此,揭丑派运动有力地促进了美国现实主义文学的新繁荣。

3. 主要代表人物扫描

在揭丑派运动中扮演主要角色的报刊有:《麦克克罗尔杂志》、《人人》、《独立》、《柯立尔》和《四海之家》等。纽约的《世纪报》和堪萨斯市的《星》报给运动提供了物质援助。运动中涌现了一批著名的记者和文人。影响较大的作品有:林肯·斯蒂芬斯的《明尼阿波利斯市的耻辱》、大卫·菲力普斯描写州和市腐败的小说《冲突》(1911)和《乔治·海尔姆》(1912)、艾达·塔贝尔(Ida Tarbell)揭露托拉斯谋取暴利的《标准石油公司的历史》(1904)、R.S.贝克(R.S.Baker)的《工作的权利》(1907)、T.S.劳森(T.S.Lawson)的《狂乱的财政》(1904—1905)和S.H.亚当斯(S.H.Adams)的《美国最大的骗局》(1906)等以及马克·萨利文和路易斯·布兰德斯等人的作品。著名作家诺里斯、辛克莱和杰克·伦敦也写了不少作品,其中最突出的是辛克莱的长篇小说《屠场》。

林肯·斯蒂芬斯(Lincoln Steffens,1866—1936)是个记者、哲学家和社会改革家。毕业于加州大学后曾留学法国和德国。返国后,他去纽约任《麦克克罗尔杂志》常务编辑,收集了许多政客、商人和警察的腐败证据,发表了许多有影响的文章。主要作品有:《城市的耻辱》(1904),汇集纽约、芝加哥、匹兹堡、圣路易斯和费城等六大城市关于政界和商界腐败的报导。他还到处做报告,获得广大民众的支持,成了揭丑派作家中的领军人物。后来,他又和艾达·塔贝尔等人合购了《美国杂志》,将它办成宣传社会改革,揭露各种丑闻的一家全国性主要报刊。

大卫·菲力普斯(David Graham Phillips,1867—1911)是纽约《太阳报》和《世界报》的记者,曾发表大量揭发黑幕的文章,成了揭丑派运动的得力干将。他创作了二十三部长篇小说和一个剧本。主要有:《伟大上帝的成功》(1901)、《流氓头子》(1903)、《代价》(1904)和《第二代人》(1907)等。小说内容涉及政治迫害、经济诈骗、轻视妇女等。他的代表作《苏珊·李若克斯:她的浮沉》描写一位乡下姑娘经历的种种不幸,被迫卖淫维持生活。小说反映了纽约贫民窟的生活,揭露当地的种种腐败。小说问世后引起全国轰动,成了揭丑派文学杰作之一。不久,菲力普斯惨遭一个疯子杀害,年仅四十三岁,英年早逝,令许多同仁和读者痛惜不已。

第二节 厄普顿·辛克莱与《屠场》

1. 生平透视

厄普顿·辛克莱(Upton Sinclare,1878—1968)是20世纪初揭丑派的代表作家,1878年9月20日生于马里兰州巴尔的摩市,父亲是个酒贩,家境清贫。他从小随家人迁往纽约,入读文法学校,后升入纽约市立学院,获学士学位后续读哥伦比亚大学研究生。从十五岁起,他便试写十美分小说,以维持生计,先后写了《春季与收获》(1901)、《米达斯王》(1901)、《哈根王子》(1903)、《亚瑟·斯特宁日记》(1903)和《玛那沙斯》(1904)五部长篇小说,没人关注。他爱读法国作家巴尔扎克、英国诗人莎士比亚、弥尔顿和雪莱的作品,从中吸取养分。1904年,芝加哥屠宰工人举行大罢工。一家杂志《理论呼声》请辛克莱去芝加哥屠宰场实地调查写个报告。他去那里的屠宰场待了七周,第二年写成小说《屠场》,先在一家周刊连载了五次,被迫中断。接着,几家出版社也拒绝出版。辛克莱只好自己筹款出版。小说于1906年问世后立即引起全国轰动。《屠场》成了一本全国畅销书,辛克莱的名字传遍了欧洲各国。

《屠场》的成功使辛克莱名利双收。他用小说的稿酬在新泽西州因格伍德建立一个合作社式的"赫里孔家园",作为"社会主义的试验地",吸引了辛克莱·路易斯等青年作家参加,也有不少访问者去参观。1907年,那里发生火灾,楼房被烧毁,他只好放弃。但他仍在新泽西州和加利福尼亚州宣传社会主义。1915年,他移居加州,四次以社会主义者的身份竞选公职都没有成功。30年代大萧条时期,他加入民主党,并联合一些同仁和失业工人成立《加州结束贫困学会》,开展社会主义改革运动,得到许多下层民众的支持。1934年,他以民主党代表的身份竞选加州州长,结果又失败了。

揭丑派运动以后,辛克莱继续写小说,陆续出版了三部揭丑派系列小说:如反映资本家商业道德恶劣和堕落的长篇小说《大都会》(1908)描写煤炭工人大罢工的《煤炭大王》(1917)、抨击政府石油丑闻的《石油啊》(1927)、揭露政治黑幕的《波士顿》(1928)、嘲讽教育弊病的《傻瓜》(1924)和描述一个工业巨富发迹的《山城》等。其中《波士顿》比较有批判力度。其他小说不如《屠场》的反响那么大。

辛克莱仍不断关注国内的政治生活,写过一些有影响的政论文。有六部论著被称为"伟大的政治小册子",如揭露宗教虚伪的《宗教利益》(1918)、反映现实生活阴暗面的《正步走》(1923)和《金钱作家》(1927)等。他力图用马克思主义观点评析美国文化,深刻地指出:金钱腐蚀了美国的文化和教育,大学、报刊和教会都变成资产者奴役大众的工具。他呼吁他的同胞快快醒悟,行动起来与这些丑闻作斗争。

进入40年代,辛克莱保持旺盛的写作热情,推出了"兰尼·巴德"系列小说十一部,以《世界的终点》(1940—1949)为总题目。内容涵盖了第一次和第二次世界大战之间美国和欧洲重大历史事件和社会变迁。系列小说描写了主人公兰尼·巴德的爱情、婚姻和冒险经历。他成了一个跨越时代的流浪汉和预言家。这十一部小说中的《龙牙》(1942)曾荣获普利策奖。这套系列小说是个规模宏大、跨越时空的史诗般的系统工程,既有大量丰富的史料,又有许多奇特的想象和巧妙的构思。它成了"美国文学巨大的信息中心之一"。但到了最后一部长篇小说,辛克莱的思想明显倒退了。

特别是50年代以后,辛克莱往日揭发黑幕的勇气已消失殆尽。他成了一个自由主义者,为美国民主制度辩护,反对社会主义。创作也日益减少。出版的小说有《兰尼·巴德的归来》(1952)和《愤怒的杯子》(1956)等,还有传记《心中的基督》(1952)和《辛克莱自传》(1962)。

1968年11月25日,辛克莱在新泽西州邦德布鲁克病逝,享年九十岁。

2. 代表作扫描

厄普顿·辛克莱是个多产作家。他一生创作了四十多部长篇小说,还有短篇小说和大量散文、政论文和剧本。在《屠场》(The Jungle)之前,他出版了五部长篇小说,并未引起学界的注目。在《屠场》问世以后,他又连续写了二、三十部长篇小说,结果无论从思想上还是艺术上,都不如《屠场》。

因此,《屠场》既是辛克莱的成名作,又是他最成功的代表作。

1) 故事和人物盘点:

《屠场》的故事发生在20世纪初的芝加哥。主人公哲基斯·拉克斯是个从立陶宛来到美国的移民。他到芝加哥以后在屠宰场找到工作。那里劳动强度大,工作条件差,工资又很低。不久,他与奥娜结了婚。婚前,他买房时受骗被诈。婚后负债累累。他拼命干活,不慎扭伤了脚。他给解雇了,只好去肥料厂干脏活。不久,工头侮辱了奥娜,哲基斯把他痛打一顿,结果被捕入狱。出狱后又遇新灾难:妻子难产而死,大儿子在街上被洪水溺死。他交不起房租被赶走,流浪到农村打短工,又回芝加哥行乞,一度误入黑社会。一天,他在街上偶然遇到奥娜的表妹马丽雅,听说她走投无路,沦为妓女,感到很失望。他迷迷糊糊地往市区走,路过一个会场,听到工人们在谈论社会主义,就走进去听了,结果很受感动。他感到社会主义会给他带来生活的希望,就鼓起勇气加入工人们的战斗行列。

小说主人公哲基斯·拉克斯原先是个天真的青年移民,幻想从立陶宛到美国寻找幸福的天堂。没料到在芝加哥几年,连遭家破人亡的灾难打击。力大如牛的壮小伙给折磨成贫困如洗、骨瘦如柴的流浪汉。起初,他不怕苦不怕累地拼命干,想多挣几个钱维持生活。碰到工伤给炒了鱿鱼。他是个正直倔强的人。他教训工头,是因为工头侮辱了他妻子。他因此给抓进牢房。好不容易出了狱。等待他的却是妻子和大儿子的死亡。他被赶出出租房,无家可归,忍饥挨饿,到处流浪行乞。他是个硬汉子,尽管苦难深重,仍坚持活下去。后来终于找到知音,加入社会主义工人运动。作为20世纪初期的一个移民工人,他的形象具有典型意义和感人的魅力。

2) 风格和语言聚焦:

《屠场》是辛克莱赴芝加哥屠宰场实地调查后写成的。它具有大量活生生的事实,令人信服。主人公哲基斯的悲惨遭遇成了时代的真实记录。小说的现实主义风格受到欧美文艺界同仁的交口称赞。

首先,小说用了许多真实而生动的细节描写来刻画主人公哲基斯的形象。他经历了工伤、坐牢、丧妻、失子、流浪和行乞等不幸经历,最后在一个工人聚会的地方找到了归宿,振作精神,投入斗争。他的遭遇使他对美国的幻想破灭了。当时,欧洲人总以为美国是个"人间天堂",热衷于移民美国求发财。哲基斯在芝加哥屠宰场所看到的则完全是另一码事。工作条件差,每日干十几小时,屠宰过程极危险,报酬很可怜。后来灾祸一个个降临,使他招架不了。这些血淋淋的事实让他清醒过来。这个转变过程写得细致、合理,令人信服。

其次,小说运用对比的手法衬托出资本家与工人的生活差别,揭示了美国社会贫富悬殊,阶级对立的真相。小说第二十四章写了屠宰场老板的豪宅,屋里名画古董成堆,美酒佳肴不断,一个浴池竟花了四万美元;而屠宰场内则臭气冲天,骨粉弥漫,工人吸入骨粉是致命的。两个地方形成鲜明的对照,更加深了读者的印象,激起人们对工人们的同情。

小说带有新闻报导和社会调查报告的色彩。文字平易通俗,好懂好记。但是人物形象不够丰满,一般的平面叙述较多。主人公思想转变有点突然。情节略为简单。结局不太自然。但大量真实的细节夹杂着坦率而尖刻的评述,令人震惊,催人反思,具有重要的艺术价值和社会意义。

3) 意义和影响总览:

《屠场》不是一般的全国畅销书,而是一本家喻户晓的揭丑派的宣言书。

第三章
愤世嫉俗的揭丑派记者和作家们

辛克莱大胆地揭露芝加哥屠宰场恶劣的卫生状况和资本家对移民工人的残酷剥削。更令人发指的是屠宰场将臭肉、烂肉装成罐头,往市场拍卖以谋取暴利。食品安全问题事关全国平民百姓的生活。这些黑幕特别激起公众的愤怒,各地大小报刊同声讨伐,令朝野许多政客坐立不安,甚至惊动了白宫。老罗斯福总统急召辛克莱入宫面叙,肯定他及时提出了关系广大民众健康的重大问题。美国国会于1906年通过了《关于纯净食品和药物法》并昭告全国。由此可见,《屠场》的社会意义已大大地超出文学的范围,被誉为"社会抗议"小说。

小说通过主人公哲基斯的不幸遭遇,揭露了资本家对移民工人的残酷剥削。他们不顾工人恶劣的劳动条件,拼命加班加点,给他们的报酬很低,一旦出现工伤事故就立即辞退。工人的生活完全没有保障,而老板则花天酒地,醉生梦死,过着奢侈的生活。这种贫富悬殊的状况正是20世纪初美国工业化造成的恶果。

不仅如此,小说下半部还暴露了民主党和共和党竞选中的丑行。资本家与官员勾结,警察与黑社会狼狈为奸,大肆贿赂选票。民主党每票给三美元,共和党每票给四美元。可见,所谓民主选举完全是一出金钱交易的丑剧。小说无情地揭露了美国民主的虚伪和伪装。

此外,小说多次写到工人的罢工斗争,强调工人要团结起来,共同对敌。哲基斯最后的醒悟体现了无产阶级的觉醒。它给予参加揭丑派运动的人们十分有益和有力的启迪。

《屠场》充满了对当时美国社会丑恶的抨击和暴露。尽管有的学者认为,辛克莱早期作品继承了美国传统的激进主义,中期以后的小说反映了基督教的道德观和英国诗人雪莱式的人道主义,辛克莱的进步立场是很鲜明的。

辛克莱博学多才,兴趣广泛,从卫生保健、食品安全和社会问题的政论文到兰尼·巴德的系列小说,都展现他简洁、明快、尖锐和直率的风格。他的语言通俗易懂,富有戏剧性和辩论性,普通读者容易理解和接受。《屠场》被一些学者誉为美国第一部无产阶级小说。辛克莱的作品已被译成五十多种语言。他成了一位饮誉全球的美国小说家,在美国文学史上占有重要地位。

4) 文本名段点击①：

A. 芝加哥屠宰场设备简陋，血水满地：

... There were fifteen or twenty such pens, and it was a matter of only a couple of minutes to knock fifteen or twenty cattle and roll them out. Then once more the gates were opened, and another lot rushed in; and so out of each pen there rolled a steady stream of carcasses, which the men upon the killing beds had to get out of the way.

The manner in which they did this was something to be seen and never forgotten. They worked with furious intensity, literally upon the run—at a pace with which there is nothing to be compared except a football game. It was all highly specialized labor, each man having his task to do; generally this would consist of only two or three specific cuts, and he would pass down the line of fifteen or twenty carcasses, making these cuts upon each. First there came the "butcher," to bleed them; this meant one swift stroke, so swift that you could not see it—only the flash of the knife; and before you could realize it, the man had darted on to the next line, and a stream of bright red was pouring out upon the floor. This floor was half an inch deep with blood, in spite of the best efforts of men who kept shoveling it through holes; it must have made the floor slippery, but no one could have guessed this by watching the men at work. (p.43)

B. 哲基斯打了调戏他妻子奥娜的工头，被关进了监牢：

The cells were in tiers, opening upon galleries. His cell was about five feet by seven in size, with a stone floor and a heavy wooden bench built into it. There was no window—the only light came from windows near the roof at one end of the court outside. There were two bunks, one above the other, each with a straw mattress and a pair of gray blankets—the latter stiff as boards with filth, and alive with fleas, bedbugs, and lice. When Jurgis lifted up the mattress he discovered beneath it a layer of scurrying roaches, almost as badly frightened as himself.

Here they brought him more "duffers and dope," with the addition of a bowl of soup. Many of the prisoners had their meals brought in from a restaurant, but Jurgis had no money for that. Some had books to read and cards to play, with candles to burn

---

① 下列引文见 Upton Sinclair, *The Jungle*, *A Signet Classic from New American Library*, 1960。

by night, but Jurgis was all alone in darkness and silence. He could not sleep again; there was the same maddening procession of thoughts that lashed him like whips upon his naked back. When night fell he was pacing up and down his cell like a wild beast that breaks its teeth upon the bars of its cage. Now and then in his frenzy he would fling himself against the walls of the place, beating his hands upon them. They cut him and bruised him—they were cold and merciless as the men who had built them. (pp.158-159)

C. 哲基斯在医院里过圣诞节时,吃到了喂狗的烂罐头肉:

Jurgis spent his Christmas in this hospital, and it was the pleasantest Christmas he had had in America. Every year there were scandals and investigations in this institution, the newspapers charging that doctors were allowed to try fantastic experiments upon the patients; but Jurgis knew nothing of this—his only complaint was that they used to feed him upon tinned meat, which no man who had ever worked in Packingtown would feed to his dog. Jurgis had often wondered just who ate the canned corned beef and "roast beef" of the stockyards; now he began to understand—that it was what you might call "graft meat," put up to be sold to public officials and contractors, and eaten by soldiers and sailors, prisoners and inmates of institutions, "shantymen" and gangs of railroad laborers. (p.223)

D. 哲基斯因工伤被辞退后一直找不到工作,在芝加哥加入失业大军到处流浪:

Jurgis became once more a besieger of factory gates. But never since he had been in Chicago had he stood less chance of getting a job than just then. For one thing, there was the economic crisis, the million or two of men who had been out of work in the spring and summer, and were not yet all back, by any means. And then there was the strike, with seventy thousand men and women all over the country idle for a couple of months—twenty thousand in Chicago, and many of them now seeking work throughout the city. It did not remedy matters that a few days later the strike was given up and about half the strikers went back to work; for everyone taken on, there was a "scab" who gave up and fled. The ten or fifteen thousand "green" Negroes, foreigners, and criminals were now being turned loose to shift for themselves. Everywhere Jurgis went he kept meeting them, and he was in an agony of fear lest some one of them should know that he was "wanted." He would have left Chicago, only by the time he had realized his danger he was almost penniless; and it would be better to go to jail than to be caught out in the country in the wintertime. (p.277)

3. 其他重要作品链接

A. 长篇小说：

《春天和收获》(*Springtime and Harvest*, 1901)

《米达斯王》(*King Midas*, 1901)

《哈根王子》(*Prince Hagen*, 1903)

《阿瑟·斯特宁日记》(*The Journal of Arthur Stirling*, 1903)

《大都会》(*The Metropolis*, 1908)

《煤炭大王》(*King Coal*, 1917)

《石油!》(*Oil!*, 1927)

《波士顿》(*Boston*, 1928)

《傻瓜》(*The Goslings*, 1924)

《山城》(*Mountain City*, 1930)

《世界的终点》(*World's End*, 1940)

《龙牙》(*Dragon's Teeth*, 1942)

《兰尼·巴德的归来》(*The Return of Lanny Budd*, 1953)

B. 短篇小说集：

《侦探》(*The Spy*, 1919)

C. 政论文集：

《宗教的利益》(*The Profits of Religion*, 1918)

《正步走》(*The Goose-Step*, 1923)

《金钱作家》(*Money Writers*, 1927)

D. 自传：

《辛克莱自传》(*The Autobiography of Upton Sinclair*, 1962)

4. 著作获奖信息

《龙牙》荣获 1943 年普利策奖。

1962 年荣获美国新闻工作者协会奖。

第四章 别开生面的自然主义小说家们

第一节 斯蒂芬·克莱恩与《红色英勇勋章》

1. 生平透视

斯蒂芬·克莱恩(Stephen Crane, 1871—1900)是个美国自然主义文学的先驱,1871年11月1日生于新泽西州纽瓦克市一个牧师家庭。九岁时,他父亲不幸去世。十四岁时,他上了卫理公会学校念书,毕业后曾入军校读了两年,获上尉军衔。1891年他到锡拉丘兹大学续读了一年。二十岁时母亲辞世。他在哥哥姐姐帮助下阅读英美文学名著,试写小说和诗歌。1893年,他以约翰逊·史密斯的假名自费出版了《妓女梅奇》1 100册,未引起社会关注。1894年,他去纽约新闻社当记者,报道市民的日常生活,后到美国西部和墨西哥游历考察。1894年,第二部作品《红色英勇勋章》,先在报刊上连载,第二年出了单行本。没料到,在英美各界引起热烈的反响。1896年,在成名作家加兰和豪威尔斯的关怀和支持下,中篇小说《妓女梅奇》正式用克莱恩的名字出版,终于获得了成功。小说有个副标题:"一个纽约的故事"。梅奇从小生活在纽约贫民窟一个酒鬼家中。不久,父亲死了,弟弟也死了。母亲依旧酗酒,哥哥吉米十分粗暴。梅奇到制衣厂打工。她长得亭亭玉立,美丽动人。吉米的朋友彼特用金钱衣着勾引梅奇,同居一年后又抛弃她。梅奇失了业,母亲又不许她回家,只好沦为妓女,最后在悲愤中到郊外投河自杀。这是美国第一部以妓女为主人公的小说。它深刻地揭示了贫民窟少女的悲惨命运,惊动了纽约社会各界。但它问世后曾遭到舆论的攻击和冷落。可是豪威尔斯给予它很高的评价,认为它是克莱恩一生创作的最高成就。

1897年,克莱恩本想去欧洲采访希腊与土耳其战争,因身体不好,欲行又止。战后,他定居英国,结识了詹姆斯和康拉德等名作家。但离开了熟悉的家乡,创作的困难增大了。1898年,他作为纽约《世界》杂志记者,去哈瓦那报道美国与西班牙打仗的消息。第二年,他返回英国,因患肺病,已感不适。为了偿还债务,他不得不抓紧写作。他的健康状况日益恶化,后赶赴德国巴森威勒黑森林某疗养院疗养。1900年6月5日在那里英年早逝,年仅三十岁,留下一部未完成的长篇小说《欧·鲁迪》(1903)。他只写完前25章,后由罗伯特·巴尔续完。

2. 代表作扫描

克莱恩只活了短短的三十年。他不顾病魔的纠缠,刻苦写作,留下了许多宝贵的小说和诗歌。1969年到1975年,弗克尼亚大学出版社出版了《克莱恩全集》达十卷之多。除了上面提到的两部作品之外,还有深受康拉德推荐的短篇小说《海上扁舟》(1897)、诗集《黑色骑手》(1895)和《战争是仁慈的》(1899)等。在这么多作品中,最出色的是长篇小说《红色英勇勋章》(*The Red Badge of Courage*)。它成了克莱恩的优秀代表作,开创了美国战争小说的先河。

1) 故事和人物盘点:

小说的故事发生在南北战争时的蔡恩斯洛维尔战役。主人公亨利·弗莱明出身于农村,不顾父母的阻挠,加入北方联军成了一名新兵。第一次在前线打仗时,他心里很害怕,又想捞点荣誉,为国立功。第一次短兵相接时,他当了逃兵。他在路上混入伤兵队伍,感到后悔。他为好友吉姆的牺牲而悲伤和惭愧,便离开了他们。后来,他碰到自己部队后撤的士兵们,向一个士兵打听前线的消息,那个士兵很不耐烦,用枪托砸伤他的脑袋,鲜血直淌。另一个士兵护送他回到原来的连队。他谎称自己与连队失散后在战场右翼阵地受了伤。第二天,他的伤被确认为敌人机枪所伤,上级授予他一枚红色英勇勋章。从此,他便认真打仗,高举军旗冲锋在前,成了一名勇敢的战士。战斗胜利后,他又为以往的逃跑感到惭愧,但想到自己已亲身经历了战火的考验,为祖国尽了责任了。他渴望的是和平和安宁的生活。

克莱恩在小说中塑造了主人公弗莱明的士兵形象,主要描写作为一名新兵,他对战争的内心感受,表现他在生死考验关键时刻的心理矛盾和思想斗争。起先,弗莱明觉得战争是"地球上伟大的事件",不听其母的反复劝告,跑去参军,自鸣得意地随大军开往华盛顿。战斗刚打响,他就考虑冲上去还是开小差?他选择逃跑当逃兵。战斗结束后,他所在的连队打胜了,他感到羞愧。后来,他的脑袋被人捅伤。他回到连队,受到战友们的欢迎和关照。他恢复了自信。此后,他一反常态,冲锋陷阵,一马当先,终于立功受奖。他感到很自豪,但想起以前开小差的事,他痛感愧对牺牲的战友。在他看来,荣誉已失去了意义。他没有真正的战功,竟被授予红色英勇勋章,反映了作者对战争的讽刺和嘲笑。诚如小说最后写道:弗莱明"却觉得这个世界对他是最合适不过了。他已经摆脱了红色的战争恐惧症。狂乱的噩梦已经过去。他已经结束了战争引起的肉体上的疼痛和烦恼。他以情人般的渴望追求着冷静的天空、鲜艳的草地、明快的小河———一种实在的、温和的、永久的和平生活。"

2) 风格和语言聚焦:

《红色英勇勋章》有个副标题:"美国国内战争一个插曲"。作者并未参加过国内战争,小说中一些战火纷飞和横尸遍野的场面写得很逼真,主人公弗莱明也刻画得很真实。作者主要参考了一本通俗的文选《内战的战役及其领导人》,又细读了托尔斯泰的《战争与和平》,然后加以精心的想象和创作。他的文学天赋受到了高度的评价。

小说的艺术风格是独特的。人物姓名的模糊性增加了故事的神秘感。主人公弗莱明在小说开篇时被称为"年轻人"或"他",直到第十一章才有了真名实姓。其他主要人物有的称"高个子大兵",有的叫"高嗓门的士兵"或"衣衫破烂的人"等,用绰号代替了姓名。弗莱明所在的连队没有番号,跟他们打仗的敌人也没有番号。这种模糊性揭示了交战双方的盲目性,意在反讽。在盲目混战的情况下,士兵成了无足轻重的玩偶,任凭战争环境所左右。这里体现了克莱恩的自然主义观点。

像他的诗歌一样,作者在小说中很重视意象的运用。他用"山猫"、"豪猪"、"野狗"、"松鼠"和"毒蛇"等动物来比喻战场上士兵的不同精神状态,使名字富有寓意色彩。这是以前美国小说中不多见的。

小说的文字隽永,清新,生动,简洁,叙述与抒情相结合,富有奇特的表现力。作者既善于营造战争的惊险气氛,又精于揭示人物的内心世界。小说以朴实的现实主义手法绘声绘色地描绘了南北战争的场面,塑造了一个真实可信的士兵形象,在美国文学史上留下了芳名。

3) 意义和影响总览:

《红色英勇勋章》通过北方一个新兵的经历,反映了南北战争的概貌,受到广泛的好评,被公认为是一部描写南北战争最好的小说。1871年克莱恩出生时,历时五年的国内战争已结束了六年之久。他以出众的才华、丰富的想象力和非凡的表现力,成功地描写了这个划时代的历史事件,成为美国战争小说的鼻祖,影响了海明威等几代作家。

小说真实地揭示了战争的混乱和残酷,描述了战争中人们所表现的勇敢、胆怯、无畏和恐惧,揭示了各种人的不同心态。作者展示了主人公弗莱明参战的心理历程,从当逃兵怕战争到勇敢打仗,冲锋在前的成长过程,其中充满撒谎、虚假和误会,显露了战争的荒唐和所谓荣誉和奖章的无意义。盲目的战争造成盲目的困境。作者是反对战争的。他反对一切战争,没有区分正义与非正义战争的差别。这反映了当时不少美国人的态度。弗莱明代表了美国青年一代的心态。他模模糊糊地参军上战场,又模模糊糊地得了红色英勇勋章,再模模糊糊地战胜了死神活了下来,最后懂得要珍惜和平生活。小说的主题思想影响了许多作家和读者。海明威就是突出的一个。他在《永别了,武器》里明显带有克莱恩影响的烙印。

4) 文本名段点击[①]:

A. 小说主人公弗莱明(文本里用"他"代替他的名字)庆幸自己对战友瞒过了当逃兵的丑事:

His self-pride was now entirely restored. In the shade of its flourishing growth he stood with braced and self-confident legs, and since nothing could now be discovered he did not shrink from an encounter with the eyes of judges, and allowed no thoughts of his own to keep him from an attitude of manfulness. He had performed his mistakes in the dark, so he was still a man.

Indeed, when he remembered his fortunes of yesterday, and looked at them from a distance he began to see something fine there. He had license to be pompous and veter-

---

① 下面引文选自 Stephen Crane, *The Red Badge of Courage*, The Modern Library, 1993。

anlike. (p.160)

B. 弗莱明(the youth)感慨自己由禽兽变成了英雄：

These incidents made the youth ponder. It was revealed to him that he had been a barbarian, a beast. He had fought like a pagan who defends his religion. Regarding it, he saw that it was fine, wild, and, in some ways, easy. He had been a tremendous figure, no doubt. By this struggle he had overcome obstacles which he had admitted to be mountains. They had fallen like paper peaks, and he was now what he called a hero. And he had not been aware of the process. He had slept and, awakening, found himself a knight. (pp.180-181)

C. 弗莱明(the youth)想到自己蒙骗过关，内心乐滋滋的：

They were gulping at their canteens, fierce to wring every mite of water from them, and they polished at their swollen and watery features with coat sleeves and bunches of grass.

However, to the youth there was a considerable joy in musing upon his performances during the charge. He had had very little time previously in which to appreciate himself, so that there was now much satisfaction in quietly thinking of his actions. He recalled bits of color that in the flurry had stamped themselves unawares upon his engaged senses. (p.214)

D. 弗莱明(He)吸取了教训，在战火中经受了血的洗礼：

With the conviction came a store of assurance. He felt a quiet manhood, non-assertive but of sturdy and strong blood. He knew that he would no more quail before his guides wherever they should point. He had been to touch the great death, and found that, after all, it was but the great death. He was a man.

So it came to pass that as he trudged from the place of blood and wrath his soul changed. He came from hot plowshares to prospects of clover tranquilly, and it was as if hot plowshares were not. Scars faded as flowers. (p.245)

3. 其他重要作品链接

A. 中长篇小说：

《妓女梅奇》(*Maggie: A Girl of the Streets*, 1893)

《欧·鲁迪》(The O'Ruddy, 1903,未完成)

B. 短篇小说集:

《海上扁舟及其他》(The Open Boats, 1898)

《妖怪及其他》(The Monster, 1899)

C. 诗集:

《黑色骑士》(The Black Riders, 1895)

《战争是仁慈的》(War Is Kind, 1899)

第二节　弗兰克·诺里斯与《章鱼》

1. 生平透视

弗兰克·诺里斯(Frank Norris, 1870—1902)是个崇尚左拉的自然主义小说家,1870年3月5日生于芝加哥一个珠宝商家庭。他原名本杰明·富兰克林·诺里斯(Benjamin Franklin Norris),从小受其父影响,喜欢绘画又爱编故事。1884年,他随父母移居旧金山。中学毕业后升入加州大学念了一年预科,被送去巴黎学习美术,业余试写中世纪传奇。他爱读左拉、雨果和吉卜宁的小说。1889年底,他回国后第二年入读加州大学伯克莱分校英文系。在1890年至1894年四年大学生活期间,他试写小说,从青少年时代对浪漫主义诗歌的兴趣转向左拉的自然主义。他曾自费出版诗歌《伊弗奈尔》,但反应不大。他父母离异,他同情母亲,失去财产继承权,经济陷入困境。他逐渐关注下层平民的社会生活。他以左拉为宗师,自称"少年左拉",立志写出左拉式的好作品。

1894年,诺里斯大学毕业。第二年夏天,他带着书稿《麦克提格》到哈佛大学路易斯·盖茨的写作研究班学习一年。后来他去了南非,为《旧金山纪事报》和《柯立尔》报道英国与布尔人①的战争。他被布尔人逮捕并勒令离境。回国后,他到旧金山任《波浪》杂志编辑,并连载了海上浪漫传奇《列蒂夫人

---

① 布尔人(Boer):非洲南部的荷兰人后代。

号"船上的莫兰》(1898)。不久,他又陆续推出了《快乐的奇迹》(1906)和两部短篇小说集《一笔小麦交易》(1903)和《第三圈》(1909)。这些作品显示了他一方面钟情于当时流行的吉卜宁带浪漫色彩的现实主义;另一方面又接受左拉的自然主义。1898年,他仿效吉卜宁,像克莱恩一样去古巴采访美国与西班牙战争,为《麦克卢尔》杂志写报道。回国后他到双日出版公司任编辑,又出版了《麦克提格与布里克斯》(1899)和《一个男人的女人》(1900)。1899年2月,《麦克提格》正式问世,立即受到豪威尔斯的热情赞扬。

随着诺里斯对经济发展和社会变化的关注,他制定了《小麦史诗》三部曲的写作计划。他访问了加州一家小麦农场,并开始写作。1901年,第一部《章鱼》问世,作者将它献给1900年结婚的妻子珍妮特·伯莱克。第二部《交易场》在他生前完稿。1902年在报刊上连载,翌年出了单行本,卖出十万册。1904年改编成剧本,演出了七十七场,很受欢迎。

1902年10月25日,诺里斯患急性阑尾炎,在旧金山医院手术时,受到感染突然去世。他的第三部《豺狼》来不及动笔而留下遗憾。诺里斯仅活了三十二岁就英年早逝。他留下了宝贵的文学遗产。

2. 代表作扫描

诺里斯从小爱好文学艺术,在巴黎学习期间迷上吉卜宁、左拉和雨果的小说。年轻时,他曾写过浪漫主义叙事诗,后来转向小说,当时盛行吉卜宁的现实主义风格,它令诺里斯动心。但左拉的自然主义使他情有独钟。他曾自己认拜左拉为师,称自己为"小左拉",同学们也称他为"小左拉"。

从诺里斯的小说来看,如果说在他的两部短篇小说集《一笔小麦交易》和《第三圈》里存在吉卜宁和左拉的双重影响的话,到了长篇小说《麦克提格》就明显可看出:左拉的自然主义影响完全占优势了。《麦克提格》写的是一个旧金山的故事。五千美元的中彩奖使江湖牙医麦克提格杀了妻子,他自己又被马卡斯兽医所杀。马卡斯最后暴死于沙漠之中。三人的惨死揭示了金钱扭曲了人性。人性的扭曲造成了兽性的暴露。酗酒是麦克提格家族的恶习。他父亲是个矿工,酗酒中毒而死。他祖父和曾祖父也酗酒成性。所以,麦克提格血管里"流着一股污浊的遗传溪流,像个臭水沟"。他家族的恶习代代相传,终于铸成了恶果。这恰好印证了自然主义的观点:遗传决定了人性。因此,有人认为《麦克提格》是美国第一部自然主义小说。

不过,与《小麦史诗三部曲》(The Epic of the Trilogy of the Wheat)相比,在主题思想和艺术风格上,《麦克提格》略逊一筹。三部曲以小麦事件为中心,反映了19世纪末美国西部铁路垄断托拉斯与小麦农场主之间的矛盾和冲突,体现了时代特征。它的主题思想突破了自然主义小说的局限,艺术风格上更完美。因此,它具有重大的社会意义和美学价值。它成了诺里斯的杰出的代表作。

《小麦史诗》三部曲包括《章鱼———一个加利福尼亚的故事》(The Octopus)、《交易场———一个芝加哥的故事》(The Pit)和《豺狼———一个欧洲的故事》(The Wolf)。由于作者患病突然去世,只完成了《章鱼》和《交易场》。第三部来不及动笔。已完成的《章鱼》和《交易场》都很受欢迎。《交易场》略为逊色,《章鱼》则被公认为诺里斯最出色的代表作。

1) 故事和人物盘点:

《章鱼》的背景在美国西部加利福尼亚州的摩艾托斯农场。故事围绕以该农场主德里克为首的农场主势力与太平洋和西南联合铁路公司之间的斗争展开。全书包括两卷十六章。上卷从秋后开始,下卷写到次年秋后为止,涵盖了一年四季小麦从播种、生长至成熟和收割的全过程。加州是美国小麦的主要产区,又是横贯中西部大铁路的起点。小说叙述者、诗人普列斯利是事件的目击者和见证人。他也是作者的代言人。他曾在德里克农场住过,同情受欺压的农场主,写过一首受欢迎的诗,但于事件的解决无补。他只好脱身,成了旁观者。太平洋和西南联合铁路公司控制了州政府,逐渐垄断了其他行业,影响了物价和银行利率以及经济交易。农场主们拥有大量土地,但铁路公司提高小麦运价,储存土地公开抛售。这些不公正的行为激怒了农场主们。他们选举德里克当头头,组成协会,向州政府抗议,以保护自己的利益。德里克有两个儿子。老大李曼是旧金山某公司的律师,老二哈伦帮他管理农工和农业事务。协会将李曼选入州委员会确定税率,但他受铁路公司贿赂,背叛了农场主们。当铁路公司运用法律剥夺农场主们的土地时,他们奋起抗争,双方发生了械斗。多位农场主被杀,包括他们的谈判代表阿尼克斯特。他刚娶了纯朴的希尔玛。他的朋友万纳米的情人遭坏人非礼又死于难产。他痛苦万分,求上帝保佑。最后他恢复了对生活的信心。但铁路托拉斯获得了全胜,占有了小麦,继续将小麦运往全国各地。德里克等农场主破产失了业。有的死者的妻女沦为乞丐和妓女。来自东部的诗人普列斯利非常失望，不得不出游印度。他乘坐的邮轮搭载了部分外销的加州小麦。铁路公司代表贝尔曼上船验货，不慎跌入货舱里，被重重的袋装小麦压死。普列斯利还走访了铁路财团的老总斯尔格里姆，发现他对不人道的罪行很感伤，便以为这是当时的情况和经济规律造成的。

小说塑造了众多人物，其中引人注目的是诗人普列斯利。他是这场尖锐斗争的见证人和叙述者。他有正义感，同情农场主的遭遇，并曾写过长诗《西部之歌》来表现这场悲剧。虽然诗作有一定影响，但无助于问题的解决。他十分气愤，对铁路垄断集团很不满。但他优柔寡断，无能为力，最后只好离开去印度出行。他还受铁路集团老总所迷惑，以为冲突事件是当时情况造成的。他想"善"总有一天会战胜"恶"。

小说刻画了几个农场主。其中被选为协会头头的麦格纳斯·德里克精力充沛，年过六十，仍为自身的利益不断与铁路财团抗争，最后失败，农场破产，下场可悲。他的大儿子李曼大学毕业后当了律师，一心想当州长捞一把。农场主对他抱有希望，把他选进州委员会，结果他被对方行贿，背叛了他的支持者。他是个自私自利，利欲熏心的人。阿尼克斯特是小农场主的谈判代表。他心地善良，外表粗壮，为农场主的合法利益据理力争，惨遭对方杀害。他关照农场主戴克母女，受到邻居的称赞。这些人物各有特色，还是比较真实可信的。

2) 风格和语言聚焦：

《章鱼》的艺术风格是现实主义的，但它带有自然主义痕迹。小说是以1880年美国西部新华金河流域农场主们与太平洋和西南铁路公司的激烈冲突事件为基础的。作者除了塑造了前面提到的几个人物以外，十分重视细节的真实描写。比如铁路财团对农场主的刁难和欺压，小说写到农场主德里克向外地农机公司订购的一批铁犁，已经运抵他农场附近的波恩维尔火车站，但铁路公司不肯卸货，坚持要先运到旧金山再返回波恩维尔站时才能提货。这不仅增加了许多运费，还耽误了农时。他们提出交涉，铁路公司代表贝尔曼认为是照章办事，不予理睬。这个细节充分暴露了铁路公司的霸道和蛮横。

小说运用了不少象征和比喻来揭示主题思想。如用"章鱼"象征铁路垄断集团。章鱼是一种有八条长腕足的海里软体动物。它的腕内侧有许多有力的吸盘,用来捕食各种鱼类和海底生物。它身上乌黑闪亮,捕食时将腕足伸向四面八方,同时喷出黑墨汁,迷惑对方,然后乘机发起攻击。用"章鱼"比喻将手伸向各个行业,掠夺他人财富,吞食小鱼般的农场主的铁路辛迪加真是恰如其分,十分美妙,令人难忘。

小说结构严谨,描写了一年四季小麦从播种、生长至成熟和收割的全过程,象征人从生到死又死而复生的循环周期。末了,农场主的抗争失败了,作者让诗人普列斯利看到铁路公司代理商贝尔曼在邮轮的货仓里让小麦包活活压死!这似乎有点偶然性,却象征着善有善报,恶有恶报,"善"最后一定会战胜"恶"。

小说气势宏伟,场面广阔,生活气息浓烈,文字简洁明快,富有诗意。它栩栩如生地展现了一部美国西部的社会斗争史。朴实的叙述与优美的抒情描写相结合,清新动人,交织着作者的爱与恨。字里行间不乏讽刺和嘲笑。有的地方夹杂赘言,有点啰嗦。虽然结局是悲剧性的,农场主失败了,贝尔曼死于非命,但作者对未来仍抱有信心。

3) 意义和影响总览:

《章鱼》的主题鲜明,人物形象生动,深刻地揭示了19世纪后期美国铁路辛迪加吞并和掠夺农场主的尖锐冲突,具有重大的历史价值和现实意义。这在美国文学史上是不多见的。它占有极其重要的一席之地。

小说反映了时代的特色。19世纪后期,美国资本主义工业化和城市化发展迅速。竞争不断加剧,出现了垄断集团挤垮和吞食中小企业的现象。城市人口恶性膨胀,失业人数增加,郊区农场主面临破产。铁路辛迪加财大气粗,日益渗透和控制其他行业。争夺土地成了一个突出的社会问题。加州盛产小麦,又是铁路枢纽之一。铁路辛迪加与农场主们的矛盾十分突出。一方要垄断和吞并一切,一方要抗争求生存,双方的矛盾不可调和,终于铸成武装冲突。结果农场主们输了。死的死,伤的伤,许多人破产了。不少人沦为乞丐和妓女。诺里斯敏锐地观察了社会生活,紧紧抓住了这个重大的社会问题,以小麦问题为核心,如实地表现了这场重大的社会冲突。小说情节的发展基本上符合这场冲突和斗争的客观规律。小说不仅艺术地再现了这场斗争的历史事实,而且给美国读者提供了有益的启迪。

与第一部长篇小说《麦克提格》相比,《章鱼》反映了诺里斯对于社会和人生、对于他的同胞有了更深刻的认识和更全面的思考。在《章鱼》里,作者写了农场主协会头头、外号"州长"的德里克一家。他两个儿子李曼和哈伦走了两条不同的道路。老大李曼热衷于玩政治游戏,梦想有一天爬上州长宝座,名利双收。他被选入州税率委员会,竟接受铁路辛迪加的贿赂,背叛了老子和支持他的农场主们。老二哈伦则成了他父亲的助手,管理农务,任劳任怨,兄弟俩同出一家,却表现两样。这说明并不是像麦克提格家族那样,"遗传决定一切"。同时,作者还写了小农场主代表阿尼克斯特据理力争,竭力维护农场主的合法利益,最后惨遭杀害。他生前多方关照农场主戴克母女。这充分体现了作者的新认识:人间自有真情在。世界上有坏人,也有好人,有邪恶,也有正义。人是会变的。小说写了阿尼克斯特的朋友万纳米的情人遭人强暴,又不幸死于难产,他痛不欲生,终日郁郁寡欢,祈求上帝保佑,为她申冤。后来他终于清醒过来,积极工作,对生活有了信心。小说具有失败后重整旗鼓,积极向上的精神,与《麦克提格》的悲观情调成了明显的反差。

小说的结局,作者让可恶的铁路辛迪加的代表贝尔曼被外销的小麦包压死了。这个结局虽大快人心,却令人难以信服。作者也许想不出更好的办法,只能最后留言:"善将永存,恶必消失。"愿望虽好,却无法实现。这个败笔正是作者自然主义局限性的流露。

尽管如此,《章鱼》仍是一部现实主义的杰作。小说在"尾声"里说:"这些农场主们都被章鱼的触腕紧紧地逮住了……这头怪物害死了哈伦、害死了奥斯特曼、害死了布洛德森、害死了胡芬。它让德里克变成了穷光蛋。当他想去干坏事以挽回败局时,却毁了名誉,给逼得精神错乱。"这种客观而公正的结论给读者带来无限的反思,也深深地影响了一代又一代作家。诺里斯顺应时代潮流,提出了发人深省的社会问题,为20世纪初的"揭丑派运动"创造了条件。

应该指出,诺里斯不仅是个优秀的小说家,而且是位杰出的文艺理论家。他的《小说家的责任》(1903)集中阐述了他的文艺观。他重视文艺理论对小说创作的指导作用。他崇尚霍桑、库柏和梅尔维尔的浪漫主义传统,后来钟情于左拉的自然主义。他不欣赏豪威尔斯和詹姆斯的现实主义,但强调小说家要说真话,不要为金钱而写作,追求时尚和声誉。小说家不能只想他自己,为他自己而写作。他认为,"我们的时代是小说的时代。无论在哪一种艺术中,时代生活从来也没得到如此充分的表现"。作家要意识到自己的责任,以正直的精神对待自己的任务。他对美国小说的未来充满信心,深信:伟大的小说家必将出现,他不但将属于美国,而且将属于全世界。诺里斯这些观点对美国文学界影响深远。20 世纪 60 年代,美国重新出版了《诺里斯文学评论集》。他的文艺思想再次受到重视。他对美国小说的创作和理论的伟大贡献得到了广泛的认同。

4) 文本名段点击[①]:

A. 夏天,加州麦浪滚滚,景色秀丽:

The California summer lay blanketwise and smothering over all the land. The hills, bone-dry, were browned and parched. The grasses and wild oats, sere and yellow, snapped like glass filaments underfoot. The roads, the bordering fences, even the lower leaves and branches of the trees, were thick and gray with dust. All color had been burned from the landscape, except in the irrigated patches that in the waste of brown and dull yellow glowed like oases.

The wheat, now close to its maturity, had turned from pale yellow to golden yellow, and from that to brown. Like a gigantic carpet it spread itself over all the land. There was nothing else to be seen but the limitless sea of wheat as far as the eye could reach, dry, rustling, crisp, and harsh in the rare breaths of hot wind out of the southeast. (p.345)

B. 诗人普列斯利抨击美国社会的所谓"自由":

"They swindle a nation of a hundred million and call it financiering; they levy a blackmail and call it commerce; they corrupt a legislature and call it politics; they bribe a judge and call it law; they hire blacklegs to carry out their plans and call it organization; they prostitute the honor of a state and call it competition.

"And this is America. We fought Lexington to free ourselves; we fought Gettysburg to free others. Yet the yoke remains; we have only shifted it to the other shoulder. We talk of liberty—oh, the farce of it, oh, the folly of it! We tell ourselves and teach our children that we have achieved liberty, that we no longer need fight for it . Why, the fight is just beginning, and so long as our conception of liberty remains as it is today, it will continue.

---

① 下列引文选自 Frank Norris, *The Octopus*: *A Story of California*, New American Library, 1964。

"For we conceive of Liberty in the statues we raise to her as a beautiful woman, crowned, victorious, in bright armor and white robes, a light in her uplifted hand—a serene, calm, conquering goddess. Oh, the farce of it, oh, the folly of it! Liberty is *not* a crowned goddess, beautiful in spotless garments, victorious, supreme. Liberty is the man in the street, a terrible figure, rushing through powder smoke, fouled with the mud and ordure of the gutter, bloody, rampant, brutal, yelling curses, in one hand a smoking rifle, in the other a blazing torch.

"Freedom is *not* given free to any who ask; Liberty is not born of the gods. She is a child of the people, born in the very height and heat of battle, born from death, stained with blood, grimed with powder. And she grows to be not a goddess, but a fury, a fearful figure, slaying friend and foe alike, raging, insatiable, merciless, the Red Terror." (p.388)

C. 铁路财团用暴力消灭了小农场主们，造成了悲惨的后果：

Yes, the railroad had prevailed. The ranches had been seized in the tentacles of the octopus; the iniquitous burden of extortionate freight rates had been imposed like a yoke of iron. The monster had killed Harran, had killed Osterman, had killed Broderson, had killed Hooven. It had beggared Magnus and had driven him to a state of semi-insanity after he had wrecked his honor in the vain attempt to do evil that good might come. It had enticed Lyman into its toils to pluck from him his manhood and his honesty, corrupting him and poisoning him beyond redemption; it had hounded Dyke from his legitimate employment and had made of him a highwayman and criminal. It had cast forth Mrs. Hooven to starve to death upon the city streets. It had driven Minna to prostitution. It had slain Annixter at the very moment when painfully and manfully he had at last achieved his own salvation and stood forth resolved to do right, to act unselfishly and to live for others. It had widowed Hilma in the very dawn of her happiness. It had killed the very babe within the mother's womb, strangling life ere yet it had been born, stamping out the spark ordained by God to burn through all eternity. (p.457)

3. 其他重要作品链接

A. 长篇小说：

《"列蒂夫人号"上的莫兰》(*Moran of the Lady Letty: A Story of Ad-*

venture off the California Coast, 1898)

《麦克提格》(McTeague: A Story of San Francisco, 1899)

《布里克斯》(Blix, 1899)

《交易场》(The Pit: A Story of Chicago, 1903)

《豺狼》(The Wolf, 未动笔)

《万多弗与兽性》(Vandover and the Brute, 1924)

《一个男人的女人》(A Man's Woman, 1900)

B. 短篇小说集：

《一笔小麦交易》(A Deal of Wheat, 1903)

《第三圈》(The Third Circle, 1909)

C. 诗集：

《伊弗奈尔》(Yvernelle, A Legend of Feudal France, 1892)

D. 评论集：

《小说家的责任》(The Responsibilities of the Novelist, and Other Literary Essays, 1903)

第三节　西奥多·德莱塞与《美国的悲剧》

1. 生平透视

西奥多·德莱塞(Theodore Dreiser, 1871—1945)常被称为一次大战前最优秀的自然主义代表作家,1871年8月27日生于印第安纳州特雷欧特。父亲为了逃兵役从德国移民美国。母亲是个农村妇女。婚后生了十个子女,西奥多排名第九。其父办个毛纺厂,因火灾破产,家境贫寒。他念完小学和两年中学后,十五岁就去打工挣钱,当过学徒、司机、洗碗工和收账员。1889年,有位中学老师资助他读了一年大学。他经常刻苦自学,练习写作,进步很快。1892年,他在一次征文比赛中胜出,被芝加哥《每日环球报》聘为巡回记者,奔跑于圣路易斯、芝加哥、匹兹堡和纽约之间写报道。两年后,他辞职去纽约当了《每月杂志》和《百老汇杂志》的编辑。他爱读巴尔扎克的小说,受到启发试写小说。他又读了赫胥黎、达尔文和斯宾塞的书,感到生活是个奇特而巨大的复合物,没有目标也没有计划。他认识到美国社会对青年一代腐蚀性很大,决定用小说来唤醒他们。1900年第一部长篇小说《嘉莉妹妹》问世。由于出版商担心小说"有伤风化",出版后堆在仓库,稿酬仅几百元。小说以作者姐姐的生活经历为基础。女主人公嘉莉妹妹是个农村姑娘,孤身坐火车去芝加哥打工闯荡。她到了芝加哥后碰到不少困难,只好求助于火车上认识的推销员杜洛埃,后来成了他的情妇。杜洛埃将她介绍给某酒店经理赫斯特伍德。这个花花公子带她进出豪华的社交场所,用金钱征服了她。不久,他携她卷款逃往纽约,嘉莉与他同居。但生意不好,他很快破了产。嘉莉不得不自谋生路。她凭自己的美貌当上歌剧演员,很快出了名。富豪们纷纷向她求爱献媚,报刊为她吹捧。赫斯特伍德则流浪街头,最后开煤气自杀。这是一部题材新颖的长篇小说。它打破了19世纪末的浪漫主义文学传统,面对贫富日益分化的现实生活,开创了20世纪小说创作的新风。

然而,《嘉莉妹妹》问世后受到文学界的许多指责和非议。有的抨击它伤风败俗不道德;有的批评它文字粗糙,艺术水准低。但读者反应不错。德莱塞的首部作品受到如此对待,非常气愤。他的精神受到严重打击,几乎自寻短见。幸亏他哥哥细心关照,送他去疗养,他才逐渐康复。诺里斯和门肯等作家和批评家陆续写文章赞扬德莱塞告别了旧传统,带领读者走进了新时代。他们的正面评价扭转了媒体的偏见。纽约有四家出版公司相继重印了《嘉莉妹妹》,以后又再版多次。小说还被译介到欧洲各国。德莱塞的顽强抗争终于取得了胜利。

1911年10月,搁笔十年整整的德莱塞出版了第二部长篇小说《珍妮姑娘》。它成了《嘉莉妹妹》的姐妹篇,很快受到广泛的好评。小说描写了出身清寒的青年女子珍妮的不幸遭遇,引起了社会各界人们的同情和义愤。德莱塞无比高兴,信心十足,决定写一部垄断资本家如何巧取豪夺成了百万富翁的《欲望三部曲》。他潜心写作,连续推出了三部曲中的第一部《金融家》(1912)和第二部《巨人》(1914)。第三部《斯多噶》1946年才发表。这期间,他又遇到了麻烦。他的长篇小说《天才》(1925)竟遭纽约法院起诉,被判"禁止出售"。德莱塞提出了强烈的抗议。评论家门肯继续为他申辩。

在《天才》被禁期间,德莱塞暂停了长篇小说创作,靠给报刊写文章维持生活。此后,他又出版了游记《胡塞的假日》(1916)、短篇小说集《自由及其他故事》(1918)、散文集《十二个人》(1919)和政论文集《鼓声咚咚》(1920)等以及自传《关于我自己的书》(1922)。这部自传在1931年改为《记者生涯》和《曙光》再版。

1925年,德莱塞发表了长篇小说《美国的悲剧》,很快成了全国的畅销书,受到社会各界的热烈欢迎。德莱塞终于迎来扬眉吐气的一天。他曾对好友迈克尔·高尔德说,"我的书销路好极了!我已经过了五十岁了。这是我的第一本畅销书!我说不出心里有多高兴。"这部小说为作者带来新的荣誉。他获得了数十万美元的稿酬,添置了房屋、农场,也举办过盛宴答谢亲朋好友。但他并未满足于这些,他追求更高的精神境界和理想的社会。

1927年11月初,德莱塞应邀访问苏联并参加十月革命十周年的庆祝活动。他深有感慨地说,"在这里,我见到了过去不曾见过的东西。"1928年,德莱塞将他的见闻和感想写入他的《德莱塞看苏联》(1928)出版。他对苏联的诞生和发展感到无比激动。回国后,他宣布拥护美国共产党并参加了1931年的矿工罢工运动。他又出版了短篇小说集《女性群像》(1929)和政论集《悲剧的美国》(1931)。在前一部书中,德莱塞塑造了美国首个女共产党员安妮达的形象;在后一部书中,他揭露了美国帝国主义的本质和人民大众生活贫困的状态,热情地宣传苏联的社会进步,指出那里寄托着人类的希望。

1941年,德莱塞当选美国作家协会主席。不久,该协会给他颁发了伦道尔夫·蓬奖章,表彰他对文化和和平事业的最杰出贡献。1944年,美国文学艺术院授予他荣誉奖。1945年7月,德莱塞加入美国共产党。

1945年12月28日,德莱塞长眠于加州影城好莱坞,终年七十四岁。

2. 代表作扫描

德莱塞是个多产作家。他一生创作了许多长短篇小说,给读者留下了深刻的印象。他在一系列小说中反映了美国资本主义走向垄断资本主义过程的社会变迁,工业化和城市化的快速发展对传统的价值观和道德观的冲击追求发家致富,改善生存状态成了一种时代潮流。《嘉莉妹妹》的女主人公嘉莉从农村到芝加哥闯荡,遇到姐姐的困境和姐夫的冷淡,打工妹沦为杜洛埃和赫斯特乌德的情妇,后来成了受吹捧的歌星,内心一片苦闷和空虚。《珍妮姑娘》写了穷困的珍妮·葛兰哈特走投无路,求助于参议员白兰德被他占有生下一女,后与花花公子雷斯特·甘同居数年后被抛弃,最后孤苦伶仃。这两部小说都揭示了深刻的社会主题,具有强烈的艺术魅力。但小说中有自然主义的倾向。斯宾塞的"弱肉强食"和"适者生存"的思想仍有所流露。《珍妮姑娘》现实主义成分多一些,显露了德莱塞创作生涯中的新发展。

在《欲望三部曲》里,德莱塞描写银行小职员柯帕乌通过不正当手段成了金融巨头的故事,揭露了垄断资本家巧取豪夺、损人利己的丑恶本质。他从小热衷于搞投资买卖,二十岁时与有钱的寡妇结婚,勾结政治三巨头,与州财政厅长合做公债投机生意,搜刮民众钱财。后来遇上芝加哥大火,濒于破产,因与某巨头的女儿私通被判刑入狱四年多。出狱后他在芝加哥再度崛起,成了金融巨头。他转往伦敦投资地铁,去纽约建立分支机构。他生活糜烂,好色风流。回美国后一病不起,死于一家旅馆,下场可悲。

《欲望三部曲》以广阔的画面,形象地揭示了垄断资本家的腐朽、堕落和罪恶,体现了作者对这些人的愤怒和谴责,产生了重大的社会影响。但是,三部曲对主人公柯帕乌的不择手段和糜烂生活的描写具有自然主义倾向,流露了作者赞赏的态度,实质上是他那"弱肉强食"、"适者生存"思想的表现。

与上述几部小说比较,《美国的悲剧》(*An American Tragedy*)在主题思想和艺术风格上更胜一筹。因此,它被公认为德莱塞最出色的代表作。

1) 故事和人物盘点:

《美国的悲剧》是以纽约州发生的一起轰动社会的刑事案件为基础的。报载:青年切斯特·基莱特见异思迁,追求金钱和名利,谋杀了情人格雷丝·白朗,被判上电刑处死。这引起了德莱塞的极大兴趣。他亲自到法院旁听审判,还去查阅了相关档案,摘录了许多犯人的供词和先前给死者的情书,实地考察了罪犯杀害白朗的大麋湖和纽约监狱。同时,他又参阅了十五桩谋杀案的资料。这一切为他成功地创作《美国的悲剧》打下了扎实的基础。

然而,《美国的悲剧》并不是再现切斯特谋杀案的侦探小说,而是一部严肃的社会悲剧。

小说包括三卷。第一卷写了主人公克莱德·格里菲斯的童年生活和成年后在旅馆当茶房出车祸逃走的经历。他生于堪萨斯市一个穷牧师之家。16岁时,他去一家药房当学徒,后入一家大旅店当茶房,收入多了,学会了喝酒和玩牌,还逛过妓院,交过女友,追求奢侈生活。在一次野游返程中,克莱德和朋友开车压死了一个小孩。他慌乱中跳上火车逃往芝加哥。

第二卷是小说的核心。克莱德在芝加哥找到了未曾见面的叔叔塞缪尔,在他开的内衣厂当了工段的领班,看上了美丽的女工罗伯妲。两人过往甚密。不久,罗伯妲告诉他:她怀孕了。这时,克莱德恋上了富家小姐宋德拉。他想抛弃罗伯妲,娶宋德拉为妻。宋的家父是一家电气公司经理,她又是个独女。跟她结婚后,他可能接任经理,那比小领班神气多了,名利地位不成问题。因此,他多次逼罗伯妲堕胎,但没成功。于是,他以旅行结婚之名将罗伯妲骗至草湖风景区,在划船游玩时将她推入湖里溺死。克莱德利欲熏心,沦为一个杀人凶手。

第三卷写了克莱德被捕后受到审判,最后被处电刑而死。共和党与民主党为了州大选各自的利益,纷纷介入案件,相互攻击以蒙骗选民,多捞选票。

小说主人公克莱德·格里菲斯是个典型的形象。他从小接受家庭的宗教熏陶,天真可爱,后来受社会恶习所染,慢慢向往上层社会的荣华富贵。他亲身目睹为人忠厚的父亲勤勤恳恳当牧师,生活贫困,遭人看不起。他姐姐受人欺骗,怀孕后被抛弃,社会道德业已沦衰。举目所见,他周围的人全是为了自己,追名求利往上爬。为了达到目的,不惜采用各种损人利己的手段。他的心灵逐渐受毒害,最后走上杀人的歧途。他以为找个有钱的老婆,就可以变成名利双收、有钱有势的名流,实现自己求之不得的"美国梦"。然而,铁的事实击破了他的"美国梦"。他终于堕入无可挽回的罪恶深渊。因此,克莱德的悲剧不仅是他个人的悲剧,而且是美国社会的悲剧,也就是"美国梦"幻灭的悲剧。

2) 风格和语言聚焦:

《美国的悲剧》艺术上的成功有力地驳斥了所谓德莱塞"没有风格"的指责。小说描绘了横穿美国东西部的广阔生活画面。从中部的堪萨斯市和芝加哥到东部的纽约州,最后回到西部的旧金山市,似乎克莱德的悲剧并不是个别地区发生的个别案件,而是美国各地时常发生的。既然是社会的悲剧,就具有普遍的意义。小说对一起真实的谋杀案作了巧妙的艺术加工，对社会环境作了深刻而广泛的描写，烘托了人物形象的生动刻画和丰富而逼真的细节，展现了现实主义的特色。

小说成功地塑造了克莱德的形象。这个形象不同于此前和往后美国小说中的人物形象。它具有典型意义。它艺术地概括了20世纪初期美国青年一代遭受社会毒害的悲剧，尖锐地抨击了道德沦丧的社会制度。大量生动的细节描写揭示了克莱德如何在灯红酒绿的世界，从一个纯真的少年一步一步地走向自我毁灭的深渊。他起先挣了些钱，就学会喝酒、赌牌，去逛妓院，交女友，玩三角恋，羡慕虚荣，追求名利，最后不顾一切地害死怀孕的女友，受到法律的制裁。媒体的宣传，富人的炫耀都令他执迷不悟。父亲的苦苦说教，姐姐的不幸遭遇都无法让他回头。工人的踏实劳动他视而不见。他一心一意想挤进上流社会，不惜铤而走险，自食其果。小说细致地披露了克莱德堕落的全过程，令人信服地揭露了社会造成他毁灭的悲剧。

小说故事引人入胜，没有冗长的空论。语言简洁，叙述流畅。结构严谨，布局合理，首尾呼应，浑然一体。尾声里，克莱德已伏法，格里菲斯一家在旧金山街上唱"赞美诗"，又向行人兜售《圣经》，与小说开篇一幕何其相似！好像什么事也不曾发生过。德莱塞没有大声呐喊：救救孩子，而是平静地展示这个细节，似乎格里菲斯父母失去了儿子克莱德，仍未醒悟，继续沉迷于宗教的自我安慰。这是多么愚昧！作者这一笔富有警世作用，社会意义很耐人寻味。

小说中，德莱塞吸取了自然主义的优点，细致地刻画了人物的内心活动和行为细节，给人留下难忘的印象。不过，有时也流露感伤情绪和宗教色彩。克莱德受刑前与其母最后诀别的话，写得丝丝入扣，催人泪下。基督教挽救不了克莱德，亲子之爱也于他无补。好端端的孩子往何处去？德莱塞感到茫然，无法回答这个问题。这也许给小说留下一点遗憾。

3) 意义和影响总览：

德莱塞是个自学成才的作家。他一生生活坎坷，创作生涯多有曲折。第一部小说《嘉莉妹妹》问世后遭到非难和攻击，不得不辍笔达十年之久，他顽强抗争，决不屈服。《天才》出版后又受到法院起诉，被判为禁书并遭审查。他提出了强烈抗议。许多文学界同仁给予他支持和声援。他终于在斗争中愤然前行，成了20世纪美国一个杰出的小说家。像他这样不平凡的经历和不懈的抗争精神，在美国现代作家中是很少见的。

《美国的悲剧》是德莱塞的成熟之作。这是他对美国社会深入观察和深刻认识的结果。小说题材来自一桩真实的刑事案件，经过作者精心的艺术加工，成了一部主题鲜明、内容丰富的现实主义杰作，具有无可争辩的重要现实意义和美学价值。

诚如豪威尔斯所说的，19世纪后期，"金钱成了时代的史诗"。加州的淘金热与"美国梦"的盛行席卷了美国各个角落。一次大战后，美国成了欧洲的债权国，工业化和城市化的步伐加快了。工农业各方面的竞争更激烈了。许多人加入竞争的行列。为了个人私利，为了发家致富，官商勾结，巧取豪夺，尔虞我诈，闹得社会乌烟瘴气，道德沦丧，毒害了许多青少年。穷牧师家庭出身的德莱塞感同身受，深深地了解时代的特征，把握了时代精神，看清了美国社会的本质，利用一桩谋杀案，写出了发人深思的《美国的悲剧》。因此，小说问世后比原来的刑事案件更轰动、影响更深远、更持久。它成了一部不朽的文学名著。

克莱德的悲剧是美国社会的悲剧，也是"美国梦"破灭的悲剧。它不同于过去的悲剧。以往的悲剧往往描写帝王将相由于自私、嫉妒、贪婪和偏信等道德上的缺陷造成相互残杀或自杀的悲剧。克莱德是个普通的美国青年。他没有政治背景，又缺乏技术和知识，他想找个有钱的老婆挤入上层社会，不惜溺死怀孕的女友，受到法律惩处而酿成悲剧。他的死是社会造成的。这成了新型的现代悲剧。

德莱塞是一位经历众多磨难的多产作家。他一生的作品较多，共出版了八部长篇小说、四部短篇小说和札记集和两部自传等。他早年受左拉的自然主义和斯宾塞"弱肉强食"等思想的影响，后来崇尚法国现实主义大师巴尔扎克。他的长篇小说生动地描绘了美国社会多层次的人间悲剧。打工者的困境和无奈、资产者的尔虞我诈和浮沉破产、妇女的辛酸血泪、失业者的走投无路和青年人的堕落和毁灭，无不尽收作者笔底。他深刻地透视了他所生活的社会环境，抒发了他的愤怒和忧虑，批判力度相当强烈有力。他的艺术风格朴实平易，用词简洁准确，细节逼真，结构雄浑有力，生活气息浓烈，融合了现实主义与自然主义的长处。不过，字里行间有时流露了宿命论思想。

德莱塞的声誉在美国批评界的评论中有过起伏。生前,他被看成"美国的左拉"和"杰出的自然主义文学的代表";他去世时,声誉有些下降,人们有点误解了他;到了上世纪50年代,评论界仍有分歧。有人认为他的贡献超越了自然主义小说的成就;也有人说他是受超验主义影响的一位悲剧主义作家。80年代以来,有人强调德莱塞开创了适合读者的商业消费文化,成了一位新时代的杰出作家。他又受到欧美学界的重视。文史学家斯比勒指出:德莱塞是美国20年代第二次文艺复兴的核心人物。他不仅使自然主义文学一度成了美国文学的中心,而且揭示了经济变化造成的人与命运永恒的搏斗。德莱塞的名字已列入美国文学史册,为人们所牢记。

4) 文本选段点击①:

A. 克莱德到了芝加哥,看到他舅舅豪华的生活,对比自己父母的穷困,无比感慨:

Indeed in his immature and really psychically unilluminated mind it suddenly evoked a mood which was as of roses, perfumes, lights and music. The beauty! The ease! What member of his own immediate family had ever even dreamed that his uncle lived thus! The grandeur! And his own parents so wretched—so poor, preaching on the streets of Kansas City and no doubt Denver. Conducting a mission! And although thus far no single member of this family other than his chill cousin had troubled to meet him, and that at the factory only, and although he had been so indifferently assigned to the menial type of work that he had, still he was elated and uplifted. For, after all, was he not a Griffiths, a full cousin as well as a full nephew to the two very important men who lived here, and now working for them in some capacity at least? And must not that spell a future of some sort, better than any he had known as yet? For consider who the Griffiths were here, as opposed to "who" the Griffiths were in Kansas City, say—or Denver. The enormous difference! A thing to be as carefully concealed as possible. At the same time, he was immediately reduced again, for supposing the Griffiths here—his uncle or his cousin or some friend or agent of theirs—should now investigate his parents

---

① 下列引文选自 Theodore Dreiser, *An American Tragedy*, A Signet Classic, 1953。

and his past? Heavens! The matter of that slain child in Kansas City! His parents' miserable makeshift life! Esta! At once his face fell, his dreams being so thickly clouded over. If they should guess! If they should sense! (pp.188-189)

B. 克莱德一见到富家美女宋德拉,立即被她的财富和社会地位所吸引,想入非非:

That wonderful girl!

That beauty!

That world of wealth and social position she lived in!

At the same time so innately pagan and unconventional were his thoughts in regard to all this that he could now ask himself, and that seriously enough, why should he not be allowed to direct his thoughts toward her and away from Roberta, since at the moment Sondra supplied the keener thought of delight. Roberta could not know about this. She could not see into his mind, could she—become aware of any such extra experience as this unless he told her. And most assuredly he did not intend to tell her. And what harm, he now asked himself, was there in a poor youth like himself aspiring to such heights? Other youths as poor as himself had married girls as rich as Sondra. (p.314)

C. 克莱德迷上宋德拉后,对罗伯妲又冷淡又回避,已怀孕的罗伯妲写信哀求他帮忙:

I'm so afraid you won't come and I'm so frightened, dear. Please come and take me away some place, anywhere, so I can get out of here and not worry like I do. I'm so afraid in the state that I'm in that Papa and Mamma may make me tell the whole affair or that they will find it out for themselves.

Oh, Clyde, you will never know. You have said you would come, and sometimes I just know you will. But at other times I get to thinking about other things and I'm just as certain you won't, especially when you don't write or telephone. I wish you would write and say that you will come just so I can stand to stay here. Just as soon as you get this, I wish you would write me and tell me the exact day you can come—not later than the first, really, because I know I cannot stand to stay here any longer than then. Clyde, there isn't a girl in the whole world as miserable as I am, and you have made me so. But I don't mean that, either, dear. You were good to me once, and you are now, offering to come for me. And if you will come right away I will be so grateful. And when you read this, if you think I am unreasonable, please do not mind it, Clyde, but just think I am crazy with grief and worry and that I just don't know what to do. Please write me, Clyde. If you only knew how I need a word. (p.454)

3. 其他重要作品链接

A. 长篇小说：

《嘉莉妹妹》(*Sister Carrie*, 1900)

《珍妮姑娘》(*Jennie Gerhardt*, 1911)

《欲望三部曲》(*The Trilogy of Desire*)

《金融家》(*The Financier*, 1912)

《巨人》(*The Titan*, 1914)

《斯多噶》(*The Stoic*, 1947)

《天才》(*The "Genius"*, 1915)

《堡垒》(*The Bulwark*, 1946)

B. 短篇小说集：

《自由与其他故事》(*Free and Other Stories*, 1918)

《锁链》(*Chains*, 1927)

《女性群像》(*A Gallery of Women*, 1929)

《我的城市》(*My City*, 1929)

C. 散文和政论文集：

《十二人》(*Twelve Men*, 1919)

《德莱塞看苏联》(*Dreiser Looks at Russia*, 1928)

《悲剧的美国》(*Tragic America*, 1931)

《美国值得一救》(*America Is Worth Saving*, 1941)

《嘿,鼓声咚咚》(*Hey, Rub-a-Dub-Dub*, 1920)

D. 自传：

《关于我自己的书》(*A Book about Myself*, 1922),后改版为:

《记者生涯》(*Newspaper Days*, 1931)

《黎明》(*Dawn*, 1931)

第四节　杰克·伦敦与《马丁·伊登》

1. 生平透视

杰克·伦敦(Jack London, 1876—1916)是个自学成才的小说家,1876年1月12日生于加州旧金山市。他没有父亲,母亲是俄亥俄州一位富家之女,会占星术和教钢琴。他出生后八个月,随母亲嫁给勤劳的约翰·伦敦,改用了继父的姓。约翰的亡妻留下两个女儿,大女儿伊丽莎十分关怀杰克。约翰办过农场和小店,收入有限。杰克从小生活在贫困中,十一岁起边读书边当报童。十五岁时,他被火车撞伤,后入罐头厂打工,每日干十小时,有时加班至十八至二十个小时,一小时仅十美分。后来,他在旧金山流浪过,又当过锅炉工、火夫和水手,随船到过日本。他曾到美国和加拿大各地流浪,也曾被收入监牢干苦役。1896年,他返回故乡,上了一年加州大学。他回奥克兰,对社会学和社会主义运动产生了兴趣。他从小爱读书,喜欢写作。1897年,他加入淘金行列,去加拿大闯荡。业余他苦读斯宾塞、达尔文和马克思的著作。他不慎得了败血症,第二年只好回家养病,开始将他的经历写出来。

1898年,杰克·伦敦的短篇小说陆续在《大陆月刊》和《大西洋月刊》发表。1900年,第一部短篇小说集《狼的儿子》问世,奠定了他的小说家声誉。人们发现,他描写遥远的北方那原始、蛮横、顽强的"北方故事"令读者们耳目一新。其中,《狼的儿子》、《北方的奥德赛》特别受欢迎。

成名后,杰克·伦敦继续努力写作,不久又发表《野性的呼唤》(1903)和《海狼》(1904)。1902年,他赴英国伦敦考察了贫民窟的生活,第二年出版了《深渊中的人们》(1903)。他在书中揭露了伦敦贫民生活的惨状,指出"一千个英国人中有九百三十九人死于贫困"。回国后,他为赫斯特报业去采访日俄战争的动态；也作为《柯立尔》记者去访问墨西哥。同时，他拼命写作，用稿酬在加州买了豪宅。先后出版了《白牙》(1906)、《大路》(1907)、《铁蹄》(1908)、《马丁·伊登》(1909)、《天大亮》(1913)、《月谷》(1912)和《约翰·巴雷肯》(1913)等长篇小说，达到了他创作生涯中的巅峰。这些小说反映了现实生活的林林总总，也流露了尼采哲学关于各种暴力斗争中超人血统的作用。

与此同时，他仍不断写政论文和短篇小说，到处演讲。他的论文集《阶级斗争》(1905)和《革命》(1909)都很受欢迎。他的《热爱生命》(1907)和《墨西哥人》(1911)曾受到列宁的称赞，还有《南海故事集》(1911)等"太平洋短篇"。

1908年，杰克·伦敦曾以社会党的代表，竞选总统，失败后，他逐渐疏远了社会党，对工人运动的兴趣日渐淡薄，寄居于偏远的农场，忙于花巨资兴建豪宅"狼屋"。他的思想慢慢走下坡路了。

1914年，杰克·伦敦又发表了长篇小说《艾尔西诺号上的叛乱》，翌年又推出《红死病》和《星游人》，但未受到广大读者的重视。小说中弥漫着人类末日将至的悲观气氛或脱离现实的求生欲望。杰克·伦敦也感到很失望，仿佛他的创作生涯已走到了尽头。

随后几年，杰克·伦敦陷入了困境：希尔农场宣告破产，他心爱的"狼之屋"毁于大火，第二任妻子的小孩夭折，他的疾病缠身。1916年他去夏威夷治病疗养，但效果不大。后来，他想去东方旅游，后改去纽约，但欲行又止。他经常酗酒，精神渐渐崩溃。他与姐姐伊丽莎畅谈了一夜后走进卧室。第二天清晨，他昏迷不醒，经抢救无效去世了。据说他服了过量的镇静剂自尽。他英年早逝，年仅四十岁。他终于回归大地了。

2. 代表作扫描

像德莱塞一样，杰克·伦敦也是个自学成才的多产作家。在短短的十七年里，他几乎每天坚持写作，共发表了十九部中长篇小说，一百五十多篇短篇小说，三个剧本和大量随笔、政论文和游记，总计五十部书，近九百万字。他的长篇、中篇和短篇小说都写得不错，其中不乏深受读者欢迎的名篇，如长篇小说《海狼》、《铁蹄》和《马丁·伊登》、中篇小说《北方的奥德赛》、《野性的呼唤》和《白牙》，短篇小说《狼的儿子》、《热爱生命》、《叛逆》和《墨西哥人》等。它们经常入选各类教材或文选，成了世界各国读者的一份宝贵的精神食粮。

在长篇小说中,《海狼》描写主人公赖生、外号"海狼"的海上经历。他的"魔鬼号"在海上航行中救了一个书生,强迫他在船上当苦力,水手们又欺负他。"海狼"专断粗暴,自认为自己是个"超人",结果触犯众怒被捆绑死于舱底。小说揭示了冷酷的"海狼"的悲剧下场。小说带有哲学家尼采超人哲学的浓厚色彩,引起学界的热烈争论。

《铁蹄》的主题思想比《海狼》鲜明得多,深刻得多。杰克·伦敦在小说中塑造了一个社会党领袖安纳斯特·艾弗哈德的正面形象。"铁蹄"象征垄断集团的反动统治。安纳斯特性格坚强,充满智慧,决心组织劳动人民用武装斗争的手段砸烂"铁蹄"。由于"铁蹄"的残酷反扑,革命者缺乏充分准备,"芝加哥公社"仅存在三天,革命就失败了。无数劳动人民惨遭屠杀,血流成河……这是作者在马克思主义影响下写成的。作者似乎想体现他读过的《共产党宣言》"用暴力推翻全部现存的社会制度"的思想。但作者将安纳斯特写成脱离群众的"超人",又不明白群众改变历史的伟大作用。因此,小说虽然意义重大,但缺陷也很明显。

相比之下,《马丁·伊登》(*Martin Eden*)应该是最能代表杰克·伦敦的艺术成就的。它是一部自传性的长篇小说,但内容丰富而深刻,远远地超出个人自传的范围。它无疑是作者最突出的代表作。

1) 故事和人物盘点:

《马丁·伊登》的故事带有作者经历的影子。主人公马丁·伊登与杰克·伦敦,两人经历很相似,尤其在前半部。马丁·伊登是个水手出身的粗人。他一面打工,一面写作,希望有朝一日当个作家。他没人指教,屡遭退稿仍不灰心。有一次偶遇银行家莫尔斯的女儿罗丝。罗丝的文学造诣、美丽容貌和优雅举止令他一见倾心。罗丝见他体壮英俊,精力旺盛,对他印象不错。但她父母听说马丁是个社会主义者,拒不答应,劝罗丝取消了与马丁的婚约。她跟着别人好了。马丁勤奋自学,刻苦写作,终于出了多部作品,成了一个名闻全国的作家。这时,他有钱了。连市侩商人对他也另眼看待。罗丝跑来找他,要求恢复往日的婚约。他表示可以原谅她,但批评她想将他搞得循规蹈矩,毁了他的事业,并断然拒绝了她。可是,他真心喜爱的女诗人拉思已经自杀。马丁娶不了她。他感到幻想破灭了,受社会欺骗了。末了,他乘船去南海,途中跳海自杀,了结了自己的一生。

小说主人公马丁·伊登是个贫穷的劳动者,想靠自己的艰苦劳动步入"高等社会"。他对它存在幻想,以为那里有"大公无私的人、纯洁而崇高的理想和热烈的精神生活。"他爱上罗丝,但罗丝的父母一听到他是个社会主义者就坚决反对。这说明他们多么害怕先进的思想。马丁·伊登默默地忍受他们的歧视和非难,埋头苦干,写出了几部作品,出了名,有了金钱和地位。周围的人对他另眼看待。罗丝也找他认错了,想与他重归于好。他拒绝了。他看出她爱的是名利地位,不是真正的他。他对社会的认识提高了,指出了上层社会的虚伪和庸俗,表示要坚持现实主义道路,与资产阶级的循规蹈矩分道扬镳。但他的真爱已自杀,他感到空虚和孤独,最后投海自尽,造成了不可挽回的悲剧。

2) 风格和语言聚焦:

《马丁·伊登》的艺术风格,诚如杰克·伦敦自己所说的,是现实主义的。作者是以自己的亲身经历为基础进行艺术构思。主人公马丁·伊登的经历很像作者自己的经历,特别是在小说的前半部。小说用大量真实的细节刻画了主人公马丁·伊登的形象。作者善于用人物的具体行动来展示人物的性格,表现小说的主题思想。马丁·伊登的性格鲜明,既有刻苦耐劳,愤然向上的品德,又有追名求利的享乐思想。作者塑造了一个充满矛盾的复杂的人物形象。在他身上体现了作者头脑中马克思主义与尼采超人哲学混杂的矛盾思想。

小说具有作者的传记色彩,但它不是单纯记录个人生涯的传记。它包含了丰富的社会生活,大大地超过了个人传记。小说结构紧凑,对话简练,内容深刻,既有日常的交谈,也有尖锐的思想交锋,充满讽刺和嘲笑。

小说文笔生动,想象力丰富。作者不平凡的经历使他接触了社会的方方面面,掌握了丰富的跨学科知识,在小说中运用了大量的科技词汇,富有独特的艺术魅力,令读者爱不释手,兴趣大增。

3) 意义和影响总览:

作为杰克·伦敦的优秀代表作,《马丁·伊登》具有重要的现实意义和美学价值,同时又存在明显的不足。它成了杰克·伦敦思想矛盾的反映。

杰克·伦敦成名前是个失学又失业的社会青年,饱尝了社会生活的酸甜苦辣。小说主人公马丁·伊登也跟他一样,出身于下层人家,经历了资产者的冷眼、鄙视和非难,凭自己的苦苦奋斗成了一位名作家。他看清了"高等社会"的虚伪和贪婪的本质,揭露了自以为高尚的上层人士的市侩嘴脸。原先单纯的少女罗丝成了金钱的牺牲品。马丁一旦成名又发财了,一切都改变了。罗丝的态度变了。他父母的态度也变了。原来,他们讨厌的并不单是听说马丁是个社会主义者,而是他是个"穷小子"。金钱成了资本主义社会衡量一切的标准。小说的揭露多么深刻有力!作者仿佛在以个人的亲身经历控诉社会对他的压迫和摧残,句句铿锵有力,字字饱蘸血泪,令人信服。它帮助人们认清自己所处环境的真实面目,社会影响不可估量。

但是,马丁·伊登并不是一个真正的社会主义者。他不关心周围的群众,一心追求个人成名成家,挤入"高等社会"。一旦个人目的达到,他就憎恨社会,憎恨周围的一切,成了一个孤独、自私和空虚的人。他来自劳动人民,却远离了劳动人民,成了一个极端个人主义者,最后精神完全崩溃,看不到未来,只好以自杀告终。有人说,尼采的超人哲学使他走上了绝路。这反映了杰克·伦敦的思想局限性。

这个问题,作者自己也许是清楚的。他在《自传》中明确地指出:"在我成年之后,作家中对我影响最大的,首先是马克思,其次是斯宾塞。"有趣的是,杰克·伦敦居然将无产阶级革命理论与"弱肉强食"的唯心主义哲学混为一谈,反映在他的多部小说里,尤其是体现在小说主人公身上。政治上,杰克·伦敦信仰社会主义,曾成为社会党的骨干,后来消极悲观又退党,隐居自己的"狼之屋"。文学上,他接受了莎士比亚、巴尔扎克、史蒂文森和吉卜宁的影响,吸取了多种不同的艺术手法。他成了一个复杂的作家,引起了不少争论。

杰克·伦敦的作品在前苏联受到好评。据说革命导师列宁爱看他的短篇小说。但在英美两国对他评价不高,有的甚至贬低他的作品。事实上,杰克·伦敦不但拓展了小说题材,写出了清新的北方故事和南方故事,描绘了人与动物的奇特关系,而且创作了反映20世纪初期美国社会矛盾的长篇小说,深刻地揭示了资本主义的社会丑恶,给人们有益的启迪,促进了美国现实主义文学的发展。尽管《马丁·伊登》问世七年之后,他步马丁·伊登的后尘,以自杀结束自己的性命,他的作品社会意义不容抹煞。他在美国文学史上应占有一席之地。

第四章
别开生面的自然主义小说家们

4) 文本名段点击①:

A. 马丁日夜加班,苦苦写作,可惜屡遭退稿,心中闷闷不乐:

The alarm-clock went off, jerking Martin out of sleep with a suddenness that would have given headache to one with less splendid constitution. Though he slept soundly, he awoke instantly, like a cat, and he awoke eagerly, glad that the five hours of unconsciousness were gone. He hated the oblivion of sleep. There was too much to do, too much of life to live. He grudged every moment of life sleep robbed him of, and before the clock had ceased its clattering he was head and ears in the wash-basin and thrilling to the cold bite of the water.

But he did not follow his regular programme. There was no unfinished story waiting his hand, no new story demanding articulation. He had studied late, and it was nearly time for breakfast. He tried to read a chapter in Fiske, but his brain was restless and he closed the book. To-day witnessed the beginning of the new battle, wherein for some time there would be no writing. He was aware of a sadness akin to that with which one leaves home and family. He looked at the manuscripts in the corner. That was it. He was going away from them, his pitiful, dishonored children that were welcome nowhere. He went over and began to rummage among them, reading snatches here and there, his favorite portions. "The Pot" he honored with reading aloud, as he did "Adventure." "Joy," his latest-born, completed the day before and tossed into the corner for lack of stamps won his keenest approbation. (p.111)

B. 罗丝写信告诉马丁:她父母从报上知道马丁是个社会主义者,断然叫女儿解除与马丁的婚约:

... The afternoon mail brought a letter from Ruth. Martin opened it with a premonition of disaster, and read it standing at the open door when he had received it from the postman ...

It was not a passionate letter. There were no touches of anger in it. But all the way through, from the first sentence to the last, was sounded the note of hurt and disappointment. She had expected better of him. She had thought he had got over his youthful wildness, that her love for him had been sufficiently worth while to enable him to

---

① 下列引文选自 Jack London, *Martin Eden*, Airmont Publishing Company, Inc., 1970。

live seriously and decently. And now her father and mother had taken a firm stand and commanded that the engagement be broken. That they were justified in this she could not but admit. Their relation could never be a happy one. It had been unfortunate from the first. But one regret she voiced in the whole letter, "... Your past life had been too wild and irregular. I can understand that you are not to be blamed. You could act only according to your nature and your early training. So I do not blame you, Martin. Please remember that. It was simply a mistake. As father and mother have contended, we were not made for each other, and we should both he happy because it was discovered not too late." ... "There is no use trying to see me," she said toward the last. "It would be an unhappy meeting for both of us, as well as for my mother. I feel, as it is, that I have caused her great pain and worry. I shall have to do much living to atone for it." (pp.160-162)

C. 成功带给马丁的不是快乐，而是绝望。最后，他决定跳海自杀：

Down, down, he swam till his arms and legs grew tired and hardly moved. He knew that he was deep. The pressure on his ear-drums was a pain, and there was a buzzing in his head. His endurance was faltering, but he compelled his arms and legs to drive him deeper until his will snapped and the air drove from his lungs in a great explosive rush. The bubbles rubbed and bounded like tiny balloons against his cheeks and eyes as they took their upward flight. Then came pain and strangulation. This hurt was not death, was the thought that oscillated through his reeling consciousness. Death did not hurt. It was life, the pangs of life, this awful, suffocating feeling; it was the last blow life could deal him.

His wilful hands and feet began to beat and churn about, spasmodically and feebly. But he had fooled them and the will to live that made them beat and churn. He was too deep down. They could never bring him to the surface. He seemed floating languidly in a sea of dreamy vision. Colors and radiances surrounded him and bathed him and pervaded him. What was that? It seemed a lighthouse; but it was inside his brain—a flashing, bright white light. It flashed swifter and swifter. There was a long rumble of sound, and it seemed to him that he was falling down a vast and interminable stairway. And somewhere at the bottom he fell into darkness. That much he knew. He had fallen into darkness. And at the instant he knew, he ceased to know. (p.319)

3. 其他重要作品链接

A. 长篇小说：

《海狼》(*The Sea-Wolf*, 1904)

《铁蹄》(*The Iron Heel*, 1908)

《斯莫克·贝柳》(*Smoke Bellew*, 1912)

《约翰·巴莱柯恩》(*John Barleycorn*, 1913)

《天大亮》(*Burning Daylight*, 1910)

《月谷》(*The Valley of the Moon*, 1913)

B. 中短篇小说集：

《狼的儿子》(*The Son of the Wolf: Tales of the Far North*, 1900)

《荒野的召唤》(*The Call of the Wild*, 1903)

《白牙》(*White Fang*, 1906)

《热爱生命》(*Love of Life and Other Stories*, 1907)

《南海故事》(*South Sea Tales*, 1911)

《海岛上的吉里》(*Jerry of the Islands*, 1917)

C. 政论文集：

《阶级的斗争》(*War of the Classes*, 1905)

《革命》(*Revolution and Other Essays*, 1910)

D. 其他：

《深渊中的人们》(*The People of the Abyss*, 1903)

第五章 脱颖而出的女小说家们

第一节 凯特·肖宾与《觉醒》

1. 生平透视

凯特·肖宾(Kate Chopin, 1850—1904)原名凯瑟琳·欧弗列赫蒂(Katherine O'Flaherty)，1850年2月8日生于圣路易斯，父亲从商，家庭富裕。母亲是个法裔克里奥尔人，全家笃信天主教。五岁时，她父亲因火车事故死去。她靠寡母和外祖母抚养长大。二十岁时，她嫁给一个路易斯安那的克里奥尔人奥斯卡·肖宾，住在新奥尔良和路易斯安那一个棉花种植园，生下5个儿子和1个女儿。1882年她丈夫突然患疟疾病故。又过了一年，母亲去世。她返回故乡。她开始试写儿童故事和具有地方色彩的短篇小说。她爱读左拉和莫泊桑的小说。1890年，第一部长篇小说《过失》问世，反响不大。小说描写了路易斯安那中部凯因河地区克里奥尔人的生活，不太成功。凯特转写短篇小说，先后在《世纪》等报刊上发表多篇小说，继续努力描述克里奥尔人和卡简人的生活，地方色彩浓烈，颇受读者欢迎。1894年，短篇小说集《长沼湖畔的人们》与读者见面，终于受到好评。

不久，肖宾又推出了短篇小说集《阿卡狄的一夜》，奠定了她的小说家声誉。她还译了许多法国作家莫泊桑的短篇小说。同时，她继续写了许多短篇小说、诗歌和评论，其中短篇小说有不少名篇，如《德茜雷的婴儿》、《暴风雨》、《小金盒》、《吻》、《佩拉吉夫人》、《一个体面的女人》和《一把很好的小提琴》等。有些成了美国短篇小说宝库中的精品。

1899年，肖宾推出了长篇小说《觉醒》。没料到，它竟受到评论界和读者们的猛烈抨击。有的认为它太粗俗,有的感到它不健康,居然描述一个南方的妻子反抗丈夫,爱上另一个男青年,性描写太露了。各地图书馆拒绝收藏这本书。肖宾深受委屈,精神压抑,又无法公开申辩,不得不停止小说创作。

1904年8月22日,肖宾因突发脑溢血在圣路易斯去世,年仅五十四岁。

2. 代表作扫描

肖宾一生写了一百五十多篇短篇小说、诗歌和评论,其中有不少短篇小说成了珍品。这些小说构思巧妙,人物形象生动,乡情浓烈,语言简练优美。两部短篇小说集《长沼湖畔的人们》和《阿卡狄的一夜》都很受欢迎。

肖宾只发表了两部长篇小说。第一部《过失》不太成功。第二部《觉醒》(The Awakening)出版时遭到尖锐的批评。当时的评论界和广大读者没有意识到妇女的崛起,追求与男人在政治上、经济上和社会上的平等,体现了时代变化,始终不能接受小说《觉醒》。经过一百一十多年风风雨雨的磨炼,人们终于认识到这部小说重要的社会意义和艺术价值。

因此,《觉醒》成了肖宾一生文学生涯的代表作,在美国文学史上占有一席之地。

1) 故事和人物盘点:

《觉醒》描写一个南方妇女艾德娜追求自由最后幻灭投海自尽的故事。主人公艾德娜·彭特里尔是个二十多岁的青年妇女。她嫁给比她大十二岁的新奥尔良老证券经纪人列旺斯·彭特里尔,已生了两个孩子。丈夫埋头做生意,关注社会尊严。他爱妻子,但聚少离多。有一次到大岛度假,他只能周末与妻子相聚。艾德娜开始感到孤独,逐渐反省她对丈夫的屈从,发觉克里奥尔人的社会更浪漫、更自由。她迷恋于年轻的罗伯特·列布南。他突然离开她,去了墨西哥。她返回城里,感到生活很空虚。她跟丈夫的关系越来越疏远,狂乱地投向她疗养地大岛的朋友们。在家中时,她面前不断浮现情人罗伯特的裸体形象,令她欲火冲动,竟与一个浪荡的男人阿洛宾上床苟欢。没想到,罗伯特突然出现。他俩承认彼此相爱。艾德娜正想拥抱取乐,有人敲门叫她出去。她回到房间已不见罗伯特的踪影,仿佛只留下耳边他的一句话"再见!因为我爱你。"她感到绝望,又去疗养地。那已不是疗养季节。她独自在一个清晨脱光了衣服,游向远离岸边的大海,投入它柔软而亲密的怀抱……

女主人公艾德娜是个有两个孩子的母亲。丈夫彭特里尔当证券经纪人发了财,对她宠爱有加。她感到不满足。她不想一直成为丈夫的驯服工具。她欣赏克里奥尔人更浪漫而自由的生活,追求婚外恋,沉沦于与罗伯特的肉欲而无法自拔。后来她与一个浪荡男人阿洛宾上床,被罗伯特撞上弃她而去。最后,她感到生活已失去意义,便抛下丈夫和孩子投海自尽。她的悲剧成了对当时社会的一个无声的抗议。

2) 风格和语言聚焦:

《觉醒》结构严谨,朴实的叙述与抒情描写相结合,体现了现实主义的艺术风格,也揭示了自然主义的影响。

肖宾崇拜左拉和莫泊桑的艺术风格,在短篇小说方面明显受莫泊桑风格的影响,讲究艺术构思,注意刻画人物形象,使用简洁优美的语言,特别是结合新奥尔良地区的特色,展现了浓烈的地方色彩。

这些特色在长篇小说《觉醒》里不难找到。不同的是,作者更着力刻画主人公艾德娜的心理变化,细致地揭示她从心理到性欲的觉醒。作为一个青年妇女,她已结婚成家,有了两个孩子。她思考她与丈夫的关系以及她的社会地位和未来的前途,决定改变她的现状。她与情人罗伯特的婚外恋令她入迷。小说通过回忆和幻觉揭示艾德娜耽于肉欲而不能自拔。最后罗伯特发现她的出轨行为离她而去。她绝望地投海自尽。小说对墨西哥湾避暑疗养地的环境和大海的景色有许多优美的描写,令无数读者神往。

不仅如此,小说中描写了女主人公艾德娜欣赏克列奥尔人社区更自由、更浪漫,对比她自己受丈夫支配的地位,激发了追求个性自由,疏远丈夫的想法。肖宾的母亲和丈夫都是克列奥尔人。她在新奥尔良住过很久。所以她对克列奥尔人的风土人情和文化习俗是很了解的。小说中对克列奥尔人的描述洋溢着作者浓烈的乡音和乡情。

小说语言简洁,对话生动。字里行间不乏美国南方的特色,秀丽的乡村风光与混杂的城市景色交相辉映。难怪有人称赞肖宾是"新奥尔良文化的诠释者"。

不过,小说对女主人公艾德娜的性欲冲动和亲热动作写得较露,小说结构有些松散。这明显是受自然主义的影响,令读者有点反感。

3) 意义和影响总览：

《觉醒》问世后，遭到一片申斥。无论读者们，还是评论家们都无法理解小说的真正意义和社会价值。随着时间的推移，特别是女权主义的兴起，人们逐渐对它有了正面的认识，肯定了它的重要意义。

其实，19世纪末，美国社会已出现了明显的变化。随着工业化和城市化的迅速发展，追求"美国梦"成了时尚。广大美国妇女要求与男人平等成了一大时代特征。《觉醒》描写了女主人公艾德娜要求与男人在政治上、经济上和社会上自由平等，正是当时时代精神的体现。

艾德娜原先是个年轻的贤妻良母，安于在家相夫教子，后来看到周围的克列奥尔人更自由、更浪漫，深受启发，感到不愿再成为丈夫的"一件宝贵的私人财物"，渴望有自己的自由天地。她丈夫在外经商到处鬼混，讲究什么社会尊严，却不顾妻儿的孤寂。她的情人罗伯特是个利己主义者，一旦满足了肉欲就不辞而别。而那浪荡男人阿洛宾则把她当玩物，玩腻了就抛弃她。当时的社会仍是男人主宰一切。男人往往为所欲为，没人干预，女人成了男人的附属品，不得越雷池一步。艾德娜从亲身经历中感受到这不平等的一切，她觉醒了。她决心追寻自我，挑战旧传统。但她是个弱女子，她怎能改变不公正的一切？她只能以死向社会宣战，为妇女的自由和平等抗争。她的死成了对清教主义伦理观无声的抗议。她的悲剧是几百年来美国旧传统造成的悲剧。

诚然，艾德娜是个有两个小孩的母亲。在没有离婚的情况下追求婚外恋，沉沦于肉欲，显然是不道德的。这成了小说的局限。

不过，《觉醒》具有现代意识，展示了19世纪末美国南方妇女的觉醒和追求自由平等的愿望；而且文笔优美，艺术性高。它成了一部女权主义的杰作，影响深远。它应该在美国文学史上占有一席之地。

4) 文本名段点击①：

A. 彭特里尔夫人艾德娜到大岛度假时受阿德尔影响，赞赏克里奥尔人的浪漫性格：

Mrs. Pontellier was not a woman given to confidences, a characteristic hitherto

---

① 下列引文选自 Kate Chopin, *The Awakening*, W.W. Norton & Company, Inc. 1994, 1976。

contrary to her nature. Even as a child she had lived her own small life all within herself. At a very early period she had apprehended instinctively the dual life—that outward existence which conforms, the inward life which questions.

That summer at Grand Isle she began to loosen a little the mantle of reserve that had always enveloped her. There may have been—there must have been—influences, both subtle and apparent, working in their several ways to induce her to do this; but the most obvious was the influence of Adèle Ratignolle. The excessive physical charm of the Creole had first attracted her, for Enda had a sensuous susceptibility to beauty. Then the candor of the woman's whole existence, which every one might read, and which formed so striking a contrast to her own habitual reserve—this might have furnished a link. Who can tell what metals the gods use in forging the subtle bond which we call sympathy, which we might as well call love. (pp.14-15)

B. 罗伯特从墨西哥归来去见艾德娜，两人陷入畸恋，忘记了各自的家庭：
"Good-by, my sweet Robert. Tell me good-by." He kissed her with a degree of passion which had not before entered into his caress, and strained her to him.

"I love you," she whispered, "only you; no one but you. It was you who awoke me last summer out of a life-long, stupid dream. Oh! you have made me so unhappy with your indifference. Oh! I have suffered, suffered! Now you are here we shall love each other, my Robert. We shall be everything to each other. Nothing else in the world is of any consequence. I must go to my friend; but you will wait for me? No matter how late; you will wait for me, Robert?"

"Don't go; don't go! Oh! Edna, stay with me," he pleaded. "Why should you go? Stay with me, stay with me."

"I shall come back as soon as I can; I shall find you here." She buried her face in his neck, and said good-by again. Her seductive voice, together with his great love for her, had enthralled his senses, had deprived him of every impulse but the longing to hold her and keep her. (pp.102-103)

C. 艾德娜遭情人罗伯特抛弃，被浪荡汉阿洛宾玩弄后无法面对丈夫。她万念俱灰，决意投海自尽：
How strange and awful it seemed to stand naked under the sky! How delicious! She felt like some new-born creature, opening its eyes in a familiar world that it had

never known.

The foamy wavelets curled up to her white feet, and coiled like serpents about her ankles. She walked out. The water was chill, but she walked on. The water was deep, but she lifted her white body and reached out with a long, sweeping stroke. The touch of the sea is sensuous, enfolding the body in its soft, close embrace.

She went on and on. She remembered the night she swam far out, and recalled the terror that seized her at the fear of being unable to regain the shore. She did not look back now, but went on and on, thinking of the blue-grass meadow that she had traversed when a little child, believing that it had no beginning and no end.

Her arms and legs were growing tired.

She thought of Léonce① and the children. They were a part of her life. But they need not have thought that they could possess her, body and soul...

Exhaustion was pressing upon and over-powering her.

"Good-by—because, I love you." He did not know; he did not understand. He would never understand...

She looked into the distance, and the old terror flamed up for an instant, then sank again. Edna heard her father's voice and her sister Margaret's. She heard the barking of an old dog that was chained to the sycamore tree. The spurs of the cavalry officer clanged as he walked across the porch. There was the hum of bees, and the musky odor of pinks filled the air. (p.109)

3. 其他重要作品链接

A. 长篇小说：

《过失》(At Fault, 1890)

B. 短篇小说集：

《长沼湖畔的人们》(Bayou Folk, 1894)

《阿卡狄的一夜》(A Night in Acadie, 1897)

---

① 艾德娜丈夫的名字。

第二节　伊迪丝·华顿与《纯真的年代》

1. 生平透视

伊迪丝·华顿(Edith Wharton, 1862—1937)原名伊迪丝·纽波尔·约翰斯(Edith Newbold Jones)，1862年1月24日生于纽约市一个老望族家庭，生活安逸。父亲喜欢藏书。她从小在美国和欧洲接受私人教育，爱好文学艺术，特别爱读亨利·詹姆斯的小说。1885年她与波士顿银行家爱德华·华顿结婚，两人同游欧洲，回国后移居纽约市。1899年，她发表《更大的爱好》等短篇小说，并结识了成名作家亨利·詹姆斯。1902年出版了长篇历史小说《决定的山谷》，反响不大。1905年，《欢乐之家》问世，一举成名。

1907年，华顿移居巴黎，偶尔返美。她继续专心写作。1911年，以新英格兰为背景的中篇小说《伊坦·弗洛美》出版，受到好评，被认为是她最伟大的悲剧小说。1913年她与华顿离婚，为一些妇女杂志写了许多应景小说，质量较差。她也写了不少短篇小说、诗歌和游记，反映她对建筑、园林和风景的爱好和兴趣。一次大战期间，她在法国参加了救护工作，为法国红十字会服务，协助收容难民，曾获法国荣誉十字勋章。并写了相关的小说。1925年，她发表了《小说创作》，总结了她的创作思想和实践，像亨利·詹姆斯一样，强调"每一部伟大的小说首先必须以道德价值的深刻意识为基础"。1923年，她荣获耶鲁大学荣誉博士学位，成了获此殊荣的第一位美国女性；1924年她又获得美国文学艺术院颁发的金质奖章。1927年，反映父母与子女关系的长篇小说《黄昏眠》成了一部全国的畅销书。

伊迪丝·华顿一直笔耕不辍，后期又出版了多部小说，如比较美国中西部与纽约社会的长篇小说《被围困的哈德逊河》(1929)和它的续集、对比英国与欧洲大陆的社会习俗和道德观的《神明到了》(1932)。她还出了一些短篇小说集和一部自传《回头望》(1934)，留下一部未完成的长篇小说《海盗》(1938)。20年代后，她的作品质量大不如前，但1930年她仍被选为美国文学艺术学院理事。

1937年8月11日，伊迪丝·华顿突发中风，病逝于法国圣布里斯福列市。终年七十五岁。她安卧在鲜花丛中，安葬于凡尔赛。

2. 代表作扫描

伊迪丝·华顿一生写过大量的长、中和短篇小说和诗歌等。除了长篇小说的成就以外，中短篇小说也很不错。

在长篇小说中，华顿的成名作《欢乐之家》和荣获普利策奖的《纯真的年代》都很受欢迎。《欢乐之家》描写女主人公、29岁的李莉·巴特、一个年轻美丽的孤女，父母不幸去世，靠姨妈关照，生活困苦。一天，她被富商太太们雇去当社交秘书，负责写信迷住她们的丈夫。她们则随意勾引男人。杜塞茨妻子与别人私通反诬李莉勾引她丈夫。李莉被迫辞职，到一家帽厂当工人，生活更难，最后服药自杀。小说通过李莉的悲剧揭露了纽约上流社会的虚伪自私和对女青年的迫害，具有重要的社会意义。

但是，《纯真的年代》(*The Age of Innocence*)主题思想更深刻，艺术上更完美。它成了学界公认的华顿的最成功的代表作。

1) 故事和人物盘点：

《纯真的年代》描写了纽约青年律师纽兰德·阿策不幸的爱情和婚姻，最后成了旧习俗和旧道德的牺牲品。故事发生在19世纪70年代的大都会纽约市。

主人公纽兰德·阿策出身纽约上层社会，当了几年律师，渐渐地出了名。他是梅·韦兰德的未婚夫。在他俩宣布订婚以前，他见到梅的表妹艾伦·奥兰斯卡。她嫁给一个浪荡的波兰贵族。两人早已分居，由于旧习俗的影响，还未正式离婚。她受到以前亲友的排斥。阿策和他母亲很同情她的处境。她祖母曼森宽容她，但不太信任她。阿策的情调和才智在保守的社会上层是很出名的。他发觉在艾伦身上有他追寻的精神气质，而梅身上却没有。梅是她严格而正式的环境的产物。阿策与艾伦两人相爱了。但阿策无法解除婚约，艾伦又没离婚。阿策只好勉强地娶了梅。他对靠旧习俗结成的婚盟很不满意。艾伦伤心地移居华盛顿。后来返回纽约照料她祖母。她跟阿策旧情复萌。但梅告诉艾伦：她怀孕了。艾伦忍无可忍，只好出走巴黎。多年以后，梅去世了，阿策和儿子达拉斯去巴黎游览。艾伦请他们父子去作客。软弱的阿策犹豫了半天，叫儿子一个人去，自己不露面，白白地失去了与艾伦重组家庭的机会。艾伦既失去了青春，又葬送了爱情。小说出现了不欢而散的结局。

小说主人公纽兰德·阿策是个纽约的贵族新一代。他当了多年律师，知道一些社会的变化。他聪明见识多，有自己的兴趣。对配偶，他有自己的选择标准。他发觉艾伦身上有他追寻的精神，而梅身上却没有。但他性格软弱，幻想多，勇气少，不敢断然与梅解除婚约。他同情艾伦的不幸婚姻，两人真诚相爱。他又缺乏与旧习俗决裂的胆量，勉强维持与梅的婚姻。几年以后，梅去世了。阿策带儿子去巴黎，艾伦请他们父子造访。这时他和艾伦两人都是自由身，完全可以再结合一起生活，但阿策退却了。他只是将艾伦作为想象中的理想伴侣，实际上胆小怕事，受旧习俗束缚，葬送了两人重新结合的良机，铸成千古遗恨。

2) 风格和语言聚焦：

《纯真的年代》可明显地看出亨利·詹姆斯心理现实主义对作者艺术风格的影响。小说中不仅有许多真实的细节描写来烘托主人公阿策、艾伦和梅的人物形象，而且展示他们三人的复杂的内心冲突和心理变化，使人物形象生动逼真，活灵活现，跃然纸上。

主人公阿策，像弗洛美一样，见多识广，对爱情和婚姻有自己的想法，但性格软弱，不敢挑战旧习俗和旧道德，屈服于社会的旧势力。他与艾伦和梅的性格冲突刻画得很鲜明。艾伦和梅代表了新旧不同的道德观。两人之间的冲突不是外貌美与丑的冲突，而是循规蹈矩与冲破旧习俗的冲突。小说刻画得很细腻。

小说描写的是纽约上层社会三个青年男女之间爱情纠葛的故事，没有大起大落的惊险情节，也没有触目惊心的拼杀或大逆转。作者平静的叙述里借古喻今，讽刺和幽默相结合，鞭辟入里，引人发笑。从题材上来看，它超越了詹姆斯的小说，描述更坦率深刻，对上层社会的讽刺更尖刻有力。

小说语言优美，文笔生动。对话简洁有力，富有上层社会的生活气息。1928年，小说搬上舞台，很受欢迎。1993年，小说改编拍成彩色影片，得到广大观众的好评。

3)意义和影响总览：

《纯真的年代》通过主人公纽兰德·阿策与两个女青年艾伦和梅的恋爱故事,生动地揭露了19世纪70年代美国纽约上层社会无视工业化发展带来的社会变化,顽固地维护过时的道德观念,扼杀新一代青年的个性,葬送了他们的青春和幸福。

主人公阿策律师出身,对社会接触较多,有一定了解,意识到新的变化即将来临,但他头脑中旧传统观念是根深蒂固的。无形的束缚使他迈不开步子。他同情艾伦的不幸婚姻,大胆与她相爱,但他又不敢解除婚约,与艾伦结合,虽然他心里明白,艾伦才是他所追寻的伴侣。最后,梅去世了,艾伦在巴黎自由了,想请他去叙旧,他却退却了,丧失了良机。他性格软弱,心情矛盾,反映了纽约贵族青年一代的特点。梅是旧环境的产物。上层社会的清规戒律将她变成循规蹈矩的老样子,未老先衰,丧失青春活力,成了嫁鸡随鸡,嫁狗随狗的旧习俗的殉葬品。艾伦聪颖漂亮,却嫁给一个碌碌无为的波兰贵族。没有感情的婚姻使她与丈夫长期分居。旧的道德观使她无法离婚,又遭朋友冷眼。这样的上层社会用无形的锁链将青年一代死死扣住,使他们成了旧习俗和旧道德的牺牲品。那是多么不公平呀! 小说深刻地揭露美国"金字塔"里青年妇女的不幸命运,并发出了强烈的抗议。

应该指出,华顿对主人公阿策也好,对艾伦和梅小姐也好,对他们的同情多于批评。她抨击的矛头始终指向害人的社会环境。她以高超的艺术手法,揭示了一个行将垮台的纽约上流社会,产生了广泛的社会影响。《纯真的年代》在美国文学史上留下闪亮的一页。

4)文本名段点击[①]：

A. 纽兰德·阿策出身于贵族之家,对纽约上层社会的生活十分熟识：

Newland Archer had been aware of these things ever since he could remember, and had accepted them as part of the structure of his universe. He knew that there were societies where painters and poets and novelists and men of science, and even great actors,

---

[①] 下列引文选自 Edith Wharton, *The Age of Innocence*, D. Appleton-Century Company, 1936。

were as sought after as Dukes; he had often pictured to himself what it would have been to live in the intimacy of drawing-rooms dominated by the talk of Mérimée (whose "Lettres à une Inconnue" was one of his inseparables), of Thackeray, Browning or William Morris. But such things were inconceivable in New York, and unsettling to think of. Archer knew most of the "fellows who wrote," the musicians and the painters: he met them at the Century, or at the little musical and theatrical clubs that were beginning to come into existence. He enjoyed them there, and was bored with them at the Blenkers', where they were mingled with fervid and dowdy women who passed them about like captured curiosities... (p.101)

B. 与梅·韦兰德订了婚的阿策爱上梅的表妹艾伦·奥兰斯卡。她嫁给一个波兰贵族，感情破裂后两人分居，但未办离婚手续：

Archer felt that at any cost he must keep her beside him, must make her give him the rest of her evening. Ignoring her question, he continued to lean against the chimney-piece, his eyes fixed on the hand in which she held her gloves and fan, as if watching to see if he had the power to make her drop them.

"May guessed the truth," he said. "There is another woman—but not the one she thinks."

Ellen Olenska made no answer, and did not move. After a moment he sat down beside her, and, taking her hand, softly unclasped it, so that the gloves and fan fell on the sofa between them.

She started up, and freeing herself from him moved away to the other side of the hearth. "Ah, don't make love to me! Too many people have done that," she said, frowning.

Archer, changing colour, stood up also: it was the bitterest rebuke she could have given him. "I have never made love to you," he said, "and I never shall. But you are the woman I would have married if it had been possible for either of us."

"Possible for either of us?" She looked at him with unfeigned astonishment. "And you say that—when it's you who've made it impossible?"

He stared at her, groping in a blackness through which a single arrow of light tore its blinding way.

"*I've* made it impossible—?"

"You, you, *you*!" she cried, her lip trembling like a child's on the verge of tears. "Isn't it you who made me give up divorcing—give it up because you showed me how selfish and wicked it was, how one must sacrifice one's self to preserve the dignity of marriage ... and to spare one's family the publicity, the scandal? And because my family was going to be your family—for May's sake and for yours—I did what you told me, what you proved to me that I ought to do. Ah," she broke out with a sudden laugh, "I've made no secret of having done it for you!"

She sank down on the sofa again, crouching among the festive ripples of her dress ... (pp.108-109)

C. 多年后，梅去世了。阿策和儿子达拉斯游览巴黎，艾伦请他们去作客。软弱的阿策叫儿子自己去。他失去了与艾伦重组家庭的机会：

Archer had not seen M. Rivière, or heard of him, for nearly thirty years; and that fact gave the measure of his ignorance of Madame Olenska's existence. More than half a lifetime divided them, and she had spent the long interval among people he did not know, in a society he but faintly guessed at, in conditions he would never wholly understand. During that time he had been living with his youthful memory of her; but she had doubtless had other and more tangible companionship. Perhaps she too had kept her memory of him as something apart; but if she had, it must have been like a relic in a small dim chapel, where there was not time to pray every day.... (p.362)

3. 其他重要作品链接

A. 长篇小说：

《决定的山谷》(*The Valley of Decision*, 1902)

《欢乐之家》(*The House of Mirth*, 1905)

《黄昏眠》(*Twilight Sleep*, 1927)

《被围住的哈德逊河》(*Hudson River Bracketed*, 1929)

《神明到了》(*The Gods Arrive*, 1932)

《海盗》(*The Buccaneers*, 1938)

B. 中短篇小说集：

《伊坦·弗洛美》(*Ethan Frome*, 1911)

《兴古及其他故事》(*Xingu and Other Stories*, 1916)

C. 评论集：

《小说创作》(*The Writing of Fiction*, 1925)

D. 自传：

《回头望》(*A Backward Glance*, 1934)

4. 著作获奖信息

1920年《纯真的年代》荣获普利策奖；

1924年荣获美国文学艺术院颁发的金质奖章。

第三节　威拉·凯瑟与《我的安东尼娅》

1. 生平透视

威拉·凯瑟(Willa Cather, 1873—1947)原名威拉·西伯特(Willa Sibert)，1873年12月7日生于弗吉尼亚州弗列德里克县后河谷村。祖先是从爱尔兰来的移民。父亲办过农场，过着小康生活。1883年，全家迁往内布拉斯加州。1890年，威拉中学毕业后进入大学预科。1895年获内布拉斯加州立大学文学学士学位，到匹兹堡市工作，先后任《家庭月刊》和《匹兹堡评论》杂志的记者和编辑，后又去几所高级中学任教，业余开始搞创作，陆续出版诗集《四月的黄昏》(1903)、短篇小说集《特罗尔花园》(1905)，反应平平。1906年，她受聘为纽约《麦克柳尔》杂志编辑，后升任为主编。

1912年，凯瑟第一部长篇小说《亚历山大的桥》问世，学界没有反响。她心里不安，干脆辞职，集中精力写小说。1913年，她返回内布拉斯加大草原，找到了西部拓荒的精神和勇气。同年，她发表了《啊，拓荒者!》，受到各界读者的热烈欢迎。她深受鼓舞，便抓住了西部的特色题材加紧写作，接连推出了好几部长篇小说，如《云雀之歌》(1915)、《我的安东尼娅》(1918)、《我们中的一员》(1922，荣获普利策奖)、《一个迷途的女人》(1923)、《教授的住宅》(1925)、《我的宿敌》(1926)、《死神来找大主教》(1927)、《岩石上的影子》(1931)和《莎菲与女奴姑娘》(1940)以及短篇小说集《模糊的命运》(1932)、论文集《不在四十岁以下》(1936)等。她成了一位蜚声美国文坛的女小说家。

1947年4月27日，威拉·凯瑟病逝于纽约。终年七十四岁。生前，她曾被授予内布拉斯加大学、耶鲁大学、密执安大学等校的文学博士学位。

2. 代表作扫描

威拉·凯瑟终身未婚，毕生献给文学事业。她勤奋写作，成了一位多产的女作家。她一生写了十二部长篇小说，五十五篇短篇小说和一些诗歌及评论。她成为一位有特色、有影响的女小说家。

在凯瑟十二部长篇小说中主要有四大特点：一、大部分是以内布拉斯加大草原为背景的；二、主要描写欧洲移民的生活经历；如瑞典移民、波希米亚移民等；三、以西部女性为主人公；四、既描写女主人公们如何顽强地开拓边疆，又展现她们内心的精神美。最具有这些特点的是两部长篇小说《啊，拓荒者！》和《我的安东尼娅》。它们被称为描写美国中西部草原生活的姐妹作。

《啊，拓荒者！》是威拉·凯瑟的成名作。它描写了西部大草原上瑞典女移民亚历珊德拉经历了天灾人祸，坚持开发边疆，办好小农场的故事。它为凯瑟找到了富有特色的开发西部题材和形成自己的艺术风格打下了基础。

《我的安东尼娅》(My Antonia)在主题思想和艺术技巧上更加成熟。它成了公认的凯瑟最优秀的代表作。

1) 故事和人物盘点：

《我的安东尼娅》书名出自小说叙述者吉姆·伯敦的话。它反映了乡亲们对女主人公安东尼娅的尊敬和亲切之情。故事发生在美国中西部内布拉斯加大草原。时间为20世纪初一次大战前。女主人公安东尼娅是一位波希米亚移民的后代。她父亲希默达是个充满幻想的音乐家。他带着妻子和子女从欧洲的捷克到美国闯荡，寻找富裕的生活。他们到了美国内布拉斯加大草原后，将身边的积蓄买了土地，办个小农场。没料到，那些土地很荒瘠，根本没法耕种，希默达感到绝望又思乡，抛下一家人自杀了。女儿安东尼娅只好继承父业，勇敢地挑起重担，自己下地干活，想办法克服种种困难办好农场。后来,她一度进城给吉姆的邻居、一家富豪当了女佣。一个铁路列车员拉里·多诺万勾引她私奔,把她搞大了肚子后抛弃了她。她只好回老家生孩子。她默默地在她哥哥农场勤劳干农活,忍受着别人的冷眼。二十年以后,吉姆重返内布拉斯加大草原,发觉安东尼娅嫁给了温和友好的安东·卡扎克。他们有了好几个孩子。安东尼娅已是个身强力壮的中年母亲。她坚持在地里劳动,维持一家人的生活。她依然笑容满脸,内心充满拓荒者的精神美,深受左邻右舍的敬重和赞扬。

小说女主人公安东尼娅是个美国开发西部新一代的妇女形象。她早年随父母从捷克移居美国内布拉斯加大草原一带,父亲受骗买了荒地无法耕种,气愤绝望,一死了之,丢下家人而去。家庭遇到极大的困难。作为一个年轻姑娘,她二话没说,自己下地干农活,克服一切困难,将农场办起来。她不怕苦和累,努力办好农场。后来,由于经验不足,她受到拉里的诱骗和抛弃,仍沉着镇定,刻苦劳动,自力更生,乐观愉快,最后终于找到幸福的归宿,受到乡亲们的爱戴。她是个勇于战胜困难,自力更生的坚强女性,又是个富有自我牺牲精神的母亲。这种精神正是开发西部,改变西部的伟大力量。

2) 风格和语言聚焦:

《我的安东尼娅》题材新颖,风格独特,展现了心理现实主义的特征。它既重视用大量真实的细节来展示人物的性格,又善于采用细腻的心理描写来表现女主人公安东尼娅的高尚品德。

但是,威拉·凯瑟的心理现实主义与亨利·詹姆斯的或华顿的心理现实主义有明显的不同。《贵妇人的画像》和《纯真的年代》展示的是上层社会青年男女三角恋爱或多角恋爱因为道德上的冲突在心理上引起的不同反应。《我的安东尼娅》所描绘的是普通的女青年移民在荒凉的土地面前,在天灾人祸面前是活下去还是不活?这是个生死攸关的大问题,而不是儿女情长的感情问题。因此,它的社会意义要深刻得多;艺术价值要重要得多。

小说采用第一人称和第三人称交叉的叙事策略。故事有两条线索,主线是安东尼娅·希默达一家的变迁;副线是吉姆·伯登一家。两家几乎同时从不同的地方到达内布拉斯加大草原的黑鹰地区。两人很早就相识。吉姆祖父家农场办得好,家庭富裕,安东尼娅家境贫困。吉姆后来上了州立大学后又去哈佛大学深造。安东尼娅却在困难中苦苦挣扎。小说是由吉姆叙述的。

他细谈了不同时期见到的安东尼娅给他的不同印象,讲得生动具体,娓娓动听,显得真实可信,魅力四射。

不仅如此,小说还采用对比手法,突出描绘女主人公安东尼娅的高大形象。首先是安东尼娅与她父亲对荒芜土地的不同态度。她父亲希默达爱好音乐,不切实际,受骗上当,土地失收时消极悲观,后悔不该离家来到美国,最后以自杀告终。安东尼娅在天灾人祸之际沉着乐观,知难而进,下地拓荒,改变了小农场的困境。其次,小说又将安东尼娅与吉姆一家比较。安东尼娅持家有方,生活不断改善,事事安排得井井有条;吉姆家人心涣散,杂乱无序,生活日趋衰落。两家反差这么大,可见安东尼娅多么能干!这一切,吉姆起先也不相信,后来,他从城里回乡,发觉安东尼娅确实能干又可爱,深受感动,禁不住向她求婚,亲热地称她:"我的安东尼娅!"

小说将朴实的叙述与抒情描写相结合,展现了西部大草原的美丽景色,洋溢着中西部地区浓郁的乡土气息。语言简洁优美,字里行间充满乐观自信,感人肺腑。

3) 意义和影响总览:

《我的安东尼娅》通过女主人公安东尼娅在内布拉斯加大草原几十年艰苦拓荒的故事,揭示了新一代女青年移民的创业精神和美好心灵,成了美国西部小说中的佼佼者,具有重大的社会意义和艺术价值,影响相当广泛。

19世纪末和20世纪初,美国资本主义工业化和城市化迅速发展。西部边疆的开发成了全国关注的一个重要的社会发展问题。许多欧洲移民的到来,也成了各界人士注目的社会问题。凯瑟自己是个欧洲移民的后代,在内布拉斯加生活多年,熟悉那里的一山一水,深切了解西部开发的艰辛过程。在她试写第一部长篇小说《亚历山大的桥》不成功后,她的老师、女作家萨拉·奥尼·朱维特劝她以中西部边疆家乡的生活为题材,写出富有乡音和乡情的小说。她接受了。第二部小说《啊,拓荒者!》的成功使她充满了信心。她终于找到了正确的文学方向,把握了时代精神,写出了深受读者欢迎的《我的安东尼娅》。

与一般长篇小说不同的是,《我的安东尼娅》不仅生动地描写了女主人公安东尼娅如何以顽强的苦干精神去战胜一个又一个困难,乐观地生存下去。在她父亲自杀,土地荒芜时,她冷静应对,知难而进,自力更生,坚持下地劳动,办好农场。而在她被坏人玩弄又抛弃后,她对生活仍不失望。她生下孩子后又到地里干活,维护自己的尊严和信念。这一系列的行为描述都相当细致、生动和真实。不仅如此,小说特别强调了安东尼娅的心灵美。一方面,小说细腻地揭示了女主人公的精神世界,另一方面又表现了她高尚的人格力量。这成了凯瑟独特的艺术特色。

小说的女主人公安东尼娅是个捷克波希米亚移民的女后代。她在西部大草原的天灾人祸里站稳了脚跟,成了自力更生的女移民的典范。她的成功受到女权主义者的高度赞扬。安东尼娅成了一个伟大的西部边疆的开拓者,一个全力投身于西部建设的新女性。她热爱西部大草原,热爱西部土地。她像土地一样厚实,也像草原一样胸怀坦荡。在她身上展现了未来生活的美好远景。

《我的安东尼娅》和《啊,拓荒者!》表现了凯瑟文学创作的突出成就。但是,她后期的长篇小说《死亡来找大主教》和《岩石上的阴影》略为逊色。前者写了19世纪初主人公拉杜尔到新墨西哥州重组当地教会的艰辛和内心冲突。故事里穿插了生动有趣的印第安人传说;后者写的是17世纪加拿大魁北克地区一个女子苦苦修行成为圣徒的经历。两部作品宗教色彩浓烈,反映了凯瑟的思想变化。她深感一次大战后,西方出现了"精神荒原",拓荒时代消失了,拓荒精神已荡然无存。她对文艺界的改变感到失望,逐渐沉湎于宗教信仰,留恋早已消失的过去,转向历史小说创作。她毕生创作的小说不乏浪漫色彩,但很少涉及资本主义工业化和商品化带来的重要社会问题。

《我的安东尼娅》将欧洲文化与美国西部大草原的风情融于一炉。女主人公安东尼娅继承了欧洲的文化传统,让它在美国西部大草原上开花结果。她不仅是个战天斗地的女强人,而且是西部边地精神文明建设中的新女性。她不愧是美国开发边疆的历史创造者。凯瑟在小说中艺术地表现了早期开发中西部的艰难过程,提出了很重要的城乡关系问题,特别强调在发展中西部物质文明的同时,要重视人的精神文明建设。因此,这部小说的历史意义和艺术价值都是难以估量的。

威拉·凯瑟曾荣获美国全国文学艺术学院的金质奖章,对美国文学作出了巨大的贡献。20年代,她曾与著名小说家德莱塞、诗人弗罗斯特和女作家华顿一起驰名全国。到了30年代,她受到一些批评和指责,声誉有点滑坡。

后来,学界又重新认识到她小说的重要价值,肯定她在美国文学史上不可或缺的地位。

4) 文本名段点击①:

A. 安东尼娅随父亲希默达移居美国后在草原安了家,开始拓荒:

The Shimerdas were in their new log house by then. The neighbours had helped them to build it in March. It stood directly in front of their old cave, which they used as a cellar. The family were now fairly equipped to begin their struggle with the soil. They had four comfortable rooms to live in, a new windmill—bought on credit—a chicken-house and poultry. Mrs. Shimerda had paid grandfather ten dollars for a milk cow, and was to give him fifteen more as soon as they harvested their first crop. (p.105)

B. 安东尼娅待人热情大方,处处受欢迎:

There was a basic harmony between Antonia and her mistress. They had strong, independent natures, both of them. They knew what they liked, and were not always trying to imitate other people. They loved children and animals and music, and rough play and digging in the earth. They liked to prepare rich, hearty food and to see people eat it; to make up soft white beds and to see youngsters asleep in them. They ridiculed conceited people and were quick to help unfortunate ones. Deep down in each of them there was a kind of hearty joviality, a relish of life, not overdelicate, but very invigorating. I never tried to define it, but I was distinctly conscious of it. I could not imagine Ántonia's living for a week in any other house in Black Hawk than the Harlings'. (pp.156-157)

C. 安东尼娅不怕劳累,像男人一样下地干活:

"The next time I saw Antonia, she was out in the fields ploughing corn. All that spring and summer she did the work of a man on the farm; it seemed to be an understood thing. Ambrosch didn't get any other hand to help him. Poor Marek had got violent and been sent away to an institution a good while back. We never even saw any of Tony's pretty dresses. She didn't take them out of her trunks. She was quiet and steady. Folks respected her industry and tried to treat her as if nothing had happened. They talked, to be sure; but not like they would if she'd put on airs. She was so crushed and

---

① 下列引文选自 Willa Cather, *My Antonia*, The Modern Library, 1996。

quiet that nobody seemed to want to humble her. She never went anywhere. All that summer she never once came to see me. At first I was hurt, but I got to feel that it was because this house reminded her of too much. I went over there when I could, but the times when she was in from the fields were the times when I was busiest here. She talked about the grain and the weather as if she'd never had another interest, and if I went over at night she always looked dead weary. (p.269)

3. 其他重要作品链接

A. 长篇小说：

《亚历山大的桥》(*Alexander's Bridge*, 1912)

《啊,拓荒者!》(*O Pioneers!*, 1913)

《云雀之歌》(*The Song of the Lark*, 1915)

《我们中的一员》(*One of Ours*, 1922)

《一个迷途的女人》(*A Lost Lady*, 1923)

《教授的住宅》(*The Professor's House*, 1925)

《我的宿敌》(*My Mortal Enemy*, 1926)

《死神来找大主教》(*Death Comes for the Archbishop*, 1927)

《岩石上的影子》(*Shadows on the Rock*, 1931)

《沙菲拉与女奴姑娘》(*Sapphira and the Slave Girl*, 1940)

B. 短篇小说集：

《特罗尔花园》(*The Troll Garden*, 1905)

《青年与聪明的美杜莎》(*Youth and the Bright Medusa*, 1920)

《模糊的命运》(*Obscure Destinies*, 1932)

《老美人及其他》(*The Old Beauty and Others*, 1948)

C. 评论集：

《不在四十岁以下》(*Not Under Forty*, 1936)

4. 著作获奖信息

1923 年《我们中的一员》荣获普利策奖。

1944 年荣获美国文学艺术学院金质奖章。

第六章 现代主义诗歌的兴起

第一节 艾米莉·狄更生和她的短诗

1. 生平透视

艾米莉·狄更生(Emily Dickenson, 1830—1886)往往被誉为英美现代意象派诗歌的先驱者,1830年12月10日生于马萨诸塞州阿默斯特一个文化人之家。父亲是个律师,曾当选国会议员。祖父是当地阿默斯特学院的创办人,有一定社会声誉。她从小爱好文学,读过莎士比亚戏剧、济慈和勃朗宁夫妇的诗歌,特别敬重诗人爱默生。她反复细读《圣经》,孝顺父母,热爱家庭,尽心照料患病的母亲,下厨为父亲烤面包,陪哥哥的孩子玩耍。父亲生前对她管教太严,她有点不满。但父亲去世后,她感到失去重大的精神支柱,悲痛万分。她曾在阿默斯特学院读过两年。1847年秋,她升入霍里约克女子学院读了一年,因拒绝校长要求全校师生圣诞节禁食和闭门思过,被校方遣送回家。她父亲决定留她在家中自学。后来,她去阿默斯特学院跟女生们合编小报《森林叶子》,还参加一些教授家举办的派对,心情好多了。但她经常不出门,社交活动很少,朋友也不多。二十岁小小年纪时,她就想独居。虽恋爱过两次,但终身未婚。

1870年以后,狄更生偶尔去哥哥家或邻居家串门,大部分时间在家里干点家务,或去花园里劳动。后期,她的隐居生活达二十年。她试写诗,抒发内心的感受。她想象力出众,感情炽热,触景生情,几乎见到和听到的人和事都可成诗。母亲去世后,她伤心过度,病倒了。她坚持给朋友写诗写信。她一生写的诗近两千首,但生前仅发表7首。她写诗为了自娱,也为了与朋友联络感情,不急于公开发表。

1886年5月15日傍晚,狄更生因肾病在家中平静地离开人世,享年56岁。去世后,她终身未婚的妹妹拉维尼亚在她的卧室里发现了大量诗稿,1890年从中选了一百一十五首编成《艾米莉·狄更生诗集》出版。此后,又出现一些别人编辑的诗集,可是都不全。1955年托马斯·约翰逊主编的《艾米莉·狄更生诗全集》,保持了诗人作品的原貌,按时间的顺序编号,不加题目。此诗集受到学者们和读者们的欢迎。

1984年,女诗人狄更生的名字,与大诗人惠特曼和诗人爱伦·坡一起,被刻在纽约市圣约翰大教堂新建立的"美国诗人角"里的纪念石碑上。她和她的诗将永远留在后人的心间。

2. 代表作扫描

像惠特曼一样,狄更生也是美国新诗的开拓者、自由诗的创造者,歌颂新兴的美国。但两位诗人各有特色。惠特曼面对美国的大好河山,歌颂各阶层的劳动人民;狄更生则以新英格兰地区为主,表露自己的内心感受;惠特曼着重展示广阔的人世间和宇宙,也触及人的灵魂;狄更生则更重视人的内心秘密——喜怒哀乐的探索。两人都想摆脱旧诗歌传统的束缚,致力于自由诗的试验和创新。惠特曼擅长叙事与抒情相结合的长句和诗节;狄更生则善于运用简洁生动的意象构成的短句,写成感情真挚的自由诗。

狄更生的短诗成了她的代表作。它们的内容丰富多彩,涉及生活的方方面面,寓意深刻。艺术形式上风格奇特,新意浓浓,深受读者的欢迎和喜爱。

1) 主要内容和观点盘点:

狄更生的诗篇从内容上来说,大体包括大自然、爱情、死亡和人生四个方面。女诗人经常沉浸在大自然的怀抱里,钟爱春夏秋冬四季轮回,享受无限的乐趣。春天将她引入一个无比快乐的世界;夏天"从草丛中传出音乐",令她陶醉不已;秋天"收割后的田野……沐浴着第二次阳光",使她充满丰收的喜悦;冬天则令她忧郁满怀。户外的大雪和狂风与室内的宁静和温暖成了鲜明的对比,真教人悲喜交加。但色彩斑斓的四季图景让她难以忘怀。她爱太阳和月亮,更爱大海和森林。朝阳和晚霞使她寄托深情。大自然中的花鸟都走进她诗中。知更鸟、蜂鸟、蜘蛛和蜜蜂都在她心里留下它们的足迹。一只小蜜蜂也会激起她的灵感,成为她诗里的意象。蜘蛛则成了"好像艺术家"的"功绩超群"的工匠。

花卉,特别是玫瑰经常出现在狄更生诗里,成了她抒发感情的得力媒介。但她不同于其他诗人,将玫瑰当作真诚和甜美的爱情的象征而大加歌颂,而是用玫瑰高雅而难长久的特点来暗喻自己孤寂而沉郁的一生。她在诗里写道:"啊,小小的玫瑰——像你这样的身体多么容易早逝!","而我是玫瑰!"诚然,她并没有忽略玫瑰的高雅和庄重:"当她躺下——使夏天——永久芬芳——"。

同时,狄更生也赞美朴实无华的三叶草。她往往将颂花诗赠给亲友当礼物。花卉成了她自励自强的象征和高尚的审美情趣,具有丰富的文化内涵和强烈的艺术感染力。

爱情是狄更生诗歌的一个重要主题。她像19世纪许多美国诗人一样,重视对爱情的描述。她终身未婚,对爱情寄予厚望,但一生找不到理想的感情归宿,只好在心灵中体验爱的滋味,从上帝身上感受爱的温暖。有人说上帝变成她镜中的"丈夫"。她将太阳和高山比作情人,自己成了沐浴着阳光的雏菊。有时,她将男女双方比作蜜蜂和鲜花,互相吸引不分离。两次恋爱失败使她"遭受重创",令她恐惧不已。但她并未放弃结婚的希望:"黎明时,我将成为——妻子——日出——你可否给我一面旗子?"爱情时常带给她痛苦,但她并不绝望。

死亡是狄更生另一个诗歌的重要主题。在她全部的诗篇里,以死亡为主题的约占三分之一。她多角度地探讨了死的含意和对生的期盼。在女诗人看来,人的生命是最宝贵的。生命对每个人来说仅一次。面临死,人总有点怕。亲人的死同样使女诗人痛苦万分。她在《我的生命结束前》里写道:

> 这么巨大而无望的悲痛,
>
> 犹如前两次难以想象,
>
> 离别是我们对天堂所了解的一切,
>
> 也是我们需要知道的地狱的全部。

狄更生对两位好友牛顿和汉弗莱的去世深感悲伤和失望。她茫然不知死神何日找到自己头上。在另一首诗里,她又提到"两次像乞丐站在上帝的门前",惆怅万分。这说明她将两位好友的生命视同自己的生命一样珍惜。但死亡是任何人无法摆脱的。所以她只能苦苦地为他们向上帝哀求,但没有效果。

然而,狄更生并不害怕死亡。在她看来,死亡犹如长眠,是人的灵魂走向永恒。她在诗中生动地展示了人在弥留片刻的痛苦和快乐。她常常"坐在死者身边",沉着地观察人的死亡过程,亲身感受人临终的反应。她写道:

死亡!夜间死亡!

有人会捎来亮光?

让我看清哪条路

通往积雪的永恒?

不仅如此,女诗人为了让人分享她对死亡的感受,有时领着读者走进死者的坟墓,看看黑檀木盒里一卷卷发丝、褪色的花朵或变黄的信笺,亲切地回忆死者生前的音容笑貌,显示友情的可贵。宗教色彩往往比较浓烈。在她笔下,死神有时并不那么凶恶,而成了笑容满脸的求婚者,请她一起走进天堂。死神成了上帝使者的化身。女诗人常常感慨生者的可悲和死者生前的可怜——"拒绝关爱"。活着的人让她最怀念。她念念不忘她生前的好友,记挂他们的生活,担心他们受当时旧习俗的折磨。

人生也是狄更生在诗里十分关注的主题。她往往将人生与痛苦相联系,展示人们生活的艰辛和精神的困惑。她从个人内心的真实感受来剖析社会的林林总总,从不同的侧面描绘了一幅灵魂的风景图,生动地展现她的人生观、道德观、宗教观和世界观,给读者留下难忘的印象。她总感到人世间的一切都是令人痛苦的。她的心情很沉重,不相信"真的会有清晨?真的会有白天?"

2) 风格和语言聚焦:

像大诗人惠特曼一样,狄更生不受英美传统诗歌格律的束缚,采用自由诗的形式很自然地表现诗歌的主题。她的自由诗不同于惠特曼的自由诗,形成了独特新颖的风格,为20世纪现代主义诗歌奠定了基础。

狄更生的诗简短、紧凑、含蓄而优美。她像诗人艾德加·爱伦·坡一样,注重探讨人的心灵深处隐蔽而阴暗的一面,将人生与死亡相联系,又把死亡和坟墓戏剧化了。她的诗篇体现了她博学多才和独特见解,委婉地表露女诗人内心的痛苦,揭示当时束缚人们认识的局限和旧习俗造成的恶果。同时,女诗人也纵情歌颂大自然的美色,赞美春夏秋冬的盛景和一花一虫的可爱,内容新颖,令人耳目一新。

第六章
现代主义诗歌的兴起

狄更生酷爱自由,追求创新。她在诗中大量运用意象,将具体意象与抽象的理念相结合,用浓缩的形式表达出来。意象鲜明、具体,每首诗有个主导意象。有时,几个意象并列或重叠,也有不连贯或省略,造成含混,令人费解。如写蛇的诗:

> 一条细长的怪物在草里
> 有时游过来
> 你也许见过它——不是吗?
> 它突然出现——
>
> 草向两侧分开像梳子梳过——
> 你看见一根斑点的长竿——
> 随后它游到你脚边
> 又继续往前游去

这首诗里写蛇,通篇未提及"蛇",只写它的游动和周围的动静,令人惊讶又赞叹。

女诗人喜欢用日常用语、短词和短句。语言简练,想象奇特,字字珠玑,富幽默感,隐含哲理,时有警句妙语。她特别爱用大写字母和破折号,颠倒词语的普通含义:

Presentiment

Presentiment—is that long Shadow—on the Lawn—
Indicative that Suns go down—

The Notice to the startled Grass
That Darkness—is about to pass—

预 感

预感——是那长长的影子——掠过草地
是太阳下山的暗示——

> 对惶恐的青草预告
>
> 那黑暗就要来到——

短诗《预感》用了六个破折号来加强语气,以表示过渡、跳跃和省略的因素,形成韵律上的起伏。Shadow, Suns, Notice, Grass 和 Darkness 五个名词第一个字母都用大写,Suns(太阳)竟用复数。第一行与第二行押韵,第三四行也押韵。

不过,在韵律方面,狄更生没有采用英诗传统的五音步抑扬格,而喜欢不规范的自由诗。她的短诗看起来像民歌,又像圣诗。她总是按诗的实际需要,灵活地采用谐音和半谐音,韵律长短不一,但读起来格外流畅新鲜。

在遣词造句方面,狄更生也有独到之处。她别出心裁地用色彩形容词来搭配抽象名词:如"深红的经历"、"鲜绿的感伤"、"棕色的吻"和"蓝色和金黄色的错误"等等。这些有点古怪的搭配受到现代派小说家斯坦因的青睐和接受,在小说中加以运用和发挥,影响无法估量!

3) 意义和影响总览:

狄更生一生共写了一千七百七十五首短诗,生前仅发表七首[①]。她与惠特曼不同,惠特曼在世时虽历经坎坷,总算获得学界的公认,加上爱默生的鼎力推荐,已成为誉满英美的名诗人。狄更生生前则默默无闻,曾留言将诗作烧毁。然而,她谢世后不久,她妹妹从她卧室内一个盒子里发现了她的诗作,便找朋友希金森等人帮忙,1890年出版了狄更生诗歌一百一十五首,渐渐引起了学界的重视。随后又出版了两部诗集和两部书信集。1914年又有她更多的诗篇与读者见面,终于奠定狄更生在美国诗坛的地位。但有分量的评论文章屈指可数。1950年哈佛大学出版社买了狄更生全部诗作的版权。1955年由托马斯·约翰逊和西奥多·沃德合编的《狄更生全集》(含诗篇和书信各三卷)终于问世。狄更生在50年代中被重新发现,她在美国文学史上的地位得到了肯定。

作为一位性格孤僻的女诗人,狄更生对生活观察入微,描述细腻,内心感情非常丰富。她坚持不懈地探索人的心灵深处的奥秘。她以短小精悍的诗,写出了人生的遭遇和死亡的痛苦,揭示当时社会的危机感。她赞颂真诚的爱

---

① 据美国学者近年考证,狄更生生前发表的诗,已发现的有十首。

情和友谊,歌唱大自然的美景,热爱美国大地上的一草一木,许多花卉和昆虫。她也揭露时弊和旧习俗对人们的危害,同情别人的命运。她的诗作体现了美国本土的特色。

狄更生身体娇小,多愁善感,体弱多病,终身未婚。她个性坚强,献身诗艺,矢志不移。她对人的生与死作了反复的思考,对死亡与痛苦做了不懈的探究。此生与来世,她想了很多。她心里信仰上帝,却很少去教堂做祈祷。她最早意识到基督教的信仰危机,对上帝又信又不信。她追求自由,反对旧传统的束缚。她对亲友的遭遇爱莫能助,感到无奈。她的诗里洋溢着悲观的哀怨,体现了19世纪后期时代精神的特点。

狄更生对诗歌创作,态度十分严肃认真。她强调"为美而死"和"为真而死"。真善美成了她毕生创作的追求目标。她出身名门,生活安逸。感情生活的缺失使她深感没有爱情的痛苦。大自然的花鸟和草木给了她无限的慰藉和灵感。但大自然对人类冷淡,上帝又不给予关照。这令她感到痛苦和失落。为此,她内心不安,无法解脱,甚至失去知觉,难以弥合内心的创伤。到了后期,她终于振作起来,用心升华了绝望之情,摆脱了悲观情调,铸成快乐而自足的高尚情操,相信未来会好起来。

狄更生以平常的心态度过了平凡的一生。她谦虚谨慎,严格要求自己。她自称"我是个无名小卒!",认为自己是个"没有经验的作家"。她写诗不是为了发表,也不是为了成名成家。但她在《这是我写给世人的信》一诗里希望"……亲爱的同胞,评价我时请客气点。"她期待着姗姗来迟的成功。哪怕是一点一滴,也该是多么甜美! 她认为"对从未成功的人来说,成功当然是最甜美的。"历史的发展证实了女诗人的预言和期盼。可惜她没等到这一天就离开人世了。

与惠特曼相比,狄更生的生活天地比较狭小,她没有像惠特曼那样,关注重大社会问题,发出时代的最强音。但她擅长心理描写,细腻地表露她对现实的感慨,拉近了与现代读者的距离。她最好的诗作有不少嘲讽庸俗的情操;有的讽刺宗教的伪善;有的提醒人们生存的危机感。她的诗情真意切,往往激起读者的共鸣而爱不释手。

狄更生的诗歌,艺术风格独树一帜。她勇于创新,不落俗套。她跟惠特曼一样，力求打破英美诗歌传统的格律韵式，自由又自然地抒发自己的情感。她大量采用意象，追求诗情画意的新境界，运用破折号和重要单词的大写字母，突出诗歌的主题，用新的搭配颠覆单词的一般含义等等。她的创新性和现代性超越了惠特曼，为美国现代派诗人们所赞赏。因此，狄更生被认为是美国20世纪现代主义诗歌的杰出先驱者。

4) 文本名诗点击①：

A.《因为我不能为死亡而停步》

Because I Could Not Stop for Death②

Because I could not stop for Death—
He kindly stopped for me—
The Carriage held but just Ourselves—
And Immortality.

We slowly drove—He knew no haste
And I had put away
My labor and my leisure too,
For His Civility—

We passed the School, where Children strove
At Recess—in the Ring—
We passed the Fields of Gazing Grain—
We passed the Setting Sun—

Or rather—He passed Us—
The Dews drew quivering and chill—
For only Gossamer, my Gown—
My Tippet—only Tulle—

---

① 下列引文选自 Cleanth Brooks, R. W. B. Louis, Robert Penn Warren 合编 *American Literature*: *The Makers and the Making*, St. Martin's Press, 1973, 1974。

② 批评家艾伦·塔特(Allen Tate)认为："这是英语诗歌中最完美的诗之一"。

We paused before a House that seemed

A Swelling of the Ground—

The Roof was scarcely visible—

The Cornice—in the Ground—

Since then—'tis Centuries—and yet

Feels shorter than the Day

I first surmised the Horses' Heads

Were toward Eternity— (p.1250)

B.《灵魂选择自己的伴侣》

The Soul Selects Her Own Society

The Soul selects her own Society—

Then—shuts the Door—

To her divine Majority—

Present no more—

Unmoved—she notes the Chariots—pausing—

At her low Gate—

Unmoved—an Emperor be kneeling

Upon her Mat—

I've known her—from an ample nation—

Choose One—

Then—close the Valves of her attention—

Like Stone— (p.1243)

C.《狂乱的夜晚》

Wild Nights—Wild Nights!

Wild Nights—Wild Nights!

Were I with thee

Wild Nights should be

Our luxury!

Futile—the Winds—
To a Heart in port—
Done with the Compass—
Done with the Chart!

Rowing in Eden—
Ah, the Sea!
Might I but moor—Tonight—
In Thee! (p.1243)

D.《我死时听见苍蝇嗡嗡叫》

I Heard a Fly Buzz—When I Died

I heard a Fly buzz—when I died—
The Stillness in the Room
Was like the Stillness in the Air—
Between the Heaves of Storm—

The Eyes around—had wrung them dry—
And Breaths were gathering firm
For that last Onset—when the King
Be witnessed—in the Room—

I willed my Keepsakes—Signed away
What portion of me be
Assignable—and then it was
There interposed a Fly—

With Blue—uncertain stumbling Buzz—
Between the light—and me—
And then the Windows failed—and then
I could not see to see— (p.1249)

第二节 意象派诗歌兴衰扫描

1. 意象派诗歌运动透视

1908年,英国诗人弗林特、奥丁顿和哲学家休姆对维多利亚时代诗歌的衰退感到忧虑,一起商讨新诗的途径。不久,美国诗人庞德到了伦敦,与他们不谋而合,共同发起意象派诗歌运动。它成为美国现代主义诗歌的开端。

1912年11月,庞德编辑出版了诗集《回击》,书中收入由五首诗组成的《T·E·休姆诗歌全集》。庞德写了"后记",首次使用"意象主义"(Imagism)一词,并说明原先的新诗人小组已解散,但仍继续活动。今后的新诗人是谁?他未加说明。其实是在大学读书的美国女诗人希尔达·杜丽特尔(简称H.D.)和后来娶了她的英国诗人奥丁顿以及庞德自己。休姆已跟他们分手,但庞德仍尊称他为意象主义诗歌运动的发起人。

1913年,芝加哥女诗人哈丽特·门罗热情支持意象主义诗歌运动。她主编的《诗刊》三月号发表弗林特的《意象主义》和庞德的《意象主义诗人的几个"不"》两篇论文。《诗刊》是个小刊物,但这两篇论文影响很大。

两位诗人在论文里提出了他们的主张。弗林特指出意象主义诗歌创作三原则:(1)不论主观或客观,对"事物"(题材)要直接处理;(2)绝对不用对表达无益的词;(3)在押韵上采用有音乐性的词语,不用格律形式。至于何谓意象?他未作正面回答。庞德同意这三条原则,并补充了"四不"的要求:(1)不用多余的词,不用不能反映什么的形容词;(2)不要抽象化,不要在平庸的诗中重复散文讲过的事;(3)不用虚饰,即使最好的虚饰也不用;(4)不要将材料故意拆成零散的抑扬格。庞德大胆地用一句话概括了意象的定义:"它是指表达瞬间的智慧和情感的一种综合体。"《诗刊》第一次提到"意象主义",打破了美国诗界的沉寂,引起了同行的密切关注。

《诗刊》成了意象派诗人的园地。1913年一月号刊载了庞德推荐的女诗人H.D.的短诗《果园》、《道路之神》和《警句》。第二年年初,伦敦的《利己主义者》杂志又发表了她的《奥里德》。这被称为第二批意象主义诗歌。H.D.的诗用词简洁而不规则,富有音乐性,深受庞德的好评。他高兴地说,意象主义诗歌已奠定了基础。

随后,庞德发表了《杜丽亚》和《归来》等简洁、精练的短诗,特别是《在地铁站》成了传世名篇,刊于《诗刊》4月号。它成了意象派诗歌的最优秀代表作。

1914年1月,为了进一步扩大影响,庞德和奥丁顿在伦敦创办了《利己主义者》杂志。许多英美诗人如弗林特、H.D.、艾米·洛厄尔、威廉·卡洛斯·威廉斯和劳伦斯纷纷投稿。H.D.的名声最响。1914年春,庞德为他主编的《几位意象派诗人》选用了法文书名"DES IMAGISTS",由11位诗人的作品组成。美国女诗人艾米·洛厄尔倡议成立新的意象主义俱乐部,每年在美国出一本诗集,庞德同意了。意象主义终于被引入美国诗坛,推动了美国新诗的发展。

意象主义运动从1915年至1917年又出了三本诗选。1915年的版本质量最好。庞德在序言里将弗林特的三原则扩充为六条,使原先的主张更明确。这六条是:(1)使用准确的普通词汇;(2)创造新的节奏作为情感表达的新方式,不模仿旧节奏;(3)允许选材的绝对自由;(4)创造一个意象,要有准确的细节,而非含糊的一般形象;(5)写出确实而明白的诗;(6)浓缩是诗的本质。这六条比原先的三条更明确了意象派诗人的特点,其实并没增加什么新东西。不过后来,诗人洛厄尔和H.D.又加以发展。但意象派诗歌并不浓缩,也欠精练,存在一定的局限性。

1917年,庞德离开了意象派,转向漩涡派诗歌运动。意象主义运动宣告收场。它对许多英美青年诗人产生了深远的影响,出现了不少好作品。

2. 名家精品点击

A. 庞德的《在地铁站》:

In a Station of the Metro

by Ezra Pound

The apparition of these faces in the crowd;
Petals on a wet, black bough.

B. H.D.的《热》：

Heat

by H.D.(Hilda Doolittle)

O wind, rend open the heat

Cut apart the heat,

Slit it to tatters.

Fruit cannot drop

Through this thick air;

Fruit cannot fall into heat

That presses up and blunts

The points of pears,

And rounds grapes.

Cut the heat;

Plough through it,

C. 卡尔·桑德堡的《雾》：

Fog

by Carl Sandburg

The fog comes

on little cat feet.

It sits looking

over harbor and city

on silent haunches

and then moves on.

D. 威廉·卡洛斯·威廉斯的《红色手推车》：

Red Wheelbarrow

by William Carlos Williams

So much depends

upon

a red wheel

barrow

glazed with rain

water

beside the white

chickens.

以上四首都是最有代表性的意象派诗作，常常入选英美各种选集或教科书。特别是庞德的《在地铁站》更受欢迎。据说，《在地铁站》是从诗人初稿 30 个诗行压缩而成的。庞德在诗中写他对巴黎协和广场的印象。他隐去动词，突出意象，令人耳目一新。这首诗被誉为意象派诗歌最好的代表作。

第四部分
两次世界大战之间时期（1914—1945）

第一章 时代浏览 Chapter 1

重要史实实录

1914—1918　第一次世界大战。

1916—1924　巴黎成为全球现代主义运动中心。

20 年代美国出现了第二次文艺复兴。

1929 年　美国纽约华尔街银行倒闭,发生了大萧条经济危机。

1930 年　辛克莱·路易斯成了第一位荣获诺贝尔文学奖的美国作家。

1933 年　罗斯福入主白宫,实行"新政",应对经济危机。

1936 年　7 月西班牙内战爆发。

1936 年　尤金·奥尼尔荣获诺贝尔文学奖。

1938 年　赛珍珠荣获诺贝尔文学奖。

1939 年　3 月佛朗哥夺取了政权,西班牙进步力量被打败。

1939 年　9 月 1 日德国希特勒进攻波兰,两天后英法对德宣战,第二次世界大战打响。

1941 年　12 月 7 日本偷袭珍珠港,美国改变中立态度,加入同盟国,对日宣战。

1945 年　5 月苏联红军攻克柏林,与盟军在易北河会师后,德国宣布无条件投降。

1945 年　8 月苏联红军出兵中国东北,歼灭日本百万关东军,美国在日本长崎和广岛投下原子弹,日本宣佈无条件投降。

1914 年 7 月,第一次世界大战在欧洲爆发了。英国、法国、俄国、意大利

第一章
时代浏览

和美国组成协约国,与德国和奥匈帝国和后来加入的土耳其、保加利亚结成的同盟国进行殊死的拼杀。起先,美国总统威尔逊宣布中立,垄断财团和军工企业给交战双方大卖军火,从中赢利。但美国商船在大西洋多次遭到德国潜艇袭击。美国总统威尔逊不得不于1917年4月6日正式对德国宣战,并以"为结束一切战争而参战"的口号动员美国青年去欧洲打仗。协约国很快全面反击。1918年,德国代表战败的同盟国签订了凡尔赛和约。第一次大战画上句号。

作为欧洲列强之间的争夺战,第一次世界大战造成了惨重的损失,军人和平民死亡达一千七百万人,受伤的共两千一百多万人,经济损失大大超过二百亿美元。奥匈帝国倒塌了,德国和俄国也溃散了。其他国家一片衰败的乱象。1917年,俄国十月革命胜利了。世界上第一个社会主义国家成了人类的希望。

战后,欧洲列强的重创使各国文化界充斥着对西方文明的悲观失望情绪,对过去的历史传统,尤其是道德观和价值观产生了怀疑,诚如诗人T.S.艾略特在长诗《荒原》(1922)中所描绘的伦敦、巴黎、雅典、罗马等大城市的衰败景象。德国哲学家尼采1884年1月曾在他的名著《查拉图斯特拉如是说》里借主教之口说出:"上帝死了"。在充满暴力的欧洲,人们举目无亲,不知道明天何去何从?西方社会走进了"荒原时代",而许多参战的青年一代都成了漫无生活目标的"荒原人"。

受战火洗礼的法国汇集了各种想变革、求生存的现代主义思潮。巴黎成了国际现代主义文艺思潮的中心。先锋派、达达主义、超现实主义和未来主义等流派十分活跃。它们吸引了许多英美青年作家,如海明威、多斯·帕索斯、菲兹杰拉德、庞德、艾略特、乔伊斯等等。后来,海明威从巴黎崛起,成了文坛新星,被誉为"迷惘的一代"的代表。

与法国等欧洲列强相比,美国伤亡不大,经济上大捞一把,军事实力大增,国际地位提高了。许多青年参战回国后刻意模仿法国人潇洒浪漫的风度,男的穿浣熊皮夹克,戴蛤蟆镜,背旅行水壶,女的烫头发,穿超短裙,不受传统的约束。这种新时尚冲击了根深蒂固的清教主义社会习俗。

不仅如此,年轻人对禁酒令根本不理睬。他们以巴黎人为榜样,纵情酗酒,自由自在。夜总会应运而生,鸡尾酒会到处出现,白酒销量猛增,社会治安恶化,暴力事件层出不穷。走私卖酒和诈骗犯罪成了新行业,不少人铤而走险。一个狂欢享乐,追求物质享受的新时代出现了。这就是爵士乐时代。

作家菲兹杰拉德的长篇小说《了不起的盖斯比》(1925)描绘了爵士乐时代"美国梦"的破灭,震撼了广大读者。许多优秀的长篇小说先后涌现,如辛克莱·路易斯的《大街》(1920)、《巴比特》(1922)、德莱塞的《美国的悲剧》(1925)、海明威的《太阳照常升起》(1926)和《永别了,武器》(1929)、福克纳的《喧嚣与骚动》(1929)等等。文艺界呈现欣欣向荣的新气象。这20年代小说的繁荣被称为伟大的"第二次文艺复兴"而载入史册。

1930年终于迎来了美国文学的新突破。小说家辛克莱·路易斯荣获了诺贝尔文学奖。他是第一个获此殊荣的美国作家。意义极不平凡。它说明以前欧洲人将美国文学当成英国文学的分支的老观点过时了。美国文学已经成为独具特色的民族文学。它可以与英国文学并驾齐驱了。

现代主义诗歌也由欧洲传入美国。1909年,诗人庞德去伦敦,跟英国哲学家休姆、诗人弗林特和福特发起意象主义诗歌运动。不久,女诗人艾米·洛厄尔去伦敦找庞德,将意象主义诗风引入美国。1913年,芝加哥女诗人哈丽特·门罗主编的《诗刊》多次刊登意象派诗歌和庞德的论文,将意象主义传播到全国各地,受到许多青年诗人的关注。自由诗成了主要的诗歌形式,涌现了五大诗人如庞德、艾略特、弗罗斯特、威廉斯和史蒂文斯等一批新生代的诗人。诗坛日益兴盛。戏剧也有了新突破,特别是戏剧大师奥尼尔的出现。1936年,他荣获了诺贝尔文学奖,标志着先前沉寂的美国戏剧正以新姿态走向世界。

1933年11月,美国政府正式承认前苏联。双方建立了正常的外交关系。美国一些财团垂涎那里的广阔市场,文化界则赞赏那里的社会主义文学。多斯·帕索斯、德莱塞和里德等一批作家先后访问前苏联。他们回国后发表了不少观感和评论,增进了读者对那个新型国家的了解。美国学术界开始将大文豪高尔基的文学作品译介进来,有力地促进美国作家学习和创作现实主义作品。

1929年,华尔街银行一家接着一家突然倒闭,美国进入大萧条时期。1933年罗斯福继任总统,实行"新政",面对危机。这场经济大萧条引发了一场全球性的经济和政治危机。有些国家极端势力卷土重来。1933年1月,希特勒上台,宣布废除《凡尔赛和约》,重整军备,蠢蠢欲动。1936年7月,西班牙内战爆发。军队头目佛朗哥发动军事政变,对抗新建立的共和政府。他在德国和意大利法西斯的支持下,1939年3月夺取了政权。1931年9月,日本占领中国东北三省,建立伪满政权。1937年7月,又发动卢沟桥事变,大肆侵略中国。1939年,希特勒吞并捷克,9月1日又进攻波兰。两天后,英法对德宣战,揭开了第二次世界大战的序幕。在罗斯福总统的请求下,美国国会于同年11月修改了中立法,同意向英法供应武器,支援他们抵抗德意法西斯的侵略。1941年秋天,罗斯福总统与英国首相丘吉尔秘密会晤,签订了《大西洋宪章》,正式宣布公开结盟,对德意宣战。同年12月7日,日本偷袭珍珠港,美国正式对日本宣战,出兵亚洲抗击日本的侵略。

1941年6月22日,希特勒突然撕毁1939年8月与前苏联签订的互不侵犯条约,集中机械化部队进攻前苏联,遭到了红军和广大人民的顽强抵抗。不久,红军发动了斯大林格勒大会战,生擒了德军元帅鲍尔斯,迅速扭转了战局,并以闪电般的反击,直捣德国首都柏林。1944年6月6日,英美盟军以海空优势在诺曼底登陆,横扫德军,飞快地解放法国,挺进德国本土。1945年5月7日,红军与盟军在易北河胜利会师,德国宣布无条件投降。同年8月9日,苏联红军进入中国东北歼灭日本百万关东军。美国在长崎和广岛投下两颗原子弹,日本大势已去,9月2日签字无条件投降。这场人类历史上最残酷的战争终于以法西斯侵略者彻底灭亡告终。战后,世界各地陆续出现了新的政治地理版图,各国发生了新变化。

从1929年至1945年,美国经历了紧张不安的困难时期。从大萧条经济危机到残酷的战争年代,美国作家们经受了严峻的考验。文坛上涌现一支左翼作家生力军如约翰·里德、麦克尔·高尔德、考德威尔、马尔兹和法雷尔等。左翼刊物格外活跃。其他作家思想认识大有提高,有的学习马克思的《资本论》,加深了对资本主义制度弊病的理解;有的下基层,接触工人罢工运动,了解下层民众的艰辛;有的大力支持西班牙的民主力量,提高了对法西斯的认识,后来勇敢地投入第二次世界大战,反对法西斯侵略,捍卫世界和平。海明威、福克纳和多斯·帕索斯等作家纷纷转向"政治缪斯",写出了新名篇,获得了读者们的欢迎。戏剧家奥尼尔和小说家赛珍珠分别于1936年和1938年荣获诺贝尔文学奖。他们进一步扩大了20年代"第二次文艺复兴"的成果,使美国文学更贴近生活、贴近现实,走进蓬勃发展的新阶段。

第二章 大放异彩的现实主义作家们 Chapter 2

第一节 辛克莱·路易斯与《巴比特》

1. 生平透视

辛克莱·路易斯(Sinclair Lewis, 1885—1951)是第一个荣获诺贝尔文学奖的美国小说家,1885年2月7日生于明尼苏达州"索克中心"镇一个医生家庭。他六岁时母亲因病去世。后来,他父亲再婚,继母很疼爱他。十七岁时,他升入芝加哥奥伯林学院预科,1903年转读耶鲁大学文学院,1908年从该校毕业。他当过新闻记者,成为美国社会党成员,信仰过萧伯纳费边社社会主义。他曾参加厄普顿·辛克莱创办的乌托邦社会主义居民区"赫利孔村社"试验。1912年,他开始试写小说,发表于报刊上,后来他为了挣钱养家,接连写了六部通俗浪漫长篇小说,但评论家没有反应。1920年,第七部长篇小说《大街》与读者见面,受到学者和读者的好评,正式荣登美国文坛。

路易斯出名以后,到美国和欧洲各地走访,处处受欢迎。1922年,长篇小说《巴比特》问世,好评如潮。1923年出版的《阿罗史密斯》第二年荣获普利策奖,但他拒绝领奖。接着,他在1927年和1929年又分别发表了《艾尔默·甘特利》和《多兹华斯》。这一切成果使他于1930年成了第一位荣获诺贝尔文学奖的美国作家。

获奖以后,路易斯誉满全球。他继续勤奋写作,接连又写了《寻求上帝的人》(1949)和《世界这么大》(1951)等十部长篇小说,可是大部分不如以前写的十部作品。比较看好的是《不能在这里发生》(1935)和《王孙梦》(1947)。这两部小说主题深刻,但艺术性较差。晚年,路易斯力不从心,没有新作问世。

1951年1月10日,他在意大利罗马突发心脏病去世。他的骨灰运回美国,在家乡入土为安,受到亲属和朋友们的怀念。

2. 代表作扫描

《巴比特》(*Babbitt*)是辛克莱·路易斯最优秀的代表作。小说成功地塑造了中产阶级典型形象、主人公乔治·巴比特,有力地讽刺了城市中产阶级的浮夸虚荣和贪婪自私,生动地揭露了商业文化的本质。"babbitt"一词被收入《韦氏英语大词典》,成了现代美国自私势利的中产阶级的同义词。

1) 故事和人物盘点:

四十六岁的房地产经纪商乔治·巴比特是美国中西部津尼斯市的名人之一。他生于卡巴托村,后来入州立大学攻读,毕业后成了一个房地产商人,经常出入于津尼斯市和纽约市社交界。他一心为了赚钱,不择手段地到处钻营,如加入国际商人组织"扶轮社"和远足高尔夫乡村俱乐部,巴结富豪,广交政客,壮大自己的声势,成为该市出席全州房地产联合会大会的唯一代表。他积极参与各项政治活动,成了选区的领袖,帮助普劳特当选市长,从中大捞一把。他经常携妻女上教堂祷告,装成虔诚的教徒,骗取人们的信任,为做生意开路。他在市里高级住宅区有栋现代化的房子,妻子温柔体贴,子女上了大学,他自诩"好丈夫"、"好爸爸"和"好市民"。但他并不满足。他野心勃勃,自私自负,庸俗保守,却想将津尼斯市建成"美国最稳定、最伟大的城市"。他认为机器设备是"真与美的象征",一切东西都应标准化,市民都要做"标准化公民"。在他心目中,新一代美国人是"胸中有勇气、眼睛带笑意,办公室里有计算器……"。这就是标准化的美国人!他自己要"作为有代表性的实业家站起来"。

正当巴比特自鸣得意时,他的朋友、小提琴手保罗·里斯林与妻子争吵,开枪打伤妻子被警察逮捕入狱。巴比特受到极大的震撼,改变了生活信念,不再做正人君子,与一些寻花问柳,寻欢作乐的自由派分子为伍,这使他信誉扫地,公司濒临垮台。他不得不接受妻子的劝告,重回保守派的怀抱,再次成了俱乐部的骨干。他再也不敢与公众舆论作对了。

2) 风格和语言聚焦:

路易斯说,"'风格'就是一个人表达感情的方式"。它要靠两种东西:第一,他要有感情;其次,要有表达感情的语汇。《巴比特》在艺术风格上具有独创性。作者深刻地了解20年代美国社会和中产阶级的特征,运用讽刺和夸张的手法,以及许多"文献式"的真实细节,揭示了当时在表面繁荣下严重的社会问题。津尼斯市成了美国中西部一个典型的城市。市里住着许多像巴比特一类的"巨人"。他们吹嘘所在城市的"巨大":巨大的高楼、巨大的机器、巨大的运输系统和巨大的社会关系网。其实,他们是崇拜物质财富的"巨人",精神文化上则是彻头彻尾的"矮子"。巴比特整天陶醉于发迹和享乐,生病一两天时,则深感生活的空虚和工作的单调。他告诉儿子:哥伦比亚大学的什么"硕士"和"博士",年薪还不如一个未上过大学的推销员。他儿子受他影响,不想再上大学了。这种轻视文化、没有理想的功利主义标志着社会文明的衰落,更显得现代化城市津尼斯市的渺小。由此可见,路易斯在小说中将讽刺、幽默与揭露融为一体,粗犷、生动,充满活力,加上马克·吐温式的中西部民众日常用语,创造了真正的美国艺术风格。

3) 意义和影响总览:

通过《巴比特》的画面,不难看出:辛克莱·路易斯继承和发扬了马克·吐温的现实主义传统,以刚健有力的笔调、讽刺幽默的手法和细腻而真实的细节,描绘了20年代美国中西部小镇津尼斯的社会生活,塑造了巴比特典型的中产阶级形象。路易斯钟情于英国19世纪小说家狄更斯的作品,深受他的批判现实主义的影响,始终不渝地抨击社会上涉及政治、商业、法律、宗教、科技、道德等方面的阴暗面。讽刺的内容十分广泛,抨击相当中肯。像狄更斯一样,他擅长将人物美丽的空话大话与他们的丑行相对照,让他们暴露在读者面前。像马克·吐温一样,他巧妙地在小说里运用中西部方言和俚语,使作品生活气息浓烈。因此,辛克莱·路易斯被称为"美国的狄更斯"。《巴比特》被译成几十种语言,具有里程碑意义。路易斯开创了美国文学的国际地位,为美国文学走向世界作出了划时代的贡献。

4) 文本名段点击[①]:

A. 巴比特上班前的自我感觉:

"Darn fine morning," Babbitt explained. "Spring coming along fast."

[①] 下列引文选自 Sinclair Louis, *Babbitt*, Harcourt, Brace and Company, INC., 1922。

"Yes, it's real spring now."

The victim had no originality, no wit, and Babbitt fell into a great silence and devoted himself to the game of beating trolley cars to the corner: a spurt, a tail-chase, nervous speeding between the huge yellow side of the trolley and the jagged row of parked motors, shooting past just as the trolley stopped—a rare game and valiant.

And all the while he was conscious of the loveliness of Zenith. For weeks together he noticed nothing but clients and the vexing To Rent signs of rival brokers. To-day, in mysterious malaise, he raged or rejoiced with equal nervous swiftness, and to-day the light of spring was so winsome that he lifted his head and saw.

He admired each district along his familiar route to the office: The bungalows and shrubs and winding irregular driveways of Floral Heights. The one-story shops on Smith Street, a glare of plate-glass and new yellow brick; groceries and laundries and drug-stores to supply the more immediate needs of East Side housewives. The market gardens in Dutch Hollow, their shanties patched with corrugated iron and stolen doors. ...

It was big—and Babbitt respected bigness in anything; in mountains, jewels, muscles, wealth, or words. He was, for a spring-enchanted moment, the lyric and almost unselfish lover of Zenith. He thought of the outlying factory suburbs; of the Chaloosa River with its strangely eroded banks; of the orchard-dappled Tonawanda Hills to the North, and all the fat dairy land and big barns and comfortable herds. As he dropped his passenger he cried, "Gosh, I feel pretty good this morning!" (pp.26-27)

B. 巴比特自以为是的讲话:

"'Gentlemen, it strikes me that each year at this annual occasion when friend and foe get together and lay down the battle-ax and let the waves of good-fellowship waft them up the flowery slopes of amity, it behooves us, standing together eye to eye and shoulder to shoulder as fellow-citizens of the best city in the world, to consider where we are both as regards ourselves and the common weal.

"'It is true that even with our 361,000 or practically 362,000 population, there are, by the last census, almost a score of larger cities in the United States. But, gentlemen, if by the next census we do not stand at least tenth, then I'll be the first to request any knocker to remove my shirt and to eat the same, with the compliments of G.F. Babbitt, Esquire! It may be true that New York, Chicago, and Philadelphia will continue to keep ahead of us in size. But aside from these three cities, which are notoriously so overgrown that no decent white man, nobody who loves his wife and kiddies and God's good out-o'-doors and likes to shake the hand of his neighbor in greeting, would want to live in them—and let me tell you right here and now, I wouldn't trade a high-class Zenith acreage development for the whole length and breadth of Broadway or State Street! —aside from these three, it's evident to any one with a head for facts that Zenith is the finest example of American life and prosperity to be found anywhere. (pp.180-181)

"'With all modesty, I want to stand up here as a representative business man and gently whisper, "Here's our kind of folks! Here's the specifications of the Standardized American Citizen! Here's the new generation of Americans: fellows with hair on their chests and smiles in their eyes and adding-machines in their offices. We're not doing any boasting, but we like ourselves first-rate, and if you don't like us, look out—better get under cover before the cyclone hits town!" (p.183)

C. 巴比特对儿子的嘱咐：

"Gosh, dad, are you really going to be human?"

"Well, I—Remember one time you called us 'the Babbitt men' and said we ought to stick together? I want to. I don't pretend to think this isn't serious. The way the cards are stacked against a young fellow to-day, I can't say I approve of early marriages. But you couldn't have married a better girl than Eunice; and way I figure it, Littlefield is darn lucky to get a Babbitt for a son-in-law! But what do you plan to do? Course you could go right ahead with the U., and when you'd finished—"

"Dad, I can't stand it any more. Maybe it's all right for some fellows. Maybe I'll want to go back some day. But me, I want to get into mechanics. I think I'd get to be a good inventor. There's a fellow that would give me twenty dollars a week in a factory right now."

"Well—" Babbitt crossed the floor, slowly, ponderously, seeming a little old. "I've always wanted you to have a college degree." He meditatively stamped across the floor again. "But I've never— Now, for heaven's sake, don't repeat this to your mother, or she'd remove what little hair I've got left, but practically, I've never done a single thing I've wanted to in my whole life! I don't know's I've accomplished anything except just get along. I figure out I've made about a quarter of an inch out of a possible hundred rods. Well, maybe you'll carry things on further. I don't know. But I do get a kind of sneaking pleasure out of the fact that you knew what you wanted to do and did it. Well, those folks in there will try to bully you, and tame you down. Tell 'em to go to the devil! I'll back you. Take your factory job, if you want to. Don't be scared of the family. No, nor all of Zenith. Nor of yourself, the way I've been. Go ahead, old man! The world is yours!" (pp.400-401)

3. 其他重要作品链接

A. 长篇小说：

《大街》(*Main Street*, 1920)

《阿罗史密斯》(*Arrowsmith*, 1925)

《艾尔默·甘特利》(*Elmer Gantry*, 1927)

《多兹华斯》(*Dosworth*, 1929)

《不能在这里发生》(*It Can't Happen Here*, 1935)

《王孙梦》(*Kingsblood Royal*, 1947)

《寻求上帝的人》(*The God-Seeker*, 1949)

《世界这么大》(*World So Wide*, 1951)

B. 短篇小说集：

《短篇小说选》(*Selected Short Stories*, 1935)

4. 著作获奖信息

1924 年《阿罗史密斯》荣获普利策奖,但作者拒绝领奖。

1930 年荣获诺贝尔文学奖。

第二节　欧尼斯特·海明威与《老人与海》

1. 生平透视

欧尼斯特·海明威(Ernest Hemingway, 1899—1961)曾被称为我们时代伟大的文体家和小说家,1899年7月21日生于芝加哥附近的橡树园镇。父亲克拉伦斯在当地行医,有点名气。母亲格雷斯给邻居孩子们教音乐。家有六个孩子。海明威是老二,上有个姐姐,下有三个妹妹和一个弟弟。五岁时,父亲教他学会钓鱼,后常随父外出打猎。初中时学习努力,成绩优秀,酷爱运动,钟情写作。高中毕业后,父母劝他上大学,他选择去堪萨斯市《星》报当见习记者。1918年初,他志愿去意大利战场当红十字会救护队司机。同年7月8日,他遭奥匈军队炮击重伤后回国疗伤。1920年至1924年,他去加拿大任《多伦多之星》报记者。第二年,他娶了比她大八岁的哈德莱。不久,他带妻子去巴黎闯荡。他一面继续当《星》报驻欧洲记者,实地采访希腊土耳其战争,报道几次国际会议;一面结交庞德和斯坦因等作家,苦练写作。不久,第一部作品《三个短篇小说和十首诗》问世。1924年,短篇小说集《在我们的时代》在巴黎出版。经朋友推荐,第二年在纽约出了新版。1926年,首部长篇小说《太阳照常升起》与读者见面,深受好评。海明威被称为"迷惘的一代"的代言人。但他本人始终不接受。这部小说描写第一次世界大战造成欧美一代青年肉体上和精神上的创伤,使他们感到前途迷惘,无所适从。虽然题材不够宽,但它深刻地反映了时代的精神危机,引起欧美社会各界的关注。海明威终于从巴黎崛起,成了一位颇受欢迎的文坛新星。

1929年,海明威推出第二部长篇小说《永别了,武器》,好评如潮,奠定了他小说家的地位。小说以海明威的亲身经历为基础,描述在意大利战场上,志愿服役的美国青年亨利与英国护士凯瑟琳的恋爱故事,嘲讽一次大战给纯真的青年恋人造成了悲剧。小说结构紧凑，对话简洁，细节生动，深受读者和学者的喜爱。

30年代初，海明威曾带第二任妻子葆琳去非洲狩猎行，受到学界的批评。后来，他回国暂住佛罗里达州基韦斯特，目睹大萧条带来的困境和民众的艰辛，逐渐转向"政治缪斯"。1936年7月，西班牙内战爆发。军队头目佛朗哥发动军事政变，反对民主政府，引起欧美各国的严重关注。海明威作为战地记者，先后四次走访西班牙。他多次冒险亲临前线各地采访，及时向美国读者介绍战况。他站在民主力量一边，反对佛朗哥和德国、意大利法西斯势力，写了许多精彩的作品，如短篇小说《蝴蝶与坦克》、《桥畔老人》和《决战前夕》等、剧本《第五纵队》以及与荷兰名导演伊文思合作的纪录片脚本《西班牙大地》。1937年，他应邀在第二届全美作家代表大会上作了《法西斯主义是个骗局》的报告，受到热烈的欢迎。他大声疾呼：全力支持西班牙人民的反法西斯斗争。

1939年冬，西班牙民主力量失败了，佛朗哥夺取了政权。但海明威并不气馁。他继续勤奋笔耕，1940年出版了以西班牙内战为背景的长篇小说《丧钟为谁而鸣》(又译《战地钟声》)。小说重现了西班牙内战的悲壮画面：一位名叫罗伯特·乔登的美国大学青年讲师，志愿到西班牙，与山区农民游击队一起奋战，最后英勇牺牲。小说同时刻画了一群不畏强暴、爱国抗敌、不怕牺牲的西班牙劳动人民的群像，特别是游击队队长的妻子彼拉和老猎手安斯勒摩。小说问世后，头五个月猛售五十万册，轰动了全国读书界。小说的反法西斯主题和主人公乔登的献身精神，引起广大读者的共鸣。第二次世界大战中，赴欧洲打仗的美国官兵几乎人手一册，可见它的社会影响多么巨大！难怪有人称它是美国文学史上不可多得的传世名篇。

1940年11月，海明威与葆琳离婚。两周后，他娶了第三任太太玛莎·盖尔虹。她是个他在西班牙战场共患难的女记者。婚后，两人住进了哈瓦那郊区的瞭望田庄。1941年3月，海明威和玛莎分别以《午报》和《柯立尔》记者的身份来华报道抗日战争。其实他俩是来为美国政府收集情报的。他俩从旧金山乘船到香港，然后先到粤北韶关前线国民党第七战区访问，再经桂林到重庆，受到蒋介石夫妇的破格接待。他俩秘密会见了中共驻重庆代表周恩来。中美文化协会等九个单位联合举行盛会迎送海明威夫妇。海明威感到"中国太奇妙了。"

回国后，海明威在《午报》发表了七篇中国行的报道和该报主编拉尔夫·英格索尔对他的访问记，还给他在政府中任职的摩根索写了一封长信。他明确地反对日本侵略，同情和支持中国人民。他要求美国政府向蒋介石申明：不支持他打内战，促进国共合作抗日，增加对华医药和军事援助。过了不久，海明威又轻装飞往伦敦，以北美报业联盟的记者身份采访盟军诺曼底登陆的战况。他随盟军攻入巴黎，解放里茨旅馆，接着又驱车进入德国美军前沿阵地，及时发回打胜仗的报道。因此，根据美军司令巴顿将军的提议，美国政府战后授予海明威铜星奖章，以表彰他的勇敢精神和精彩报道。1945年2月，海明威与玛莎离婚，第二年与女记者玛丽在哈瓦那结婚。婚后，他又坐下来写作。1940年发表了《过河入林》，但评论界认为是败笔之作，缺乏新意。

1952年，中篇小说《老人与海》一鸣惊人，令学界十分惊喜。首刊此作的《生活》杂志两天内竟销售了五百多万本，轰动了国内外。第二年，它获得了普利策奖。1954年，海明威荣获了诺贝尔文学奖。他多年的梦想终于成了现实。但他因去非洲狩猎发生两次飞机坠毁，严重受伤，不能亲自去领奖。只好委托美国驻瑞典大使卡波特代领奖和宣读获奖感言。

1961年7月2日星期天清晨，玛丽下楼时，发现海明威躺在血泊中。他长期百病缠身，无法自由创作，内心十分痛苦，终于用猎枪结束了自己的生命，给世界各地读者留下了深深的惋惜和遗憾。

2. 代表作扫描

《老人与海》(*The Old Man and the Sea*)是海明威晚年的闪光之作，也是他充满"爱、洞察力和真理"的代表作。它打破了学界怀疑海明威"江郎才尽"的看法，标志着他在困难中再度崛起，迈上了文学创作的巅峰。

1) 故事和人物盘点：

小说主人公名叫圣地亚哥。他是个古巴老渔民。妻子已去世，他没儿没女，家境清寒，靠打鱼为生。老人身体瘦削，双手布满伤疤，显得很苍老，但他乐观愉快，勇敢拼搏，不服老也不认输。

圣地亚哥接连八十四天一条鱼也没捕到。周围的人认为他倒穷霉了。原先一直陪他的小男孩曼诺林被他的父母叫走了，不许他再跟老人出海。曼诺林只好服从，但他相信圣地亚哥能捕到鱼。他帮老人做了再出海的各项准备。老人再度扬帆出海,到墨西哥湾流捕马林鱼。在茫茫的大海上,他孤独一人并不感到孤独悲观。他想起城里的垒球比赛,怀念曼诺林陪他时的乐趣。想着,想着,他终于捕到一条比他小船大的马林鱼。小船让大鱼拖着往远海走。他说,"鱼啊,我奉陪你到死。"

经过两天两夜,圣地亚哥制服了大马林鱼。他想起以前在酒店比手劲时打败了码头上黑人的情景,增强了信心。他将大鱼绑在船边,暗自高兴。他摸摸大鱼,估计有一千五百多磅,便开始返航。

不料,大鱼出血太多,招来一群凶残的巨鲨。它们拼命咬吃大鱼的肉。老人将刀子绑在桨把上,与鲨鱼拼杀不已。他认为"一个人可以被毁灭,但不能给打败。"他孤军作战,终于寡不敌众。大马林鱼被咬得只留下一副骨架。

老人回到岸边时精疲力竭,挣扎着走回自己的棚屋,不久就睡着了。曼诺林悄悄地来看他。他梦见了非洲的狮子……

2) 风格和语言聚焦:

《老人与海》是以真人真事为基础写成的。老人圣地亚哥的原型是古巴渔民卡洛斯·古蒂埃列兹。他曾跟海明威讲过一个亲身经历过的故事。海明威很感兴趣,1937年写成一篇《湾流来信:在蓝色的海面上》。《老人与海》就是在这篇通讯的基础上发展而成的。它的故事极其简单,情节也不复杂,人物只有圣地亚哥和曼诺林两人,但小说内涵丰富,感人至深,风格独特,大放异彩。

小说运用白描手法,开门见山地破题,用寥寥几笔直接点破主人公圣地亚哥的遭遇和外貌特征、他与曼诺林的情谊,然后逐步展开情节,在直叙中有插叙,交织着老人对往事的回忆和对眼前景象的感慨。作者采用意识流手法,仔细地揭示了圣地亚哥的心理变化。第三人称与第一人称交替使用,心理刻画与细节描写相结合,将老人的独白与景色描绘融为一体,多角度地展示了老人的勇气和活力,特别是顽强拼搏、虽败犹胜的精神。

小说的细节描写十分细致、丰富和生动。对老人的一言一行写得丝丝入扣,格外逼真。如老人到了湾流外海怎么观察海水放鱼饵,鱼上钩后有什么反应,老人如何与大鱼周旋,后来又怎样力战群鲨,都作了十分精确细致的描述。海明威将自己丰富的捕鱼知识和经验与高超的艺术技巧完美地相结合。

小说的语言简洁、明快、生动,抒情味很浓,对话精练有力。朴实的叙述中常穿插多姿多彩的景物描写,用颜色的变化来显示海水的深浅。以老人的眼睛反映他的乐观精神和永不言败的性格,达到相当传神的效果。海上日出的景色描绘得诗意浓烈,红黄绿蓝紫交织成一幅绚丽的图景,令许多读者倾倒。优美的抒情笔调使小说的叙述大为增色。

3) 意义和影响总览:

《老人与海》写的是一个古巴老渔民,却展现了一个人与自然搏斗的世界。它是一曲打不败的失败者的赞歌,一部优秀的现实主义杰作。圣地亚哥成了海明威笔下一位杰出的硬汉子形象。

诺贝尔文学奖评奖委员会在颁奖词中指出:海明威的获奖是由于他精通现代叙事艺术,突出地表现在他的近作《老人与海》中,同时也由于他对当代文风的影响。他还塑造了感人的硬汉子形象。瑞典皇家文学院常任秘书安德斯·奥斯特林在讲话中说得更具体。"我们不能忘记,他的描述技巧往往以小巧的、短小精悍的作品形式达到巅峰。他简洁、精练、准确的短篇小说的主题,都深深地留在我们心里。"这一类杰作,特别是《老人与海》(1952),令人难忘地叙述了一个古巴老渔夫和一条大西洋巨鲨搏斗的故事。当渔夫出海捕鱼时,一场人与命运搏斗的戏开场了:这篇故事,讲的是即使在弹尽粮绝的情况下,仍要坚持不懈、斗争到底的动人一幕。这是道德上获得全面胜利的赞歌。这一出戏,仿佛时时刻刻,不断地在我们面前出现。它说明了"积小成大"的重要意义。正如书中写道:"人是不能被打败的,人可以被毁灭,但决不能被打败。"这些话概括地指出了海明威对美国文学的贡献。

在叙事艺术上,海明威继承了马克·吐温的现实主义优秀传统,形成适应新时代的"海明威风格"。他巧妙地在小说中运用中西部语言,力求简洁、明快和含蓄。他将这种风格概括为"冰山原则"。他说,"冰山在海上移动是很宏伟壮观的,这是因为它只有八分之一浮出水面"。意思指的是:小说文本仅是作家想说的"八分之一",而其他水下的"八分之七"需要读者去解读和思考。他采用电报式的短句,删去可有可无的形容词,平白易懂,直截了当,对话简洁凝练,朴实有力。他又善于用光、色和声构成纯真而深沉的意境。他坚持写真实,又博采众长,丰富自己的表现手法。他一反当时盛行的詹姆斯晦涩难懂的倾向,独树一帜,开创了现代叙事艺术的新风。所以,颁奖词强调指出:"作为我们这个时代伟大文体的创造者之一,海明威在近二十五年美国和欧洲的叙事艺术中具有明显的重要性。这一重要性,主要在于他那生动的对白、语言增减恰到好处,既使人易懂又达到令人难忘的境界。他又以精湛的技巧,再现了口语中的一切奥妙……"

在人物形象方面,海明威塑造了催人奋进的硬汉子形象。这在美国文学史上是史无前例的。早期,他刻画过一些身处逆境不怕死的人物形象,后来随着他思想的发展,他在《丧钟为谁而鸣》中塑造了为了正义战争而英勇牺牲的美国青年乔登的形象。《老人与海》中的圣地亚哥成了另一位敢于与大自然抗争的硬汉子形象。这些形象启导人们在面临困难、危险和死亡威胁的压力下,要坚决顶住,愤然拼搏,表现人的体面。他们激励着人们增强信心,排除万难,争做生活中的佼佼者。因此,颁奖词最后指出:海明威是"我们这个时代最伟大、最诚实而大无畏地创造了我们这个苦难时代中真实人物的作家。"海明威的作品具有重要的国际影响。

4) 文本名段点击①:

A. 圣地亚哥与小男孩曼诺林的对话:

The old man was thin and gaunt with deep wrinkles in the back of his neck. The brown blotches of the benevolent skin cancer the sun brings from its reflection on the tropic sea were on his cheeks. The blotches ran well down the sides of his face and his hands had the deep-creased scars from handling heavy fish on the cords. But none of these scars were fresh. They were as old as erosions in a fishless desert.

Everything about him was old except his eyes and they were the same color as the sea and were cheerful and undefeated.

"Santiago," the boy said to him as they climbed the bank from where the skiff was hauled up. "I could go with you again. We've made some money."

The old man had taught the boy to fish and the boy loved him.

"No," the old man said. "You're with a lucky boat. Stay with them."

"But remember how you went eighty-seven days without fish and then we caught big ones every day for three weeks."

"I remember," the old man said. "I know you did not leave me because you doubted."

---

① 下列引文选自 Ernest Hemingway, *The Old Man and The Sea*, A Scribner Classic, Collier Books, MacMillan Publishing Company, 1986。

"It was papa made me leave. I am a boy and I must obey him."

"I know," the old man said. "It is quite normal."

"He hasn't much faith."

"No," the old man said. "But we have. Haven't we?"

"Yes," the boy said. "Can I offer you a beer on the Terrace and then we'll take the stuff home."

"Why not?" the old man said. "Between fishermen." (pp.10-11)

B. 圣地亚哥在海上看日出的情景：

The clouds over the land now rose like mountains and the coast was only a long green line with the gray blue hills behind it. The water was a dark blue now, so dark that it was almost purple. As he looked down into it he saw the red sifting of the plankton in the dark water and the strange light the sun made now. He watched his lines to see them go straight down out of sight into the water and he was happy to see so much plankton because it meant fish. The strange light the sun made in the water, now that the sun was higher, meant good weather and so did the shape of the clouds over the land. But the bird was almost out of sight now and nothing showed on the surface of the water but some patches of yellow, sun-bleached Sargasso weed and the purple, formalized, iridescent, gelatinous bladder of a Portuguese man-of-war floating close beside the boat. It turned on its side and then righted itself. It floated cheerfully as a bubble with its long deadly purple filaments trailing a yard behind it in the water. (p.35)

C. 圣地亚哥斗巨鲨时的独白：

"He took about forty pounds," the old man said aloud. He took my harpoon too and all the rope, he thought, and now my fish bleeds again and there will be others.

He did not like to look at the fish anymore since he had been mutilated. When the fish had been hit it was as though he himself were hit.

But I killed the shark that hit my fish, he thought. And he was the biggest *dentuso* that I have ever seen. And God knows that I have seen big ones. It was too good to last, he thought. I wish it had been a dream now and that I had never hooked the fish and was alone in bed on the newspapers. "But man is not made for defeat," he said. "A man can be destroyed but not defeated." I am sorry that I killed the fish though, he thought. Now the bad time is coming and I do not even have the harpoon. The *dentuso* is cruel and able and strong and intelligent. But I was more intelligent than he was. Perhaps not, he thought. Perhaps I was only better armed. "Don't think, old man," he said aloud. "Sail on this course and take it when it comes." (p.103)

D. 圣地亚哥回到岸上沉睡后与曼诺林的对话：

The boy carried the hot can of coffee up to the old man's shack and sat by him until he woke. Once it looked as though he were waking. But he had gone back into heavy sleep and the boy had gone across the road to borrow some wood to heat the coffee.

Finally the old man woke.

"Don't sit up," the boy said. "Drink this." He poured some of the coffee in a glass.

The old man took it and drank it.

"They beat me, Manolin," he said. "They truly beat me."

"*He* didn't beat you. Not the fish."

"No. Truly. It was afterwards." (pp.123-124)

3. 其他重要作品链接

A. 长篇小说：

《太阳照常升起》(*The Sun Also Rises*, 1926)

《永别了，武器》(*A Farewell to Arms*, 1929)

《死在午后》(*Death in the Afternoon*, 1932)

《非洲的青山》(*Green Hills of Africa*, 1935)

《有钱人和没钱人》(*To Have and Have Not*, 1937)

《丧钟为谁而鸣》(*For Whom the Bell Tolls*, 1940)

《过河入林》(*Across the River and into the Trees*, 1950)

《老人与海》(*The Old Man and the Sea*, 1952)

B. 短篇小说集：

《三个短篇小说和十首诗》(*Three Stories and Ten Poems*, 1923)

《在我们的时代》(*in our time*, 1924)

《在我们的时代》(*In Our Time: Stories*, 1925)

《没有女人的男人》(*Men without Women*, 1927)

《胜者无所得》(*Winner Take Nothing*, 1933)

《第五纵队和49篇短篇小说》(*The Fifth Column, and the First Forty-nine Stories*, 1938)

C. 遗作及其他:

《流动的盛宴》(*A Moveable Feast*, 1964)

《湾流中的岛屿》(*Islands in the Stream*, 1970)

《危险的夏天》(*The Dangerous Summer*, 1985)

《伊甸园》(*The Garden of Eden*, 1986)

《曙光示真》(*True at First Light*, 1999)

《在乞力曼扎罗山下》(*Under Kilimanjaro*, 2005)

4. 著作获奖信息

1953年《老人与海》获得普利策奖。

1954年荣获诺贝尔文学奖。

第三节 菲兹杰拉德与《了不起的盖茨比》

1. 生平透视

弗朗西斯·司各特·菲兹杰拉德(Francis Scott Fitzgerald, 1896—1940)是个描写爵士乐时代的优秀小说家,1896年9月24日生于明尼苏达州圣保罗市,家境小康,后来父亲经商破产失业,司各特靠亲友资助上学。1913年秋升入普林斯顿大学,因身体差,没有读完。他喜爱文学和戏剧活动。1917年,美国加入第一次世界大战,他应征入伍,投笔从戎,被授予少尉军衔,派驻南方亚拉巴马州,与当地富家姑娘泽尔妲·赛尔坠入爱河并订了婚。1919年,他复员到纽约,曾在广告公司当职员,收入很低,泽尔妲看他不行,便解除婚约。他尝试写作,屡遭退稿,失望地回老家修改上大学时写的旧稿。1920年3月,第一部长篇小说《人间天堂》终于出版,稿酬甚丰。他又向泽尔妲求婚。

她同意了。两人在纽约完婚。婚后,他拼命写作,以解决日常生活的开销,接连出版了两部短篇小说集《少女与哲学家》(1920)和《爵士乐时代的故事》(1922)。不久,第二部长篇小说《美人与丑鬼》(1922)又问世。1924年,他携夫人寄居巴黎,经常出入社交界,生活奢侈。他俩偶尔回国小住。1925年,《了不起的盖茨比》与读者见面,深受读者和学者的赞赏。他的声誉猛升,小说奠定了他的小说家地位。

　　1930年,泽尔妲不幸患了精神分裂症,后被送入疯人院。菲兹杰拉德生活放荡,精神压抑,无法集中精力写作。1934年,第四部长篇小说《夜色温柔》勉强出版。但泽尔妲长期住院,使他负债累累,不堪重负。他开始酗酒,闷闷不乐,身体日渐走下坡。1936年,他在病中写了自传《崩溃》。1938年,他去好莱坞影城为米特罗—高尔特温—梅耶公司写应景的电影脚本,以偿还欠债。1940年12月21日,他突发冠心病,猝死于好莱坞,年仅四十四岁。七年以后,泽尔妲在医院病逝。后来,亲属将他俩的骨灰合葬于首都华盛顿。花岗石墓碑上刻着小说《了不起的盖茨比》最后的一句话:"于是我们继续奋力前进,逆水行舟,被不断地向后推,被推入过去。"

2. 代表作扫描

　　《了不起的盖茨比》(*The Great Gatsby*, 1925)是公认的菲兹杰拉德最优秀的代表作。它表现了那迷人的"爵士乐时代"繁华的表面下"美国梦"的破灭。它以丰富的细节描绘了20年代美国社会富人的狂饮纵乐,金钱婚姻和人际间的冷漠无情以及企图恢复往日旧梦的幻灭。它是时代的一面镜子,也是美国梦的一曲挽歌。

　　1) 故事和人物盘点:

　　青年商人尼克·卡拉威是小说的叙述者。他从中西部寄居长岛,在纽约从事股票买卖。他发觉邻居杰·盖茨比家住豪宅,每个周末大办酒宴,高朋满座,"男男女女像飞蛾在香槟、笑语和星星之间往返飞舞",气派非凡又神秘莫测。一天,尼克应邀走进盖茨比豪华王国赴宴。盖茨比悄悄地对他说:他想恢复与尼克表妹戴茜的旧情。原来,一次大战前,他们二人曾热恋过。但盖茨比家境清寒又无所作为,遭到了戴茜的拒绝。后来,戴茜嫁给富家子弟汤姆·布坎南。但婚后两人时常争吵,生活不悦。汤姆勾搭有夫之妇默特尔。盖茨比后来从军,退伍后靠走私白酒大发横财,便到长岛富人区买了豪宅,发誓要夺回戴茜。在尼克的安排下,盖茨比与戴茜分别五年后重新会面。他硬要她离开汤姆,投入他的怀抱。她不吭声。汤姆则与盖茨比大闹,三人不欢而散。分别时,戴茜神情恍惚,开车途中压死了汤姆的情妇默特尔。盖茨比想代她承担责任,但汤姆乘机向死者丈夫威尔逊诬陷盖茨比压死了人,威尔逊信以为真,潜入盖茨比豪宅,在游泳池旁开枪打死了盖茨比,铸成了意外的悲剧。

末了,尼克出面为盖茨比办丧事。往日赴宴的宾客全消失了,没人到场。戴茜和汤姆也借口离家去外地。葬礼上唯有尼克和盖茨比的老爸二人。尼克深感世态多么炎凉,富人之间多么无情无义。办完丧事,他就想回老家去。

2) 风格和语言聚焦:

小说采用"双重视野",第一人称和第三人称交替使用,结构新颖而紧凑,叙述生动流畅。主人公盖茨比在开篇后迟迟没有露面,增加了人物的神秘感,富有诱人的悬念。小说以大量细节塑造了盖茨比和戴茜的人物形象,真实细致地展示了20年代纽约长岛富人区的生活风貌。

不仅如此,作者成功地运用颜色和"灰谷"来象征人物的心态和环境的气氛。那码头终端的绿灯象征着美国梦,首尾出现,前后呼应。它也象征着盖茨比一生梦寐以求的目标,可望而不可及呀!盖茨比信奉这盏绿灯,但追梦者已离开人世,绿灯依旧在那里,长岛早已今非昔比,总有一天……

小说语言简洁优美,字里行间交织着讽刺与比喻。哀伤、痛苦和追求的狂热汇成感人的绚丽图画,充满抒情和浪漫色彩。

3) 意义和影响总览:

《了不起的盖茨比》是美国"爵士乐时代"现实社会的缩影。作者菲兹杰拉德亲身经历了那个表面上歌舞升平,醉生梦死的年代,一方面对自己的成功和致富沾沾自喜,另一方面又痛感精神上的空虚和失落。这正是当时时代的特征。小说问世后,受到欧美青年读者们的欢迎。菲兹杰拉德被誉为"爵士乐时代的桂冠诗人"。

小说主人公盖茨比来自社会底层,早年因家庭贫困得不到戴茜的爱情,后来他非法走私发了财,以为有了钱就能恢复过去的一切。现实告诉他:他大错特错了。戴茜已不是先前纯真的少女。她既没有理想,又缺乏情操。她的话音里充满铜臭味。她与汤姆不和,但她爱汤姆的百万家财不动摇。盖茨比为她遭她丈夫情妇的老公所杀,她却无动于衷,连盖茨比的葬礼都不到场。她的道德情操已荡然无存。盖茨比痴心追求的,竟是这么一个没有灵魂的美女。他为自己铸成了无法弥补的悲剧。这就是一场"美国梦"幻灭的悲剧。它给人们留下无限的警示。

因此,《了不起的盖茨比》成了第一次大战后"荒原时代"美国社会的缩影。小说的历史价值和社会意义今天显得更大。作者在另一部小说《人间天堂》里指出:"这一代人长大成人了,(他们)发现所有的上帝都死了,所有的战争都打完了,人们所有的信仰也都破灭了。"他们最关心的只有两件事:害怕贫穷和崇拜成功。菲兹杰拉德深刻地把握了爵士乐时代的精神,成了这个时代的代言人和"迷惘的一代"的杰出代表之一而名垂史册。

4) 文本名段点击①:

A. 盖茨比每个周五在自家花园里大摆酒席,招待四方宾客:

Every Friday five crates of oranges and lemons arrived from a fruiterer in New York—every Monday these same oranges and lemons left his back door in a pyramid of pulpless halves. There was a machine in the kitchen which could extract the juice of two hundred oranges in half an hour if a little button was pressed two hundred times by a butler's thumb.

At least once a fortnight a corps of caterers came down with several hundred feet of canvas and enough colored lights to make a Christmas tree of Gatsby's enormous garden. On buffet tables, garnished with glistening hors-d' œuvre, spiced baked hams crowded against salads of harlequin designs and pastry pigs and turkeys bewitched to a dark gold. In the main hall a bar with a real brass rail was set up, and stocked with gins and liquors and with cordials so long forgotten … (p.31)

B. 盖茨比年轻时曾经爱过戴茜,清贫的家境使他遭到她的拒绝:

When they met again, two days later, it was Gatsby who was breathless, who was, somehow, betrayed. Her porch was bright with the bought luxury of star-shine; the wicker of the settee squeaked fashionably as she turned toward him and he kissed her curious and lovely mouth. She had caught a cold, and it made her voice huskier and

---

① 下列引文选自 Francis Scott Fitzgerald, *The Great Gatsby*, F. Scott Fitzgerald, Three Novels, Chales Scribner's Sons, 1953。

more charming than ever, and Gatsby was overwhelmingly aware of the youth and mystery that wealth imprisons and preserves, of the freshness of many clothes, and of Daisy, gleaming like silver, safe and proud above the hot struggles of the poor.

"I can't describe to you how surprised I was to find out I loved her, old sport. I even hoped for a while that she'd throw me over, but she didn't, because she was in love with me too. She thought I knew a lot because I knew different things from her ... Well, there I was, way off my ambitions, getting deeper in love every minute, and all of a sudden I didn't care. What was the use of doing great things if I could have a better time telling her what I was going to do?"

On the last afternoon before he went abroad, he sat with Daisy in his arms for a long, silent time. It was a cold fall day, with fire in the room and her cheeks flushed. Now and then she moved and he changed his arm a little, and once he kissed her dark shining hair. The afternoon had made them tranquil for a while, as if to give them a deep memory for the long parting the next day promised. They had never been closer in their month of love, nor communicated more profoundly one with another, than when she brushed silent lips against his coat's shoulder or when he touched the end of her fingers, gently, as though she were asleep.

He did extraordinarily well in the war. He was a captain before he went to the front, and following the Argonne battles he got his majority and the command of the divisional machine-guns. After the Armistice he tried frantically to get home, but some complication or misunderstanding sent him to Oxford instead. He was worried now—there was a quality of nervous despair in Daisy's letters. She didn't see why he couldn't come. She was feeling the pressure of the world outside, and she wanted to see him and feel his presence beside her and be reassured that she was doing the right thing after all. (pp.114-115)

C. 盖茨比安葬时的冷清场面：

A little before three the Lutheran minister arrived from Flushing and I began to look involuntarily out the windows for other cars. So did Gatsby's father. And as the time passed and the servants came in and stood waiting in the hall his eyes began to blink anxiously and he spoke of the rain in a worried uncertain way. The minister glanced several times at his watch so I took him aside and asked him to wait for half an hour. But it wasn't any use. Nobody came.

About five o'clock our procession of three cars reached the cemetery and stopped in a thick drizzle beside the gate—first a motor hearse, horribly black and wet, then Mr. Gatz and the minister and I in the limousine, and, a little later, four or five servants and the postman from West Egg in Gatsby's station wagon, all wet to the skin. As we started through the gate into the cemetery I heard a car stop and then the sound of someone splashing after us over the soggy ground. I looked around. It was the man with owl-eyed glasses whom I had found marvelling over Gatsby's books in the library one night three months before.

I'd never seen him since then. I don't know how he knew about the funeral or even his name. The rain poured down his thick glasses and he took them off and wiped them to see the protecting canvas unrolled from Gatsby's grave.

I tried to think about Gatsby then for a moment but he was already too far away and I could only remember, without resentment, that Daisy hadn't sent a message or a flower. Dimly I heard someone murmur "Blessed are the dead that the rain falls on," and then the owl-eyed man said "Amen to that," in a brave voice.

We straggled down quickly through the rain to the cars. Owl Eyes spoke to me by the gate.

"I couldn't get to the house," he remarked.

"Neither could anybody else."

"Go on!" He started. "Why, my God! they used to go there by the hundreds."

He took off his glasses and wiped them again outside and in.

"The poor son-of-a-bitch," he said. (pp.132-133)

3. 其他重要作品链接

A. 短篇小说集：

《少女与哲学家》(*Flappers and Philosophers*, 1920)

《爵士乐时代的故事》(*Tales of the Jazz Age*, 1922)

B. 长篇小说：

《人间天堂》(*This Side of Paradise*, 1920)

《美人与丑鬼》(The Beautiful and Damned, 1922)
《夜色温柔》(Tender Is the Night, 1934)
《最后一个巨头》(The Last Tycoon, 1941)
C. 遗作：
《崩溃》(The Crack-Up, 1945)

第四节　约翰·斯坦贝克与《愤怒的葡萄》

1. 生平透视

　　约翰·斯坦贝克(John Steinbeck, 1902—1968)是描写30年代美国西部佃农生活的杰出小说家。1902年2月27日，他生于加利福尼亚州沙利纳斯镇一个中产阶级家庭。父亲是个德国移民的后裔，母亲的老家来自北爱尔兰。父母都受过系统的教育。父亲办过农场和面粉厂，母亲当过教师。斯坦贝克是个独子。他有两个姐姐。他从小喜爱农庄、牧场和大自然。1918年，他考入斯坦福大学英文系，因经济困难两次停学，1925年学完相关课程，但未拿到学位。

　　毕业后，斯坦贝克干过多种杂活，在挣扎中度日。1925年，他移居纽约，给《美国人》杂志当记者，业余试写小说。他从小受母亲的熏陶，爱读欧洲文学名著。1929年，第一部长篇小说《金杯》出版。接着1932年又推出短篇小说集《天堂牧场》和《致一位无名的神》(1933)。但学界未加以关注。1935年，他又发表了《托蒂拉平地》，开始引起人们的注意。1936年，长篇小说《胜负未决》与读者见面，1937年中篇小说《鼠与人》接着问世。前者描写了加州水果采摘工的罢工斗争；后者叙述了两个流动的农业工人的悲惨命运。斯坦贝克终于从困境中崛起，成功地登上文坛。

　　1939年，长篇小说《愤怒的葡萄》的问世使斯坦贝克名声大振，获广泛好评，翌年荣获普利策奖，并被改编为电影剧本拍成电影，到处传播。

　　第二次世界大战期间，斯坦贝克作为美国空军特派记者赴欧洲前线各地采访，1943年又成了《纽约先驱论坛报》驻欧洲记者，他及时报道了前线战况，全力投入反法西斯的侵略战争。同时，他仍坚持写作，出了几部小说，如《月亮下去了》(1942)、《罐头厂街》(1945)、《珍珠》(1947)、《违章的公共汽车》(1947)、《旺火》(1950)等。他曾在大战前后1937年和1947年两度访问苏联，写了《俄罗斯纪行》(1948)。

1952年，斯坦贝克出版了长篇小说《伊甸园之东》；1961年另一部长篇小说《我们不安的冬天》又大受赞赏，使他荣获了1962年诺贝尔文学奖。他的文学生涯迈上了意料不到的巅峰。

然而，斯坦贝克晚年思想落伍了。他竟支持美国政府发动侵略越南的战争。1964年，政府授予他总统自由勋章。他投桃报李，不顾年老体衰，于1966年至1967年去越南当战地记者，令许多粉丝失望。

1968年12月20日下午，斯坦贝克在纽约市突发心脏病去世。根据他的意愿，他的葬礼按英国国教仪式进行。后来他的骨灰安葬于加州沙利纳斯故乡。

2. 代表作扫描

《愤怒的葡萄》(*The Grapes of Wrath*, 1939)是斯坦贝克最成功的代表作。它叙述了从俄克拉荷马州"尘埃盆"的佃农乔德一家十二人和吉姆·凯西牧师向加利福尼亚州逃荒的故事，反映了30年代大萧条时期佃农们天灾人祸的不幸遭遇。它是30年代涌现的优秀现实主义小说之一，在美国文学史上留下精彩的一页。

1) 故事和人物盘点：

小说主人公汤姆·乔德年龄不到三十岁。他因失手打死人，在监狱里待了四年后回到乡下老家。顿时，他眼前一片茫然。全家房屋被毁，失去了土地，百年大旱令他们一家难以为生，决定逃往加州求生。父亲老汤姆变卖所有家产换得一部破卡车。全家十二人加上善良的牧师凯西挤在车上，沿着66号公路，离开家乡向加州奔去。一路上，逃荒的人群络绎不绝，男女老少争相逃命。破卡车沿着崎岖不平的公路颠簸着。途中没粮没水，乔德祖父母不幸死去，只好草草埋在路边，继续赶路。没料到历尽艰辛到了加州旧金山，他们到处找不到工作。即使有点活干，报酬也很低，受到当地官员和雇主的欺诈和剥削。他们只好去收容所过夜，到苹果园当临时工。但收入甚微，难以度日。凯西义愤填膺,发动穷人们罢工,惨遭暴徒杀害。汤姆愤怒难忍,杀了凶手,为牧师报了仇。乔德一家为了保护汤姆免遭警察追捕,不得不举家逃走。乔家妈妈送走汤姆后,罗丝冒着狂风暴雨生下小孩。全家人决心活下去。

斯坦贝克在小说中描写了近二十个人物,其中最令人印象深刻的有三个:乔德家的妈妈、汤姆和牧师吉姆·凯西。乔德家妈妈最为突出。她是全家的精神支持。她坚强、果断,有爱心。她给全家带来无限的温暖和信心。当风暴刮走沃土,造成地里颗粒未收时,她当机立断,劝说大家向加州逃荒,另谋出路。在西行途中,祖父母相继死去,家人痛不欲生,她及时处理了后事,坚持往前赶路。最后,在旧金山失业挨饿时,她又劝女儿用奶水救活一位快饿死马路边的陌生人。她克己待人,乐观愉快,处处关照别人,体现了一位美国妇女的高尚品德。她不愧是个平凡而伟大的母亲。她是小说中最成功、最感人的人物形象。

2) 风格和语言聚焦:

小说的书名选自美国南北战争时流行的《共和国战歌》的歌词,具有深刻的象征意义。它暗示要把受剥削和受压迫民众的无比愤怒引向颠覆压迫者的统治,争取美好的未来。小说以大量生动而真实的现实主义细节,反映了30年代大萧条经济危机冲击下佃农们的悲惨遭遇,表达了一代新人的反抗情绪,塑造了感人的妇女形象,揭示了鲜明的时代特征。

斯坦贝克对小说的艺术结构大胆进行了改革。他借鉴《圣经·出埃及记》的模式,改变了英美小说以前单一的平面结构,采用叙事章和插入章相结合的策略,使篇章结构立体化,凸显了自己的创新。《愤怒的葡萄》包括旱灾、旅途和加州三大部分共三十章。叙事章十四篇构成了小说的主体结构,讲述了乔德一家天灾人祸的不幸遭遇。另有十六篇插入章,穿插于叙事章之间,介绍了大萧条时期经济的衰败、旱灾的惨状、乔德一家西行的背景、途中见闻和其他的困境。"葡萄"代表加州富饶美丽的土地,象征着人们的希望,后来变成向西求生的人们愤怒的象征。佃农们由失业挨饿和失望走向反抗。小说生动而真实地展示了佃农的悲惨生活画面。

不仅如此,作者还不时插入对人情世事的评论,使中肯的议论自然地融于叙事中。有时,插入章的细节富有象征主义成分,比如第三章写了一只小乌龟爬行在干旱的路边,遭人捉拿耍弄。后来,汤姆将它放生后,它顽强地顺着西南方向爬行。它象征着乔德一家人逃荒求生,一路历尽艰辛,仍不屈不挠地奋然前行。

斯坦贝克的小说叙述生动简洁,故事引人入胜,带有许多民间传说和浓郁的地方色彩,语言生动,符合人物身份,富有诗意,是地道的中西部方言。人物对话具有戏剧性。他的小说易于改编成戏剧、电影或电视剧脚本,所以他的小说往往被称为"戏剧小说"。字里行间蕴含着讽刺和浪漫成分,寓教于乐,时有优美而哀怨的田园牧歌,时有人情味浓烈的悲剧,美不胜收,令读者感动不已。但有时那些离题的议论变成抽象的说教,削弱了小说的艺术魅力。

3) 意义和影响总览:

《愤怒的葡萄》真实地展示了30年代美国佃农和农工在逆境中求生存和顽强抗争的生动画面。它深刻地揭露了大银行家、大企业家和大农场主对广大农工的欺压和剥削,生动地描绘了大萧条时期农业方面的凄凉景象和民不聊生的实况。乔德一家的遭遇具有典型意义。它成了美国文学史上一部具有划时代意义的杰作,被誉为30年代"左翼文学"的代表作之一。

1962年,瑞典皇家科学院在给斯坦贝克的颁奖词中指出:"在现代美国文坛上已经获得诺贝尔文学奖的作家们——从辛克莱·路易斯到欧尼斯特·海明威中间,斯坦贝克能保持自己的独立地位和成就……他的同情心总是在受压迫的、无法适应环境的和受挫折的人一方;他善于将生活的单纯喜悦与残酷而阴冷的对金钱财富的贪欲作对比。然而,在他的作品中,我们发现了美国人的本质,即对大自然、土地、荒野、山脉和海岸的伟大感情。所有这些都成了斯坦贝克取之不尽、用之不竭的灵感和源泉,使他在人生之内或人生之外都能获得活生生的题材。"最后,颁奖词赞扬斯坦贝克:"您以您杰出的作品成为世人的一名好教师,教会人们善良和仁慈。您又是一位人性价值的捍卫者。"

颁奖词充分地肯定了斯坦贝克对美国文学的独特贡献,赞扬了他对受苦受难的下层人民的同情和爱心,对拜金主义贪欲和冷酷的社会现实的憎恶和揭露以及他新颖的现实主义风格。斯坦贝克说过"一个作家的重要职责是尽可能直接地反映他所了解的时代,做社会的监督者,讽刺它们的愚蠢,记录它的过失。"他的小说生动地体现了他的时代和社会的特征。难怪斯坦贝克成了继辛克莱·路易斯、尤金·奥尼尔、赛珍珠、T.S.艾略特、福克纳和海明威之后,第七位荣获诺贝尔文学奖的美国作家。他小说的社会意义就不言而喻了。

4) 文本名段点击①：

A. 第三章（插入章）描写一只小乌龟顽强地向前爬行：

… And over the grass at the roadside a land turtle crawled, turning aside for nothing, dragging his high-domed shell over the grass: His hard legs and yellow-nailed feet threshed slowly through the grass, not really walking, but boosting and dragging his shell along. The barley beards slid off his shell, and the clover burrs fell on him and rolled to the ground. His horny beak was partly open, and his fierce, humorous eyes, under brows like fingernails, stared straight ahead. He came over the grass leaving a beaten trail behind him, and the hill, which was the highway embankment, reared up ahead of him. For a moment he stopped, his head held high. He blinked and looked up and down. At last he started to climb the embankment.

… For a moment the turtle rested. A red ant ran into the shell, into the soft skin inside the shell, and suddenly head and legs snapped in, and the armored tail clamped in sideways. The red ant was crushed between body and legs. And one head of wild oats was clamped into the shell by a front leg. For a long moment the turtle lay still, and then the neck crept out and the old humorous frowning eyes looked about and the legs and tail came out. The back legs went to work, straining like elephant legs, and the shell tipped to an angle so that the front legs could not reach the level cement plain. But higher and higher the hind legs boosted it, until at last the center of balance was reached, the front tipped down, the front legs scratched at the pavement, and it was up. But the head of wild oats was held by its stem around the front legs.

Now the going was easy, and all the legs worked, and the shell boosted along, waggling from side to side. A sedan driven by a forty-year-old woman approached. She saw the turtle and swung to the right, off the highway, the wheels screamed and a cloud of dust boiled up. Two wheels lifted for a moment and then settled. The car skidded back onto the road, and went on, but more slowly. The turtle had jerked into its shell, but now it hurried on, for the highway was burning hot. (pp.12-13)

---

① 下列引文选自 John Steinbeck, *The Grapes of Wrath*, A Bantam Book, The Viking Press, INC., 1963。

B. 奥尔和爸在旧金山找不到工作的情景：

The truck moved along the beautiful roads, past orchards where the peaches were beginning to color, past vineyards with the clusters pale and green, under lines of walnut trees whose branches spread half across the road. At each entrance-gate Al slowed; and at each gate there was a sign: "No help wanted. No trespassing."

Al said, "Pa, they's boun' to be work when them fruits gets ready. Funny place—they tell ya they ain't no work 'fore you ask 'em." He drove slowly on.

Pa said, "Maybe we could go in anyways an' ask if they know where they's any work. Might do that."

A man in blue overalls and a blue shirt walked along the edge of the road. Al pulled up beside him. "Hey, mister," Al said. "Know where they's any work?"

The man stopped and grinned, and his mouth was vacant of front teeth. "No," he said. "Do you? I been walkin' all week, an' I can't tree none."

"Live in that gov'ment camp?" Al asked.

"Yeah!"

"Come on, then. Git up back, an' we'll all look." The man climbed over the sideboards and dropped in the bed.

Pa said, "I ain't got no hunch we'll find work. Guess we got to look, though. We don't even know where-at to look."

"Shoulda talked to the fellas in the camp," Al said. "How you feelin', Uncle John?"

"I ache," said Uncle John. "I ache all over, an' I got it comin'. I oughta go away where I won't bring down punishment on my own folks."

Pa put his hand on John's knee. "Look here," he said, "don't you go away. We're droppin' folks all the time—Grampa an' Granma dead, Noah an' Connie—run out, an' the preacher—in jail."

"I got a hunch we'll see that preacher agin," John said.

Al fingered the ball on the gear-shift lever. "You don' feel good enough to have no hunches," he said. "The hell with it. Le's go back an' talk, an' find out where they's some work. We're jus' huntin' skunks under water." He stopped the truck and leaned out the window and called back, "Hey! Lookie! We're a-goin' back to the

camp an' try an' see where they's work. They ain't no use burnin' gas like this."
(pp.283-284)

C. 疲惫的罗莎伦用乳汁拯救一个陌生男人的一幕：

Suddenly the boy cried, "He's dyin', I tell you! He's starvin' to death, I tell you."

"Hush," said Ma. She looked at Pa and Uncle John standing helplessly gazing at the sick man. She looked at Rose of Sharon huddled in the comfort. Ma's eyes passed Rose of Sharon's eyes, and then came back to them. And the two women looked deep into each other. The girl's breath came short and gasping.

She said "Yes."

Ma smiled. "I knowed you would. I knowed!" She looked down at her hands, tight-locked in her lap.

Rose of Sharon whispered, "Will—will you all—go out?" The rain whisked lightly on the roof.

Ma leaned forward and with her palm she brushed the tousled hair back from her daughter's forehead, and she kissed her on the forehead. Ma got up quickly. "Come on, you fellas," she called. "You come out in the tool shed."

Ruthie opened her mouth to speak. "Hush," Ma said. "Hush and git." She herded them through the door, drew the boy with her; and she closed the squeaking door.

For a minute Rose of Sharon sat still in the whispering barn. Then she hoisted her tired body up and drew the comfort about her. She moved slowly to the corner and stood looking down at the wasted face, into the wide, frightened eyes. Then slowly she lay down beside him. He shook his head slowly from side to side. Rose of Sharon loosened one side of the blanket and bared her breast. "You got to," she said. She squirmed closer and pulled his head close. "There!" she said. "There." Her hand moved behind his head and supported it. Her fingers moved gently in his hair. She looked up and across the barn, and her lips came together and smiled mysteriously.
(pp.405-406)

3. 其他重要作品链接

A. 长篇小说：

《金杯》(*Cup of Gold*, 1929)

《致一位无名的神》(To a God Unknown, 1933)

《托蒂拉平地》(又译《煎饼坪》Tortilla Flat, 1935)

《胜负未决》(In Dubious Battle, 1936)

《鼠与人》(Of Mice and Man, 1937)

《月亮下去了》(The Moon Is Down, 1942)

《罐头厂街》(Cannery Row, 1945)

《违章的公共汽车》(The Wayward Bus, 1947)

《伊甸园之东》(East of Eden, 1952)

《我们不安的冬天》(The Winter of Our Discontent, 1961)

B. 短篇小说：

《天堂牧场》(The Pastures of Heaven, 1932)

《小红马》(The Red Pony, 1937)

《长长的峡谷》(The Long Valley, 1938)

《珍珠》(The Pearl, 1947)

4. 著作获奖信息

1939 年，《愤怒的葡萄》获得普利策奖。

1962 年荣获诺贝尔文学奖。

第五节　赛珍珠与《大地》

1. 生平透视

赛珍珠(Pearl Buck, 1892—1973)原名珍珠·赛顿斯特里克(Pearl Sydenstricker)。中文名赛珍珠是她父亲为她起的。1892 年 6 月 26 日，她生于西弗吉尼亚州希尔斯巴罗一个传教士家庭。父亲赛兆祥和母亲凯丽双双来华传教，在华生了五个子女，仅两个活下来。1891 年，父母回美国度假，翌年在家乡生了赛珍珠。过了三个月,父母带着她回到江苏镇江市继续传教。小赛珍珠在那里长大,后来去上海念中学,返回美国升入康奈尔大学。毕业后,她返回镇江,一面在中学执教,一面照料患病的母亲。1917年,她与美国传教士、农业经济学家约翰·布克博士结婚。婚后,全家跟布克去皖北大学等地待了五年。1919年,她与布克回南京金陵女子大学教英文,在南京居住12年。课余时,她尝试写作,给《大西洋月刊》等美国报刊投稿。1921年她母亲去世后,父亲与他们一起住。1927年,北伐军队攻占南京,他们的住房被烧毁,但全家幸免于难。赛珍珠从小学会汉语,熟悉中国社会生活,便继续将这些异国题材写成小说。1930年第一部长篇小说《东风·西风》终于问世。

1931年,第二部长篇小说《大地》在美国出版,立即受到各界的欢迎。第二年,这部作品获得普利策奖。1933年,她翻译出版了中国古典文学名著《四海之内皆兄弟》(即《水浒传》)。1934年又推出《母亲》,接着又发表了《儿子们》和《分家》两部小说。它们与《大地》合称《大地上的房子》三部曲。同年,美国文学艺术院授予她豪威尔斯奖章。

1935年,赛珍珠与约翰·布克在美国正式离婚。后来,她嫁给她的出版商理查德·沃尔什。她在家与丈夫相守,没再远涉重洋来华。但她仍勤奋笔耕,从未停顿。1936年,两部关于她父母的传记《放逐》和《战斗的天使》问世。两年后的1938年,她发表了以美国为背景的长篇小说《这骄傲的心》。同年,她荣获了诺贝尔文学奖,成了获得这个殊荣的第一个美国女作家。

获奖后的赛珍珠深受鼓舞。她又转向熟悉的中国题材,陆续发表了小说《龙子》(1942)、《群芳亭》(1946)、《牡丹》(1948)和《同胞》(1949)等。但这时美国和中国经历了第二次世界大战的洗礼,社会各方面早已发生了深刻的变化。她这几部小说显得内容陈旧,观点落后了。不过,她在报刊上登了许多文章,呼吁美国支持中国人民抗击日本侵略,表现了对中国人民的同情和支持。新中国成立后,中美对峙了很长一段时间,赛珍珠发表了一些反华言论,产生了一定消极影响。1954年,她出版了自传《我的几个世界》,获得了意外的成功,售量很大。作者以漫谈的方式叙述她与弱智女儿经受的种种磨难,激起读者们的同情。

1973年3月6日,赛珍珠在佛蒙特市去世,终年八十一岁。按照她生前的意愿,她安葬在宾夕法尼亚州绿山农庄住宅旁一棵白蜡树下,墓碑上刻了三个汉字"赛珍珠"。

2. 代表作扫描

《大地》(*The Good Earth*)是赛珍珠的代表作。它通过中国普通农民王龙一家的兴衰,反映了20世纪20和30年代农民的不幸遭遇,特别是妇女的悲惨命运。这在30年代的美国文坛是很罕见的。赛珍珠独具匠心,开创了美国小说异国他乡的新题材,展现了长期不为外界所知的中国农村和农民生活的起伏和变迁,引起了欧美读者的广泛关注。《大地》一出版,立即成了美国的畅销书。

1) 故事和人物盘点:

小说主人公王龙是个中国某农村的普通农民。他早年丧母,与父亲相依为命,家庭贫困,靠种地为生,后来娶了地主黄家的女仆阿兰为妻。婚后两人起早摸黑,苦苦拼搏,一起战胜了饥饿、水灾和疾病,在本乡本土生存下来。日子逐渐好起来,黄地主家日渐没落。王龙手上积了点钱就买地扩种,准备大干一番。可惜天不作美,大旱临头,良田干裂,颗粒未收。王龙和阿兰左思右想,舍不得把到手的土地卖掉以度难关,便逃到南方某城求生。王龙先拉人力车,后晚上拉货车。他跟一些游民乘兵荒马乱时拥入被抢劫的富豪家里,意外地搞到些钱财。阿兰也乘乱拿了有钱人家一堆宝石。夫妻俩果真发了横财返乡。不久,王龙又收购了别人的土地,变成当地一个小地主和头面人物,好不得意。他乘机纳妾,找了妓院歌女莲花当二房,过起老爷般的生活。他冷落了为他生育三子二女的结发妻子阿兰。阿兰无可奈何,只好默默地忍受,直到大病身亡。

阿兰死后,王龙只好靠女儿和女仆伺候。他年纪渐渐大了,不得不将土地交给他三个儿子管理。他反复叮咛他们不要卖地。他大儿子在城里当了官,二儿子开了一家大粮行。两人回家看王龙。老大和老二在地里低声说,"我们把这块地卖掉,还有这块。钱,我们平分……"王龙听了肺都气炸了。他大声喊道:"哼,没出息的孽种!把地卖掉?"他气得抱头大哭,泪流满脸。后来,两个儿子假惺惺地哄着他说,"不要担心,这块地决不卖。"《大地》三部曲第一集故事就这样结束了。

在《大地》三部曲的第二集《儿子们》里,赛珍珠讲述王龙去世后,三个儿子忘了其父保护土地的忠告,一个个走上歧途,王氏家族日益衰落。老大名为投身"革命",实则迷恋酒色,一事无成;老二经商又放高利贷,盘剥穷乡亲;老三王虎起初还老实点,后坠落为军阀,贪婪自私,无恶不作,令人不齿。三个儿子离开了土地,沦为社会渣滓了。

三部曲最后一部是《分家》。它描述了主人公老三王虎的儿子王源在军阀混战中对蒋介石和孔夫子深感失望,放弃从军的打算,毅然去美国留学。他回国后想改良土壤,增加收成。他同情农民的艰辛,也想支持革命,但缺乏信仰,没有决心,犹豫不定,深感怀才不遇,前途渺茫。这反映了赛珍珠对中国未来的担忧:辛亥革命推翻了封建王朝,却出现了军阀混战,不能给广大中国农民带来希望。王龙的孙子王源这一代新人,虽然亲身体验了美国资本主义社会的新技术和新思想,却无法改造中国积重难返的社会。

2) 风格和语言聚焦:

赛珍珠是在中西文化和语言的环境中成长起来的。她从小以美国人的身份在中国民众中生活了近四十年,熟悉中国的风土人情,对中国人民有感情,将中国视为她第二故乡,诚如她所说的"把中国人民的生活完全当作了我自己的生活"。所以,《大地》是以作者深厚的生活为基础写就的。小说显示了现实主义风格,生活气息浓烈。它具有中西文化和语言相融合的特色。

在语言上,赛珍珠运用独特的遣词造句,重现了汉语的独特光彩,将《圣经》式平白简洁的语言与中国传统的白描手法巧妙地合二为一,形成一种崭新的艺术风格。全书由三十四章组成,文字清新、流畅、精练而凝重,具有史诗的气质,容易引起读者的共鸣。

3) 意义和影响总览:

《大地》的问世增进了中西文化的沟通,帮助欧美读者了解中国。赛珍珠在小说里指出在中国的西方传教士的无知和冷漠。他们对中国文化和文明不甚了了又粗暴无理。他们幻想用基督教统一全世界,硬给中国民众灌输西方思想,结果适得其反。她用生动的事实纠正了欧美人士长期以来对中国人的偏见。在欧美人看来,中国历史悠久又贫穷落后,带有浓厚的神秘感。他们想了解中国,对中国的人和事很感兴趣。《大地》里的主人公王龙眷恋土地,想摆脱贫困发财。一旦他有了钱,就想买地纳妾当老爷,过上剥削别人的生活。王龙这种人,在当时中国农村是有不少。他称不上是时代的先锋。小说如实地刻画了那个兵荒马乱年代的小农心态,栩栩如生地描绘了王龙夫妇勤劳朴实的一面,也展示了他俩愚昧庸俗的另一面。他们历经挫折仍不丧失对生活的信心,但对社会丑恶视而不见、逆来顺受,唯独关心自己的私利,不问军阀如何混战。作者从民主主义者的视野来看待当年中国农村和农民的遭遇,流露了对受封建思想毒害的中国农民的同情和关注。小说以浓墨重彩塑造了阿兰等妇女形象,描写阿兰朴实勤劳,怀孕后仍下地耕作,默默地支持丈夫,恪守封建礼教,受到不公正待遇也不敢反抗,最后耗尽精力而死。她的悲剧令人十分同情。小说揭示了旧中国男权制的文化传统,呼唤着妇女与男人平等的社会地位。它为当代女权主义提供了有力而充分的历史证据。

瑞典皇家科学院的代表伊丽莎白·克洛尔指出:赛珍珠"使西方世界对于人类的一个伟大重要的组成部分——中国人民有了更多的理解和重视。你用你的作品,使我们懂得如何在人口众多的群体中看到个人,并向我们展示了家庭的兴衰变化,以及土地在构建家庭中的基础作用。因此,你赋予了我们西方人一种中国精神,使我们意识到那些十分宝贵的思想感情。正是这样的思想感情,才把我们大家作为人类在这地球上连接在一起"。

诚然,由于《大地》的题材与30年代美国小说的题材大相径庭,引起了学界的争议。持否定态度的人一度占优势。在中国学术界,对这小说的看法存在很大分歧。尽管30年代,肯定小说的人较多,有人称她比较客观地写了中国社会的真面目,她是中华民族的友人。也有人感到她夸大了中国农民的落后面,《大地》成了一幅嘲讽中国的漫画。

总之,我们要历史地、辩证地看待赛珍珠其人其作。既不忽略其缺陷,又充分肯定其小说积极的社会意义。《大地》当年具有重要的历史价值,今天又受到女权主义批评家们的重视。打开中美关系大门的美国前总统尼克松在赛珍珠去世后的悼词中称她是"沟通东西方文明的人类之桥……一位伟大的艺术家、一位敏感而富于同情心的人"。

4) 文本名段点击①:

A. 王龙第一次拿到自己土地时的心情:

Well, but the land was his! He set out one grey day in the second month of the new year to look at it. None knew yet that it belonged to him and he walked out to see it alone, a long square of heavy black clay that lay stretched beside the moat encircling the wall of the town. He paced the land off carefully, three hundred paces lengthwise and a hundred and twenty across. Four stones still marked the corners of the boundaries, stones set with the great seal character of the House of Hwang. Well, he would have that changed. He would pull up the stones later and he would put his own name there—not yet, for he was not ready for people to know that he was rich enough to buy land from the great house, but later, when he was more rich, so that it did not matter what he did. And looking at that long square of land he thought to himself.

"To those at the great house it means nothing, this handful of earth, but to me it means how much!"

… He was filled with an angry determination, then, and he said to his heart that he would fill that hole with silver again and again until he had bought from the House of Hwang enough land so that this land would be less than an inch in his sight.

And so this parcel of land became to Wang Lung a sign and a symbol. (p.82)

B. 阿兰病故前后王龙的反应:

"Well, and if I am ugly, still I have borne a son; although I am but a slave there is a son in my house." And again she said, suddenly, "How can that one feed him and care for him as I do? Beauty will not bear a man sons!"

And she forgot them all and lay muttering. Then Wang Lung motioned to them to go away, and he sat beside her while she slept and woke, and he looked at her. And he hated himself because even as she lay dying he saw how wide and ghastly her purpled lips drew back from her teeth. Then as he looked she opened her eyes wide and it seemed there was some strange mist over them, for she stared at him full and stared again, wondering and fixing her eyes on him, as though she wondered who he was.

---

① 下列引文选自 Pearl Buck, *The Good Earth*, A Bantam Book, The Viking Press, Inc., 1952。

Suddenly her head dropped off the round pillow where it lay, and she shuddered and was dead.

Once she lay dead it seemed to Wang Lung that he could not bear to be near O-lan, and he called his uncle's wife to wash the body for burial, and when it was finished he would not go in again, but he allowed his uncle's wife and his eldest son and his daughter-in-law to lift the body from the bed and set it into the great coffin he had bought. But to comfort himself he busied himself in going to the town and calling men to seal the coffin according to custom and he went and found a geomancer and asked him for a lucky day for burials. He found a good day three months hence and it was the first good day the geomancer could find, so Wang Lung paid the man and went to the temple in the town and he bargained with the abbot there and rented a space for a coffin for three months, and there was O-lan's coffin brought to rest until the day of burial, for it seemed to Wang Lung he could not bear to have it under his eyes in the house. (p.168)

C. 王龙听到两个儿子商议卖地分钱时气愤的情景：

But one day he saw clearly for a little while. It was a day on which his two sons had come and after they had greeted him courteously they went out and they walked about the house on to the land. Now Wang Lung followed them silently, and they stood, and he came up to them slowly, and they did not hear the sound of his footsteps nor the sound of his staff on the soft earth, and Wang Lung heard his second son say in his mincing voice,

"This field we will sell and this one, and we will divide the money between us evenly. Your share I will borrow at good interest, for now with the railroad straight through I can ship rice to the sea and I ..."

But the old man heard only these words, "sell the land," and he cried out and he could not keep his voice from breaking and trembling with his anger,

"Now, evil, idle sons—sell the land!" He choked and would have fallen, and they caught him and held him up, and he began to weep.

Then they soothed him and they said, soothing him,

"No—no—we will never sell the land—"

"It is the end of a family—when they begin to sell the land," he said brokenly. "Out of the land we came and into it we must go—and if you will hold your land you can live—no one can rob you of land—"

And the old man let his scanty tears dry upon his cheeks and they made salty stains there. And he stooped and took up a handful of the soil and he held it and he muttered,

"If you sell the land, it is the end."

And his two sons held him, one on either side, each holding his arm, and he held tight in his hand the warm loose earth. And they soothed him and they said over and over, the elder son and the second son,

"Rest assured, our father, rest assured. The land is not to be sold."

But over the old man's head they looked at each other and smiled. (p.243)

3. 其他重要作品链接

A. 长篇小说：

《东风,西风》(*East Wind, West wind*, 1930)

《儿子们》(*Sons*, 1932)

《母亲》(*The Mother*, 1934)

《分家》(*A House Divided*, 1935)

《放逐》(*The Exile*, 1936)

《战斗的天使》(*Fighting Angel: Portrait of a Soul*, 1936)

《这骄傲的心》(*This Proud Heart*, 1938)

B. 译作：

《龙子》(*Dragon Seed*, 1942)

《群芳亭》(*Pavilion of Women*, 1946)

《牡丹》(*Peony*, 1948)

《同胞》(*Kinfolk*, 1949)

《水浒传》(*All Men Are Brothers*, 1933)

C. 短篇小说：

《给小朋友们讲的故事》(*Stories for Little Children*, 1940)

《十四个短篇小说集》(*Fourteen Stories*, 1961)

D. 自传：

《我的几个世界》(*My Several World*, 1954)

4. 著作获奖信息

1931年,《大地》获普利策奖。

1938年荣获诺贝尔文学奖。

第三章 大胆试验的现代主义小说家们 Chapter 3

第一节 格特鲁德·斯坦因与《艾丽丝·B·托克拉斯自传》

1. 生平透视

格特鲁德·斯坦因(Gertrude Stein, 1874—1946)是个先锋派女作家、诗人和戏剧家。1874年2月3日生于宾夕法尼亚州奥勒更尼市。祖父是德国来的犹太移民。父母文化不高,但思想开明。家境富裕。兄弟姐妹七个,她排行最小。两岁时,她随家人去法国和奥地利,先后学会了德语、法语和英语。返国后,全家迁居加利福尼亚州奥克兰市。她念中学时,父亲不幸去世,她随兄弟迁往巴尔的摩亲戚家里。1892年,哥哥带她去上哈佛大学旁的拉德克立夫女子学院念哲学,后她转去霍普金斯大学学医学,仅学了两年。1902年,她和哥哥列奥去巴黎,开始收集印象派绘画,由列奥负责出售。她结识了立体主义绘画大师毕加索和法国画家马蒂斯。她经常在家里举办艺术沙龙。它成了欧美青年作家和画家经常聚会的先锋派艺术摇篮。

1903年,斯坦因试写了小说《情况如此》,描写她跟两个女友搞同性恋的故事,引起了学界的关注。1909年,包括三个中篇小说的《三人传》问世,叙述了两个女仆"好心的安娜"和"温柔的莲娜"以及不幸的黑人姑娘梅兰克莎的遭遇。同年,艾丽丝·托克拉入住斯坦因家里,替她打字、编辑和料理家务,成了她的终身女伴。她做得一手好菜,备受斯坦因朋友们的称赞。随后几年内,斯坦因常与列奥发生争吵。1914年,列奥搬去别处住。斯坦因的住地——巴黎市花园街二十二号成了旅居法国的英美青年作家们聚会的圣地。

海明威、安德森等人是她的座上客。他们常和画家毕加索、格里斯等人探讨先锋派艺术的发展问题。

1914年,斯坦因的力作《软纽扣》与读者见面,引起了轰动,奠定了她的小说家地位。她将"蘑菇"称为"软纽扣"。全书包括"实物"、"食品"和"房间"三大部分。在第一部分里,一个杯子、一个盘子、一个钱包、一架钢琴、一副眼镜、一双鞋子、一条长裙、一张红邮票、一片叶子、一本书和一条狗都激起作者无限感慨和遐想。这部散文诗集没有统一的句法和可以诠释的含义。全书仿佛是一幅用词汇构成的拼贴画。作者做了许多语言试验,想用口语来达到立体主义画派的抽象艺术效果,大胆地进行词语的重复运用,如"Little sale of leather and such beautiful beautiful, beautiful beautiful."1925年,她发表了《美国人的成长》。此书写于1906年至1911年,斯坦因在书里做了许多前所未有的试验。她将家人和朋友的故事变成不连贯的曲折叙述,不时插入即兴的议论,大谈人性和人对时间、距离和生活的看法,形成了奇特的风格,受到学界的广泛瞩目。

1933年,斯坦因又推出《艾丽丝·B·托克拉斯自传》,深受读者欢迎。这实际上是她的自传,也是她最成功之作,拥有大量粉丝。40年代她出版了长篇小说《艾达》(1941)和《雷诺兹夫人》(1942)等。

斯坦因毕生献身文学艺术,终身未成家。她在不断探索中为美国现代派小说闯出了新路子。1926年,英国牛津和剑桥两所名校请她去讲学。她系统地阐述她对现代文学的创作理论,受到两校师生热烈欢迎。1943年,她应几所大学的邀请回美国各地讲学,获得了巨大的成功。这些讲座后来整理成书,陆续出版,如《作为诠释的写作》(1926)、《叙事学》(1935)、《美国地理历史或人性与人类精神的关系》(1936)和《人人的自传》(1937)等。她还写了剧本等作品,如歌剧《三幕剧中四圣人》(1934)和纪实文学《我所经历过的战争》(1945)等。

1946年7月27日,斯坦因患癌症在巴黎手术后不幸离开了人世,终年七十二岁。她给美国现代文学留下了宝贵的遗产。

2. 代表作扫描

斯坦因早年移居巴黎,在法国先锋派热潮熏陶下开始小说创作。她从题材到表现手法都做了大胆的探索。1909年问世的《三人传》写了两个女仆安娜和列娜以及一个黑人女孩梅兰克莎不幸死去。在现代美国文学里第一次描绘了现代黑人姑娘的不幸命运,引起了学界的深切关注。

在艺术手法上,斯坦因汲取了先锋派作家和画家的技巧,反复地进行了语言试验。从《软纽扣》和《美国人的成长》到《艾丽丝·B·托克拉斯自传》,她大胆地摈弃旧的小说传统,突破句法规则,删去华丽的词藻,少用标点,多用单音节词和短句,重复单词和词组,省略故事情节、场景、人物身世和背景介绍,强调写作是一种"持续的现在时",经常采用现在进行时。她的小说成了多姿多彩的拼图游戏。

如果说斯坦因从一开始小说创作就搞语言实验,《软纽扣》里初露锋芒,《美国人的成长》有了进一步发展,那么到了《艾丽丝·B·托克拉斯自传》就有了更集中、更突出的表现。它涉及的人和事更多,内容更丰富。艺术手法试验更深入、更成熟。她的小说艺术达到了最高成就。因此,《艾丽丝·B·托克拉斯自传》(*The Autobiography of Alice B. Toklas*)成了学界赞赏的斯坦因的优秀代表作。

1) 故事和人物盘点:

《艾丽丝·B·托克拉斯自传》(以下简称《自传》)是斯坦因借用她的女伴艾丽丝的真名实姓写成的,其实是她本人的自传。她确实建议艾丽丝写一本回忆录,甚至给她出了个题目《伴随斯坦因二十五年》。但艾丽丝始终没接受。斯坦因便自己动笔写了。她那年秋天在巴黎的比里林花了六周就写好。她尽量采用艾丽丝的视角,用艾丽丝的腔调来描述往事。这有助于从不同的角度来观察和评价人和事。

《自传》写了斯坦因旅居巴黎三十年风风雨雨的生活经历,从一个侧面展现了上世纪20年代作为世界现代主义中心的巴黎文坛的盛况。当时小杂志大量涌现,文艺沙龙像春笋般出现。斯坦因的家成了巴黎出名的一个先锋派文艺沙龙。他们经常一起探讨先锋派艺术和现代文艺的发展方向问题。书中生动记录了作者与多位画家、诗人和小说家的交往、友谊和争议。

《自传》展示了一个许多名家聚会的画廊。最初与斯坦因交往的青年,好几位后来成为名闻遐迩的名家。如毕加索、马蒂斯、海明威、菲兹杰拉德和安德森,以及庞德、威廉斯、威斯科特和克莱恩;还有作曲家汤普逊、画家比德、

第三章
大胆试验的现代主义小说家们

黑人歌唱家保尔·罗伯逊和黑人小说家赖特等。斯坦因在书里勾勒了他们的外貌，匆匆地描述他们的谈吐，不乏幽默色彩，偶尔提及他们对生活、对别人的看法。因为她借用了艾丽丝的视角，所以用词比较温和些。

在众多人物的描绘中，最引人注目的是作者对毕加索和海明威的评说。她提到第一次见到毕加索时并不喜欢他的画。后来她发现毕加索很有创新精神，用几何图形构建现代立体画。她跟他多次讨论印象派画家塞尚的特色，赞赏毕加索的刻苦钻研和大胆革新，曾请他为自己画个肖像，并想将立体主义绘画的技巧应用于小说创作。两人保持了多年友谊。

斯坦因认识海明威是通过安德森介绍的。1921年海明威携夫人去巴黎闯荡时曾持安德森的信去见她。此后两家来往渐渐多了。海明威常去斯坦因家，倾听她与毕加索等人讨论文艺问题。他总是默默地听，偶尔提个问题。斯坦因回访海明威租住的小天地，发觉房间太小，他竟坐在床上写作，萌生了敬意。后来曾帮他看过几篇诗和小说草稿，建议他往诗歌方面发展。读过短篇小说《在密歇安北部》后，斯坦因感到写男女性交的初欢是可以的，但不宜送去发表。海明威没有接受，后来还是发表了。不过，第一个儿子班比诞生后，海明威请她给孩子当教母，她愉快地接受了。1926年，海明威发表了《春潮》嘲讽安德森的《黑色的笑声》，他们之间的分歧渐渐扩大。《自传》对海明威有所批评。1933年7月，海明威在给庞德的信中坦白承认斯坦因曾给他一些好建议，同时也给了他许多废话。他扬言将来自己写回忆录时要把真相写出来。果然，在《流动的盛宴》里，海明威给斯坦因无情的回击，令学界一些同仁深感遗憾。

《自传》出版后很快成了一本畅销书。各种评论层出不穷。在一片赞扬声中也有一些批评的声音。作者的哥哥列奥认为书里保持平静的聊天气氛，有时具有喜剧性，比较好。但他感到斯坦因是个骗子，对童年时代的回忆有差错，比如他们随父母到巴黎时，她已四岁半，不是三岁。她想写个莎士比亚式的剧本时已经十四岁了，不是八岁。况且对他1911年以前对她的帮助只字未提。

尽管如此，《新共和》和《国家》等杂志仍给予热烈的肯定，赞扬它充满机智，具有个性，文笔优美。

2) 风格和语言聚焦：

《艾丽丝·B·托克拉斯自传》是斯坦因语言实验的杰作,艺术风格独树一帜,语言简洁明快,变化多端,富有幽默感,展现了多种多样的现代派技巧。它成了一部出色的现代派自传,成为许多现当代美国青年作家模仿的典范。

《自传》集作者以前创作的小说各种现代派艺术技巧之大成。它不重视故事情节,仅呈现一片片形象鲜明的画面,让读者在心中自己组装成一幅现代主义的都市风景画。

《自传》往往随意变换时间顺序,过去、现在和将来交织在一起。直叙与倒叙相结合,跨越体裁的界限,将叙述、评论和心理描写熔于一炉,展示人物的内心变化。

在语言方面,斯坦因做了许多大胆而新颖的试验。早在《软纽扣》里,她就将一些动物行动的修饰词用来形容静物。比如"失明的玻璃器具"、"受伤的颜色"、"大慈大悲一枚邮票"等。她爱用词语的重复来强化艺术效果,如"一次增加为什么一次增加无意义"。"玫瑰是一种玫瑰是一种玫瑰是一种玫瑰。"(见《美国人的成长》)。大量运用现在分词,以强调所描述事件的连续性。她有时省略标点符号,增加叙述的模糊性。在她看来,人生是个不可分割的时间流动,心理时间使各种意识的状态汇成一个有机的整体。语言充满了迷人的魅力。现代作家的职责就是运用语言的优势来展现人物的心态,揭示日常生活的奥秘。她将现实中很普通的事物写得似是而非,亦真亦幻,朦朦胧胧。她往往倾注了个人的感情,写得或隐或现,并请读者参与,让读者随意联想,自己找答案。诚然,这个答案是不易找到的。

在离题的议论中,斯坦因喜欢突出自己的观点,像印象派的画作那样,画面布满不同的色彩,突出鲜明的主题。同时,她掌握了威廉·詹姆斯的意识流理论,认为记忆对概念十分重要,思想与感情是相连贯的,话语中的重复或再现,可以表达个人身份和经验的"深层本性"。这种"再现"可能不是准确的"重复",但微小的变动像心灵闪烁的火花。一系列"再现"的短语可说明一个"再开始,再再开始"的过程,或将延长的现在时变成现在进行时。这种独特的语言试验是有作者的理论思考的。她的语言风格富有表现力,显得新颖而古怪,令人耳目一新。

3) 意义和影响总览:

《艾丽丝·B·托克拉斯自传》是一部超越美国传记文学的新自传作品。从形式到内容,它都有很大的创新。它像斯坦因的作品《软纽扣》一样,实践了作者的创作原则,呈现了跨体裁,散文、议论和叙述相结合的特点,颠覆时间顺序,进行语言试验等,开创了美国现代派自传的先河。斯坦因成了美国现代派文学的奠基人,深深地影响了20世纪美国小说和诗歌的创作。

首先,斯坦因从语言学、文学和心理学的不同视角否定西方文明的各种传统。她的作品内容丰富,理论色彩浓烈,带有哲学家的思考和心理学家的感受。她将美国文学传统与欧洲立体主义画派的风尚结合起来,开创了现代派新风。

一次大战后,巴黎成了世界现代主义文艺的中心。斯坦因身处其中,深感新的变革即将来临。她关注和学习法国先锋派文学的新手法、印象派画家塞尚的艺术技巧和毕加索的立体主义绘画,大胆探索文学的革新之路。有人说她从霍桑、梅尔维尔、詹姆斯的文学传统汲取了营养,又十分敬重法国作家福楼拜,将这些欧美名作家的长处与新的现代文艺思潮结合起来,形成了新的传统。这个新传统说不上是纯粹的美国传统,但它适应了一次大战后美国国际地位提高的新变化。她汲取了法国现代主义先锋派的优点,开创了美国现代派文学,为美国文学迈上世界文坛铺平了道路。

其次,斯坦因大搞语言试验,取得了明显的效果。她在作品里大胆地进行许多前所未有的语言试验,展现了勇于创新,不怕责难的顽强精神。从单词的重复、句法的断裂到现在分词的大量应用、标点符号的省略、时间顺序的颠覆以及散文体裁的跨越,都体现了她革新的勇气和不懈的努力。她改变了欧美传统的叙事策略,尝试用口语来达到立体主义画派的抽象艺术效果。她善于用简单的词汇构成一幅幅生动的拼贴画。她改变了以往作家只顾埋头写作,不问读者感受的偏向,有意引导读者参与作家作品文本的探索,自己进入文本自寻答案。这就激发了读者的文学兴趣,改善了作家与读者的关系,促进了现代文学的复苏和发展。

不过,有人批评斯坦因搞文学抽象化的试验失败了。她的创作实验往往成了令人费解的文字游戏,有时令人不知所云。她作品中的议论主观性和自我封闭性比较明显。有时她的看法令人难以苟同。

可是,斯坦因给后人留下了宝贵的文学遗产。她大量的艺术手法革新,如朦胧的意象、颠倒的时序、词语的重复、亦真亦幻的描写、拼贴式的画面和音乐性的话语等,成了美国现代派文人和当今后现代派小说家以及纽约语言派诗人模仿和学习的榜样。她是"迷惘的一代"作家们的引路人。她既是个杰出的女作家和诗人,又是个优秀的文学理论家。她的创新精神特别激励着一代又一代美国作家们开拓探索,不断前进。斯坦因成了美国20世纪文坛上"超前"的女怪杰。评论界称她是美国现代主义小说的奠基人。她为美国现代文学的发展作出了不可磨灭的贡献。

4) 文本名段点击①:

A. 斯坦因认为评论不是文学,她对自己的试验感到自豪:

She is passionately addicted to what the French call métier and she contends that one can only have one métier as one can only have one language. Her métier is writing and her language is English.

Observation and construction make imagination, that is granting the possession of imagination, is what she has taught many young writers. Once when Hemingway wrote in one of his stories that Gertrude Stein always knew what was good in a Cézanne, she looked at him and said, Hemingway, remarks are not literature.

The young often when they have learnt all they can learn accuse her of an inordinate pride. She says yes of course. She realises that in english literature in her time she is the only one. She has always known it and now she says. it. (p.103)

B. 斯坦因谈美国人与欧洲人的差异以及西班牙人对立体主义的喜爱:

Americans, so Gertrude Stein says, are like Spaniards, they are abstract and cruel. They are not brutal they are cruel. They have no close contact with the earth such as most europeans have. Their materialism is not the materialism of existence, of possession, it is the materialism of action and abstraction. And so cubism is spanish.

---

① 下列引文选自 Gertrude Stein, *The Autobiography of Alice B. Toklas*, The Modern Library, 1993。

We were very much struck, the first time Gertrude Stein and I went to Spain, which was a year or so after the beginning of cubism, to see how naturally cubism was made in Spain. In the shops in Barcelona instead of post cards they had square little frames and inside it was placed a cigar, a real one, a pipe, a bit of handkerchief etcetera, all absolutely the arrangement of many a cubist picture and helped out by cut paper representing other objects. That is the modern note that in Spain had been done for centuries. (p.123)

C. 斯坦因曾帮海明威看书稿,她比较欣赏他的诗歌:

So Hemingway was twenty-three, rather foreign looking, with passionately interested, rather than interesting eyes. He sat in front of Gertrude Stein and listened and looked.

They talked then, and more and more, a great deal together. He asked her to come and spend an evening in their apartment and look at his work. Hemingway had then and has always a very good instinct for finding apartments in strange but pleasing localities and good femmes de ménage and good food. This his first apartment was just off the place du Tertre. We spent the evening there and he and Gertrude Stein went over all the writing he had done up to that time. He had begun the novel that it was inevitable he would begin and there were the little poems afterwards printed by McAlmon in the Contact Edition. Gertrude Stein rather liked the poems, they were direct, Kiplingesque, but the novel she found wanting. There is a great deal of description in this, she said, and not particularly good description. Begin over again and concentrate, she said. (pp.288-289)

3. 其他重要作品链接

A. 小说:

《三人传》(Three Lives: Stories of the Good Anna, Melanctha, and the Gentle Lena, 1909)

《美国人的成长》(The Making of Americans: Being a History of a Family's Progress, 1925)

《艾妲》(Ida, 1941)

《雷诺兹夫人》(*Mrs.Reynolds*, 1942)

B. 散文诗集：

《软纽扣》(*Tender Buttons*, 1914)

C. 戏剧：

《三幕剧中四圣人》(*Four Saints in Three Acts*: *An Opera to Be Sung*, 1934)

D. 其他：

《作为诠释的写作》(*Composition as Explanation*, 1926)

《叙事学》(*Narration*, 1935)

《美国地理历史》(*The Geographical History of America*, 1936)

《人人的自传》(*Everybody's Autobiography*, 1937)

《我所经历过的战争》(*Wars I Have Seen*, 1945)

第二节　舍伍德·安德森与《小城畸人》

1. 生平透视

　　舍伍德·安德森(Sherwood Anderson, 1876—1941)来自俄亥俄州卡姆登。1876年9月13日出生。1884年随父母迁居乡村小镇莱达。七个兄弟姐妹中他排行老三。他出生后不久,制造马鞍的厂商父亲不幸破产,家里生活拮据。1895年母亲病逝,他失去家庭温暖,中学尚未毕业,就去芝加哥打工,当过报童、马倌、漆匠和农工。1898年他参军投身于美国与西班牙战争。1900年退伍后当了广告商,后又办了油漆厂,业余试写小说。1916年,他的第一部长篇小说《吹牛大王麦克弗森的儿子》终于问世。他决心放弃成功的商业生涯,选择了文学创作之路。这时,他年近四十,突然改变生活道路,似乎有些愚蠢,但是,他已痛下了决心。他甚至丢下家庭、企业和妻儿,突然躲到克利夫兰写小说,加入芝加哥以卡尔·桑德堡为中心的文人圈子,接受"芝加哥文艺复兴"的影响。

1917年,第二部长篇小说《前进中的人们》出版了。1918年,安德森发表了诗集《美国中部之歌》等作品,逐渐引起文艺界同仁的关注。1919年,短篇小说集《小城畸人》(原名为《俄亥俄州威恩斯堡镇》)与读者见面,很快得到评论界和读者们的好评,奠定了他在美国文坛的地位。

成名后,安德森十分活跃,一面继续创作,推出许多新作,如长篇小说《穷白人》(1920)和《黑色的笑声》(1925),短篇小说集《鸡蛋的胜利》(1921)、《马与人》(1923)和《林中之死》(1933)等。同时,他在南方置业,主办两家周刊。1921年携第二任妻子访问英法两国,结识了旅居巴黎的女作家斯坦因和庞德等人;一面热情扶持青年作家海明威,鼓励他去巴黎闯荡。他还鼓励南方作家福克纳大胆创作反映南方生活的小说。难怪福克纳称他为"我们这一代美国作家的父亲。"他还与评论家门肯成了好友,写了许多社会评论。1937年,安德森当选为美国文学艺术院院士,成了文艺界一位很有影响的短篇小说家。

1941年初春,安德森偕第四任妻子出访南美各国,3月8日突发急性腹膜炎,病逝于巴拿马运河区的柯隆镇。

2. 代表作扫描

《小城畸人》(Winsburg, Ohio)是安德森最出色的代表作。小说有个副标题:"小镇的生活故事"。作者以细微的观察表现了20世纪初期资本主义工业化和城市化给小镇各阶层市民带来的心理冲击和奇特的变化。作者的人物画廊里有各式各样的"畸人":从少女、牧师、教师、医生到女店员、农场主、老作家、电报员和流浪汉。在资本主义工业化的猛烈冲击下,他们受到伤害和侮辱,想在世代居住的小镇艰难地生活下去。他们的创伤、变态、苦恼和悲欢构成了一幅小镇人物的生动心理图像。

1) 故事和人物盘点:

《小城畸人》由二十三篇故事组成。每篇故事写一两个人物。各篇故事可独立成篇。各篇之间有一定内在联系,构成一个整体。安德森说,"这部故事集的故事是互相连在一起的,我认为,应该看成是故事本身将它们连起来的。在某些方面,它像一部长篇小说,一个完整的长篇小说。"

这部作品的第一篇叫《畸人志》,写的是一个白胡须的老头作家躺在加高的床上,朦胧中看到一队男男女女的畸人来找他,在他面前走了一个钟头,他感到很痛苦,后来他爬起来把他们一个个写出来,成了一本《畸人志》的书。作者自称读过一次,印象深刻。但他没有说明《小城畸人》是不是《畸人志》。不过,读者不难明白,这是作者的假托。他写的形形色色的人物都是生活在似梦非梦的社会现实中的。他们原先那么清纯可爱、勤劳肯干,活泼有趣,如今成了古怪的畸人,怎不令人痛心又同情?

安德森塑造了一个年轻记者乔治·威拉德,通过他将二十四篇故事串联起来。威拉德是个独生子,他父亲是当地民主党的头头,所以他成了小镇《威恩斯堡鹰报》唯一报纸的唯一记者。他是小城畸人的评论员和观察者,每篇故事发生时他都在场。有时,他同情不幸者的遭遇;有时,他平静地听医生讲故事;有时他自己与少女约会,又插足于一对恋人之间;有时他深入采访,问这问那,最后他乘火车离开小城,去东部大城市闯荡……

短篇故事集里的人物较多。每篇故事重点写了一个人物,如《手》里的教师阿道夫·迈耶斯真心热爱学生,遭人误解被赶出学校,返回威恩斯堡小镇后孤独地生活了二十年;《纸团》里性格古怪而神秘的医生李菲;《母亲》里记者乔治的母亲伊丽莎白·威拉德生性活跃,望子成龙,母爱有点病态;《可敬的品格》中因爱情破灭伤心过度,外貌变丑的电报员威廉;《寂寞》中一生玩世不恭而一事无成的罗宾逊和《上帝的力量》中的受肉欲诱惑而陷入歧途的牧师哈特门等。随着工业化带来的新思想飞入人们的心灵,许多人都变了,价值观变了,道德观也变了,精神状态也变了……变得不可捉摸,令人不知所措了。

2) 风格和语言聚焦:

舍伍德·安德森从生活实践的直接观察中形成了自己独特的风格。他在《小城畸人》的扉页上有一首献给他母亲的诗,感谢他母亲爱玛"对周围生活的敏锐观察,首先在我的心中唤起了透视生活表层下面的渴望。"他的众多小城畸人面目各异,性格古怪,心态多变。个个活灵活现,跃然纸上。这是与他深厚的生活基础分不开的。不仅如此,他还吸取了20世纪初欧洲盛行的现代派意识流手法,着重表现资本主义工业化给小镇各式各样普通人物造成的精神冲击,在他们心灵上激起了莫名其妙的变化而成了"畸人"。从而揭示了时代的特征。可以说安德森是比较早地吸取法国先锋派技巧用于小说创作的美国作家之一。他的成功获得了许多同代人的赞扬。

在小说语言方面,安德逊运用了美国中西部民众的口语,显得简洁、平易和生动。用民众的口语描绘普通民众的心理和行动,令人感到人物形象栩栩如生,故事的内容通俗易懂。安德森巧妙地用生动朴实的语言,描绘了小镇畸人的千姿百态,揭示了他对资本主义金钱世界的厌恶和对平民百姓的同情和关怀。

3) 意义和影响总览:

《小城畸人》以轻松的笔调刻画了美国俄亥俄州小镇一群小人物一次大战前后在美国资本主义工业化大潮中的种种心理变态。他们受到不同程度的冲击,有的精神扭曲了;有的道德沦落了;有的悲观失望了;有的不得不逃离小镇,去东部大城市找出路了。与德莱塞的《美国的悲剧》和辛克莱·路易斯的《巴比特》相比,安德逊选择了他童年时代生活过的小镇平民生活,来反映资本主义工业化对一般民众的冲击,具有重要的现实意义。安德森独辟新径,展示了民众林林总总的精神创伤,给读者留下了不可磨灭的印象。

从艺术手法上来看,安德逊大胆地吸取欧洲,尤其是巴黎现代派的意识流技巧,着重展现小镇畸人内心的意识流动和精神上的扭曲。这在当时美国文坛是比较新颖的。同时,他继承了马克·吐温的优秀传统,运用美国中西部民众的口语来写小说,并获得了成功。这对海明威等青年作家产生了良好的影响。难怪批评家艾德蒙·威尔逊曾将安德森、斯坦因和海明威当成美国现代文学中一个新的流派。尽管他们三人后来分道扬镳,各自形成自己的艺术风格,但安德森的先锋作用是不言而喻的。

4) 文本名段点击[①]:

A. 主人公温·比德包姆"手"的故事:

Wing Biddlebaum talked much with his hands. The slender expressive fingers, forever active, forever striving to conceal themselves in his pockets or behind his back, came forth and became the piston rods of his machinery of expression.

---

① 下列引文选自 Sherwood Anderson, *Winesburg*, *Ohio*, Penguin Books, 1992, 1987。

The story of Wing Biddlebaum is a story of hands. Their restless activity, like unto the beating of the wings of an imprisoned bird, had given him his name. Some obscure poet of the town had thought of it. The hands alarmed their owner. He wanted to keep them hidden away and looked with amazement at the quiet inexpressive hands of other men who worked beside him in the fields, or passed, driving sleepy teams on country roads.

When he talked to George Willard, Wing Biddlebaum closed his fists and beat with them upon a table or on the walls of his house. The action made him more comfortable. If the desire to talk came to him when the two were walking in the fields, he sought out a stump or the top board of a fence and with his hands pounding busily talked with renewed ease.

选自"Hands",见 *Winesburg, Ohio*, pp.29-30。

B.《冒险》中艾丽丝与聂德的恋爱故事：

When she was a girl of sixteen and before she began to work in the store, Alice had an affair with a young man. The young man, named Ned Currie, was older than Alice. He, like George Willard, was employed on the *Winesburg Eagle* and for a long time he went to see Alice almost every evening. Together the two walked under the trees through the streets of the town and talked of what they would do with their lives. Alice was then a very pretty girl and Ned Currie took her into his arms and kissed her. He became excited and said things he did not intend to say and Alice, betrayed by her desire to have something beautiful come into her rather narrow life, also grew excited. She also talked. The outer crust of her life, all of her natural diffidence and reserve, was torn away and she gave herself over to the emotions of love. When, late in the fall of her sixteenth year, Ned Currie went away to Cleveland where he hoped to get a place on a city newspaper and rise in the world, she wanted to go with him. With a trembling voice she told him what was in her mind. "I will work and you can work," she said. "I do not want to harness you to a needless expense that will prevent your making progress. Don't marry me now. We will get along without that and we can be together. Even though we live in the same house no one will say anything. In the city we will be unknown and people will pay no attention to us."

Ned Currie was puzzled by the determination and abandon of his sweetheart and was also deeply touched. He had wanted the girl to become his mistress but changed his mind. He wanted to protect and care for her. "You don't know what you're talking about," he said sharply; "you may be sure I'll let you do no such thing. As soon as I get a good job I'll come back. For the present you'll have to stay here. It's the only thing we can do."

选自"Adventure"见 *Winesburg, Ohio*, (pp.112-113)。

3. 其他重要作品链接

A. 长篇小说：

《吹牛大王麦克弗森的儿子》(*Windy McPherson's Son*, 1916)

《前进中的人们》(*Marching Men*, 1917)

《穷白人》(*Poor White*, 1920)

《数次结婚》(*Many Marriages*, 1923)

《黑色的笑声》(*Dark Laughter*, 1925)

《超越欲望》(*Beyond Desire*, 1932)

B. 短篇小说集：

《鸡蛋的胜利》(*The Triumph of the Egg*, 1921)

《马与人》(*Horses and Men*, 1923)

《讲故事者的故事》(*A Story-Teller's Story*, 1924)

《柏油：一个中西部人的童年》(*Tar：A Midwest Childhood*, 1926)

《林中之死》(*Death in the Woods*, 1933)

C. 诗歌：

《美国中部之歌》(*Mid-American Chants*, 1918)

D. 其他：

《现代作家》(*The Modern Writer*, 1925)

《舍伍德·安德森笔记》(*Sherwood Anderson's Notebook*, 1926)

《你好！小镇》(*Hello Towns!* 1929)

《更近草根》(*Nearer the Grass Roots and Elizabethton*, 1929)

《也许女人吧！》(*Perhaps Women*, 1931)

《困惑的美国》(*Puzzled America*, 1935)

《故乡》(Home Town, 1940)

《舍伍德·安德森回忆录》(Sherwood Anderson's Memoirs, 1942)

第三节 多斯·帕索斯与《美国》三部曲

1. 生平透视

约翰·多斯·帕索斯(John Dos Passos, 1896—1970)是20世纪美国最重要的小说家之一。他自称是美国社会风貌的记录者。1896年1月14日生于芝加哥一家旅馆。父亲是个内战时的老兵,后来成了名律师。母亲出身于南方一个小康之家。童年时曾随其母旅居欧洲,后回国念中学。1912年,他入读哈佛大学文学院,试写诗歌,与坎明斯成了好友。1916年他获文学学士学位。后去西班牙学习建筑。不久,一次大战爆发,他加入法国红十字救护队,后转入美国医疗队,在法国和意大利等地参加战地救护服务。这些经历成了他1920年出版的第一部小说《一个人的开始——1917年》的素材。1945年再版时改名为《第一次遭遇》,增加了一篇新序。翌年,第二部小说《三个士兵》(1921)问世,获得文艺界同仁的赞赏。不久,他发表了诗集《路边的小推车》(1922)和小说《夜晚的街道》(1923)。《曼哈顿转运站》(1925)以几百个小插曲表现了20年代纽约社会的人物群像,标志着多斯·帕索斯思想上和艺术上的成熟。接着问世的是《东方快车》(1927),表明作者的视野越来越开阔,对社会问题越来越关注。

1926年,多斯·帕索斯积极参加社会活动。他曾任左翼刊物《新群众》编委,支持营救工会领袖萨科和万塞蒂的斗争,并被捕入狱。他曾写了《垃圾人》(1926)、《航运公司》(1929)和《幸运高地》(1933)等剧本,与著名戏剧家奥尼尔发起"新戏剧运动"。1928年,他应邀去苏联访问。他为美国左翼文学的发展作出了重要贡献。

1930年,多斯·帕索斯发表了长篇小说《北纬42度》,后来又相继出版了

《一九一九年》(1932)和《赚大钱》(1936)。1938年三本合编出版,成了《美国》三部曲。这部巨著描绘了20世纪前30年美国社会在商业主义和资本家剥削的基础上文明的衰落和人性的扭曲。作者采用了许多独特的艺术手法,塑造了性格差异的十二个人物形象,充满了许多生动有趣的细节。整部三部曲中由许多故事组成。故事中又有故事。各个故事相互联系又独立成篇。"新闻短片"、"摄影机镜头"和人物小传用得独具特色。真实人物与虚构人物融为一体,展示了现代派的多种艺术手法,时空广阔,视角多变,语言精练,形象丰满,充分展示了作者独特的艺术风格,《美国》三部曲获得了极大的成功。它成了多斯·帕索斯最出色的代表作。

没料到,多斯·帕索斯在《美国》三部曲带来崇高的声誉之后思想上向右转,成了一名离开左翼阵线的自由主义者。西班牙内战期间,他作为记者前去采访,写了散文集《战争中的旅程》(1938)。后来又发表了由《一个年轻人历险记》(1939)、《第一号》(1943)和《重大的设计》(1949)组成的三部曲《哥伦比亚特区》(1952),但小说的批判力度已荡然无存,甚至歪曲了革命者的形象。

二次大战期间,多斯·帕索斯作为战地记者赴欧洲采访。战后,他受《生活》杂志的特约,去南美各国访问。1957年,他荣获全国文学艺术院颁发的金质奖章;1960年当选美国文学艺术院院士。后期他仍埋头写作,主要小说有:《我们的前景》(1950)、《选定的国家》(1951)、《最有可能成功》(1954)、《伟大的日子》(1958)和《世纪中间》(1961)等。

1970年9月28日多斯·帕索斯病逝于弗吉尼亚家中,终年七十五岁。去世后,出版了他的遗作《东部岛,谜之岛》(1971)和《世纪的衰落:第十三部编年史》(1975)。

2. 代表作扫描

长篇小说《美国》(U.S.A.)三部曲以其宏大的画面、多姿多彩的人物形象、进步的思想主题和独特的艺术风格成了多斯·帕索斯引人瞩目的代表作。它深刻地揭示了20世纪最初三十年美国社会的风风雨雨,反映了重大历史事件中穷困的工人、发财的富商、进步的女知识分子、勇于斗争的共产党人、鼓吹阶级妥协的政客、反战主义者、理想主义者等形形色色的人物的不同表现和铸成的社会后果。因此,它在美国文学史上占有重要的地位。

1) 故事和人物盘点:

《美国》三部曲刻画了十二个主要人物。通过这些人物群像在30年代以前美国社会的浮沉,表现了不同阶级、不同立场的人物之间的矛盾和斗争及其造成的不同命运,从而展示美国进步力量的形成和社会发展的主流。十二个人物中最重要的有:玛丽·法兰奇、班·康普顿、乔·威廉姆斯、安德森和摩尔豪斯等。他们在各部小说里起了不同的作用。

在第一部《北纬42度》(*The 42nd Parallel*)里出场的主要人物有:芬尼·麦克克里利,简称麦克。他受他叔叔奥哈拉的影响,充满社会理想主义。他在一家图书分发公司工作,受业主欺骗,后获一位社会主义朋友帮助,到旧金山为一个无政府主义印刷商干活编报纸。结婚后不久,他抛弃妻儿,跟一个革命者去了墨西哥。

J.华德·摩尔豪斯,俄亥俄某代理商的儿子,成了一个无情而悭吝的商人,婚后移居巴黎又抛弃前妻。后回匹兹堡搞新闻广告业,另娶一个钢铁巨头的继女斯塔格。一次大战前,他炮制"劳资合作"计划,鼓吹劳资妥协。

查理·安德森,一个北达科他的穷小子,在美国到处流浪,受社会主义思潮吸引,参加过"国际产联"活动。因社会主义思潮被压制,他感到失望,跟他的朋友杜克去参加法国救护队。

在第二部《一九一九年》(*1919*)里出场的主要人物有:乔·威廉斯,他搞到一张假海员证,从海军开小差,乘运输船在太平洋四处飘流,直到一次大战结束。他是个反战主义者。

班·康普顿,一个聪明的纽约年轻的犹太人。他曾信仰社会主义,积极参与磨坊厂罢工斗争并被捕入狱。出狱后,他到处流浪,在西雅图遭警察痛打,因为他是个"国际产联"成员。他宣传和平主义,又被抓进监狱。

在第三部《赚大钱》(*The Big Money*)里,又有几个主要人物露面:查理·安德森,这位一次大战中的英雄,战后回到纽约想开个飞机制造厂。后来,他改变计划,加入底特律一家大飞机工厂。他与威特利嗣女结婚后酗酒,在股票市场上猛赌,受其同伙诈骗。他搭上歌女玛戈·杜宁,被其妻发觉后离异。最后死于一次车祸。

玛丽·弗兰奇:科罗拉多一位医生之女,曾任匹兹堡一家报纸的记者,因报道一次钢铁工人罢工表示同情被辞退。她曾与劳工领袖巴洛同居,不久即分手。但她义务做工会工作,帮助她的情人班·康普顿。后来,康普顿因参与营救劳工领袖萨柯和万塞蒂而被捕入狱。她感到失望,暂时离开工会活动。后来,她又投身于劳工运动。她是个追求进步,坚持正义的知识分子。她代表了 30 年代初大萧条时期美国觉醒的年轻一代。在她身上寄托着作者的同情和期盼。

2) 风格和语言聚焦:

《美国》三部曲风格独特,特别是运用了三种新颖的艺术手法"新闻短片"、"摄影机镜头"和"人物小传"。这使小说跨越了传统的体裁界限,使真实与虚构相结合,古今人物、死人与活人大汇合,组成一支多声部的时代精神大合唱,展现了 20 世纪前三十年美国的社会风貌。

"新闻短片"共六十八篇,包括新闻剪辑、报纸标题、商业广告、官方文件和流行歌曲等,大都穿插于三部小说各章节之间,烘托当时的历史面貌,渲染真实的气氛。

"摄影机镜头"共五十一篇,作者运用意识流手法表述他对题材的思想观点或介绍他的生活经历,带有自传色彩。这些大都放在"新闻短片"之后或人物小传后面,作为各篇章描述的补充,尤其是衬托作者对一些事件的看法。

人物小传共二十五篇。所选的人物大都是 30 年代前后美国社会各界的知名人士。小传放在各章节之间。第一部《北纬 42 度》中出现的名人有:工人运动领袖德布斯、钢铁大王卡耐基、发明家爱迪生、工程师和发明家斯坦梅茨和政治家拉福列特等九人;第二部《一九一九年》里有:左翼记者兼作家约翰·里德、前总统希奥多·罗斯福、垄断财团富豪摩根、总统威尔逊和一位无名战士等九人;第三部《赚大钱》里有:汽车大王福特、经济学家维布林、舞蹈家邓肯、飞行家怀特兄弟、无声电影名演员瓦伦丁诺、建筑师怀特和新闻大亨赫斯特等十人。这些人物涉及美国社会的方方面面,从政界、商界、工业界到文艺界、新闻界和科技界。他们对美国社会的发展发挥了不同的作用。他们有的已作古,有的当时还健在。作者简洁地评介了他们的生平,有褒有贬,意在扩大社会生活的画面的深度和广度,探索美国 20 世纪前 30 年的变迁,寻找历史的坐标,给人们有益的启迪。

从上述评述中不难看出:《美国》三部曲是一部跨体裁的巨著。作品的主体部分是小说，小说之中又有新闻报道、广告、歌曲和小传等。它汇集了各种不同体裁之大成。在语言风格上呈现了多姿多彩的特色。小说语言简洁、生动，又有新闻英语、广告英语和诗歌语言。许多描述部分富有抒情性。同时，作者又善于将书面语言与口头语言相结合，采用了不少民众的日常口语，以表现劳工大众的生活。这一切构成了多斯·帕索斯独特的艺术风格。

3) 意义和影响总览：

《美国》三部曲以多层次的艺术结构真实地表现了20世纪前30年美国复杂的社会腐败、衰退、挫折和失败；反映了进步人士和劳工们为营救工运领袖萨科和万塞蒂进行了大无畏的斗争，有的甚至被捕入狱仍不屈不挠。最终，政府仍一意孤行，判处萨科和万塞蒂电刑。斗争虽然失败了，但抗议的火种没有熄灭。它孕育着新的斗争。觉醒的人，尤其是像玛丽·弗兰奇一样的青年一代，会越来越多。他们对未来充满信心。这些描写具有深刻的现实意义。尽管20世纪30年代美国涌现了多部优秀长篇小说，但像这样涉及劳工运动的并不多见。这是多斯·帕索斯前期受到进步思潮的影响下写出来的好作品。它成了他一生文学生涯中最优秀的小说，在美国国内外产生了深远的影响。

《美国》三部曲在艺术风格上是一种可贵的创新。多斯·帕索斯在人物塑造上打破常规，用"人物群像"代替传统的每部小说有一至两个主人公，并将真人真事与虚构的人物和情节相结合，还将"新闻短片"、"摄影机镜头"和"人物小传"融入小说文本，运用意识流手法揭示人物的内心世界，形成多角度的视野，让读者思考、评析和判断，自己得出合理的结论，正确认识社会的腐败和危机，推动社会前进。小说充满了反讽、幽默和戏仿。这是作者认真学习和运用法国先锋派艺术技巧的结果。它成了美国现代小说中一部比较典型的现代主义小说。

4) 文本名段点击[①]：

A. 新闻短片68(Newsreel LXVIII)反映了30年代美国社会的乱象如警察向罢工的煤矿工人们开枪，死伤45人等：

[①] 下列引文选自 John Dos Passos, *U.S.A.* (*The Big Money*), Houghton Miffin Company, 1958, 1960。

第三章
大胆试验的现代主义小说家们

WALL STREET STUNNED

This is not Thirtyeight but it's old Ninetyseven
You must put her in Center on time

MARKET SURE TO RECOVER FROM SLUMP

DECLINE IN CONTRACTS

POLICE TURN MACHINE GUNS ON COLORADO
MINE STRIKERS KILL 5 WOUND 40

sympathizers appeared on the scene just as thousands of office workers were pouring out of the buildings at the lunch hour. As they raised their placard high and started an indefinite march from one side to the other, they were jeered and hooted not only by the office workers but also by workmen on a building under construction

NEW METHODS OF SELLING SEEN

RESCUE CREWS TRY TO UPEND ILL-FATED CRAFT
WHILE WAITING FOR PONTOONS

He looked 'round an' said to his black greasy fireman
Jus' shovel in a little more coal
And when we cross that White Oak Mountain
You can watch your Ninety-seven roll

I find your column interesting and need advice. I have saved four thousand dollars which I want to invest for a better income. Do you think I might buy stocks?

POLICE KILLER FLICKS CIGARETTE AS HE GOES
TREMBLING TO DOOM

PLAY AGENCIES IN RING OF SLAVE GIRL MARTS

MAKER OF LOVE DISBARRED AS LAWYER

Oh the right wing clothesmakers
And the Socialist fakers
They make by the workers ...
Double cross

They preach Social-ism
But practice Fasc-ism
To keep capitalism
By the boss

MOSCOW CONGRESS OUSTS OPPOSITION

It's a mighty rough road from Lynchburg to Danville
An' a line on a three mile grade

It was on that grade he lost his average
An' you see what a jump he made

MILL THUGS IN MURDER RAID

here is the most dangerous example of how at the decisive moment the bourgeois ideology liquidates class solidarity and turns a friend of the workingclass of yesterday into a most miserable propagandist for imperialism today

(pp.460-462)

B. "摄影机镜头(51)"揭示了监狱中男男女女犯人的悲哀和绝望:
at the head of the valley in the dark of the hills on the broken floor of a lurchedover

cabin a man halfsits halflies propped up by an old woman two wrinkled girls that might be young. chunks of coal flare in the hearth flicker in his face white and sagging as dough blacken the cavedin mouth the taut throat the belly swelled enormous with the wound he got working on the minetipple

the barefoot girl brings him a tincup of water the woman wipes sweat off his streaming face with a dirty denim sleeve the firelight flares in his eyes stretched big with fever in the women's scared eyes and in the blanched faces of the foreigners

without help in the valley hemmed by dark strikesilent hills the man will die(my father died we know what it is like to see a man die) the women will lay him out on the rickety cot the miners will bury him

in the jail it's light too hot the steamheat hisses we talk through the greenpainted iron bars to a tall white mustachioed old man some smiling miners in shirtsleeves a boy faces white from mining have already the tallowy look of jailfaces

foreigners what can we say to the dead? foreigners what can we say to the jailed? the representative of the political party talks fast through the bars join up with us and no other union we'll send you tobacco candy solidarity our lawyers will write briefs speakers will shout your names at meetings they'll carry your names on cardboards on picketlines the men in jail shrug their shoulders smile thinly our eyes look in their eyes through the bars what can I say? (p.463)

C. "权力与超权力"描述艾迪逊从一个公司总裁到建立商业帝国的过程。他成了左右一切的芝加哥大亨：

In ninetytwo he induced Edison to send him to Chicago and put him in as president of the Chicago Edison Company. Now he was on his own. *My engineering*, he said once in a speech, when he was sufficiently czar of Chicago to allow himself the luxury of plain speaking, *has been largely concerned with engineering all I could out of the dollar.*

He was a stiffly arrogant redfaced man with a closecropped mustache; he lived on Lake Shore Drive and was at the office at 7:10 every morning. It took him fifteen years to merge the five electrical companies into the Commonwealth Edison Company. *Very early I discovered that the first essential, as in other public utility business, was that it should be operated as a monopoly.*

When his power was firm in electricity he captured gas, spread out into the surrounding townships in northern Illinois. When politicians got in his way, he bought them, when laborleaders got in his way he bought them. Incredibly his power grew. He was scornful of bankers, lawyers were his hired men. He put his own lawyer in as corporation counsel and through him ran Chicago. When he found to his amazement that there were men(even a couple of young lawyers, Richberg and Ickes) in Chicago that he couldn't buy, he decided he'd better put on a show for the public:

Big Bill Thompson, the Builder:

punch King George in the hose,

the hunt for the treeclimbing fish,

the Chicago Opera.

It was too easy; the public had money, there was one of them born every minute, with the founding of Middlewest Utilities in nineteen twelve Insull began to use the public's money to spread his empire. His companies began to have open stockholders' meetings, to ballyhoo service, the small investor could sit there all day hearing the bigwigs talk. It's fun to be fooled. Companyunions hypnotized his employees; everybody had to buy stock in his companies, employees had to go out and sell stock, officeboys, linemen, trolleyconductors. Even Owen D. Young was afraid of him. *My experience is that the greatest aid in the efficiency of labor is a long line of men waiting at the gate.*

(pp.465-466)

3. 其他重要作品链接

A. 长篇小说：

《一个人的开端——1917年》(*One Man's Initiration—1917*, 1920)

1945年再版，加个新序，改名为《第一次遭遇》(*First Encounter*)

《三个士兵》(*Three Soldiers*, 1921)

《夜晚的街道》(*Streets of the Night*, 1923)

《曼哈顿转运站》(*Manhattan Transfer*, 1925)

《东方快车》(*Orient Express*, 1927)

《北纬 42 度》(*The 42nd Parallel*, 1930)

《一九一九年》(*1919*, 1932)

《赚大钱》(*The Big Money*, 1936)

(1938 年上述三部小说合并出版,称为《美国》三部曲,*U.S.A. Trilogy*)

《一个年轻人历险记》(*Adventures of a Young Man*, 1939)

《第一号》(*Number One*, 1943)

《重大的设计》(*The Grand Design*, 1949)

(1952 年上述三部小说合并出版,称为《哥伦比亚特区》三部曲(*District of Columbia*)

《我们的前景》(*The Prospect Before Us*, 1950)

《选定的国家》(*Chosen Country*, 1951)

《最可能成功》(*Most Likely to Succeed*, 1954)

《伟大的日子》(*The Great Days*, 1958)

《世纪中间》(*Midcentury*, 1961)

B. 诗歌:

《路边的小推车》(*A Pushcar at the Curb*, 1922)

C. 戏剧:

《垃圾人》(*The Garbage Man*, 1926)

《航空公司》(*Airways, Inc.*, 1928)

《幸运高地》(*Fortune Heights*, 1934)

D. 其他:

《我们的立场》(*The Ground We Stand On*, 1941,非小说)

《主题是自由》(*The Theme Is Freedom*, 1956,论文集)

《机会与抗议》(*Occassions and Protests*, 1964,论文集)

《最好的时代》(*The Best of Times*: *An Informal Memoir*, 1966,回忆录)

第四节　纳珊尼尔·韦斯特与《孤心小姐》

1. 生平透视

纳珊尼尔·韦斯特(Nathanael West, 1903—1940)是纳珊·华伦斯坦·温斯坦(Nathan Wallenstein Weinstein)的笔名。1903年10月17日,他生于纽约一个犹太移民家庭。父亲为逃兵役,从立陶宛移民到了美国,当了建筑承包商,很快站稳了脚跟。母亲精通德语,文化素养高。他从小爱好文学,顺利由小学和中学毕业后升入塔夫茨大学,后来转读布朗大学,主修哲学。毕业后,他赴巴黎两年,接触了现代派文艺思潮,结识了现代派小说家斯坦因和乔伊斯、现代派诗人庞德、艾略特等人,对文学创作产生了兴趣。

不久,他父亲生意滑坡,韦斯特返回纽约,先当纽约肯莫旅店经理助理,维持生活。后来成名的左翼作家考德威尔和法雷尔见到他,劝他试写小说,他高兴地接受了。1931年,他将大学时写的旧稿《巴尔索·斯聂尔的梦幻生活》修改后自费出版。第一次使用纳珊尼尔·韦斯特的笔名。评论界没啥反应。他下决心专门从事创作,便辞去旅馆的工作。

1933年4月,韦斯特发表了第二部小说《孤心小姐》,受到广泛好评,开始出了名,随后,他被两家刊物聘去当编辑,后又去好莱坞哥伦比亚电影公司当编剧,生活相对稳定,收入有保障。1934年他又推出小说《百万难求》原名叫《美国,美国》,有个副标题《列缪尔·皮特金的肢解》,讽刺了穷青年皮特金发财梦的破灭,最后身体被肢解,惨遭枪杀。1935年,他参加发起召开全美作家代表大会,经常与左翼作家接触。但他在好莱坞失业,贫病交加。1936年发表短篇小说《鸟与瓶》。后来他又与考德威尔、法雷尔和批评家考利等人一起声援西班牙人民的反法西斯斗争。

1939年,《蝗虫日》与读者见面,深受评论界和读者们的好评,奠定了小说家的声誉。1940年4月19日,韦斯特与艾琳正式结婚。同年12月22日,他俩从墨西哥度假返家途中出了车祸。夫妻双双不幸身亡。他年仅三十七岁,英年早逝,引起文艺界同仁的惋惜。他的遗体运往纽约,安葬于犹太人公墓。

2. 代表作扫描

韦斯特在创作旺盛的黄金时代,突然离开了人世,令许多友人痛惜不已。他留下的四部小说成了美国文学的宝贵遗产。其中,《孤心小姐》(*Miss Lonelyhearts*)和《蝗虫日》(*The Day of the Locust*)最受欢迎。在主题思想方面,《孤心小姐》(*Miss Lonelyhearts*)更鲜明。在艺术风格上,两部作品可相互补充,完整地体现韦斯特的艺术特色。

因此,《孤心小姐》是韦斯特优秀的代表作。《蝗虫日》也是他的杰作。在评述时,我们以前者为主,也适当顾及后者。

1) 故事和人物盘点:

《孤心小姐》写的是30年代美国纽约市某杂志一位专栏编辑的故事。主人公是个隐名匿姓的男士。他是个牧师的儿子。为了吸引更多的读者,扩大杂志的发行量,他故意选用了一个女性的名字"孤心小姐"。他以这个名字在专栏上回答读者来信中提出的各种问题,帮助他们出主意,提出解决的办法。本来,他以为这无非是个开玩笑的差事,为自己混口饭吃罢了。

没料到,许多读者态度诚恳,反映了社会底层大量不幸事件,热情地期待他的帮助。他了解了许多他闻所未闻的社会问题,内心十分苦恼。他对原来一切价值观念产生了怀疑,又感到难于满足读者的要求。他是个虔诚的基督教徒。他想提倡人道主义,用"博爱"来解决读者的难题,并消除自己的苦恼。

然而,爱情、宗教和哲学都无法给予他温暖和信心。他左思右想,找不到妙计,整天闷闷不乐,沉湎于酒色中,不得不求助于耶稣基督的爱。可是,这一切仍解决不了问题。他想躲开读者的追问,最后他奸情暴露,被他"亲爱的读者"、情妇的丈夫、跛子杜依尔上门开枪打死,结束了无聊而困惑的一生。

《蝗虫日》描写主人公托德·哈克特从耶鲁大学毕业后到好莱坞搞布景和服装设计工作,见到许多好莱坞演员的不幸生活。一天,他醉倒在一堆野辣椒上,梦见一些美国狂人精英入侵加州,决定采取暴力行动。他遇到以前好莱坞的喜剧演员哈利和他女儿费艾。原滑稽演员何默失业后成了书店老板。他迷上费艾。费艾在他家与西部牛仔米格尔私通。何默失望地返回犹他州，途中被一个小孩砸伤。他训斥了小孩，却遭一大群人包围，引发了一场暴力混战。何默遭暴徒们私刑，托德从画作《洛杉矶在燃烧》的回忆中醒过来，被蜂拥的人群挤伤了腿，幸被几个警察救走……

与其他美国现代小说不同，不论是《孤心小姐》隐名匿姓的主人公，或《蝗虫日》的主人公托德·哈克特，都不是韦斯特着力刻画的人物形象。像法国先锋派作家一样，"孤心小姐"和托德成了韦斯特表现30年代大萧条阴影下美国平民百姓和好莱坞演员的艰辛生活的工具。

2) 风格和语言聚焦：

《孤心小姐》的艺术风格是独特的。它将现实主义与现代主义相结合，在小说中融入许多书信，跨越了体裁的界限，并将喜剧的幽默与悲剧的哀怨熔于一炉，揭露了令人心酸又悲愤的社会问题，尤其是妇女的不幸遭遇。

小说采用第一人称和第三人称交替叙述的策略，自始至终以开玩笑的口吻在讲故事。作者以无所谓的心态说三道四，企图掩盖社会难题造成的沉重心情。读者不知不觉地从轻松地听故事走进小说，不得不对作者提出的问题进行思考和认识而义愤填膺，难以自制。

小说中引用了多封读者来信，信中反映了平民百姓的艰辛，尤其是中下层妇女的悲痛和苦难，给读者展现了社会底层的真实生活。真实的生活细节与夸张的描述和尖锐的讽刺相结合，体现了小说独特的艺术魅力。

在《蝗虫日》中不难看出，作者将事实与虚构、现实与梦幻巧妙地结合在一起。他老练地将电影彩排的临时场景与昔日走红的男女演员的辛酸生活相对照，揭示了30年代好莱坞人的哭与笑。那是没有眼泪的哭和没有感情的笑。经济危机的风暴将他们打入痛苦的深渊。

不仅如此，作者还将主人公托德对自己作画的回忆与现实中的斗鸡、晚会和葬礼融为一体，亦真亦幻，真真假假，扑朔迷离，迷人心眼，引人反思：人生的价值在哪里？生活的意义是什么？小说气氛比《孤心小姐》暴烈、紧张而沉闷。有的画面颇为荒诞。但荒诞的人物出自荒诞的生活。也许，唯有蝗灾日，大难临头，毁灭一切，问题才有望解决？！沉默的人们在等待。结局如何？谁也说不清。作者将开放的结局留给读者去思考，去寻找自己的答案。韦斯特独特的艺术手法令二次大战后许多美国小说家着迷，模仿者甚众。

小说语言简洁、生动多样化,时而平铺直叙,时而冷嘲热讽,时而优美抒情,时而怪诞荒唐。字里行间交织着作者的爱与恨。嬉笑怒骂皆文章,富有创新性。

3) 意义和影响总览:

《孤心小姐》通过一个专栏编辑"孤心小姐"的普通经历表现了30年代大萧条时期民众的艰辛,尤其是中下层妇女们的苦难和悲痛,具有重要的社会意义。小说中直接引述了多封妇女给"孤心小姐"的信,反映了他们的不幸遭遇。比如:先天有缺陷的少女找不到对象,忠厚的妻子受粗暴的丈夫虐待;漂亮的姑娘遭流氓强奸、轮奸或诱奸,女工劳动时间长,收入低等等,更令人烦心的是:社会上贫富悬殊,老弱病残者到处遭冷遇,许多家庭不和,男女乱伦,精神空虚,对生活失去信心……作者生动地勾勒出30年代狂乱的时代和病态的社会的真实图画,令人触目惊心。

不仅如此,从"孤心小姐"对读者反映的众多社会问题束手无策可看出政府当局和宗教的欺骗宣传,媒体的虚情假意,它们表面上关心读者,实际上追求利润。"孤心小姐"在现实与虚幻之间陷入走投无路的境地,沉迷于酒色之中寻求精神刺激,最后被情妇的丈夫杜埃尔枪杀。他的死表明西方文化的衰落和病态社会的困境。小说从一个侧面揭示了30年代经济危机给平民百姓造成的恶果。

《蝗虫日》的书名选自《圣经》中《出埃及记》。故事讲的是上帝用一大群蝗虫使埃及土地颗粒未收,派蝗虫消灭那些额头上没有上帝烙印的人。小说通过在好莱坞影城搞美术设计的大学毕业生托德的见闻,描写了影城演员们30年代失去了往日的光彩,生活沉沦,艰难度日的故事。题材新颖,意义深远。好莱坞一直是享有盛誉的美国影城。它的演职员和编导往往过着比平常人舒适的生活。谁曾料到大萧条经济危机也会波及影城,让演员们大起大落,陷入难以自拔的困境?

《孤心小姐》于1959年由霍华德·蒂茨曼因改编为两幕剧本,后又编成歌剧上演,还拍成电影,在全国引起轰动。

1951年,《纳珊尼尔·韦斯特全集》问世。学界对韦斯特其人其作的研究成果不断涌现。今天,七十多年过去了。从一些美国著名后现代派小说家品钦、巴思、主流作家厄普代克和黑人作家艾立森的作品里,不难发现韦斯特的影响。他成了60年代黑色幽默作家们的开路先锋。他对美国文学的突出贡献是学界公认的。

4) 文本名段点击①:

A. 斯莱克编辑为"孤心小姐"写的祈祷词:

Miss Lonelyhearts, Help me, Help Me

The Miss Lonelyhearts of the New York *Post-Dispatch* (Are you in trouble? —Do-you-need-advice? —Write-to-Miss-Lonelyhearts-and-she-will-help-you) sat at his desk and stared at a piece of white cardboard. On it a prayer had been printed by Shrike, the feature editor.

"Soul of Miss L, glorify me.

Body of Miss L, nourish me.

Blood of Miss L, intoxicate me.

Tears of Miss L, wash me.

Oh good Miss L, excuse my plea,

And hide me in your heart,

And defend me from mine enemies.

Help me, Miss L, help me, help me.

In sæcula sæculorum. Amen."

Although the deadline was less than a quarter of an hour away, he was still working on his leader. He had gone as far as: "Life *is* worth while, for it is full of dreams and peace, gentleness and ecstasy, and faith that burns like a clear white flame on a grim dark altar." But he found it impossible to continue. The letters were no longer funny. He could not go on finding the same joke funny thirty times a day for months on end. And on most days he received more than thirty letters, all of them alike, stamped from the dough of suffering with a heart-shaped cookie knife.

(*from Miss Lonelyhearts*, p.1)

---

① 下列引文选自 Nathanael West, *Miss Lonelyhearts & The Day of the Locust*, A New Directions Paperbook, 1962。

第三章
大胆试验的现代主义小说家们

B. 杜伊尔知道"孤心小姐"与他妻子有染，十分气愤，最后他跑到编辑部，与"孤心小姐"同归于尽：

Doyle was carrying something wrapped in a newspaper. When he saw Miss Lonelyhearts, he put his hand inside the package and stopped. He shouted some kind of a warning, but Miss Lonelyhearts continued his charge. He did not understand the cripple's shout and heard it as a cry for help from Desperate, Harold S. Catholic-mother, Broken-hearted, Broad-shoulders, Sick-of-it-all, Disillusioned-with-tubercular-husband. He was running to succor them with love.

The cripple turned to escape, but he was too close and Miss Lonelyhearts caught him.

While they were struggling, Betty came in through the street door. She called to them to stop and started up the stairs. The cripple saw her cutting off his escape and tried to get rid of the package. He pulled his hand out. The gun inside the package exploded and Miss Lonelyhearts fell, dragging the cripple with him. They both rolled part of the way down the stairs.

(from Miss Lonelyhearts, p.57)

C. 托德受雇于西部某公司，正在画《洛杉矶在燃烧》：

A talent scout for National Films hnd brought Tod to the Coast after seeing some of his drawings in an exhibit of undergraduate work at the Yale School of Fine Arts. He had been hired by telegram. If the scout had met Tod, he probably wouldn't have sent him to Hollywood to learn set and costume designing. His large sprawling body, his slow blue eyes and sloppy grin made him seem completely without talent, almost doltish in fact.

Yes, despite his appearance, he was really a very complicated young man with a whole set of personalities, one inside the other like a nest of Chinese boxes. And "The Burning of Los Angeles," a picture he was soon to paint, definitely proved he had talent.

(from The Day of the Locust, p.60)

D. 受骗的群众愤怒了。他们与警察发生了冲突：

Their boredom becomes more and more terrible. They realize that they've been tricked and burn with resentment. Every day of their lives they read the newspapers and went to the movies. Both fed them on lynchings, murder, sex crimes, explosions, wrecks, love nests, fires, miracles, revolutions, wars. This daily diet made sophisticates of them. The sun is a joke. Oranges can't titillate their jaded palates. Nothing can ever be violent enough to make taut their slack minds and bodies. They have been cheated and betrayed. They have slaved and saved for nothing.

(*from The Day of the Locust*, p.178)

3. 其他重要作品链接

A. 中短篇小说：

《巴尔索·斯聂尔的梦幻生活》(*The Dream Life of Balso Snell*, 1931)

《百万难求》(*The Cool Million*, 1934)

第四章 揭竿而起的左翼作家们

第一节 麦克尔·高尔德与《没有钱的犹太人》

1. 生平透视

麦克尔·高尔德(Michael Gold, 1894—1967)是欧文·格兰尼茨(Irwin Granich)的笔名。1894年4月12日,他生于纽约市东区贫民窟。父母都是来自东欧的犹太移民。他仅读了半年初中,因父亲生病卧床多年,十二岁时便去打工,维持全家生计。他干过多种杂活,如看门人、送货员、小职员和司机助手等,历时十年。1914年,他在经济危机中失业,偶然买了一份进步杂志《群众》,受到社会主义思想教育,认清了生活的意义。他开始用"麦克尔·高尔德"的笔名发表诗歌。这成了他文学生活的开端。

1915年,高尔德去波士顿当工人,后来加入美国共产党。1916年他到哈佛大学试读了几个月,由于经济困难不得不停学去当记者。1917年逃兵役去墨西哥待了两年。1922年,他担任《群众》被封闭后改名为《解放者》的编辑,坚持了两年。1926年《新群众》创刊,他担任编委,后成了编辑部负责人。他强调作家要抛弃纯艺术的观点,改变放任自由的生活。艺术界人士要加强团结,杂志要欢迎男女工人投稿。后来,他又提出"无产阶级艺术"的口号并努力加以实践,发表了许多作品,如反映美国工人斗争精神的诗歌《布拉多克城奇特的葬礼》(1923)、表现19世纪黑人领袖约翰·布朗的传记《约翰·布朗传》(1924)、歌颂工人运动领袖萨科和万塞蒂的长诗《穿长外套的凶手们》(1927)。20年代,高尔德曾应邀访问苏联,很钦佩在那里病逝的美国进步作家约翰·里德,深受苏联建设成就所鼓舞,返国后尽心办好《新群众》,并继续关注美国社会生活。1929年发表了反映墨西哥革命运动的剧本《节日》、描绘美国工人生活见闻的《一亿两千万》(1929)。

30年代是美国经济大萧条时期。高尔德加紧创作,1930年推出了半自传体长篇小说《没有钱的犹太人》,受到热烈的欢迎。1934年起在美国共产党机关报《工人日报》开辟专栏《改造世界》,发表时事短评、社会杂感和散文,深受工人读者的喜爱,后来合编出版《改造世界》(1937)和文学评论集《空心人》(1940)。1935年,他与别人合编了左翼文学文选《美国无产阶级文学》,收入六十三位美国作家的诗歌、戏剧、散文和文学评论等,促进了美国左翼文学的发展。1936年,他与布兰克福合写了剧本《战斗之歌》,成了《约翰·布朗传》的姐妹篇。

50年代冷战时期,麦卡锡主义猖獗一时,许多进步人士无端遭受迫害。高尔德顽强地坚持斗争。1958年至1959年,他在改版后的美共《工人周刊》继续任《改造世界》专栏的主笔,并兼任《群众与主流》的特约编辑。他自己还创作了一些剧本,但没有发表。1967年5月14日,高尔德在加州特拉·林德镇因病去世,终年七十四岁。

2. 代表作扫描

麦克尔·高尔德一生献身于美国左翼文学。他从诗歌走上文坛。写了大量政论文、杂文和文学评论,还有多部诗歌和戏剧,但长篇小说仅有《没有钱的犹太人》(*Jews Without Money*)一部。这部小说是他文学创作的最高成就。因此,它成了高尔德的优秀代表作。

1) 故事和人物盘点:

《没有钱的犹太人》描写了纽约市贫民窟里犹太人麦克一家的悲惨遭遇。故事带有作者亲身经历的影子,具有半自传性。在1935年"序"中,作者说,"我在本书里讲了一个犹太区——纽约市犹太区里犹太人穷困的生活故事。"

麦克一家生活在肮脏、贫穷和杂乱的纽约市东区贫民窟里。父亲汉门是个从罗马尼亚来的移民,曾与表哥山姆合办个背带厂。没料到山姆耍手段吞吃了全部资产,汉门一文不名,只好当个漆匠求生存。后因双腿工伤,卧床多年,无法工作。母亲凯蒂是个来自匈牙利的女移民,善良又勤劳,埋头苦干,

第四章
揭竿而起的左翼作家们

任劳任怨,又乐于助人,深受邻居的好评。麦克小学毕业后便辍学打工。他在穷困的环境里长大,养成朴实和苦干的品格,也染上打架、仇杀和嫖娼的恶习。后来,在一次群众集会上,他听到了工人代表的发言,终于幡然醒悟,投身于工人运动,找到了正确的生活方向。他满怀信心地相信,总有一天"会把东区的丑恶消灭得干干净净,在那里建立一个人类的心灵花园"。

小说塑造了好几个人物形象,其中最突出的是麦克和他的父母汉门和凯蒂。

汉门年轻时从东欧移居美国,妄想发家致富当个百万富翁。他受表哥诈骗后仍想向人家借三百美元再办个厂。后来当了几天漆匠后又巴结老板,想借钱买座豪宅,离开贫民窟。工伤后,他十分失望,想自杀了事,后经妻子凯蒂的劝说和安慰才活下来。他女儿艾丝特被马车撞死使他又深受打击。一次接着一次的灾难令他彻底破产。他仍把发财梦寄托在儿子麦克身上,不相信自己永远是个没有钱的犹太人。他的遭遇反映了美国东欧移民"美国梦"的破灭。

与丈夫汉门不同,凯蒂是一位坚强、朴实的女性形象。她整天忙里忙外,从不叫累。汉门跌伤后,她一面去食堂打工挣钱维持家庭生计,一面劝丈夫振作起来。她爱憎分明,刻薄的房东处处刁难,她决不退让。邻居穷犹太人有困难,她出手相助。她笃信犹太教,对有苦难的基督徒仍热情帮助。后来,她心爱的小女儿惨死在马车轮下,使她的精神蒙受极大的打击,无法忍受……在她身上集中体现了犹太平民的优秀品质。她成了美国犹太小说中一位崇高的女性形象。

至于麦克,他也是小说中主人公之一。他是作者高尔德的化身。他的成长反映了作者本人的经历和变化。少年时代,他饱尝了贫民窟生活的辛酸,也糊里糊涂地受到那里恶习的污染,但他没有走向堕落的深渊。他接触了社会,逐渐了解了社会,终于认识到工人运动带来的希望。他父亲希望他长大成人,做个有钱的犹太人,但他清醒地看到,在美国真正有钱的犹太人毕竟是少数。他没法接受他老子的天真的乐观主义,"一记起过去,一想到将来,就心灰意冷"。

2) 风格和语言聚焦:

《没有钱的犹太人》是作者以亲身经历为基础创作而成的,所以艺术风格朴实、真实令人信服。故事情节比较简单,没有大起大落,更没有触目惊心的场面。但它给读者展现了一幅纽约市东区贫民窟的真实的生活画面。

作者以大量生动而真实的细节刻画了麦克一家三口人的形象,用纯朴的感情描绘了他们的个性、理念和特征。尽管他们是很普通的犹太人,他们的思想、行动和语言也很平凡,但他们显得很真实。个个栩栩如生,亲切可信,富有浓烈的生活气息。因为那一切都是作者亲身经历过的。他将自己的见闻和遭遇精心地进行了艺术加工,把他的人物写活了。如写凯蒂到处奔走,为一个丈夫犯罪入狱,家庭生活穷困的女人贝茜找到了一份工作。而贝茜竟连续熬夜织了一条羊毛围巾送给凯蒂作为回报。

小说采用了第一人称叙事策略。麦克既是故事的叙述者,又是小说中众多人物相互沟通的核心。他是美国犹太移民的新一代。作者通过麦克反映了他父母的不幸遭遇和小妹妹的惨死,将纽约市东区两代犹太移民的命运联系起来,从而揭示麦克新一代犹太人的觉醒。麦克仿佛是作者的代言人。他在贫民窟里长大,与父母一起经受了苦难。但他不同于一心只想发财的父亲。他找到了生活的方向,决心投身于工人运动,迎接美好的明天。尽管他不太乐观。他相信这一天总会到来。

小说语言朴实、平易、生动。因此,它很受普通平民读者的欢迎。不过,有些细节有点琐碎,有些话语较低俗。

3) 意义和影响总览:

《没有钱的犹太人》通过麦克一家人的变迁描绘了纽约市东区犹太移民辛酸的血泪史,具有深刻的历史价值和现实意义。

首先,小说如实地描写了纽约市东区贫民窟的面貌:贫困、肮脏、混乱和拥挤。一次大战前后,许多欧洲人移民美国,以为美国是"人间天堂",妄想到美国发大财,当富翁。没料到,迎接他们的是破败不堪的贫民窟。那里就是追梦者的"天堂"。纽约市当时是个大都会,那里是冒险家的乐园,穷苦人的活地狱。小说详细描述了在纽约市贫民窟附近的街道上游荡的,既有老实干活的好心人、忠厚的医生、热心的女教师、慷慨助人的小商贩和相互关照的邻居,又有许多乱七八糟的"怪人",如"五十美分一夜"的低级妓女、打架闹事欺负女人的地痞流氓、乱涨房租的老房东、苛刻而凶残的工厂老板等等。聚众闹事,打架厮杀以及吸毒、绑架和强奸的案件层出不穷,搞得贫民窟乌烟瘴

第四章
揭竿而起的左翼作家们

气,老百姓苦不堪言。这些丑恶现象毒害着纯真的青少年,连麦克也不例外。作者禁不住发出愤怒的控诉!

其次,小说描写了麦克父亲等人恶劣的工作条件和微薄的工酬。汉门当漆工时,从工作架上跌下来双腿受伤就被老板赶出工厂,没有一分赔偿,只好卧床多年,自认倒楣。凯蒂去食堂当杂工,整天干活,所得无几。邻居贝茜一天要干十六小时才能勉强糊口。汉门最后穷愁潦倒,靠卖香蕉度日,其生活之艰辛可想而知。麦克小妹妹艾丝特的惨死则完全打垮了麦克一家,使他母亲精神上彻底垮了。平时生活那么穷苦,哪能应付突发的惨剧!小说以大量丰富的事实揭露了美国社会的黑暗。

最后,正如前面所说的,小说塑造了凯蒂的崇高的犹太女性形象。她善良能干,顽强不屈,乐于助人,勇于与贪婪的房东抗争。在家庭面临经济困难时,她去食堂当杂工,勇挑重担。邻居有困难,她奔走相助,不遗余力。她是家庭的主心骨,又是邻居的好帮手。她是个有爱心,明是非,勤奋自强的好母亲、好女性。这个女性形象在美国犹太文学中是不多见的。它是高尔德文学创作的一大艺术成就。

《没有钱的犹太人》写的是纽约市东欧贫民窟一家犹太移民的故事,但它具有普遍的现实意义,影响相当广泛。小说结合作者的个人经历,描写主人公麦克从少年时代在纽约市贫民窟的不幸遭遇到长大后思想上的觉醒。他的成长道路揭示了美国犹太移民新一代的选择和期盼。作者揭露了大萧条来临前纽约市变成穷人的监狱,像个"屠宰场",充满了社会渣滓和堕落的风气。它无情地破坏了一切奇迹,彻底地击碎了犹太移民的一切希望。那恶劣的工作条件、到处蔓延的疾病和资本家的无情欺诈使犹太移民雪上加霜,走投无路。良家女被迫沦为妓女,孝子堕落成杀人犯。街头的暴行和政治的腐败屡见不鲜。小说指出,这一切根源就是资本主义制度。高尔德认为好的政治应当改变这一切,恢复民众对生活的信心。末了,"没有钱的犹太人"麦克成为一个共产主义者。他深有感触地说:"啊,革命,它逼着我去思考,去斗争,去生活。"小说字里行间充满政治激情,生活气息浓烈。它生动地揭示了东欧犹太移民在纽约市面临的生活困境、他们朴实的期盼和真情的表露,在美国犹太小说史上留下独特的一章。

4) 文本名段点击①：

A. 麦克在纽约犹太人贫民窟的"小孩帮"里的表现：

I first admired Nigger in school, when I was new there. He banged the teacher on the nose.

School is a jail for children. One's crime is youth, and the jailers punish one for it. I hated school at first; I missed the street. It made me nervous to sit stiffly in a room while New York blazed with autumn.

I was always in hot water. The fat old maid teacher (weight about 250 pounds), with a sniffle, and eyeglasses, and the waddle of a ruptured person, was my enemy.

She was shocked by the dirty word I, a six-year-old villain, once used. She washed my mouth with yellow lye soap. I submitted. She stood me in the corner for the day to serve as an example of anarchy to a class of fifty scared kids.

Soap eating is nasty. But my parents objected because soap is made of Christian fat, is not kosher. I was being forced into pork-eating, a crime against the Mosaic law. They complained to the Principal.

O irritable, starched old maid teacher, O stupid, proper, unimaginative despot, O cow with no milk or calf or bull, it was torture to you, Ku Kluxer before your time, to teach in a Jewish neighborhood.

I knew no English when handed to you. I was a little savage and lover of the street. I used no tooth-brush. I slept in my underwear, I was lousy, maybe. To sit on a bench made me restless, my body hated coffins. But Teacher! O Teacher for little slaves. O ruptured American virgin of fifty-five, you should not have called me "Little Kike." (pp.2386-2387)

B. "小孩帮"眼里的纽约市和小学里的自然课：

New York is a devil's dream, the most urbanized city in the world. It is all geometry angles and stone. It is mythical, a city buried by a volcano. No grass is found in this petrified city, no big living trees, no flowers, no bird but the drab little lecherous sparrow, no soil, loam, earth; fresh earth to smell, earth to walk on, to roll on, and love

---

① 下列引文选自 Cleanth Brooks 等三人合编的 *American Litevature*: *The Makers and the Making*, St. Martin's Press, 1973, 1974。

like a woman.

Just stone. It is the ruins of Pompeii, except that seven million animals full of earth-love must dwell in the dead lava streets.

Each week at public school there was an hour called Nature Study. The old maid teacher fetched from a dark closet a collection of banal objects: bird-nests, cornstalks, minerals, autumn leaves and other poor withered corpses. On these she lectured tediously, and bade us admire Nature.

What an insult. We twisted on our benches, and ached for the outdoors. It was as if a starving bum were offered snapshots of food, and expected to feel grateful. It was like lecturing a cage of young monkeys on the jungle joys.

"Lady, gimme a flower! Gimme a flower! Me, me, me!"

In summer, if a slummer or settlement house lady walked on our street with flowers in her hand, we attacked her, begging for the flowers. We rioted and yelled, yanked at her skirt, and frightened her to the point of hysteria. (2388)

C. "小孩帮"与纽约警察捉迷藏：

Nigger began to hate cops at an early age. The cops on our street were no worse than most cops, and no better. They loafed around the saloon back-doors, guzzling free beer. They were intimate with the prostitutes, and with all the thieves, cokefiends, pimps and gamblers of the neighborhood. They took graft everywhere, even from the humblest shoelace peddler.

Every one knew what cops were like. Why, then, did they adopt such an attitude of stern virtue toward the small boys? It was as if we were the biggest criminals of the region. They broke up our baseball games, confiscated our bats. They beat us for splashing under the fire hydrant. They cursed us, growled and chased us for any reason. They hated to see us having fun. (2389)

3. 其他重要作品链接

A. 政论和文论集：

《改变世界》(*Change the World*, 1937)

《空心人》(*The Hollow Men*, 1941)

B. 传记：

《约翰·布朗传》(*Life of John Brown*, 1960)

C. 剧本：

《战斗之歌》(*Battle Hymn*, 1936)

D. 游记：

《一亿两千万》(*120 Million*, 1932)

第二节 欧斯金·考德威尔与《烟草路》

1. 生平透视

欧斯金·考德威尔(Erskine Caldwell, 1903—1987)是20世纪30年代崛起的一位左翼作家。1903年12月17日,他生于佐治亚州考埃塔一个牧师家庭。父亲在长老会当牧师。母亲为社会办学服务。他从小由母亲抚养长大,只读了一年中学。1920年入神学院,由于交不起学费,学了停,停了又学。1923年至1924年,他念了一年弗吉尼亚大学后转入宾州大学。1925年又回弗吉尼亚大学续读,但一直未能毕业。他尝尽生活之苦,当过工人、厨师和售货员,开过出租车,采过棉花。1926年他移居缅因州。他立志当个作家,坚持业余试写小说。1930年发表两部中篇小说《臭小子》和《可怜的傻瓜》,但未引起社会反响。1932年,长篇小说《烟草路》问世,一炮打响,深受好评,从此奠定了他的小说家声誉。

成名前后,考德威尔生活有了明显变化。他从给好莱坞写电影脚本糊口到当上记者,赴各地采访,增加写作素材。他曾应邀访问了社会主义国家苏联、中国和捷克,还去过墨西哥。1941年,希特勒法西斯对苏联发动突然袭击,他恰好在那里访问。他热情地歌颂俄罗斯人民勇敢的战斗精神,赞扬苏联社会主义建设的伟大成就。返国后,他移居佛罗里达州,继续勤奋笔耕。

1933年,考德威尔出版了长篇小说《上帝的小片土地》。随后又接连推出多部长篇小说和短篇小说集,主要有:反映南方种族歧视的《老手》(1935)、《七月风波》(1940)、《夜幕下的灯光》(1952)、《爱情与金钱》(1954)、《躲风雨处》(1969)和《安纳特》(1973)。他的小说多次再版,十分畅销。他的短篇小说也很出色。但30年代以后,评论界对他的关注减少了,直到1967年,他被评为全国最畅销小说的作家,他才又受到学界的充分重视。他的小说印成平装本,经常重印,大量发行,流传很广。

晚年,考德威尔坚持写作,仍发表了不少其他作品,如《美国见闻》(1964)、《寻找比斯科》(1965)和《南方深处》(1968)、《安尼特》(1973)和《下午在美国中部》(1976)等。他还写了自传《尽我一切力量》,可惜来不及出版,他就去世了。

1987年4月11日,他因病在亚利桑那州天堂谷离开了人世。

2. 代表作扫描

考德威尔大学没有毕业,靠自学成了一个小说家。他从中篇小说入手,成功地写了好多长短篇小说,变成一个多产作家。

在十几部长篇小说中,考德威尔描绘了家乡佐治亚州社会生活的林林总总。如揭露南方社会不平等的《上帝的小片土地》;展示南方种族仇恨的《老手》和《七月风波》;反映佐治亚农民在战争中暴发户欺压下艰难困境的《悲剧的土地》;描写一个南方小镇上白人与黑人关系的《正是这片土地》和《一个地方叫艾斯瑟维尔》;叙述苏联游击队斗争的《整整一夜》以及嘲讽一位畅销作家的《夜晚的灯光》和《爱情与金钱》以及描绘一位幼儿园老师经历的《安纳特》等等。考德威尔小说的题材新颖,主题鲜明,艺术性较高。他对南方的社会矛盾,尤其是种族歧视问题特别关注。

这种关注集中体现在考德威尔的长篇小说《烟草路》(*Tobacco Road*)里。它描写了南方一家棉花佃农吉特的悲剧。它成了考德威尔成功的代表作。

1) 故事和人物盘点:

《烟草路》故事发生在现代美国南方佐治亚州。主人公吉特·莱斯特是个种棉花的佃农。他生活贫困,一家忍饥挨饿糊日子。妻子艾达生病卧床不起。母亲体弱多病,还有十六岁的儿子都德、兔唇的女儿艾丽·梅和小女珠儿。为了减轻家庭负担,吉特将小女孩珠儿嫁给邻居、铁路工人罗夫,但珠儿拒绝与罗夫同床。罗夫带了一筐萝卜来向吉特求助。艾丽向他暗送秋波,让罗夫分了心。吉特便偷了罗夫的萝卜,给一家人当饭吃了。他姐姐贝丝是个寡妇,也吃了一点,然后带他们去教堂祷告。吉特种棉花有六年了,常常为没有现金或信用卡买种子和肥料发愁。有人劝他进城打工,他拒绝了,一直守在那荒凉的土地上。贝丝姐姐想找个丈夫帮她祷告,就买辆新车给都德,引诱他上钩。但都德粗心大意,不久新汽车出了事故,撞死了人又砸烂了车。母亲死了。吉特多方奔走,想搞张信用卡,没有成功。珠儿出逃去找工作。艾丽跑去跟罗夫同居。一天夜里,吉特和妻子单独在家里,突然发生火灾,夫妻双双被烧死,铸成了不幸的悲剧。

　　小说主人公吉特·莱斯特是佐治亚州一个忠厚老实的佃农,家境贫困,干了六年了,每年总为买不起种子和肥料苦恼。有人劝他去城里打工挣钱,他舍不得离开那片土地。由于收成不好,他收入有限,全家经常挨饿,吃不上一口饭。他妻子长期卧病在床,无法工作,母亲又年老多病,一家艰辛度日。姐姐成了寡妇,虽笃信宗教,也救不了她。吉特眷恋土地,但受环境所逼,难以生存,最后与妻子葬身于一场大火之中。

　　2)风格和语言聚焦：

　　《烟草路》是以考德威尔家乡的生活经历为基础写成的,具有现实主义风格。它以生动的细节真实地描写了主人公吉特诚实而木然的性格,栩栩如生,惟妙惟肖,令人同情他一家的不幸遭遇。

　　有些细节特别感人。比如吉特一家常常无米充饥。小说写了他女婿罗夫带到他家里一些萝卜,那是很普通的蔬菜,但吉特乘其不注意时偷了分给家人吃掉,连他的寡妇姐姐贝茜也吃了一点。可见,他们一家人已经饥饿到什么地步了。本来,美国南方盛产棉花,郊区农场的佃农应该勉强过得去,可是吉特没钱买种子和肥料,土地荒废了,收成自然不好。吉特一家这么忍饥挨饿,竟没人问津。这是个什么社会呀！小小萝卜深刻地反映了吉特一家已穷到无法生存了。可见,作者选用细节何等匠心独运！

　　小说语言朴实生动,颇有南方的生活气息。书中有许多简洁的对话,富有幽默感。作者没有用华丽的辞藻加以渲染,而是实实在在地用简朴的语言将吉特一家的惨剧展现在读者面前,显得真实可信,催人泪下,具有巨大的艺术感染力。据说1933年,杰克·柯克南将《烟草路》改编为剧本,在纽约百老汇曾连续上演了三千一百八十二场,在全国戏剧界引起了轰动。

3) 意义和影响总览:

《烟草路》通过吉特一家的悲剧揭示了美国30年代大萧条时期南方佃农的贫困生活,反映了经济危机给他们带来的巨大冲击,具有重要的现实意义和艺术价值。

考德威尔生于佐治亚州,从小在贫困中长大,当过工人,采过棉花,熟识南方劳动人民的生活。《烟草路》如实地描写了种棉花的佃农吉特一家的穷困生活和悲惨下场。吉特老老实实做人,辛辛苦苦干活,仍不得温饱,难以度日,加上妻子患病,更是走投无路。小说中还刻画了一个铁路工人罗夫和一个被汽车撞死的黑人工人。他们同样很穷苦,无法维持正常的家庭生活。这一切都是当时南方社会生活的写照。作为一个进步的左翼作家。考德威尔一直关注南方社会贫富悬殊和种族歧视问题。他希望南方能克服种族歧视,实现社会公正,富人与穷人,白人与黑人和睦相处、相互帮助。《烟草路》正是他这种思想的流露。

《烟草路》描写了大萧条年代经济危机冲击下南方种棉花的佃农吉特一家的悲剧,给30年代美国左翼文学增添了光彩,影响相当深远。它与斯坦贝克的《愤怒的葡萄》(1939)成了了解和认识大萧条经济危机下美国佃农们苦难生活的生动教科书。

1967年,考德威尔获得全国最畅销小说作家的称誉,为广大读者所赞扬。他的小说已译成二十七种语言,在世界各地很受欢迎。

4) 文本名段点击①:

A. 主人公吉特住在祖父建造的烟草路日子越过越糟,不得温饱:

Jeeter was now reduced to painful poverty. His means of livelihood had been taken away, and he was slowly starving.

The entire section of land around him had originally been owned by Jeeter's grandfather. Seventy-five years before, it had been the most desirable soil in the entire west-central part of Georgia. His grandfather had cleared the greater part of the plantation for the production of tobacco. The soil at that time was better suited to the cultivation of to-

---

① 下列引文选自电子版 Erskine Caldwell, *Tobacco Road*, 页数是笔者加的。

bacco than to that of any other crop. It was a sandy loam, and the ridge was high and dry. Hundreds of tumbled-down tobacco barns, chinked with clay, could still be found on what was left of the plantation; some of them were still standing but most of them were rotted and fallen down.

 The road on which Jeeter lived was the original tobacco road his grandfather had made. It was about fifteen miles long, and extended in a south-easterly direction from the foothills of the Piedmont, where the sand hills started, and ended on the bluffs at the river. The road had been used for the rolling of tobacco casks, large hogsheads in which the leaf had been packed after being cured and seasoned in the claychinked barns; thousands of hogsheads had been rolled along the crest of the ridge which connected the chain of sand hills, and they had made a smooth firm road the entire distance of fifteen miles. Sometimes the casks had been pushed by gangs of Negroes to the river steamboats, other times they were pulled by teams of mules; but always the crest of the ridge was followed, cause when off it the hogsheads would have rolled downhill into the creeks which ran parallel with the road to the river, and once wet, the leaf would have been ruined and worthless.

 After seventy-five years the tobacco road still remained, and while in many places it was beginning to show signs of washing away, its depressions and hollows made a permanent contour that would remain as long as the sand hills. There were scores of tobacco roads on the western side of the Savannah Valley, some only a mile or so long, others extending as far back as twenty-five or thirty miles into the foothills of the Piedmont. Any one walking cross-country would more than likely find as many as six or eight in a day's hike. The region, topographically, was like a palm leaf; the Savannah was the stem, large at the bottom and gradually spreading out into veins at the top. On the side of the valley the creeks ran down like the depressions in the palm leaf, while between them lay the ridges of sand hills, like seams, and on the crests of the ridges were the tobacco roads.

 Jeeter's father had inherited about one-half of the original Lester plantation, and approximately half of that had quickly slipped through his fingers. He could not pay the taxes, to begin with, and mouch of it had been sold to satisfy the county's claims from year to year. The remainder he farmed the best he could. He raised cotton exclusively, but because of the sandy loam he found it necessary to use more and more fertilizer each year. The loose sandy soil would not hold the guano during the hard summer rains, and it was washed away before the roots of the plants could utilize it. (p.22)

B. 吉特夫妇不幸死于一场大火。女婿罗夫、姐姐贝丝和儿子都德在议论吉特一生的得失：

Most of the farmers hurried back to their homes for breakfast. There was nothing else to be done.

Lov sat down by the lone chinaberry tree and looked at the blackened mass of ashes, Bessie and Dude stayed a while, too; they had to wait on Lov. Ellie May hovered in the distance, looking on, but never coming close enough to be noticed by Lov or the others.

"I reckon old Jeeter had the best thing happen to him," Lov said. "He was killing himself worrying all the time about the raising of a crop. That was all he wanted in this life—growing cotton was better than anything else to him. There ain't many more like him left, I reckon. Most of the people now don't care about nothing except getting a job in a cotton mill somewhere. But can't all of them work in the mills, and they'll have to stay here like Jeeter until they get taken away, too. There ain't no sense in them raising crops. They can't make no money at it, not even a living. If they do make some cotton, somebody comes along and cheats them out of it. It looks like the Lord don't care about crops being raised no more like He used to, or He would be more helpful to the poor. He could make the rich people lend out their money, and stop holding it up. I can't figure out how they got hold of all the money in the county, anyhow. Looks like it ought to be spread out among everybody."

Dude poked around in the ashes looking for whatever he could find. There had been nothing of value in the house; but he liked to dig in the ashes and toss out the twisted tin kitchen dishes and china doorknobs. everything else in the house had been made of wood or cloth. (p.65)

3. 其他重要作品链接

A. 长篇小说：

《上帝的小片土地》(*God's Little Acre*, 1933)

《旅行者》(*Journeyman*, 1935)

《七月风波》(*Trouble in July*, 1940)

《悲剧的土地》(*Tragic Ground*, 1944)

《夜幕下的灯光》(*A Lamp for Nightfall*, 1952)

《爱情与金钱》(*Love and Money*, 1954)

《躲风雨处》(*The Weather Shelter*, 1969)

《安尼特》(*Annette*, 1973)

B. 短篇小说集：

《美国大地》(*American Earth*, 1930)

《我们是活着的人》(*We Are the Living*, 1933)

《向初升的太阳下跪》(*Kneel to the Rising Sun*, 1935)

《南方路》(*Southway*, 1938)

《湾流海岸故事集》(*Gulf Coast Stories*, 1956)

《当你想我的时候》(*When You Think of Me*, 1959)

C. 文论集和游记：

《叫它经验吧！》(*Call It Experience*, 1951)

《美国见闻》(*Around about America*, 1964)

《南方深处》(*Deep South*, 1968)

《下午在美国中部》(*Afternoons in Mid-America*, 1976)

D. 自传：

《尽我一切力量》(*With All My Might*, 1989)

第五章
异军突起的南方小说家们

第一节　威廉·福克纳与《喧嚣与骚动》

1. 生平透视

　　威廉·福克纳(William Faulkner, 1897—1962)是美国南方文艺复兴最杰出的代表。1897年9月25日,他生于密西西比州奥本尼。父亲开过店,当过银行职员,一事无成。母亲坚强、勤勉,重视孩子的教育。后来他家搬到牛津镇。1914年高中还没毕业,就失学在家,学写诗作画。1918年7月,他加入加拿大皇家空军,去多伦多军校受训。11月,第一次世界大战结束,他退伍回乡。1919年9月,他入密西西比大学读了一年便退学。往后他干过银行职员、军工厂工人和书店营业员。1924年,他自费出版了诗集《大理石的农牧神》,没人重视。同年秋天,他去新奥尔良,见到了成名作家安德森。他劝他写小说,将他最了解的南方社会生活写出来。1925年,他去欧洲旅行,写了第一部长篇小说《士兵的报酬》,第二年安德森帮他出版,引起文艺界的关注。他没继续写小说,跑去一条商船上打工,随船游览了意大利、瑞士和法国等地。1925年至1929年,他又去干杂活谋生,业余继续写作,先后发表了讽刺小说《蚊群》(1927)和献给舍伍德·安德森的长篇小说《萨托里斯》(1929)。他脑子里开始形成一个比较完整的创作体系。有个朋友劝他修改一部旧稿,他接受了,认真加以修改出版,取名《喧嚣与骚动》(1929)。没料到,此书一问世,好评如潮。他成了名闻全国的小说家。

　　不久,他娶了妻子,辞掉杂活,专事创作。功夫不负有心人。多部长篇小说陆续与读者见面,如《我弥留之际》(1930)、《圣堂》(1931)、《八月之光》

(1932)、《押沙龙！押沙龙!》(1936)、《不可征服的人》和《去吧，摩西》(1942)等。除了有几年去好莱坞影城为电影公司写剧本以外，他常住在故乡牛津，过着简朴的生活，很少参加文艺界的活动。

二次大战结束后不久，福克纳又陆续推出反映南方新兴的斯诺普斯家族兴衰史的三部曲：《村子》(1940)、《小镇》(1957)和《大宅》(1959)。他很快名闻全国。1946年，由评论家马尔科姆·考利编选并写序的《袖珍本福克纳选集》问世。书中第一次提出"约克纳帕托法世系"的名称，将福克纳的小说作为一个完整的体系来评析。这使小说家福克纳名声大振，传遍了欧美各国。

1949年冬天，瑞典皇家科学院宣布授予福克纳该年度的诺贝尔文学奖，以表彰"他对当代美国小说的强有力的和艺术上无与伦比的贡献。"福克纳成了继辛克莱·路易斯、尤金·奥尼尔和赛珍珠之后第四位获此殊荣的美国作家。由于消息迟到，福克纳到第二年12月才由女儿吉尔陪同去斯德哥尔摩领奖。他在受奖辞中说："这项大奖不是授予我个人，而是授予我的劳动……这劳动并非为了荣誉，更非为了金钱，而是想从人类精神资源里创造出前所未有的东西。"他还强调"人是不朽的"，"人有灵魂"；诗人和作家创作上的职责应该是"振奋人心"。

获奖以后，福克纳成了美国光荣的文化使者，多次被派往欧洲和南美各国，增进文化交流，还曾去日本讲学。他被弗吉尼亚大学聘为驻校作家，担任母校密西西比大学的名誉教授。但他在故乡仍不断写作，未曾辍笔。1961年，新作《掠夺者》问世不久，便荣获普利策奖。小说的反战主题反映福克纳晚年仍坚持进步的思想。

1962年7月6日凌晨，福克纳在故乡牛津突发心脏病去世，安葬在圣彼得公墓。老作家终于长眠在他毕生钟情的南方土地。

2. 代表作扫描

福克纳是个自学成才的多产作家，一生勤奋笔耕，共出版了十九部长篇小说，近一百篇短篇小说。在十九部长篇小说中有六部与他的约克纳帕塔法世系息息相关。因此，要了解福克纳作品的精髓，首先要弄清约克纳帕托法世系的来龙去脉。

约克纳帕托法县是福克纳虚构的美国南方一个地方。小说《押沙龙！押沙龙!》里有一幅福克纳精心设计的"密西西比州约克纳帕托法县杰弗逊镇"的地图,并注明这个县面积是两千四百平方英里,人口中白人占六千二百九十八人,黑人为九千三百一十三人。黑人比白人多了三分之一。他清楚地标明:该地区唯一的业主和所有者是威廉·福克纳。言外之意,他是他小说王国"约克纳帕托法世系"的主人。这么幽默而坦率的表白并不过分。的确,"约克纳帕托法世系"是福克纳小说创作的主体。它的核心是从《喧嚣与骚动》开始至《去吧,摩西》为止的六部小说。除了这两部以外还包括《我弥留之际》、《圣殿》、《八月之光》和《押沙龙!押沙龙!》四部。这六部小说是福克纳1929年至1942年创作生涯巅峰时期的精品。如能深入细读这六部长篇小说,大体可以掌握福克纳小说创作的思想倾向和艺术特色。

"约克纳帕托法世系"涵盖的时空观相当广阔。时间从1800年起至第二次世界大战。历时近一百五十年。地点包括这个县的杰弗镇和它的郊区。福克纳主要描写县里五个精英家族:萨托里斯、康普生、塞德潘、麦卡林斯和斯特温斯。小说中重要的黑人都是为这五大家族服务的。主要故事涉及五大家族好几代人的生活变迁和社会地位的升降。小说中出场的人物众多。光有名有姓的就有六百人左右,其中半数是镇上和周围各种植园的白人,还有一百来个黑人,其余的是乡村的白人农民和少数印第安人。这么众多人物在各个长短篇小说里交替出现,多少有点联系,但有些变化。

六部小说中,每部既是"约克纳帕托法世系"的一部分,又保持各自相对的独立。福克纳并不想写成南方一个地区的编年史,用不同的小说反映不同的历史时期的社会生活,也不打算在一系列长篇小说中刻画各个社会阶层的代表人物。他笔下的人物形象大体包括贵族、乡下人和黑人。他以自己的家乡为原型,虚构了一个生动的地理环境,展现了近一百五十年南方社会的变迁。他的"约克纳帕托法世系"既带有浓郁的南方乡土气息,又超越了南方地域的范围,如实地反映了美国现代工业化对南方人的精神冲击:文化的没落、旧传统的衰败及其所造成的失落感和情感危机。其范围之广阔,描写之精细,人物之丰满,完全可以与现实主义大师巴尔扎克的《人间喜剧》相媲美。它对欧美文学产生了不可估量的影响。福克纳在小说艺术上的大胆创新,使这些小说成了运用意识流成功的范例。

在六部小说中,《喧嚣与骚动》(*The Sound and the Fury*)最为突出。它成了福克纳的优秀代表作。

1) 故事和人物盘点：

《喧嚣与骚动》描写杰弗逊镇上康普生律师一家三代人的生活变迁。康普生夫妇有四个孩子：三个儿子昆丁、杰生、班吉和女儿凯蒂。康普生早年家境显赫，南北战争中衰落，以变卖土地糊日子。三个儿子都不成器，女儿凯蒂走上歧途。一家日益衰败。

女儿凯蒂成了小说中不曾露面的主人公。她热情而美丽，不慎被一纨袴子弟玩弄怀孕，匆匆嫁给银行家儿子赫伯特，后又被他抛弃。凯蒂沦为妓女。她父亲康普生因此忧伤而死。老大昆丁是个哈佛大学学生，精神压抑。他爱妹妹凯蒂，有点变态。一次路遇凯蒂昔日的情人多尔顿，与他打架。晚上外出跳河自尽。老二杰生有"新思想"，工于心计，狡猾奸诈，贪婪自私。他虐待白痴弟弟班吉，时刻想将他送进疯人院。他多次侵吞姐姐凯蒂给他寄养的私生女小昆丁的生活费，甚至迫小昆丁走邪路，完全失去人性。老三班吉是个白痴，不会说话，只会呻吟和嚎叫。他三十三岁了，仅有三岁孩子的智力。他没有时间观念，也分不清花与草。他爱姐姐凯蒂，为她失身痛哭，更为她的出走悲伤。家中唯有黑人女佣迪尔西一人关照他。迪尔西为人忠厚正直，不怕主人的淫威和偏见，大胆保护受伤害的人。

末了，小昆丁拿了她的存款逃走了。那是她母亲多年来寄给她的生活费，长期被她舅舅杰生吞占。杰生马上报警，但小昆丁与一个流浪艺人私奔，早已不见踪影了。贪婪的杰生得到应有的报应。康普生家族昔日的荣耀已荡然无存。他的后代成了互相仇视、没有亲情的畸形人物。

小说主人公是南方没落贵族康普生一家。中心人物是康普生的女儿凯蒂。她长得漂亮，但任性、虚荣，曾受骗怀孕，又被人遗弃，后来逐步堕落为妓女。她是贵族之家的掌上明珠，又是南方没落阶级的殉葬品。她的身世成了福克纳所说的"一个美丽而悲惨的姑娘的故事"。

2) 风格和语言聚焦：

《喧嚣与骚动》艺术风格独特，体现了福克纳匠心独运，巧妙地吸取欧洲现代派的艺术手法，将意识流用于表现美国南方贵族的没落和衰亡，使现代主义与现实主义相结合，为美国小说的新发展作出了巨大的贡献。

小说的结构非常独特。它打破了英国19世纪小说开篇—高潮—结局的传统模式，颠倒时间顺序，突出人物的性格特征。全书由四个部分组成。前三个部分重点写了康普生的三个儿子:"班吉部分"、"昆丁部分"、"杰生部分"和黑人女佣"迪尔西部分"。时间:先写白痴老三班吉,1928年4月7日;再写老大昆丁,1910年6月2日,后写老二杰生,1928年4月6日,最后写黑人女佣迪尔茜,1928年4月8日。他的女儿凯蒂实质上是小说的女主人公,但作者没有为她专写一部分,而让她出现在每个部分,像一根无形的红线,将相对独立的四大部分连接起来,成为一个完整的艺术结构。她三个兄弟昆丁、吉生、班吉和迪尔茜都与她息息相关。她成了他们生活中的核心。事事都离不开她。这种将主要人物的活动隐入其他人物的情节是福克纳精心设计的,给人耳目一新的感觉。

在叙事策略上,福克纳别有心裁地采用多角度叙述手法。《喧嚣与骚动》前三部分用的是第一人称,让康家三个兄弟从内心意识流活动来显露他们不同的性格特征。三个人都是身心变态或精神失落的人。第一部分,作者借用班吉白痴的目光来看待周围的人和事,使南方世界扭曲了。第二部分,昆丁的内心独白迅速转换,思想与回忆相混杂,用抽象或象征符号来表示。他思想压抑,精神颓废,以自杀告终。第三部分吉生善思维,能说会道,混迹于南方社会,生活不错,他常用自我表白,为自己的丑行申辩,最后自我暴露,令人作呕。

第四部分作者采用传统的第三人称,描述了女佣迪尔茜以历史见证人的身份,补述了前三部分未交待清楚的情节,起了小说叙事的平衡作用,为康普生贵族家的悲剧奏出一支凄凉的终曲。

小说语言优美,表现力强。人物的喜怒哀乐,白痴和狂人的愚昧和变态,表现适度而逼真。个个栩栩如生,跃然纸上。有些内心的意识流动生动有趣,或虚或实,交相辉映。有些表白像演讲一样,富有论辩性。有好几个段落省略标点符号,过去与现在混杂一起,凸显现代派艺术的特点。但有些描写近乎荒诞,似有夸张,像是人物变态心理的流露。

3) 意义和影响总览:

《喧嚣与骚动》是"约克纳帕托法世系"六部精品中的精品,也是美国文学史上一部划时代的巨著。有人认为它与福克纳最得意之作《押沙龙!押沙龙!》是作者一生创作中最光彩夺目的两部长篇杰作,影响遍及欧美各国。

小说的书名选自莎士比亚的悲剧《麦克白》第五幕第五场麦克白一段独白:

人生只是一个行走的影子,

一个在舞台上装腔作势的坏演员,

登场片刻便悄然退下;

它像一个白痴所讲的故事,

充满着喧嚣与骚动,

却找不到一点意义。

这段引文概括地揭示了《喧嚣与骚动》的主题思想。小说生动地描绘了,在资本主义工业化的猛烈冲击下,南方贵族内部的瓦解和失落,资产阶级思想的入侵,造成道德沉沦,损人利己,丧失人性。拜金主义带来亲情的瓦解和精神的颓废。昔日高人一等的南方贵族之家,有的自杀了,有的堕落了,有的成了孤家寡人,生不如死。福克纳以锐利的文笔,写出了康普生家族的没落和崩溃。这是历史的必然规律,不可逆转。

但是,福克纳对于未来并不悲观。南方贵族必然垮台,但生活的洪流滚滚向前。他在小说里塑造了黑人女佣迪尔茜形象。她忠诚、坚强,有正义感,不怕主人的淫威,敢于挺身保护弱者。作者在她身上寄托着对人类的希望。黑人女佣没有社会地位,但品德高尚,值得人们信任。她代表着人类的未来。迪尔茜成了作者塑造最成功的劳动妇女形象。

威廉·福克纳创造性地将现代主义与现实主义相结合,像法国小说家萨特所说的,"运用出众的艺术来描写一个年老而垂死的世界"。他在虚构的约克纳帕托法县杰弗逊镇里,展现了美国南方社会近一百五十年的变迁,敲响了南方贵族走向毁灭的丧钟。他在小说结构、人物塑造、叙事策略和语言技巧方面做了许多大胆而成功的试验,巧妙地运用"时序颠倒"、"多角度叙述"和对称式结构等艺术技巧来描绘南方社会的百年沧桑,特别是用意识流的手法刻画了南方现代人形形色色的复杂心态。他成了举世公认的意识流小说艺术大师,推动现代派艺术在美国的传播,并且与法国作家普鲁斯特和英国小说家乔伊斯并驾齐驱,扩大了美国现代文学在世界各国文坛的影响。

4) 文本名段点击[①]:

A. 白痴班吉的生日独白。他这一天是 33 岁生日,智力却如 3 岁的小孩:

"Shut up that moaning." Luster said. "I cant make them come if they aint coming,

---

[①] 下列引文选自 William Faulkner, *The Sound and the Fury*, Random House, 1956。

can I. If you dont hush up, mammy aint going to have no birthday for you. If you dont hush, you know what I going to do. I going to eat that cake all up. Eat them candles, too. Eat all them thirty-three candles. Come on, let's go down to the branch. I got to find my quarter. Maybe we can find one of they balls. Here. Here they is. Way over yonder. See." He came to the fence and pointed his arm. "See them. They aint coming back here no more. Come on."

We went along the fence and came to the garden fence, where our shadows were. My shadow was higher than Luster's on the fence. We came to the broken place and went through it.

"Wait a minute." Luster said. "You snagged on that nail again. Cant you never crawl through here without snagging on that nail."

Caddy uncaught me and we crawled through. Uncle Maury said to not let anybody see us, so we better stoop over, Caddy said. Stoop over, Benjy. Like this, see. We stooped over and crossed the garden, where the flowers rasped and rattled against us. The ground was hard. We climbed the fence, where the pigs were grunting and snuffing. I expect they're sorry because one of them got killed today, Caddy said. The ground was hard, churned and knotted.

Keep your hands in your pockets, Caddy said. Or they'll get froze. You don't want your hands froze on Christmas, do you.

"It's too cold out there." Versh said. "You dont want to go out doors." (p.2)

B. 小昆丁误以为妹妹凯蒂有病,其实她已怀孕了两个月:

Oh stop that save that for day after tomorrow

I'll want interest then dont let Quentin do anything he cant finish oh by the way did I tell Quentin the story about the man's parrot and what happened to it a sad story remind me of that think of it yourself ta-ta see you in the funnypaper

Well

Well

What are you up to now

Nothing

You're meddling in my business again didn't you get enough of that last summer

Caddy you've got fever *You're sick how are you sick*

I'm just sick. I cant ask.

Shot his voice through the

Not that blackguard Caddy

Now and then the river glinted beyond things in sort of swooping glints, across noon and after. Well after now, though we had passed where he was still pulling upstream majestical in the face of god gods. Better. Gods. God would be canaille too in Boston in Massachusetts. Or maybe just not a husband. The wet oars winking him along in bright winks and female palms. Adulant. Adulant if not a husband he'd ignore God. *That blackguard*, *Caddy* The river glinted away beyond a swooping curve.

I'm sick you'll have to promise

Sick how are you sick

I'm just sick I cant ask anybody yet promise you will

If they need any looking after it's because of you how are you sick Under the window we could hear the car leaving for the station, the 8:10 train. To bring back cousins. Heads. Increasing himself head by head but not barbers. Manicure girls. We had a blood horse once. In the stable yes, but under leather a cur. *Quentin has shot all of their voices through the floor of Caddy's room.* (pp.86-87)

C. 杰生听到农民抱怨棉花价格低,他们总是吃亏:

Along toward ten oclock I went up front. There was a drummer there. It was a couple of minutes to ten, and I invited him up the street to get a coca-cola. We got to talking about crops.

"There's nothing to it," I says, "Cotton is a speculator's crop. They fill the farmer full of hot air and get him to raise a big crop for them to whipsaw on the market, to trim the suckers with. Do you think the farmer gets anything out of it except a red neck and a hump in his back? You think the man that sweats to put it into the ground gets a red cent more than a bare living," I says. "Let him make a big crop and it wont be worth picking; let him make a small crop and he wont have enough to gin. And what for? so a bunch of damn eastern jews, I'm not talking about men of the jewish religion," I says, "I've known some jews that were fine citizens. You might be one yourself," I says.

"No," he says, "I'm an American."

"No offense," I says. "I give every man his due, regardless of religion or anything else. I have nothing against jews as an individual," I says. "It's just the race. You'll admit that they produce nothing. They follow the pioneers into a new country and sell them clothes."

"You're thinking of Armenians," he says, "aren't you. A pioneer wouldn't have any use for new clothes."

"No offense," I says. "I dont hold a man's religion against him."

"Sure," he says, "I'm an American. My folks have some French blood, why I have a nose like this. I'm an American, all right."

"So am I," I says. "Not many of us left. What I'm talking about is the fellows that sit up there in New York and trim the sucker gamblers."

"That's right," he says. "Nothing to gambling, for a poor man. There ought to be a law against it." (pp.148-149)

D. 迪尔西和外甥勒斯特亲切关怀身心不健康的班吉：

Dilsey stroked Ben's head, rocking back and forth. "I does de bes I kin," she said, "Lawd knows dat. Go git it, den," she said, rising. Luster scuttled out. Ben held the slipper, crying. "Hush, now. Luster gone to git de surrey en take you to de graveyard. We aint gwine risk gittin yo cap," she said. She went to a closet contrived of a calico curtain hung across a corner of the room and got the felt hat she had worn. "We's down to worse'n dis, ef folks jes knowed," she said. "You's de Lawd's chile, anyway. En I be His'n too, fo long, praise Jesus. Here." She put the hat on his head and buttoned his coat. He wailed steadily. She took the slipper from him and put it away and they went out. Luster came up, with an ancient white horse in a battered and lopsided surrey.

"You gwine be careful, Luster?" she said.

"Yessum," Luster said. She helped Ben into the back seat. He had ceased crying, but now he began to whimper again. (p.247)

3. 其他重要作品链接

A. 长篇小说：

《士兵的报酬》(*Soldiers' Pay*, 1926)

《蚊群》(*Mosquitoes*, 1927)

《萨托里斯》(*Sartoris*, 1929)

《我弥留之际》(*As I Lay Dying*, 1930)

《圣堂》(*Sanctuary*, 1931)

《八月之光》(*Light in August*, 1932)

《押沙龙！押沙龙!》(*Absalom, Absalom!*, 1936)

《不可征服的人》(*The Unvanguished*, 1938)

《野棕榈》(*The Wild Palms*, 1939)

《去吧,摩西》(*Go Down, Moses*, 1942)

《坟墓的闯入者》(*Instruder in the Dust*, 1948)

《寓言》(*A Fable*, 1954)

《斯诺普斯三部曲》(*The Snopes Trilogy*, 1959)

《村子》(*The Hamlet*, 1940)

《小镇》(*The Town*, 1957)

《大宅》(*The Mansion*, 1959)

《掠夺者》(*The Reivers*, 1962)

B. 中短篇小说集：

《熊》(*The Bear*, 1942)

《骑士的策略》(*Knight's Gambit*, 1949)

《大森林》(*Big Woods*, 1955)

C. 剧作：

《修女安魂曲》(三幕剧,*Requiem for a Nun*, 1951)

4. 著作获奖信息

1950 年荣获诺贝尔文学奖。

1951 年荣获美国国家图书奖。

1954 年《寓言》荣获普利策奖。

1962 年《掠夺者》荣获普利策奖。

第二节　卡森·麦卡勒斯与《伤心咖啡店之歌》

1. 生平透视

　　卡森·麦卡勒斯（Carson McCullers，1917—1967）生于南方佐治亚州哥伦布市一个小镇。她在家乡念完中小学，课余一心练习钢琴。1935年至1936年先后考上哥伦比亚大学和纽约州立大学学习音乐。毕业后长住纽约市格林威治村。1937年与青年士兵李弗斯·麦卡勒斯结婚，1940年离婚，五年后复婚，1953年她丈夫因病去世。她从小体弱多病，成年后多次中风，半身不遂，长期卧床休息。加上婚姻多次失败，造成心灵创伤，性情孤僻。但她从小酷爱文学，喜欢写作。

　　1940年，麦卡勒斯出版了第一部长篇小说《心灵是个孤独的猎手》，一炮打响，受到评论界的好评。小说写了一个南方小镇聋哑人约翰·辛格自杀的故事。第二年，她的第二部长篇小说《金色眼睛里的映像》(1941)问世了。它是一部心理恐怖小说，描述了没有爱情的婚姻给南方妇女带来了不幸。第三部长篇小说《婚礼的成员》(1946)成了全国的畅销书。1950年她自己将它改编为剧本上演，受到观众们欢迎，还得了戏剧奖。1951年《伤心咖啡店之歌》问世，卡森·麦卡勒斯成了一位名闻全国的南方女作家。

　　1958年，麦卡勒斯发表了剧本《奇妙的方根》，描写一个成年妇女与同一个丈夫两次结婚又两次离婚的故事。接着出版长篇小说《没有指针的钟》(1961)，小说写了以佐治亚州小镇为背景的几个白人与一个黑人男孩的故事，揭示了发现自我的主题。1951年，《伤心的咖啡店之歌》曾被著名戏剧家爱德华·阿尔比改编为剧本上演。

　　1967年9月29日，卡森·麦卡勒斯在纽约市因病去世，年仅五十岁。她的遗作、短篇小说集《受抵押的心》(1971)和自传《夜光闪亮》(1999)终于问世。

2. 代表作扫描

卡森·麦卡勒斯一生婚姻不如意,性格孤独,体弱多病,仍坚持小说创作。她写过长篇小说和中短篇小说,还有一个剧本。她善于刻画南方下层怪诞人物,如聋哑人、驼背矮人和性变态者等,表现他们不幸的遭遇。她的作品拥有不少读者。

在麦卡勒斯作品中最受欢迎的是中篇小说《伤心的咖啡店之歌》(The Ballad of the Sad Café)。它成了她的优秀代表作。

1) 故事和人物盘点:

《伤心咖啡店之歌》故事发生在南方一个偏僻的小镇。小说女主人公艾米丽亚·伊凡斯是小镇唯一一家咖啡店的老板。她十九岁时嫁给小镇纺织厂的机修工马文·梅西。婚后十天,她将马文赶走,不愿与他同床。后来马文犯法被抓进监狱,她才定下心来。如今,她三十岁了。她继承父业,经营着一家生产当地最好的威士忌的酿酒厂和这家兼卖酒和土产的咖啡店,日子过得不错。她身强力壮,勤苦经营,小店小厂越办越好。马文在监狱时,艾米丽亚的远亲、表兄李蒙·威利斯看上了她。他是个驼背的矮人。有一天晚上,李蒙到咖啡店来了。艾米丽亚竟收留了他,还带着他到处走。两人产生了奇特的爱情,维持了六年。不久,马文从监狱回到镇上,矮子李蒙被他迷住了,请他喝酒聊天,甚至邀他回咖啡店住。李蒙与马文搞上同性恋。艾米丽亚与马文发生扭打,驼子竟出手帮助马文,在艾米丽亚快打胜时,李蒙竟从背后将她摔倒在地,使她败下阵来。马文和李蒙二人砸烂了咖啡店,放火烧了酿酒厂后扬长而去。艾米丽亚伤心地关上咖啡店的门窗,改行行医,她常常独自呆在屋里楼上。她每天总是望着门前那条路,但整整三年始终见不到驼子表哥李蒙的身影。

小说女主人公艾米丽亚是个南方新型的女性。她体魄健壮,赛过男人。十九岁时,她与机修工马文结婚,发现他不是她理想的伴侣,便把他赶出家门。她有个性,有魄力,继承父业后刻苦打拼,经营得井井有条,日子过得很红火。但她精神空虚,感到孤独。十来年后,她表哥李蒙闯进了她的生活,没料到她竟接纳了他。后来前夫马文出狱后回到小镇,李蒙竟恋上了他。李蒙又丑又矮,憎恨艾米丽亚的富裕和周围的人对他的歧视,终于在艾米丽亚与马文的扭打中帮马文打败了艾米丽亚。她感到很伤心,李蒙背叛了她,毁了她的咖啡店和其他产业。但她并未醒悟,她还盼望李蒙回到她身边。那成了她的南柯一梦。

2) 风格和语言聚焦:

《伤心咖啡店之歌》艺术风格独特,洋溢着浓烈的南方地方色彩。麦卡勒斯以塑造南方怪诞畸形的人物著称。她的作品被称为"南方哥特小说",在欧美读者中颇有影响。

小说充满了英国18世纪末哥特小说浪漫和怪诞的气氛。故事娓娓动听,第一人称与第三人称叙事策略交替运用。作者采取一种漫不经心的态度,叙述中带有抒情和嘲讽笔调,使故事引人入胜。

作者擅长用真实的细节来刻画残疾人的外貌特征,如李蒙驼子又丑又矮,一言一行都挺古怪的,往往令人发笑。小说特别细致地运用表现主义的手法揭示人物内心的孤独和抑郁。女主人公艾米丽亚生意蒸蒸日上,生活富裕,但不幸的婚姻令她精神空虚,心灵创伤很重。小说用生动的细节,描写她带着驼子李蒙在小镇上到处走,显示了她填补心灵空虚的满足。表面上看来,这有点荒唐,其实是符合生活真实的。艾米丽亚所在的小镇又小又偏僻,但爱搬弄是非的人不少。这也许是美国南方社会转型期的一大特色。作者将小镇当成南方社会的缩影,写出了小镇社会生活中变态的三角恋爱及其造成的恶果。小说文笔优美,富有浓郁的南方山川的色彩。

小说语言多姿多彩,对话简洁生动,易于表现人物孤独和怪诞的心情。情节以人物活动为基础,因此小说比较容易改编为剧本上演。

3) 意义和影响总览:

《伤心咖啡店之歌》描写了美国南方小镇一个古怪而畸形的三角恋爱的故事,揭示了南方社会的畸形和变态以及人性的扭曲,富有深刻的社会意义和艺术价值。它具有广泛的影响,至今仍是学界重视的研究对象。

一个不太起眼的三角恋故事引起了一场令人不安的打架。昔日红火的小咖啡店被砸个稀巴烂。以往勇于拼搏的女主人公艾米丽亚成了一个孤零零的闭门客。这就是小咖啡店辛酸而凄凉的歌。歌声里充满了爱与恨。这些爱与恨属于三颗孤独的心灵:女主人公艾米丽亚、她的前夫马文和她的表哥李蒙。

故事开篇时，魁梧的机修工马文爱上能干的艾米丽亚，刚开始她接受了。婚后她反悔了，将他赶出家门。他犯了法进了监狱。艾米丽亚生意兴隆，但内心空虚而孤独。表哥李蒙驼子来了，她莫名其妙地爱上他，但他并不感激她。驼子恨周围所有的人，包括她，反而去巴结马文，搞同性恋。最后三个人闹得不欢而散。

艾米丽亚、马文和李蒙三个人都追求理想的爱，但被爱的人不理解，又缺乏沟通，爱变成恨，孤独的心灵更孤独，结果造成人性的扭曲，造成了冲突和不幸。这是一种畸形的爱与恨。

作者正是用这种畸形人和畸形的爱来反映南方社会的畸形和变态。驼子李蒙恨周围的一切，为什么？因为社会对驼子和聋哑人另眼看待，冷漠和歧视。马文失去了爱情，疯狂地想报复，艾米丽亚孤傲古怪，成了他们二人报复的对象。这是社会环境造成的。作者对女主人公寄托着同情，也期待着南方社会早日恢复常态，弘扬正常的人性和和谐的生活。

卡森·麦卡勒斯是一位有影响的南方女作家。她一直关注南方社会现实中的种种问题。她特别重视残疾人和普通妇女的不幸遭遇。在长篇小说《金色眼睛里的映像》里叙述南方某军营一位上尉班长德顿为了感情纠纷杀死士兵威廉斯的故事，指出婚姻要以忠诚的爱情为基础，否则必将带来不幸。在另一部长篇小说《婚礼的成员》里，她写了黑人女佣伯伦尼四次婚姻有三次不幸的经历，表达了她对南方黑人，尤其是黑人妇女友好而公正的态度。小说含蓄地批评了南方的种族歧视。

由此可见，卡森·麦卡勒斯是个有正义感的南方女小说家。尽管她一生作品不多，题材偏向于南方小镇一隅，但她视角新颖，风格独特，为美国文学作出了重要的贡献。

4) 文本名段点击①：

A. 伤心咖啡店坐落在南方一个孤独而伤心的小镇：

THE TOWN itself is dreary; not much is there except the cotton mill, the two-room houses where the workers live, a few peach trees, a church with two colored win-

---

① 下列引文选自 Carson McCullers, *The Ballad of the Sad Café and Collected Short Stories*, Houghton Mifflin Company, 1936, 1955。

dows, and a miserable main street only a hundred yards long. On Saturdays the tenants from the nearby farms come in for a day of talk and trade. Otherwise the town is lonesome, sad, and like a place that is far off and estranged from all other places in the world. The nearest train stop is Society City, and the Greyhound and White Bus Lines use the Forks Falls Road which is three miles away. The winters here are short and raw, the summers white with glare and fiery hot.

......

However, here in this very town there was once a café. And this old boarded-up house was unlike any other place for many miles around. There were tables with cloths and paper napkins, colored streamers from the electric fans, great gatherings on Saturday nights. The owner of the place was Miss Amelia Evans. But the person most responsible for the success and gaiety of the place was a hunchback called Cousin Lymon. One other person had a part in the story of this café—he was the former husband of Miss Amelia, a terrible character who returned to the town after a long term in the penitentiary, caused ruin, and then went on his way again. The café has long since been closed, but it is still remembered. (pp.1-2)

B. 小镇的好心人议论咖啡店女老板艾米丽亚强壮、能干、孤独、婚姻不幸。她爱独自待在楼上：

These good people felt toward her something near to pity. And when she was out on her wild business, such as rushing in a house to drag forth a sewing machine in payment for a debt, or getting herself worked up over some matter concerning the law— they had toward her a feeling which was a mixture of exasperation, a ridiculous little inside tickle, and a deep, unnamable sadness. But enough of the good people, for there were only three of them; the rest of the town was making a holiday of this fancied crime the whole of the afternoon.

Miss Amelia herself, for some strange reason, seemed unaware of all this. She spent most of her day upstairs. When down in the store, she prowled around peacefully, her hands deep in the pockets of her overalls and head bent so low that her chin was tucked inside the collar of her shirt. There was no bloodstain on her anywhere. Often she stopped and just stood somberly looking down at the cracks in the floor, twisting a lock of her short-cropped hair, and whispering something to herself. But most of the day was spent upstairs. (pp.9-10)

C. 李蒙和马文砸烂了咖啡店逃走了,艾米丽亚不得不改行行医。她仍盼望矮子李蒙归来,但他始终未露面:

Miss Amelia let her hair grow ragged, and it was turning gray. Her face lengthened, and the great muscles of her body shrank until she was thin as old maids are thin when they go crazy. And those gray eyes—slowly day by day they were more crossed, and it was as though they sought each other out to exchange a little glance of grief and lonely recognition. She was not pleasant to listen to; her tongue had sharpened terribly.

When anyone mentioned the hunchback she would say only this: "Ho! If I could lay hand to him I would rip out his gizzard and throw it to the cat!" But it was not so much the words that were terrible, but the voice in which they were said. Her voice had lost its old vigor; there was none of the ring of vengeance it used to have when she would mention "that loom-fixer I was married to," or some other enemy. Her voice was broken, soft, and sad as the wheezy whine of the church pump-organ.

For three years she sat out on the front steps every night, alone and silent, looking down the road and waiting. But the hunchback never returned.... (pp.52-53)

3. 其他重要作品链接

A. 长篇小说:
《心灵是个孤独的猎手》(*The Heart Is a Lonely Hunter*, 1940)
《金色眼睛里的映像》(*Reflections in a Golden Eye*, 1941)
《婚礼的成员》(*The Member of the Wedding*, 1946)
《没有指针的钟》(*Clock without Hands*, 1961)

B. 短篇小说集:
《受抵押的心》(*The Mortgaged Heart*, 1971)

C. 剧作和自传:
《奇妙的四方根》(*The Square Root of Wonderful*, 1958)
《夜光闪亮》(*Illumination and Night Glare*, 1999)

4. 著作获奖信息

1950 年《婚礼的成员》改编上演后获得该年度"纽约戏剧评论奖"。

第三节　玛格丽特·米切尔与《飘》

1. 生平透视

玛格丽特·米切尔(Margaret Mitchell, 1900—1949)生于佐治亚州亚特兰大市。父亲是个历史学家。母亲是个爱尔兰移民,笃信天主教。玛格丽特从小爱听大人讲故事,兴趣广泛。读完当地高中后,1918年秋升入史密斯女子学院念医学。一年后,她母亲不幸病逝,她只好休学回家,照料父亲和兄弟。1923年,她到《亚特兰大日报》当记者。第一次婚姻失败后,1925年,她与广告商约翰·马瑟结婚。第二年因踝骨受伤,她辞去报社工作,专门搞创作。她花了三年时间,写成《飘》的初稿,但不想出版。1935年,有个朋友从纽约来看她,读了她的初稿,感到很好,劝她修改后送去出版,她同意了。

1936年,《飘》终于问世,立即获得意外的成功。六个月内,它售出了一百万册。第二年荣获普利策奖。米切尔一举成名。小说轰动了全国。

1949年8月16日,玛格丽特·米切尔因车祸在亚特兰大不幸去世,年仅五十岁。《飘》成了她一生唯一的作品。它一直流传至今,魅力如初,历久不衰。

2. 代表作扫描

《飘》(Gone with the Wind)是一部通俗的历史小说。它一出版就创下一天售出五万册的记录。第一年发行了一百五十万册。1939年,西德尼·霍华德将它搬上银幕,小说销量猛增。此后被译成三十多种语言,总发行量达一千多万册。它成了美国出版史上的最畅销小说,影响遍及世界各个角落。

米切尔这部小说理所当然地成了她唯一最成功的代表作。

1) 故事和人物盘点：

《飘》的故事发生在美国南北战争前后十多年期间，地点在佐治亚州。小说写的是一个南方贵族家庭的兴衰故事。女主人公斯佳丽·奥哈拉是塔拉大种植园主基拉尔德·奥哈拉的女儿。她父亲是个爱尔兰移民，靠赌博和投机起家，从一个流浪汉变成一个种植园主，拥有农奴一百多人。南北战争爆发时，斯佳丽年仅十六岁。她爱上邻居青年阿希利·威尔克斯。后来，她了解阿希利想娶的并不是她，而是他的表妹梅兰尼·汉密尔顿。她十分气愤，干脆与梅兰尼的哥哥查尔斯结婚。查尔斯原先恰好与阿希利的妹妹霍妮热恋。婚后一周，查尔斯应征入伍上前线抗击联邦军队。不多久，他在战场上病故，斯佳丽沦为寡妇。随着北方军队攻占了亚特兰大，斯佳丽和贝蒂姨母的生活陷入困境。战后，她母亲去世了，父亲神经失常。斯佳丽只好挑起家庭的重担，供养她家和阿希利家两家人。阿希利夸夸其谈，无法适应社会的新变化，更无力重整家业。斯佳丽决心办好塔拉种植园。因此，她与仆人们一起下地干活，给别人打零杂工，赚点钱来交税。她看上妹妹的未婚夫弗兰克·肯尼迪的家产，就将他抢过来，与弗兰克结婚。婚后，夫妻两人合作用弗兰克积存的钱在亚特兰大办个木材厂，并委任阿希利为一个木材加工厂经理。有一回，斯佳丽受人侮辱，弗兰克为她报仇找那人决斗，结果遭对方杀害。她第二次守寡，十分伤心。这时，她才二十七岁。她擦干了眼泪，继续经商维持生计。不久，军火商巴特勒令她动心。她感到这个青年在战争中发了大财，头脑机灵，性格跟她一样，后来就嫁给巴特勒。婚后，她仍迷恋阿希利无法自拔，引起巴特勒的不满。阿希利的妻子梅兰尼去世后，他又回绝了斯佳丽。这时，斯佳丽才意识到巴特勒是她唯一真正相爱的人。但为时已晚，四十五岁的巴特勒已离她远去，独自去欧洲做生意了。

小说女主人公斯佳丽·奥哈拉年轻漂亮，精力旺盛又任性固执。芳龄十六，情窦初开，爱上阿希利，未能如愿，后嫁给查尔斯，没料到查尔斯病死战场，她成了寡妇。北方军攻入亚特兰大后，她和姑母生活艰难。她乐观面对，下地劳动，给别人打工，渡过难关。她第二次结婚不久，丈夫弗兰克在决斗中被杀，她当了第二次寡妇。第三次她嫁给巴特勒，又因迷恋阿希利激怒了巴特勒，使他抛弃了她。她经历了许多天灾和人祸，但从不悲观服输，更不怕失败。她成了南北战争后重建时期一个南方的新女性形象。

2）风格和语言聚焦：

《飘》是一部通俗的历史小说,长达一千多页。它将通俗小说的常见手法与严肃小说的艺术技巧巧妙地结合起来。小说构思巧妙,故事性强,悬念迭生,困难一个接一个出现。许多现实主义的真实细节与浪漫主义激情熔于一炉,充分展示十几个人物的不同性格,细致地描写他们在生活困境中的反应和拼搏,令人感到亲切动人。

作者特别倾注了不少心血和同情,刻画了女主人公斯佳丽的女强人形象。虽然她也写了斯佳丽的任性、固执和好强等缺点,却完全将她理想化了。

米切尔早年酷爱19世纪英国现实主义小说家萨克雷的《名利场》,赞赏小说女主人公贝基·夏普的进取精神。从《飘》女主人公斯佳丽身上,不难看出《名利场》的影响。

小说语言通俗、平易、生动。对话流畅有力,生活气息浓烈。朴实的叙述与抒情描写相结合。句子结构较长,形容词丰富,处处流露了英国现实主义小说影响的痕迹。

3）意义和影响总览：

作为一部优秀的通俗小说,《飘》生动地表现了南北战争前后美国南方塔拉大种植园的崩溃和贵族家庭的没落。小说成功地塑造了没落贵族后代战后适应商业化新潮流的斯佳丽新女性形象。意义重大,影响深远。它成了一部饮誉全球的美国通俗小说。

女主人公斯佳丽·奥哈拉是个南方大种植园主的女儿。她从十六岁谈恋爱到二十八岁被丈夫抛弃,共结过三次婚,当过两次寡妇,碰到一次不成功的婚姻。这十二年,她遇到许多意想不到的困难、挫折和失败。有时她几乎走投无路,四面楚歌。但她总是充满自信,知难而进,逢凶化吉,渡过一道道难关,顽强地生活下去。她争强好胜,天灾人祸面前,从不认输。她想挽救他父亲经营过的大种植园的衰败,没有成功。这是历史发展的规律,不以人们的意志为转移。但她意识到南北战争后资本主义商业化的新变化,大胆去经商办厂赚钱,跟上社会新潮流。她不受旧道德习俗的束缚,大胆地追求她所爱的男人,但难改贪图私利的恶习。巴特勒跟她分手前对她说："自从我认识你以来,你一直想得到两样东西:一是得到阿希利;二是想得到很多很多的钱,可以叫世上的人统统见鬼去!"这些话直截了当地揭露了斯佳丽的意图。

他承认他们二人是天生的一对,同样冷酷无情、贪婪自私又无所顾忌。末了,斯佳丽认识到她同时爱过两个男人,但对他们二人都缺乏真正的了解,所以先后失去了他们。她终于感到真情的可贵。巴特勒是她的灵魂,失去了他,金钱和财富都没有意义。她醒悟了,后悔了。但这一切都成了南柯一梦,好像那人去楼空的塔拉大庄园。斯佳丽的不幸遭遇,对一个年轻的姑娘来说是很不容易的。她激起了无数读者的深切同情。

小说问世时,正是30年代中期美国经济大萧条时期。人们遭遇到经济上、社会上和感情上的极大危机。斯佳丽面对困难时的自信和顽强,给予处于困境中的人们增添了一份生活的勇气和力量。这也是《飘》深受读者欢迎的一个原因。

有人称斯佳丽·奥哈拉是个"乱世佳人"。这也许是对女主人公斯佳丽形象的概括。"乱世"即南北战争前后的年代,南方的塔拉大种植园风雨飘摇,日渐破落;斯佳丽不得不与仆人一起下地干活,甚至为别人打零杂工,经济地位一落千丈。北方军攻占亚特兰大时,兵荒马乱,斯佳丽与姑母艰难度日,尝到了南方衰败的苦酒,在乱世中求生存。"佳人"原指"美人",斯佳丽是南方贵族的后代,年轻美丽,刻苦能干,百折不挠,乐观愉快。不管是种植园的衰败,或她两任丈夫的死亡,她都没有被困难和挫折所吓倒,而是擦干眼泪继续干。后来,她选择了经商办木材厂,重新建立了家庭。虽然她感情上与阿希利的纠葛,造成巴特勒不满离她而去。但小说结尾时指出:"她的先人们一向是不怕失败的……正是抱着先人们这种大无畏的精神,斯佳丽终于抬起了头。她一定能够重新得到列特·巴特勒。"作者似乎暗示:凭着斯佳丽那股劲,她还会把巴特勒追回来的。她仍会过上新的幸福生活。

诚然,所谓"乱世佳人"不过是个比喻而已。是否准确,还可探讨。但有一点是明显的,作者将斯佳丽理想化了,写得太完美了,似乎很难完全令人信服。

不仅如此,米切尔在小说中对美国南方历史变迁的描述是有失偏颇的。她多次流露了对南方种植园主破落的同情和惋惜,对北方联邦军攻占亚特兰大的描写也带有偏见。这些都是不可取的。

尽管有那么多缺陷,小说塑造了一个勇于面对困难和挫折,乐观自信的南方女青年强人的形象,讴歌了自力更生,顽强拼搏的精神。这正是南北战争后重建时期所需要的,也是 30 年代大萧条时期战胜经济危机和内心困扰所不可缺少的。同时,小说生动地表现了南方种植园主必然没落的结局,提醒人们必须努力适应形势的新变化,才不会被社会所淘汰,有可能成为生活的主人。小说将现实主义与浪漫主义相结合,洋溢着乐观向上的激情,产生了令人难忘的艺术魅力和社会价值。因此,从 1936 年小说与读者见面至今,七十多年过去了。它不胫而走地传遍了世界各个角落,受到了无数读者的喜爱。它成了一部在美国文学史上占有一席之地的通俗历史小说。

4) 文本名段点击①:

A. 十六岁的期佳丽并不漂亮,但很有吸引力:

Scarlett O'hara was not beautiful, but men seldom realized it when caught by her charm as the Tarleton twins were. In her face were too sharply blended the delicate features of her mother, a Coast aristocrat of French descent, and the heavy ones of her florid Irish father. But it was an arresting face, pointed of chin, square of jaw. Her eyes were pale green without a touch of hazel, starred with bristly black lashes and slightly tilted at the ends. Above them, her thick black brows slanted upward, cutting a startling oblique line in her magnolia-white skin—that skin so prized by Southern women and so carefully guarded with bonnets, veils and mittens against hot Georgia suns.

Seated with Stuart and Brent Tarleton in the cool shade of the porch of Tara, her father's plantation, that bright April afternoon of 1861, she made a pretty picture. Her new green flowered-muslin dress spread its twelve yards of billowing material over her hoops and exactly matched the flat-heeled green morocco slippers her father had recently brought her from Atlanta. The dress set off to perfection the seventeen-inch waist, the smallest in three counties, and the tightly fitting basque showed breasts well matured for her sixteen years. (p.3)

B. 斯佳丽与丈夫巴特勒分居,阿希利仍爱她,但她不答应他:

Scarlett heard him going back to the nursery where he was welcomed by the children. She sat down abruptly. She had had her way. This was what she wanted and Ash-

---

① 下列引文选自 Margaret Mitchell, *Gone with the Wind*, Flare Books / Published by Avon, 1964。

ley wanted. But it was not making her happy. Her vanity was sore and she was mortified at the thought that Rhett had taken it all so lightly, that he didn't want her, that he put her on the level of other women in other beds.

She wished she could think of some delicate way to tell Ashley that she and Rhett were no longer actually man and wife. But she knew now she could not. It all seemed a terrible mess now and she half heartedly wished she had said nothing about it. She would miss the long amusing conversations in bed with Rhett when the ember of his cigar glowed in the dark. She would miss the comfort of his arms when she woke terrified from dreams that she was running through cold mist.

Suddenly she felt very unhappy and leaning her head on the arm of the chair, she cried. (pp.896-897)

C. 巴特勒独自去了欧洲,斯佳丽返回塔拉庄园,她怀念死去的妈妈,更留恋真正爱她的巴特勒,一定要把他追回来:

She had gone back to Tara once in fear and defeat and she had emerged from its sheltering walls strong and armed for victory. What she had done once, somehow—please God, she could do again! How, she did not know. She did not want to think of that now. All she wanted was a breathing space in which to hurt, a quiet place to lick her wounds, a haven in which to plan her campaign. She thought of Tara and it was as if a gentle cool hand were stealing over her heart. She could see the white house gleaming welcome to her through the reddening autumn leaves, feel the quiet hush of the country twilight coming down over her like a benediction, feel the dews falling on the acres of green bushes starred with fleecy white, see the raw color of the red earth and the dismal dark beauty of the pines on the rolling hills.

She felt vaguely comforted, strengthened by the picture, and some of her hurt and frantic regret was pushed from the top of her mind. She stood for a moment remembering small things, the avenue of dark cedars leading to Tara, the banks of cape jessamine bushes, vivid green against the white walls, the fluttering white curtains. And Mammy would be there. Suddenly she wanted Mammy desperately, as she had wanted her when she was a little girl, wanted the broad bosom on which to lay her head, the gnarled black hand on her hair. Mammy, the last link with the old days.

With the spirit of her people who would not know defeat, even when it stared them, in the face, she raised her chin. She could get Rhett back. She knew she could. There had never been a man she couldn't get, once she set her mind upon him.

"I'll think of it all tomorrow, at Tara. I can stand it then. Tomorrow, I'll think of some way to get him back. After all, tomorrow is another day." (p.1036)

3. 著作获奖信息

1937年,《飘》荣获普利策奖。

第六章 匠心独运的现代派诗人们

第一节 罗伯特·弗罗斯特与他的短诗

1. 生平透视

罗伯特·弗罗斯特(Robert Frost, 1874—1963)是20世纪美国最伟大的诗人之一,被誉为美国民族诗人和"新英格兰诗人"。1874年3月26日,他生于旧金山市。父亲早逝。十岁时跟寡母移居马萨诸塞州劳伦斯某农场。中学毕业后去打杂工,曾在哈佛大学念了两年书,因患肺病,且经济拮据而停学,当过鞋厂工人,做过中学教师,为报刊写过稿,最后到新罕布什尔州德里农场干活。他和妻子在农场住了10年,亲历了新英格兰艰苦的农村生活,业余写了许多诗稿,没处发表。1912年,他卖掉了农场,携妻去伦敦闯荡,继续写诗,待了两年多,迎来他一生的重要转折。1913年在伦敦出版第一部诗集《少年的心愿》,第二年又出了《波士顿之北》,受到诗人庞德、叶芝和弗林特的赞扬。他从此步入诗坛。翌年,收入《补墙》、《摘苹果以后》、《柴堆》和《雇工之死》等名篇的第二部诗集问世,受到广大读者争相传诵,初步奠定了他的诗人地位。

1915年,一次大战波及英国,弗罗斯特携家眷返回美国,定居新罕布尔某农场,继续从事诗歌创作,又出版四部诗集:《山间洼地》(1916)、《新罕布什尔》(1923)、《西流溪》(1928)和《诗集总汇》(1930)。他的名字传遍了全国。1923年,《新罕布什尔》荣获当年普利策奖。1930年,《诗集总汇》又荣获普利策奖。

获奖后,哈佛大学和密执安大学聘请弗罗斯特兼任该校教授。他的社会影响扩大了。但不久爱女玛乔莉产后染病身亡,夫人手术后突发心脏病去世。他的精神受到沉重的打击。他尽量克制自己,坚持写诗。1936年,诗集

《又一重山脉》使他第三次获得普利策奖;1939年他荣获美国文学艺术院的金质奖章。1942年,另一部诗集《标志树》又使他第四次问鼎普利策奖。他的诗人地位得到进一步巩固。

后来,弗罗斯特转向戏剧,接连出版了两部无韵体诗剧《理智假面具》(1945)和《怜悯假面具》(1947)。两部诗剧曾公开上演了几次,但观众不大欢迎。他还发表了两部抒情诗集:《绒毛绣线菊》(1947)和《林中空地》(1962),新意较缺,评论界认为比他前期的诗篇逊色。

1950年,弗罗斯特七十五岁诞辰,美国国会参议院通过特别决议,向他表示祝贺。1958年他被聘为国会图书馆顾问。1959年,参议院又给他嘉奖,祝贺他八十五岁生日。他的亲朋好友、出版商和政府要员等许多贵宾出席了他的寿诞庆典。此外,哈佛、耶鲁、牛津和剑桥等英美高校授予他44个荣誉学位。1961年,肯尼迪总统举行就职典礼时,特邀他在白宫大典上朗诵他的诗作《无保留的礼物》。

1963年,弗罗斯特荣获博林根诗歌奖。同年1月29日,他在波士顿与世长辞,享年八十八岁。

2. 代表作扫描

弗罗斯特是个自学成才的草根诗人。他走过了曲折的文学道路。他的诗以描写新英格兰农村为主,富有浓烈的地方色彩。他善于写抒情短诗和戏剧性的叙事诗,也写过长篇哲理诗,但不太成功。

弗罗斯特曾四次荣获普利策奖。《新罕布什尔》、《诗集总汇》、《又一重山脉》和《标志树》分别从1923年至1942年展示了诗人的创作成就,奠定了他的诗人地位。

从获奖的四部作品来看,许多短诗流传至今仍为读者们传诵,魅力如初。

1) 主要内容和观点盘点:

弗罗斯特最受欢迎的短诗中,抒情小诗很多,也有叙事诗。诗人往往以新英格兰农村的田园生活为题材,通过描绘自然风光和农村的日常生活,引导读者探索自然界的奥秘和人生的真谛,语言平易,寓意深刻,雅俗共赏,魅力四射。比如《雪夜林畔》:

谁家的树林我心里明白,

虽然他的屋子在那村庄；
他看不见我停留在这里，
望着他那片树林白雪茫茫。

我的小马一定会惊奇，
停在树林和冰冻的湖畔，
附近没有一间农屋，
又是一年里最黑暗的夜晚。

小马轻轻摇动了佩铃，
仿佛问我有什么失误？
林中唯有寂静的回响：
那雪花飘落和风轻拂。

这树林可爱、幽深而乌黑，
我必须去赴会履约，
还得赶些路才能睡觉，
还得赶些路才能睡觉。

小诗描绘了新英格兰北部冬天寂静而荒凉的美景。一个老农赶着小马通过白雪覆盖的树林，虽然劳累仍策马前行。

在另一首《晚秋漫步》里，诗人展示了晚秋收割后的田野一片荒凉。他在花园里漫步，在残花败叶里采了一束淡蓝色的翠菊，又把它献给你。它象征诗人劝导读者在现实中看到种种令人沮丧的衰败景象，对未来仍要抱有信心。要善于从光秃枯黄的花木中寻找充满生机的翠菊。人世间有许多伤风败俗的东西，也有给人希望的事物，要善于发现和保护它们。

有时，诗人也感慨社会现实令人绝望，从被人遗忘的柴堆上揭示一个悲剧性的意象。他在《柴堆》里发现一方砍好和堆好的枫木整齐地排在一起，本来可供人们取暖御寒，但是它们被人忘却，"木头早已发黑，树皮也干裂了"：

默默地燃烧着，无烟又无焰——
燃烧自己，那正在腐烂的身躯——

一心想烘暖冻僵的沼泽地。

　　这里,诗人借助"柴堆"抒发了对被遗忘的人们的同情。柴堆只在燃烧的火焰里才能发出光和热,体现自己给周围温暖的价值。沼泽地已冻僵,渴望火焰的光和热,可惜它失望了。它暗示:诗人想用自己像柴火一样的激情去感染冰冷的现实世界,让生活在沼泽地一样的社会的人们得到一点温暖。

　　有时,诗人触景生情,激起内心不平静的波涛。如《窗边的树》最后两节:

　　　　但树啊,我见过你被狂风摇撼,

　　　　如果你见过我入睡时,

　　　　你会看到我被激烈冲击,

　　　　完全遭暴风掠去。

　　　　那天,命运之神异想天开,

　　　　她将我们两个脑袋相连,

　　　　你那么关注外界的变迁,

　　　　我却受内心风雨的熬煎。

　　显然,弗罗斯特并不是个陶醉于田园景色的隐士。他时刻在观察社会,关注平民百姓的喜怒哀乐。他为他们,也为自己抒发了内心的困惑、不安和愤怒。如《火与冰》里,诗人写道:

　　　　有人说世界将毁灭于火,

　　　　有人说会毁灭于冰。

　　　　我尝过情欲的苦果,

　　　　同意第一种毁因。

　　　　假如它要两次殒命,

　　　　我对恨体会也很深。

　　　　深知冰的破坏力极猛,

　　　　也同样那么凶残和狰狞。

　　此外,像《修墙》、《桦树》、《不远也不深》、《歌声的召唤》、《野葡萄》、《黄金的时间不能留》和《未选择的路》等许多抒情短词都很受读者喜爱,广为传诵至今。

　　弗罗斯特的叙事短诗往往具有戏剧性,名篇也很多。如《雇工之死》描写自尊心和独立性都很强的雇工、老赛拉斯在贫困中患病不治身逝,流露了诗人对雇工的赞美和同情。《柯斯女巫》则叙述一个农妇的丈夫当面杀死她情夫的可怕故事。诗人的叙事诗基调沉郁,令人苦恼、困惑和震惊。他还关注染上孤独和忧郁的现代人的病态,写得丝丝入扣,活灵活现,如《佣人的佣人》和《家葬》等也是相当出名的短诗。

2) 风格和语言聚焦:

与庞德和艾略特不同,弗罗斯特的一生诗篇,很少采用无韵自由诗体。他自觉地遵守英美诗歌的传统格律,写的绝大多数是格律诗和少量十四行诗。这在美国现代诗人中是不多见的。不过,他并不完全循规蹈矩,在传统格律的形式下,他悄悄地摆脱传统诗的束缚,形成自己独特的风格。

这在当时是很不容易的。当时,美国诗坛"绅士派"诗歌盛行,出现了模仿英国维多利亚时代浪漫主义诗歌热。诗人总是卖弄高雅、浮夸和空洞无物的老一套。艾略特的《荒原》问世后,被评论家捧为现代诗歌的典范。许多青年诗人模仿它玄秘、庞杂、深奥的特点。弗罗斯特不随大流,坚持走自己的路。因此,他的诗歌形式曾遭到抨击,被认为陈旧、落后,内容写农村题材被当成浅薄,没有意义。

其实,弗罗斯特有自己的主张。他认为诗应该是"与众相通的体验,与众不同的表达。"他强调写诗是"说出人们自己还没意识到心里想要说的话"。他反对赶时髦,将诗神当作时装模特,招摇过市,俗不可耐。他一直把诗作为生命的一部分严肃对待,认真创作。在他心目中,诗不仅属于诗人自己,而且更属于广大民众共有的精神财富。他的诗像一座彩虹将人们日常的平凡生活与美丽的诗神联系在一起,让诗神走进寻常百姓家。

弗罗斯特在抒情短诗里擅长用日常生活的一草一木和天空、大海、高山、柴堆、牧场等自然景色,抒发自己的内心感受,探索生活的真谛。诗里富有浓烈的新英格兰的乡土色彩,清新纯朴,感情真挚,情景交融,自然流露,令人喜爱。

他的抒情诗往往含蓄而风趣幽默,给人有益的启迪。如《未选择的路》中写道:

虽然那天清晨遍地落叶,
两条路都未受脚印踩过。
啊,我留下第一条路待另日!

但我懂得此路没尽头,
我担心今后能否再回头。

也许无数年后在某地,
我将叹息地谈起此事:
一片树林里有两条路,
我选择了人更少的一条,
那造成了一切差异。

　　诗里所说的两条路,实际上指的是弗罗斯特面前的两条人生道路。一条是教书,每年有稳定的收入,生活安稳;另一条是写诗。他爷爷曾说过:"写诗可不能当饭吃啊。"此路多险阻,收入难保证。他义无反顾地决定选择此路继续奋然前行,放弃教书,专心写诗,"写吧,穷就穷吧!"诗中未曾指明那么多,但委婉地谈及诗人所选的道路的艰辛和献身诗歌创作的决心,显得非常含蓄而风趣,令人肃然起敬。

　　诗的散文化是弗罗斯特诗作的一大特色。他认为"诗歌最美好的主题是人们自己的谈吐和心声。"他深受英国19世纪湖畔派诗人华兹华斯的影响,采用了许多大自然景物为题材,在诗的散文化方面甚至比华兹华斯有过之而无不及。诚如他说的:"我采用了甚至华兹华斯没有采用的日常通俗语言。"他主张诗歌要"抛去那些永恒的崇高而庄严的主题;应当看到,整个生活其实都是诗歌创作的恰当题材。"他的名诗《柴堆》就是他最散文化的诗之一。平凡的题材展现了不平凡的艺术魅力。

　　在叙事诗里,弗罗斯特常常采用白描手法,小心翼翼地描述人物的内心活动,直接用他身边的劳动人民平易的语言倾诉他们的遭遇、哀怨和不安,往往很有戏剧性。这些人物抒发的乡情和乡音很容易引起读者的共鸣。诗人的艺术功力得到很高的评价。

　　弗罗斯特不愧是位现代语言艺术大师。他热爱生活,深入生活,熟悉普通民众的日常口语,加以提炼变成平易自然、朴实清新、节奏明快的诗歌语言,在传统的形式里熠熠生辉,散发着独特而优美的情趣。

3) 意义和影响总览:

　　弗罗斯特是个来自民间的诗人。他曾自称自己是"半个农民、半个教师、半个诗人"。他一生历经风风雨雨,生活坎坷,苦多于乐。当时,美国诗坛一度流行平庸浮夸的诗作,以庞德和艾略特为代表的现代派诗歌已经强势崛起,冲击着诗坛内外。弗罗斯特坚持走自己的路,不随大流,也不赶时髦。经过不懈的努力,他终于屹立美国诗坛,成了一位最受美国人民欢迎的诗人。

成功来之不易。1930年,弗罗斯特出了《诗集总汇》,原想总结过去的成就,巩固自己在诗坛的地位。没料到,出书后,有些人攻击它缺乏时代精神,不写城市工业化,不用弗洛伊德心理分析法,诗的形式陈旧落后,有逃避现实的倾向。后来,诗人的英国朋友沃波尔指出:《诗集总汇》是当时英美诗歌中的不朽之作,不容否定。弗罗斯特是个优秀的诗人和艺术家。美国文学界后来接受了这个评价,给《诗集总汇》评了普利策奖。

弗罗斯特在无理责难面前没有屈服。他勇敢地进行反击。1935年诗人埃·阿·罗宾逊逝世后,他应邀为他的遗作写序。他坦率地为罗宾逊"以旧翻新"的创作方法申辩,指出那些"以新派求新"的诗人们取消标点、取消大写字母、取消格律、听觉形象、戏剧性语调、短语、警句、逻辑性和连贯性,直至取消才华。新近的手法是将"减法"变成"加法",在诗里加上政治意识和观念。他不苟同现代派诗人的这些做法。他坚持在传统中超越传统,将鲜活的新英格兰口语融入传统的英诗格律中,建立自己的新风格。

与此同时,弗罗斯特继续写诗,新作不断问世。1939年他荣获美国文学艺术院金质奖章,1942年《标志树》使他第四次荣获普利策奖。1950年美国参议院通过决议,祝贺他七十五岁生日的决议中赞扬他的诗"幽默而富有智慧,有益于指引我们的思想和心灵,忠实地描写了我们的生活"。弗罗斯特的声誉日益高涨。他不但深受大众的欢迎,而且得到官方的充分肯定。

事实上,弗罗斯特的抒情诗和叙事诗,尽管以自然景物和风土人物为媒介,没有刻画大都市的风貌,却与时代精神有内在的联系。他借用传统的格律诗形式,进行新的探索,这是允许的。诗人写自己熟悉的农村生活也无可厚非。可贵的是他将平凡的日常生活引入现代诗歌,拓展了诗歌的领域。这不能不说是个宝贵而独特的成就。况且在他许多名诗里,揭示了他对人生的思考,对美国现实社会的哀愁和对平民百姓的同情;也披露了西方现代人的困惑和不安。他无比热爱自己的家乡,赞美他周围平民纯朴、勤劳和粗犷的美德。他的诗富有亲切的人情味和幽默感,受到广大民众的欢迎。1961年,他被当地民众推为"佛蒙特桂冠诗人"。诗人在一首答谢短诗中说:"做一个人民的诗人是最令人高兴的事"。

弗罗斯特生活在20世纪美国传统诗歌与现代派诗歌交替的时代。他的诗歌生涯是曲折的。他刻苦写诗,几乎到了不惑之年才成名,比其他许多美国诗人晚多了。但他保持旺盛的创作激情长达半个世纪。在他一生的创作中,他既不参加什么文学运动,也不局限于个别流派。他坚持博采众长,自成一格。他对自己选择的道路深感自豪,诚如他在短诗《未走过的路》里所写的:"林中分出两条路,我选择行人稀少的那条路。"30年代,许多青年诗人跟着大诗人艾略特走。弗罗斯特受过责难仍未动摇,坚持走自己的路。后来,他被尊称为"非官方的桂冠诗人"。1957年,诗人艾略特改变了对他的偏见,在伦敦推崇他是在世的英美诗中最杰出的一位。弗罗斯特在美国文学史上占了不可动摇的地位。

4) 文本名篇点击①:

A.《雪夜林边停留》

Stopping by Woods on a Snowy Evening

Whose woods these are I think I know.
His house is in the village though;
He will not see me stopping here
To watch his woods fill up with snow.

My little horse must think it queer
To stop without a farmhouse near
Between the woods and frozen lake
The darkest evening of the year.

He gives his harness bells a shake
To ask if there is some mistake.
The only other sound's the sweep

---

① 下列引文选自 Cleanth Brooks 等三人编著的 *American Literature*: *The Makers and the Making*, St. Martin's Press, 1973, 1974。

Of easy wind and downy flake.

The woods are lovely, dark, and deep,
But I have promises to keep,
And miles to go before I sleep,
And miles to go before I sleep. (p.1870)

B.《火与冰》

Fire and Ice

Some say the world will end in fire,
Some say in ice.
From what I've tasted of desire
I hold with those who favor fire.
But if it had to perish twice,

I think I know enough of hate
To say that for destruction ice
Is also great
And would suffice. (p.1870)

C.《未选择的路》

The Road Not Taken[①]

Two roads diverged in a yellow wood,
And sorry I could not travel both
And be one traveler, long I stood
And looked down one as far as I could
To where it bent in the undergrowth;

Then took the other, as just as fair,

---

① 下列引文选自 *A Pocket Book of Robert Frost's Poems*, Washington Square Press, INC., 1965。

And having perhaps the better claim,
Because it was grassy and wanted wear;
Though as for that, the passing there
Had worn them really about the same,

And both that morning equally lay
In leaves no step had trodden black.
Oh, I kept the first for another day!
Yet knowing how way leads on to way,
I doubted if I should ever come back.

I shall be telling this with a sigh
Somewhere ages and ages hence:
Two roads diverged in a wood, and I —
I took the one less traveled by,
And that has made all the difference. (p.223)

3. 其他重要作品链接

A. 诗集：

《少年的心愿》(*A Boy's Will*, 1913)

《波士顿之北》(*North of Boston*, 1914)

《山间洼地》(*Mountain Interval*, 1936)

《新罕布什尔》(*New Hampshire*, 1923)

《西流溪》(*West-Running Brook*, 1928)

《诗集总汇》(*Collected Poems*, 1930)

《又一重山脉》(*A Further Range*, 1936)

《标志树》(*A Witness Tree*, 1942)

《绒毛绣线菊》(*Steeple Bush*, 1947)

《林中空地》(*In the Clearing*, 1962)

B. 诗剧：

《理智假面具》(*A Masque of Reason*, 1945)

《怜悯假面具》(*A Masque of Mercy*, 1947)

4. 著作获奖信息

1923年《新罕布什尔》荣获普利策奖。

1930年《诗集总汇》荣获普利策奖。

1936年《又一重山脉》荣获普利策奖。

1939年荣获美国文学艺术院金质奖章。

1942年《标志树》荣获普利策奖。

1962年荣获美国诗人协会金质奖章。

1963年荣获博林根诗歌奖。

第二节 埃兹拉·庞德与《诗章》

1. 生平透视

埃兹拉·庞德(Ezra Pound, 1885—1972)是美国现代派诗歌影响最大、争议最多的"远游的诗神"。1885年10月30日,他生于爱达荷州海利市,很小就随父母移居宾夕法尼亚州。他父亲是个土地局的职员,家庭经济尚好。十五岁时他升入宾州大学,后转入汉密尔顿学院,攻读罗曼语系和比较文学,结识了诗友威廉斯。1906年获文学硕士学位。毕业后,他去印第安纳州的瓦巴什学院教书,开始写诗。1908年他去意大利,在威尼斯自费出版第一部诗集《一盏熄灭的灯》。1909年至1920年,他寄居伦敦,与英国诗人叶芝、哲学家休姆、诗人弗林特和小说家福特共同发起意象派诗歌运动。他著文创建了意象派诗歌原则并发表了意象诗《在地铁站》,揭开了美国现代派诗歌的序幕。

1912年,庞德成了芝加哥女诗人哈丽特·门罗主编的《诗刊》编委,在他的推动下,《诗刊》发表了许多现代派诗歌,成为美国现代派诗歌的重要阵地,在国内的影响迅速扩大。1916年庞德发表《驱邪仪式》,宣告与意象派诗人们分手,转向"旋涡派"诗歌。他想使吸收各种思想的诗歌像发动机一样产生强

第六章
匠心独运的现代派诗人们

有力的旋涡,冲破意象派诗歌的沉闷状态。1920年,他从伦敦到巴黎,热情扶持英美青年作家乔伊斯、劳伦斯、弗罗斯特和海明威等人,特别是帮助艾略特修改和出版长诗《荒原》。不过,他感到自己是个飘落异国他乡的"自我流放"诗人。此前,庞德曾翻译出版了以美国学者菲诺罗萨的译文为基础的《华夏集》(1915),包括十七首中国古诗(实际上是改写),还有拉丁诗人普罗波蒂斯的《挽歌十二首》(1919)和李白的《长干行》等。他赞赏汉字的诗意和中国古诗中优美的意象以及普罗波蒂斯对罗马帝国的憎恨和抨击。1920年,庞德的长诗《休·塞尔温·莫伯利:生活与接触》问世,反响热烈。艾略特称它是"一个时代的文献。"这是庞德前期最长的一部长诗,共有十八首,长达四百行。它反映了诗人对一次大战后西方社会的不满。艺术上想象奇特古怪,气氛阴郁,背景多变,旁征博引,引用多种语言,令许多现代派诗人为之倾倒。

1924年,庞德从巴黎到意大利西北部度假胜地拉巴罗,没料到他喜爱那个地方,一待竟达二十年。1925年,他出版了巨著《诗章》第一部分(第一至十五章),其他部分陆续于1955年、1959年和1968年问世。这是他雄心最大的一部长诗。早在1915年就动手写作,直到1969年发表"残篇"一百一十章至一百一十七章,始终未能完成。但庞德在诗艺上不断探索和创新,从未停止。后来他转向文学、历史和经济研究。

1933年墨索里尼会见了庞德。1935年,庞德在意大利发表了《杰弗逊与墨索里尼》,乱捧意大利法西斯头目墨索里尼。从1940年起,他为当地法西斯机关报共写了90多篇文章,并在罗马电台数次公开发表反美讲话,攻击罗斯福总统的各项政策,歌颂墨索里尼的"英明治国",激起美国人民的无比愤怒。1942年,美国法院缺席判处庞德犯了"叛国罪"。1945年4月,美军先头部队攻占意大利,庞德主动向他们投降,被囚在意大利北部俘房营里。他在狱中继续翻译儒家孔子的论著如《论语》、《大学》、《中庸》和《孟子》等,续写《诗章》第七十一至八十四章。这部分又称《比萨诗章》,1948年问世,曾荣获美国国会图书馆的博林根奖,引起了学界的争论,后来颁奖单位改为耶鲁大学。

在比萨关了六个月后,庞德被美军押回华盛顿。受审期间,经一组医生们检查,发现他精神失常,结果免于审判。他被移住圣伊丽莎白医院治疗,在那里从1946年待到1958年共十二年。1958年4月,在诗人麦克利什、弗罗斯特和海明威等名作家的呼吁和请求下,美国政府同意取消庞德叛国罪,不必审判。他终于走出了精神病院。不久,妻子陪他离开美国重返意大利。1965年2月,他曾去伦敦出席老朋友艾略特的葬礼,会见了一些英国朋友。

1972年11月1日,庞德在威尼斯病逝,终年八十七岁。

2. 代表作扫描

庞德是欧美意象派诗歌的核心人物,美国现代派诗歌的奠基人。他一生著作等身,不断探索诗歌的革新之路。他的第一部长诗《休·塞尔温·莫伯利:生活与接触》在艺术上作了多种试验,在内容上揭示了作家和艺术家与时代的不协调,但带有浓烈的个人感情色彩,技巧上采用了许多新奇古怪的意象。

相对而言,《诗章》具有恢弘的史诗气派。它涉及的内容最广泛,规模最大,运用的诗艺最丰富多彩。庞德用诗的语言多层次多角度地审视西方文明史,评议各个时代的兴衰和各种历史人物的成败,具有一定历史意义和审美价值。

因此,《诗章》(*Cantos*)成了评论界公认的庞德的优秀代表作。

1) 主要内容和观点盘点:

《诗章》是庞德规模最大的包罗万象的大型长诗。他花了半个世纪多一点仍未完成。从1917年《诗章》的前面三章在《诗刊》上刊载,到1969年止仍没写完。全诗共一百二十章,近一千页。诗人从1915年动笔至1970年整理成书,长达半个多世纪。诗人原先打算写一百章,到了诗人去世前,连同未完稿的已达一百一十七章。各部分发表的时间不同,持续刊登的时间断断续续达五十多年。这在美国文学史上实属罕见。

《诗章》内容丰富庞复,涉及面极广。第一至七章介绍了全诗的构思和主题以及创作动机;第一章是《奥德修记》译文的一段,写奥德修在阴府与许多鬼魂的会面。第八章至十一章描述威尼斯人马拉蒂斯塔。他既是个军事统领,又是个教堂修建者和艺术保护人。诗人对他颇为敬重。第十二章和十三章引用孔子论秩序,用儒家政治和伦理对照西方现代商业文化,揭示西方的没落和腐败。第十四章至十六章描绘伦敦的地狱般生活,被称为"阴府诗章"。第十七章展现了17世纪威尼斯"天堂"般的景色;接着是美国建国初期几位总统和他们的社会经济民主政策。他们深受诗人的尊敬。第三十一章至三十三章描写诗人爱戴的民主总统杰弗逊。第三十四章写的是另一位美国元老约翰·亚当斯。第三十七章写马丁·范·布伦。六十二章至七十一章又写约翰·亚当斯。第四十一章描写意大利法西斯头目墨索里尼,赞赏他的经济改革政策。五十二章至六十一章又写中国古代思想家孔子,简述从古代至清代的中国历史,宣传古代中国的繁荣昌盛,对照中世纪的意大利和建国初期的美国,突出合乎人性政治的优越性。这几章常被称为"中国章",名闻遐迩。第六十二章至七十一章又写约翰·亚当斯,猛烈地抨击作为现代资本主义经济基础的高利贷制度,赞扬社会信用体制。七十二章和七十三章是二次大战中用意大利语写的,至今未发表。七十四章至八十四章是二战后在比萨附近的监狱里写的,又称"比萨诗章"。诗里记述了诗人在俘虏营里"心灵的黑夜"种种感受,他对爱神的向往和接受死神光临的心情。字里行间流露对法西斯主义的留恋。这部分诗章于1949年获得博林根奖,引起学界不少人的抗议。八十五章至九十五章诗人又回到现实生活,委婉地表露先前说过的在人生大海里航行的冒险。九十六章至一百二十章描绘了现代荒原,并对诗人未能完成艺术使命表示歉意。

与一些常见的叙事长诗不同,《诗章》有好几个叙事主人公。除了诗人庞德以外,还有意大利艺术监护人马拉特斯塔、美国前总统杰弗逊和亚当斯、中国古代思想家孔子和许多文艺家。他们各人轮番出场,直接会见读者,企图用他们的经历和感受来启导读者,改造现实社会存在的弊病,促进政府施仁政,形成一个人人爱好文艺的理想国家。他们的不同声音形成了一组多声部的大合唱,唱出了庞德孜孜以求的社会理想。虽然他一度误入政治歧途,仍不难看出《诗章》的主旋律。

2) 风格和语言聚焦:

作为意象派和旋涡派的领军人物,庞德曾倡导诗歌的简洁原则。但在《诗章》里,他一反常态,转向散乱、混杂和晦涩的风格,令一般读者难于读懂。表面上来看,全诗结构松散杂乱,内容无所不包,背景频繁更替,人物进进出出,其实长诗各章之间具有内在的联系,又各自成体系。众多事件、人物和情景交融在一起,有时显得支离破碎,但它的主旋律则具有惊人的震撼力。学界认为《诗章》具有史诗气质,气派非凡,风格奇特,在某种意义上说,它可以与但丁的名著《神曲》相媲美。

《诗章》采用无韵体的自由诗形式,用了古今十八种语言,如古希腊语、拉丁语、意大利语、法语、汉语和英语等,还有难以理解的多种典故、比喻、象征和世界名著的引文,涉及哲学、政治、经济、法律、历史、文艺、文化、道德、教育等社会生活的方方面面,犹如一座色彩斑斓的百科全书式的诗宫,令无数读者流连忘返,应接不暇。《诗章》引用了许多政府公文和档案,想让事实说服读者。大量外国诗歌英译的片断也增加了长诗的风采。特别引人注目的是诗人摈弃了编年史式的叙事,颠倒时间和空间顺序,使叙事背景跳跃多变,从现代跳到古代,又从古代跳到近代,从美国说起,跳到意大利,从意大利到中国,往还自如,随意跳跃。《诗章》成了庞德一生自由驰骋的艺术世界。

庞德对西方诗艺的探索和创新一直没有停止过。在《比萨诗章》里,他独创了拼贴法,在诗行之间留下断裂的空间,让读者自己思考,将破碎的词句连接起来,获得完整的含义。他消解了文学与历史、文学与法律和经济的界限,将古今东西文化和语言融进了长诗,形成了一部划时代的西方现代史诗。

3) 意义和影响总览:

《诗章》是一部现代美国诗歌的经典之作,在美国文学史上占有重要地位。它深深地影响了艾略特的长诗《荒原》(1922)、克莱恩的《桥》(1930)和麦克莱什的《征服者》(1932),使庞德成为欧美现代派诗歌的主要奠基人之一。

首先,《诗章》描述了西方古代世界、文艺复兴时期和现代时期三个不同时代文明的衰败。诗人通过个人的探索和经历,展示了广阔的时空和丰富的多学科知识,带领读者浏览了西方和东方的文艺、神话、建筑、经济和政治名人传记,走过不同的历史阶段,考察不同的历史人物,如古希腊的奥德修、中国古代思想家孔子、诗人敬重的美国前总统杰弗逊、当代的战争贩子和高利贷者、法西斯头目墨索里尼等。又从西方建筑艺术聊到儒家的伦理学等,真是海阔天空,无所不包。长诗多角度地展示了一幅西方文明从繁荣走向衰落的全景图,给一次大战后的欧美读者敲响了警钟。

其次,《诗章》借古喻今,善恶对照,抨击资本主义社会的阴暗面,同情知识分子和普通民众的不幸境遇,关注个人的自由。诗人用美国开国元老杰弗逊的民主政治和孔子的治国思想来对比当时的欧美社会,追求一个中国儒家提倡的"修身治国平天下"的田园牧歌式的社会。这显然是个无法实现的幻想。况且,庞德的历史观是落后的。他迷恋过去古代社会的美妙和宁静是违反历史规律的。他对墨索里尼的狂热吹捧则完全丧失了应有的民族立场,铸成了终身大错。

值得指出的是:庞德在《比萨诗章》里进一步推崇孔子和他的"修身治国

平天下"的主张,以孔孟之道为准绳审视欧美社会制度,影射罗斯福总统是个"对唐史一无所知的野蛮人"。他回忆自己在狱中失去自由的生活,痛感昔日的珍贵。过去的希望破灭了。但他对生活并不绝望。他坚持写诗,也进行自我反省,但不承认同情和支持法西斯是错误的。

最后,庞德对中国文化和汉语的爱好促进了中国古典文学和孔子哲学在西方的传播。他是个优秀的翻译家,出版了十八部译著,特别是译了唐朝大诗人李白的诗和儒家的《四书》。他的《华夏集》第一次将中国古典诗歌引入西方现代文学,使许多欧美作家有机会阅读和欣赏中国优秀的古典文化,从中吸取有益的滋养。这就促进了东西方文化的交流。《诗章》始终贯串了诗人对孔孟之道的热爱和推崇,这是很难能可贵的。第十三章《孔子诗章》这样写道:

> 杏花
> 从东方吹到西方
> 我一直努力不让花凋落。

庞德诗歌的创作道路是不断发展的。早期他强调诗中要用准确而具体的意象。诗人要直接描绘客观事物或表露自己的感受。他像惠特曼一样,破除五音步抑扬格的传统英诗格律,倡导无韵体自由诗。他强调诗歌内在的音乐性。他的诗短小精悍、清晰、具体,没有多余的修饰词。中后期他在长诗中颠倒时空,古今交错,摈弃文雅的诗风和线性叙事,大量运用典故、比喻和联想,增加文献资料和史实,将对过去的回忆、对现实的评论与多种语言、俚语和方言混杂在一起,打破了诗歌、传记和文献以及事实与虚构的界限,将叙事、抒情和评论融为一体,形成了一部集多种现代主义诗艺之大成的大型长诗巨著。庞德在英美现代诗歌的发展上发挥了举足轻重的作用,成了西方学界公认的现代派文学的鼓动者和开拓者。

4)文本名段点击①:

A. 第七章描述了诗人对艺术家如何生动地再现过去历史的沉思,特别提到小说家亨利·詹姆斯。(此章写于1925年)

> The old men's voices, beneath the columns of false marble,

---

① 下列引文选自 Cleanth Brooks 等三人合编的 *American Literature*: *The Makers and the Making*, St. Martin's Press, 1973, 1974。

The modish and darkish walls,

Discreeter gilding, and the panelled wood

Suggested, for the leasehold is

Touched with an imprecision ... about three squares;

The house too thick, the paintings

a shade too oiled.

And the great domed head, *con gli occhi onesti e tardi*

Moves before me, phantom with weighted motion,

Grave incessu , drinking the tone of things,

And the old voice lifts itself

        weaving an endless sentence.

We also made ghostly visits, and the stair

That knew us, found us again on the turn of it,

Knocking at empty rooms, seeking for buried beauty;

And the sun-tanned, gracious and well-formed fingers

Lift no latch of bent bronze, no Empire handle

Twists for the knocker's fall; no voice to answer.

A strange concierge, in place of the goutyfooted.

Sceptic against all this one seeks the living,

Stubborn against the fact. The wilted flowers

Brushed out a seven year since, of no effect.

Damn the partition! Paper, dark brown and stretched,

Flimsy and damned partition.

        Ione, dead the long year

My lintel, and Liu Ch'e's lintel.

Time blacked out with the rubber. (pp.2085-2086)

B. 第八十一章，即《比萨诗章》之一，诗人被囚于意大利比萨附近美军军营里等待审判。他从一个犯人的视角思考自己的过去：

The ant's a centaur in his dragon world.

Pull down thy vanity, it is not man

Made courage, or made order, or made grace,

Pull down thy vanity, I say pull down.
Learn of the green world what can be thy place
In scaled invention or true artistry,
Pull down thy vanity,
                              Paquin pull down!
The green casque has outdone your elegance.
"Master thyself, then others shall thee beare"
       Pull down thy vanity
Thou art a beaten dog beneath the hail,
A swollen magpie in a fitful sun,
Half black half white
Nor knowst' ou wing from tail
Pull down thy vanity
                              How mean thy hates
Fostered in falsity,
                              Pull down thy vanity,
Rathe to destroy, niggard in charity,
Pull down thy vanity,
                              I say pull down.
But to have done instead of not doing
                              this is not vanity
To have, with decency, knocked
That a Blunt should open
       To have gathered from the air a live tradition
or from a fine old eye the unconquered flame
This is not vanity.
       Here error is all in the not done,
all in the diffidence that faltered,
(pp.2087-2088)

3. 其他重要作品链接

A. 短诗：

《在地铁站》(*In a Station of the Metro*, 1916)

《面具》(*Personae*: *The Collected Poems*, 1909)

B. 长诗与诗集：

《休·塞尔温·莫伯利:生活与接触》(*Hugh Selwyn Mauberley*: *Life and Contacts*, 1920)

《华夏集》(*Cathay*, 1915)

4. 著作获奖信息

1949年《比萨诗章》荣获博林根诗歌奖。

第三节　托·斯·艾略特与《荒原》

1. 生平透视

托·斯·艾略特(Thomas Stearns Eliot, 1888—1965)是美国20世纪最重要的现代派诗人之一。1888年9月26日,他生于圣路易斯一个书商门第。父母都是新英格兰人。父亲从商,母亲爱写诗,热心慈善事业。他从小随母爱好文学。1906年他升入哈佛大学,后获该校学士和硕士学位。在校时主修哲学,兼修美国诗歌和戏剧,开始在哈佛刊物《哈佛倡导者》上发表诗作。1910年曾去法国苏波尼大学进修哲学和文学。1914年到英国牛津大学撰写博士论文,在伦敦认识了庞德。1916年,一次大战爆发后,他没法回哈佛进行博士论文答辩。1915年他娶了一个英国姑娘维维安,决定在伦敦定居。后在中小学教了两年书,接着去一家银行当了八年职员,业余开始写诗。

1915年,在庞德的鼎力帮助下,艾略特出版了第一部长诗《杰·阿尔弗里德·普鲁弗洛克情歌》,受到读书界的欢迎。1920年,第二部《诗集》问世。它像第一部长诗一样,描绘了一次大战后西方现代人的失望和失落感,展现了欧洲现代城市一片凄凉景象。同时,他发表论文集《圣林:诗歌与批评论文集》,大胆地评论传统与个人才能、作品创新与古典名著、批评与批评家、文学批评与宗教、道德和社会等多种关系的问题。他的观点引起英美文学界的极大关注。

1922年,长诗《荒原》的问世成了艾略特创作生涯的重大转折。它深刻地揭示一次大战后西方精神文明的严重危机。"荒原"成了那个时代的代名词而被广泛引用。它奠定了艾略特的诗人地位。同年,他创办了文学杂志《标准》并自任主编,直到1939年。1932年与前妻分居,1947年,多病狂躁的维维安不幸病逝。

1935年,艾略特推出组诗《四个四重奏》。这是他最得意之作。在诗中,诗人以对上帝一片虔诚之心描绘了美好的未来,希望给苦恼的现代西方人指明走出精神荒原之路。组诗增强了艾略特的诗人地位。

随后,艾略特转向戏剧创作,硕果累累。先后出版歌剧《磐石:露天剧》(1934)、道德剧《大教堂凶杀案》(1935)、诗剧《全家重逢》(1939)、象征喜剧《鸡尾酒会》(1950)、《机要秘书》(1954)和《政界元老》等。他在剧作里探讨宗教问题、犯罪的动机和追求自我的奥秘。其中,最受欢迎的是《大教堂凶杀案》和《全家重逢》。

1947年,哈佛大学授予艾略特名誉博士学位。第二年,他荣获了诺贝尔文学奖和英国皇家勋章。诺贝尔评奖委员会指出:"这是由于他对当代诗歌的开拓性的卓越贡献。"

1948年艾略特获奖后访问了美国,后应邀到哈佛大学和芝加哥大学讲学,到处受到热烈欢迎。他于1927年加入英国国籍并皈依了英国国教。他在美国文学史上和英国文学史上都留下他的英名。

1965年1月4日,艾略特因病在伦敦逝世,享年七十六岁。他的追悼仪式在西敏斯特大教堂隆重举行。许多英美著名诗人包括他的好友庞德和英国政府要员都到场致哀。

2. 代表作扫描

艾略特是个著名的诗人、戏剧家和文学批评家。他多才多艺,知识渊博,锐意创新。他最大的贡献在诗歌方面。他和庞德共同创建了西方现代派诗学,影响了20世纪美国诗坛。

艾略特既写短诗,又写长诗。他的四部长诗《杰·阿尔弗里德·普鲁弗洛克情歌》、《荒原》、《圣灰星期三》和《四首四重奏》都很成功,受到学界和读者们的好评。

《杰·阿尔弗里德·普鲁弗洛克情歌》名为情歌,诗中却没男女的爱情描写。主人公普鲁弗洛克头发稀疏,青春已逝,逼近中年。他既没有爱情,又缺乏情欲。他是个抽象的心灵。他无奈地将自己的情歌锁在内心的地狱里。他用第一人称的"我",邀请他心目中的"你",在黄昏时去参加他的生活小圈子,看看他周围的人怎么混日子。他想冒险向上流社会的风流女子求爱,又自愧不行;最后在忧郁中失败了。长诗构思巧妙,想象奇特,具有音乐感和戏剧性。诗人将自由诗与不规则押韵的独白相结合,既有纯真的抒情味,又不乏强烈的反讽色彩。

《圣灰星期三》写于《荒原》问世之后,描述诗人皈依英国国教的心路历程。"圣灰星期三"指的是四旬斋的第一天,当天要把灰撒在忏悔者头上,暗示一个人在追求新生过程中,灵魂上经历的怀疑和失望、希望和欢乐以及追寻超越时空的困惑。长诗借用但丁《神曲》的部分内容表露了对英国国教的信心和感情上的满足以及接受宗教传统才能找到真理的感慨。宗教色彩较浓,艺术技巧也略为逊色。

《四首四重奏》是艾略特晚期最佳作。全诗由四首长诗《燃烧的诺顿》、《东科克》、《干燥的萨尔维吉斯》和《小吉丁》组成。每首四重奏包括五个乐章。诗人大胆地借用"四重奏"这个作曲家常用的题目,意在探索诗与音乐相结合的新诗结构。四首的题目都与诗人到过的地方有关,按照春夏秋冬大自然周期的顺序展开。长诗的基调是古希腊哲学家赫拉克雷特斯所说的宇宙四大构成要素:空气、土、水和火。它是一部宣扬人类只有在赎罪的净火中才能解脱人世痛苦的宗教性哲理诗。主题是诗人对时间意义的探索和对记忆的反思。这部长诗富有音乐性,比诗人以往的诗作简明易懂。1948年艾略特荣获诺贝尔文学奖时,瑞典皇家科学院代表曾在授奖词中指出:"在他的近作《四首四重奏》中,艾略特的语言已达到音乐般的境界,诗中反复出现的庄严、精美而迷人的句子,生动地表现了诗人精神的体验,使他的心灵所产生的超现实结构,显得更加明显。"

与上述三部长诗比较,《荒原》(*The Waste Land*)的主题思想更深刻,艺术形式更完美,因此,它成了艾略特最重要的代表作。

第六章
匠心独运的现代派诗人们

1) 故事和人物盘点：

古代神话给《荒原》提供了一个神秘的框架。艾略特在《荒原》题注中说，除了魏士登女士的《从祭仪到神话》以外，"我还得益于另一本人类学著作——《金枝》。这本书曾深刻地影响我们这一代人。"《金枝》是英国著名人类学家詹姆斯·弗雷泽的十二卷巨著(1890—1915)。艾略特主要参考了《金枝》第四部分关于古埃及、印度和希腊植物生长和四季轮回的神话故事。杰西·魏士登的《从祭仪到神话》则给艾略特提供了有关圣杯的传说和宗教仪式，以及基督教中亚瑟王传奇。

《荒原》包括五个部分。第一部分"死者的葬礼"，描写残忍的四月没有带来春天的复苏，荒原上的人们受到往事回忆和欲望的折磨，想逃离没有希望的世界。它揭示生命从死亡和腐朽中再生的主题，指出现代西方人精神上的死亡。他们是"一堆破碎的偶像"，虽生犹死，充满了恐怖。

第二部分"对弈"选自托马斯·米德尔顿的剧作《弈棋》。下棋在古印度农村，表明人们富裕了，有娱乐的爱好。现代社会里，夫妻下棋是闲得无聊，意味着性生活不和谐。长诗刻画了三个身份不同的妇女。第一个是个贵族妇女，雍容华贵，珠光宝气，爱用合成香料，想美化自己，却令人作呕；第二个对丈夫霸气十足，自以为是，爱无理取闹。第三对是酒店里两个普通妇女。她俩大谈打胎和装假牙的事，反映了她们的苦衷。她们仿佛生活在老鼠窝里。现代婚姻缺乏神话中的意蕴，成了没有爱情的性欲满足。

第三部分"火诫"，从模仿英国诗人斯宾塞的婚礼歌开始，回顾佛教关于情欲和私通的诫令，劝信徒们厌恶情欲，扑灭肉感之火，过圣洁的生活，从污浊的尘世中解脱获得自由，最后脱离生命轮回的支配，达到涅槃的佳境。诗人运用今昔对比，描写往日可爱的泰晤士河如今只留下白骨的碰撞声。他用释迦牟尼的《火诫》的禁欲主义劝人们灭去情欲之火，求得再生。

第四部分"死于水"很短，仅十行诗，与第一部分提到死的原型及其复活相呼应。诗人描写腓尼基人弗莱巴斯点燃了情欲之火后掉进水里淹死。他提醒人们别走弗莱巴斯的老路，否则前功尽弃，必死无疑。

第五部分"雷霆的话"以基督被囚禁、审判和钉死于十字架的惨烈的基调开始，描写欧洲大地一片荒原，没有水，只有岩石。近东和欧洲的高塔倒塌了，象征着希腊和天国的文明动摇了。耶路撒冷、维也纳、伦敦、巴黎、雅典……一切都化为虚幻。戴头罩的人群蜂拥在无边的平原上,在裂开的土地上蹒跚行进。是革命浪潮来临吗?诗人有点害怕。最后,公鸡叫了,基督被抓走。风雨到了,雷霆说话了。它发出了声响:"施舍、慈悲、忍让"。诗人希望获得再生,大家遵循雷霆的劝导,世界方能平平安安。

长诗中的"我"是故事的叙述者,却很难说是个主人公。"我"从一个人物滑向另一个人物,不像《情歌》中的普鲁弗洛克主宰一切。诗人在注释中提到帖瑞西阿斯(希腊神话中的盲人先知)是个旁观者,却是诗中最重要的人物,联络全诗。……其实帖瑞西阿斯所见到的就是全诗的主要内容。

2) 风格和语言聚焦:

《荒原》于1922年刊于艾略特主编的杂志《标准》。它是在诗人庞德帮助下完成的。1921年秋,艾略特精神沮丧,向他所在的银行请假三个月去瑞士疗养。他在疗养院写完此诗,到巴黎请庞德过目。庞德大笔一挥,将原稿八百多行改成四百三十三行。他删去了那些文体重复的片段和不重要的附加部分,保留了原稿中的音乐性节奏。艾略特接受了他的改动,出版时在书的扉页上写明将此诗献给庞德,以表谢意。

《荒原》展示了艾略特独特的现代派诗歌风格。他与惠特曼和庞德一样,大胆地冲破英美诗歌的传统格律,采用无韵体自由诗形式。但他突出了诗行内在节奏的音乐性。语言风格变化多。这成了他诗风的一大特色。

像庞德的《诗章》一样,《荒原》结构复杂,想象奇特,画面多姿多彩。长诗用了六种语言,涉及二十多个人物,引言和典故散见于三十五部东西方古今名著。艾略特打破体裁的界限,将许多古典名著的引文、古希腊罗马神话、英国民谣与真实的文献资料融为一体,以沉郁的笔调描写了西方现代文明的枯萎和衰败,产生了奇妙的艺术魅力。

艾略特在《荒原》里采用了他自己倡导的"客观对应物"和"非个人化"的创作方法,大量运用象征手法。他的"精神枯竭的苦境"、"一堆破碎的意象"和"夜莺那不容玷辱的声音充塞了整个沙漠"等都富有深刻的哲理。书名"荒原"则是西方文明日益衰败的象征。它可以指一片荒凉的土地或暴风雨掠过的沙漠,也可指杂草丛生的田野或炮火烧毁的废墟。它也可以泛指一次大战后遭掠夺的欧洲文明城市耶路撒冷、伦敦或巴黎。"荒原"成了当时时代的象征。诗人对时代精神和西方人的思想状态作了最凝练的概括,画龙点睛地指明了时代的特征。

不仅如此,《荒原》还将"我个人的满腹牢骚"的抒情描写、人物对话、动物话语与美丽的神话相结合,使长诗既形象化又抽象化。人物形象刻画准确生动,活灵活现。诗人善于将叙事、抒情、议论与现实主义细节描写熔于一炉,营造一次大战后欧洲几个大都市的景色和气氛。那时各地已涌现了小汽车、螺旋桨飞机和高楼大厦。那些大都市的社会生活成了西方现代文明的代表。长诗既指出了西方现代社会的精神荒原,又举出了大城市中司空见惯的不文明现象,如街上乱扔空瓶子、面包纸、硬纸匣和烟蒂等,妇女被迫流产,不雅观的牙齿、性爱的失败,相会在老鼠窝里——连死者尸骨都腐烂的地方。这些精彩的细节与长诗的主题相结合,构成了一幅惟妙惟肖的西方现代文明的衰败图。

从表面上看,《荒原》不同于英美传统的诗歌。它的层次零乱,结构跳跃,时空倒置,语言破碎,完全颠覆了传统的诗艺。艾略特锐意创新,希图寻找一种与西方现代社会混乱无序相适应的表现手法。他也像庞德一样采用了拼贴手法。两人一起创建了现代派诗学,但后来各走各的路线。不过,他们二人都对20世纪英美诗坛产生了深远影响。

然而,由于《荒原》内容庞杂,旁征博引,古今交叉,包罗万象,许多片断之间缺乏联系,令人感到晦涩难懂。读者要耐心思考,认真去破解那些烦人的典故、字谜和神话人物,才能理解全诗的深刻意蕴和诗人的意图。

3) 意义和影响总览:

《荒原》问世后好评如潮,被誉为英美诗歌发展史上的里程碑,具有划时代意义。它深深地影响了现当代许多英美诗人,促进了美国现代派诗歌的发展。

首先,《荒原》借助圣杯的神话故事揭示了一次大战后欧洲各国遭受战火蹂躏后的衰败景象和西方文明的没落。到处是虚无和孤独。人们都想逃离浮奢的现实世界。社会生活困苦,文化生活贫乏,前途黯淡,没有希望。长诗的开篇写道:

> 四月是最残忍的一个月,荒地上
> 长着丁香,把回忆和希望
> 掺合在一起,又让春雨
> 催促那些迟钝的根芽
> 冬天使我们温暖,大地

给助人遗忘的雪覆盖着，又叫
枯干的球根提供少许生命。
夏天来得出人意外……①

　　春天本来是大地复苏，万象更新的岁月，在诗人眼中则成了"最残忍的一个月。寒冬倒令人温暖。"显然，社会环境变了，令人难以适应。连人们所喜爱的太阳、森林、石头和水也变得很无情了。

人子啊，
你说不出，也猜不到，因为你只知道
一堆破碎的偶像，承受着太阳的鞭打
枯死的树没有遮荫。蟋蟀的声音也不令人放心，
礁石间没有流水的声音。②

　　太阳发怒了。树木不保护了。流水干涸了。人们怎么活下去？大自然没有给荒原带来春天的甘雨，更没有给人们提供一线生机。人们对生活绝望了。死亡时刻威胁着他们。

　　这就是20年代西方社会的变化。尽管伦敦、巴黎、罗马和耶鲁撒冷等古老的文明城市出现了许多小汽车、飞机和大楼，但是西方文明衰落了。到处是不文明的现象。人们精神空虚、爱心枯竭，对未来失去信心。传统价值观破碎了，社会秩序混乱，犹如暴风雨洗劫后的荒原。这些描述极其生动地概括了当时时代精神的特点，深刻地反映了一次大战后欧美文明的颓衰。

　　其次，《荒原》尖锐地揭示了当时知识分子的没落情绪。长诗通过"我的满腹牢骚"，表露了对西方社会现状的不满。知识分子感到世界满目衰败，上帝死了，信仰破灭了，现代人落魄了。诗人发觉一次大战后西方社会死气沉沉，有人一心追求物质享受，鼠目寸光；有人意志消沉，醉生梦死，虽生犹死，悲观失意。长诗也写了他们想从宗教上寻找精神出路的愿望，但矛盾重重，难以如愿。他们陷入无穷的困惑和疑虑中……

　　再次，《荒原》开创了一代诗风，影响了一代又一次英美诗人。艾略特重视传统，受过意大利诗人但丁、英国诗人多恩、法国象征派诗人波特莱尔和同

---

①② 译文见艾略特：《荒原》，赵萝蕤译；见《中国翻译名家自选集·赵萝蕤卷》，中国工人出版社，1994年。

代诗人庞德等人的影响,特别推崇17世纪玄学派诗人多恩。他强调诗歌的象征、意象和音乐性,采用了颠倒时空,跨越体裁,片断拼贴,多种语言交融,抒情、叙事、文献和神话融为一体的许多现代派艺术手法,推动了自由诗的发展,为美国20世纪现代派诗歌更上一层楼作出了重大贡献。

应该指出,艾略特不仅是个杰出的诗人,而且是个有创见的文学批评家。他曾提出诗歌非人格化、客观对应物等批评概念和诗歌创作原则,在文艺界影响很大。他自称自己文学上是个古典主义者,宗教上是个天主教徒,政治上是个保皇派。后期,他的思想转向保守,宣扬宗教的谦顺,赞扬人们的赎罪和献身精神。诗作中的宗教色彩越来越浓。平庸的说教使他疏远了一些读者。上世纪50年代以后,他的社会影响渐渐减弱了。不过,艾略特仍然是20世纪英美最重要的诗人之一。

4) 文本名段点击①:

A. 第一部分《死者的葬礼》(The Burial of the Dead)描绘了春天的衰败景象:

April is the cruelest month, breeding

Lilacs out of the dead land, mixing

Memory and desire, stirring

Dull roots with spring rain.

Winter kept us warm, covering

Earth in forgetful snow, feeding

A little life with dried tubers.

Summer surprised us, coming over the Starnbergersee

With a shower of rain; we stopped in the colonnade,

And went on in sunlight, into the Hofgarten.

And drank coffee, and talked for an hour.

Bin gar keine Russin, stamm' aus Litauen, echt deutsch.

And when we were children, staying at the arch-duke's,

My cousin's, he took me out on a sled,

And I was frightened. He said, Marie,

---

① 下列引文选自Cleanth Brooks等三人合编的 *American Literature*: *The Makers and the Making*, St. Martins Press, 1973, 1974。

Marie, hold on tight. And down we went.

In the mountains, there you feel free.

I read, much of the night, and go south in the winter.

What are the roots that clutch, what branches grow

Out of this stony rubbish? Son of man,

You cannot say, or guess, for you know only

A heap of broken images, where the sun beats,

And the dead tree gives no shelter, the cricket no relief,

And the dry stone no sound of water. Only

There is shadow under this red rock,

(Come in under the shadow of this red rock),

And I will show you something different from either

Your shadow at morning striding behind you

Or your shadow at evening rising to meet you;

I will show you fear in a handful of dust.

(pp.2112-2113)

B. 第三部分《火诫》(The Fire Sermon)叙述了泰晤士河的乱象：

The river's tent is broken; the last fingers of leaf

Clutch and sink into the wet bank. The wind

Crosses the brown land, unheard. The nymphs are departed.

Sweet Thames, run softly, till I end my song.

The river bears no empty bottles, sandwich papers,

Silk handkerchiefs, cardboard boxes, cigarette ends

Or other testimony of summer nights. The nymphs are departed.

And their friends, the loitering heirs of City directors;

Departed, have left no addresses.

By the waters of Leman I sat down and wept ...

Sweet Thames, run softly till I end my song,

Sweet Thames, run softly, for I speak not loud or long.

But at my back in a cold blast I hear

The rattle of the bones, and chuckle spread from ear to ear. (p.2115)

第六章 匠心独运的现代派诗人们

C. 第五章《雷霆的话》(What the Thunder Said)描述欧洲一片荒原,没有水,只有岩石,人们虽生犹死:

After the torchlight red no sweaty faces
After the frosty silence in the gardens
After the agony in stony places
The shouting and the crying
Prison and palace and reverberation
Of thunder of spring over distant mountains
He who was living is now dead
We who were living are now dying
With a little patience

Here is no water but only rock
Rock and no water and the sandy road
The road winding above among the mountains
Which are mountains of rock without water
If there were water we should stop and drink
Amongst the rock one cannot stop or think
Sweat is dry and feet are in the sand
If there were only water amongst the rock
Dead mountain mouth of carious teeth that cannot spit
Here one can neither stand nor lie nor sit
There is not even silence in the mountains
But dry sterile thunder without rain
There is not even solitude in the mountains
But red sullen faces sneer and snarl
From doors of mudcracked houses (p.2117)

3. 其他重要作品链接

A. 诗歌:

《杰·阿尔弗里德·普鲁弗洛克情歌》(*The Love Song of J. Alfred*

Prufrock, 1917)

《诗集》(*Poems*, 1920)

《空心人》(*The Hollow Men*, 1925)

《圣灰星期三》(*Ash Wednesday*, 1930)

《四首四重奏》(*Four Quartets*, 1943)

B. 戏剧：

《磐石》(*The Rock*, 1934)

《大教堂凶杀案》(*Murder in the Cathedral*, 1935)

《全家重逢》(*The Family Reunion*, 1939)

《鸡尾酒会》(*The Cocktail Party*, 1950)

《机要秘书》(*The Confidential Clerk*, 1954)

《政界元老》(*The Elder Statesman*, 1959)

C. 文学批评：

《圣林》(*The Sacred Wood*, 1920)

《论文选》(*Selected Essays*, 1932)

《诗歌与评论》(*The Use of Poetry and the Use of Criticism*, 1933)

《论诗与诗人》(*On Poetry and Poets*, 1957)

4. 著作获奖信息

1945 年荣获纽约戏剧评论界奖；

1948 年荣获诺贝尔文学奖；

1964 年荣获英国自由勋章。

第四节　威廉·卡洛斯·威廉斯与《佩特森》

1. 生平透视

威廉·卡洛斯·威廉斯(William Carlos Williams, 1883—1963)是一位民

族风格鲜明的现代派诗人。1883年9月17日,他生于新泽西州卢瑟福德镇一个移民家庭。父亲是个英国人。母亲是个波多黎各的混血儿。婚后父母皈依美国唯一神教。1902年他升入宾夕法尼亚大学学医,结识了希尔达·杜里特和庞德等诗人。大学毕业后他去德国攻读儿科医学研究生。1912年返国后在家乡结婚定居,行医几十年,业余写诗。1909年,他自费出版了《诗篇》。庞德对他说,内容陈旧,没人肯刊登。他触动很大,便学习意象派诗作,渐渐写出有个性的自由诗。1913年第二本诗集《性情》在庞德支持下问世。1917年至1927年又发表新诗集《给爱它的他》。1923年的短诗《红色手推车》成了最著名的意象主义诗歌之一,震动了欧美诗坛。威廉斯终于找到自己的艺术风格。

从20年代开始,威廉斯诗兴大作,新作频频问世。有些短诗广为流传。他不断探索新诗艺。他从小喜爱惠特曼的诗,但感到他的诗形式上太松散,不易表现现代生活。他小试写意象派诗歌,获得意外的成功。不过,他发现意象派诗也有不足,一度转向客体派小诗,注重视觉效果。他主张诗人要创作与他的时代相吻合的客体诗,强调"思想进入画面",即从客观事物开始,激起诗人的联想,再回到新的客体。他的短诗越写越精彩,如《小梧桐树》、《南塔基特》、《开花的槐树》和《在墙之间》等十分脍炙人口。30年代和40年代的短诗《日光浴者》(1934)、《无产者肖像》(1935)和《风暴》(1944)等也深受读者欢迎。这使威廉斯在诗坛名声大振。

与此同时,威廉斯与庞德和艾略特的分歧越来越大。他重温《草叶集》,决心学习惠特曼,走民族化新诗的道路。他在一些诗文里批评艾略特背离了惠特曼的诗歌传统,《荒原》的出现给美国诗坛带来一场大灾难。它诱使美国诗人离开祖国,离开了生活,中断了诗学的探索。他还指责艾略特学究气太重。他认为诗人要拥抱人类,发现大众化的新诗道路。他主张诗里只写具体事物,描述日常生活中平凡、粗糙甚至丑恶的东西,让它们自然流露,不宜用典或过分雕琢。他的短诗越写越受读者们青睐。

1946年,威廉斯推出长诗《佩特森》第一卷,立即获得巨大的成功。诗人罗伯特·洛厄尔称它是当代美国的《草叶集》。它奠定了威廉斯在美国诗坛的重要地位。

1950年,威廉斯发表了《晚期诗集》,第二年又出版了《早期诗集》,收入他备受欢迎的短诗。除了完成五卷集的《佩特森》以外,他一生中还出了一些长短篇小说、戏剧和文学评论,如《伟大的美国小说》(1923)、《在美国的土地上》(1925)和《论文选集》(1954)等。后来,他又有《自传》(1951)、《书信选》(1957)和回忆录等多部作品问世。

威廉斯硕果累累,多次获奖。他一生共获七次文学奖。1950年荣获美国国家图书奖。1952年与诗人麦克莱斯分享博林根诗歌奖,同年任美国国会图书馆顾问。1962年,他的诗作《布鲁格尔肖像》荣获普利策奖。

1963年3月4日,威廉斯在故乡平静地走完人生旅程。

2. 代表作扫描

威廉斯工于小诗,尤以意象派小诗著称,其中震动欧美诗坛的《红色手推车》更令人难忘。全诗仅八行,十分生动地展现了雨中农村的自然景色:

> 这么多东西
> 靠
> 一辆红色小推
> 车
> 雨水将它淋得发
> 亮
> 旁边是一群白
> 鸡。

诗人着墨不多,寥寥几笔勾勒了质朴的意象,气氛淡雅凄凉,感情真挚,流露了对一位老人的深深同情。简明生动,别具情趣。

威廉斯也写长诗,如多卷本的巨著《佩特森》(*Paterson*)。它成了学界公认的威廉斯的优秀代表作。

1) 故事和人物盘点:

按照诗人原先的打算,《佩特森》由四大卷组成,分别于1946年、1948年、1949年和1951年出版。可是,1958年又增加了无标题的第五卷,描写五百年前的法国历史。诗人去世前动笔写第六卷,去世后人们才发现,第六卷仅留下几页草稿而已。因此,《佩特森》一般包括五卷,于1946年至1958年问世。第六卷的片断于1963年诗人去世后作为五卷本的附录出版。

威廉斯在《佩特森》第一卷1946年版的作者注释序言里说:"一个人本身

就是一个城市,他以种种方法开始、追寻、得到和结束他的一生。一个城市的各个方面,如果充分加以想象的话,任何城市的一切细节都可以用来表述他最亲切的信念。"显然,诗人以"一个人本身就是一个城市"为中心意象,形成了长诗的基调。

"佩特森"是长诗的标题,又是主人公的名字,也是新泽西州他家乡卢瑟福德附近巴沙伊克河上的一座城市。诗人以此为背景,描写了那位神话般巨人、诗人和医生的思想变化和小城的地方历史和自然景色,特别是加里特山和大瀑布的美景,展现了一个色彩斑斓的大千世界。

卷一《对巨人的描绘》将佩特森市的基本特征神话化。佩特森医生通过沉思,描述了佩特森市的山峰、河流、瀑布和城市的现状、它的居民和历史。诗人感慨社会解体了,许多婚姻破裂了,人们心理扭曲了,相互之间缺乏共同的语言。因此,语言的重建成了主人公佩特森医生给他本地人看病的重任。

卷二《公园里的星期日》描写佩特森走进加里特山公园,看见一对对情侣半裸着互相调情拥抱,感慨爱情已失败,放任性欲,人们开始堕落。诗人感慨:日落时,诗歌进入黑夜。

卷三《图书馆》叙述佩特森为了使人类不受天灾人祸所折磨,到图书馆查阅所有神话传说和历史资料,结果找不到任何答案。他批评那些文档用的全是僵死的语言,不能解决实际问题。

卷四《向大海奔流》描述瀑布下的河流勾起人们种种回忆。诗人将许多科学发明、哥伦布探险和资本积累的金钱联系起来,指出金钱虽然产生好东西,但它是"脑中的肿瘤",会惹来种种危险的后果。

卷五没有标题,描写高龄的诗人从跨国的视角来思考人生的意义。

诗人在《佩特森》序言里宣布主人公佩特森的诞生。他是个激情满怀的美国人。他富有正义感,目睹周围丑恶横行,民不聊生,有些人掠夺公共资源,骗取别人钱财,非常愤怒。他是个私人开业医生,不但经常要给病人看病,还得为病态的城市开药方。他不仅是个主人公,也是一座城市——新泽西州佩特森市。他又是个有血有肉的医生和诗人。威廉斯别出心裁地用一座城市作为全诗的主人公,塑造了这座城市的人物群像。但佩特森医生是唯一贯串始终的人物。其他人物来去匆匆,一掠而过,虽然出场的人物不少,如华盛顿将军、坎敏士太太、按摩女菲莉丝、同性恋者柯立登等,但令人印象淡薄。

2) 风格和语言聚焦:

长诗《佩特森》是威廉斯创作理念的生动实践。它充分反映了诗人对现代史诗题材的新探索。他认真研究过惠特曼、庞德和艾略特的诗艺,提出了自己客观主义诗体的主张。他强调诗歌"只有地方性才有普遍性,这是一切艺术的基础。"追求"日日新"的表现手法。他崇尚惠特曼民族化的新诗方向,批评艾略特离开美国,崇拜欧洲的倾向。他认为"思想进入画面",诗的创作是个从客体到主体再到新的客体的过程。这是他对意象主义的超越和发展。他形成了一种全新的风格。

不过,威廉斯大胆地从艾略特和庞德的现代派诗作里汲取了拼贴法,改变了传统的线性结构。《佩特森》叙述断断续续,诗行长短不齐,各卷之间转接松散,不太协调,但全诗结构具有内在的连贯性。卷一引用了大量新闻报导、书信和文献,还有诗论。长诗将长篇叙事与抒情融为一体。卷四还有一首"现代牧歌"。

威廉斯还引入表现主义绘画的技巧,注重诗歌的光、色和声的直觉效果,最大限度地释放诗的能量,强化诗的艺术效果。

长诗中常常插入一些人物的细节,但往往不同于传统史诗中的巨人,没有形成完整的故事,仅仅一带而过,如卷一提到山姆·帕茨在瀑布表演,不幸落水而死。卷二写了许多诗人星期天聚集在公园里抨击西方现代工业社会的衰败。卷四还有垮掉派诗人金斯堡写给威廉斯的两封信。这些现实主义的细节深化了长诗的悲剧性主题。每一卷都包括许多诗组和一些散文,二者交相辉映。

威廉斯主张采用民众的日常口语,描写普通人平凡的生活。他的诗歌语言通俗、平易、简练,生活气息浓烈,因此,他被誉为风格独特的乡土诗人。

3) 意义和影响总览:

《佩特森》开创了美国一代诗风,将惠特曼的民族化新诗的传统进一步发扬光大,同时吸取了现代派诗人的艺术手法,促进了美国20世纪诗歌的发展,影响相当深远,意义非凡。威廉斯成了一位具有鲜明民族风格的现代派诗人,为许多年轻一代的现代诗人所师宗。

《佩特森》是一部想象奇特的长诗。诗人将主人公的名字与一座小城混

第六章
匠心独运的现代派诗人们

杂在一起。小城依山面水,风景秀丽。那巴沙伊克河成了人与城命运的象征。诗人像惠特曼一样,赞美佩特森小城的美景。它位于美丽的瀑布下的山谷,那晶莹的流水将人们送进梦境。威廉斯对佩特森市山川的热爱反映了他的爱国爱乡情趣。

但是,那美丽的城市发生了"语言与人们的思想相脱离","词汇的意义犹如沙漠的流水已渐渐消失"。作为医生的主人公佩特森发现人们变了,社会扭曲了,道德解体了,许多婚姻破裂了。居民之间缺乏共同的语言。所以,他不仅要帮人们看病,还得帮他们重建语言。

威廉斯指出:这一切都是资本主义工业化带来的恶果。人们迷恋金钱。农村人离乡背井到城里挣钱度日。但城里流行坑人的高利贷,造成贫富两极分化。贫民窟一片脏乱景象。"钞票成了教堂诈取人们赖以生存/安居乐业的竹杠"。一些官员滥用职权,徇私舞弊。许多帕特森人生活懒散、平庸、冷漠,缺乏明确的目标。社区没有生气,公园上午九时就关门了。当诗人在公园里散步时,见到的是"遍地是假货和脏货;到处都是畸形的人和醉鬼。人们吵吵嚷嚷,在公园里喝啤酒或打个盹。"有个荷兰移民克劳斯牧师"表示抗议!"那位新教徒到美国挣的钱很多,却感到不幸福,最后在宗教传道中找到了福音。诗人嘲讽金钱是万恶之源。它不能给人们带来真正的幸福,也不能促使社会的和谐和道德的升华。

本来,现代图书馆应该有许多书香飘逸的好书。它会给人们带来心旷神怡的感觉。但佩特森图书馆是个荒原。它有自己的怪味,令人窒息和死亡的怪味。诗人感到失望。那里的图书抹杀了人们心灵的渴望,没法帮他找到"美好的东西"。

综上所述,《佩特森》生动地展现了美国现代工业社会的荒原图,与艾略特《荒原》有异曲同工之妙。如果说《荒原》揭示了一次大战后欧洲文明的衰败,《佩特森》则描绘了30年代大萧条以来美国社会的沦丧。两部长诗都具有深刻的现实意义和美学价值。《佩特森》成了一部地道的现代美国史诗。作为一个现代派诗人,威廉斯独树一帜,具有强烈的历史使命感和社会责任感。他的诗不仅影响了后来出现的"投射派"和"垮掉派"诗人,而且远远超越了美国国界,具有重要的国际意义。

4) 文本名段点击①:

A.《佩特森:瀑布》(*Paterson*: *The Falls*, 1944)简介了诗人五卷本的长诗《佩特森》。也许巴沙伊克河的瀑布使他选择了佩特森作为长诗的背景:

What common language to unravel?
The Falls, combed into straight lines
from that rafter of a rock's
lip. Strike in! the middle of

some trenchant phrase, some
well packed clause. Then ...
This is my plan. 4 sections: First,
the archaic persons of the drama.

An eternity of bird and bush,
resolved. An unraveling:
the confused streams aligned, side
by side, speaking! Sound

married to strength, a strength
of falling—from a height! The wild
voice of the shirt-sleeved
Evangelist rivaling, Hear

me! I am the Resurrection
and the Life! echoing
among the bass and pickerel, slim
eels from Barbados, Sargasso

Sea, working up the coast to that
bounty, ponds and wild streams—

---

① 下列引文选自 Cleanth Brooks 三人编著的 *American Literature*: *The Makers and the Making*, St. Martin's Press, 1973, 1974。

Third, the old town: Alexander Hamilton
working up from St. Croix,

from that sea! and a deeper, whence
he came! stopped cold
by that unmoving roar, fastened
there: the rocks silent

but the water, married to the stone,
voluble, though frozen; the water
even when and though frozen
still whispers and moans—

And in the brittle air
a factory bell clangs, at dawn, and
snow whines under their feet. Fourth,
the modern town, a

disembodied roar! the cataract and
its clamor broken apart—and from
all learning, the empty
ear struck from within, roaring ...
(pp.2150-2151)

B. 小诗《窗前的少妇》

Young Woman at a Window

She sits with

tears on

her cheek

her cheek on

her hand

the child

      in her lap

      his nose

      pressed

      to the glass

3. 其他重要作品链接

A. 诗歌：

《性情》(*The Temper*, 1913)

《春天和全部》(*Spring and All*, 1923)

《诗集》(*Collected Poems*, 1934)

《晚期诗集》(*Collected Later Poems*, 1950)

《早期诗集》(*Collected Earlier Poems*, 1951)

《布鲁格尔肖像》(*Pictures from Brueghel*, 1962)

B. 小说：

《白骡》(*White Mule*, 1937)

《金钱》(*In the Money*, 1940)

《创业》(*The Build-Up*, 1952)

C. 其他：

《威廉·卡洛斯·威廉斯自传》(*The Autobiography of William Carlos Williams*, 1951)

《论文选集》(*Selected Essays*, 1954)

《书信选》(*Selected Letters*, 1957)

4. 著作获奖信息

1950年荣获美国国家图书奖。

1952年与诗人麦克莱斯分享博林根诗歌奖。

1963年《布鲁格尔肖像》荣获普利策奖。

第五节　华莱士·史蒂文斯与《星期天的早晨》

1. 生平透视

华莱士·史蒂文斯(Wallace Stevens, 1879—1955)是个善于用心灵与读者沟通的学者型诗人,在 20 世纪美国诗坛占有重要地位。1879 年 10 月 2 日,他生于宾夕法尼亚雷丁镇一个移民家庭。来自荷兰的父亲当过律师,办过工厂。家境富裕。母亲是个德国移民,酷爱文学。1897 年十八岁时升入哈佛大学,曾任《哈佛倡导者》主编。他结识了著名哲学教授桑塔雅纳,受他的自然神教的影响较深。大学毕业后,他去保险公司工作,后去纽约当过记者。1901 年至 1903 年,他到纽约大学法学院学习,毕业后在纽约市自己开业当律师,一干就是十二年,业余坚持写诗,与诗人坎明斯、威廉斯等人来往。1914 年开始在《诗刊》等杂志上发表四首短诗。1916 年出任某保险公司法律顾问,1934 年升任副经理,直到 1955 年退休。

1923 年,斯蒂文斯出版了第一部诗集《簧风琴》,仅卖了不到一百册,没有什么反响。商务的繁忙和学界的冷淡使他沉默了十年。1931 年增补了 12 首新诗,将《簧风琴》再版。1935 年第二部诗集《秩序的断想》问世,开始引起学界的重视。接着,三本诗集《贝恩索先生与雕像》(1935)、《猫头鹰的三叶草》(1936)和《带蓝色吉他的人及其他》(1937)相继与读者见面。30 年代斯蒂文斯终于走进了诗歌创作的黄金时代,确立了他在美国诗坛的地位。

40 年代,史蒂文斯焕发了青春,继续写诗,连续出版了多部诗集,主要有:《世界各地》(1942)、《关于最重要小说的札记》(1942)、《恶之美学》(1945)、《无地点的描绘》(1945)、《喜迎夏天》(1947)、《像天体的原人》(1948)和《秋天的朝霞》(1950)等。1950 年,他荣获博林根诗歌奖。1951 年,《秋天的朝霞》荣获美国国家图书奖。不久,他的《诗集》(1954)同时获得普利策奖和美国国家图书奖。各项文学大奖接踵而至,斯蒂文森声誉飙升。他终于度过了受冷落的漫长岁月,得到社会的认可和广大读者的热情接受。

1955年8月2日,斯蒂文森在康州哈特福德市病逝,享年七十六岁。去世以后,他的声誉与日俱增,他被称为美国现代五大诗人之一,与弗罗斯特、庞德、艾略特和威廉斯并列。

2. 代表作扫描

史蒂文斯一生坚持业余写诗,经过不懈的努力,达到了专业诗人的成就。尽管经历了长期被冷落的岁月,一度沉默了近十年,他仍信心百倍地坚持自己的诗歌创作道路,终于迎来了灿烂的日子。

从1923年问世的第一部诗集《簧风琴》到1954年发表的《诗集》,史蒂文斯走过了不平凡的道路。他出版了多部诗集如《秩序的断想》、《猫头鹰的三叶草》、《带蓝色吉他的人及其他》、《向夏天运送》和《秋天的朝霞》等。他在30年代达到了创作的鼎盛时期,到了50年代直达登峰造极的顶峰,接连荣获美国的文学大奖。

纵观史蒂文斯一生的诗作,《簧风琴》里的《星期天的早晨》(Sunday's Morning)比较全面地反映了他的创作思想和艺术手法,受到学界和读者的一致好评。因此,学界认为它可以称为史蒂文斯的优秀代表作。

1) 主要内容和观点盘点:

《簧风琴》收入史蒂文斯早期的全部优秀诗作,其中《星期天的早晨》(1915)是诗人的成名作,也是他最有名的诗,被批评界称为英美最伟大的沉思诗之一。全诗包括八节,每节十五行。主人公是个年轻漂亮的女人。星期天,她没有按常规上教堂做礼拜,关在家里梳妆打扮,然后去用早餐,喝咖啡,吃桔子。这时,有只鹦鹉忽然飞出鸟笼,在屋里自由飞翔。女主人公陷入对死亡与宗教的沉思,对自己的宗教信仰提出质疑,反对基督教的赎罪观念。

诗中贯串了诗人的自然观。女主人公崇拜大自然,不信仰上帝。她在沉思中不断扪心自问:为什么对死人谢恩?她认为宗教已死。它只能在梦中无言的阴影里表述自己。她和诗人都忠于太阳。上帝是个脱离人类的咕咕哝哝的国王,人的心灵的投射。没有一位母亲哺育过他。为什么我们人类的热血现在不起作用?我们的血总有一天会变成"天堂的血",因为只有在这个地球上我们才能找到天堂。到了那一天,天空会变得比现在更友好。因为上帝不会再远远地住在云朵里。女主人公说她喜欢自然界。但她需要不朽的幸福。她相信这种幸福,如果没有闪烁变革火花的世界之美,将是停滞的、缺乏人性的。因此,死亡是丰富而有意义的生活过程的一部分。死亡是美之母。

《星期天的早晨》还展示了一个没有上帝的自然界。它激励和保持各种仪式,可以满足人们最迫切的需要。自然界也没有安琪儿,惟有充满能量和潜力的太阳。森林在歌唱,人们在歌唱,表达对太阳的热爱,接受友谊和死亡。世界日夜在变,每个季节都在变。人们像鸽子一样展翅往下飞向黑暗,妇女和男人一样走向死亡的黑暗。

2) 风格和语言聚焦:

史蒂文斯强调要用美国语言描写美国风情。他推崇诗人威廉斯,注重诗歌的民族化。他与艾略特的新诗学针锋相对,反对引用英国史料,对法国文学情有独钟。他认为诗人应从邪恶的现实生活中发现美感、快乐、意义和目的。他在诗风上作了成功的探索,成了一位风格独特的现代派诗人。

在《论现代诗歌》("Of Modern Poetry")一诗里,史蒂文斯指出:

诗,是行动中寻找满足

的思维。它不必经常

寻找:布景搭好了,它只需重复

脚本中的台词。

但剧场改演了

别的戏。过去成了一种纪念物。

诗应是活生生的,要学会当地语言

要面向当代的男人,要与当代

女人会面。要考虑战争,

寻找令人满意的事物。它要

创建一个新舞台。在那舞台上

>像个不满足的演员,慢慢地
>沉思地朗诵台词,对着耳朵,
>对着最善思维的耳朵,正确地重述
>它要听的东西。看不见的听众,
>倾听这声音,不是在听戏,
>而是听声音本身,它是两人
>的感情流露,又像是两人
>感情合二为一……

这首诗充分说明了史蒂文斯诗歌创作的主张。他认为诗是行动中的思维,必须寻找令人满意的东西。诗人像个黑暗中的哲学家。他要学会当地的语言,面向当代许多普通的男男女女,描写日常生活中民众关注的事物。《星期天的早晨》从一个懒散的妇女很迟吃早餐时看到一只鹦鹉冲出鸟笼飞来飞去,产生了许多冥想,思考了严肃的宗教信仰问题。

史蒂文斯的诗歌题材和形式丰富多彩,涉及社会生活的方方面面。在表现手法上,他注重从感官视觉来描绘多彩的世界。他善于突出抽象的理念与具体的事物的不合调,来吸引读者的目光。他的诗大都是无韵体的自由诗。他酷爱绘画,将绘画中的色彩、光影和声音引入诗歌里大加渲染,冲击着人们的感官和视觉。音乐也是他的一大爱好。他的音乐诗想象力极其丰富,语言平易,叙述简练,节奏优雅,关注知识的传播,强调想象能给生活带来美的心态与和谐的情感。

史蒂文斯崇尚诗人惠特曼,也受过英国诗人丁尼生等人的影响。他爱用象征手法表现人的内心感受,通过对比和隐喻烘托独特的意境,丰富诗歌的内涵。他的诗节奏优美,文字通俗生动,别有情趣。他将英美诗歌传统与现代派诗风相结合,形成了自己独特的风格,影响了当代一大批美国诗人。

3) 意义和影响总览:

《星期天的早晨》深刻地揭示了史蒂文斯诗作的主题,反映了他的哲学思想和对社会现实的评价。它表现了一次大战后美国社会在资本主义工业化冲击下的文化危机和信仰危机。上帝死了,社会扭曲了,道德沦丧了,人们孤独、苦闷,精神失落了,方向迷失了。女主人公大清早迟迟起床,不去教堂祷告了。她望着冲出鸟笼的一只鹦鹉,陷入无止境的沉思和冥想,不知何去何从?这平凡的画面是当时社会现实的生动写照。

史蒂文斯十分强调想象。他认为诗人应该有丰富的想象力,从丑恶的现实中,探寻生活的意义和目的,给迷惘的人们指明方向,帮助他们在混乱中看到秩序,脱离恼人的阴郁环境,找到快乐的生活。诗人清醒地看到现实中凄凉而阴暗的一面,没有像弗罗斯特那样陶醉于优美的田园诗里,而是大胆地面对社会的丑恶,乐观地追寻快乐的未来,给人积极向上的力量和勇气。他主张诗人的重要任务是"帮助人们生活得更好一些"。因此,要用诗歌代替失去威力的宗教,以此净化人生,使人们较好地适应现代生活。这是很有积极意义的。

不仅如此,诗人十分重视在诗里探讨想象与现实的关系、艺术与自然的关系等。这使他的诗作具有哲理性。如《星期天的早晨》里女主人沉思中谈到人生、上帝和太阳,思索的问题不是日常的柴米油盐琐事,而是深奥的哲学问题。在《观察乌鸦的十三种方式》中,乌鸦代表想象,出现在全诗十三节的每一节。十三种方式成了十三幅画。各节不同的背景象征现实。乌鸦与现实相互依存,成为人们可感知的实体。在另一首诗《带蓝色吉他的人》里,吉他代表艺术,又是想象的象征。弹吉他的人是诗人自己。现实像一只不听话的怪兽,诗人想用吉他即想象来驯服它。在著名的短诗《瓮的传说》中,诗人赞颂艺术带来秩序和庄严;一只圆圆的瓮放在一座小山上,成了杂乱的荒野环绕的小山上的中心,显得巍峨而端庄。它的隐喻是生动而深刻的。

史蒂文斯一方面继承了英美诗歌的优秀传统,另一方面又大胆地汲取现代派诗人的艺术手法,融入了自己的哲学思考和特有的绘画和音乐表现技巧,展现独特的诗风。他的诗想象力强,富有音乐感和流畅的节奏,但有时朦胧晦涩难懂。他的诗《秩序的断想》曾受到30年代美国左翼作家的批评。有趣的是史蒂文斯诚恳地接受了批评,更新了审美观,提高了认识,不久又写出了长诗《贝恩索先生与雕像》(1935),抨击象征资本主义文明的大理石马雕"除了未来,一切都是死的",又说"一切摧毁自己又被摧毁。"他的想象力更有力度,受到读者们的好评。

史蒂文斯一生勤奋写诗,写剧本和评论,大器晚成,四十四岁时才出了第一部诗集《簧风琴》。当时恰逢艾略特的《荒原》风靡欧美之时,没人关注史蒂文斯的诗作。30年代又撞上美国大萧条时期,社会矛盾尖锐,怪象丛生,他的诗显得很不合拍。但他不气馁,接连推出多本诗集。挨到50年代,学界终于看到他的诗作别具一格,给予应有的评价和荣誉。史蒂文斯终于扬眉吐气,受到积极的推崇,成为20世纪美国最重要的诗人之一。他去世后,诗名益盛,尤为许多青年诗人所景仰。

4) 文本名段点击①:

A. 女主人公清晨喝咖啡吃桔子,看见一只鹦鹉飞出鸟笼,陷入对死亡和宗教的沉思。她不去教堂做礼拜:

1

Complacencies of the peignoir, and late
Coffee and oranges in a sunny chair,
And the green freedom of a cockatoo
Upon a rug mingle to dissipate
The holy hush of ancient sacrifice.
She dreams a little, and she feels the dark
Encroachment of that old catastrophe,
As a calm darkens among water-lights.
The pungent oranges and bright, green wings
Seem things in some procession of the dead,
Winding across wide water, without sound.
The day is like wide water, without sound,
Stilled for the passing of her dreaming feet
Over the seas, to silent Palestine,
Dominion of the blood and sepulchre. (p.2154)

---

① 下列引文选自 Cleanth Brooks 等人编著: *American Literature*, *The Makers and the Making*, St. Martin's Press, 1973。

B. 女主人公思考死亡、美与宗教的关系：

6

Is there no change of death in paradise?
Does ripe fruit never fall? Or do the boughs
Hang always heavy in that perfect sky,
Unchanging, yet so like our perishing earth,
With rivers like our own that seek for seas
They never find, the same receding shores
That never touch with inarticulate pang?
Why set the pear upon those river-banks
Or spice the shores with odors of the plum?
Alas, that they should wear our colors there,
The silken weavings of our afternoons,
And pick the strings of our insipid lutes!
Death is the mother of beauty, mystical,
Whthin whose burning bosom we devise
Our earthly mothers waiting, sleeplessly. (p.2155)

C. 女主人公崇拜大自然，不相信上帝。她需要地球上的天堂给予她永恒的幸福：

8

She hears, upon that water without sound,
A voice that cries, "The tomb in Palestine
Is not the porch of spirits lingering.
It is the grave of Jesus, where he lay."
We live in an old chaos of the sun,
Or old dependency of day and night,
Or island solitude, unsponsored, free,
Of that wide water, inescapable.

Deer walk upon our mountains, and the quail

Whistle about us their spontaneous cries;

Sweet berries ripen in the wilderness;

And, in the isolation of the sky,

At evening, casual flocks of pigeons make

Ambiguous undulations as they sink,

Downward to darkness, on extended wings. (p.2155)

D. 女主人公感到太阳比宗教对人们更友好。人类的热血要晒在地球上才能改变世界：

3

Jove in the clouds had his inhuman birth.

No mother suckled him, no sweet land gave

Large-mannered motions to his mythy mind

He moved among us, as a muttering king,

Magnificent, would move among his hinds,

Until our blood, commingling, virginal,

With heaven, brought such requital to desire

The very hinds discerned it, in a star.

Shall our blood fail? Or shall it come to be

The blood of paradise? And shall the earth

Seem all of paradise that we shall know?

The sky will be much friendlier then than now,

A part of labor and a part of pain,

And next in glory to enduring love,

Not this dividing and indifferent blue. (p.2154)

3. 其他重要作品链接

A. 诗歌：

《簧风琴》(*Harmonium*, 1923)

《秩序的断想》(*Ideas of Order*, 1935)

《猫头鹰的三叶草》(*Owl's Clover*, 1936)

《带蓝色吉他的人》(*The Man with the Blue Guitar*, 1937)

《世界各地》(*Parts of a World*, 1942)

《喜迎夏天》(*Transport to Summer*, 1947)

《秋天的朝霞》(*The Auroras of Autumn*, 1950)

《诗集》(*The Collected Poems*, 1954)

《遗著》(*Opus Posthumous*:*Poems*,*Plays*,*Prose*, 1957)

B. 其他:

《碗,猫和扫帚柄》(*Bowl*,*Cat and Broomstick*, 1971,剧本)

《不可缺少的天使》(*The Necessary Angel*:*Essays on Reality and the Imagination*, 1951,论文集)

《书信集》(*The Letters of Wallace Stevens*, 1966)

4. 著作获奖信息

1950 年荣获博林根诗歌奖。

1950 年《秋天的朝霞》荣获美国国家图书奖。

1954 年《诗集》荣获美国国家图书奖和普利策奖。

第七章 哈莱姆文艺复兴与新黑人作家的崛起

第一节 哈莱姆文艺复兴与黑人作家兰斯顿·休斯和左拉·尼尔·赫斯顿

1. 哈莱姆文艺复兴运动透视

上世纪20年代,纽约市黑人居住地哈莱姆区聚集了来自全国各地的黑人文学家和艺术家。他们发起了哈莱姆文艺复兴运动,又称新黑人运动或黑人文艺复兴运动。它成了美国黑人文化史上重要的转折点。

第一次世界大战后,美国黑人生活有所改善,文化上有了新追求。1925年,黑人学者艾兰·洛克出版了一本黑人流行作品选《新黑人:一种阐释》。他在前言中指出:新黑人是指"具有新的心态,朝气蓬勃的年轻的一代。"此书在黑人读者中产生了一种新精神,即自尊和自立的精神。黑人追求"自我"的身份逐渐显露,引起了黑人作家们的兴趣。白人作家也关注黑人的生活。早在1909年,女作家斯坦因在《三人传》里就描写了黑人姑娘梅兰克莎生活中的挫折和不幸,最后死于救济院。剧作家奥尼尔在《琼斯皇帝》里,安德森在小说《黑色的笑声》中都写了黑人。哈莱姆黑人贫民窟的生活和下层黑人的本色受到新黑人作家和广大白人读者的关注。黑人作品读的人多了,销路好些。黑人作家一个个脱颖而出。白人出版商见有利可图,以一千美元的高价购买一本黑人小说的版权,还设立各种奖金,鼓励黑人动手写作。这种情况是以前从未见到的。

哈莱姆文艺复兴运动造就了一批新黑人作家如休斯、麦凯、卡伦、赫斯顿、邦当和赖特。他们创作了不少新作品,极大地促进了20世纪美国黑人文学的繁荣。

2. 代表作家:诗人兰斯·休斯和小说家赫斯顿扫描

兰斯顿·休斯(Langston Hughes,1902—1967)是美国现代杰出的黑人诗人、剧作家和小说家,也是第一位自学成才的现代黑人作家。1902年2月1日,他生于密苏里州乔帕林。曾祖父是个白人,祖母是个黑人女大学生。父亲在墨西哥当个律师,母亲是个演员,两人很早就分居。他从小在祖母关怀下长大。十八岁时他开始写诗,后又写小说。1921年6月,他的短诗《黑人谈河流》发表于杜波伊斯主编的《危机》杂志。1923年,他去货轮上当杂工,随船到过非洲三十多个港口,增长了阅历。后来,他流落巴黎,去餐馆打工,在夜总会看门。他有幸见到艾兰·洛克。洛克将他写的十一首诗收入他主编的《新黑人诗选》。1925年,休斯回国,与母亲到华盛顿居住,在某旅馆打工。有一天,他巧遇诗人林赛,交给他三首诗,林赛很喜欢。第二天记者报道:林赛发现了一个"侍者诗人"。休斯深受鼓舞,陆续发表两本诗集《疲倦的布鲁士》(1926)和《给犹太人的好衣服》(1927),受到读者的热烈欢迎。1926年至1929年,他常住纽约市,成了哈莱姆文艺复兴的中心人物。当时,他年仅23岁。

后来,休斯入宾州林肯大学深造。他与赫斯顿等七人合办刊物《火》,后因销路不好,又突发大火,被迫停刊。他仍坚持写作,1930年出版第一部长篇小说《不无笑声》,荣获基督教联合会的哈蒙金质文学奖,他从此走进了文学殿堂。

1932年,休斯应邀访问前苏联,到那里参拍一部反映美国黑人生活的电影。后来,他访问了中国,在上海会见了大文豪鲁迅。西班牙内战爆发后,他作为《美国黑人》杂志的记者赴西班牙采访。他路过巴黎时参加了第二届国际作家会议,结识了许多知名的左翼作家。1937年8月,他在美国发表长诗《怒吼吧,中国》,谴责帝国主义列强侵略中国,鼓动中国人民起来斗争,解放自己。他成了左翼刊物《新群众》的经常撰稿人。刊物主编麦克·高尔德曾为他的诗集《新的歌》作序。

1938年,休斯返回哈莱姆。他转向戏剧,打算在哈莱姆办个小剧院,在洛杉矶建个《新黑人剧院》,丰富黑人们的文化生活。他的剧本《穆拉托》(又名《第一代黑白混血儿》)在百老汇上演,获得意外的成功。这成了百老汇上演的第一部黑人作家的作品。他的诗集《亲爱的死神》(1931)、《新的歌》(1938)和《哈莱姆的莎士比亚》(1942)等陆续与读者见面。1940年,他的自传《大海

第一卷问世,受到黑人作家赖特和艾立森的好评。第二卷《我漂泊,我疑惑》十六年后才出版。第三、四卷分别于1952年和1963年发表。这四卷真实地记录了他一生不平凡的经历,生动地回顾了哈莱姆文艺复兴运动的始末。

上世纪50年代冷战时期,休斯受到麦卡锡主义的迫害,转向"为艺术而艺术"的创作,写些爵士乐诗和幽默小品等。晚年,他编选了黑人作家诗集《美国新黑人诗人》(1964)和《黑人作家最佳短篇小说集》,选编出版他自己的《诗选》(1959),热情地扶持黑人青年作家,扩大了黑人文学的社会影响。他还写了6本儿童读物,介绍非洲的历史文化和风土人情。

1967年5月22日,休斯因病在纽约市去世。他是20世纪美国第一个黑人文学家,曾被誉为"哈莱姆桂冠诗人"。他成了一位具有国际影响的美国黑人作家。

去世后,休斯的诗文集《早安,革命》(1973)与读者见面。书中有篇文章热烈欢呼新中国的诞生。由此可见,诗人休斯是中国人民和世界一切进步人士的好朋友。

左拉·尼尔·赫斯顿(Zora Neale Hurston, 1891?—1960)生于哪一年,她记不清,只记得生在亚拉巴马州诺塔苏尔加镇的黑人社区。父亲当过木匠、牧师和市长。母亲是个小学教师。左拉9岁时,母亲不幸病故。14岁时她跟一个流动乐队到处飘泊,勉强念完中学。她曾就读华盛顿的霍华德大学。一面读书,一面打工,干各种杂活。业余,她试写小说。1925年冬天,她到了纽约,结识了文艺界不少黑人和白人作家,很快成了哈莱姆文化界一个知名人物。她还获得奖学金,升入巴纳德学院攻读人类学。在大学时,她研究了黑人民间文学,后来从事小说创作。1926年,她与诗人休斯合办了《火》杂志,后因意见不合而停办。她继续发表小说。主要作品有:描写黑人巫师的短篇小说《驴与人》(1935)、长篇小说《乔纳的葫芦藤》(1934)、《他们的眼睛盯着上帝》(1937)、《山里人摩西》(1939)和《苏旺尼山上的天使》(1948)等。1928年毕业后,她回南方搞了四年民俗研究,写了许多诗歌、小说和随笔等。

《他们的眼睛盯着上帝》是赫斯顿的代表作。小说描写一个青春年华的少女珍妮自我解脱的艰难历程。她梦想像桃花盛开时那样过着芬芳的生活。她经历两次失败的婚姻。16岁时,她嫁给拥有田地的中年黑人男人洛根。这第一个丈夫严格控管她,令她失望地离开他;第二个丈夫黑人青年乔后来当上小镇镇长,生活富裕,但精神空虚,让她受罪多年。丈夫死后,她找到真爱"茶点"。他是个贫穷的移民农工、黑人浪荡子。她乐于陪他去佛罗里达当季节工,白天在地里干活,晚上一起尽情玩乐,两人过了两年放荡生活。后来,"茶点"被疯狗咬伤发了疯,对她乱行凶。珍妮出于自卫,不得不开枪杀了他。

在法庭上,黑人社区竭力控告珍妮犯了谋杀罪。有个白人医生和法官证明蒂凯克确实患了狂犬病,珍妮被无罪释放。小说生动地揭示了家庭中男人对女人的欺压和女人对自由和独立的追求。小说被认为是一部女权主义的杰作。

1942年,赫斯顿出版了自传《路上的尘迹》。晚年,她又发表多篇短篇小说、一部独幕剧和三本民间故事集。她还去北卡罗来纳大学黑人学院任教。

1960年1月28日,赫斯顿突发心脏病,终于走完了人生历程,享年六十八岁。去世后直到1975年,黑人女作家艾丽丝·沃克发表了《追寻左拉》,后来又为她编了一部作品选集,才引起评论界的重视。她的作品陆续重新再版。赫斯顿的独特风格影响了黑人作家艾立森和莫里森。她是从哈莱姆文艺复兴运动走出来的一位优秀黑人女作家,又受到学界和读者们的景仰。1981年,摩根州立大学成立了"左拉·赫斯顿学会"。1991年1月,她家乡的人民举办了一年一度的"赫斯顿艺术节",表达了对这位黑人女作家的深切怀念。

3. 休斯诗歌点击

A. 成名作《黑人谈河流》:

The Negro Speaks Of Rivers

by Langston Hughes

I've known rivers:
I've known rivers ancient as the world and older than the flow of human blood in human veins.

My soul has grown deep like the rivers.

I bathed in the Euphrates when dawns were young.
I built my hut near the Congo and it lulled me to sleep.

I looked upon the Nile and raised the pyramids above it.

I heard the singing of Mississipi when Abe Lincoln went down to New Orleans, and I've seen its muddy bosom turn all golden in the sunset.

I've known rivers;
Ancient, dusky rivers.
My soul has grown deep like the river.

B.《我也歌唱美国》：从平凡的"去厨房吃饭"揭示黑人受歧视。意境开阔，以小见大：

I, Too

by Langton Hughes

I, too, sing America.
I am the darker brother.
They send me to eat in the kitchen
When company comes,
But I laugh,
And eat well,
And grow strong.
Tomorrow,
I'll be at the table
When company comes.
Nobody'll dare
Say to me,
"Eat in the kitchen,"
Then.

Besides,
They'll see how beautiful I am
And be ashamed—

I, too, am America.

第七章 哈莱姆文艺复兴与新黑人作家的崛起

第二节 理查德·赖特与《土生子》

1. 生平透视

理查德·赖特(Richard Wright, 1908—1960)是20年代哈莱姆文艺复兴运动涌现的黑人小说家之一。他具有广泛的国际声誉。他的作品影响了艾立森和鲍德温等黑人作家。

1908年9月4日,理查德·赖特生于密西西比州纳茨兹一个佃农家中。祖父是个奴隶。父亲在种植园打工。母亲任教于黑人学校。家庭生活贫苦。五岁时,他父亲离家出走,母亲生病卧床。他进过孤儿院,后靠亲戚帮忙,勉强读完初中。1925年去孟菲斯当个邮递员,自谋出路。1929年他跟母亲和弟弟去芝加哥打工度日。大萧条时失业后靠救济维持生计,待了十年。他认真读书,积极参加社会活动。1932年他参加左翼社团"约翰·里德俱乐部",开始作诗写文章,刊于《工人日报》和《国际》等报刊上。1933年他加入美国共产党,努力学习马克思主义。他结识了好几位左翼作家。在他们鼓励下,他经常在《新群众》、《党派评论》和《工人日报》发表作品,还加入美国作家联盟。1937年,他移居纽约市。第二年,他的中篇小说《汤姆叔叔的孩子们》在《哈泼斯月刊》发表,获得了读者的好评。1940年3月,该刊又刊载了他的长篇小说《土生子》,社会各界反响非常强烈。小说立即成了受欢迎的畅销书,1941年给搬上舞台,1951年拍成电影。赖特的名字随之传遍全国各个角落。

成名后,赖特继续埋头创作,又推出了长篇小说《生活在地下的男人》(1942)和《黑孩子》(1945)。可是,他与美共的政治分歧越来越大。1944年,他退出了美国共产党。1947年,他移居巴黎。1953年,他出版了长篇小说《局外人》。1958年发表了《漫长的梦》。

1960年11月28日,理查德·赖特因心脏病在巴黎一家医院病逝,年仅五十二岁。去世后,他的遗作又陆续问世,主要有:短篇小说集《八个男人》(1961)、长篇小说《今日的主》(1963)和自传体小说《美国的饥饿》(1977)。

2. 代表作扫描

作为一个土生土长的南方黑人,赖特从小经历了穷困的生活,打过各种杂工,积累了许多痛苦的经验和感受。他从小爱读书,长大后又从社会活动中明白了许多道理。他以自己的经历写了多部小说,从《汤姆叔叔的孩子们》、《土生子》到《生活在地下的男人》和《黑孩子》。这四部小说中,《土生子》和《黑孩子》是最有永久价值的两部社会小说。

《黑孩子》是赖特的自传,写的是他十九岁前的不幸经历。他父亲弃家出走后母亲中风卧床不起,他们在南方几地流浪的状况,展现了美国南方生活的方方面面。自传还写了赖特自己思想的演变过程,如何不接受亲戚加给他的信仰,与老师和同学持不同意见,从门肯、德莱塞、辛克莱·路易斯等作家的作品里找到了广阔的世界和人生的意义。小说还描写了南方的种族冲突,生动地揭示了白人对黑人在肉体上、政治上、社会上和精神上的暴力攻击。《黑孩子》深刻而真实地揭露了南方种族歧视的严重问题,展示了赖特在贫困生活中成长的艰难过程,具有重要的社会意义,影响很广泛。

与《黑孩子》对比,《土生子》(*Native Son*)主题更鲜明,艺术性更强。因此,它成了学界公认的赖特最出色的代表作。

1) 故事和人物盘点:

《土生子》取材于30年代发生的一件真实的谋杀案。1938年,芝加哥黑人罗伯特·尼克特杀害一个白人妇女被判处死刑。赖特以这个案件为基础进行艺术加工。小说由"恐惧"、"逃跑"和"命运"三部分组成。主人公比格·托马斯是个芝加哥贫民窟的黑人青年。他经常失业,好不容易才去给白人富家达尔顿当司机兼锅炉工。比格收入不多,家里很穷困,一家四口人挤在一间小屋里。常患鼠灾,不得安宁。达尔顿女儿玛丽小姐找了个共产党员当男友,二人对比格热情友好。比格却因贫富悬殊增长了对白人的仇恨。一天深夜,玛丽外出去某大学听演讲,后与男友在酒店喝醉了,不能走路,比格开车接她回家,扶她下车入屋,直到她的卧室。这时,双目失明的玛丽母亲闻声摸着进屋问女儿。比格深怕玛丽说话暴露自己误入玛丽卧室引起猜疑被捕,便用枕头压住玛丽的嘴巴,没料到用力过猛,竟把她闷死了。出事后,他慌忙将玛丽尸体放入一只木箱拉到地下室扔进火炉里,企图焚尸灭迹,嫁祸于玛丽的男友,但他内心万分恐惧,深怕暴露被抓。

逃出达尔顿家以后,比格找到他的情人、黑人姑娘蓓茜,向她坦白了误杀玛丽的事。蓓茜劝慰了他几句。比格头脑发昏,怕她去报警,用砖头将她活活砸死。比格接连杀害两个纯真的姑娘,又制造伪证,写匿名绑票信。不久,锅炉灶中发现了玛丽的遗骨。比格落荒潜逃。终于在一座屋顶上被警察抓捕,关进了监狱,等候判决。

在法庭上,比格的辩护律师麦克斯多方替比格申辩,并向他宣传共产主义才能解放黑人和全人类。比格没有接受他的劝告。最后,杀人证据确凿,比格被判电刑处决。

小说主人公比格是个穷困的黑人青年。他从小过着清寒的生活,受到社会环境的鄙视。他看到白人富人与黑人穷人的明显差别,对白人越加仇恨。他无意中闷死白人姑娘玛丽,纯属偶然,其中也有必然的因素。这不是他们个人之间的恩怨,而是社会制度造成的。比格从杀人灭迹的犯罪行为中发现了自己对白人社会的仇恨和反抗的力量。赖特塑造了一个暴力反抗社会的黑人形象。他有别于驯顺的老黑奴汤姆形象,但比格杀人犯法,似乎有点过激行为。

2) 风格和语言聚焦:

《土生子》的艺术风格独具特色。赖特博采众长,锐意创新,形成了自己的风格。他崇拜德莱塞,学习德莱塞。《土生子》受到德莱塞《美国的悲剧》的明显影响。两部小说都是以真实的刑事案件为素材的。不同的是赖特是描写一个黑人青年的痛苦和反抗。两部小说都一致揭示社会制度是造成青年犯罪的根本原因。

赖特还受到俄国小说家陀思妥耶夫斯基的影响,注重人物的心理描写和缠绵的情调。小说中有不少真实生动的细节描写,与对主人公比格的内心刻画交相辉映。比格出身穷苦,但从小爱学习,善于思考。他经历的每件事都在他心里引起反应。闷死玛丽后,他内心十分恐惧,想了很多。砸死了女友蓓茜,也令他夜不能眠。心理描写十分细致生动。这成了小说的一大特色,在美国其他黑人小说中是不多见的。请读一读比格闷死玛丽后的一段心理

描写:

> "比格仿佛感到自己刚合上眼睛,马上又醒过来,而且醒得很突然、很猛烈,好像:有人抓住了他双肩摇动。……他看见了房间,也看见了掠过窗户的白雪。但这些东西都没在他脑子里留下印象。它们不过是客观存在,相互之间没有联系。白雪、阳光、轻微的呼吸声都是施加他身上的魔法,只等点一点恐惧的魔杖,就会变成现实,产生意义。他躺在床上,走出梦乡才几秒钟,精神完全受冲动的支配,没法起身面对现实世界。"

不仅如此,赖特在《土生子》里还汲取了哥特式小说的艺术手法,渲染闷死玛丽现场的恐怖气氛,显得很逼真。小说结构严谨,情节转换快。象征和比喻的运用,增加了故事的悬念。

小说语言粗犷有力。黑人日常话语夹杂着中西部英语,新鲜生动。人物对话富有戏剧色彩,情真意切,富有艺术感染力。《土生子》被誉为美国黑人文学史上划时代的里程碑。

3) 意义和影响总览:

《土生子》继承了美国"抗议小说"的优秀传统,大胆地揭露了白人社会造成黑人青年比格走上杀人犯罪的悲剧。意义重大,影响深远。

过去,人们一谈起美国黑人文学,总想到逆来顺受的老黑奴汤姆叔叔。今天,时代不同啦,社会变了。黑人要抗争了,特别是黑人青年一代揭竿而起了。被白人诬称"坏黑鬼"的贫苦黑人青年满腔怒火,忍无可忍,一旦爆发出来就凶狠无比,像比格一样干出骇人听闻的事,向白人社会秩序挑战,什么也不顾。比格杀人犯法,引起社会轰动,受到各种新闻媒体的严重关注,令人触目惊心。这是不公正的社会造成的。比格受刑前说的话令人深思:

> "我知道,我快要上刑了。我快要死了。嗯,现在看来,这倒没什么。事实上,我从来不想伤害谁。这是真心话,麦克斯先生。我杀人是因为我感到我非这么干不可;就是这么回事。他们压得我厉害了,不肯给我一点空隙。好多时候,我总想忘掉他们,可忘不掉。他们不肯让我这么干……我并不想干我已经干过的事……我认为他们很残酷,我也装得很残酷。可是我并不残酷,麦克斯先生。我甚至一点也不残酷……但是,他们送我上那把电椅时,我——我决不会哭。可我内心深处会觉得好像

在哭……"

比格的临终之言,坦述了他被迫杀人犯罪的社会原因,揭露了白人社会长期以来对黑人的凶残和迫害。他死而无憾,临死之前对白人社会发出了愤怒的控诉!

《土生子》成功地塑造了暴力反抗白人社会的黑人青年比格形象,尖锐地抨击了美国种族歧视问题。小说的批判达到一定的深度和力度。人物的心理描写和表现手法有新的突破。有人担心赖特过分强调杀人报仇容易产生副作用。不过,赖特通过《土生子》开创了美国黑人"抗议小说"的先河,对20世纪的美国黑人小说产生了重大的影响。比格的悲剧是个社会悲剧。它是种族歧视造成的悲剧。比格的形象成了黑人抗争的象征。《土生子》呼唤着黑人的反抗意识和抗争精神,为一代又一代的黑人读者所喜爱。因此,评论界称赖特是"美国现代黑人小说之父"。他为20世纪美国黑人文学的发展作出了不可磨灭的贡献。

4) 文本名段点击[①]:

A. 比格慌乱中搞死了白人主人家的女儿玛丽,不知怎么办?

He stood and listened. Mrs. Dalton might be out there in the hallway. How could he get out of the room? He all but shuddered with the intensity of his loathing for this house and all it had made him feel since he had first come into it. He reached his hand behind him and touched the wall; he was glad to have something solid at his back. He looked at the shadowy bed and remembered Mary as some person he had not seen in a long time. She was still there. Had he hurt her? He went to the bed and stood over her; her face lay sideways on the pillow. His hand moved toward her, but stopped in mid-air. He blinked his eyes and stared at Mary's face; it was darker than when he had first bent over her. Her mouth was open and her eyes bulged glassily. Her bosom, her bosom, her—her bosom was not moving! He could not hear her breath coming and going now as he had when he had first brought her into the room! He bent and moved her head with his hand and found that she was relaxed and limp. He snatched his hand away. Thought and feeling were balked in him; there was something he was trying to tell him-

---

[①] 下列引文选自 Richard Wright, *Native Son*, Harper & Row, Publishers, 1966。

self desperately, but could not. Then, convulsively, he sucked his breath in and huge words formed slowly, ringing in his ears: *She's dead*.... (p.86)

B. 牧师在监牢里劝导比格后,比格内心起了变化:

The preacher's words ceased droning. Bigger looked at him out of the corners of his eyes. The preacher's face was black and sad and earnest and made him feel a sense of guilt deeper than that which even his murder of Mary had made him feel. He had killed within himself the preacher's haunting picture of life even before he had killed Mary; that had been his first murder. And now the preacher made it walk before his eyes like a ghost in the night, creating within him a sense of exclusion that was as cold as a block of ice. Why should this thing rise now to plague him after he had pressed a pillow of fear and hate over its face to smother it to death? To those who wanted to kill him he was not human, not included in that picture of Creation; and that was why he had killed it. To live, he had created a new world for himself, and for that he was to die. (p.264)

C. 杀害玛丽与杀害黑人姑娘蓓茜受到法院的不同对待,种族歧视又见一斑:

They were bringing Bessie's body in now to make the white men and women feel that nothing short of a quick blotting out of his life would make the city safe again. They were using his having killed Bessie to kill him for his having killed Mary, to cast him in a light that would sanction any action taken to destroy him. Though he had killed a black girl and a white girl, he knew that it would be for the death of the white girl that he would be punished. The black girl was merely "evidence." And under it all he knew that the white people did not really care about Bessie's being killed. White people never searched for Negroes who killed other Negroes. He had even heard it said that white people felt it was good when one Negro killed another; it meant that they had one Negro less to contend with. Crime for a Negro was only when he harmed whites, took white lives, or injured white property. As time passed he could not help looking and listening to what was going on in the room. His eyes rested wistfully on the still oblong white draped form under the sheet on the table and he felt a deeper sympathy for Bessie than at any time when she was alive. He knew that Bessie, too, though dead, though killed by him, would resent her dead body being used in this way. Anger quickened in him: an old feeling that Bessie had often described to him when she had come from long hours of hot toil in the white folks's kitchens, a feeling of being forever commanded by others so much that thinking and feeling for one's self was impossible. Not only had he lived where they told him to live, not only had he done what they told him to do, not only had he done these things until he had killed to be quit of them; but even after obeying, after killing, they still ruled him. (pp.306-307)

3. 其他重要作品链接

A. 长篇小说：

《局外人》(*The Outsider*, 1953)

《漫长的梦》(*The Long Dream*, 1958)

《今日的主》(*Lawd Today*, 1963)

B. 中短篇小说集：

《汤姆叔叔的孩子们》(*Uncle Tom's Children*, 1938, 1940 增补)

《八个男人》(*Eight Men*, 1961)

C. 自传：

《黑孩子》(*Black Boy: A Record of Childhood and Youth*, 1945)

《美国的饥饿》(*American Hunger*, 1977)

第八章 大展新姿的现代戏剧家们

Chapter 8

第一节 尤金·奥尼尔与《进入黑夜的漫长旅程》

1. 生平透视

尤金·奥尼尔(Eugene O'Neill, 1888—1953)是美国现代戏剧的奠基人和伟大的旗手。1888年10月16日,他生于纽约百老汇一家旅店。父亲曾主演《基度山伯爵》主人公而名闻全国,后来成了名导演。母亲随丈夫到处演出,生了三个儿子。尤金最小。父母都是爱尔兰移民,笃信天主教。他从小随父母流动,生活漂泊不定。青少年时受他哥哥杰米影响,爱看些反嘲流的书,也学会了酗酒,放弃宗教。中学毕业后,1906年他升入普林斯顿大学读了一年,因闹事被勒令停学一年,他便去打工。一年后,他不想返校读书,也不回家,开始流浪生活。1909年,他娶了凯瑟琳,生了一个儿子。三年后两人分手。1910年,他去商船上当海员,干了一年,丰富了海上经历。1912年他得了肺结核病,到康州疗养院休养,读了许多著名欧洲剧作,不久动手试写剧本,越写越顺手,养病期间两年,他完成了十一个独幕剧、两部长剧和一些诗作。1914年,他进入哈佛大学贝克教授主办的"戏剧研习班"学习了一年。这成了他一生创作生涯的重大转折点。

1915年,美国各地涌现了一批非商业性小剧场。翌年,普罗文顿斯剧社上演了奥尼尔第一个剧本《东航加迪夫》,获得了意外的成功。这个剧社第二年搬去纽约,从1917年至1920年上演了奥尼尔十个剧本。他从此走上专业剧作家的道路。

1920年,《天边外》在纽约百老汇剧场上演,后来荣获普利策奖。同仁剧院也演过他多个剧本。奥尼尔的名声渐渐传遍全国。他的戏剧获得空前的成功。30年代他的创作进入黄金时代,先后推出《悲悼》(1931)、《啊,荒野》(1933)和《无穷的岁月》(1934)等。1936年奥尼尔荣获诺贝尔文学奖,达到了他戏剧创作的高峰。这也意味着美国戏剧摆脱了英国戏剧的影响,成了具有民族特色的戏剧而立足于世界戏剧舞台的前列。

获奖后,奥尼尔继续埋头创作,主要有《送冰的人来了》(1946)、《诗人的气质》(1953)和《进入黑夜的漫长旅程》(1941、1956)等。他身体不好,在家休养。家庭关系不顺,造成他情绪沉郁,脱离戏剧界十二年。评论界以为这位戏剧大师已"江郎才尽"了。

出人意料的是:二次大战后,奥尼尔带着《送冰的人来了》悄悄地回到纽约,东山再起。虽然首演效果不太好,但受到戏剧界同仁们热烈欢迎。1956年11月,他的新作《进入黑夜的漫长旅程》在纽约百老汇演出,获得空前成功。这使作者1956年第四次荣获普利策奖。1957年以后,《月照不幸人》、《诗人的气质》、《休伊》又在纽约与观众见面。这几部戏剧还在瑞典皇家剧院上演过,深受欢迎。奥尼尔又像一颗光彩夺目的巨星在欧美剧坛升起。

奥尔尼一生坎坷,从小体弱多病,到处流动。他自强不息,顽强拼搏,创作生涯达三十年(1913年至1943年)。三十年里硕果累累。他结过三次婚。不如意的家庭生活曾影响他的创作。他生命的最后十年得了帕金森病,手脚不断地颤动,几乎无法提笔写作,后来变成难以控制的痉挛,完全不能写作。

1953年11月27日,奥尼尔因肺炎在波士顿一家旅店里不幸离开了人世,享年六十五岁。临终前,他嘱咐一切安葬仪式从简,墓碑上只刻他的姓名。

2. 代表作扫描

奥尼尔毕生刻苦创作了二十一个独幕剧和三十部多幕剧。他大胆地进行多种戏剧艺术手法的探索和试验,力求表现两次世界大战之间美国的社会生活,刻画了海员、农民、工人、黑人和小商等普通人的形象,反映了他们的迷惘、追求和失望。他的创作大体经历了三个时期。第一个时期(1913—1919)是他的习作阶段。主要独幕剧有《东航加迪夫》(1914—1915)、《加勒比斯之月》(1917)和《漫长的归途》(1919)等。作者以早年的航海经历为基础,写了诗意的景色与海员生活的贫苦和失望。题材不够丰富,艺术手法有点单调。不过,观众看了这些剧目的演出,对他有所了解。他也积累了创作经验。

第二个时期(1920—1938)是他的鼎盛年代。被誉为"标准的现代悲剧"的《天边外》(1920)使他首次问鼎普利策奖。剧中人物形象多了,表现手法丰富了。他笔下的人物有遭种族歧视的黑人和穷苦白人,被欺压的普通妇女、失意的小商人和可怜的流浪汉,也有精神失落、无依无靠的小百姓。剧作从不同的侧面展现美国多层次的现代生活,画面广阔多了。《琼斯皇》(1920)和《毛猿》(1921)则成了表现主义的杰作。《安娜·克利斯蒂》(1920)汲取欧洲现代戏剧各种流派的手法,反映美国的社会矛盾造成人物的悲剧。这使奥尼尔第二次将普利策奖收入囊中。在《奇异的插曲》(1927)里,作者大量采用意识流手法,以旁白和对话揭示人物的内心情感;有时则用非洲黑人的面具来表现人物心灵深处的冲突或潜意识的反应,相当成功。这部悲剧让奥尼尔1928年第三次成了普利策奖的得主。

此外,20年代的主要剧作除了上面提到的以外,还有《上帝的女儿都有翅膀》(1923)、《榆树下的欲望》(1924)、《大神布朗》(1924—1925)等。30年代又迎来了他的《悲悼》(1931)、《啊,荒野》(1932)和《无穷的岁月》(1934)等多部剧作,使奥尼尔1936年成了继辛克莱·路易斯和赛珍珠以后荣获诺贝尔文学奖的第三位美国作家。

第三个时期(1939—1943),奥尼尔克服了一度精神颓丧的困境,写出了独幕剧《休伊》(1941)和两部杰作:《送冰的人来了》(1940)和《进入黑夜的漫长旅程》(*Long Day's Journey into Night*)(1941、1956)。这成了他创作新高度的标志。他克服了公式化和概念化的缺点,回到现实主义创作方法。他的剧作再次受到欧美观众和读者的热烈欢迎。

《进入黑夜的漫长旅程》使奥尼尔第四次荣获普利策奖。剧作的主题更深刻,艺术上也更成熟。因此,它成了学界公认的奥尼尔的优秀代表作。

1) 故事和人物盘点:

《进入黑夜的漫长旅程》是奥尼尔1941年写的一部半自传体悲剧,也是他去世后出版和演出的第一个剧本。它描述泰伦一家1912年8月某一天的不幸生活。

剧中主要人物有四个：父亲、母亲、哥哥和弟弟，仿佛是奥尼尔一家人。詹姆斯·泰伦是奥尼尔父亲詹姆斯·奥尼尔。他因主演浪漫剧《基度山伯爵》出了名。母亲玛丽漂亮而敏感，吸毒成瘾。哥哥詹姆斯酗酒成性。弟弟艾德蒙就是奥尼尔自己。此外，还有女佣人卡斯琳。

幕启时，一家人出现了争论，家庭正走向解体。刚从戒毒院归来的玛丽抱怨婚后生活漂泊不定，想出家当修女。全家以为她已治好毒瘾，其实没有。这引起大家的失望，一个个忏悔。哥哥詹姆斯终日酗酒，成了百老汇乖戾的食客。他想当个职业演员，过上安定的生活。他沦为一个不务正业的酒鬼，三十三岁还靠父亲供养。他劝比他小十岁的弟弟跟他鬼混。他对弟弟又爱又恨，怪他要对母亲毒瘾负责。艾德蒙像奥尼尔一样，患了肺结核病，但努力想当个作家。他的心情复杂，既怕死亡的威胁，又对未来抱有幻想。他父亲为了省钱，不送他进较好的私人医院，而将他送去二等的公立疗养院，令他痛苦万分。他跟父亲激烈争论，同情和支持母亲。他父亲向他坦言家中贫困的原因和演戏的艰辛。他明白了父亲的苦衷。双方达成了谅解。艾德蒙最后离家自己去外界闯荡。他父亲改变了对他的偏见，相信他有朝一日会成为一个诗人。他母亲在他与哥哥争论时突然出现。她穿着婚纱，完全沉浸在过去的幸福中。她相信她已永远失去了家人的爱，而家人的命运全系着她。但他们都无动于衷地期待他们自己的毁灭。

2) 风格和语言聚焦：

奥尼尔是个勤奋创作和博采众长的戏剧大师。他善于汲取古希腊悲剧和现代欧洲戏剧的表现手法，加以大胆的试验和创新，形成独特的艺术风格，将现实主义创作方法与各种戏剧流派相结合，开创了现代美国戏剧的新风。

《进入长夜的漫长旅程》充分利用自然景色衬托人物内心的喜怒哀乐，情景交融，魅力四射，象征效果突出。剧中第一幕阳光灿烂，象征一家人对玛丽从戒毒院归来充满希望；第二幕浓雾重重，象征一家人的压抑和失望，对未来感到迷惘；第三幕浓雾没有散去，反而挡住泰伦家的窗户。从浓雾里不断传来预告大雾的号声和船上的铃声，似乎暗示一家人的命运难逢转机，走出困境。雾是奥尼尔最爱用的一种象征手法。剧中还引用许多名诗佳句，提升了全剧的文化品位，舞台效果极佳。

剧本将大量生动的真实细节与人物复杂心态的刻画相结合，突出他们之间的矛盾和冲突,闪烁着现实主义的光芒。吸毒和酗酒是常见的社会问题,同时发生在一家人身上,值得焦虑。老泰伦成吝啬鬼,玛丽吸毒难戒,哥哥不务正业,弟弟患病,生死未卜。夫妻之间、父子之间和兄弟之间出现矛盾重重,家庭濒临瓦解。这是美国社会现实的真实写照。没有爱、没有亲情的家是没有前途的。剧本的结局通过玛丽的感慨流露了感伤情调和人文主义色彩,艺术感染力很强烈。

奥尼尔善于用心理描写刻画各种普通人。他往往仔细观察人物对具体事物的内心反应来刻画他的性格。老詹姆斯为了买房,让妻子和孩子吃苦受累。为了省每文钱,竟把小儿子送进二流的疗养院,显露了自私吝啬的品格。玛丽吸毒成瘾,戒毒不成功也无所谓,不顾家人的担忧,自己沉迷于过去的快乐里,居然穿上婚纱出现在两个儿子面前。小小的婚纱揭示了玛丽的自私、固执和我行我素。

剧本的语言通俗、平易,对话生动,有时诗意盎然,有抒情的旁白,也有感伤的议论。作者还用面具、鼓声等手法来展示人物的潜意识和双重人格。但有的对话较长,有点单调乏味。但他通过多种试验和大胆探索,形成了自己新颖而独特的风格,影响了现代世界戏剧。

3) 意义和影响总览:

奥尼尔以自己不幸的家史为基础创作了《进入黑夜的漫长旅程》,反映了美国现实社会中的家庭危机和文化衰败,给后人有益的启迪,具有深刻的社会意义和审美价值。他的出现改变了美国戏剧几十年停滞不前的局面,迎来了戏剧的文艺复兴。1936年,他成了诺贝尔文学奖得主,标志着美国戏剧走向世界。

奥尼尔一家生活在社会的底层。他父亲靠自己的努力成了一个名演员和导演。但一家到处流动,生活没有保障。在一次大战前后美国工业化和城市化的冲击下,社会逐渐变态,道德沦丧,亲情扭曲。这种不好的风气严重地侵蚀了泰伦一家人的思想品德。老泰伦将买房看得比小儿子治病重要,自私吝啬,处处考虑金钱。玛丽只顾自己吸毒和享受,对儿子的重病不闻不问。老大则好逸恶劳,游手好闲,成了终日无所事事的酒鬼。艾德蒙小弟身患重病,面临死亡的威胁,仍对未来抱有一点信心。泰伦一家人的遭遇具有典型意义。奥尼尔以现实主义的手法展现了下层民

第八章
大展新姿的现代戏剧家们

众生活的艰辛和社会环境对他们的污染和造成的可怕后果。一个好端端的家庭竟日益走向解体。为什么?发人深思,令人忧心。《进入黑夜的漫长旅程》给读者直率地提出了这个尖锐的社会问题,促使人们对现实社会进行深入的思考,明确自己的人生道路并引导子女走向正道。剧本的意义和影响是相当深远的。

在其他剧作里,奥尼尔塑造了许多下层民众的形象,表现了他们受压迫、受歧视的命运,描绘了一个现代美国社会凄凉冷落的人物画廊。他们中间有遭种族歧视和迫害的黑人和清贫如洗的白人,有受凌辱的一般女子,有生意凋零的小商贩、无处安身的流浪汉,也有无依无靠、悲观失望的小市民。他们艰难度日,备受欺压,看不到尽头,望不见未来。有的虽有抱负,不乏理想,但社会的种种矛盾铸成了他们的悲剧。奥尼尔深入生活,了解生活,观察细致又善于捕捉人物的心态。他深深地同情下层民众的不幸遭遇。因此,他剧中的人物往往是有血有肉的,给观众和读者留下难忘的印象。

在艺术手法上,奥尼尔博采众长,大胆探索,走过了曲折的道路。他的成就是突出的,也写过一些平庸之作。他塑造了许多栩栩如生的各阶层的美国人形象,也写过一些传声筒式的人物。他始终坚持现实主义创作方法,又接受表现主义和意识流等现代派手法,运用面具、旁白和象征淋漓尽致地揭示人物的内心情感,吸取非洲的手鼓声来强化舞台效果,描绘人物的动作和表情特征。他始终植根于美国本土,让一切有用的外国技巧用于表现美国的社会生活。他取得了超人的成就,荣获诺贝尔文学奖和四次普利策奖,成了真正的美国戏剧的创造者和伟大的代表,使美国戏剧以新的姿态屹立于世界文学之林。

1936年,瑞典皇家科学院在授奖词中指出:"由于他在戏剧作品中所表现的力量、热忱和深挚的感情,是完全符合悲剧的原始概念的。"这是对奥尼尔的高度评价。

奥尼尔是个多产作家,一生坎坷,历经艰苦生活和疾病的磨难,结合自己多年的舞台经验,坚持不懈地创作戏剧。他认真阅读和吸收古希腊悲剧、易卜生的社会剧和斯特林堡戏剧的表现主义艺术,力求创新,形成了反映美国现代生活的独特风格,在美国戏剧史上写下崭新的一页。他创造了美国现代悲剧,对20世纪美国戏剧的发展产生了无法估量的影响,同时也推动了欧美各国戏剧的繁荣和发展。

4) 文本名段点击①：

A. 幕启时，主人公詹姆斯·泰伦喝得醉醺醺的，独自在玩牌。儿子艾德蒙从雾中散步回家，醉意浓浓，父子两人又争吵不休：

TYRONE （*His voice trembling with suppressed fury.*） Good boy, Edmund. The dirty blackguard! His own mother!

JAMIE （*Mumbles guiltily, without resentment.*） All right, Kid. Had it coming. But I told you how much I'd hoped—（*He puts his hands over his face and begins to sob.*）

TYRONE I'll kick you out in the gutter tomorrow, so help me God. （*But Jamie's sobbing breaks his anger, and he turns and shakes his shoulder, pleading.*） Jamie, for the love of God, stop it! （*Then Mary speaks, and they freeze into silence again, staring at her. She has paid no attention whatever to the incident. It is simply a part of the familiar atmosphere of the room, a background which does not touch her preoccupation; and she speaks aloud to herself, not to them.*）

MARY I play so badly now. I'm all out of practice. Sister Theresa will give me a dreadful scolding. She'll tell me it isn't fair to my father when he spends so much money for extra lessons. She's quite right, it isn't fair, when he's so good and generous, and so proud of me. I'll practice every day from now on. But something horrible has happened to my hands. The fingers have gotten so stiff—（*She lifts her hands to examine them with a frightened puzzlement.*） The knuckles are all swollen. They're so ugly. I'll have to go to the Infirmary and show Sister Martha. （*With a sweet smile of affectionate trust.*） She's old and a little cranky, but I love her just the same, and she has things in her medicine chest that'll cure anything. She'll give me something to rub on my hands, and tell me to pray to the Blessed Virgin, and they'll be well again in no time. （*She forgets her hands and comes into the room, the wedding gown trailing on the floor. She glances around vaguely, her forehead puckered again.*） Let me see. What did I come here to find? It's terrible, how absent-minded I've become. I'm always dreaming and forgetting.

---

① 下列引文选自 Eugene O'Neill, *Long Day's Journey into Night*, Act Ⅳ。

第八章
大展新姿的现代戏剧家们

TYRONE　(*In a stifled voice.*) What's that she's carrying, Edmund?

EDMUND　(*Dully.*) Her wedding gown, I suppose.

TYRONE　Christ! (*He gets to his feet and stands directly in her path—in anguish.*) Mary! Isn't it bad enough—? (*Controlling himself—gently persuasive.*) Here, let me take it, dear. You'll only step on it and tear it and get it dirty dragging it on the floor. Then you'd be sorry afterwards. (*She lets him take it, regarding him from somewhere far away within herself, without recognition, without either affection or animosity.*)

MARY　(*With the shy politeness of a well-bred young girl toward an elderly gentleman who relieves her of a bundle.*) Thank you. You are very kind. (*She regards the wedding gown with a puzzled interest.*) It's a wedding gown. It's very lovely, isn't it? (*A shadow crosses her face and she looks vaguely uneasy.*) I remember now. I found it in the attic hidden in a trunk. But I don't know what I wanted it for. I'm going to be a nun—that is, if I can only find—(*She looks around the room, her forehead puckered again.*) What is it I'm looking for? I know it's something I lost. (*She moves back from Tyrone, aware of him now only as some obstacle in her path.*)

TYRONE　(*In hopeless appeal.*) Mary! (*But it cannot penetrate her preoccupation. She doesn't seem to hear him. He gives up helplessly, shrinking into himself, even his defensive drunkenness taken from him, leaving him sick and sober. He sinks back on his chair, holding the wedding gown in his arms with an unconscious clumsy, protective gentleness.*)

JAMIE　(*Drops his hand from his face, his eyes on the table top. He has suddenly sobered up, too—dully.*) It's no good, Papa. (*He recites from Swinburne's "A Leave-taking" and does it well, simply but with a bitter sadness.*)

"Let us rise up and part; she will not know.

Let us go seaward as the great winds go,

Full of blown sand and foam; what help is here?

There is no help, for all these things are so,

And all the world is bitter as a tear.

And how these things are, though ye strove to show,

She would not know."

B. 玛丽受毒瘾驱使，拖着婚纱，神情恍惚地漫步走来，沉浸在往日少女时的美梦中：

MARY (*Looking around her.*) Something I miss terribly. It can't be altogether lost. (*She starts to move around in back of Jamie's chair.*)

JAMIE (*Turns to look up into her face—and cannot help appealing pleadingly in his turn.*) Mama! (*She does not seem to hear. He looks away hopelessly.*) Hell! What's the use? It's no good. (*He recites from "A Leave-taking" again with increased bitterness.*)

"Let us go hence, my songs; she will not hear.

Let us go hence together without fear;

Keep silence now, for singing-time is over,

And over all old things and all things dear.

She loves not you nor me as all we love her.

Yea, though we sang as angels in her ear,

She would not hear."

MARY (*Looking around her.*) Something I need terribly. I remember when I had it I was never lonely nor afraid. I can't have lost it forever, I would die if I thought that. Because then there would be no hope. (*She moves like a sleepwalker, around the back of Jamie's chair, then forward toward left front, passing behind Edmund.*)

EDMUND (*Turns impulsively and grabs her arm. As he pleads he has the quality of a bewilderedly hurt little boy.*) Mama! It isn't a summer cold! I've got consumption!

MARY (*For a second he seems to have broken through to her. She trembeles and her expression becomes terrified. She calls distractedly, as if giving a command to herself.*) No! (*And instantly she is far away again. She murmurs gently but impersonally.*) You must not try to touch me. You must not try to hold me. It isn't right, when I am hoping to be a nun. (*He lets his hand drop from her arm. She moves left to the front end of the sofa beneath the windows and sits down, facing front, her hands folded in her lap, in a demure school girlish pose.*)

JAMIE (*Gives Edmund a strange look of mingled pity and jealous gloating.*) You damned fool. It's no good. (*He recites again from the Swinburne poem.*)

"Let us go hence, go hence; she will not see.

Sing all once more together; surely she,

She too, remembering days and words that were,

Will turn a little toward us, sighing; but we,

We are hence, we are gone, as though we had not been there.

Nay, and though all men seeing had pity on me,

She would not see."

TYRONE (*Trying to shake off his hopeless stupor.*) Oh, we're fools to pay any attention. It's the damned poison. But I've never known her to drown herself in it as deep as this. (*Gruffly.*) Pass me that bottle, Jamie. And stop reciting that damned morbid poetry. I won't have it in my house! (*Jamie pushes the bottle toward him. He pours a drink without disarranging the wedding gown he holds carefully over his other arm and on his lap, and shoves the bottle back. Jamie pours his and passes the bottle to Edmund, who, in turn, pours one. Tyrone lifts his glass and his sons follow suit mechanically, but before they can drink Mary speaks and they slowly lower their drinks to the table, forgetting them.*)

MARY (*Staring dreamily before her. Her face looks extraordinarily youthful and innocent. The shyly eager, trusting smile is on her lips as she talks aloud to herself.*) I had a talk with Mother Elizabeth. She is so sweet and good. A saint on earth. I love her dearly. It may be sinful of me but I love her better than my own mother. Because she always understands, even before you say a word. Her kind blue eyes look right into your heart. You can't keep any secrets from her. You couldn't deceive her, even if you were mean enough to want to. (*She gives a little rebellious toss of her head—with girlish pique.*) All the same, don't think she was so understanding this time. I told her I wanted to be a nun. I explained how sure I was of my vocation, that I had prayed to the Blessed Virgin to make me sure, and to find me worthy. I told Mother I had had a true vision when I was praying in the shrine of Our Lady of Lourdes, on the little island in the lake. I said I knew, as surely as I knew I was kneeling there, that the Blessed Virgin had smiled and blessed me with her consent…

3. 其他重要作品链接

A. 戏剧：

《东航加迪夫》(*Bound East for Cardiff*, 1914—1915)

《天边外》(Beyond the Horizon, 1918)

《琼斯皇》(The Emperor Jones, 1920)

《安娜·克里斯蒂》(Anna Christie, 1920)

《毛猿》(The Hairy Ape, 1921)

《榆树下的欲望》(Desire under the Elms, 1924)

《大神布朗》(The Great God Brown, 1924—1925)

《奇异的插曲》(Strange Interlude, 1927)

《悲悼》(Mourning Becomes Electra, 1929—1931)

《啊,荒野》(Ah, Wilderness! 1932—1933)

《送冰的人来了》(The Iceman Cometh, 1939—1940)

B. 诗歌:

《诗集》(Poems, 1980)

4. 著作获奖信息

1936 年荣获诺贝尔文学奖。

1920 年《天边外》荣获普利策奖。

1921 年《安娜·克里斯蒂》荣获普利策奖。

1928 年《奇异的插曲》荣获普利策奖。

1956 年《进入黑夜的漫长旅程》荣获普利策奖。

第二节 克利福德·奥德茨与《等待老左》

1. 生平透视

克利福德·奥德茨(Clifford Odets, 1906—1963)是 20 世纪 30 年代美国左翼戏剧运动涌现的一位优秀的犹太剧作家,1906 年 7 月 18 日生于费城一个来自东欧和立陶宛的犹太移民家庭,后来迁居纽约布朗克斯区,在那里上学。父亲经常上街卖报或卖盐,母亲在工厂干活。家里经济困难,他十五岁时停学去演戏。1929年,他入住百老汇,结识了戏剧公会的导演,并应邀参加演出。1931年,他与同行创建了同仁剧场。两年后,他边做导演,边写剧本,也为好莱坞写电影脚本。1934年,他加入美国共产党,八个月后他宣布退出。尽管如此,他在50年代初仍受到麦卡锡主义的审讯和迫害。

1935年,奥德茨的独幕剧《等待老左》演出后,轰动了戏剧界。他荣获了美国新戏剧协会最佳独幕剧奖。他在剧坛迅速崛起,成了美国30年代左翼戏剧运动最杰出的代表。

成名后,奥德茨又发表剧作《醒来歌唱!》(1935)、《到我死的那一天》(1935)和《失乐园》(1935),其中以描写犹太人伯格一家的悲剧的《醒来歌唱!》最为著名。它受易卜生和契诃夫的影响,被誉为30年代最出色的现实主义戏剧。其他两部剧作也写了大萧条时期不同阶层人们的不幸遭遇。后来,奥德茨应邀去好莱坞编写电影剧本,仍为同仁剧社写了《金孩子》(1937)、《射向月亮的火箭》(1938)、《夜晚的音乐》(1940)和《晚间冲突》(1941)等。1939年,兰登书屋推出了《奥德茨六种剧作》作为"现代文学丛书"之一,影响很大,进一步确定了他在美国文学界的地位。

二次大战后,奥德茨继续创作了一些剧本,主要有:《大刀》(1949)、《乡村姑娘》(1950)和《鲜花盛开的桃树》(1954)等。50年代初,麦卡锡主义横行,在白色恐怖面前,他的思想倒退了。剧作的主题思想不如以前的作品了。尽管如此,1961年,他荣获美国文学艺术院金质奖章,在戏剧界仍有广泛的影响。

1963年8月14日,奥德茨因患胃癌在洛杉矶病逝。终年五十七岁。

2. 代表作扫描

演员出身的剧作家奥德茨十五岁时因家境清寒便中断学习,走入社会,苦苦挣扎求生存。他勤奋自学,大胆实践,深入下层民众的生活,感受至深,终于在大萧条的困境中以《等待老左》闪亮崛起,震撼了美国剧坛。

《等待老左》(Waiting for Lefty)不仅是奥德茨的成名作,而且是学界公认的他的优秀代表作。

1) 故事和人物盘点:

《等待老左》是当时流行的进行政治鼓动的一个活报剧。它以1934年纽约市出租汽车大罢工的真实事件进行艺术加工。全剧由六个生活片断组成。老左(又译莱弗蒂)是罢工委员会的领导人。其他成员正等待他回来做决定。

幕启时,六位委员、工人代表围坐成半圆圈,等待老左回来,有个胖子叫哈里·法特在发表讲话。他反对罢工。他认为罗斯福总统不同于胡佛前总统。他日夜为民众工作,所以要支持他,不要罢工!其他委员和工人坚持罢工,不听他劝说。双方正激烈交锋,等待老左来作主。最后,传来不幸的消息:"老左"被人杀害了。他头部中弹死了。遗体是在车库后面发现的。这时与会者很愤怒,一致通过举行罢工的决定。全场在"罢工!罢工!"的口号声中落幕。

老左是剧中的主人公,始终没有出场。他是罢工委员会主席,在工人中有很高的威信。工人委员们都等待他来作出要不要罢工的决定。其他六个人物也是普通的小人物。他们对罢工的态度不同,但都意识到大萧条经济危机带来的艰辛日子。有的想用罢工的方式敦促政府关注和改善民众的生活;有的则对政府抱有幻想,采取消极等待的态度。最后,老左被杀害,激起了工人们的公愤。他们决定团结一致地举行大罢工……独幕剧成了一出强有力的社会抗议剧,深刻地反映了30年代大萧条时期美国工人大众不平的呼声。

2)风格和语言聚焦:

奥德茨坚持现实主义创作方向,又吸取表现主义艺术手法,形成自己独特的风格和新颖的表现手法,受到学界的好评。

《等待老左》结构十分奇特。全剧打破常规,不分场次,用六个相对独立又互不相关的小故事组成。六个微型独幕剧加上序幕和尾声构成一个完整的活报剧。这种"剧中剧"正是剧作家精心构思的结果。

全剧没有连贯的故事。情节发展别具一格。全剧以群众大会的形式开场,中间安排六个独立完整的小插曲,末了又返回开会的现场。台下群众不断发出清晰的话音,与台上相呼应。作者采用电影蒙太奇"闪回"的手法,使过去与现在融为一体,将分散的小插曲有机地统一起来。由此可见,奥德茨巧妙地吸取了现代主义的表现手法,丰富和发展了现实主义的戏剧风格。

剧本的对话简短有力,语言通俗平易,富有民众口头语的特色,用了不少俚语。人物谈吐坦率、大方、爱憎鲜明,态度明确,充满政治激情,又不流于公式化和概念化。生活气息浓烈,比喻生动,不乏讽刺和幽默色彩,充分表达了工人大众的不满和愤怒,揭露30年代美国社会复杂的矛盾和严重的种族歧视,具有非凡的社会意义。不过,剧中六个人物性格不够丰满,有些背景衬托略显单薄些。

3) 意义和影响总览:

上世纪30年代是美国经济大萧条时期,各种社会矛盾尖锐复杂,引起社会的动荡和民众的不安。同时,它也是美国左翼戏剧进入发展高潮的时期,涌现了马克斯韦尔·安德森(1888—1959)和他的代表作《冬景》(1935)、罗伯特·舍伍德(1896—1955)和他的反法西斯喜剧《白痴作乐》(1936)等。南方左翼女剧作家丽莲·赫尔曼(1905—1984)和她的《小狐狸》(1939),南方黑人剧作家杜波斯·海华德(1885—1940)和他的《波吉》(1927)等。他们四人曾分别荣获普利策奖和纽约戏剧评论界奖,对美国现代戏剧的发展作出了重要贡献。

美国戏剧起步较晚,30年代迎来了以奥尼尔为代表的戏剧文艺复兴。奥尼尔的出现将美国戏剧推上了世界剧坛。20年代美国涌现了一些优秀的本国剧作,如艾尔默·莱斯(1892—1967)和他的代表作《加算机》(1923)(它后来成了荒诞派戏剧的先驱)。约翰·劳森(1895—1977)和他的《队列歌》(1925)将话剧与音乐和舞蹈相结合,很受观众欢迎。1932年兴起的左翼戏剧往往与工人戏剧相结合,以戏剧公会、同仁剧场和联邦剧院为主要演出基地,大量普及戏剧演出。奥德茨在这股热潮中脱颖而出,成了左翼戏剧运动最杰出的代表。

《等待老左》围绕着罢工问题深刻地反映了30年代大萧条时期复杂而尖锐的各种社会矛盾,如老板与的士司机、工会头头与一般会员、医院院长与医生、剧场经理与演员之间的矛盾已经到了难以调和的地步。特别是经济危机造成大量工人失业,通货膨胀,民不聊生,无法维持一日三餐的基本生活,犹如剧中人艾德娜所说的,大人挨饿不要紧,两个小孩要穿衣吃饭可怎么办?"我们犹如处在大洋底下。"言外之意,社会深不可测,见不到太阳,看不到苦难的尽头。

经济危机的阴影笼罩着全国。民众生活艰辛。连资深的医生也被解雇。本杰明毕业于哈佛大学,医艺精深,但他是个犹太人。父母亲开个小店苦苦地培育他。经济大萧条来临,医院难以维持,不得不撤销C病区,裁减人员。本杰明被裁了。老医生为他申辩也无济于事。一个参议员李兹的外甥却靠关系挤进了医院工作。本杰明受到种族歧视,感慨美国宪法只保护富人。他向往前苏联,想想在美国只能去开的士维持生计。他决心投入罢工战斗,即使遭枪杀也要前进!

有才华的艺术家也走投无路。青年演员菲利普斯想演个普通士兵的角色都不行。他老婆临产,口袋空空,万分焦虑,有谁同情他?斯坦小姐想借给他一美元,那有何用?不过,这在艰难时期也是一份难得的同情。斯坦告诉他:一美元可买十块面包,或九块面包加一本《共产党宣言》。她送给菲利普一本《共产党宣言》,并称他"同志"!她说她从书中看到了一个新天地。战斗的曙光已经出现!

在尾声里,委员阿加特站起来批驳了法特认为罢工不是时候的观点。虽然法特和枪手保安打断了他的发言,撕破了他的衬衫,但其他委员上前劝阻,保护阿加特继续发言。阿加特认为这是一场斗争,关系到每个人的生活。要么战斗,要么慢慢死去。他的讲话得到其他六个工人委员的支持。阿加特振臂高呼:工人阶级,团结起来一起战斗,砸碎害人的屠场,敲响自由之钟,不用等待老左了。他也许永远不回来了。这时,有人急报,老左头部中弹,倒在车库后面!阿加特高呼:全美国工人,全世界工人,以我们的血肉创造一个新世界,为正义而牺牲是值得的。要不要罢工?他要求大家回答。全场同声高呼"罢工!罢工!"

《等待老左》以简洁的画面揭示了20世纪30年代矛盾重重的美国社会,民众生活穷困,犹太人受歧视,宪法只为富人服务,老板们在工人中间安插间谍,分裂工人运动等等。独幕剧如实地反映了工人内部的思想斗争,肯定了主张罢工,抗击丑恶的斗争精神,并鼓励他们学习《共产党宣言》,团结各阶层的人们,为改变旧世界,创建新天地不怕牺牲,英勇斗争。独幕剧成了美国30年代大萧条时期的社会缩影,再现了当时的时代精神,体现了美国工人阶级的觉醒和崛起,具有深刻的现实意义。

因此,《等待老左》受到广大观众的喜爱和好评。这个独幕剧在纽约首演结束谢幕时,许多观众涌上舞台,与演员们手拉手,共同高呼"罢工!罢工!",口号声震天动地,在剧院里久久回荡,催人泪下。据称,1935年八个月里,全美国有一百零四个城市公演此剧,观众达数百万人。整个30年代一直不断演出,历久不衰。由此可见,《等待老左》社会影响多么深远!观众和读者多么欢迎!

奥德茨自学成才,重视生活体验,善于抓住典型的生活细节,表现鲜明的思想倾向和战斗激情。他的剧作展示了进步的主题思想,反映了大萧条时期不同阶层动荡的社会生活和不满情绪,具有现实主义倾向。尽管有的剧作艺术上不够完美,偶有抽象的说教成分。后期,他的思想倒退了。总的来看,他的贡献还是很大的。他不愧是 20 世纪 30 年代美国一位优秀的左翼剧作家。

4) 文本名段点击①:

A. 青年演员菲利普斯演艺精湛,因为他是个犹太人,被裁员了:

STEN: Say, I got a clean heart, Mister. I love my fellow man! [*About to exit with typed letters*] Stick around—Mr. Philips. You might be the type. If you were a woman—

PHIL: Please. Just a minute ... please ... I need the job.

STEN: Look at him!

PHIL: I mean ... I don't know what buttons to push, and you do. What my father used to say—we had a gas station in Cleveland before the crash②—"Know what buttons to push," Dad used to say, "and you'll go far."

STEN: You can't push me, Mister! I don't right right these last few years!

PHIL: We don't know where the next meal's coming from. We—

STEN: Maybe ... I'll lend you a dollar?

PHIL: Thanks very much; it won't help.

STEN: One of the old families of Virginia? Proud?

PHIL: Oh, not that. You see, I have a wife. We'll have our first baby next month ... so ... a dollar isn't much help.

STEN: Roped in?

PHIL: I love my wife!

STEN: Okay, you love her! Excuse me! You married her. Can't support her. No ... not blaming you. But you're fools, all you actors. Old and young! Watch you pa-

---

① 下列引文选自 Clifford Odets, *Waiting for Lefty*, 第五个小插曲 "The Young Actor" 后半部。

② 1929 年 10 月纽约华尔街许多银行倒闭,开始了大萧条时期。

rade in and out all day. You still got apples in your cheeks and pins for buttons. But in six months you'll be like them—putting on an act: Phony strutting "pishers"—that's French for dead codfish! It's not their fault. Here you get like that or go under. What kind of job is this for an adult man!

PHIL: When you have to make a living—

STEN: I know, but—

PHIL: Nothing else to do. If I could get something else—

STEN: You'd take it!

PHIL: Anything!

STEN: Telling me! With two brothers in my hair! [MR. GRADY *now enters*; *played by* FATT.] Mr. Brown① sent this young man over.

GRADY: Call the hospital: see how Boris is.

[*She assents and exits.*]

PHIL: Good morning, Mr. Grady ...

GRADY: The morning is lousy!

PHIL: Mr. Brown sent me. [*Hands over card.*]

GRADY: I heard that once already.

PHIL: Excuse me ...

GRADY: What experience?

PHIL: Oh, yes ...

GRADY: Where?

PHIL: Two years in stock, sir. A year with the Goodman Theatre in Chicago ...

GRADY: That all?

PHIL: [*abashed*] Why, no ... with the Theatre Guild ... I was there ...

GRADY: Never saw you in a Guild show!

PHIL: On the road, I mean ... understudying Mr. Lunt②...

GRADY: What part? [PHILIPS *can not answer.*] You're a lousy liar, son.

PHIL: I did ...

---

① Mr. Brown 即 Chamberlain Brown, 百老汇著名的演员招聘代理商。

② Mr. Lunt 即 Alfred Lunt, 通俗戏剧明星, 早与戏剧公会有联系。

GRADY: You don't look like what I want. Can't understand that Brown. Need a big man to play a soldier. Not a lousy soldier left on Broadway! All in pictures, and we get the nances! [*Turns to work on desk.*]

PHIL: [*immediately playing the soldier*] I was in the ROTC in college... Reserve Officers' Training Corps. We trained twice a week...

GRADY: Won't help.

PHIL: With real rifles. [*Waits.*] Mr. Grady, I weigh a hundred and fifty-five!

GRADY: How many years back? Been eating regular since you left college?

PHIL: [*very earnestly*] Mr. Grady, I could act this soldier part. I could build it up and act it. Make it up—

GRADY: Think I run a lousy acting school around here?

PHIL: Honest to God I could! I need the job—that's why I could do it! I'm strong. I know my business! YOU'll get an A-I performance. Because I need this job! My wife's having a baby in a few weeks. We need the money. Give me a chance!

GRADY: What do I care if you can act it! I'm sorry about your baby. Use your head, son. Tank town stock is different. Here we got investments to be protected. When I sink fifteen thousand in a show I don't take chances on some youngster. We cast to type!

PHIL: I'm an artist! I can—

GRADY: That's your headache. Nobody interested in artists here. Get a big bunch for a nickel on any corner. Two flops in a row on this lousy street nobody loves you—only God, and He don't count. We protect investments; we cast to type. Your face and height we want, not your soul, son. And Jesus Christ himself couldn't play a soldier in this show... with all His talent. [*Crosses himself in quick repentance for this remark.*]

PHIL: Anything... a bit, a walk-on?

GRADY: Sorry, small cast. [*Looking at papers on his desk*] You try Russia, son. I hear it's hot stuff over there.

PHIL: Stage manager? Assistant?

GRADY: All filled, sonny. [*Stands up; crumples several papers from the desk.*] Better luck next time.

PHIL: Thanks...

GRADY: Drop in from time to time. [*Crosses and about to exit*] You never know when something—[*The* STENOGRAPHER *enters with papers to put on desk.*] What did the hospital say?

STEN: He's much better, Mr. Grady.

GRADY: Resting easy?

STEN: Dr. Martel said Boris is doing even better than he expected.

GRADY: A damn lousy operation!

STEN: Yes...

GRADY: [*belching*] Tell the nigger boy to send up a bromo seltzer.

STEN: Yes, Mr. Grady. [*He exits.*] Boris wanted lady friends.

PHIL: What?

STEN: So they operated... poor dog!

PHIL: A dog?

STEN: His Russian Wolfhound! They do the same to you, but you don't know it! [*Suddenly*] Want advice? In the next office, don't let them see you down in the mouth. They don't like it—makes them shiver.

PHIL: You treat me like a human being. Thanks...

STEN: You're human!

PHIL: I used to think so.

STEN: He wants a bromo for his hangover. [*Goes to door*] Want that dollar?

PHIL: It won't help much.

STEN: One dollar buys ten loaves of bread, Mister. Or one dollar buys nine loaves of bread and one copy of The Communist Manifesto①. Learn while you eat. Read while you run...

PHIL: Manifesto? What's that? [*Takes dollar*] What is that, what you said... Manifesto?

STEN: Stop off on your way out—I'll give you a copy. From Genesis to Revelation, Comrade Philips! "And I saw a new earth and a new heaven; for the first earth and the first heaven were passed away; and there was no more sea."

PHIL: I don't understand that...

STEN: I'm saying the meek shall not inherit the earth!

PHIL: No?

STEN: The MILITANT! Come out in the light, Comrade. (pp.142-145)

B. 在尾声里,阿加特批驳了法特反对罢工的观点,主张立即行动。他的讲话获得全场工人大众的支持。他们一致回答:"罢工!"

AGATE: LADIES AND GENTLEMEN, and don't let anyone tell you we ain't got some ladies in this sea of upturned faces! Only they're wearin' pants. Well, maybe I don't know a thing; maybe I fell outa the cradle when I was a kid and ain't been right since—you can't tell!

VOICE: Sit down, cockeye!

AGATE: Who's paying you for those remarks, Buddy? —Moscow Gold? Maybe I got a *glass eye*, but it come from working in a factory at the age of eleven. They hooked it out because they didn't have a shield on the works. But I wear it like a medal 'cause it tells the world where I belong—deep down in the working class! We had delegates in the union there—all kinds of secretaries and treasurers ... walkin' delegates, but not with blisters on their feet! Oh, no! On their fat little ass from sitting on cushions and raking in mazuma.① [SECRETARY *and* GUNMAN *remonstrate in words and actions here.*] Sit down, boys, I'm just sayin' that about unions in general. I know it ain't true here! Why, no, our officers is all aces. Why, I seen our own secretary Fatt walk outa his way not to step on a cockroach. No, boys, don't think—

FATT: [*breaking in*] You're out of order!

AGATE: [*to audience*] Am I outa order?

ALL: No, no. Speak. Go on, etc.

AGATE: Yes, our officers is all aces. But I'm a member here—and no experience in Philly either! Today I couldn't wear my union button. The damnedest thing happened. When I take the old coat off the wall, I see she's smoking. I'm a sonovagun if the old union button isn't on fire! Yep, the old celluloid was makin' the most godawful stink: the landlady came up and give me hell! You know what happened? — that old union button just blushed itself to death! Ashamed! Can you beat it?

FATT: Sit down, Keller! Nobody's interested!

AGATE: Yes, they are!

GUNMAN: Sit down like he tells you!

AGATE: [*continuing to audience*] And when I finish—

[*His speech is broken by* FATT *and* GUNMAN *who physically handle him. He breaks away and gets to other side of stage. The two are about to make for him when some of the committee men come forward and get in between the struggling parties.* AGATE'S *shirt has been torn.*]

AGATE: [*to audience*] What's the answer, boys? The answer is, if we're reds because we wanna strike, then we take over their salute too! Know how they do it? [*Makes Communist salute*] What is it? An uppercut! The good old uppercut to the chin! Hell, some of us boys ain't even got a shirt to our back. What's the boss class tryin' to do—make a nudist colony outa us?

[*The audience laughs and suddenly* AGATE *comes to the middle of the stage so that the other cabmen back him up in a strong clump.*]

AGATE: Don't laugh! Nothing's funny! This is your life and mine! It's skull and bones every incha the road! Christ, we're dyin' by inches! For what? For the debutantees to have their sweet comin' out parties in the Ritz! Poppa's got a daughter she's gotta get her picture in the papers. Christ, they make 'em with our blood. Joe said it. Slow death or fight. It's war. [*Throughout this whole speech* AGATE *is backed up by the other six workers, so that from their activity it is plain that the whole group of them are saying these things. Several of them may take alternate lines out of this long last speech.*] You, Edna, God love your mouth! Sid and Florrie, the other boys, old Doc Barnes—fight with us for right! It's war! Working class, unite and fight! Tear down the slaughterhouse of our old lives! Let freedom really ring. These slick slobs stand here telling us about bogeymen. That's a new one for the kids—the reds is bogeymen! But the man who got me food in 1932, he called me Comrade! The one who picked me up where I bled—he called me Comrade too! What are we waiting for ... Don't wait for Lefty! He might never come. Every minute—

[*This is broken into by a man who has dashed up the center aisle from the back of the house. He runs up on stage, says.*]

MAN: Boys, they just found Lefty!

OTHERS: What? What? What?

SOME: Shhh ... Shh ...

MAN: They found Lefty ...

AGATE: Where?

MAN: Behind the car barns with a bullet in his head!

AGATE: [*crying*] Hear it, boys, hear it? Hell, listen to me! Coast to coast! HELLO, AMERICA! HELLO. WE'RE STORMBIRDS OF THE WORKING CLASS. WORKERS OF THE WORLD ... OUR BONES AND BLOOD! And when we die they'll know what we did to make a new world! Christ, cut us up to little pieces. We'll die for what is right! put fruit trees where our ashes are! [*To audience*] Well, what's the answer?

ALL: STRIKE!

AGATE: LOUDER!

ALL: STRIKE!

AGATE AND OTHERS: [*on stage*] AGAIN!

ALL: STRIKE, STRIKE, STRIKE!!! (pp.149-152)

3. 其他重要作品链接

A. 戏剧：

《醒来歌唱!》(*Awake and Sing*, 1935)

《失乐园》(*Paradise Lost*, 1935)

《到我死的那一天》(*Till the Day I Die*, 1935)

《金男孩》(*Golden Boy*, 1937)

《射向月球的火箭》(*Rocket to the Moon*, 1938)

《夜晚的音乐》(*Night Music*, 1940)

《晚间冲突》(*Clash by Night*, 1941)

《大刀》(*The Big Knife*, 1948)

《乡村姑娘》(*The Country Girl*, 1950)

《鲜花盛开的桃树》(*The Flowering Peach*, 1954)

4. 著作获奖信息

1961年荣获美国文学艺术院金质奖章。

第五部分

二次大战后至越南战争前时期
（1945—1964）

第一章 时代浏览 Chapter 1

重要史实实录

1945年　4月,联合国大会在旧金山召开,通过联合国宪章,设立安全理事会,由中、苏、美、英、法五个国家担任常任理事国,确立五大国协商一致原则;

1945年　4月罗斯福总统病故,杜鲁门继任总统;

8月15日,日本宣布无条件投降;

1946年　3月,英国前首相丘吉尔访问美国,攻击前苏联野心扩大版图,国际形势出现"冷战"气氛;

1947年　美国推行援助欧洲的马歇尔计划;

1948年　杜鲁门当选总统;非美活动调查委员会成立。参议员麦卡锡诬告政府中有共产党员搞阴谋;全国搞"忠诚"宣誓;

1949年　10月1日中华人民共和国成立;

前苏联爆炸第一颗原子弹;

北大西洋公约组织(NATO)成立;

1950年　6月朝鲜战争爆发。10月25日中国人民志愿军入朝作战,与朝鲜人民军一起将美军赶到三八线南侧;

小说家威廉·福克纳荣获诺贝尔文学奖;

1952年　艾森豪威尔当选总统;

1953年　3月前苏联领导人斯大林去世;7月朝鲜停战协议正式签订,双方以战前的三八线为界;

1954年　麦卡锡遭参议院不信任投票,退出政坛;

小说家欧尼斯特·海明威荣获诺贝尔文学奖;

第一章
时代浏览

1956年　艾森豪威尔第二次当选总统；
1957年　前苏联成功发射第一颗人造地球卫星；
1958年　美国第一颗人造地球卫星上天；
1959年　卡斯特罗领导的古巴革命获得成功；
1960年　肯尼迪当选总统；
1961年　美国入侵古巴猪湾失败；
美国首次载人飞船成功上天；实行"阿波罗"登月计划；
1962年　两个美国航天员与两个苏联航天员首次实现空间轨道飞行；
小说家约翰·斯坦贝克荣获诺贝尔文学奖；
古巴导弹危机，美苏严重对峙，后相互妥协；
1963年　11月22日，肯尼迪到达拉斯进行竞选演讲，在闹市区被枪杀，约翰逊副总统继任总统；
8月，25万黑人和同情他们的白人在华盛顿游行静坐，要求自由和民主权利。马丁·路德·金发表演说《我有个梦》；
1964年　国会通过民权法，禁止在车站、旅店、餐馆和就业等一切地方的种族歧视；
马丁·路德·金荣获诺贝尔和平奖。

1945年8月，二次大战以德、日、意三个法西斯轴心国的惨败告终。战后，欧洲和亚洲出现了新的地理版图。民主力量在欧洲各国发展迅速，在亚洲，中华人民共和国成立了。大战开始时，美国采取中立态度，日本突袭珍珠港逼使美国积极参战，与前苏联结盟，抗击德、日、意的野蛮侵略。全世界人民终于用鲜血换来决定性的胜利。

尽管作出了重大牺牲，相对来说，战场不在美国本土，美国损失轻一些。战后，美国大批军人复员，很快开始经济重建时期，恢复正常的社会生活。工农业逐步恢复，科技，尤其电子工业和电影电视都开始了新的发展。

不过，好景不长。战后不久，丘吉尔访问美国时攻击苏联有"铁幕"，想扩大版图。在场的杜鲁门总统竟鼓掌表示支持。丘吉尔的讲话掀起了"冷战"气氛。1949年4月，美国和英法等其他八国成立针对前苏联的北大西洋公约组织，简称NATO，美国派兵常驻欧洲并建立空军基地。1950年6月爆发朝鲜战争。美国以大批海陆空部队发动仁川登陆，10月25日中国人民志愿军入朝作战，与朝鲜人民军一起将美军和南韩军队赶到三八线以南。1953年7月正式签订停战协议，双方以战前的三八线为界。历时三年的朝鲜战争，美国伤亡达十四万多人，耗资五亿多美元，尝到了侵略者失败的滋味。

国内出现了麦卡锡主义白色恐怖。参议员麦卡锡诬告联邦政府官员中混入二百零八名共产党员，指责国防部容忍共产党搞阴谋。起先，参议院一个调查组否认了麦卡锡的指控，但国会弥漫着"恐共"气氛。1950年夏天，联邦调查局逮捕了青年科学家罗森堡夫妇，第二年3月控告他俩向前苏联出卖原子弹机密并判处死刑。1953年7月19日他俩被处以电刑。国内外许多科学家和艺术家表示强烈抗议。美国民众感到缺乏安全感。此后，麦卡锡更加猖狂，公开指责艾森豪威尔总统勾结莫斯科，激起了议员们和民众的反感。1950年9月，国会通过麦卡伦国内安全法，后被杜鲁门总统否决，没有生效。1952年6月，国会又通过麦卡伦—沃尔特移民补充条例，限制东欧反法西斯人士进入美国。艾森豪威尔总统批评它让一些欧洲人对美国感到失望。麦卡锡主义破坏了民主和法制，从幼儿园到大学的教师受到"忠诚调查"，引起广大民众的不满。1954年，麦卡锡遭到参议院不信任投票，彻底垮台。这时，民主党和共和党内部严重分裂，社会思想界比较混乱，许多美国人感到困惑。

1952年，艾森豪威尔当选总统，入主白宫。他采取措施，结束朝鲜战争，恢复国内民主与法制，提倡个人主义传统价值观，强调法律面前人人平等。大学里"沉默的一代"渴望发家致富，不参与政治论争。许多学校不招收黑人学生，引起黑人民众的不满。黑人抗议活动时有发生。他们不仅要求享有平等入学的权利，还要求改善贫民窟的住房条件。种族歧视成了比较突出的社会问题。

50年代末，美苏展开了激烈的空间技术竞争。1957年，前苏联成功地发射第一颗人造卫星，震惊了全球。1959年1月，前苏联又成功地发射了空间站。美国朝野一片惊慌，感到落后了前苏联一步。国会立即通过全国国防教育法，增加科研和教育经费，加速运载火箭和宇宙的研究，终于在1958年1月成功地发射第一颗卫星。1961年开始实行"阿波罗"登月计划。1969年7月，两名宇航员首次成功登上月球并安全返回地球。空间技术取得了引人瞩目的进展。

1961年1月，肯尼迪当选总统。这位年仅四十三岁的总统激发了公众的兴趣和希望。他任命大批黑人担任政府要职,聘请专家学者当顾问,增加教育经费,促进文化艺术的发展,缓和了白人与黑人之间的矛盾。可是,不论南方或北方,经常发生歧视黑人的事件,引起黑人的强烈不满。1963年8月28日,首都华盛顿发生二十五万黑人和同情他们的白人游行静坐运动。他们要求自由和民主权利。著名的黑人领袖马丁·路德·金在林肯纪念堂前发表了以《我有个梦》为题的演说,深受群众欢迎。不久,黑人领导层内部出现分歧。马丁·路德·金反对使用暴力,提倡和平革命。尽管如此,他仍多次被捕入狱。他坚贞不屈、坚持斗争。1964年,他荣获了诺贝尔和平奖。1968年3月,他发动声势浩大的"贫民进军"运动。4月4日,他在孟菲斯市遭种族主义者枪杀。

上台两年后,肯尼迪总统遇到很多挫折。1961年4月,入侵古巴猪湾,妄图推翻卡斯特罗革命政府的阴谋遭到失败。美国宣布与古巴断绝外交关系和经济往来。1962年爆发古巴导弹危机,美苏严重对峙。后来,双方互相妥协,和平解决。美国大量增加军费。同年8月5日,美国与前苏联和英国签订停止核试验条约,法国不签字。许多非洲殖民地国家要求独立。美国派兵入驻南越,深陷越南战争的泥潭。在国内,肯尼迪的民权计划、增加教育投资和老人医疗保险计划屡次受到国会冷遇。1963年11月22日,肯尼迪总统去达拉斯市进行连任总统的竞选演说,座车在闹市区突遭狙击,当场身亡。这成了一件离奇复杂的谋杀案。副总统林登·约翰逊立即宣誓接任总统。它标志着美国进入一个充满暴力、混乱和动荡的时代。

二次大战后,欧美文学界出现了一种历史断裂感。许多重要的现代派作家如爱尔兰诗人叶芝于1939年、英国小说家弗吉尼亚·伍尔夫和詹姆斯·乔伊斯于1941年都相继去世了。英国文学涌现了"愤怒的青年一代"。法国文坛,萨特和加缪更加活跃。德国和意大利战败后,旧体制崩溃了,文学和文化不得不在混乱中重建。

美国文坛也有类似情况,但比欧洲好一些。许多名作家相继离开了人间。托马斯·沃尔夫在1938年、菲兹杰拉德和韦斯特在1940年、安德森在1941年、斯坦因在1946年先后逝世。海明威在给友人的信中愤慨地说:"他们死得像苍蝇一样。"对他们在动乱的时世中死去深表同情。不过,战前成名的作家福克纳、海明威和斯坦贝克仍在写作。早年荣获诺贝尔文学奖的路易斯和奥尼尔也有新作问世。美国作家的作品具有国际声望,影响还在扩大。

不过,美国社会生活日益发生变化。新一代作家面对复杂的社会矛盾,对社会的变态和政治腐败十分不满。他们逐渐转向存在主义和心理分析方面。嘲讽少数人的富裕,强调人的精神困境成了一种时尚。与30年代相反,许多作家更加异化,更放荡不羁。存在主义成为他们的哲学观。美国文学呈现了多元文化的新繁荣。

麦卡锡主义的猖獗使许多作家,特别是青年作家们更苦闷。"垮掉的一代"应运而生。他们即兴而作,走上街头和广场,走进教堂和剧院去朗诵自己的诗作,表达新一代的不满和抗议,以冲破无形的禁锢。他们出身贫寒,但生活放荡,酗酒、吸毒,搞同性恋,表露对社会压抑的反抗。塞林格的小说《麦田里的守望者》反映青少年对陈旧的教育体制和社会习俗的反抗和对个人自由的追求。凯鲁亚克的小说《在路上》揭示了50年代美国青年一代的精神危机。艾伦·金斯堡的诗作《嚎叫》则用响亮的声音,直接表示广大青年对美国社会的不公正的强烈抗议和绝望的狂笑。叛逆、异化和狂怒成为战后美国文学的重要特色。小说主人公已不是以前指引读者的"英雄",而是成了叛逆者或牺牲品的"反英雄"形象。

主流文学仍占有重要地位。老作家福克纳、海明威和斯坦贝克分别于1949年、1954年和1962年荣获诺贝尔文学奖,名扬美国国内外。新作家渐露头角。厄普代克的《兔子跑了》(1960)很受欢迎。欧文·肖的《幼狮》(1948)、霍克斯的《吃人生番》(1949)、赫曼·沃克的《凯恩号哗变》(1951)、海勒的《第二十二条军规》(1961)等都很受读者青睐。随着科技的迅速发展,科幻小说有了新突破。诗坛方面流派纷呈,出现了"垮掉派"、"黑山派"、"自白派"、"纽约派"和"语言派"等诗人们。他们大胆探索和试验新诗的形式,标新立异,各显其长。威尔伯、华肖普、罗思克和奥登等诗人异军突起,好评如潮。戏剧方面,奥尼尔病中东山再起,推出了《送冰的人来了》(1946)和《进入黑夜的漫长旅程》(1956)。后者使他第四次荣获普利策奖。影响扩展到欧洲各国。剧作家威廉斯、米勒和阿尔比等各领风骚,将美国戏剧推向新阶段。与此同时,纽约市百老汇大道和附近出现了百老汇戏剧、外百老汇戏剧和外外百老汇戏剧,普及和丰富了戏剧演出,吸引了众多观众。音乐剧成了独具特色的纽约品牌。

南方文学继续保持发展的势头,引人注目。1946年,马尔科姆汇编的《袖珍本福克纳小说集》问世后,福克纳的声誉迅速提升。他的名字传遍全国。他的小说被更多的读者接受。1950年,他荣获了诺贝尔文学奖。他又出版了《斯诺普斯》三部曲等小说。同时,南方女作家麦卡勒斯、韦尔蒂和奥孔纳的长短篇小说不断问世。斯泰伦和卡波特的长篇小说展现了新奇的题材和独特的风格。南方文学又增添了新风采。

50年代犹太文学独放异彩。马拉默德、贝娄、辛格和罗思以独特的"犹太味"赢得了大量读者。他们多次获得普利策奖。贝娄和辛格还先后荣获诺贝尔文学奖,为美国争了光。还有其他犹太作家留下不少传世佳作。所以,有人称50年代美国犹太文学一枝独秀,堪称美国犹太人的时代。犹太移民大部分来自欧洲,原先在美国常受歧视。战后德国法西斯大肆杀害犹太人的拉辛维斯集中营惨案传开后,犹太人的苦难引起美国人的关注和同情。犹太人有股勤奋的拼劲和吃苦耐劳的精神。他们和蔼善良,待人诚恳,相互团结,重视子女教育,保持丰富多彩的依第诸语言文化传统。马拉默德等人的小说都有精彩的描写。犹太作家的崛起成为美国文坛战后一道亮丽的风景线。

黑人文学也有了长足的发展。理查德·赖特继续出版《局外人》(1953)等作品。艾立森、鲍德温和威廉斯揭竿而起,抨击种族歧视的罪恶,发出黑人不平的呼声。战后,种族矛盾仍比较尖锐。在冷战气氛中,美国成了超级大国,一方面以"自由世界"的保护者姿态出现,到处鼓吹民主和自由;另一方面在国内剥夺黑人的政治权利和受教育的平等权利。现实成了一个极大的讽刺。尽管政府采取措施消除种族歧视,但有些州拒不执行,直到1954年最高法院干预才有所收敛。1964年,约翰逊总统按照民权法,禁止一些地方搞种族隔离活动。情况有了明显好转。几十年来,一代又一代的黑人坚持斗争不懈。黑人作家用自己的笔战斗在最前列,获得了社会各界的同情和支持。艾立森的长篇小说《看不见的人》被评为1945年以来美国最重要的小说。黑人文学成为美国文学重要的组成部分。

文学批评日益发展,成为一门独立的学科。它与文学创作的关系更密切了。30年代兴起的"新批评派"经历了从鼎盛到衰落的过程,在高校里影响犹存。美国学者们对欧洲存在主义哲学很感兴趣。丹麦哲学家克尔凯郭尔和德国哲学家海德格尔的专著被译介到美国,受到同行们的欢迎。法国萨特和加缪的存在主义著作也吸引了美国作家们。心理分析批评、结构主义批评、现象学批评和存在主义批评陆续兴起,受到学界的重视。高等学校在文学批评界发挥了主要作用。文学批评的学术性提高了。它有力地推动了美国文学的持续发展。

第二章 一枝独秀的犹太小说家们

第一节 伯纳德·马拉默德与《店员》

1. 生平透视

伯纳德·马拉默德(Bernard Malamud, 1914—1986)是二战后崛起的一位杰出的犹太作家,1914年4月26日生于纽约市布鲁克林区一个小商家庭。父母都是来自俄国的犹太移民。父亲开了一家小店,勉强维持生活。他童年生活清寒,但从小爱读书,读过许多著名作家的小说。上完高中后,1932年他考入纽约市立学院文学系,四年后获文学学士学位。1937年入哥伦比亚大学英文系深造,后获文学硕士学位。毕业后,他回纽约高级中学任教。1949年至1961年他任俄勒冈州立学院副教授,业余坚持写作。1961年后又去弗蒙特州本宁顿学院执教英文写作技巧。1952年出版处女作《天生的运动员》。这部长篇小说描写棒球运动员罗伊·霍布斯的奇特经历,揭示了他多次失败后挽回声誉的奥秘,但社会反应一般。1957年第二部长篇小说《店员》问世后,反响很大,不久便荣获罗森萨尔奖和达洛夫纪念奖,奠定了他小说家声誉。他的短篇小说也很受欢迎,短篇小说集《魔桶》(1958)荣获1959年美国国家图书奖。马拉默德一跃成为美国最优秀的犹太作家之一。

成名后,马拉默德50年代出访意大利、法国、西班牙、英国和前苏联,扩大了视野,丰富了创作题材。他接连推出了六部长篇小说,如《新的生活》(1961)、《基辅怨》(又译《修配工》,1966)、《房客》(1971)、《杜宾的生活》(1979)和《上帝的恩惠》(1982)以及未完稿的《部族人》(1986)。他连续荣获多项荣誉。《基辅怨》描写了沙俄时代一个贫困的犹太青年雅柯夫·鲍克被诬告杀害一个信基督教的小孩而蒙冤入狱的不幸遭遇,揭露了沙皇专制统治的残暴和排犹主义,反映了普通犹太人要自由、要正义的强大呼声。小说荣获了普利策奖和美国国家图书奖。《上帝的恩惠》使他获得了美国文学艺术院的金质奖章。

与此同时,马拉默德也出版了多部短篇小说集。除了深受读者喜爱的《魔桶》以外,还有《白痴优先》(1963)、《费尔德曼的肖像》(1969)、《拉姆布兰特的帽子》(1973)和《马拉默德短篇小说集》(1983)等。《魔桶》成了学界公认的美国现代短篇小说的精品,常常入选美国各种文学教科书或选集。

晚年,马拉默德曾应聘为佛蒙特本宁顿学院和哈佛大学等校的客座教授,讲授文学创作课,深得学生的欢迎。

1986年3月18日,马拉默德在纽约市寓所书房里照常写作时突发心脏病,不幸猝然与世长辞,享年七十二岁。

2. 代表作扫描

马拉默德是以短篇小说走进文学殿堂的。他的长短篇小说都写得相当出色。长篇小说《基辅怨》和短篇小说《魔桶》都荣获过美国国家图书奖。这在美国当代作家中是不多见的。

《魔桶》是马拉默德短篇小说的代表作。它描写以婚介为职业的犹太老人宾尼·沙兹曼以给犹太青年大学生列奥·芬克尔介绍对象为名,替自己物色女婿的滑稽故事,表现了普通犹太人的辛酸生活,塑造犹太老人宾尼油腔滑调、声东击西、可爱又可笑的喜剧形象。它成了当代美国小说中一个独特的人物形象。此外,马拉默德其他短篇小说如《头七年》、《犹太鸟》、《湖滨女郎》、《列文天使》、《银冠》、《最后一个莫希干人》和《拉姆布兰特的帽子》等也常常入选美国各种文选或文学教科书。他的短篇小说结构严谨,寓意深刻,人物性格鲜明,故事绘声绘色,诙谐幽默,文字简洁生动,令人拍案叫绝,留下难以磨灭的印象。

在七部长篇小说中,《店员》、《基辅怨》、《杜宾的生活》和《上帝的恩惠》等都写得很有特色。《基辅怨》主题深刻,形象鲜明,结构紧凑,文字简练,时而抒情,时而讽刺,富有幽默感。细节描写十分真实生动。主人公雅柯夫在狱中一天六次受搜身,吃的是猪狗食,遭狱吏暗算中毒,被同牢的犯人毒打,像

第二章
一枝独秀的犹太小说家们

牛马一样被铁链扣住手脚……他反抗、绝食、申辩和哭诉。这位无辜的犹太穷青年的哭声深深地打动了读者的心,激起人们的无比同情和对专制统治的愤慨。作者对沙皇制造冤假错案的猛烈抨击,令人想起50年代麦卡锡主义对许多知识界人士的诬陷和迫害。《基辅怨》的艺术价值和现实意义就格外重要了。

《杜宾的生活》是马拉默德的得意之作。他花了五年半的心血写就,比原计划多费时两年多。小说描写五十六岁的主人公杜宾事业有成,家庭生活欠佳。他是个有成就的传记作家,三十岁出头才与一个带小孩的寡妇基蒂结婚。婚后生下女儿毛德。杜宾埋头写书,对妻子关照不够,使她失望。杜宾与大学生少女芬妮悄悄地约会,以摆脱精神危机造成的苦恼。儿子吉拉尔德从越南战争开小差去瑞典,极少来信联系。女儿与一个已婚黑人教师同居怀了孕,与双亲不来往。杜宾不想离婚,又不肯与情人分手,陷入见不到尽头的苦恼。小说深刻地表现了越南战争期间美国社会中年人的困惑和家庭的解体。小说的画面成了美国60年代美国社会的缩影。

《店员》(*The Assistant*)生动地反映了欧洲移民到美国追求美好生活理想的破灭。它的主题思想更深刻,社会意义更广泛,艺术上也更完美,充分展现了马拉默德的思想和风格。因此,它成了作者的主要代表作。

1) 故事和人物盘点:

《店员》故事并不复杂,情节也没大起大落,但描述情真意切,令人反思。小说写的是30年代大萧条时期,欧洲犹太移民莫里斯在纽约犹太人贫民窟开个小杂货店遭抢劫的不幸遭遇。他开店二十二年,起早摸黑,劳累不堪,日子仍过得很艰难。儿子早年不幸夭折。女儿交不起上大学的学费,妻子伊达终日唠叨不休。他在社会上受歧视。有一天,意大利青年移民弗兰克与流氓沃德合伙抢劫了小店,并打伤了他,后来发现莫里斯没有钱,但有个漂亮的女儿海伦。

莫里斯受伤后,又遭合伙人诈骗,老本都赔光了。他身心交瘁,贫病交加,最后含冤死去。

临终前,弗兰克良心发现,又看上他女儿,自愿到莫里斯小店帮忙,不领工薪,但他恶习难改,偷拿收款台上的钱被发现而被辞退了。但他爱上他女儿海伦,穷追不舍。因他不是个犹太人,海伦不能接受他。莫里斯死后,弗兰克改邪归正,返回小店帮忙,并皈依了天主教,希望有朝一日海伦会回心转意,与他成亲。

小说主人公莫里斯是个纽约市贫民窟的小店主。他六十岁了。从遥远的欧洲移民到美国,希望过上好日子。但事与愿违。他日夜苦干仍无力让女儿上大学。他为人善良正直,老老实实做小本生意,对左邻右舍的困难十分同情,生活节俭,艰难度日。作为一个犹太人,他没有社会地位,常常受歧视。日常生活不得安宁。家庭内外交困。他遭流氓抢劫打伤,又被合伙人诈骗,小店难以维持下去,最后愁恨交加,默默地死去。他的一生反映了欧洲犹太移民在美国的悲惨命运。

2) 风格和语言聚焦:

《店员》的艺术风格是现实主义的。作者善于通过大量细节的真实描写来塑造主人公莫里斯小店主的性格,深刻地揭示了欧洲犹太移民在纽约贫民窟的艰辛生活。

小说结构紧凑,情节生动,人物形象栩栩如生,内心刻画层次分明,细腻。细节描写精细入微,令人信服。如莫里斯在二十二年小店主生涯中,每天干十几个小时,没日没夜地干,时时刻刻提心吊胆,担心遭遇抢劫和欺诈,后来果然都撞上了。小说细致地刻画了他当时复杂的心态:胆小怕事,忠厚老实又孤立无援,只好无可奈何地自认倒霉。

小说语言独具一格。马拉默德巧妙地将依第绪语的节奏和风趣的习语融入现代英语,又吸收海明威式的简洁明快的文风,形成独特的风格。对话简练有趣,充满诙谐和幽默,将悲剧的哀怨与喜剧的风趣熔为一炉,栩栩如生地展现了人物的善良和忧虑、希望和痛苦,令人回味无穷,爱不释手。

3) 意义和影响总览:

《店员》写的是30年代美国大萧条时期,犹太移民莫里斯在纽约的不幸遭遇,但更像50年代美国的社会生活。第二次世界大战后,美国国内市场竞争激烈,社会治安混乱,下层犹太人生活动荡不定,到处受歧视。许多犹太移民内心很苦恼,看不到生活的曙光。小说"以古喻今",写出了犹太移民生活的苦难和理想的破灭,反映了他们求生存的呼声。因此,小说具有重要的现实意义和艺术价值。

浓厚的犹太味是马拉默德长篇小说的一大特色。他出身于一个俄国犹

第二章
一枝独秀的犹太小说家们

太移民家庭,从小十分熟悉犹太人的历史和现状、风土人情和文化语言。他在长短篇小说里一直以犹太移民小人物为主人公,描写他们在日常生活中的艰辛和困惑,关注他们的命运。他笔下的犹太移民小人物,个个都像普通人一样,在生活的激流里苦苦挣扎。《店员》主人公莫里斯的遭遇很有典型意义。从《基辅怨》主人公无端蒙难的经历,作者揭露了沙俄专制统治对犹太青年雅柯夫的迫害,用历史事实启导美国犹太移民及其后代,以及一般的美国人;在《杜宾的生活》里,他又细致地描述了成名后中年犹太人的精神困惑和感情危机。美国犹太人及其后代在美国的生活并不一帆风顺。从莫里斯的生存危机到杜宾的精神危机,犹太人经历了一个又一个困难,生活坎坷,危机不断,到处找不到自己真正的家。

作为一个现实主义作家,马拉默德不仅关注美国犹太人的命运,而且关心普通美国人和人类的前途。他强调,他不仅为犹太人写作,而且为全人类写作。在他看来,现代西方世界,人人都是犹太人,尽管他们自己也许不清楚。因此,马拉默德的长短篇小说具有广泛的国际影响,受到各国读者的喜爱和欢迎。

4) 文本名段点击①:

A. 小说主人公莫里斯感到小店难以维持:

He recalled the bad times he had lived through, but now times were worse than in the past; now they were impossible. His store was always a marginal one, up today, down tomorrow—as the wind blew. Overnight business could go down enough to hurt; yet as a rule it slowly recovered—sometimes it seemed to take forever—went up, not high enough to be really *up*, only not down. When he had first bought the grocery it was all right for the neighborhood; it had got worse as the neighborhood had. Yet even a year ago, staying open seven days a week, sixteen hours a day, he could still eke out a living. What kind of living? —a living; you lived. Now, though he toiled the same hard hours, he was close to bankruptcy, his patience torn. In the past when bad times came he had somehow lived through them, and when good times returned, they more or less returned to him. But now, since the appearance of H. Schmitz across the street

---

① 下列引文选自 Bernard Malamud, *The Assistant*, A Signet Book, 1957。

ten months ago, all times were bad. (p.13)

B. 莫里斯告诉弗兰克,他家父劝他逃离俄国:

Morris told Frank about life in the old country. They were poor and there were pogroms. So when he was about to be conscripted into the czar's army his father said, "Run to America." A landsman, a friend of his father, had sent money for his passage. But he waited for the Russians to call him up, because if you left the district before they had conscripted you, then your father was arrested, fined and imprisoned. If the son got away after induction, then the father could not be blamed; it was the army's responsibility. Morris and his father, a peddler in butter and eggs, planned that he would try to get away on his first day in the barracks. (p.66)

C. 莫里斯去世后,牧师介绍他苦难的一生:

"He① was also a very hard worker, a man that never stopped working. How many mornings he got up in the dark and dressed himself in the cold, I can't count. After, he went downstairs to stay all day in the grocery. He worked long long hours. Six o'clock every morning he opened and he closed after ten every night, sometimes later. Fifteen, sixteen hours a day he was in the store, seven days a week, to make a living for his family. His dear wife Ida told me she will never forget his steps going down the stairs each morning, and also in the night when he came up so tired for his few hours' sleep before he will open again the next day the store. This went on for twenty-two years in this store alone, day after day, except the few days when he was too sick. And for this reason that he worked so hard and bitter, in his house, on his table, was always something to eat. So besides honest he was a good provider." (pp.179-180)

3. 其他重要作品链接

A. 长篇小说:

《天生的运动员》(*The Natural*, 1952)

《新的生活》(*A New Life*, 1961)

《基辅怨》(*The Fixer*, 1966)

---

① He,这里指小说主人公 Morris。

《房客》(*The Tenants*, 1971)

《杜宾的生活》(*Dubin's Lives*, 1979)

《上帝的恩惠》(*God's Grace*, 1982)

《部族人》(*The People*, 1989)

B. 短篇小说集：

《魔桶》(*The Magic Barrel*, 1958)

《白痴优先》(*Idiots First*, 1963)

《费尔德曼的肖像》(*Pictures of Fidelman*：*An Exhibition*, 1969)

《拉姆布兰特的帽子》(*Rembrandt's Hat*, 1973)

《马拉默德短篇小说选》(*The Stories of Bernard Malamud*, 1983)

4. 著作获奖信息

1958年《店员》荣获普利策奖。

1958年《魔桶》荣获美国国家图书奖。

1967年《基辅怨》荣获美国国家图书奖和普利策奖。

1982年《上帝的恩惠》荣获美国文学艺术院的金质奖章。

第二节 索尔·贝娄与《洪堡的礼物》

1. 生平透视

索尔·贝娄(Saul Bellow, 1915—2005)是个誉满全球的美国犹太作家，1915年6月10日生于加拿大魁北克拉辛市。双亲都是来自俄国圣彼得堡的犹太移民，不久，全家移居蒙特利尔。他的童年是在蒙特利尔贫民窟里度过的。他会讲依第绪语。1924年他随全家迁往美国芝加哥，在那里念完初中和高中，1933年考入芝加哥大学社会学系，两年后转入西北大学，获人类学和社会学学士学位。大学毕业后，他返回芝加哥，在某教育学院执教。

1939年9月第二次世界大战爆发。1941年12月日本偷袭珍珠港,美国正式参战。1944年他应征入伍,分配到海军运输队工作。战后,他复员到芝加哥任《百科全书》杂志编辑。1946年受聘于明尼苏达大学任教,后来又执教于纽约大学、普林斯顿大学等校,业余试写小说。1944年,第一部长篇小说《晃来晃去的人》在纽约出版。小说反映了二次大战前后社会的不景气造成人们精神上的苦闷和压抑,反响不错。三年后,他的第二部长篇小说《受害者》(1947)问世,终于叩开了文学殿堂的大门。这部小说通过犹太人阿沙·李文塞尔和妻子往纽约探亲一周的生活经历,揭示了犹太人与非犹太人之间的微妙关系。它提高了作者的声誉。

1953年,长篇小说《奥吉·马奇历险记》的发表,标志着索尔·贝娄文学创作的新转折。同一年,小说荣获美国国家图书奖。贝娄一举成名,誉满全国,小说描写芝加哥贫穷的犹太青年奥吉·马奇到处流浪的冒险故事,表现了美国20世纪社会的方方面面。诚如哈桑教授在《当代美国文学》里所指出的:"这部巨著恢复了小说应有的新奇和有所夸耀的特点。它给那些使艺术服从于詹姆斯所倡导的精写细描或卡尔·荣格的精神神话的作家们树立了一个榜样。"1959年,贝娄又推出《雨王汉德森》,描述一个家财百万的美国富豪尤金·汉德森去非洲探险的奇特经历:火烧丛林、炸毁水库,获得"雨王"的美称,终于改变了狂人的形象,回到美国成了一个有人性、懂真情的好人。

60年代,贝娄再接再厉,潜心写作,迈向新的高峰。1964年,他的新作《赫佐格》与读者见面。同年,它使贝娄第二次荣获美国国家图书奖和国际文学奖。小说写的是一个犹太知识分子赫佐格经历的种种精神危机和社会动乱冲击下的磨难,激起了人们的同情。小说成了轰动全国的一部畅销书。

1970年,索尔·贝娄第六部长篇小说《赛姆勒先生的行星》使他第三次荣获美国国家图书奖。这部小说写了一个纳粹大屠杀的犹太人幸存者的苦难和不幸,向基督耶稣祈求仁爱和力量的故事。1975年问世的另一部长篇小说《洪堡的礼物》翌年荣获普利策奖,再次成为全国最畅销的新书。1976年,贝娄成为第七位获得诺贝尔文学奖的美国作家。

进入80年代,贝娄仍保持旺盛的创作热情,先后发表了长篇小说《院长的十二月》(1982)和《更多的人死于心碎》(1987)、两部中篇小说《盗窃》(1988)和《贝拉罗莎的亲戚》(1989)以及短篇小说集《他的洋相》(1984)等。后来,他又出版了论文集《它全加起来》(1994)、小说《求实者》(1997)和《拉夫尔斯坦》(2000)。以前,他还发表过《最后的分析》(1964)等五个剧本、文学评论集《我们走向何方?》(1965)、短篇小说集《莫斯比的回忆》(1968)以及游记《往返耶路撒冷》(1976)等。

2005年4月5日,索尔·贝娄在马萨诸塞州布鲁克林家中病逝,享年八十九岁。他给美国文学留下了宝贵的遗产。

2. 代表作扫描

索尔·贝娄善于创作以美国犹太人为主人公的长短篇小说,尤以长篇小说见长。他的长篇小说《奥吉·马奇历险记》、《赫佐格》和《赛勒姆先生的行星》使他三次荣获美国国家图书奖。另一部长篇小说《洪堡的礼物》荣获普利策奖,并于1976年将贝娄推上诺贝尔文学奖的领奖台,为美国文学增添了荣誉。

与马拉默德着力刻画犹太小人物的艰辛生涯不同,索尔·贝娄更关注犹太知识分子的道德困扰和精神危机。两人同样关心美国犹太移民及其后代在美国社会的生存困境。贝娄更熟悉犹太知识分子的生活经历和精神危机。在《赫佐格》里,他描写了主人公摩西·赫佐格、某大学一位犹太教授崇尚学术,事业有成,但生活极不如意,第一次婚姻不成功。第二次婚姻又失败,妻子马德琳与他的好友勾搭,他只好离婚。结果他丢了教职,又失去财产和房子,连女儿也见不到。他的精神几乎崩溃。他的生活悲剧反映了60年代美国社会动荡对犹太中产阶级精神上的冲击。他们成了可笑又可怜的受害者。

在《洪堡的礼物》(*Humboldt's Gift*)里,索尔·贝娄塑造了老诗人洪堡和新作家西特林两位犹太作家的形象,描述了他们二人从朋友变成仇敌的过程以及两人截然不同的生活道路。小说的画面更广阔、更生动,主题思想更深刻,艺术风格更多姿多彩,因此,它成了贝娄的主要代表作。

1) 故事和人物盘点:

《洪堡的礼物》故事发生在芝加哥和纽约,时间跨度从30年代至70年代,重点在60年代。小说以主人公查理·西特林回忆往事的方式渐渐地展开。他在威斯康星大学念书时,洪堡·弗列瑟出了《歌谣集》,成了名闻全国的诗人。西特林慕名去纽约听他的指教,感到无比激动。洪堡父亲是个匈牙利移民,母亲生于一个贫困的多子女家庭。后来,股票猛跌,他父亲宣告破产,突发心脏病,死于佛罗里达。30年代,洪堡因《歌谣集》,受到T·S·艾略特的赞赏。到了40年代,风云突变。洪堡从信仰马克思主义变成"反斯大林主义分子",纳粹集中营大肆屠杀犹太人,二次世界大战双方激战犹酣,美国国内时有罢工,南方三K党活动猖獗。洪堡感到困惑不解,终日酗酒和纵欲,步步走向堕落。后来他被送进疯人院,又流落街头,最后穷极潦倒,死于一家小客栈。

西特林家族是来自俄国的犹太移民。他出身于中西部一个知识分子家庭,立志成为作家,从芝加哥到了纽约文人杂居的格林威治村。他在那里成了诗人洪堡的徒弟和朋友。洪堡不幸死后,他的思想和作品继续影响着中年的西特林。他一面探讨洪堡的智慧,一面重述他诗中某些弊病。他创作了以洪堡为模特儿的剧本《冯·特伦克》和一部传记,相继获得了普利策奖和法国政府的荣誉奖,成功地跻身于名作家行列。但灾难接踵而至。妻子要跟他离婚,并索取一大笔赡养费。他的情妇骄奢淫逸,另找新欢去了。文化掮客欺骗了他,黑手党恐吓他,使他惶惶不可终日。他生活放荡,挥霍无度,濒于破产。后来,他将洪堡遗赠给他的礼物——两部剧本的提纲改编为电影脚本,搞到了一大笔稿酬。他花了一些钱重葬了洪堡。这位老师生前对他的帮助,使他懂得友情无价。那是洪堡留给他的更重要的礼物。最后,他躲在一家小旅店里,靠写导游手册过日子,在绝望中活下去。

主人公西特林是个性格复杂的犹太作家。年轻时,他刻苦学习,立志当个作家。他认识诗人洪堡以后拜他为师,努力写作,后来成功了,获得两次普利策奖,发了财,富裕了。洪堡却沉沦了。西特林对他反目为仇,不屑一顾。洪堡死后,他步了他的后尘,生活淫乱堕落,家庭遭到不幸,贪婪的妻子用离婚索取他的家产。情人又离他而去。加上社会上坏人的欺诈和威胁,使他陷入严重的精神危机。幸亏他的良心还未完全泯灭,想起他恩师洪堡的礼物,在绝望中鼓起勇气活下去。他的悲剧也是他老师洪堡的悲剧。他们的精神危机反映了60年代美国社会的沉沦和犹太知识分子的困扰。

2) 风格和语言聚焦:

《洪堡的礼物》是索尔·贝娄的成功之作。他巧妙地将现实主义、现代主义和后现代主义艺术手法结合起来,形成了自己独特而鲜明的艺术风格,受到评论界的高度评价。

小说结构奇特,全书不分章节,场景跳跃,线索交叉,时序颠倒,过去、现在和未来融合在一起,给人扑朔迷离的感觉。蒙·洪堡·弗列瑟在小说中出场不多。他是书中的中心人物。作者采用主人公西特林回忆的方式追述了他的身世、发迹和破落。笔调轻松,略带讽刺和幽默。小说迅速转换场景,颠倒时间顺序加上真实的细节描写,充分展示了两个犹太作家的非凡遭遇,描绘了60年代美国的广阔社会面貌,从白宫到贫民窟,从文人的象牙之塔到无恶不作的黑手党魔窟,从总统、议员、诗人和学者到歹徒、流氓、骗子和恶棍,都尽收笔底,跃然纸上。

贝娄笔下的人物常常被称为"反英雄",类似现代派小说中的主人公,不同于现实主义小说中的主人公,但他十分重视用真实而生动的细节来塑造人物形象,展示人物的性格特征。如西特林成名后有一次坐豪华轿车上街时,恰好碰到昔日的恩师洪堡在路边吃一块椒盐饼干充饥。他对他不屑一顾,连停下来看他都不肯,还讥讽地说,"我怎能跟他交谈呢?太为难了!"这充分显示西特林出了名,有了钱以后就过河拆桥,忘恩负义,不认恩师了。金钱和地位已经毁了他的道德和良知。

不仅如此,贝娄还运用人物内心大段大段的独白来表现他们意识的流动,体现人物在不同阶段的思想变化。主人公西特林在大学时代幻想早日当个作家,对出名的诗人洪堡顶礼膜拜,陶醉在他的高论中,感到它是人生难得的慰藉。当他成了作家时,见到往日的恩师穷极潦倒则无动于衷,躲得远远的。幸好西特林自己破产后还能幡然悔悟,感到自己有愧于洪堡。他叹息道:"啊,洪堡,我是多么后悔呀!洪堡,洪堡——这就是我们的下场。"

小说语言简洁优美,灵活多变,很口语化。两个作家的对话有点学究气,不乏幽默和反讽。黑社会人物的话语则充满无聊的恐吓和威胁,分外逼真,显得可恶和可笑。

总之,索尔·贝娄吸取了19世纪欧洲名作家莎士比亚、狄更斯、巴尔扎克和现代美国小说家德莱塞以及犹太文化传统的丰富养料,形成了自己独特的风格,促进了美国小说的新发展。

3) **意义和影响总览**:

《洪堡的礼物》是一部题材新颖、主题深刻和艺术性高的作品,具有极其重要的社会意义和美学价值。

首先,小说通过洪堡和西特林两位犹太作家从成功到潦倒的经历,描绘了60年代美国社会的广阔画面,揭示了人与人、人与社会、人与自然、人与自我之间复杂的矛盾与冲突。文明荒芜了,世态淡凉了,人与人之间的爱与性都消失了。相互的信任和友情没有了。实利主义主宰着社会的一切。金钱第一的思想腐蚀了人们的心灵。60年代是美国的多事之秋,社会动荡,人心浮动。社会沉渣泛起。黑社会和流氓恶棍欺压百姓。家庭解体,性关系混乱。道德沦丧,精神危机四处波及,知识分子也没有例外。这一切都是60年代美国社会的真实写照。小说尖锐地抨击了这些危害民众的社会阴暗面。

其次,小说对众多犹太人提出了善意劝告,指出西特林和洪堡两位犹太作家的下场是可悲的,值得人们引为警惕。犹太人聪明、勤奋,能吃苦耐劳,积极上进。诗人洪堡年轻时高大英俊,严肃而诙谐,是个博学的人。他父亲死后,家庭破产,生活困苦。他刻苦努力,终于出版了节奏明快的《歌谣集》,从此一举成名,财源滚滚。但有了钱以后,他逐渐酗酒、纵欲,步步走向堕落,最后发疯而死。西特林的下场跟他差不多。他出身犹太中产阶级家庭,上大学时有理想有抱负,认识洪堡后接受他的教诲和帮助,后来成了剧作家和传记作家。可是他成名后受不了花花世界的诱惑,挥霍无度,淫乱堕落,加上家庭的破裂和流氓骗子的欺诈,他也破产了,落得与洪堡同样的命运。他们二人的浮沉是引人深思的。为什么成名前,他们能吃苦和拼搏,过着老实人的生活?成名后他们却滑入堕落的深渊呢?这一方面金钱和财富主宰一切的美国社会负有重要责任;但他们个人也有不可推卸的原因。成名后,西特林不但自己变坏了,而且丧失了人性,丧失了信仰,丧失了犹太人的本性。这是多么不幸!多么可悲!小说提醒读者:致富后不要忘本,要保持自己诚实忠厚的品德。由此可见,小说具有重要的警世和醒世作用。

有人称索尔·贝娄是美国一个"犹太作家"。他表示不能接受。他认为,他的文学艺术不是沙文主义的和狭隘的艺术。的确,他的小说具有普遍的社会意义。《洪堡的礼物》所描绘的洪堡和西特林的悲剧不仅是两个犹太作家的悲剧,也是60年代美国知识分子的悲剧。小说的意义远远地超出了犹太人的范围。

第二章
一枝独秀的犹太小说家们

1976年,瑞典皇家科学院在获奖评语中说:"索尔·贝娄在他的作品中融合了对人性的理解和对当代文化的精湛的分析。"的确,贝娄善于博采众长,推陈出新,不断创作,精益求精。他始终没有在荣誉面前止步。临终前几年,他不顾年老体弱,又坚持写作,出了不少作品。这是他与其他荣获诺贝尔文学奖的美国作家的重要区别。他塑造的那些多姿多彩的"反英雄"人物形象、他那独特的艺术风格使他成为第二次世界大战后美国文坛一颗光芒四射的巨星。

4) 文本名段点击[①]:

A. 洪堡的学生查理·西特林介绍他与洪堡交往的最初经历:

The book of ballads published by Von Humboldt Fleisher in the Thirties was an immediate hit. Humboldt was just what everyone had been waiting for. Out in the Midwest I had certainly been waiting eagerly, I can tell you that. An avant-garde writer, the first of a new generation, he was handsome, fair, large, serious, witty, he was learned. The guy had it all. All the papers reviewed his book. His picture appeared in *Time* without insult and in *Newsweek* with praise. I read *Harlequin Ballads* enthusiastically. I was a student at the University of Wisconsin and thought about nothing but literature day and night. Humboldt revealed to me new ways of doing things. I was ecstatic. I envied his luck, his talent, and his fame, and I went east in May to have a look at him—perhaps to get next to him. The Greyhound bus, taking the Scranton route, made the trip in about fifty hours. That didn't matter. The bus windows were open. I had never seen real mountains before. Trees were budding. It was like Beethoven's *Pastorale*. I felt showered by the green, within. Manhattan was fine, too. I took a room for three bucks a week and found a job selling Fuller Brushes door to door. And I was wildly excited about everything. Having written Humboldt a long fan letter, I was invited to Greenwich Village to discuss literature and ideas. He lived on Bedford Street, near Chumley's. First he gave me black coffee, and then poured gin in the same cup. "Well, you're a nice-looking enough fellow, Charlie," he said to me. "Aren't you a bit sly, maybe? I think you're headed for early baldness. And such large emotional handsome

---

[①] 下列引文选自 Saul Bellow, *Humboldt's Gift*, Avon Books, 1973。

eyes. But you certainly do love literature and that's the main thing. You have sensibility," he said. He was a pioneer in the use of this word. Sensibility later made it big. Humboldt was very kind. He introduced me to people in the Village and got me books to review. I always loved him. (p.1)

B. 西特林因一部剧作稿酬问题与洪堡引起争执，惹上官司：

Every great prison is now a thriving seminar. The tigers of wrath are crossed with the horses of instruction, making a hybrid undreamed of in the Apocalypse. Not to labor the matter too much, I had lost most of the money that Humboldt had accused me of making. The dough came between us immediately. He put through a check for thousands of dollars. I didn't contest this. I didn't want to go to law. Humboldt would have been fiercely delighted with a trial. He was very litigious. But the check he cashed was actually signed by me, and I would have had a hard time explaining this in court. Besides, courts kill me. Judges, lawyers, bailiffs, stenotypists, the benches, the woodwork, the carpets, even the water glasses I hate like death. Moreover, I was actually in South America when he cashed the check. He was then running wild in New York, having been released from Bellevue. There was no one to restrain him. Kathleen had gone into hiding. His nutty old mother was in a nursing home. His uncle Waldemar was one of those eternal kid brothers to whom responsibilities are alien. Humboldt was jumping and prancing about New York being mad. Perhaps he was aware dimly of the satisfaction he was giving to the cultivated public which gossiped about his crack-up. Frantic desperate doomed crazy writers and suicidal painters are dramatically and socially valuable. And at that time he was a fiery Failure and I was a newborn Success. Success baffled me. It filled me with guilt and shame. The play performed nightly at the Belasco was not the play I had written. I had only provided a bolt of material from which the director had cut shaped basted and sewn his own Von Trenck. Brooding, I muttered to myself that after all Broadway adjoins the garment district and blends with it. (pp.48-49)

C. 西特林感慨诗人洪堡留给他的遗物：

... Humboldt had left me something. Huggins was his executor. Huggins, that old left-wing playboy, was a decent man, at bottom an honorable person. He too cherished Humboldt. After I was denounced as a false blood-brother Huggins was called in to sort out Humboldt's business affairs. He eagerly rushed into the act. Then Humboldt accused him of cheating and threatened to sue him, too. But Humboldt's mind had evidently cleared toward the last. He had identified his true friends, naming Huggins as administrator of his estate. Kathleen and I were remembered in the will. What she got from him she didn't say, but he couldn't have had much to give. Kathleen mentioned, however, that Huggins had turned over to her a posthumous letter from Humboldt. "He talked about love, and the human opportunities he missed," she wrote. "He mentioned old friends, Demmie and you, and the good old days in the Village and out in the country."

I can't think what made those old days so good. I doubt that Humboldt had had a single good day in all his life. Between fluctuations and the dark qualms of mania and depression, he had had good spells. But Humboldt would have appealed to Kathleen in ways in which I was too immature twenty-five years ago to understand. She was a big substantial woman whose deep feelings were invisible because her manner was so quiet. As for Humboldt he had some nobility even when he was crazy. Even then he was constant to some very big things indeed. (p.231)

3. 其他重要作品链接

A. 长篇小说：

《晃来晃去的人》(*Dangling Man*, 1944)

《受害者》(*The Victim*, 1947)

《奥吉·马奇历险记》(*The Adventures of Augie March*, 1953)

《雨王汉德森》(*Henderson the Rain King*, 1959)

《赫佐格》(*Herzog*, 1964)

《赛姆勒先生的行星》(*Mr. Sammler's Planet*, 1970)

《院长的十二月》(*The Dean's December*, 1982)

《更多的人死于心碎》(*More Die of Heartbreak*, 1987)

B. 中篇小说集：

《只争朝夕》(*Seize the Day*, 1956)

《盗窃》(*A Theft*, 1989)

《贝拉罗莎的亲戚》(*The Bellarosa Connection*, 1989)

C. 短篇小说集：

《莫斯比的回忆》(Mosby's Memories, and Other Stories, 1968)

D. 文学评论集：

《我们走向何方？》(Where Are We Going? 1956)

《它全加起来》(It Adds All Up: From the Dim Past to the Uncertain Future, 1994)

E. 游记：

《往还耶鲁撒冷》(To Jerusalem and Back: A Personal Account, 1976)

4. 著作获奖信息

1953年《奥吉·马奇历险记》荣获美国国家图书奖；

1964年《赫佐格》荣获美国国家图书奖和国际文学奖；

1970年《赛姆勒先生的行星》荣获美国国家图书奖；

1975年《洪堡的礼物》荣获普利策奖；

1976年荣获诺贝尔文学奖。

第三节　艾萨克·巴什维斯·辛格与《卢布林的魔术师》

1. 生平透视

艾萨克·巴什维斯·辛格(Isaac Bashevis Singer, 1904—1991)是唯一坚持用依第绪语写作的美国著名犹太作家,1904年7月14日生于波兰东部拉德兹明的列旺辛小村庄一个犹太教家庭。祖父和父亲都当过犹太教的拉拜。辛格四岁时随全家迁往华沙。他在当地读完中小学后升入华沙大学神学院。1923年毕业后,父亲要他去当个拉拜。他选择去杂志社当编辑,业余试写小说。1935年他发表了《撒旦在戈莱》,模仿《圣经》中魔鬼撒旦的故事。同年,纳粹开始排挤犹太人,他和哥哥伊斯雷尔·约瑟夫·辛格移居美国纽约,当了依第绪语《前进报》编辑和记者,开始用"绍夫斯基"的笔名发表书评、散文和小说。1940年,他娶了一位美国姑娘。三年后,他正式入籍美国。

进入40年代,辛格潜心创作以犹太社会生活为题材的长短篇小说、剧本、回忆录和儿童故事。他全部用依第绪语写作,然后请人译成英语,他亲自审校译文。索尔·贝娄曾译过他的短篇小说。五、六十年代是辛格文学创作的巅峰时期。他出版的长篇小说主要有:《莫斯卡特家族》(1950)、《卢布林的魔术师》(1960)、《奴隶》(1962)、《庄园》(1967)、《地产》(1969)等。这使他成为仅次于索尔·贝娄的一位著名的美国犹太小说家。

70年代,辛格仍笔耕不辍,继续推出多部作品,如长篇小说《情敌:一个爱情故事》(1972)、自传体小说《萨莎》(1978)及其续集《依第绪语的信仰和怀疑》等。他分别于1970年和1974年两次荣获美国国家图书奖。考尔格特大学和波特学院分别授予他名誉博士学位。

辛格不仅善于写长篇小说,而且出版了八部很受欢迎的短篇小说集,如《傻瓜吉姆佩尔及其他》(1957)、《市场街的斯宾诺莎》(1961)、《短促的礼拜五》(1964)、《集会》(1968)、《卡夫卡的朋友》(1970)、《羽毛的王冠》(1973)和《辛格短篇小说选》(1982)等。有人认为他的短篇小说比长篇小说更亲切动人。他写的儿童故事相当吸引读者。

1978年,辛格荣获了诺贝尔文学奖,成了继索尔·贝娄之后第八位享有此殊荣的美国作家。

获奖后的辛格继续潜心小说创作,又回归第二次世界大战前波兰犹太人贫民窟生活的题材,如长篇小说《忏悔者》(1983)和《下贱的人》(1991)等。他还写了一些回忆录,如《寻找上帝的小男孩》(1976)、《寻找爱情的男青年》(1978)、《在美国迷惘》(1981)和《爱情与流放》(1984)。这四部作品与他以前写过的回忆童年生活的《快乐的一天》(1970)、描述青年时代生活的《在我父亲的院子里》(1966),构成了辛格不同生活阶段的多色调的自传。

1991年7月24日辛格在纽约因病去世。去世后,他的两部长篇小说《证书》(1992)和《怪人》(1994)又与读者见面。这位来自波兰的犹太移民作家为美国文学增添了光彩。

2. 代表作扫描

与马拉默德一样,辛格的长短篇小说都写得很出色。他的短篇小说甚至得到比长篇小说更高的评价。《羽毛的王冠》曾获 1974 年美国国家图书奖。他一生写过二百多篇短篇小说,描写了无家可归的犹太人在波兰和美国的不幸遭遇。也有些叙述了妖魔鬼怪、死人的灵魂、迷人的天堂和可怕的地狱的故事。其中有许多脍炙人口的名篇,如《傻瓜吉姆佩尔》、《市场街的斯宾诺莎》、《泰贝利的魔鬼》和《小鞋匠》等。像马拉默德一样,他小说中的主人公大都是穷苦的犹太小人物,如屠宰手、面包师、魔术师、扫烟囱工人、犹太拉拜、学者、作家和艺术家。他们勤劳朴实,埋头干活,却常常遭歧视和嘲弄,日子过得很艰难。至于那些离奇的鬼怪故事,往往带有深刻的道德寓意和浓厚的宗教色彩。他笔下那个魍魉的阴森世界充满现实的色彩。辛格的爱憎是鲜明的。他深深地同情那些犹太小人物的不幸,抨击社会的黑暗,尤其是对犹太人的迫害。

辛格的长篇小说从题材上来看,大致可分为两大类。一类是通过一个家族的兴衰描写犹太民族的历史变革及其社会的解体和衰落的惨痛故事;另一类是叙述犹太青年在爱情和婚姻、信仰和命运方面的不幸遭遇的社会小说。前者以《莫斯卡特家族》、《庄园》和《地产》最为成功;后者以《卢布林的魔术师》为主要代表,从人物形象、主题思想和艺术风格来看,《卢布林的魔术师》是辛格成就最高的代表作。

1) 故事和人物盘点:

《卢布林的魔术师》(*The Magician of Lublin*)写的是 19 世纪末波兰东部卢布林省一个以变魔术为生的犹太人的故事。他名叫雅夏·梅珠尔,是本书的主人公。他出身于一个犹太教徒家里,母亲早逝,家境贫寒,念了几年小学就停学了。他的家乡是波兰东部很闭塞的犹太社区。他外出谋生,想学变魔术,便刻苦练习,进步很快。起先,他只是个街头的杂耍,带着一架手风琴,牵着一只猴子走街串巷,招揽过街行人。后来,他不断学艺,苦练本领,到各地闯荡,结交朋友,终于成了一个名闻全省的魔术师。

出名后,雅夏的钱包鼓了,生活开始淫乱堕落。他有了妻儿,家庭温暖,却到处勾搭女人,乱搞男女关系,甚至想跟教授的寡妻私奔出国。结果,他的几个情人,自杀的自杀,沦为妓女的更堕落,对他又恨又气,使他陷入困境,走投无路。最后,他不得不逃回家乡,将自己关在小屋里祈求上帝宽恕。末了,在善良忠厚的妻子艾丝瑟的真心劝说下,他忏悔自己的罪恶,向上帝虔诚地赎罪,终于改过自新,继续在当地巡回表演魔术。

小说主人公雅夏是个性格复杂的普通犹太青年。他出身穷苦,很早就失学,但他聪明灵活,有热情、有理想。他勤奋好学,刻苦学艺,风里来雨里去,走南闯北表演魔术。经过二十五年的拼搏,他从一个街头艺人成为一个著名的魔术师。他的成长和成才是很不容易的。

可是,成名后的雅夏受社会沾染的恶习渐渐暴露了。他抛弃妻儿,与几个情人乱搞,跌进了淫乱的深渊。他还破他人之门而入,成了小偷。最后他只好返回故乡,在妻子劝导下向上帝赎罪,重新成为一个正派的魔术师。他从一个好端端的青年走上邪路,又从邪路上转回来。他几度荒唐,生活出轨,但从未干过坏事。他一方面受到社会的种族歧视和社会恶习的沾染;另一方面又逼于宗教观念的束缚,他不敢违抗上帝的旨意。因此,辛格对他坎坷的命运是同情的,相信他会改邪归正。

2) 风格和语言聚焦:

《卢布林的魔术师》充分展现了辛格独特的艺术风格。他将现实主义与浪漫主义相结合,揉进了古老的犹太文学传统因素和美国现代文化的特色,别具一格,生动地描绘了犹太人在波兰和美国的真实生活图景。

辛格善于用白描手法来刻画人物的形象。小说里的细节描写真实而生动,往往夹杂着作者的丰富情感,令人感到亲切可信。如雅夏为了与情人私奔出国,竟潜入别人家里撬保险箱,结果偷窃没有成功,倒摔坏了一条腿。有人说辛格的小说结构是立体的,现实与虚幻并存,既有当今的现实生活,又有天堂和地狱。纯真的犹太青年与丑恶的社会陋习形成了鲜明的对照。字里行间充满含蓄、幽默和讽刺,令人感慨,发人深思,蕴涵着深刻的寓意,仿佛是欧·亨利小说风格的流露。

小说语言全是依第绪语。辛格是坚持用这种语言进行文学创作的唯一美国犹太作家。辛格热爱犹太文化和语言。他认为依第绪语是一种智慧而谦逊的语言,也是一切受惊仍抱着希望的人类的语言。任何人都可以从它古老的风格中感受虔诚的快乐、对生活的期望、对犹太教弥塞亚神的期盼以及对全人类未来的深刻认识。辛格通过自己的小说创作,证实了依第绪语的无比活力,从而挽救了古老的犹太文化和语言,并且以再现20世纪初交替时期犹太人的生活方式和思想情操而丰富了美国文学。

3) 意义和影响总览:

《卢布林的魔术师》塑造了主人公雅夏犹太青年的真实形象,描绘了他人生旅途中的拼搏、成功、堕落和赎罪的坎坷历程,揭示了东欧犹太人遭受种族歧视和社会恶习污染的惨痛遭遇和悔过自新的变化。小说具有重要的现实意义和艺术价值,并产生了深远的社会影响。

首先,小说从一个新的视角表现了犹太人的苦难生活。雅夏生于一个犹太教徒之家,从小生活贫困,仅念了几年小学就外出打工,挑起家庭负担的重担。他母亲早年病故,他无依无靠,只好去学变魔术的技艺,成了一个到处流浪的街头艺人。他的遭遇具有普遍意义。常言道,犹太人"没有祖国"。他们在东欧各地经常受歧视,没有社会地位,没有生活保障。在与外界封闭的卢布林,犹太人的社区还算稳定,但经济贫困落后,犹太青年找不到工作,只好到外乡闯荡。雅夏苦苦学艺,餐风宿雨,走南闯北,巡回演出,终于熬出了头,成为一个著名的魔术师。

雅夏出了名,有了利,地位改变了。思想也很快改变了。社会恶习向他扑来,他成了俘虏,沉迷于肉欲,抛妻弃子,游离于好几个情人之间,甚至堕落为小偷。一个好端端的犹太青年被社会引上邪路,多么令人痛心!这里,辛格像索尔·贝娄一样,一面抨击社会对犹太人的冷漠和歧视;一面劝导犹太青年一代要警惕社会恶习的诱惑和侵袭,要在贫困中崛起,更要耐得住富裕,不要被金钱决定一切的社会信念所征服而走上邪路。雅夏的浮沉是多么深刻的教训!

不仅如此,辛格对雅夏等犹太青年仍抱着信心,寄托着对未来的希望。雅夏不像贝娄《洪堡的礼物》中的西特林和洪堡两人最后穷极潦倒,哀伤而终。末了,他后悔了,赎罪了,又重新以魔术师的身份到各地表演了。他的新生反映了辛格对犹太人的热爱和期盼。

更有意思的是小说塑造雅夏善良的妻子艾丝瑟的形象。她曾与雅夏同甘共苦,协力拼搏。雅夏的成功有她一分功劳。但雅夏成名后抛弃了她和儿子。她悲痛欲绝,无可奈何。后来,雅夏回到家乡后,她宽恕他的罪过,苦口婆心地劝导他,帮助他回心转意,虔诚赎罪。雅夏终于脱离苦海,迈上新生之路。这个女性形象是辛格精心塑造的,意义很不一般。它反映了辛格对犹太妇女的信任和期待。在她身上寄托着他对犹太青年一代的希望。难怪欧美女权主义批评家对这个女性形象赞不绝口。

不过,小说中也有些消极因素。辛格只强调小说要让读者愉快,所以性欲描写往往太露,容易产生副作用。他认为他笔下的人物都是情欲和世俗的受害者,看不到社会制度造成的危害。后期,他的小说略为逊色,对情欲和暴力的描写有点过分,艺术魅力也不如以前的小说。

尽管如此,《卢布林的魔术师》仍被公认为美国文学史上的一部杰作。辛格是美国五六十年代崛起的一位优秀的犹太作家。1978年,瑞典皇家科学院在获奖评语中指出:"他那洋溢着激情的叙事艺术,不仅是从波兰犹太人的文化传统中汲取了营养,而且将人类的普遍处境逼真地反映出来。"

辛格在答谢辞中说:各国人民可以从犹太人那里学到许多东西,学习他们鼓励子女爱读书的教养方法,学习他们从痛苦和羞辱中追求快乐的意志。他这些话反映了欧美广大犹太人的心声,受到各国读者的欢迎。

辛格是一位多产的美国犹太小说家。在近四十年里,他出版了十二部长篇小说、十部短篇小说集、三个剧本、六部回忆录和许多童话和游记。他以细腻、抒情而深沉的笔调再现了犹太民族的奇特神话、民间传说和依第绪语的幽默和奥秘,挽救了古老的欧洲犹太文化,并且如实地描绘二次大战前后犹太人在欧美的不幸遭遇,唤醒人们关心犹太人的困境,从而丰富了当代的西方文明。辛格对美国文学作出了重要的贡献。

4) 文本名段点击[①]:

A. 雅夏·梅珠尔成了出名的卢布林魔术师。他不差钱,缺的是子女:

That morning Yasha Mazur, or the Magician of Lublin as he was known everywhere but in his home town, awoke early. He always spent a day or two in bed after returning from a trip; his weariness required the indulgence of continual sleep. His wife, Esther, would bring him cookies, milk, a dish of groats. He would eat and doze off again. The parrot shrieked; Yoktan, the monkey, chattered; the canaries whistled

---

[①] 下列引文选自 Isaac Bashevis Singer, *The Magician of Lublin*, Penguin Books, 1960。

and trilled, but Yasha, disregarding them, merely reminded Esther to water the horses. He needed not have bothered with such instructions; she always remembered to draw water from the well for Kara and Shiva, their brace of gray mares, or, as Yasha had nicknamed them, Dust and Ashes.

Yasha, although a magician, was considered rich; he owned a house and, with it, barns, silos, stables, a hay loft, a courtyard having two apple trees, even a garden where Esther grew her own vegetables. He lacked only children. Esther could not conceive. In every other way she was a good wife; she knew how to knit, sew a wedding gown, bake gingerbread and tarts, tear out the pip of a chicken, apply a cupping-glass or leeches, even bleed a patient. In her younger days she had tried all sorts of remedies for barrenness, but now it was too late — she was nearly forty. (p.7)

B. 雅夏走进一座犹太教堂，将希伯来文译成侬第绪语，心里不禁自问：上帝真的那么好吗？

Yasha translated the Hebrew words and considered each one. Is it truly so? He questioned himself. Is God really that good? He was too weak to answer himself. For a while he heard the cantor no longer. He was half dozing, although his eyes remained open. Presently he roused himself, hearing the cantor say, 'And to Jerusalem, Thy City, return in mercy and dwell therein as Thou hast spoken …'

Well, they've been saying this for two thousand years already, Yasha thought, but Jerusalem is still a wilderness. They'll undoubtedly keep on saying it for another two thousand years, nay, ten thousand.

The red-bearded beadle approached. 'If you should like to pray I'll fetch you a prayer shawl and phylacteries. It will cost you one kopeck.'

Yasha wanted to refuse but he immediately thrust his hand into his pocket and took out a coin. The beadle offered change, but Yasha said, 'Keep it.'

'Thank you.' (p.123)

C. 雅夏放弃了对银行和金钱的非分之想，做做飞行的好梦，当个正经人：

The droshky stopped more often than it moved, impeded by draywagons loaded with lumber and sacks of flour and by huge moving vans. The dray horses stomped their thick legs on the cobblestones and the stones gave off sparks. At one spot they rode by, a horse had collapsed. For the third time that day Yasha passed the bank on Rimarska

Street. This time he did not even glance at the building. He had given up his interest in banks and money. Now he felt not only dread, but disgust at himself. So strong was the sensation that it produced nausea. Maybe something's happened to Esther, he thought suddenly. He remembered a dream he had had, but just as the dream began to take shape, it slipped from him without leaving a trace. What could it have been? A beast? A verse from the Scriptures? A corpse? There were times when he was tormented nightly by dreams. He dreamed of funerals, monsters, witches, lepers. He would awaken drenched with sweat. But these weeks he had dreamed little. He would fall asleep, exhausted. More than once he had awakened in the same position in which he had fallen asleep. Yet he had known that the night had not been dreamless. Asleep, he led another life, a separate existence. From time to time he would recollect some dream of flying or some such stunt contrary to nature, something childishly preposterous, based on a child's misunderstandings or perhaps even on some verbal or grammatical error. So fantasically absurd would the dream have been that the brain, when not asleep, simply could not sustain it. He would remember and forget it at the very same instant. (p.165)

3. 其他重要作品链接

A. 长篇小说：

《撒旦在戈莱》(*Satan in Goray*, 1935, 英文 1955)

《莫斯卡特家族》(*The Family Moskat*, 1950)

《奴隶》(*The Slave*, 1962)

《庄园》(*The Manor*, 1967)

《地产》(*The Estate*, 1969)

《情敌：一个爱情故事》(*Enemies: A Love Story*, 1972)

《萨莎》(*Shosha*, 1978)

《忏悔者》(*The Penitent*, 1983)

《下贱的人》(*Scum*, 1991)

《证书》(*The Certificate*, 1992)

《怪人》(*Meshugah*, 1994)

B. 短篇小说集：

《傻瓜吉姆佩尔》(Gimpel the Fool and Other Stories, 1957)

《市场街的斯宾诺莎》(The Spinoza of Market Street, 1961)

《短促的礼拜五》(Short Friday and Other Stories, 1964)

《色鬼兹拉特》(Zlateh the Goat, 1966)

《集会》(The Séance and Other Stories, 1968)

《卡夫卡的一个朋友》(A Friend of Kafka, 1970)

《羽毛的王冠》(A Crown of Feathers and Other Stories, 1973)

《情感》(Passions, 1978)

《辛格短篇小说集》(The Collected Stories of Issac Bashevis Singer, 1982)

《儿童故事集》(Stories for Children, 1984)

《梅思尤斯拉之死》(The Death of Methuselah and Other Stories, 1988)

C. 自传和回忆录：

《快乐的一天》(A Day of Pleasure, 1970)

《在我父亲的院子里》(In My Father's Court, 1966)

《寻找上帝的小男孩》(A Little Boy in Search of God, 1976)

《寻找爱情的男青年》(A Young Man in Search of Love, 1978)

《在美国迷惘》(Lost in America, 1981)

《爱情与流放》(Love and Exile, 1984)

4. 著作获奖信息

1970 年《情敌》荣获美国国家图书奖。

1974 年《羽毛的王冠》荣获美国国家图书奖。

1978 年荣获诺贝尔文学奖。

第三章
独占鳌头的黑人小说家们

第一节 拉尔夫·艾立森与《看不见的人》

1. 生平透视

　　拉尔夫·艾立森(Ralph Ellison, 1914—1994)是50年代崛起的最优秀的黑人作家,1914年3月1日生于俄克拉何马州俄克拉何马市。三岁时父亲病逝。母亲替白人当佣人,请人代抚养他。他打小爱读书听音乐,在家乡念完中学,获州奖学金,1933年入州塔斯克基学院读了三年音乐专业。1936年,他去纽约改学雕刻,遇到已成名的黑人作家休斯和赖特,在赖特帮助下试写小说。二次大战后期,他应征入伍,1943年至1945年当了两年兵。战后获罗森瓦德基金的资助,埋头写小说,历经七年的艰苦创作,写成长篇小说《看不见的人》。1952年小说问世后好评如潮,第二年荣获美国国家图书奖。艾立森继赖特之后,成为新时期一位美国最优秀的黑人小说家。

　　1960年,第二部长篇小说《射击前的三天》在杂志上连载了八个选段。未发表的手稿在一场大火中烧毁了,无法续登,更出不了单行本。拉尔森从残稿碎片中重写,可惜直到临终前仍未完稿。他去世后,残稿由约翰·卡拉汉和亚当·布列德雷两位教授从艾立森数千页遗稿中编辑整理而成,2010年出版。艾立森还发表了两部论文集:《影子与行动》(1964)和《到未成立的州去》(1986)。1958年,他在巴德学院、拉特格斯大学、纽约大学、哈佛大学和马里兰大学等校任教,讲授文学创作、黑人文化等课程。1963年,他的母校授予他名誉博士学位。1966年,耶鲁大学聘他为美国文学研究员。1975年当选为美国文学艺术院院士。1994年4月16日,他在纽约市寓所病逝。

2. 代表作扫描

《看不见的人》(*Invisible Man*)是艾立森生前唯一出名的长篇小说,不但荣获美国国家图书奖,而且被选为1965年以来美国的最优秀小说。它获得的盛誉至今历久不衰。

因此,它成了艾立森最有价值的代表作,吸引了众多学者的关注。

1) 故事和人物盘点:

《看不见的人》写的是一位美国黑人青年的不幸遭遇。主人公是个无名无姓的黑人穷苦小子。他悄悄地躲在纽约市一家地下室的黑乎乎的洞里。他出身贫寒,但聪明机智。他偷偷地接上电力公司的电线,装上一千三百六十九只灯泡,把小洞照得如同白天地面上那么亮。可是,他所接触的人仍看不见他。为什么?因为他们只看到他周围的环境,看到他们自己和他们虚构的想象,对他视而不见。

其实,小说主人公是个老实人。他出生在南方一个穷黑人家庭。中学时,他参加小镇的演讲,没有按要求谈"社会责任",而大谈"社会平等",结果遭到白人的严重警告。进了大学,他看不惯黑人校长专断独行,歧视黑人学生。他因开车送一位白人校董参观黑人区得罪了黑人校长,被勒令停学,只好离家到纽约闯荡。他当过一家油漆厂工人,与黑人工头扭打,造成锅炉爆炸受了重伤,昏迷不醒,送进医院后又被当作新仪器的试验品,差点失去记忆。他举目无亲,便到纽约市哈莱姆黑人区加入"兄弟会",练就演说家。他发现头头杰克不关心黑人兄弟的生活,热衷于玩党派政治,很想退出不干。他受到牧师和小偷拉斯的嘲弄,觉得非常失望。最后,他亲眼见到哈莱姆区种族暴动,有人纵火抢劫,大批警察蜂拥而至,开枪乱抓人。他吓得不问东西南北,拔腿就逃跑,没想到半途中掉进了没加盖的煤窖里。他躲过了警察,默默地待在阴暗的地下室里,又成了一个"看不见的人"。

小说主人公、一个无名无姓的穷黑人原先是个温顺诚实的小伙子。中学时规规矩矩,他曾因以《谦恭是进步的根本》为题的演讲获得了奖励。后来,他又以优秀的表现荣获上大学的奖学金。可是,他在大学里不久被勒令退学;到了工厂,又受黑人工头欺负,受重伤进医院又给当试验品;加入"兄弟会"后又受种族分子追击……这一切将他从一个纯真的黑人小伙子逼成见不到世界、见不到阳光、而且失去了自我、失去了身份的人。一个生龙活虎的黑人青年竟成了只能躲在地下室阴暗黑洞里的"隐身人"。这个无名无姓的主人公成了美国黑人小说中一个独特的艺术形象。

2) 风格和语言聚焦：

《看不见的人》将现实主义与超现实主义相结合，形成了独特的艺术风格。小说采取第一人称叙事策略，用一系列插曲构建小说的寓意。全书没有统一的故事情节，由主人公的种种经历组合而成。每个插曲常常围绕一些事件展开，字里行间充满精彩的隐喻、尖刻的讽刺和令人发笑的幽默。许多现实主义的真实细节惟妙惟肖，生动有趣，令人难忘，如黑人孩子的拳斗，佃农特鲁布拉德故事中的故事，黑人校长口是心非，坏话连篇的所谓推荐信以及哈莱姆区黑人暴乱、警察乱开枪抓人的混乱场面。这一切描写都富有浓烈的生活气息，反映了作者坚实的生活基础。

有趣的是：艾立森在小说里运用了意识流手法，展现了主人公在昏迷和梦幻的状态下内心意识的自然流露，揭示了他对昔日生活的一幕幕回忆和内心痛苦的一层层感受，或隐或现，真真假假，虚实交融，象征手法格外巧妙。他将被白人社会排斥的"地下人"与当代美国孤独的自我联系起来，塑造了一个无名无姓的黑人形象。从他的身上折射出他周围人们的病态和白人社会的变态，显露了相当的艺术功力。

不仅如此，艾立森还在小说里融入生动的黑人民间传说和宗教故事以及强节奏的爵士乐和布鲁斯。这是小说的一大特色。艾立森早年专攻音乐，又是黑人家庭出身，这正好是他的专长。

此外，小说语言口语化，文字精练优美，富有强烈的艺术魅力。

3) 意义和影响总览：

《看不见的人》与描写美国黑人不幸遭遇的普通黑人小说不同，它非常严肃地提出黑人的身分问题。有些人以为南北战争以后，南方蓄奴制瓦解了，黑奴解放了，种族歧视的问题不存在了。这个想法太天真了。美国是个白人主流社会，一切权力都掌握在白人手里，法律也是为了保护白人的利益，表面上提倡自由、平等和博爱，实际上黑人仍受到边缘化，直到第二次世界大战后，黑人的身份问题仍未解决，歧视黑人的事件时有发生。《看不见的人》不仅描述了黑人的生活困境和受欺负的状况，而且提出了消除种族歧视的身份问题,切中社会矛盾的要害。小说具有重大的现实意义。

不仅如此,《看不见的人》还涉及西方现代人对自我的追寻、发现和幻灭的问题。这不仅是美国黑人关心的问题,也是第二次世界大战后普通美国人精神困扰的问题。这说明小说已超出一般的黑人身份问题的范围。它关注的是整个社会突出的现实问题。所以,它的社会意义更重大,影响更深远。

小说对美国社会的种族歧视进行尖锐的批评和辛辣的讽刺。小说无名无姓的主人公受伤躲在医院里扪心自问:"我是谁?","我的身份是什么?"他受过大学教育。坎坷的经历使他看清了周围的人和事。小说开篇时,他就诉说没有独立人格之苦。同样是美国社会的一员,他聪明老实,勤奋努力,却没有社会地位,没有身份,周围的人对他视而不见。这是为什么?主人公的遭遇激起了人们深深的同情。

然而,主人公并不只关心自己,而且关心自己的黑人兄弟。他关心的是全社会的成员。小说末了,他大声疾呼:"谁能说我不是替你说话,尽管我的频率比较低?"可见,艾立森不仅关注美国黑人的不幸遭遇,而且关注社会成员、关注人类的处境。主人公那坎坷的命运令西方现代社会的人们禁不住产生同感。艾立森自己说过,他首先是个人,其次才是个黑人。作为一个进步的黑人作家,他关心的是人类的命运。

六十多年过去了,《看不见的人》的魅力如初。1965年,《图书周刊》评它为第二次世界大战后美国唯一的最佳小说。它被多次改编为电影和电视,被译成几十种语言,受到各国读者的热烈欢迎。今天,它仍然是公认的一部美国文学的经典名作。艾立森在美国文学史上占有突出的地位。

4) 文本名段点击①:

A. 主人公"我"的自我表白:

I am an invisible man. No, I am not a spook like those who haunted Edgar Allan Poe; nor am I one of your Hollywood-movie ectoplasms. I am a man of substance, of flesh and bone, fiber and liquids—and I might even be said to possess a mind. I am invisible, understand, simply because people refuse to see me. Like the bodiless heads you see sometimes in circus sideshows, it is as though I have been surrounded by mirrors of

---

① 下列各段选自 Ralph Ellison, *Invisible Man*, Signet Books, 1964。

hard, distorting glass. When they approach me they see only my surroundings, themselves, or figments of their imagination—indeed, everything and anything except me.

(from "Prologue", p.7)

B. 经历多次挫折后,"我"找到了回家的感觉:

"What is it, son, what do you feel?" a shrill voice cried.

My voice fell to a husky whisper, I feel, I feel suddenly that I have become *more human*. Do you understand? More human. Not that I have become a man, for I was born a man. But that I am more human. I feel strong, I feel able to get things done! I feel that I can see sharp and clear and far down the dim corridor of history and in it I can hear the footsteps of militant fraternity! No, wait, let me confess ... I feel the urge to affirm my feelings ... I feel that here, after a long and desperate and uncommonly blind journey, I have come home ... Home! With your eyes upon me I feel that I've found my true family! My true people! My true country! I am a new citizen of the country of your vision, a native of your fraternal land. I feel that here tonight, in this old arena, the new is being born and the vital old revived. In each of you, in me, in us all.

"SISTERS! BROTHERS!

"WE ARE THE TRUE PATRIOTS! THE CITIZENS OF TOMORROW'S WORLD!

"WE'LL BE DISPOSSESSED NO MORE!"

(p.300)

C. 冬眠状态虽已过去,"我"仍无法摆脱地下室的恶臭:

... So now having tried to put it down I have disarmed myself in the process. You won't believe in my invisibility and you'll fail to see how any principle that applies to you could apply to me. You'll fail to see it even though death waits for both of us if you don't. Nevertheless, the very disarmament has brought me to a decision. The hibernation is over. I must shake off the old skin and come up for breath. There's a stench in the air, which, from this distance underground, might be the smell either of death or of spring—I hope of spring. But don't let me trick you, there *is* a death in the smell of spring and in the smell of thee as in the smell of me. And if nothing more, invisibility has taught my nose to classify the stenches of death.

(from "Epilogue", p.502)

3. 其他重要作品链接

A. 长篇小说：

《射击前的三天》(*Three Days before the Shooting*, 2010)

B. 评论集：

《影子和行动》(*Shadow and Act: Essays*, 1964)

《到未成立的州去》(*Going to the Territory*, 1986)

《评论集》(*Collected Essays*, 1995)

C. 短篇小说集：

《飞回家》(*Flying Home and Other Stories*, 1996)

第二节　詹姆斯·鲍德温与《向苍天呼吁》

1. 生平透视

　　詹姆斯·鲍德温(James Baldwin, 1924—1987)是个风格严谨而锐利的杰出的黑人小说家,1924年8月2日生于纽约市哈莱姆区。祖父是个黑奴。南北战争后,全家从南方移居纽约。父亲当过牧师,弟妹多,经济困难,生活贫苦。他从小爱读书,上过几年公立学校。十四岁起在教堂布道三年,并练习写作。后来他离家去新泽西州打工,当过佣人和侍者,见过一些种族冲突。不久,他寄居纽约格林威治村,独自谋生,立志当个作家。

　　1944年,鲍德温遇到成名的黑人作家理查德·赖特,成了他一生的转折点。赖特鼓励他从事文学创作。1945年,他获得"萨克斯顿"奖金的资助,1948年去巴黎住了八年。他埋头写作,写成第一部长篇小说《向苍天呼吁》,1953年出版。鲍德温一举成名,小说深受各界好评。第二年,他获得"古根海姆奖"资助,继续潜心写小说和评论。1955年又推出了第二部长篇小说《基奥万尼的房间》和散文集《土生子札记》。

第三章
独占鳌头的黑人小说家们

1957年,鲍德温返回美国,积极参加黑人民权运动,并就种族歧视和黑人的自我解放等问题发表了许多评论,如《没有人知道我的名字》(1961)探讨了黑人与白人的关系,作为《土生子札记》的续编。1962年,第三部长篇小说《另一个国家》问世,销路很不错。还有评论集《下一次大火》(1963)、《无名街》(1979)和《魔鬼发现的工作》(1976)。他在评论中直接向黑人兄弟们说明处理好种族问题,构建和谐社会的重要意义。他的其他作品包括:反映一个黑人歌唱家被白人谋杀的剧作《献给查理先生的布鲁斯》(1964)、短篇小说集《去见那个男人》(1965)和三部长篇小说《告诉我火车开多久了》(1968)、《假如比尔街能够说话》(1974)和《就在我的头顶上》(1979)等。

1987年12月1日,鲍德温因病在法国圣保罗市去世,终年六十三岁。

2. 代表作扫描

鲍德温是个自学成才的黑人小说家。他出身穷苦,没有上学机会。他从小爱读书,靠勤奋自学叩开了文艺殿堂的大门。他一生共创作了六部长篇小说、一部短篇小说集、两个剧作和许多评论。他的作品主题鲜明,题材新颖,思想明快,批评犀利,艺术性高。鲍德温成了当代美国黑人作家中一位杰出的代表。

在六部长篇小说中,作者往往通过黑人男女青年曲折而复杂的爱情和婚姻关系,表现当时美国现实社会的种族矛盾和冲突,揭示美国黑人追求自由与和平新生活遇到的障碍及其造成的悲剧。

相比之下,《向苍天呼吁》(*Go Tell It on the Moutain*)是鲍德温最成功的代表作。它既是他的成名作,又是他的代表作,受到评论界的一致好评。

1) 故事和人物盘点:

《向苍天呼吁》是以鲍德温少年时代的辛酸经历为基础写成的。时间:1935年大萧条时期;地点:纽约市哈莱姆区。小说描写了哈莱姆教区信徒们一天的生活。主人公约翰·格莱姆斯是他母亲伊丽莎白与理查德的私生子。理查德挨过警察一顿毒打,后来自杀身亡。伊丽莎白嫁给加布里尔。约翰成了加布里尔的继子。加布里尔以前与艾瑟有染,生个私生子罗伊尔18岁时夭折了。艾瑟也死了。后来,加布里尔与代伯菈举行了婚礼。不久,代伯菈去世了。约翰抱怨继父对他不好。十四岁生日快到了,约翰必须按教规决定皈依宗教的问题。因此,他寝食不安,心里急得像热锅中的蚂蚁。他打算改变祖辈的传统,过一种新生活。他梦见他祖父当过黑奴,几代人受苦受累,他们都劝导他要循规蹈矩,当个好黑人。约翰发现了自己的问题,决心努力改正。他母亲和继父对他有负罪感,也想用爱心来补偿他。一家人因思想冲突造成了新旧两代黑人的精神痛苦,在相互谅解和关爱下终于得到缓解。

小说主人公约翰·格莱姆斯是个哈莱姆区土生土长的黑人少年。他天真纯洁,抱怨继父对他不好。在十四岁选择是否皈依宗教时,心里矛盾重重,既想追求新生活,又忘不了祖辈的文化传统。正在左右为难当中,他的祖辈和亲戚及时劝导他,才使他豁然开朗。他母亲和继父也意识到对他关照不够,要多给他爱。一场两代黑人的冲突终于迎刃而解。小说揭示了黑人内部的代沟及其用爱心解决的途径。它流露了作者对黑人内部矛盾的细致观察与发扬爱心,加强团结的主张。

2) 风格和语言聚焦:

《向苍天呼吁》是一部严肃的现实主义小说,带有作者明显的自传色彩。同时,它大胆地吸取了现代主义的艺术手法,生动地描述了在哈莱姆区某教堂做弥撒的黑人们各人的内心活动,再用电影蒙太奇的倒叙形式回忆了他们以往的生活经历,刻画主人公约翰·格莱姆斯对继父的愤怒心情,逐渐显露小说的主题。

小说结构严谨,时间跨度大。故事前后延续达半个世纪之久。作者巧妙地将朴实的叙述、倒叙和心理描写交织在一起,融入政论性的激情、辛辣的讽刺和轻快的幽默。小说分三个部分,围绕格莱姆斯一家的冲突为中心来展开情节,故事发展线条清晰,合情合理,富有浓烈的生活气息。

小说语言口语化,通俗易懂。对话简洁生动,叙述流畅自然,具有《圣经》的朴实文风,艺术性很高。所以,小说问世以来,一直很受欢迎。

3) 意义和影响总览:

《向苍天呼吁》描写了纽约哈莱姆区格莱姆斯一家人的分分合合,他父母的离散经历和贫困生活。他继父加布里尔前任女友和妻子不幸去世,儿子拉菲尔十八岁时也夭折了。他生活坎坷,多灾多难。小说揭示了美国黑人的出路仅有两条:要么进教堂,当个规矩的好人;要么下监狱,受社会惩罚。

第三章
独占鳌头的黑人小说家们

面对着主人公约翰的成长,加布里尔和约翰的母亲感到茫然,有负罪感,想要好好补偿他。约翰也从祖父和亲戚的劝导中,认识到自己的不足,明白不能单纯责怪继父和母亲。全家终于达成和解,一起走向新的生活。

小说的重要意义在于:鲍德温不但表现了哈莱姆黑人们的穷苦生活,而且敏锐地反映黑人家庭的内部矛盾,并提出用爱心来解决矛盾,促进黑人内部的和谐和团结。这是很有社会价值的。它产生了深远的社会影响,受到黑人们的欢迎和赞扬。

《向苍天呼吁》是在成名黑人作家赖特的影响下写成的。1943年,鲍德温第一次见到赖特时受到热情激励和亲切指导。他尊称赖特为黑人的"精神之父"。后来,他逐渐与赖特发生分歧,并发表了《人人的抗议小说》,讽刺赖特《土生子》主人公的过激行为。1960年,赖特去世后,他完全摆脱了赖特的影响,沿着自己的文学道路走下去。他更强调黑人个人的生存状况和黑人内部的和谐与团结,及其对黑人未来的重要意义。这是他与其他美国黑人作家不同的一大特色。

不过,鲍德温的小说中,水准是参差不齐的。《向苍天呼吁》在思想上和艺术上都是不错的。但以法国南方为背景的《基奥万尼的房间》描写了一个同性恋的故事。种族歧视的问题消失了,艺术格调也比较低。《另一个国家》描述了纽约几对白人与黑人男女的恋爱故事,揭露了白人社会中顽固的种族偏见,社会意义深刻得多。但它过分渲染了性冲动甚至兽性的流露。《假如比尔街能够说话》则叙述一对黑人青年恋人被一个白人警察无端杀害的悲剧。主题思想很鲜明,人物形象也较丰富。总之,鲍德温小说中的主人公性格各异,思想不同,但有个共同的愿望:消除种族主义,追求自由平等的生活。他始终没有忘记对黑人身份的探求,坚持进步的思想立场。但他小说中常常有猥亵的性爱镜头和近乎赤裸裸的色情描写,实是有伤大雅的。这容易对青年读者产生副作用。也许他受了法国作家左拉自然主义的影响。

鲍德温是个出色的黑人小说家,又是个优秀的评论家。他十分关心美国的种族歧视、黑人的不平等社会地位和自我解放的问题,写过大量的评论文章。他的论文尖锐、犀利、辛辣、明快,富有强烈的政治激情。内容丰富多彩,涉及社会的方方面面,风格清新,笔锋锐利,文字平易朴实,形成了一种严谨而尖锐的风格,很受广大读者的欢迎。这种风格是其他美国黑人作家所没有的。评论界认为他是 20 世纪美国杰出的一个散文家。

4) 文本名段点击①:

A. 小说主人公约翰·加布里尔从小就记得,家人都希望他长大后成为一个牧师,像他父亲一样:

Everyone had always said that John would be a preacher when he grew up, just like his father. It had been said so often that John, without ever thinking about it, had come to believe it himself. Not until the morning of his fourteenth birthday did he really begin to think about it, and by then it was already too late.

His earliest memories—which were in a way, his only memories—were of the hurry and brightness of Sunday mornings. They all rose together on that day; his father, who did not have to go to work, and led them in prayer before breakfast; his mother, who dressed up on that day, and looked almost young, with her hair straightened, and on her head the closefitting white cap that was the uniform of holy women; his younger brother, Roy, who was silent that day because his father was home. Sarah, who wore a red ribbon in her hair that day, and was fondled by her father. (p.3)

B. 约翰·加布里尔在家里受父母宠爱。他母亲爱他胜过他的妹妹弗洛伦丝:

Gabriel was the apple of his mother's eye. If he had never been born, Florence might have looked forward to a day when she would be released from her unrewarding round of labor, when she might think of her own future and go out to make it. With the birth of Gabriel, which occurred when she was five, her future was swallowed up. There was only one future in that house, and it was Gabriel's—to which, since Gabriel was a manchild, all else must be sacrificed. Her mother did not, indeed, think of it as sacrifice, but as logic: Florence was a girl, and would by and by be married, and have children of her own, and all the duties of a woman; and this being so, her life in the cabin was the best possible preparation for her future life. But Gabriel was a man; he

---

① 下列引文选自 James Baldwin, *Go Tell It on the Mountain*, The Modern Library, 1995。

would go out one day into the world to do a man's work, and he needed, therefore, meat, when there was any in the house, and clothes, whenever clothes could be bought, and the strong indulgence of his womenfolk, so that he would know how to be with women when he had a wife. And he needed the education that Florence desired far more than he, and that she might have got if he had not been born. It was Gabriel who was slapped and scrubbed each morning and sent off to the one-room school-house—which he hated, and where he managed to learn, so far as Florence could discover, almost nothing at all. (p.85)

C. 约翰·加布里尔的继父和母亲亲切地为他送行。他开始走自己的人生之路:

And he① kissed John on the forehead, a holy kiss.

"Run on, little brother," Elisha said. "Don't you get weary. God won't forget you. You won't forget."

Then he turned away, down the long avenue, home. John stood still, watching him walk away. The sun had come full awake. It was waking the streets, and the houses, and crying at the windows. It fell over Elisha like a golden robe, and struck John's forehead, where Elisha had kissed him, like a seal ineffaceable forever.

And he felt his father behind him. And he felt the March wind rise, striking through his damp clothes, against his salty body. He turned to face his father—he found himself smiling, but his father did not smile.

They looked at each other a moment. His mother stood in the doorway, in the long shadows of the hall.

"I'm ready," John said, "I'm coming. I'm on my way." (p.291)

3. 其他重要作品链接

A. 长篇小说:

《基奥万尼的房间》(*Giovanni's Room*, 1956)

《另一个国家》(*Another Country*, 1962)

---

① 指约翰的继父加布里尔。

《告诉我火车开多久了》(*Tell Me How Long the Train's Been Gone*,1968)

《假如比尔街能够说话》(*If Beale Street Could Talk*,1974)

《就在我的头顶上》(*Just above My Head*,1979)

B. 短篇小说集:

《去见那个男人》(*Going to Meet the Man*,1965)

C. 剧作:

《献给查理先生的布鲁斯》(*Blues for Mister Charlie*,1964)

D. 散文评论集:

《土生子札记》(*Notes of a Native Son*,1955)

《没有人知道我的名字》(*Nobody Knows My Name: More Notes of a Native Son*,1961)

《下一次大火》(*The Fire Next Time*,1963)

《无名街》(*No Name in the Street*,1972)

《票价》(*The Price of the Ticket: Collected Non-fiction*,1948—1985,1985)

第四章
大声呐喊的"垮掉的一代"

第一节 杰洛姆·大卫·塞林格与《麦田里的守望者》

1. 生平透视

杰洛姆·大卫·塞林格(Jerome David Salinger, 1919—2010)1919年元旦生于纽约市一个欧洲犹太移民家中。父亲是个富商。母亲是个爱尔兰移民。在当地公立学校毕业后,他升入宾州福格军事学院,两年后考入纽约大学。不久,他停学跟父亲去欧洲经商,后来他又回国进入哥伦比亚大学学习。他念过几所大学都没念完。1940年,他首次发表短篇小说《一群青年》,没有反响。1942年他应征入伍,随陆军开赴英国,参加了诺曼底登陆,1946年复员回国,1948年起任《纽约客》杂志编辑,为期达十一年。业余他继续试写小说。1951年,他的长篇小说《麦田里的守望者》问世,轰动了全国,奠定了他的小说家地位。

1953年,塞林格又推出《九篇短篇小说》,讽刺社会生活中的自私和虚伪,比较了美与丑、爱与恨的种种怪现状。同年,他结婚成家。婚后,他有时在《纽约客》发表短篇小说。后来,他出版了两部短篇小说集:《弗兰妮与朱埃》(1961)和《塞莫尔和木匠们,将屋梁举高》(1963)。每部各有两个短篇小说,内容上有些联系。它们描写犹太商人格拉斯一家的变迁,反映新一代犹太青年的内心矛盾和困惑,充满东方的神秘色彩。60年代初,他告别了文坛,回乡下农场种地。1965年6月19日,他有个短篇小说刊于《纽约客》。但后来没有新作问世。他在新罕布什尔州定居安度晚年,2010年1月27日在家中病逝,终年九十一岁。

2. 代表作扫描

塞林格只出版过一部长篇小说《麦田里的守望者》(The Catcher in the Rye)。它使他蜚声美国文坛,历久不衰。因此,它成了他突出的代表作。

1) 故事和人物盘点:

《麦田里的守望者》故事发生在50年代的纽约市。小说主人公霍尔顿·考菲尔德是个大学预科学生。他厌倦学校的课程和束缚人的校规,经常在校外游荡。十六岁时,他学会了喝酒、与女人约会。他被学校开除过两次,现在因五门功课四门不及格又被学校第三次开除。他没脸回家见爹妈,只好在纽约市街头流浪了一天两夜。圣诞节前一个星期六晚上,他乘火车去市区,住在一家旅馆,找了个妓女,付了钱,因精神压抑无心嫖娼。星期天,他意外碰到以前的情人莎莉·海斯,激情澎湃,难以自制。莎莉要跟他一起私奔,但霍尔顿酒醉了,钱花光了,在冰雪覆盖的中央公园里徘徊。他一时乐极生悲,怀疑得了肺炎快死了。他走投无路,不得不趁夜色悄悄地潜回父母亲的住处,与十岁的小妹妹菲比告别,但不敢停留太久。后来,他溜到老师安东里尼家里。老师热情接待了他。他却怀疑老师想跟他搞同性恋。天亮前他又逃掉,想搭别人的车去西部谋生。他去菲比的学校跟她道别,发现她拿个小箱子想跟他一起出走。他再三劝阻,小妹妹不听。他只好带她回家见父母。他父母知道以后大吃一惊,马上将他送进疗养院进行心理治疗。霍尔顿反思了自己的生活,发觉周围的一切都是虚伪的、老朽的、骗人的。没有半点活力。他感到自己到处流浪,寻找纯洁与真诚是对的。他思念不幸早逝的弟弟阿里,喜欢孩子们玩的滑稽游戏。最后,他康复出院了,但内心仍抹不掉苦恼和疑惑……

小说主人公霍尔顿是个十六岁的预科班学生。他天真纯洁,善良朴实,讨厌预科的刻板生活和纪律的约束,想出去寻找新鲜的生活。老师和同学们不理解他,把他当做爱惹事的坏孩子。社会上没人关心他。年纪轻轻的他,内心很苦恼。这说明他已意识到阻挠青年一代发展的社会障碍。尽管他后来被送进了疗养院,他对社会现状的反抗无果而终。但它反映了二次大战后美国年轻一代的觉醒。霍尔顿的叛逆行动引起了全国青年学生,特别是他们家长们的反思和重视。他的苦恼触动了无数青年学生。

2) 风格和语言聚焦：

《麦田里的守望者》艺术风格很有创意。⬛⬛⬛⬛小说的传统风格的滋养，又融合了《纽约客》现代小说⬛⬛⬛⬛实而生动的细节描写，展现了一幅50年代美⬛⬛⬛⬛

小说采用第一人称叙事⬛⬛⬛⬛⬛⬛⬛⬛，展示主人公内心的困扰。他对周围见到的人与事⬛⬛⬛⬛⬛一切都看不惯，又染上社会恶习，想去打工自力更生又没有门路，只好流浪、徘徊。他被送进精神病院后，躺在床上回忆他的经历，心里很不平静。这些细致的心理描写反映了现代派小说艺术对作者的影响。

小说的书名借自苏格兰诗人罗伯特·彭斯的诗《从麦田里走过来》。小说写到霍尔顿妹妹问他将来要干什么？霍尔顿想起彭斯诗中的头一行"你如果在麦田里找到了我"，就回答他妹妹：他想当个"麦田里的守望者"。小说写道：

> "我老是幻想，想到几百个、几千个孩子在一大块麦田里玩游戏，除了我没有一个大人。于是我呀，就站在麦田边上那可怕的悬崖旁，不让孩子们掉下去……我整天就干这事。我只想当个麦田里的守望者。

小说叙述生动有趣，含蓄优美。字里行间充满幽默和诙谐。霍尔顿经常头戴红色的鸭舌帽，身穿晴雨风衣，在纽约街头徘徊。那副模样格外神气，仿佛象征他对成人世界的挑战，又不乏孩子气的虚张声势色彩，显得很逼真。

小说语言别具一格。人物对话简洁生动。他们讲着古怪的方言俚语。有些对话不符合英文语法规则。这对美国青少年来说是常见的事。但对话中洋溢着浓烈的生活气息，让青少年读者倍感亲切。

不过，小说结构比较松散，有时几乎没有结构。情节成了一连串生动插曲的组合。

这一切突出地体现了塞林格的独特的艺术风格。

3) 意义和影响总览：

《麦田里的守望者》通过十六岁少年霍尔顿一天两夜的出逃经历，反映了第二次世界大战后美国青少年思想和生活的变化，提出了震动社会的重大问题：关心和教育青少年。作者抓住了时代精神，拓展了小说题材，尖锐地揭示了人人关注的社会问题。因此它具有极其重要的现实意义和艺术价值。

二次大战后□□□□□□重建时期。大批军人复员转业,工农业生产不断复苏和发□□□□□□□就业和致富问题。50年代初出现了"冷战",麦卡锡主义□□□□□□□□经受政府的猜疑和折腾。从社会到家庭都没人关心青少□□□□□□□□离家离校出走具有普遍的社会意义。他的父母都是□□□□□□□□和吃饭绝无问题。学校每周照常上课也是很自然的□□□□□□□足不了青少年的要求,甚至成了他们思想发展的障碍。

从霍尔顿短暂的出逃,可以看出美国成人社会对青少年的冷漠,不能热情地引导他们,造成他们精神上的苦恼。学校里多年不变的教材和教学大纲、照本宣科的课堂讲授和死气沉沉的清规戒律限制了学生的独立思考,束缚了他们的个性发展。特别是金钱主宰一切的社会风尚更使霍尔顿反感。霍尔顿所在学校的毕业生成了势利的官迷和商人,而校方则标榜要培养学生成为"有头脑的优秀的青年"。实际上,学校最看重的是发了财的校友。比如,做殡仪生意发大财的校友奥森伯格,向学校捐款建了一座以他的姓名命名的大楼。每次他到学校来,校方便动员全体学生隆重地迎接他,将他奉为上宾。此君一面向学生歌颂万能的上帝,一面不择手段地诈骗别人的钱财。奥森伯格的两面派手法和校方的虚伪宣传反映了社会的腐败,使霍尔顿十分不满,对现存的社会教育体制产生了怀疑。

霍尔顿逐渐觉醒了。他年仅十六岁,思想不成熟,又没社会经验。起先,他不想待在学校里念那些多年不变的旧教材,也不想受学校纪律的束缚。他决定出逃,到校外闯荡,追求美好的信仰。他成了一个街头的流浪儿。可是,每一回流浪,都有麻烦事。他老是遭人愚弄。他发现校外的社会比校内更糟糕。原来美国社会并不是某些书上说的人间天堂。诈骗、欺压和淫乱的事情时有发生,青少年往往受骗上当。短暂的流浪让他看清了混浊的现实。他追求纯洁和真诚的自我落空了。许多人令他灰心失意。他只能坚持孤独的自我。他爱他的妹妹,也爱天真烂漫的孩子们。但他的追求以失败告终。塞林格从青少年的心态来观察周围的一切,描写像霍尔顿一样的年轻人比实际年龄成熟。他们要求像大人一样有发言权。他们的要求是合理的。他们纯真朴实,思想活跃,并不是爱惹事的坏孩子,或参与打劫、搞恶作剧的小恶棍。因此,大人们要重视和接受他们的建议和批评。小说细致地描写了霍尔顿思想的发展过程,深刻地展示了二次大战后美国青少年被社会所抛弃的苦恼和失望。因此,霍尔顿的遭遇引起了美国千千万万青少年学生的共鸣。他们的家长们和社会人士深表同情,呼唤社会改革教育体制,关注青少年的成长和发展。

六十多年过去了,《麦田里的守望者》仍深受美国几代青少年和他们家长们的喜爱。它一直是各图书馆和大书店向青少年学生推荐的"暑假读物"之一。学界公认它是20世纪美国文学的一部经典作品。

4) 文本名段点击①:

A. 霍尔顿披露他就读的宾西预备学校曾在一千多个杂志上登广告,吹嘘它是一所1888年以来塑造精英青年的学校:

Where I want to start telling is the day I left Pencey Prep. Pencey Prep is this school that's in Agerstown, Pennsylvania. You probably heard of it. You've probably seen the ads, anyway. They advertise in about a thousand magazines, always showing some hotshot guy on a horse jumping over a fence. Like as if all you ever did at Pencey was play polo all the time. I never even once saw a horse anywhere *near* the place. And underneath the guy on the horse's picture, it always says:"Since 1888 we have been molding boys into splendid, clear-thinking young men." Strictly for the birds. They don't do any damn more *molding* at Pencey than they do at any other school. And I didn't know anybody there that was splendid and clear-thinking and all. Maybe two guys. If that many. And they probably *came* to Pencey that way. (p.2)

B. 校友奥森伯格在殡仪业发了财,向学校捐建了以他命名的学生宿舍大楼,在回校演讲中大肆鼓吹时刻向上帝谈心:

Where I lived at Pencey, I lived in the Ossenburger Memorial Wing of the new dorms. It was only for juniors and seniors. I was a junior. My roommate was a senior. It was named after this guy Ossenburger that went to Pencey. He made a pot of dough in the undertaking business after he got out of Pencey. What he did, he started these undertaking parlors all over the country that you could get members of your family buried for about five bucks apiece. You should see old Ossenburger. He probably just shoves them in a sack and dumps them in the river. Anyway, he gave Pencey a pile of

---

① 下列引文选自 J.D. Salinger, *The Catcher in the Rye*, Bantam Books, A National General Company, 1964。

dough, and they named our wing after him. The first football game of the year, he came up to school in this big goddam Cadillac, and we all had to stand up in the grandstand and give him a locomotive—that's a cheer. Then, the next morning, in chapel, he made a speech that lasted about ten hours. He started off with about fifty corny jokes, just to show us what a regular guy he was. Very big deal. Then he started telling us how he was never ashamed, when he was in some kind of trouble or something, to get right down on his knees and pray to God. He told us we should always pray to God—talk to Him and all—wherever we were. He told us we ought to think of Jesus as our buddy and all. He said *he* talked to Jesus all the time. Even when he was driving his car. That killed me. I can just see the big phony bastard shifting into first gear and asking Jesus to send him a few more stiffs. The only good part of his speech was right in the middle of it. He was telling us all about what a swell guy he was, what a hot-shot and all, then all of a sudden this guy sitting in the row in front of me, Edgar Marsalla, laid this terrific fart. It was a very crude thing to do, in chapel and all, but it was also quite amusing. Old Marsalla. He damn near blew the roof off. Hardly anybody laughed out loud, and old Ossenburger made out like he didn't even hear it, but old Thurmer, the headmaster, was sitting right next to him on the rostrum and all, and you could tell *he* heard it. *Boy*, was he sore. He didn't say anything then, but the next night he made us have compulsory study hall in the academic building and he came up and made a speech. He said that the boy that had created the disturbance in chapel wasn't fit to go to Pencey. (pp.16-17)

C. 霍尔顿讨厌人家问他为什么离校出走,他觉得他所在的学校是一所令人厌恶的学校:

Then all of asudden, she said, "Oh, why did you *do* it?" She meant why did I get the ax again. It made me sort of sad, they was she said it.

"Oh, God, Phoebe, don't ask me. I'm sick of everybody asking me that," I said. "A million reasons why. It was one of the worst schools I ever went to. It was full of phonies. And mean guys. You never saw so many mean guys in your life. For instance, if you were having a bull session in somebody's room, and somebody wanted to come in, nobody'd let them in if they were some dopey, pimply guy. Everybody was always *locking* their door when somebody wanted to come in. And they had this goddam secret fraternity that I was too yellow not to join. There was this one pimply, boring guy, Robert Ackley, that wanted to get in. He kept trying to join, and they wouldn't let him. Just because he was boring and pimply. I don't even feel like talking about it. It was a stinking school. Take my word." (p.167)

3. 其他重要作品链接

A. 短篇小说集：

《九篇短篇小说集》(*Nine Stories*, 1953)

《弗兰妮和朱埃》(*Franny and Zooey*, 1961)

《塞莫尔和木匠们,将屋梁举高》(*Raise High the Roof-Beam, Carpenters and Seymour—An Introduction*, 1963)

第二节 杰克·凯鲁亚克与《在路上》

1. 生平透视

杰克·凯鲁亚克(Jack Kerouac, 1922—1969)是"垮掉的一代"的代表作家,1922年3月12日生于马萨诸塞州罗维尔市。父亲是个虔诚的天主教徒,以办小印刷厂为生。后来全家移居纽约市,杰克在那读完中小学,1940年考进哥伦比亚大学,几次想休学去打工,后来勉强维持到毕业后便应征入伍。二次大战时他曾在美国商船队服役,后转入海军,因患精神分裂症被复员回家。1942年病愈后,他返回哥伦比亚大学读书,开始试写小说。1950年,第一部长篇小说《镇与城》出版,反应一般,他十分气愤。他先后当过体育记者、水手、守林员和铁路工等,只能在业余写作,时断时续,难于一气呵成。他认为评论界看不起他的作品,使他怀才不遇,在生活激流中苦苦挣扎。

1951年4月,凯鲁亚克把一百二十英尺长的一卷白纸放入打字机,连续打了三个星期,一口气将他和朋友们在美国和墨西哥各地的流浪生活都打下来,不加任何修改就成了长篇小说《在路上》。小说书稿在某出版社压了六年,1957年改由企鹅出版社出版。出版后,小说的风格引起评论界的激烈争论。作者称它是"自发的散文",写作过程是"速写式"的。有人批评他这种文风是粗糙的、碎片式的、不符合创作规则的,跟诗人艾略特和新批评派倡导的风格是相对立的;有的赞扬他自然而然地抒发感情自成文章,开创了小说创作的新风。小说受到社会各界的欢迎。

成功后,凯鲁亚克继续埋头创作,又出版了好几部长篇小说和游记,主要有《达摩的流浪汉》(1958)、《在路上》的续编《地下人》(1958)、《萨克斯医生》(1959)、游记《孤寂的旅客》(1960)、长篇小说《孤独的天使们》(1965)和游记《在巴黎悟道》(1966)等以及遗作《匹克》(1971)。晚年,他一再想戒酒,但没有成功。

1969年10月21日,凯鲁亚克酗酒过度引发肝硬化在佛罗里达州圣彼得堡不幸去世,年仅四十七岁。他被认为是20世纪影响最大的小说家之一。

2. 代表作扫描

凯鲁亚克是"垮掉的一代"的代表作家。他一生曾拼命写了十几部长篇小说。但各部小说的写作技巧大同小异,共同的特点是都带有明显的自传性,采用流浪汉小说的叙事策略,质量参差不齐。在同一部小说里也有差别,有的写得较好,有的比较平淡,结构杂乱,像信手捡来的散文。

在这些长篇小说中,《在路上》是凯鲁亚克的成名作,也是他最成功的代表作。

1) 故事和人物盘点:

《在路上》(*On the Road*)故事发生在50年代的美国和墨西哥,主要描写小说主人公萨尔跟他一群青年朋友到科罗拉多、加利福尼亚、弗吉尼亚、纽约和墨西哥各地四次旅游的见闻和经历。他们是一群无拘无束的青年,不问政治,向往原始的西部生活,沉迷于爵士乐、性爱和吸毒。他们没有正当职业,收入不多。在流浪途中,萨尔和迪恩往往住最便宜的汽车旅馆或简陋的棚屋,有时身上没钱,只好露宿街头或免费的公园。有时口袋里仅剩四十美分,不得不匆忙去打工挣点钱。尽管生活颠沛流离,但他们之间有可贵的友谊,温暖着每个人的心。他们过着没有理想的颓废生活,失去了社会的立足点。他们到处奔波,盲目地追寻自我,走南闯北,东游西逛,没日没夜地流浪,最后还是"在路上"。

小说中的人物都是真实人物的化身。主人公萨尔仿佛是凯鲁亚克自己。其他几个人物大都是他的朋友。如核心人物莫里阿蒂就是作者的好友卡萨迪。马克斯是著名诗人金斯堡。他们志同道合,气味相投,一起出游,不断地奔跑,一直"在路上",找不到落脚的地方。

2) 风格和语言聚焦:

《在路上》在艺术风格上很有特色。凯鲁亚克称它为"自发的散文",写作过程是自然而然一挥而就的,没有经过任何雕琢和修饰。小说的故事带有自传性,令人觉得亲切可信。它的风格主要是现实主义的,但在叙述中有自然主义的影响。

正如前面所说的,凯鲁亚克的写作风格曾引起激烈的争论:有的批评,有的赞扬,但作者坚持认为,这种自然而然的打字形式可以持续不断地表露他的内心变化,展现他吸毒后产生的幻觉和梦境,倾吐他那狂热而压抑的感情,最大限度地表现生活的紧张和人物情感的强度,犹如爵士乐的节奏一样。经过作者的反复实践,学界逐渐接受了他的风格。有人认为他开创了美国小说风格的新风。

小说的人物形象带有凯鲁亚克和他几个朋友的影子。故事大都是他们的亲身经历,叙述朴实,带讽刺、幽默和消极沉郁的色彩。有些章节幻觉、梦境与现实相结合,展示人物内心飘忽不定的状态,亦真亦幻,令人迷惑不解,气氛比较压郁。

小说语言丰富多彩。大量俚语的运用增添了叙述的生动性。这些青年中流行的俚语和行话使青年读者仿佛找到了知音,引发感情上的共鸣。艺术魅力自然显露出来。

不过,小说文笔相差很大。有的章节相当精彩优美;有的章节平淡无味,结构又杂又乱,像缺乏严密思考的造作。思想上艺术上自然逊色不少,显露了自然主义的痕迹。

3) 意义和影响总览:

《在路上》不仅是凯鲁亚克的代表,而且它和诗人金斯堡的长诗《嚎叫》被公认为"垮掉的一代"的代表作。如果说《嚎叫》是美国上世纪50年代"垮掉的一代"的宣言书,《在路上》就是他们最重要最通俗的声明。因此,小说在欧美文艺界具有相当广泛的社会影响。

"垮掉的一代"是美国五十年的产物。50年代是美国二次大战后的经济重建时期,朝鲜战争加上东西方冷战使世界动荡不安。麦卡锡主义的横行迫害了许多知识分子,许多民众处于被怀疑、调查甚至审问的状态,精神十分压抑,看不到生活的前景。"垮掉"指的是一群青年被当时僵化而沉闷的社会从精神上压垮了。凯鲁亚克坦率地说,有个朋友用"垮掉"来表达他们精神上对社会的绝望以及对世界末日即将来临的恐惧。后来,他从家乡的教堂里发现"垮掉"一词与《圣经》里耶稣"登山训诲"的福音有联系,更觉得这个词很不错。同时,英文"垮掉"(Beat)还有节拍的意思。这也可体现他们年轻人对节拍狂热而急促的爵士乐的爱好。因此,他们快活地自称为"垮掉的一代"。

小说通过主人公萨尔和他四个朋友的流浪表现了他们没有理想、没有希望的颓废生活和消极低沉的心态。他们被社会所抛弃,想逃离象征现代化的城市,成了迷失生活方向的流浪者,在望不到尽头的路上不停地奔跑。这是二次世界大战后美国社会环境造成的。因此,《在路上》从一个侧面反映了50年代美国青年的艰辛生活,讽刺和抨击社会的沉闷、僵化及其对新一代青年的冷漠和压抑,对青年们的遭遇大声"嚎叫",要求改变这不合理的社会现状。因此,它具有重要的现实意义和艺术价值。

不仅如此,《在路上》生动地揭示了美国汽车旅馆丰富的文化。50年代经济复苏了,人们收入增加了,外出旅游的人多了。设在高速公路旁的汽车旅馆应运而生。它的价格和设备参差不齐。有钱人开豪华小汽车,住高级房间,菜肴丰盛。"垮掉的一代"几个年轻人找不到正当职业,口袋里没几个钱,只能开着破旧的二手车,租用最廉价、设备最差的房间。有时连这么差的房间也住不起,只好去露宿街头或公园了。他们有时边打工边解决吃住问题。他们染上毒品,难以自制,但相互关照,过一天算一天,继续在路上奔跑。从他们身上不难发现:汽车旅馆文化存在许多矛盾和差异。它们并不是"垮掉的一代"的避难所或安乐窝。它只认钱不认人。身无分文的人只得滚得远远的。

总之,《在路上》生动而深刻地反映了50年代青年一代被社会边缘化及其造成的危害,给无数家长们和社会人士们敲响了警钟。它响亮发出了青年人不平的呼声,引起了社会各界的严重关注。"垮掉的一代"虽有消极颓废的落后成分和吸毒的恶习,但他们鸣不平的呼声意义重大。它催生了60年代

第四章
大声呐喊的"垮掉的一代"

轰轰烈烈的"反文化"运动,成了走上街头的嬉皮士们的先驱。凯鲁亚克被公认为"垮掉的一代"的代言人而在美国文学上占有一席之地。

4) 文本名段点击①:

A. 小说主人公"我"盼望与在路上出生的迪恩会面:

I first met Dean not long after my wife and I split up. I had just gotten over a serious illness that I won't bother to talk about, except that it had something to do with the miserably weary split-up and my feeling that everything was dead. With the coming of Dean Moriarty began the part of my life you could call my life on the road. Before that I'd often dreamed of going West to see the country, always vaguely planning and never taking off. Dean is the perfect guy for the road because he actually was born on the road, when his parents were passing through Salt Lake City in 1926, in a jalopy, on their way to Los Angeles. First reports of him came to me through Chad King, who'd shown me a few letters from him written in a New Mexico reform school. I was tremendously interested in the letters because they so naïvely and sweetly asked Chad to teach him all about Nietzsche and all the wonderful intellectual things that Chad knew. At one point Carlo and I talked about the letters and wondered if we would ever meet the strange Dean Moriarty. This is all far back, when Dean was not the way he is today, when he was a young jailkid shrouded in mystery. (pp.3-4)

B. 主人公晚上流落丹佛市街头黑人区时感慨万分:

At lilac evening I walked with every muscle aching among the lights of 27th and Welton in the Denver colored section, wishing I were a Negro, feeling that the best the white world had offered was not enough ecstasy for me, not enough life, joy, kicks, darkness, music, not enough night. I stopped at a little shack where a man sold hot red chili in paper containers; I bought some and ate it, strolling in the dark mysterious streets. I wished I were a Denver Mexican, or even a poor overworked Jap, anything but what I was so drearily, a "white man" disillusioned. All my life I'd had white ambitions; that was why I'd abandoned a good woman like Terry in the San Joaquin Valley I passed the dark porches of Mexican and Negro homes; soft voices were there, occasionally the dusky knee of some mysterious sensual gal; and dark faces of the men behind

---

① 下列引文选自 Jack Kerouac, *On the Road*, Penguin Books, 1976。

rose arbors. Little children sat like sages in ancient rocking chairs. A gang of colored women came by, and one of the young ones detached herself from motherlike elders and came to me fast—"Hello Joe!"—and suddenly saw it wasn't Joe, and ran back, blushing. I wished I were Joe. I was only myself, Sal Paradise, sad, strolling in this violet dark, this unbearably sweet night, wishing I could exchange worlds with the happy, true-hearted, ecstatic Negroes of America. (p.180)

C. 主人公经历在路上的漂泊后对美国的感触：

So in America when the sun goes down and I sit on the old broken-down river pier watching the long, long skies over New Jersey and sense all that raw land that rolls in one unbelievable huge bulge over to the West Coast, and all that road going, all the people dreaming in the immensity of it, and in Iowa I know by now the children must be crying in the land where they let the children cry, and tonight the stars'll be out, and don't you know that God is Pooh Bear? the evening star must be drooping and shedding her sparkler dims on the prairie, which is just before the coming of complete night that blesses the earth, darkens all rivers, cups the peaks and folds the final shore in, and nobody, nobody knows what's going to happen to anybody besides the forlorn rags of growing old, I think of Dean Moriarty, I even think of Old Dean Moriarty the father we never found, I think of Dean Moriarty. (pp.309-310)

3. 其他重要作品链接

A. 长篇小说：

《镇与城》(*The Town and the City*, 1950)

《达摩的流浪汉》(*The Dharma Bums*, 1958)

《地下人》(*The Subterraneans*, 1958)

《萨克斯医生》(*Dr. Sax*, 1959)

《梅基·卡西地》(*Maggie Cassidy*, 1959)

《特里斯蒂莎》(*Tristessa*, 1960)

《大超》(*Big Sur*, 1962)

《孤独的天使》(*Desolation of Angels*, 1965)

《匹克》(*Pic*, 1971)

B. 诗集：

《墨西哥市布鲁斯》(*Mexica City Blues*, 1959)

《天堂》(*Heaven and Other Poems*, 1977)

C. 游记及其他：

《孤寂的旅客》(*Lonesome Traveler*, 1960)

《在巴黎悟道》(*Satori in Paris*, 1966)

《柯迪的想象》(*Visions of Cody*, 1959 部分, 1970, 全文)

第五章 闪亮登场的黑色幽默小说家们

第一节 约瑟夫·海勒与《第二十二条军规》

1. 生平透视

约瑟夫·海勒(Joseph Heller, 1923—1999)是"黑色幽默"小说的杰出代表,1923年5月1日生于纽约市布鲁克林区柯尼岛。父母都是犹太人。1942年他参加了美国空军赴欧洲作战,曾驻过意大利等地。战后,他复员回国进入纽约大学,本科毕业后升入哥伦比亚大学。1949年他获得硕士学位。随后,他作为富布莱特学者前往牛津大学深造。1950年至1952年,他去宾州州立大学短期教过英国文学。1952年至1961年,他先后担任《时代》和《展望》等杂志的广告作家,业余动笔写《第二十二条军规》。1961年小说正式出版后,引起全国轰动。它的反战思想在读者中产生了共鸣。海勒一举成名,成为全国读者瞩目的作家。

成名后,海勒辞去了工作,专事文学创作,相继发表了几部长篇小说,如描写某公司职员的心理矛盾和精神苦恼的《出了毛病》(1974)、叙述犹太教授高尔德想往上爬的空虚心态和生活堕落的《像高尔德一样好》(1979)等。八、九十年代他又有新作问世,如长篇小说《天晓得》(1984)、《画这个》(1988)和《结局》(1994)。《结局》是《第二十二条军规》的续集。主人公还是约塞连。他经历了两次与妻子离婚后心灰意冷,孤独地住在纽约曼哈顿区。他感慨一生潦倒,这回面对死亡已无能为力了。海勒还与斯皮德·伏格尔合写了《决非开玩笑的事》(1986)。此外,他早年还发表过两个剧作:《我们轰炸了纽黑文》(1968)和《克列文格的磨练》(1974),但反响不大。

1999年12月12日,约瑟夫·海勒在纽约州汉姆顿因病离开了人世。

2. 代表作扫描

约瑟夫·海勒是美国黑色幽默小说的开路先锋。《第二十二条军规》的问世震动了沉闷的美国文坛。当时正逢越南战争期间,美国各大学校园里到处都在谈论这部讽刺小说。小说的反战主题和新奇的艺术风格使这部长篇小说成了海勒的成名作和代表作,同时也成了美国60年代影响最深远的黑色幽默的代表作。

1) 故事和人物盘点:

《第二十二条军规》(*Catch-22*)的故事发生在第二次世界大战中1944年意大利附近地中海的皮亚诺扎小岛上的美国空军基地。主人公约塞连是美国驻欧洲256空军轰炸机中队的上尉飞行员。他按照上级命令,已经飞往法国和意大利执行了四十八次轰炸任务。他不想升官发财,只想飞完规定的次数早日回家。但他马上还得再去飞。中队司令卡恩卡特上校想当将军,向上级报功,刻意将每人飞行任务提高至四十次、五十次、甚至六十次,约塞连很气愤,想抵制它,也装疯卖傻过,总是无济于事。空军内部有个第二十二条军规。按规定,疯子可停止飞行。但停止飞行要由本人提出申请。可是,能提出申请的人,说明他头脑正常,没有发疯。这样,他还得再去飞。约塞连感到很失望。第二十二条军规成了军官们瞎指挥和愚弄士兵的骗局,犹如套在飞行员脖子上的圈套。军官们又常随意解释,谁不执行他的命令,谁就违反军规要受惩罚。约塞连看到两个战友死得很惨,对战争厌倦。最后,他拒绝继续飞行去执行轰炸任务。上司想跟他做一笔交易,只要他说他喜欢他们,他们就授予他一枚英雄勋章,但他没有接受。后来,他在随军牧师和战友的帮助下开小差逃往瑞典。

小说主人公约翰·约塞连是美国空军轰炸机中队的上尉飞行员。他年轻、勇敢、认真执行任务。他有正义感,看到战友忙得疲惫不堪,上司为了往上爬,不顾飞行员的死活,任意增加飞行次数,十分气愤。他讨厌争名争利,用非法手段去发大财,只想早日回家。他对第二十二条军规非常不满,曾在德里德将军给他颁奖的仪式上脱光了衣服装疯,也曾以吃肥皂扮疯,结果都没有成功。他在空中曾想帮战友一把,亲眼见到战友太累被敌机击中,连肠子都流出来了。他终于拒绝与上司做非法的交易,逃往中立国瑞士,当个逃兵,告别了肮脏的军队生活。

2) 风格和语言聚焦:

《第二十二条军规》的艺术风格是个创新。它不同于现实主义的小说。全书共四十二节,每节重点写一人或一事。没有统一的情节发展线索,也没有刻意塑造人物形象。约塞连是小说主人公,但有关他的描述只占一节。不过,其他各节里的人物与他息息相关,他仍是故事的核心。小说充满着混乱、疯狂和喧闹的气氛,作者称之为一种"严肃的荒诞",洋溢着"黑色幽默"的色彩。所以,小说被称为美国黑色幽默小说的开山之作。

什么叫黑色幽默呢?它是用怪诞的喜剧手法来表现20世纪60年代美国社会的悲剧性事件,展示社会的畸形和人性的扭曲。它不同于传统的幽默。有人称它是荒诞的幽默、变态的幽默或病态的幽默。它常常与传统的幽默相结合,以辛辣的讽刺、古怪的挖苦、哭与笑的颠倒混合等手法,在小说里构建一个可恨、可怕和可笑的艺术世界。小说主人公往往是"反英雄"的形象。他们无可奈何地生活在变态的社会里,命运坎坷,任凭权威力量的摆布,身心备受无理的折磨,变成言行古怪、人性扭曲的"荒诞人"。他们在社会环境无情的压制下逆来顺受。既无法改变现状,又没能力逃脱,解救自己,只能用黑色幽默的笑声,来忍受一切说不清的孤独和痛苦。

除了艺术结构没有统一的情节以外,小说是由一幅幅不同画面组成的一个有机体,如官兵的酗酒、吵架和嫖娼等,以主人公约塞连为中心,将这些片断或插曲串连起来。《第二十二条军规》完全摆脱了传统小说"三一律"的老框框,闯出了一条新路子,为60年代衰竭的美国小说找到了突破口。

尽管如此,小说里仍不乏精彩的细节描写。比如:司务长米洛勾结上司,在空军里成立一个 M&M 果蔬产品联合公司,从买卖鸡蛋和水果开始赚钱,逐步发展到将欧洲战场变成牟取暴利的自由市场。米洛一伙秘密与美德双方签订合同,大发国难财,充分暴露了他们勾结敌人的可耻面目。这些细节生动具体,富有生活气息,显得真实可信,很有说服力。

小说常常颠倒时空,变换场景,想象与事实相结合,以美国空军来比喻整个美国社会,将欧洲战场上暴露的军队腐败与社会的混乱、官僚制度的弊病联系起来,冷嘲热讽入木三分,富有喜剧性的夸张和幽默,令人耳目一新。

小说语言简练,通俗易懂,对话简洁有力。海勒早年曾受海明威精练文体的影响,讲究用词的经济、简练和生动。他所创造的新词 Catch-22 已进入英语词典,为大家所接受,成了表示人们自己的困境和苦恼的一个新词条。

《第二十二条军规》成了最出名的黑色幽默的代表作。海勒的新探索为美国后现代派小说的发展开辟了途径。

3) 意义和影响总览:

《第二十二条军规》以第二次世界大战中美国驻外空军战斗的题材揭露了美军内部争权夺利,上级压制下级的腐败现象,将讽刺矛头指向美国权力中心,具有深刻的现实意义。小说技巧上锐意创新,从结构、情节到语言大胆试验,形成黑色幽默的独特风格,开创了美国后现代派小说的先河,使美国小说走出60年代的困境,进入后现代派小说的新时代。

《第二十二条军规》写的是第二次世界大战后期的故事。小说却没有描写敌我殊死决战的大场面,也没有揭露纳粹德国的法西斯暴行。海勒坦言,虽然他二次大战中当过美国空军轰炸机飞行员,但他对战争不感兴趣。他关注的是军队内外官僚机构中的人际关系。他善于用喜剧性的夸张和讽刺手法揭露不合理、不公正的社会弊病,使他的黑色幽默具有尖锐的批判力度和感人的艺术魅力。

首先,小说揭露了所谓第二十二条军规对飞行员们的压制。它像个无形的圈套,紧紧地卡住主人公约塞连和他的同伴们。美军轰炸机的飞行员们是认真而勇敢的,按理说上司应该多加关照,合理安排任务。但是司令卡恩卡特上校追求个人的名利,将每人的飞行任务由三十二架次猛升至六十次,严重地挫伤了飞行员的积极性。约塞连怀疑世界疯了,周围的人都想暗算他。军队内部有人在食物中放毒;敌方高射炮想射杀他。他感到太不安全了。他反复地说:"他们每个人都想杀害我。"他想早日飞完规定的飞行任务,回家休息。但第二十二条军规使他的愿望无法实现,一次又一次使他失望。他从怀疑、彷徨、痛苦到绝望,最后开小差逃至瑞典。小说第五章写道:"约塞连觉得第二十二条军规订得真是极其简单明了,所以深深地受感动,肃然起敬地吹了一声口哨。"他说,"这个第二十二条军规倒真是个很妙的圈套。"小说的反讽十分生动有力地揭示了第二十二条军规的实质。

事实上,第二十二条军规并不存在。但军队里人人都认为它存在。因为没有具体的条文,上司可随意解释。你飞满了四十次,还是不能回家。上司命令你再飞,你一定得服从命令,否则要问罪。由此可见,第二十二条军规是个不合理、不民主的法规。它无情地折磨和压制飞行员们,甚至置人于死地。它是多么荒唐!多么专横!多么冷酷!

其次,小说以逼真的画面展示了美国空军内部军官们互相倾轧的丑恶现象。三十六岁的中队司令卡斯卡特上校既自负又沮丧,为了当上将军,千方百计巴结上司,不顾下级的死活,将飞行次数由三十二次增至六十次;联队司令德里德将军与二十七空军司令佩克姆将军暗中勾心斗角,互相倾轧,竟为军营的门朝哪儿开的小事闹得不可开交。斯克斯考夫中尉每次向士兵们大声发号施令,显得洋洋得意,不可一世。后来,他发明了让士兵们正步走时手臂能整齐划一摆动的秘诀,竟被破格晋升为中将。军队内部的腐败可见一斑!人们担心:这样的军队怎么能打胜仗?

再次,小说以生动的细节揭示了司务长米洛肆意勾结几个上司,联合开办了M&M果蔬产品联合公司,以买卖鸡蛋和水果为名,与美德双方签订合同赚大钱。他先与美军当局签订了契约,规定每炸掉一座德军桥梁,美军要付给他轰炸费加百分之六的小费。然后,他与德军签了守桥合同,由德方付给他百分之六的小费加一笔防卫费。在敌我双方的激烈交战中,他这样不分敌我,贪图小利,大搞投机买卖,完全丧失了人类应有的正义感。这样的败类,战后不仅未受到任何惩罚,反而官运亨通,当上马尔他副总督和巴勒莫市市长,到处受到人们夹道欢迎。这种颠倒是非,混淆黑白的丑事正是小说对美军官僚体制的极大讽刺。

末了,小说还将美国空军内部的腐败与社会体制的腐败联系起来,对美国的民主和法制提出质疑和批评,获得了广大读者的认可。《第二十二条军规》不仅揭露了美国空军官僚体制对普通飞行员们的愚弄和欺压以及军官内部的腐败;而且影射了美国社会体制对平民百姓的种种压制和愚弄。社会上也有这个法,那个法,似乎能保障民众的自由和平等。事实上并不是这回事。各级政府官员往往随心所欲地加以说明和补充,使那些法规形同虚设,变成蒙骗群众的圈套。难怪生活在这种社会里的人,只有自认倒霉,到处碰壁,哪里谈得上"自由"和"民主"呢?海勒结合自己在二次大战中的亲身经历,大胆地揭露美国社会民主和法制的虚伪性,表达了广大民众的心声。

作为一部划时代的创新之作,《第二十二条军规》意义极不平凡,影响相当深远。从它1961年问世至1980年二十年中，单是科吉出版社就发行了一百五十万多册。至今已出现几种语言的不同版本,受到各国读者们的欢迎。在美国,对它的评价一直很高。有的说,这是一部艺术魅力巨大的小说;有的说,它是二次世界大战后最受推崇的作品;甚至有人认为"这是英语文学的伟大创举"。

不过,小说也有不足之处,如结构比较散乱,缺乏主要线索,有些男女关系写得太露,对人物命运的描写有存在主义倾向。

尽管如此,《第二十二条军规》仍是一部划时代的杰作。它将当代美国小说推向后现代主义的新阶段。美国小说终于告别了60年代枯竭时期的死胡同,走上新的发展大道。约瑟夫·海勒成了一位伟大的开拓者而载入史册。

4) 文本名段点击[①]:

A. 主人公约塞连不满上司乱增加飞行次数,常常装病住院:

Yossarian ran right into the hospital, determined to remian there forever rather than fly one mission more than the thirty-two missions he had. Ten days after he changed his mind and came out, the colonel raised the missions to forty-five and Yossarian ran right back in, determined to remain in the hospital forever rather than fly one mission more than the six missions more he had just flown.

Yossarian could run into the hospital whenever he wanted to because of his liver and because of his eyes; the doctors couldn't fix his liver condition and couldn't meet his eyes each time he told them he had a liver condition. He could enjoy himself in the hospital, just as long as there was no one really very sick in the same ward. His system was sturdy enough to survive a case of someone else's malaria or influenza with scarcely any discomfort at all. (p.179)

B. 司务长米洛组织了一家"M&M"蔬菜公司,拉许多军官入股,从敌我双方发战争财,干了卖国的勾当而未受到应有的处罚:

Milo's planes were a familiar sight. They had freedom of passage everywhere, and one day Milo contracted with the American military authorities to bomb the German-held highway bridge at Orvieto and with the German military authorities to defend the

---

[①] 下列引文选自Joseph Heller, *Catch-22*, Corgi Books, 1964。

highway bridge at Orvieto with antiaircraft fire against his own attack. His fee for attacking the bridge for America was the total cost of the operation plus six per cent, and his fee from Germany for defending the bridge was the same cost-plus-six agreement augmented by a merit bonus of a thousand dollars for every American plane he shot down. The consummation of these deals represented an important victory for private enterprise, he pointed out, since the armies of both countries were socialized institutions. Once the contracts were signed, there seemed to be no point in using the resources of the syndicate to bomb and defend the bridge, inasmuch as both governments had ample men and material right there to do so and were perfectly happy to contribute them, and in the end Milo realized a fantastic profit from both halves of his project for doing nothing more than signing his name twice. (p.272)

C. 空军内部腐败，上司要与约塞连做交易，只要他说好话不批评他们，他们就封他为"大英雄"：

"Don't believe the official report," Yossarian advised dryly. "It's part of the deal."

"What deal?"

"The deal I made with Colonel Cathcart and Colonel Korn. They'll let me go home a big hero if I say nice things about them to everybody and never criticize them to anyone for making the rest of the men fly more missions."

The chaplain was appalled and rose halfway out of his chair. He bristled with bellicose dismay. "But that's terrible! That's a shameful, scandalous deal, isn't it?"

"Odious," Yossarian answered, staring up woodenly at the ceiling with just the back of his head resting on the pillow. "I think 'odious' is the word we decided on."

"Then how could you agree to it?"

"It's that or a court-martial, Chaplain." (p.458)

3. 其他重要作品链接

A. 长篇小说：

《出了毛病》(*Something Happened*, 1974)

《像高尔德一样好》(*Good as Gold*, 1979)

《天晓得》(*God Knows*, 1984)

《画这个》(*Picture This*, 1988)
《结局》(*Closing Time*, 1994)

B. 剧作:

《我们轰炸了纽黑文》(*We Bombed in New Haven*, 1968)
《克列文格的磨练》(*Clevinger's Trial*, 1974)

C. 自传:

《此时彼时》(*Now and Then*, 1998)

第二节　柯特·冯尼格特与《五号屠场》

1. 生平透视

柯特·冯尼格特(Kurt Vonnegut, Jr., 1922—2007)是从混乱的60年代崛起的一位优秀小说家,1922年11月11日生于印第安纳州首府印第安纳波利斯一个小康之家。父亲和祖父都是建筑师和画家,在当地有些名气。十八岁时,他考入康奈尔大学攻读生物化学,但他酷爱文艺。1942年他应征入伍,随美军步兵师赴欧洲作战。1944年12月,他被德军俘虏,关押在德累斯顿集中营,在地下屠宰场的冷库当苦工。同年,英美盟军飞机轰炸德累斯顿,战俘营成了废墟,十多万人葬身火海。他躲在地下冷库幸免于难。战后,他被遣送回国,1915年至1947年入读芝加哥大学人类学专业,兼任当地记者。1947年至1950年任职于纽约公共电力公司。1950年起他辞去工作,专心写作。1952年长篇小说《自动钢琴》出版,反应不大。他并不灰心,1959年又推出《泰坦族的海妖》,仍未受到学界的关注。

60年代终于迎来了新的转机。冯尼格特接连有多部长篇小说问世,如《夜妈妈》(1961)、《猫的摇篮》(1963)、《上帝保佑你,罗斯瓦特先生》(1965)和《五号屠场》(1969)。除了《夜妈妈》以外,后三部长篇小说使他出了名,特别是《五号屠场》深受评论界的赞赏,奠定了他最有影响的小说家声誉。

成名后,冯尼格特先后应邀到衣阿华大学、哈佛大学和史密斯学院任教,业余坚持写作。后来他又陆续发表了六部长篇小说,如《冠军的早餐》(1973)、《滑稽剧,或不再孤独》(1976)、《囚鸟》(1979)、《神枪手狄克》(1982)、《加拉帕戈斯群岛》(1985)和《冠军的早餐》的姐妹篇《蓝胡子》(1987)。1990年又出版了小说《魔法》。1997年他七十五岁高龄时,新作《时震》与读者见面。此外,他早年还发表过短篇小说集《欢迎到猴舍来》(1968)和评论集、电视剧本等。

2007年4月10日,冯尼格特在纽约病逝,终年八十五岁。

2. 代表作扫描

冯尼格特50年代开始发表小说,60年代闻名全国。他一生共出版了十三部长篇小说。在他成名的三部长篇小说中,《猫的摇篮》通过已故科学家、美国原子弹之父菲利克斯·霍尼克博士的儿子牛顿·霍尼克回忆他小时候与父亲相处的故事,提出了科学怎样造福于人类的社会道德问题,揭露了独裁政治与宗教势力相互勾结奴役小岛国人民的罪恶。小说情节离奇古怪,甚至荒诞不经,很受读者们,尤其是大学生们的喜爱。《上帝保佑你,罗斯瓦特先生》写的是大资本家后裔艾利奥特·罗斯瓦特没有子女可继承他的遗产,临终前宣布全县的孩子们,任何人只要给他当孩子,就能得到一分他的遗产。小说抨击了资本家靠欺诈和勒索等手段掠夺了社会财富,但过分美化了他们的慈善行为。《五号屠场》则是三部长篇小说中写得最成功的。不论在主题思想方面或艺术风格方面,都比其他两篇小说好得多,更受广大读者的欢迎。

因此,《五号屠场》(*Slaughterhouse-Five or The Children's Crusade*)成了冯尼格特最精彩的代表作。小说体现了他最高的艺术成就。

1) 故事和人物盘点:

《五号屠场》有个副标题叫"孩子们的十字军运动"。故事带有冯尼格特的自传色彩。背景在1944年第二次世界大战末期的德国至战后60年代的美国。主人公毕利·皮尔格里姆是作者的化身。他和作者一样,1922年出生,1944年入伍随军赴欧洲打仗,不久成了德军俘虏,关押于德累斯顿战俘营。五号屠场就是他的住处。英美空军狂炸战俘营时,毕利躲在地下冷库里才保全了性命。战后,他回国当了一家眼镜店的验光师,娶了一个富家丑女为妻,生活好多了。过了几年,儿子长大了,应征入伍参加特种部队去越南打仗。此后,小说转入生动迷人的科幻故事。

毕利步入中年四十四岁了。一天,他被外星人特拉尔法马多利亚人用飞碟劫走,放在他们居住的541号大众星球的动物园里展览,像猴子和大象一样供游客观赏。他起先很不自在,后来发现那些外星人对他很友好。他向他们学到许多知识,比如关于时间的概念,真让他异外地惊喜。他进行时间旅行,经历了想象不到的变化:他睡觉时是个老鳏夫,苏醒时成了婚礼上的新娘。可是过了一小时,新娘莫名其妙地死了。他从1955年出门,从另一个门1941年出来,再从这个门回去,发现已到了1963年。他多次见过自己的生与死,随意地回到往事中去。末了,他得了时间痉挛症,不知下一站往何处去……

小说主人公毕利·皮尔格里姆是个美国的青年士兵。二次大战后期,他随军赴欧洲战场与德军作战,不幸被俘,关押于德累斯顿屠宰场地下仓库当苦力,丧失了自由。虽然在大轰炸中幸免一死,但他的战俘生活是够苦的,每天要干十多个小时,那地下屠宰场活像个地狱。战后,他回国成了家,过着正常人的生活。但过不了平静的几年,他儿子又被征入伍,去越南打仗,他又面临着更大的苦恼,不知明天的生活会怎么样……

2)风格和语言聚焦:

《五号屠场》艺术风格独特,黑色幽默的特点突出,现实描写与科幻想象熔于一炉,画面拼贴,时序颠倒,文字游戏生动。它是一部成熟的后现代派小说。

与英美传统的现实主义小说不同,《五号屠场》结构松散,没有主要的故事线索,而是用许多简洁生动的画面拼贴起来,仿佛是一系列时断时续的个人感受和印象串成的。小说人物是怪诞的漫画式形象。时间随意跳跃或颠倒,以此讽喻美国社会的混乱和荒谬。

小说具有独特的科幻因素。作者知识渊博,想象力出众,熟悉自然科学,巧妙地将科幻故事与现实描写结合起来,亦真亦幻,诙谐幽默,讽刺挖苦,入木三分。故事往往能引人入胜,令人惊喜。

小说语言精练,描述细致。作者文笔犀利,想象奇特,爱玩文字游戏,臆造新词,对话生动有趣,深受青年大学生的青睐。60年代,《五号屠场》一度成为大学生们的必读书目。

冯尼格特主张"写即景诗",一切顺其自然,跟着感觉走。他最喜爱小说家多斯·帕索斯和斯坦贝克的小说。所以尽管他艺术技巧上作了多种试验,他仍然重视现实主义的细节描写。既保持新颖的艺术特色,又有深刻的批判力度和社会效应。他在小说叙述中常常插入作者或人物的议论,跨越体裁的界限,使叙述与评论以及科幻有机地结合起来,独树一格,丰富和发展了美国后现代派小说艺术。

3) 意义和影响总览:

《五号屠场》是一部以作者个人经历为基础的揭露战争的荒谬、残酷和不人道的反战小说,具有深刻的现实意义和艺术价值,在美国国内外产生了广泛的影响。

一方面,小说通过主人公毕利的不幸遭遇,控诉德国法西斯强迫战俘当苦力的暴行。毕利被俘后,关押在地下屠宰场干活,一天十多个小时,不得停歇,失去行动的自由,吃住条件极差,有的战俘太累患病得不到及时治疗,活活地死去。毕利虽然侥幸躲过英美飞机的大轰炸,但德累斯顿很多文化古迹成了废墟,十多万人被炸死,往日繁荣的街道成了一片火海。毕利亲身感受到战争的无情和残酷,滋生了反战情绪。战争狂人希特勒发动了灭绝人性的战争,最大受害者则是无辜的德国民众。毕利对德国法西斯暴行的揭露和控诉反映了人民的心声,获得了广大读者心里的共鸣。

另一方面,小说运用现实与幻想相结合的手法,以541号大众星上外星人的生活图景来对照和影射美国现实社会,嘲笑战争狂人的可悲和可笑,电视节目经常充斥触目惊心的谋杀案,书店里色情书籍和裸体照片随处可见,报纸上满是关于权力、车祸、淫乱和死亡的报导,市场上的电话机、自动收录机很多是水货。541号大众星上的人们有新观念,热爱文学和语言,重视对青年一代的教育。他们喜欢达尔文,相信科学,社会和谐,人们团结友爱。他们对耶稣不感兴趣……。这一切都是对美国社会方方面面弊病的无情抨击,特别是对当时流行的商品和消费文化的尖锐批评。因此,小说具有十分深刻的社会价值和历史意义。

《五号屠场》是一部优秀的黑色幽默小说。冯尼格特巧妙地将现实、虚构和科幻融为一体,使这部长篇小说成为美国后现代派小说的一部经典之作,他的名字被列入美国当代文学史。

4) 文本名段点击①：

A. 比利受伤被俘后被送进医院手术。他在五号屠场第一个晚上感到凄凉：

He was taken to a small private hospital. A famous brain surgeon came up from Boston and operated on him for three hours. Billy was unconscious for two days after that, and he dreamed millions of things, some of them true. The true things were time-travel.

One of the true things was his first evening in the slaughterhouse. He and poor old Edgar Derby were pushing an empty two-wheeled cart down a dirt lane between empty pens for animals. They were going to a communal kitchen for supper for all. They were guarded by a sixteen-year-old German named Werner Gluck. The axles of the cart were greased with the fat of dead animals. So it goes.

The sun had just gone down, and its afterglow was backlighting the city, which formed low cliffs around the bucolic void to the idle stockyards. The city was blacked out because bombers might come, so Billy didn't get to see Dresden do one of the most cheerful things a city is capable of doing when the sun goes down, which is to wink its lights on one by one.

There was a broad river to reflect those lights, which would have made their night-time winkings very pretty indeed. It was the Elbe. (p.156)

B. 比利请特鲁特参加他十八周年结婚纪念：

Billy invited Trout to his eighteenth wedding anniversary which was only two days hence. Now the party was in progress.

Trout was in Billy's dining room, gobbling canapés. He was talking with a mouthful of Philadelphia cream cheese and salmon roe to an optometrist's wife. Everybody at the party was associated with optometry in some way, except Trout. And he alone was without glasses. He was making a great hit. Everybody was thrilled to have a real author at the party, even though they had never read his books.

Trout was talking to a Maggie White, who had given up being a dental assistant to become a homemaker for an optometrist. She was very pretty. The last book she had

---

① 下列引文选自 Kurt Vonnegut, Jr., *Slaughterhouse-Five*, Dell Publishing, 1988。

read was *Ivanhoe*.

Billy Pilgrim stood nearby, listening. He was palpating something in his pocket. It was a present he was about to give his wife, a white satin box containing a star sapphire cocktail ring. The ring was worth eight hundred dollars. (p.163)

C. 比利经历了一次可怕的德累斯顿大轰炸：

Billy thought hard about the effect the quartet had had on him, and then found an association with an experience he had had long ago. He did not travel in time to the experience. He remembered it shimmeringly—as follows：

He was down in the meat locker on the night that Dresden was destroyed. There were sounds like giant footsteps above. Those were sticks of highexplosive bombs. The giants walked and walked. The meat locker was a very safe shelter. All that happened down there was an occasional shower of calcimine. The Americans and four of their guards and a few dressed carcasses were down there, and nobody else. The rest of the guards had, before the raid began, gone to the comforts of their own homes in Dresden. They were all being killed with their families.

So it goes.

The girls that Billy had seen naked were all being killed, too, in a much shallower shelter in another part of the stockyards.

So it goes.

A guard would go to the head of the stairs every so often to see what it was like outside, then he would come down and whisper to the other guards. There was a fire-storm out there. Dresden was one big flame. The one flame ate everything organic, everything that would burn.

It wasn't safe to come out of the shelter until noon the next day. When the Americans and their guards did come out, the sky was black with smoke. The sun was an angry little pinhead. Dresden was like the moon now, nothing but minerals. The stones were hot. Everybody else in the neighborhood was dead.

So it goes. (pp.180-181)

3. 其他重要作品链接

A. 长篇小说：

《自动钢琴》(*Player Piano*, 1952)

《泰坦族的海妖》(*The Sirens of Titan*, 1959)

《夜妈妈》(*Mother Night*, 1961)

《猫的摇篮》又译《翻绞绞》(*Cat's Cradle*, 1963)

《上帝保佑你,罗斯瓦特先生》(*God Bless You, Mr. Rosewater*, 1965)

《冠军的早餐》(*Breakfast of Champions*, 1973)

《滑稽剧,或不再孤独》(*Slapstick, or Lonesome No More*, 1976)

《囚鸟》(*Jailbird*, 1979)

《神枪手狄克》(*Deadeye Dick*, 1982)

《加拉帕戈斯群岛》(*Galápagos*, 1985)

《蓝胡子》(*Bluebeard*, 1987)

《魔法》(*Hocus Pocus*, 1990)

《时震》(*Timequake*, 1997)

B. 短篇小说集:

《欢迎到猴舍来》(*Welcome to the Monkey House*, 1968)

《巴甘姆伯鼻烟盒》(*Bagambo Snuff Box*, 1999)

C. 评论及其他:

《复活节前的星期日》(*Palm Sunday*, 1981)

《比死更糟的命运》(*Fates Worse Than Death*, 1991)

《一个没有国家的男人》(*A Man Without a Country*, 2005)

第三节 约翰·巴思与《烟草商》

1. 生平透视

约翰·巴思(John Barth, 1930—)是个风格奇特的第一代美国后现代派小说家。1930年5月27日,他生于马里兰州剑桥市。早年念过纽约市朱丽安音乐学校,后考入约翰·霍普金斯大学新闻系,又读了研究生,1952年获硕士学位。毕业后留校教英语,后受聘于宾夕法尼亚州立大学副教授,1965年改任纽约州立大学教授。1973年返回母校任教授兼驻校作家。他经常一面授课一面写作。

巴思大学毕业后便试写短篇小说。50年代他出版了两部长篇小说《飘浮的歌剧》(1956)和《大路尽头》(1958)。它们成了巴思探索虚无主义哲学的两部悲喜剧,基本上采用传统的现实主义创作方法。有人认为前者揭露了生活的荒谬性,而后者是心理现实主义的完美表达。第二部长篇小说比较受欢迎。

1960年,《烟草商》的问世标志着巴思文学创作的新开端。它的艺术风格与前两部长篇小说完全不同。它成了一部带有冒险色彩的史诗般的流浪汉小说,受到学界很高的评价,确立了他的小说家地位。接着,巴思又推出喜剧性的讽刺小说《羊孩子贾尔斯》(1966),描写青年学生贾尔斯受到坏人的迫害,在困惑和痛苦的心理中挣扎和反抗,希图拯救人类。1968年他出版了短篇小说集《消失在开心馆里》,汇集了十四个生动有趣的短篇小说,受到许多读者的喜爱。

1967年,巴思发表了论文《枯竭的文学》,对60年代美国小说走进了死胡同提出尖锐的批评,呼吁作家们大胆创新,走出困境,改变文学枯竭的现状。他的论文在全国引起了轰动,也获得许多作家的支持。

与此同时,巴思继续精心写作小说。1972年问世的小说《茨默拉》荣获了美国国家图书奖。巴思一跃成为全国瞩目的小说家。1979年,他再推出长篇小说《信件》,写了包括巴思本人的七个人物的信件。其中有五个是他以前小说中的人物和一个大学历史教授。这些人物生生死死,跨越他多部小说,十分新鲜有趣,也引起了学界的热烈争论。

1982年以来,巴思继续坚持写作,不断有新作与读者见面,主要有:长篇小说《休假年》(1982)、论文集《星期五之书》(1984)、长篇小说《潮水的故事》(1987)和《某水手最后一次航行》(1991)以及中篇小说《三条路交汇处》(2007)等。

巴思早已辞去教职,现住在巴尔的摩市,继续为美国文学添砖加瓦。

2. 代表作扫描

约翰·巴思擅长写长短篇小说,以长篇小说见长。他往往以自己的故乡马里兰州的历史和文化风情为背景,借用英国18世纪小说家菲尔丁等人的艺术手法和语言技巧,描绘家乡的人和事,展现了广阔的生活画面,受到读者的热烈欢迎。

在受欢迎的中长篇小说中有《大路的尽头》《烟草商》《羊孩子贾尔斯》《休假年》和《三条路交汇处》等。其中,结构最完美、人物最众多、场面最广阔、技巧最奇特、语言最丰富、主题思想最深刻的是《烟草商》。

因此,《烟草商》(The Sot-Weed Factor)成了学界公认的巴思的优秀代表作。

1) 故事和人物盘点:

《烟草商》是一部反映马里兰州遭遇不幸灾祸的历史小说。主人公艾本尼泽·库克是个真实的历史人物的化身。巴思以此为基础,虚构了一位他的同胞妹妹安娜。库克在导师帮助下读书仍没起色。他父亲叫他回家乡料理烟草种植园。他花了许多时间写诗,保持自身的纯洁。虽然多次横遭攻击,他仍不动摇。1708年,他完成了讽刺长诗《烟草商》,叙述马里兰州各种历险的经历和灾难性的遭遇。后来,库克到了美国,被誉为"桂冠诗人"。他决心写一部史诗《马里兰姑娘》,赞扬她的美德。最后,他却写成对长诗《烟草商》的讽刺。库克经历了多次冒险,有几次几乎送命,幸亏他的主人伯宁加姆出手相救,他才化险为夷。末了,他突然不见踪影,后来在巴思其他小说里又露面。

主人公艾本尼泽·库克是个英俊的青年。他天真无知,又聪明勇敢,遇事不慌,在历次冒险中沉着应对。他热爱诗歌,不辞劳苦创作了长诗《烟草商》,在美国荣获"桂冠诗人"的称号。他还想继续写诗,用新作《马里兰的姑娘》讽刺《烟草商》。他是个有理想、有抱负的青年。据说他是个重要的历史人物,著有讽刺诗《烟草商》(1708)。按照诗中说,他是个访问马里兰州的英国人,也有人说他是个美国人。生世不详。在他的激励下,巴思创作了《烟草商》。库克在小说中成了他的代言人。

2) 风格和语言聚焦:

《烟草商》展现了巴思锐意创新的多姿多彩的后现代派小说风格,从艺术结构、人物塑造、体裁搭配到谴词造句、文字游戏和语言风格都显示作者独具匠心,令人应接不暇。

首先,小说将马里兰真实的历史事件与虚构的人物相结合,在广阔的场面里活跃着一百多个人物,上演了一场狂欢、滑稽、诙谐的闹剧。他们既有美国人、印第安人,又有英国人和西班牙人。男人、女人、英雄、骗子以及基督教徒和天主教徒组成一个奇特的社会。小说仿佛成了世界的缩影,亦真亦幻,虚实结合,趣味横生,多姿多彩,引人入胜。

其次,小说艺术结构设计完美,变换复杂。小说中又有小说,犹如中国的魔匣,一个套一个,富有神秘色彩。小说中有诗歌和离题的评论,跨越了体裁的界限。作者还采用拼贴的手法,将海盗掠夺、遗产争夺和宗教冲突等几个画面与主人公库克乘船驶往马里兰的途中经历串连起来,增加情节的起伏和变化,使库克的历险更加丰富而神秘。

再次,小说用模仿18世纪的英语来叙述和描写库克不平凡的冒险。这在当代美国小说中是不多见的。巴思崇尚英国18世纪小说家菲尔丁的小说语言和艺术手法,从中汲取了滋养。他的模仿能力特强,几乎到了以假乱真的地步,令人拍案叫绝。《烟草商》是一部描述18世纪美国烟草商库克的冒险故事。巴思用模仿18世纪的英语来表述,显得更加逼真、更加动人有趣。同时,巴思喜欢用词造句标新立异,文字游戏花样百出,形成了多层次和多角度的叙述,富有独特的艺术魅力。

不过,盲目的模仿也造成了小说的不足。作者无法摆脱18世纪英国小说常见的毛病。结构散乱,常插入一些离题的议论,叙述重复较多,情节有点单调,人物描写缺乏深度。但是,时代发展了,巴思融入了许多创新的元素。尽管存在缺点,《烟草商》仍不失为一部多种小说技巧综合运用和创新的杰作。

3) 意义和影响总览:

《烟草商》是一部视角新颖的流浪汉小说。它展现了殖民时期马里兰州的历史题材,叙述了主人公库克的冒险经历,借古喻今,揭示了复杂的社会矛盾、宗教冲突和家族的遗产争夺等问题,具有重要的历史意义和艺术价值。

小说用三小部分介绍了主人公库克的生平,并给库克的原诗《烟草商》加了许多注释,然后寻根溯源加以延伸和推断,将各部分联接起来,展现库克既天真幼稚又大智大勇。他像初生牛犊不怕虎一样,勇于与艰难险阻和坏人坏事作斗争。他谦虚谨慎,《烟草商》出了名,他并不满足,还想再写《马里兰姑娘》。他是马里兰引为骄傲的一代青年。在他身上闪烁着马里兰人民的勤劳勇敢精神。他不愧是个马里兰优秀文化传统的代表。今天,库克这种精神仍然具有十分宝贵的意义。

与库克相反,小说描写了亨利·伯宁加姆第三的滑稽形象。他是库克的老师。有时他给库克指导,教他怎么做人,怎么去探索"无缝的宇宙",还几次救过库克的命。有时他与库克竞争,比谁高低。但他好吹牛,自诩是个"完美的追求者"、"天地万物的丈夫"和"宇宙的情人"。他自以为是,夸夸其谈,没有真才实学。他装扮成库克的主人,带领库克走过了一系列艰难的历程。可是,能战天斗地战胜坏人的唯有靠库克新一代青年了。

小说描写了海盗的横行和掠夺、家族遗产之争、邻居土地产权之争以及天主教徒与基督教徒的尖锐冲突,反映了殖民地时期复杂的社会矛盾。殖民主义者对这些事关民众的大事不闻不问,视而不见,使有些可及时解决的小矛盾酿成大冲突。小说抨击了殖民主义者的无能和冷漠,揭露了他们的贪婪自私和渎职腐败。

巴思自称《烟草商》是他的实验之作。的确试验很成功,意义非凡。有人称他将当代的小说创作试验做到了极限。他强调题材的新颖和艺术风格的独特是一部小说成功的关键。他博采众长,自成一格。他从英国小说家菲尔丁、乔伊斯、意大利作家伯吉斯和美国作家纳博科夫汲取了滋养,对传统小说的艺术大胆革新,使神话般的长篇小说创作在当代美国文坛复活了,从而帮助美国小说走出60年代枯竭的死胡同,迈上新的发展大道。

巴思在随后的创作中进一步探讨了小说艺术的创新问题。他倡导"再循环论"。在他的长篇小说《信件》里,他的人物起死回生,在几部不同的小说里反复出现。这部书信体小说长达七百多页,他历时十年才脱稿。信件内容莫名其妙,往往涉及活人和死人、正常人和变态人等,有的涵盖祖孙三代人。他的艺术技巧如拼贴、反讽、跨体裁、时序颠倒、事实与虚构的结合,玩文字游戏,生造新词和作者走进小说等等都有了进一步的发展。尽管他小说中的性描写往往太露,显示了自然主义的痕迹。他的小说艺术创新是难能可贵的。他对新一代美国小说家产生了重要的影响,为美国后现代派小说的不断发展作出了新贡献。

4) 文本名段点击①:

A. 伦敦某咖啡馆里流传着有关库克的有趣传说:

IN THE LAST TEARS of the Seventeenth Century there was to be found among the fops and fools of the London coffeehouses one rangy, gangling flitch called Ebenezer Cooke, more ambitious than talented, and yet more talented than prudent, who, like his friends-in-folly, all of whom were supposed to be educating at Oxford or Cambridge, had found the sound of Mother English more fun to game with than her sense to labor over, and so rather than applying himself to the pains of scholarship, had learned the knack of versifying, and ground out quires of couplets after the fashion of the day, afroth with *Joves* and *Jupiters*, aclang with jarring rhymes, and string-taut with similes stretched to the snapping-point.

As poet, this Ebenezer was not better nor worse than his fellows, none of whom left behind him anything nobler than his own posterity; but four things marked him off from them. The first was his appearance: pale-haired and pale-eyed, raw-boned and gaunt-cheeked, he stood — nay, *angled* — nineteen hands high. His clothes were good stuff well tailored, but they hung on his frame like luffed sails on long spars. Heron of a man, lean-limbed and long-billed, he walked and sat with loose-jointed poise; his every stance was angular surprise, his each gesture half flail. Moreover there was a discomposure about his face, as though his features got on ill together: heron's beak, wolfhound's forehead, pointed chin, lantern jaw, wash-blue eyes, and bony blond brows had minds of their own, went their own ways, and took up odd postures, which often as not had no relation to what one took as his mood of the moment ....

B. 库克被授予"马里兰桂冠诗人"称号,但他仍大胆揭露马里兰的社会弊病:

These marvels alone, it seems to the Author, are sufficient evidence to convict Mistress Clio on the charge of shamelessness once lodged against her by our poet; what then is one to think on seeing this same young Baltimore, in 1728, offer to Ebenezer Cooke a bona fide commission as Poet and Laureate of Maryland? "On to Hecuba!" as

---

① 下列引文选自 John Barth, *The Sot-Weed Factor*, A Bantam Book, Doubleday & Company, Inc., 1969。

our poet was wont to cry. Or, after the manner of his hybrid metaphors: let us plumb this muse's farce to its final deep and ring the curtain!

First, the Reader must know that after the burst of inspiration which drove him, during his convalescence at Malden in the winter of 1694, to compose not the promised Marylandiad but a Hudibrastic exposé of the ills that had befallen him, Ebenezer wrote no further verse for thirty-four years. Whether this fallowness was owing to the loss of his virginity, dissatisfaction with his talents, absence of inspiration, alteration of his personality, or some more subtle cause, it would be idle presumption to say, but Ebenezer was as astonished as will be the Reader to find that precisely during these decades his fame as a poet increased yearly! The manuscript of his attack on Maryland, one remembers, Ebenezer had taken with him on his shameful flight from Malden and entrusted, via Burlingame, to the captain of the bark Pilgrim. At the time, Ebenezer had been apprehensive over its safety and had exacted assurances from Burlingame that the captain would deliver it to a London printer; but in the rush of events thereafter, he forgot the poem entirely, and when, after the christening of Andrew Ⅲ, Life eased its hold upon his throat, he only wondered disinterestedly whatever became of it.

His slight curiosity was gratified in 1709, when his father sent him a copy of The Sot-Weed Factor under the imprint of Benjamin Bragg, at the Sign of the Raven in Paternoster Row! The Pilgrim's captain, Andrew explained in an accompanying letter, had delivered the manuscript to some other printer, who, seeing no profit in its publication, had passed it about as a curiosity. In time it had fallen into the hands of Messrs. Oliver, Trent, and Merriweather, Ebenezer's erstwhile companions, who, upon recognizing it as the work of their friend, created such a stir of interest that the printer decided to risk publishing it ....

C. 库克对自己写的《烟草商》不满意,很想另写一部诗作表达他的意愿:

Truth to tell, he had little to say any more in verse. From time to time a couplet would occur to him as he worked about his estate, but the tumultuous days and tranquil years behind him had either blunted his poetic gift or sharpened his critical faculties: The Sot-Weed Factor itself he came to see as an artless work, full of clumsy spleen, obscure allusions, and ponderous or merely foppish levities; and none of his later conceptions struck him as worthy of the pen. In 1717, deciding that whatever obligation he owed to his father was amply satisfied, he sold his moiety of Cooke's Point to one Edward Cooke—that same poor cuckold whose identity Ebenezer had once assumed to escape Captain Mitchell—and Anna hers to Major Henry Trippe of the Dorset militia; though "their" son Andrew Ⅲ was by this time a man of twenty-one and had already sustained whatever wounds the scandal of his birth was income, Ebenezer—now in his early fifties—performed various clerical odd-jobs as deputy to Henry and Bennett Lowe, Receivers General of the Province, with whom he became associated (the Author regrets to say) by reason of his conviction that their brother Nicholas was actually Henry Burlingame. Anna, be it said, did not permit herself to share this delusion, though she indulged it in her brother; but Ebenezer grew more fixed in it every day.

3. 其他重要作品链接

A. 长篇小说:

《漂浮的歌剧》(*The Floating Opera*, 1956)

《大路尽头》(*The End of the Road*, 1958)

《羊孩子贾尔斯》(*Giles Goat-Boy*; *or, The Revised New Syllabus*, 1966)

《茨默拉》(*Chimera*, 1972)

《信件》(*Letters: An Old Time Epistolary Novel by Seven Fictitious Drolls & Dreamers, Each of Whom Imagines Himself Actual*, 1979)

《休假年》(*Sabbatical: A Romance*, 1982)

《潮水的故事》(*The Tidewater Tales: A Novel*, 1987)

《某水手最后一次航行》(*The Last Voyage of Somebody the Sailor*, 1991)

B. 中短篇小说集:

《消失在开心馆里》(*Lost in the Funhouse*, 1968)

《三条路交汇处》(*Where Three Roads Meet*, 2005)

C. 评论集：

《星期五之书》(*The Friday Book: Essays and Other Nonfiction*, 1984)

《星期五续集》(*Further Fridays: Essays, Lectures, and Other Nonfiction, 1984—1994*, 1995)

《最后的星期五》(*Final Fridays: Essays, Lectures, Tributes & Other Nonfiction, 1995—*, 2012)

4. 著作获奖信息

1972年《茨默拉》荣获美国国家图书奖。

第四节　弗拉迪米尔·纳博科夫与《洛丽塔》

1. 生平透视

弗拉迪米尔·纳博科夫(Vladimir Nabokov, 1899—1977)是个著名的黑色幽默大师、小说家和批评家。1899年4月23日，他生于俄国圣彼得堡一个贵族官僚家庭。祖父当过沙皇政府司法部长，父亲做过法官，后来成了立宪民主党的领导人之一，1908年被抓进监狱。1917年二月革命后曾在临时政府任职。十月革命后举家流亡国外。纳博科夫随父母移居西欧。1919年他入读剑桥大学，1922年获文学学士学位，后去德国柏林。他父亲在那里办了一份俄国自由派的报纸，同年，他父亲遭暗杀。1937年，他移居巴黎。1940年德国纳粹军队入侵法国前夕，他去了美国。他先在哈佛大学讲授昆虫学。1948年至1959年，他到康奈尔大学教俄罗斯文学、欧洲文学和写作理论。

纳博科夫很早就对文学创作感兴趣。早在离开俄国前就出过两本诗集，以诗人的身份走进文学殿堂。起先他用俄语写诗。1925年后，他集中精力用英语写小说。在欧洲流亡期间，他用俄语写了许多诗歌、剧本和长篇小说，如自传体小说《玛丽》(1926),描写他本人的浪漫故事和家庭变迁,后来收入他的自传《说吧,记忆!》(1951),曾经在英国译成英语出版的长篇小说有《蒙昧的镜头》(1936)和《黑暗中的笑声》(1938)以及他首次用英语写的小说《圣巴斯蒂安骑士的真实生活》(1941)和《迷幻的凶兆》(1947)等。退休前他一直坚持小说创作,一面从事教学。退休后,他仍不停息。他用英语写了十二部长篇小说,主要有:《洛丽塔》(1955,巴黎;1958,美国)这使他一举成名,轰动美国。三周内,《洛丽塔》售出10万册,成了《飘》问世以来卖得最好的畅销书。作者还有《普宁》(1957)和《微暗的火》(1962)也很受欢迎。这些小说奠定了他的小说家地位。

此外,十二部长篇小说中还有《眼》(1965)、《失望》(1966)、《阿妲》(1969)、《玛丽》(1970)、《光荣》(1971)、《透明物》(1971)以及评论专著《果戈理传》(1944)和译作《普希金的〈欧根·奥涅金〉》(1979),此书连评注共四卷(1964)。

纳博科夫50年代成名后从康奈尔大学退休。1959年移居瑞士。1977年7月2日在那里平静地去世。他去世后,他的遗作《文学讲座》(1980)和《俄罗斯文学讲座》(1981)等又与读者见面。他给美国文学留下一笔宝贵的遗产。

2. 代表作扫描

纳博科夫以诗人的姿态登上文坛。他创作成就最突出的是长篇小说。早期他用俄文写作,其中《玛丽》比较受欢迎。后期他改用英文写小说,硕果累累,成了一位多产作家。其中《洛丽塔》、《普宁》和《微暗的火》最受文坛的注目。

《普宁》是纳博科夫第一部受到美国读者喜爱的小说。小说的前四章曾发表于《纽约客》杂志。故事说的是俄国老教授蒂莫非·普宁流亡美国后与周围同仁格格不入,用回忆往日的生活来消愁的经历。小说带有作者的影子,充满抒情、感伤和诙谐的气息。它揭示了一个老知识分子离开了故乡后的失落和苦恼,具有深刻的历史价值和社会意义。

《微暗的火》的多层次结构反映了纳博科夫对小说艺术的新探索。它包括诗人约翰·谢德和前国王查尔斯·金伯特两个主人公的故事。谢德写过反映他在美国怀依小镇生活的长诗《微暗的火》,全诗长达九百九十九行,不仅写了他的生活经历,也阐述了他对死亡和艺术的观点。金伯特是个从赞伯拉被放逐的前国王。他成了谢德的粉丝,对《微暗的火》作了许多评释和索引。但金伯特对长诗不理解,随意猜测,经常造成误解和错引。全书结构像迷宫一样,作者大玩文字游戏,令人迷惑不解。有人称它是一部内容丰富的艺术品,在叙事艺术上是个新创举。

《洛丽塔》在美国的接受经历了一个曲折的过程。由于小说里有不少赤裸裸的性爱描写,《洛丽塔》曾遭到纽约四家出版社拒绝出版。后来,纳博科夫的妻子多方努力,1955年才在巴黎一家地下出版社出版。三年后,它在美国问世,立即引起长时间的激烈争论。有的指责小说中的色情描写不堪入目,有伤风化;有的则认为它在艺术上有独到之处,值得研究。到了60年代,美国嬉皮士运动蓬勃兴起,所谓"性革命"盛行一时,《洛丽塔》很受赞扬,十分畅销。不过,直到今天仍有不少国家将《洛丽塔》列为禁书,不许公开流通。但美国认为它是一部充满活力和机智的小说。

因此,《洛丽塔》不仅是纳博科夫的成名作,而且是他最出色的代表作。

1) 故事和人物盘点:

《洛丽塔》(*Lolita*)原先是一篇仅三十页的短篇小说,1939年至1940年用俄语写就,后来用英文全部重写。小说的副标题是《一个白人鳏夫的自白》。全书由两部分组成。男主人公亨伯特是在欧洲受过高等教育的学者。他到美国某大学当教授。他租了房子,看到房东十二岁的女儿洛丽塔美丽动人,刻意紧追不舍。洛丽塔对他的追求不仅不拒绝,反而迎合他,跟他去汽车旅馆过夜。为了长期占有洛丽塔,亨伯特故意娶她的寡母夏洛蒂为妻。婚后不久,他就想害死她。夏洛蒂从他的日记里发觉他爱的不是她,而是她未成年的女儿。她怒不可遏,当面痛骂亨伯特,然后有一天撞汽车而死。亨伯特便公开带着洛丽塔开车到美国各地旅行,在公园、野外和汽车旅馆到处做爱。这就是小说的上半部。

小说的下半部讲的是洛丽塔长大了。她设法悄悄地离开亨伯特,念完了高中又升大学。她厌倦了亨伯特,称他"爹爹"。著名戏剧家克列尔·奎尔蒂迷恋她,带她私奔了。亨伯特闻讯后驾车急追他俩。奎尔蒂强迫洛丽塔与一群裸体的男人乱伦,又要她参加一部黄色影片演出,洛丽塔拒绝了,结果遭奎尔蒂抛弃。最后,洛丽塔嫁给失聪青年席勒,不久怀了孕。这时,她十七岁了,她又碰到亨伯特,告诉他,她爱过奎尔蒂,虽过去好久了,亨伯特仍不罢休。他专门追到奎尔蒂家中开枪杀死了他,然后去警察局自首。他被关进了监狱,不久来不及受审判便在狱中病死。洛丽塔不幸难产,生下一个女婴后死了。小说男女主人公双双死亡。故事以惨痛的悲剧告终。

小说男主人公亨伯特是个来自欧洲的中年教授。他在法国时结过三次婚。他的初恋情人阿娜贝尔死于伤寒,令他魂牵梦绕,留恋少年时代的梦境。他到美国是为了在某大学教书的。可是他不务正业,在租房时见到天真漂亮的洛丽塔,顿起淫心,紧追不放。他利用洛丽塔年轻,缺乏社会经验,用甜言蜜语勾引她上床,并玩弄不正当手段,与她的寡母结婚。他的阴谋被识破后,洛丽塔母亲以死表示抗议。可是,亨伯特无动于衷,公开带洛丽塔去旅行同居,追求精神上的刺激和肉体上的满足。五年后,洛丽塔又遇到亨伯特,告诉他:她曾被奎尔蒂引诱与其私奔后遭抛弃,虽然事情已过去几年了,亨伯特仍愤怒地冲入奎尔蒂家里把他枪杀,而犯下杀人罪。他畏罪自首,被关进监狱,最后在狱中因心脏病死去。亨伯特是个社会上腐朽没落阶级的代表。他与年仅十二岁的洛丽塔的恋爱是一种变态的恋爱。他的下场是他自取灭亡的必然结局。

洛丽塔是个年仅十二岁的小姑娘。她长得亭亭玉立,楚楚动人。她父亲早逝,与母亲相依为命。她好幻想,又缺乏社会经验,不能看穿亨伯特的虚情假意。反而在他百般勾引下成了他的性奴隶。她母亲痛斥亨伯特,气愤而自杀。她无动于衷,仍跟亨伯特勾勾搭搭,到处奸宿,不顾起码的社会道德。后来,她有所醒悟,意识到亨伯特跟她不是一路人,便叫他"爹爹",与他分手,追求她自己的前途。她回归正常生活,念完高中又升了大学。没料到,她在大学里又撞上坏人奎尔蒂,被他勾引又遭他抛弃。她渐渐懂得了社会的丑恶,嫁给一个真心爱她的失聪青年,虽然经济不富裕,但她精神上满足了。可是她最后不幸难产而死,失去了继续正常生活的机会。

2) 风格和语言聚焦:

《洛丽塔》是一部风格奇特的小说。纳博科夫将现代主义、后现代主义与现实主义的艺术手法相结合,将叙述、抒情、拼贴、比喻、讽刺、侵入式话语和

第五章
闪亮登场的黑色幽默小说家们

黑色幽默融为一体,形成了自己新颖而独特的艺术风格,影响了后来许多美国后现代派小说家。

这部小说采用了电影蒙太奇倒叙手法来破题。开头是小说主人公亨伯特在狱中对着监狱铁窗的自言自语:"啊,我的洛丽塔,你是我的灵魂!你是我的心血!我只能耍弄词句啦!"然后介绍亨伯特的身世,他少年时代对初恋情人的回忆、他怎样从欧洲到了美国以及如何迷上洛丽塔和用计谋占有她。文本具有跨体裁的特点,以亨伯特的自由为主体,夹杂着日记、书信、广告和报刊剪辑等。

不仅如此,小说多次用抒情式的独白来表现男女主人公的内心活动:他们困惑、苦恼和失望。洛丽塔也曾从回忆与亨伯特在一起的日子,发觉他的自私和变态,对他感到无聊和厌倦,激起了内心许多遐想,最后决定回学校念书。她明白还是正常和正直的生活好。小说借用了现代派意识流手法展示了洛丽塔思想转变的一系列内心意识流活动,收到了很好的效果。

小说艺术结构的特点并不限于上面说的。男女两个主人公的故事脉络清晰,结局也明确,但情节并非平铺直叙,它交织着拼贴的不同画面,时间顺序颠倒和黑色幽默。洛丽塔是个窈窕少女。她的性感让亨伯特陶醉。她的美貌使奎尔蒂迷恋。他们之间的故事不乏浪漫色彩。亨伯特的精神分裂、奎尔蒂的突变和洛丽塔的混沌和醒悟写得丝丝入扣。三人成了"无根"的人,最后都逃脱不了死亡的命运。喜剧性的夸张与悲剧性的哀怨相结合,流露了小说的后现代主义色调。

小说语言通俗平易,富有抒情性。纳博科夫爱用古怪的词汇,玩文字游戏。对话简洁,明快,带有戏剧性。字里行间充满怪诞的讽刺、比喻和幽默。这一切都充分体现了作者大胆实验,锐意创新的匠心。

诚然,作为一个饱经风霜的诗人和作家,纳博科夫在小说试验和创新的同时,并没有忘记社会现实。在《洛丽塔》小说中仍有许多真实生动的细节描写,用来揭示人物的性格特征和社会的变态。如亨伯特教授一本小小的日记,本来是记录他迷恋洛丽塔的变态心情,后来被洛丽塔母亲发现。日记暴露了亨伯特的卑鄙阴谋,变成了他不道德的罪证。这个细节生动具体,闪烁着现实主义的光芒。纳博科夫很崇拜俄罗斯批判现实主义作家果戈理。这也许跟果戈理对他的影响有关吧。

3) 意义和影响总览：

作为纳博科夫最有名的代表作，《洛丽塔》已经成为世界公认的一部现代文学经典之作。它具有很高的艺术价值和现实意义，影响了美国好几代后现代派作家的小说创作。

《洛丽塔》决不是一部描写两男一女的三角恋爱的平庸之作。它通过叙述亨伯特与洛丽塔的变态性爱故事揭露了欧美社会的没落、变态和衰败，提出了青少年的命运和前途问题，引起了社会各界人士的困惑和反思。

高等学校是教书育人的学术殿堂。教授是大学教学的骨干。为人师表，理应成为学生知识的导师和道德的楷模。可是，身为大学教授的亨伯特却无心教学，放弃学术研究，使尽混身解数，勾引和诱奸未成年的少女洛丽塔。为了达到长期占有洛丽塔的目的，他不惜一切逼死了洛丽塔的寡母夏洛蒂，然后公开带着洛丽塔外出旅游，在汽车旅馆甚至公园里做爱。这种道德败坏，丧失社会责任感的教授连禽兽都不如。末了，亨伯特听说戏剧家奎尔蒂曾夺他所爱，带着洛丽塔私奔，竟醋意大发，追上家门将奎尔蒂枪杀了。他这种贪婪自私的鲁莽行为暴露了他疯狂而堕落的嘴脸。最后他自首入狱，突发心脏病而死，得到了应有的下场。小说同时深刻地揭露了50年代美国新兴不久的汽车旅馆竟成了一些坏人淫乱的肮脏之地。

奎尔蒂也是个大学教授，又是个著名的戏剧家。按理说，他应该以身作则，认真引导学生学演戏，做个有道德、有才华的人。与此相反，他与亨伯特一样，大搞淫乱，不知羞耻二字。他也百般勾引洛丽塔，带她私奔又抛弃了她。他还强迫洛丽塔参与一群裸体男人乱伦，并在一部黄色影片里当个角色，遭到她断然拒绝。奎尔蒂穿着漂亮的戏剧家和教授的外衣，干着见不得人的可耻勾当，最后死在亨伯特的枪口下。这种社会渣滓居然在美国高等学校里横行霸道，充分反映了50年代美国社会的变态、文化的没落和人们的精神危机。

洛丽塔是个未成年的小姑娘。小说开篇时，她才十二岁。她天真漂亮，情窦初开，渴望爱情的温暖。但她年幼无知，看不清亨伯特的面目。她母亲自杀后，她仍未醒悟，随着亨伯特四处游逛，任凭他肆意玩弄，成了他的性奴隶。后来，她渐渐感到这种淫乱生活的无聊和庸俗，改称亨伯特为她的爸爸，离他而去。她念完了高中又考进了大学，本想可以过正常人的生活，没料到又落入奎尔蒂的魔掌,遭到欺凌又被抛弃。最后,她与一个失聪青年结了婚,找到了真心爱她的人,可惜最后死于难产。她曾是个无知的淫乱者,又是个可怜的受害者。堕落的社会毁灭了她的青春。衰败的文化葬送了她的豆蔻年华。洛丽塔的不幸遭遇令人同情。小说生动地揭示了一个年轻美丽的少女在淫乱社会的堕落和新生,为青少年一代的命运和前途大声疾呼,受到社会各界的重视。小说问世至今已有半个多世纪,《洛丽塔》仍深受读者欢迎,魅力如初。

《洛丽塔》标志着纳博科夫文学创作的重要转折。在随后的长篇小说《普宁》、《微暗的火》和《阿妲》里,他进一步试验多种新颖的艺术手法,技艺更加成熟。他在拼贴、反讽、跨体裁、黑色幽默、解构与重构,特别是玩文字游戏方面搞得很出色,大大地丰富和发展了美国后现代派小说艺术。他是杰出的后现代派小说家品钦的老师,也是名作家霍克斯和巴塞尔姆敬仰的文学大师。虽然他的小说里不乏颓废情绪又充满怪诞的讽刺和比喻以及令人费解的词汇,艺术结构又杂又乱,纳博科夫仍是个较早崛起的、威望很高的黑色幽默大师,为美国后现代派小说的兴盛作出了巨大的贡献。

4) 文本名段点击①:

A. 亨伯特杀人后自首入狱,在狱中绝望地呼唤着洛丽塔的名字:

Lolita, light of my life, fire of my loins. My sin, my soul. Lo-lee-ta: the tip of the tongue taking a trip of three steps down the palate to tap, at three, on the teeth. Lo. Lee. Ta.

She was Lo, plain Lo, in the morning, standing four feet ten in one sock. She was Lola in slacks. She was Dolly at school. She was Dolores on the dotted line. But in my arms she was always Lolita.

Did she have a precursor? She did, indeed she did. In point of fact, there might have been no Lolita at all had I not loved, one summer, a certain initial girl-child. In a princedom by the sea. Oh when? About as many years before Lolita was born as my age was that summer. You can always count on a murderer for a fancy prose style.

Ladies and gentlemen of the jury, exhibit number one is what the seraphs, the misinformed, simple, noble-winged seraphs, envied. Look at this tangle of thorns. (p.9)

---

① 下列引文选自 Vladimir Nabokov, *Lolita*, Everyman's Library, 1992.

B. 亨伯特迷上洛丽塔后,以娶她母亲夏洛蒂的方式接近她,勾引她:

Deeply fascinated, I would watch Charlotte while she swapped parental woes with some other lady and made that national grimace of feminine resignation (eyes rolling up, mouth drooping sideways) which, in an infantile form, I had seen Lo making herself. We had highballs before turning in, and with their help, I would manage to evoke the child while caressing the mother. This was the white stomach within which my nymphet had been a little curved fish in 1934. This carefully dyed hair, so sterile to my sense of smell and touch, acquired at certain lamplit moments in the poster bed the tinge, if not the texture, of Lolita's curls. I kept telling myself, as I wielded my brand-new large-as-life wife, that biologically this was the nearest I could get to Lolita; that at Lolita's age, Lotte had been as desirable a schoolgirl as her daughter was, and as Lolita's daughter would be some day. (p.80)

C. 亨伯特知道洛丽塔曾遭奎尔蒂拐骗和强暴后,带枪上门枪杀了奎尔蒂:

'My dear sir,' he① said, 'stop trifling with life and death. I am a playwright. I have written tragedies, comedies, fantasies. I have made private movies out of *Justine* and other eighteenth-century sexcapades. I'm the author of fifty-two successful scenarios. I know all the ropes. Let me handle this. There should be a poker somewhere, why don't I fetch it, and then we'll fish out your property.'

Fussily, busybodily, cunningly, he had risen again while he talked. I groped under the chest trying at the same time to keep an eye on him. All of a sudden I noticed that he had noticed that I did not seem to have noticed Chum protruding from beneath the other corner of the chest. We fell to wrestling again. We rolled all over the floor, in each other's arms, like two huge helpless children. He was naked and goatish under his robe, and I felt suffocated as he rolled over me. I rolled over him. We rolled over me. They rolled over him. We rolled over us.

… He and I were two large dummies, stuffed with dirty cotton and rags. It was a silent, soft, formless tussle on the part of two literati, one of whom was utterly disorganized by a drug while the other was handicapped by a heart condition and too much

---

① 指奎尔蒂。

gin. When at last I had possessed myself of my precious weapon, and the scenario writer had been reinstalled in his low chair, both of us were panting as the cowman and the sheepman never do after their battle. (pp.316-317)

3. 其他重要作品链接

A. 长篇小说：

《蒙昧的镜头》(*Camera Obscura*, 1936)

《黑暗中的笑声》(*Laughter in the Dark*, 1938)

《圣巴斯蒂安骑士的真实生活》(*The Real Life of Sebastian Knight*, 1941)

《迷幻的凶兆》(*Bend Sinister*, 1947)

《普宁》(*Pnin*, 1957)

《微暗的火》(*Pale Fire*, 1962)

《眼》(*The Eye*, 1965)

《失望》(*Despair*, 1966)

《国王，王后和流氓》(*King, Queen, Knave*, 1968)

《阿姐》(*Ada*; *or Ardor*: *A Family Chronicle*, 1969)

《玛丽》(*Mary*, 1926, 1970)

《光荣》(*Glory*, 1932, 1971)

《透明物》(*Transparent Things*, 1972)

《看看丑角吧!》(*Look at the Harlequins*! 1974)

B. 评论、诗集及其他：

《果戈理传》(*Nikolai Gogol*, 1944)

《普希金的〈欧根·奥涅金〉》(*Eugene Onegin*, 4 *vols.*, 1964,修订,1977)

《文学讲座》(*Lectures on Literature*, 1980)

《俄罗斯文学讲座》(*Lectures on Russian Literature*, 1981)

《诗集》(*Poems*, 1959)

《诗歌与问题》(*Poems and Problems*, 1971)

《强烈的意见》(*Strong Opinions*, 1973)

C. 自传：

《说吧，记忆》(*Speak, Memory: An Autobiography Revisited*, 1966)

4. 著作获奖信息

1969 年荣获美国文学艺术院荣誉奖章；

1973 年荣获美国联邦文学奖章。

第六章 流派纷呈的诗人们

第一节 查尔斯·奥尔森与《马克西莫斯诗抄》

1. 生平透视

查尔斯·奥尔森(Charles Olson, 1910—1970)是个"黑山派"诗歌的主将,1910年12月27日生于马萨诸塞州伍斯特市。父亲是个瑞典移民。母亲是个爱尔兰裔美国公民。他从小爱好文学。中学毕业后,他升入韦斯利扬大学。获学士学位后工作三年,再返母校读个硕士学位。后去哈佛大学攻读博士学位。1947年他发表《叫我伊斯梅尔》论文,名震诗坛。1951年至1956年,他去北卡罗来纳州的黑山学院任教,曾任院长。1956年因经费短缺,学生来源少,学院不得不停办。他转往纽约州立大学等校教书。

1950年,奥尔森发表论文《投射诗》,主张应将诗歌作为一种"开放的领域",诗的能量通过它所产生的能源传递给读者。他这篇论文被称为"黑山派"诗人的宣言书。它吸引了罗伯特·克里利、罗伯特·邓肯和丹尼斯·莱弗托夫等诗人,形成了名闻全国的"黑山派"。但学院关闭后,诗人纷纷离去。"黑山派"自动解散。

1960年,奥尔森的系列长诗《马克西莫斯诗抄》问世,引起诗坛的关注。全诗由三大卷组成,分别出版于1960年、1968年和1975年。1983年出了订正和补充版本。1966年,他的学生、诗人克里利编辑的《奥尔森文选》与读者见面,提高了奥尔森的声誉。

1970年1月10日,奥尔森患肝癌在纽约市不幸去世,年仅六十岁。

2. 代表作扫描

奥尔森一生以诗歌和诗论闻名。他曾以论文《投射诗》名震诗坛,成了"黑山派"诗歌的主将。他的长诗《翠鸟》曾是他创作生涯中的重大转折。这首约两百行的自由诗是他投射诗理论最成功的实践,被学界誉为美国二战后最有创新精神的一篇诗作。

不过,奥尔森的系列长诗《马克西莫斯诗抄》(*The Maximus Poems*)有新的发展。它在内容上更丰富,主题更深刻,艺术风格与《翠鸟》有异曲同工之妙。技巧上有更多的探索和试验。因此,它被学界公认为奥尔森的优秀代表作。

1) 主要内容和观点盘点:

《马克西莫斯诗抄》包括三大卷。最后一卷是奥尔森的遗作。1975 年的版本构成了一部有机结构的长诗。由三百首短诗组成。主人公马克西莫斯集中描述了诗人的家乡格洛斯特滨海小城的过去和现在。奥尔森学习威廉斯的长诗《佩特森》,用一部长诗来表现一座城市的变迁,抒发主人公的内心感受,表露对工业化造成的社会丑恶的不满和苦闷。诗人痛感社会扭曲了,人际关系冷漠了。他主张返璞归真,重建乌托邦式的和谐社会。

同时,《马克西莫斯诗抄》又受庞德《诗章》的影响,内容包罗万象,想象丰富,结构庞大,广征博引,涵盖古今文化、历史、地理、哲学和心理学等学科,令人应接不暇,甚至费解难懂。

长诗的第一人称叙述者马克西莫斯,是个公元 4 世纪的腓尼基神秘主义者。诗人曾说明马克西莫斯是这部长诗的主人公,"一块取自沸水中的热金属"。"Maximus"在英文中意指"最大",诗人给主人公起这个名字,也许有深意。他身高六点八英尺,体格魁梧,以此为荣。马克西莫斯带有奥尔森的身影。在奥尔森笔下,他是条硬汉子,不论捕鱼或打仗他都往前冲。在困难和艰险面前,他满怀信心,认为自己有能力,像小鸟筑窝一样,一点一滴地把世界重新整合;用一根根羽毛再编织一个美好的家园。有了马克西莫斯这样的好小子,滨海小城格洛斯特逐渐投射出惊人的能量。它从一根干草、一棵野草和一支棉秆汇成一股洪流,荡涤着现实社会的污泥秽水,迎来更加辉煌灿烂的明天!

2) 风格和语言聚焦:

《马克西莫斯诗抄》是奥尔森"投射诗"又一个最好的实践。它展示奥尔森独特的诗论和奇特的风格,成了 60 年代形成的名闻全国的黑山派诗歌的代表作。

有人说,《投射诗》论文可以当成《马克西莫斯诗抄》的序言。它系统地阐明了奥尔森诗歌创作的主张。他认为诗歌应该是开放的,而不是封闭的。庞德的《诗章》是美国开放诗的先例。威廉斯紧随其后,创造了一种格律自由的开放诗。除了他们二人以外,二战后的美国诗歌大都是封闭诗,而社会的发展急需一种开放诗或"投射诗"。在他看来,作为一种投射物,诗的音节、诗行、意象、词义和音响形成一个"高能结构",诗人让诗产生了能量,并由能量自身传递给读者。他认为,诗人要跟着感觉走,从一个感觉不间断地走向另一个感觉,以此来表现诗歌的主题。形式仅是内容的延伸和扩展。诗行是形式的基本单位,而不是音步。诗行和音节在诗中起了主导作用。诗行的长短取决于诗人呼吸的节奏。音节是诗人智力的体现。词的音响是诗人发自内心的声音,所以应摆在首位,用它来阐释句法。奥尔森的投射诗理论是美国诗学一大创新,受到评论界许多人的赞扬和重视。

奥尔森倡导威廉斯民族化和大众化的诗风,反对艾略特的学院派形式主义。他在诗中几乎完全打破传统格律,将词和句像绘画中的色块或音乐里的不同声部随意放在一起,构成强烈的能量,传递给读者。不过,在全诗的开场白里,诗人用比较完整的五音步抑扬格写成:

> Off-shore, by islands hidden in the blood
>
> jewels & miracles, I, Maximus
>
> a metal hot from boiling water, tell you
>
> what is a lance, who obeys the figures of
>
> the present dance.

有人认为奥尔森开篇这样用传统的格律转向非传统格律的自由诗,意在转换主人公马克西莫斯的视角,从个人转至"我的城市",折射现实中自我的潜力;同时暗示诗人创作史诗的意图。

《马克西莫斯诗抄》与《翠鸟》一样具有现代派诗歌的艺术特色:跨学科、跨体裁。组诗内容混杂,涉及古今历史、文化、哲学和心理学等,全诗有 300 首短诗和信,有的像散文,处处有暗示或省略,不少古词和典故穿插于灵活多变的句法中。诗人将抒情、叙事和议论融为一体,写成了一部抒情式的现代史诗。

在语言上,长诗采用通俗易懂的口语,易于朗诵。奥尔森还大胆地将俚语引入诗里,更具风土气息。他总是真实地记录自己瞬间的感受,注重用词的选择,讲究诗行的排列,令人耳目一新。如《马克西莫斯诗抄》第二首:

爱情是形式,但不能没有
重要的内容(如重量,
我们每人58克拉,必然
落在金匠的天秤上。

羽毛一根根增加
(以及矿物、蜷发和你
紧张咬着的线头,这些

构成主体,这些最后成为
总和。
(哦,我顺游的女神
她手臂里,左臂里没有孩子
仅有块精心雕刻的木头,一张画脸,
一个大啤酒杯!一根桅杆,犹如第一斜桅
　　　　　　向前进

这首诗表面上看,用词简单,但诗意朦胧,意象模糊,晦涩难懂。所以,有人认为奥尔森虽然反对艾略特的学院派诗风,自己却学究气十足。有的诗组结构松散,前后不连贯,显得单调乏味。

3) 意义和影响总览:

《马克西莫斯诗抄》通过一个人表现了一座城市的变化。奥尔森描绘了马克西莫斯主人公对格洛斯特小城的回忆和联想,将早期拓荒的农民和渔民与当代美国社会的资本家相比较,说明前者比后者更接近纯朴的大自然。工业化给社会带来许多弊病,造成道德沉沦,文明衰败,人际冷漠。美国现实出现了腐朽的病态。诗人无情地抨击了社会中的"腐败统治"(pejorocracy)。他生造这个词,意指腐朽的统治和社会的腐败,对它们深恶痛绝。这种正直的态度反映了民众的共同愿望,受到广大读者的欢迎。因此,它在美国诗坛产生了深远的影响。

第六章
流派纷呈的诗人们

像大诗人惠特曼一样,奥尔森热爱他家乡的一草一木。他笔下的小城格洛斯特就是他故乡的缩影。他熟识小城的每个山川,每个城镇,每条大街小巷。他在诗里通过主人公马克西莫斯的自叙,展现了一幅优美而惨烈的图画:

> 我,格洛斯特的马克西莫斯,对你
> 　　离岸,沿着海岛沉浸在鲜血中
> 　　的珍宝和奇迹,我,马克西莫斯
> 　　一块刚出沸水的热铁,告诉你
> 　　长矛是什么?谁服从眼下跳舞的人们

主人公从海上看小城格洛斯特,仿佛处处都有可贵的珍宝和迷人的奇迹,却沉浸在鲜血中。美丽的自然景色和宝贵的财富都被那些眼下跳舞的少数人占据了。我,一个热血青年要拿起长矛,树起桅杆,乘风破浪,"啊,杀杀　杀　杀　杀／杀死那些／用广告出卖你的／人。"一步一步地向海湾前进。长诗隐晦地描绘了主人公马克西莫斯对家乡的认识和感慨,以及改变小城被扭曲的决心。诗人将一座小城的今昔与主人公的命运密切结合起来,使长诗充满真实而生动的细节,闪烁着现实主义的光芒。这也许是其他美国现代派诗歌中不易找到的。

社会的扭曲和现实的腐败令诗人愤慨和困惑。出路何在?他反复思索,想返璞归真,重建乌托邦式的和谐社会。可是,这美好的理想不过是南柯一梦罢了。

奥尔森的投射诗理论受到不少诗人的好评;也受到一些人的批评。他们认为它是东拼西凑的大杂烩。说说容易,做起来很难。他反对艾略特的"玄闲诗",却没有完全摆脱艾略特的影响。诗中大段大段的引文,相互没有联系,语言有些破碎,不乏令人费解的神秘主义色彩。

奥尔森一生出版了十几部诗集,但从未得过什么美国文学大奖。他的投射诗理论使他成了"黑山派"诗歌的杰出代表,对现代美国诗坛产生了重要的影响。他又是个著名的文学评论家,最早使用"后现代派"这个术语。他继承了庞德和威廉斯的诗歌民族传统,选用了多种现代派艺术手法,创新了自己的风格。因此,他成为美国后现代派诗歌的先驱。

4) 文本名段点击①:

A. 诗人借主人公马克西姆之口回忆小时候在马萨诸塞州小渔港格罗斯特的童年生活:

the underpart is, though stemmed, uncertain
is, as sex is, as moneys are, facts!
facts, to be dealt with, as the sea is, the demand
that they be played by, that they only can be, that they must
be played by, said he, coldly, the
ear!

By ear, he sd.
But that which matters, that which insists, that which will last,
that! o my people, where shall you find it, how, where, where shall you listen
when all is become billboards, when, all, even silence, is spray-gunned?

when even our bird, my roofs,
cannot be heard

when even you, when sound itself is neoned in?

when, on the hill, over the water
where she who used to sing,
when the water glowed,
black, gold, the tide
outward, at evening

when bells came like boats
over the oil-slicks, milkweed

---

① 下列引文选自 Richard Ellmann and Robert O'Clair ed., *The Norton Anthology of Modern Poetry*, W.W. Norton & Company, INC., 1973。

hulls

And a man slumped,
attentionless,
against pink shingles

o sea city)   (p.806)

4

one loves only form,
and form only comes
into existence when
the thing is born

   born of yourself, born
   of hay and cotton struts,
   of street-pickings, wharves, weeds
   you carry in, my bird

      of a bone of a fish
      of a straw, or will
      of a color, of a bell
      of yourself, torn   (p.806)

B. 诗人从故乡想到新英格兰,想到全国,感慨"腐败统治"(诗人新造的单词 pejorocracy)夺去了人们的爱。他呼吁人们起来编织自己的生活:

love is not easy
but how shall you know,
New England, now
that pejorocracy is here, how
that street-cars, o Oregon, twitter
in the afternoon, offend
a black-gold loin?

how shall you strike,

o swordsman, the blue-red back

when, last night, your aim

was mu-sick, mu-sick, mu-sick

And not the cribbage game?

(o Gloucester-man,

weave

your birds and fingers

new, your roof-tops,

clean shit upon racks

sunned on

American

braid

with others like you, such

extricable surface

as faun and oral,

satyr lesbos vase①

o kill kill kill kill kill

those

who advertise you

out)   (p.807)

3. 其他重要作品链接

A. 诗歌：

《早晨的考古学家》(*The Archaeologist of Morning*, 1971)

B. 论文：

《叫我伊斯梅尔》(*Call Me Ishmael*, 1947)

---

① Lesbos 小岛在希腊附近。faun and satyrs 是罗马的土地神和森林神。

《折射诗》(*Projective Verse*,1950)
《人类宇宙》(*Human Universe*,1965)
《诗与真理》(*Poetry and Truth*,1971)
C. 其他:
《玛雅书信集》(*The Mayan Letters*,1953)
《选集》(*Selected Writings*,1966)

第二节 艾伦·金斯堡与《嚎叫》

1. 生平透视

艾伦·金斯堡(Allen Ginsberg,1926—1977)是"垮掉派"诗歌的一位杰出代表,1926年6月3日生于新泽西州纽瓦克市帕特森。父亲当过中学英语教师,业余爱写诗。母亲是个俄国犹太移民,思想激进,后来精神失常不幸早逝,对艾伦心理打击很大。十七岁时他升入哥伦比亚大学读经济。他爱写诗,曾获大学诗歌奖。他结识了同校的巴勒斯和凯鲁亚克。二年级时,他在宿舍玻璃窗上乱涂下流话,被校方开除。失学后,他生活放荡,当过水手,后来复学。1948年终于毕业。后来,他做过各种杂工。他跟着好友巴勒斯开始吸毒和搞同性恋,在幻觉中写诗。

1950年,金斯堡认识了医生兼诗人威廉斯,深受鼓舞。这成了他诗歌创作生涯的一大转折。后来,威廉斯为他的《嚎叫》作序,给予他极大的鼓励,也扩大了诗集的影响。

1953年12月,金斯堡离开纽约,前往古巴和墨西哥等地旅游。后来他移居旧金山。他拿着威廉斯的介绍信去找诗人雷克斯罗思。两人很快成了朋友。金斯堡原想从商,后来改变了决定,投入刚刚兴起的旧金山文学振兴运动,经常与一些青年诗人去书店、咖啡馆、餐厅和俱乐部朗诵诗歌。1955年,他将写好的第一部分诗稿寄请凯鲁亚克过目。凯鲁亚克读后,建议他采用书名《嚎叫》,他愉快地接受了。诗集由诗人菲尔林盖蒂主办的"城市之光"出版社出版,作为袖珍诗集丛书之一。《嚎叫》问世后,金斯堡迅速成名,一跃成为美国诗坛新秀。

1961年,金斯堡又发表《卡迪西》。这首著名的挽歌是他献给死去的母亲。他的激进思想深受她的影响。这是诗人又一力作,风格很像《嚎叫》,但近似一篇散文,句子零碎杂乱,难以卒读。1968年,《星球消息》问世,颇受读者欢迎。60年代,他出版了九本袖珍诗集,还应邀到许多美国高校朗诵自己的诗篇,深受广大学生欢迎。他还跟民众走上街头,一起参加民权运动和反越南战争运动。他成了许多大学生的崇拜偶像。

进入70年代,金斯堡继续在吸麻醉品的幻觉中写诗。1972年问世的《美国的衰亡》使他荣获美国国家图书奖。1978年汇集他1972年至1977年诗作的《心灵的呼吸》与读者见面。《诗歌总汇:1947—1980》汇编了他先前六部诗集。诗人用心总结了四十年的诗歌创作,还收入他的回忆录、论文、讲演稿和重要书信,以增进读者们对他的诗作的全面了解。但他后期的诗歌都比《嚎叫》逊色,仿佛诗人在重复他以往的故事。

晚年,金斯堡到英国、前苏联、中国、东欧各国、古巴和印度等地游览,了解各国不同的文化习俗和自然景色。他的思想主要仍受无政府主义和佛教禅宗支配。他对中国文化情有独钟,不仅很熟悉四书五经、佛经和老子的《道德经》等古代哲学和宗教,而且十分了解从唐代诗人李白、杜甫和白居易到当代的郭沫若、艾青和舒婷的诗作。他学贯中西,知识渊博,精通中西文化、历史、哲学和宗教的经典名著。他堪称是美国诗坛一个奇才。

1997年4月4日,金斯堡因病在纽约市逝世,终年七十二岁。他仍活在美国读者们心中。

2. 代表作扫描

艾伦·金斯堡在父母熏陶下从小爱好文学,大学时代开始写诗并得过奖,初露锋芒。他曾与后来成为垮掉派的诗人和作家巴勒斯和凯鲁亚克成了好朋友,又得到大诗人威廉斯的提携和鼓励,终于顺利地走上美国诗坛。

1956年问世的《嚎叫》(*Howl*)曾轰动了文坛。金斯堡随之扬名全国,誉满诗界。长诗用响亮的声音,公开表达了美国年轻一代对美国现实社会的强烈抗议,引起了社会各界人士的深切关注。因此,《嚎叫》被学界视为金斯堡的优秀代表作。

1) 主要内容和观点盘点:

《嚎叫》由三大部分和《脚注》组成。第一部分最长、最深刻有力。金斯堡以自己的经历反映二次大战后"垮掉的一代"青年们用酗酒、纵欲、同性恋和爵士乐来自我陶醉,忍受贫困、孤独、异化、被捕、精神失常甚至自杀的痛苦,冲破物质至上的美国社会强加于他们的精神枷锁。像英国诗人布莱克所说的,"通过无节制之路达到智慧的宫殿",他们从吸毒的幻觉中寻找心灵的闪电,发现宇宙的颤动和天使的狂喜,形成一股充满刺激和危险的冲击力,将读者们卷入重新认识周围社会的心理旋涡里,让他们醒悟过来,清醒地了解社会现实的真面目。诗人认为,一代"精英"完全被无情地压在社会权力的巨轮下,他们绝望地呻吟、嚎叫,发出愤怒的抗议。

第二部分描写诗人的好友卡尔·所罗门。他是个纽约先锋派诗人,也是个永恒的精神象征。金斯堡跟他这位朋友在同住的罗卡兰精神病院促膝谈心,令人感到在冷漠的西方现代社会仍有真情在。两人同病相怜,无话不说,情真意切。诗人赞颂所罗门热爱人类,热爱生活,敢于跟精神病院的统治者莫洛克神对抗,对他寄托着厚望。

第三部分犹如歌颂耶稣的祈祷词。诗人似乎在圣坛上给人世间的苦恼人唱赞美诗,激励他们面对生活,振作精神。

《脚注》原是全诗第四部分,后来独立成篇。它的基调从悲观失望转为乐观向上。诗人相信:人世间一切都是神圣的。一切都可以变好。他深深地感到"人人都是神圣的!处处都是神圣的!每人都是天使!"一旦人们认识到社会的丑恶,就会合力行动起来改变它。

金斯堡是长诗的主人公。他将古代腓尼基人信奉的火神莫洛克作为美国社会一切罪恶势力的总代表,进行无情地抨击和嘲讽,同时也表露了自己内心的苦恼和愤怒,为年轻一代的不幸遭遇大声疾呼和嚎叫,唤起民众的觉醒,对受苦受难的人们表示同情,对真诚的朋友寄予厚望。

2) 风格和语言聚焦:

《嚎叫》以口语化的语言和直率的批判社会丑恶构成了独特的艺术风格。金斯堡继承了惠特曼的诗歌传统,又接受威廉斯的亲自教诲,开创了一代的新诗风。学界称他为"新惠特曼主义"的代表。

与其他美国诗人不同,金斯堡在《嚎叫》中不讲究音步,只注意呼吸。诗行又长又杂,几乎没有停顿,但适合于大声朗诵,音响效果极佳。比如:《嚎叫》开篇里写道:

> 我看见这一代俊杰毁于疯狂,饿着肚子
> 　　歇斯底里地脱得精光,
> 天亮时拖着脚步穿过黑人街区找一针愤怒的毒品,
> 脑袋像天使的嬉皮士们渴望将古老的天堂和这
> 　　机械之夜如繁星闪烁的发电机相连,
> 他们贫困、衣衫破旧、双眼凹陷,高高地坐在只供应冷水的
> 　　公寓那超自然的黑暗中吸毒飘过
> 　　城市上空思索着爵士乐,
> 他们在高架铁路下向苍天诉衷情,却看见穆罕默德天使们
> 　　在被照亮的公寓屋顶上蹒跚行走,
> 他们冷眼盯着走过一所所大学在梦幻中看见阿肯色州
> 　　战争学者们的布莱克式的悲剧
> 他们因发疯在骷髅般的窗户上涂写淫秽的颂诗被学院开除。

显然,《嚎叫》的诗行有点杂乱,但寓意明确,主题深刻。金斯堡摈弃学究式的优雅,采用狂热的酒神赞歌式的长诗,将虚构的意象与真实的生活细节相结合,展现50年代扑朔迷离的美国现代城市生活。他借用《圣经》里莫洛克的形象,代表美国一切社会罪恶进行无情的鞭挞。莫洛克是异教徒的火神,也是复仇之神,常以儿童作为祭品,因此,他又是个吃人的神。他成了诗中美国军工、政府和法院构成的社会体制的集中表现。

像凯鲁亚克等垮掉派作家一样,金斯堡主张即兴创作,反对抽象、朦胧和雕琢。《嚎叫》具有爵士乐的节拍,即跳跃性的分节奏,自由诗形式有点散文化,流畅自然,大众化。不过,诗中有时繁杂无序,语言略为粗糙。诗人不讲究表现技巧,感情放纵,流露了色情成分和宗教色彩。尽管如此,《嚎叫》仍成为"垮掉派"诗歌的代表作。

3) 意义和影响总览:

《嚎叫》真实地描绘了50至60年代美国年轻一代吸毒、流浪、同性恋等生

活侧面,反映了他们对现实社会的失望、愤怒和抗议,揭示了美国二次大战后社会的动荡和青年们的反叛情绪,在全国引起轰动。但是,长诗问世不久,政府当局把它列为淫猥读物加以查禁,激起了一场震惊全国的官司。许多作家和学者自动到旧金山法院出庭作证,为《嚎叫》申辩。最后,霍恩法官不得不宣布《嚎叫》没有不尊重社会的问题。金斯堡获得胜诉。消息传开后,人们欢呼雀跃。《嚎叫》连续再版三十多次,成为二战后美国最畅销的诗集。金斯堡的名字随着它传遍全国各个角落。

的确,《嚎叫》公开直接地表露了二战后青年一代对社会种种不公正现象的强烈不满。他们中间有许多人有理想、有才干,却被无情地压制和冲击。他们迫于无奈,用酗酒、纵欲、同性恋和爵士乐来自我陶醉,同时绝望地嚎叫并发出愤怒的抗议。他们要生存,不屈服。社会的冷漠和敌视将他们变成被遗弃的一代。他们被迫忍受穷困和孤独的痛苦,但他们想追求超越现实的精神启示,对绝望状态报以歇斯底里的狂笑。他们或毁于疯狂,或死于自杀,无法忍受社会的熬煎。诗中那连珠炮式的话语令人触目惊心,充分表现了青年一代对美国社会的强烈抗议。这种正义的呼声表达了当时广大美国青年的共同心愿,获得了社会各界人士的同情、关注和支持。

《嚎叫》对美国政府、法院和军工进行了无情的抨击和讽刺。诗人以莫洛克火神作为美国所有丑恶势力的象征,明确地指出莫洛克的思想像一部无情的机器,具有吃人肉、喝人血的天性。这个怪物到处滥用暴力,迫害无辜,对民众残酷无情,令人胆战心惊,终日不得安宁。诗人以挑衅的口吻公开嘲笑说:"莫洛克神的爱是无边无际的石油和石头。莫洛克神的灵魂是电和银行!莫洛克神的名字是心灵!"在金斯堡看来,"莫洛克神的阴影笼罩着整个美国,人人感到自危。"诚如诗中所云:"孩子们在楼梯下尖叫!小伙子在军队里啜泣!老人们在公园里流泪!"一切最健康的公民正在变成嬉皮士、吸毒鬼和诗人。他们一个个都被异化了。

诚然,长诗中也不乏宗教色彩和神秘主义成分。金斯堡的愤世嫉俗、和平博爱往往与佛教禅宗、无政府主义和吸大麻混在一起。这迎合了当时许多青年,尤其是大学生的心态。他们崇拜他,喜欢与他一起"嚎叫",呼吁改变社会的不公正现象。

金斯堡继承了惠特曼和威廉斯的诗歌传统,使自由诗散文化,并易于朗诵,促使诗歌走向街头,走进校园和工厂。他又引入爵士乐节拍,使诗歌朗诵更有戏剧性,更加大众化。他的诗作坦率抒发个人的情感,无情地曝光社会生活中的沦丧、扭曲和污秽,揭批不人道和不公平的丑恶现象,而且往往结合自己的经历来诉说,令人感到真切可信。"自白派"诗歌也许受过他的影响。"垮掉派"的诗人和小说家更不用说了。金斯堡成了一位继往开来的新一代诗人和"垮掉派"诗歌公认的旗手而载入史册。

4) 文本名段点击①:

A. 诗人感慨他那一代的精英们都被社会的变态和疯狂毁了:

I saw the best minds of my generation destroyed by madness, starving hysterical naked,

dragging themselves through the negro streets at dawn looking for an angry fix,

angelheaded hipsters burning for the ancient heavenly connections to the starry dynamo in the machinery of night,

who poverty and tatters and hollow-eyed and high sat up smoking in the supernatural darkness of cold-water flats floating across the tops of cities contemplating jazz,

who bared their brains to Heaven under the El and saw Mohammedan angels staggering on tenement roofs illuminated,

who passed through universities with radiant cool eyes hallucinating Arkansas and Blake-light tragedy among the scholars of war,

who were expelled from the academies for crazy & publishing obscene odes on the windows of the skull,

who cowered in unshaven rooms in underwear, burning their money in wastebaskets and listening to the Terror through the wall,

who got busted in their pubic beards returning through Laredo with a belt of marijuana for New York,

who ate fire in paint hotels or drank turpentine in Paradise Alley, death, or purgatoried their torsos night after night

with dreams, with drugs, with waking nightmares, alcohol and cock and endless

---

① 下列引文选自 Allen Ginsburg, *Howl*, *The Harper American Literature*, Harper & Row Publisher INC., 1987.

balls, ... (p.2043)

B. 诗人对他的朋友卡尔诉说心中的郁闷和感慨:

ah, Carl, while you are not safe I am not safe, and now you're really in the total animal soup of time—

and who therefore ran through the icy streets obsessed with a sudden flash of the alchemy of the use of the ellipse the catalog the meter & the vibrating plane,

who dreamt and made incarnate gaps in Time & Space through images juxtaposed, and trapped the archangel of the soul between 2 visual images and joined the elemental verbs and set the noun and dash of consciousness together jumping with sensation of Pater Omnipotens Aeterna Deus①

to recreate the syntax and measure of poor human prose and stand before you speechless and intelligent and shaking with shame, rejected yet confessing out the soul to conform to the rhythm of thought in his naked and endless head,

the madman bum and angel beat in Time, unknown, yet putting down here what might be left to say in time come after death,

and rose reincarnate in the ghostly clothes of jazz in the goldhorn shadow of the band and blew the suffering of America's naked mind for love into an eli eli lamma lamma sabacthani② saxophone cry that shivered the cities down to the last radio

with the absolute heart of the poem of life butchered out of their own bodies good to eat a thousand years. (p.2047)

3. 其他重要作品链接

A. 诗歌:

《卡迪西及其他》(*Kaddish and Other Poems*, 1961)

《现实三明治》(*Reality Sandwiches*: *1953—1960*, 1963)

---

① 拉丁文。诗人选自法国画家保罗·塞尚(Paul Cézanne, 1839—1906)一封信中的短语,意指上帝创造的大自然的一切,通常想象为阴性,原出自使徒信经(The Creed): "Omnipotent Father Eternal God."(万能的天父,永恒的上帝),诗人选用其阴性形容词"aeternus"。

② 希伯来文。"My God, my God, why has thou forsaken me?"这是耶稣写在十字架上的话,见《圣经·马太福音》(Matthew 4:26)。

《星球消息》(*Planet News*, 1969)

《美国的衰亡》(*The Fall of America: Poems of These States*, 1973)

《铁马》(*Iron Horse*, 1974)

《心灵的呼吸》(*Mind Breaths: Poems, 1972—1977*, 1977)

《诗集》(*Collected Poems: 1947—1980*, 1984)

《白色的尸衣》(*White Shroud: Poems, 1980—1985*, 1989)

《死亡与荣誉》(*Death & Fame: Last Poems, 1993—1997*, 1999)

B. 其他：

《印度日记》(*Indian Journals*, 1970)

4. 著作获奖信息

1973年《美国的衰亡》荣获美国国家图书奖。

第三节 罗伯特·洛厄尔与《人生研究》

1. 生平透视

罗伯特·洛厄尔(Robert Lowell, 1917—1977)是自白派诗歌最杰出的代表,1917年3月1日生于波士顿的一家书香门第。他的堂祖父詹姆斯·洛厄尔是19世纪美国著名诗人。父亲是个海军军官,退休后从商。他是个独子,生活优裕,在波士顿长大。1935年他考入哈佛大学,1937年转学到俄亥俄州的肯庸学院,主攻古典文学,师承新批评派诗人兰色姆和塔特。1940年他大学毕业留校任教,讲授英国文学。同年,他皈依了天主教。

1944年,洛厄尔出版了第一本诗集《陌生的土地》。两年后,第二本诗集《威利勋爵的城堡》问世。这两本诗集内容上像艾略特《荒原》里寻找圣杯的格莱尔传奇,但诗风更接近塔特。第二本诗集1947年荣获普利策奖,受到艾略特和威廉斯等诗人的赞赏和读者们的欢迎。洛厄尔被聘为美国国会图书馆诗歌顾问,在诗坛的声誉与日俱增。

随后,洛厄尔迁居纽约,中断了八年诗歌创作。1943 年,他拒绝应征入伍并参加反战活动而被捕入狱,关押了两年。1949 年,他精神失常,住院治疗。出院后,他重操旧业,拜威廉斯为"精神之父",1951 年发表诗集《卡瓦诺家的磨坊》。诗中天主教的象征主义有所减少,仍有艾略特《荒原》的痕迹。50 年代中期,他应邀去旧金山参加诗歌朗诵会,发觉自己的诗难于上口,不如别的青年诗人读得那么洪亮,感触良多,决心改变旧诗风。1954 年,他当选美国文学艺术院院士。

1959 年,洛厄尔推出了诗集《人生研究》,标志着他新风格的诞生,也成为他一生创作生涯的重大转折点。此诗问世后,深受各界欢迎,饮誉欧美诗坛。60 年代中期,诗人进入创作鼎盛时期。1963 年,他成为美国文学艺术研究院院士和美国诗人研究会会长。

此后,洛厄尔继续探索新诗的创作,认真研读和翻译欧洲文学大师的名著,发掘新的素材。去世前,他又出版多部诗集,如《模仿》(1961)、《献给联邦死难者》(1964)、《大洋附近》(1967)、《1967—1968 年笔记》(1969、1970 年增编为《笔记》)、荣获普利策奖的十四行诗集《海豚》(1973)和《日复一日》(1977)等。

1977 年 9 月 12 日,罗伯特·洛厄尔从英国访问返回纽约后,在回家途中的出租汽车里不幸突发心脏病去世,终年六十一岁。这位一生坎坷的老诗人终于永远安息。

2. 代表作扫描

罗伯特·洛厄尔从小钟爱文学,二十七岁时出了第一部诗集《陌生的土地》。第二部诗集问世后获得普利策奖,开始蜚声诗坛。第二次大战爆发后,他拒绝应征去打仗,入狱两年。他曾有八年没有发表诗作。后来入精神病院治疗后再出版诗集《卡瓦诺家的磨坊》。旧金山一次诗朗诵会使他发觉自己已落后于青年一代诗人。他开始意识到他的诗风非革新不可。

1959 年问世的诗集《人生研究》(*Life Studies*)面貌焕然一新。它是采用口语化写成的自由诗,受到学界和广大读者的欢迎。它成为美国自白诗派的典型之作,也是评论界公认的洛厄尔的优秀代表作。

1) 主要内容和观点盘点：

《人生研究》由四个部分组成。第一部分概述了诗人早期诗作中的社会和宗教主题。第二部分用散文写成。诗人回顾了他的家庭和青少年时代，带有反讽气息。第三部分涉及对诗人有直接影响的四位作家：福特·麦多克斯·福特、桑塔雅纳、德尔莫尔·施瓦茨和哈特·克莱恩。他们的经历和作品曾经影响了洛厄尔。诗人对他们十分崇敬。

第四部分就是书名《人生研究》。这是诗集中最重要、最引人注目的部分。诗人以诗的形式回顾了他的身世：他的父母和祖父母以及他的童年。最后以那描绘他亲身的坎坷经历的四首诗结束：他与妻子的复杂情感、二次大战中拒绝服役的反抗意识以及在精神病医院的治疗过程、体验和感受。更有意思的是那最后一首诗《臭鼬出没时》，诗人献给他的密友、女诗人伊丽莎白·毕肖普。这是诗人的得意之作。诗人通过缅因州某小镇的变态，描绘了时代精神和社会风尚江河日下的衰败景象。他悲观地疾呼："我自己是个地狱！"他内心充满恐惧和悔恨，很想去死……

诗集具有浓厚的自传色彩。主人公就是诗人自己。他是个传主。与其他自传式作品不同的是诗人以极其坦白的心态，向读者诉说自己的家庭变迁、个人的隐私、内心的创伤以及性欲的冲动，令人感到他的真诚、开放和明智。

2) 风格和语言聚焦：

《人生研究》将诗歌和散文融为一体，写成无韵体自由诗。洛厄尔挑战艾略特的形式主义诗风，崇尚推崇民族化的诗人威廉斯。他强调坦率地表白个人的内心活动，以平静的姿态发泄对社会恶习和旧文化残渣的不满。《人生研究》问世后，开创了60年代盛极一时的自由诗运动。洛厄尔的独特风格受到普遍的赞扬。

罗伯特·洛厄尔的诗风经历了一个演变过程。年轻时，他受过艾略特的影响，诗中清教主义和天主教的色彩较多。后来去旧金山诗会一比较，他感到落伍了，应该彻底革新，迎头赶上。中后期，他抛弃了艾略特的诗风，继承了惠特曼、狄更生和威廉斯等人的传统，创建了"自白诗"的新流派。

《人生研究》自传性很强，富有诗人个性。语言通俗易懂，语言韵律流畅，意象繁多，节奏明快，感情真挚。诗人以惊人的坦白陈述了个人内心的痛苦、迷惘、狂躁、欲望和愤懑,以此拉近了与读者们的距离,激起他们内心的共鸣。

3) 意义和影响总览:

《人生研究》不仅成了洛厄尔创作生涯的里程碑,而且成了美国自白诗流派的代表作,影响遍及欧美各国。诗集问世后,60 年代美国各地自发地形成自白诗运动,在诗坛风靡一时。女诗人普拉斯、诗人塞克斯顿和伯里曼成了洛厄尔的同路人。洛厄尔成为自白诗派的杰出代表和主将,引领 60 年代美国诗坛。

《人生研究》通过诗人惊人的内心表白,抨击了当代美国社会流行的物质至上、精神空虚、道德沦丧和人性的扭曲,生动地反映了二次大战后美国的社会风貌。50 年代,美国经济逐渐复苏,科技迅速发展,追求物质享受和金钱财富成了热潮。文学界的异化论和自我危机论甚嚣尘上。到了多事之秋的 60 年代,国内外矛盾加激,民众面临更大的生活困境。危机感日益加深。洛厄尔深深地意识到这点,认为现实生活像机器一样单调乏味,物质文明缺乏理性,精神文明遭到扭曲和忽视。他愤愤不平,内心十分苦恼,又找不到生活的方向,因此,他逃进"自我"的小天地,进行自我宣泄、自我暴露,甚至自杀冲动,想干脆毁灭社会,也毁灭自己。洛厄尔以坦率地表白自己的内心感受来感染读者,既反映了社会现实的黑暗,也流露了个人的消极情绪。他的自白诗是当代美国现实生活的真实折射。

洛厄尔在《臭鼬出没时》一诗里写道:

> 一辆汽车里的收音机在哀叫,
> "爱情,啊,随意的爱情……"我听见
> 我的恶鬼在每个血细胞里哭泣,
> 犹如我用手掐他的喉咙……
> 我自己是个地狱,
> 这里一个人也没有——

这是洛厄尔写给女诗人毕肖普的,作为对她的赠诗《犰狳》的答谢。诗中展示了当代美国社会的异化、人们的病态心理和诗人的感伤和困惑。

在名闻遐迩的短诗《献给联邦死难者》里,洛厄尔深深地怀念南北战争中英勇牺牲的北方军官肖上校及其率领的黑人步兵团的战士们。联想到当时他眼前纪念碑的荒凉,诗人感慨社会现实的无情,令人不寒而栗,非常失望:

新英格兰千百个小镇绿了
古老的白色教堂里保存着
当年真诚的造反精神;破损的旗帜
盖着共和国大军的墓地。

联邦无名将士的石像
一年比一年苗条而年轻——
腰细如蜂,他们伏在步枪上瞌睡,
连鬓胡子都在沉思……

肖的父亲不要纪念碑,
只求有个深沟,
可扔进他儿子的尸体,
跟他的"黑鬼们"一起消失。

洛厄尔主张诗歌要开诚布公地反映诗人自己的观点和经历。《人生研究》是他的诗论的最好实践。洛厄尔继承了惠特曼和威廉斯的诗歌传统,坚持用民众的日常口语,以自由诗的形式反映美国的现实生活,涉及社会、家庭和个人生活的方方面面。他在诗里坦诚地表白自己的一切隐私,引起读者的同情和信任,大大地促使濒临困境的美国诗歌增添了新的活力。他的自白诗开创了二次大战后美国诗坛的新诗风,使美国诗歌沿着民族化和大众化的道路走向未来。

4) **文本名段点击**①:

A. 诗人回忆童年时代在波士顿与大姨妈莎拉相处的情景:

I was five and a half.

My formal pearl gray shorts

had been worn for three minutes.

My perfection was the Olympian

---

① 下列引文选自 Robert Lowell, *Life Studies and For the Union Dead*, The Noonday Press, Farrar, Straus and Giroux, 1956, 1964。

poise of my models in the imperishable autumn
display windows
of Rogers Peet's boys' store below the State House
in Boston. Distorting drops of water
pinpricked my face in the basin's mirror.
I was a stuffed toucan
with a bibulous, multicolored beak.
Up in the air
by the lakeview window in the billiards-room,
lurid in the doldrums of the sunset hour,
my Great Aunt Sarah
was learning *Samson and Delilah*.
She thundered on the keyboard of her dummy piano,
with gauze curtains like a boudoir table,
accordionlike yet soundless.
It had been bought to spare the nerves
of my Grandmother,
tone-deaf, quick as a cricket,
now needing a fourth for "Auction,"
and casting a thirsty eye
on Aunt Sarah, risen like the phoenix
from her bed of troublesome snacks and Tauchnitz classics.
Forty years earlier,
twenty, auburn headed,
grasshopper notes of genius!
Family gossip says Aunt Sarah
tilted her archaic Athenian nose
and jilted an Astor.
Each morning she practiced
on the grand piano at Symphony Hall,
deathlike in the off-season summer—

its naked Greek statues draped with purple

like the saints in Holy Week....

On the recital day, she failed to appear. (pp.61-62)

B. 诗人坦言对祖父母的无限思念：

They're altogether otherworldly now,

those adults champing for their ritual Friday spin

to pharmacist and five-and-ten in Brockton.

Back in my throw-away and shaggy span

of adolescence, Grandpa still waves his stick

like a policeman;

Grandmother, like a Mohammedan, still wears her thick

lavender mourning and touring veil;

the Pierce Arrow clears its throat in a horse-stall.

Then the dry road dust rises to whiten

the fatigued elm leaves—

the nineteenth century, tired of children, is gone.

They're all gone into a world of light; the farm's my own.

The farm's my own!

Back there alone,

I keep indoors, and spoil another season.

I hear the rattley little country gramophone

racking its five foot horn:

"O Summer Time!"

Even at noon here the formidable

Ancien Régime still keeps nature at a distance. Five

green shaded light bulbs spider the billiards-table;

no field is greener than its cloth,

where Grandpa, dipping sugar for us both,

once spilled his demitasse.

His favorite ball, the number three,

still hides the coffee stain.

Never again

to walk there, chalk our cues,

insist on shooting for us both.

Grandpa! Have me, hold me, cherish me!

Tears smut my fingers. There

half my life-lease later,

I hold an *Illustrated London News*—;

disloyal still,

I doodle handlebar

mustaches on the last Russian Czar. (pp.68-69)

3. 其他重要作品链接

A. 诗歌：

《陌生的土地》(*Land of Unlikeness*, 1944)

《威利勋爵的城堡》(*Lord Weary's Castle*, 1946)

《卡瓦诺家的磨坊》(*The Mills of the Kavanaughs*, 1951)

《致联邦死难者》(*For the Union Dead*, 1964)

《1967—1968年笔记》(*Notebook 1967—1968*, 1969)

《海豚》(*The Dolphin*, 1973)

《日复一日》(*Day by Day*, 1977)

B. 剧本：

《过去的光荣》(*The Old Glory*, 1964)

4. 著作获奖信息

1946年《威利勋爵的城堡》荣获普利策奖。

1959年《人生研究》荣获美国国家图书奖诗歌奖。

1962年《模仿》荣获博林根翻译奖。

第七章 日益繁荣的当代美国戏剧

第一节 田纳西·威廉斯与《欲望号电车》

1. 生平透视

田纳西·威廉斯(Tenesse Williams，1911—1983)原名叫托马斯·拉尼尔·威廉斯(Thomas Lanier Williams)，田纳西是他的笔名。1911年3月26日他生于密西西比州哥伦布镇。七岁时，父母带着他移居圣路易斯市。父亲是个鞋厂销售经理。他从小酷爱写作。上密苏里大学念新闻系时碰到经济大萧条，无法维持。他只念了两年就停学去打工。1938年，在外祖母资助学费后，他终于从衣阿华大学英文系毕业。他开始试写剧本，干过各种杂工，结识了不少畸形人物，并到美国各地和墨西哥旅行。他写过四个独幕剧，1939年获得团体剧院的奖励。但《美国的布鲁斯》独幕剧1948年才发表。1940年，他的《天使之战》演出效果不理想。1944年《玻璃动物园》终于一炮打响，获得意外的成功，在纽约百老汇长时间演出，很受欢迎，当年被授予纽约剧评界奖。

1947年，威廉斯推出《欲望号电车》，好评如潮，荣获普利策奖。这部新作和《玻璃动物园》奠定了他戏剧家的地位。

50年代迎来了新的机遇。威廉斯的《热铁皮屋顶上的猫》(1955)又获普利策奖。他的剧本开始被改编成电影，受到各界观众的好评。他勤奋创作，又有多部剧作问世。主要有：《真正的卡米诺》(1953)、《走下来的奥菲士》(1953)、《三部剧》(1959)、《调整时期》(1960)和《大蜥蜴之夜》(1961)等。这些剧作只有《大蜥蜴之夜》荣获纽约剧评界奖，其他比前期三部剧作逊色多了。

到了60年代,威廉斯身体不好,精神郁闷,创作走下坡。他出版的《打闹悲剧》(1965)、《地球王国》(1968)、《在东京旅馆的酒吧里》(1969)和《向小船发出的警告》(1972)等,大都是旧作修改而成的,缺乏新意。只有《向小船发出的警告》观众反应好些。70年代他仍坚持创作,先后发表了《红鬼炮兵连的信号》(1975)、《维厄克斯·卡列》(1977)和《失恋者一个愉快的星期天》(1978)等。

1983年2月24日,威廉斯因误吞了一个药瓶盖,不幸逝世于纽约市一家旅店里。

2. 代表作扫描

威廉斯一生写了三十多部戏剧。一些优秀剧作大都写于早期。最出名的作品是《玻璃动物园》、《欲望号电车》和《热铁皮屋顶上的猫》三部。后期的剧作不过是他早期作品的回声,只能在一些外百老汇小剧场演出。

《玻璃动物园》是威廉斯的成名作,带有自传色彩。它描写30年代大萧条时期圣路易斯市一个女主人阿曼达在丈夫出走后顽强生存的感伤和痛苦。她是南方种植园主的富家千金,生有一男一女。丈夫经济萧条后突然消失,她不得不抚养子女,想办法活下去。女儿劳拉年幼时患病,不幸变成瘸子。她性格内向,自卑苦闷,整天关在家中玩些玻璃小动物。儿子汤姆去鞋厂仓库打工,向往海洋,立志当个诗人。母亲阿曼达叫儿子为女儿找个对象。汤姆带工友吉姆来家吃饭。劳拉一见如故,原来吉姆是她中学的老同学,便爱上他。吉姆激动地吻了她。后来坦言他已订婚另一个姑娘。阿曼达怒斥儿子太笨。汤姆只好离家出走。劳拉又回到她孤寂而沉闷的玻璃动物园里。为女儿找个对象本来是件很平常的事,没料到竟造成三口之家的解体。后来,威廉斯作了修改,加进了性冲突的情节,改名为《夏与烟》,1947年在纽约上演。评论界认为它不如原剧,思想深度不够。

《热铁皮屋顶上的猫》也许内容丰富些。它描写"老爹"艰苦拼搏发家致富,家产达万亿。儿子布瑞克没出息,幻想连篇,终日以酒解闷。出身穷苦的妻子玛格丽特与兄嫂争夺遗产不惜撒谎。它集中表现了金钱、情欲和死亡的主题。

相比之下,《欲望号电车》(*A Streetcar Named Desire*)在艺术结构、人物刻画、对话和诗意以及主题思想等方面,比上述两部剧作更好。因此,学界认为它是威廉斯最优秀的代表作。

1) 故事和人物盘点：

《欲望号电车》以美国南方城市新奥尔良贫民窟为背景,描写女主人公布朗琪遭妹夫斯坦利强奸的不幸遭遇。她是个南方没落的种植园主的后代,经过一段放荡的生活后,到新奥尔良贫民窟找她妹妹斯代拉和妹夫斯坦利,想开始新的生活。斯坦利是个粗野的波兰裔工人,身强力壮有魅力。布朗琪感到他们的生活环境太差。她妹妹的婚姻和未出生的婴儿都是情欲的产物,像"欲望号电车"一样,漫无目的地穿过大街小巷,天天如此。斯坦利怀疑布朗琪卖了老家庄园抵了自己的债,侵吞了斯代拉应得的一分遗产。两人常常争吵。有一次扑克牌聚会时,斯代拉宣布散会,醉醺醺的斯坦利竟掼了她一巴掌。布朗琪感到妹夫的行为像野兽,难以相处,便劝妹妹离开他。不料,她俩的谈话让斯坦利偷听到了。他便去调查布朗琪的过去经历。不巧,布朗琪在聚会上与米茨一见钟情,想与他结婚,走向新生活。斯坦利知道他俩的恋情后十分嫉妒,告诉米茨:布朗琪曾沦为妓女,后来勾引一个男生被学校开除教职。起先,米茨拒绝了她。但布朗琪坦言她曾与一个性变态的男人结婚,但那人搞同性恋,后来自杀了。米茨很同情她,还想娶她为妻。斯坦利仍不甘心,在妻子进产院那天晚上粗暴地强奸了布朗琪。斯代拉出院后,布朗琪将发生的一切告诉了她。可是,她根本不相信,倒以为姐姐发疯了。布朗琪被送进疯人院。幕终。

剧中主要人物是布朗琪、斯代拉、斯坦利和米茨四人。主人公是布朗琪和斯坦利。他们二人的矛盾和冲突贯串始终。这使一个平凡而简单的故事变得起伏跌宕,令人关注。

布朗琪出身于南方末落贵族,曾浪荡地混了几年,第一次与一个性变态的人结婚以失败告终,到新奥尔良妹妹家想过新的生活。可是她与城市贫民窟的环境格格不入,对妹夫的粗野十分不满。后来她想嫁给米茨,又遭到斯坦利阻挠,最后遭他强奸,不但申诉无门,反倒受妹妹误解,将她送入精神病院。她的悲惨遭遇反映了美国南方妇女的不幸命运,令人同情。

斯坦利是个工人。他的兽性和粗暴完全背离了他的出身。他的形象是暴力与性欲相结合的象征。在布朗琪看来,他俨然是一只野兽:

> 他举动像只野兽,具有野兽的恶习!
> 吃饭像野兽,行为像野兽,谈吐像
> 野兽! 甚至还有点不如人类的意味——
> 还未发展到人性罢! 是的,他身上带
> 有猿人的气味……

斯坦利除了干活以外,喜欢玩滚木球、喝酒和打扑克。性欲主宰了他的本性,同时他也不乏野兽的狡诈和机敏。他偷听了布朗琪与斯代拉姐妹的谈话,深怕真相暴露,家庭解体,因此,他立即调查布朗琪的过去,破坏她与米茨的结合,最后乘妻子不在家强暴了布朗琪,并以甜言蜜语骗过了妻子,使她相信布朗琪已发疯,最后将姐姐送入精神病院。由此可见,兽性成了布朗琪与斯坦利之间性格冲突的根源。它深刻地揭示了剧作的社会主题。

2) 风格和语言聚焦:

《欲望号电车》反映了田纳西·威廉斯独特的艺术风格。他深受英国作家 D·H·劳伦斯和奥地利心理学家弗洛伊德的影响,用传统的现实主义手法客观地描绘人物的不幸遭遇,并揭示他们内心世界的变化。他大胆吸取表现主义和象征主义手法,强化布景、音响和灯光的舞台效果,烘托剧中人物性格冲突的气氛,增加对观众的艺术感染力。

威廉斯往往敢于大胆地突破传统的"禁区",描写性欲冲动造成的恶果。他精心塑造了多位南方妇女的形象,描写了她们受酗酒、吸毒、强奸、同性恋和色情狂迫害的遭遇,流露了对下层民众的深切同情。布朗琪的惨痛经历具有典型的社会意义。

冲突是戏剧的生命。《欲望号电车》从头到尾将布朗琪与斯坦利的冲突摆在主要位置。他们二人之间从一开始就因老家遗产问题引起不和。斯坦利怀疑布朗琪霸占了他老婆应得的一分遗产。布朗琪看见他酒醉打了她妹妹,心里非常不满,劝她别跟他糊弄下去。斯坦利偷听了她俩的谈话,怀恨在心,私下调查布朗琪的过去经历,无情地破坏她和米茨的婚事,最后竟粗暴地强奸了她并污蔑她发疯,将她推入精神病院。剧情一直围绕两人的冲突展开。两人之间的矛盾不但没有缓和或解决,而是逐步尖锐化,终于把布朗琪推入死胡同。全剧结构紧凑,中心突出,主要人物形象丰满,斯代拉略为单薄。

威廉斯善于运用生动的细节和对比的手法来展示布朗琪的复杂性格。一方面,她出身名门,身份高贵,言谈举止矫揉造作,显示高雅;另一方面,她曾与多位男人发生不正当关系,具有妓女的野性,偷喝斯坦利的酒,又大谈人类的高尚情操。作者让她的空话大话与卑劣的行为相对照而自我暴露,讽刺意味入木三分。作者将她比作一只飞蛾,穿白色服装,貌美纤弱,但举止犹豫不定。她爱勾引男人,痛恨斯坦利的兽性,又受他吸引,最后被他强奸。她梦想挤进上流社会,过上优越的日子,终于以幻灭告终。

全剧语言简洁、通俗、清新,对话生动活泼,诗意浓烈,富有幽默感和喜剧味。悲剧性的结局令人深思,感慨不已。

3) 意义和影响总览:

《欲望号电车》通过一个平凡的家庭故事,深刻地反映了在资本主义发展冲击下美国南方社会的没落、人性的扭曲、文化的衰败,特别是妇女的悲惨命运,具有重大的社会意义和审美价值,对美国现代戏剧的发展产生了深远的影响。

南北战争后,美国南方社会奴隶体制瓦解了,随着资本主义的入侵和发展,拜金主义大行其道。它无情地冲击着南方传统的道德观和价值观。威廉斯从小在南方生长,熟悉南方破落种植园主后代的处境,了解他们矛盾的心理状态。他抓住遗产的继承问题来反映南方社会走向没落,具有十分典型的意义。《欲望号电车》写了布朗琪与斯坦利的冲突源自后者怀疑前者侵吞了他妻子应得的一分老庄园的遗产。后来矛盾越来越尖锐。在《热铁皮屋顶上的猫》里,争夺遗产成了全剧的主题。泼辣而聪明的女主人公玛吉跟布瑞克兄嫂为争夺老爸的遗产大动干戈,甚至当众宣布怀孕,梦想生个孩子可抢到遗产。为了遗产,他们抛弃了亲情、爱情和友情,到了六亲不认,不择手段的地步。遗产就是金钱和财富,有了遗产就可过上不劳而获的舒闲生活。因此,遗产争夺波及社会各个阶层,影响到每个人。南方社会出现了变态。凶杀、吸毒、酗酒、强奸、同性恋和色情狂等丑恶现象频频发生。有些没落贵族的后代则留恋失去的"天堂",面对大萧条时代的困境郁郁寡欢,心事重重。威廉斯认为情欲和性是西方现代社会享乐主义的集中表现。这成了他笔下人物的性格特点。他生动地描绘了南方社会衰败的景象,通过舞台给人们提供了一幅萧条凄凉的图画。

威廉斯特别关注南方妇女的不幸命运。他的三部名剧,主人公都是女性。《欲望号电车》女主人公布朗琪是破落的南方种植园主的后代。她享受过一段浪荡的寄生生活,与许多男人鬼混并沦为妓女。但她仍夸夸其谈,装腔作势。第一次婚姻失败后,她投奔新奥尔良妹妹处,撞上米茨一见钟情,想重新开始新生活,没料到遭到妹夫斯坦利的阻挠和破坏,最后被他强暴。这说明一个当过妓女的南方女性想改过自新,重新做人都不容易。《玻璃动物园》的女主人公母亲阿曼达久久无法忘却青年时代南方庄园主淑女的悠闲快乐的日子,众多男人向她求爱。大萧条的艰辛岁月使她孤独、苦恼和失望。丈夫失踪了,女儿罗拉从小成了跛子。她为女儿的未来唠叨不停,也为儿子的拙笨伤心不已。后来,儿子汤姆离家出走了,她更孤寂了。《热铁皮屋顶上的猫》女主人公玛格丽特像爬在热铁皮屋顶上的猫那么焦躁不安。她原是"老爸"家的穷亲戚,好不容易混入上流社会,如分不到遗产可能回到穷日子。因此,她当众撒谎称已怀孕。她想生个孩子可分得遗产。真是可悲又可笑。布朗琪遭妹夫斯坦利强暴,阿曼达被丈夫抛弃,玛格丽特受"老爸"和丈夫冷落。这一切都真实地揭示了南方妇女受欺凌的不平等社会地位和不稳定的社会生活。当时女权主义尚未兴起,威廉斯如此关注南方妇女问题是十分难能可贵的。

威廉斯是个多产作家,一生创作了三十多个剧本,又写了两部长篇小说、六部短篇小说和三部诗集,以戏剧最出名。他是个杰出的大戏剧家。他来自美国南方,熟悉南方生活题材。他坚持现实主义创作方法,吸取德国布列斯特为代表的表现主义戏剧和法国尤内斯库和爱尔兰贝克特的戏剧等多种不同的艺术手法,大胆地揭露美国南方现代社会的阴暗面:凶杀、吸毒、酗酒、强奸和同性恋等丑恶现象,抨击人性的扭曲和暴力的猖獗扼杀了南方的文明传统,玷污了南方民众的精神美。他严厉地批判美国中产阶级新教文化和清教主义社会道德标准的虚伪性,深切地同情受欺压的小人物,对兽性的暴行和迫害妇女深恶痛绝。他锐意创新,努力改革布景和音乐的配置以及照相技术。他也采用现代派的表现手法,重视人物的感情冲突,大胆地发掘他们的内心情感,突出戏剧冲突,展示人性的深层意蕴。他又善于营造舞台的意境和诗的节奏,注意对话和叙述的结合,大大地丰富了现代戏剧语言。

威廉斯塑造了多个多姿多彩的人物,大多以南方妇女为戏剧主人公。剧中既有现实主义的细节描写,又有夸张和怪诞成分和讽刺色彩,但往往带点颓废情绪,仿佛他的剧作留着美国南方没落贵族社会的痕迹。尽管如此,威廉斯对现当代美国戏剧仍具有重大的影响。他曾两次荣获普利策奖,四次荣获纽约剧评界奖,有十五部剧作被改编拍成电影。他被誉为"美国的波德莱尔"。他成了20世纪一位美国最重要的戏剧家。

4) 文本名段点击①:

A. 布朗琪向妹妹诉说妹夫斯坦利的毛病:

BLANCHE:

'Sister and I in desperate situation. Will explain details later. Would you be interested in—?' [*She bites the pencil again*] 'Would you be—interested—in …' [*She smashes the pencil on the table and springs up*] You never get anywhere with direct appeals!

STELLA [*with a laugh*]:

Don't be so ridiculous, darling!

BLANCHE:

But I'll think of something, I've *got* to think of —*something*! Don't, don't laugh at me, Stella! Please, please don't—I—I want you to look at the contents of my purse! Here's what's in it! [*She snatches her purse open*] Sixty-five measly cents in coin of the realm!

STELLA [*crossing to bureau*]:

Stanley doesn't give me a regular allowance, he likes to pay bills himself, but—this morning he gave me ten dollars to smooth things over. You take five of it, Blanche, and I'll keep the rest.

BLANCHE:

Oh, no. No, Stella.

STELLA [*insisting*]:

I know how it helps your morale just having a little pocket-money on you.

BLANCHE:

---

① 下列引文选自 Tennessee Williams, *A Streetcar Named Desire*, A New Directions Book, 1947.这里选自第四幕。

No, thank you—I'll take to the streets!

STELLA:

Talk sense! How did you happen to get so low on funds?

BLANCHE:

Money just goes—it goes places. [*She rubs her forehead*] Sometime today I've got to get hold of a bromo!

STELLA:

I'll fix you one now.

BLANCHE:

Not yet—I've got to keep thinking!

STELLA:

I wish you'd just let things go, at least for a—while ...

BLANCHE:

Stella, I can't live with him! You can, he's your husband. But how could I stay here with him, after last night, with just those curtains between us?

STELLA:

Blanche, you saw him at his worst last night.

BLANCHE:

On the contrary, I saw him at his best! What such a man has to offer is animal force and he gave a wonderful exhibition of that! But the only way to live with such a man is to—go to bed with him! And that's your job—not mine!

STELLA:

After you've rested a little, you'll see it's going to work out. You don't have to worry about anything while you're here. I mean—expenses ...

BLANCHE:

I have to plan for us both, to get us both—out!

STELLA:

You take it for granted that I am in something that I want to get out of.

BLANCHE:

I take it for granted that you still have sufficient memory of Belle Reve to find this place and these poker players impossible to live with.

STELLA：

Well, you're taking entirely too much for granted.

BLANCHE：

I can't believe you're in earnest.

STELLA：

No?

BLANCHE：

I understand how it happened—a little. You saw him in uniform, an officer, not here but—

STELLA：

I'm not sure it would have made any difference where I saw him.

BLANCHE：

Now don't say it was one of those mysterious electric things between people! If you do I'll laugh in your face.

STELLA：

I am not going to say anything more at all about it!

BLANCHE：

All right, then, don't!

STELLA：

But there are things that happen between a man and a woman in the dark—that sort of make everything else seem—unimportant. [*Pause.*]

B. 布朗琪与斯代拉姐妹谈论欲望号电车：

BLANCHE：

What you are talking about is brutal desire—just—Desire! —the name of that rattle-trap street-car that bangs through the Quarter, up one old narrow street and down another ...

STELLA：

Haven't you ever ridden on that street-car?

BLANCHE：

It brought me here. —Where I'm not wanted and where I'm ashamed to be ...

STELLA:

Then don't you think your superior attitude is a bit out of place?

BLANCHE:

I am not being or feeling at all superior, Stella. Believe me I'm not! It's just this. This is how I look at it. A man like that is someone to go out with—once—twice—three times when the devil is in you. But live with? Have a child by?

STELLA:

I have told you I love him.

BLANCHE:

Then I *tremble* for you! I just—*tremble* for you. ...

STELLA:

I can't help your trembling if you insist on trembling! [*There is a pause.*]

BLANCHE:

May I—speak—*plainly*?

STELLA:

Yes, do. Go ahead. As plainly as you want to.

[*Outside, a train approaches. They are silent till the noise subsides. They are both in the bedroom.*

[*Under cover of the train's noise Stanley enters from outside. He stands unseen by the women, holding some packages in his arms, and overhears their following conversation. He wears an undershirt and greasestained seersucker pants.*]

BLANCHE:

Well—if you'll forgive me—he's *common*!

STELLA:

Why, yes, I suppose he is.

BLANCHE:

Suppose! You can't have forgotten that much of our bringing up, Stella, that you just *suppose* that any part of a gentleman's in his nature! *Not one particle*, *no*! Oh, if he was just—*ordinary*! Just *plain*—but good and wholesome, but—*no*. There's something downright—*bestial*—about him! You're hating me saying this, aren't you?

STELLA [*coldly*]:

Go on and say it all, Blanche.

BLANCHE:

He acts like an animal, has an animal's habits! Eats like one, moves like one, talks like one! There's even something—sub-human—something not quite to the stage of humanity yet! Yes, something—ape-like about him, like one of those pictures I've seen in—anthropological studies! Thousands and thousands of years have passed him right by, and there he is—Stanley Kowalski—survivor of the stone age! Bearing the raw meat home from the kill in the jungle! And you—*you* here—*waiting* for him! Maybe he'll strike you or maybe grunt and kiss you! That is, if kisses have been discovered yet! Night falls and the other apes gather! There in the front of the cave, all grunting like him, and swilling and gnawing and hulking! His poker night! —you call it—this party of apes! Somebody growls—some creature snatches at something—the fight is on! *God*! Maybe we are a long way from being made in God's image, but Stella—my sister—there has been *some* progress since then! Such things as art—as poetry and music—such kinds of new light have come into the world since then! In some kinds of people some tenderer feelings have had some little beginning! That we have got to make *grow*! And *cling* to, and hold as our flag! In this dark march toward whatever it is we're approaching. ... *Don't*—*don't hang back with the brutes*!

3. 其他重要作品链接

A. 戏剧：

《玻璃动物园》(*The Glass Menagerie*, 1944)

《夏天与烟》(*Summer and Smoke*, 1947)

《玫瑰花刺》(*The Rose Tattoo*, 1951)

《真正的卡米诺》(*Camino Real*, 1953)

《热铁皮屋顶上的猫》(*Cat on a Hot Tin Roof*, 1955)

《走下来的奥菲士》(*Orpheus Descending*, 1957)

《调整时期》(*Period of Adjustment*, 1960)

《大蜥蜴之夜》(*Night of the Iguana*, 1961)

《地球王国》(*Kingdom of Earth*, 1968)

《在东京旅馆的酒吧里》(*In the Bar of a Tokyo Hotel*, 1969)

《向小船发出的警告》(*Small Craft Warnings*, 1972)

《红鬼炮兵连的信号》(*The Red Devil Battery Sign*, 1975)

B. 中长篇小说：

《斯通太太在罗马的春天》(*The Roman Spring of Mrs. Stone*, 1950)

《摩伊斯与理性世界》(*Moise and the World of Reason*, 1975)

4. 著作获奖信息

1947年《欲望号电车》荣获普利策奖。

1955年《热铁皮屋顶上的猫》荣获普利策奖。

第二节　阿瑟·米勒与《推销员之死》

1. 生平透视

阿瑟·米勒(Arthur Miller, 1915—2005)跟奥尼尔和威廉斯一样,是现代美国戏剧的一位杰出的代表。1915年10月17日他生于纽约市哈莱姆区一个移民家庭。父亲来自奥地利,办过女子服饰小厂。1929年工厂破产,经济拮据,举家迁居纽约。中学毕业后,他只好停学打工两年筹集升大学的学费。1934年入读密执安大学新闻系,不久转入英文系。读书期间写过两个剧本获奖。1938年大学毕业后,他返回纽约加入联合剧院,业余写广播剧本。1944年曾到军营收集生活素材。同年,第一部戏剧《交好运的人》在百老汇演出,但很不成功,仅演了四场就草草结束。第二部戏《全是我的儿子》(1947)演出获得了成功,连演好久,被评为该季度最佳戏剧,荣获纽约剧评界奖。

1949年,第三部戏《推销员之死》的演出轰动了美国戏剧界,荣获普利策奖和纽约剧评界奖,一举奠定了米勒的戏剧家地位。此剧在百老汇连续上演很长时间,不久,全国各地纷纷上演,最后搬上银幕。评论界认为它是最有意义的美国现代戏剧。

1953年,新作《坩埚》(又译《萨拉姆的女巫》)给米勒带来意料不到的麻烦。它借用17世纪马萨诸塞州萨拉姆镇以驱逐女巫为名实行宗教大迫害的案件(使七十二人被处绞刑,几百人受牵连),来影射50年代麦卡锡主义的"恐共症"和对进步人士的疯狂迫害。此剧热情讴歌农民约翰为了保护无辜的民众,不惜自我牺牲的精神,大胆揭露社会的丑恶和荒唐,受到许多评论家的高度评价。但是,麦卡锡主义者们怀疑米勒的进步倾向,无端发难。1956年美国国会非美活动委员会多次传讯他,勒令他交代参加某次集会的左翼人士名单,遭到他严词拒绝。第二年,他被判藐视国会罪。1958年最高法院否决了这个判决。米勒与大学同学玛丽结婚成家,不久离了婚。1956年,他另娶大明星玛丽莲·梦露,轰动了全美剧坛。两人一起生活了五年便分手。婚后,他有八年没再写剧本,只写些短篇小说。1964年,新作《堕落之后》上演,反应一般。他与英国路透社摄影记者莫拉思再组家庭。《堕落之后》带有半自传性。米勒似乎想对前半生作个小结。

米勒继续勤奋笔耕,出版了短篇小说集《我不再需要你》和剧本《代价》(1968)。随着家庭生活的稳定,他不断推出新作,如描写30年代大萧条时期的《美国钟》(1980)、四个独幕剧《一个女士的哀歌》、《某种爱情》(1982)、《我什么都不记得》和《克拉拉》(1987)、电视剧本《人人获胜》(1990)、《最后一个美国佬》(1993)和《破玻璃》(1994)等。他还结合个人经历和国际交往出版了《戏剧论文集》(1978)、与第三任妻子合写的《在俄罗斯》(1969)、《在本国》(1977)、记录1978年9月访问中国的《中国奇遇》(1979)和1983年来华执导《推销员之死》的《推销员在北京》(1984)。他改编出版了戏剧家易卜生的名剧《人民公敌》,1987年发表了他的自传《曲折的岁月》。

1956年,密执安大学授予米勒荣誉文学博士学位,表彰它这位老校友的突出成就。1958年,美国文学艺术研究院授予他金质戏剧奖章。1965年以来,米勒连续两届当选国际笔会主席,他的名字传遍了欧美和亚洲各国。

2005年2月10日,阿瑟·米勒因病在康州罗克斯伯里溘然长眠,享年九十岁。他给后人留下了宝贵的戏剧遗产。

2. 代表作扫描

米勒的戏剧继承和发展了奥尼尔开创的美国现代社会剧。30年代大萧条时期,美国社会矛盾尖锐,社会剧的发展达到了高潮。米勒深受其影响。有人称他为"美国的易卜生"。

米勒的戏剧创作大致分为两个时期,以《桥头眺望》(1955年初版)1956年修订和上演为分界线。前期主要有《全是我的儿子》、《推销员之死》和《坩埚》等近似易卜生的社会问题剧。《全是我的儿子》描写二次大战期间,制造商乔·凯勒将不合格的马达卖给政府,造成二十一名飞行员死亡。后来,他把责任推给合伙人。他大儿子拉里闻讯后,驾机自杀身亡。以赎其父罪责。小儿子克里斯也对其父严加指责。当凯勒发觉自己的儿子也是遇难者之一时,愧疚自杀。自杀前,他说,"他们全是我的儿子"。

剧本揭露了资本家在大敌当前下疯狂地赚钱谋私利,造成了无谓的牺牲。凯勒发了不义之财,连自己儿子的命也搭上了。最后他不得不以自杀来赎罪。

在《推销员之死》(*Death of a Salesman*)里,米勒通过一个当了一辈子旅行推销员威利靠工资无法维持家庭生活,想用撞车一死换取一笔保险费还债的故事,揭示了二次大战后美国的社会悲剧。它在主题思想和艺术手法方面都坚持了美国社会剧的优秀传统,体现了米勒独具匠心的创新风格。因此,它成为学界公认的米勒最好的代表作。

1) 故事和人物盘点:

《推销员之死》描写主人公威利·洛曼一家的不幸遭遇。威利六十三岁了。他当了三十六年推销员,为某公司到处奔波,但每月工薪入不敷出,全靠分期付款买了冰箱和住房。小汽车的贷款也难以支付。晚年,他跑不动了,要求调回不用跑外差的纽约工作,老板干脆辞退了他,使他万分苦恼,后悔当年没有跟哥哥布恩去阿拉斯加办矿业。两个儿子比弗和哈皮来看他,他聊以自慰。他失业后寄希望于比弗的成功。比弗上中学时爱玩足球,数学老是不及格,未能升入大学。他想跟一家体育用品公司做笔生意,遭到拒绝,临走时偷了人家一支金笔。他失业在家,情绪消沉。父子两人见面时不得不将彼此失业的消息相告。两人相对无语,倍感忧郁。哈皮也没出息,坐等父亲支招。

母亲林妲劝导他们两兄弟找个好职业,好好挣口气,为他父亲争光。洛曼善良朴实,对两个儿子抱有幻想,以为搞些钱给比弗当资本可让他搞投机生意赚大钱。但他去了一趟波士顿,发觉比弗生活浪荡,好逸恶劳,回家后教训了他一顿。比弗哭哭啼啼,威利就原谅他了。

不久,洛曼的哥哥班从非洲发财归来,洛曼跟他商议摆脱困境的对策,感到与其走投无路,不如自己死了也比活着好。他决定去撞车自杀,骗取两千美元的人寿保险金来还债,留一点给比弗做生意。最后,他无聊地死了。在葬礼上气氛凄凉,威利以前打交道的许多商界朋友没人到场。他妻子林妲感慨地说,"他熟悉的人全到哪里去了?"社会如此冷漠,令活着的人们心寒。

剧中主要人物有四个:主人公威利和他妻子林妲、两个儿子比弗和哈皮。威利勤劳朴实,碌碌无为,几十年如一日,为老板到处奔跑推销货物。他年轻时拼命干活,曾使家庭充满快乐。他爱自己两个儿子,重视他们锻炼身体、健康成长,但比弗贪玩,足球踢得好,数学很差,没被大学录取,终日浪荡。洛曼羡慕哥哥班去非洲发了大财,希望两个孩子能出人头地。晚年,他被炒了鱿鱼,比弗面试落选,生意泡汤。威利心灰意冷,找个女人寻刺激。不料,在一家旅店开房时被比弗撞见。比弗心中父亲的偶像破灭了。威利万念俱灰,最后以撞车自杀骗取保险金来告慰家人,铸成了无法挽回的悲剧。他的自杀反映了中产者对"美国梦"的追寻和对金钱的崇拜以及失败后的困扰和绝望。

2) 风格和语言聚焦:

《推销员之死》精心地将现实主义细节描写和表现主义艺术手法结合起来,融入作者独特的风格,巧妙地刻画主人公洛曼复杂的性格和心态,使他成为当代美国舞台上一个最出色的人物形象。

全剧结构紧凑,剧情发展自然,人物性格冲突集中而突出,时空广阔。故事围绕威利从失业到自杀的中心来展开。威利与两个儿子的矛盾写得很具体。威利与老板的冲突更明显。老板是现实社会的象征。他没有出场现身,却像一把黑手紧紧卡住威利的脖子,最后置他于死地。

全剧写了一天两夜威利一家发生的事。时空有限,却展现了广阔的画面。剧情从威利家的厨房开始,然后是威利夫妇的卧室、比弗兄弟住的阁楼,跨至纽约某旅店、少东家霍华德和邻居查理的两间办公室以及波士顿某旅店的房间。这么广阔的时空将威利一家的冲突与现实社会的种种矛盾融为一体,揭示了更深刻的主题,彰显了戏剧家独具匠心。米勒突破了传统的时空观,将过去、现在和将来混搭,有时舞台上同时出现两个图景,空间重叠,形成对照,并用意识流手法,展示人物内心深处的感触,使人物与背景有机地结合,显得栩栩如生,活灵活现,给观众耳目一新的感觉。

全剧语言通俗、平易、个性化,对话生动,现实与想象相结合,衬托出人物的困境和窘态。如第二幕,威利与比弗父子见面时都不想将自己的挫折告诉对方,也想从对方找到一点安慰。威利看到儿子的表情,知道事情不妙,立即告诉儿子他失业了。比弗听了后更难开口说出自己的挫折。对话转为比弗问威利,以避开父亲的追问。后来,比弗想将真相告诉他,他反而又怕又烦,用一些闲话岔开儿子的话头。比弗气急败坏,威利全明白了原委,便想起比弗中学时数学差上不了大学才落得如此下场。他嘴里不断地喊着"数学!数学!"比弗一时听不懂,以为老头又说胡话了。简单的两个字"数学"话中有话,揭示了威利无限感慨和悔恨的复杂心情,展现了米勒高超的对话技巧。

不仅如此,米勒还运用有创意的音乐、灯光和舞台技术强化了全剧的紧张气氛和悲剧效果,成功地表现了深刻的社会主题。他的戏剧风格影响了当代许多美国戏剧家。

3) 意义和影响总览:

《推销员之死》内容丰富,主题深刻,意义重大。它成功地塑造了主人公威利·洛曼的形象。通过威利一生的坎坷经历,它揭示了在工业文化冲击下美国民众的精神迷惘和心理变态,反映了中产阶级对"美国梦"的迷恋和失望。

威利是个土生土长的美国人。他相信"美国梦"的神话,迷恋金钱的魅力,以为有了钱给儿子比弗做买卖,他就可能发家致富。他一生东奔西跑,一事无成。比比他哥哥班十七岁去非洲闯荡,四年后发财归来十分风光。他失业后后悔没去阿拉斯加开矿,失去发财机会。他天真地以为人缘好,拼命干,在美国社会总有一天会成功。他最后到处碰壁,撞车自杀也未能避免他家庭的解体。米勒以人道主义的立场批判了美国现实社会坑害了普通推销员威利的一生并造成他的自杀,同时还断送了他两个儿子比弗和哈皮的前途。此剧深受观众欢迎,产生了极好的社会效果。有个右翼杂志指责它是"共产主义宣传",是"巧妙地安置在美国精神大厦底下的一颗定时炸弹。"可见它有多大威力!

不仅如此,《推销员之死》还生动地描绘了父子之间、兄弟之间、公司职员与老板之间以及邻居之间的复杂关系和不同的道德观和价值观之间的碰撞。威利老老实实为老板干了三十六年,没有功劳也有苦劳。年纪大了,他向老板要求调回纽约工作,减少出公差,老板霍华德不但不答应,反而辞退了他。他曾两次自杀未成,最后自杀后没有一个熟人来参加他的葬礼。他认识的商界朋友何其多! 但没有人同情他。现实社会除了赤裸裸的金钱交易外,人性已扭曲,道德也沦丧了。

威利与儿子比弗的成见很深。比弗从西部回家,债台高筑,生意难做,心情越来越沉重,令威利十分不安。两人经常顶撞。比弗去一家公司应试落选,本想重新崛起,威利满怀希望,但为时已晚。他与一个女人鬼混求刺激,被比弗发现,大大降低了他对父亲的敬仰。后来比弗兄弟也领着两个女人去旅店寻欢作乐。一家走向堕落。剧本的尾声以威利葬礼的安魂弥撒形式结束,气氛凄凉沉闷。威利的悲剧不仅是他一家的悲剧,也是"美国梦"幻灭的悲剧。拜金主义的社会使他走上自我毁灭的绝路,毁了他两个青春年华儿子的未来,让一个平静的普通家庭走向解体。

米勒不但创造了多部优秀的戏剧,而且发表了许多论文来阐述他的戏剧观。他也是个出色的戏剧评论家。他认为"戏剧是一个严肃的事业。它应使人类更有人性,也就是说,让人类不那么孤独。"在他看来,悲剧的结局要使人们看到光明,给人力量去创造美好的生活。《推销员之死》有助于人们重新认识现实社会,认识"美国梦"的实质,从威利的悲剧中吸取教训。

米勒的戏剧创作,最出色的是他前期的社会剧,如《全是我的儿子》、《推销员之死》和《坩埚》,很接近挪威戏剧家易卜生的社会剧。那是他创作的黄金时代。但他后期的剧作逐渐转向对原罪说的探索,失去了前期作品的批判活力和感人的艺术魅力,增加了一些陈旧的说教,如电影剧本《不合时宜的人》、《堕落之后》、尤其是《创世纪及其他》和《代价》等。这一点使米勒区别于田纳西·威廉斯。后来,米勒也许意识到这点,想恢复和强化他先前的良好声誉。《美国钟》成了他返回社会问题题材的标志。

《推销员之死》集中描述了主人公威利一天两夜的悲惨命运,展示了二次大战后美国广阔的社会生活画面,提出发人深省的社会问题,具有极其深刻的现实意义和艺术魅力。尽管剧本没有摆脱抽象的人道主义,过分强调个人的自尊心和社会责任。米勒后期的剧作批判力度不足,情节简单,宗教色彩浓烈,显示他的复杂个性。像奥尼尔和威廉斯一样,米勒是美国现代戏剧一位杰出的代表。他们使美国戏剧屹立于世界戏剧之林而饮誉全球。

4) 文本名段点击①:

A. 威利老了,想留在纽约工作,遭到老板霍华德的拒绝,回到家中闷闷不乐:

Linda: *resigned*: Well, you'll just have to take a rest, Willy, you can't continue this way.

Willy: I just got back from Florida.

Linda: But you didn't rest your mind. Your mind is overactive, and the mind is what counts, dear.

Willy: I'll start out in the morning. Maybe I'll feel better in the morning. *She is taking off his shoes*. These goddam arch supports are killing me.

Linda: Take an aspirin. Should I get you an aspirin? It'll soothe you.

Willy: *with wonder*: I was driving along, you understand? And I was fine. I was even observing the scenery. You can imagine, me looking at scenery, on the road every week of my life. But it's so beautiful up there, Linda, the trees are so thick, and the sun is warm. I opened the windshield and just let the warm air bathe over me. And then all of a sudden I'm goin' off the road! I'm tellin' ya, I absolutely forgot I was driving. If I'd've gone the other way over the white line I might've killed somebody. So I went on again—and five minutes later I'm dreamin' again, and I nearly—*He presses two fingers against his eyes*. I have such thoughts, I have such strange thoughts.

Linda: Willy, dear. Talk to them again. There's no reason why you can't work in New York.

Willy: They don't need me in New York. I'm the New England man. I'm vital in New England.

Linda: But you're sixty years old. They can't expect you to keep traveling every week.

---

① 下列引文选自 *The Harper American Literature*, Harper & Row Publisher, INC., 1987。

Willy: I'll have to send a wire to Portland. I'm supposed to see Brown and Morrison tomorrow morning at ten o'clock to show the line. Goddammit, I could sell them! *He starts putting on his jacket.*

Linda: *taking the jacket from him*: Why don't you go down to the place tomorrow and tell Howard you've simply got to work in New York? You're too accommodating, dear.

Willy: If old man Wagner was alive I'd a been in charge of New York now! That man was a prince, he was a masterful man. But that boy of his, that Howard, he don't appreciate. When I went north the first time, the Wagner Company didn't know where New England was!

Linda: Why don't you tell those things to Howard, dear?

Willy: *encouraged*: I will, I definitely will. Is there any cheese?

Linda: I'll make you a sandwich.

Willy: No, go to sleep. I'll take some milk. I'll be up right away. The boys in?

Linda: They're sleeping. Happy took Biff on a date tonight.

Willy: *interested*: That so?

Linda: It was so nice to see them shaving together, one behind the other, in the bathroom. And going out together. You notice? The whole house smells of shaving lotion.

Willy: Figure it out. Work a lifetime to pay off a house. You finally own it, and there's nobody to live in it.

Linda: Well, dear, life is a casting off. It's always that way.

Willy: No, no, some people—some people accomplish something. Did Biff say anything after I went this morning?

Linda: You shouldn't have criticized him, Willy, especially after he just got off the train. You mustn't lose your temper with him.

Willy: When the hell did I lose my temper? I simply asked him if he was making any money. Is that a criticism?

Linda: But, dear, how could he make any money?

Willy: *worried and angered*: There's such an undercurrent in him. He became a moody man. Did he apologize when I left this morning?

Linda: He was crestfallen. Willy. You know how he admires you. I think if he finds himself, then you'll both be happier and not fight any more.

Willy: How can he find himself on a farm? Is that a life? A farmhand? In the beginning, when he was young. I thought, well, a young man, it's good for him to tramp around, take a lot of different jobs. But it's more than ten years now and he has yet to make thirty-five dollars a week!

Linda: He's finding himself, Willy.

Willy: Not finding yourself at the age of thirty-four is a disgrace!

Linda: Shh!

Willy: The trouble is he's lazy, goddammit!

Linda: Willy, please!

Willy: Biff is a lazy bum!

Linda: They're sleeping. Get something to eat. Go on down.

Willy: Why did he come home? I would like to know what brought him home.

Linda: I don't know. I think he's still lost, Willy. I think he's very lost.

Willy: Biff Loman is lost. In the greatest country in the world a young man with such—personal attractiveness, gets lost. And such a hard worker. There's one thing about Biff—he's not lazy.

Linda: Never.

Willy: [*with pity and resolve*]: I'll see him in the morning; I'll have a nice talk with him. I'll get him a job selling. He could be big in no time. My God! Remember how they used to follow him around in high school? When he smiled at one of them their faces lit up. When he walked down the street … (pp.2001-2003)

B. 威利被辞退后走投无路,最后撞车自杀以骗取保险金,铸成了悲剧:

Willy: Loves me. [*Wonderingly*] Always loved me. Isn't that a remarkable thing? Ben, he'll worship me for it!

Ben: [*with promise*] It's dark there, but full of diamonds.

Willy: Can you imagine that magnificence with twenty thousand dollars in his pocket?

Linda: [*calling from her room*] Willy! Come up!

Willy: [*calling into the kitchen*] Yes! Yes. Coming! It's very smart, you realize that, don't you, sweetheart? Even Ben sees it. I gotta go, baby. 'By! 'By! [*Going over to* BEN, *almost dancing*] Imagine? When the mail comes he'll be ahead of Bernard again!

Ben: A perfect proposition all around.

Willy: Did you see how he cried to me? Oh, if I could kiss him, Ben!

Ben: Time, William, time!

Willy: Oh, Ben, I always knew one way or another we were gonna make it, Biff and I!

Ben: [*looking at his watch*] The boat. We'll be late. [*He moves slowly off into the darkness.*]

Willy: [*elegiacally, turning to the house*] Now when you kick off, boy, I want a seventy-yard boot, and get right down the field under the ball, and when you hit, hit low and hit hard, because it's important, boy. [*He swings around and faces the audience.*] There's all kinds of important people in the stands, and the first thing you know ... [*Suddenly realizing he is alone*] Ben! Ben, where do I ...? [*He makes a sudden movement of search.*] Ben, how do I ...?

Linda: [*calling*] Willy, you coming up?

Willy: [*uttering a gasp of fear, whirling about as if to quiet her*] Sh! [*He turns around as if to find his way; sounds, faces, voices, seem to be swarming in upon him and he flicks at them, crying*] Sh! Sh! [*Suddenly music, faint and high, stops him. It rises in intensity, almost to an unbearable scream. He goes up and down on his toes, and rushes off around the house.*] Shhh!

Linda: Willy?

[*There is no answer.* LINDA *waits,* BIFF *gets up off his bed. He is still in his clothes.* HAPPY *sits up.* BIFF *stands listening.*]

Linda: [*with real fear*] Willy, answer me! Willy!

[*There is the sound of a car starting and moving away at full speed.*]

Linda: No!

Biff: [*rushing down the stairs*] Pop!

[*As the car speeds off, the music crashes down in a frenzy of sound, which becomes the soft pulsation of a single cello string.* BIFF *slowly returns to his bedroom.*

He and HAPPY *gravely don their jackets.* LINDA *slowly walks out of her room. The music has developed into a dead march. The leaves of day are appearing over everything,* CHARLEY *and* BERNARD, *somberly dressed, appear and knock on the kitchen door.* BIFF *and* HAPPY *slowly descend the stairs to the kitchen as* CHARLEY *and* BERNARD *enter. All stop a moment when* LINDA, *in clothes of mourning, bearing a little bunch of roses, comes through the draped doorway into the kitchen. She goes to* CHARLEY *and takes his arm. Now all move toward the audience, through the wall-line of the kitchen. At the limit of the apron,* LINDA *lays down the flowers, kneels, and sits back on her heels. All stare down at the grave.*]

3. 其他重要作品链接

A. 戏剧：

《交好运的人》(*The Man Who Had All the Luck*, 1944)

《全是我的儿子》(*All My Sons*, 1947)

《坩埚》(*The Crucible*, 又译《严峻的考验》, 1953)

《桥头眺望》(*A View from the Bridge*, 1955)

《两个星期一的回忆》(*A Memory of Two Mondays*, 1955)

《堕落之后》(*After the Fall*, 1964)

《代价》(*The Price*, 1968)

《创世纪及其他》(*The Creation of the World and Other Business*, 1972)

《美国钟》(*The American Clock*, 1980, 1984)

《一个爱情的故事》(*Some Kind of Love Story*, 1982)

《献给一位女士的哀歌》(*Elegy for a Lady*, 1982)

《危险:回忆!》(*Danger: Memory!*, 1985)

《我什么也记不得》(*I Can't Remember Anything*, 1987)

《克拉拉》(*Clara*, 1987)

《驶下摩根山》(*The Ride Down Mount Morgan*, 1991)

B. 短篇小说：

《不合时宜的人》(*The Misfits: Story of a Shoot*, 1961, 2000)

《我不再需要你》(*I Don't Need You Any More*, 1967)

C. 评论和散文：

《在俄罗斯》(*In Russia*, 1969, 与摩拉斯合写)

《在本土》(*In the Country*, 1977)

《中国奇遇》(*Chinese Encounters*, 1979)

《推销员在北京》(*Salesman in Beijing*, 1984)

《阿瑟·米勒戏剧论文集》(*The Theater Essays of Arthur Miller*, 1994, 1996)

《走廊下的回声：散文集》(*Echoes Down the Corridor: Collected Essays, 1944—2000*, 2000)

D. 自传：

《曲折的岁月》(*Timebends: A Life*, 1987)

4. 著作获奖信息

1949 年《推销员之死》荣获普利策奖。

1955 年《桥头眺望》荣获普利策奖。

第三节 爱德华·阿尔比与《谁害怕弗吉尼亚·伍尔夫?》

1. 生平透视

爱德华·阿尔比(Edward Albee, 1928—)是美国荒诞派戏剧的优秀代表，1928 年 3 月 12 日生于首都华盛顿，出生两周后被父母抛弃，由富翁后裔里德·阿尔比夫妇抚养。他在纽约长大，生活舒适。十一岁时入寄宿学校。他偏爱音乐和戏剧，其他各科不感兴趣，成绩不及格。1943 年他被该校开除后，养母送他进军事学院读了一年，后转入康州哈特福德的三一学院，念了一年半就离开了，去广播电台当音乐节目编辑。1948 年，他与养父母闹别扭，自己闯荡纽约。他住在文人聚居的格林威治村，靠打工维持生活。他干过推销员、调酒师、办公室杂工和西部工会送信员等,业余用心写作,先试写诗歌,后来花了三周写出独幕剧《动物园的故事》,但没有一个剧团肯演。幸亏同住一公寓的青年作曲家威廉·弗拉纳根的推荐,1959年9月首次在德国柏林席勒戏剧工作室演出,获得意外的成功。消息传回美国,改变了戏剧界同仁的态度。第二年,普罗文敦斯和纽约一家外百老汇剧院上演,备受各界好评。随后全国各地纷纷上演,反应很好。阿尔比终于获得成功,在美国剧坛崭露头角。

1962年,阿尔比推出新作《谁害怕弗吉尼亚·伍尔夫?》,立即一举成名,荣获纽约剧评界奖。此剧在百老汇连续演出了两年,后又被拍成电影,好评如潮。评论界称它是美国戏剧的"现代名著"。

成名前后,阿尔比坚持写作不松弛,陆续出版了《贝西·史密斯之死》(1960)、《沙箱》(1960)、《美国梦》(1961)和《小艾丽丝》(1965)等。他改编了许多著名的剧本,如纳博科夫的小说《洛丽塔》(1981)。新作《微妙的平衡》(1966)使他荣获普利策奖。他的名字传遍全国。

1968年,阿尔比发表反传统的短剧《箱子》和《毛泽东主席语录》。不久,他又出版了新作《一切都过去了》(1971)、《海景》(1975)、《杜布克莱的女士》(1979)、短剧《计算路程》(1977)、独幕剧《寻找太阳》(1982)、《步行》(1984)和《三臂人》(1983)。诗剧《三个高大的女人》(1994)使他第二次荣获普利策奖。另一部剧作《替罪羊或谁是斯尔维娅?》(2000)获得托尼戏剧奖。1996年肯尼迪文化中心授予他荣誉奖。美国文学艺术院颁给他戏剧金质奖章。他的声誉越来越高。

1989年至2003年,阿尔比应邀去休斯敦大学当教授,业余继续创作。近几年来主要剧作有:《占有者》(2001)、《敲门,敲门!谁在哪里?》(2003)、《彼特与杰里》(2004)和《我、我自己和我》(2007)等。他一直不懈地努力,促进现代美国戏剧的发展,成了美国荒诞派戏剧一位优秀的代表。

2、代表作扫描

阿尔比创作了二十多部剧作,有独幕剧、多幕剧、诗剧和寓言剧。其中最受欢迎的是他成名作《动物园的故事》、《贝西·史密斯之死》、《美国梦》、《微妙的平衡》、《谁害怕弗吉尼亚·伍尔夫?》和《三个高大的女人》等。

《动物园的故事》是个较长的独幕剧,也是一部典型的荒诞派剧作。故事很简单,人物仅有彼得和杰利两个中年男子。两人在公园里偶然相遇。流浪汉杰利走进公园,看到中产者彼得独自坐在一张长凳上看书,故意走上前跟他聊天,吹他跟房东太太一条恶狗搏斗的故事,显得精神空虚无聊。他以狗的本性比作人的本性,说明人在宇宙中犹如动物在动物园里互相隔离一样,各自活在栅栏里。他想说服彼得接受他的看法,认识到现实生活不能令人满意。彼得不愿再听下去。杰利将他从长凳子上挤下去。彼得生气了,杰利扔给他一把刀,叫他拿起刀子自卫,杰利乘其不备,向他扑过去,让刀尖刺入脖子,血流满地而死。彼得一再惊呼上帝。杰利临死前对他说,"亲爱的彼得,你被剥夺了。你失去了长凳子,但保护了你的尊严。"剧本反映了人与社会的对立和人与人之间的隔绝。打破这种隔绝,证明自我存在和尊严,付出了死的代价。这个剧作反映以存在主义为基础的荒诞派戏剧的主要特征。

《贝西·史密斯之死》描写30年代美国一位著名黑人女歌唱家贝西·史密斯遇车祸受了重伤,有个对现实不满的白人护士拒绝收她住院急救,结果造成她不治死在车上。这个种族歧视的典型事例是发生在南方的真人真事。作者则将它写成人生的痛苦而已。他用大量独白说明几个人物内心的困惑、无聊、郁闷和痛苦。剧中人物除歌唱家和司机以外,都用职业名称代替个人的姓名。

《美国梦》写的是一家富裕的中产阶级。一对老夫妻在聊天,等待孤儿院的人来。二十年前,他们花钱从孤儿院领养一个男孩当养子。后来,男孩不听话,他们挖眼剁脚将他杀了,另找来一个养子。他身强力壮,但头脑简单,为了钱,什么都干。他自我表白说:"我对感情和怜悯没有任何感觉,我对任何事情漠不关心。我没有知觉,我没有感情。我已衰竭,我内脏已被挖掉,如今只剩下躯体……我知道要和人们联系。因此,我让别人爱我,接触我,看看我的体魄,为我的出场而高兴……,我就是这样,你见到的这样,永远就是这样了。至于我的职业,凡有利可图的事,我都愿意干。"这一席话揭露了美国所谓富裕社会就像那青年一样外强中空,精神空虚,唯利是图,没有良心。

在《谁害怕弗吉尼亚·伍尔夫?》里,阿尔比通过四个知识分子的聚会进一步揭示了当代美国社会的精神危机和文化衰败。阿尔比综合应用了欧洲荒诞派戏剧家的多种艺术手法,以美国惯用的语言写出了动人心弦的剧作。

因此,学界认为它是阿尔比最重要的代表作。

1) **故事和人物盘点**:

《谁害怕弗吉尼亚·伍尔夫?》(Who's Afraid of Virginia Woolf?)是个三幕剧。剧中主要人物有四个:乔治、玛莎、尼克和韩妮。背景设在虚构的纽卡萨学院校园里。乔治是个历史系中年教授,玛莎是他妻子,一位小学院院长的女儿。两人常常以争吵来解闷。尼克是个新来的生物系讲师,韩妮是他糊涂的妻子。一天晚上,乔治和玛莎刚从校长家赴宴后回到家里,玛莎对他宣布邀请两位贵客尼克和韩妮来家一叙。乔治感到惊讶,已经深夜了。后来两位客人到了。他们四人通宵饮酒闲聊。乔治夫妇照样在客人面前争吵逗乐,令客人们难堪。玛莎告诉韩妮嫁给乔治的经过和对乔治的失望。尼克则对乔治说他俩如何骗取韩妮父亲的同意而成亲的。乔治低声哼了两遍歌曲《谁害怕弗吉尼亚·伍尔夫?》。韩妮附和唱着,玛莎叫他们别唱了。

不久,乔治和尼克逗笑。韩妮病了,乔治走开了。尼克与玛莎调情,想跟她做爱,但力不从心。乔治假装有人送信来,说他儿子死于车祸,玛莎吓昏过去。韩妮怕生小孩,尼克感到他俩的婚姻危机重重。

到了凌晨四时,乔治宣布晚会结束。尼克和韩妮离去。乔治与玛莎言归于好,相拥在一起。乔治又哼着《谁害怕弗吉尼亚·伍尔夫?》,他安慰玛莎不要怕现实。玛莎低声地说:"我,怕,乔治,我怕。"

剧中主人公乔治和尼克都是美国高校的教师,高级知识分子。他们精神空虚,生活无聊,没有为人师表的神态。乔治与妻子玛莎往往相互指责,以吵架和谩骂来解闷逗乐。他们虚构有个儿子在外工作,并相约对外人保密。后来在尼克和韩妮面前虚报儿子撞车而死,让玛莎悲痛欲绝,假戏真做,显得可笑可悲。剧本生动地反映60年代美国社会的精神危机,尤其是"美国梦"的幻灭。

2) **风格和语言聚焦**:

《谁害怕弗吉尼亚·伍尔夫?》具有深刻的象征意义,风格独特,演出后在戏剧界引起轰动。究竟什么是"弗吉尼亚·伍尔夫"呢?题目的含意引起了许多不同的猜测。

"伍尔夫",英文是Wolf,即狼。当时美国有首流行的儿童歌曲《谁怕大黑狼?》,在学校的聚会和派对上,在私人家庭舞会上常常有人唱。剧中主人公乔治也多次哼着这首歌。弗吉尼亚·伍尔夫(Virginia Woolf)是当时去世不久的英国女作家。她勤奋创作,誉满全球,成了西方妇女的成功楷模。有的女人自己一事无成,视她为一种威胁,用唱这首歌表示不用怕她,以此聊以自慰。男人唱此歌是想避免妻子的威胁。乔治怕他泼辣的妻子玛莎,往往以此自慰。

阿尔比答《纽约时报》的提问时终于解开了这个谜。他说,"谁怕弗吉尼亚·伍尔夫?就是谁怕大黑狼?大黑狼就是没有幻想的现实。所以,剧题的含意是谁怕没有幻想的真实?"

剧中两对夫妇仿佛都生活在幻想中,过着自欺欺人的生活。但作者善于将生动的真实细节与表现手法相结合,生活气息浓烈,人物有血有肉,性格鲜明,不流于抽象。这使《谁害怕弗吉尼亚·伍尔夫?》区别于反传统的荒诞派戏剧,受到广大观众的好评。

用对话和行动展示人物的复杂性格和心理变化。阿尔比的戏剧艺术融合了自然主义、表现主义和超现实主义成分,大量应用比喻、象征和对比手法,剧作的语言通俗生动,对话自然,个性化强,风趣盎然。玛莎性格泼辣,语言尖刻。乔治与她争吵短兵相接,往往屈居下风。尼克与玛莎打情骂俏,互相勾搭。作者爱玩文字游戏,幽默讽刺,维妙维肖,凸显超人的智慧和才干。不过,对话中往往带有不少粗俗下流的话语,不太雅观。

全剧结构清晰,故事有开端、高潮和结局,情节离奇怪诞,突出现实与幻想的矛盾。但有的情节不连贯,时序颠倒,人物语言零碎,没有意义,动作生硬。末了,乔治想排除幻想,面对现实,但玛莎依然迷惘,感到害怕……作者似乎想留给读者和观众一个思索的空间。但有些地方比较松散冗长,主人公的议论有时含混、玄秘,令人费解,流于空泛的说教,影响剧作的艺术效果。

3) 意义和影响总览:

《谁害怕弗吉尼亚·伍尔夫?》将现实生活中的普通事例搬上舞台,表现了美国中产阶级生活的无聊、精神的压抑、人性的扭曲和死亡的恐惧,深刻地揭示了60年代西方世界的精神危机和文化衰败,具有重要的现实意义和审美价值。它对当代美国戏剧产生了很大的影响。

全剧的故事比较简单,情节也不复杂。四个人物一起聚会聊天,共度良宵。主人公乔治教授与妻子玛莎不和,常以争吵寻开心。他俩想要个儿子。没有子女对他俩来说是可怕的现实。玛莎五十多岁了,虽性欲未减,想与客人尼克做爱,没有成功。她不可能生孩子了。乔治又虚构儿子车祸死亡的消息吓她,她竟蒙头大哭,像演戏一样。尼克夫妻关系也面临危机,两人貌合神离。两个中产阶级家庭都处于解体边缘,婚姻和爱情笼罩在怪诞的谎言下。60年代是美国多事之秋。二次大战后经过重建,经济恢复了发展,物质生活越来越丰富,但社会矛盾的尖锐化冲击了每个家庭,造成普通民众的迷惑、沉闷和冷漠。这是对当时社会变态的真实写照。

作为一位出色的荒诞派剧作家,阿尔比受到欧洲现代派小说家卡夫卡、哲学家尼采和心理学家弗洛伊德等人的影响,将欧洲的戏剧传统与他所处时代美国现实生活结合起来,形成了新型的独特风格,促进了美国戏剧与欧洲文化的沟通、交流和发展。像欧洲荒诞派作家一样,他往往借用象征、暗示或寓言来表现社会主题。他的戏剧涉及美国现实社会的方方面面。他善于细致观察,以小见大,反映重要的社会问题。他用动物园比作西方社会;以猫或狗的故事比喻人与人之间的隔阂;将抽去内脏、外貌健壮的青年比作外强中空的美国,比作追求发财成名而精神颓废的"美国梦"。他还大胆采用了一些现代派手法如时序颠倒、情节跳跃、议论含混以及玩文字游戏等来刻画人物,表现他们的内心孤独和苦恼,曲折地嘲讽了美国现实社会的精神危机和丑恶本质。不过,他的剧作也流露了悲观主义、虚无主义和存在主义思想痕迹。

阿尔比是个严肃认真的戏剧家。他认为:荒诞派戏剧"是人类企图在一个无意义的世界里给自己无意义的地位制造意义",因为政治、宗教、道德和社会结构都崩溃了。所以,他创作的戏剧要让人们"面对自己的真实处境",不要再欺骗自己。他很重视观众和读者对剧作的感受,关注周围人们的生活,使他的思想获得了生命。他的剧作具有警世和醒世作用。

尽管美国评论界有人对阿尔比的剧作提出异议,但多数学者肯定了他的创新价值,承认他是一位最重要的美国荒诞派的戏剧家。

4) 文本名段点击①:

A. 主人公乔治故意在客人尼克和韩妮面前虚构了儿子出车祸死去的坏消息,以报复妻子玛莎与尼克调情:

GEORGE I'M RUNNING THIS SHOW! (*To* MARTHA) Sweetheart, I'm

---

① 下列引文选自 *Edward Albee, Who Is afraid of Virginia Woolf?* Act Ⅲ。

afraid I've got some bad news for you ... for us, of course. Some rather sad news.

(HONEY *begins weeping, head in hands*)

MARTHA　(*Afraid, suspicious*) What is this?

GEORGE　(*Oh, so patiently*) Well, Martha, while you were out of the room, while the ... two of you were out of the room ... I mean, I don't know where, hell, you both must have been somewhere (*Little laugh*) ... While you were out of the room, for a while ... well, the doorbell chimed ... and ... well, it's hard to tell you, Martha ...

MARTHA　(*A strange throaty voice*) Tell me.

GEORGE　... and ... what it was ... it was good old Western Union, some little boy about seventy.

MARTHA　(*Involved*) Crazy Billy?

GEORGE　Yes, Martha, that's right ... crazy Billy ... and he had a telegram, and it was for us, and I have to tell you about it.

MARTHA　(*As if from a distance*) Why didn't they phone it? Why did they bring it; why didn't they telephone it?

GEORGE　Some telegrams you have to deliver, Martha; some telegrams you can't phone.

MARTHA　(*Rising*) What do you mean?

GEORGE　Martha ... I can hardly bring myself to say it. (*Sighing heavily*) Well, Martha ... I'm afraid our boy isn't coming home for his birthday.

MARTHA　Of course he is.

GEORGE　No, Martha.

MARTHA　Of course he is. I say he is!

GEORGE　He ... can't.

MARTHA　He is! I say so!

GEORGE　Martha ... (*Long pause*) ... our son is ... dead. (*Silence*) He was ... killed ... late in the afternoon ... (*Silence*)(*A tiny chuckle*) on a country road, with his learner's permit in his pocket, he swerved, to avoid a porcupine, an drove straight into a ...

MARTHA　(*Rigid fury*) YOU ... CAN'T ... DO ... THAT!

GEORGE　... large tree.

MARTHA YOU CANNOT DO THAT!

NICK (*Softly*) Oh my God. (HONEY *is weeping louder*)

GEORGE (*Quietly, dispassionately*) I thought you should know.

NICK Oh my God; no.

MARTHA (*Quivering with rage and loss*) NO! NO! YOU CANNOT DO THAT! YOU CAN'T DECIDE THAT FOR YOURSELF! I WILL NOT LET YOU DO THAT!

GEORGE We'll have to leave around noon, I suppose ...

MARTHA I WILL NOT LET YOU DECIDE THESE THINGS!

GEORGE ... because there are matters of identification, naturally, and arrangements to be made ...

MARTHA (*Leaping at* GEORGE, *but ineffectual*) YOU CAN'T DO THIS! (NICK *rises, grabs hold of* MARTHA, *pins her arms behind her back*) I WON'T LET YOU DO THIS, GET YOUR HANDS OFF ME!

GEORGE (*As* NICK *holds on; right in* MARTHA'S *face*) You don't seem to understand, Martha; I haven't don anything. Now, pull yourself together. Our son is DEAD! Can you get that into your head?

MARTHA YOU CAN'T DECIDE THESE THINGS.

NICK Lady, please.

MARTHA LET ME GO!

GEORGE Now listen, Martha; listen carefully. We got a telegram; there was a car accident, and he's dead. POUF! Just like that! Now, how do you like it?

MARTHA (*A howl which weakens into a moan*) NOOOOOOOoooooo.

GEORGE (*To* NICK) Let her go. (MARTHA *slumps to the floor in a sitting position*) She'll be all right now.

MARTHA (*Pathetic*) No; no, he is not dead; he is not dead.

GEORGE He is dead. Kyrie, eleison. Christe, eleison. Kyrie, eleison.

MARTHA You can*not*. You may not decide these things.

NICK (*Leaning over her; tenderly*) He hasn't decided anything, lady. It's not his doing. He doesn't have the power ...

GEORGE That's right, Martha; I'm not a god. I don't have the power over life and death, do I?

MARTHA   YOU CAN'T KILL HIM! YOU CAN'T HAVE HIM DIE!

NICK   Lady ... please ...

MARTHA   YOU CAN'T!

GEORGE   There was a telegram, Martha.

MARTHA   (*Up*; *facing him*) Show it to me! Show me the telegram!

GEORGE   (*Long pause*; *then*, *with a straight face*) I ate it.

MARTHA   (*A pause*; *then with the greatest disbelief possible*, *tinged with hysteria*) What did you just say to me?

GEORGE   (*Barely able to stop exploding with laughter*) I ... ate ... it. (MARTHA *stares at him for a long moment*, *then spits in his face*)

GEORGE   (*With a smile*) Good for you, Martha.

NICK   (*To* GEORGE) Do you think that's the way to treat her at a time like this? Making an ugly goddamn joke like that? Hunh?

MARTHA   (*To* GEORGE, *coldly*) You're not going to get away with this.

GEORGE   (*With disgust*) YOU KNOW THE RULES, MARTHA! FOR CHRIST'S SAKE, YOU KNOW THE RULES!!

MARTHA   NO!

NICK   (*With the beginnings of a knowledge he cannot face*) What are you two talking about?

GEORGE   I can kill him, Martha, if I want to.

MARTHA   HE IS OUR CHILD!

GEORGE   Oh yes, and you bore him, and it was a good delivery ...

MARTHA   HE IS OUR CHILD!

GEORGE   AND I HAVE KILLED HIM!

MARTHA   NO!

GEORGE   YES! (*Long silence*)

NICK   (*Very quietly*) I think I understand this.

GEORGE   (*Ibid*) Do you?

NICK   (*Ibid*) Jesus Christ, I think I understand this.

GEORGE   (*Ibid*) Good for you, buster.

NICK (*Violently*) JESUS CHRIST I THINK I UNDERSTAND THIS!

MARTHA (*Great sadness and loss*) You have no right ... you have no right at all ...

GEORGE (*Tenderly*) I have the right, Martha. We never spoke of it; that's all. I could kill him any time I wanted to.

MARTHA But why? Why?

GEORGE You broke our rule, baby. You mentioned him ... you mentioned him to someone else.

MARTHA (*Tearfully*) I did not. I never did.

GEORGE Yes, you did.

MARTHA Who? WHO?!

HONEY (*Crying*) To me, You mentioned him to me.

MARTHA (*Crying*) I FORGET! Sometimes ... sometimes when it's night, when it's late, and ... and everybody else is ... talking ... I forget and I ... want to mention him ... but I ... HOLD ON ... I hold on ... but I've wanted to ... so often ... oh, George, you've *pushed* it ... there was no need ... there Was no need for *this*. I mentioned him ... all right ... but you didn't have to push it over the EDGE. You didn't have to ... kill him.

GEORGE Requiescat in pace.

HONEY Amen.

MARTHA You didn't have to have him die, George. That wasn't ... needed. (*A long silence*)

GEORGE (*Softly*) It will be dawn soon. I think the party's over.

B. 尼克夫妇走了以后,乔治和玛莎又继续争吵。最后,全剧在玛莎的"我害怕弗吉尼亚·伍尔夫"的话音中落幕:

GEORGE Do you want anything, Martha?

MARTHA (*Still looking away*): No ... nothing.

GEORGE All fight. (*Pause*) Time for bed.

MARTHA Yes.

GEORGE Are you tired?

MARTHA Yes.

GEORGE I am.

MARTHA Yes.

GEORGE Sunday tomorrow; all day.

MARTHA Yes. (*A long silence between them*) Did you ... did you ... have to?

GEORGE (*Pause*) Yes.

MARTHA It was ...? You had to?

GEORGE (*Pause*) Yes.

MARTHA I don't know.

GEORGE It was ... time.

MARTHA Was it?

GEORGE Yes.

MARTHA (*Pause*) I'm cold.

GEORGE It's late.

MARTHA Yes.

GEORGE (*Long silence*) It will be better.

MARTHA (*Long silence*) I don't ... know.

GEORGE It will be ... maybe.

MARTHA I'm ... not ... sure.

GEORGE No.

MARTHA Just ... us?

GEORGE Yes.

MARTHA I don't suppose, maybe, we could ...

GEORGE No, Martha.

MARTHA Yes. No.

GEORGE Are you all right?

MARTHA Yes. No.

GEORGE (*Puts his hand gently on her shoulder; she puts her head back, and sings to her, very softly*) Who's afraid of Virginia Woolf

                Virginia Woolf

                Virginia Woolf,

MARTHA I ... am ... George ...

GEORGE　Who's afraid of Virginia Woolf ...
MARTHA　I ... am ... George ... I ... am ...
(GEORGE *nods*, *slowly*)

3. 其他重要作品链接

A. 戏剧：

《动物园的故事》(*The Zoo Story*, 柏林, 1959, 纽约, 1960)

《贝西·史密斯之死》(*The Death of Bessie Smith*, 柏林, 1960, 纽约, 1961)

《沙箱》(*The Sandbox*, 柏林, 1960)

《美国梦》(*The American Dream*, 1961)

《小艾丽丝》(*Tiny Alice*, 1964)

《微妙的平衡》(*A Delicate Balance*, 1966)

《毛泽东主席语录》(*Quotations from Chairman Mao Tsetung*, 1968)

《一切都过去了》(*All Over*, 1971)

《海景》(*Seascape*, 1975)

《听》(*Listening*, 1977)

《计算路程》(*Counting the Ways*, 1976)

《杜布克的女人》(*The Lady from Dubugue*, 1980)

《三臂人》(*The Man Who Had Three Arms*, 1982)

《寻找太阳》(*Finding the Sun*, 1983)

《步行》(*Walking*, 1984)

《三个高大的女人》(*Three Tall Women*, 1991)

《洛卡戏》(*The Lorca Play*, 1992)

《碎片》(*Fragments*, 1993)

《婴儿戏》(*The Play about the Baby*, 1998)

《占有者》(*Occupant*, 2001)

《替罪羊或谁是西尔维娅？》(*The Goat*; *or*, *Who is Sylvia*?, 2002)

《敲门, 敲门！谁在哪里？》(*Knock*, *Knock*! *Who's There*? 2003)

《彼特与杰里》(*Peter & Jerry*, 2004)

《我、我自己和我》(Me, Myself and I, 2007)

B. 改编剧本：

《伤心咖啡店之歌》麦卡勒斯著(Carson McCullers, The Ballad of the Sad Coffee, 1963)

《马尔科姆》柏迪著(James Purdy, Malcolm, 1965)

《花园里的一切》库柏著(Giles Cooper, Everything in the Garden, 1967)

《洛丽塔》纳博科夫著(Nabokov, Lolita, 1981)

4. 著作获奖信息

1963年《谁害怕弗吉尼亚·伍尔夫?》荣获纽约剧评界奖、美国之家戏剧与学术奖、托尼奖等六个大奖。

1967年《微妙的平衡》荣获普利策奖。

1994年《三个高大的女人》荣获普利策奖。

1996年肯尼迪文化中心授予阿尔比荣誉奖。美国文学艺术院授予他戏剧金质奖章。

2000年《替罪羊或谁是西尔维娅?》荣获托尼奖。

第四节　百老汇、外百老汇和外外百老汇戏剧的兴起

1. 名称来源透视

百老汇(Broadway)是纽约市曼哈顿一条大街的名称。这条大街的中段商业发达，市场繁荣，剧院林立，成了人们休闲娱乐的中心。打从19世纪中叶以来，那里入夜灯火辉煌，如同白昼，享有"伟大的白色大道"的美称。它已有一百多年的历史，各家剧院以上演音乐剧名闻遐迩。所以，百老汇成为美国戏剧演出的代名词。纽约市因而被誉为世界"音乐剧之都"。每天光临的国内外游客络绎不绝。

第七章
日益繁荣的当代美国戏剧

百老汇很受美国新老剧作家的重视,也深受各界观众的欢迎。音乐剧往往有歌有舞,场面宏伟,说唱结合,人物生动,能吸引观众。小剧院演出的成本比大剧院低,票价比较适中。随着观众的增加,各剧院不断提高票房价值,增加商业利润。但发展受到限制。二次大战后,好莱坞电影迅速兴起,其他地方剧院有了新发展,这对百老汇带来很大的冲击。有些剧院难以为继,关门停演了。上演的剧目质量下降了。外地来百老汇演出的剧团也减少了。许多戏剧界人士对此严重关注。1946年,美国戏剧联合会设立以著名女演员兼导演安托尼特·佩雷命名的奖。每年给百老汇戏剧颁奖。获奖人可得到一枚金质奖章,但没奖金。尽管如此,这对百老汇戏剧是个有力的促进。

上世纪50年代末和60年代初,百老汇戏剧的困境催生了"外百老汇"戏剧(Off-Broadway)。在格林威治村及其附近出现了一些小剧院,由一些不出名的剧作家和导演,演出百老汇剧院不肯上演的新剧目。这些小剧院租用纽约市第四十一街至五十六街之间的旧厅堂或地下室等场所演出。房租低廉,所以票价较低,受一些观众的欢迎。因为这些演出是在百老汇大街以外进行的,演出的剧目也不同于百老汇剧院,所以人们称它"外百老汇"。

不过,外百老汇戏剧也可以说历史悠久了。早在上世纪初,在法国先锋派戏剧影响下,有些青年戏剧工作者,试验利用简陋的条件演出新剧。他们在百老汇以外的地方租用场地,让百老汇不接受的青年剧作家和演员们提供演出的机会。他们卖的门票低,利润不多,但观众不少。有些小剧院也换了招牌,早期华盛顿广场剧院后来改为同仁剧院,曾演过一些好戏,推动了美国戏剧的发展。1916年普罗文顿斯剧社从马萨诸塞州迁到格林威治村,演出了几十年历久不衰的剧目,深受观众的热烈欢迎。戏剧大师奥尼尔好几部剧作最先都由这个剧社演出,再传遍全国各地。到了30年代经济大萧条时期,外百老汇经常演出左翼的工人戏剧和进步戏剧,给观众留下很深刻的印象。

50年代以来,外百老汇的剧作家、导演和演员致力于艺术上的创新,将荒诞派戏剧与乌托邦思想以及辛酸的幽默相结合,试验演出新剧目。同时,他们又想方设法避免经济上的亏损。新剧院陆续出现。1951年,由朱立安、贝克和朱迪思·马利纳两位艺术家筹建的"生活剧院"正式公演。1953年至

1956年，赫伯特·马茨兰的"艺术家剧院"成立了。不久，"环广场剧院"、"凤凰剧院"、"李斯剧院"和"樱桃街区剧院"陆续在格林威治村里面和周围出现。它们上演的剧目有莎士比亚、契诃夫和易卜生的古典名剧，又有米勒和阿尔比等人的剧作和群众喜闻乐见的歌舞剧。60年代以来，外百老汇每年上演了80多部剧作，大大地超过了百老汇剧院。它演出了一大批好剧目，又培养了许多剧坛新秀。它的影响超出了格林威治村，扩大到纽约市各个角落，成了全市一个大众文化热点。

随着外百老汇戏剧的兴旺，观众越来越多，各个剧院像百老汇各剧院一样，都想提高门票，追求更高的利润。广告越搞越多，商业化气氛越来越浓，剧目的质量下降了，观众逐渐与它们疏远了。

在百老汇和外百老汇戏剧走下坡时，外外百老汇（Off-Off Broadway）应运而生了。一些默默无闻的剧作家和小剧团租用外百老汇以外地区的夜总会、酒吧、仓库和教堂，试演各种实验性戏剧。这些地方房租低，演出成本也低，门票便宜得多，平民百姓都买得起。这些临时组成的群体没有什么限制，比较开放。他们欢迎业余作家和专业作家的作品都可上演，业余演员和专业演员同台表演。演员有领报酬的，也有自愿义演的。这种自由组合的方式打破了业余爱好者与专业演员的界限，深受戏剧爱好者的欢迎。

1960年9月，外外百老汇在格林威治村"三号镜头"咖啡馆举行一次演出，从而揭开了戏剧活动的序幕。当时演了法国剧作家阿尔弗雷德·杰里创作的短剧《尤布国王》。每周一晚上外百老汇休息不演出，外外百老汇照常演出，吸引了不少观众。不久，多家小剧院陆续出现。1958年成立的"奇诺咖啡馆"和教会组建的"甲德森诗人"剧院演出许多好戏，受到观众的欢迎。1962年黑人妇女艾伦·斯图瓦特的"拉妈妈实验戏剧俱乐部"、教会创办的"创世纪剧院"、约瑟夫·蔡金兴建的"开放剧院"，以及"美国诗人剧院"和"哈威尔诗剧场"等使外外百老汇日益繁荣。他们纷纷上演短小精悍的短剧，有时一个晚上连演几部。剧情曲折紧张，令人应接不暇。但喜剧性强，最终揭示美国社会富人的奢侈和暴力的泛滥，使人豁然开朗。演员表演生动，细节丰富，尽量避免空洞说教。但社会问题剧不多，文学性略差些。导演往往强调充分利用全部舞台效果，如混合音响、特技、肉体的冲击、即席创作和随心所欲的语言，富有欧洲荒诞剧的色彩，让观众笑容常开。

2. 主要剧作家及其作品扫描

百老汇各剧院上演的戏剧最受欢迎的是音乐剧,也演出一些其他古典名剧或正规剧作,比如奥尼尔、威廉斯、米勒和阿尔比的剧作。他们都是从百老汇走上美国剧坛的,后来他们在美国文学史上写下灿烂的一页。

外百老汇的剧作家有杰克·加尔伯(Jack Gelber)。他的剧作《毒品贩子》(1960)曾成了外百老汇戏剧的转折点。杰克又是个出色的演员。他以爵士乐的形式即席演出,表现吸毒成瘾造成家破人亡的主题,揭示西方现代人的精神困境和自我毁灭的悲哀。剧作主题深刻,形式奇特,语言下流,曾引起争论。杰克又创作了《苹果》(1960)和《眼中的方形》(1966),但观众不太欢迎。

外百老汇的主要剧作家还有莫雷·斯茨斯加尔和杰克·理查逊。前者的独幕剧《打字员和老虎》(1963)精彩动人,颇有讽刺性。它先在伦敦公演,后在纽约续演很久。还有一部《拉夫》(1965)也很成功;后者的剧作《浪子》借用古希腊的神话质疑西方当代社会道德和理想,反映西方社会的变态和混乱。另一部悲喜剧《大难临头的幽默》(1961)写一个罪犯和刽子手两人的生活和感受,受到许多观众的好评。

外外百老汇涌现了很多剧作家。其中最出名的是保尔·福斯特。他的剧作有:《为桥欢呼》(1964)、《球》(1964)和《汤姆·潘恩》,观众反映不错。他的作品受欧洲荒诞剧影响,有时台上没有演员,唯有大海的声响和贝克特的回声。另一位剧作家是简·克劳德·万伊泰利。他的代表作《欢呼美国》,巧用可怕的大娃娃嘲讽美国社会的暴力和文化的庸俗。戏中大量采用噪音、闪光、漫画和奇形怪状的东西来表现主题。他的作品《战争》(1967)和《毒蛇》(1969)等不仅在美国上演,也在欧洲演出,很受观众欢迎。

第六部分
越南战争后至新世纪初时期(1965—2008)

第一章 时代浏览

重要史实实录

1965 年　国会废除有种族歧视的《移民改革法》(1924 年以来一直实施)；
黑人作家马尔科姆·X 遭暗杀；

1966 年　美军在越南驻军达三十六万人，达到战前的双倍；

1967 年　小说家约翰·巴思发表《枯竭的文学》，认为美国作家们面临着文学的枯竭；索尔·贝娄 1963 年就著文称美国小说创作走进了死胡同；
美军在越南驻军增至五十万人。反战活动席卷全国；

1968 年　黑人民权运动领袖马丁·路德·金 4 月 4 日在孟菲斯遭暗杀；
美军在越南驻军增至五十三万六千人。全国抗议浪潮风起云涌；
尼克松当选总统；
美国实现首次登月飞行；

1969 年　反对侵越战争示威游行规模更大；
越南和谈开始；美国开始有限的撤军；

1970 年　国民卫队射杀四名抗议越南战争的肯特大学学生；

1972 年　尼克松总统访问中国；
美国开始从越南撤军；
尼克松再次当选总统；

1973 年　越南战争结束；双方签订巴黎和平协议；
水门事件爆发，多名高官辞职，副总统阿格纽辞职；

1974 年　水门事件继续发酵，尼克松被迫辞职，福特继任总统，宣布赦免尼克松；

1976年　庆祝建国二百周年;卡特当选总统;
索尔·贝娄荣获诺贝尔文学奖;
1977年　第一届全国妇女大会起草女权法案;
1978年　艾萨克·巴什维斯·辛格荣获诺贝尔文学奖;
1979年　美国与中国正式建立外交关系;
华盛顿举行大规模反核游行;
1980年　里根当选总统;迈阿密发生种族暴乱;
1981年　里根遇刺,侥幸获救;
1982年　出现经济衰退,失业率升至10.8%;
1984年　里根再次当选总统;
1983年　发生贝鲁特恐怖袭击,美国海军兵营被炸,183人遇难;
1985年　里根政府宣布资助"星球大战"计划;
1986年　宇宙飞船《挑战者号》返回地球时发生爆炸;
1988年　布什当选总统;社会失业率达5.2%;
1989年　美国入侵巴拿马,抓捕诺利加总统;
1991年　海湾战争爆发,前苏联解体;
1992年　洛杉矶发生暴乱;克林顿当选总统;
1993年　黑人女作家托妮·莫里森荣获诺贝尔文学奖;
1994年　共和党在众参两院选举中获全胜;政府努力控制高额国债;
1995年　奥克拉荷马市联邦大厦爆炸,一百六十八人死亡;
1996年　克林顿再次当选总统;
1998年　克林顿总统访问中国;
2000年　小布什当选总统;
2001年　9月11日恐怖主义者袭击纽约世界贸易中心两座大厦和华盛顿的国防部五角大楼等地;三千多人遇难;政府指责"基地"组织头目本·拉登是幕后策划者;同年10月,美国和英国联合发动了阿富汗战争;
2002年　狙击手袭击了马里兰、弗吉尼亚和首都华盛顿等地;布什总统访问中国;"哥伦比亚号"航天飞机在返回地面时坠毁,7名宇航员全部遇难;
2003年　美军入侵伊拉克,打垮了萨达姆政权;5月1日布什总统宣布伊拉克作战行动结束;

2004年　4月美军虐待伊拉克战俘丑闻曝光,5月布什总统公开道歉;6月,美军向伊拉克临时政府移交权力;

2005年　7月"发现号"航天飞机顺利升空;8月卡特里娜飓风袭击南方各地,造成重大经济损失;

2007年　出现次贷危机,房地产泡沫破裂,股指大跌,布什政府宣布冻结利率五年;

2008年　10月全球金融危机,布什总统签署紧急经济稳定法案;11月4日举行总统大选。奥巴马当选第44届美国总统,成为第一位非洲裔总统当选人。

1967年美军在越南战场投入五十万兵员,激起了全国性的抗议活动。许多民众列队到国防部的五角大楼前示威静坐。群众游行队伍甚至团团围住了国会。每个作家几乎都投入这个活动。他们纷纷质问政府,诚如梅勒的作品指出的《我们为什么待在越南?》(1967)。

侵越战争造成了社会的动荡,民众的困惑。城市暴力事件不断发生。1965年黑人作家马尔科姆·X被刺杀。1968年黑人民权运动领袖马丁·路德·金在孟菲斯市遭种族主义者杀害。文坛低迷。美国小说走进了死胡同。1967年小说家约翰·巴思发表《枯竭的文学》,指出美国作家面临着文学的枯竭,小说的模式用光了,作家不得不反思,重建长篇小说。1961年《第二十二条军规》问世,开创了黑色幽默的先河。接着出现了冯尼格特的《母夜》(1961)、品钦的《V》(1963)、凯西的《飞越疯人院》(1962)、女诗人普拉斯的小说《钟形罩瓶》(1963)等。这些作品借用二次大战的题材或揭露战争的荒唐和恐怖,或描述社会生活的不幸和美国社会的解体以及人文精神的丧失。这些作家汲取法国先锋派的艺术手法,融入个人的创新,形成风格迥异的黑色幽默小说,帮助美国小说走出了死胡同,获得新的生命力。这些黑色幽默小说被称为美国后现代派小说的第一阶段。前面已有评介,不再赘述。

70年代末,后现代派小说进入了第二阶段,涌现了许多名作家如托马斯·品钦、威廉·加迪斯、威廉·加斯、唐纳德·巴塞尔姆、约翰·霍克斯、埃·劳·多克托罗、唐·德里罗和罗伯特·库弗等。他们的小说被称为元小说,不但具有黑色幽默,而且运用戏仿、并置、反讽、作者走进小说、时空颠倒、大玩文字游戏等特点,涉及多种学科,大大地丰富和发展了后现代派小说的主题思想和艺术手法。80年代和90年代,"X 一代作家群"横空出世,先声夺人。伏尔曼、鲍威尔斯、华莱士和考普兰等人的小说进一步发展了品钦和德里罗等人的后现代派艺术,大量将先进科技或生态概念引入小说,深受读者们欢迎。伏尔曼的长篇小说《欧洲中心》和鲍威尔斯的《回声制造者》分别获得2005年和2006年美国国家图书奖。后现代派小说一派繁荣景象,占据了美国文坛半壁江山。

1973年,越南战争结束,大批官兵回国。不久,许多有关越南战地生活的小说、散文和回忆录陆续出版,吸引了广大读者。奥布莱恩的《追寻卡茨阿托》(1981)和《他们携带的物品》(1990)、斯通的《狗士兵》(1974)、海恩曼的《帕柯的故事》(1986)和梅森的《在乡下》(1985)等都很受欢迎。

老作家约翰·厄普代克和乔伊斯·卡洛尔·欧茨都是多产的小说家。厄普代克的《兔子四部曲》和欧茨的《他们》都备受青睐。他们的新现实主义小说博采众长,寓意深刻,字字珠玑,熠熠生辉。女作家邹恩·狄第恩的"新新闻主义小说"《民主》也很有特色。安·贝蒂和波比·安·梅森两位女作家走上文坛,颇引人注目。

短篇小说也有了长足的发展。老作家马拉默德、韦尔蒂、厄普代克、欧茨和上面提到的后现代派作家和女作家都有短篇小说问世。约翰·契佛出了《苹果世界》(1973)等六部短篇小说集。威廉·加斯的《在中部地区的深处》(1968)没有情节、没有故事甚至没有主人公,令人有别样的感觉。品钦的《熵》(1960)则借用热力学定律来揭示西方社会的混乱和崩溃,世界在走向大熵化。这些短篇早在60年代发表,未引起人们的关注,后来两个作家出名了,才又受到重视。

少数族裔文学的大发展成了举世瞩目的新变化。1993年黑人女作家托妮·莫里森荣获了诺贝尔文学奖,推动了美国黑人文学的大繁荣。青年作家成批涌现。几年来已有二十多位黑人青年女作家荣获了多项文学奖,在文坛上异常活跃。犹太作家老苏克尼克和欧芝克继续推出新作,备受欢迎。已发表作品的犹太青年诗人和小说家数以百计。犹太文学后继有人,欣欣向荣。

印第安作家新人辈出,纷纷荣获各项文学奖。史科特·莫马戴第一个荣获普利策奖。他是个小说家,又是个诗人和画家。詹姆斯·韦尔奇、列斯丽·西尔科、路易斯·厄尔德里奇等女作家相当引人注目。厄尔德里奇的小说《圆屋》荣获2012年美国国家图书奖,更令文坛同仁刮目相看。印第安文学获得了重建,恢复了它在美国文学中应有的地位。

亚裔文学迎来了新转机。特别是华裔文学度过了几十年的停滞,取得了新突破。汤亭亭、谭恩美、赵健秀和任碧莲等人的小说受到广泛好评,在美国文坛占有一席之地。其他亚裔作家也有不俗的表现。较为突出的是三位印度裔女作家和她们的小说,如裘姆帕·拉希莉(Jhump Lahiri)的《疾病的解说者》(*The Interpreter of Maladies*,1999)、巴拉蒂·莫克基(Bharati Mukherjee)的《茉莉花》(*Jasmine*,1989)和茨特拉·B·狄瓦卡鲁尼(Chitra B. Divakaruni)的《香料夫人》(*The Mistress of Spices*,1997)等。韩裔作家李昌理(Chang-Rae Lee)的小说《讲本族语的人》(*Native Speaker*,1995)和《一种姿态的生活》(*A Gesture Life*,1999)、菲律宾作家杰西加·哈格多恩(Jessica Hagedorn)的《吃狗肉的人们》(*Dogeaters*,1990)以及日本裔作家山本久枝的短篇小说集《十七个音节和其他故事》(1988)和良子内田的短篇小说集《被禁止的缝合》(1989)等,都体现了不同的民族色彩和异样的艺术风格,令读者们耳目一新。

通俗小说社会地位的提高成了另一个令人注目的亮点。这是与新闻媒体和电影电视的大普及和大繁荣分不开的。通俗小说门类繁多,风格多样,包括警匪小说、侦探小说、浪漫故事、言情小说、宗教小说、战争小说和科幻小说等,涌现了大量畅销书,如沃克的《战争风云》(1972)和《战争与回忆》(1978)、普佐的《教父》(1969)、谢尔登的《天使的愤怒》(1980)、保尔·奥斯特的《纽约三部曲》(1985,1986)、克兰西的《爱国者的游戏》(1987)、斯蒂尔的《好事情》(1989)、斯蒂芬·金的《祭坛》(1990)和克里茨顿的《初升的太阳》(1992)等。丹·布朗的《达芬奇密码》(2006)销售量达一千多万册,在欧美宗教界引起了激烈争论和惹上官司,历时数个月才平息。随着宇宙飞船的发展,科幻小说想象更逼真,描述更动人。许多通俗小说已拍成电影电视,受到广大民众,尤其是青少年观众拍手欢迎。欧美各大城市的书店里,通俗小说已与严肃小说并排,不分主次。二者混排在一起,供读者们随意挑选。这是以前几十年难得见到的。

这个时期还有个特点是:为英美古典文学名著写续集成了一种时尚。严肃作品和通俗小说二者都有。如《飘》的续集《斯佳丽》(1991)、《呼啸山庄》的续集《重返呼啸山庄》(1992)、《傲慢与偏见》的续集《专横》(1992)和《情感与理智》的续集《三小姐》(1996)等。这些续集的作者们往往以原著的人物和故事为基础,构思新的情节,加进一些现代意识,使故事变得离奇曲折,更能打动读者。此外,小小说、回忆录、自传和传记大批上市,令读者们应接不暇。儿童文学和动漫有了惊人的发展。许多大连锁书店里不仅有美国系列动漫,而且有多种日本动漫。有大量纸质本,也有录入电子书的。有的一个系列仅9集,也有多达五十二集的,备受青少年读者们的厚爱。

诗坛出现了新气象。随着越南战争的结束,美国社会逐步走向稳定。诗坛争吵少了,民众对诗歌更有兴趣了。诗歌又走进了酒吧、咖啡馆和地铁站,仿佛成了人们生活的一部分。各个流派都办了刊物,强化自我宣传。但诗坛缺乏中心,缺少一个权威诗人。不过涌现了语言诗、后自白诗和新形式主义诗等诗人,有些从原先的流派演绎成后现代派诗人,如荣获国家图书奖的默温,还有布莱、迪基和赖特。老诗人奥登仍有新作问世。但不少追随者告别了他,令他晚年有点悲观,仍热爱生活,赞颂爱是诗的永恒主题。威尔伯和埃伯哈特的自然诗简洁明快。贝里曼的《梦歌》仍感人至深,备受读者们欢迎。

美国戏剧面临着电影、电视和多媒体的激烈竞争仍顽强求生存。新现实主义成为主要发展趋势。新一代戏剧家更关注社会问题。他们一方面努力写严肃主题的剧本,另一方面又写电影、电视剧本和大众化的音乐剧,尽量贴近生活,增加观众的乐趣。他们多次荣获普利策奖。百老汇一带众多小剧院日益繁荣,促进了戏剧的普及和发展。

文学批评进一步多样化。与欧洲各种学术流派的交往更加频繁。女权主义批评又有了新进展。历史上被忽视的女作家又被发掘出来,受到应有的重视。有些作家得到更全面的评价。结构主义批评、解构主义批评、西方马克思主义批评和后殖民主义批评相继亮相。90年代以来,新历史主义批评和生态文学批评又陆续登台。法国学者德里达的理论促进了"耶鲁四人帮"米勒、德曼、哈特曼和布鲁姆的兴起,在批评界形成一定的影响。詹姆逊的后现代主义理论和赛义德的后殖民主义理论得到众多学者的支持和运用。费什和托姆金斯的读者反应论批评、海登·怀特的跨文化的新历史主义批评深受学界重视。斯蒂芬·格林布拉特将新历史主义应用于评析莎士比亚戏剧,取得了新突破,从而为新历史主义批评奠定了基础。这些学者们强调"文本是历史性的,历史是文本性的。"即作家采用同一个历史时期文学文本和非文学记载的史实平行解读的方式,重建文学作品所产生的历史语境,进一步理解和把握作品的意义。通过不同学派的论争和跨学科的深入研究,文学批评的学术性增强了,高校继续成为文学批评的研究中心。美国学者的有关论著得到各国同行的关注。文学批评与文学创作的关系更密切了。许多学者将文学批评与世界经济一体化联系起来考察,找到了更多的共同语言,深感在和平与发展的大局下要加强合作与交流,共同探讨文学批评面临的新课题,努力达成共识,推动全球文化的繁荣与发展。

应该指出:2001年9月11日的恐怖袭击事件造成三千多人遇难,使美国在新世纪前10年沉浸在恐惧中。广大民众承受了空前的劫难和创伤。文艺界受到极大的震憾。初期,文坛格外平静。非小说作品不少,但严肃小说则不多又不显眼。后来,作家们陆续写出了恐怖事件对民众的冲击和后果,揭示了他们的创伤记忆、心理承受和救赎宿愿,被称为后"九一一"文学,主要作品有:乔纳森·沙弗兰·福尔(Jonathan Safran Foer)的《特别响,非常近》(Extremely Loud and Incredibly Close, 2005)、林妮·沙伦·施茨瓦兹(Lynne Sharon Schwartz)的《墙上的写作》(*The Writing on the Wall*, 2005)、尼克·麦克唐奈尔(Nick McDonell)的《第三个兄弟》(*The Third Brother*, 2005)、约翰·厄普代克的《恐怖分子》(*Terrorist*, 2006)、唐·德里罗的《坠落的人》(*The Falling Man*, 2007)、杰斯·瓦尔特(Jess Walter)的《归零地》(*The Zero*, 2007)、约瑟夫·奥尼尔(Joseph O'Neill)的《地之国》(*Netherland*, 2008)和柯伦·麦凯恩(Coron Mckine)的《转吧,这伟大的世界》(*Let the Great World Spin*, 2009)等。这些小说反映了美国作家们从强调后现代派创作技巧的运用转向对现实事件的观照。他们以宽广的视野和丰富的想象,结合历史的反思和伦理的拷问,生动地描绘了"九一一"恐怖事件在欧美各国引起的恐惧心理和创伤记忆,深入批判了全球化时代暴力、仇恨和恐怖的严重危害,体现了对历史和人类命运的人文关怀。反恐成了新世纪各国读者和学术界共同关注的一个重要的文学新主题。

第二章
风格迥异的后现代派小说家们

第一节　托马斯·品钦与《万有引力之虹》

1. 生平透视

　　托马斯·品钦(Thomas Pynchon, 1937—　)是美国后现代派小说的一位杰出的主将,1937年5月8日生于纽约州长岛格伦·科。他年轻时参加过美国海军。退伍后进入康奈尔大学,1958年获学士学位后去西雅图波音飞机公司工作。大学毕业前夕,他曾试写过短篇小说。后来去墨西哥一年。1963年第一部长篇小说《V》问世,一炮打响,荣获当年首次颁发的"威廉·福克纳小说奖",奠定了他在美国文坛的声誉。三年后,他发表了第二部长篇小说《拍卖第四十九批》,又受到读者热烈欢迎。

　　1973年,品钦推出了长篇小说《万有引力之虹》,立即登上《时代》周刊畅销书榜首。第二年它荣获了美国国家图书奖。小说被誉为美国后现代派的"尤利西斯"。

　　此后,品钦突然从文坛消失,不与任何外界联系。过了十七年,他又露面,接连推出了三部长篇小说《葡萄园》(1990)、《梅森和狄克逊》(1997)和《临近那一天》(2006)。目前,他已七十有五高龄,仍在坚持写小说。

2. 代表作扫描

　　品钦至今出版了六部长篇小说。它们构成了一个庞杂、难懂而奇特的艺术世界。他的成名作《V》将有生命的人与无生命的机器人组成一个荒诞的世界。女主人公赫伯特·斯坦索尔在不同的时间和地点追寻"V"。她是个神秘的女侦探和无政府主义者,轮番变成美女维纳斯(Venus)、处女(Virgin)和真空(Void)。她为了追寻"V",不惜走遍世界各个角落。究竟"V"是什么呢?是人,还是物?它似乎贯串在人物的意识和怪诞的情节里。"V"可能指经常变换假名的女人,也许指事件发生的地点维苏(Vheissu),也可能指那个假机器人结构,但它仅剩下一些牙齿;也许V是指纽约阴沟里一只老鼠变成罗马天主教。另一种说法是:V是一个点上两个矢量的聚合。一种相互冲突的动力之间快乐的媒介,犹如黑人爵士乐萨克斯管演奏家的流行语……到了小说结尾斯坦索尔还是没找到"V"。另一个主人公普弗洛方则不知如何是好,一事无成。品钦将亨利·亚当斯的"热寂说"理论用于评释社会。他认为人类社会日趋混乱、衰竭甚至正走向死亡。

《万有引力之虹》(*Gravity's Rainbow*)实际上是"V"的续编。它进一步发挥了"V"里的思想,内容更丰富更深刻,艺术手法也更多姿多彩。因此,它成了学界公认的品钦最成功的代表作。

1) 故事和人物盘点:

《万有引力之虹》故事发生在第二次世界大战后期的英国伦敦。"万有引力之虹"是指导弹发射后形成的弧形抛物线,像美丽的彩虹。品钦用它象征死亡,也暗喻现代西方世界。

小说主人公是美国驻伦敦情报军官泰洛恩·斯洛思罗普。写的是他受盟军委派前往欧洲寻找代号为00000的德国人新型武器V-2导弹秘密的故事。全书分为四部分,包括"零度之外"、"一个士兵在赫尔曼·戈林赌场度假"、"在基地内"和"对抗力"共七十三个场景,长达八百多页。时间从1944年圣诞节至1945年9月德、日、意法西斯灭亡为止。

小说描写主人公泰洛恩·斯洛思洛普中尉在二次大战末期去伦敦盟军清除室任职,负责监视纳粹德国V-2导弹的袭击。他同时受到一个神秘的影子内阁派驻政府内部的心理情报计划处(PISCES)的监督。这个处的特工特迪·布洛特和派列特·普林蒂斯发现:泰洛恩到了伦敦以后跟许多女人乱搞,并把乱搞的地方做成"性交圈",而那些"性交圈"恰好全成了后来德军导弹袭击的目标。PISCES的特工纳德·普恩兹曼认为这与德国一种试验有关。原来斯洛思罗普小时候,他父亲曾将他卖给德国科学家拉斯兹罗·拉姆夫做儿童性试验。拉姆夫曾留学美国哈佛大学。他用的化学剂后来用于制造 V-2 导弹,所以,斯洛思罗普与女人性交地点成了德军的轰炸目标。他常常成为别人的牺牲品,心里很不高兴,想探寻对这些事情的合理解释。他天真地以为他有办法了解事件的过去和现在的情况。因此,他决心去了解拉姆夫。当他从事变幻莫测的追寻时,他在激烈的权力斗争中被抓住了。他曾以英国记者伊恩的身份露面,跟卡婕双重女间谍纵欲。涉及纵欲的还有德国纳粹官员布里塞罗上尉和来自非洲的赫里罗部族人。他们被德军训练成导弹技术员。斯洛思罗普还遇到美军机械师马维少校、一个名叫斯茨诺普的市场生意人。他是个黑人运动员,又是个黄色恐怖影片的导演。斯洛思罗普见到了许多古怪的男男女女。他们似乎都参加了一场激烈的阴谋斗争。导弹具有神话般的隐喻意义。它像弧形的彩虹落下,犹如万有引力将人类拖向死亡。最后,主人公急乘气球逃离追捕他的人,顺手拿起一块馅饼砸到追上来的战斗机驾驶员马维的脸上,把他给吓退了。他顺利脱险了。当天上出现彩虹时,他乐极生悲,身体不由自主地分解消失了。

小说主人公斯洛思罗普是个美军中尉。他在二次大战末期被派往伦敦任情报官员,负责监视纳粹德国 V-2 导弹的秘密。这本来是件事关大局的事情,但他到达伦敦以后不务正业,整天泡在女人堆里,寻欢作乐,淫乱堕落。每逢危险关头,他总是逃之夭夭,保全自己的性命。他成了一个贪婪自私的胆小鬼。末了,他顺利地逃离纳粹军官的追捕,自己也不见了踪影。

斯洛思罗普不同于传统小说中主人公的形象。与其说他是个后现代派小说中的反英雄,不如说他是作者代言的工具。他仍是小说的核心人物,也是各种插曲和作者议论的交汇点。

2) 风格和语言聚焦:

《万有引力之虹》汇集了美国后现代派小说艺术之大成,出色地展现了跨学科、跨体裁、历史与虚构相结合、时空颠倒,语言多色调等典型的后现代派艺术风格,成了一部美国后现代派小说的经典之作。

小说画面相当广阔。故事发生地遍及五大洲各地。题材十分广泛,涉及现代物理学、导弹工程学、高等数学、性心理和侦探技术等多种学科,犹如一部内容丰富的百科全书。

小说的文体包罗万象,包括历史回忆、侦探故事、哲学沉思、科技资料、滑稽喜剧、民谣歌曲等等。出场人物达四百多人。从将军、士兵、政治家、科学家、特工到马路妓女和非洲土人等,涵盖了多国多阶层的相关人士。这在当代美国小说中是不多见的。小说从庞大的情节逐渐消耗为没有情节的叙述。小说充满了黑色幽默和抒情色彩。梦幻与真实相结合,亦真亦假,令人迷惑。

小说语言丰富多彩。除了使用英语以外,还有法语、德语、意大利语和拉丁语等。英语中俚语、成语和比喻相当丰富。对话生动,科技色彩很浓。作者善于将生动的细节和议论、喜剧因素与电影技巧、音乐旋律与科幻色彩相结合,形成包罗万象,时空交错、虚实相间、色彩斑斓的独特、新奇而复杂的艺术风格。它给欧美当代作家们带来了极大的启迪。

3) 意义和影响总览:

《万有引力之虹》成了二次大战以后美国后现代派的"开放的史诗"和"时代的启示录",具有深刻的现实意义和很高的艺术价值。

但是,小说问世时曾在美国文艺界引起热烈的争论。有人认为它是当代欧美文学的巅峰,曲折而奇特地反映了当代西方的社会现实。有的则不同意。他们感到小说又杂又乱,晦涩难懂,犹如一部预告世界末日的启示录。随着时间的推移,人们越来越认识到这部小说的真正意义和重要价值。

小说的核心是文本的不确定性与中心的消解。品钦将第二次世界大战中一场侦察与反侦察的尖锐斗争写成一出扭曲而绝望的闹剧。他精心地选择大战行将结束的欧洲为背景,生动地描写盟军与纳粹德军最后决战的荒唐,以及战后欧洲的混乱和崩溃,暗示整个世界正在走向大熵化,如不及时加以制止,世界的末日就不远了。

小说通过主人公斯洛思罗普的经历,刻意描述在欧洲大难临头时,美国人的思想和感受,体验欧洲盟友的敏感和分裂。他们既想为他们分担痛苦,出手相助;又有些玩世不恭,危险中不忘寻欢作乐,尽量保全自己的生命。小说展现了二次世界大战的恐怖和灾难,抨击了纳粹德国逼迫科学家们为战争服务,并将非洲纯真的部族人训练为导弹技师,使他们充当希特勒发动的侵略战争的炮灰,危害全人类。

小说穿插了各种小插曲和作者的议论,明确地表明了作者的观点:先进的科学技术要造福人类。小说刻意揭示了敌我双方情报控制机构的对立体系及其不同的目的:从善的导弹送人类上太空探索宇宙的秘密;邪恶的导弹毁灭无辜的民众,造成无休止的争斗。二者构成永恒的对抗。小说劝导人们将先进的科技用于为人类谋福祉,避免战争的灾难重演。

因此,《万有引力之虹》具有深刻而鲜明的警世和醒世作用。学习物理出身的品钦以非凡的智慧和才华将小说创作与现代科学技术完美地结合起来,巧妙地运用了多种多样的艺术手法和叙事策略,使《万有引力之虹》成为誉满全球的经典文学名著。品钦大大地丰富和发展了后现代派小说艺术,成为美国后现代派小说的杰出代表而载入史册。

4) 文本名段点击①:

A. 主人公斯洛思罗普中尉到达伦敦后对着一张伦敦地图开始他的情报工作:

Tacked to the wall next to Slothrop's desk is a map of London, which Bloat is now busy photographing with his tiny camera. The musette bag is open, and the cubicle begins to fill with the smell of ripe bananas. Should he light a fag to cover this? air doesn't exactly stir in here, they'll know someone's been in. It takes him four exposures, click zippety click, my how very efficient at this he's become—anyone nips in one simply drops camera into bag where banana-sandwich cushions fall, telltale sound and harmful G-loads alike.

Too bad whoever's funding this little caper won't spring for color film. Bloat wonders if it mightn't make a difference, though he knows of no one he can ask. The stars pasted up on Slothrop's map cover the available spectrum, beginning with sliver (labeled "Darlene") sharing a constellation with Gladys, green, and Katharine, gold, and as the eye strays Alice, Delores, Shirley, a couple of Sallys—mostly red and blue through here—a cluster near Tower Hill, a violet density about Covent garden, a nebular streaming on into Mayfair, Soho, and out to Wembley and up to Hampstead Heath—in every direction goes this glossy, multicolored, here and there peeling firmament, Carolines, Marias, Annes, Susans, Elizabeths.

But perhaps the colors are only random, uncoded. Perhaps the girls are not even real. From Tantivy, over weeks of casual questions (we know he's your schoolmate but it's too risky bringing him in), Bloat's only able to report that Slothrop began work on this map last autumn, about the time he started going out to look at rocket-bomb disasters for ACHTUNG—having evidently the time, in his travels among places of death, to de-

---

① 下列引文选自 Thomas Pynchon, *Gravity's Rainbow*, Penguin Books, 1978。

vote to girl-chasing. If there's a reason for putting up the paper stars every few days the man hasn't explained it—it doesn't seem to be for publicity, Tantivy's the only one who even glances at the map and that's more in the spirit of an amiable anthropologist— "Some sort of harmless Yank hobby," he tells his friend Bloat. "Perhaps it's to keep track of them all. He does lead rather a complicated social life," thereupon going into the story of Lorraine and Judy, Charles the homosexual constable and the piano in the pantechnicon, or the bizarre masquerade involving Gloria and her nubile mother, a quid wager on the Blackpool-Preston North End game, a naughty version of "Silent Night," and a providential fog. But none of these yarns, for the purposes of those Bloat reports to, are really very illuminating....

B. 主人公斯洛思罗普吓退了追捕他的敌机。天上出现彩虹时,他不由自主地消解了:

The rhythmic clapping resonates inside these walls, which are hard and glossy as coal: Come-on! Start-the-sho-w! Come-on! Start-the-show! The screen is a dim page spread before us, white and silent. The film has broken, or a projector bulb has burned out. It was difficult even for us, old fans who've always been at the movies (haven't we?) to tell which before the darkness swept in. The last image was too immediate for any eye to register. It may have been a human figure, dreaming of an early evening in each great capital luminous enough to tell him he will never die, coming outside to wish on the first star. But it was not a star, it was falling, a bright angel of death. And in the darkening and awful expanse of screen something has kept on, a film we have not learned to see ... it is now a closeup of the face, a face we all know—

And it is just here, just at this dark and silent frame, that the pointed tip of the Rocket, falling nearly a mile per second, absolutely and forever without sound, reaches its last unmeasurable gap above the roof of this old theatre, the last delta-t.

There is time, if you need the comfort, to touch the person next to you, or to reach between your own cold legs ... or, if song must find you, here's one They never taught anyone to sing, a hymn by William Slothrop, centuries forgotten and out of print, sung to a simple and pleasant air of the period. Follow the bouncing ball:

There is a Hand to turn the rime,
Though thy Glass today be run,
Till the Light that hath brought the Towers low

> Find the last poor Pret'rite one ...
> Till the Riders sleep by ev'ry road,
> All through our crippl'd Zone,
> With a face on ev'ry mountainside,
> And a Soul in ev'ry stone. ...
>
> Now everybody—

3. 其他重要作品链接

A. 长篇小说：

《V》(V, 1963)

《拍卖第四十九批》(The Crying of Lot 49, 1966)

《葡萄园》(Vineland, 1989)

《梅森和狄克逊》(Mason & Dixon, 1997)

《临近那一天》(Against the Day, 2006)

B. 短篇小说集：

《进步慢的学生》(Slow Learner, 1984)

4. 著作获奖信息

1963年《V》荣获首届"威廉·福克纳小说奖"；

1974年《万有引力之虹》荣获美国国家图书奖。

第二节 威廉·加迪斯与《小大亨》

1. 生平透视

威廉·加迪斯(William Gaddis, 1922—1998)是美国著名的后现代派小说家,1922年12月29日生于纽约市。1941年入读哈佛大学本科,1944年因与警察发生争执,被迫退学,未获得学位。离校后,他到中美洲和欧洲各地游历,扩大了视野。1951年回国后曾去《纽约客》干了两年,后来潜心创作小说。1955年,第一部长篇小说《承认》出版,反应平平。小说长达九百五十多页。写的是一个美国画家以模仿古典名画为生的故事。多次变换背景,首尾不联贯,文字深奥难懂,有点创新,具有讽刺色彩。但读者不多。到了60年代,海勒《第二十二条军规》唱响了黑色幽默,《承认》才得到学界的承认。十年内重版三次,颇受读者欢迎。为了接济家庭,他干了许多文字工作,长达近二十年,增加了生活阅历。1975年长篇小说《小大亨》问世,一鸣惊人,不久荣获美国国家图书奖。加迪斯一跃进入著名小说家行列。他的名字传遍全国。

成名后,加迪斯继续埋头写作。1985年他推出描写一个解体的家庭不能使一对男女青年完满结合的长篇小说《木匠的哥特式房子》。1994年,另一部叙述社区大学老师克里斯玩诉讼游戏遇到许多法律难题的《他自己的游戏》。这部小说使作者第二次荣获美国国家图书奖。在这两部新作里,加迪斯仍沿用他自己的艺术风格,如不连贯的对话,有些句子没有标点符号,充满许多法律词汇。小说语言尖刻,略带反讽,但故事曲折有趣,而且比他以前的作品好读好懂。2002年,他的遗作、中篇小说《目瞪口呆》和评论集《冲向第二个地方》与读者见面。

1998年12月17日,加迪斯在纽约市东汉普顿因病去世,终年七十六岁。

2. 代表作扫描

加迪斯一生留下四部长篇小说。从第一部长篇小说《承认》开始,他就打破常规,大胆试验新的艺术手法。从小说结构,情节变换到人物对话,文句标点,他都想革新。黑色幽默,悲喜交错也是他作品的一大特色。可惜时运不济,《承认》得不到学界的承认。后来到了60年代,海勒的黑色幽默盛极一时,《承认》才由衰而盛,获得了承认。其实,加迪斯的黑色幽默比海勒早了好几年。

《小大亨》(Jr)是加迪斯的成名作和代表作。在这部小说里,他的多方面试验获得了学界的肯定。《小大亨》成了他最成功的代表作。

1) 故事和人物盘点:

《小大亨》故事背景在纽约市长岛。时间是上世纪五、六十年代。主人公"小大亨"是个年仅十一岁的小学生。他的名字JR是Junion Vansant的简称。有一次,他随老师朱伯特去参观华尔街证券交易所,无意中在卫生间听到人家谈论股票投机的事,记住了一句话:"用别人的钱为自己服务"。他返校后便利用小学走廊里的投币电话,组建了一个庞大的企业经营网"JR家族公司"。他亲自指挥运作,按照广告上的信息大搞投机买卖。他的老师、作曲家巴思特成了他的业务代表。"小大亨"先向银行贷款,买下海军九千多只塑料餐叉,然后转手卖给陆军某单位,赚了一笔钱。接着,他收购了贬值的债券,接管了一家濒临倒闭的纺织厂。他还收购了一家玩具公司和一家杂志,迅速拓展业务范围,从卖餐叉、骨灰盒和塑料花到搞运输、卖木材、医药和包揽家政服务等等。他扩充人马,迅速建立自己的商业帝国。

可是,兔子尾巴长不了。小大亨的公司没有正式按规定办理注册手续。它是靠非法炒股发起来的,最后它被证券交易所发现,公司终于宣告倒闭。

小说主人公"小大亨"是个小学生,年仅十一岁。他受老师辈的启发,从证券交易所获得灵感,利用学校里一部投币电话做起生意,投机赚大钱。他具有超人的智力和令人难以相信的能力。他将自己的老师变成雇员,为他的非法公司服务。最后,他违法投机受到惩罚,公司关门大吉。

像其他美国后现代派小说的主人公一样,"小大亨"也是个反英雄形象。为了表现主题,作者在塑造这个形象时运用了夸张和讽刺手法,使"小大亨"接近现实生活,成了新一代投机商人的代表。

2) 风格和语言聚焦:

《小大亨》的艺术风格与其他美国后现代派小说迥然不同。最突出的是小说文本几乎全由人物的独白和直接对话构成的。小说巧妙地用主人公"小大亨"与经纪人、律师和代理商等许多人的电话交谈和传真的直接引语组成故事情节,这在美国现当代小说中是很少见的。小说充满黑色幽默色彩,洋溢着讽刺和幽默,艺术手法奇特,语言丰富多彩。

小说主要采用第一人称叙事策略。投机买卖由"小大亨"通过电话亲自指挥。全书长达七百二十六页,含有几条不同的线索。每条线索都有重复出现的人物、背景和主题,由好几个画面拼贴成全书。近一百个不同的人物,有时各说各的,东拉西扯,随心所欲,语无伦次;有时自言自语,自我吹嘘或自怨自艾;有时互相交谈无拘无束或貌合神离,敷衍应付,勾心斗角。小说还运用意识流手法通过人物的独白揭示人物内心的喜怒哀乐,昭显主人公小大亨等人投机买卖成败的心态。

小说语言丰富多彩。全书都用口头对话(电话交谈)和书面对话(电传交流)组成,突出听的特点,以对话开篇,用"你在听吗?嗨,你在听吗?"结尾。作者善于用对话展现人物的性格。如有的大人物说话不讲究语法,用词欠规范;有的下层民众谈吐粗鲁,满口奇特的俚语;有的学究气十足,开口闭口客套话连篇;有的吝啬鬼斤斤计较,满嘴铜臭味。小说用人物自己的话揭示自己,遣词造句精心细腻,将主要人物的性格特点刻画得惟妙惟肖,跃然纸上,趣味横生,令人耳目一新。

3) 意义和影响总览:

《小大亨》被誉为70年代美国社会"混沌"的史诗,一部"伟大的美国小说"。它用奇特的艺术手法描写了主人公小大亨、一个十一岁的小学生搞投机生意从发迹到倒闭的故事,揭露美国一些大公司搞骗局赚大钱的丑行,展现了美国资本主义社会制度的"熵化"。因此,它具有深刻的社会意义和丰富的艺术魅力,在欧美各国产生了深远的影响。

小说揭露和讽刺了美国社会商业化的无序和混乱。一个未成年的小学生JR居然可以利用一所小学走廊里一部投币电话大做投机买卖。商业管理部门迟迟没有发觉,似有渎职之嫌。更重要的是社会上一切向钱看。小学生不好好学习,而是受某证券交易所和老师长辈赚钱经的启发,放弃了学习,走上投机买卖之路。小说开篇突出一个"钱"字,一针见血地点破主题。英文版《JR》平装本封面上画了好几个美元"$"的符号,充分展示了《小大亨》的主题思想。小说嘲笑了一些垄断企业利用各种关系捞钱、骗钱和赚大钱的丑行,并且抨击了拜金主义和巧取豪夺对青少年一代的危害,引起了社会各界人士的关注。

小说也揭示了艺术与商业的冲突。在《小大亨》的艺术世界里,艺术的美学价值已经被权力、平庸和贪财所取代。小说写到五位艺术家在冷漠的社会里精心创作了多幅画,结果无人问津,只好去JR公司里当推销员维持生计。这充分说明:在工业发达的商业社会里,艺术家所钟爱的艺术美已完全被金钱的力量和资本主义商业化压垮了。

不仅如此,《小大亨》还尖锐地抨击了美国学校教育的腐败。主人公JR就读的长岛某学校不务正业,几乎不上课,完全成了文化荒原。教师和学生都忙于经商赚钱。小说中的老师基伯斯和巴斯特对当时文化的衰落幸灾乐祸,不以为然;另一些老师则追求实利,不好好帮助学生学好功课,打好扎实的文化基础,而是跟他们灌输赚钱谋利的方法和途径。作者尖锐地讽刺了现实社会如何毒害了像JR这样一个六年级的青少年。

第二章 风格迥异的后现代派小说家们

加迪斯独特的风格深深地影响了品钦等美国后现代派作家。许多评论家认为他的《承认》和《小大亨》已经成为 20 世纪美国小说的里程碑。

4) 文本名段点击①：

A. 小说开头，小大亨的两个姑妈在谈论钱：

—Money…? in a voice that rustled.

—Paper, yes.

—And we'd never seen it. Paper money.

—We never saw paper money till we came east.

—It looked so strange the first time we saw it. Lifeless.

—You couldn't believe it was worth a thing.

—Not after Father jingling his change.

—Those were silver dollars.

—And silver halves, yes and quarters, Julia. The ones from his pupils. I can hear him now…

Sunlight, pocketed in a cloud, spilled suddenly broken across the floor through the leaves of the trees outside.

—Coming up the veranda, how he jingled when he walked.

—He'd have his pupils rest the quarters that they brought him on the backs of their hands when they did their scales. He charged fifty cents a lesson, you see, Mister … (p.3)

B. 小大亨老师基伯斯谈教育、秩序和社会混乱的本质：

—Scientists believe that the total amount of energy in the world today is the same as it was at the beginning of time …

—Turn that off …

—But wait Mister Gibbs it's not over, that's our studio lesson we'll be tested on …

—All right let's have order here, order …! he'd reached the set himself and snapped it into darkness. —Put on the lights there, now. Before we go any further here, has it ever occurred to any of you that all this is simply one grand misunderstanding? Since you're not here to learn anything, but to be taught so you can pass these tests, knowledge has to be organized so it can be taught, and it has to be reduced to

---

① 下列引文选自 William Gaddis, *JR*, Penguin Books, 1985。

information so it can be organized do you follow that? In other words this leads you to assume that organization is an inherent property of the knowledge itself, and that disorder and chaos are simply irrelevant forces that threaten it from outside. In fact it's exactly the opposite. Order is simply a thin, perilous condition we try to impose on the basic reality of chaos ...

—But we didn't have any of this, you ...

—That's why you're having it now! Just once, if you could, if somebody in this class could stop fighting off the idea of trying to think. All right, it all comes back to this question of energy doesn't it, a concept that can't be understood without a grasp of the second law of, yes? Can't you hear me in the back there?

—This wasn't in the reading assignment and that ...

—And that ... he paused to align pencils on his deak all pointing in the same direction before he looked up to her far in the back bunched high and girlish by a princess waist, bangs shading the face pancaked into concert with her classmates in the shadowless vacancy of youth, —that is why I am telling it to you now. Now, the concept we were discussing yesterday, first a definition ...?

—The tendency of a body which when it is at rest to ...

—Never mind, next ...?

—And which when it is in motion to re ... (pp.20-21)

C. JR 家庭公司新旧成员想方设法赚大钱:

—Yes all right but then what's this seven, is this twenty-seven thousand dollars?

—Whole company logo project yes top priority from the Boss going rate low in fact gave you a break see what Chase Bank Kodak the big boys ran into for theirs want to get that corporate image across zap! instant they see it people know they're dealing with a dependable reliable outfit take your bottle of Wonder beer or an ad for new line of Ray-X products names don't carry much weight alone but back them up with the parent company logo audience knows it's dealing with a reliable dependable outfit builds your stockholder relationships see it someplace and they feel a nice warmth like somebody in the family just died go out and ...

—Yest but, twenty-seven thou ...

—Carried as a tangible asset on your books you're ahead of the game the Boss came up with that one, agency sent out in-depth interview teams combed your subsidiaries from blue collar to white find out where they felt they fit as new members of the JR Family of Companies took profit motif wanted to get away from the trendy block letter IBM ITTs looke like tombstones come up with something alive really get across the corporate image real pride of belonging stockholders know there are people sweating their asses off all over the place to keep their investments rolling to go to bed at night know all's right with the world, presentation here the agency got together for you to review been so busy I didn't bother you with it yes that's, some of the agency teams' sketches they ...

—These ...?

—Some of them a little off target see the deadline pressure the agency boys were under get a real feel for the company what these in-depth interviews turned up little heavy on the corporate tit think they tried working in your woman's lib motive too sense a little resentment here and there of course always happens in these takeovers few soreheads see their future going out the window liked that one up there too wordy but we picked up the Just Rite use it in institutional promotion right down the line wanted to stress the profit motif without hitting you over the head with it name of the game after all something patriotic about the dollar sign feeling like the flag the Boss wanted that kept right out front said to get your approval ...

—What on, this ...? (pp.536-537)

3. 其他重要作品链接

A. 长篇小说：

《承认》(*The Recognitions*, 1955)

《木匠的哥特式房子》(Carpenter's Gothic, 1985)
《他自己的游戏》(A Frolic of His Own, 1994)

B. 中篇小说：

《目瞪口呆》(Agape Agape, 2002)

C. 评论集：

《冲向第二个地方》(Rush for Second Place, 2002)

4. 著作获奖信息

1975年《小大亨》荣获美国国家图书奖；

1994年《他自己的游戏》荣获美国国家图书奖。

第三节　威廉·加斯与他的元小说

1. 生平透视

威廉·加斯(William Gass, 1924—　)常常被称为美国"元小说的缪斯"，1924年7月30日生于北达科他州法戈镇，早年就读肯庸学院，曾跟随新批评家兰色姆研习文学批评理论。后来他转读康奈尔大学，选修过哲学家维根斯坦的课。1954年荣获康奈尔大学博士学位。毕业后他先前往普杜大学任教一直干了十五年。1980年转往圣路易斯的华盛顿大学执教鞭。他当过哲学教授，又从事文学理论和语言学研究，还创作了好几部中短篇和长篇小说。他像巴塞尔姆、库弗和巴思等作家一样，非常关注美国文学的枯竭和活力的丧失，强调文学离不开日常生活话语。他在小说创作和批评理论方面都有突出的建树。

1970年，威廉·加斯在《哲学与小说形式》一文里提出了元小说理论，受到评论界的热议和接受。他获得了"元小说缪斯"的美称。

威廉·加斯主要作品有：三部长篇小说《奥门塞特的运气》(1966)、《威利·巴斯特的孤妻》(1968)和《隧道》(1995)。《隧道》曾荣获1996年美国国家图书奖。四部短篇小说集是:《在中部地区的深处及其他故事》(1968)、《我婚后生活的第一个冬天》(1979)、《卡尔普》(1985)和《笛卡尔奏鸣曲》(1998)。其中有好多篇散文和短篇小说入选《美国最佳散文选》(1986、1992)、《美国最佳短篇小说选》(1959、1968、1980)和《2000年美国最伟大的短篇小说》等。还有十本文学评论集,如《小说与生活数字》(1970)、《词汇中的世界》(1978)和《忧郁论》(1976)等,其中《文学的原住地》(1984)、《发现形式》(1996)和《时间的考验》(2002)分别得过全国书评界奖。1975年加斯荣获美国文学艺术院文学奖;1983年当选美国文学艺术院院士。1990年加斯成了华盛顿大学写作中心主任。1996年他荣获美国国家图书奖。1999年,他退休,不再教书,仍是华盛顿大学的终身教授。2000年,他荣获第一届国际笔会/纳博科夫奖。2007年他又获得杜鲁门·卡波特奖。加斯成了一位享有国际声誉的美国语言哲学家、小说家和文学批评家。

2. 代表作扫描

威廉·加斯是元小说的理论家和实践者。他的长篇小说和中短篇小说都体现了元小说的特点。什么是元小说呢?在加斯看来,元小说是一种关于小说的小说,不注重情节的变化和人物的塑造,追求作家的自我反思、自我戏仿和玩文字游戏。加斯强调小说都是虚构的,与现实世界没有关系。小说中的人物是以"文字式的肉体"存在的,不是物质的定义。他提醒读者注意:文学的虚构性使小说世界区别于现实世界,二者不可混淆。

加斯的长篇小说《隧道》和短篇小说《在中部地区的深处》都受到学术界的好评。这两部作品像他的其他作品一样,都是无情节、无主题、无重要人物的,唯一的特点是语言本身。他的人物总在现实社会中遭遇不幸和挫折,但他们不敢正视现实,勇敢地反抗,而是逃进符号王国里,寻求解脱。所以,他的小说往往展现了丑恶的社会与孤独绝望的人物。这种逃避现实很无奈,于解决问题无补。但加斯认为艺术可给予人一种精神上的补偿,给平庸而丑恶的现实生活带来一点迷人的色彩,给苦恼人一丝丝的安慰。

为了方便起见,我们选择《在中部地区的深处》(*In the Heart of the Hearts of the Country*)作为加斯的小说代表作,来解读加斯元小说的特点。这部短篇小说从艺术结构、人物塑造、情节变化和语言风格等方面完全打破了传统的短篇小说的内容和形式的常规,给人一种莫名和怪诞的感觉。它被选入多种美国文学选读或最佳短篇小说集,值得仔细探讨。

1) 故事和人物盘点:

《在中部地区的深处》故事发生在中西部地区印第安纳州一座虚构的小镇B。讲故事的人是个名叫比利·霍尔斯克劳的诗人。整篇小说根本没有故事可言。小说分成三十六个部分,各部分之间没多少联系。内容包括人物、环境、天气、政治、我的房子、教育、商业、电线、日常用品等等,从简单描述到后来揭示它们虚假的本质。这些与其说是作家的描述,不如说是叙述者比利的心理碎片。从他的心中折射了小镇的破落和衰败。一系列虚假的东西变成诗人虚构的成分。他的无奈的表述支配着事物的外表,使它们变成一个朦胧的心理世界。它涉及一个地方的思想、艺术、神话、智慧、"知识不老"的圣殿,这些都脱离了芸芸众生。

不过,加斯虚构的B镇也是个圣城。它是从四周空旷的垂死的田野里出现的一片圣地。故事反映了加斯对田园诗般生活的戏仿,也揭示了他在农村找到了理想的爱。

2) 风格和语言聚焦:

《在中部地区的深处》由三十六个片断组成。它们与英国诗人叶芝的名诗《拜占庭》的三十六行诗相呼应。加斯摆脱了传统的短篇小说框框的束缚,抹去了情节和人物,变成一堆孤零零的心理碎片。小说结构奇特。三十六个片断似是叙述者东拉西扯的感慨。每个片断仅几行,从一行到六十六行,长短不一,互相不联系,没有构成完整的情节。所涉及的几个人物一闪而过,着墨不多,缺乏鲜明的形象。小说每个片断都加上小标题,将地点、天气、我的房子、电线、教堂与政治、教育和商业以及我的爱猫扯在一起。有感想,有短评,有书信和剪报,也有诗歌,形成跨体裁的混杂,充满了嘲讽和幽默。小说中还提到英国诗人华兹华斯、剧作家萧伯纳的《巴巴拉少校》和美国小说家马克·吐温的《哈克贝利·费恩历险记》等文学名家,体现了与他们作品中人物的互文性特点。

尽管结构奇特,故事没头没尾,小说的语言通俗平易,句子简洁,用词普通。加斯重视小说中文字意义的变换。他认为文字是有意义的,作家面对大量文字材料要精心选择,处理好符号、语音和意义之间的关系。文本中文字的最终意义由它与其他文字之间的关系来决定。这就为后现代派小说家们玩文字游戏提供了可能。加斯在《在中部地区的深处》里探索语言的跳跃、断裂、混杂和并置,变换语言的节奏和排列,取得了奇特的效果。

不仅如此,加斯还常常将语言与符号、色彩和图画相结合,构成杂乱而荒诞的游戏图。如《威利·巴斯特的孤妻》里用蓝、黄、红和白四种颜色代表小说的四大部分,页面随意设置,字体大小不一,还有像眼睛和圣诞树的图像等。小说文本有几幅女人的裸照,并不雅观。此外,加斯十分强调语音、节奏、速度和音乐感,要求达到"读起来顺口,听起来顺耳",让读者明白小说的内容。因此,虽然加斯在元小说里将读者带入一个扑朔迷离的语言世界,他写的题材是日常生活中的人和事,令读者们感到亲切。所以,他的元小说还是不难读懂的。

3) 意义和影响总览:

《在中部地区的深处》是一堆奇特的叙事者比利的心理碎片,但它折射了以中西部地区为代表的美国社会的阴暗面,揭示作者对于众多社会问题的困惑和忧虑。因此,它具有非凡的现实意义和广泛的社会影响。

加斯虚构的小镇B在美国中部的印第安纳州。B镇常住人口不多,房子古老,简陋又干净。可是风景并不差。春天草地吐绿,小鸟歌唱,火车汽笛轰鸣,呼啸而过。玉米和大豆年年播种和收获,循环不息……诗人触景生情,联系到住房破旧,如同城市的贫民窟,宗教衰落,党派纷争,教育滑坡,从小教儿童反共;商业萧条,马路无限延伸,到处是砖头、水泥和柏油,广告林立,汽车堵塞,垃圾成堆,烟雾弥漫,环境污染……这样的大城市怎能适合人们居住?恐怕连猫狗都不适应,唯有老鼠高兴住。诗人认为农村最宜居,河边的草原更佳。

这些描述如实地反映了后工业化时代美国中西部社会生活的概貌。小说以特殊的形式展示了深刻的主题,给偏爱城市生活,忽视环境保护的人们敲响了警钟,劝导他们返璞归真,热爱自然,享受自然,过着宁静而朴实的生活。因此,小说深受读者欢迎,影响遍及国内外。

威廉·加斯的元小说理论和实践曾给美国文坛带来意外的冲击,引起了激烈的反弹。有人抨击他的元小说"患了一种介乎妄想症和神经分裂症之间的疾病",顺序颠倒,杂乱无章,东拉西扯,令人摸不着头脑。后来通过辩论,学界逐渐认识到加斯的元小说理论是对60年代兴起的后现代派小说的精妙概括和总结。他对那些小说,特别是语言都有独到的见解。他创作的小说给读者带来一种别开生面的艺术享受。虽然他对文学与现实的看法有失偏颇,又将语言的作用夸大到极端地步,令人不敢苟同。他对美国后现代派小说的发展仍作出了巨大的贡献。难怪有人称他为"最纯粹、最戏谑的文体家。"他的元小说语言技巧和表现手法大大地丰富了美国后现代派小说艺术。

4) 文本名段点击①:

A. "我"坐船到达中西部印第安纳州的 B 镇:

A PLACE

So I have sailed the sea and come ...

to B ...

a small town fastened to a field in Indiana. Twice there have been twelve hundred people here to answer to the census. The town is outstandingly neat and shady, and always puts its best side to the highway. On one lawn there's even a wood or plastic iron deer.

You can reach us by crossing a creek. In the spring the lawns are green, the forsythia is singing, and even the railroad that guts the town has straight bright rails which hum when the train is coming, and the train itself has a welcome horning sound.

Down the back streets the asphalt crumbles into gravel. There's Westbrook's, with the geraniums, Horsefall's, Mott's. The sidewalk shatters. Gravel dust rises like breath behind the wagons. And I am in retirement from love.

WEATHER

In the Midwest, around the lower Lakes, the sky in the winter is heavy and close, and it is a rare day, a day to remark on, when the sky lifts and allows the heart up. I am keeping count, and as I write this page, it is eleven days since I have seen the sun.

MY HOUSE

There's a row of headless maples behind my house, cut to free the passage of elec-

---

① 下列引文选自 *Postmodern American Fiction*: *A Norton Anthology*, New York, W.W. Norton & Company, 1998, pp.65-84。

tric wires. High stumps, ten feet tall, remain, and I climb these like a boy to watch the country sail away from me. They are ordinary fields, a little more uneven than they should be, since in the spring they puddle. The topsoil's thin, but only moderately stony. Corn is grown one year, soybeans another. At dusk starlings darkened the single tree—a larch—which stands in the middle. When the sky moves, fields move under it. I feel, on my perch, that I've lost my years. It's as though I were living at last in my eyes, as I have always dreamed of doing, and I think then I know why I've come here: to see, and so to go out against new things—oh god how easily—like air in a breeze. It's true there are moments—foolish moments, ecstasy on a tree stump—when I'm all but gone, scattered I like to think like seed, for I'm the sort now in the fool's position of having love left over which I'd like to lose; what good is it now to me, candy ungiven after Halloween?

B. 小镇 B 的教堂和政治：

THE CHURCH

The church has a steeple like the hat of a witch, and five birds, all doves, perch in its gutters.

MY HOUSE

Leaves move in the windows. I cannot tell you yet how beautiful it is, what it means. But they do move. They move in the glass.

POLITICS

... for all those in love.

I've heard Batista described as a Mason. A farmer who'd seen him in Miami made this claim. He's as nice a fellow as you'd ever want to meet. Of Castro, of course, no one speaks.

For all those not in love there's law: to rule ... to regulate ... to rectify. I cannot write the poetry of such proposals, the poetry of politics, though sometimes—often—always now—I am in that uneasy peace of equal powers which makes a State; then I communicate by passing papers, proclamations, orders, through my bowels. Yet I was not a State, with you, nor were we both together any Indiana. A squad of Pershing

Rifles at the moment, I make myself Right Face! Legislation packs the screw of my intestines. Well, king of the classroom's king of the hill. You used to waddle when you walked because my sperm between your legs was draining to a towel. Teacher, poet, folded lover—like the politician, like those drunkards, ill, or those who faucet-off while pissing heartily to preach upon the force and fullness of that stream, or pause from vomiting to praise the purity and passion of their puke—I chant, I beg, I orate, I command, I sing—

Come back to Indiana—not too late!

(Or will you be a ranger to the end?)

Good-bye ... Good-bye ... oh, I shall always wait
You, Larry, traveler—

stranger,

son,

—my friend—

my little girl, my poem by heart, my self, my childhood.

C. 小镇的商业萧条,商店空空如也。自行车倒不少,诗人比利过着悠闲的生活:

BUSINESS

For most people, business is poor. Nearby cities have siphoned off all but a neighborhood trade. Except for feed and grain and farm supplies, you stand a chance to sell only what one runs out to buy. Chevrolet has quit, and Frigidaire. A locker plant has left its afterimage. The lumberyard has been, so far, six months about its going. Gas stations change hands clumsily, a restaurant becomes available, a grocery closes. One day they came and knocked the cornices from the watch repair and pasted campaign posters on the windows. Torn across, by now, by boys, they urge you still to vote for half an orange beblazoned man who as a whole one failed two years ago to win at bis election. Everywhere, in this manner, the past speaks, and it mostly speaks of failure. The empty stores, the old signs and dusty fixtures, the debris in alleys, the flaking paint and rusty gutters, the heavy locks and sagging boards: they say the same disagreeable things. What do the sightless windows see, I wonder, when the sun throws a passerby against them? Here a stair unfolds toward the street—dark, rickety, and treacherous—and I always feel, as I pass it, that if I just went carefully up and turned the corner at the landing, I would find myself out of the world. But I've never had the courage.

THAT SAME PERSON

The weeds catch up with Billy. In pursuit of the hollyhocks, they rise in coarse clumps all around the front of his house. Billy has to stamp down a circle by his door like a dog or cat does turning round to nest up, they're so thick. What particularly troubles me is that winter will find the weeds still standing stiff and tindery to take the sparks which Billy's little mortarless chimney spouts. It's true that fires are fun here. The town whistle, which otherwise only blows for noon (and there's no noon on Sunday), signals the direction of the fire by the length and number of its blasts, the volunteer firemen rush past in their cars and trucks, houses empty their owners along the street every time like an illustration in a children's book. There are many bikes, too, and barking dogs, and sometimes—halleluiah—the fire's right here in town—a vacant lot of weeds and stubble flaming up. But I'd rather it weren't Billy or Billy's lot or house. Quite selfishly I want him to remain the way he is—counting his sticks and logs, sitting on his sill in the soft early sun—though I'm not sure what his presence means to me ... or to anyone. Nevertheless, I keep wondering whether, given time, I might not someday find a figure in our language which would serve him faithfully, and furnish his poverty and loneliness richly out.

WIRES

Where sparrows sit like fists. Doves fly the steeple. In mist the wires change perspective, rise and twist. If they led to you, I would know what they were. Thoughts passing often, like the starlings who flock these fields at evening to sleep in the trees beyond, would form a family of paths like urn; they'd foot down the natural height of air to just about a bird's perch. But they do not lead to you.

3. 其他重要作品链接

A. 长篇小说：
《奥门塞特的运气》(*Omensetter's Luck*, 1966)
《威利·巴斯特的孤妻》(*Willie Basters' Lonesome Wife*, 1968)

《隧道》(*The Tunnel*, 1995)

B. 短篇小说集：

《我婚后生活第一个冬天》(*My First Winter after My Marriage Life*, 1979)

《笛卡尔奏鸣曲》(*Cartesian Sonata and Other Novellas*, 1998)

C. 文学评论集：

《小说与生活数字》(*Fiction and the Figures of Life*, 1971)

《忧郁论》(*On Being Blue: A Philosophical Inquiry*, 1976)

《词汇中的世界》(*The World Within the Word*, 1978)

《文学的原住地》(*Habitations of the Word*, 1985)

《发现形式》(*Finding a Form*, 1996)

《时间的考验》(*Tests of Time*, 2002)

《文本的殿堂》(*A Temple of Texts*, 2006)

4. 著作获奖信息

《文学的原住地》、《发现形式》和《时间的考验》分别获得全国书评界奖；

1975年荣获美国文学艺术院文学奖；

1996年《隧道》荣获美国国家图书奖；

2000年荣获第一届国际笔会/纳博科夫奖；

2007年荣获杜鲁门·卡波特奖。

第四节 唐纳德·巴塞尔姆与《白雪公主》

1. 生平透视

唐纳德·巴塞尔姆(Donald Barthelme, 1931—1989)，曾被称为美国"新一代后现代派作家之父"，1931年4月7日生于宾州的费城一个建筑师之家。小时候他信奉天主教，十八岁时大学毕业，失去了宗教信仰，崇拜存在主义哲学,接受法国荒诞派戏剧的影响。他念过休斯顿大学,当过大学里学生刊物的编辑,毕业后出任《休斯顿邮报》记者。1953年,他加入美军。可是,他到达朝鲜的当天,停战协定签订了。他无仗可打。但朝鲜战争的经历使他想到无聊的战争宣传、荒唐的权力关系和复杂的社会弊病。这一切后来在他的作品里呈现了一个没有上帝的世界。退伍后,他一度在休斯顿大学任教,拥有教授头衔。1962年,他移居纽约。像许多同代作家一样,他在波士顿大学和纽约市立大学等校当过客座教授。同时他为《纽约客》写了许多文章。他相信小说创作中"碎片是唯一的形式"。

1963年至1964年,《纽约客》发表了他十篇短篇小说。1964年第一部短篇小说集《回来!卡里加利医生》出版。随后,每两三年他总有一部短篇小说集问世。主要有:《说不出的实践,不自然的行动》(1964)、《城市生活》(1970)、《忧愁》(1972)、《业余爱好者们》(1976)、《伟大的日子》(1979)、《六十篇短篇小说》(1985)和《四十篇短篇小说》(1987)等。这些短篇小说,有的描写城市平民的失意和孤寂,表露对他们的同情和怜悯;有的嘲讽现实社会的不公正和偏见。大部分作品描述梦幻中的人与事,意义不太大。他追求古怪的文体,爱用黑色幽默手法,将小说写成没有情节的语言拼贴画。小说语言大都选自新闻报道、艺术著作、哲学论文、科技文献以及旧小说和绘画。他善于用各种不同的引文拼成具有人类特征的人物形象,给读者奇异怪诞的新鲜感。

巴塞尔姆也致力于写长篇小说,主要作品有《白雪公主》(1967)、《亡父》(1975)、《天堂》(1986)和《阿瑟王》(1990)。他曾荣获多项奖励,如1972年全国文学艺术院的摩顿·B·查贝尔奖、1976年得克萨斯文学院的杰西·H·约翰斯奖等。1972年,他为六岁的女儿写的《有点不规则的救火车》荣获了美国国家图书奖儿童文学奖。《六十篇短篇小说》荣获全国书评界奖提名奖和笔会/福克纳小说奖。

1989年7月23日,巴塞尔姆因患癌症在休斯顿不幸去世,年仅五十八岁。

2. 代表作扫描

巴塞尔姆四部长篇小说像他的十部短篇小说一样,采用了同样的表现手法。《亡父》探讨了心理问题,揭示父亲的训诫是如何根深蒂固的。小说注重叙述本身,对当代生活的嘲讽少些,在描绘生活方面比较轻快,不那么陌生化。《天堂》写得比较世俗化,展示了作者对生存的疑虑。《阿瑟王》是作者去世后出版的。作者运用英国早期阿瑟王和圆桌骑士的故事和术语来描述二次大战初期英国的状况,令许多评论者津津乐道,感到新鲜有趣。

相比之下,《白雪公主》(*Snow White*)是巴塞尔姆的最佳作。它成了评论界公认的作者的优秀代表作。

1) 故事和人物盘点:

《白雪公主》小说借用了德国作家格林兄弟同名的童话关于白雪公主和七个矮人的故事。背景从梦幻王国移到当代格林威治村一栋公寓。它与格林兄弟的原著或迪西尼版本形成了鲜明的对照。人物有点变形,描述比较古怪,展示巴塞尔姆的匠心和创意。

小说中,白雪公主二十二岁了。她高个子,黑头发,白皮肤,脸上有颗美人痣,外貌像童话里的白雪公主那么漂亮。她为七个矮男人打理家务。这七个矮人在芝加哥一家中国食品厂干粗工,有的洗刷地板,有的装瓶瓶罐罐。过了不久,头头比尔对白雪公主感到讨厌。她也厌倦繁杂的家务,期盼有个王子来救她出去。有个美国青年保罗像王子出现了。他爱上她,但他发明"远距离早期预警系统"监视她,观察她的日常言行,最后想得到她的爱。保罗与王子不同,他性格软弱,沉湎于空想,像只彻头彻尾的青蛙,令她失望。有个女人简妮恋保罗。她像童话中的巫婆。她嫉恨白雪公主的美丽,编造谎言诬陷她,甚至备了一杯有毒的吉布森酒,想毒死白雪公主。最后,保罗误饮了毒酒当场猝死,未能帮白雪公主摆脱困境。白雪公主闻讯后,赶到保罗坟前,悲愤地撒下一把菊花花瓣,然后升天远去……

很明显,小说中的人物与格林童话中的原型是不一样的。巴塞尔姆借用了原著的框架,注入了全新的内容,对这个经典童话进行了大胆的戏仿,以揭示新颖的主题。在艺术手法上与原著截然不同。巴塞尔姆作了许多新试验,展现了后现代派新鲜的艺术手法。

2) 风格和语言聚焦:

《白雪公主》是一些碎片的组合。这成了它艺术风格一大特色。全书分为三个部分,总共仅一百七十七页,有人称它为中篇小说,它体现了巴塞尔姆的创作思想。他认为"碎片是我所相信的唯一形式"。这些碎片构成的文本包含了高雅文化与通俗文化的多色调。语言既有正规的英语,也有大众化的口头语。风格上则是文学性与商业性的结合。小说题材来自多种渠道:格林兄弟童话《白雪公主》、报纸信息、作家的问卷、人物的歪诗等构成一堆扑朔迷离又可辨别的碎片,而不是一个完整的故事。作者这么做是想抹去严肃文学与通俗文学的界限,书面语言与口头语言的界限,达到雅俗共赏,推陈出新,给当代读者带来愉悦和慰藉。

小说的叙述时常出现中断和跳跃,夹杂着作者对语言的"自我探讨"。语言成了小说真正的主人公。作者不时戏仿名作家如亨利·詹姆斯的名言。在论及语言时有许多插话,反映了当代美国作家的困境。小说中间穿插了一张问卷,设计了15道是与非的问题,要求读者回答。内容包括:你是否喜爱这个故事?这个白雪公主是否像你记忆中的白雪公主?你喜欢战争吗?你读书时是站着或躺着?你认为本书在二次大战后的小说中应排第几?等等,显得诙谐、幽默和有趣。作者强调小说是虚构的,你可以随意解读和理解,增加自己的乐趣。

玩文字游戏是《白雪公主》的另一个特点。巴塞尔姆将 horse(马)和 housewife(主妇)合成一个新词"horsewife",白雪公主说过:"我讨厌只作一个牛马般的主妇。"这反映了她追求自由和平等的女权主义思想,又达到了反讽和陌生化的效果。白雪公主还写了一首歪诗,以"bandaged"(绑绷带)和"wounded"(受伤)开始,她自称是一首体现了"伟大的主题的自由诗"。她的想象受到了干扰。作者大肆感慨一番,将"horsewife"的"悠久历史"与塑料袋扯在一起,大玩文字游戏:

THE HORSEWIFE IN HISTORY
FAMOUS HORSEWIFE
THE HORSEWIFE: A SPIRITUAL
PORTRAIT
THE HORSEWIFE: A CRITICAL STUDY
FIRST MOP, 4000 BC
VIEWS OF ST. AUGUSTINE
VIEWS OF THE VENERABLE BEDE
EMERSON ON THE AMERICAN

HORSEWIFE
OXFORD COMPANION TO THE
AMERICAN
HORSEWIFE
INTRODUCTION OF BON AMI, 1892
HORSEWIVES ON HORSEWIFERY
ACCEPT ROLE, PSYCHOLOGIST URGES
THE PLASTIC BAG
THE GARLIC PRESS
……

小说的结尾别具一格。作者仅用七行没有标点符号的大写黑体字诗句来结束全书：

　　　　白雪公主的屁股失败了
　　　　白雪公主又成处女
　　　　白雪公主被封为神
　　　　白雪公主升天了
　　　　主人公出行去追寻
　　　　一个新的道义
　　　　嗨－嗬

这种开玩笑式的文字游戏留给读者无限的反思。它成了巴塞尔姆独特语言风格的一部分。

3) 意义和影响总览：

《白雪公主》重构和戏仿了著名的格林童话《白雪公主》，表现了美国后现代社会中已失去了自我的存在，主体丧失了中心地位。小说以独特的视角，借用读者比较熟识的童话题材揭露美国当代社会现实的反童话本质，具有重要的现实意义，在美国国内外产生了深远的影响。

童话中的白雪公主纯洁美丽，天生丽质，十分可爱。她和王子相亲相爱，虽受巫婆干扰，仍终成眷属。小说中的白雪公主安分守己，美丽端庄，却受到无端的嫉妒和陷害。周围处处充满陷阱。七个矮人成了美国人。他们私心杂念多。头头比尔想发财又扬名，其他人各有自己的打算。青年保罗爱白雪

第二章
风格迥异的后现代派小说家们

公主,又对她监视。他生性软弱,无法应对简的纠缠。他也想做生意发大财。他是个充满活力的青年,后来生活不顺心,有些空虚和失望,最后误饮毒酒而死。简是个自私无赖的女青年。为了夺得保罗,不惜用毒酒陷害白雪公主,结果误杀了保罗,搬起石头砸了自己的脚。可见,后工业社会的唯利是图和个人利益压倒一切的风尚深深地毒害了青年一代,使他们自觉或不自觉地跌入杀人犯罪的深渊。

不仅如此,小说还抨击了社会变态和道德沦丧。作者戏谑地说,"我们必须通过一项法律,凡是金钱过剩的人,他们的婚姻明天就解散。"对有钱人喜新厌旧加以嘲讽。事实上,男方发大财后乱搞婚外恋,导致家庭解体的不在少数。贫富差距的拉大造成了许多社会问题,也给不少人带来了悲痛和苦恼。

小说也表达了一般民众对生活"好一点"的期盼。白雪公主仿佛生活在一个孤岛上。她希望孤岛能变成一个幸福岛,"事情好一点"(something better)。比利走了,他没得到回报。他升天了,会成为一个管墓道的天神。白雪公主沉着应对一切。事情正在好转。她继续往保罗坟上撒菊花。她爱他生前的血型,但并不爱他。不过,从抽象的概念来说,他还是她的他。

此外,《白雪公主》还以问卷的方式询问读者是否喜欢战争,是否喜爱二次大战后出版的美国小说。从不同的视角激发人们对美国当代复杂的社会问题的思考。小说问世前后,正是美国大举进兵越南之时。巴塞尔姆这样直接询问读者是很有意义的。他在冷静而幽默的描述中出其不意地抨击时弊,获得了读者的好评。

《白雪公主》反映了巴塞尔姆对小说新理念和新技巧的成功实验,成了许多青年作家仿效的榜样。巴塞尔姆为美国后现代派小说的发展作出了新贡献。他在美国文坛上往往与巴思、德里罗和库弗等人并列为杰出的后现代派小说家。

4) 文本名段点击①:

A. 巴塞尔姆开篇介绍他笔下的白雪公主和七个矮人的头头比尔:

SHE is a tall dark beauty containing a great many beauty spots: one above the breast, one above the belly, one above the knee, one above the ankle, one above the buttock, one on the back of the neck. All of these are on the left side, more or less in a

---

① 下列引文选自 Donald Barthelme, *Snow White*, Atheneum, 1980。

row, as you go up and down:

The hair is black as ebony, the skin white as snow.

BILL is tired of Snow White now. But he cannot tell her. No, that would not be the way. Bill can't bear to be touched. That is new too. To have anyone touch him is unbearable. Not just Snow White but also Kevin, Edward, Hubert, Henry, Clem or Dan. That is a peculiar aspect of Bill, the leader. We speculate that he doesn't want to be involved in human situations any more. (pp.3-4)

B. 白雪公主回答众人对她的诗作提出的问题:

THE poem remained between us like an immense, wrecked railroad car. "Touching the poem," we said, "is it rhymed or free?" "Free," Snow White said, "free, free, free." "And the theme?" "One of the great themes," she said, "that is all I can reveal at this time." "Could you tell us the first word?" "The first word," she said, "is 'bandaged and wounded.'" "But ..." "Run together," she said. We mentally reviewed the great themes in the light of the word or words, "bandaged and wounded." "How is it that bandage precedes wound?" "A metaphor of the self armoring itself against the gaze of The Other." "The theme is loss, we take it." "What," she said, "else?" "Are you specific as to what is lost?" "Brutally." "Snow White," we said, "why do you remain with us? here? in this house?" There was a silence. Then she said: "It must be laid, I suppose, to a failure of the imagination. I have not been able to imagine anything better." *I have not been able to imagine anything better.* We were pleased by this powerful statement of our essential mutuality, which can never be sundered or torn, or broken apart, dissipated, diluted, corrupted or finally severed, not even by art in its manifold and dreadful guises. "But my imagination is stirring," Snow White said. "Like the long-sleeping stock certificate suddenly alive in its green safety-deposit box because of new investor interest, my imagination is stirring. Be warned." Something was certainly wrong, we felt. (pp.59-60)

第二章
风格迥异的后现代派小说家们

C. 总统发觉白雪公主和七个矮人情况不好,对他们进行问卷调查:

THE President looked out of his window. He was not very happy. "I worry about Bill, Hubert, Henry, Kevin, Edward, Clem, Dan and their lover, Snow White. I sense that all is not well with them. Now looking out over this green lawn, and these fine rosebushes, and into the night and the yellow buildings, and the falling Dow-Jones index and the screams of the poor, I am concerned. I have many important things to worry about, but I worry about Bill and the boys too. Because I am the President. Finally The President of the whole fucking country. And they are Americans, Bill, Hubert, Henry, Kevin, Edward, Clem, Dan and Snow White. They are Americans. My Americans."

QUESTIONS:

1. Do you like the story so far? Yes( ) No( )
2. Does Snow White resemble the Snow White you remember? Yes( ) No( )
3. Have you understood, in reading to this point, that Paul is the prince-figure? Yes( ) No( )
4. That Jane is the wicked stepmother-figure? Yes( ) No( )
5. In the further development of the story, would you like more emotion ( ) or less emotion ( )?
6. Is there too much *blague* in the narration? ( ) Not enough *blague*? ( )
7. Do you feel that the creation of new modes of hysteria is a viable undertaking for the artist of today? Yes( ) No( )
8. Would you like a war? Yes( ) No( )
9. Has the work, for you, a metaphysical dimension? Yes( ) No( )
10. What is it (twenty-five words or less)? _____
    _____
    _____
11. Are the seven men, in your view, adequately characterized as individuals? Yes ( ) No( )
12. Do you feel that the Authors Guild has been sufficiently vigorous in representing writers before the Congress in matters pertaining to copyright legislation? Yes( ) No( )
13. Holding in mind all works of fiction since the War, in all languages, how would you

rate the present work, on a scale of one to ten, so far? (Please circle your answer)

1 2 3 4 5 6 7 8 9 10

14. Do you stand up when you read? (　) Lie down? (　) Sit? (　)

15. In your opinion, should human beings have more shoulders? (　) Two sets of shoulders? (　) Three? (　)(pp.82-83)

3. 其他重要作品链接

A. 长篇小说：

《亡父》(*The Dead Father*, 1975)

《天堂》(*Paradise*, 1986)

《阿瑟王》(*The King*, 1990)

B. 短篇小说集：

《回来！卡里加利医生》(*Come Back, Dr. Caligari*, 1964)

《说不出的实践，不自然的行动》(*Unspeakable Practices, Unnatural Acts*, 1968)

《城市生活》(*City Life*, 1970)

《忧愁》(*Sadness*, 1972)

《业余爱好者们》(*Amateurs*, 1976)

《伟大的日子》(*Great Days*, 1979)

《六十篇短篇小说》(*Sixty Stories*, 1981)

《四十篇短篇小说》(*Forty Stories*, 1987)

C. 儿童文学：

《有点不规则的救火车》(*The Slightly Irregular Fire Engine; or, The Hithering Thithering Djinn*, 1971)

4. 著作获奖信息

1972 年《有点不规则的救火车》荣获美国国家图书奖儿童文学奖；

1972 年荣获美国文学艺术院的摩顿·B·查贝尔奖；

1976 年荣获得克萨斯文学院的杰西·H·约翰斯奖；

1986 年《六十篇短篇小说》荣获全国书评界奖提名奖和笔会/福克纳小说奖。

第三章
追求创新的新现实主义作家们

第一节 约翰·厄普代克与"兔子"四部曲

1. 生平透视

约翰·厄普代克(John Updike, 1932—2009)是美国当代主流文学最重要的代表作家,1932年3月18日生于宾夕法尼亚州希林顿小镇。父亲在某高中任教,母亲爱好写作,从小培养他对文学的兴趣。1950年,他从小镇高中毕业后考入哈佛大学。1954年毕业后获奖学金去英国牛津大学研习绘画。第二年回国后任纽约杂志《纽约客》编辑,业余坚持写作。他在杂志上设了"小镇通讯"专栏,发表了许多以他家乡希林顿为背景的短篇小说、诗歌和散文。1957年起,他辞去编辑工作,移居马萨诸塞州伊普斯威奇,专事小说创作。1959年,他出版长篇小说《贫民院义卖会》和短篇小说集《同一个门》,受到评论界的关注。第二年,长篇小说《兔子,跑吧》问世,他一举成名,奠定了小说家的声誉,迅速从文坛崛起。

成名后,厄普代克继续勤奋写作。60年代他又相继推出了长篇小说《马人》(1963)及其续篇《在牧场》(1965)和《夫妇们》(1968)以及短篇小说集《音乐学校》(1966)。这些小说带有作者的自传色彩,很受欢迎。《马人》1964年荣获美国国家图书奖。厄普代克刻意描写消费时代,城市青年一代婚姻、爱情和性关系的混乱,尤其是纽约市阁楼里作家和艺术家生活无聊,精神空虚,想从乱伦中寻找乐趣的悲剧。《夫妇们》写了十对夫妻换妻纵欲,追求刺激的故事,引起评论界的激烈争论。

进入70年代,厄普代克转向重大的社会题材。1971年,他出版了《兔子回家》。接着问世的有《政变》(1978),用回忆录的形式描写一个非洲上校搞政变夺了权,实行专制独裁统治,搞得民不聊生,最后被迫流亡国外。小说充满了反讽和批判色彩。此外还有:《嫁给我:一部浪漫史》(1976)。

80年代以来,厄普代克再写家庭小说,反映社会的动荡和民众的苦恼。"兔子"系列的第三部《兔子富了》(1981)与读者见面,好评如潮。1982年它接连荣获美国国家图书奖、普利策奖和全国书评界奖三大文学奖,成了美国文坛上的佳话。其他长篇小说有:《伊斯特威克的女巫们》(1984)、《罗杰的说法》(1986)、《S》(1988),以及短篇小说集《相信我》(1987)等。

厄普代克一直笔耕不辍,潜心小说创作。90年代以来又有新作问世,如"兔子"系列的第四部《兔子歇了》(1990)、第二次荣获普利策奖。长篇小说《巴西》(1994)、《百合花之美》(1996)、《时间将尽》(1997)、《贝奇在海湾》(1998)、《格特鲁德和克劳迪斯》(2000)、反映"九一一事件"的《恐怖主义者》(2006)和短篇小说集《生命之后》等。他在中篇小说《记住兔子》(2000)里感慨:"没有兔子在旁边,故事总缺少一点什么。"他还写过大量诗歌、文学评论和回忆录。

2009年1月27日,厄普代克因突发心脏病在家乡去世,终年七十七岁。这位才华出众的作家告别了人间。他为美国文学的宝库增添了宝贵的精品。

2. 代表作扫描

厄普代克是个多产作家。他在20世纪50年代以短篇小说登上美国文坛。长篇小说写得很出色。至今,他已发表了二十多部长篇小说,其中影响最大的是他的"兔子"四部曲。它从主题思想、艺术手法、叙事策略到语言风格,都充分地体现了厄普代克一生创作的最高艺术成就。

因此,"兔子"四部曲理所当然地被公认为厄普代克的优秀代表作。

1) 故事和人物盘点:

"兔子"系列跨度从1960年至2001年,涵盖了美国四十年的社会变迁。它通过主人公哈罗德·安格斯特罗姆的经历反映了美国社会风风雨雨中青年一代的困惑和失落、精神危机和道德沦丧。他的外号叫"兔子"。他从二十六岁逃离家庭到最后猝死在篮球场上。小说展现了美国不同时期社会生活的林林总总。"兔子"系列由四部长篇小说组成。每部可独立成篇。

第一部《兔子,跑吧》(*Rabbit, Run*)写的是二十六岁的主人公哈罗德五、六十年代的生活经历。他在大学里是个篮球明星。离校后,他成了一个家庭用品店的推销员,到各地推销菜刀。他感到工作单调乏味。妻子珍妮丝终日酗酒看电视,不听他劝告。他经常与妻子吵架,与妓女卢丝·李旺纳德租屋同居,不肯与妻子和好。妻子快生小孩时,他赶去医院照料她,两人和好了。过了一段时间,妻子拒绝与他同床,"兔子"气愤地溜走。妻子醉酒,狠心地溺死了婴儿。"兔子"知道后非常震惊,但不闻不问,继续跟卢丝鬼混。后来,卢丝怀孕了。"兔子"乘夜色漆黑悄悄地溜跑了。他不愿承担责任。

第二部《兔子回家》(*Rabbit Redux*)描写"兔子"出逃十年后回家跟妻子讲和,老实地守在"窝"里。但妻子变了。她离家出走,找情夫推销员查理·斯塔夫洛思去了。"兔子"与十八岁的嬉皮士姑娘吉尔勾搭上了。吉尔私下又与越南战争老兵黑人斯基特私通。老兵介绍"兔子"吸毒和参加政治活动。斯基特与吉尔越来越亲密。左邻右舍对他们的三角关系十分愤怒,放火烧了他们的家。吉尔被活活地烧死。这时,"兔子"的妻子返回家中与他妥协,两人又恢复了夫妻生活。他从许多社会事件中吸取了教训,对生活乐观些,安心地龟缩家里。

第三部《兔子富了》(*Rabbit Is Rich*)写的是"兔子"已四十六岁了。他与妻子妥协后,日子混得可以。儿子尼尔森长大了,但不幸的事接踵而至。他出了意外的汽车事故,元气大伤。他搞大了女友的肚子,精神苦恼。他怀念死去的女婴和情妇吉尔。他不再与情妇卢丝勾搭了。他投靠了发财致富的岳父,当上丰田汽车的推销员。没多久,他终于发了财。他的钱包鼓了,但思想悲观了。他儿子尼尔森像他年轻时一样,乱搞了几个女人,又逃避当私生女父亲的责任。

第四部《兔子歇了》(*Rabbit at Rest*)描述"兔子"发财后,与妻子移居佛罗里达州,想办个高尔夫球场,设个赌场或超市。他与儿子尼尔森合伙,骗取了丰田汽车的特许销售权。洛克比空难令他震惊。尼尔森吸毒被警察送入戒毒所,使他伤心又气愤。他和妻子赶去救尼尔森。"兔子"又一次背叛了家人,带着儿媳妇普鲁私奔。末了,他突发心脏病,在当年大出风头的篮球场上默默地死去,了结了动荡不安的一生。

小说主人公"兔子"哈罗德·安格斯特罗姆是个"反英雄"人物形象。他是个城市里的小人物。年轻时,他总是个活跃在大学篮球场上的优秀选手,有点名气。大学毕业后,他成了一个平凡的推销员,感到怀才不遇,十分乏味。结婚成家后,他又撞上整天酗酒看电视、好逸恶劳的妻子。他几经劝说,无济于事。他便去找妓女卢丝租屋同居,卢丝怀了孕,他又逃掉了。老婆溺死了婴儿,他不过问。他是个逆来顺受,苟且偷安,没有社会责任感的人。他的家名存实亡,老婆也去找情夫。后来两人和解了,协力照料儿子。他靠老丈人发了财,移居美国南方想再赌一把。他旧病复发,本性难改,与儿子合伙骗了丰田汽车的特殊经销权。他儿子吸毒被关进监狱。他带着他儿媳妇私奔了。最后他恰巧死在年轻时红极一时的篮球场上。他是个中产阶级的代表人物。他身上具有时代和社会的烙印。

2) 风格和语言聚焦:

"兔子"系列形成了厄普代克独特的艺术风格,有人称为新现实主义。一方面,小说真实反映了时代特征,涵盖了美国半个世纪中各个时期发生的重大社会事件,运用许多真实生动的细节描写来表现人物的言行;另一方面,它又采用现代派意识流的手法,细腻地描写主人公"兔子"内心的矛盾和变化,将他写成一个不同于现实主义小说的"反英雄"式的人物,尖锐地讽刺了以纵欲来填补思想空虚的精神危机、人性扭曲和社会变态。

小说采用传统的艺术结构,第一人称和第三人称交替使用,以兔子的活动为中心,穿插了50年代到20世纪初美国现实社会中的重要问题,如种族歧视、工人失业、越南战争、石油危机、嬉皮士运动、美国宇宙飞船登月成功和洛克比空难等。这使故事情节起伏曲折,趣味横生。朴实的叙述往往与抒情描写相结合,洋溢诙谐、讽刺和幽默的色彩。

像传统小说一样,"兔子"系列也注意主人公外貌特征的刻画。《兔子,跑吧》开篇介绍哈罗德年轻英俊,身高达六英尺三英寸。他为什么被称为"兔子"呢?小说写道:

"……他看上去那么高,一点也不像兔子的模样。但从他那宽阔的白面孔,眼睛中蓝色的瞳仁带有一点灰白来看,尤其是他嘴里叼着一支烟时,他鼻子下边的肌肉就会神经质地微微颤动。也许这些就是得到'兔子'外号的原因。"

这寥寥几笔生动地勾勒了哈罗德有趣的外貌。读者便跟着他走进复杂多变的艺术世界。系列小说围绕"兔子"与妻子珍妮丝的分分合合写了他四十年的生活变迁。从起先他劝妻子戒酒引起吵架到他离家出走;然后回家与妻子又过了十年,发现妻子有了外遇就动手揍了她,以后在妹妹的调解下两人和好;再过了十年,"兔子"发财了,长胖了,什么都满足了。可是石油价格暴涨又冲击了他的生活,使他对政府产生了信仰危机。他二十三岁的儿子将女友搞大了肚子,还扬言不想继续念大学了。这使他痛苦万分。这些平凡而真实的细节都写得丝丝入扣,实实在在,生活气息浓烈,令人感到亲切可信。

性描写贯串了"兔子"系列小说。作者想用性将人们联系起来,逃避社会造成的苦恼和压抑。其实不然,纵欲容易,怀孕和生小孩就不好办。乱伦破坏了家庭的和谐。小说写了"兔子"与妓女卢丝、嬉皮士姑娘吉尔乱搞,最后带儿媳妇普鲁私奔;他老婆也跟查理私通。男女关系极其混乱。小说许多地方写得太细太露,近乎色情描写,对读者的负面影响不小。

小说语言十分讲究,对话简洁朴实,字里行间幽默风趣。魅力非凡,字字珠玑,不少语句成了人们相互传诵的格言和警句,文采奇特,富有诗意,深受广大读者喜爱。

3) 意义和影响总览:

"兔子"系列小说被誉为"美国中产阶级风尚的经典性史诗"。2005年,它被评为美国最受欢迎的小说之一。它具有重要的现实意义和艺术价值,在美国国内外产生了深远的影响。

厄普代克喜欢以他家乡小镇为背景描写在时代风雨中普通人的家庭生活。他的众多小说往往以性爱和死亡为主题。他特别爱写美国中产阶级。他们生活中的遭遇和精神上的困扰。"我的题材,"他说,"是美国信仰新教的小镇中产阶级。我喜欢中产阶级。"他透过当代美国社会表面上的繁荣,抓住它精神危机的实质,表现他笔下小人物的坎坷经历和寻找生存出路的努力。他肯定了生活的积极意义。

"兔子"哈罗德就是厄普代克一个典型的中产阶级人物形象。他是个很普通的大学毕业生。他希望找个好工作,有个温暖的家。他发觉社会上处处是陷阱。妻子不听他劝告,不断酗酒,甚至溺死婴儿,他气愤地出走,而情妇卢丝拒他入室,他一度成了无家可归的流浪汉,心里空虚又苦恼。后来,他回家又跟妻子过了十年,发现妻子有外遇,他又搭上了吉尔。吉尔被大火烧死后,他又跟妻子妥协,最后发了财。由于心脏病突发而死。他的一生充满了坎坷、不幸、愚昧和荒唐。他成了一个可悲可笑的可怜虫,又是个荒诞社会的牺牲品。

不过,厄普代克对"兔子"哈罗德既有批评,又有同情。他在1981年第十期《星期六评论》杂志发表的《把性与忏悔编成一部美国史诗》一文中回答《纽约时报》记者时说,他觉得"钻进这个人物的内心世界是一件非常有趣的事。他与我年纪差不多,比我小一岁。他很有人性。这表明,他是个肉体冲动与精神幻想的结合体。这一点,他不仅与我相似,我认为也代表了许多其他人。"至于"兔子"这个人物的性格,他认为"他没有损人之心,也不愿吃大亏……他心肠比较硬,有时也显得迟钝和麻木。但他跟我一样,渴望学习,不仅从每个指导者学到许多东西,而且从整个时代受到教诲"。

"兔子"系列在描写"兔子"曲折的生涯中穿插了许多重大的社会事件,如越南战争、种族冲突、毒品交易、城市的乱伦,尤其是第一次载人宇宙飞行、黑人暴动等,画面逐步拉开,故事显得更真实了。第一、二部小说揭示:美国正在走向精神解体。各种社会矛盾的激化使民众的生存空间缩小了。主人公"兔子"不得不龟缩家中,与妻子言归于好。第三部里,70年代中叶,石油价格猛涨,经济恶化冲击了"兔子"舒适安定的生活,使他对政府产生了信仰危机。社会的动荡令"兔子"感到"世界在衰亡",心里很失望,精神沦丧,尽管他曾为美国宇航员登上月球兴奋过,为美国人而自豪;也曾为洛克比空难十分震惊。小说具体地描述了这些重大历史事件给普通民众造成的影响及其后果,从一个侧面反映了美国社会的动荡、家庭的分裂、性关系的混乱和精神上的危机。

从"兔子"悄然逃离家庭和社区到末了猝死在他一度风光的篮球场上,四十年的美国社会生活历历在目。汽车旅馆、快餐连锁店随处可见。可是,精神危机笼罩着一切。厄普代克往往用曲折的男女三角或多角关系的故事来展示主题。他描写"兔子"等人想以性刺激来逃避社会造成的压抑。哈罗德曾与多个妓女勾搭,最后与儿媳妇私奔。他的淫乱和荒唐甚至传给他的儿子尼尔森。尼尔森跟他一样,吸毒犯罪,乱搞女人,逃避社会责任。这恰好是六、七十年代美国社会的真实写照。作者想用性描写来恢复传统的道德观,以改变现实中那些不良的社会风尚。在他的笔下,一些混沌世界中的男女总想用纵欲来填补精神上的空虚,追求性刺激,结果造成人性的扭曲,社会的变态和文化的颓丧。

第三章
追求创新的新现实主义作家们

厄普代克是美国当代主流文学的最重要代表。他的长短篇小说中有不少珍品,显露了对社会现实的讽刺和批判。但他的思想比较复杂。他的作品里往往夹杂着存在主义、基督教教义和弗洛伊德心理分析论等思想。性描写有过多过滥之嫌。不过,他一直勤奋写作,密切关注现实生活,追求艺术风格的创新。在半个多世纪的文学生涯中,他为美国文学谱写了光辉的一章。

4) 文本名段点击①:

A. 兔子安格斯特罗姆年轻时是中学里的篮球选手。如今看见六个孩子在玩篮球很感兴趣:

Boys are playing basketball around a telephone pole with a backboard bolted to it. Legs, shouts. The scrape and snap of Keds on loose alley pebbles seems to catapult their voices high into the moist March air blue above the wires. Rabbit Angstrom, coming up the alley in a business suit, stops and watches, though he's twenty-six and six three. So tall, he seems an unlikely rabbit, but the breadth of white face, the pallor of his blue irises, and a nervous flutter under his brief nose as he stabs a cigarette into his mouth partially explain the nickname, which was given to him when he too was a boy. He stands there thinking, the kids keep coming, they keep crowding you up.

His standing there makes the real boys feel strange. Eyeballs slide. They're doing this for their own pleasure, not as a demonstration for some adult walking around town in a double-breasted cocoa suit. It seems funny to them, an adult walking up the alley at all. Where's his car? The cigarette makes it more sinister still. Is this one of those going to offer them cigarettes or money to go out in back of the ice plant with him? They've heard of such things but are not too frightened; there are six of them and one of him. (Rabbit Run, p.7)

B. 兔子外出跑了大半天,两手空空,不知往哪里跑? 明天会怎么样?

Afraid, really afraid, he remembers what once consoled him by seeming to make a hole where he looked through into underlying brightness, and lifts his eyes to the church window. It is, because of church poverty or the late summer nights or just carelessness, unlit, a dark circle in a stone façade.

---

① 下列引文选自 John Updike, *Rabbit*, *Run*, *Rabbit Redux*, *Rabbit Is Rich*, A Fawcett Crest Book, Fawcett Publications, Inc., 1960, 1971, 1981。

There is light, though, in the streetlights; muffled by trees their mingling cones retreat to the unseen end of Summer Street. Nearby, to his left, directly under one, the rough asphalt looks like dimpled snow. He decides to walk around the block, to clear his head and pick his path. Funny, how what makes you move is so simple and the field you must move in is so crowded. Goodness lies inside, there is nothing outside, those things he was trying to balance have no weight. He feels his inside as very real suddenly, a pure blank space in the middle of a dense net. I don't know, he kept telling Ruth; he doesn't know, what to do, where to go, what will happen, the thought that he doesn't know seems to make him infinitely small and impossible to capture. Its smallness fills him like a vastness. It's like when they heard you were great and put two men on you and no matter which way you turned you bumped into one of them and the only thing to do was pass. So you passed and the ball belonged to the others and your hands were empty and the men on you looked foolish because in effect there was nobody there.

Rabbit comes to the curb but instead of going to his right and around the block he steps down, with as big a feeling as if this little side-street is a wide river, and crosses. He wants to travel to the next patch of snow. Although this block of brick three-stories is just like the one he left, something in it makes him happy; the steps and window sills seem to twitch and shift in the corner of his eye, alive. This illusion trips him. His hands lift of their own and he feels the wind on his ears even before, his heels hitting heavily on the pavement at first but with an effortless gathering out of a kind of sweet panic growing lighter and quicker and quieter, he runs. Ah: runs. Runs. (Rabbit Run, p.255)

C. 兔子靠老丈人当上汽车推销员, 他富了:

Running out of gas, Rabbit Angstrom thinks as he stands behind the summer-dusty windows of the Springer Motors display room watching the traffic go by on Route 111, traffic somehow thin and scared compared to what it used to be. The fucking world is running out of gas. But they won't catch him, not yet, because there isn't a piece of junk on the road gets better mileage than his Toyotas, with lower service costs. Read *Consumer Reports*, April issue. That's all he has to tell the people when they come in. And come in they do, the people out there are getting frantic, they know the great American ride is ending. Gas lines at ninety-nine point nine cents a gallon and ninety per cent of the stations to be closed for the weekend. The governor of the Commonwealth of

Pennsylvania calling for five-dollar minimum sales to stop the panicky topping-up. And truckers who can't get diesel shooting at their own trucks, there was an incident right in Diamond County, along the Pottsville Pike. People are going wild, their dollars are going rotten, they shell out like there's no tomorrow. He tells them, when they buy a Toyota, they're turning their dollars into yen. And they believe them. A hundred twelve units new and used moved in the first five months of 1979, with eight Corollas, five Coronas including a Luxury Edition Wagon, and that Celica that Charlie said looked like a Pimpmobile unloaded in these first three weeks of June already, at an average gross mark-up of eight hundred dollars per sale. Rabbit is rich. (Rabbit Is Rich, p.1)

3. 其他重要作品链接

A. 长篇小说：

《贫民院义卖会》(The Poorhouse Fair, 1959)

《马人》(The Centaur, 1963)

《在牧场》(Of the Farm, 1965)

《夫妇们》(Couples, 1968)

《政变》(The Coup, 1978)

《伊斯特威克的女巫们》(The Witches of Eastwick, 1984)

《罗杰的说法》(Roger's Version, 1986)

《S》(S, 1988)

《回忆福特执政时期》(Memories of the Ford Administration, 1992)

《巴西》(Brazil, 1994)

《百合花之美》(In the Beauty of the Lilies, 1996)

《时间将尽》(Toward the End of the Time, 1997)

《贝奇在海湾》(Bech at Bay, 1998)

《格特鲁德和克劳迪斯》(Gertrude and Claudius, 1999)

《找回我的面子》(Seek My Face, 2002)

《恐怖主义者》(The Terrorists, 2006)

B. 中短篇小说集：

《同一个门》(The Same Door, 1959)

《鸽子的羽毛》(*Pigeon Feathers*, 1962)

《音乐学校》(*The Music School*, 1966)

《博物馆与女人》(*Museums and Women and Other Stories*, 1972)

《太远走不动》(*Too Far to Go: The Maples Stories*, 1979)

《问题》(*Problems*, 1979)

《相信我》(*Trust Me*, 1987)

《生命之后》(*The Afterlife and Other Stories*, 1994)

《记住兔子》(*Rabbit Remembered*, 2000)

《亨利·贝茨故事大全》(*The Complete Henry Bech: Twenty Stories*, 2001)

C. 诗歌:

《木匠的母鸡与其他驯服的家禽》(*The Carpentered Hen and Other Tame Creatures*, 1958)

《电话极点》(*Telephone Poles and Other Poems*, 1963)

《中间点》(*Midpoint and Other Poems*, 1969)

《诗七十首》(*Seventy Poems*, 1972)

《摇与转》(*Tossing and Turning*, 1977)

《面向自然》(*Facing Nature: Poems*, 1985)

《诗集》(*Collected Poems, 1953—1993*, 1993)

《美国志》(*Americana and Other Poems*, 2001)

D. 评论集:

《拾起杂物》(*Picked-Up Pieces*, 1975)

《紧靠着岸》(*Hugging the Shore: Essays and Criticism*, 1983)

《杂工》(*Odd Jobs: Essays and Criticism*, 1991)

《就看看吧》(*Just Looking*, 1989)

《高尔夫梦》(*Golf Dreams: Writings on Golf*, 1996)

E. 回忆录:

《自我意识》(*Self-Consciousness: Memoirs*, 1989)

4. 著作获奖信息

1982年《兔子富了》荣获普利策奖；

1982年《兔子富了》荣获美国国家图书奖；同时荣获全国书评界奖；

1991年《兔子歇了》荣获普利策奖。

第二节 乔伊斯·卡洛尔·欧茨与《他们》

1. 生平透视

乔伊斯·卡洛尔·欧茨(Joyce Carol Oates,1938—　)是美国最著名的一位多产的主流文学女作家,1938年6月16日生于纽约州北部的洛克波特镇。父母都是贫困的工人。父亲仅小学肄业,刻苦学习成了技师。幼年时,欧茨曾寄养于外祖父农场,生活清苦。她幸运地读完高中考入大学。1960年,她从锡拉丘兹大学毕业后转入威斯康星大学,获博士学位。后来,她去底特律大学和加拿大温莎大学讲授英美文学。1978年至今她在普林斯顿大学当教授。

1963年,欧茨推出第一部短篇小说集《北门旁》,受到评论界的关注。第二年,第一部长篇小说《伴着颤抖的秋天》问世,社会反响不错。她深受激励,加紧写作,接连出版了长篇小说三部曲:《人间乐园》(1967)、《爱花钱的人们》和《他们》(1969)。60年代成了她小说创作的巅峰时期。1970年《他们》荣获了美国国家图书奖。欧茨成了一位全国知名的女作家。

成名后,欧茨勤奋笔耕,每年都要推出一至两部新作,70年代有长篇小说《奇境》(1971)、《任你摆布》(1973)、《刺客们》(1975)和《黎明女神的儿子》(1978)以及短篇小说集《恋爱的回旋》(1970)、《婚姻与失节》(1972)、《女神与其他女人》(1973)和《饿鬼》(1974)等。这些作品受到广大读者的好评。

欧茨并没由此止步。她不断探索新的艺术技巧,形成自己的多样化风格。80年代，她出版了系列哥特小说，如短篇小说集《贝尔弗洛》(1980)、《布勒兹莫尔传奇》(1982)和《温特瑟恩的奥秘》(1984)等，拥有许多读者。

90年代至今，欧茨又致力于长篇小说创作，接连问世的有：《黑水》(1992)、《孤火：一个少女帮的自白》(1993)、《我为什么活着？》(1994)、《僵尸》(1995)、《疯男人》(1997)、《敞开心扉》(1998)、《野兽》(2002)、《被偷的心》(2005)、《想念妈妈》(2005)、《瀑布》(2005)、《血色面具》(2006)、《掘墓人的女儿》(2007)和《黑姑娘，白姑娘》(2007)等。

目前，欧茨创作精力旺盛，虽已年过七旬，宝刀未老，仍在孜孜不倦地写小说。她曾在温莎大学和底特律大学等校任教。1978年以来，她成了普林斯顿大学著名的罗杰·S.柏宁人文学科教授。

2. 代表作扫描

像厄普代克一样，欧茨是一位出色的美国主流文学女作家，享誉欧美各国。她工于长短篇小说，著作等身。至今她已出版了四十多部中长篇小说和二百多篇短篇小说。内容丰富多彩，形式多种多样。她善于从不同的视角展示美国社会的暴力与爱情的主题，揭露富人们的贪婪自私、冷酷无情和道德堕落。

在欧茨的长篇小说中，比较受欢迎的是《人间乐园》、《他们》和《奇境》。《人间乐园》描写女主人公克拉拉与劳里的私生子史蒂文的生活经历。克拉拉是农业工人卡尔顿的女儿。幼年飘泊流浪，母亲早逝。她随父亲及其情妇南希去新泽西州果园当工人。长大后她有个私生子史蒂文，又叫斯旺。克拉拉后来成了地主老头维尔的继室。维尔与前妻生的三个儿子有的死了，有的出走。史蒂文成了继父的唯一财产继承人。他富裕了，但精神空虚，与有夫之妇勾搭成奸，痛恨母亲的不贞，也痛恨继父无赖。他竟持枪入屋，射杀了继父，然后对准自己的脑门开枪自杀，在死亡中求得安慰。

《奇境》以纽约州为背景，描写1939年一次轰动全国的"四重杀与自杀案"。威拉德·哈特经营的加油站在30年代大萧条危机的冲击下破产了。他走投无路，铤而走险。在圣诞节前一天，他丧尽天良地枪杀了怀孕的妻子和三个儿女后自杀。十四岁的儿子杰西·哈特侥幸逃脱。他先后在外祖父的农场待了几年，又去过姨父家，后来成了名医彼德森的养子，改名杰西·彼德森。养父母经常吵架,他离开他们进了密执安大学念医学。他努力学习,成绩优异。毕业后,他结婚成家。经过几年的努力,他成为著名的脑外科医师。后来,他又意外地得到外祖父六十万美元遗产,过着幸福的生活。小说以生动的细节表现了克拉拉30年代的生活悲剧和60年代她儿子斯旺经过个人奋斗致富的经历。小说的意义在于深刻地揭示两代人由于思想上的隔阂和偏见造成了精神痛苦。它真实地反映了美国社会的变态,文明的沦丧以及人际关系的冷漠和青年人的困惑。

相比之下,《他们》"主要是以'莫琳'的大量回忆为基础写成的。"诚如欧茨所说的,"这是以小说形式出现的一部历史,换句话说,它是一种以个人的想象产生的唯一的历史"。从小说的思想深度和艺术风格来说,《他们》比《人间乐园》和《奇境》要突出得多。它成了学界公认的欧茨最优秀的代表作。

1) 故事和人物盘点:

《他们》(Them)故事背景发生在30年代大萧条时期,延伸至1967年黑人暴动事件。地点在底特律市。写的是洛雷塔·温德尔一家的遭遇。女主人公毛琳出生前,祖父失业,终日酗酒,精神压抑。她母亲洛雷塔与男青年伯尼相爱,她舅舅持枪杀了那个青年。洛雷塔遭巡警霍华德·温德尔强暴,不得不与他结婚。二次大战中,霍华德参军去打仗。洛雷塔生活贫困,只好带着三个小孩去街头卖淫。战后,霍华德退伍回家,去汽车厂当工人。不久,他失业了,在一次事故中死去。洛雷塔改嫁给的士司机弗朗斯基德。两人为大女儿毛琳的事闹翻了。弗朗斯基德弃家出逃,洛雷塔靠社会救济维持生计。

毛琳与哥哥朱尔斯关系不错。毛琳聪明文静,常遭继父弗朗斯基德毒打,不得不逃出家门,沦为马路娼妓。后来,朱尔斯救了她,送她进夜校念书。在学校里,她爱上她的老师,使他离婚娶了她。她成了一个称心如意的家庭主妇,不想再见到她母亲和其他教友。朱尔斯1967年6月参加了"新左派"青年的底特律大暴动,开枪杀了一名警察,到处宣传革命的暴动,提倡用暴力改变穷人的艰辛。他爱上富家小姐娜旦。她爱得疯狂,竟想用手枪杀死朱尔斯后自杀。幸亏她的阴谋没有得逞。末了,朱尔斯恋恋不舍地告别了妹妹毛琳,到洛杉矶开展革命去了。

小说女主人公毛琳从小生活在贫困中,曾随她母亲洛雷塔流落街头。后来,她又经常挨继父毒打,离家出走沦为妓女。她年轻漂亮,聪明好学,性格刚强。终于在哥哥朱尔斯的帮助下入夜校读书,与她老师建立了幸福的家庭。她为个人的生存和幸福不断打拼,最后有了圆满的结局。但她没有与衰老的母亲洛雷塔言归于好。

2) 风格和语言聚焦:

《他们》体现了欧茨多样化的独特风格。她十分重视欧美19世纪批判现实主义传统,又汲取英国小说家 D·H·劳伦斯的现代主义艺术手法,形成自己新颖的风格。

《他们》以独特的视角生动地描绘了30年代大萧条时期至60年代美国社会生活的广阔图景。它通过女主人公毛琳和她母亲洛雷塔两代人的不幸经历揭示了暴力和颓废对下层民众的冲击和腐蚀。人物形象丰满,细节描写真实生动,富有浓烈的生活气息。许多精彩的细节闪烁着现实主义的光芒。

与此同时,欧茨巧妙地运用现代主义的意识流手法来展示人物复杂的内心世界,显露他们喜怒哀乐的丰富感情,尤其是抹不掉的危机感和精神痛苦。不仅如此,小说的情节由几个不同的剪贴组成,艺术结构不同于一般的现实主义小说。它增加了故事的起伏和变化,更引人入胜。

小说语言朴实流畅,简洁生动,没有华丽的形容词,着重描述人物的言行,非常言简意赅,干净利索。对话很口语化,符合人物的个性。字里行间夹杂着许多新奇的比喻,增加了叙述的生动性。

不过,小说有些地方过分渲染了人物的变态心理,流露了自然主义的倾向。

欧茨坚持写作,不断探索。近几年来,他将现实主义与超现实主义相结合,增加了小说中象征主义和神话色彩,受到许多读者的好评。

3) 意义和影响总览:

欧茨在《他们》的前言里引用了韦伯斯特的诗《白色的魔鬼》中的一句话:"因为我们穷,我们就去干坏事?"这成了小说的基调。在小说扉页上还引用欧茨的话:"我所关心的只有一件事:我们这代人的道德和社会环境。"可见,道德和环境成了这部小说的基本内容。它具有重要的现实意义和艺术价值。

30年代大萧条时期,经济危机造成了社会的动荡。社会的动荡冲击着下层民众,造成大批职工失业,生活困难,家庭解体,男女关系混乱,道德沦丧,文化衰落。人们不知道明天会怎么样？洛雷塔一家的不幸遭遇就是当时美国社会的真实写照。

在道德问题上，小说特别关注妇女的悲惨命运。女主人公毛琳的母亲洛雷塔青春年华时爱上青年伯尼，她舅舅竟横加干涉她的自由恋爱，持枪杀了伯尼。后来，警察霍华德强暴了她，逼她嫁给他。霍华德去打仗，她无依无靠，带了三个小孩流落街头，靠当妓女维持生活。霍华德出事故死去后，她改嫁司机弗朗斯基德，不久遭他抛弃，只好靠社会救济度日。毛琳从小在家里受冷遇。她的继父弗朗斯基德常常无故毒打她，逼得她走投无路，未成年就沦为妓女，幸亏她哥哥朱尔斯救了她，才使她脱离了苦海。毛琳和她母亲两代妇女都遭到同样的不幸。这是为什么？很值得深思。这个社会怎么了？传统的爱情、亲情和友情哪里去了？

问题就在于社会环境。它给人们造成了生活困境和精神压抑。一切向钱看的风尚腐蚀了一般民众。爱情成了商品，亲情淡薄了，友情丧失了。有钱人贪婪自私，冷酷无情，追求个人的私利和享乐。在社会最下层的妇女受欺压最厉害。欧茨深切地同情她们，为她们的痛苦遭遇鸣不平。她的呼吁引起了广大读者的共鸣。

60年代是美国的多事之秋。经历了二次大战后的重建时期，生产恢复和发展了。民众的生活水准有所提高。洛雷德家里添了冰箱和小汽车，生活比30年代好多了。但是经历了冷战和麦卡锡主义恐怖后，美国社会又出现了新的动荡。家庭关系名存实亡，十六岁的少女毛琳又沦为街头女郎，靠卖淫度日。她继父弗朗斯基德那么凶狠。还好有哥哥朱尔斯出手相助，她才回归正常人的生活。她哥哥投奔革命，宣传用暴力改变现状，但心里老想着娶个富家小姐，做大生意发大财。可见，人们心里还是充满了疑虑和不安，看不到未来的前途。欧茨赞颂毛琳与哥哥没有泯灭的亲情，表明她对明天的生活还是有信心的。亲情和友谊能催人奋进，给人温暖。欧茨在小说最后精彩的一笔寄托着她对新一代美国青年的希望。难怪《他们》受到那么多青年读者欢迎，影响遍及世界各个角落。

欧茨又是个优秀的短篇小说家。她的短篇小说曾有二十二次入选欧·亨利奖获奖小说选集。她的短篇小说内容丰富多彩，涉及美国社会的方方面面。艺术上总是多色调的。她以美国社会暴力与爱为主题，展示了她笔下人物的各种奇特的故事。她的短篇小说常常入选美国各种文选,如《你上哪儿去?你到过哪儿?》特别受人喜爱。小说揭示康尼一家困扰的感情生活,令读者们深深地反思。她善于巧妙地描述人物的心理怎样跨越梦想与现实、自我与他人之间的界限。她爱写她最熟悉的生活,揭示物质上的富裕如何造成精神上的危机和道德上的沉沦。她说她"喜欢伟大的作家如亨利·詹姆斯、海明威和福克纳……我经常阅读艾米莉·狄更生、梭罗和詹姆斯的作品。我是个现实主义者,和现实主义传统更亲近"。她不断探索新路子,使她的风格更加多样化。她成了美国最负盛名的一位主流文学女作家。

4) 文本名段点击①:

A. 毛琳的母亲洛雷塔出身穷苦,好不容易在干洗店找到工作,对未来充满希望:

One warm evening in Augest 1937 a girl in love stood before a mirror.

Her name was Loretta. It was her reflection in the mirror she loved, and out of this dreamy, pleasing love there arose a sense of excitement that was restless and blind—which way would it move, what would happen? Her name was Loretta; she was pleased with that name too, though Loretta Botsford pleased her less. Her last name dragged down on her, it had no melody. She stood squinting into the plastic-rimmed mirror on her bureau, trying to get the best of the light, seeing inside her rather high-colored, healthy, ordinary prettiness a hint of something daring and dangerous. Looking into the mirror was like looking into the future; everything was there, waiting. It was not just that face she loved. She loved other things. During the week she worked at Ajax Laundry and Dry Cleaners, and she was very lucky to have that job, and during the week the steamy, rushed languor of her work built up in her a sense of excitement. What was going to happen? Today was Saturday. (p.9)

B. 母亲洛雷塔曾谈到有孩子和做母亲的感觉。这一席话令毛琳想起了许多事情:

Is she real? Maureen wondered suddenly. *Is any of this real?* She remembered hearing her mother talk once about being a mother, about having children. Loretta had

---

① 下列引文选自 Joyce Carol Oates, *Them*, A Fawcett Crest Book, Fawcett Publications, Inc., 1969。

said that it was strange to be a mother because if the kids weren't in the room with you—were they really around? Did you really have them? And maybe the main kid you were supposed to have, the important one, was someone you never got around to having—what then? Loretta had spoken slowly and seriously. She'd been talking to Connie, across Grandma Wendall's body. And Maureen, half listening, had been struck by something pathetic and frightening in her mother's voice. *If the kids weren't in the room with you, did you really have them?* And she herslef, Loretta's daughter, could not have said what the answer was.

Maybe the book with her money in it, and the money so greedily saved, and the idea of the money, maybe these things weren't real either. What would happen if everything broke into pieces? It was queer how you felt, instinctively, that a certain space of time was real and not a dream, and you gave your life to it, all your energy and faith, believing it to be real. But how could you tell what would last and what wouldn't? How could you get hold of something that wouldn't end? Marriages ended. Love ended. Money could be stolen, found out and taken, Furlong himself might find it, or it might disappear by itself, like that secretary's notebook. Such things happened. Objects disappeared, slipped through cracks, devoured, kicked aside, knocked under the bed or into the trash, lost. Nothing lasted for long. Maureen thought of earthquakes opening the earth in violent rifts, swallowing city blocks, churches, railroad tracks. She thought of fires, of bulldozers leveling trees and buildings. Why not? While she had lain with that man, only a short time before, it had come to her helplessly that she was there, not out on the avenue, she was in bed with a man and not in a car traveling somewhere. It was her fate to be Maureen; that was that. (p.197)

C. 末了，哥哥朱尔斯与妹妹毛琳亲切话别。他想去加州参加革命活动：

"A Communist! So what? I don't know what a Communist is!" Jules laughed. "I'm not anything. I'm just trying to get along. My boss, Mort, Dr. Piercy, is relly crazy, he's out of his mind. Some black kids beat him up last Tuesday—he was out with a police patrol and asking questions, and the police wouldn't do a thing to stop it. The funniest thing, *funny* ... his glasses got broken for the second time, and he only got the job because the head of the committee had a nervous breakdown. He got me on the committee because he likes me. He has a certain idea about me, about my life. He say he'd like to write my life up, as a case history, but I said *What the hell?* Everything that happened to me before this is nothing—it doesn't exist! —my life is only beginning now. So I'm on my way to California and I don't mean to upset you, I just came over to say good-by. I understand that you might not want your husband to meet me, though really, kid, I'm not as bad as some of our family."

"Jules, I didn't mean that!" Maureen said. "You're a wonderful man, you were a wonderful brother to me, and I love you. I will always remember you—taking care of me, your letters when I was sick, all of that, what we had to live through together, but ... but I want it over with, I'm through with it, all I have to remember of it is nightmares once in a while. I can take that, bad dreams. If that's the worst it is I can take it."

"I understand." (p.477)

3. 其他重要作品链接

A. 长篇小说：

《伴着颤抖的秋天》(*With Shuddering Fall*, 1964)

《人间乐园》(*A Garden of Earthly Delights*, 1967)

《爱花钱的人们》(*Expensive People*, 1968)

《奇境》(*Wonderland*, 1971)

《听你摆布》(*Do with Me What You Will*, 1973)

《贝尔弗洛》(*Bellefleur*, 1980)

《布勒兹莫尔传奇》(*A Bloodsmoor Romance*, 1982)

《温特瑟恩的奥秘》(*Mysteries of Winterthurn*, 1984)

《你必须记住这个》(*You Must Remember This*, 1987)

《我对自己锁上门》(*I Lock the Door upon Myself*, 1990)

《黑水》(*Black Water*, 1992)

《狐火：一个少女帮的自白》(*Foxfire: Confessions of a Girl Gang*, 1993)

《我为什么活着？》(*What I Lived For*, 1994)

《僵尸》(*Zombie*, 1995)

《疯男人》(*Man Crazy*, 1997)

《敞开心扉》(*My Heart Laid Bare*, 1998)

《金发碧眼的女人》(*Blonde*, 2000)

《中世纪传奇》(*Middle Age: A Romance*, 2001)

《瀑布》(*The Falls*, 2004)

《想念妈妈》(*Missing Mom*, 2005)

《血色面具》(*Blood Mask*, 2006)

《掘墓人的女儿》(*The Gravedigger's Daughter*, 2007)

《黑姑娘,白姑娘》(*Black Girl/White Girl*, 2007)

《我的妹妹,我的爱》(*My Sister, My Love*, 2008)

《天上小鸟》(*Little Bird of Heaven*, 2009)

《美丽少女》(*A Fair Maiden*, 2010)

《泥巴女》(*Mud Woman*, 2012)

《我忘了告诉你的两、三件事》(*Two or Three Things I Forgot to Tell You*, 2012)

《迦太基》(*Carthage*, 2013)

《父爱》(*Daddy Love*, 2013)

《被诅咒的人》(*The Accursed*, 2013)

B. 短篇小说集:

《北门旁》(*By the North Gate*, 1963)

《在扫荡洪水上》(*Upon the Sweeping Flood*, 1966)

《饿鬼》(*The Hungry Ghosts*, 1974)

《毒吻》(*The Poisoned Kiss*, 1975)

《诱奸》(*The Seduction and Other Stories*, 1975)

《越过边界》(*Crossing the Border*, 1976)

《情感教育》(*A Sentimental Education*, 1980)

《荒野之夜》(*Wild Nights*, 1985)

《乌鸦的翅膀》(*Raven's Wing*, 1986)

《荒诞故事集》(*Haunted: Tales of Grotesque*, 1994)

《鬼的故事》(*Demon and Other Tales*, 1996)

《收集心灵的人》(*The Collector of Hearts: New Tales of the Grotesque*, 1998)

《没信心:越界故事集》(Faithless: Tales of Transgression, 2001)

C. 诗集:

《恋爱中的女人们》(Women in Love, 1968)

《天使之火》(Angel Fire, 1973)

《梦幻美国》(Dreaming America, 1973)

《看不见的女人们:1970—1982新诗选》(Invisible Women: New and Selected Poems 1970—1982, 1982)

《时间旅行者》(The Time Traveler, 1989)

D. 文学评论集:

《不可能的界线:文学的悲剧形式》(The Edge of Impossibility: Tragic Forms in Literature, 1972)

《不友善的太阳:D.H.劳伦斯的诗歌》(The Hostile Sun: The Poetry of D.H.Lawrence, 1973)

《新的天空,新的大地》(New Heaven, New Earth: The Visionary Experience in Literature, 1974)

《对立面》(Contraries, 1981)

《世俗的艺术》(The Profane Art: Essays and Reviews, 1982)

《女作家:机遇与机会》(Women Writers: Occasions and Oppotunities, 1988)

《我到过的地方和我将去的地方》(Where I've Been and Where I'm Going: Essays, Reviews and Prose, 1999)

4. 著作获奖信息

1967年短篇小说《在冰山里》获欧·亨利小说奖;

1970年《他们》荣获美国国家图书奖;

1970年荣获欧·亨利持续成就特别奖;

1993年荣获菲兹杰拉德美国文学终身成就奖;

1996年荣获美国笔会/马拉默德短篇小说终身成就奖;

2007年荣获美国人本主义协会颁发的2007年度人本主义者奖;

2010年荣获美国国家人文科学奖章;

2012年获得全美笔会中心颁发的2012年度终身成就奖。

第四章 与时俱进的犹太作家们

第一节 菲利普·罗思与《美国牧歌》

1. 生平透视

菲利普·罗思(Philip Roth, 1933—)是个拥有大量粉丝的美国犹太作家,1933年3月19日生于新泽西州纽瓦克。祖父母是来自奥匈帝国的犹太移民。父母亲是在美国出生的。他从小生活在犹太人社区一个小康家庭。那个叫威魁希克的地方后来成了他多部小说的背景。1954年,他从布克纳尔大学本科毕业后升入芝加哥大学念研究生,获硕士学位。后来,他去衣阿华大学和普林斯顿大学教英文写作;也到宾夕法尼亚大学讲授比较文学。1958年以来,他靠写作为生。1992年离开教职退休,全力从事创作。

1959年,罗思出版了中短篇小说集《再见,哥伦布》后一炮打响,一举成名,第二年荣获美国国家图书奖。有人指责他塑造了个直言不讳的犹太人形象。罗思回答说,他并不只想当个犹太作家。他最关注的是写小说。后来,他相继发表了《放任》(1962)和《她是个好女人》(1967)。小说主人公仍照常爱评论社会现实,引起读者们的兴趣。

1969年,长篇小说《波特诺的抱怨》问世,标志着罗思文学生涯的新转折。他的小说逐渐从现实主义转向超现实主义。亚历山大·波特诺用不连贯的内心独白展示竭力抵制犹太家庭的限制和束缚,拒不接受母亲的管教。他感到不知所措,靠手淫和纵欲混日子。《我们这一帮》(1971)讽刺尼克松政府的腐败政治,笔锋尖刻。《伟大的美国小说》(1973)以喜剧手法描述棒球运动中美国文明走向庸俗和平凡。《乳房》(1972)写一个犹太教授人到中年,忧于性欲无法自拔,一夜之间变成一只女人的大乳房,重达一百五十磅。变形十五个月后,他用大乳尖向妙龄女友诉说自己突变的历程。故事极其荒诞,明显受了卡夫卡《变形记》的影响。1977年推出《乳房》的姐妹篇《情欲的教授》,描述同一个主人公变形前内心的种种矛盾和痛苦以及陷入纵欲的困境。这些小说有一定讽刺意义,但色情描写太露,曾受一些报刊的批评,也得到一些评论家的赞扬。

从长篇小说《我作为男人的一生》(1974)开始,罗思第一次刻画了一个人物名叫纳散·朱克曼,继而分析个人经历对小说家的重要性,揭示了一个教授家庭破裂后的内心痛苦和彷徨,只得从创作中寻求一点安慰。此后,朱克曼成罗思三部曲里的主人公:《鬼作家》(1979)、《解放了的朱克曼》(1981)和《解剖学课》(1983)。又成了一篇中篇小说里的主人公:《被束缚的朱克曼》(1985)里的《布拉格狂欢》。

朱克曼的形象在罗思另一部长篇小说《生活逆流》(1987)里又出现了。它写的是主人公朱克曼在美国、以色列、瑞士和英国的不平凡经历,最后,朱克曼死了。1988年,罗思推出了《事实:一个小说家的自传》,书中包括一个作家的回忆录和一篇论小说与生活、幻想和现实的论文。有趣的是罗思让朱克曼复活了。朱克曼是来与他的形象塑造者交换意见的。书中有许多描述是作者罗思的亲身经历。他刻意将事实与虚构相结合,使它成了一部跨体裁的后现代派小说。

90年代以来,罗思的创作力更加旺盛。他的"自我"朱克曼有了很大的发展,从一个青年作家变成一个与社会妥协、心理困扰的文学名人。他的作品更加成了自我反思的元小说。他自己的形象直接走进小说《欺骗》(1990),成了小说人物中重要成员。他在伦敦街头与几个女人精彩地谈论爱情问题。回忆录《祖传的家产》(1991)使他又一次获得全国书评界奖。长篇小说《夏洛克在行动》(1993)里同时出现两个菲利普·罗思。小说家菲利普·罗思在以色列首都耶路撒冷见到一位自称菲利普·罗思的以色列广告商。两个罗思意见相左,引发争论。作者想以此探讨一个人的双重性格。

1995年问世的《萨巴思的剧院》使罗思第二次荣获美国国家图书奖。罗思深受鼓舞,继续精心创作。1997年,他又推出《美国牧歌》,使他荣获1998年普利策奖。他的奖励接踵而来:《人性的污点》(2000)获得2001年笔会/福克纳奖。2002年,罗思荣获美国文学艺术院颁发的金质奖章。2005年,他的长篇小说《反美阴谋》(2004)荣获美国历史学家学会的优秀历史小说奖。另一部小说《凡人》(2006)荣获笔会/纳博科夫奖。2007年,罗思的长篇小说《离去的鬼魂》又与读者见面。他的作品打上了"美国图书馆版本"的标志。他是获此殊荣的唯一活着的美国作家。

菲利普·罗思在美国国内外拥有大批粉丝。2006年,《纽约时报书评》评选二十五年来美国最佳小说共二十二部,罗思一人独占六部,其中《美国牧歌》居第五位。罗思成了一位具有国际声誉的美国作家。至去年他宣布封笔为止,他已出版三十一部作品,其中有二十多部长篇小说、众多的短篇小说、两部回忆录和两部文学评论集。他说:"我把一生都献给了小说,读小说,写小说,教小说。我已经将拥有的天赋发挥到了极致。"他被称为影响最大、争论最多的一位杰出的后现代派犹太小说家。

2. 代表作扫描

在罗思已发表的二十多部长篇小说中,90年代问世的几部更受重视,特别是《萨巴思的剧院》和"美国历史三部曲":《美国牧歌》、《我嫁给一个共产党人》和《人性的污点》。《萨巴思的剧院》写的是一个年老的木偶艺人的坎坷故事。他忧于肉欲无法自拔,成了一个与多名女人私通的"修道士"。他的弟弟莫蒂在二次大战中被日本人杀害。他母亲闻讯后悲痛欲绝。萨巴思第一个妻子尼基几十年前消失了。他相信是他害死了她。第二个妻子是个酒鬼。一度支持他办剧院的一位纽约朋友劝他离开了这个妻子。他曾回老家新泽西州岸边小镇,祭拜弟弟莫蒂的亡灵,也为自己买了一片墓地。他也曾梦幻般疯狂地开车去纽约参加他朋友的葬礼,在地铁里扮演李尔王,脱掉从他主人女儿抽屉里偷来的内裤,唱了一首自杀赞歌……小说虽获得美国国家图书奖,但书中的色情描写令学界不敢恭维。

"美国历史三部曲"具有不同历史时期浓烈的历史色彩。三部长篇小说分别涵盖了反对越南战争的抗议运动和水门事件、二次大战后的反共调查活动和无线电世界的变迁以及近几十年来的种族歧视和性别冲突。三部曲的主线是通过纳散·朱克曼串联起来的。他患了胰腺癌手术后失去了对性欲的冲动,住在阿瑟娜学院附近一栋房子里,过着修道士式的生活,终日看书写作,充当那些人物的作家和艺术家。他描写每个人怎样与环境搏斗,其结果是壮烈的,也是悲剧的。这三部小说虽不如罗思以前的小说那么幽默,但体现他非凡的智慧,现实主义成分增加了,艺术手法更成熟了。因此,学界将"美国历史三部曲"视为罗思的优秀代表作。

下面,我们选择三部曲中的第一部《美国牧歌》来进行评析。

1) 故事和人物盘点:

《美国牧歌》(American Pastoral)由"记忆中的乐园"、"坠落"和"失乐园"三部分组成,有点像英国诗人弥尔顿的三部诗作的分类。主人公西莫尔·欧文·列伏夫,大家叫他斯威德。他是个异想天开的高中运动员、犹太人。他娶了天主教徒、美女玛丽·多恩。他和父亲在纽瓦克办了一个手套厂,并在家乡建了一栋漂亮的房子。在他看来,那房子周围美丽的田园风景象征着历史和物质的成功。它成了他美国梦的一部分。他幻想与玛丽的婚姻将成为他另一个美国牧歌梦,过着美满如意的生活。

可是,事与愿违。玛丽竟在那美丽的房子里与比尔私通。他们的女儿默莉十六岁时成了一名反对越南战争的炸弹手。斯威德的田园梦完全破灭了。他原以为二次大战后,美国年轻一代会消除旧偏见和不满,各族裔人民过着和谐的生活。默莉的言行证明,他的牧歌梦不过是一种幻想。

默莉原来是个宠物医院的护士。为了抗议越南战争,她参与炸毁了当地邮局,使一名路人死亡。后来,她加入一个极端教派,变成一个恐怖主义者,离家出走。最后,斯威德在纽瓦克断墙旁一间丑陋的房间里找到了她。斯威德发觉自己精神上受到种种困扰,真是莫大的悲哀和可笑。世界并不是一座乐园。他所企求的美国式牧歌梦不过是南柯一梦。

2) 风格和语言聚焦:

《美国牧歌》将历史、现实和想象相结合,采用元小说的形式,将笑声与痛苦、滑稽与严肃事件熔于一炉,嘲讽人们对美国梦的奢想而无视它的衰败。小说形成了独特的风格,在戏仿与滑稽中展露悲伤,显示了沉重而奇特的艺术魅力。

小说开头展示一幕热烈而欢快的气氛。故事叙述者朱克曼与主人公斯威德是纽瓦克同一所高中的校友。他们一起重返母校团聚。如今他们经过几十年拼搏,事业有成。他们回想过去,有的是运动员,有的是新泽西州的美女,也有的是局外人,心里乐滋滋的。他们尽情歌唱,翩翩起舞,陶醉在1946年的浪漫生活气氛中……接着,小说描述主人公斯威德的牧歌梦、他从他父亲继承的手套厂和他漂亮的石头房子。开场像乐园般的狂欢与后来发生的玛丽的婚外情、女儿默莉沦为恐怖主义者成了鲜明的对照。妻女的坠落使斯威德的美国梦破灭了。

小说第三部分发生在尼克松总统的水门事件前后。本来这是个悲剧性事件,作者则选择在斯威德的家庭宴会上宾客议论水门事件,以这种轻松的气氛来表现水门事件在民众身上的困惑,给严肃的政治事件披上喜剧的色彩。

不仅如此,小说里还有不少生动的细节描写与心理刻画相结合,展示了人物的复杂心态和社会的歪风。作者详细描述了斯威德和他父亲、祖父三代人艰苦创办手套厂的历程,也详述了手套生产的全过程。犹太人很会吃苦耐劳。他们三代人苦苦打拼,一心想将犹太人身份融入主流社会,追求实现美国梦。但现实给了他们无情的一巴掌。玛丽年轻时参加全美选美竞赛。许多竞争者巴结和贿赂评委,想靠关系胜出。这些细节写得丝丝入扣,细致生动,给人留下深刻的印象。

在小说语言方面,罗思注重简洁平易,通俗易懂,比较口语化。叙述沉着、流畅,爱用反问,人物自问自答,以避免平铺直叙的单调乏味。叙述语气多变化,充满嘲讽、幽默和滑稽,细致展示人物的意识流活动,时而指责、时而哀婉、时而抒情、时而讽刺。小说将现实主义因素注入跨体裁的元小说中,获得了感人的艺术效果。

3) 意义和影响总览:

《美国牧歌》以生动而真实的画面反映了上世纪60年代越南战争期间美国社会的变态,民众的失望和道德的沦丧。它是罗思长篇小说中直接面对美国社会现实的一部好作品。因此,它具有重要意义,在美国国内外产生了重要影响。

牧歌,按照一般的理解,是天真的牧童在绿色草原上赶着羊群,自由自在的生活图景。罗思以此联系小说主人公斯威德想入非非的美国梦。他们祖孙三代勤奋打拼,办起了手套厂,盖起了石头房子,从流散的犹太移民变成富裕的中产阶级。但是越南战争扭曲了美国社会。反战运动造成了他女儿的反叛性格。她甚至走上恐怖主义的邪路,断送了她家族三代人的奋斗成果。青年一代在动荡社会中无所适从。拜金主义和性关系混乱令他妻子不忠,家庭处于名存实亡状态。种族歧视让他低声下气,处于卑微的地位。南方三K党猖獗,共和党与民主党竞争激烈,犹太人没人关注。他一心追求的美国梦破碎了。他不得不承认:在强大的社会潮流冲击下,他是无能为力的……

小说比较真实地反映了一个犹太人家庭在多事之秋的美国60年代的生存危机和精神困扰。它体现了罗思创作的新起点。

罗思在七十多年的创作生涯中经历了不同的变化。他坚持不懈地创作长短篇小说,成了一位引人瞩目的多产作家。他在小说中描绘了犹太人的坎坷经历,表现了不同历史阶段美国的社会风貌。他特别重视一些来自欧洲的犹人移民打拼发财后,染上损人利己的市侩作风,沉迷于肉欲,追求享乐,精神空虚,道德沦丧等弊病。他生动地揭示他们复杂的内心冲突和抹不掉的精神苦恼,无情地批评他们丧失犹太人的美德,背离了犹太人的优秀传统,实质上也批评了美国白人中产阶级和不良的社会风尚。在艺术手法上,他博采众长,与时俱进。他汲取现实主义、超现实主义、现代主义和后现代主义小说艺术,形成自己独特的风格。90年代以来,罗思将事实与虚构、小说与非小说巧妙地结合起来,丰富和发展了后现代派小说手法。不过,跟马拉默德、贝娄和辛格三位著名犹太作家相比,罗思的小说思想深度显得不够,对性变态的描写太露。作品中后现代派的成分多于现实主义因素。尽管如此,他为美国犹太文学作出了重大的贡献。

4) 文本名段点击[①]:

A. 朱克曼回忆高中时代的同学斯威德是运动场上的高手,犹太学生中的佼佼者:

THE SWEDE. During the war years, when I was still a grade school boy, this was a magical name in our Newark neighborhood, even to adults just a generation removed from the city's old Prince Street ghetto and not yet so flawlessly Americanized as to be bowled over by the prowess of a high school athlete. The name was magical; so was the

---

[①] 下列引文选自 Philip Roth, *American Pastoral*, Vintage Books, A Division of Random House, INC., 1997。

anomalous face. Of the few fair-complexioned Jewish students in our preponderantly Jewish public high school, none possessed anything remotely like the steep-jawed, insentient Viking mask of this blue-eyed blond born into our tribe as Seymour Irving Levov.

The Swede starred as end in football, center in basketball, and first baseman in baseball. Only the basketball team was ever any good—twice winning the city championship while he was its leading scorer—but as long as the Swede excelled, the fate of our sports teams didn't matter much to a student body whose elders, largely undereducated and overburdened, venerated academic achievement above all else. Physical aggression, even camouflaged by athletic uniforms and official rules and intended to do no harm to Jews, was not a traditional source of pleasure in our community—advanced degrees were. Nonetheless, through the Swede, the neighborhood entered into a fantasy about itself and about the world, the fantasy of sports fans everywhere. (p.3)

B. 玛丽·多恩在医院里诉说拒绝参加全国选美竞赛的经过：

That first time she was in the hospital, he simply listened and nodded, and strange as it was to hear her going angrily on about an adventure that at the time he was certain she couldn't have enjoyed more, he sometimes wondered if it wasn't better for her to identify what had happened to her in 1949, not what had happened to her in 1968, as the problem at hand. "All through high school people were telling me, 'You should be Miss America.' I thought it was ridiculous. Based on what should I be Miss America? I was a clerk in a dry-goods store after school and in the summer, and people would come up to my cash register and say, 'You should be Miss America.' I couldn't stand it. I couldn't stand when people said I should do things because of the way that I looked. But when I got a call from the Union County pageant to come to that tea, what could I do? I was a baby. I thought this was a way for me to kick in a little money so my father wouldn't have to work so hard. So I filled out the application and I went, and after all the other girls left, that woman put her arm around me and she told all her neighbors, 'I want you to know that you've just spent the afternoon with the next Miss America.' I thought, 'This is all so silly. Why do people keep saying these things to me? I don't want to be doing this.' And when I won Miss Union County, people were already saying to me, 'We'll see you in Atlantic City'—people who know what they're talking about saying I'm going to win this thing, so how could I back out? I couldn't. The whole front page of the *Elizabeth Journal* was about me winning Miss Union County. I was mortified. I *was*. I thought somehow I could keep it all a secret and just win the money. I was a *baby*! I was sure *at least* I wasn't going to win Miss New Jersey, I was *positive*. I looked around and there was this sea of good-looking girls and they all knew what to do, and I didn't know anything. They knew how to use hair rollers and put false eyelashes on, and I couldn't roll my hair right until I was halfway through my Miss New Jersey year. I thought, 'Oh, my God, look at their makeup,' and they had beautiful wardrobes and I had a prom dress and borrowed clothes, and so I was convinced there was no way I could *ever* win. I was so *introverted*. I was so *unpolished*. But I won *again*. And then they were coaching me on how to sit and how to stand, even how to *listen*—they sent me to a model agency to learn how to *walk*. They didn't like the way I walked. I didn't *care* how I walked—I *walked*! I walked well enough to become Miss New Jersey, didn't I? If I don't walk well enough to become Miss America, the hell with it! But you have to *glide*. No! I will walk the way I walk! Don't swing your arms too much, but don't hold them stiffly at your side. All these little tricks of the trade to make me so self-conscious I could barely *move*! To land not on your heels but on the balls of your feet—this is the kind of thing I went through. If I can just drop out of this thing! How can I back out of this thing? Leave me alone! All of you leave me alone! I never wanted this in the first place! Do you see why I married you? *Now* do you understand? One reason only! I wanted something that seemed normal! So desperately after that year, I wanted something *normal*! How I wish it had never happened! *None of it*! They put you up on a pedestal, which I didn't ask for, and then they rip you off it so damn fast it can *blind* you! And I did not ask for *any* of it! I had nothing in common with those other girls. I hated them and they hated me. Those tall girls with their big feet! None of them gifted. All of them so *chummy*! I was a serious music student! All I wanted was to be left alone and not to have that goddamn crown sparkling like crazy up on top of my head! I never wanted *any* of it! *Never*!" (pp.179-180)

  C. 斯威德夫妇找到女儿默莉躲藏的陋屋，感到三代人的成功付之东流了：

  That's what was left, that lie. First. *Last*. LAST FIDELITY BANK. From down on the earth where his daughter now lived at the corner of Columbia and Green—where his daughter lived even worse than her greenhorn great-grandparents had, fresh from steerage, in their Prince Street tenement—you could see a mammoth signboard designed for concealing the truth. A sign in which only a madman could believe. A sign in a fairy tale.

Three generations. All of them growing. The working. The saving. The success. Three generations in raptures over America. Three generations of becoming one with a people. And now with the fourth it had all come to nothing. The total vandalization of their world.

Her room had no window, only a narrow transom over the door that opened onto the unlit hallway, a twenty-foot-long urinal whose decaying plaster walls he wanted to smash apart with his fists the moment he entered the house and smelled it. The hallway led out to the street through a door that had neither lock nor handle, nor glass in the double frame. Nowhere in her room could he see a faucet or a radiator. He could not imagine what the toilet was like or where it might be and wondered if the hallway was it for her as well as for the bums who wandered in off the highway or down from Mulberry Street. She would have lived better than this, far better, if she were one of Dawn's cattle, in the shed where the herd gathered in the worst weather with the proximity of one another's carcasses to warm them, and the rugged coats they grew in winter, and Merry's mother, even in the sleet, even on an icy, wintry day, up before six carrying hay bales to feed them. He thought of the cattle not at all unhappy out there in the winter ... (p.237)

3. 其他重要作品链接

A. 长篇小说：

《放任》(*Letting Go*, 1962)

《她是个好女人时》(*When She Was Good*, 1967)

《波特诺的抱怨》(*Portnoy's Complaint*, 1969)

《我们这一帮》(*Our Gang*, 1971)

《乳房》(*The Breast*, 1972)

《伟大的美国小说》(The Great American Novel, 1973)

《我作为男人的一生》(My Life as a Man, 1974)

《情欲的教授》(The Professor of Desire, 1977)

《鬼作家》(The Ghost Writer, 1979)

《解放了的朱克曼》(Zuckerman Unbound, 1981)

《解剖学课》(The Anatomy Lesson, 1983)

《被束缚的朱克曼》(Zuckerman Bound, 1985)

《生活逆流》(The Counterlife, 1986)

《欺骗》(Deception, 1990)

《夏洛克在行动》(Operation Shylock: A Confession, 1993)

《萨巴思的剧院》(Sabbath's Theater, 1995)

《我嫁给一个共产党人》(I Married a Communist, 1998)

《人性的污点》(The Human Stain, 2000)

《垂死的动物》(The Dying Animal, 2001)

《反美阴谋》(The Plot Against America, 2004)

《凡人》(Everyman, 2006)

《消失的鬼魂》(Exit Ghost, 2007)

《愤怒》(Indignation, 2008)

《羞辱》(The Humbling, 2009)

《复仇女神》(Nemesis, 2010)

B. 短篇小说集：

《再见，哥伦布》(Goodbye Columbus, 1959)

《退养新区》(The Development, 2008)

C. 回忆录等：

《事实：一个小说家的自传》(The Facts, 1988)

《祖传的家产》(Patrimony: A True Story, 1991)

4. 著作获奖信息

1960 年《再见，哥伦布》荣获美国国家图书奖；

1986 年《生活逆流》荣获全国书评界奖；

1991年《祖传的家产》又获全国书评界奖;
1995年《萨巴思的剧院》荣获美国国家图书奖;
1998年《美国牧歌》荣获普利策奖;
2001年《人性的污点》荣获笔会/福克纳奖;
2002年荣获美国文学艺术院颁发的金质奖章;
2004年《反美阴谋》荣获美国历史家学会优秀历史小说奖;
2006年《凡人》荣获笔会/纳博科夫奖。
2010年荣获该年度美国之家人文科学奖章。

第二节 诺曼·梅勒与《奥斯瓦尔德的故事》

1. 生平透视

诺曼·梅勒(Norman Mailer, 1923—2007)是个备受关注的美国一位最成功的作家,1923年1月31日生于新泽西州朗布兰奇一个犹太小康之家,后随父母移居纽约市布鲁克林区,在那里念完高中。1939年入哈佛大学攻读航空工程学,1943年毕业后赴巴黎大学留学一年。回国后他应征入伍,到菲律宾和日本服役两年,做过美军团部书记员、空中摄影师、连队侦察兵和神枪手。1946年他退伍回乡,立志写一部有关二次大战的小说。1948年长篇小说《裸者与死者》问世,好评如潮,梅勒一举成名,风光地走入美国文艺殿堂。

成名后,梅勒埋头笔耕,陆续推出《巴巴里海滨》(1951)、《鹿苑》(1955, 1967改编为剧本)和长篇论文《白色黑人》(1958)。《白色黑人》成了"垮掉的一代"运动的组成部分。50年代,他加入垮掉派,与旧金山的青年们一起游行,共同体验过酗酒和吸毒。这些反常的经历和感触都写入他的文集《为我自己做广告》。他思想反复无常,受过马克思主义影响,也参加过多次反越战游行,甚至被警察抓过。后来他倾向存在主义,生活有点随心所欲,曾结婚和离婚达六次之多。但他文学上的探索是认真的,不断有新作与读者见面。

60年代末,越南战争造成美国社会的大动荡。梅勒和许多作家一样,积极投入反对侵略越南的战争。1965年,他发表了长篇小说《一场美国梦》及其姐妹篇《我们为什么待在越南?》(1967),尖锐地向政府当局提出问题,得到了无数民众的共鸣。1968年他出版了非小说《夜间行军》,如实地记录了他亲身参加1967年向华盛顿国防部五角大楼和平示威游行的经历和感想。他被捕入狱并遭罚款。书中激情洋溢,大义凛然,深深地打动了读者的心,受到学界的高度评价。《夜间行军》荣获了美国国家图书奖和普利策奖。作品有个副标题:"作为小说的历史与作为历史的小说"。主人公就是梅勒自己。他用第三人称的叙事手法来描述真实的历史事件。有人称它是"新新闻报道"或"非虚构小说",成了小说中一种新类型。不久,他又出版了《迈阿密和围攻芝加哥》(1969),嘲讽1968年美国总统竞选中共和党与民主党的争夺战。还有《月球上的火焰》(1970)描写了美国登月成功带给人们的精神冲击。

1979年《刽子手之歌》问世,梅勒第二次夺得普利策奖。他自称这是一部关于刽子手加里·吉尔摩一生的生活实录的长篇小说。其他作品是一些优美而尖锐的散文,如《吃人生番与基督教》(1966)、《性的囚犯》(1971)、《梦露传》和模拟梦露回忆录的《女人之美》(1980)。这使他拥有许多粉丝。

80年代以来,梅勒潜心创作,推出题材广泛的多部长篇小说,如描写古埃及社会变迁的《古国之夜》(1983)、神秘小说《硬汉子不跳舞》(1984)和描述中央情报局两代特工人员生活的《哈洛特的鬼魂》(1991)、叙述刺杀前总统肯尼迪的凶手奥斯瓦尔德生活经历的《奥斯瓦尔德的故事:一个美国人的奥秘》(1996)。后来,他又不顾年老体衰,发表了《圣子福音》(1997)和《林中城堡》(2007)等小说。2003年,梅勒八十大寿,蓝登书屋出版社特地出了他的《怪异的艺术:漫话写作》。2005年,他荣获美国国家图书奖终身成就奖。梅勒实至名归,功成名就,誉满全球。

2007年11月10日,梅勒因病在纽约市去世,享年八十四岁。

2. 代表作扫描

诺曼·梅勒擅长长篇小说。他是个优秀的文体家,勇于不断探索。他经历了从现代主义到后现代主义的变化。他的成名作《裸者与死者》描写了二次大战后期美军进攻菲律宾安诺波培岛时一支侦察排的故事。这个排仅有

14人,来自不同的地区和阶层。作者以此影射美国社会各种紧张关系。小说揭露大敌当前,师长坎明斯将军、参谋军士克洛夫特和侦察排长赫恩中尉互相钩心斗角,追逐个人名利。那场对日军的侦察其实是不必要的,白白牺牲了几名士兵,连排长赫恩也给杀了。这充分暴露了美军高层指挥的混乱和军人缺乏献身精神。小说将海外战场与国内现实相联系,扩展了时空观,加上独特的"合唱",增加对话插曲,引人入胜。书中也流露一些虚无主义情绪。

梅勒另一部长篇小说《刽子手之歌》标志着他艺术风格日益成熟。小说包括史实和虚构两大部分。主人公吉尔摩实有其人。他进出监狱二十二次。1979年他被处死刑时年仅三十六岁。梅勒走访有关人士一百多次,收集了犯人吉尔摩与他人来往的信件、法庭的记录和证人的陈述等资料,然后整理成书。全书达一千多页。梅勒根据真人真事深入挖掘罪犯内心的潜意识和社会环境对他精神上的毒害。他认为这使虚构的小说更接近生活。他进一步发展了在《夜间行军》独创的"新新闻报道"手法,取得了很好的效果,丰富了后现代派小说的创作艺术。

《奥斯瓦尔德的故事:一个美国人的奥秘》(*Oswald's Tale*：*An American Mystery*)沿用了梅勒这种独特的艺术手法,描绘了刺杀前总统肯尼迪的凶手在前苏联和美国的生活经历,引起了人们的关注。1963年前总统肯尼迪到达拉斯闹市区被刺身亡。这成了一件扑朔迷离的大案。凶手背后主子是谁?众说纷纭,莫衷一是。目前涉及此案的专著有三十多本,梅勒此书是比较受关注的一本。我们权当他用独创手法写的一部代表作,来进行评析和鉴赏。

1) 故事和人物盘点:

《奥斯瓦尔德的故事》包括两卷。第一卷"奥斯瓦尔德与玛丽娜在明斯克",写的是奥斯瓦尔德1959年至1962年在前苏联的生活经历。他在一家无线电厂找到了工作,心情不太愉快。不过,他成功地追求俄罗斯姑娘玛丽娜并结了婚。第二卷"奥斯瓦尔德在美国"描述主人公1962年至1963年回美国后的生活。他和玛丽娜有了孩子,但心情仍然不愉快。他从一个无知的学生和工人如何走上刺杀前总统肯尼迪的邪路?这成了一个难解的谜团。

至今,众多的论著或小说谈及肯尼迪前总统被刺事件的凶手奥斯瓦尔德,大致有两种看法:一种认为奥斯瓦尔德的刺杀行为是一个政治阴谋的一部分;他的背后有人指使;另一种宣称奥斯瓦尔德是个单干的刺客。但他刺杀肯尼迪后又被他人所杀，因此，案件成了无头案。

梅勒倾向于后一种看法。他强烈地认为必须了解奥斯瓦尔德刺杀的动机。问题的核心是一个堂堂的大人物、美国前总统肯尼迪为什么会遭一个无名小卒刺杀？换言之，一个默默无闻的小子为什么要刺杀一个国家元首？梅勒决心尽最大的努力探讨奥斯瓦尔德的全部经历，使这个小人物成为一个值得关注的主人公，让刺杀事件成为一个美国的社会悲剧，而不是个无聊的闹剧。

奥斯瓦尔德生于1939年10月18日路易斯安那州新奥尔良。两个月后父亲心脏病去世。他在母亲关照下长大，生活舒适。他从小爱读历史书籍，玩象棋，爬上屋顶用望远镜看星星。他爱动物，熟悉它们的习性。母亲结过三次婚，当过工人，后来开过小店，卖卖针线和糖果。他有个哥哥约翰·皮克。后来，兄弟俩进了孤儿院。不久，他母亲嫁给一个来自波士顿的工程师艾克达尔先生，经济好转，买了房子，就把他们两兄弟接回家，并送他们上军校读书。不过，母亲常为钱的问题与继父争吵。哥哥去参加海岸警卫队，奥斯瓦尔德继续上地方的学校并打点工，有时待在家里，还比较规矩。这时他十一岁。

后来，奥斯瓦尔德流落到前苏联的明斯克，在一家无线电厂找到了工作，后来又找到了老婆。他回国后曾向中情局(CIA)写过报告，陈述在前苏联的经历。他没有成为克格博(KGB)的间谍，也没有当个中情局的密探。他抱着奇特的动机一枪射杀了肯尼迪前总统，又遭到一个小店老板枪杀，成了一桩离奇的凶杀案。

2) 风格和语言聚焦：

《奥斯瓦尔德的故事》是一部洋洋八百多页的巨作。梅勒自称是一部"特殊形式的非小说"。他在书中也强调：最肯定地说，它不是一部小说。但是，正是由于作品的互文性特点，许多学界同仁认为它是一部小说。更有些人称赞它是一部优秀的传记。

事实上，这是梅勒创造的一种独特的风格。如同《夜间行军》和《刽子手之歌》一样，他采用了元小说的多种形式，跨越体裁界限，将政府文件的引文、奥斯瓦尔德的日记和信件、法官与他母亲的对话、已发表的传记、作者早期的小说《哈罗特的鬼魂》等等融入作品，形成一个多种文本的混杂。它似乎想证明，过去的历史是不存在的，今天已无法了解。读者只能从各种文本中寻找蛛丝马迹。

不同文本充分展示了梅勒高超的语言能力。政府文件的刻板范式和八股腔、奥斯瓦尔德日记和信件中简单的语言与幼稚和烦恼、法官审问的简洁和直截了当的话语等等都给人留下难忘的印象。奥斯瓦尔德的童年生活由他母亲来介绍更加精彩动人,比梅勒描述更生动、更可信。还有奥斯瓦尔德哥哥的补叙,令人感到真实。这就形成了比生活更真实的风格。加上从法官、政府文件和其他相关证人的话,构成了多层次多角度的叙事话语,给读者了解肯尼迪凶杀案提供了一个比较广阔而可信的判断空间。因此,它受到了读者的普遍欢迎,在三十多本有关肯尼迪凶杀案中脱颖而出,深受重视。

梅勒不愧是个优秀的文体家。他对这部作品进行精心建构,扩展视野,大胆创新,使元小说注入新内容,以自己独特的艺术形式揭示了奥斯瓦尔德的奥秘。他用丰富的细节抹去了小说与历史的界限,希望人们对刺杀肯尼迪前总统、令全美国目瞪口呆的奥斯瓦尔德有个比较全面的了解。

3) 意义和影响总览:

《奥斯瓦尔德的故事》以独特的艺术手法描述了奥斯瓦尔德从一个普通的青年工人到刺杀前总统肯尼迪又被枪杀的悲剧,给读者们展示了一个惨烈的社会悲剧。不管作品是否揭示了肯尼迪被刺杀的真正凶手背后的指使者,作品从多种视角和不同层次展现了奥斯瓦尔德的人生经历和性格特征,以及他走上不归路的动机和后果,给美国社会敲响了警钟。因此,它具有重要的现实意义,影响相当广泛。

刺杀一个国家的元首,无疑是件十恶不赦的大罪。奥斯瓦尔德是个小人物,默默无闻,为什么会萌生邪念,走上如此可怕的歧途呢?美国社会有识之士感到这是很值得研究的。梅勒深有同感,觉得这是个发人深思的问题。经常标榜自由和民主之邦的美国为什么会逼使年轻人迈上绝路呢?因此,梅勒不辞劳苦,深入采访奥斯瓦尔德的家人和相关人士、前苏联的有关部门、美国中央情报局和法院法官等人,接触和掌握了大量第一手资料,然后仔细阅读、分析和构思,才写成了这部事实与虚构相结合的巨著,为一位无名的凶杀犯写了一部十分精彩的传记。这是美国文学史上不多见的。

《奥斯瓦尔德的故事》为什么大受读者的欢迎呢?主要原因有二:其一是梅勒对奥氏案件的兴趣和重视。他一直想弄清奥斯瓦尔德究竟在谋杀案中起了什么作用?所以,他多方奔走,采访了中央情报局、法院等许多相关部门和奥斯瓦尔德的母亲、哥哥和朋友;其二,1993年他和拉里·席勒前往前苏联六个月,第一次获准前苏联克格博接受采访并借阅了相关材料,会见了KGB的官员,访问了奥斯瓦尔德的妻子和家属。这是很不容易的。这部作品以大量事实为基础,涉及前苏联和美国许多部门和众多人士。因此,作品引用的许多材料是真实可靠的。梅勒对所有材料都进行过认真的梳理和研究,最终精心构建成书。

诺曼·梅勒一生亲身参加了许多重大的社会活动,见证了美国不同历史阶段的变化和冲突。从二次大战到肯尼迪前总统被刺杀,从50年代垮掉的一代运动到反对侵略越南战争,他都发挥了重要作用。他曾质疑女权主义,引起一场论争,受到多人的指责,但他泰然处之。他毕生勤奋创作,写了四十多部作品,在小说中表现了重大的社会问题,引起学界和读者的强烈关注。

作为一个犹太作家,梅勒不像罗思那样,重点写美国犹太人的生活经历。不过,他并没有忘记自己的身份。在小说《圣子福音》里,他以耶稣作为叙述者直接谈自己的故事,对《新约圣经》进行改写。这是对传统犹太教义的冲击,也是对上帝权威的挑战。这说明梅勒思想开放,以重写历史来推动文学创作的新发展。

梅勒将"新新闻报道"融入小说,对客观事物精心加工,突出真人真事和人物的内心活动,形成自己多样化的独特风格,博采众长,独树一帜,丰富和发展了元小说。他成了当代美国一位杰出的抗议小说家。

4) 文本名段点击[①]:

A. 奥斯瓦尔德高兴地从芬兰首都赫尔辛基坐火车到达莫斯科:

From Oswald's diary:

  October 6, 1959

  Arrive from Helsinki by train; am met by Intourist Representative and taken in car to Hotel Berlin. Register as student on a five-day Deluxe tourist ticket. Meet my Intourist guide Rimma Shirakova. (I explain to her I wish to apply for Russian

---

① 下列引文选自 Norman Mailer, *Oswald's Tale: An American Mystery*, Random House, 1995.

citizenship.)

Rimma loved to speak English. Rusty now, she could say, but she would conduct, if you will, every word of this interview in English, and she could tell the gentlemen who were speaking to her now that back then, for the Soviet people, 1957 had been an exciting year. After much preparation, Moscow had opened at that time a festival to establish human relations between foreigners and Russians in Moscow. It was the greatest event for changing life in the Soviet, she explained. Rimma was twenty in 1957, a student at Moscow Foreign Languages Institute, and she met a number of new people and spoke to foreigners and taught English to children.

Freedom was very great in that year, you see. There were so many young foreigners and young Russians all together. Foreigners heard about it and wanted to come for visits. So, in 1959, Intourist was started to arrange all the work for tours and visas, and Intourist took on many guides, which is how Rimma would say she got into it. (p.41)

B. 奥斯瓦尔德在明斯克一家无线电厂当检验员：

According to Igor Ivanovich, KGB had done nothing directly about choosing Oswald's place of work or where he would live. Such matters were overseen by the Council of Ministers. So, the Organs were not even consulted. It was policy. No matter how carefully Igor's people might work at placing him, a hint of their efforts could still reach Oswald and spoil their case. Now, however, that he had been given a job as a fitter-trainee at Gorizont (Horizon) and was able to use radio equipment and communication devices, it could be said that it did not hurt their purposes. If he was a specially trained agent, it would be possible to observe in a factory environment what level of expertise he had in handling radio equipment under different conditions. At that time, Horizon factory in Minsk was not under high security, at least not in Oswald's shop. However, this radio factory did, at times, cooperate with secret Soviet organizations, so it would be possible to observe whether Oswald made attempts to penetrate into such special networks.

......

January 13-16

I work as a "checker," metalworker; pay, 700 rubles a month, work very easy. I am learning Russian quickly. Now everyone is very friendly and kind. I meet many young Russian workers my own age. They have varied personalities. All wish to know about me, even offer to hold a mass meeting so I can speak. I refuse politely. (p.79)

C. 奥斯瓦尔德从报纸上得悉肯尼迪到达拉斯访问的路线，作出了严重的决定：

Oswald has come, by now, to a serious decision. It is still preliminary to his final determination, but he has decided to take his rifle to the School Book Depository on Friday, November 22. All week, the talk at work has been concerned with President Kennedy's visit. The route has been published in the newspapers. The official motorcade will pass by the Texas School Book Depository on Elm Street. Our man, who has spent half of his life reading books and now works in a place that ships out textbooks to the children and college youth of America, may be preparing to engage in an act that some huge majority of the people who read books devotedly would be ready to condemn. (p.663)

D. 梅勒对奥斯瓦尔德刺杀肯尼迪案件的判断：

If one's personal inclinations would find Oswald innocent, or at least part of a conspiracy, one's gloomy verdict, nonetheless, is that Lee had the character to kill Kennedy, and that he probably did it alone. This conclusion now stated, one must rush to add that a good lawyer in a trial venue outside of Dallas might well have gotten him off—ridicule of the magic bullet would have drilled many a hole through the body of evidence amassed by the prosecution. Besides, no one can be certain that our protagonist was not only the killer but was alone. The odds in favor of one's personal conclusion can be no better than, let us say, 3 out of 4 that he is definitively guilty and the sole actor in the assassination. Too much is still unknown about CIA and FBI involvement with Oswald to offer any greater conviction. There are, for example, other possibilities to be remarked upon. While one is certainly not going to enter the near-impenetrable controversy in acoustics that would prove or disprove whether a fourth shot was fired from the grassy knoll—delineation of character, not exposition of soundwave charts, is the aim of this work!—one would not be surprised that if there was indeed another shot, it was not necessarily fired by a conspirator of Oswald's. Such a gun could have belonged to another lone killer or to a conspirator working for some other group altogether. When the kings and political leaders of great nations appear in public on charged occasions, we can even anticipate a special property of the cosmos—coincidences accumulate: All variety of happenings race toward the core of the event. It is not inconceivable that two gunmen with wholly separate purposes both fired in the same few lacerated seconds of time. (pp.778-779)

3. 其他重要作品链接

A. 长篇小说：

《裸者与死者》(*The Naked and the Dead*, 1948)

《巴巴里海滨》(*Barbary Shore*, 1951)

《鹿苑》(*The Deer Park*, 1955)

《一场美国梦》(*An American Dream*, 1965)

《我们为什么待在越南？》(*Why Are We in Vietnam?*, 1967)

《月球上的火焰》(*Of a Fire on the Moon*, 1971)

《刽子手之歌》(*The Executioner's Song*, 1979)

《古国之夜》(*Ancient Evenings*, 1983)

《硬汉子不跳舞》(*Tough Guys Don't Dance*, 1984)

《哈洛特的鬼魂》(*Harlot's Ghost*, 1991)

《圣子福音》(*The Gospel According to the Son*, 1997)

《林中城堡》(*The Castle in the Forest*, 2007)

B. 非小说：

《夜间行军》(*The Armies of the Night: History as a Novel, The Novel as History*, 1968)

《迈阿密和围攻芝加哥》(*Miami and the Siege of Chicago*, 1968)

C. 其他：

《为我自己做广告》(*Advertisements for Myself*, 1959)

《白色黑人》(*The White Negro*, 1957)

《吃人生番与基督教》(*Cannibals and Christians*, 1966)

《性的囚犯》(*The Prisoner of Sex*, 1971)

《梦露传》(*Marilyn: A Bioglaphy*, 1973)

《女人之美》(*The Beauty of Women*, 1976)

《毕加索画像》(*Portait of Picasso as a Young Man: An Interpretive Biography, 1995)

《怪异的艺术:漫话写作》(The Spooky Art: Some Thoughts on Writing, 2003)

4. 著作获奖信息

1969年《夜间行军》荣获普利策奖和美国国家图书奖;

1979年《刽子手之歌》荣获普利策奖;

2005年荣获美国国家图书奖终身成就奖。

第三节　罗纳德·苏克尼克与《向下进入》

1. 生平透视

罗纳德·苏克尼克(Ronald Sukenic, 1932—2007)是个敢于大胆创新的杰出美国犹太作家,1932年7月14日生于纽约市布鲁克林区。父母都是来自欧洲的犹太移民。高中毕业后,他升入康奈尔大学,后转入布兰德大学,获得硕士和博士学位。1956年后,他到母校和哥伦比亚大学等校教书,业余为一些报刊写稿。1977年,他创建《美国书评》,任出版人;成立"虚构小说集体文学社",1988年它改名为FC(Fiction Collective之简称),他是发起人之一。后来,他又编辑《黑冰》杂志,大力宣传后现代诗学,推动后现代派小说技巧和语言试验。

1969年,第一部长篇小说《成功》问世,受到欢迎。同年出版的短篇小说集《小说的死亡及其他故事》,对美国小说的现状和出路作了进一步阐述。作者认为,在这后现实主义世界中,上帝死了,真实并不存在。因此,与生活有真正联系的作家就是生活的一部分,一切都得从头开始。

上述两部作品在美国评论界引起热烈的争论。苏克尼克坚持走自己的路,继续进行元小说自我反映的语言试验。1973年第二部长篇小说《出走》问世。苏克尼克随意玩语言游戏,将"形式即内容"的理念夸张到了极点。

苏克尼克不断推出新作品,社会影响越来越大。比如长篇小说《96.8》(1975)、《议论历境的悠长布鲁斯》(1979)、《吹逝》(1986)、《向下进入》(1987,曾荣获美国国家图书奖)和遗著《最后的秋天》(2005)。短篇小说有:《无穷无尽的短篇小说》(1986)、《狗食袋》(1994)和《摩西的子民》(1999)等,还有探讨小说的形式和语言的论文集《形式:关于小说艺术的离题话》(1985)等。他还跟拉利·麦卡弗雷合作,首创了反通俗小说的作品,试图重新和加工整合大众文化的多种形式和技巧,表现严肃的主题,以打破某些商业集团对大众文化市场的控制。他的短篇小说《狗食袋》和《摩西的子民》也是借用并颠覆大众文化,揭示严肃主题的杰作。

2004年7月22日,苏克尼克在纽约因病去世,享年七十二岁。临终前,他坚持写完最后一部长篇小说《最后的秋天》。小说在他逝世后一年出版,作为对他的纪念。

2. 代表作扫描

苏克尼克是个匠心独运的实践小说家。他的几部长篇小说表现了他对后现代派元小说技巧的多种实验。在成名作《成功》里,作者亲自走进小说,成了小说人物中的一员。主人公的姓名就叫罗纳德·苏克尼克。他是纽约市一个青年。小说描述了他的成长和试写小说的经历。他的经历与作者一样。写的书也取名《成功》。他自己写书评对读者说,小说里的故事全是虚构的。他尽力消除真实与虚构的界限,小说与戏剧的差别,颠倒事件顺序,跨越体裁的分类,构成了别具一格的后现代主义文本。

在第二部长篇小说《出走》中,主人公是某爆炸组织的成员轰隆小组。几个人带了炸药从美国东部走向西部,但炸哪里?谁是同伙?谁来下指令?他们都不明白。人物的姓名和身份不断变换,甲变成乙,乙变成丙,叙事者有时就叫苏克尼克。死去的人物不久又复活。小说借用诗篇的结构,由十章组成。从第二章起,每章包括多个诗节。每节诗的行数与该章的序数相同。十个章节越写越短,到了最后一页,只剩下一个零,接着留下十一页空白纸,象征语言意义的消失。

在另一部长篇小说《98.6》里,第一部分由报刊选文和真实的片断杂乱拼贴成文本,象征60年代美国社会的混乱与扭曲。苏克尼克以不同的形象在作品中露面。第二、三部分描写混乱中的人们争相逃离那个地方。末了,作者从想象中以色列的法律里找到解决难题的妙方。

《向下进入:地下的生活》(*Down and In: Life in the Underground*)是苏克尼克荣获美国国家图书奖的长篇小说,思想内容有深度,艺术风格更丰富多彩,语言游戏花样百出。因此,学界认为它是苏克尼克最成功的代表作。

1) 故事和人物盘点:

《向下进入:地下的生活》由六个部分组成,包括"雷莫酒吧"、"波希米亚是欧洲一个国家"、"布里克街"、"斯坦利酒吧"、"那家店"和"中国机会",还加个索引,便于读者查找书中出场的众多地下诗人、歌星、画家和作家。上世纪40年代至70年代末,美国纽约市格林威治村出现了一种热闹而丰富的地下生活。许多酒吧成了有名的和无名的艺术家或文艺爱好者的聚集地。60年代形成了反文化思潮并席卷了全国,影响了主流文化,受到学界和读者的广泛重视。

作为一位犹太作家,苏克尼克对这种民间自发的文化现象很感兴趣,正如他在书中所说的,"像一个局外人向内探视"。他不厌其烦地走访了纽约格林威治村许多酒吧、咖啡馆和夜总会,跟众多艺人交谈聊天并作了笔记,后来加工成此书。它生动地展示了美国从波西米亚到嬉皮士、到垮掉的一代、到摇滚歌星、到庞克小子的美国草根文化,成为同类书籍中的佼佼者,因而荣获了美国国家图书奖。

开篇时,苏克尼克特地写了一篇前言介绍了波希米亚文化从1830年代的法国至20世纪50年代美国后现代社会的发展脉络。他特地附上一幅格林威治村和东村的酒吧、咖啡馆和夜总会的分布地图,然后带领读者走进雷莫酒吧、斯坦利酒吧和那家店等地进行观摩和采访。他娓娓动听地讲述了美国先锋派的故事。它来自纽约市古老的格林威治村,形成众多不同的流派,主要有嬉皮士、爵士乐迷、"垮掉的一代"成员、摇滚乐歌手和庞克小子们。他们中间还有诗人、画家、表演艺术家、知识分子和普通的丑角等。从20世纪50年代至70年代,他们从纽约的雷莫酒吧扩展到堪萨斯市、旧金山、洛杉矶以及芝加哥等地,从默默无闻的街头艺人变成名闻全国的诗人、小说家、画家和音乐家。主要有诗人艾伦·金斯堡、戴南·托马斯、乔治·库索、罗伯特·克里利、艾德·珊德斯、小说家杰克·凯鲁亚克、威廉·巴勒斯、诺曼·梅勒、音乐家波布·戴南、邹恩·比兹和吉姆·莫里森和画家杰克逊·波洛克、威廉·德·库宁和安迪·华霍尔等等以及一批未成名的街头艺人。

苏克尼克描述了这些地下非主流文化的变迁和潜力,展示了一批有才华的草根青年们自力更生,顽强拼搏,在动荡的社会现实生活中试验诗歌、小说、音乐和绘画各种形式的创新,推动主流文化的发展。苏克尼克在描述中不时插入自己的生活体验和感悟,反思主流文化的模式和困境,给读者们带来有益的启迪。

2) 风格和语言聚焦:

《向下进入:地下的生活》是一部多人的集体回忆录,苏克尼克唱主角。有的部分是那里的艺人处于支配地位。小说跨越了事实与虚构的界限,杂糅了各种不同元素,形成了一种多声部组合的独特风格,体现了苏克尼克对后现代派元小说的新探索和新试验。

小说故事的主线具有不确定性特点。作者穿梭于格林威治村众多酒吧、咖啡馆和夜总会之间,采访了不少草根艺人,将访谈的笔录、他个人采访的足迹、口述的历史、艺人的闲聊和他们地下生活的艰辛以及地下文化的缺陷等等熔于一炉,构成了文本的整体。尽管作者在前言中明言:这是集体的产物,他的功劳是不可抹杀的。

小说在描述中不乏现实主义细节描写,如50年代末,华盛顿广场成了地下文化中心,每逢星期天,来自纽约各地的民歌手云集那里演唱,很受民众欢迎。后来,市政当局竟发布法令,禁止在华盛顿公园演唱。这激起歌手们的强烈不满。以往的地下文化中心华盛顿广场变成歌手们抗议的圣地。民众冲击市政厅。抗议队伍一周比一周浩大。市政府竟出动警察鞭打和驱赶民歌手们离开广场。民歌手们和民众非常愤慨,结果酿成严重的暴乱。这些真实生动的细节由当年的见证人说出来,显得十分可信。它充分揭示了非主流地下文化活动受政府压制的困境和草根艺人求生存的顽强精神。

小说语言朴实平易,简洁、通俗易懂。作者用了不少俚语。六个部分都引用了大量对话,反映地下文化的生存和发展状况,刻画非主流文人墨客的内心活动和不同性格,形成多声部多色调的话语,节奏轻快,文笔轻松愉悦,有时除访谈外,还引用被访谈人的作品如垮掉的一代作家凯鲁亚克的小说《地下人》描绘的地下艺人的生活图景如梅勒的《夜间行军》等;引用苏克尼克自己先前的小说《成功》对斯坦利酒吧的描述,《向下进入》成为一部小说中有小说、小说与史实相结合的集体回忆录,揭示了苏克尼克奇特而独创的艺术风格。

3) 意义和影响总览:

《向下进入:地下的生活》以大量第一手资料描绘了纽约市20世纪40年代至70年代末在格林威治村和东村雷莫、斯坦利、梅克斯等酒吧、咖啡馆和夜总会出现的非主流地下文化活动的概貌,表现了当时小说家凯鲁亚克、诗人金斯堡、画家波洛克、音乐家戴南等众多草根文艺人士艰难创业的生涯,比较完整地展示美国从波西米亚到嬉皮士、垮掉的一代、摇滚乐和庞克等美国文化重要的另一面:非主流的草根文化。它具有十分重要的意义,在欧美各地产生了深远影响,受到学界和广大读者的好评。

首先,苏克尼克以自己的亲身体会谈到对地下文化的认识。打从高中时,他就对格林威治村文化感兴趣。60年代,他移居纽约市东村,更想了解格林威治村文化。他认为这不是寻找一种传统,而是社会生活绝对需要的。他发觉他的许多同代人对布鲁克林中上层文化很不满意,而地下文化则充满了创意和人情味。它能使知识和教育保持活力。这是学校教育办不到的。同时,它吸引了最下层的民众,使社区生活活跃起来。它标志着民众爱做什么就做什么,自由自在,自得其乐。尽管他们对社会现状持否定态度,但对生活是肯定的。曾有媒体抨击凯鲁亚克和金斯堡是反犹主义者。苏克尼克曾劝凯鲁亚克公开否认,但他泰然处之,不予回应。地下人是自由的,可他们是尊重法律的。

波希米亚的传统可以追溯到19世纪30年代的法国。它是工业革命、资产阶级社会和浪漫主义运动的副产品。一百二十年以后,中产阶级代替了资产阶级,后现代主义取代了浪漫主义。"地下人"像凯鲁亚克所说的,开始出现于50年代前后的美国。但它与受弗洛伊德、马克思和现代派影响的旧格林威治村波希米亚文化不同。后来它随着美国社会的变化,如50年代麦卡锡主义"忠诚调查"的迫害和压制、商业社会造成的生活方式与传统的人文价值观的冲突催生了具有反抗意识的嬉皮士、"垮掉的一代"、摇滚乐和庞克等大众文化。由于这些文化是草根民众自发造就的,开始时不怎么被当局所认可,处于被歧视或压制的地位,因此,凯鲁亚克等人自称为"地下文化"人,他们一帮人便成了名不见经传的"地下人"。

第四章
与时俱进的犹太作家们

其次,小说以雷莫、斯坦利和梅克斯三家酒吧深入展示格林威治村地下文化的发展和变化。这些酒吧和咖啡馆开始时供应酒类和咖啡,价格便宜,环境优雅,给新一代作家、草根艺人和民歌手们提供一个聚会和表演的地方。诗人们则在酒吧门口摆摊挂牌,出售自己的诗作。后来酒吧变成吸毒的地方,令一些文人墨客喜欢光临,以刺激灵感,活跃创作。凯鲁亚克、金斯堡、巴勒斯和梅勒等作家都有过这种怪诞的经历。

在政治上,那些被鄙视的草根艺人们也有过变化。他们从不满现状变成"左翼人士",但旧传统破坏了,新的标准没有确立,造成他们迷失方向,生活放荡。60年代在格林威治村,金钱并不重要,性欲成了时尚。至于艺术的价值,一度被忽视。这些评价如实地反映了格林威治村非主流地下文化的优势和弊病,给人有益的启迪;

其三,小说通过作者的亲身接触和访谈,反映了60年代前后出入于格林威治村许多作家之间的互助与矛盾。苏克尼克细述了他在布兰德大学攻读博士学位时,欧文·豪常常给他提出有益的建议;阿尔弗列德·卡津应邀做报告时态度傲慢,引起了他们的愤怒。

酒吧和咖啡馆之间以及它们与顾客之间也有矛盾和冲突,比如梅克斯咖啡馆老板米基狂赚了一百万美元后,对顾客的态度就变了。他特别欢迎艺术家老顾客,而拒一般旅游者和老夫妇于门外。有时甚至编造谎言婉言谢绝客人。他会说,"对不起,厨师今晚回家了!没菜供应!"或"今晚只对网球运动员开放,请下周再来!"有时,他甚至不客气地问顾客:"你有预定吗?我这里没你的名字。"他谢绝他不喜欢的人入屋用餐,只让他喜欢的人进去用餐。他感到这太有趣了。不过,他意识到周围酒吧的激烈竞争。他将他的酒吧搞成一个画廊,请顾客中的名画家为他作画作为交换。门口摆放着名家的雕塑作品。米基成了一个艺术品的收藏者,与多位艺术家交上朋友。他的酒吧生意兴隆,顾客络绎不绝,有人称去他的店犹如走进一家世俗的学院,在它的校园里接受许多社会教育和知识培训。米基得意扬扬,后来出钱建立自己的垒球队,声誉传遍全国。这位新泽西州出身的犹太小子米基成了新一代的地下人。他的小店又经历了性开放和同性恋的冲击。60年代大半个美国加入了地下文化活动,特别是年轻人。嬉皮士和垮掉的一代青年文化运动,即反抗消费社会的反文化运动。它促进了米基酒吧的发展,也使地下文化商业化,并成为孕育自由思想、反抗社会现状的形式。

末了,苏克尼克指出:"青年文化"宣告了纯艺术古老神话的破灭,创意艺术家永远失去了纯真。那酒吧成了吸毒的颓废派与商人混杂的地方,闹市区与郊区的交汇处。中产阶级看到那里人丁兴旺,有利可图,乐于加入地下人队伍。地下人也渐成为中产阶级。先锋派艺术家们在那里发了财。创意作家们给一些出版社搞定了出书计划。赚钱和出名成为他们追求的目标。一些地下作家走进了主流文艺殿堂。梅克斯酒吧的成功是60年代"文化爆炸"的象征。它激烈地影响了主流文化,同时它也留下不少弊病,值得人们反思。苏克尼克认为从亨利·亚当斯到梅勒的美国文化像梅勒一样充满了矛盾,即创新与权力的两重性。有人认为公开性就是一种权力,苏克尼克则倾向于除了特殊情况以外,公开性是一种短暂的、负面的权力。它更多地承认公众的意见。

苏克尼克曾经是个地下人。他深入格林威治村的酒吧和咖啡馆,体验怪诞而有趣的地下生活,追寻自我和生命的意义。他接触了许多草根艺人,关注他们的身份危机和生存困境,反思非主流文化与主流文化的矛盾、个性自由与物质崇拜的矛盾、地下文化的创新精神与道德沦丧的矛盾等等。这些反思有力地反映了当时美国知识分子对美国文化的共同关注。

苏克尼克在小说的结尾强调:"地下"不是指某个具体地方,也不是某种奇特的生活方式,而是指一种反抗社会习俗的态度。它正是60年代反文化运动的精华,难怪它受到了民众的欢迎。

作为一个不断创新的犹太作家,苏克尼克在四十年的创作生涯中,以丰富的想象力和无畏的胆识,革新了小说的形式、体裁、语言和表现手法,多方面地发掘创作的潜力,进行各种不同的试验,取得了令人瞩目的成果。他的长篇小说颠覆了读者通常的阅读习惯,令人感到既陌生又熟悉。小说中出现的古怪荒诞的描述有时叫人困惑不解,但他的创新往往给人们带来惊喜。

4) 文本名段点击[①]:

A. 苏克尼克回忆第一次对地下生活感兴趣的情景:

My first take on the underground is that it's a class of outsiders experimenting with

---

① 下列引文选自 Ronald Sukenick, *Down and In*, Collier Books, MacMillan Publishing Company, 1987。

an idea of the good life beyond stable middleclass constraints. Since I believe that to be my inclination, I'm willing to give subterraheans the benefit of every doubt. Those rebels inclined to waste their lives and get on with it, to embrace failure at the start and opt for excitement over security, are then confronted with the promised land of previously repressed impulses, a risky new underground landscape to explore consisting of everything deemed unreal by the dominant culture, which amounts to almost everything. The risk is becoming a victim, a risk that is totally taboo since the Holocaust. But those who go all the way in defeat and become victims are, like Dylan Thomas, at least victims of themselves, achieving sometimes an inverted saintliness symptomatic of the culture—the last is first and the best is worst. This underground saintliness of the beaten is a phenomenon that has been noticed by many, among them Norman Mailer and Broyard, negatively, as well as by Malamud, and above all by the Beats. (p.27)

B. 民歌手们抗议市政当局禁止他们在华盛顿公园演唱,经过抗议游行,取得了胜利:

New York quickly confirmed my sense that Bleecker Street and environs was where it was at. A lot of things were opening up in New York toward the end of the fifties, and not only because of poetry. Izzy Young of the Folklore Center on MacDougal Street and Howard Moody, pastor of the Judson Church, an underground culture center on Washington Square, organized and ran the Sunday folk music protests in the Square. There was a city ordinance out that prohibited music in Washington Square Park, which had been a center for folk singers from all over New York. It was an early attempt at gentrification. The protests were "one of the first battles in America where the outs beat city hall," says Howard Smith. "The thing got bigger every week. Each week it drew more and more people. It was huge, it was really heavy."

"Did people get beaten up by the cops?"

"Very badly. Real, heavy riots. And all over should musicians be allowed to play in the park."

"The cops had wanted us to leave," recalls Tuli Kupferberg. "We had sat down in the circle. Izzy had said, 'Let's leave,' and just as he says, 'Let's leave,' the cops come charging in and beating people up. Because they had gotten the command five minutes before .... The guys who were beating us had heard Izzy say that too, they could have disobeyed orders, but no. I think, you know, some of them might have gotten a thrill. Anyway, that was the classical example of police stupidity. They had got what they wanted, and then they beat everyone up anyway."

"Was that the final big demonstration?"

"Yeah, I think permission was given to sing in the park. Somehow the singers won most of what they wanted."

"That was one of the first highly-publicized-all-over-America battles against city hall where city hall backed down," continues Smith. The next one was when Robert Moses tried to put the highway right through Washington Square Park. And we won that one. Women laying down with their babies in front of the bulldozers. The *Voice* was very instrumental in beating that one, and the Village Independent Democrats. The Village was changing, and a lot of people who were willing to stand up, really stand up for what they believed were moving in. ... (pp.100-101)

C. 作者对梅克斯酒吧情有独钟,因为它办得好,艺术品多,吸引文人墨客:

Hanging out at Max's was for some people like going to a very worldly college, with a lot of the social and intellectual education people are supposed to get on campuses. It even had its own jocks—the famous softball team, which Mickey flew all over the country and as far as Los Angeles on one knockdown, drag-out drunken occasion to play a series with the Café Figaro's team after Tom Ziegler had moved his place to the west coast. Fielding Dawson, the team's pitcher, tried to get Jane Fonda to join the women's team in Max's one day, but she declined, giving him a rose as pinch hitter. Some people got their mail and phone calls in Max's, and it even served as a bank. When Max's closed there were several bar tabs of eight thousand to twenty-four thousand dollars. You could change money there.

……

Simply as a restaurant, Max's had good food, and good service too. The prices were low, it was comfortable, and it had a good wine list for those who wanted it. And always, there was a feeling of protection for the freaks, a sense of freedom. When some outrageously drunk regular went over and unfastened Germaine Greer's bra she just laughed, nobody got uptight. It wasn't like a bar where if you got a little too loud or you did the wrong thing a bouncer would come over. "We lived there," says Frosty Meyers.

"It was our bar. We owned that bar. We could do anything in that place."

Max's was a permanent party and the artists, to whom Mickey felt closest, were chronologically the first to come when the place opened in 1966. Then the fashion photographers who had their studios in the neighborhood started coming in. ... (pp.208-209)

D. 作者认为地下文化使青年一代在商业社会脱颖而出,培育了他们反抗旧习俗的精神:

... Perhaps the post-Viet generation would have grown up in a more sophisticated tradition of resistance. Perhaps a renewed underground would have the courage of its contradictions, knowing how to manage the impulse to succeed in terms of the commercial culture without betraying its deepest political and artistic convictions.

The truth is that in this country the myth of the genius in the garret, flaunting an impoverished purity, was always a middle-class soap opera. The guilty need for this fairy tale of virtuous deprivation is itself telling. Its unrecognized message is that genuine art deserves rejection—as if it were not bad enough that it is often in fact rejected. Of course when the alienated artist is accepted in the happy end, the masterpiece that has issued from his isolation will help validate the society that formerly rejected it. But impoverished genius is never a validation of society, it is an indictment. "I would love to be rich and famous," young fiction writer Mark Leyner tells me, "but I think it's impossible through the way I write. But I'll try to become rich and famous some other way. My writing is probably financially futile, but that's not so bad—it keeps the work pure." There is nothing wrong with wealth and fame, Leyner seems to be saying, but you don't even think of compromising your creative work to get it. If he harbors an idea of purity, it is purified of defeatism and hypocrisy, envy and contempt. For subterraneans who don't turn out to be closet Yuppies, and of course many do, fame and fortune can be weapons in the fight for the culture, no less than poverty and obscurity. Opposition continues by other means. (p.278)

3. 其他重要作品链接

A. 长篇小说:

《成功》(*Up*, 1969)

《出走》(*Out*, 1973)

《96.8》(96.8, 1975)

《议论历境的悠长布鲁斯》(Long Talking Bad Conditions Blues, 1979)

《吹逝》(Blown Away, 1986)

《最后的秋天》(Last Fall, 2005)

B. 短篇小说集:

《小说的死亡及其他故事》(The Death of the Novel, and Other Stories, 1969)

《无穷无尽的短篇小说》(The Endless Short Stories, 1986)

《狗食袋》(Doggy Bag, 1994)

《摩西的子民》(Mosaic Man, 1999)

C. 文学评论集:

《形式:关于小说艺术的离题话》(In Form: Digressions on the Cut of Fiction, 1985)

《变质的散文》(Degenerative Prose, 1995)

《叙事:小说的真实性》(Narralogues: Truth in Fiction, 2000)

第四节　辛西娅·欧芝克与《披巾》

1. 生平透视

辛西娅·欧芝克(Cythia Ozick, 1928—)是个美国著名的犹太女作家,1928年4月17日生于纽约市布朗克斯区。她曾获俄亥俄大学硕士学位,搞过小说家亨利·詹姆斯研究。后来试写小说,接受詹姆斯文艺思想的影响。1971年,第一部短篇小说集《异教徒拉拜》问世,引起文艺界的关注。1983年,第一部长篇小说《一群吃人生番》出版,反应不错,奠定了她的小说家声誉。欧芝克大器晚成,终于名扬全国,时年已五十七岁。

欧芝克坚持创作,新作不断涌现,主要有《流血:三个中篇小说》(1976)、

《飘浮:五部小说》(1982)和《斯德哥尔摩的弥赛亚》(1987)。1989年发表的《披巾》荣获欧·亨利小说奖。90年代以来又推出剧本《蓝光》(1994)、长篇小说《普特梅瑟的文件》(1997)、《闪亮世界的后嗣》(2004)和修订版的《信任》(1966,2004)等。

欧芝克不仅重视创作,而且致力于文学理论的探索,先后出版了五本论文集:《艺术与情欲》(1983)、《比喻与记忆》(1989)、《比喻与神话》(1989)、《名誉与愚蠢》(1996)和《争吵与窘境》(2000)等。她对文学与生活、宗教和神话问题有许多独特的见解,在文艺界产生了一定的影响。

2. 代表作扫描

欧芝克是个勤奋创作的犹太女作家,至今已出版长篇小说六部、短篇小说集四部、论文集五部,还有诗歌、剧本和译作多部。在她的作品里,她不断地为维护犹太人的正当权益大声疾呼。她被誉为美国犹太人的代言人。她是个为数不多的才华横溢的犹太女作家。

在欧芝克的长短篇小说中,最受欢迎的是短篇小说集《披巾》、长篇小说《吃人者星系》和《斯德哥尔摩的弥赛亚》。《吃人者星系》描述了主人公布里尔二次大战中纳粹德国攻占巴黎后,他和父母、兄弟和妹妹被抓进波兰集中营。不久,布里尔幸运逃到某女修道院学校的地下室,后转到一个农场干活。战后,他辗转到了美国,被聘到中部办一所小学。他从小喜爱天文,着迷宇宙星系,想当个响当当的科学家,竟沦为平庸的小学校长。他推行的"双重课程"受到冷遇。他退休后,继任校长改了校名,他的名字也被渐渐遗忘了。

《斯德哥尔摩的弥赛亚》写的是主人公拉尔斯从小给人带到中立国瑞典,才免于受害。他不知道亲生父母是谁,只记得他的祖辈在二次大战中被害死了。父亲布鲁诺被纳粹在街头杀害。据说他留下一部手稿《弥赛亚》。长大后,拉尔斯在一家报社写专栏书评。他到处寻找父亲的手稿。一家书店老板的女儿艾尔莎假扮布鲁诺的女儿,拿了《弥赛亚》手稿给拉尔斯看,请他写篇文章证明它的真实性。拉尔斯感到困惑,误以为受骗了,愤怒地将手稿烧掉。最后,艾尔莎对拉尔斯说,他烧掉的手稿是布鲁诺的真作。小说主题深刻,手法新颖。作者运用历史故事探讨了犹太人的身份问题,意义重大。

《披巾》由两个短中篇小说《披巾》和《罗莎》组成。它是欧芝克最有名的关于纳粹德国对犹太人大屠杀题材的作品。有人认为它是当代美国最佳的一部短篇小说集。它荣获了欧·亨利小说奖。有人将它与马拉默德著名的短篇小说《魔桶》相提并论。因此,它成了欧芝克的优秀代表作。

1) 故事和人物盘点:

《披巾》(The Shawl)的故事发生在二次大战期间的纳粹法西斯集中营。女主人公罗莎有个女儿玛格达,年仅十五个月。她还有个侄女斯特拉,十四岁了,长得天真美丽。她们三人一起被纳粹抓进集中营。罗莎将幼女玛格达藏在披巾里。她没有奶吃,却乖乖地默不作声。不料,斯特拉无意中拿走了披巾,玛格达顿时哭了,惊动了纳粹士兵。他走过来从罗莎手里抢走了玛格达,马上走到门口,将她抛到电网上活活烧死。罗莎紧追到门口,眼看着这悲惨的一幕。她简直吓呆了,站在原地不敢动,本能地用披巾堵住自己的嘴,无可奈何地望着亲生骨肉被残暴地杀害。

《罗莎》(Rosa)继续描写罗莎的生活经历。战后,罗莎辗转到了美国,生活漂泊不定。过了三十年,她移居佛罗里达州。她念念不忘斯特拉拿走披巾,暴露了女婴,最后惨遭杀死的事实。过去的阴影挥之不去,仍然占据着她的心灵,让她久久难以平息。她行为古怪反常,疯疯癫癫,竟亲手砸了自己的旧货店。她的侄女经济上常资助她,她却老跟她斤斤计较,寸步不让,甚至在背后说她的坏话。她自以为出生高人一等,又受过正规教育,看不起其他犹太人。她虽然是个纳粹集中营大屠杀的幸存者,却留下严重的后遗症。她的悲惨遭遇令人同情,发人深省。

2) 风格和语言聚焦:

《披巾》生动而真实再现二次大战中德国纳粹集中营的历史。它所包含的《披巾》和《罗莎》两篇作品构成了虚实并置,历史事件与对历史的认识以及虚构相结合的文本,展现了欧芝克独特的艺术风格。

《披巾》是犹太人在纳粹集中营受迫害的真实记录,没有多余的描写。《罗莎》则写了一个幸存者内心的痛苦和惨痛的记忆。二者互相阐明,互为补充,组成一个悲痛而感人的故事。主题鲜明,结构紧凑,语言简洁,令人印象深刻。

在《披巾》里,欧芝克直接记述了犹太女婴玛格达被纳粹士兵扔上电网杀

第四章
与时俱进的犹太作家们

害的惨状,几乎采用不加修饰的笔调,不动声色,体现了后现代派零度写作的特色。在《罗莎》里则多处显示了小说的模糊性和不确定性。玛格达明明死了,《罗莎》中的女主人公罗莎却说玛格达还活着,而且是个拥有两间诊所的医生和希腊哲学教授。究竟是真是假,小说没说。也许罗莎精神不正常,说的话当然不可信。

关于玛格达的身世,小说也故意含糊不清。《披巾》里斯特拉说玛格达是她母亲遭纳粹士兵强暴后生的,所以她有蓝眼睛和黄头发。《罗莎》里,罗莎在一封信中对玛格达说:"你父亲是我妈妈最好朋友的儿子。她是改变了信仰的犹太人,嫁给了一个非犹太人;你要是喜欢,可以做犹太人,也可以做非犹太人。这由你决定。"她还劝女儿别相信斯特拉的谎言。她那么说是别有用心的。是斯特拉欺骗了玛格达?还是罗莎精神错乱,随便编故事?很难下定论。

小说语言简洁有力,描写精练,近似白描手法,很少用形容词和副词。比如开篇的描述:

……玛格达汲着罗莎的奶头。罗莎不停地走着,像个活动的摇篮。奶汁不够。玛格达有时汲着空气,接着就尖叫。斯特拉饿极了。她的膝盖肿得靠棍子撑着。她的胳膊瘦得像鸡腿。

在描写小女孩玛格达暴露后,面对被杀害的危险面前,欧芝克三言两语刻画了玛格达的反应:

"玛格达很沉着,但她的双眼充满生气,像一对蓝色的老虎。她注视着,有时笑了,像一种笑,怎么会呢?她从没见过任何人笑过。风刮起披巾一角时,她又笑了。风刮污了披巾点点黑斑,斯特拉和罗莎都流泪了。玛格达的眼睛总是亮闪闪的,不流泪。她像一只老虎注视着,保护着她的披巾。不许任何人动它,只许罗莎动它。斯特拉也不许动。披巾像是玛格达自己的女婴、她的宠物、她的小妹妹……"

寥寥数语,勾勒了小女孩玛格达临危不惧的神态。这种高超的语言技巧很像海明威的风格。它在美国后现代派小说家中是不多见的。

在《罗莎》里,作者运用了许多人物对话来揭示罗莎的精神创伤和傲慢性格,还穿插了几封信件,使叙述起伏多变,不流于单调乏味。末了,玛格达消失了,像蝴蝶一样飞走了。罗莎盼望她经常来陪她……故事亦真亦幻,罗莎仿佛生活在梦里。她的后遗症一直难以根除。

3) 意义和影响总览：

《披巾》以简洁的笔调深刻地揭露了希特勒法西斯集中营对犹太人灭绝人性的大屠杀罪行。他们连出生不久的无辜女婴都不放过，真是杀人不眨眼，罪行滔天。小说以新颖的题材展示了凝重的主题，并反映了大屠杀幸存者抹不掉的后遗症造成了毕生的精神创伤。这更使法西斯暴徒罪加一等，令人深恶痛绝。因此，小说意义重大，影响极其深远。

从上世纪80年代拉斯维辛集中营大屠杀曝光以来，美国民众对犹太人的看法有了明显的好转。法西斯的暴行受到广泛声讨。有关纳粹大屠杀的文学作品纷纷问世。《披巾》成了这些作品中最引人注目的小说之一。

欧芝克在小说创作中将犹太文化传统与女权主义相结合，使犹太文学走进了新时代。大屠杀中，受害的犹太人达数千万，其中最惨的是妇女。《披巾》里三个主要人物都是犹太女性，最小的是个女婴，年仅一岁多，还不会说话，竟惨遭纳粹士兵杀害。罗莎和斯特拉也遭到非人的待遇，忍饥挨饿，骨瘦如柴，像活在人间地狱。这样的题材进一步揭露了法西斯的反动本质，加深了人们对邪恶势力的认识。

小说通过劝导罗莎学习英文，尽早融入美国社会，希望大屠杀的犹太人幸存者们不要停留在过去的悲伤中，要大胆地向前看，努力学习，充实自己，重新开始新的生活。在社区民众的关怀下，犹太人要多团结、多交往，相互帮助，刻苦工作，生活会慢慢好起来。

《罗莎》的后半部里，罗莎常常收到一些学术界人士的"大学来信"，要求她提供纳粹集中营的数据和证明资料，罗莎一气之下将这些信件扔掉了。欧芝克批评某些学者只顾自己埋头研究，不问幸存者回忆时的内心痛苦，这显然是不对的。他们应该尽自己的力量，同情和支持纳粹大屠杀的幸存者重新开始新的生活。

欧芝克今年八十五岁了，仍在孜孜不倦地写作。她不仅是个出名的小说家，而且是个文学评论家。她对文学与生活、文学与神话、文学与宗教等重要问题都有精辟的见解。她的小说里犹太味浓烈，这在当代美国犹太小说里已很鲜见。她的语言精练，通俗易懂，描述简洁。因此，她成为一位很受读者敬重的犹太小说家。

4) 文本名段点击①:

A. 犹太妇女罗莎用披巾包着女婴玛格达与侄女斯特拉被抓进纳粹集中营:

Stella, cold, cold, the coldness of hell. How they walked on the roads together, Rosa with Magda curled up between sore breasts, Magda wound up in the shawl. Sometimes Stella carried Magda. But she was jealous of Magda. A thin girl of fourteen, too small, with thin breasts of her own, Stella wanted to be wrapped in a shawl, hidden away, asleep, rocked by the march, a baby, a round infant in arms. Magda took Rosa's nipple, and Rosa never stopped walking, a walking cradle. There was not enough milk; sometimes Magda sucked air; then she screamed. Stella was ravenous. Her knees were tumors on sticks, her elbows chicken bones.

Rosa did not feel hunger; she felt light, not like someone walking but like someone in a faint, in trance, arrested in a fit, someone who is already a floating angel, alert and seeing everything, but in the air, not there, not touching the road. As if teetering on the tips of her fingernails. She looked into Magda's face through a gap in the shawl: a squirrel in a nest, safe, no one could reach her inside the little house of the shawl's windings.... (pp.3-4)

B. 玛格达暴露后叫了一声"妈!"罗莎茫然地站立着:

Magda's mouth was spilling a long viscous rope of clamor.

"Maaaa—"

It was the first noise Magda had ever sent out from her throat since the drying up of Rosa's nipples.

"Maaaa ... aaa!"

Again! Magda was wavering in the perilous sunlight of the arena, scribbling on such pitiful little bent shins. Rosa saw. She saw that Magda was grieving for the loss of her shawl, she saw that Magda was going to die. A tide of commands hammered in Rosa's nipples: Fetch, get, bring! But she did not know which to go after first, Magda or the shawl. If she jumped out into the arena to snatch Magda up, the howling would

---

① 下列引文选自 Cythia Ozick, *The Shawl*, Vintag Books, A Division of Random House, Inc., 1980, 1983。

not stop, because Magda would still not have the shawl; but if she ran back into the barracks to find the shawl, and if she found it, and if she came after Magda holding it and shaking it, then she would get Magda back, Magda would put the shawl in her mouth and turn dumb again.

Rosa entered the dark. It was easy to discover the shawl. Stella was heaped under it, asleep in her thin bones. Rosa tore the shawl free and flew—she could fly, she was only air—into the arena ... (p.8)

C. 二次大战后,罗莎到了美国,大屠杀的后遗症一直挥之不去:

She was wary: "I'm used to everything."

"Not to being a regular person."

"My niece Stella," Rosa slowly gave out, "says that in America cats have nine lives, but we—we're less than cats, so we got three. The life before, the life during, the life after." She saw that Persky did not follow. She said, "The life after is now. The life before is our *real* life, at home, where we was born."

"And during?"

"This was Hitler."

"Poor Lublin," Persky said.

"You wasn't there. From the movies you know it." She recognized that she had shamed him; she had long ago discovered this power to shame. "After, after, that's all Stella cares. For me there's one time only; there's no after."

Persky speculated. "You want everything the way it was before."

"No, no, no," Rosa said. "It can't be. I don't believe in Stella's cats. Before is a dream. After is a joke. Only during stays. And to call it a life is a lie."

"But it's over," Persky said. "You went through it, now you owe yourself something."

"This is how Stella talks. Stella—" Rosa halted; then she came on the word. "Stella is self-indulgent. She wants to wipe out memory."

"Sometimes a little forgetting is necessary." Persky said, "if you want to get something out of life."

"Get something! Get *what*?"

"You ain't in a camp. It's finished. Long ago it's finished. Look around, you'll see human beings."

"What I see," Rosa said, "is bloodsuckers." (pp.56-57)

3. 其他重要作品链接

A. 长篇小说：

《信任》(*Trust*, 1966)

《吃人者星系》(*The Cannibal Galaxy*, 1983)

《西莫尔：一个美国缪斯》(*Seymous: An American Muse*, 1985)

《斯德哥尔摩的弥赛亚》(*The Messiah of Stockholm*, 1987)

《普特梅瑟的文件》(*The Puttermesser Papers*, 1997)

《信任》(*Trust*, 修订版, 2004)

《闪亮世界的后嗣》(*Heir to the Grimming World*, 2004)

B. 中短篇小说集：

《异教徒拉拜及其他》(*The Pagan Rabbi, and Other Stories*, 1971)

《流血：三个中篇小说》(*Bloodshed and Three Novella*, 1976)

《飘浮在空中：五部小说》(*Levitation: Five Fictious*, 1982)

C. 文学评论集：

《艺术与情欲》(*Art and Ardor*, 1983)

《比喻与记忆》(*Metaphor and Memory: Essays*, 1989)

《比喻与神话》(*Metaphor and Myth*, 1993)

《名誉与愚蠢》(*Fame and Folly: Essays*, 1996)

《争吵与窘境》(*Quarrel and Quandary: Essays*, 2000)

4. 著作获奖信息

1989年《披巾》荣获欧·亨利小说奖。

第五章 再创辉煌的黑人女作家们 Chapter 5

第一节 托妮·莫里森与《所罗门之歌》

1. 生平透视

托妮·莫里森(Toni Morrison, 1931—)1993年荣获诺贝尔文学奖，是获此殊荣的第一位美国黑人女作家。她将黑人文学推上繁荣发展的新阶段。

莫里森1931年2月18日生于俄亥俄州克里夫兰附近的罗兰镇。原名科洛·安东尼·伍福德(Chloe Anthon Wofford)，祖父是个黑奴，父亲出身贫苦，当过洗车工、铸造工和修路工。母亲主持家务。家里四个孩子，她排行老二，从小爱好文学。中小学学习成绩优秀。1949年，她入黑人创办的霍华德大学，主修英语，副修古典文学。1953年毕业后到康奈尔大学读研究生，1955年获硕士学位。先后去南得克萨斯大学和霍华德大学任教。后来到蓝登书屋编辑教材，业余开始写作。1967年调到纽约蓝登书屋总部任编辑，同时兼任耶鲁大学教授。1983年至今，她在普林斯顿大学教英文写作，深受学生们欢迎。

1970年，处女作《最蓝的眼睛》问世，一炮打响，获得意外的成功，奠定了莫里森小说家的地位。接着，她陆续发表多部长篇小说，如《舒拉》(1974)、《所罗门之歌》(1977，第二年荣获全国书评界奖)、《柏油娃》(1981)、《宠儿》(1987，曾获普利策奖)、《爵士乐》(1992)、《天堂》(1998)和《爱》(2001)等。她努力追求一种富有特色的模式，以她的家乡等地为背景，重构历史，思考现实与理想的矛盾，表现北方和南方黑人妇女的悲惨命运。

2. 代表作扫描

莫里森的长篇小说都很受读者欢迎,特别是成名作《最蓝的眼睛》和三部曲《宠儿》、《爵士乐》和《天堂》。

《最蓝的眼睛》由春夏秋冬四个部分组成,不分章节。叙述者是个白人小姑娘克洛狄娅。小说描写1940年至1941年莫里森家乡一个黑人家庭家破人亡的悲剧。女主人公佩柯拉·布里德拉夫年仅十一岁。她天真可爱,期盼有双蓝眼睛,父母就会爱她,不会再打闹,邻居的小孩会跟她玩,老师也会疼爱她。她父亲科利工作不如意,终日酗酒,母亲跑去白人家当佣人。两人常常争吵。一天,父亲酒醉回家,发现女儿单独在家,将她按倒在厨房地上强暴。不久,佩柯拉怀孕了。她分娩时婴儿死于腹中,她发疯了。科利无脸见人,不得不自杀。佩柯拉苦求牧师帮忙,牧师切奇敷衍了事,令她绝望……小说穿插许多人物对话,形成多角度叙述,有的部分像戏剧一样,给人身临其境的感觉,语言带有黑人口语色彩。现实主义细节与现代派的跨体裁等手法相互交融,绘声绘色,真实感人,催人泪下。

《宠儿》、《爵士乐》和《天堂》三部曲表露了黑人女主人公对爱情、亲情和友情的呼唤和对黑人社区人际关系和谐的追求。《宠儿》尤为突出。故事发生在1873年美国南方某地农村。女主人公塞丝杀死了自己幼小的宠儿后寝食不安,心理负担沉重,直到宠儿离去,她放宽心态,成了一个正常的自由人。小说结构奇特,由多个碎片组合,时序颠倒,语境变换与虚构相结合,并吸取非洲的民间艺术形式,创意浓浓。《爵士乐》成了《宠儿》的续编。它描写1926年纽约哈莱姆区文艺复兴的故事。小说男主人公从小受母亲遗弃,精神空虚,独自闯荡纽约,娶了比她小两岁的维奥丽特。乔到处推销女性美容品,维奥丽特成了美发师。两人打拼,经济收入不菲。但终日奔波,夫妻缺少感情沟通,乔内心空虚,爱上一个年仅十八岁的高中女生杜卡丝。后来,杜卡丝搭上别的男人,乔醋意大发,开枪打她。她受了重伤后不肯去医院急救,因流血过多死去。葬礼上,乔的妻子又哭又闹,难以平静。后来经过多方了解,她改变了对杜卡丝的看法。乔痛改前非,两人达成和解,用爱心代替冷漠和怨恨。

三部曲最后一部《天堂》的背景是1976年,恰好与《爵士乐》故事发生的年代相距五十年。地点在俄克拉荷马的小镇鲁比。小说由九个篇章组成。每篇冠以一个女性的名字,以突出她们在小说中的地位。开篇时,九个黑人男子袭击住在某女修道院里五个女人,想赶走寄居的四个女人。接着,它描述鲁比镇和女修道院的今昔,展示鲁比镇的暴力、冲突和背叛。各个女子的平凡生活。一名女教师的反思:"天堂"的法则给妇女带来的伤痛。修道院女主人的经历和其他四个妇女的生活方式。修道院遭袭击后一个残疾的女婴死了。全镇为她举行葬礼。最后,叙事者简要交代了寄居修道院被追赶的四位女性梅威丝、佳佳、帕拉丝和塞尼卡的下落,暗示她们重回社会,鲁比小镇走向与社会的融合,"天堂"成了她们死后向往的归宿。

《所罗门之歌》描写黑人男孩"奶娃"历尽艰辛寻找金子,历经种种坎坷和磨难的故事。作者以锐利的笔调和离奇的情节,生动地展示了美国黑人内部的复杂矛盾、黑人的习俗、追求和理想。它成了一部美国黑人历史的缩影。它一问世就上了畅销书单,持续近二十年,受到学界和读者们的好评,并荣获美国书评界奖。它成为莫里森最优秀的代表作。

1) 故事和人物盘点:

"所罗门之歌"(*Song of Soloman*)原是《圣经·旧约》的一卷。它是一组充满戏剧性的爱情诗,又称"歌中之歌",相传是公元前 10 世纪希伯来国王的作品。莫里森借此为书名,寓意深刻,发人深省。

《所罗门之歌》共两大部分十五章。故事发生在美国南北战争结束后的宾州某小镇。梅肯·戴德娶了一个印第安姑娘。婚后生下一男一女:梅肯·代德和帕丽特。生女儿时妻子难产去世。不久,老梅肯办的农场被一大庄园主看中,惨遭无情枪杀,农场被强占。两个小孩无家可归,被一个接生婆、庄园主的女仆瑟斯偷偷收留,待了两周,因怕连累瑟斯,有一天清晨,兄妹二人悄悄地离开了。哥哥十六岁,妹妹才十二岁。他们往西南走了好久,矇眬中忽见死去的父亲来引导他俩到他家农场附近一个山洞里栖息。兄妹不怕黑暗走进了山洞里,在老梅肯尸体被抛弃之地发现了一袋金子。天亮后,两人不敢久留。哥哥想带走金子,以为有了它可生活一辈子。妹妹怕惹事,劝他别带走金子。哥哥生气打了她一巴掌。她突然消失了。过了三天三夜,哥哥走到洞里,发现一袋金子不见了。他怀疑妹妹私自拿了金子跑掉了。他便独自去密歇根州某地干活,娶了一个全城最有钱的黑人医生的女儿。婚后育有两女一男。男孩取名奶娃。小梅肯搞房地产交易,收入丰厚,受人敬重。但

第五章
再创辉煌的黑人女作家们

他贪婪自私疑心重,老怀疑妻子有外遇。夫妻关系不好。

二十年后,妹妹帕丽特回到她哥哥住的小镇。从山洞跟他分手后,她坐马车去了南方,当过洗衣工,不愿做妓女,生活困苦。后来跟一个称她为"美人鱼"的男人生了一个女儿叫丽芭,但没嫁给他。她成了单身母亲。她会关心人,受邻人尊重。她学会酿酒和卖酒维持生活。她成了一个帮助别人医治创伤的能手。

见到小梅肯后,起先他粗暴无礼,既尴尬又记仇。帕丽特很关心奄奄一息的嫂子。她告诉哥哥她没带走那袋金子,哥哥渐渐消除疑心,相信了她。他叫儿子奶娃去那个山洞寻找那袋金子,如果找到了就分一半给她。奶娃开了小汽车去宾州,最后到了弗吉尼亚寻找,走访了牧师等人和瑟斯的旧居。几经曲折他终于到了那个山洞,找到了沉甸甸的一袋,打开一看,那不是祖辈流失的金子,而是黑人先辈们留下的大量传说、神话和歌谣。他惊喜地发现:黑人民歌中会飞的所罗门正是他自己的曾祖父。所罗门的儿子就是他祖父老梅肯·代德。他们从弗吉尼亚飞回非洲。帕丽特知道后非常高兴。她和奶娃一起到南方重新安葬了祖父。奶娃的朋友吉他误以为奶娃欺骗了他,暗中开着小汽车秘密地跟踪他们到了南方。他怀疑"奶娃"拿了金子并占为己有,便向他开枪,结果误杀了帕丽特。奶娃沉痛地为姑妈唱着:"甜姑娘,别把我留在这里!",默默地为她送终。他没有擦干眼泪,深呼吸一下就跳下深谷,像他祖父和父亲所罗门一样,犹如一颗北极星,敏捷而明亮,向吉他飞过去……

小说主人公"奶娃"是梅肯黑人家族的后代。他身强力壮,左腿比右腿短一点。他怕他贪婪自私的父亲,尊重他,但不想跟他一样。他留小胡子,戴活结长领带,抽点香烟。他常帮做房地产生意的老爹跑遍全城去收租金。父母亲感情不好。他母亲有外遇,有一次被他父亲扇了一记耳光,他跳起来一拳把他击倒在暖气片上。他说:"你再碰她一次,我会杀死你的。"他父亲趴在墙边,吓得说不出话来。他母亲本来希望他中学毕业后去升大学学医。他父亲则认为上大学对他毫无意义,不如在家给他当个助手。他让奶娃两个姐姐中一个上大学了。他以为女儿在那里可找个好丈夫。奶娃与姑姑帕丽特的女儿丽芭的女儿哈格来往好久。两人早就发生了关系,奶娃感到她有点神经质,心里很厌烦。哈格比他大五岁,对他紧追不舍。他对人坦诚乐于助人,与好友吉他经常一起喝酒聊天。但吉他生活没目标,对别人不关心。他恨白人,特别是警察,爱帮助被警察追捕的人。吉他加入冒险的"七天社",仅由七人组成,不扩大。报复杀害黑人小孩或妇女的白人。奶娃认为要惩罚行凶的家伙,不要杀害无辜的白人。有些白人为黑人作过牺牲。吉他坚持自己的意见。哈格威胁要杀死奶娃,最后患了热病去世。奶娃待人诚恳,对吉他未加提防,最后去替父亲取一袋金子时遭吉他偷袭,造成他姑妈被杀。他不得不飞走……

2) 风格和语言聚焦:

《所罗门之歌》将生动的现实主义细节与"黑人会飞"古老的非洲黑人传说结合起来,运用现代主义和超现实主义手法,表现了美国黑人梅肯三代人的苦难史,形成了独特的艺术风格,促进了黑人文学的新繁荣。

莫里森巧妙地借用了《圣经·旧约》中"所罗门之歌"作为小说的书名,具有象征意义。她把所罗门的故事和其他黑人民族美丽的传说和神话融入小说叙事中,描写所罗门有二十一个孩子,他们都是同一个母亲莱娜生的男孩。奶娃的曾祖父就是其中之一。他祖父也是所罗门嫡出的后代。所以,他们三代人都会飞,像鸟一样,飞向任何地方。这使故事情节增加了神秘感。小说真实地描绘了老梅肯好不容易在南北战争后分得了土地,办了一个小农场。当地一家大种植园主为了扩大领地,把他杀了,抢占了他的农场,小梅肯和帕丽特兄妹只好离家逃生。在叙述中,小说常常插入有趣的传说,使平凡的故事熠熠生辉,如第四章里弗莱迪告诉奶娃:鬼杀死了他母亲。他讲得娓娓动听:有一天,他妈和一个邻居朋友穿过场院,迎面走来一个女人。她走近时,邻居喊了一声"你好!"。那女人顿时变成一头白色公牛。他妈当场倒地生了他。当他出世时,她大叫一声就死了。从此再没醒过来。他爸在他出生前两个月就死了。所以,没人来收养一个白公牛带到这个世界上的孩子。这种怪事反映了有些黑人青年迷信传说,对自己的生活困境还不知何故。

不仅如此,小说多次利用"梦"来展示人物的心理和愿望。如在小梅肯和帕丽特兄妹逃进山洞里时,忽然看见他们死去的父亲的身影,似乎在他们举目无亲的危难时刻来关照他们。小说结尾,死去的祖父令奶娃思念不已,他躺在酒窖里梦见姑妈生气地朝他头顶上一击……为什么? 也许是他伤害了哈格姑娘,姑妈在惩罚他。这两个梦反映了小说主人公奶娃在关键时刻的心愿和疑虑,打破了平铺直叙的毛病,增加了情节的起伏,令人耳目一新。

小说还充分运用比喻的手法,增加叙述的生动性和形象性。如"什么事都不能想当然。你爱的女人要割断你的喉管,而不知道你姓名的女人给你搓背。女妖的声音让他感到像名演员凯瑟琳·赫本。你的最好朋友却想勒死你。一株兰花之中也许藏着一粒果冻,一只米老鼠玩具里也许会藏着一颗闪亮的星星"。这种夹叙夹议中穿插比喻更引人入胜。第十章还引用格林童话《汉索尔和戈莉特》中的一段来揭示奶娃的心情,令人印象深刻。小说还借用了农夫与蛇的故事,使对话趣味横生,大为增色。

小说结构复杂而清晰。全书共十五章,一至九章为第一部分,十至十五章为第二部分。情节发展合理,扑朔迷离,有时颠倒时序,今昔混搭。叙述、抒情和议论相结合,交织着美丽的传说和歌谣,充满传奇色彩。

小说语言大都采用黑人口语,比较规范,富有抒情性。对话简洁生动,彰显人物个性。莫里森开创了美国黑人文学崭新的语言风格。

3) 意义和影响总览:

《所罗门之歌》通过主人公黑人青年奶娃和他父亲以及祖父三代人的不幸遭遇,描绘了美国黑人民族的血泪史,具有重要的现实意义和艺术价值。它被评为1977年美国最佳小说,第二年荣获全国书评界奖。评论界一致认为它是继赖特的《土生子》和艾立森的《看不见的人》之后最优秀的黑人小说,意义重大,影响相当深远。

小说首先描述第一代老梅肯国内战争后分得了土地,刻苦耕耘,办了个小农场。第二代梅肯五六岁就下地干重活,一家人拼命干,农场有点起色。不料当地一个白人种植园主占了全县一半土地仍不满足,强夺了梅肯家的土地,杀害了老梅肯。年幼的兄妹二人只好逃生。人死了,当地警察不管,法院也不受理,申诉无门。"人人都索要一个黑人的命"。"不是他的死命,是他活着的命"。兄妹二人分别逃往南方。火车不许黑人乘坐,帕丽特只好坐马车慢吞吞地去南方。在佛罗里达杰克逊维尔,连黑人小孩能去的孤儿院都没有,只得把孩子关进监狱。弗莱迪就是在监狱里长大的。这些活生生的事实有力地揭露了美国南方种族歧视下黑人受虐待的惨状。

小说以生动的笔调塑造许多人物形象,特别是在逆境中与命运抗争的黑人妇女形象。她们承受着黑人民族内外双重压迫。帕丽特流落南方举目无亲,当洗衣工度日。她看到许多黑人姑娘沦为妓女,生活没保障,有的遭强暴或杀害。她的女儿拉芭和外甥女哈格生活都不如意。接生婆老瑟斯冒险救了小梅肯兄妹,终日生活在庄园主的欺压下。尽管如此,她们为人正直,富有同情心,关怀别人,默默地忍受生活的磨难。帕丽特处处关心别人,很快获得邻居的敬重。老瑟斯不怕艰险,及时拯救了小梅肯兄妹等等都体现了黑人民族传统的优秀品德,也流露了莫里森对她们的同情和爱戴。

小说用敏锐的观察,如实地揭示了美国黑人内部错综复杂的矛盾和冲突。家庭之间、夫妻之间、父子之间、母女之间、兄妹之间以及朋友之间、邻居之间都存在不同的矛盾和冲突。作者大胆地批评了小梅肯·代德的虚伪、自私、斤斤计较和打老婆的粗暴行为。他让一个女儿升大学是为了使她能找个好对象。妻子要奶娃上大学念医学当博士,自己独立生活。他坚决反对。他要留他在身边当个助手。他对妹妹帕丽特也很粗暴,充分暴露了他的大男子主义思想。奶娃爱姑妈,也爱拉芭的女儿哈格。哈格任性,爱虚荣又敏感。奶娃厌烦她,缺少沟通,令哈格紧追不舍又伤心至极。白人的暴行引起吉他和奶娃的愤怒。吉他加入复仇组织"七天社",想刺杀白人,为死难的黑人报仇。奶娃不同意他这么冲动去复仇,建议他只杀白人凶手,不要乱杀无辜的白人。有的白人同情黑人甚至为黑人作过牺牲。奶娃的看法是正确的,但吉他不听。后来,吉他甚至跟踪奶娃,怀疑他私自拿走一袋金子,最后向他开枪,误杀了他姑妈。这一切说明美国黑人一方面要团结对敌,共同反对白人的种族主义压迫和歧视;另一方面黑人内部要多沟通,增进了解,消除误会和偏见,提倡爱心,相互帮助,理顺各种关系,提高思想认识,这样才能迎接美好的未来。这充分反映了莫里森对待黑人问题的智慧和判断,也体现了她一贯的主张:像"所罗门之歌"中的暗示那样,人类要超越仇恨和误解,走向充满爱心的新世界。

瑞典皇家科学院在给托妮·莫里森的颁奖词中指出:莫里森"以其富于洞察力和诗情画意的小说把美国现实的一个重要方面写活了。"

作为一位美国黑人女作家,托妮·莫里森一直关心广大黑人的命运和前途,特别是黑人妇女的坎坷命运,对她们寄予深切的同情。她不仅是个博学多才的女小说家,而且是个优秀的评论家。专著《在黑暗中表演:白种人与文学想象》(1992)影响很大。她还写短篇小说和诗歌。荣获诺贝尔文学奖后,她仍孜孜不倦地继续写作,虽已八旬有余,仍宝刀不老,奋然前行。去年,她又推出长篇小说《家园》,令读者和同仁们十分敬佩。她的成才和成功使她成为许多美国黑人女作家的光辉榜样。她在美国文学史上留下灿烂的一页。

4) **文本名段点击①**：

A. 小梅肯盼了十五年才喜得贵子,搞不清为什么小学生们叫他儿子"奶娃":

Without knowing any of the details, however, he guessed, with the accuracy of a mind sharpened by hatred, that the name he heard schoolchildren call his son, the name he overheard the ragman use when he paid the boy three cents for a bundle of old clothes—he guessed that this name was not clean. Milkman. It certainly didn't sound like the honest job of a dairyman, or bring to his mind cold bright cans standing on the back porch, glittering like captains on guard. It sounded dirty, intimate, and hot. He knew that wherever the name came from, it had something to do with his wife and was, like the emotion he always felt when thinking of her, coated with disgust.

This disgust and the uneasiness with which he regarded his son affected everything he did in that city. If he could have felt sad, simply sad, it would have relieved him. Fifteen years of regret at not having a son had become the bitterness of finally having one in the most revolting circumstances. (p.22)

B. 小梅肯告诉奶娃,他祖父如何获得自由和受骗:

"When freedom came. All the colored people in the state had to register with the Freedmen's Bureau."

"Your father was a slave?"

"What kind of foolish question is that? Course he was. Who hadn't been in 1869? They all had to register. Free and not free. Free and used-to-be-slaves. Papa was in his teens and went to sign up, but the man behind the desk was drunk. He asked Papa where he was born. Papa said Macon. Then he asked him who his father was. Papa said, 'He's dead.' Asked him who owned him, Papa said, 'I'm free.' Well, the Yankee wrote it all down, but in the wrong spaces. Had him born in Dunfrie, wherever the hell that is, and in the space for his name the fool wrote, 'Dead' comma 'Macon.' But Papa couldn't read so he never found out what he was registered as till Mama told him.

---

① 下列引文选自 Toni Morrison, *Song of Soloman*, Everyman's Library, Alfred A, Knopf, INC., 1977。

(pp.62-63)

C. 奶娃与他父亲的"像"和"不像"：

... Milkman feared his father, respected him, but knew, because of the leg, that he could never emulate him. So he differed from him as much as he dared. Macon was clean-shaven; Milkman was desperate for a mustache. Macon wore bow ties; Milkman wore four-in-hands. Macon didn't part his hair; Milkman had a part shaved into his. Macon hated tobacco; Milkman tried to put a cigarette in his mouth every fifteen minutes. Macon hoarded his money; Milkman gave his away. But he couldn't help sharing with Macon his love of good shoes and fine thin socks. And he did try, as his father's employee, to do the work the way Macon wanted it done.

Macon was delighted. His son belonged to him now and not to Ruth, and he was relieved at not having to walk all over town like a peddler collecting rents. It made his business more dignified, and he had time to think, to plan, to visit the bank men, to read the public notices, auctions, to find out what plots were going for taxes, unclaimed heirs' property, where roads were being built, what supermarkets, schools; and who was trying to sell what to the government for the housing projects that were going to be built. (p.72)

D. 奶娃的朋友吉他对他诉说黑人受欺压无处申冤的惨象：

"We poor people, Milkman. I work at an auto plant. The rest of us barely eke out a living. Where's the money, the state, the country to finance our justice? You say Jews try their catches in a court. Do we have a court? Is there one courthouse in one city in the country where a jury would convict them? There are places right now where a Negro still can't testify against a white man. Where the judge, the jury, the court, are legally bound to ignore anything a Negro has to say. What that means is that a black man is a victim of a crime only when a white man says he is. Only then. If there was anything like or near justice or courts when a cracker kills a Negro, there wouldn't have to be no Seven Days. But there ain't; so we are. And we do it without money, without support, without costumes, without newspapers, without senators, without lobbyists, and without illusions!" (p.176)

E. 奶娃的姑姑帕丽特向他爸爸诉说小时候在山洞里失散的情景：

"I spent that whole day and night in there, and when I looked out the next morning you was gone. I was scared I would run into you, but I didn't see hide nor hair of you. It was three years or more 'fore I went back. The winter it was. Snow was everywhere and I couldn't hardly find my way. I looked up Circe first, then went looking for the cave. It was a hard trek, I can tell you, and I was in frail condition. Snow piled up every which way. But you should of known better than to think I'd go back there for them little old bags. I wasn't stuttin 'em when I first laid eyes on 'em, I sure wasn't thinking about them three years later. I went cause Papa told me to. He kept coming to see me, off and on. Tell me things to do. First he just told me to sing, to keep on singing. 'Sing,' he'd whisper. 'Sing, sing.' Then right after Reba was born he came and told me outright: 'You just can't fly on off and leave a body,' he tole me. A human life is precious. You shouldn't fly off and leave it. So I knew right away what he meant cause he was right there when we did it. He meant that if you take a life, then you own it. You responsible for it. You can't get rid of nobody by killing them. They still there, and they yours now. So I had to go back for it. And I did find the cave. And there he was." (p.227)

3. 其他重要作品链接

A. 小说：

《最蓝的眼睛》(*The Bluest Eyes*, 1970)

《舒拉》(*Sula*, 1974)

《柏油娃》(*Tar Baby*, 1981)

《宠儿》(*Beloved*, 1987)

《爵士乐》(*Jazz*, 1992)

《天堂》(*The Paradise*, 1998)

《爱》(*Love*, 2001)

《贱人的书》(*The Book of Mean People*, 2002)

《家园》(*Home*, 2012)

B. 评论：

《在黑暗中表演：白种人与文学想象》(*Playing in the Dark: Whitness and the Literary Imagination*, 1992)

《谁赢了游戏？蚂蚁或蚱蜢？》(Who's Got the Game?: The Ant or the Grasshopper?, 2003)

4. 著作获奖信息

1974年《舒拉》荣获美国全国书评界奖；

1987年《宠儿》荣获普利策奖；

1993年荣获诺贝尔文学奖；

2012年荣获美国总统自由勋章。

第二节 艾丽丝·沃克与《紫色》

1. 生平透视

艾丽丝·沃克(Alice Walker, 1944—)是一位女权主义倾向明显的美国黑人女作家。1944年2月9日，她生于美国佐治亚州伊顿镇。父母亲都是佃农，常常干活拿不到工薪。八个孩子中她最小。她从小承担全部家务，生活贫苦，没上过正规小学。她爱读小说。八岁时，她不慎被弟弟打瞎了一只眼，因没钱上医院，过了很久才去动手术。中学毕业后，她靠奖学金升入斯比尔曼学院。1964年转到萨拉·劳伦斯学院，学习成绩优秀。毕业前，她写完第一部诗集《一度》，但三年后才出版。她曾偶然失身怀孕，十分痛苦，几度想自杀，后以写作自慰。毕业后，她到纽约社会福利部工作。后来曾去杰克逊州立学院和威列斯利学院等校教书。她在后者开了《妇女研究》课，很受学生们欢迎。

1973年，第二部诗集《革命的牵牛花》问世，反应一般。后来，她转向小说创作，先后发表了许多作品，如短篇小说集《爱的烦恼》(1973)、《在爱情和麻烦中》(1973)和《你征服不了女人》(1981)等。长篇小说有八部：《格兰奇·科帕兰的第三次生命》(1970)、《梅丽迪恩》(1976)、《紫色》(1982)、《我那小精灵的殿堂》(1990)、《拥有快乐的秘密》(1992)和《在我父亲微笑的灯光旁》(1998)、《前进的路令人心碎》(2000)和《现在是你打开心扉的时候了》(2004)以及两部论文集《寻找我们母亲的花园》(1984)和《靠词汇生活》(1988)等。

《紫色》问世后不久，一跃成为闻名全国的畅销书。艾丽丝·沃克名声大振。第二年，它一举夺得美国文学的三个大奖：美国国家图书奖、全国书评界奖和普利策奖。小说改编的同名电影获得奥斯卡奖提名。艾丽丝·沃克成了一位名扬欧美的黑人女作家。

艾丽丝·沃克是个很活跃的女权主义者。她积极参加60年代各项女权活动，当过著名的女权主义杂志《女士》的编辑，写了许多杂文，呼吁犹太妇女、黑人妇女和伊斯兰妇女相互支持，团结合作，共同反对帝国主义和殖民主义，努力争取妇女的自由、平等和解放。她访问过中国。她高度评价马丁·路德·金和杜波伊斯对美国黑人事业的不朽贡献。她像托妮·莫里森一样，在许多作品里表现黑人妇女的不幸，同情她们的遭遇，赞扬她们的自立精神。

2000年，沃克又推出《前进的路令人心碎》，描写她与前夫的关系以及当时生活中发生的社会事件。九一一事件后，她发表了《来自地球的信息——写于世贸中心和五角大楼被炸后》(2001)她始终关注着美国社会现实的变化。2004年，她出版了长篇小说《现在是你打开心扉的时候了》，受到文艺界的广泛关注。

2. 代表作扫描

艾丽丝·沃克既写长短篇小说，又写诗歌和评论。1983年她提出了"妇女主义"的主张，在美国文坛影响很大。作为一位优秀的黑人女作家，她总是以自己的经历为基础，在小说中表现黑人女主人公经历性别痛苦和不平等的种族压迫的不幸遭遇，激励黑人女青年自力更生，艰苦拼搏，追求美好的明天。

在第一部长篇小说《格兰奇·科帕兰的第三次生命》里，沃克参照自己的童年生活，写了格兰奇一家：格兰奇、他妻子梅姆和儿子布鲁姆菲尔德。格兰奇是个佃农，母亲不幸自杀，他独自去北方寻找父亲，但不敢走太远。他儿子也当了佃农，因杀了妻子被捕入狱。格兰奇回家照料小孙女鲁思。他从北方归来后，身心变了不少。他决心将鲁思培养成一位女强人。在《梅丽迪恩》

里,作者以自己在斯比尔曼学院的经历为基础塑造了一位勇敢的黑人女主人公梅丽迪恩。她父亲对她传授美国本土的传统,带她去看拥有土地的原住民和他们古代安葬的地方,最后被毁了。她成了黑人运动的社会活动家,准备为改变黑人的不公正待遇而牺牲自己。

《拥有快乐的秘密》的女主人公是《紫色》中女主人公茜莉的儿媳妇塔希。她是个来自非洲的好姑娘,天真美丽,聪明能干。旧的传统给黑人妇女带来感情上的压抑和肉体上的痛苦。在《我那小精灵的殿堂》和《在我父亲微笑的灯光旁》,沃克的兴趣转向拉美文化。她塑造了众多人物,有南方人、黑人和原住民。小说反映了作者对美国少数族裔普通人,尤其是妇女苦难的关注和同情。

从上述简介中不难看出,从思想内容和艺术手法来看,《紫色》(*The Color Purple*)是艾丽丝·沃克的最成熟之作。它成为她最优秀的代表作。

1) 故事和人物盘点:

《紫色》故事发生于20世纪初至第二次世界大战结束。背景在美国南方某小镇乡下。女主人公茜莉是个十四岁的黑人农家姑娘。家庭贫苦。她从小喜爱紫色,天真可爱,屡遭不幸,无人关照。父亲受私刑而死,母亲再婚后得了重病,不肯与继父同床。一天母亲外出,继父强奸了她,使她怀孕,先后生了一男一女,陆续被继父卖掉。茜莉整天劳累不息,孤苦伶仃。母亲去世后,继父又娶了一个女孩,年龄跟她不相上下。有个鳏夫X先生想娶老二聂蒂,父亲将茜莉嫁给他。

婚后,茜莉经常受X先生打骂,还要关照他四个孩子。他有个十二岁的儿子待她粗暴无礼,她默默忍受折磨,心中万分苦闷,只好不断向上帝写信倾诉,但毫无效果。

不久,X先生将情妇莎格带回家中养病。茜莉悉心照料她,使她很感动。两人同睡一张床,亲如姐妹。莎格给她讲了许多男女做爱和女人的事,并把聂蒂寄给她的信还给了她。原来这些信是X先生扣下的。他曾想强奸聂蒂没有成功,怀恨在心。后来,茜莉跟莎格离家去孟菲斯市开裁缝铺独立谋生,感受到生活的自由和乐趣。聂蒂找到了茜莉孩子的养父,并嫁给了他。末了,继父自杀死了,茜莉得到了生父的遗产。她原谅了X先生的过失,他也悔过了。两人言归于好,平等相处。失散多年的妹妹聂蒂和丈夫桑莫尔带着茜莉的一子一女从非洲平安回到美国。全家一起欢庆大团圆。

第五章
再创辉煌的黑人女作家们

小说主人公茜莉是个年轻无知的黑人姑娘。她出身贫困之家,终日劳累,生活艰辛。母亲重病,她遭继父奸污怀孕,生了一男一女。他们被继父卖掉,她与亲生骨肉不能相见。后来,继父将她嫁给一个她不认识的黑人X先生。她没有婚姻自主权,像牲畜一样被卖掉。婚后,X先生不懂怜香惜玉,竟对她拳脚相加,使她痛苦万分。X先生不顾她的感受,公开将情妇莎格带回家。茜莉热情待她,悉心照料她的病,使她发觉茜莉一片善心,便给茜莉讲了许多夫妻生活常识,启发她走自己的路。后来,她和莎格去孟菲斯市开店自营。独立生活带来了新变化。X先生只好另眼看待,与她言归于好。茜莉用自己的劳动获得了性格的独立,开创了自己的新生活。

2) 风格和语言聚焦:

《紫色》是一部书信体长篇小说,结构新颖,风格独特。全书由九十二封信组成。写信人是一对黑人姐妹茜莉和聂蒂。上半部是姐姐茜莉写给上帝的信,下半部大体上是妹妹聂蒂与姐姐茜莉来往的信件。可是由于种种原因,她俩似乎没收到过对方的来信。X先生曾扣压了聂蒂给茜莉的信,后来莎格看到了,就把那些信给了茜莉,她当然很开心。这种创新的艺术形式在近几年来美国小说中并不多见。

小说采用第一人称叙述,与第三人称交替使用。故事曲折动人,中心突出,紧紧围绕茜莉与聂蒂从失散到团圆的遭遇展开,起伏多变,引人入胜。女主人公茜莉形象丰满自然,刻画细致。作者是以她祖母为原型塑造的,显得真实生动。她的悲惨遭遇具体逼真,催人泪下。她的默默忍耐和苦苦挣扎,最后获得经济上的独立和家庭里丈夫的尊重,令读者深深地同情和称赞。茜莉成了当代美国黑人文学中一个自力更生改变自己社会地位的妇女形象。

小说以倒叙破题,直叙与插叙相结合,形成多角度的叙述。穿插了奇特的非洲风土习俗,构成一幅幅多姿多彩的生活画面。朴实的叙述与抒情的描写给读者留下思索的空间。整个故事比较连贯,情节有变化也有悬念,不会单调乏味。上半部留下的伏笔,后半部一一作了交代。茜莉在美国,聂蒂在非洲,相隔数万里,两地遥相呼应。两颗善良的心由无形的信件串联起来,交相辉映,迸发出强烈的艺术魅力,紧紧地吸住了读者的心。

小说中大量真实而生动的细节描写闪烁着现实主义风采,对塑造人物形象和表现主题思想起了很好作用。比如X先生在教堂里眼睛老盯着女人,回家却责怪茜莉爱跟男人眉来眼去。X先生的自私和虚伪不言而喻,跃然纸上。他长子问他为什么老打茜莉?他回答:"因为她是我老婆。"后来哈泼上行下效,也打了妻子索菲娅。X先生的大男子主义思想传给了下一代。此外,小说写X先生被儿子关门逼着洗澡,充分显示他的脏与懒。其他细节如茜莉的忠厚、莎格的放荡、哈泼的贪吃都写得丝丝入扣,充满生活气息,不乏幽默和讽刺色彩。

作者采用南方黑人农民的口语,乡土气息浓烈。女主人公茜莉一家都是南方农村黑人,文化不高,用黑人土话显得更有个性。人物对话十分简洁,精彩动人。文字简练、朴实、清新、流畅。不少地方仍用标准英语。简朴的叙述与黑人文学传统的抒情笔调相结合,奥林卡人屋顶大叶子树的民间传说写得娓娓动听,新鲜有趣。艾丽丝·沃克对黑人土话用得极其凝练生动,充分展示了加工土话和驾驭语言的艺术功力。小说有些性描写露而不秽,较有分寸。与宣传性爱至上的一些黑人小说截然不同,难怪它受到美国广大读者的热烈欢迎。艾丽丝·沃克不愧为位风格独特的美国当代黑人女作家。

3) 意义和影响总览:

乍看来,《紫色》描写了美国南方一个普通黑人的家庭变迁,情节并不复杂,人物也不算多,既没有惊天动地的历史性画面,又缺乏耸人听闻的刺激性镜头。它为什么那么深受美国读者们欢迎呢?

原因也许很多。主要是艾丽丝·沃克巧妙地透过美国现实中重大的社会问题,细腻地刻画了一颗黑人少女受伤的心。茜莉从性意识的觉醒到思想认识的彻悟,从朋友莎格和妹妹聂蒂的友情和亲情中汲取滋养,治好了难以愈合的心灵创伤,最终找到了自己的生活价值,改善了自己的生活环境和社会地位。这恰好是广大美国读者所期盼的。不管是黑人读者,还是白人读者,他们都被社会问题搅得心烦意乱,不知所措,祈望得到生活上的启迪和精神上的解脱,安安稳稳地过日子。

《紫色》从一个黑人家庭生活的变迁展现了当代美国社会的林林总总,如黑人问题、妇女问题、宗教问题、种族歧视问题、同性恋问题和非洲的殖民主义问题。作者没有忽视人们普遍关注的这些重大问题。她通过女主人公茜莉的大儿媳索菲娅在街上遭白人市长老婆的侮辱被捕入狱,身心备受摧残的实例和英国白人殖民者在非洲横行霸道,肆意把奥林卡村占为己有的事实,揭露了白人对黑人的欺压和剥削。她将美国黑人的命运跟非洲黑人的命运联系起来,明确地证明:黑人问题实际上是个由来已久的世界性问题。

但是,《紫色》的主题不在于表现黑人与白人的不平等关系,而在于探讨黑人民族的内部关系,即黑人男女之间的关系、黑人家庭成员之间的关系和黑人的自我,从而揭示黑人自身存在的问题并提出解决办法。这不能不说是作者开拓性的探索,具有非凡的现实意义和重大的艺术价值。

《紫色》通过女主人公茜莉的遭遇,大胆地揭示了黑人妇女所受的双重压迫,即受白人社会的歧视,又受黑人男人 X 先生的欺负。对于前者,黑人作家们历来十分重视,没有分歧;对于后者,有许多人不同意,但艾丽丝·沃克坚持认为这是事实。

《紫色》的扉页上,作者写着:"献给精神——没有它的帮助,这本书我就写不成。"她十分强调"精神"的作用。正是这种"精神",激励作者多次搬家,从纽约移居旧金山,从城里搬到乡下,跟她小说中的人物一起哭与笑,在不到一年内写完了《紫色》最后一页。

小说女主人公茜莉恰好是某种"精神"的寄托。原先,她是个纯真无知的黑人少女。她忍受家庭困苦的生活,高兴地与别的黑人小孩一起上学。一天,继父以请她帮他理发为名奸污了她。后来她母亲问起她怀孕的事时,继父反诬她与野男人勾搭成奸。她无比痛苦。她才十四岁,既不懂与男人恋爱,又不明白性交和生小孩怎么回事。她妈没教过她,她实在不懂。她孤苦彷徨,向谁倾诉?莎格教了她性知识,她才慢慢懂些。索菲娅含怨入狱教了她。家庭的暴力和社会的不公正使她醒悟。她毅然接受莎格的建议,离开丈夫自寻出路。她从独立谋生中找到了自我的价值,争得了生活中合法的一席位置。在她身上有点精神。这种精神就是勇于与逆境搏斗的精神,敢于探索人生的精神和对未来充满信心的乐观主义精神。小说巧妙地展示了茜莉漫长的心路历程,带有莫名的神秘感。茜莉心中的苦衷无处倾诉,不得不不停地给上帝写信,祈望上帝救救她。但是,上帝毫无反应。正如莎格说的,上帝无所不在,可是你需要她时,他却不理睬!上帝是谁?是主宰一切的神明,还是你自己?小说通过莎格的话否认上帝的存在,启导茜莉自己大胆去闯。这反映了作者的宗教观。她认为她自己一生老跟教会唱反调。在她看来,世界就是上帝,人就是上帝,但她有时捉摸不定,在诗中赞美上帝的存在,在小说中则不然。这种矛盾心情在《紫色》里也有所流露。

茜莉的丈夫阿尔伯特是小说中刻画的黑人内部落后保守势力的代表。她总叫他"X先生"。她婚前并不了解他,是她继父强迫她嫁给他的。婚后茜莉很厌恶他的蛮横无理。X先生是个游手好闲的小农场主。他愚昧自私,随意打骂老婆,将茜莉当作发泄性欲的奴仆。他将情妇莎格公开带回家,勾勾搭搭,自以为是。像他这种人是不配有名有姓的。作者认为"只有为别人做点好事,才有权得到自己的名字"。茜莉不愿叫他姓名,因为X先生专横跋扈,不值得她爱。这也增加了故事的神秘感。不过,最后X先生看到茜莉的变化,在事实面前只好悔过认错了。这说明黑人内部的矛盾是可以通过相互沟通来解决的。

《紫色》的大团圆结局反映了作者对黑人妇女的同情和希望,但仍有值得反思的余地。社会矛盾是错综复杂的。有的问题靠黑人之间相互谅解可以解决,有的则未必。黑人内部的团结和进步关系着反对种族歧视的斗争,二者如何协调?小说中桑莫尔到伦敦向教会求助失败,最后失望地带着家人返回美国;索菲娅出狱后沦为肇事者的女仆等。这一切意味着反对种族主义斗争并未结束,值得读者深思。

《紫色》是一部现实主义杰作。艾丽丝·沃克主张艺术必须真实,艺术家的力量在于勇于用新眼光去观察旧事物并敢于创新,尽可能使作品忠实于生活。他对文学创作极其严肃认真。她认为"作家是人民的代言人,但又是人民群众的一员"。她希望为更多的黑人服务。她提出妇女主义,特别关注美国黑人妇女的社会地位和生存状态。她成了一位影响很大的女权主义社会活动家。

艾丽丝·沃克继承和发扬了美国黑人文学的优秀传统,汲取了美国小说创作的多种手法,形成自己独特的风格。她善于博览群书,博采众长,从托尔斯泰、屠格涅夫、果戈理和高尔基到中国古典诗人李白和日本的三行诗,她都很感兴趣。她特别研究了左拉·赫斯顿和福克纳以及奥孔纳小说的特色,取长补短,充实自己的创作思想和艺术手法。因此,《紫色》成了一部集美国南方文学、黑人文学和妇女文学精华之大成的杰作。它在内容上有新突破,在艺术上有新创意,受到学界和读者们的一致好评。《紫色》成为当代美国黑人文学的新里程碑,在美国文学史上翻开了新的一页。

4) 文本名段点击①:

A. 有一天,母亲外出,十四岁的茜莉遭继父强暴,在家里当牛做马,苦不堪言,只好不断给上帝写信:

Dear God,

I am fourteen years old. I have always been a good girl. Maybe you can give me a sign letting me know what is happening to me.

Last spring after little Lucious come I heard them fussing. He was pulling on her arm. She say It too soon, Fonso, I ain't well. Finally he leave her alone. A week go by, he pulling on her arm again. She say Naw, I ain't gonna. Can't you see I'm already half dead, an all of these chilren.

She went to visit her sister doctor over Macon. Left me to see after the others. He never had a kine word to say to me. Just say You gonna do what your mammy wouldn't. First he put his thing up gainst my hip and sort of wiggle it around. Then he grab hold my titties. Then he push his thing inside my pussy. When that hurt, I cry. He start to choke me, saying You better shut up and git used to it.

But I don't never git used to it. And now I feels sick every time I be the one to cook. My mama she fuss at me an look at me. She happy, cause he good to her now. But too sick to last long. (p.11)

B. 继父将茜莉嫁给好吃懒做的 X 先生:

Dear God,

I ast him to take me instead of Nettie while our new mammy sick. But he just ast me what I'm talking bout. I tell him I can fix myself up for him. I duck into my room and come out wearing horsehair, feathers, and a pair of our new mammy high heel shoes. He beat me for dressing trampy but he do it to me anyway.

Mr. _____ come that evening. I'm in the bed crying. Nettie she finally see the light of day, clear. Our new mammy she see it too. She in her room crying. Nettie tend to first one, then the other. She so scared she go out doors and vomit. But not out front

---

① 下列引文选自 Alice Walker, *The Color Purple*, Washington Square Press, Pocket Books, 1982。

where the two mens is.

 Mr. _____ say, Well Sir, I sure hope you done change your mind.

 He say, Naw, Can't say I is.

 Mr. _____ say, Well, you know, my poor little ones sure could use a mother.

 Well, He say, real slow, I can't let you have Nettie. She too young. Don't know nothing but what you tell her. Sides, I want her to git some more schooling. Make a schoolteacher out of her. But I can let you have Celie. She the oldest anyway. She ought to marry first. She ain't fresh tho, but I spect you know that. She spoiled. Twice. But you don't need a fresh woman no how. I got a fresh one in there myself and she sick all the time. He spit, over the railing. The children git on her nerve, she not much of a cook. And she big already … (p.17)

 C. 聂蒂在信中描述英国橡胶公司在她的住地修路，强占了当地黑人的土地和水源：

 … And to continue it on its present course right through the village of Olinka. By the time we were out of bed, the road was already being dug through Catherine's newly planted yam field. Of course the Olinka were up in arms. But the roadbuilders were literally up in arms. They had guns, Celie, with orders to shoot!

 It was pitiful, Celie. The people felt so betrayed! They stood by helplessly—they really don't know how to fight, and rarely think of it since the old days of tribal wars—as their crops and then their very homes were destroyed. Yes. The roadbuilders didn't deviate an inch from the plan the headman was following. Every hut that lay in the proposed roadpath was leveled. And, Celie, our church, our school, my hut, all went down in a matter of hours. Fortunately, we were able to save all of our things, but with a tarmac road running straight through the middle of it, the village itself seems gutted.

 Immediately after understanding the roadbuilders' intentions, the chief set off toward the coast, seeking explanations and reparations. Two weeks later he returned with even more disturbing news. The whole territory, including the Olinkas' village, now belongs to a rubber manufacturer in England. As he neared the coast, he was stunned to see hundreds and hundreds of villagers much like the Olinka clearing the forests on each side of the road, and planting rubber trees. The ancient, giant mahogany trees, all the trees, the game, everything of the forest was being destroyed, and the land was forced to lie flat, he said, and bare as the palm of his hand.

At first he thought the people who told him about the English rubber company were mistaken, if only about its territory including the Olinka village. But eventually he was directed to the governor's mansion, a huge white building, with flags flying in its yard, and there had an audience with the white man in charge. It was this man who gave the roadbuilders their orders, this man who knew about the Olinka only from a map. He spoke in English, which our chief tried to speak also.

It must have been a pathetic exchange. Our chief never learned English beyond an occasional odd phrase he picked up from Joseph, who pronounces "English" "Yanglush."

But the worst was yet to be told. Since the Olinka no longer own their village, they must pay rent for it, and in order to use the water, which also no longer belongs to them, they must pay a water tax.

At first the people laughed. It really did seem crazy. They've been here forever. But the chief did not laugh.

We will fight the white man, they said.

But the white man is not alone, said the chief. He has brought his army. (pp.156-157)

D. 莎格请茜莉吃中国宴,茜莉经济自立后心情十分轻松愉快:

Dear Nettie,

My heart broke.

Shug love somebody else.

Maybe if I had stayed in Memphis last summer it never would have happen. But I spent the summer fixing up the house. I thought if you come anytime soon, I want it to be ready. And it is real pretty, now, and comfortable. And I found me a nice lady to live in it and look after it. Then I come home to Shug.

Miss Celie, she say, how would you like some Chinese food to celebrate your coming home?

I loves Chinese food. So off us go to the restaurant. I'm so excited about being home again I don't even notice how nervous Shug is. She a big graceful woman most of the time, even when she mad. But I notice she can't git her chopsticks to work right.

She knock over her glass of water. Somehow or nother her eggroll come unravel.

But I think she just so glad to see me. So I preen and pose for her and stuff myself with wonton soup and fried rice.

Finally the fortune cookies come. I love fortune cookies. They so cute. And I read my fortune right away. It say, because you are who you are, the future look happy and bright.

I laugh. Pass it on to Shug. She look at it and smile. I feel at peace with the world. (p.218)

3. 其他重要作品链接

A. 长篇小说：

《格兰奇·科帕兰的第三次生命》(*The Third Life of Grange Copeland*, 1970)

《梅丽迪恩》(*Meridian*, 1976)

《我那小精灵的殿堂》(*The Temper of My Familiar*, 1989)

《拥有快乐的秘密》(*Possessing the Secret of Joy*, 1992)

《在我父亲微笑的灯光旁》(*By the Light of My Father's Smile*, 1998)

《前进的路令人心碎》(*The Way Forward Is with a Broken Heart*, 2000)

《现在是你打开心扉的时候了》(*It Is Time for You to Open Your Heart*, 2004)

B. 诗歌：

《一度》(*Once*: *Poems*, 1968)

《革命的牵牛花》(*Revolutionary Petunias and Other Poems*, 1973)

C. 评论：

《寻找我们母亲的花园》(*In Search of Our Mother's Gardens*: *Womanist Prose*, 1984)

《靠词汇生活》(*Living by the Word*, 1988)

《来自地球的信息》(*Sent by Earth*: *A Massage from the Grandmother Spirit after the Bombing of the World Trade Center and Pentagon*, 2001)

4. 著作获奖信息

1983 年《紫色》荣获美国国家图书奖、全国书评界奖和普利策奖。

第三节 玛雅·安吉洛与《我知道笼中鸟为何歌唱》

1. 生平透视

玛雅·安吉洛(Maya Angelou, 1928—2014)原名玛格丽特·安妮·约翰逊(Margerta Anne Johnson)生于密苏里州圣路易斯市约翰逊。三岁时父母离异,家庭解体。十六岁时失身生下一子,变成单身母亲,苦苦挣扎。后来三次婚姻都以失败告终。青少年时,她在阿肯色州和加州读书,没获大学的学士学位。但她学过音乐和舞蹈,靠教儿童歌舞为生,后来成了演员和舞蹈家。她有个丈夫是个南非自由战士。她跟他去非洲,在开罗担任英文报纸《非洲观察家》编辑,后到加纳大学任教并主编《非洲评论》。上世纪50年代后期,她转向写作。鲍德温等黑人作家曾给予热情帮助。60年代,她应黑人民权运动领袖马丁·路德·金的邀请,出任南方基督徒领导会议驻北方代表,积极参加马丁·路德·金领导的黑人民权运动。1968年这位著名的民权运动领袖在孟菲斯遇刺身亡,对安吉洛打击很大。她只好用写作来消愁。1970年,她发表了第一部散文体自传《我知道笼中鸟为何歌唱》,销售量达几十万册,立即登上畅销书榜,受到广泛好评。安吉洛的名字传遍了全国。

成名后,安吉洛继续努力创作,陆续出版了自传体作品《以我的名誉欢聚》(1974)、《唱啊,跳啊,像圣诞节一样快乐》(1976)、《女人的心》(1981)和《上帝的孩子全需要旅游鞋》(1986)等四部。她的电视纪录片《艺术中的非洲人》很受欢迎。她的《佐治亚,佐治亚》(1972)成了拍成电影的第一部黑人妇女写的电视剧本。

安吉洛是个著名诗人,出过六部诗集:《我死前只给我一杯冷饮》(1971)、《祈祷吧,我的翅膀会很适合我》(1975)、《我还站起来》(1978)、《沙柯,为何不歌唱》(1983)、《现在斯巴唱歌了》(1987)和《永不被感动》(1990)以及回忆录

《别为我旅行带什么》(1993)和《歌声飞上天》(2002)等。1981年,弗列斯特大学聘她为终身教授。

1993年,前总统克林顿邀请安吉洛到白宫参加登基晚会。她在会上朗诵了自己的诗作《清晨的激情》(1993),受到克林顿前总统的赞赏。诗作很快传遍全国。后来,克林顿总统委任她为文化特使,增进美国与其他国家的文化交流。

2002年,第六部自传体作品《歌声飞上天》问世。2004年,安吉洛将六部自传以《玛雅·安吉洛传记全集》为书名合集出版,深受各界的好评。安吉洛在系列自传作品中如实地记述了自己从幼年至成年遭受种族歧视、性别歧视和身份否定的不幸遭遇,反映了如何从默默地忍受、自发的愤怒到本能的反抗,最后走向自觉的抗争。这些系列自传对黑人读者影响特别深远。玛雅·安吉洛的成才和成功之路让许多黑人女青年引以为荣,深受鼓舞。

2. 代表作扫描

玛雅·安吉洛勤奋写作,硕果累累。她出版了六部诗集,又有六部自传体作品问世,影响遍及欧美。她的作品曾引起不同的评论,但肯定她的诗歌的人占大多数。她的六部系列传记更受欢迎,尤其是第一部《我知道笼中鸟为何歌唱》(I Know Why the Caged Bird Sings)受到高度评价,因此它成了玛雅·安吉洛最优秀的代表作。

六部系列自传作品不同于美国文学史上传统的自传作品。它们以年代为顺序生动而真实地记录了作者传奇的一生,从她辛酸的少年时期、儿子盖伊出生、成长和磨难、寄居国外的凄风苦雨、回国参加黑人民权运动的始末以及马丁·路德金去世前后的困惑、悲愁和再生等等。作者在真实经历的基础上运用许多修辞手段,采用不同艺术形式,叙述朴实、语言优美、机智,富幽默色彩。六部系列自传以自我为主线,描述作者不同人生阶段的不平凡经历。它们采用了不同的体裁,第一部《我知道笼中鸟为何歌唱》是散文集;第三部《唱啊,跳啊,像圣诞节一样快乐》和第五卷《上帝的孩子全需要旅游鞋》是游记,展示了世界各地的风土人情和秀丽风光。其他三卷都是小说,情节跌宕,故事扣人心弦。这些多卷集的自传是当代美国自传文学的新尝试,也是一次别开生面的新突破。

第五章
再创辉煌的黑人女作家们

这些思想内容上和艺术手法上的优点集中体现在玛雅·安吉洛第一部散文体的自传《我知道笼中鸟为何歌唱》里。它是作者的成名作,也是她获得广泛好评的代表作。

1) 故事和人物盘点:

《我知道笼中鸟为何歌唱》用第一人称描述了主人公玛雅从三岁到十六岁在阿肯萨斯州斯塔姆斯的苦难生活,从三岁时父母离异将她和哥哥拜雷送到外祖母家生活写到她十六岁高中毕业时与一个帅哥发生一夜情,在旧金山私生了一个儿子。

开篇时,玛雅因忘了复活节做仪式的戒律,尴尬地逃离教堂。随后三十六章描写她先在斯塔姆斯,后在圣路易斯,再回到斯塔姆斯,最后在旧金山的经历。故事大体按编年史顺序安排。作者从一个中年成年人的眼光来探索黑人童年的个性和风采。她将一个黑人姑娘的天真和自信与一个成功的黑人女性深沉而痛苦的观察结合起来,揭示了有力的情节、紧张的气氛和戏剧性的结局。

安妮·汉德森是玛雅的祖母,绰号"老妈"。她的小店成了玛雅在斯塔姆斯的生活中心。她哥哥拜雷比她大一岁,是她童年时最好的朋友。每天早上,摘棉花的黑人们在店门口相聚,玛雅感到最开心。当他们从田里干活归来的夜晚,她感到很失望。她记得曾不顾警察的警告,在老妈小店的菜窖里帮助被追捕的威利叔叔躲藏。有一次,几个白人小孩在小店门口折磨老妈,老妈又气又恨,默不作声,但保持了尊严。

玛雅八岁时,她父亲到斯塔姆斯看望她和哥哥。她一直不明白她离异的父母将他俩送到外婆家的原因。她父亲开车送他俩到圣路易斯她母亲维维安住处。待在那里期间,玛雅被她妈的同居男人强暴了。她的男性亲戚知道后很愤怒,把那男人杀了。玛雅回到斯塔姆斯,闷闷不乐地过了一年。幸运的是她结识了有同情心的伯莎·弗敖尔斯。她从阅读莎士比亚、吉卜宁、爱伦·坡和萨克雷等名家作品中找到了安慰。她更爱丹巴、休斯和杜波伊斯等黑人作家的作品。她终于找到了生活的方向,对未来充满信心。

1940年读完八年级,玛雅毕业了。她愉快地记起许多开心的周六和周日野餐的烤鱼活动。每个同学都在毕业典礼上讲了话。她记得有个人提议"张开嗓子唱吧!"。

玛雅记得在斯塔姆斯时牙疼,她外婆带她去找个白人牙医,想拔掉两颗龋牙。那白人牙医在30年代大萧条时曾向她外婆借过钱,但他毫不领情,拒绝帮玛雅治疗牙疾。他甚至无耻地说:"安妮,我的原则是宁可将手伸进狗嘴里,也不愿放进黑鬼嘴中。"她外婆很生气,跟他索要借款的利息十美元,然后带她坐公共汽车去找另一个牙医。

玛雅十三岁时永远告别了阿肯萨斯。外婆带她和拜雷去洛杉矶住了六个月。后来,外婆独自返回斯塔姆斯,他俩到旧金山找母亲。那时正是二次大战期间,黑人们接管了以前日裔住的地区。她母亲嫁给一个发家致富的男人达迪·克里第尔。生活有了改善。她有个好老师克温小姐帮她拿到奖学金去加州劳动学校晚上学习舞蹈和戏剧。在母亲住地附近有几个热情的黑人艺术家。他们经常给她讲些白人骗人的故事,让她听了很开心。

有个夏天,玛雅去洛杉矶看她父亲。她父亲以前当过一家旅店的门房,后来成了一家海军医院厨房的一名职工。老拜雷跟一个女人住在一个住房拖车里。她骂玛雅母亲是个婊子,玛雅很气愤,跟她打了一架,被她刺伤。随后,玛雅开始自谋出路。她在旧院子的废弃汽车里住了一个月,与许多黑人青年为伴。她返回旧金山后,当了一名电车卖票员助理。哥哥后来去南大西洋铁路公司做了一个餐车服务员。

玛雅到了十五岁时,长得身高体壮,近六英尺高,但不漂亮。她担心成了一个女同性恋者,决定找个邻居帅哥同居。不料,这个无意中的艳遇让她怀孕了。所以高中毕业时,她十六岁生个儿子。她在新生的儿子身旁平静地睡着了。

作品的传主是小姑娘玛雅,即作者自己。她三岁时父母离婚,家庭破裂,她和哥哥被送去外婆家。到了八岁时,她还不明白这是什么原因。但她为外婆感到自豪。她的小店成了故事的中心。面对白人牙医的怠慢和白人小孩们的捣蛋,外婆冷静应对,保持自己的尊严。她分别去看望父亲与母亲。她八岁时遭与她妈同居的男人强奸,身心受创,郁郁寡欢,仍顽强生活下去。她爱她妈,也同情她爸,与哥哥成了好友。当老拜雷的女人骂她妈是个妓女时,她挺身而出,狠揍了她。她为人正直善良,得到老师克温的帮助,靠奖学金上夜校学演戏和跳舞。最后,她念完高中,找到了工作,自己闯荡。她十五岁时迷迷糊糊与一个帅哥同居生了一个男孩,但她无怨无悔,平静地面对生活。

2) 风格和语言聚焦：

作为多卷本自传作品的第一卷,《我知道笼中鸟为何歌唱》展示了玛雅·安吉洛的独特风格。一方面,它跟美国传统的自传文学作品一样,以自己真实的经历为基础,以"我"为传主,采用编年史结构,大体按时间顺序来安排情节;另一方面,它又具有自己的特色,作者运用多种文学修辞和艺术技巧来表现作品的主题。许多章节成了优美的散文,显得清新委婉,明丽动人,给读者留下难忘的印象。

玛雅·安吉洛以丰富的想象力来回忆童年的经历。她擅长运用比喻生动地展现她家庭和社区环境以及美国非裔文化的多种变化。作品中明喻和暗喻随处可见,比如"圣诗班和唱的排练给挤得水泄不通,像沙丁鱼一样。"她回忆"那慢慢令人回味的甜蜜时光","笑声像火炉里的松木头噼噼啪啪地响个不停。"这样形象化的比喻打破了平铺直叙的单调乏味,增添了叙事的生动性。

不仅如此,作者在叙述中往往插入自己的感想和评论。在评论中不乏生动的比喻和幽默色彩。比如在谈到美国南方黑人妇女的痛苦时,她写道:"南方黑人妇女养儿子、孙子和外孙,她的心绷得像绞索套在脖子上。"黑人男人的命运也不见得好一点。这么简单的句子深刻地揭示南方妇女在艰难的生活环境中生男育女,养育下一代,不但未受到社会应有的尊重,反而提心吊胆,不知哪天灾祸临头! 寥寥数语,寓意深刻,令人回味无穷。此外,她对她父亲的评述也很幽默平和。

《我知道笼中鸟为何歌唱》语言平易、通俗、生动。词汇丰富,表述多样化。有时采用黑人口语的语法和拼写。作者很讲究对话的节奏,增强了描述的抒情性,使她丰富的想象力像长了翅膀似地多角度地展示了她对童年辛酸生活的回忆。它的独特风格影响了许多黑人青年女作家。

3) 意义和影响总览：

《我知道笼中鸟为何歌唱》像其他黑人自传或小说一样,尖锐地提出了身份问题,揭示了自传女主人公玛雅从小到大遭受种族主义迫害和性别歧视的血泪史。她从一个天真无知的黑人少女对种族主义的迫害逆来顺受到逐渐明白身份的重要性,奋起参加大胆的斗争。自传清晰地描述了玛雅的觉醒过程,她像一只小鸟勇敢地冲破牢笼飞向自由。它有力地彰显了黑人女性文化身份。因此,玛雅成了美国黑人女性奋发自强的楷模,意义很重大,影响相当广泛。

与以往许多美国黑人作品不同,《我知道笼中鸟为何歌唱》不仅仅是反映了黑人遭受的痛苦和绝望,而且展现了美国黑人女性自强和自信的一面。这是十分难能可贵的。玛雅从小学习她外婆亨德逊太太刚强的性格,在白人的欺压面前决不畏缩,努力保持自己的尊严,勇敢地面对生活,寻找自己的空间。她从艰难时世中寻找美好的记忆,从外婆和母亲身上获得极大的精神安慰。她从丰富的社区文化中发现平凡生活的特殊意义和价值。她待人热情诚恳,热爱黑人社区的民众,钟爱过去与他们相处的生活,不管他们存在什么缺点。她得到老师克温的帮助,到夜校学习戏剧和舞蹈。她抓紧时间刻苦学习,努力充实自己,靠自己的本领应对生活的挑战。作者重塑了美国黑人女性的形象,指出了黑人身份建构的正确方向。她不但对他们的不幸遭遇深表同情,而且对他们的处境和反抗表示理解和支持,并给予热情的鼓励。

自传还提及黑人妇女在家庭中的地位问题。这是美国黑人社区经常出现的问题。玛雅从亲身经历中提出了这个问题。她从小父母离婚被送去外祖母家,失去了父母的慈爱,后来又不慎失身成了一个单身母亲。她对被遗弃的辛酸和孤独感触很深,所以特别重视黑人妇女在家庭里的身份,呼吁她的黑人姐妹们从她的遭遇中吸取教训,相互理解和尊重,保持家庭的和谐,共同为美好的明天奋斗。

《我知道笼中鸟为何歌唱》和其他五部系列自传深受美国黑人读者们喜爱,也得到白人读者的欢迎。传主小玛雅直面人生,勇于拼搏的精神激励着每个读者。有的批评家指出:它至少在女性文学、黑人文学和自传文学三个方面具有非凡的意义。作者将她们黑人女性比做"笼中鸟",受到家庭和社会双重束缚,如果她们获得自由,她们会咆哮的,即使困在笼中,她们也要歌唱,以唤起人们的广泛关注。她们的声音将与世界各国女性的声音汇成滚滚的洪流,总有一天会冲破围困她们的牢笼。这部自传是一首黑人女性自强自立,追求自由的颂歌。它像赖特的《土生子》、艾立森的《看不见的人》、莫里森的《所罗门之歌》和沃克的《紫色》一样,以感人的魅力和高超的技巧描绘了美国白人社会中黑人女性的苦难,成了美国黑人文学的一个里程碑。自传的成功充分显示了玛雅·安吉洛的艺术功力,使她被授予三十多个荣誉学位,获得了总统自由勋章的最高荣誉,在美国文学史上占有重要的一席之地。

4) 文本名段点击①:

A. 安吉洛回忆自己小时候黑人姑娘高大而美丽的形象:

Wouldn't they be surprised when one day I woke out of my black ugly dream, and my real hair, which was long and blond, would take the place of the kinky mass that Momma wouldn't let me straighten? My light-blue eyes were going to hypnotize them, after all the things they said about "my daddy must of been a Chinaman" (I thought they meant made out of china, like a cup) because my eyes were so small and squinty. Then they would understand why I had never picked up a Southern accent, or spoke the common slang, and why I had to be forced to eat pigs' tails and snouts. Because I was really white and because a cruel fairy stepmother, who was understandably jealous of my beauty, had turned me into a too-big Negro girl, with nappy black hair, broad feet and a space between her teeth that would hold a number-two pencil. (p.2)

B. 穷人的孩子早当家。安吉洛的外婆开了一家小店。安吉拉从小学会刺绣和干杂活:

RECENTLY A WHITE woman from Texas, who would quickly describe herself as a liberal, asked me about my hometown. When I told her that in Stamps my grandmother had owned the only Negro general merchandise store since the turn of the century, she exclaimed, "Why, you were a debutante." Ridiculous and even ludicrous. But Negro girls in small Southern towns, whether poverty-stricken or just munching along on a few of life's necessities, were given as extensive and irrelevant preparations for adulthood as rich white girls shown in magazines. Admittedly the training was not the same. While white girls learned to waltz and sit gracefully with a tea cup balanced on their knees, we were lagging behind, learning the mid-Victorian values with very little money to indulge them …

We were required to embroider and I had trunkfuls of colorful dishtowels, pillowcases, runners and handkerchiefs to my credit. I mastered the art of crocheting and tatting, and there was a lifetime's supply of dainty doilies that would never be used in

---

① 下列引文选自 Maya Angelou, *I Know Why the Caged Bird Sings*, Bantam Books, 1988。

sacheted dresser drawers. It went without saying that all girls could iron and wash, but the finer touches around the home, like setting a table with real silver, baking roasts and cooking vegetables without meat, had to be learned elsewhere. Usually at the source of those habits. During my tenth year, a white woman's kitchen became my finishing school. (pp.87-88)

　　C. 安吉洛到了旧金山后,感到市里的生活充满了战时的气氛,但她对未来充满了信心和希望:

　　The air of collective displacement, the impermanence of life in wartime and the gauche personalities of the more recent arrivals tended to dissipate my own sense of not belonging. In San Francisco, for the first time, I perceived myself as part of something. Not that I identified with the newcomers, nor with the rare Black descendants of native San Franciscans, nor with the whites or even the Asians, but rather with the times and the city. I understood the arrogance of the young sailors who marched the streets in marauding gangs, approaching every girl as if she were at best a prostitute and at worst an Axis agent bent on making the U.S.A. lose the war. The undertone of fear that San Francisco would be bombed which was abetted by weekly air raid warnings, and civil defense drills in school, heightened my sense of belonging. Hadn't I, always, but ever and ever, thought that life was just one great risk for the living?

　　Then the city acted in wartime like an intelligent woman under siege. She gave what she couldn't with safety withhold, and secured those things which lay in her reach. The city became for me the ideal of what I wanted to be as a grownup. Friendly but never gushing, cool but not frigid or distant, distinguished without the awful stiffness.

　　... To me, a thirteen-year-old Black girl, stalled by the South and Southern Black life style, the city was a state of beauty and a state of freedom. The fog wasn't simply the steamy vapors off the bay caught and penned in by hills, but a soft breath of anonymity that shrouded and cushioned the bashful traveler. I became dauntless and free of fears, intoxicated by the physical fact of San Francisco. Safe in my protecting arrogance, I was certain that no one loved her as impartially as I. (pp.179-180)

　　D. 安吉洛在夜校刻苦学习戏剧和舞蹈,十四岁时拿到了奖学金,努力充实自己:

　　Years later when I returned to San Francisco I made visits to her classroom. She always remembered that I was Miss Johnson, who had a good mind and should be doing something with it. I was never encouraged on those visits to loiter or linger about her desk. She acted as if I must have had other visits to make. I often wondered if she knew she was the only teacher I remembered.

I never knew why I was given a scholarship to the California Labor School. It was a college for adults, and many years later I found that it was on the House Un-American Activities list of subversive organizations. At fourteen I accepted a scholarship and got one for the next year as well. In the evening classes I took drama and dance, along with white and Black grownups. I had chosen drama simply because I liked Hamlet's soliloquy beginning, "To be, or not to be." I had never seen a play and did not connect movies with the theater. In fact, the only times I had heard the soliloquy had been when I had melodramatically recited to myself. In front of a mirror. (p.184)

3. 其他重要作品链接

A. 系列传记：

《以我的名誉欢聚》(*Gather Together in My Name*, 1974)

《唱啊,跳啊,像圣诞节一样快乐》(*Singin' and Swingin' and Gettin' Merry Like Christmas*, 1976)

《女人的心》(*The Heart of a Woman*, 1981)

《上帝的孩子全需要旅游鞋》(*All God's Children Need Traveling Shoes*, 1986)

《歌声飞上天》(*A Song Flung Up to Heaven*, 2002)

B. 诗歌：

《我死前只给我一杯冷饮》(*Just Give Me a Cool Drink of Water 'fore I Diiie: The Poetry of Maya Angelou*, 1971)

《祈祷吧,我的翅膀会很适合我》(*Oh Pray My Wings Are Gonna Fit Me Well*, 1975)

《我还站起来》(*And Still I Rise*, 1978)

《沙柯,为何不歌唱!》(*Shaker, Why Don't You Sing!*, 1983)

《现在斯巴唱歌了》(*Now Sheba Sings the Song*, 1983)

《永不被感动》(*I Shall Not Be Moved*, 1990)

C. 回忆录：

《别问我旅行带什么》(*Wouldn't Take Nothing for My Journey Now*, 1993)

4. 著作获奖信息

1970 年《我知道笼中鸟为何歌唱》获美国国家图书奖提名。

1972 年获普利策奖提名。

1998 年入选全美妇女名人榜。

2000 年荣获美国国家艺术勋章。

2008 年荣获林肯奖章。

2011 年荣获总统自由勋章。

第六章 孤军奋起的印第安作家们

第一节 史科特·莫马戴与《黎明之屋》

1. 生平透视

史科特·莫马戴(Navarrel Scott Momaday, 1934—)是当代美国印第安文学杰出的奠基人,1934年2月27日生于俄克拉何马州洛顿镇。父亲是个基奥瓦族人,母亲是个混血儿。他俩当过印第安人小学教师,业余爱绘画,成了画家。莫马戴从小生活在耶木齐族,聪明勤奋,曾去巴黎留学,成为一个艺术家。后来,他在斯坦福大学荣获博士学位。1972年至1981年任该校英文系教授。近些年来,他在亚利桑那大学当教授。

莫马戴业余为一些大型报刊写了许多诗歌和评论。1965年,他编辑出版《弗列德里克·戈塔德·塔克温诗歌全集》,引起学界的关注。1969年,《通往雨山之路》问世。小说描写基奥瓦族奇特的传说和他自己青年时代的经历和体验,内容丰富多彩,生动有趣。多种体裁熔于一炉,深受读者喜爱。同年,长篇小说《黎明之屋》发表,受到广泛好评,荣获普利策奖。

莫马戴继续勤奋写作,不断推出新作。如诗集《鹅角》(1973)和《葫芦舞者》(1976)、回忆录《名字》(1976)、长篇小说《古代小孩》(1989)和《文字之人》(1997)等。他的作品为印第安文学的发展打下了扎实的基础。

2. 代表作扫描

史科特·莫马戴是个多才多艺的作家,既是小说家,又是诗人和画家。1969年以来,他已出版了好几部长篇小说,很受读者们的欢迎。其中《黎明之屋》(House Made of Dawn)使他成为第一位荣获普利策奖的印第安作家。

因此,学界认为《黎明之屋》是莫马戴的优秀代表作。

1) 故事和人物盘点:

《黎明之屋》主人公艾伯尔是个二次大战后退伍的老兵。回到印第安人部族的保留地山区后,他先与祖父弗南西斯科一起生活。祖父勤劳节俭,艾伯尔跟他没有共同语言,从来不交谈。他父亲是个纳瓦何族人,后来不知去向。母亲病逝后,他没去扫过墓。他终日酗酒,碌碌无为。神父奥尔奎恩好心介绍他去一位从洛杉矶来的孕妇安吉拉家打工。他与安吉拉勾搭上了。安吉拉的丈夫是个医生,留在旧金山工作。艾伯尔本性难改,一次酗酒后杀人,被捕入狱。几年后,他获释出狱,打算在洛杉矶待下去,结交了好友比兰尼,也有了女朋友米莉,但生活一直不顺。有个晚上,艾伯尔遭警察盘问,回答牛头不对马嘴,被警察用警棍打了一顿。他对生活感到失望,继续沉沦于酒色。比兰尼很焦急,找安吉拉来劝说艾伯尔,并送他回老家。这时,艾伯尔获悉祖父弗南西斯科将不久于人世,渐渐地良心发现,守候祖父最后的六天,倾听老祖父临终前的呓语。第七天凌晨,老人去世了。拂晓前,艾伯尔找到奥尔奎恩神父,为祖父安排埋葬事宜。最后,艾伯尔脱去衬衣,迈开大步向前跑,融入晨跑的人流,走向美好的明天。

主人公艾伯尔是个印第安青年。他的部族抚养他长大成人。他为此感到自豪和恐惧。他曾为美国去太平洋参加二次大战,替国家争了光。但他也染上了美国社会的坏习气,一度沉迷于酒色不能自拔。后来,在好心人的帮助下他终于回心转意,开始新的生活。

2) 风格和语言聚焦:

《黎明之屋》巧妙地运用蒙太奇手法将主人公艾伯尔的七年经历反复再现,结构奇特,想象丰富,糅合了历史、神话和象征,展现了莫马戴的独特风格,成了美国印第安小说的重大突破。

小说结构奇特生动,开头有个简短的"序幕",写主人公艾伯尔在跑,黎明时在山谷里孤独地跑着……接着第一部分写1945年7月20日山村生活至第四部分1952年2月27日艾伯尔祖父的去世和艾伯尔的醒悟,时间近七年。中间穿插了部族的历史记载、印第安人歌谣、人物之间来往的信件、政府对印第安人的问卷调查表、人物内心的意识流活动,尤其是最后一部分弗南西斯科老人的回忆,用意大利体排列的意识流。末了,艾伯尔醒悟后,又开始在山谷里奔跑。他望着峡谷、蓝天和青山,听到了黎明之屋的歌声。小说首尾呼应,显得结构紧凑有力,具有多种文化相结合的传奇色彩和现代元素。

小说语言简洁平易,通俗易懂,有时穿插个别部族语单词。神父奥尔奎恩朗读的一本皮面的经文里记载了1874年的大事记,书中用的是古英语如:"Didst Thou see? Today when Thou wert broken on my tongue didst Thou see me shake?"显得比较逼真。小说在描述大峡谷的景色时富有优美的抒情色彩;在评介艾伯尔沉沦时略带嘲讽意味,而对艾伯尔祖父的刻画时则朴实无华,注重细节描写,使老人的性格丰满动人。

有的当地歌谣很生动,富有部族特色。如:

> 黎明之屋,
>
> 晚霞之屋,
>
> 乌云之屋,
>
> 阴雨之屋,
>
> 黑霜之屋,
>
> 阳雨之屋,
>
> 花粉之屋,
>
> 蚱蜢之屋,
>
> 乌云在门口,
>
> 走出乌云是乌云,
>
> 曲折的闪电在它高高的上面。
>
> ……
>
> 快乐地带着许多乌云,我可以走,
>
> 快乐地带着大量细雨,我可以走,
>
> 快乐地带着大批植物,我可以走,
>
> 快乐地捎着大把花粉,我可以走。

(见原著134页)

从以上不难看出,莫马戴艺术技巧熟练,艺术风格独特。《黎明之屋》相当成功。有人称它为美国印第安小说的一部现代主义经典之作。

3) 意义和影响总览：

《黎明之屋》生动地描写印第安人部族的风土人情和宗教礼仪以及现代人的自我和归属问题，具有开拓性意义，在美国国内外产生了深远的影响。它为重建印第安文学，繁荣印第安小说创作发挥了重要作用，在美国文学史上占有它应有的地位。

小说描写主人公印第安青年艾伯尔两次回归自己的部族，两次都失败了。第一次他从二次大战战场退伍回乡，与老祖父一起生活，感到很难融入自己的家庭；第二次他去了洛杉矶，挨了警棍又被捕入狱，在朋友们劝说下返回老家，发现自己与白人社会格格不入。最后，他重返母亲的部族才获得归属。印第安人是美洲的原住民。历经欧洲殖民者的驱赶和屠杀，他们被赶进保留地居住和生活。但他们顽强地生存下来，获得了当局的承认，并孕育了光辉的古老文化。他们的属性或身份是经过艰苦的斗争得来的。

小说对美国生活方式提出了质疑。作为一名美国公民，印第安青年艾伯尔应征入伍，参加了二次大战，为祖国出了力。战后，他退伍返乡，在军队里沾染了酗酒的恶习。白人妇女安吉拉勾引他，使他成了她泄欲的工具。艾伯尔从此沉迷于色欲之中无法解脱，浪费了自己的青春，背离了祖父的期盼。美国学界有人认为，这是对美国生活的全新看法，意义重大。为什么一个天真无邪的印第安青年会变成一个酒鬼加色鬼，整天消极颓废，无所作为呢？这个问题的产生是有深刻的社会原因的。

小说中"黎明"频频出现。它象征着美国印第安人对未来、对生活的希望。作者相信主人公艾伯尔虽然走了弯路，他一定可以回到正路上来。莫马戴对印第安历史、神话和文化十分了解，生活阅历十分丰富。他知道，有些印第安人刻苦打拼，事业成功了，挤进了白人中产阶级，生活安逸，仍很难融入白人社会，所以印第安人要明确立足于自己的"根"，实现身份回归，刻苦奋斗就可以迎接新的生活。

4) 文本名段点击[①]：

A. 艾伯尔回到老家，唯一的亲人祖父不了解他。他与祖父无法沟通：

You ought to do this and that, his grandfather said.

[①] 下列引文选自 N. Scott Momaday, *House Made of Dawn*, A Signet Book from New American Library, 1966, 1967。

第六章
孤军奋起的印第安作家们

But the old man had not understood, would not understand, only wept, and Abel left him alone. It was time to go, and the old man was away in the fields. There was no one to wish him well or tell him how it would be, and Abel put his hands in his pockets and waited. He had been ready for hours, and he was restless, full of excitement and the dread of going. It was time. He heard the horn and went out and closed the door. And suddenly he had the sense of being all alone, as if he were already miles and months away, gone long ago from the town and the valley and the hills, from everything he knew and had always known. He walked quickly and looked straight ahead, centered upon himself in the onset of loneliness and fear. (p.25)

B. 艾伯尔入狱后感到孤独、痛苦和愤怒:

There was a burning at his eyes.

The runners after evil ran as water runs, deep in the channel, in the way of least resistance, no resistance. His skin crawled with excitement; he was overcome with longing and loneliness, for suddenly he saw the crucial sense in their going, of old men in white leggings running after evil in the night. They were whole and indispensable in what they did; everything in creation referred to them. Because of them, perspective, proportion, design in the universe. Meaning because of them. They ran with great dignity and calm, not in the hope of anything, but hopelessly; neither in fear nor hatred nor despair of evil, but simply in recognition and with respect. Evil was. Evil was abroad in the night; they must venture out to the confrontation; they must reckon dues and divide the world.

Now, here, the world was open at his back. He had lost his place. He had been long ago at the center, had known where he was, had lost his way, had wandered to the end of the earth, was even now reeling on the edge of the void. The sea reached and leaned, licked after him and withdrew, falling off forever in the abyss. And the fishes ... (p.96)

C. 艾伯尔再回到老家,关照弥留之际的祖父:

Abel sat in the dark of his grandfather's house. Evening was coming on, and the bare gray light had begun to fail at the window. He had been there all day with his head hanging down in the darkness, getting up only to tend the fire and look in the old man's face. And he had been there the day before, and the day before that. He had been there a part of every day since his return. He had gone out on the first and second days and got drunk. He wanted to go out on the third, but he had no money and it was bitter cold and he was sick and in pain. He had been there six days at dawn, listening to his grandfather's voice. He heard it now, but it had no meaning. The random words fell together and made no sense.

The old man Francisco was dying. He had shivered all morning and complained of the cold, though there was a fire in the room and he lay under three blankets and Abel's gray coat. At noon he had fallen into a coma again, as he had yesterday and the day before. He revived in the dawn, and he knew who Abel was, and he talked and sang. But each day his voice had grown weaker, until now it was scarcely audible and the words fell together and made no sense … (p.175)

3. 其他重要作品链接

A. 长篇小说：

《通往雨山之路》(*The Way to Rainy Mountain*, 1969)

《古代小孩》(*The Ancient Child*, 1989)

B. 诗集：

《鹅角》(*Angle of Geese and Other Poms*, 1974)

《葫芦舞者》(*The Gourd Dancer*, 1976)

《在熊的家里》(*In the Bear's House*, 1999)

C. 短篇小说及其他：

《在阳光下》(*In the Presence of the Sun*: *Stories and Poems*, 1961—1991, 1992)

《文字之人》(*The Man Made of Words*: *Essays*, *Stories*, *Passages*, 1997)

D. 回忆录：

《名字》(*The Names*: *A Memoir*, 1976)

4. 著作获奖信息

1969 年《黎明之屋》荣获普利策奖。

第二节　列斯丽·西尔科与《仪式》

1. 生平透视

　　列斯丽·西尔科(Leslie Marmon Silko, 1948—　)是个拉古纳族人,1948年3月5日生于新墨西哥州印第安人保留地。她从小聪明伶俐,爱听亲人讲故事。年轻时,她走访过阿拉斯加。新墨西哥大学毕业后,她成绩优异留校任教,业余从事文学创作。1975年,诗集《拉古纳妇女》问世,两次获诗歌奖。两年后,第一部长篇小说《仪式》出版,深受欢迎。

　　成名后,西尔科赴华盛顿大学任教,边上课边写作,先后推出短篇小说集《送来积雨云的人》(1974)和《讲故事的人》(1981)以及长篇小说《死人年鉴》(1991)和《沙丘里的花园》(1999)。《讲故事的人》收集了她创作和整理的民间故事、传说、诗歌和家庭照片等,其中的短篇小说《黄女人》、《摇篮曲》和《托尼的故事》最出名。她成为美国新一代印第安女作家,在美国文坛颇引人注目。

2. 代表作扫描

　　西尔科是个小说家,又是个诗人。她的长短篇小说都写得不错。长篇小说《死人年鉴》描绘了印第安人眷恋祖先传下来的土地,热爱大自然,崇尚辛勤劳动的价值观。小说深刻地揭示当代后工业化给美国西部地区带来生态上和精神上的灾难,提出了至关重要的环保问题,引起了广泛的关注和深思。

　　《仪式》涉及了更广泛的题材。小说不仅写了主人公塔尤在二次大战中造成的严重精神创伤,而且揭示了古老的印第安文化濒临危机,蕴涵着女权主义因素;艺术手法上更锐意创新。

　　因此,《仪式》(Ceremony)被推崇为西尔科的优秀代表作。

1) 故事和人物盘点：

《仪式》主人公塔尤是个拉古纳族混血儿青年。他为国家去参加二次大战。战后，他从海外战场返回老家。战场的血淋淋景象和他童年的阴影令他寝食不安,挥之不弃。回乡前,他曾入驻退伍军人医院治疗恶心、噩梦、幻觉等战争综合症,一直未见好转。这令他失望和颓丧。塔尤不得不离开洛杉矶,回到拉古纳—普韦布洛保留地。当地巫医伯托尼给他治病,要求他接受已改变的部族仪式,重新面对自己的过去经历。塔尤默默地同意。

有一天,塔尤在山区放牧时,遇到一位山地姑娘莎尔。两人一见钟情,相见恨晚,便一起共度了一宵。塔尤从她身上痛感大地母亲的威力,便努力完成崇拜大地的仪式。不过,虽然他的病好多了；心里不时充满困扰和不安：他母亲劳拉与白人交往密切,后来关系越轨,生下一个混血儿,受到族人的歧视,被当为一种奇耻大辱,令塔尤十分难过。他想起表兄罗基在太平洋战场被日军打死。他和战友们则枪杀日军俘虏,为他报了仇。这样互相残杀使塔尤质疑战争的正义性。部族老医生伯托尼用纳瓦霍仪式引导他在印第安悠久的历史和文化中漫游,帮他认识自己的身份和归属,指出这是印第安古老文化濒临危机造成的。印第安人又处于生存的困境。因此,必须开发新的仪式,适应迅速变化的世界,帮助印第安人找到自己的身份,重建新的生活。

2) 风格和语言聚焦：

《仪式》跨越了散文和诗歌的体裁,将歌谣、叙述和神话融为一体。一个故事一个歌谣一种仪式；一种仪式又生出一个或几个故事,环环扣紧,像神秘的中国魔匣。历史、现实与神话相互交融,亦真亦幻,扑朔迷离,令人耳目一新。小说充分展现了西尔科独特的后现代派小说风格。它为美国印第安小说的发展开拓了新途径。

小说以一首蜘蛛女始祖的歌谣开始,别开生面；又以另一首歌谣结尾,首尾呼应,特色显著。开头的歌谣直接点破主题：仪式。作者"我"要讲故事,不是为了娱乐,而是为了抗击疾病和死亡。"如果没有这些故事就失去了一切。"

> 她说的是：
> 我知道
> 唯一的疗法

第六章
孤军奋起的印第安作家们

是一种好仪式,

她这么说的。

日出!

全书有近三十首歌谣。歌谣中有神话,有故事,也有的像诗歌,排列讲究,不押韵。它们与小说叙事密切结合,构成文本的碎片。小说不分章节,结构奇特,由许多碎片组成,时间跳跃,但故事有内在的连贯性。

有的歌谣前后呼应,生动有趣,增加了叙述的张力,给人物行动增添了光彩,如:有一天,塔尤黎明时骑马到了小河边,看到初升的太阳,想起他部族人常唱的《日出歌》

日出!

我们日出时

来问候你。

我们日出时

来访问你。

云朵的父亲啊

你多么美丽

在日出时。

日出!

有的歌谣里讲述了奇特的传说,增加了印第安人的自豪感。如,塔尤不知道印第安人的好仪式能否治病,还是应该去找白人?巫师伯托尼对他说,印第安人没什么可与白人比的。白人有许多城市、机器和丰富的食品。印第安人的土地不好,应该从白人手中把东西夺过来。但白人是受巫术控制的。印第安人完全可对付白人,因为白人是印第安人巫术产生的。接着,歌谣里说:

很久很久以前

这世界上没有白人

也没有欧洲。

这世界就那么运行,

除了巫术以外。

> 这世界已经很完整
> 即使没有白人。
> 因为一切都有了
> 包括巫术。

有的传说带有迷信色彩,作者采取了嘲讽的态度。如讲到印第安学校里关于青蛙的传说,过去总有人告诉孩子们别杀死青蛙,否则青蛙会大怒,使老天降暴雨,形成水灾,危害民众。老师哈哈大笑说,这完全是一种迷信。

小说语言通俗平易,英语规范,表达流畅。对话简洁生动。字里行间洋溢着抒情、反讽和幽默色彩。大量的歌谣使叙述增加了活力,也成了《仪式》的一大特色。西尔科不愧是个讲故事的高手。

3) 意义和影响总览:

《仪式》从一个特殊的视角描写了主人公塔尤二次大战后带着严重的精神创伤回到印第安人保留地的坎坷经历,劝导人们相互理解,和谐相处,并与大自然完美结合。它具有重要的现实意义,引起了美国学界和读者们的重视,产生了很好的社会影响。

与《黎明之屋》的主人公艾伯尔不同,《仪式》的主人公从二次大战战场返回老家后染上"战争综合症"的顽疾,令他精神受到严重创伤。作为一个美国公民,他应征入伍,当了海军陆战队员,为国征战。但是,退伍返乡后,战场上血淋淋的情景一直浮现在他脑际,挥之不去,使他万分苦恼。他进过退伍军人医院治疗,没有治好。后来,靠印第安老医生伯托尼的引导,他才治好了顽疾。伯托尼并没有什么特效药,而是靠谈心,靠耐心引导,帮塔尤找回自己的"根",从印第安历史和文化中汲取了营养,方能如梦初醒,摆脱困扰,开始新的生活。小说充分体现了印第安老一代人对青年一代的关怀和期盼。

小说将战争、个人和种族三者结合起来,以大量事实证明印第安人与白人的不平等。从占有土地、财产、机器到政治权力,白人占有绝对优势。1943年至1945年发生旱灾和水灾,矿区周围的牲畜大部分饿死了。而水灾淹没了矿区。矿是关闭了,只留下铁丝网和保安棚屋,矿主溜掉了。印第安人的损失没人管。这反映了白人的自私、傲慢和霸道。

第六章
孤军奋起的印第安作家们

不过,小说倡导印第安人与白人要相互沟通,增强互信。作者认为人类本是一家。打败日本侵略者以后,共同的命运使白人与印第安人联系在一起;屠杀平民的一小撮人使大家团结在一起。塔尤终于看到世界是没界限的,唯有时空的变化。但小说严正指出:印第安文化面临危机,印第安人要创造新的仪式,弘扬传统文化,迎接世界的新变化,才能巩固自己的身份,振兴印第安文化,提高印第安人在美国白人主流社会中的地位。

4) 文本名段点击①:

A. 塔尤从战场退伍返乡后,往日血雨腥风的场面一直使他寝食不安:

… He could feel it inside his skull—the tension of little threads being pulled and how it was with tangled things, things tied together, and as he tried to pull them apart and rewind them into their places, they snagged and tangled even more. So Tayo had to sweat through those nights when thoughts became entangled; he had to sweat to think of something that wasn't unraveled or tied in knots to the past—something that existed by itself, standing alone like a deer. And if he could hold that image of the deer in his mind long enough, his stomach might shiver less and let him sleep for a while. It worked as long as the deer was alone, as long as he could keep it a gray buck on an unrecognized hill; but if he did not hold it tight, it would spin away from him and become the deer he and Rocky had hunted. That memory would unwind into the last day when they had sat together, oiling their rifles in the jungle of some nameless Pacific island. While they used up the last of the oil in Rocky's pack, they talked about the deer that Rocky had hunted, and the corporal next to them shook his head, and kept saying he had dreamed the Japs would get them that day. (p.7)

B. 伯托尼老人告诉塔尤印第安人与白人处于不平等的地位,但不用害怕,可以对付他们:

"Emo plays with these teeth—human teeth—and he says the Indians have nothing compared to white people. He talks about their cities and all the machines and food they have. He says the land is no good, and we must go after what they have, and take it from them." Tayo coughed and tried to clear the tightness from his throat. "Well, I

---

① 下列引文选自 Leslie Marmon Silko, *Ceremony*, Penguin Books, 1977。

don't know how to say this but it seems that way. All you have to do is look around. And so I wonder," he said, feeling the tightness in his throat squeeze out the tears, "I wonder what good Indian ceremonies can do against the sickness which comes from their wars, their bombs, their lies?"

The old man shook his head. "That is the trickery of the witchcraft," he said. "They want us to believe all evil resides with white people. Then we will look no further to see what is really happening. They want us to separate ourselves from white people, to be ignorant and helpless as we watch our own destruction. But white people are only tools that the witchery manipulates; and I tell you, we can deal with white people, with their machines and their beliefs. We can because we invented white people; it was Indian witchery that made white people in the first place."(p.132)

C. 塔尤从自己经历中看出白人文化艺术中隐含的种族偏见:

He lay there and hated them. Not for what they wanted to do with him, but for what they did to the earth with their machines, and to the animals with their packs of dogs and their guns. It happened again and again, and the people had to watch, unable to save or to protect any of the things that were so important to them. He ground his teeth together; there must be something he could do to still the vague, constant fear unraveling inside him: the earth and the animals might not know; they might not understand that he was not one of them; he was not one of the destroyers. He wanted to kick the soft white bodies into the Atlantic Ocean; he wanted to scream to all of them that they were trespassers and thieves ... The destroyers had sent them to ruin this world, and day by day they were doing it. He wanted to scream at Indians like Harley and Helen Jean and Emo that the white things they admired and desired so much—the bright city lights and loud music, the soft sweet food and the cars—all these things had been stolen, torn out of Indian land: raw living materials for their ck'o'yo manipulation. The people had been taught to despise themselves because they were left with barren land and dry rivers. But they were wrong. It was the white people who had nothing; it was the white people who were suffering as thieves do, never able to forget that their pride was wrapped in something stolen, something that had never been, and could never be, theirs. The destroyers had tricked the white people as completely as they had fooled the Indians, and now only a few people understood how the filthy deception worked;

only a few people knew that the lie was destroying the white people faster than it was destroying Indian people. But the effects were hidden, evident only in the sterility of their art, which continued to feed off the vitality of other cultures, and in the dissolution of their consciousness into dead objects: the plastic and neon, the concrete and steel. Hollow and lifeless as a witchery day figure. (pp.203-204)

3. 其他重要作品链接

A. 诗集：

《拉古纳妇女》(*Laguna Woman: Poems*, 1974)

《奔跑在彩虹边缘》(*Running on the Edge of the Rainbow: Laguna Stories and Poems*, 1982)

《情诗与窈窕男人峡谷》(*Love Poem and Slim Man Canyon*, 1996)

B. 长篇小说：

《死人年鉴》(*Almanac of the Dead*, 1991)

《沙丘里的花园》(*Gardens in the Dunes*, 1999)

C. 短篇小说集：

《送来积雨云的人》(*The Man to Send Rain-Clouds*, 1974)

《讲故事的人》(*Storyteller*, 1981)

《西部故事》(*Western Stories*, 1980)

《海洋故事集》(*Ocean Stories*, 2011)

D. 文学评论集：

《圣水》(*Sacred Water: Narratives and Pictures*, 1993)

《黄女人与精神美女》(*Yellow Woman and a Beauty of the Spirit: Essays on Native American Life Today*, 1996)

E. 回忆录：

《绿松石台面》(*The Turquoise Ledge: A Memoir*, 2010)

4. 著作获奖信息

1975 年和 1978 年《拉古纳妇女》两次荣获诗歌奖；

1994 年美国本土作家协会授予终身成就奖。

第三节 路易斯·厄尔德里奇与《爱药》

1. 生平透视

路易斯·厄尔德里奇(Louise Erdrich, 1954—)是个非常出色的美国印第安女诗人和小说家,1954年7月7日生于明尼苏达州小瀑布城,成长于北达科他州瓦帕登镇。她是个德国人和齐帕瓦族人的后裔。父亲是个教师。1976年她从达特茅斯学院毕业,翌年获约翰·霍普金斯大学硕士学位。她从小爱写故事,深受父母的鼓励和支持。1977年开始文学创作,在报刊上发表一些短篇小说。1984年,出版了诗集《苒灯》,随后又推出《欲望的洗礼》(1989)等诗集。她成了一位出色的诗人。

1984年,长篇小说《爱药》与读者见面,一举获得全国书评界奖等五项大奖,奠定了厄尔德里奇小说家的地位。随后几年,她又陆续发表了《甜菜女王》(1986)、《足迹》(1988)、《赌博宫》(1994)。这三部长篇小说与《爱药》构成四部曲,成了厄尔德里奇的优秀代表作,深受读者们欢迎。

厄尔德里奇一直勤奋写作,不断有新作问世。她成了一位出色的儿童文学家。近几年来,先后推出《桦树皮小屋》四部曲:《桦树皮小屋》(1999)、《沉默的游戏》(2005)、《豪猪年》(2008)和《齐克迪》(2012),描写了1840年至1866年印第安姑娘奥玛凯亚丝和她的族人经历了多次大灾难,寻找新家园的苦难历程。此外,还有长篇小说《祖母的鸽子》(1996)、《羚羊妻》(1998)和《最后的报告》(2001)。最精彩的是2012年出版的长篇小说《圆屋》荣获了美国国家图书奖。厄尔德里奇一跃成为一位全国瞩目的印第安女作家。

2. 代表作扫描

厄尔德里奇的小说四部曲《爱药》、《甜菜女王》、《足迹》和《赌博宫》是一套涉及20世纪从初期至80年代末印第安人的重大生活变迁的巨著。小说背景在北达科他州阿格斯及其四周的印第安人居住地。出场的人物包括七大家族几代人,其中既有印第安人、印第安混血儿,又有非印第安人。每部小说相对独立,但人物和事件相互交叉,变化复杂,结构比较松散,尤其前两部。叙述不连贯,视角变化大,每部都有不同的意象。四部曲展现了在一个破碎而扭曲的现代美国社会里,印第安人的生存危机和精神危机。男女老少都充满了苦恼、幽默和失望。这一点是厄尔德里奇与莫马戴、西尔科等印第安作家不同的。他们也许更重视表现寻找身份、归属和自我意识问题;厄尔德里奇更关心的是当代美国印第安人的生存困境。

从内容上来看,第三部小说《足迹》应该比前两部早。可以看出,厄尔德里奇起先追随莫马戴去探索印第安人的身份和归属问题的模式,不过,她想得更深更远。小说描写战争、饥饿和天花病把齐帕瓦人搞得走投无路,难以生存。上层部族人与白人官员相勾结,进行土地买卖,破坏了传统的生存条件。齐帕瓦族英雄纳普希团结民众,与他们作斗争,保护了部族的耕地。《爱药》则通过卡斯博和拉马丁等四个家庭三代人的经历,描述了1934年至1984年半个世纪北达科他州印第安保留地的变迁。《甜菜女王》由七个叙述者从不同的角度讲述1932年至1972年一个小镇的故事。它反映印第安人母女之间、朋友之间感情的自私和冷酷,揭示印第安社会的分裂造成人们生活的动荡和精神的危机。《赌博宫》则写主人公齐帕瓦人李曼·拉马丁开一家赌博厅赚钱。更多的部族人想充分利用土地,建设社区的新生活。

四部曲中写得最精彩的是《爱药》,不论是从内容上看,还是从艺术手法上说,都体现了厄尔德里奇的创作特色,也是学界和读者们最看好的一部优秀作品。因此,我们选择《爱药》作为她的代表作,进一步加以评析。

1) 故事和人物盘点:

《爱药》(*Love Medicine*)1984年出版后曾有两次修订。1993年出了增订版,增加四个故事。2009年又把两个增加的故事删去一个,另一个改为附录。这里根据1993年新版来解读。

1993年版由十七个短篇小说组成。主要人物涉及卡斯博、拉马丁、拉扎尔和莫里斯四个家族。通过不同的叙述者,讲述了四个家族之间爱恨情仇的纠葛和家庭成员的思想变化。这些短篇小说包括:《世界最伟大的渔夫》

(1981)、《圣玛丽亚》(1934)、《野鹅》(1934)、《岛》、《珠子》(1948)、《露露的男孩们》(1957)、《勇士的冲击》(1957)、《桥》(1973)、《红色的篷车》(1974)、《尺》(1980)、《荆棘的王冠》(1981)、《爱药》(1982)、《复活》(1982)、《好眼泪》(1983)、《石斧工厂》(1983)、《李曼的运气》(1983)和《过河》(1985)。人物分别在一个个故事里出场。从《世界最伟大的渔夫》朱恩·卡斯博的去世和葬礼,到最后一篇《过河》,小说的焦点又回到卡斯博两个儿子身上。所以,各个短篇小说可相对独立,但全书构成一个整体,成了一部结构独特的长篇小说。

在十七篇短篇小说中,《爱药》最为精彩。小说讲的是卡斯博一个孙子的故事。他从小在祖父母身边长大。祖父常带他去钓鱼。祖母无微不至地关照他。他叫李帕沙。他崇拜祖父是个英雄的部族首领,祖母知书达理,消息灵通。后来,祖父母年纪大了,祖父爱吃许多糖,常独自去林中喊叫,令人惧怕,祖母更担心。医生说是一种病。祖父自以为是"第二个童年"。祖母难过得泪汪汪。老人有时外出垂钓不归家,还嗜酒,勾搭别的女人。祖母告诉孙子,有一种用加拿大黑雁的心脏,按古老的习俗做成的爱药,具有特殊的魔力,可以让祖父对祖母的爱意永不改变。孙子便借了祖父的猎枪去打了黑雁,取其心脏加上其他配料制成"爱药",交祖母劝祖父吃了。吃了不久,祖父当场窒息死亡。祖母悲痛欲绝,孙子后悔莫及。后来,祖母一直感到祖父没有死,他还坐在家里的椅子上。孙子只好坦率告诉她:那爱药全是假的。祖父一直很爱她,但没有说出来,来不及说出来就走了。超市里卖的心脏是不能让他起死回生的……

2) 风格和语言聚焦:

正如前面所说的,《爱药》结构奇特,由十几篇短篇小说组成。主要人物涉及拉扎尔家族、卡斯博家族、拉马丁家族和莫里斯家族三代人。各篇相对独立成篇,但人物进进出出,互有联系。与其说是一部长篇小说,不如说是一组系列短篇小说。它形成了厄尔德里奇的独特艺术风格,为美国印第安小说的发展增添了光彩。

《爱药》全书以倒叙为主要结构,采用第一人称"我"的叙事手法,显得真实可信。小说时间从1934年至1984年,跨度达半个世纪。第一篇《世界最伟大的渔夫》是1981年,第二篇《圣玛丽亚》至最后一篇《过河》则按时间顺序排列,从1934年至1984年止。全书成了一个多声部的大合奏。

小说语言比较规范，通俗，平易。叙述流畅、简洁。许多细节描写真实、生动、细腻，富有浓烈的部族生活色彩，有欢乐，有笑声，也有悲痛、有烦恼。不论生活怎么变化，齐帕瓦族人总是坚守自己的文化传统，追求美好的未来。

小说常用不同的意象，揭示不同的象征意义。如蒲公英，小说开头提到祖父卡斯博喜欢拿把铲子去屋外挖蒲公英；小说结尾又写到他家窗外一片茂盛的蒲公英，孙子又在挖土。他像出自黑暗中的一粒种子，埋下了根，在阳光中成长……小说生动地描写了祖父与祖母恩恩爱爱又磕磕碰碰，不乏黑色幽默色彩。

3) 意义和影响总览：

《爱药》从不同的侧面生动地展示了半个世纪齐帕瓦人的多彩生活和生存困境，具有重要的现实意义，在美国学界和读者群中产生了巨大的社会影响。小说获得主流社会的肯定，使印第安文学得到应有的尊重和接受。

厄尔德里奇与其他印第安作家如莫马戴和西尔科不同，她不直接写种族冲突和文化对抗，而是深入探讨美国现代社会里印第安人的生存危机。印第安人已成为美国民族的一部分。她从"美国人"这个大视野来观察和描写印第安人面临的部族内外的问题和他们的亲身感受，具有更深刻而普遍的时代意义。

小说通过四个家族三代人的生活遭遇，揭示了印第安少数民族，如果离开了自己的土地，丧失了传统文化，在白人支配一切的主流社会里就无立足之地，成为被遗弃的局外人。

小说也反映了印第安社会的分裂状态和部族人的陋习。比如部族内部的宗教矛盾、土地纠纷、民众的酗酒和乱伦等问题。卡博斯家族三代人的故事有典型性。第三代李帕沙出生后不知道父母，身份不明，生活中无所事事，碌碌无为。他母亲出没于城镇酒吧，以酒浇愁，悲观失望，最后死于大雪中。父亲是个艺术家和社会活动家，因杀了白人士兵，到处受通缉而亡命天涯。李帕沙随祖父母成长，因配制爱药误杀了祖父，饮恨终身。其他小人物也遭遇可怜的悲剧，表现了当代的生存困境和精神危机。作者表露了对那些困境中的印第安人的深深同情。同时，她也呼吁社会各界人士多多关注印第安人的生存状态。

有趣的是小说描述了齐帕瓦族人的信仰与天主教的矛盾。小说写到卡斯博祖父对孙子说，上帝没听到他的话。"上帝耳朵聋了。从《旧约全书》以来，上帝一直不听我们的话。"孙子发觉，从《圣经》上看，过去与现在是有差别的。《旧约全书》有你的上帝，齐帕瓦族也有自己的上帝。印第安上帝，好的坏的都有。他们的上帝不太完美，至少有求必应。你求他，他就来了。而上帝，祖父千呼万叫，他都没反应，跟政府当局一个样。寥寥数语，直接抨击了天主教对印第安人的漠视，也含蓄地批评了政府对齐帕瓦族人的生活困境不闻不问，从而揭示了小说严肃而沉重的主题，彰显了它的批判力度。

4）文本名段点击①：

A. 孙子李帕沙回想祖父祖母对他的关爱，并想报答他们：

I never really done much with my life, I suppose. I never had a television. Grandma Kashpaw had one inside her apartment at the Senior Citizens, so I used to go there and watch my favorite shows. For a while she used to call me the biggest waste on the reservation and hark back to how she saved me from my own mother, who wanted to tie me in a potato sack and throw me in a slough. Sure, I was grateful to Grandma Kashpaw for saving me like that, for raising me, but gratitude gets old. After a while, stale. I had to stop thanking her. One day I told her I had paid her back in full by staying at her beck and call. I'd do anything for Grandma. She knew that. Besides, I took care of Grandpa like nobody else could, on account of what a handful he'd gotten to be. (p.230)

B. 祖父与孙子谈论上帝与齐帕瓦族人信仰的冲突：

Since the Old Testament, God's been deafening up on us. I read, see. Besides the dictionary, which I'm constantly in use of, I had this Bible once. I read it. I found there was discrepancies between then and now. It struck me. Here God used to raineth bread from clouds, smite the Phillipines, sling fire down on red-light districts where people got stabbed. He even appeared in person every once in a while. God used to pay attention, is what I'm saying.

Now there's your God in the Old Testament and there is Chippewa Gods as well. Indian Gods, good and bad, like tricky Nanabozho or the water monster, Missepeshu, who lives over in Matchimanito. That water monster was the last God I ever heard to appear. It had a weakness for young girls and grabbed one of the Pillagers off her row-

---

① 下列引文选自 Louise Erdrich, *Love Medicine* (*New and Expanded*), Perennial, An Imprint of Harper Collins Publishers, 1993。

boat. She got to shore all right, but only after this monster had its way with her. She's an old lady now. Old Lady Pillager. She still doesn't like to see her family fish that lake.

Our Gods aren't perfect, is what I'm saying, but at least they come around. They'll do a favor if you ask them right. You don't have to yell. But you do have to know, like I said, how to ask in the right way. That makes problems, because to ask proper was an art that was lost to the Chippewas once the Catholics gained ground. Even how, I have to wonder if Higher Power turned it back, if we got to yell, or if we just don't speak its language. (p.236)

……

Oh yes, I'm bitter as an old cutworm just thinking of how they done to us and doing still.

So Grandpa Kashpaw just opened my eyes a little there. Was there any sense relying on a God whose ears was stopped? Just like the government? I says then, right off, maybe we got nothing but ourselves. And that's not much, just personally speaking. I know I don't got the cold hard potatoes it takes to understand everything. Still, there's things I'd like to do. For instance, I'd like to help some people like my Grandpa and Grandma Kashpaw get back some happiness within the tail ends of their lives. (p.237)

C. 李帕沙老实告诉祖母：那爱药是假货，没有任何作用：

"Grandma," I said, "I got to be honest about the love medicine."

She listened. I knew from then on she would be listening to me the way I had listened to her before. I told her about the turkey hearts and how I had them blessed. I told her what I used as love medicine was purely a fake, and then I said to her what my understanding brought me.

"Love medicine ain't what brings him back to you, Grandma. No, it's something else. He loved you over time and distance, but he went off so quick he never got the chance to tell you how he loves you, how he doesn't blame you, how he understands. It's true feeling, not no magic. No supermarket heart could have bring him back."

She looked at me. She was seeing the years and days I had no way of knowing, and she didn't believe me. I could tell this. Yet a look came on her face. It was like the look of mothers drinking sweetness from their children's eyes. It was tenderness.

"Lipsha," she said, "you was always my favorite." (p.257)

3. 其他重要作品链接

A. 长篇小说：

《甜菜女王》(*The Beet Queen*, 1986)

《足迹》(*Tracks*, 1988)

《赌博宫》(*The Bingo Palace*, 1994)

《祖母的鸽子》(*Grandmother's Pigeon*, 1996)

《羚羊妻》(*The Antelope Wife*, 1996)

《最后的报告》(*The Last Report on the Miracles at Little No Horse*, 2001)

《屠主歌咏俱乐部》(*The Master Butchers Singing Club*, 2003)

《鸽子的温疫》(*The Plague of Doves*, 2008)

《圆屋》(*The Round House*, 2012)

B. 儿童小说：

《桦树皮小屋》(*The Birchbark House*, 1999)

《永远的火炉》(*The Range Eternal*, 2002)

《沉默的游戏》(*The Game of Silence*, 2005)

《豪猪年》(*The Porcupine Year*, 2008)

《齐克迪》(*Chickadee*, 2012)

C. 诗集：

《苒灯》(*Jacklight*, 1984)

《欲望的洗礼》(*Baptism of Desire: A Birth Year*, 1995)

D. 短篇小说集：

《热恋的故事》(*Tales of Burning Love*, 1996)

E. 回忆录：

《蓝樫鸟之歌》(*The Blue Jay's Dance: A Birth Year*, 1995)

4. 著作获奖信息

1984年《爱药》荣获全国书评界奖；

2005年《沉默的游戏》荣获斯科特·奥德尔历史小说奖；

2012年《圆屋》荣获美国国家图书奖。

第七章 突破困境的华裔女作家们

第一节 汤亭亭与《女勇士》

1. 生平透视

汤亭亭的英文名叫马克辛·洪·金斯顿（Maxim Hong Kingston, 1940— ）。中文名是她父亲为她起的。1940年10月27日，她生于加利福尼亚州斯托克顿市一个华裔之家。祖母原籍广东新会市。父亲开过洗衣店和赌场，母亲是个护士。她从小爱读书，中小学学习成绩优秀。1962年从加州大学伯克利分校毕业后，她应聘到夏威夷大学教书。业余坚持写作，她出版了多部作品，主要有《女勇士》(1976)、《中国佬》(1980)和《引路人孙行者：他的即兴曲》(1989)和《和平的第五部书》(2003)等。

1991年至今，汤亭亭在母校英文系教英文写作课。她的自传性作品《女勇士》和《中国佬》深受美国读者的热烈欢迎。《女勇士》曾多年名列全国畅销书单，被收入各种选集和高校教科书。它荣获了全国书评界奖等多项文学大奖。许多大学和学院授予她荣誉学位。汤亭亭成了名闻全国的头号华裔女作家。

2. 代表作扫描

汤亭亭的作品中，最引人注目的是《女勇士》和《中国佬》。两部姐妹作构成了作者完整的自传。《中国佬》又译《金山勇士》。写的是作者先辈们从中国移民美国一家四代人的坎坷经历。曾祖父一辈曾受骗到夏威夷开荒种甘蔗，当牛作马，难以维持生活，犹如美国南方种植园的黑奴。祖父一辈到美国西部修建铁路,餐风宿露,忍饥挨冻,常受白人工头的鞭打和虐待,甚至监禁和杀害。父亲一辈苦苦挣扎,勤俭过日子,才勉强生存下来。"中国佬"是美国白人对华工的蔑称。小说充分地展示无数华工在逆境中当苦力,对美国西部开发作出了突出贡献。作者也揭示了她跟父亲意识上的联系,尽管他没能像母亲那样给她讲故事。作者采用黑色幽默手法,将事实与虚构、自传与家史以及神话相结合,不乏反讽和诙谐色彩。

《女勇士》描写了作者、她母亲、姨妈和一个姑妈无名氏的遭遇,突显了女性面对各种挑战时勇于控制自己,与逆境搏斗。女权主义色彩浓烈,更受学界和广大读者青睐。因此,它既是金斯顿的成名作,又是她最成功的代表作。

1) 故事和人物盘点:

《女勇士:鬼魂中的少女时期回忆录》(*Woman Warrior: Memories of a Girlhood among Ghosts*)包括五个部分:"无名氏女人"、"白虎"、"沙曼"、"在西宫"和"羌笛野曲"。故事发生于1924年至1974年之间,地点在中国和美国加州的斯托克顿。主要人物有:作者自己、母亲勇兰、姨妈月兰和一位姑姑无名氏。故事大体按时间顺序展开,但全书没有统一的情节。第一、三、四部分写了金斯顿几位女亲属的经历;第二、五部分探讨了金斯顿自己的成长过程和亲属对她的影响。

第一部分写的是母亲勇兰讲给作者听的故事即她姑姑惨死的悲剧。姑姑无名氏新婚不久,丈夫去美国淘金。几年后,她怀了孕。消息走漏后,全村民众愤怒了,认为她偷了野汉子,违反了家规。她生小孩那天晚上,一伙人冲砸了她的家,宰了她家的牲畜,毁了她的财物。姑姑被迫独自躲到猪圈里生下孩子,然后抱着婴儿跳井自杀同归于尽。从此,亲戚们以为这是个奇耻大辱,再不提起她的名字了。金斯顿母亲只讲了事件一个轮廓,作为对女儿到了青春年华时一个警告:别做玷污家声的事!金斯顿很想知道无名氏姑姑当时是怎么想的?她是遭坏人强暴怀孕?还是真的爱上另一个男人?他还想了解那位姑姑的个性和爱好。但她妈一个字也不多说。通奸是个大家丑,不宜多问,更不许女孩多想。金斯顿无从了解得更多。

第二部分"白虎"是金斯顿九岁时睡觉前母亲给她讲的中国古代神话花木兰女英雄的故事。母亲以此激励她长大后成为一位女勇士。

母亲对她说:花木兰七岁时随一只黑翅膀的鸟到山里一对老夫妻家里。

他俩抚养她十五年,教她"龙法"和"虎法",使她精通十八般武艺。后来,花木兰返回家乡,她爸妈在她背上刺了为民众牺牲的誓言。她结了婚,生了一个孩子,便带兵出征,杀了一个巨人和压迫她村民的皇帝,为世世代代的村民报了仇。

金斯顿不明白这个神话故事跟她自己的生活有什么关系。她对要求妇女逆来顺受的中国传统满不在乎。不过,她发觉:她可以用语言和她母亲的故事为力量,当个女作家,以此成为一个女勇士。

在"沙曼"部分,作者直接面对她母亲勇兰的个人史。勇兰在广东德功助产士学校学习成绩名列全班第一。她以花木兰的技巧和勇气驱除了女生宿舍楼里一个鬼魂作祟的房间里的"坐鬼"。回到故乡后,她勇斗流行病,帮孕妇在猪圈里接生,还为跛脚人接骨疗伤。她成了当地民众爱戴的女英雄。

后来,勇兰远涉重洋,到美国与她丈夫团聚。待了十五年,她一直不适应异化的世界。她感慨美国是个可怕的鬼国家。到处是鬼:出租车鬼、公共汽车鬼、警察鬼、火鬼、读表鬼、修剪树鬼和五分十分硬币鬼。家里洗衣房工作热得难熬,地里收土豆够累的。整天干活,没有看杂技表演的时间……"但金斯顿感到自己很适应快节奏的生活。她认为自己成年了,应该离开父母独立生活。

第四部分"在西宫"描述勇兰与妹妹月兰分别三十年后在美国重逢。月兰与勇兰不同,她比较软弱、胆小、没主意。勇兰陪她去洛杉矶看她丈夫。月兰发现尽管丈夫以前每月给在中国的她寄钱,但他已再婚,有了三个孩子。他是个脑外科医生,收入不菲。他对月兰说:"你土里土气,不适合美国生活方式。"月兰心里很苦闷,受了冷遇,不敢理论,悄悄地变疯,死于疯人院。

最后一部分"羌笛野曲"细说了金斯顿童年生活的变迁,从一个沉默寡言的女孩变成一个能说会道的姑娘。金斯顿在幼儿园时,她妈尽量让她少说话,美国老师也不理解她。后来,她得了全优,但她妈要她学会公关能力。她心里很不高兴,也不满意学校教育没有尽早给她提供所必需的文化和语言知识。末了,小说引用祖母讲的蔡琰的故事,即在西域人宫中用羌笛表达了相互交流的愿望。"胡笳十八拍"唱出了思乡的情调,她感到应该回中国自己看看哪些故事是真的,哪些故事是假的。相互交流才能增进理解。

2) 风格和语言聚焦:

《女勇士》是一部自传体小说。它不同于美国传统的自传文学。它将自传、神话、传记、史实和虚构相结合,融入精彩的中国文化元素,形成了独特的艺术风格。

全书结构复杂,想象奇特,五个故事看似相互独立的片断,没有统一的情节,但有密切的内在联系。作品采用第一人称"我"的叙事策略,每部分侧重点有所不同,但都与女主人公"我"有关系,通过"我"将五个片断串连成一个整体。故事大体按时间顺序展开,打破了体裁的界限,将事实与神话和虚构融为一体,充满了扑朔迷离的神秘气氛,令人耳目一新。

有趣的是小说对中国历史故事和神话传说进行了大胆的改编,演绎了花木兰从军的故事,将岳飞母亲在岳飞背上刺字的细节移到花木兰身上,但刺的不一样。这种虚构的试验非常有趣,引起了学界同仁们的热切关注和争论,增添了美国华裔文学中的东方色彩,令美国读者着迷。

小说的叙事模式含混复杂。真实的细节描写往往与虚幻的成分交织在一起。小说的几位妇女从古老的中国来到现代化的美国。作者细致地描述她们的发式、衣着、绞面和裹脚以及婚礼上新郎缺席、姨妈与公鸡拜堂等中国风情,犹如《红楼梦》中人物的精细刻画。不仅如此,这些细节既衬托了女性人物的个性特征和生活背景,又与婚外产子、暴力惩罚、神仙杀鬼、异地重婚、抛弃前妻等重要情节相联系,揭示了美国通俗文学的口述特色,符合母亲讲故事的特征。小说吸取了通俗文学的艺术手法来表现严肃的社会主题,从而打破了严肃文学与通俗文学的界限。

在叙事策略上,小说的复调和错置形成了多声部的对话。过去与现在双重时间置换。成人的"我"回忆少年时代的经历,听母亲讲了姑姑、花木兰和蔡琰的故事,她自己也从无知走向成熟,对家庭的奥秘、父权制的中国、母亲的一套戒律和自己的身份逐渐反思,下决心走自己的路。有些故事,作者不在场,出现了第三人称叙事。

小说语言特色明显。对话简洁有力。有时显得尖刻,有点"怒气冲天,直言不讳",似乎反映了上世纪60年代女权运动的特色:妇女理直气壮,敢作敢为。小说在描述"我"的经历和改写母亲的故事时加入了许多虚构成分,揭示了女主人公的心理困扰。大故事中有许多小故事,如母亲讲述唐朝有猎手吃鸟、野兔、蛇、昆虫、蝎子、蟑螂和豪猪等和中国南方人办猴子宴的故事,讲得娓娓动听,引人入胜。汤亭亭锐意创新的风格给美国华裔文学带来新突破。

3) 意义和影响总览:

《女勇士》从不同的视角描述五个女人的故事,严肃地揭示了妇女命运的主题,这是具有普遍社会意义的。上世纪六七十年代,妇女命运问题成了美国民权运动和女权运动中的一个主要内容。因此,《女勇士》问世后好评如潮,产生了巨大的社会反响。

美国是个移民国家。美国妇女包括主流社会的白人妇女、黑人妇女、犹太妇女、亚裔妇女和印第安妇女等。华裔妇女也是它的重要组成部分。《女勇士》描写了来自中国的五个女人的故事,是对美国妇女文学的重要补充,更是华裔文学的重要里程碑。

小说写了无名氏姑妈私通怀孕,被迫抱婴儿投井自杀,母亲勇兰乐于助人,受人敬重的经历,姨妈月兰名存实亡的不幸婚姻,花木兰女英雄为家乡父老报仇的浪漫传奇以及女主人公金斯顿在母亲"沉默端庄"劝导下艰难成长的过程。小说是通过母亲给女主人公讲故事来展示的。它表露了她对被封建习俗迫害而自尽的姑妈的深切同情,对母亲的敬畏及其管束的愤怒;对花木兰女英雄的崇拜、对月兰姨妈逆来顺受的惋惜以及对当个"女勇士"的思考。作者揭露旧中国重男轻女,"养女不如养鹅"的陋习,猛烈地抨击中国封建戒律和习俗对普通妇女的迫害,深深地同情姑妈的悲剧。

在成长过程中,女主人公曾对家庭的压抑和旧习俗的习惯势力感到困惑,不时与母亲发生争吵。她对母亲的教育和中国文化感到不满,发觉美国的学校教育不够完善。成年后,她的思想有点变化,认为中国文化有许多可取之处。小说生动地展示了华裔妇女从中国到美国的不同感受如何体现了中西文化的碰撞和融合。她母亲勇兰在中国帮人看病,给乞丐饭吃,送代书人些钱请讲故事,处处受欢迎,犹如一个女英雄,到了美国感到格格不入,惊呼美国是个可怕的鬼国家。机器和鬼魂到处游荡,连鬼都在干活,没有时间娱乐。她姨妈到美国后发现丈夫早已另立家室,养了三个孩子。丈夫还怪她土里土气,不适合美国生活方式。她无可奈何,终日暗自苦恼,终于发疯而死。小金斯顿则学会离开父母,独立谋生,寻找自己的生活天地。她立志当个作家,以此成为母亲所期望的"女勇士"。在她身上体现了中美两国文化的融合。这是很有意义的。它给许多新一代华裔青年带来有益的启迪。

汤亭亭成名后继续努力创作。1989年出版的《孙行者》,在主题思想和艺术风格上比《女勇士》和《中国佬》都有新的突破。小说更明确地提出华裔的身份问题,生动地描绘60年代动荡的社会生活和华裔青年一代追求自我的过程。作者巧妙地运用后现代派的艺术手法,进一步丰富了自己的独特风格。《孙行者》成了一部具有时代特点的美国华裔小说杰作。

《女勇士》的成功,使汤亭亭以无可争辩的才华跻身于美国名作家行列,让华裔小说在美国文学史上揭开了新的一页。

4) 文本名段点击[①]:

A. 姑姑与男人私通怀孕,惨遭村民打砸抢,最后带着刚出生的婴儿投井自尽:

... The villagers pushed through both wings, even your grandparents' rooms, to find your aunt's, which was also mine until the men returned. From this room a new wing for one of the younger families would grow. They ripped up her clothes and shoes and broke her combs, grinding them underfoot. They tore her work from the loom. They scattered the cooking fire and rolled the new weaving in it. We could hear them in the kitchen breaking our bowls and banging the pots. They overturned the great waist-high earthenware jugs; duck eggs, pickled fruits, vegetables burst out and mixed in acrid torrents. The old woman from the next field swept a broom through the air and loosed the spirits-of-the-broom over our heads. "Pig." "Ghost." "Pig," they sobbed and scolded while they ruined our house.

When they left, they took sugar and oranges to bless themselves. They cut pieces from the dead animals. Some of them took bowls that were not broken and clothes that were not torn. Afterward we swept up the rice and sewed it back up into sacks. But the smells from the spilled preserves lasted. Your aunt gave birth in the pigsty that night. The next morning when I went for the water, I found her and the baby plugging up the family well. (pp.4-5)

B. 母亲希望女儿将来成为一位女勇士:

At last I saw that I too had been in the presence of great power, my mother talking-story. After I grew up, I heard the chant of Fa Mu Lan, the girl who took her

---

[①] 下列引文选自 Maxime Hong Kingston, *The Woman Warrior*: *Memoirs of a Girlhood Among Ghosts*, Alfred A. Knopf, 1975, 1977。

father's place in battle. Instantly I remembered that as a child I had followed my mother about the house, the two of us singing about how Fa Mu Lan fought gloriously and returned alive from war to settle in the village. I had forgotten this chant that was once mine, given me by my mother, who may not have known its power to remind. She said I would grow up a wife and a slave, but she taught me the song of the warrior woman, Fa Mu Lan. I would have to grow up a warrior woman. (pp.19-20)

C. 母亲勇兰感到美国到处是机器和鬼：

But America has been full of machines and ghosts—Taxi Ghosts, Bus Ghosts, Police Ghosts, Fire Ghosts, Meter Reader Ghosts, Tree Trimming Ghosts, Five-and-Dime Ghosts. Once upon a time the world was so thick with ghosts, I could hardly breathe; I could hardly walk, limping my way around the White Ghosts and their cars. There were Black Ghosts too, but they were open eyed and full of laughter, more distinct than White Ghosts.

What frightened me most was the Newsboy Ghost, who came out from between the cars parked in the evening light. Carrying a newspaper pouch instead of a baby brother, he walked right out in the middle of the street without his parents. He shouted ghost words to the empty streets. His voice reached children inside the houses, reached inside the children's chests. (pp.19-20)

D. 女主人公感慨自己的童年，想回中国寻根：

Now colors are gentler and fewer; smells are antiseptic. Now when I peek in the basement window where the villagers say they see a girl dancing like a bottle imp, I can no longer see a spirit in a skirt made of light, but a voiceless girl dancing when she thought no one was looking. The very next day after I talked out the retarded man, the huncher, he disappeared. I never saw him again or heard what became of him. Perhaps I made him up, and what I once had was not Chinese-sight at all but child-sight that would have disappeared eventually without such struggle. The throat pain always returns, though, unless I tell what I really think, whether or not I lose my job, or spit out gaucheries all over a party. I've stopped checking "bilingual" on job applications. I could not understand any of the dialects the interviewer at China Airlines tried on me, and he didn't understand me either. I'd like to go to New Society Village someday and find out exactly how far I can walk before people stop talking like me. I continue to sort out what's just my childhood, just my imagination, just my family, just the village, just movies, just living. (p.205)

3. 其他重要作品链接

《中国佬》(China Men, 1980)
《在夏威夷的一个夏天》(Hawai'i One Summer, 1987)
《孙行者:他的即兴曲》(Tripmaster Monkey: His Fake Book, 1989)
《和平第五部书》(The Fifth Book of Peace, 2003)

4. 著作获奖信息

1977年《女勇士》荣获全国书评界非小说奖和全国教育学会奖。

1994年代伯菈·罗军根据《女勇士》和《中国佬》改编的《女勇士》荣获美国国家图书奖和普利策奖。

1997年前总统克林顿授予她美国国家人文奖章。

1998年《孙行者》荣获多斯·帕索斯文学奖、美国西部笔会奖。

2008年荣获美国国家图书奖杰出文学贡献奖。

第二节 谭恩美与《喜福会》

1. 生平透视

谭恩美,英文名艾米·谭(Amy Tan, 1952—)生于加利福尼亚州奥克兰。父母都是中国移民。十六岁时父亲不幸因患脑瘤病故,她随母亲去瑞士,就读于蒙特罗萨国际学院。回美国后,她入读圣何塞州立大学,曾获英语和语言学学士和硕士学位,后转入加州大学伯克利分校攻读博士学位。不久,她中断学习,从事残疾儿童语言能力的开发工作,后与人合办一家商业写作公司,业余试写小说。她是个第二代华人,对中美两种文化的碰撞感触很深。

1989年,第一部长篇小说《喜福会》问世后一举成名。谭恩美成了继汤亭亭后崛起的华裔作家新秀。她的成功震动了美国文坛。

成名后,谭恩美深受鼓舞,笔耕不辍,又陆续推出许多作品,如长篇小说《灶君婆》(1991)、《通灵女孩》(1991)、《正骨师的女儿》(2001)和《拯救溺水的鱼》(2004)以及散文集《命运的对立面:沉思录》(2003)。她还为小读者们写了《月亮小姐》(1992)和《莎格瓦:中国芝麻猫》(1994),深受广大儿童的喜爱。

谭恩美的小说反映她既是个中国人,也是个美国人的双重身份的独特感受,也说明她善于吸取不同流派的各种手法来充实自己。她是个深受读者欢迎的华裔女作家。

2. 代表作扫描

谭恩美至今已发表多部长篇小说,其中《喜福会》(*The Joy Luck Club*)和《灶君婆》最受欢迎。《喜福会》是她的成名作,曾上畅销书榜榜首达八个月,已被译成十七种语言,又成了好莱坞很受欢迎的一部影片。《灶君婆》问世后立即荣登畅销书榜,受到各大报刊推荐。小说写了女主人公珍珠与她妈之间如何从隔阂重重到相互理解和宽容的故事,许多细节与作者母亲的经历相吻合。末了,母亲和婶婶一起到唐人街,精心选购了一尊女神像送给珍珠放在卧室里,取名"莫愁女",可随时与她交谈,摆脱内心的苦恼。

《喜福会》描述了四个不同背景的华人母亲在旧中国的苦难、她们移居美国后与女儿们的冲突和磨合。小说的思想内容和艺术风格比《灶君婆》更胜一筹。它被誉为谭恩美最成功的代表作。

1) 故事和人物盘点:

《喜福会》细致地描述了四对母女两代人的故事。女主人公吴精妹1951年生于加州,有个美国名字"June May"。她母亲吴宿愿是个来自中国的难民。她的好友林斗有个女儿叫威弗莉·荣。威弗莉是个象棋奇才。吴宿愿希望自己的女儿将来成为一个名演员。因此,她常常考考女儿能否记得世界各国的首都,测测她几分钟浏览一整页能记住多少。她还带女儿去跟一个耳聋的老年教师学钢琴。吴精妹感到自己不熟练,容易弹错。她妈却对老师说,精妹节奏感很强。

有一次,在教堂里演出失败了,吴精妹发誓不再弹钢琴了。她妈很生气,不得不放弃改变她女儿性格的打算。母女也不再商议学钢琴的事了。母亲怪她太任性，成年了，生活仍没目标。

不久，吴精妹上了大学，选读生物系和艺术系两个学位，结果，两个学位都没念完。她在一个小广告代理商当秘书，后来升为撰稿人。她为一家威弗莉工作的律师事务所写了一个广告，迟迟未收到稿酬。在一次家庭新年聚会上，威弗莉只好承认她本来不想说，吴精妹做的广告不能用。吴精妹很失望，等待她妈责骂她。没料到，她妈没责怪她，反而送她一只称为"生活要物"的玉环。吴精妹高兴地戴上它，暗自琢磨它的含意。

吴宿愿去世时，精妹已经三十六岁。喜福会的成员们要她接替她妈的位置。她妈是喜福会的创建者。那是二次大战时，日军炸毁了桂林市大部分街道，她感到生活没希望了，便请了其他三个年轻妇女组成喜福会。吴宿愿是个国民党军官太太，一个是上海富家小姐，一个是抗战时从上海逃难到桂林的军官太太，还有另一个国民党军官太太。她们四人一起打麻将，讲故事，互相请客，聊点她们开心的事。

后来，吴宿愿与病友吴昌宁经香港逃到美国找丈夫，生了女儿吴精妹。原先其他三家都走散了。吴宿愿想重组喜福会。她找了三个有钱的华人主妇钟林冬、苏安梅和顾英英一起打麻将混日子，同时轮流讲自己的故事。她们决定各人所赢的钱去买股票，盈利同分。她一直在寻找逃难中失散的一对双胞胎女儿没有结果。她死后，吴精妹感到无法代替她妈的作用，要不要加入喜福会很犹豫。后来，她去参加第一次聚会，三个牌友将吴宿愿的心愿告诉她，并用红利给她和她父亲买了去上海的飞机票，让她寻找同父异母的两个姐姐。

父女一到达上海，就受到她父亲一家的热烈欢迎。精妹顿时感到自己变成一个中国人。他俩住在一家西式的旅店里，吃的是美国菜。她父亲详细给她讲了母亲第一次嫁给一个国民党军官。后来，丈夫阵亡了。她逃到重庆。在去重庆的路上，她以为兵荒马乱，如果她带着两个小孩继续逃难，最后只有死路一条。因此，她将两个小孩放在路边，将照片、地址和钱放在她们衬衣里，希望有人救他们。不久，有个虔诚的穆斯林家庭救了两个小孩。吴宿愿多次写信寻找他们。直到去世时，她仍没联系上。

在吴宿愿同学的帮助下，三姐妹终于在上海团圆。她们又哭又笑，庆幸彼此相会。她们望着一张三人的合影照片，发现她们酷似她们的妈妈。

2) 风格和语言聚焦:

《喜福会》将事实、神话和想象构成一个奇特的艺术世界,展现了四个华裔妇女在旧中国的坎坷遭遇和辗转到美国后与女儿产生代沟的苦闷心情,揭示了中美两国文化在两代人身上的冲突和磨合,展现了独特的艺术风格,受到学界和读者们的赞扬。

小说的叙事者是女主人公吴精妹,但作者采用后现代派拼贴手法,将四对母女两代人的故事串在一起。四条线索形成四个断面交相映辉,形成多层次的视角,通过"我"粘合成统一的结构。人物心理描写细腻,情真意切,令人感动。几位妇女的悲欢离合、吴宿愿与吴精妹的母女亲情和顶撞,写得丝丝入扣,分外逼真,洋溢着浓烈的生活气息。

作者善于运用真实生动的细节来刻画人物的不同性格,揭示小说的主题。小说抓住搓麻将作为喜福会活动的主要内容,揭示了二次大战灾难中四个家庭主妇的偷闲、无奈和失望。吴宿愿向钢琴老师吹嘘女儿的"节奏感很强",而吴精妹钢琴表演失败后不想再学琴了,她妈不但不责备她,反而送她一只玉环。这生动地展现了吴宿愿"望女成龙"的幻想。这些细节富有中国文化最有代表性的特色,显露丰富的思想内涵和中国文学独特的叙事模式。

小说时间顺序颠倒,时空跨度大。从抗日战争时期的中国重庆到50年代美国旧金山。女主人公吴精妹和她母亲生活在不同的时代、不同的社会和不同的文化中间。两代人的思想和感情在不同的文化语境里从冲突走向融合。小说采用倒叙、插叙、直叙相结合的方法,加上大量的象征和隐喻,使想象与神话相结合,增加了叙述的生动性和故事的艺术魅力。情节中带有伏笔和悬念。最后才交代喜福会的由来,以三姐妹的大团圆告终,使先前的悲剧气氛化为喜剧性结局。

小说语言通俗平易,对话生动,略带论辩性。吴宿愿与吴精妹母女对话含意深沉,个性鲜明。有时插入一点洋泾滨英语,用点汉语拼音的词语,如chabuduo(差不多)、butong(不同)、shemma bende ren(什么笨的人!)、waigoren(外国人)、"meimei jandale"(妹妹长大了)等,增加些乡土气息。字里行间不乏机智和幽默。处处显露作者独具匠心的探索和追求。

3) 意义和影响总览:

《喜福会》延伸了汤亭亭《女勇士》所描绘的主题,详尽地叙述了四位母亲到美国前在旧中国战火纷飞年代的苦难和她们在美国成长的女儿生活中的苦恼,探讨了母女两代人的代沟问题,具有重要的现实意义和审美价值。它有力地推动了美国华裔文学的发展,在美国国内外产生了广泛的影响。

妇女的命运是《喜福会》关注的主题。四个家庭主妇家庭背景不同,但遭遇差不多。她们中有三位嫁给国民党军官,一位是从上海逃难到重庆的富家女郎。四人都没有正式工作。在日本侵略者的炮火下,她们失去了原先平静而舒适的家园,加入逃难西行的行列。吴宿愿第一个丈夫死于战乱。她带着两个小孩逃生,困难重重,不得不将他们遗弃在路边。逃到桂林后,她们组成"喜福会",靠打麻将打发日子,常互相请吃饭,聊聊开心的事。彼此之间有些了解,也有了感情。后来,辗转流落异国他乡,她们又重组喜福会,继续玩麻将并讲述自己的故事。吴宿愿死后,其他三人向她女儿吴精妹转达了她妈生前的遗愿:寻找失散的两个女儿。她们还存钱为她和她父亲买了两张飞上海的机票……这几位主妇饱受战争的灾难,流离失所,四处逃难,无人关照,其艰辛的日子可想而知。作者表达了对这些中国妇女的深切同情和关注。

小说还描述了华裔母女两代人的复杂关系,展示了中国传统价值观和美国价值观的冲突和磨合。到了美国后,四个主妇分别生了女儿,生活日趋安定,结束了漂泊流浪的日子。随着小孩的成长,母女两代人的矛盾日益显露。来自中国的母亲爱女如命,盼望孩子日后成才,所以事无大小,严加管教,要求女儿唯命是从;而女儿在美国出生,受美国社会熏陶,喜欢个人作主,不听母亲的唠叨和干预,对母亲过高的希望感到难以实现。因此,母女之间,关爱与顶撞常常交织在一起,像吴宿愿与吴精妹两人一样。她俩常常互相顶撞,甚至好几天彼此不说话。诚如小说中一位母亲说的,"美国环境与中国性格水火不相容啊!"。小说生动地揭示了母女两代人之间的亲情与误解,准确地提出了华裔的代沟问题。这是华裔移民家庭不得不面对的重要问题。它体现了两种文化的对立和冲突。小说呼吁新一代华裔珍惜父母辈的亲情和苦衷,努力消除代沟,促进家庭的和谐和事业的发展。别像吴精妹那样,母亲在世时,她对她有不少误解;母亲去世后才认识到自己想法片面,深感内疚;但母亲已离她而去了。小说形象地通过四个华人家庭变迁的故事,直率地提出了这个重要的社会问题,引起了美国华裔读者的共鸣。它对华裔新一代青年的成长和华裔社会的和谐和发展具有重大意义。

第七章
突破困境的华裔女作家们

　　此外,小说还探讨了许多令人关切的问题,如华裔寻找身份、自我发现、追求美国梦、跨文化交流、种族融合和家庭解体等等。这些问题都被融入平凡而精彩的故事里。

　　从《喜福会》到《灶君婆》不难看出,谭恩美对华裔妇女命运的强烈关注。她始终在密切关注和探索在不同环境下华裔妇女命运变迁的主客观原因。她的小说总是具有深厚的中国文化意蕴和浓郁的风土人情。她的跨学科知识相当丰富;又善于博采众长,吸取现实主义、现代主义、后现代主义和超现实主义等流派的优点来充实和形成自己独特的风格。如在《灶君婆》里采用魔幻手法,构成了一个现实与神话杂糅的艺术世界;在新作《拯救溺水的鱼》中则将科幻成分引入小说,使情节此起彼伏,故事扣人心弦。她不断努力开拓和试验,使自己的艺术风格多样化,促进美国华裔文学的新发展。

　　4) **文本名段点击**①:

　　A. 吴精妹回忆她母亲去世时的情境:

My father has asked me to be the fourth corner at the Joy Luck Club. I am to replace my mother, whose seat at the mah jong table has been empty since she died two months ago. My father thinks she was killed by her own thoughts.

"She had a new idea inside her head," said my father. "But before it could come out of her mouth, the thought grew too big and burst. It must have been a very bad idea."

The doctor said she died of a cerebral aneurysm. And her friends at the Joy Luck Club said she died just like a rabbit: quickly and with unfinished business left behind. My mother was supposed to host the next meeting of the Joy Luck Club.

The week before she died, she called me, full of pride, full of life: "Auntie Lin cooked red bean soup for Joy Luck. I'm going to cook black sesame-seed soup."

"Don't show off," I said.

"It's not showoff." She said the two soups were almost the same, *chabudwo*. Or maybe she said *butong*, not the same thing at all. It was one of those Chinese expressions that means the better half of mixed intentions. I can never remember things I didn't understand in the first place. (p.19)

---

① 下列引文选自 Amy Tan, *The Joy Luck Club*, G.P. Putman's Sons, 1989。

B. 吴精妹开始学会独立思考，自己拿主意：

But by the time she told me this, it was too late. I had already begun to bend. I had started going to school, where a teacher named Mrs. Berry lined us up and marched us in and out of rooms, up and down hallways while she called out, "Boys and girls, follow me." And if you didn't listen to her, she would make you bend over and whack you with a yardstick ten times.

I still listened to my mother, but I also learned how to let her words blow through me. And sometimes I filled my mind with other people's thoughts—all in English—so that when she looked at me inside out, she would be confused by what she saw.

Over the years, I learned to choose from the best opinions. Chinese people had Chinese opinions. American people had American opinions. And in almost every case, the American version was much better. (p.191)

C. 吴宿愿在兵荒马乱的逃难路上面临死亡的威胁，不得不将两个女孩丢在路边，让好心人去救护。

She saw another person pass and called out again. This time a man turned around, and he had such a terrible expression—your mother said it looked like death itself—she shivered and looked away.

When the road grew quiet, she tore open the lining of her dress, and stuffed jewelry under the shirt of one baby and money under the other. She reached into her pocket and drew out the photos of her family, the picture of her fahter and mother, the picture of herself and her husband on their wedding day. And she wrote on the back of each the names of the babies and this same message: "Please care for these babies with the money and valuables provided. When it is safe to come, if you bring them to Shanghai, 9 Weichang Lu, the Li family will be glad to give you a generous reward. Li Suyuan and Wanf Fuchi." (p.282)

D. 三姐妹在上海团圆，热泪盈眶。她们发觉自己很像妈妈。

My sisters and I stand, arms around each other, laughing and wiping the tears from each other's eyes. The flash of the Polaroid goes off and my father hands me the snapshot. My sisters and I watch quietly together, eager to see what develops.

The gray-green surface changes to the bright colors of our three images, sharpening and deepening all at once. And although we don't speak, I know we all see it:

Together we look like our mother. Her same eyes, her same mouth, open in surprise to see, at last, her long-cherished wish. (p.288)

3. 其他重要作品链接

A. 小说：

《灶君婆》(*The Kitchen God's Wife*, 1991)

《通灵女孩》(*The Hundred Secret Senses*, 1996)

《正骨师的女儿》(*The Bonesetter's Daughter*, 2001)

《拯救溺水的鱼》(*Save the Drowned Fish*, 2004)

B. 儿童文学：

《月亮小姐》(*The Moon Lady*, 1992)

《莎格瓦：中国芝麻猫》(*Sagwa, the Chinese Sesame Cat*, 1994)

C. 散文：

《命运的对立面：沉思录》(The Opposite of Fate: A Book of Musings, 2003)

第八章 新姿重现的后现代派小说家们

Chapter 8

第一节 埃·劳·多克托罗与《比利·巴思格特》

1. 生平透视

埃·劳·多克托罗（Edgar Lawrence Doctorow，又称 E·L·Doctorow，1931—　）1931 年 1 月 6 日生于纽约布朗克斯贫民窟。父母都是来自俄罗斯的第二代犹太移民。父亲当过小店主。小店倒闭后，只好去做家用电器推销员，生活不稳定。受祖父的影响，他从小爱读书。1948 年，多克托罗高中毕业后升入俄亥俄州的肯尼思学院念文学和哲学。他爱好戏剧演出。1952 年他获得哲学学位后转到哥伦比亚大学专修英国戏剧。一年后，他参军赴德国服役两年。退伍后，1956 年至 1959 年，他返回纽约干过多种职业，后任某广告公司编辑。1963 年出任戴尔出版公司总编辑，后因工作出色，晋升为副总裁。1968 年，他赴萨拉·劳伦斯学院教书，一面讲课，一面创作。1960 年第一部长篇小说《欢迎到哈德泰姆镇来》问世，反应一般。第二部长篇科幻小说《大如生活》（1966）发表后，也没受到学界的关注。但多克托罗并不灰心，仍埋头创作。

第三部长篇小说《但以理书》1971 年出版，终于受到热烈欢迎。第二年，它荣获古根海姆奖，奠定了多克托罗的小说家地位。他深受鼓舞，越写越出色，影响遍及全国。先后获得了多项大奖：《拉格泰姆时代》（1975）获全国书评界奖。《鱼鹰湖》（1980）使他第二次荣获全国书评界奖。《世界博览会》（1985）获美国国家图书奖。《比利·巴思格特》（1989）又获全国书评界奖。这四次大奖使多克托罗成为当代美国的伟大作家之一。他的长篇小说戏剧性很强,已有多部小说改编为电影电视,受到观众的热烈欢迎。

90年代以来,多克托罗又陆续推出《供水系统》(1994)、《上帝的城市》(2000)和《进军》(2005)等。以前的作品还有短篇小说集《诗人的生活》(1984)、《芳香的土地》(2004)、剧本《晚餐前的饮料》(1978)和文学评论集《1977年—1992年论文选:杰克·伦敦、海明威与宪法》(1993)等。历史小说《进军》获全国书评界奖,并入选国家图书奖最后五部小说决选名单,受到学界和读者们的好评。

今年,多克托罗已经八十二岁高龄了。他寄居纽约大学,精力旺盛,仍勤奋笔耕不封笔。

2. 代表作扫描

多克托罗擅长写长篇小说,至今硕果累累。他的成名作《但以理书》以1953年罗森堡夫妇被控向前苏联出卖原子弹秘密而处死的真实事件为基础,用他们的儿子、耶鲁大学学生大卫当叙述者,展现了上世纪60年代美国的社会动荡,穿插了30年代大萧条时期的经济危机,各种人物的内心困扰。除了大卫的声音外,小说还描绘了他双亲被诬告后的心理反应,涉及美国历史、沙俄专制和迪斯尼乐园的变迁。小说高潮时抨击了50年代麦卡锡主义和"恐红症"的恐怖气氛,反映了民众的不满和压抑。这部小说是多克托罗作品中政治性最强烈的。

《拉格泰姆时代》将虚构人物与真实人物相结合,描绘了20世纪初新策洛拉地方三个家庭的生活故事。即发财的白人、哈莱姆的黑人和犹太新移民。一群美国精英追求物质和财富,有的遇到挫折,有的成功了。非裔音乐家沃克到处演奏拉格泰姆音乐,因受到不礼貌的对待而暴怒,扬言要烧毁摩根图书馆。犹太移民泰特也常常受到歧视。他们的困境反映了社会的不公平、种族歧视和少数族裔群体生存的艰辛。小说成功地将历史人物与虚构人物融入小说,取得了强化真实性的效果。

《鱼鹰湖》描写1936年夏天,年轻人乔离开新泽西州彼特森舒适的家走向荒野。他自称为小犯人,接触了一些流浪汉,跟一个游艺团的老板娘私通。他从一辆火车的窗口看到一个漂亮的裸体女郎,受她引诱,一直走到鱼鹰湖畔富翁班纳特田庄。乔才发现这正是逼他走到此地的原因。作者通过乔、诗人沃伦和有钱人班纳特等人的故事。展现了1936年经济大萧条时社会底层穷人和失业者的惨状。小说运用了多种文体,试验了不同表现手法。

《世界博览会》带有明显的自传色彩。它采用回忆录的模式,以1939年纽约世界博览会为背景,描写主人公艾德加·阿尔斯楚勒从十岁到中年的成长经历和家庭的变化,具有厚重的历史感。开头部分由罗斯母亲讲述,后面的叙述者是艾德加和他兄弟唐纳德,形成了多声部的故事,揭示了大萧条末期社会走向稳定,经济逐渐复苏,与欧洲即将爆发大战成了明显的对照。

《比利·巴思格特》也是描绘大萧条时期的纽约动荡的社会生活。天真无邪的少年比利·巴思格特被诱入纽约黑帮,伺候头目苏尔兹,揭露了30年代艰难时世中,黑帮勾结警察和官员为非作歹,无恶不作,最后全军覆没。作者采用了电影蒙太奇和警匪小说的手法,对当年的社会作了精彩的刻画。下面将详加评析。

《上帝之城》以犀利的笔锋描述了牧师皮姆伯顿、耶苏亚和萨拉拉拜夫妇与小说家艾弗里特之间的复杂关系,揭示了二次大战中犹太人区犹太人的悲惨命运。纳粹军警将犹太人区的医院包围,将门窗钉死,然后放火,将医院里65人活活烧死,其中有二十三人是儿童。他们还将成批的犹太人推入挖好的土坑,再用成排的机枪扫射,一天里残杀了上万人。小说深刻地抨击了纳粹对犹太人大屠杀的滔天罪行,显露了对犹太人遭遇的深切同情。

多克托罗的长篇小说题材广泛,艺术手法多样,不断创新。多部小说荣获文学大奖。《比利·巴思格特》比较全面地体现了多克托罗的后现代派小说风格。它曾连续三次荣登《纽约时报书评》畅销书榜,至今已被译成二十多种语言。《时代》周刊曾推荐它作为20世纪80年代世界十大文学名著之一。它具有深远的国际影响。

因此,《比利·巴思格特》(Billy Bathgate)被学界认作多克托罗最优秀的代表作。

1) 故事和人物盘点:

《比利·巴思格特》的同名主人公比利是个纯真聪明的少年。30年代经济大萧条时,工厂倒闭,他父亲失了业,养不起家就溜走。留下他和母亲,靠其母替人家洗衣服每周五美元过日子。他被迫停学,在马路上流浪。十五岁那年的一天,他在路边玩杂耍,被纽约黑帮的下属看中,经几次严格考验,收他为徒。比利从此成了黑帮的一员。

比利忠诚可靠,干活认真卖力,被选至黑帮头目苏尔兹身边侍候。因此,他有机会目睹苏尔兹派人在东河码头船上将一个下属蒙脸扔入水中淹死,以霸占他的娇妻;又有一次在一家豪华酒店的套房里,苏尔兹枪杀纽约零售商协会会长。同时,他也看到杀人不眨眼的苏尔兹伪装成一个虔诚教徒的可笑场面。他深受苏尔兹的信任,被派往奥农达加山区陪同苏尔兹的情妇杜小姐,两人意外地发生一段浪漫插曲。最后,黑帮遭警察围攻,匪首苏尔兹中了埋伏死去。临死前向比利说出他们的藏宝地点。比利料不到得到黑帮的大量财富,成了纽约社会的一个大款。雨过天晴,杜小姐带着与比利生的儿子来找他。他和母亲推着婴儿车里的小宝贝,漫步在故居的马路上……

2)风格和语言聚焦:

《比利·巴思格特》结构新颖,开篇采用电影闪回的倒叙手法,并借用哥特式小说的技巧营造现场气氛,神秘莫测,悬念丛生,杀人场面多次闪现,深刻地揭露苏尔兹黑帮在30年代的纽约横行霸道而最终毁灭的主题。它充分展示了多克托罗的后现代派的独特风格,受到学界和广大读者的好评。

小说开头像电影的惊险镜头。夜半,四周漆黑,一条小船停在纽约哈德逊河码头,比利走上甲板,只见有个麻袋在动,里面裹着一个人……气氛阴森可怕。后来比利才知道,黑帮头目命令将一个下属送到港外扔进海里溺死。他要霸占那下属美丽的妻子。接着,小说言归正传,介绍了比利的家庭、他的失学和被拉入黑帮……这样的开头富有戏剧性,体现了小说与电影相结合的跨体裁特点。

小说善于营造气氛,增加故事悬念,情节变化迅速,喜剧气氛与悲剧效果转换突然,令人惊讶。如苏尔兹在纽约一家大酒店宴请零售商协会会长,比利站在一旁,看他们二人不时碰杯大笑,犹如百年知己。苏尔兹叫比利出去拿火柴,比利出门片刻,忽听枪响,赶回宴会厅一看,那会长躺在地毯上死了,身上鲜血淋漓。比利见此惨状,目瞪口呆,一时说不出话来,挨了苏尔兹一大巴掌,才清醒过来,将那会长的尸体拖出去。这种描写犹如恐怖的侦探小说或英国哥特小说。它生动地揭示了苏尔兹的凶残本质。

不仅如此,小说还用苏尔兹的漂亮言行来让他的虚伪面目自我暴露。他在纽约到处向各商店收取保护费,私下卖酒大量逃税,抢占其他黑帮地盘,敛财敲诈,无恶不作。到了山区某地,他装扮成慈善家,为教会捐款,接济孤寡老人。在上帝面前仿佛放下屠刀,立地成佛。这种虚伪的把戏与他丑恶的面目成了绝妙的对照。小说的讽刺和幽默真令人叫绝。

多克托罗善于博采众长,大胆实验,不断创新。尽管他采用了多种后现代派小说手法,他仍不忘真实生动的细节描写。比如,黑帮下属对比利的忠诚考验,从看他玩杂耍后赏他五美元,第二次给十美元,到开条子叫他去某面包店代收五千美元保护费。比利先后两次将黑帮赏钱十五美元交给母亲,又将五千美元交给那黑帮的下属,分文不少,终于取得他的信任,成为黑帮的一员。这些细节既说明黑帮对比利的反复考验,也反映了少年比利的诚实、纯洁和可爱。

小说语言简洁、生动、多样化,富有黑社会的生活气息。小说采用第一人称叙事手法,比利的心理活动刻画细腻。小说后半部叙述节奏加快,摊牌的冲突刀光剑影,气氛紧张,有些段落话语较长,甚至没有标点符号。奥农达加山区生活的描写优美,抒情性强。其他部分叙述有嘲讽、有幽默,也有戏仿。

3) 意义和影响总览:

《比利·巴思格特》以一个少年的目光作为叙事角度,生动地描写30年代大萧条时期纽约黑帮头目苏尔兹与官场的勾结和冲突,黑社会帮派内部的相互残杀以及对平民百姓和小商家的欺诈和掠夺,和他们最后必然灭亡的结局,具有重要的现实意义。它已被拍成电影,在美国国内外产生了广泛的影响。

作为一个穷苦的少年,比利意外地加入了苏尔兹黑帮,亲身经历了这个黑帮从作恶到覆灭的全过程,看到了黑帮匪徒们,尤其是头目苏尔兹的残忍和懦弱、上流社会的腐败和无能以及金钱的诱惑和恶果。比利的世界是个朴实纯洁的世界,而苏尔兹的世界是个邪恶凶残的世界。作者将这两个世界相对照,更清楚地衬托出苏尔兹黑帮的肮脏嘴脸,使人们对黑帮有了更明确、更全面的认识。

多克托罗认为:"作家的任务是在小说与历史之间架起一座桥梁。"他想"探讨当代美国的历史根源。"他的小说题材涉及1900年至1960年的美国历史,如30年代的大萧条经济危机、50年代罗森堡夫妇冤案、60年代大学生的反文化运动等。他往往将虚构的人物和事件与历史人物和事件相结合,用虚构对历史进行修订和补充,使小说显得更真实,让读者从中体验真正的历史,找到有益的启迪。他往往借古讽今,用历史来启导读者思考当代美国的种种社会问题。因此,有人称他是一位比较激进的后现代派的小说家。他关注历史、关注社会、关注民众和艺术上的不懈追求吸引了众多青年作家的模仿和研习,如保罗·奥斯特等人。他的小说融入了美国古今伟大小说家纳博科夫、罗思、巴思、梅勒、以及坡、梅尔维尔和福克纳作品的精华,成了美国文学的宝贵遗产,吸引着众多不同的读者群体。

4) 文本名段点击①:

A. 比利被拉入黑帮后,第一次半夜出行,在小船甲板上看到被绑架的人和黑帮内部庆祝五周年的活动:

So I knew this had to have been planned, though smeared with his characteristic rage that made you think it was just something that he had thought of the moment before he did it as for instance the time he throttled and then for good measure stove in the skull of the fire safety inspector a moment after smiling at him in appreciation for his entrepreneurial flair. I had never seen anything like that, and I suppose there are ways more deft, but however you do it, it is a difficult thing to do: his technique was to have none, he sort of jumped forward screaming with his arms raised and brought his whole weight of assault on the poor fuck, and carried him down in a kind of smothering tackle, landing on top of him with a crash that probably broke his back, who knows? and then with his knees pinning down the outstretched arms, simply grabbing the throat and pressing the balls of his thumbs down on the windpipe, and when the tongue came out and eyes rolled up walloping the head two three times on the floor like it was a coconut he wanted to crack open.

And they were all in dinner clothes too, I had to remember that, black tie and black coat with the persian lamb collar, white silk scarf and his pearl gray homburg blocked down the center of the crown just like the president's, in Mr. Schultz's case. Bo's hat and coat were still in the hatcheck in his case. There had been an anniversary

---

① 下列引文选自 E.L. Doctorow, *Billy Bathgate*, Harper Perennial ,1989。

dinner at the Embassy Club, five years of their association in the beer business, so it was all planned, even the menu, but the only thing was Bo had misunderstood the sentiment of the occasion and brought along his latest pretty girl, and I had felt, without even knowing what was going on when the two of them were hustled into the big Packard, that she was not part of the plan. Now she was here on the tugboat and it was entirely dark from the outside, they had curtains over the portholes and I couldn't see what was going on but I could hear the sound of Mr. Schultz's voice and although I couldn't make out the works I could tell he was not happy... (pp.4-5)

B. 待了一段时间后,比利感到在黑帮里站稳了脚跟,充满了自信:

At this moment the St. Barnabas Church bells began to ring as if confirming me in my hopes. My heart lifted and I experienced a rush of fierce well-being. While it is true I detest church organs I have always liked the bells that peal out over the streets, they are never quite on key but that may be why they suggest the ancestry of music, they have that bold and happy ginggonging that makes me think of a convocation of peasants for some primitive festivity such as mass fucking in the haystacks. Anyway not many emotions can be sustained, but self-satisfaction is one of them, and as I stood there with the air ringing I could review my overall position and feel confident that it was stronger now at this point of the summer than it had been at the beginning, that I was in the gang more firmly and seemed to have secured myself with varying degrees of respect from the others, or if not respect, acquiescence. I had a gift for handling myself with grown-ups, I knew which ones to talk to, and which ones to be clever with, and which ones to shut up in front of, and I almost astonished myself that I did it all with such ease, without knowing in advance what I was doing, and having it come out right most of the time. I could be a Bible student, and I could shoot a gun. Whatever they had asked me to do I had done it. But more than that, I knew now I could discern Mr. Schultz's inarticulate genius and give it language, which is to say avoid its wrath. (p.187)

C. 苏尔兹被杀以后,其他黑帮人物被监禁,比利侥幸逃过一劫,想入非非:

Within a year of Mr. Schultz's death the man with bad skin was himself indicted and tried by Thomas E. Dewey and sent away to prison. I knew enough of gang rule that as it accommodated itself to change, priorities shifted, problems were redefined, and there arose new issues of criminally urgent importance. So it would have been possible right then to go upcountry in safety. But I was in no rush. Only I knew what I knew. And something like a revelation had come to me through my school lessons: I was living in even greater circles of gangsterdom than I had dreamed, latitudes and longitudes of gangsterdom. The truth of this was to be borne out in a few years when the Second World War began, but in the meantime I was inspired to excel at my studies as I had at marksmanship and betrayal, and so made the leap to Townsend Harris High School in Manhattan for exceptional students, whose number I was scornfully unastonished to be among, and then the even higher leap to an Ivy League college I would be wise not to name, where I paid my own tuition in reasonably meted-out cash installments and from which I was eventually graduated with honors and an officers' training commission as a second lieutenant in the United States Army. (p.320)

3. 其他重要作品链接

A. 长篇小说：

《欢迎到哈德泰姆镇来》(*Welcome to Hard Times*, 1960)

《大如生活》(*Big as Life*, 1966)

《但以理书》(*The Book of Daniel*, 1971)

《拉格泰姆时代》(*Ragtime*, 1975)

《鱼鹰湖》(*Loon Lake*, 1980)

《世界博览会》(*World's Fair*, 1985)

《供水系统》(*The Waterworks*, 1994)

《上帝的城市》(*City of God*, 2000)

《进军》(*The March*, 2005)

《何默与兰利》(*Homer and Langley*, 2009)

B. 短篇小说集：

《诗人的生活》(*Lives of the Poets: Six Stories and a Novella*, 1984)

《芳香的土地》(*Sweet Land Stories*, 2004)

《始终在这世界上：新选故事集》(*All the Time in the World: New and Selected Stories*, 2011)

C. 剧本:

《晚餐前的饮料》(*Drinks Before Dinner: A Play*, 1979)

D. 文学评论集:

《1977年—1992年论文选:杰克·伦敦、海明威与宪法》(*Jack London, Hemingway, and the Constitution: Selected Essays, 1977—1992*, 1993)

4. 著作获奖信息

1971年《但以理书》荣获古根海姆奖;

1975年《拉格泰姆时代》荣获全国书评界奖;

1980年《鱼鹰湖》荣获全国书评界奖;

1986年《世界博览会》荣获美国国家图书奖;

1989年《比利·巴思格特》荣获全国书评界奖和笔会/福克纳小说奖;

2005年《进军》荣获全国书评界奖;

2012年荣获笔会/索尔·贝娄奖终身成就奖;

2013年荣获美国国家图书基金会颁发的当年美国文学杰出贡献奖。

第二节 唐·德里罗与《白色噪音》

1. 生平透视

唐·德里罗(Don DeLillo, 1936—)是一位美国当代最杰出的后现代派小说家,1936年11月20日生于纽约市布朗克斯区一个意大利移民家庭。1958年,他获福德汉姆大学传播学学位。他去广告代理公司任职,业余试写小说。1960年至1962年,他在《新纪元》杂志发表过短篇小说《约旦河》和《乘A列车》。1964年辞去工作专心创作,曾客居加拿大,时间不长。1966年写了长篇小说《美国轶事》,拖到1971年才出版。小说写一个电视记者大卫·贝尔整天为图像所困,在拍片中见到了各种局外人,经历了一次神圣而奇特的精神远征,最后弃职回乡。第二部长篇小说《球门区》(1972)写主人公加里·哈克尼斯与精神危机的搏斗、足球运动的火爆,和一名教练的自杀、一个队员死于车祸,哈克尼斯最后长途跋涉走向沙漠。小说穿插了关于语言、宗教和社会的议论,引起了学界的关注。

70年代,德里罗发表的长篇小说还有:描写摇滚乐与毒品交易的《琼斯大街》(1973)、表现婚外恋、商界和黑社会内幕、间谍战和暴力血拼的《玩耍的人》(1977)和《走狗》(1978)。

1976年推出的《拉特纳之星》充满了荒诞和科幻色彩。小说描述主人公比利研究如何破译来自拉特纳星球的电脉冲信号。他是个数学奇才,年仅十四岁,曾荣获诺贝尔奖。小说涉及现代科技、军事和文化多种学科,堪比品钦的巨著《万有引力之虹》。

80年代迎来了德里罗创作上的新转折。他又推出多部长篇小说,如《名字》(1982)、《白色噪音》(1985)和荣登畅销书榜的《天秤星座》(1988)。他成了一位出色的多产作家。各项文学奖纷至沓来。1984年,德里罗荣获美国文学艺术院颁发的文学奖。1985年《白色噪音》荣获美国国家图书奖。1988年《天秤星座》获爱尔兰时代——阿尔·灵格斯国际小说奖和美国国家图书奖提名奖。

90年代以来,德里罗创作精力旺盛,又有多部长篇小说与读者见面:《毛第二》(1991)出版,第二年获福克纳小说奖。《巴夫柯在墙上》(1992)、《地下世界》(1997)、《人体艺术家》(2001)、《国际大都市》(2003)和《堕落的人》(2007)等。《地下世界》荣获2000年豪威尔斯最杰出小说奖。德里罗成为一位具有国际声誉的后现代派小说家。

目前,德里罗住在纽约,虽已七十七岁高龄,仍宝刀不老,勤奋写作。

2. 代表作扫描

从70年代走上文坛至今,德里罗已出版了十六部长篇小说。这在同时代作家中是最多的。小说题材相当丰富,涉及1963年前总统肯尼迪被刺杀、1966年中国"文化大革命"中红卫兵游行、1989年伊朗德黑兰为霍梅尼举行的隆重葬礼、纽约六千五百对新人集体婚礼的盛大场面、50年代初至90年代末美国重大事件和社会冲突包括1964年黑人民权运动、1966年纽约反对越南战争的游行示威以及核废料的处理等等。有趣的是他的小说总是密切结合社会底层的大众文化来展现美国不同时期的社会风貌,比如流行音乐、影视媒体、体育活动、科幻奇观以及暴力冲突、间谍争斗和恐怖袭击等等。德里罗还在小说里作了许多艺术手法和语言风格的试验,取得了可喜的成就。因此,他的长篇小说结构新颖,主题深刻,风格多姿多彩,令人耳目一新。

德里罗的长篇小说多次获奖,受到学界和读者们的普遍好评。2006年5月,《纽约时报书评》评选的1980年以来美国最佳的25部小说中,他的《地下世界》名列第二,仅次于莫里森的《宠儿》。同时入围的还有《白色噪音》和《天秤星座》。他最突出的三部小说是《拉特纳之星》、《白色噪音》和《地下世界》。

《拉特纳之星》是一部百科全书式的巨著。一个思维结构中心特邀年仅十四岁的数学奇才比利来破译来自拉特纳之星的电脉冲信号。他反复研究,但谜团难解。没料到在研究"-1逻辑工程"的新项目中,发现拉特纳之星的脉冲信号是几百万年前从自己星球上人们发出的。它们是一个符号链52137,那恰好是某日日全食的预报。小说充满了现代科技、军事和文化等多学科知识。德里罗的博学多才令人想起另一位后现代派小说家品钦。

《地下世界》是德里罗另一部最负盛名的杰作。它包括六卷,共八百二十七页。时间跨度从50年代初至90年代末,长达半个世纪。小说有一百多个人物,结构复杂,多层次地揭示二次大战后美国社会的变迁。"引文"背景是1951年10月3日。FBI局长胡佛正在看垒球比赛,下属突然告诉他前苏联成功进行了原子弹爆炸试验,胡佛感到惊慌;第一卷背景移至1992年春夏之间,画家克拉拉·萨克斯在一架B-52轰炸机上涂上颜色,想把冷战时的战机变成艺术品,象征冷战的结束,迎接和平的新时代;第二卷回到80年代中至90年代初,介绍核废料处理公司经理尼克的故事;第三卷写的是1978年春,尼克初到公司工作的经历;第四卷故事发生在1974年夏,尼克的弟弟、核武器专家马特与画家萨克斯的交往与冲突;第五卷由多个碎片构成,时序颠倒,如尼克十七岁时被送进少年劳教所、古巴导弹危机时滑稽演员伦尼在纽约等地评说国内外大事,1964年黑人民权运动者与警察发生冲突,1966年纽约市民的反战示威等;第六卷又返回到1951年秋至1952年夏,尼克用手枪误杀了朋友。"尾声"又跳至90年代,尼克成了核专家,被派往哈萨克斯坦核试验基地监督销毁核废料。小说描绘了西方现代文明光环下的地下世界,展示了FBI头头胡佛的复杂心态、贫民窟的慈善工作、核废料的处理、核试验场工人遭伤害等等,反映了核时代人们的生存困境和精神危机。小说出版后,获得广泛好评。有人称它是"20世纪美国最优秀的小说之一"。

《白色噪音》(White Noise)曾荣获1986年美国国家图书奖。它通过主人公杰克教授一家的生活变迁探讨了死亡的主题,揭示了当代美国中产阶级的信仰危机和精神困惑,具有深刻的现实意义。同时它比较全面地体现了德里罗的艺术风格,因此,它被视为他的优秀代表作。

1) 故事和人物盘点:

《白色噪音》主人公杰克·格列德尼是美国山顶学院历史系教授,五十一岁,因碌碌无为突发奇想,成立希特勒研究系。经校长批准,他成了希特勒研究系主任。他不懂德语,只好在举办成立大会时请人代写德文欢迎辞,然后上台照念致辞,冒充德语行家。后来,支持他的校长升任总统顾问,不幸死于奥地利滑雪场。

杰克教授结过四次婚,有八个孩子。他几个前妻曾为中央情报局(CBI)服务过,行踪诡秘。他现任妻子巴贝特也是多次结过婚的,对他体贴入微。两人常常一起逛超市,进教堂,过着舒适的生活。但子女不成器。女儿整天迷恋电视,能熟背各类商业广告;儿子则和一个囚犯与毒蛇待在一个铁笼子里,比谁能创造迪斯尼世界纪录。妻子充满对死亡的恐惧。杰克教授下班回家时,她总问他:"你先死,还是我先死?"杰克总对她说,"我们俩一起死吧!"

但妻子巴贝特的忧虑并没解决。她与医生霍克斯特拉顿勾搭,换取治疗死亡恐惧症的实验新药代拉。杰克教授在一次突发事件中接触致命的毒气,可能不久于人世。他发觉妻子行动异常,跟某医生有染,便跟踪那医生,在医院门口开枪打伤了他。后来,他感到医生怪可怜的,又把他送入一所教会医院抢救。有个修女对他说:神职人员不信上帝,只是假装信上帝,否则整个世界就完蛋了。杰克感到吃惊,原来现实世界一切都是假的呀!

2) 风格和语言聚焦:

《白色噪音》全书分为三大部分共四十章。第一部分"波与辐射",第一章至二十章;第二部分"空中毒气事件",仅一章;第三部分"代拉纳玛",从第二十二章至第四十章。小说结构不像《拉特纳之星》和《地下世界》那么复杂,情节也比较简单清晰,但艺术风格独特,作者在语言上作了多种试验,达到了令人惊喜的效果。

书名《白色噪音》具有明显的反讽意味。本来"白色噪音"是个技术术语,指的是可以淹没某些噪音的声音。作者借用它来比喻超越一切的死亡之声,以表现美国中产阶级的信仰危机和精神困惑。真是入木三分,恰到好处。

这种反讽手法似乎贯串了全书。作者往往在冷静的叙述中让人物的言行相对照,以揭穿其虚假的面目。主人公杰克是个堂堂的历史学教授,多年无所作为,想哗众取宠,成立全国独一无二的希特勒研究系。他不懂德语,又想冒充专家,死背别人用德语代写的开幕辞。他妻子生活安逸,精神空虚,整天怕死去。而神圣的白衣天使竟抓住她这个弱点占有了她,才让她参加新药代拉的试验。杰克一家坐飞机在空中飞行旅游时撞上毒气,十分危险;这时地面上还挂着空中旅游,安全又快乐的迷人广告。二者成了鲜明的对照,暴露了广告宣传的虚假。

小说叙事话语带有许多广告语言。超市的广告、电视广告、旅游广告和药品广告到处泛滥,刺激着人们的神经。杰克的女儿斯特菲在梦中也在背诵电视里的日本电器广告。商标靠广告创名牌,促进人们多消费。商品靠名牌抢占市场,争夺顾客。汽车和房地产成了市场经济发展的两大支柱。日本小汽车挤进美国市场,Toyota Corolla、Toyota Celica、Toyota Cresida 等丰田牌轿车的广告满天飞。人们消费购物,多用三大信用卡 Master Card、Visa Card 和 American Express,少用现金。这一切活灵活现的广告语言贯串了小说叙事话语,彰显了信息时代消费主义的特色。

小说有时故意将鸡毛蒜皮的事与重大社会问题联系起来,显示人物的丑相或怪态,增加喜剧和幽默色彩。如杰克夫妻在一家超市碰到墨雷,见到他篮子里的食品和饮料都用普通的白色包装,有种白色罐头叫桃子罐头,有个白色火腿盒;一坛烤核仁用白纸包着,上面写着"次品花生"。墨雷对杰克妻子说,"无趣的包装对我来说,不仅可省钱,而且有种精神上的认同。它像第三次世界大战。一切都是白色的。他们把我们明亮的颜色都搞走,用于战争。"其实,食品包装的颜色与世界大战并没联系,这种勉强的凑合反映了人物的恐惧心理。

有一次,杰克跟德国老师上德语课后吃午饭。妻子、儿子谈到德国狗嗅到市郊一些毒气。汉尼茨说如果公布了发现结果,法律诉讼上要花几百万美元,更不用说引起游行示威、恐慌、暴力和社会动荡。巴贝特说,那有点极端了。两个女儿望着汉尼茨。他认为,越快忘记毒气泄漏,就越能对付真正的问题。杰克问:"什么是真正的问题?"他嘴里含着满口的黄瓜和莴苣回答说,"真正的问题是我们每天周围的辐射。你的无线电收音机、你的电视、你的微波炉、你的门外的电线、你车里的高速公路雷达探测器。多年来,他们告诉我们,这些低剂量的辐射并不危险。"巴贝特问,"那么现在呢?"他顾不上回答,用汤匙将盘里的土豆泥堆成火山那么高……吃东西成了职业特性的唯一形式。这里,作者将电子污染的社会问题与吃东西联系起来,显得诙谐幽默有趣,令人难忘。

小说采用第一人称叙事手法,语言通俗平易,对话简洁生动。文本中包含许多电子、医药和商务方面的词汇,现代生活气息浓烈。故事结局是开放性的。人们依旧聚集在超市里,男人检视食品的生产日期,女人关注食品的成分。货架有点改变,生意似乎下滑了。波和辐射的语言仍在,犹如死人对活人说话。大家依然排队等着,慢慢向前移动。他们需要的也许不是食品或爱,而是迷信和地球以外的故事……

3) 意义和影响总览:

《白色噪音》通过主人公杰克教授与妻子巴贝特的生活经历揭示了后工业化时代美国中产阶级的信仰危机和精神困惑,反映了当代美国社会的各种扰人的现实问题,尤其是消费主义造成的家庭危机和社会扭曲,具有极其重要的现实意义。它成了一部最重要的当代美国小说,受到美国学界和读者的热烈欢迎。

德里罗曾为《白色噪音》取名《美国死者之书》,意在探讨死亡的主题。后来改为《白色噪音》,比较含蓄而带有反讽,但主题不变。后工业化社会的美国,物质高度发达,信息产业突飞猛进,但电视浸透社会生活各个领域,科技进步提高了生活质量,也带来了电子污染。人们物质生活丰富,但信仰发生危机,精神空虚,真情丧失,许多家庭解体了。小说主人公杰克教授与妻子巴贝特都经历三、四次结婚和离婚,两人合起来有八个孩子。他们会一起去超市购物,将尽情采购当作最大乐趣;也共同周日上教堂做礼拜,以此维系脆弱的家庭关系。但巴贝特对死亡的恐惧一直缠绕心头,经常与丈夫商议谁先死的问题。杰克有点人情味,每次总表示愿两人一起死。这种悲观心情恰是美国信息时代美国人精神危机的生动写照。

小说真实地反映了后工业化时代资本主义消费主义的状况和恶果。一方面是到处广告泛滥,从超市到电视,冲击着每个人的心理。青少年深受其害,无心读书,杰克的女儿梦里仍在背诵广告语言。另一方面,过度消费成为人们一种爱好。大学开学时,家长送子女入学报到,宿舍里堆满了从超市采购的食品和日用品,不管暂时需要或不需要。超市成了吸引人们的好去处。

尽管超市货物琳琅满目,人们熙熙攘攘好不热闹,却掩盖不了社会上种种迷人的假象,比如:假学术、假广告、假药品、假新闻、假信仰以及像杰克之流不学无术的假教授假系主任。校园的商业化为各种造假提供了条件。消费文化使学生自我陶醉于物质享受。教育的腐败和大学的变味成了社会扭曲的一部分。后工业化的美国社会到处是高速公路、超级市场、购物中心和汽车旅馆,人们的存在以实见为准,追求名利成风,假的东西太多了,值得人们引以为戒。德里罗巧妙地将客观描述与人物的主观想象相对照,让人物的丑态自我暴露。讽刺深刻,打假有力。小说题材新颖,语言风趣,细节精彩。有不少精彩的超市和电视广告英语,虚实结合,使政治小说化和小说政治化。

作为一位信息时代的美国作家,德里罗从市场的表面繁荣洞察了消费文化带来的弊端,又看到先进的科技造成人们的焦虑、空虚和痛苦,大胆地采用通俗小说的技巧来表现严肃的主题。他博采众长,锐意创新,丰富和发展了后现代派小说艺术。他的小说受到老作家品钦的高度评价。他和品钦、加迪斯和科马克·麦卡锡一起被誉为美国当代四位最杰出的后现代派小说家。

4) 文本名段点击[①]:

A. 主人公杰克教授自我介绍创建希特勒研究系的经过:

I am chairman of the department of Hitler studies at the College-on-the-Hill. I invented Hitler studies in North America in March of 1968. It was a cold bright day with intermittent winds out of the east. When I suggested to the chancellor that we might build a whole department around Hitler's life and work, he was quick to see the possibilities. It was an immediate and electrifying success. The chancellor went on to serve as adviser to Nixon, Ford and Carter before his death on a ski lift in Austria.

At Fourth and Elm, cars turn left for the supermarket. A policewoman crouched inside a boxlike vehicle patrols the area looking for cars parked illegally, for meter violations, lapsed inspection stickers. On telephone poles all over town there are homemade signs concerning lost dogs and cats, sometimes in the handwriting of a child. (p.4)

B. 杰克教授撞上了空中毒气泄漏事件:

A few minutes later, back on the road, we saw a remarkable and startling sight. It

---

[①] 下列引文选自 Don DeLillo, *White Noise*, Elisabeth Sifton Books, Viking, 1984。

appeared in the sky ahead of us and to the left, prompting us to lower ourselves in our seats, bend our heads for a clearer view, exclaim to each other in half finished phrases. It was the black billowing cloud, the airborne toxic event, lighted by the clear beams of seven army helicopters. They were tracking its windborne movement, keeping it in view. In every car, heads shifted, drivers blew their horns to alert others, faces appeared in side windows, expressions set in tones of outlandish wonderment.

The enormous dark mass moved like some death ship in a Norse legend, escorted across the night by armored creatures with spiral wings. We weren't sure how to react. It was a terrible thing to see, so close, so low, packed with chlorides, benzines, phenols, hydrocarbons, or whatever the precise toxic content. But it was also spectacular, part of the grandness of a sweeping event, like the vivid scene in the switching yard or the people trudging across the snowy overpass with children, food, belongings, a tragic army of the dispossessed. Our fear was accompanied by a sense of awe that bordered on the religious. It is surely possible to be awed by the thing that threatens your life, to see it as a cosmic force, so much larger than yourself, more powerful, created by elemental and willful rhythms. This was a death made in the laboratory, defined and measurable, but we thought of it at the time in a simple and primitive way, as some seasonal perversity of the earth like a flood or tornado, something not subject to control. (p.127)

C. 一个女神职人员告诉杰克教授,她们信教是假装的,令他大吃一惊:

I was frustrated and puzzled, close to shouting.

"Why not armies that would fight in the sky at the end of the world?"

"Why not? Why are you a nun anyway? Why do you have that picture on the wall?"

She drew back, her eyes filled with contemptuous pleasure.

"It is for others. Not for us."

"But that's ridiculous. What others?"

"All the others. The others who spend their lives believing that *we* still believe. It is our task in the world to believe things no one else takes seriously. To abandon such beliefs completely, the human race would die. This is why we are here. A tiny minority. To embody old things, old beliefs. The devil, the angels, heaven, hell. If we did not pretend to believe these things, the world would collapse."

"Pretend?"

"Of course pretend. Do you think we are stupid? Get out from here."

"You don't believe in heaven? A nun?"

"If you don't, why should I?"

"If you did, maybe I would."

"If I did, you would not have to."

"All the old muddles and quirks," I said. "Faith, religion, life everlasting. The great old human gullibilities. Are you saying you don't take them seriously? Your dedication is a pretense?"

"Our pretense is a dedication. Someone must appear to believe. Our lives are no less serious than if we professed real faith, real belief. As belief shrinks from the world, people find it more necessary than ever that *someone* believe. Wild-eyed men in caves. Nuns in black. Monks who do not speak. We are left to believe. Fools, children. Those who have abandoned belief must still believe in us. They are sure that they are right not to believe but they know belief must not fade completely. Hell is when no one believes. There must always be believers. Fools, idiots, those who hear voices, those who speak in tongues. We are your lunatics. We surrender our lives to make your nonbelief possible. You are sure that you are right but you don't want everyone to think as you do. There is no truth without fools. We are your fools, your madwomen, rising at dawn to pray, lighting candles, asking statues for good health, long life."

"You've had long life. Maybe it works." (pp.318-319)

3. 其他重要作品链接

A. 长篇小说：

《美国轶事》(*Americana*, 1971)

《球门区》(*End Zone*, 1972)

《琼斯大街》(*Great Jones Street*, 1973)

《拉特纳之星》(*Ratner's Star*, 1976)

《玩耍的人》(*Players*, 1977)

《走狗》(*Running Dog*, 1978)

《名字》(*The Names*, 1982)

《天秤星座》(*Libra*, 1988)

《毛第二》(*Mao II*, 1991)

《地下世界》(*Underworld*, 1997)

《人体艺术家》(*The Body Artist*, 2001)

《国际大都市》(*Cosmopolis*, 2003)

《堕落的人》(*Falling Man*, 2007)

《欧米茄点》(*Point Omega*, 2010)

B. 短篇小说集：

《安琪儿艾斯梅沙尔妲》(*The Angel Esmesalda*：*Nine Stories*, 2011)

C. 回忆录：

《亚马逊：一部亲切的回忆录》(*Amazons*：*An Intimate Memoir by the First Woman to Play in the National Hockey League*, 1980)

4. 著作获奖信息

1984 年荣获美国文学艺术院颁发的文学奖；

1985 年《白色噪音》荣获美国国家图书奖；

1988 年《天秤星座》获爱尔兰时代—阿·灵格斯国际小说奖和美国国家图书奖提名奖；

1992 年《毛第二》荣获笔会／福克纳小说奖；

1999 年荣获耶路撒冷奖；

2000 年《地下世界》荣获豪威尔斯最杰出小说奖。

第三节 罗伯特·库弗与《公众的怒火》

1. 生平透视

罗伯特·洛厄尔·库弗(Robert L.Coover, 1932—)生于衣阿华州查尔斯市,后随父母搬至伊利诺斯州赫林镇。父亲办过小报,他从小对新闻和旅游感兴趣。1949年,他入读南伊利诺斯大学,后转学印第安纳大学。1953年获学士学位。他加入海军驻欧洲三年。1957年夏,他退伍返乡,开始试写小说。60年代中期,他到纽约巴德学院任教。第一部长篇小说《布鲁诺分子的由来》(1966)旗开得胜,荣获福克纳小说奖。小说背景是赫林镇。那里曾发生一次矿难,死了97人。幸存者乘机组织了信奉世界末日的布鲁诺邪教,引起了当地人的不同反应。作者将现实主义与讽刺和幻想相结合,产生了奇特的艺术魅力。

1968年第二部长篇小说《环宇垒球协会的老板J.亨利·沃》问世,描写56岁主人公亨利是某会计事务所的会计师。他将全美国八支垒球队组成"环宇垒球协会",并按各队的比赛成绩、运动员的表现排成积分表。他想通过协会发大财,终日沉迷于这种游戏,到了无法自拔的地步。他被幻觉与现实搅混了界限,最后丢了工作,消失在虚幻的垒球场上。

1977年,第三部小说《公众的怒火》与读者见面,引起了学界的轰动。库弗顿时成了美国文坛一位时尚文人。

80年代以来,库弗将他以前写的短篇小说扩展为长篇小说,如《政治寓言》(1980)就是以《总统帽子里的猫》改写的。《工作日》改写成《揍女仆的屁股》(1981)。《杰拉尔德的派对》(1986)则是以"幸运的皮埃尔"两个短篇小说为基础写就的。他还继续发表了许多作品,主要有短篇小说集《电影里的一夜》(1987)、长篇小说《约翰的妻子》(1996)、长篇小说《鬼城》(1998)、《继母》(2004)和收有十八篇故事和童话的《又是个孩子》(2005)等。库弗曾任依阿华大学和威斯康星大学客座教授。后来,他在布朗大学英文系当教授多年,业余仍未放松小说探索。如今他已八旬有余,功成名就,依然士气高昂,写作不辍。

2. 代表作扫描

罗伯特·库弗运用各种后现代派小说艺术手法创作了多部精彩的长篇小说,在美国读者中产生了深远的影响。其中最引人注目的是《杰拉尔德的派对》、《约翰的妻子》和《公众的怒火》。

《杰拉尔德的派对》描写了在杰拉尔德家的派对上突然发生一起凶杀案,

侦探帕杜负责侦破案件。此案引起了茁会客人们的强烈反应。作者意在戏仿传统的侦探小说。《约翰的妻子》写的是美国中西部一个发财的建筑商约翰和他妻子的故事。小说没有重点写他妻子。他妻子成了一个缺位的人物。作者描述小镇居民对约翰妻子的印象和他们自己的生活遭遇。小说情节不连贯,自由联想,结构松散,呈现了西部小镇多幅人物画像的拼贴,有点像安德森的名作《小城畸人》。

相比之下,从主题上和艺术风格上看,《公众的怒火》(*The Public Burning*)棋高一着。学界认为它是库弗的最佳代表作。

1) 故事和人物盘点:

《公众的怒火》以1953年6月19日犹太青年科学家罗森堡夫妇被控向前苏联提供原子弹秘密而被处以电刑的真实案件为基础进行艺术加工。叙述者是主要人物尼克松。他时任艾森豪威尔总统的副总统。小说故意将刑场移到纽约市时报广场,罗森堡夫妇在那里受电刑而死。小说重点写6月18日和19日民众反共的疯狂行为和颓废意识。库弗采用史实与虚构相结合的拼贴手法,来解读和嘲讽罗森堡夫妇的间谍案,揭露美国司法机关草菅人命、麦卡锡主义的白色恐怖和冷战思维葬送了青年科学家罗森堡夫妇的生命。

尼克松副总统的经历,从青少年时代到进入白宫成为总统的副手都是真实的。后来,小说将他刻画成有同情心的小丑。尼克松曾怀疑这起间谍案是无中生有,但为了国家还是信其真。另一个人物山姆大叔是邪恶和投机势力的总代表。罗森堡夫妇成了悲剧的牺牲品。

作为全书的主要人物和叙述者,尼克松既当个官方好心的小丑,又成了中间协调人。他野心勃勃,自以为是,一心追求权力。小说借用真实的素材描述尼克松入学到走上政坛的曲折过程。真实的细节十分动人有趣。小说将真实与虚构相结合,写尼克松在行刑前单身去狱中探望罗森堡妻子伊瑟尔,对她颇为动情,然后光着屁股走上时报广场的行刑台,呼吁在场的人们为了上帝和国家,立刻把裤子脱下来。他还曾在山姆大叔面前装疯卖傻,在家里扮演玩具狗,搞得满身臭狗屎。他在"水门事件"中黔驴技穷,糟蹋了美国政府的形象。库弗对昏庸腐败的美国官场,嬉笑怒骂到了入木三分的地步。

2) 风格和语言聚焦:

《公众的怒火》全书由四个部分二十八章组成。有绪论、序曲和终曲,各部分之间有个间奏曲。每隔一章由第一叙述者尼克松和第三叙述者多重声音轮流叙述。尼克松自省式叙述里有许多回忆和评论。第三叙述者的描述像电影分镜头,提供了丰富多彩的社会背景和历史事件。小说文本里有五十多首诗、许多引自《圣经》的典故和比喻,还有罗森堡夫妇与艾森豪威尔总统的最后一幕辛辛歌剧《人的尊严不供出售》,涉及多学科知识,体现了跨体裁跨学科的特点。

《公众的怒火》原来想写成一部戏剧,后来改写成历史小说,但情节安排仍仿照剧本,像作者说的,"历史是一出戏"。全书四大部分,各部分之间有个间奏曲。三个间奏曲分别用独白诗、话剧和歌剧的形式写成,展示人物的不同个性。尼克松自我反省式的叙述贯串全书始终。他的梦呓般的独白往往夹杂着他的幻想、奇特的梦境以及对过去的回忆和对历史的评论。他的眼睛像摄影机镜头,记录了冷战时期美国民主党与共和党两大政党的权力之争、司法的虚伪和欺骗、麦卡锡主义的迫害狂和民众的恐慌和不安等等。

库弗将行刑的时报广场变成公众狂欢庆典的场所,使一场悲剧交织着可笑的喜剧色彩。那刑场上聚焦了大批政府高官、科学家、作家、记者、好莱坞影星、体育明星、烹饪师以及流浪汉。各类大小人物全到场了。各种表演纷纷亮相:歌舞演出、滑稽短剧、脱口秀、畸形动物展览、牧师布道、马戏表演等等。悲壮的刑场变成人们狂欢的乐园。小说借用迪斯尼乐园的隐喻写了各种卡通人物将黑暗的广场变成大众狂欢的游乐场,揭示了许多人对于司法的误判和对犹太科学家的迫害所表露的麻木、愚昧和无奈。

小说情节与多部电影构成了互文性。如历届美国总统最爱看的西部经典片《正午》,在小说中反复出现。二者都采用暴力行为倒计时的形式。在关键时刻,即1953年6月19日中午以前,法院撤销了大法官道格拉斯关于对罗森堡夫妇暂缓死刑的判决,当天立即将罗森堡夫妇处以电刑。这部电影暗示:罗森堡夫妇案件的审判像"一部舞台的情景剧"。电影中的反战情节则展示美国民众对罗森堡夫妇案件的矛盾心态。

《蜡像馆》是美籍匈牙利独眼导演安德烈1953年拍的一部3D电影,分别出现在《公众的怒火》第二部分第十二章和第三部分第十六章。电影的恐怖主题暗示罗森堡夫妇最后上电椅"燃烧"。一个观众戴着3D眼镜走进广场,警察把他当成疯子抓进疯人院。纽约在他眼里变成上下颠倒的奇幻世界。

第八章
新姿重现的后现代派小说家们

尼克松在行刑前一刻见到头发散乱、表情木然的伊瑟尔·卢森堡，猛然想起电影《手中之鸟》和歌剧《狄多与埃涅阿斯》中的台词。他在迷幻中感到伊瑟尔像好莱坞影星克劳黛·考尔白，后来又化为著名明星奥黛丽·赫本。这种互文性促使小说视觉化，使平淡的画面更有张力。它生动地暗示：伊瑟尔虽死犹生，她的崇高精神将像美丽的明星一样，留在人们心中。

小说语言丰富多彩，用典故较多，涉及其他多部小说、戏剧和电影，不易读懂。比如山姆大叔的话语并不简单，作者综合了美国历届总统、英雄人物、文人墨客和普罗大众的语言特点而成。山姆大叔总把自己当作美国最高理想的化身，夜郎自大，可笑又可憎。小说不忘处处揭示人物的内心感受，字里行间充满戏仿、嘲讽和黑色幽默，涵盖古今多方面的文化和历史知识。库弗的大胆试验大大地丰富了美国后现代派小说艺术。

3) 意义和影响总览：

采用真实事件进行艺术加工并不是库弗的首创。以前小说家德莱塞、诺里斯和梅勒等人都做过，而且写出了名著。库弗也不例外。他以罗森堡夫妇所谓间谍案为题材，通过尼克松的回忆、独白和评述，展露了美国司法部门的专横、政客的自私和民众的愤慨和无奈。小说成了一部当代凝聚了各种后现代派小说艺术之大成的讽刺巨著，具有深刻的现实意义。它在同类题材的长篇小说中是比较突出的一部，在美国国内外产生了广泛的影响。

小说选择尼克松作为故事的叙述者和主要人物，虽然处死罗森堡夫妇其实与他并无直接关系。小说中的尼克松是美国政客的代表，当然还有山姆大叔。小说将罗森堡案件写成一出戏。山姆大叔是总导演，在场的人物个个都是戏中的演员。尼克松扮演了闹剧中的小丑角色。他踌躇满志，在行刑前密访狱中的伊瑟尔。两人在星星监狱里演出了一部好莱坞B级电影式的激情戏。尼克松偶然被裤腿绊住双脚，无法挣扎，跌跌撞撞地赶到广场搭好的刑台。他光着屁股面对无数民众。屁股上赫然写着："我是无赖！"他大言不惭地号召在场的所有人，为了美国，为了艾克总统，马上上前脱下裤子……小说让尼克松漂亮的言词与下流的动作成了鲜明的对照。这个辛辣的讽刺比真实还真实。这种夸张的反讽显得合情合理、可信有力。而山姆大叔之流和作伪证的格林格拉斯等人则成了丧失良心、没有灵魂的人类渣滓。

不仅如此,小说还嘲笑了左右美国政坛的民主党和共和党两党。他们标榜民主、自由,替民众服务,实则为小帮派谋私利。小说写了两党将拉选票表演事实上是将政治变成一切促销的商业活动。尼克松为了获胜,秘密制造了水门事件,破坏了美国政府的公众形象,给民众带来了不安、失望和困惑。

罗伯特·库弗关注历史、关注社会,又勇于进行创新试验和探索。他善于将事实与虚构相结合,一面采用传统的叙事模式,认真讲故事;一面又跨越体裁界限,博采众长,颠倒时空,展示人物内心的意识活动。他往往用喜剧的手法描述悲剧性事件,将语言创新与讽刺、戏仿和黑色幽默相结合。他成了一位后现代派小说的讽刺大师。他与品钦、巴思和巴塞尔姆被称为对六七十年代美国小说影响巨大的四大作家。

4) 文本名段点击[①]:

A. 作者简介了罗森堡夫妇间谍案发生的经过和判决结果:

On June 24, 1950, less than five years after the end of World War Ⅱ, the Korean War begins, American boys are again sent off in uniforms to die for Liberty, and a few weeks later, two New York City Jews, Julius and Ethel Rosenberg, are arrested by the FBI and charged with having conspired to steal atomic secrets and pass them to the Russians. They are tried, found guilty, and on April 5, 1951, sentenced by the Judge to die—thieves of light to be burned by light—in the electric chair, for it is written that "any man who is dominated by demonic spirits to the extent that he gives voice to apostasy is to be subject to the judgment upon sorcerers and wizards." Then, after the usual series of permissible sophistries, the various delaying moves and light-restoring countermoves, their fate—as the U.S. Supreme Court refuses for the sixth and last time to hear the case, locks its doors, and goes off on holiday—is at last sealed, and it is determined to burn them in New York City's Times Square on the night of their fourteenth wedding anniversary, Thursday, June 18, 1953. (p.3)

B. 朱立叶和伊瑟尔夫妇为人正直,遵纪守法,坚决否认一切指控:

Part of what seemed to give the lie to their testimony, of course, was the phony role they'd cast themselves in: the ordinary middle-class American couple, romantic and

---

[①] 下列引文选自 Robert Coover, *The Public Burning*, Grove Press, 1976, 1977.

hardworking, loving parents, being framed by a deceitful and unnatural brother, backed by a monstrous State bureaucracy, victimized by some ghastly error. Julius wore a business suit. He carefully obeyed every rule. He had never broken a law, though he'd once been fired from an Army job as a suspected Red. Ethel pursed her lips and wore a cloth coat like Pat. Their children had neat haircuts and scrubbed faces. Julius kept his chin up. Ethel smiled at the witnesses. They said they loved their mixed-up brother. They were shocked at Saypol's indecorous puns. They held hands and kissed each other through wire mesh. "All our lives," wrote Ethel for international publication, "we lived decent, constructive lives ..." They had probably moved automatically, even gratefully, into these middle-class clichés after their arrests—I understood well the solace and protection you could find in them—but they wore them awkwardly. Julius moved like a whey-faced automaton in his stiff blue suit. The jurors called Ethel's courtroom composure "steely" and "stony." They had the wrong kind of friends, which didn't help, noisy old left-wingers from college days whom they'd stayed loyal to—they just couldn't play the bourgeois act straight, knowing those friends would be tuning in, watching for betrayals, contemptuous of anything less than heroics. Every time Julius said "sir," you suspected him of satire. They were very impressive in their open willingness to put themselves in the witness box and in their bold denial of all charges, but their taking of the Fifth on ideological questions undid all that and suggested continuing Party orthodoxy ... (p.127)

C. 罗森堡夫妇被囚禁于狱中,与世隔绝,他们感到他们在世界上不是孤立的:

The Rosenbergs themselves, locked away in the stillness of the Sing Sing Death House, are remote from all this noisy maneuvering, but they are not unaware of it. One thing they know: they are not alone in this world. Julius even clings yet to the mad hope that justice will be done, that they will both be vindicated, these walls will come crashing down, and they will ride out of here on the shoulders of their friends, the people, but Ethel, though never more strong and serene, shares her son's mood of grim resignation: that's it, good-bye, good-bye. She sits with Julie, separated from him by a wire-mesh screen, composing a farewell letter to the two boys. What she wants above all is to save them from cynicism and despair, and so she speaks of the fellowship of grief and struggle and the price that must be paid to create a life on earth worth living. Julie, watching her, nods in agreement, awed by her radiant tranquillity ...

... Your Daddy who is with me in the last momentous hours, sends his heart and all the love that is in it for his dearest boys. Always remember that we were innocent and could not wrong our conscience. We press you close and kiss you with all our strength.

Lovingly,
Daddy and Mommy
Julie　　Ethel (p.279)

D. 尼克松在行刑台上演讲，要求在场的所有人为美国脱下裤子：

... I put into it everything I had. I knew what I wanted to say, and I said it from the heart: "*Now, my friends, I am going to suggest a course of conduct—and I am going to ask you to help! This is a war and we are all in it together! So I would suggest that under the circumstances, everybody here tonight should come before the American people and bare himself as I have done!*" There was a moment of stunned silence. It was apparent they didn't entirely understand me. I was frightened, of course; but basically I am fatalistic about politics. The worst may happen but it may not. Don't worry, I counseled myself, hang in there. It'll play. Just bring 'em down that aisle! "*I want to make my position perfectly clear! We have nothing to hide! And we have a lot to be proud of! We say that no one of the 167 million Americans is a little man! The only question is whether we face up to our world responsibilities, whether we have the faith, the patriotism, the willingness to lead in his critical period! I say it is time for a new sense of dedication in this country! I ask for your support in helping to develop the national spirit, the faith that we need in order to meet our responsibilities in the world! It is a great goal! And to achieve it, I am asking everyone tonight to step forward—right now!—and drop his pants for America!*"

......

"IT'S A SHOWDOWN!" they cried.

"PANTS DOWN FOR GOD AND COUNTRY!"

"PANTS DOWN FOR JESUS CHRIST!"

"WHOOPEE!"

"FOR THE COMMON MAN!"

"DEEDS NOT WORDS!"

"*PANTS DOWN FOR DICK*!" (pp.481-483)

3. 其他重要作品链接

A. 长篇小说：

《布鲁诺分子的由来》(*The Origins of the Brunists*, 1966)

《环宇垒球协会的老板J.亨利·沃》(*The Universal Baseball Association, Inc. J. Henry Waugh, Prop.*, 1968)

《政治寓言》(*A Political Fable*, 1980)

《揍女仆的屁股》(*Spanking the Maid*, 1981)

《杰拉尔德的派对》(*Gerald's Party*, 1986)

《约翰的妻子》(*John's Wife*, 1996)

《鬼城》(*Ghost Town*, 1998)

《继母》(*Stepmother*, 2004)

B. 短篇小说集：

《电影里的一夜》(*A Night at the Movies, or You Must Remember This*, 1987)

C. 童话：

《又是个孩子》(*A Child Again*, 2005)

4. 著作获奖信息

1966年《布鲁诺分子的由来》荣获笔会/福克纳小说奖。

第九章 薪火相传的"X一代作家群"
Chapter 9

第一节 威廉·伏尔曼与《欧洲中心》

1. 生平透视

威廉·伏尔曼(William Vollmann, 1959—)生于加利福尼亚州圣莫尼卡市一个教授之家。父亲是个商学博士,在大学任教。母亲照料家务。在当地高中毕业后,他升入深泉学院,后转到康奈尔大学念文学。毕业后,他回到加州大学伯克利分校专攻比较文学,学位论文答辩时未能通过,便停学去谋生,开始试写小说。他酷爱旅行,以某报刊记者身份走访过阿拉斯加、格陵兰岛和加拿大最北部的冰冻地区。他访问过战火中的伊拉克、科索沃,又从巴基斯坦进入动荡的阿富汗采访。他还到过越南、老挝、柬埔寨、泰国、缅甸以及苏丹。这些冒险的旅行和采访活动扩展了他的视野,也为他提供了丰富而奇特的写作素材。

80年代以来,伏尔曼勤奋写作,迅速崛起,发表了许多作品,在文学界占有一席之地。主要作品包括长篇小说《你们闪亮升空的天使们》(1987)、《妓女格洛丽娅》(1991)、《蝴蝶的故事》(1992)、《皇族》(2000)、《欧洲中心》(2005)、《不以地球为中心》(2006)、《穷人们》(2007)和《奔向各地》(2008)等。还有短篇小说集《彩虹的故事》(1989)、《十三个短篇小说和十三篇墓志铭》(1993);非小说集《阿富汗图片展》(1992)、《地图册》(1996)和杂文集《起与伏》。2005年,他的《欧洲中心》荣获美国国家图书奖。伏尔曼成了"X一代作家群"的杰出代表。评论界称他为美国后现代派小说的"新品钦"。

近些年来,伏尔曼一直忙于创作表现北美历史演变的《七个梦》。它包括七部长篇小说,每部自成一体,时间跨度大,含一千多年,从 9 世纪至 10 世纪古斯堪的纳维亚人发现北美洲东北部并把它变成殖民地起,一直持续到 20 世纪美国亚利桑那州纳瓦霍族印第安人与白人占有的石油公司的冲突为止。目前已出版的有五卷:第一卷《冰衬衫》(1990)、第二卷《父亲们和丑老太们》(1992)、第三卷《阿戈尔》(2001)、第六卷《步枪》(1995)和第七卷《云衬衫》。其他两卷《毒衬衫》和《枯草》不久也将问世。这套规模宏大的编年史式的巨作引起了学界和读者的关注。

伏尔曼现年五十五岁,年轻有为,精力充沛,正在继续埋头写作,希望再创辉煌,写出新的传世佳作。

2. 代表作扫描

伏尔曼既写短篇小说,又写长篇小说,以长篇小说居多。在十几部长篇小说中,最受好评的是《欧洲中心》。它荣获 2005 年美国国家图书奖。它的题材广泛,主题深刻,手法新颖。真人真事与虚构和想象相结合,构建了一个跨越时空,变幻莫测的艺术世界。

因此,《欧洲中心》(*Europe Central*)被誉为伏尔曼最优秀的代表作。

1) 故事和人物盘点:

《欧洲中心》背景是第二次世界大战中的前苏联与德国。时间跨度超越二次大战的 1939 年至 1945 年,提前从 1914 年写到 1975 年。小说开篇直接描述 1939 年至 1945 年的欧洲二次大战,然后倒叙,场景从前苏联到德国交替变换,大体按时间顺序。前苏联部分延续至 1975 年,最后回到 1962 年的前西德和 1941 年列宁格勒的白夜。全书长达 752 页,书后附有一百多条注释和资料来源说明。

小说描写了二次大战中苏德双方交战过程中发生的事件及其后果。前苏联和德国的画面交叉转换,人物描写也形成双方对照,作者似乎想力争保持某种平衡。前苏联方面,小说写女游击队员卓娅烧了德军的马厩,被抓捕处死;而德国青年科学家格斯坦发明净化水源的氟化物消除剂,被纳粹当局用来制造毒气,杀害数百万无辜的犹太人。他感到极其愤怒,想向法院上诉,遭盖世太保严密监视,申诉无门,最后上吊自杀。两个不同国籍的男女青年,一个死于纳粹德军的枪口;一个在法西斯间谍机关迫害下自尽。

在军事战线上,小说描述了苏军的安德烈·伏拉索夫将军,向敌军投降,背叛了祖国,后被他的下属枪杀;德军在斯大林格勒惨败,鲍尔斯将军成了俘虏时,接到希特勒的电报,提升他为元帅。

小说重点写了前苏联作曲家苏斯塔科维奇、纪录片导演罗曼·卡门与女译员艾琳娜三角恋爱故事。苏斯塔科维奇是个有才华的音乐家,曾两次荣获斯大林奖。后来,他想追求挽歌体色调,有部作品没歌颂列宁,结果被赶出大学,不准出国演出。他儿子在中学里遭批判、妻子也受株连。其他音乐家有的被捕入狱,有的突然失踪。到了50年代,斯大林去世了,换了新领导,改变了政策,苏斯塔科维奇等音乐家恢复了创作自由,并开心地去柏林和纽约参加演出。他浮想联翩,想为观众谱出更深刻的乐曲。

2) 风格和语言聚焦:

《欧洲中心》结构独特,故事中有故事。全书分两大部分,共有三十七个故事,各个故事长短不一,有的长达四十节或138页,有的仅四页。一节仅一行。每个故事像个碎片,小说将它们串成一体,构建了一个复杂而奇特的艺术世界。作者将历史人物和事件与虚构的人物和事件相结合,形成了自己独特的风格,受到学界和读者们的赞赏。

史实与虚构相结合成了《欧洲中心》的一大特色。小说中出现了众多前苏联和德国的高层人物。前苏联方面有:列宁和他夫人克鲁普斯卡娅、斯大林、日丹诺夫和崔可夫等;德国方面有希特勒、戈林、富勒、鲍尔斯等。两国领导人的描写比一般人物要难得多。作者让他们出场不但是情节发展的需要,也可增强故事的真实性。

不仅如此,小说还有许多精彩而真实的细节描写,如列宁遇刺,他夫人关照他,无微不至;十八岁的农村姑娘卓娅被德军抓捕后英勇牺牲,苏军血战斯大林格勒转败为胜,俘虏德军元帅鲍尔斯;崔可夫元帅率军挺进柏林,势如破竹……小说将大量档案资料加以梳理和精选,使史实成了虚构的依据,令读者感到故事真实可信。

小说还运用了电影蒙太奇的手法,开篇采用倒叙闪回的镜头,场景切换快,叙述大体按年代顺序,但各部分时空跳跃频繁,时常颠倒,如前苏联部分从1945年写到1975年,最后返回1962年前西德,并以1941年二次大战中列宁格勒的白夜结束。小说还穿插了德国传说,神话和英国中世纪圣杯的故事。这一切都体现了后现代派小说艺术的跨体裁特色。

小说语言简洁通俗,富有诗意。常用设问和比喻,增添叙述的活力。小说采用第三人称,夹杂多声部的话语。对话简明生动,口语化,常常不加括号。有些人物的自言自语用意大利体字母排列,有的则全用大写字母排列,以表示其含意的重要性。有的电文或警示牌以及斯大林语录则选用黑体字母。三十七章每章开头前都有肖伯纳、俾斯麦、苏斯塔科维奇、卡门和希特勒等人的语录或俄罗斯谚语。这些语录在书后都详细注明了出处。

3) 意义和影响总览:

跟以二次大战为题材的许多长篇小说不同,《欧洲中心》只选取苏德战场为背景,虽然小说也提到德军对英国本土的炮击和轰炸以及诺曼底登陆。况且,小说并不着力正面描写苏联红军与纳粹德军的惨烈拼杀,而是突出地叙述交战双方的道德冲突和战争对不同人物的心理反应。小说特别从一个电话、一个格斯坦事件和一纸电文表现了希特勒法西斯的凶残、傲慢和自私的侵略本质;反映苏联军民顽强抵抗并迅速反攻,直捣柏林的动人事绩。因此,小说具有重要现实意义,得到学界和读者们的好评,影响很大。

对战争狂人希特勒的专横和残忍,许多欧美作家在作品中已作了揭露和抨击。《欧洲中心》选取了新视角,抓住了典型事件,深刻地揭示希特勒的反动本质,如一个电话:发动战争前,纳粹总部给东欧各国打电话逼降,否则将不先警告出兵消灭之;一个格斯坦事件:德国青年科学家格斯坦发明除氟剂,这本来可增进民众健康,希特勒却将它用来制造毒气,杀害大批无辜的犹太人。纳粹将科技发明用于为战争服务,杀害几千万无家可归的犹太人,最后又逼死了发明家。这充分暴露其反人类的罪恶本质;一纸电文:德军大肆入侵前苏联,兵临莫斯科城下,在斯大林格勒陷于冰天雪地没给养的地步,德军前线司令要求增援和补给,希特勒不予理会,用一纸电报提升司令官鲍威尔为元帅并命令他继续进攻。结果鲍威尔收到电文时已成了红军的俘虏。希特勒不顾官兵的死活强令进攻遭到可耻的失败。这充分暴露了纳粹德军内部的矛盾和失败的必然性。

小说客观地描述了纳粹德军在前苏联境内各地到处抢劫烧杀,迫害无辜的民众,遭到前苏联军民的顽强抵抗。莫斯科近郊的农村姑娘卓娅年仅十八岁。她加入游击队,烧了德军的马厩,被德军抓捕。牺牲前,她高呼:"你绞死了我,绞死不了我们千千万万同胞!"她的宁死不屈赢得了广大青年的尊敬和崇拜。

小说也写了二次大战期间前苏联作曲家苏斯塔科维奇的坎坷遭遇。他有家室,有才华,曾得过斯大林奖。后来有部作品没有歌颂列宁,受到惩罚,被赶出大学,不许出国演出,妻子、儿子也受株连。其他音乐家更惨,有的被捕入狱,有的突然失踪。小说含蓄地批评了斯大林和日丹诺夫的文艺政策。上世纪30年代,前苏联曾出现肃反扩大化倾向,留下极左思想遗毒是可能的。但大敌当前,对文艺家和音乐家严格要求是应该的。是否到了那么苛求和惩罚有才华有贡献的作曲家的地步呢?值得商讨。还有,小说对卓娅成了民族英雄似乎含有嘲讽之意,好像她的牺牲与其他无名战士的牺牲一样,她是政府宣传鼓吹出来的。这明显带有作者的偏见。

此外,小说还写了作曲家苏斯塔科维奇获得自由创作后带了译员艾琳娜去柏林参加演出。他与艾琳娜搞婚外恋,情意绵绵不能自拔,竟感慨:要么爱艾琳娜,要么死! 或爱艾琳娜,死了甘心! 这位著名的作曲家竟如此颓废! 小说开放的结局给读者留下无数的反思。

威廉·伏尔曼是美国后现代派小说的后起之秀。他关注历史,关注现实,对社会、对道德和对妓女都有与别人不同的"越界"看法。在妓女三部曲《妓女格洛丽娅》、《皇族》和《彩虹的故事》里,他如实地描写了东南亚国家妓女的可悲生活,认为她们污染了社会,危害了他人,但她们是值得同情的。他勇敢地到处探险,走访过战火纷飞的沙场,到过荒无人烟的北极地带。他在文学创作上不断探索,认真研读过法国作家左拉、俄国小说家陀思妥耶夫斯基、英国诗人布莱克和美国小说家海明威等人的名著,深入观察和剖析美国后现代社会的"熵化",创作了十几部长篇小说。他博采众长,丰富和发展了品钦、德里罗和加迪斯的后现代派小说艺术,成了新崛起的"X一代作家群"的旗手。难怪人们惊呼:美国"后品钦时代"已经到来。

4) 文本名段点击[①]:

A. 希特勒总部用电话催东欧各国投降,否则加以消灭:

According to the telephone (for perhaps I did listen in once, treasonously), Europe

---

[①] 下列引文选自William Vollmann, *Europe Central*, Viking, 2005。

第九章
薪火相传的"X一代作家群"

Central's not a nest of countries at all, but a blank zone of black icons and gold-rimmed clocks whose accidental, endlessly contested territorial divisions (essentially old walls from Roman times) can be overwritten as we like, Gauleiters and commissars blanching them down to grey dotted lines of permeability convenient to police troops. Now's the time to gaze across all those red-grooved roof-waves oceaning around, all the green-tarnished tower-is-lands rising above white facades which grin with windows and sink below us into not yet completely telephone-wired reefs; now's the time to enjoy Europe Central's café umbrellas like anemones, her old grime-darkened roofs like kelp, her hoofbeats clattering up and bellnotes rising, her shadows of people so far below in the narrow streets. Now's the time, because tomorrow everything will have to be, as the telephone announces, *obliterated without warning*, *destroyed*, *razed*, Germanified, Sovietized, *utterly smashed*. It's an order. It's a necessity. We won't fight like those soft cowards who get held back by their consciences; we'll liquidate Europe Central! But it's still not too late for negotiation. If you give us everything we want within twenty-four hours, we'll compensate you with land in the infinite East. (p.4)

  B. 纳粹在集中营里设毒气室，一天杀害两万五千个犹太人：

  The working capacity of Belzec was fifteen thousand murders per day. That meant (he made the calculation on a sheet of stationery of the Deutsche Gesandtschaft Budapest, with the Nazi eagle on it; then he tore the page into pieces and burned it) four hundred and fifty thousand Jews gassed every month, or *five and a half million Jews per year*, under ideal conditions of course. This was shocking enough that on that first time at Belzec when the bright light came on in the chamber, he thought that he knew the worst. But the next day, after parting from Captain Günther at Lemberg with a loud *Heil Hitler*! (Captain Günther was required on secret business, in a place called Chelmno), the blond man found himself riding in a French-made lorry beside his intimate friend Dr. Pfannenstiel, Captain Wirth at the wheel, to a second extermination camp, called Treblinka, whose eight gas chambers could kill twenty-five thousand Jews per day; and in due course Gerstein's various liaison and inspection duties would bring him to the virgin facility of Maidanek, whose greenish barracks could devour only two thousand Jews per day, but the place produced luscious cabbages which were manured with the snow-white ashes of Jews; and Captain Günther had mentioned Chelmno, while Captain Wirth with a wink admitted to him knowledge of Sobibor (capacity: twenty thousand per day), where German engineers had invented a special mill for grinding Jews' bones to powder. As the Scripture says, *my house has many mansions.* (p.426)

C. 女英雄卓娅在德军面前大义凛然，英勇就义：

In a photograph which a peasant soldier, hopeful of sausage or a wrist-watch, found on the body of a battle-slain Fascist, we see Zoya (whose *nom de guerre* was Tanya) with downcast head as she limps through the snow to her execution, wearing already the self-accusing sign around her neck. It is 29 November 1941. Her eighteenth birthday was in September. A crowd of young Germans escort her, gazing on her with the sort of lustful appraisal which is common currency in a dancehall.

Now she has arrived. The snow is hard underfoot. A dark oval wall of spectators—Fascists whose double columns of buttons gleam dully on their greatcoats; kerchiefed village women, whose faces express the same pale seriousness their grandmothers would have worn for any camera or stranger; small, dark, hooded children in the front row—encloses the scene. Beside the sturdy, three-legged gallows, which rises out of sight, a pyramidal platform of snow-covered crates allows one party, the hangman, to ascend, while a tall stool awaits the other. Zoya stands there between two tall soldiers. Clenching her pale fists, shaking her dark hair out of her eyes, she swings her head toward one of the soldiers, who draws himself up stiff and straight to accept her gaze. She says: You can't hang all hundred and ninety million of us. (p.412)

D. 战后不久，斯大林去世了，苏斯塔科维奇可以自由作曲了。他想写得深刻些：

... Oh, my! Now Europe is silent—but what's that sound?

It's *himself*, starved, choking and weeping in an airless room. In the wise judgment of *Sovetskaya Musika*: *It is impossible to forget that Shostakovich's work has a certain tendency to close in upon itself, that the popular roots of his music are not deep enough.* His pale and shining face sinks down toward the music-paper, which he's anchored to the desk by his suitsleeves, elbows outward; he doesn't resemble a boy anymore; his hairline's receding; he needs another cigarette. What ought to cause him agony he no longer feels; he's but the catalyst of a biochemical reaction which turns pain into music. —What's that sound? A D-note, probably. —To his right, from the long black jawbone of the best piano, music-teeth grin at him; when the time comes, when Opus IIO is ready for execution, they'll know what to do! Fuzzy fibrous tree-roots will eat his flesh. Right now they're neither popular nor deep enough. No fear; they'll bite deeper. What's that sound? The mournful, sinister groanings of the strings comprise a *largo* of suffocation. Less grisly than the *allegretto* of skeletons when the soul is pursued and caught by death, *that sound* is sadder: Death having done its work, we must now suffer through the dying. Thus Opus IIO. (p.623)

3. 其他重要作品链接

A. 长篇小说:

《你们闪亮升空的天使们》(*You Bright and Risen Angels*, 1987)

《妓女格洛丽娅》(*Whores for Gloria*, 1991)

《蝴蝶的故事》(*Butterfly Stories*, 1993)

《皇族》(*The Royal Family*, 2000)

《不以地球为中心》(*Uncentering the Earth: Copernicus and the Revolution of the Heavenly Spheres*, 2006)

《穷人们》(*Poor People*, 2007)

《奔向各地》(*Riding Toward Everywhere*, 2008)

《七个梦》(*Seven Dreams: A Book of North American Landscapes*)

《冰衬衫》(*The Ice Shirt*, 1990)

《父亲们和丑老太们》(*Fathers and Crows*, 1992)

《阿戈尔》(*Argall: The True Story of Pocahontas and Captain John Smith*, 2001)

《步枪》(*The Rifles*, 1994)

《云衬衫》(*The Cloud Shirt*, in print)

B. 短篇小说集:

《彩虹的故事》(*The Rainbow Stories*, 1989)

《十三个短篇小说和十三篇墓志铭》(*13 Stories and 13 Epitaphs*, 1991)

C. 非小说集和杂文集:

《阿富汗图片展》(*An Afghanistan Picture Show, or, How I Saved the*

World, 1992)

《地图册》(The Atlas: People, Places, and Visions, 1996)

《起与伏》(Rising Up and Rising Down, 2003)

4. 著作获奖信息

2005年《欧洲中心》荣获美国国家图书奖。

第二节 理查德·鲍威尔斯与《回声制造者》

1. 生平透视

理查德·鲍威尔斯(Richard Powers, 1957—)生于伊利诺斯州埃文斯顿,在芝加哥北部的林肯沃德郊区长大。父亲做过中学校长,后来出国去泰国当中学校长。十一岁时,他随父亲去泰国首都曼谷。他在那里完成初中学业。他从小爱好吉他等乐器,钟情于自然科学。1975年,他考取伊利诺斯大学物理学系,后来又选读修辞学。1980年,他放弃攻读文学博士的机会,应聘到波士顿某公司当计算机程序设计员。业余,他大量阅读有关文学、政治、考古和海洋等方面的书。有一天,他去波士顿美术馆观看德国摄影大师奥古斯特·桑德的名作《年轻的农民》(1914),心里深受触动。过了两天,他正式辞掉工作,一心一意写小说。

1985年,鲍威尔斯的第一部长篇小说《舞会路上三个农民》出版,受到热烈欢迎,不久便荣获美国文学艺术院的罗森塔尔奖和笔会/海明威小说奖。他终于步入美国文艺殿堂。

接着,鲍威尔斯埋头笔耕,成果斐然。他的第二部长篇小说《囚犯的困境》(1988),别出心裁地将核战争与迪斯尼乐园并置,探讨了第二次世界大战带给人类的创伤。1989年,他荣获麦克阿瑟基金会天才奖学金,成了最年轻的得主。《金甲虫变奏曲》(1991)入围全国书评界奖,成了《时代》周刊年度畅销书。《葛拉蒂 2.2》(1995)深受学界好评。《游灵在行动》(1998)入选美国国家图书奖决选书单。同年问世的《赢利》荣获库柏小说奖。鲍威尔斯当选美国文学艺术科学院理事。1999 年,他荣获兰南文学奖。他成了美国文坛上冉冉升起的一颗新星。

21 世纪以来,鲍威尔斯又推出三部长篇小说《冲破黑暗》(2000)、《我们歌唱的时代》(2003)和《回声制造者》(2006)。《回声制造者》荣获 2006 年美国国家图书奖。

鲍威尔斯曾走访荷兰,在那里住了几年。1992 年回国后到母校伊利诺斯大学任驻校艺术家。1996 年以来,他任该校英文系教授。

2. 代表作扫描

鲍威尔斯至今已发表了九部长篇小说,普遍很受欢迎。他的作品最大特色是超大的信息量、非凡的想象力、丰富的现代科技知识和独特的表现手法。他的作品被称为信息小说。

在他题材广泛的小说中,脱颖而出的是《回声制造者》。它成了第一部将最新的生态文学理论融入作品的美国后现代派小说。

因此,《回声制造者》(*The Echo Maker*)被誉为鲍威尔斯的优秀代表作。

1) 故事和人物盘点:

《回声制造者》的书名选自一个印第安部族名的英译。小说背景是内布拉斯加州卡尼市普拉特河畔。时间是 2002 年 2 月 20 日。一天,五十万只沙丘鹤从遥远的地方迁居普拉特河畔一小片水域,准备过冬,因为它们的原住地遭破坏了,难以生存下去。小说主人公马克·施纳特是普拉特河附近一家屠宰场的青年工人。他在一次汽车事故中头部受重伤昏迷了。他双亲早已不管他,仅一个比他大四岁的姐姐凯伦。凯伦闻讯后从另一个城市开车赶到卡尼市某医院照料他。十四天后,马克在重症病房醒来,竟认不得亲姐姐凯伦,甚至说她是个骗子,他没有姐姐。凯伦又伤心又难过,只好求助心理医生杰拉德·韦珀。韦珀认真诊断,认为巴克患了卡帕格拉斯综合症。凯伦心里很不安。她想起父亲酗酒,母亲沉迷于宗教,对她和弟弟不闻不问,使她俩感到很不幸。

如今,凯伦的前男友罗伯特和弟弟少年时的好友丹尼尔都离他们远去了。他们两人对环境抱有对立的态度。罗伯特想集资开发普拉特河畔,发展旅游业赚大钱。丹尼尔不同意。他认为这条河水源不足,食物短缺,长此下去,沙丘鹤待不下去,又无别处可去。所以,要帮助它们改善生存环境,设法留住它们。

韦珀医生呢,担心没法治好马克的病,心情很不好。经过好几个月的治疗,马克终于恢复正常,很快认出自己的姐姐凯伦,并参与河畔环境改造的商讨。凯伦带他回老家看看父亲种过的田地,告诉他:人类消耗的能源已超过可供的百分之二十,许多人为水源、为土地发生纠纷。马克望着窗外的大沙漠、河流和鸟群,对未来充满信心。

2) 风格和语言聚焦:

《回声制造者》小说书名隐喻深刻,情节起伏,悬念迭生,气氛紧张,充满神秘色彩。作者善于借用侦探小说的技巧来设置悬念,营造气氛,描述人物性格冲突和心理反应,又故意留下空间,让读者参与。这种独特的风格使小说问世后引起轰动,不久荣获了美国国家图书奖。

小说书名是一个印第安部族名的英文译名。沙丘鹤象征着命运飘忽不定的印第安人。《回声制造者》令人想起美国印第安人的悲惨命运。他们本来是北美洲土地的主人。欧洲殖民者入侵北美后不断驱赶他们,侵占他们的土地,发动战争杀害他们。后来,美国西部开发运动又将他们赶往狭小的保留地,令他们很难生存下去。他们不就是小说中的沙丘鹤吗?

小说由五部分组成,不分章节。重要的"节"第一句用黑体字母标出,不用标题。第一部分"我是个无名小卒"有十八"节";第二部分"今晚在北线路上",有九"节";第三部分"上帝领我来见你"有十二"节";第四部分"所以你会活下去"有十四"节";第五部分"并带回别人"有三"节",总计五十六"节",有的"节"仅半页,有的近三十页。长短不一,犹如一幅幅生动的碎片串成一个整体,组成奇特的结构。

小说故事并不复杂,围绕马克和他姐姐凯伦和韦珀医生三人展开,引出许多人物。小说采用电影闪回的手法描述马克的异外车祸,然后带出他的姐姐和同学、他姐姐的朋友。叙述情景交融,以景系情,从马克和他姐姐的朋友引出关于普拉特河畔改造的争论,突出环境保护的主题。小说场景转换快,时空颠倒,悬念不断,但故事内部逻辑联系密切,主线清晰。

第九章
薪火相传的"X一代作家群"

小说语言简洁生动,对话精练,口语化,文笔清新。叙述话语常有"设问",似乎在与读者交流。描写沙丘鹤成群来来往往,蓝天白云和绿草交相辉映,春秋夏冬轮回,富有诗意;对凯伦在马克昏迷的床边不断低声呼唤他的名字,为他念小说、唱歌等细节刻画真实、细致生动,令人印象深刻。字里行间洋溢着嘲讽和幽默气息。

作者也玩文字游戏,巧妙地将五个部分的标题组成一首诗,两次出现在医院的病房里:

> 我是个无名小卒
> 但今晚在北线路上
> 上帝领我来见你
> 所以你能活下去
> 并带回别的人。

3) 意义和影响总览:

《回声制造者》通过一起普通的交通事故中青年工人马克头部受重伤,他姐姐细心护理的故事反映了美国内布拉斯加州卡尼市普拉特河河畔环境改造的问题,嘲讽了有些人为了追求商业利润,不惜破坏生态环境,影响人与自然的和谐相处。这是当前全球经济一体化最核心的问题,即生态环境保护问题。它是各国经济发展和社会进步的关键。因此,小说具有十分重要的现实意义和深远的社会影响,受到学界和广大读者的高度重视。

小说以五十万只沙丘鹤因生存环境受破坏而迁居普拉特河河畔一小片水域过冬的事例激起了人们对自己生态环境的思考。普拉特河水浅河窄,如果不加以拓宽深挖,河水可能枯竭,沙丘鹤就难以生存下去。所以,应努力改善环境,留住大群沙丘鹤。这样对居民的居住环境也很有好处。但是,有些人想建度假村,办商店,吸引游客,这样可以赚钱致富。两种观点进行了激烈的交锋,最后主张保护自然环境的占了上风。小说反映了美国民众,尤其是青年一代对环保问题的醒悟和重视。保护自然环境的思想日益深入人心。

小说通过书名和沙丘鹤的描写以及凯伦路过印第安人保留区的感触,回顾了过去,提醒人们别忘了历史,含蓄地影射了以前印第安人像沙丘鹤一样居住环境经常受侵蚀而难以生存的困境,表露了作者对他们的同情。

小说赞颂了凯伦姐姐对弟弟马克的亲情,引起了广大读者的共鸣。一听到马克出了车祸,她就立即请假从另一个城市开车赶到马克所在地的医院照料他。当晚,马克住在重症病房昏迷不醒,医院不让她见马克,她在病房门口徘徊,一夜未眠,急得像热锅上的蚂蚁。马克病情稍为稳定后仍一直昏迷,她耐心地呼唤他的名字,给他念小说或唱歌;马克苏醒后不认她,反骂她是骗子,她也不计较,继续关照他,直到他恢复了知觉,才感激姐姐的贴心呵护。小说揭示了真情的可贵和爱心的伟大。它将马克从死亡线上救回来。小说生动而细腻的描述深深地打动读者。

诚然,小说也写了马克父母对子女的冷漠和舍弃。他父亲终日酗酒,母亲沉迷于宗教,对子女缺乏爱心,丧失了做父母的责任。这使马克和凯伦在最困难时感到孤独。韦珀医生尽力抢救马克,尽到一份白衣天使的天职。但他也一度感到孤立无援,信心不足,后来他被凯伦对弟弟的爱心所感动,坚持抢救马克,终于使他转危为安。马克渐渐得到他姐姐的同学和朋友的关心。小说呼唤社会的爱心,人人都关爱亲人,关爱别人,关爱大自然,少一点自私,多一点慈善,人与人之间才会和谐,人与自然才会和谐,社会才会向前发展。

小说主题新颖,寓意深刻,手法多样。鲍威尔斯善于从一个普通的车祸事件揭示了重大的社会问题,受到读者们的好评。他的小说题材广泛,涉及百年工厂环境污染问题、战争给人类造成的创伤、电脑发达给人际关系带来的变化等,信息量很大,科技知识很丰富,艺术手法丰富多彩,被誉为风格独特的信息小说,受到学界的高度评价。鲍威尔斯在小说中证明:当代飞速发展的先进科技,既给人类带来日新月异的大变化,又造成自然界毁灭性的灾难,所以人们要重视和保护自然环境。鲍罗尔斯成了美国第一位将生态理论融入小说的后现代派作家,为美国小说的发展发挥了开拓性作用。

4) 文本名段点击①:

A. 凯伦接到电话知道她弟弟马克出车祸重伤住院后,马上开车往医院赶路:

Her brother needed her. The thought protected Karin through the alien night. She drove in a trance, keeping to the long dogleg, south down Nebraska 77 from Siouxland, then west on 30, tracking the Platte. The back roads were impossible, in her condition.

---

① 下列引文选自 Richard Powers, *The Echo Maker*, Farrar, Straus and Giroux, 2006.

第九章
薪火相传的"X一代作家群"

Still shattered from the telephone's stab at two a.m.: *Karin Schluter? This is Good Samaritan Hospital in Kearney. Your brother has had an accident.*

The aide wouldn't say anything over the phone. Just that Mark had flipped over on the shoulder of North Line Road and had lain pinned in his cab, almost frozen by the time the paramedics found and freed him. For a long time after hanging up, she couldn't feel her fingers until she found them pressed into her cheeks. Her face was numb, as if *she* had been the one lying out there, in the freezing February night.

Her hands, stiff and blue, clawed the wheel as she slipped through the reservations. First the Winnebago, then the rolling Omaha. The scrub trees along the patchy road bowed under tufts of snow. Winnebago Junction, the Pow Wow grounds, the tribal court and volunteer fire department, the station where she bought her tax-free gas, the hand-painted wooden shingle reading "Native Arts Gift Shop," the high school—*Home of the Indians*—where she'd volunteer-tutored until despair drove her off: the scene turned away from her, hostile. On the long, empty stretch east of Rosalie, a lone male her brother's age in a too-light coat and hat—*Go Big Red*—tracked through the roadside drift. He turned and snarled as she passed, repelling the intrusion. (pp.4-5)

B. 马克醒过来后认不得凯伦是他姐姐，凯伦并不气馁。她耐心地引导他回忆过去：

Despite Mark's refusal to acknowledge her, he rebuked her when she skipped an afternoon. "Where were you? Had to meet your handlers or something? My sister would never have cut out like that, without saying. My sister is very loyal. You should have learned that when you trained to replace her."

The words filled her with hope, even as they demoralized her.

"Tell me something. What the hell am I still doing in rehab?"

"You were really hurting, Mark. They just want to make sure you're one hundred percent before they send you back home."

"I *am* a hundred percent. One hundred and ten. Fifteen. Don't you think *I'm* the best judge of that? Why would they believe their tests before they believe me?"

"They're just being careful."

"My sister wouldn't have left me in here to rot."

She was beginning to wonder. Even though any small change in routine still rattled him, Mark grew steadily more like himself. He spoke clearer, confusing fewer words. He scored higher on the cognition tests. He could answer more questions about his past, from before the accident. As he grew more reasonable, she couldn't help trying to prove herself. She dropped casual details, things only a Schluter could know. She would wear him down with common sense, inescapable logic. One gray April afternoon, taking him for a spin around Dedham Glen's artificial duck pond in the drizzle, she mentioned their father's stint as a rainmaker, flying his converted crop duster.

Mark shook his head. "Now, where in the world did you learn that? Bonnie tell you? Rupp? They think it's weird, too, how much like Karin you are." His Face grew overcast. She saw him think: She should be here by now. *They won't tell her where I am.* But he was too suspicious to speak the thought out loud. (pp.77-78)

C. 马克康复后，凯伦带他回老家，看看他们父亲以前耕种的田地：

They stood alone together in the abandoned Brome house, reconstructing the past they no longer shared. There came a moment, amid the trashed rooms and shaky memories, when it struck Karin that they'd have that day, at least, that one sunlit afternoon of confusion in common, if nothing else. And when her brother started to cry and she moved to console him, he let her. A thing they'd never had, before.

They went outside, into the warm December. They walked the length of their father's old field, not knowing who farmed it now. In the crush of stubble under their feet, she felt those summer mornings, waking before daylight, going out to walk beans while the dew was still on them, hacking weeds with a hoe so sharp she once almost sliced off her big toe, right through the leather of her work boot. (p.374)

D. 作者预想，如果河畔的环境整治好了，沙丘鹤等鸟儿会记住这个地方，明年再来此过冬：

What does a bird remember? Nothing that anything else might say. Its body is a map of where it has been, in this life and before. Arriving at these shallows once, the crane colt knows how to return. This time next year it will come back through, pairing off for life. The year after next: here again, feeding the map to its own new colt. Then one more bird will recall just what birds remember.

The yearling crane's past flows into the now of all living things. Something in its brain learns this river, a word sixty million years older than speech, older even than this flat water. This word will carry when the river is gone. When the surface of the earth is parched and spoiled, when life is pressed down to near-nothing, this word will start its slow return. Extinction is short; migration is long. Nature and its maps will use the worst that man can throw at it. The outcome of owls will orchestrate the night, millions of years after people work their own end. Nothing will miss us. Hawks' offspring will circle above the overgrown fields. Skimmers and plovers and sandpipers will nest in the thousand girdered islands of Manhattan. Cranes or something like them will trace rivers again. When all else goes, birds will find water. (p.443)

3. 其他重要作品链接

A. 长篇小说：

《舞会路上三个农民》(*Three Farmers on Their Way to a Dance*, 1985)

《囚犯的困境》(*Prisoner's Dilemma*, 1988)

《金甲虫变奏曲》(*The Gold Bug Variations*, 1991)

《游灵在行动》(*Operation Wandering Soul*, 1993)

《葛拉蒂 2.2》(*Galatea 2.2*, 1995)

《赢利》(*Gain*, 1998)

《冲破黑暗》(*Plowing the Dark*, 2000)

《我们歌唱的时代》(*The Time of Our Singing*, 2003)

《慷慨》，又译《快乐基因》(*Generosity*, 2009)

4. 著作获奖信息

2006 年《回声制造者》荣获美国国家图书奖。

第三节　道格拉斯·考普兰与《X 一代》

1. 生平透视

道格拉斯·考普兰(Douglas Coupland, 1961—　)生于德国一个加拿大空军基地。父母在当地服役。他在那里成长，念完中小学后，回国升入大学。他随父母移居加拿大温哥华，在那里学习和工作多年。1984年，他从温哥华艾米丽·卡尔美术设计院毕业后去夏威夷游览，后到意大利米兰市欧洲设计学院进修。1986年他又去日本沙波罗美术设计院念了两年日本商科和工业美术设计的相关课程。他多才多艺，兴趣广泛，爱好雕塑和唱歌，1987年11月曾参加温哥华美术画廊展览。

1988年，考普兰曾为《温哥华杂志》写的一篇文章里第一次提到"X一代"。1989年秋天，纽约马丁出版社请他为"X一代"写一篇导言，即以《嬉皮士手册》为范本的简介。不久，考普兰移居加利福尼亚州的棕榈泉，便将出版社预约的导言写成一本长篇小说《X一代》。1991年《X一代》出版后一炮响，好评如潮。小说被列入畅销书榜，时间很长。考普兰迅速走上美国文坛。他的名字不胫而走地传遍全国各地。评论界选用"X一代"来称呼包括他在内的美国后现代派青年作家群。

获此殊荣以后，考普兰喜出望外，努力创作，陆续推出新作，如长篇小说《洗发水行星》(1993)、《上帝以后的生活》(1994)、《微奴》(1995)、《昏迷的女友》(1998)和《怀俄明小姐》(1999)以及《死神留下的宝利莱照相机》(1997)等三部非小说，受到读者们的欢迎。

新世纪以来，考普兰又出版了多部长篇小说，如《上帝痛恨日本》(2001)、《所有家庭全患了精神病》(2002)、《嗨，诺斯特拉达莫斯》(2003)、《艾琳娜·里格比》(2005)、《JPOD》(2006)和《偷口香糖的贼》(2007)等。他成功地运用了多种后现代派小说艺术手法，用口语化的英语与俚语合成了许多新词，受到美国青年读者们的青睐。他的大部分小说已译成20多种语言。他成了美国当代"X一代"作家群中出色的一员。

2. 代表作扫描

考普兰至今已发表了九部长篇小说，内容涉及社会生活的方方面面，主人公大都是当代青年男女。小说描写他们在当代美国社会对生活、对爱情、对家庭和对工作的看法和对电脑、电视、MTV和亚文化的迷恋，揭示他们内心的苦恼、抱怨、不满和失望情绪。他试验了多种后现代派小说的表现手法，获得了可喜的成果。

第九章
薪火相传的"X一代作家群"

成名作《X一代》(Generation X: Tales for an Accelerated Culture)集中体现了考普兰小说创作的特色,因此,它被学界誉为考普兰的优秀代表作。

1) 故事和人物盘点:

《X一代》的背景在70年代末至80年代美国西部地区。小说有个副标题《加速文化发展的故事》。小说主人公是三个二十来岁的青年:女青年克莱尔和男青年安迪和达格。克莱尔来自洛杉矶,达格来自加拿大,叙述者安迪来自俄勒冈。他们三人到了加利福尼亚沙漠地区的小镇棕榈泉的两家酒吧工作。三人各租了一间平房,有个院子和一个椭圆形游泳池,比较安静。他们是好友,不是恋人。达格是个同性恋者。三人和谐相处,互相关照,打发日子。他们自称是"穷三人组"、"大地球的一帮"。每天在酒吧干八小时,回到家时感到很累。他们受过良好的教育,也想干一番事业,但找不到好职业,不得不屈就,总觉得被社会边缘化了,终日生活在边缘上,许多社会活动不能参加。当个酒吧侍者,薪水低,待遇差,没有前途。克莱尔快三十岁了,谈个中意的男朋友都不容易。达格的父亲中风后,他赶回家看望,拿不出钱资助父亲治病。当个侍者太穷了,他们有时养活不了自己,只好继续吃父母的。但父母也不富裕。他们并不嫉妒别人有钱,只是不明白自己为什么发财无门?他们靠轮流在晚上睡觉前讲故事、看电视和周六山中野餐来自得其乐。他们也喜欢MTV,自编自唱。他们说好:各人讲故事时不被打断,别人不评论。三人相互信任,将心中的秘密互相倾诉。他们常常坦诚地争论某些问题,但不伤感情。他们常与往日的同学和朋友来往。圣诞节时点了50支不同的蜡烛,气氛热烈,但心中郁闷难消。他们并不失意,只是现实点。他们觉得没有未来……

2) 风格和语言聚焦:

《X一代》风格独特,全书由三部分三十一章组成,加上附录"数据"。三十一章围绕克莱尔、达德和安迪三个人物展开,采用安迪"我"第一人称叙事,描述他们在加州沙漠地区棕榈泉小镇酒吧打工的生活。三十一章标题奇特,寓意深刻,文字古怪,有戏仿,有嘲讽,有黑色幽默,也有戏谑和玩笑;有笑声、有眼泪,也有难言的苦恼、抱怨和失望。三十一章犹如三十一个碎片串成一个整体,告诉人们:这帮年轻人在想什么,他们为什么感到没有前途。

考普兰像伏尔曼和鲍威尔斯一样,喜欢试验各种后现代派小说艺术手法,如跨体裁、事实与虚构的结合、时空颠倒以及并置和戏仿等等。与他们不同的是他特别爱玩文字游戏。这是他艺术风格的一大特色,很引人注目。

在《X一代》里,考普兰用了许多美国西部青年日常流行的俚语,并且创造了自己喜欢的新词语,如 McJob(服务性工作,像在麦当劳快餐店打工)、Ozmosis(实不符名,一种遭到挫折的哀怨情绪)、Decade Blending(年代混搭式的服装)、Emotional Ketchup Burst(番茄酱式情感爆发)、Boomer Envy(对婴儿潮中出生者物质财富和安全的羡慕)、Consensus Terrorism(恐怖的舆论导向)和 Status Substitution(品质替补法)等等。这些生造的词语英文词典上是找不到的,所以作者不得不在全书每页正文的旁边,加上九十六条注解和三十幅小插画,以帮助读者解读他独特的文本。

小说人物对话简洁、精练,口语化,洋溢着年轻人坦率、随意和活跃的色彩。大量使用俚语吸引了无数美国青少年读者。

3) 意义和影响总览:

《X一代》以新鲜的题材生动地揭示了美国十八岁至二十九岁年轻一代的生活困境和精神苦恼,批评了社会对他们的冷漠和遗弃,受到了广大青年和他们家长们的深切关注,引起了美国社会各界的极大震动。因此,小说具有深刻的社会意义,影响极其深远。

越南战争后,美国社会逐渐走向稳定。但60年代尖锐的社会矛盾余波未尽。50年代末至60年代初出生的孩子开始步入青年时代,像《X一代》小说的男女主人公安迪、达格和克莱尔一样。但社会把他们遗忘了。他们受过良好教育,有文化,规规矩矩,不违法乱纪,也不调皮捣蛋,可找不到好职业,只好去酒吧或快餐馆当侍者。这份工作收入少,待遇差,常受人看不起,还面临失业的威胁。他们感到没有前途,对未来充满恐惧,可没有人劝慰;他们对社会现状很愤怒,但没有人引导;他们沉迷于亚文化,也没有人拉一把。他们成了被社会抛弃的一代和无家可归的一代。尽管他们采取了比较现实的态度,忍气吞声保持沉默,没有上街抗议或采取激烈的反叛行动。但他们的精神创伤一直无法愈合,令无数家长痛心流泪,没人相信政府。

小说的附录"数据"引用美国人口调查局的统计资料说明:在十八岁至二十九岁的美国青年中有百分之五十八的人认为没理由干一种职业直到你完全满意;百分之六十五的人认为这一代人要想像前几代人过着舒适的生活将

第九章
薪火相传的"X一代作家群"

更加更加困难了。这些官方资料是可靠的。它与小说的主题是相吻合的。《X一代》真实而生动地提出了一个被忽略的美国社会的关键问题:如何关心和扶植青年一代?他们的成长关系着国家的未来。

《X一代》问世后,轰动了全国。评论界称它是当今的小说《麦田里的守望者》,又像"垮掉的一代"作家凯鲁亚克的小说《在路上》,猛烈地冲击了社会的冷漠和沉闷气氛,引起无数青年读者们和他们家长们的共鸣。

不仅如此,小说还对社会时弊进行了抨击,如那瓦达核试验场60年代在沙漠搞核试验,造成核污染,周围半数人得了癌症死去;越南战争死去的老兵"安息园"冷冷清清,那成了"一个丑恶的时代";主人公安迪说,我们的体制失灵了,充斥着复印机和装订纸的气味……贫富悬殊。棕榈泉小镇的老人们想用钱买回他们的青春;有些人还想往上爬。我们用青春去获得财富,我们的财富获得青春。所以棕榈泉的地方不错……但他们天天自我安慰,沉默以待是要付出代价的。这种代价就是:幸福落空,悲愁无人可怜,最后虚度年华,一事无成。

考普兰是个年轻有为、不断创新的小说家。他关注现实,关心青少年的成长,善于观察和发现重要的社会问题,写出有新意的作品。他精通电脑,有时爱用电脑语言。在新作《JPOD》里,他自己走进小说,成了主人公,与虚构的人物一起生活。他真实地描述了美国青年一代在社会现实中的挫折、失望和不满,为他们大声疾呼,呼唤全社会都关心他们的学习、工作和生活。他那奇特的文字游戏、尖刻的反讽和调皮的戏仿以及黑色幽默手法给人留下深刻的印象。《时代》周刊称赞他是今天美国文艺界发出最新鲜、最动人的声音的作家之一。

4) **文本名段点击**①:

A. 安迪热情邀请达格和克莱尔到他住处畅叙:

Anyhow, as this evening was good for neither Dag nor Claire, they had to come invade my space to absorb cocktails and chill. They needed it. Both had their reasons.

For example, just after 2:00 A.M., Dag got off of shift at Larry's Bar where, along with me, he is a bartender. While the two of us were walking home, he ditched

---

① 下列引文选自 Douglas Coupland, *Generation X*, St. Martin's Griffin, 1991.

me right in the middle of a conversation we were having and darted across the road, where he then scraped a boulder across the front hood and windshield of a Cutlass Supreme. This is not the first time he has impulsively vandalized like this. The car was the color of butter and bore a bumper sticker saying WE'RE SPENDING OUR CHILDREN'S INHERRITANCE, a message that I suppose irked Dag, who was bored and cranky after eight hours of working his McJob ("Low pay, low prestige, low benefits, low future").

I wish I understood this destructive tendency in Dag; otherwise he is such a considerate guy—to the point where once he wouldn't bathe for a week when a spider spun a web in his bathtub. (p.5)

B. 达格和安迪谈起自己父母的困境，他们和父母一样害怕未来，想起回家过圣诞节就心烦意乱：

Have you ever wanted to set your parents' house on fire just to get them out of their rut? Just so they had *some* change in their lives? At least Claire's parents get divorced every now and then. Keeps things lively. Home is like one of those aging European cities like Bonn or Antwerp or Vienna or Zürich, where there are no young people and it feels like an expensive waiting room.

"Andy, I'm the last person to be saying this, but, hey—your parents are only getting old. That's what happens to old people. They go cuckoo; they get boring, they lose their edge."

"These are *my* parents, Dag. I know them better than that." But Dag is all too right, and accuracy makes me feel embarrassingly petty. I parry his observation. I turn on him: "Fine comment coming from someone whose entire sense of life begins and ends in the year his own parents got married, as if that was the last year in which things could ever be safe. From someone who dresses like a General Motors showroom salesman from the year 1955. And Dag, have you ever noticed that your bungalow looks more like it belongs to a pair of Eisenhower era Allentown, Pennsylvania newlyweds than it does to a fin de siècle existentialist poseur?"

"Are you through yet?"

"No. You have Danish modern furniture; you use a black rotarydial phone; you revere the Encyclopedia Britannica. You're just as afraid of the future as my parents."

Silence.

"Maybe you're right, Andy, and maybe you're upset about going home for Christmas—"

"Stop being nurturing. It's embarrassing." (p.85)

C. 安迪与同学泰勒去参观越战纪念馆,路上谈到对生活的恐惧:

Time to escape. I want my real life back with all of its funny smells, pockets of loneliness, and long, clear car rides. I want my friends and my dopey job dispensing cocktails to leftovers. I miss heat and dryness and light. "You're *okay* down there in Palm Springs, aren't you?" asks Tyler two days later as we roar up the mountain to visit the Vietnam memorial en route to the airport. "Alright, Tyler—*spill*. What have Mom and Dad been saying?" "Nothing. They just sigh a lot. But they don't sigh over you *nearly* as much as they do about Dee or Davie." "Oh?" "What do you *do* down there, anyway? You don't have a TV. You don't have any friends—" "I do, *too*, have friends, Tyler." "Okay, so you have friends. But I worry about you. That's all. You seem like you're only skimming the surface of life, like a water spider—like you have some secret that prevents you from entering the mundane everyday world. *And that's fine*—but it scares me. If you, oh, I don't know, disap*peared* or something, I don't know that I could deal with it." "God, Tyler. I'm not going anywhere. I promise. Chill, okay? Park over there—" "You promise to give me a bit of warning? I mean, if you're going to leave or metamorphose or whatever it is you're planning to do—" "Stop being so grisly. Yeah, sure, I promise." "*Just don't leave me behind*. That's all. I know—it looks as if I enjoy what's going on with my life and everything, but listen, my heart's only half in it. You give my friends and me a bum rap but I'd give *all* of this up in a *flash* if someone had an even remotely plausible alternative."

"Tyler, *stop*."

"I just get so *sick* of being jealous of everything, Andy—" There's no stopping the boy. "—And it scares me that I don't see a future. And I don't understand this reflex of mine to be such a smartass about everything. It *really* scares me. I may not look like I'm paying any attention to anything, Andy, but I am. But I can't allow myself to show it. And I don't know why."

Walking up the hill to the memorial's entrance, I wonder what all *that* was about.

I guess I'm going to have to be (as Claire says) "just a teentsy bit more jolly about things." But it's hard. (pp.149-150)

3. 其他重要作品链接

A. 长篇小说：

《洗发水行星》(*Shampoo Planet*, 1993)

《上帝以后的生活》(*Life after God*, 1994)

《微奴》(*Microserfs*, 1995)

《昏迷的女友》(*Girlfriend in a Coma*, 1998)

《怀俄明小姐》(*Miss Wyoming*, 1999)

《所有家庭全患了精神病》(*All Families Are Psychotic*, 2001)

《上帝痛恨日本》(*God Hates Japan*, 2001)

《嗨，诺斯特拉达莫斯》(*Hey, Nostradamus*, 2003)

《艾琳娜·里格比》(*Eleanor Rigby*, 2004)

《JPOD》(*Jpod*, 2006)

《偷口香糖的贼》(*The Gum Thief*, 2007)

B. 非小说：

《死神留下的宝利莱照相机》(*Polaroids from the Dead*, 1996)

第十章 追求变革的后现代派诗人们

第一节 威廉·斯·默温和詹姆斯·迪基的短诗

1. 生平透视

威廉·斯坦利·默温(William Stanley Merwin, 1927—)是当代美国影响很大的一位后现代派诗人,1927年9月30日生于纽约市一个牧师之家,从小酷爱背诵诗文,聪颖好学。1948年普林斯顿大学毕业后曾任纽约《民族》周刊的编辑,后来到英国、法国、葡萄牙和西班牙等地游历,在欧洲待了七年,增长了见识。他精通多种语言,译过法国、西班牙和意大利的许多好作品。1956年回国后,他一度住在波士顿,结识了诗人洛厄尔、休斯和普拉斯等人,业余开始写诗。50年代,他还曾为好莱坞写过剧本。

1952年,第一部诗集《两面神的面具》,作为诗人奥登主编的耶鲁大学青年诗人的耶鲁丛书之一出版,荣获耶鲁大学青年学者奖。两年后,第二部诗集《跳舞的熊》问世。这两部处女作采用中世纪民间故事、歌谣、颂歌的素材,涉及多方面知识,但没有创意。不久,新作《东方的太阳与西边的月亮》(1954)与读者见面,受到热烈欢迎。这首五百一十九行的长诗呈现一个神奇多彩的梦幻世界,将神话、寓言和想象相结合,语言富有音乐性。默温终于登上美国诗坛。

1963年,诗集《移动的目标》标志着默温诗风的新变化。他大胆告别了旧英诗的风格,转向新超现实主义,追求简洁的开放形式,注重刻画人物的无意识,揭示个人的生活体验和大自然的奥秘。同时,他接受黑山派开放诗的手法,采用断裂的句法、无标点的对话、不规则的节奏和神秘的语言等等。他致力于挖掘深层意象,展现诗人的内心奥秘,形成自己独特的风格。如《虱子》(1967)描写幻觉中的美国,犹如一片荒原,象征上帝的牧羊人死了,羔羊(指现代欧美民众)失去了保护……令人困惑。

70年代,默温的创作走进了黄金时代。1970年的《扛梯子的人》荣获普利策奖。1973年的《为一次没有完成的伴奏而作》和《罗盘花》(1977)使他1979年荣获博林根诗歌奖。1976年,默温移居夏威夷,专心致力于禅宗研究,对后期创作影响很大。他再接再厉,80年代以来又推出《找到小岛》(1982)、《诗选》(1987)、《旅行》(1993)、《悍妇》(1996)、《折崖》(1998)、《河之声》(1999)、《小学生》(2001)、《梵塔洞的五月》(2002)和《迁居》(2005)。2005年诗集《迁居》荣获美国国家图书奖诗歌奖。2009年,诗集《天狼星的阴影》荣获普利策奖。作为一位多产作家,默温至今已出版了近三十部诗集,二十多部译诗集和十多部剧本和散文集,受到学术界的好评。八十二岁高龄时,他成为第十七届美国桂冠诗人。他创造了一种独特的诗风:抒情味浓烈,用词简洁优美,略带神秘色彩。因此,默温成了美国当代影响很大的后现代派诗人。

詹姆斯·迪基(James Dickey, 1923—1997)生于佐治亚州亚特兰大市郊区。上中学时,他爱踢足球。大萧条时期,家庭生活困难。二次大战期间,他加入美国空军当个雷达兵,到过菲律宾和日本等地。战后他退伍返乡入大学念书。1949年,他刻苦努力获得范德比尔大学的学士学位。1950年又获该校硕士学位。毕业后他曾在广告公司工作,长期为《西瓦尔评论》写稿。

迪基于1960年出版《进入石头》,随后又接连推出《同别人一起淹死》(1965)和《1957年—1967年诗选》(1967)等五本诗集,时年四十岁出头,年轻得志,名扬诗坛。

1965年,《踢踏舞者的选择》荣获美国国家图书奖。迪基的名字传遍全国。

迪基是个多面手,既写诗,又写小说、散文和文学评论。他的小说《解放》(1970)被改编成电影后受到观众欢迎。1969年以来他又出版长诗《彪拉》(1982)、《中心行动》(1983)、《布朗温》(1986)、《鹰的目标》(1990)和诗集《整个行动》(1992)等许多作品。1963年至1965年,他曾任俄勒冈里德学院等校驻校作家。1969年以后,他在南卡罗莱纳大学当了多年教授,直到去世。

1997年1月19日,迪基因病去世,葬于南卡罗莱纳州的宝雷岛。

2. 题材、风格和语言扫描

默温早期的诗作涉及他的家庭,不是近亲,而是祖父母一代的过去和他的感触。《炉里的醉汉》写一个流浪汉在小镇近郊废弃的炉子里建立他的家。镇上的人们害怕他在炉子里暴烈的噪音。但他们的孩子被他低劣的音乐所吸引。醉汉像诗人的祖父。他的行为象征着诗人对狭隘的地方主义和宗教偏见的反抗。

默温善于观察现实,关注历史,热爱大自然。他对诗风作了不懈的试验和探索。他的诗常用幻觉,虚实结合,情景交融,富有寓言性、暗示性和哲理性。内涵有抒情气质。诗行的排列不规则,语言朴实、简练、口语化,没有隐喻、标点符号和启示录式的幻想,有时借小动物来写人,显得幽默生动。他钟爱中国古典诗歌,独尊白居易,将东方的诗风融入自己诗作。有时模仿中国古典诗歌,采用较长的标题;有时标题模糊,让人思考。默温将西方存在主义与超现实主义相结合,借用后现代派手法表现当代的虚无、死亡和再生的主题。因此,近些年来,他与时俱进,对美国青年诗人产生了重要的影响。

詹姆斯·迪基与默温不同,他参加过二次大战,到过菲律宾和日本,对现实的感受奇特。他力图将他的不平凡经历神话化,以达到戏剧性效果。他推崇诗人罗思克的新浪漫主义,以自我为中心,强调想象、幻觉和"上帝缔造"的世界。他抨击新批评派的封闭式诗风,同时又跟二次大战后诗坛流行的垮掉派、黑山派和自白派诗人们保持某些距离。《踢踏舞者的选择》是他的第四部诗集,比以前三部更成熟、更开放,结构也更松散。他的诗风不断变化。他常用荒诞的意象表现异化的环境,用幻觉揭示抗击死亡的力量。他非常关注人类的命运,提倡人们之间多多交流感情,增进理解。他爱与各种动物交流,寄托自己的思绪,将现实世界与幻想世界融为一体,揭示神秘的浪漫情调。他善于运用超现实主义的意象,追求诗行的断裂,语言的优美和朴实,寓意的机智和深邃。有时他用散文诗长行的形式,以空格断开,表示停顿和节奏,省略标点符号,他称之为"断裂诗行",以奇妙的韵律产生了强烈的感染力。迪基是一位美国后现代派浪漫主义诗人。

3. 诗人名作点击[①]

A. 默温的《炉里的醉汉》:

The Drunk in the Furnace

by William S. Merwin

For a good decade
The furnace stood in the naked gully, fireless

[①] 下列引文选自 Richard Ellmann 和 Robert O'Clair 编选, *The Norton Anthology of Modern Poetry*, W.W. Norton & Company Inc., 1978。

And vacant as any hat. Then when it was
No more to them than a hulking black fossil
To erode unnoticed with the rest of the junk-hill
By the poisonous creek, and rapidly to be added
    To their ignorance.

    They were afterwards astonished
To confirm, one morning, a twist of smoke like a pale
Resurrection, staggering out of its chewed hole,
And to remark then other tokens that someone,
Cosily bolted behind the eye-holed iron
Door of the drafty burner, had there established
    His bad castle.

    Where he gets his spirits
It's a mystery. But the stuff keeps him musical:
Hammer-and-anvilling with poker and bottle
To his jugged bellowings, till the last groaning clang
As he collapses onto the rioting
Springs of a litter of car-seats ranged on the grates,
    To sleep like an iron pig.

    In their tar-paper church
On a text about stoke-holes that are sated never
Their Reverend lingers. They nod and hate trespassers.
When the furnace wakes, though, all afternoon
Their witless offspring flock like piped rats to its siren
Crescendo, and agape on the crumbling ridge
    Stand in a row and learn. (p.1173)

B. 迪基的《踢踏舞者的选择》：

Buckdancer's Choice

by James Dickey

So I would hear out those lungs,
The air split into nine levels,
Some gift of tongues of the whistler

In the invalid's bed: my mother,
Warbling all day to herself
The thousand variations of one song;

It is called Buckdancer's Choice.
For years, they have all been dying
Out, the classic buck-and-wing men

Of traveling minstrel shows;
With them also an old woman
Was dying of breathless angina,

Yet still found breath enough
To whistle up in my head
A sight like a one-man band,

Freed black, with cymbals at heel,
An ex-slave who thrivingly danced
To the ring of his own clashing light

Through the thousand variations of one song
All day to my mother's prone music,
The invalid's warbler's note,

While I crept close to the wall

Sock-footed, to hear the sounds alter,

Her tongue like a mockingbird's break

Through stratum after stratum of a tone

Proclaiming what choices there are

For the last dancers of their kind,

For ill women and for all slaves

Of death, and children enchanted at walls

With a brass-beating glow underfoot,

Not dancing but nearly risen

Through barnlike, theatrelike houses

On the wings of the buck and wing. (p.1034)

4. 其他重要作品链接

A. 默温的诗歌：

《两面神的面具》(*A Mask for Janus*, 1952)

《跳舞的熊》(*The Dancing Bear*, 1954)

《移动的目标》(*The Moving Target*, 1963)

《虱子》(*The Lice*, 1967)

《扛梯子的人》(*The Carrier of Ladders*, 1970)

《为一次没有完成的伴奏而作》(*Writings to an Unfinished Accompaniment*, 1973)

《罗盘花》(*The Compass Flower*, 1977)

《找到小岛》

《旅行》(*Travels*, 1993)

《悍妇》(*The Vexen*, 1996)

《折崖》(*The Folding Cliffs: A Narrative*, 1998)

《河之声》(The River Sound, 1999)

《小学生》(The Pupil, 2001)

《梵塔洞的五月》(The Mays of Ventadorn, 2002)

《迁居》(The Migration: New Selected Poems, 2005)

《天狼星的阴影》(The Shadow of Sirius, 2008)

B. 迪基的诗和散文：

《进入石头》(Into the Stone, and Other Poems, 1960)

《同别人一起淹死》(Drowing with Others, 1962)

《1957年—1967年诗选》(Poems, 1957—1967, 1967)

《猎手塔基》(Tucky the Hunter, 1978)

《田野的力量》(The Strength of Fields, 1979)

《彪拉》(Puella, 1982)

《中心行动》(The Central Motion, 1983)

《布朗温》(Bronwen, 1986)

《鹰的目标》(The Eagle's Mile, 1990)

《整个行动》(The Whole Motion: Collected Poems, 1945—1992, 1992)

《解放》(Deliverance, 1970, 小说)

《自我访谈》(Self-Interviews, 1970)

《南方之光》(Southern Light, 1991)

《致白海》(To the White Sea, 1993, 散文)

5. 著作获奖信息

1966年迪基荣获美国国家图书奖诗歌奖；

1970年默温的《扛梯子的人》荣获普利策奖；

1979年默温的《为一次没有完成的伴奏而作》和《罗盘花》获博林根诗歌奖；

2005年默温《迁居》诗集荣获美国国家图书奖诗歌奖；

2008年默温的《天狼星的阴影》荣获普利策奖。

第二节　罗伯特·布莱和詹姆斯·赖特的深层意象诗

1. 生平透视

罗伯特·布莱(Robert Bly, 1926—　)是美国深层意象派诗歌的优秀旗手,1926年12月23日生于明尼苏达州麦迪逊一个农民之家,从小在农场长大。高中毕业后曾应征加入海军,参加二次大战。战后,他退伍返乡,去哈佛大学读完本科。1950年,他从依阿华州立大学硕士毕业。后来,他去纽约市创办《50年代》杂志,后又改为《60年代》、《70年代》和《80年代》。他曾赴挪威研修一年,动手翻译挪威的诗歌。他读了智利聂鲁达和德国特拉克尔等诗人的名作,很受启发,立志当个诗人。

回国后,布莱寄居其父农场,开始构思诗作。第一部诗集《雪野的宁静》于1962年发表,展现了诗人故乡的田园生活和秀丽的风光。第二部诗集《灵光遍体》1967年问世。诗集明确地反对侵略越南战争,反对专制统治,反对暴力,充满奇特的想象和战斗的激情,引起广大读者的共鸣。1968年,它荣获美国国家图书奖诗歌奖。布莱顺利地登上了美国诗坛。

布莱思想敏锐,积极参加各项社会活动,在多事之秋的60年代十分活跃。他跟无数群众一起上街游行,向华盛顿进军。1966年,他和大卫·雷合编了《反越战朗诵诗集》,并和其他作家创立"美国作家反战联盟"。他多次到各大城市街头朗诵反战诗篇,受到许多群众的拍手欢迎。

70年代以来,布莱又有许多新作问世。如《跳下床来》(1973)、散文诗集《牵牛花》(1975)、《由樟木和香槐制成的躯体》(1977)、《爱个在两个世界的女人》(1985)、《在五月》(1985)、《篱笆柱上的月光》(1988)和《离开咆哮的海洋》(1988)等。《爱个在两个世界的女人》曾荣获古根海姆奖。它是一本描述当代男女爱情的玄学诗,颇耐人寻味。布莱不仅是个多产的诗人,而且是个出色的翻译家。他译了许多德国诗人特拉克尔、智利诗人聂鲁达等人的名诗和中国古典诗歌。他还译过心理学家荣格的专著,并将荣格的"集体无意识"理论融入诗作,巧妙地探索人在无意识中的潜在意义,探寻原始意象,挖掘内在的语言。

布莱深受聂鲁达诗风的影响,始终努力探索深层意象,注重把握好流动中的心理能量。近些年来,他更趋向明朗而宏伟的风格,成了80年代以来美国"深层意象派诗歌"的旗手,为这个流派的建立、宣传和实践作出了重大的贡献。

詹姆斯·赖特(James Wright, 1927—1980)在50年代崛起于美国诗坛,比布莱早成名。他擅长写传统诗,后来钟情于深层意象派诗,诗作富有新意。他的诗风奇特,可惜他只活了五十二岁,英年早逝,宿愿未能成真。

赖特生于俄亥俄州马丁斯·费瑞镇的一个工人家庭。父亲是个玻璃厂工人,干了五十年。他在三个孩子中排行老二。童年时撞上大萧条经济危机年代,生活困苦,心情压抑。中学毕业后,1946年他入伍当了两年兵,到过日本。退伍后,1948年1月他去肯庸学院念书,四年后本科毕业;他转往西雅图华盛顿大学,一直念到1959年拿下博士学位。他受过新批评派名将兰色姆和诗人罗思克的悉心指导,认真写诗,1951年开始发表诗作。1966年起,他到肯特学院任教,直到去世。

赖特是上世纪50年代从美国诗坛崛起的。他的成名作《绿墙》(1957)曾获耶鲁大学青年诗人奖。还有《圣徒犹太》(1959)。赖特在这两部诗中描绘了人类的不幸和苦难,抒发对穷苦人们的同情和关怀。在形式上,他大体遵照英诗的传统,采用有规则的音节、简洁的意象和优美的语言。

60年代初,赖特认识了布莱,两人后来成了知心朋友。1963年,《折不断的树枝》成了赖特新诗风的标志。此诗诗句长短不一,语言朴实自然,意象深奥,有时时空跳跃,诗意向深层拓展,形成多角度多层次的交错,在现实与超现实之间游离,结尾从封闭式改为开放式。

后期,赖特沿着新诗风又出版了好几部诗作,如《我们将在河边相会吗?》(1969)和《诗集总汇》(1971)。《诗集总汇》曾获1972年普利策诗歌奖。后又推出新诗集《两个市民》(1974)、《意大利之夏》(1976)、《致一棵开花的梨树》(1977)和《这次旅行》(1982)等。

1980年3月25日,赖特在纽约因病去世,年仅五十二岁。他的遗作《在河上》收集了他生前写的全部诗篇。它成了美国一份宝贵的文化遗产。

2. 题材、风格和语言聚焦

布莱从小生在农场,热爱自然景色,后来参军入伍,对战争的创伤感受良深,曾经积极反对侵越战争。他诗歌题材多样,内容丰富,经历了不同时期的变化。在第一部诗集《雪野的宁静》里,诗人漫步在宁静的玉米地里,望着幽静的森林、碧绿的田野和跳跃的小动物,心情无比轻松,怡然自得。他用自己在大自然怀抱里主观感受和突发的奇想来感染读者。如"啊,清晨,我感到自己将永生/ 快乐的肉体将我裹住,/ 宛如青草裹在它的绿云里。"不过,诗人也痛感要走出个人内心的困境,投身于广阔的大千世界,为改变现实出力。第二部诗集《灵光遍体》主题鲜明,激情洋溢,反对越战,反对暴力,政论性强,诗行铿锵有力。布莱潜心探索深层次意象,强化诗歌深层的语言魅力和心理能量,为美国诗歌开创了发展的新天地。

赖特与布莱不仅成了好友,而且都喜爱中国古典诗歌。他独尊唐代诗人李白和白居易。他译过多首中国古典诗歌,特别欣赏唐诗中的意象。

赖特出身贫苦,热爱美国西部故乡的一草一木,感慨城市的贫困和郊区的衰败。他诗作的题材多样,内容丰富多彩,主题严肃深刻,形式多变化,艺术风格独特。他的成名作《绿墙》表现了穷人的悲惨遭遇。他往往大胆地揭露社会的丑恶,同情遇到不幸的妇女、小孩和挨饿受冻的老人们。在艺术上,他刻意运用"主观意象",达到无意识的跨越。他强调清新的意象和白描手法,形成自己简洁生动又形象化的风格。他对未来充满信心,鼓励人们振奋精神往前看,努力改善自己的处境。因此,人们赞扬他是一位人民的诗人,永远活在人们心中。

3. 诗人名作点击

A. 布莱的《午后的雪》:

Snowfall in The Afternoon

by Robert Bly

I

The grass is half-covered with snow.
It was the sort of snowfall that starts in late afternoon,
And now the little houses of the grass are growing dark.

II

If I reached my hands down, near the earth,
I could take handfuls of darkness!
A darkness was always there, which we never noticed.

III

As the snow grows heavier, the cornstalks fade farther away,
And the barn moves nearer to the house.
The barn moves all alone in the growing storm.

IV

The barn is full of corn, and moving toward us now,
Like a hulk blown toward us in a storm at sea;
All the sailors on deck have been blind for many years.

B. 赖特的《写给一只死天鹅的三句诗》

Three Sentences for a Dead Swan

by James Wright

1.

There they are now,

The wings,

And I heard them beginning to starve

Between two cold white shadows,

But I dreamed they would rise

Together,

My black Ohioan swan.

2.

Now one after another I let the black scales fall

From the beautiful black spine

Of this lonesome dragon that is born on the earth at last,

My black fire,

Ovoid of my darkness,
Machine-gunned and shattered hillsides of yellow trees
In the autumn of my blood where the apples
Purse their wild lips and smirk knowingly
That my love is dead.

3.

Here, carry his splintered bones
Slowly, slowly
Back into the
Tar and chemical strangled tomb,
The strange water, the
Ohio river, that is no tomb to
Rise from the dead
From.　　　　　　(pp.1182-1183)

4. 其他重要作品链接

A. 布莱的诗作：

《雪野的宁静》(*Silence in the Snowy Fields*, 1962)

《灵光遍体》(*The Light Around the Body*, 1967)

《菊花》(*Chrysanthemums*, 1967)

《由樟木和香槐制成的躯体》(*The Body Is Made of Camphor and Gopherwood*, 1977)

《爱个在两个世界的女人》(*Loving a Woman in Two Worlds*, 1985)

《在五月》(*In the Month of May*, 1985)

《篱笆柱上的月光》(*The Moon on a Fencepost*, 1988)

《离开咆哮的海洋》(*Out of the Rolling Ocean*, 1988)

B. 赖特的诗作：

《绿墙》(*The Green Wall*, 1957)

《圣徒犹太》(*Saint Judas*, 1959)

《折不断的树枝》(*The Branch Will Not Break*, 1963)

《我们将在河边相会吗？》(*Shall We Gather at the River?*, 1968)

《诗集总汇》(Collected Poems, 1971)
《两个市民》(Two Citizens, 1973)
《意大利之夏》(Moments of the Ialian Summer, 1976)
《致一棵开花的梨花》(To a Blooming Pear Tree, 1977)
《这次旅行》(This Journey, 1982)
《在河上》(Above the River: The Complete Poems, 1992)

5. 著作获奖信息

1968 年布莱的《灵光遍体》荣获美国国家图书奖诗歌奖；
1972 年赖特的《诗集总汇》荣获普利策奖。

后记 Afterword

从本杰明·富兰克林到詹姆斯·赖特,我们走过了美国二百多年的历史长廊,浏览了富兰克林、惠特曼、马克·吐温、海明威、莫里森和德里罗等一百零五位散文家、诗人、小说家和戏剧家的代表作,对多姿多彩的美国文学画卷有了初步的印象。现在,我要向各位说声再见了。

美国文学史历史不长,但今天在全世界影响很大,值得重视,更需要好好了解和把握。一部美国文学史包括历史、理论和作品三个方面。学习美国文学史要以作品的文本为基础,以史实为依据,以正确的理论为指导,辩证地历史地认识作家与作品的价值、意义和欠缺,实事求是地加以借鉴,扩大我们的视野,提高鉴赏能力。

本书由绪论和六个部分组成。每个部分都有一章"概述",如果学习作家和作品以前仔细读一读绪论和概述,对美国文学的总体概貌和各个不同时期的史实和文学流派就会有个初步的了解,可为研读作家与作品打下扎实的基础。况且,由于某些客观原因,有的作家没有入选正文,但在概述中略有简介,可作为必要的补充。

在评介作家和作品时,本书重点突出,深入浅出。每个作家着重评介其代表作。大体从主题思想、艺术风格和社会影响三个方面来解读一部代表作。这样,可以以点带面,为研习同一个作家的其他作品创造条件。

本书点击了作家代表作中的几个精彩英文段落,一可了解作家的语言风格,二可帮助读者提高英语水准。如能选些加以熟背,则效果更佳。

本书罗列了作家代表作以及其他重要作品,信息量较大,有助于有兴趣

后 记

的读者扩大阅读范围,进一步丰富美国文学知识。

本书曾参阅了国内外多种参考书,谨向相关作者再次致谢。

在本书付梓之际,我想再次感谢复旦大学出版社的耐心支持,感谢我的博士弟子们和我的亲人和朋友们的热心帮助!

古人云:"劝君着意惜芳菲,莫待行人攀折尽。"青春时光,值得珍惜。机不可失,时不再来。我再一次衷心地祝愿非英语专业的同学们和其他读者抓住时机,坚持学好美国文学史,不断充实自己,提高自己的文化素养,积累正能量,构建新梦想,为实现伟大的中国梦贡献一份力量。

最后,欢迎高校的老师们和同学们多提宝贵建议,以便再版时加以修正和充实。

2013 年 8 月 3 日于厦大西村书屋

人名译名表

Adams, Henry	亚当斯,约翰
Albee, Edward	阿尔比,爱德华
Anderson, Sherwood	安德森,舍伍德
Angelou, Maya	安吉洛,玛雅
Asimov, Issac	阿斯莫夫,艾萨克
Auden, W.H.	奥登,W.H.
Auster, Paul	奥斯特,保罗
Baldwin, James Arthur	鲍德温,詹姆斯·亚瑟
Barth, John	巴思,约翰
Barthelme, Donald	巴塞尔姆,唐纳德
Beattie, Ann	贝蒂,安
Bellow, Saul	贝娄,索尔
Bishop, John	毕晓普,约翰
Bloom, Harold	布鲁姆,哈罗德
Bly, Robert	布莱,罗伯特
Bontemps, Arna	邦当,阿纳
Bradstreet, Anne	布雷兹特里特,安妮
Brooks, Cleanth	布鲁克斯,克林思
Brooks, Van Wyck	布鲁克斯,范·威克
Brown, Charles Brockdon	布朗,查尔斯·布罗克丹

Brown, John	布朗,约翰
Buck, Pearl	珍珠,布克(赛珍珠)
Caldwell, Erskin	考德威尔,欧斯金
Calvin, John	加尔文,约翰
Capote, Truman	卡波特,杜鲁门
Cather, Willa	凯瑟,薇拉
Cheever, John	契佛,约翰
Chang-Rae Lee	李昌理
Chesnutt, Charles, Waddell	切斯纳特,查尔斯·沃德尔
Chopin, Kate	肖宾,凯特
Churchill, Winston Leonard Spencer	丘吉尔,温斯顿·伦纳德·斯潘塞
Chin, Frank	赵健秀
Columbus, Christopher	哥伦布,克里斯托弗
Cooper, James Fenimore	库柏,詹姆斯·费尼莫
Coover, Robert	库弗,罗伯特
Coupland, Douglas	考普兰,道格拉斯
Cowley, Malcolm	考利,马尔科姆
Crane, Stephen	克莱恩,斯蒂芬
Culler, Jonathan	卡勒,乔纳森
Darwin, Charles	达尔文,查理斯
Delillo, Don	德里罗,唐
Derrida, Jacques	德里达,雅克
Dewey, John	杜威,约翰
Dickens, Charles	狄更斯,查尔斯
Dickinson, Emily	狄更生,艾米莉
Dickey, James	迪基,詹姆斯
Didion, Joan	狄第恩,邹恩
Divakaruni, Chitra	狄瓦卡鲁尼,茨特拉
Doctorow, Edgar Lawrence	多克托罗,埃德加·劳伦斯
Doolittle, Hilda(H.D.)	杜丽特尔,希尔达

Dos Passos, John	多斯·帕索斯,约翰
Douglass, Frederick	道格拉斯,弗列德里克
Dove, Rita	达夫,丽塔
Dreiser, Theodore	德莱塞,西奥多
Du Bois, William Edward Burghardt	杜波依斯,威廉·爱德华·伯格哈
Dunbar, Paul Laurence	丹巴,保尔·劳伦斯
Edward, Jonathan	爱德华,乔纳森
Eliot, Thomas, Stearns	艾略特,托马斯·斯特恩斯
Ellison, Ralph	艾立森,拉尔夫
Emerson, Ralph Waldo	爱默生,拉尔夫·瓦尔多
Erdrich, Louis	厄尔德里奇,路易丝
Farrell, James T.	法雷尔,詹姆斯·托
Faulkner, William	福克纳,威廉
Ferlinghetti, Lawrence	菲尔林盖蒂,劳伦斯
Fish, Stanley	费什,斯坦利
Fitzgerald, Francis Scott	菲兹杰拉德,弗朗西斯·司各特
Flint, Francis Stewart	弗林特,弗朗西斯·斯图尔特
Ford, Henry	福特,亨利
Franklin, Benjamin	富兰克林,本杰明
Freneau, Philip	弗瑞诺,菲利普
Freud, Sigmund	弗洛伊德,西格蒙德
Frost, Robert	弗罗斯特,罗伯特
Fuller, Margaret	富勒,玛格丽特
Gaddis, William	加迪斯,威廉
Garland, Hamlin	加兰,哈姆林
Gass, William	加斯,威廉
Gibson, William	吉卜森,威廉
Ginsberg, Allen	金斯堡,艾伦
Glasgow, Ellen	格拉斯哥,艾伦
Gold, Michael	高尔德,麦克尔

Greenblatt, Stephen	格林布拉特,斯蒂芬
Guin, Ursula Le	魁恩,厄秀拉·勒
Hart, Bret	哈特,布列特
Hawkes, John	霍克斯,约翰
Hawthorne, Nathaniel	霍桑,纳撒尼尔
Heller, Joseph	海勒,约瑟夫
Hellman, Lillian	海尔曼,莉莲
Hemingway, Ernest	海明威,欧尼斯特
Hicks, Granville	希克斯,格兰维尔
Hildreth, Richard	希尔德列思,理查德
Howells, William Dean	豪威尔斯,威廉·狄恩
Hughes, James Langston	休斯,詹姆斯·兰斯顿
Hurston, Zora Neale	赫斯顿,左拉·尼尔
Irving, Washington	欧文,华盛顿
James, Henry	詹姆斯,亨利
James, William	詹姆斯,威廉
Jameson, Fredric	詹姆逊,弗列德里克
Jefferson, Thomas	杰弗逊,托马斯
Jen, Gish	任碧莲
Jewett, Sara Orne	朱威特,萨拉·奥恩
Jones, James	琼斯,詹姆斯
Joyce, James	乔伊斯,詹姆斯
Kennedy, John Fitzgerald	肯尼迪,约翰·菲兹杰拉德
Kerouac, Jack	凯鲁亚克,杰克
King, Martin Luther	金,马丁·路德
Kingston, Maxine Hong	金斯顿,马克辛·洪(汤亭亭)
Lewis, Sinclair	路易斯,辛克莱
Lincoln, Abraham	林肯,阿伯拉罕
Locke, John	洛克,约翰
Locke, Richard	洛克,理查德
London, Jack	伦敦,杰克

Longfellow, Henry Wadsworth	朗费罗,亨利·华兹华斯
Lowell, Amy	洛厄尔,艾米
Lowell, Robert	洛厄尔,罗伯特
Mailer, Norman	梅勒,诺曼
Malamud, Bernard	马拉默德,伯纳德
Maltz, Albert	马尔兹,艾伯特
Marx, Karl	马克思,卡尔
Mason, Bobbie Ann	梅森,波比·安
Mather, Cotton	马瑟,柯顿
McCullers, Carson Smith	麦卡勒斯,卡森·史密斯
McKay, Claude	麦凯,克劳德
Melville, Herman	梅尔维尔,赫尔曼
Merwin, William Stanley	默温,威廉·斯坦利
Miller, Arthur	米勒,阿瑟
Mitchell, Margaret	米切尔,玛格丽特
Momaday, N. Scott	莫马戴,史科特·N.
Monroe, Harriet	门罗,哈丽特
Monroe, Marilyn	梦露,玛丽莲
Morrison, Toni	莫里森,托妮
Mukherjee, Bharati	莫克基,巴拉蒂
Nabokov, Vladimir	纳博科夫,弗拉迪米尔
Nixon, Robert	尼克松,罗伯特
Norris, Frank	诺里斯,弗兰克
Oates, Joyce Carol	欧茨,乔伊斯·卡洛尔
O'Brian, Tim	奥布莱恩,梯姆
O'Connor, Flannery	奥康纳,弗兰纳里
Odets, Clifford	奥德茨,克利福德
O. Henry	欧·亨利
Olson, Charles	奥尔森,查尔斯
O'Neill, Eugene	奥尼尔,尤金

Ozick, Cynthia	欧芝克,辛西娅
Paine, Thomas	潘恩,托马斯
Parrington, Vernon Louis	帕灵顿,弗农·路易斯
Plath, Sylvia	普拉斯,西尔维亚
Porter, Catherine Anne	波特,凯瑟琳·安
Poe, Edgar Ellen	坡,埃德加·艾伦
Pound, Ezra	庞德,埃兹拉
Powers, Richard	鲍威尔斯,理查德
Pynchon, Thomas	品钦,托马斯
Ransom, John Crowe	兰色姆,约翰·克劳
Reed, Ishmael	里德,伊斯米尔
Reed, John	里德,约翰
Roosevelt, Franklin	罗斯福,富兰克林
Roosevelt, Theodore	罗斯福,西奥多
Roth, Philip	罗思,菲利普
Said, Edward	赛义德,爱德华
Salinger, Jerome David	塞林格,杰洛姆·大卫
Scott, Walter	司各特,瓦尔特
Shaw, Irving	欧文,肖
Showalter, Elaine	肖华尔特,伊莱恩
Silco, Leslie	西尔科,列斯丽
Sinclair, Upton	辛克莱,厄普顿
Singer, Issac Bashevis	辛格,艾萨克·巴什维斯
Smith, John	史密斯,约翰
Spencer, Herbert	斯宾塞,赫伯特
Spivak, Gayatri Chakravorty	斯皮瓦克,加娅特里
Stein, Gertrude	斯坦因,格特鲁德
Steinbeck, John	斯坦贝克,约翰
Stevens, Wallace	史蒂文斯,华莱士
Stone, Robert	斯通,罗伯特

Stowe, Harriet Beecher	斯托夫人,哈里耶特·比彻
Sukenick, Ronald	苏克尼克,罗纳德
Styron, William	斯泰伦,威廉
Tan, Amy	谭,艾米(谭恩美)
Tate, Allen	塔特,艾伦
Taylor, Edward	泰勒,爱德华
Thackeray, William Makepeace	萨克雷,威廉·梅克皮斯
Thoreau, Henry David	梭罗,亨利·大卫
Toomer, Jean	托玛,吉恩
Twain, Mark	吐温,马克
Updike, John	厄普代克,约翰
Vollmann, William	伏尔曼,威廉
Vonnegut, Kurt	冯尼格特,柯特
Walker, Alice	沃克,艾丽丝
Warren, Robert Penn	华伦,罗伯特·潘恩
Washington, Booker Taliaferro	华盛顿,布克·托利弗
Washington, George	华盛顿,乔治
Welty, Eudora	韦尔蒂,尤多拉
West, Nathanael	韦斯特,纳珊尼尔
Wharton, Edith	华顿,伊迪丝
Wheatley, Phillis	威特利,菲丽丝
White, Hayden	海登,怀特
Whitman, Walt	惠特曼,瓦尔特
Wilbur, Richard	威尔伯·理查德
Williams, Roger	威廉斯,罗杰
Williams, Tennessee	威廉斯,田纳西
Williams, William Carlos	威廉斯,威廉·卡洛斯
Wilson, Edmund	威尔逊,艾德蒙
Wilson, Thomas Woodrow	威尔逊,托马斯·伍德罗
Winthrop, John	温斯罗普,约翰

Wolfe, Thomas	沃尔夫,托马斯
Wordsworth, William	华兹华斯,威廉
Wouk, Herman	沃克,赫尔曼
Wright, James	赖特,詹姆斯
Wright, Richard	赖特,理查德

图书在版编目(CIP)数据

简明美国文学史/杨仁敬著.—上海:复旦大学出版社,2014.7
ISBN 978-7-309-10460-8

Ⅰ.简… Ⅱ.杨… Ⅲ.文学史-美国 Ⅳ.I712.09

中国版本图书馆 CIP 数据核字(2014)第 054116 号

简明美国文学史
杨仁敬 著
责任编辑/邵 丹

复旦大学出版社有限公司出版发行
上海市国权路 579 号 邮编:200433
网址:fupnet@fudanpress.com http://www.fudanpress.com
门市零售:86-21-65642857 团体订购:86-21-65118853
外埠邮购:86-21-65109143
常熟市华顺印刷有限公司

开本 890×1240 1/32 印张 26.25 字数 766 千
2014 年 7 月第 1 版第 1 次印刷

ISBN 978-7-309-10460-8/I·825
定价:48.00 元

如有印装质量问题,请向复旦大学出版社发行部调换。
版权所有 侵权必究